REBECCA GABLÉ
Der dunkle Thron

AF155324

Weitere Titel der Autorin:

Das Lächeln der Fortuna
Das zweite Königreich
Der König der purpurnen Stadt
Die Hüter der Rose
Das Spiel der Könige
Hiobs Brüder
Das Haupt der Welt
Der Palast der Meere
Die fremde Königin
Teufelskrone
Drachenbanner

Von Ratlosen und Löwenherzen

Titel auch als Hörbuch erhältlich

Über die Autorin:

Rebecca Gablé studierte Literaturwissenschaft, Sprachgeschichte
und Mediävistik in Düsseldorf, wo sie anschließend als Dozentin
für mittelalterliche englische Literatur tätig war. Heute arbeitet sie
als freie Autorin und lebt mit ihrem Mann am Niederrhein und auf
Mallorca. Ihre historischen Romane und ihr Buch zur Geschichte
des englischen Mittelalters wurden allesamt Bestseller und in viele
Sprachen übersetzt.

REBECCA GABLÉ

HISTORISCHER ROMAN

DER DUNKLE THRON

lübbe

Dieser Titel ist auch als Hörbuch und E-Book erschienen

Die Bastei Lübbe AG verfolgt eine nachhaltige Buchproduktion. Wir verwenden Papiere aus nachhaltiger Forstwirtschaft und verzichten darauf, Bücher einzeln in Folie zu verpacken. Wir stellen unsere Bücher in Deutschland und Europa (EU) her und arbeiten mit den Druckereien kontinuierlich an einer positiven Ökobilanz.

Vollständige Taschenbuchausgabe

Dieses Werk wurde vermittelt durch die Michael Meller
Literary Agency GmbH, München

Copyright © 2011 by Rebecca Gablé
Copyright © 2011 und 2022 by Bastei Lübbe AG, Köln
Innenillustrationen: Jürgen Speh
Titelillustration: © jessicahyde/stock.adobe.com; bluepen/stock.adobe.com;
alexus/stock.adobe.com; pixelrobot/ stock.adobe.com; mashakotcur/
stock.adobe.com; bourbonbourbon/stock.adobe.com
Umschlaggestaltung: Johannes Wiebel | punchdesign, München
Satz: Dörlemann Satz, Lemförde
Gesetzt aus der Aldus
Druck und Verarbeitung: GGP Media GmbH, Pößneck
Printed in Germany
ISBN 978-3-404-18915-1

5   4   3   2   1

Sie finden uns im Internet unter luebbe.de
Bitte beachten Sie auch: lesejury.de

Dieser Roman ist

Ihnen

gewidmet.

Genauer gesagt, all jenen Leserinnen und Lesern, die mir mit Zuschriften, Appellen, Drohbriefen und auf vielfältige andere Weise zu verstehen gegeben haben, dass sie wissen wollen, wie es mit dem Geschlecht derer von Waringham weitergeht. Ich selber wollte es auch wissen – sonst hätte ich diesen Roman nicht schreiben können. Aber ohne Sie hätte ich mich vermutlich trotzdem nie dazu entschlossen, denn wie Sie vielleicht noch aus dem Nachwort vom *Spiel der Könige* wissen, hatte ich einige Bedenken. Meine Leserinnen und Leser waren es, die mich umgestimmt haben, und darum ist die Existenz dieses Buches nicht zuletzt *Ihr* Verdienst.

Danke schön.

Es folgt eine Aufstellung der wichtigsten Figuren, wobei die historischen Personen mit einem * gekennzeichnet sind.

Waringham

Nicholas of Waringham
Laura of Waringham, seine Schwester
Jasper of Waringham, ihr Vater
Yolanda »Sumpfhexe« Howard, ihre Stiefmutter
Louise »Brechnuss« Howard, ihre Stiefschwester
Raymond of Waringham, ihr Halbbruder
Philipp Durham, Lauras Gemahl
Vater Ranulf, ein miserabler Seelsorger
Polly Saddler, die Magd
John Harrison, Nicks Cousin aus dem Norden
Madog und Owen Pembroke, Nicks walisische Cousins

Die königliche Familie

Henry VIII.*, König von England
Mary Tudor*, seine Schwester
Katherine »Catalina« von Aragon*, Henrys Königin Nr. 1
Mary I.*, Königin von England, ihre Tochter
Anne Boleyn*, Henrys Königin Nr. 2
Elizabeth I.*, Königin von England, ihre Tochter
Jane Seymour*, Henrys Königin Nr. 3
Edward VI.*, König von England, ihr Sohn
Anna von Kleve*, Henrys Königin Nr. 4
Katherine Howard*, seine Königin Nr. 5

Katherine Parr*, Henrys Königin Nr. 6

Jane Grey*, Königin von England, Mary Tudors Enkelin

HOF UND ADEL

Thomas More*, Humanist, Jurist, Schriftsteller, Lord Chancellor und brillanter Kopf

Thomas Cromwell*, Reformer, Generalvikar der englischen Kirche, Privatsekretär des Königs und graue Eminenz

Charles Brandon*, Duke of Suffolk, Nicks Pate und Ehemann von Mary Tudor

William Kingston*, der Constable des Tower, der fast immer ein volles Haus zu versorgen hatte

Edmund Howard*, ein Scheusal, Vater von Königin Nr. 5

Thomas Howard*, Duke of Norfolk, sein Bruder

Jerome Dudley*, Nicks Freund

John Dudley*, Earl of Warwick und Duke of Northumberland, sein Bruder

Robin* und Guildford* Dudley, Johns Söhne

Eustache Chapuys*, Gesandter und Spion des Kaisers am englischen Hof

George Boleyn*, Viscount Rochford, Bruder von Königin Nr. 2

Jane Parker*, Lady Rochford, seine Frau

Lord & Lady Shelton*, Chamberlain und Erste Gouvernante in Prinzessin Elizabeths Haushalt

Edward Seymour*, Earl of Hertford und Duke of Somerset, der staatstragende Bruder von Königin Nr. 3

Thomas Seymour*, der leichtsinnige Bruder von Königin Nr. 3 und Ehemann der (verwitweten) Königin Nr. 6

Francis Dereham* und Thomas Culpeper*, zwei Galane der Königin Nr. 5 von zweifelhaftem Ruf

Richard Rich*, ein widerwärtiger Mensch, der König Henry gelegentlich mit einem Meineid aus der Klemme half

AUS DER ROLLE FALLENDE FRAUEN

Margaret »Meg« Roper*, Thomas Mores Tochter und Vertraute
Margaret Pole*, Countess of Salisbury, Prinzessin Marys Patin
Janis Finley, Lehrerin aus Leidenschaft
Susanna Horenbout*, Malerin

KIRCHENMÄNNER, REFORMER UND MÄRTYRER

Simon Fish*, ein Reformer mit Sendungsbewusstsein
Thomas Wolsey*, Kardinal, Lord Chancellor und Erzbischof von
    York
Richard Mekins*, ein sehr junger Reformer
Edmund Bonner*, Bischof von London
Thomas Cranmer*, Erzbischof von Canterbury
Stephen Gardiner*, Bischof von Winchester
Anthony Pargeter, Gemeindepfarrer in Southwark und Engel der
    Barmherzigkeit
Simon Neville, Prior von St. Thomas, Priester, Lehrer und Poet

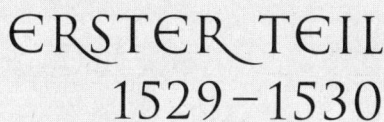

ERSTER TEIL
1529–1530

Chelsea, Juli 1529

»Waringham, du bist einfach hoffnungslos.«

Nick senkte den Blick. »Ich fürchte, Ihr könntet recht haben, Master Wilford.«

Das freimütige Bekenntnis besänftigte den Lehrer nicht. Er stemmte die Hände in die Seiten und betrachtete seinen Schüler mit einem missfälligen Kopfschütteln. »Du gibst dir nicht genug Mühe!«, warf er ihm vor.

Doch, dachte Nick, ich gebe mir Mühe. Wirklich. Aber es reicht einfach nicht.

»Steh nicht da wie ein Rindvieh!«, schalt Master Wilford. »Gib gefälligst Antwort. Oder hast du vielleicht nur Sägespäne im Kopf?«

Der junge Mann sah auf. »Ich habe getan, was ich konnte, *Magister*. Aber ich kriege diese griechischen Buchstaben nicht in meinen Schädel. Ich kann einen halben Tag lang vor dem Buch sitzen und versuchen, sie zu lernen – eine Stunde später sehen sie wieder aus wie Hühnertritte im Schlamm. Ich …«

»Du lässt es wieder einmal an Respekt mangeln.« Der erste drohende Unterton schlich sich in die Stimme.

Kein gutes Zeichen, wusste Nick. Trotzdem entgegnete er: »Wieso? Und wovor? Vor Euch? Ich mag ein Dummkopf sein, aber es steht nicht so schlimm um mich, dass ich nicht wüsste, welch ein kluger, gelehrter Mann Ihr seid. Ich *habe* Respekt vor Euch, *Magister*. Oder vor dem noblen Gegenstand Eurer Lektionen? Doch, ich habe auch davor Respekt. Aber es hilft nichts. Ich kann diese Buchstaben nicht lernen. Es ist genau, wie Ihr sagt: Ich bin ein hoffnungsloser Fall.«

Master Wilford war selbst dann eine etwas beunruhigende Erscheinung, wenn er glänzender Laune war, denn er hatte das ausgemergelte Gesicht eines Asketen und das flammend rote Haar seiner irischen Vorfahren. Wenn seine Miene sich verfinsterte, so wie jetzt, sah er aus wie ein sommersprossiger Totenschädel. »Das ist inakzeptabel! Du wirst mit deinen Studien nicht weiterkommen, wenn du des Griechischen nicht mächtig bist, also musst du es lernen. Wie willst du Aristoteles je lesen, wenn du diese lächerlichen vierundzwanzig Buchstaben nicht meisterst?«

Und was, wenn ich Aristoteles überhaupt nicht lesen will?, lag Nick auf der Zunge, aber er hielt sie ausnahmsweise im Zaum.

Sie führten ihren Disput auf Lateinisch. Als Nick vor zwei Jahren in dieses Haus gekommen war, hätte er nie für möglich gehalten, dass er die fremde Sprache je gut genug meistern würde, um sie so mühelos anzuwenden, denn er hatte schon damals gewusst, dass er für solcherlei Dinge nicht so begabt war, wie sein Vater es sich wünschte. Dennoch hatte er es geschafft. Und er war stolz darauf, gerade weil es so schwer für ihn gewesen war.

Hubert und Andrew, seine beiden Banknachbarn, beäugten ihn aus den Augenwinkeln, so als hofften sie, dass er irgendetwas Schlagfertiges, aber Unverschämtes von sich geben würde, das ihn in Schwierigkeiten und sie zum Lachen brachte. Das tat er gelegentlich, denn die meisten seiner Mitschüler waren ihm bei ihren Studien überlegen, und so war es der einzige Weg für Nick, sich zu behaupten. Er gab den Narren und nahm die Folgen klaglos hin, damit die anderen seine Verwegenheit bewunderten. Doch heute fehlte ihm die Lust zu diesem Spiel, und zum ersten Mal kam ihm der Verdacht, dass die Mitschüler ihn eher mitleidig belächelten, als ihn zu bewundern.

Er unterdrückte ein Seufzen. »Ich werde mir mehr Mühe geben, *Magister*«, stellte er in Aussicht, doch er hörte selbst, dass es ihm an Elan mangelte.

»Das kann ich dir nur raten«, brummte Master Wilford, und als er sich an Hubert wandte, hellte seine Miene sich auf. »Dann lies du uns die ersten beiden Zeilen vor und übersetze, Rudstone.«

Während Nick zurück auf seinen Hocker sank, schnellte der Sohn des Londoner Lord Mayor in die Höhe, als stünde der seine in Flammen. »Ἄνδρα μοι ἔννεπε, Μοῦσα, πολύτροπον, ὃς μάλα πολλὰ / πλάγχθη, ἐπεὶ Τροίης ἱερὸν πτολίεθρον ἔπερσε«, trug er vor, anscheinend ohne die geringste Mühe. »*Den Mann nenne mir, Muse, den vielgewandten, der so weit herumgetrieben wurde, nachdem er Troja, die heilige Stadt, zerstört hatte.*«

»Hervorragend«, lobte Master Wilford zufrieden.

Nick wandte den Blick zum Fenster und sah auf den Fluss hinab. Das ist einfach widerwärtig, dachte er. Musst du mir ständig unter die Nase reiben, wie leicht es dir fällt? Warte, bis wir allein sind, Rudstone …

Ein Boot glitt ans Ufer, und als Nick seinen Gastgeber und Förderer aussteigen sah, schämte er sich seiner missgünstigen Gedanken.

Sobald Master Wilford sie aus dem Schulraum entließ, lief Nick die Treppe hinab und ins Freie. Er beeilte sich, um Hubert und Andrew abzuhängen, denn er war nicht in der Stimmung, sich ihre Spötteleien anzuhören.

Es hatte aufgehört zu regnen. Nick umrundete das Gebäude und ging in den weitläufigen Garten hinter dem Haupthaus, der sich bis zur Flussmauer zog. Die Sonne brach zwischen den immer noch unheilvollen Wolken hervor und ließ die Tropfen auf den Blättern der Obst- und Maulbeerbäume funkeln. An der Ostseite des Obstgartens fand Nick eine Bank, wischte nachlässig mit dem Ärmel über die nasse Sitzfläche und ließ sich nieder. Einen Moment beäugte er das schwere Buch auf seinen Knien, als rechne er damit, dass es sich in ein gefräßiges Ungeheuer verwandeln könne. Dann schlug er es auf und blätterte ohne große Lust zu der Seite, die das griechische Alphabet einführte.

Er war bis *Zeta* gekommen, als eine Stimme ihn aus seinen Studien riss. »Vergebt mir, Sir …«

Er sah auf. »Ja?«

Ein altes Weib in Lumpen stand auf dem Kiesweg vor ihm, und sie stützte einen ebenso alten Mann, der sich offenbar kaum auf den Beinen halten konnte. »Es heißt, hier gibt es eine Armenspeisung?«, fragte die Alte.

Nick wies nach links. »Geht um das Haus mit dem Efeu herum, dann kommt ihr in den vorderen Hof. Die Suppenküche ist in dem strohgedeckten Gebäude auf der anderen Seite. Fragt nach Lady Meg Roper, sie gibt euch zu essen.«

Sie legte den Arm um ihren Gefährten und wollte sich abwenden.

»Wartet.« Nick stand von der Bank auf, klappte das Buch zu und wusste nicht, wohin damit. Wenn er es auf der feuchten Bank ablegte, war er ein toter Mann ... »Denkst du nicht, der alte Knabe hier gehört in ein Hospital?«, fragte er die Gevatterin unsicher.

Sie schnaubte. »Da bringen sie ihn ganz sicher um. Nein, er braucht etwas zu essen. Dann wird er wieder.«

»Also gut. Ich bring euch hin. Komm, lass dir helfen.« Er zögerte noch einen Moment mit dem Buch in der Hand, als eine tiefe Stimme hinter ihm sagte: »Leih es mir, wenn du so gut sein willst, Nicholas. Geleite unsere Gäste zu meiner Tochter, und anschließend komm wieder her.«

Nick wandte sich um und verneigte sich. »Sir Thomas.« Was hatte dieser Mann nur an sich, dass man immer geneigt war zu denken: ›Dich schickt der Himmel‹? Mit einem erleichterten Lächeln legte Nick das kostbare Buch in die ausgestreckten großen Hände. »Ich glaube nicht, dass Ihr noch viel Neues daraus lernen könnt«, bemerkte er.

»Bei jedem Blick in ein jedes Buch kann man etwas Neues lernen, will mir scheinen, weil man nie derselbe Mann ist wie der, welcher letzte Woche darin gelesen hat. Oder?«

»Ich bin nicht sicher«, bekannte Nick.

»Dann denk nach, und wir reden darüber, wenn du zurückkommst.«

Nick legte den Arm um den entkräfteten alten Mann und brachte das Bettlerpaar in den vorderen Hof, wo reger Betrieb herrschte: Lieferanten, Bittsteller, Gelehrte, Juristen und Angehörige des großen Haushaltes bildeten ein buntes Menschengewirr.

»War er das?«, fragte die alte Frau, und vor Ehrfurcht senkte sie unwillkürlich die Stimme. »Der Gentleman im Garten?«

Der junge Waringham nickte. »Ja. Das war er.«

Sir Thomas More hatte einen Fuß auf die Bank gestellt, balancierte den dicken Folianten auf dem Knie, hatte die Arme darauf verschränkt und sah mit konzentriert gerunzelter Stirn zu einer Reihe mannshoher Königskerzen hinüber. Nick blieb zwei Schritte von ihm entfernt stehen und wartete. Er kannte diesen Gesichtsausdruck und wusste, es waren nicht die Blumen, die Sir Thomas so in ihren Bann geschlagen hatten, sondern irgendein Gedanke, den er verfolgte. Und da es sich bei Sir Thomas' Gedanken in der Regel um Perlen frommer Weisheit oder aber um Ideen von staatstragender Bedeutung handelte, verhielt Nick sich möglichst still, um den Fluss nicht zu unterbrechen.

Scheinbar unvermittelt kehrte der Gelehrte in die Gegenwart zurück, richtete sich auf und klemmte das Buch unter den Arm. »Hast du Meg gefunden?«

»Ja, Sir. Sie war nicht übermäßig entzückt von den verspäteten Gästen, denn die Küche war aufgeräumt und die Töpfe geschrubbt, aber sie hat Brot und Blutwurst und Bier aufgetischt. Und sie hat gesagt, wenn der alte Mann die Pest oder das Schweißfieber hat, werden wir alle zugrunde gehen an Eurer Mildtätigkeit.«

Sir Thomas entblößte zwei Reihen großer, bemerkenswert gesunder Zähne in einem Lächeln, das man kaum anders als spitzbübisch nennen konnte. »Sie ist eine gute Seele, meine Meg. Sie fürchtet lediglich, dass ich es mit der Mildtätigkeit zu weit treibe und uns an den Bettelstab bringe. Sie denkt, es mangele mir an Vernunft.«

»Ich weiß, Sir.« Aber Nick war überzeugt, Lady Meg sorgte sich unnötig. Sir Thomas war in der Tat großzügig mit Almosen, aber er war auch reich. Und kein Mann, der den Blick für das rechte Maß je verlor.

»Komm, mein Junge«, lud er ihn nun ein, »lass uns ein Stück am Fluss entlanggehen.«

Eine Mauer trennte den Garten des Anwesens von den flachen Uferwiesen, und damit die häufigen Themse-Hochwasser nicht ungehindert hereinströmen konnten, führte eine kleine Treppe zu einem erhöhten Tor in der Mauer, eine zweite auf der anderen Seite wieder hinab.

Sir Thomas wandte sich nach rechts, wo der Uferpfad nach hundert Schritten in ein lichtes Wäldchen eintauchte. »Hier, nimm du das Buch wieder.« Er drückte es Nick in die Hände. »Vielleicht wird sein Gewicht dich überzeugen, dass es letztlich doch leichter ist, den Inhalt im Kopf mit sich herumzutragen.«

Nick nahm es bereitwillig, aber er antwortete nicht.

Sir Thomas warf ihm einen kurzen Seitenblick zu, und unter den buschigen Brauen funkelte es belustigt. »Du weißt, dass Schweigen dem Gesetz nach als Zustimmung zu deuten ist, nicht wahr?«

»Ist das nicht ein törichtes oder gar gefährliches Gesetz?«

»Inwiefern?«

Nick überlegte einen Moment. »Nun, es gibt so viele Gründe, die einen zum Schweigen zwingen können: Loyalität. Das Gewissen. Das Bestreben, einen anderen zu beschützen. In solchen Fällen muss man schweigen, obwohl man gerne Widerspruch und Einwände erheben würde. Wenn das Gesetz aber sagt, Schweigen bedeutet Zustimmung, dann wird der Schweigende per Gesetz missverstanden.«

»In dem Fall muss er sein Schweigen vielleicht brechen. Loyalität, das Gewissen oder der Wunsch, einen anderen zu schützen, sind redliche und gottgefällige Motive, kein Zweifel, aber vor Gericht geht es in erster Linie darum, die Wahrheit ans Licht zu bringen. Sagt also Jack vor dem Richter: ›John hat gesehen, wie Jim mein Schaf gestohlen hat‹, und John schweigt, wertet der Richter dies als Bestätigung, dass er den Diebstahl tatsächlich gesehen hat.«

»Was aber, wenn John von Jack bestochen wurde, in Wahrheit gar nichts gesehen hat und nur schweigt, um vor Gericht nicht die Unwahrheit zu sagen?«

»Dann ist auch sein Schweigen eine Lüge«, räumte Sir Thomas ein.

»Für die er nie zur Verantwortung gezogen wird, weil der Richter sein Schweigen als Zustimmung wertet, ohne der Sache auf den Grund zu gehen.«

»Hm«, machte der Gelehrte und nickte versonnen. »Du vergisst eine Kleinigkeit.«

Nick wusste, was er meinte. »Ja, sicher, Gott sieht die Lüge und wird den Zeugen zur Rechenschaft ziehen. Aber geht es bei einem Gerichtsverfahren nicht um *irdische* Gerechtigkeit?«

Sir Thomas hob eine knochige Hand und winkte seufzend ab. »Glaub einem Mann, der jahrelange Erfahrung mit irdischer Gerichtsbarkeit hat: Sie ist so unvollkommen, dass wir auf göttliche Gerechtigkeit niemals verzichten können. Denn unsere Gerichte, unsere Richter und Urteile sind so fehlbar wie die menschliche Natur, Nicholas.«

Er blieb stehen, um zwei Schmetterlinge zu beobachten, die in einem Klecks aus Sonnenlicht umeinandertaumelten, so als seien sie trunken vor Glück über die Rückkehr des Sommers nach den langen Wochen des Regens. Nick blickte zum Himmel auf und sah, dass die Freude der Schmetterlinge nicht lange währen würde. Der Sommer gab nur ein kurzes Gastspiel. Neue dunkle Wolken zogen von Westen heran, und nach wenigen Augenblicken verschluckten sie die Sonne wieder, verwandelten den leise murmelnden Fluss, der zu ihrer Linken durch die schmalen Birkenstämme schimmerte, in eine bleigraue Masse und den Schatten unter den Bäumen in bräunliches Zwielicht. Nick fröstelte.

»Du schweigst ja schon wieder, Nicholas«, zog Sir Thomas ihn auf. »Mir scheint, du bist niedergeschlagen.«

Der junge Waringham ging neben ihm einher und passte seinen von Natur aus raschen Schritt dem gemächlichen Gang seines Mentors an. »Nein, Sir Thomas. Nicht niedergeschlagen. Aber ich beginne zu ahnen, dass dieser gemeinsame Spaziergang kein Zufall ist und nichts Erfreuliches zu bedeuten hat. Das macht mich vielleicht ein wenig nervös.«

Sir Thomas blieb wieder stehen. »Wie kommst du darauf?«, fragte er neugierig.

»Ihr seid Richter, Gelehrter, Mitglied des Kronrats und Ratgeber sowohl des Königs als auch seines Lord Chancellor. Ihr habt so viele wichtige Dinge zu tun, dass der Tag niemals genug Stunden für Euch hat. Darum kann ich mir kaum vorstellen, dass Ihr zum Zeitvertreib meine Gesellschaft sucht.«

»Ich fände es bedauerlich, wenn der Eindruck entstanden wäre, dass ich eine Unterhaltung mit den *studiosi* meiner kleinen Schule für Zeitverschwendung hielte.« Es klang eine Spur pikiert. Und schuldbewusst.

Nick ließ Sir Thomas nicht aus den Augen, und er war beinah amüsiert über dessen Unbehagen, wenngleich sein Herz mit jedem Schlag schwerer wurde. Die dunklen Augen erwiderten seinen Blick unverwandt. Thomas More war ein großgewachsener Mann, aber Nicholas musste kaum mehr zu ihm aufschauen. »Von den zwölf *studiosi* Eurer ›kleinen Schule‹, wie Ihr sie zu nennen beliebt, wären elf klügere Gesprächspartner als ich, wie Ihr sehr wohl wisst, Sir.« Er senkte den Blick, denn er konnte das Lodern in Thomas Mores Augen nicht länger aushalten. Er räusperte sich und zwang sich fortzufahren: »Ihr wollt mich nach Hause schicken, nicht wahr?«

Eine Hand legte sich auf seine Schulter. »Ja. Es ist so«, räumte Sir Thomas ein.

Nick biss die Zähne zusammen, weil ihm von dem gütigen Tonfall ganz elend wurde.

»Lass mich dir die Gründe erklären, mein Junge …«

»Oh, ich kenne die Gründe«, erwiderte Nick bedrückt. »Master Wilford hat völlig recht. Ich werde mit meinen Studien nicht weiterkommen, als ich jetzt bin. Ich habe einfach nicht das Zeug zum Gelehrten. Und es gibt zu viele Jungen in England, die einen Platz in Eurer Schule viel mehr verdient haben als ich.«

»Du hast mich unterbrochen und unterstellst, meine Gedanken zu kennen. Das ist ebenso ungehörig wie gefährlich.« Es war eine eigentümliche Mischung aus Strenge und Milde, die in der Stimme schwang.

Nick biss sich auf die Unterlippe. »Tut mir leid, Sir. Die lose Zunge ist ein Familienübel …«

Der Pfad schlängelte sich aus dem Schatten der Bäume und näher ans Ufer. Ein halb verfallenes Ruderboot lag mit dem Kiel nach oben im hohen Gras. Sir Thomas' wadenlanger dunkler Mantel wurde feucht, als er Nick dorthin führte, auf dem Rumpf Platz nahm und den Jungen mit einer Geste aufforderte, es ihm gleichzutun.

Dann wandte er sich ihm zu. »Es mangelt dir nicht an Verstand. Aber ich stimme dir zu, wenn du sagst, dass du nicht zum Gelehrten geboren bist. Nicht alle Menschen können das sein, Nicholas, denn dann würden wir verhungern«, schloss er mit einem Lächeln.

Nick befingerte einen Splitter im spröden, gräulichen Holz des Rumpfes. »Ihr habt recht, Sir. Und obwohl ich diesen Ort und die Menschen hier vermissen werde, verspürt ein Teil von mir Erleichterung. Aber es wird eine bittere Enttäuschung für meinen Vater sein.«

Sir Thomas wiegte den Kopf hin und her. »Das glaube ich nicht. Ich denke eher, er wird dir hoch anrechnen, dass du zwei Jahre lang so hart gearbeitet hast. Er mag zerstreut und weltfremd sein, aber dennoch kennt er seine Söhne. Im Übrigen ist *er* der Grund, warum ich dich bitten will, nach Hause zurückzukehren.«

»Mein Vater?«, fragte Nick verwundert, und sogleich beschlich ihn ein grässlicher Gedanke. »Ist er krank?«

»Nein. Es ist schlimmer. Ich fürchte, dein Vater ist ein Ketzer.«

Nick antwortete nicht.

»Ich merke, das ist dir nicht neu.«

Der junge Waringham schaute verblüfft auf. Er glaubte, einen Tonfall strenger Missbilligung gehört zu haben, und als er Sir Thomas ins Gesicht sah, erkannte er, dass er sich nicht getäuscht hatte: Die Miene war untypisch sturmumwölkt.

»Er … er ist kein Ketzer, Sir«, widersprach Nick verlegen. »Nur weil er manchmal mit Lutheranern auf dem Kontinent korrespondiert, heißt das doch nicht …«

»Es ist besser, du sprichst nicht weiter«, unterbrach Thomas More, aber er klang wieder gütig, so wie Nick ihn kannte. »Was ich nicht gehört habe, kann ich vor keinem Gericht wiederholen, nicht wahr?«

Nick spürte einen eisigen Schauer seinen Rücken hinabrieseln, und das lag nicht daran, dass der Regen mit vereinzelten dicken Tropfen wieder einsetzte. »Mein Vater ist kein Ketzer«, wiederholte er mit mehr Nachdruck.

Sir Thomas nickte. »Wie alt bist du, Nicholas?«

»Vierzehn, Sir. Nächsten Monat. Am zweiundzwanzigsten.«

»Ah. An St. Andrew.« Sir Thomas lächelte flüchtig. Offenbar hatte er eine Schwäche für den Nationalheiligen der Schotten.

»Und der Jahrestag der Schlacht von Bosworth«, fügte Nick hinzu. Genau dreißig Jahre nach jener schicksalhaften Schlacht war er zur Welt gekommen.

»Ach, richtig«, murmelte Sir Thomas, der für Schlachten nicht viel übrig hatte. Darum fiel Nick aus allen Wolken, als der Gelehrte fortfuhr: »War es nicht dein Urgroßvater, der die gefallene Krone unter einem Dornbusch gefunden und sie dem siegreichen Henry Tudor aufs Haupt gesetzt hat?«

»So berichtet es unsere Familienlegende«, räumte Nick ein. »Ich bin nie sicher, ob ich es glauben soll. Wenn es stimmt, haben die Waringham jedenfalls nicht lange gebraucht, um vom Gipfel des Ruhms zu stürzen und in Bedeutungslosigkeit zu versinken.«

»Das verbittert dich?«

Nick dachte einen Moment darüber nach. »Nein«, antwortete er dann. »Verbitterung wäre ein zu großes Wort dafür. Es wundert mich. Vielleicht ist es mir ein wenig peinlich. Aber ich glaube, das ist alles.«

»Gut so«, lobte Sir Thomas. »Es beweist, dass du dich nicht um weltliche Eitelkeit scherst. Und ich werde einfach glauben, dass du diese Weisheit in meinem Haus und meiner Schule erlernt hast, und mich an dem Gedanken erfreuen.«

Du machst mich wieder einmal viel besser, als ich bin, dachte Nick unbehaglich, aber Sir Thomas hatte wie so oft eins seiner rhetorischen Zauberkunststücke aus dem Ärmel geschüttelt, sodass es praktisch unmöglich war, ihm zu widersprechen, ohne unhöflich zu sein.

»Vierzehn also«, nahm More den Faden wieder auf. »Ich hätte gedacht, mindestens sechzehn. Aber daran können wir nichts ändern. Du musst nach Hause gehen und ihn zur Vernunft bringen. Denn auf mich wird er nicht hören, fürchte ich.«

Nick schüttelte mutlos den Kopf. »Auf mich erst recht nicht. Die meiste Zeit vergisst er, dass es meine Geschwister und mich überhaupt gibt. Er ... er lebt in einer völlig eigenen Welt.«

»Dann musst du ihn wachrütteln. Eh es zu spät ist.«

»Aber Sir ...«, begann Nick abzuwehren, doch er verstummte, als Sir Thomas' Hand wieder auf seine Schulter fiel.

»Du weißt, was er riskiert«, sagte Thomas More eindringlich und ließ den Jungen nicht aus den Augen. »Er *muss* Vernunft annehmen.«

Die Hand fühlte sich schwer an und so warm, dass sie Nick durch das Tuch seines Wamses hindurch zu verbrennen schien. »Aber ... könnt Ihr ihn nicht beschützen, Sir Thomas? Ihr wisst doch, dass er harmlos ist. Und er ist Euer Freund.«

Thomas Mores Blick war voller Mitgefühl, aber ebenso unerbittlich. »Er ist mir teuer«, räumte er ein. »Aber kein Ketzer ist harmlos, Nicholas. Und kein Ketzer kann jemals mein Freund sein.«

Waringham, Juli 1529

Er war fußwund, müde und hungrig, als er kurz vor Einbruch der Dämmerung nach Hause kam. In aller Herrgottsfrühe hatte er ein Boot bestiegen, das ihn von Chelsea bis nach Tickham die Themse hinuntergebracht hatte, und von dort aus war er zu Fuß gegangen. Vielleicht zwanzig Meilen, schätzte er. Der Tag war verhangen und schwül gewesen, aber zur Abwechslung einmal trocken, und Nick hatte seine Wanderung durch Kent genossen. In den letzten zwei Jahren hatte er nie genug Bewegung gehabt, denn Gottesdienst und Schulunterricht hatten seine Tage bestimmt, und manchmal hatten seine Glieder sich so sehr danach gesehnt, sich zu strecken, zu rennen, zu fechten, zu arbeiten – *irgendetwas* zu tun, das ihm bewies, dass er nicht nur aus Geist, sondern auch aus Materie bestand. An manchen Tagen war ihm das Stillsitzen zur Qual geworden. Also war er gelaufen und hatte sich mit Wonne verausgabt, während seine Augen sich nach Herzenslust an den Wäldern und Wiesen, den Hügeln und Tälern und kleinen Flüsschen sattgesehen hatten.

Aber jetzt war er dankbar, dass er angekommen war. Er überquerte die alte Zugbrücke, trat durch das unbewachte Torhaus in den Innenhof von Waringham Castle und blieb wie angewurzelt stehen. »Oh, mein Gott ...«

Ungläubig starrte er nach rechts zum alten Bergfried hinüber. Der viergeschossige steinerne Turm – einst das Herzstück der Burg, das ihren Bewohnern Wohnstatt gleichermaßen wie Sicherheit geboten hatte – stand schon lange leer. Nicks Großvater hatte noch eine Ritterschaft und eine Burgwache unterhalten, die das alte Gemäuer bewohnt hatten, und damals waren auch Küche und Vorratsräume, die Waffenkammer und gelegentlich sogar die Verliese in Betrieb gewesen. Das war lange her. Doch zumindest von außen hatte der alte Kasten immer noch so ausgesehen, als könnten die ruhmreichen Ritter von einst morgen wieder einziehen. Selbst diese Illusion war jetzt indes Vergangenheit: Der vordere rechte Eckturm war eingestürzt und hatte ein gutes Stück des Gemäuers mit in die Tiefe gerissen. Die Butzenfenster der Halle wiesen mehr rautenförmige Löcher als Scheiben auf, manche waren auch gähnende leere Öffnungen.

Der Bergfried von Waringham Castle war eine Ruine.

»Das Dach des Turms hat einfach nachgegeben unter dem Schnee letzten Winter«, sagte eine vertraute Stimme hinter Nicks rechter Schulter. »Die Balken müssen morsch gewesen sein.«

Er wandte sich um. »Laura ...« Reglos sah er seine Schwester an, als sei sie eine Fremde, noch zu beschäftigt mit dem Schock, den der Anblick des Burgturms ihm versetzt hatte. Dann nahm er sich zusammen, machte einen Schritt auf sie zu und schloss sie in die Arme. »Was tust du noch hier? Ich dachte, du bist verheiratet?«

Für einen Moment schnürten ihre Arme ihm beinah die Luft ab. Dann ließ sie ihn los. »Bin ich auch. Aber wir leben hier. Jedenfalls fürs Erste. Die Sumpfhexe behauptet, Vater hätte das Geld für die Mitgift erst nach der nächsten guten Ernte. Und ohne die Mitgift kann Philipp sich nicht die Zulassung zur Gilde kaufen, die er braucht, um in London Handel treiben zu dürfen.«

Nick zog skeptisch die linke Braue in die Höhe, aber er gab keinen Kommentar. Lieber betrachtete er seine Schwester mit Muße. Die großen Augen, die seinen Blick voller Wärme erwiderten, waren so kornblumenblau wie seine, das Haar, das unter der vornehmen Giebelhaube hervorlugte, genauso flachsblond. Eine schmale Nase, flankiert von ein paar blassen Sommersprossen, eine hohe Stirn, ausgeprägte Wangenknochen, ein eher großzügig geratener Mund und ein energisches Kinn – Nick wusste, sie sahen sich ähnlich. Aber während diese Zutaten sich bei ihm zu einem unauffälligen Allerweltsgesicht zusammenfügten, war seine Schwester mit ihren siebzehn Jahren eine echte Schönheit geworden, stellte er fest, und die Erkenntnis machte ihn froh.

Er nahm ihren Arm und schärfte sich ein, nicht noch einmal zur Ruine hinüberzusehen. Erschütternde Anblicke konnte er im Moment nicht gebrauchen. »Komm, lass uns hineingehen. Ich sterbe vor Hunger. Wie steht es in Waringham? Alle gesund?«

Laura ließ sich willig zu dem großen Wohnhaus auf der Ostseite des Hofs führen. »Alle gesund und hoffnungslos klamm, wie üblich«, berichtete sie mit einem kleinen Achselzucken. »Brechnuss ist vom Pferd gefallen und hatte sich den Knöchel gebrochen, die Ärmste, aber inzwischen läuft sie wieder herum. So gut wie neu.«

»Schade«, knurrte Nick.

Er öffnete die Haustür, und aus der Küche zur Linken drang der Duft von geschmortem Fleisch. Nicks Magen knurrte vernehmlich. Seine Schwester betrachtete ihn mit einem missbilligenden Kopfschütteln, dann lachten sie beide und stürmten Hand in Hand die Treppe zur Halle hinauf.

»Was ist denn das für ein Gepolter?«, hörten sie das altvertraute Zetern aus der Halle. »Laura, was meinst du eigentlich …« Die Stimme brach abrupt ab, als Bruder und Schwester eintraten.

»Nicholas! Was für eine wundervolle Überraschung.« Lady Yolanda Howard, die Countess of Waringham, offerierte ein strahlendes Lächeln. »Willkommen zu Hause!«

Nick trat zu ihr an den Tisch, legte sein kleines Bündel auf einen freien Stuhl und verneigte sich formvollendet, die Hand auf der Brust. »Madam.« Er lächelte nicht.

»Wie reizend, dass es dir nach zwei Jahren schon einfällt, uns zu besuchen«, bemerkte sie. Der Tonfall war trügerisch scherzhaft.

Es war verdammt lange her, dass Nick zuletzt darauf hereingefallen war. Er spürte den bitteren Zorn aufsteigen, der ihn beinah durch seine ganze Kindheit begleitet hatte, aber wenigstens hatte er gelernt, ihn nicht mehr zu zeigen. »Das hier ist kein Besuch«, stellte er klar. »Ist Vater da?«

»Natürlich. Aber ich denke, es ist besser, du störst ihn jetzt nicht. Er schreibt an einer neuen Abhandlung.«

»Worüber?«, fragte er, griff ungebeten in die Schale mit Nüssen und getrockneten Früchten, die auf dem Tisch stand, und stopfte sich eine Handvoll in den Mund. Um den ärgsten Hunger zu stillen, redete er sich ein. In Wahrheit jedoch, um seine Stiefmutter zu ärgern.

Sie ignorierte die Provokation und hob die Hände zu einer Geste der Hilflosigkeit. »Ich habe keine Ahnung, um ehrlich zu sein. Er schreibt so viele Abhandlungen über so viele Themen … Ich kann das unmöglich nachhalten.«

Nick wischte sich die etwas klebrige Hand am Hosenbein ab und wandte sich zur Tür. »Er hatte zwei Jahre Zeit, um zu arbeiten, ohne dass ich ihn hätte stören können. Ich nehme an, er wird es verkraften, wenn ich es jetzt tue. Wenn Ihr mich also entschuldigen wollt, Madam …«

Er verließ die Halle, ehe sie Gelegenheit hatte zu protestieren. Neben der geschlossenen Tür lehnte er sich für einen Moment an die Wand, legte den Kopf in den Nacken und atmete tief durch. Er hatte doch tatsächlich vergessen, wie es war, stellte er verwundert fest. Oder zumindest, wie es sich anfühlte. Diese tiefe Antipathie. Die verdeckten Sticheleien und Gemeinheiten. Der Groll. Und das schlechte Gewissen …

Als Laura acht und Nick fünf Jahre alt gewesen war, war ihre Mutter im Kindbett gestorben. Nach einer Woche war der Säugling – ein kleines Mädchen – ihr gefolgt. Nick hatte so gut wie keine Erinnerungen an seine Mutter. Er wusste, wie sie ausgesehen hatte, denn er besaß ein Porträt von ihr. Doch er argwöhnte, dass die Erinnerung an die sanftmütige blonde Frau und ihre streichelnden Hände, die sich einstellte, wenn er an sie dachte, eher dem Wunschtraum entsprach, den ein kleiner Junge sich von seiner toten Mutter erschuf, als der Wirklichkeit. Ganz genau entsann er sich hingegen der zweiten Hochzeit seines Vaters ein knappes Jahr später. Er hatte die Ankunft seiner neuen Mutter herbeigesehnt, denn er war erst sechs und brauchte dringend eine. Laura hatte ihn gewarnt. Lass uns erst einmal abwarten, hatte sie gesagt. Lass uns sehen, wie sie ist. Aber ihre Skepsis hatte seine Zuversicht nicht dämpfen können. Lady Yolanda hatte das indes im Handumdrehen vollbracht. Sie war honigsüß zu ihren beiden Stiefkindern, bis der Vater zum ersten Mal den Rücken gekehrt hatte. Da hatte sie sich offenbart. Es hatte keine Woche gedauert, bis Laura den wenig schmeichelhaften Spitznamen ersonnen hatte: Lady Yolanda stammte aus Yorkshire, wo es nach der Vorstellung der Südengländer nichts als schroffe Felsen, Heide und Sümpfe gab. Darum »Sumpfhexe«. Und als zwei Wochen später Yolandas leibliche Tochter nach Waringham gekommen war und alles erst richtig schlimm wurde, tauften Nick und Laura ihre Stiefschwester »Brechnuss«, weil das die giftigste Pflanze war, die sie kannten, und weil es außerdem so schön hässlich klang. Und dann hatten sie alles darangesetzt, »Brechnuss« das Leben so bitter zu machen wie deren Mutter das ihre …

Nick ging zu der Tür, die der Halle schräg gegenüberlag, und klopfte. Er wartete einen Moment, dann klopfte er noch einmal. Immer noch nichts. Kopfschüttelnd trat er ein.

Sein Vater saß mit dem Rücken zu ihm an einem Tisch gleich unter dem Fenster, vornübergebeugt, denn er war ein großer Mann und der Tisch eigentlich zu niedrig. In der Linken hielt er eine Feder einsatzbereit über einem halb beschriebenen Papierbogen, aber sein Blick war anscheinend auf das Buch gerichtet, das aufgeschlagen neben seinem rechten Arm lag. Der Luftzug von der Tür erfasste sein begonnenes Traktat und wollte es fortwehen, aber Lord Waringham erwischte es mit dem Handballen und hielt es fest. Er kam nicht auf die Idee, sich umzuwenden und zu schauen, was den plötzlichen Sturm in seiner Bibliothek verursachte.

Nick musste lächeln. »Entschuldige, Vater.«

Jasper of Waringham wandte den Kopf, und als er seinen Sohn erkannte, strahlte er, warf die Feder achtlos auf den Tisch und stand auf. »Nick!«

Er schloss ihn in die Arme, und Nick fühlte, wie dürr sein Vater geworden war. Das dicht gefältelte Wams mit den bauschigen Ärmeln verbarg diesen Umstand weitgehend, aber auch das Gesicht war hagerer geworden und tiefer gefurcht als früher. »Ich hoffe, du bist wohl?«, fragte der Junge besorgt.

»Natürlich.« Sein Vater schien verwundert. »Es ging mir nie besser.«

»Du wirst immer dünner.« Sie achtet nicht darauf, dass er vernünftig isst, argwöhnte Nick. Und er vergisst es einfach.

»Wirklich?«, entgegnete sein Vater desinteressiert. »Nun, wenn es so ist, bekommt es mir offenbar gut. Es ist so eine Freude, dich zu sehen, mein Junge. Was machen deine Studien? Wie geht es Sir Thomas? Hast du ihn etwa mitgebracht?«

Nick schüttelte den Kopf, nahm seinen Vater beim Arm und führte ihn zum Schreibtisch zurück. »Komm. Wir wollen uns setzen, ja?«

Lord Waringham schien halb erstaunt, halb amüsiert darüber, wie ernst und erwachsen sein Sohn mit einem Mal wirkte, aber er erhob keine Einwände. Auch nicht, als Nick sich einen Moment Zeit nahm, ihm einen Becher Ale einzuschenken und in die Hand zu drücken, ehe er ihm gegenüber auf dem Schemel Platz nahm, den sein Vater benutzte, um an die Bücher in den oberen Regalreihen zu gelangen. Drei Wände des Studierzimmers waren vom Boden bis zur Decke damit gefüllt: ein paar alte Manuskripte, die schon lange im Familienbesitz waren, die große Mehrzahl jedoch gedruckte Ausgaben aktueller Werke der Philosophie, Literatur und vor allem der Theologie, die in den letzten Jahren so viele Gemüter erhitzte, darunter auch Lord Waringhams.

Der unterbrach die Gedanken seines Sohnes mit der Frage: »Hat er dich rausgeworfen?«

Der unbekümmerte Tonfall überraschte Nick weit mehr als die Frage an sich. Er nickte und hob gleichzeitig die Schultern. »In gewisser Weise.«

»Was hast du angestellt?«

»Zur Abwechslung mal gar nichts. Aber ich bin nicht klug genug für seine Schule, Vater. Ich weiß das schon seit Langem. Eigentlich wusste ich das nach einer Woche. Ich habe getan, was ich konnte, aber beim griechischen Alphabet war alles vorbei.«

Sein Vater nahm es bei Weitem nicht so schwer, wie Nick befürchtet hatte. »Unser Alphabet zu lernen ist dir genauso schwergefallen«, gab Lord Waringham zurück. »*Damals* habe ich mir Sorgen gemacht. Ich fürchtete, mein Sohn sei ein Dummkopf.« Er lächelte zerknirscht. »Aber als du es schließlich gemeistert hattest, warst du gar nicht mehr von den Büchern fortzubekommen. Vor allem von den Artusgeschichten. Weißt du noch?«

»Ja. Aber das ist nicht …«

»Es ist die *Fertigkeit* des Lesens, die zu erlernen dir schwerfällt. Das ist alles. Ich werde Sir Thomas einen Brief schreiben und …«

Nick hob abwehrend die Linke. »Nein, Vater, warte. Meine mangelhaften Fortschritte sind nicht der einzige Grund, warum er mich nach Hause geschickt hat.« Er steckte zwei Finger in die kleine Innentasche der ärmellosen Schaube und zog den versiegelten Bogen hervor. »Hier.«

Jasper of Waringham streckte die Hand aus und warf seinem Sohn einen fragenden Blick zu, ehe er den Brief entgegennahm und das Siegel erbrach. Sein Gesicht gab nichts preis, während er las, doch er war merklich blasser geworden, als er den Brief in den Schoß sinken ließ, und seine Kiefermuskeln wirkten wie versteinert. »Weißt du, was darin steht?«

»Nein. Was schreibt er?«

»Er ... er droht mir.« Er gab ein kurzes Schnauben von sich, das fast wie ein ungläubiges Lachen klang. »Mein alter Freund, Sir Thomas More, warnt mich mit großem Nachdruck vor den lutherischen Irrwegen, die ich angeblich eingeschlagen habe.« Er senkte den Blick wieder auf das Schreiben und las murmelnd: »›Ich schicke Nicholas heim, um Dich daran zu erinnern, dass Du für mehr als nur Dein eigenes Wohl verantwortlich bist, und weil ich, eingedenk meiner Position, den Sohn eines Mannes von zweifelhafter Gesinnung nicht in meiner Schule dulden darf.‹« Er schlug mit dem Handrücken auf das Schreiben, dass es knallte. »Was fällt ihm ein? Wann genau ist es passiert, dass aus dem größten Geist Englands ein frömmelnder, selbstgerechter Wichtigtuer geworden ist, der mit Scheuklappen durchs Leben geht?«

»Sprich nicht so von ihm!«, fuhr Nick auf.

Sein Vater starrte ihn verdutzt an. »Wie war das?«

Nick hob beide Hände zu einer versöhnlichen Geste. »Das ist er nicht. Er ist unerbittlich in Fragen des Glaubens und der Moral, das stimmt. Und er stellt zu hohe Ansprüche an die Menschen, weil er einfach nicht begreift, dass nicht alle so ... standhaft und frei von Sünde sein können wie er. Ich glaube, seine Frau und seine Tochter finden ihn manchmal schwer zu ertragen, und das kann ich verstehen. Aber er ist ohne Zweifel der gütigste Mensch, dem ich je begegnet bin. Er ist in aufrichtiger Freundschaft um dich besorgt. Du seiest ihm teuer, hat er zu mir gesagt, und wenn er es sagt, ist es wahr. Also hör lieber auf ihn.«

Jasper of Waringham sah seinen Sohn mit leicht geöffneten Lippen an. »Du meine Güte«, sagte er dann. »Ich habe dich nicht zu ihm geschickt, damit du vernünftiger zurückkehrst, als ich es je war. Das schadet meiner Position.«

Nick musste grinsen. »Oh, keine Bange. Ich bin alles andere als vernünftig.«

Sein Vater erwiderte das Grinsen. »Das erleichtert mich. Was denkst du, gehen wir essen?« Er stand auf und legte den Brief auf dem Tisch ab.

Nick erhob sich ebenfalls, und eher unbeabsichtigt fiel sein

Blick auf die letzten Zeilen des Schreibens. *Vergiss John Oldcastle nicht*, stand dort.

»Wer ist John Oldcastle?«, fragte er, während er seinem Vater zur Tür folgte.

»Hm?«, machte Lord Waringham zerstreut. »Ich habe nicht die leiseste Ahnung.« Er trat auf den Korridor hinaus.

Sein Sohn seufzte. »Vater …«

»Nein, ehrlich, Nick, ich weiß nicht …«

»Dann werde ich es wohl nachlesen müssen«, brummte Nick vor sich hin. »Wenn ich in Sir Thomas' Schule eins gelernt habe, dann das: Wie man was in welchem Buch findet.«

Sein Vater kapitulierte. »Oldcastle war der einzige Edelmann, der in England je wegen Ketzerei verbrannt wurde. Jedenfalls ist es das, was Sir Thomas mir sagen wollte, indem er den Namen erwähnte. Es soll heißen: Fühle dich nicht sicher, nur weil du der Earl of Waringham bist. Aber der Vergleich hinkt. Erstens bin ich kein Ketzer, und zweitens wurde Oldcastle ebenso wegen Verrats verurteilt. Er war ein … Sonderfall.«

»Sir Thomas sagt, Ketzerei *ist* Verrat«, bemerkte Nick.

»Ach wirklich? Und auf welche Argumentation stützt er diese abstruse juristische Theorie?«

»Ketzerei sei Verrat an Gott und ein schwereres Vergehen als alle gewöhnlichen Verbrechen, weil sie eine Korruption der Seele bedeute und darum bis in alle Ewigkeit wirke.«

»Ah.« Sein Vater lächelte stolz. »Gut aufgepasst, mein Sohn.«

»Hör auf ihn, Vater«, bat Nick noch einmal beschwörend. »Er hat recht, weißt du. Wir brauchen dich hier noch ein Weilchen.«

Lord Waringham nickte. »Wie ich bereits sagte: Ich bin kein Ketzer. Und jetzt komm. Lass uns essen.«

»Komisch. Ich hab gar keinen Hunger mehr.«

»Nick, Nick, du bist wieder da!« Raymond stand auf, rannte auf ihn zu und sprang ungestüm zu ihm hoch.

Lachend fing Nick seinen kleinen Bruder auf. »Ray! Du meine Güte. Du bist ein richtiger Kerl geworden.« Er stellte ihn wieder auf die Füße.

Raymond war sechs – das einzige gemeinsame Kind, das Lady Yolanda und Lord Waringham vergönnt gewesen war. Obwohl der Sohn seiner Mutter, vergötterten Nick und Laura den Kleinen, so wie jeder in Waringham es tat, aber ein Bindeglied zwischen seinen Halbgeschwistern hatte Raymond nicht werden können.

Lord Waringham nahm an der Seite seiner Gemahlin Platz, drückte kurz ihre Hand und trank einen kleinen Schluck Wein aus dem kostbaren Glas, das bereits für ihn gefüllt worden war.

Nick setzte sich ebenfalls und nickte seiner Stiefschwester knapp zu, die ihm gegenüber am Tisch saß. »Louise.«

»Nicholas.«

Mehr hatten sie einander nicht zu sagen.

Louise war ein paar Monate älter als Nick – ein hübsches junges Mädchen mit den großen dunklen Augen und dem schmalen Mund, die so typisch für die Howard waren. Das glatte braune Haar fiel ihr bis auf die Hüften, und von dem knochigen Backfisch, der sie bei ihrer letzten Begegnung gewesen war, war nicht mehr viel übrig. Teufel noch mal, dachte Nick, Brechnuss hat ein Paar richtige Titten bekommen. Fast könnte man meinen, sie sei ein echtes menschliches Wesen …

Lauras Gemahl Philipp betrat die Halle mit eiligen Schritten. »Zu spät wie immer«, kam er den Vorwürfen seiner jungen Frau zuvor und verneigte sich reumütig vor ihr. Dann wandte er sich lächelnd an Nick. »Bessy hat mir erzählt, dass du nach Hause gekommen bist.«

Nick stand auf und schloss seinen Schwager kurz in die Arme. »Woher in aller Welt weiß Bessy davon?«, fragte er. »Ich bin höchstens seit einer Stunde hier und hab sie nicht gesehen.«

Philipp hob die Schultern. »Du weißt doch, wie es ist.« Dann trat er einen Schritt zurück und betrachtete ihn von Kopf bis Fuß. »Du siehst gut aus, Mann. All die Bücher haben dir nicht geschadet, scheint mir.«

Ehe Nick antworten konnte, bemerkte Lady Yolanda: »Denkst du, jetzt, da du dich entschlossen hast, zu uns zu stoßen, könnten wir bald anfangen zu essen, Philipp?«

Er tauschte einen vielsagenden Blick mit Nick und setzte sich an seinen Platz. »Ich hoffe, Ihr könnt mir noch einmal vergeben, Madam.«

Die Magd Bessy trug das Nachtmahl auf: eine große, flache Schüssel mit einem Gericht aus Reis, Sommerkräutern und Stockfisch. Mit ein paar leisen Worten hieß sie Nick willkommen, füllte die Teller und ging wieder hinaus.

Nick beugte sich über seine Portion und sog den aromatischen Dampf ein. »Hm. Ich habe seit Ewigkeiten keinen Reis mehr gegessen.«

Alle falteten die Hände, sein Vater sprach das Tischgebet, und dann langten sie zu.

»Der asketische Sir Thomas More lässt die Zöglinge seiner Schule doch hoffentlich nicht hungern?«, fragte Philipp.

»Ja, ich finde auch, du bist zu dünn«, fügte Laura hinzu und betrachtete ihren Bruder kritisch. »Aber auch zwei Köpfe größer als früher.«

Nick steckte sich einen Löffel Reis in den Mund, schloss einen Moment genießerisch die Augen und schluckte dann. »Nein, niemand muss in seinem Haus darben. Die Kost ist einfach – er gibt nichts auf italienische oder französische Küche –, aber gut und reichlich.«

»Und stimmt es wirklich, dass er ein härenes Gewand trägt?«, fragte Laura neugierig. »Und sich geißelt?«

»Was ist das? Ein härenes Gewand?«, wollte Ray wissen.

»Ein Hemd aus Ziegenhaar«, antwortete Nick.

»Aus einem Tuch, das aus Ziegenhaargarn gewoben wird«, verbesserte Philipp.

Nick wies mit dem Löffel auf ihn und riet seinem kleinen Bruder: »Hör auf ihn. Er ist ein Durham und weiß darum alles, was es über Tuche und Stoffe zu wissen gibt.«

»Und?«, fragte Louise. »Stimmt es nun, ja oder nein?«

»Ich habe keine Ahnung«, erwiderte Nick, ohne sie anzusehen. »Ich hab ja nicht in seiner Manteltasche gewohnt. Wir Schüler bekamen ihn oft wochenlang nicht zu Gesicht. Ich weiß nichts über seine Lebensführung.«

Aber das war gelogen. Sir Thomas' Tochter, Meg Roper, oblag die Aufgabe, das härene Gewand ihres Vaters zu waschen, und obwohl sie das in aller Diskretion tat, hatte Nick sie einmal bei dieser Arbeit erwischt, denn er hatte ein Schwäche für Lady Meg und sie manchmal aufgesucht, wenn er eine freie Stunde hatte, um mit ihr zu plaudern und ihr bei der vielen Arbeit zur Hand zu gehen. Und jeder, der auf dem Anwesen in Chelsea lebte, wusste, was Sir Thomas tat, wenn er zu später Stunde, meist im Schutz der Dunkelheit, in seine Kapelle ging. Man hörte die pfeifenden Schläge bis nach draußen. Doch es wurde niemals darüber gesprochen.

»Warum trägt man so was?«, fragte Ray wissbegierig weiter. »Ein … wie heißt das? Härenes Gewand?«

»Es kratzt und juckt. Fürchterlich«, antwortete sein Vater. »Wenn man es lange genug trägt, reizt es die Haut so schlimm, dass sie ganz wund wird und aufplatzt. Es soll die Seele reinigen, dem Körper Ungemach zuzufügen. Es ist eine Buße, verstehst du?«

»Nein«, bekannte sein Jüngster.

Lord Waringham streckte den langen Arm aus und zerzauste ihm lachend den Schopf. »Dann sind wir schon zwei …«

»Jasper, bitte«, zischte Yolanda.

»Man fragt sich jedenfalls, warum ausgerechnet der Mann, der niemals sündigt, sich solche Bußen auferlegt«, warf Philipp ein und lenkte das Gespräch damit geschickt zurück in ungefährliche Gewässer. »Mein Onkel Nathaniel sagt jedenfalls, Thomas More sei der einzige Richter in Westminster, der sich durch nichts und von niemandem bestechen lässt.«

»Ja«, stimmte Nick zu. »Das kann ich ohne Mühe glauben. Schon allein, weil ihm an irdischen Gütern nichts liegt. Wenn seine Frau und seine Tochter nicht auf ihn achtgäben, würde er vermutlich sein Hab und Gut verschenken und in Lumpen gehen.«

»Aber er hält prächtige Feste, hört man«, widersprach Lady Yolanda.

Nick hob die Schultern. »Ich schätze, er kann seine Stellung nicht gänzlich ignorieren. Von einem Mann in seiner Position wird dergleichen nun mal erwartet. Und ich glaube, er genießt es, mit Freunden zusammen zu essen und zu reden.«

»Stimmt es, dass auch der König hin und wieder zu seinen Festen kommt?«, fragte seine Stiefmutter.

Nick schob sich den letzten Löffel in den Mund und nickte. Er warf seinem Vater unter gesenkten Lidern hervor einen raschen Blick zu, aber dessen Gedanken waren wieder einmal abgeschweift. Lord Waringham saß an seinem Platz, die Augen auf einen Punkt rechts der Tür gerichtet, ein verhaltenes, höfliches Lächeln auf den Lippen und im Geiste weit, weit fort.

»Und hast du ihn einmal gesehen? König Henry?«, bohrte Yolanda weiter.

»Nur aus der Ferne.«

»Wie sah er aus?«, fragte Ray aufgeregt. »Hatte er seine Krone auf?«

Nick musste lächeln, hob seinen kleinen Bruder von dessen Stuhl und setzte ihn auf sein Knie. »Nein, Ray. Er sah irgendwie nicht so aus, wie du und ich uns einen König vorstellen. Er war ziemlich dick und er humpelte.«

Sein Vater war nicht so weit entrückt gewesen, wie Nick angenommen hatte, denn er sah ihn plötzlich wieder an und wiederholte: »Humpelte?«

»Er hat irgendein Geschwür am Bein, erzählt man in London«, hatte Philipp gehört.

Laura schnalzte mit der Zunge. »Haben die Londoner nichts Interessanteres, worüber sie sich die Mäuler zerreißen können?«

»Doch, Teuerste.« Ihr Gemahl neigte sich ihr verschwörerisch zu. »Aber das Wenigste davon kann man in Gegenwart von Damen wiederholen.«

Sie lachten, und wieder dachte Nick, welch ein Geschick sein Schwager besaß, Heiterkeit und Leichtigkeit zu verbreiten. Die Durham waren ein reiches, hoch angesehenes Ritter- und Kaufmannsgeschlecht mit gewaltigem Landbesitz im nahen Sevenelms, einem eigenen Themsehafen in Tickham und einer Londoner Niederlassung. Aber Philipp war der jüngere Sohn eines jüngeren Sohnes und musste deshalb selbst zusehen, wie er eine

Lebensgrundlage für sich und seine Familie schuf. Seit vielen Generationen verband die Durham und die Waringham eine enge Freundschaft, und nachdem Laura und Philipp im Kindesalter verlobt worden waren, war er jedes Jahr für einige Monate nach Waringham gekommen, um ritterlichen Schliff zu erhalten. Nick war immer selig gewesen, wenn Philipp kam, und zu Tode betrübt, wenn er wieder fortging. Schon als Junge hatte Philipp Durham es verstanden, die Schatten fernzuhalten, die in Waringham in jedem Winkel zu lauern schienen.

Sobald die Teller abgetragen wurden, zog Lord Waringham sich für gewöhnlich in seine Bibliothek zurück, aber zur Feier von Nicks Heimkehr blieb er heute in der Halle sitzen und bat Bessy, ihnen noch einen Krug Wein zu bringen. Nachdem Ray unter erbitterten Protesten an der Hand der Magd zu Bett gegangen war, sprachen sie noch eine Weile über Nicks Zeit auf Sir Thomas' Schule, doch der Junge merkte bald, dass das Thema alle bis auf seinen Vater langweilte, und darum bat er seine Schwester, ihm ihr neues Virginal vorzuführen.

Willig holte Laura das kleine Tasteninstrument herbei und stellte es auf den Tisch vor sich. Dann nahm sie wieder Platz, öffnete den kunstvoll mit Blumenranken und Vögeln bemalten Holzdeckel und begann zu spielen. Die Hämmer, welche durch die Tasten betätigt wurden, fielen auf unterschiedlich gestimmte Stahlsaiten und entlockten ihnen einen reinen Klang, der blechern und dem Ohr dennoch gefällig war. Laura hatte eine hübsche, glockenhelle Stimme und sang einige *Frottole*, die gerade so in Mode waren, wobei sie auf dem Virginal sowohl die Begleitung als auch die zweite Stimme spielte.

Nick lauschte ihr, ließ sich von der Musik verzaubern und sah sich dabei verstohlen in der behaglichen Halle um. Es war ein seltsames Gefühl, wieder zu Hause zu sein. Alles kam ihm vertraut und gleichzeitig fremd vor. Von diesen Menschen hier war sein Vater der einzige, den er im Lauf der letzten zwei Jahre gesehen hatte, denn hin und wieder hatte Lord Waringham seinen alten Freund Thomas More besucht, bei der Gelegenheit nach seinem Sohn gesehen und ihn eingeladen, über Weihnachten oder Ostern heimzukommen. Nick hatte immer Gründe gefunden, um abzulehnen, denn sein Widerwille, seiner Stiefmutter und -schwester zu begegnen, war größer gewesen als sein Heimweh.

Er wandte langsam den Kopf und blickte zu Louise hinüber. Er war nicht überrascht zu sehen, dass sie ihn unverwandt anstierte; er hatte es schon seit geraumer Zeit gespürt. Mit einer spöttisch gehobenen Braue ergriff er sein Weinglas, hob es ihr entgegen und trank. Dann applaudierte er Laura, die ihr Virginal zuklappte und liebevoll über den Deckel strich.

»Seit wann hast du das?«, fragte er. »Du spielst großartig.«

»Es war ein Hochzeitsgeschenk von Philipps Onkel«, antwortete sie, und der verliebte Blick, den sie ihrem Instrument schenkte, brachte Nick zum Lachen.

Lord Waringham leerte sein Glas. »Das war wundervoll, Laura. Und wie steht es mit dir, Louise? Können wir dich überreden, uns ein paar Verse vorzutragen?« Er gab sich immer Mühe, seine Stieftochter genauso zu behandeln wie seine leiblichen Kinder, und schenkte ihr die gleiche Art von sporadischer, aber herzlicher Aufmerksamkeit. Nick hatte schon oft gerätselt, wie sein Vater in Wahrheit zu Louise stand, doch er hatte nie eine befriedigende Antwort gefunden.

Brechnuss lehnte glücklicherweise ab. »Heute Abend nicht, Vater, wenn du es nicht übelnimmst. Bloße Verse würden einfach zu spröde klingen nach den herrlichen Klängen dieses Virginals.«

Ihr Hohn perlte von Jasper ab, weil der ihn einfach nicht bemerkte. »Tja, es ist ein Glück für uns alle, dass wenigstens Philipps Onkel Geld für solch wunderbaren Firlefanz übrig hat.«

»Ah«, machte Nick. »Das heißt wohl, dass wir den Bergfried vorläufig nicht wieder aufbauen können, richtig?«

Seine Stiefmutter schnaubte. »Der Bergfried ist die kleinste unserer Sorgen.«

Nick ignorierte sie. »Wie schlimm hat es ihn erwischt?«

Lord Waringham schüttelte den Kopf. »Schlimmer, als man von außen sehen kann. Er ist eine Ruine, fürchte ich. Wer weiß, ob er nicht eines Tages einfach in sich zusammenfällt.« Sein Bedauern war unüberhörbar, aber, argwöhnte Nick, nicht so tief wie sein eigener Kummer über diesen Verlust eines so zentralen Teils ihrer Familientradition.

»Dein Vater hat mit den herabgestürzten Steinen des Eckturms das Fundament für eine neue Brücke im Dorf legen lassen, die alte war nämlich lebensgefährlich«, berichtete Sumpfhexe. »Wenn es nach mir ginge, dürften die Bauern den grässlichen alten Kasten als Steinbruch benutzen und ganz abtragen. Dann könnten wir den Garten vergrößern.«

Nick biss sich zu spät auf die Zunge. »Aber zum Glück geht es ja nicht nach Euch«, war heraus, ehe er sich hindern konnte.

Lady Yolandas ohnehin schon schmale Lippen wurden ein dünner Strich. »Kaum zu Hause, schon wieder ganz der Alte ...«

Ja, du hast mir auch gefehlt, Sumpfhexe, dachte Nick wütend. Er stand auf. »Entschuldigt mich. Ich bin völlig erledigt. Gute Nacht.«

Sein Vater erhob sich ebenfalls und reckte sich verstohlen. »Zu Fuß von Tickham bis nach Waringham, so etwas Verrücktes habe ich noch nie gehört.« Zu dem kleinen Schlagabtausch zwischen seiner Gemahlin und seinem Sohn äußerte er sich nicht, so wie meistens. »Warum hast du dir dort keinen Gaul geliehen?«

»Ich war ganz dankbar für den Fußmarsch.«

»Oh, gewiss doch«, murmelte Louise vor sich hin. »Es hatte bestimmt nichts damit zu tun, dass er Angst vor Pferden hat.«

Nick erwachte vor Tagesanbruch, denn sein Körper war noch an den Rhythmus seines Schulalltags gewöhnt, der stets mit einer Messe vor dem Frühstück begonnen hatte. Er drehte sich auf den Rücken, sah in den grünen Baldachin seines Bettes hinauf und genoss das Gefühl, nicht sofort aufstehen, die Trägheit seiner Glieder überwinden und seinen Geist schärfen zu müssen. Er war gern zur Schule gegangen. Er hatte viel Spaß mit seinen Mitschülern gehabt, und er hatte sogar die meisten der Lehrer gemocht. Alle waren sie anspruchsvoll gewesen, manche furchtbar streng, und sie hatten mit der Rute nicht gerade gegeizt, zumal Sir Thomas ja bekanntermaßen die Auffassung vertrat, dass es dem Seelenheil zuträglich sei, das schwache Fleisch zu züchtigen. Aber nicht einer unter ihnen war ein grausamer Schinder gewesen, wie es sie so zahlreich in so vielen Schulen gab. Sir Thomas hatte sie mit Sorgfalt und Klugheit ausgewählt, und allesamt waren sie großartige Gelehrte. Nick hatte das Privileg immer zu schätzen gewusst, das ihm zuteil wurde. Aber zwei Jahre, fand er, waren lange genug. Hubert Rudstone und ein paar der anderen würden vermutlich vier oder fünf Jahre in Sir Thomas' Haushalt bleiben, um dann nach Oxford oder Cambridge zu gehen, aber da Nick von Anfang an gewusst hatte, dass das nicht sein Weg war, hatte ihn in den letzten Monaten immer häufiger das Gefühl gequält, dass er seine Zeit vergeudete. Denn wo sein Weg lag, wusste er nicht, und er fand, es sei höchste Zeit, es herauszufinden.

Er rollte sich aus dem Bett, wusch sich Gesicht und Hände in der Schüssel auf der Kommode unter dem Fenster, fuhr sich ohne erkennbaren Erfolg mit dem Hornkamm durch den kinnlangen blonden Lockenschopf, und während er sich anzog, hielt er Zwiesprache mit seiner Mutter.

»Vermutlich ist es dumm, dass ich mir darüber den Kopf zerbreche, oder?«, fragte er das Bildnis, das neben seinem Bett an der holzgetäfelten Wand hing, und schnürte das Hemd zu. »Ich werde der nächste Earl of Waringham sein, und wenn man das ein bisschen ernster nimmt als mein zerstreuter Vater, ist es vermutlich Lebensaufgabe genug.«

Die schöne, hellhäutige Frau mit dem weißen Kleid und dem rötlich blonden Haar unter der Haube zeigte ihr ewig gleiches, verhaltenes Lächeln. Ihre blaugrauen Augen schienen den Blick des Betrachters direkt zu erwidern und folgten ihm, ganz gleich in welchen Winkel des Raumes er ging. Wäre es nicht seine Mutter, dachte er manchmal, hätte dieser durchdringende Blick ihn vermutlich beunruhigt. Aber so erwiderte er ihn ohne Unbehagen.

Über das Leinenhemd streifte Nick das blaue Wams mit den gefältelten Ärmeln, das ihm bis auf die Oberschenkel reichte. Dann stieg er in die Hose, deren Beine eine Handbreit oberhalb des Knies weit und bauschig wurden, was sie wunderbar bequem machte. Mit Schnüren an der Seite wurde die Hose innen ans Wams genestelt, damit sie hielt.

»Wenn ich mir richtig viel Mühe gebe, könnte ich vielleicht sogar das Eis brechen und in den Dienst des Königs treten. Wie fändest du das?« Er schnallte den schmalen Ledergürtel um. Die ärmellose Schaube, die die Oberbekleidung vervollständigte, war vorne offen, aus dunkelblauem Samt und hatte einen breiten Kragen. »Ich meine, wie lange sind wir jetzt in Ungnade? Zehn Jahre? Das ist allmählich genug, oder? Und was immer der Grund war, der König kann nicht allein schuld gewesen sein. Ganz gleich, was Vater über ihn denken mag ... Nicht, dass ich *wüsste*, was er über ihn denkt, aber du verstehst schon, was ich meine. Sir Thomas jedenfalls ist voller Verehrung für den König. Und ich schätze, sein Urteil ist über jeden Zweifel erhaben, oder?«

Er schlüpfte in seine Halbschuhe, setzte das flache Barett auf und verließ das Gemach.

Seine Mutter lächelte.

Nick lief die zwei Treppen hinab und betrat die Küche, wo Bessy und Ellen, die Köchin, das Frühstück vorbereiteten.

»Lord Nick!«, rief Bessy, als sie ihn sah – weitaus temperamentvoller als am Abend zuvor in der Halle. »Es ist so schön, dass Ihr zurück seid.«

Ohne jeden bewussten Entschluss setzte er sich auf den Schemel neben dem Herd, auf dem er, so kam es ihm manchmal vor, seine halbe Kindheit verbracht hatte.

Als seine Mutter gestorben war, hatte sein Vater für die beiden Kinder keine Gouvernante eingestellt. Vermutlich hatte er es vergessen. Also waren Laura und Nick unter Bessys und Ellens Aufsicht groß geworden, und wenn eines der Kinder krank gewesen war, hatten Magd oder Köchin es abends mit nach Hause genommen. An diesen Arrangements hatte auch Lady Yolandas Ankunft nichts geändert.

»Und?«, fragte er, lehnte die Schultern gegen die Wand und schlug die Beine übereinander. »Was köchelt?«

»Das Porridge«, gab Ellen schlagfertig zurück. Sie kam mit

einer Schale ans Feuer, füllte sie großzügig mit Hafergrütze aus dem gusseisernen Kessel, reichte sie Nick und strich ihm mit der rauen Hand über den Schopf.

Er bog ungeduldig den Kopf weg. »Danke.« Gierig begann er zu löffeln.

Bessy schlug ein Dutzend Eier in eine Schüssel. »Hier ist alles wie immer, Lord Nick. Das ist das Wunderbare an Waringham. Nichts ändert sich je.«

Er wiegte den Kopf. »Das würde ich so nicht sagen. Eure Familie wohlauf?« Bessy und Ellen waren Schwestern.

Beide nickten. »Mein William hatte ein schlimmes Fieber im Frühjahr, aber er hat's überstanden«, berichtete die Köchin. »Nur arbeiten konnte er nicht und hat so gut wie nichts gesät. Jetzt sagen die anderen Bauern, sie hätten es lieber auch so machen und sich im Frühling auf die faule Haut legen sollen, denn dieses Jahr werde keiner etwas ernten.«

Nick sah besorgt auf. »Ich hoffe, sie irren sich.«

Ellen schüttelte ernst den Kopf. »Zwei Monate beinah pausenlos Regen, mein Junge. Das Korn wird nicht reif, und das, was reift, verfault auf dem Halm. Mein William sagt, wir seien noch gut dran, weil wir notfalls mit dem überleben können, was ich hier an Lohn verdiene, aber Eure Schwester glaubt, wenn dieses Jahr wieder keiner Pacht zahlen kann, ist Euer Vater auch am Ende.«

Nick fühlte mit einem Mal einen unangenehmen Druck auf dem Magen und legte den Löffel in die Schale. Aber er ließ sich seinen Schrecken nicht anmerken. »Ach komm, Ellen«, schalt er. »So schlimm wird's schon nicht werden.«

Ellen und Bessy tauschten einen Blick.

Nick unterdrückte ein Seufzen. »Was? Na los, raus damit.«

Bessy verrührte die Eier mit Milch, gab eine großzügige Prise Salz hinzu und fing an, Petersilie zu hacken. »Ein reicher Gentleman aus London war hier. Mehrmals. Der Onkel Eures Schwagers.«

»Ein Durham? Na und? Die kommen und gehen, oder?«

»Er hat Urkunden und eine Schatulle mitgebracht.«

Nick verstand, was sie meinte. »Ihr denkt, mein Vater hat den Durham Land verkauft?«

»Das musste ja früher oder später so kommen«, gab Bessy unverblümt zurück und streute die Petersilie in ihre Rühreier.

Nick gab ihr recht. Auch Landedelleute, die eine glücklichere Hand bei der Verwaltung ihrer Güter hatten als sein Vater, standen seit Jahren vor dem Problem, dass die Pachteinnahmen niemals stiegen, weil ihre Höhe in teils Jahrhunderte alten Vereinbarungen festgeschrieben war, das Geld aber immer weniger wert war und die Kosten von Jahr zu Jahr stiegen. Viele mussten Land verkaufen, um über die Runden zu kommen, obwohl das ihre Sorgen im Jahr darauf natürlich nur vergrößerte, wenn sie für ihre geschrumpften Ländereien noch weniger Pacht bekamen. »Es ist ein Teufelskreis«, sagte Nick verdrossen. »Mein Großonkel Edmund hat es besser gemacht als mein Großvater: Er ist zur See gefahren, ist frei wie der Wind und braucht sich weder mit Politik noch mit Pachten herumzuplagen.«

Sein Großvater – der berühmte Robin of Waringham, der seine Jugend mit dem alten König im Exil verbracht hatte und auch in den Zeiten danach kaum von dessen Seite gewichen war – hatte eine unüberschaubare Schar von Geschwistern besessen. Seine Brüder waren nach der endgültigen Niederlage des Hauses York großzügig mit Land und Titeln ausgestattet worden, aber alle in Wales oder in Yorkshire. Nick hatte keine Ahnung, was aus ihnen und ihren Nachkommen geworden war. Nur sein Großonkel Edmund, der im Auftrag der Krone die Meere bereiste und neue Länder suchte, hatte gelegentlich in Waringham vorbeigeschaut.

»Doch weder ihn noch seinen Sohn haben wir hier in den letzten zehn Jahren gesehen«, wandte Bessy ein. »Wahrscheinlich ist er verschollen. Über den Rand der Welt gefallen und von Ungeheuern gefressen worden oder was weiß ich.« Sie schauderte.

»Die Welt hat keinen Rand«, verbesserte Nick unwillkürlich.

Mit dem Rührlöffel winkte Bessy ab. »Neumodischer Unsinn«, brummte sie. »Ich weiß, was ich weiß.«

Nick musste lachen. »Du kannst froh sein, dass dich keiner auf eine Schule geschickt hat, um tausend Dinge in deinen Kopf zu stopfen, die all deine Gewissheiten infrage stellen.«

»Oh ja«, bemerkte sie mit Inbrunst. »Darüber bin ich allerdings froh. Und jetzt erzählt. Wie war es dort draußen in der großen weiten Welt?«

»Ziemlich klein und eng«, gestand er. »Sir Thomas hütet seine Schüler besser als eine Mutter Oberin ihre Novizinnen. Bis auf ein paar Bootsausflüge auf der Themse habe ich nichts gesehen als sein Haus und das nicht besonders aufregende Chelsea. Keine fünf Meilen von London entfernt, und doch war ich kein einziges Mal dort.«

»Gut so«, befand die Köchin. »Da kann ein junger Gentleman nur unter die Räder geraten.«

Er nickte. »Du musst es ja wissen …« Ellen und Bessy waren ihr ganzes Leben nicht aus Waringham herausgekommen.

Er stand auf. »Falls irgendwer mich sucht: Ich bin im Dorf.«

»Aber Frühstück ist gleich fertig«, protestierte Ellen.

»Nein, vielen Dank.« Im Vorbeigehen stibitzte er ein Stück geröstetes Brot. »Ich frühstücke lieber im Regen als mit Brechnuss und Sumpfhexe.«

Es war geradezu lächerlich kalt für Juli. Mit eiligen Schritten, um sich aufzuwärmen, verließ Nick die alte Burganlage, ging den Burghügel hinab und folgte dem Pfad, der über den Hügel führte, welchen die Leute »Mönchskopf« nannten. Auf der kahlen Kuppe, der die Anhöhe den Namen verdankte, blieb er stehen und sah sich um. Still und melancholisch lag Waringham unter dem grauen Himmel. Die Schafe standen missmutig zusammengedrängt auf den Weiden und wandten dem ungemütlichen Westwind die Hinterteile zu, als wollten sie damit bekunden, was sie von ihm und dem Wetter, das er brachte, hielten. Der unablässige Regen der letzten Wochen hatte den Tain anschwellen lassen, der eiliger als sonst durch sein schmales Bett strömte und unter der neuen Brücke einherschäumte. Sie war hübsch geworden, stellte Nick befriedigt fest: Breiter als der alte Steg und auf beiden Seiten mit einem Geländer befestigt. Jenseits der baumbestandenen Uferwiese lagen die Kirche und die strohgedeckten Katen von Waringham.

Nick ging indessen nicht gleich ins Dorf hinab, sondern wandte sich nach rechts. Er musste sich überwinden und seine Füße mit einem bewussten Willensakt zwingen, sich in die Richtung zu bewegen.

Er fürchte sich vor Pferden, hatte Brechnuss ihm am gestrigen Abend unterstellt – weiß Gott nicht zum ersten Mal. Das Gegenteil war der Fall: Er verstand Pferde weitaus besser als Menschen, und darum fürchtete er sich auch nicht vor ihnen. Was ihm indessen eine Heidenangst einjagte, war die Vorstellung, seine Stiefschwester könnte je herausfinden, dass er die Gabe der Waringham besaß. Sobald sie in Sichtweite war, machte er einen Bogen um jedes Pferd, damit sie nur ja nicht merkte, dass er eine geheimnisvolle Verbindung zu ihnen herstellen, sie mit einem Blick, mit einem Gedanken dazu bewegen konnte, zu tun, was er wollte. Es war diese Gabe, die das Gestüt von Waringham einst groß und berühmt gemacht hatte. Zwei Generationen hatte sie übersprungen, doch kurz nach dem Tod seiner Mutter hatte Nick entdeckt, dass er sie hatte. Niemand hatte ihm erklären müssen, dass man aus solch einem unnatürlichen Talent besser ein Geheimnis machte, weil es Argwohn erwecken konnte. Nicht einmal mit seinem Vater oder seiner Schwester hatte er je darüber gesprochen. Aber trotz der Gefahr, die die Gabe darstellte, hatte er dem Gestüt nie lange fernbleiben können.

Daran hatte sich nichts geändert, und es war nicht Angst, die seine Schritte verlangsamte, sondern Schmerz über all die leeren Boxen, die windschiefen Zäune und Gatter der Koppeln, die gräulichen, undichten Strohdächer der Gebäude – den Eindruck von Verfall und Niedergang.

Als Nicks Vater vor rund zehn Jahren in Ungnade gefallen war, hatte der König das Pferde- und Jahrmarktsrecht widerrufen, welches Waringham fast zweihundert Jahre lang besessen hatte. Und der König hatte seinen Lords und Höflingen unmissverständlich klargemacht, dass jeder von ihnen, der ein Pferd in Waringham kaufte, sich seinen Unwillen zuziehen könnte. Nur die wenigsten wagten es trotzdem, und so war der Zuchtbetrieb fast vollständig zum Erliegen gekommen. Von den rund vierzig Boxen im Stutenhof waren nur zehn belegt. Neugierige Pferdeköpfe erschienen in den geöffneten oberen Türhälften, als Nick näherkam, und er ging in jede der Boxen, begutachtete die Stuten und vor allem die Fohlen. »Das ist wirklich ein Prachtbursche, Medea«, lobte er und klopfte der Stute den Hals. »Und er hätte etwas Besseres verdient, als in seinem eigenen Dreck zu liegen. Herrje, was ist hier los?« Missfällig ließ er den Blick über das verdreckte Stroh und die unsaubere Krippe schweifen. »Können wir uns neuerdings nicht mal mehr Stallknechte leisten?«

»Doch, doch«, sagte eine Stimme von der Tür. »Aber Greg Wheelers Vater ist gestorben, und in zwei Stunden ist die Beerdigung. Darum ist Greg nicht hier, und alles geht heute ein wenig langsamer.«

Nick wandte den Kopf. »Daniel! Gut, dich zu sehen.«

Daniel erwiderte sein Lächeln. »Danke gleichfalls. Seit gestern Abend geht ein Gerücht, du seiest wieder da. Aber die Meinungen gehen auseinander, ob du zu Besuch oder nach Hause gekommen bist.«

Nick schüttelte den Kopf. »Ich bleibe.«

»Gott sei Dank. Ich könnte hier gut ein williges Paar Hände gebrauchen.«

»Ja. Das sehe ich.« Die Anzeichen von Nachlässigkeit, die er entdeckte, hatten nichts mit der heutigen Abwesenheit eines Stallburschen zu tun. Sie gingen tiefer und schienen eher ein Dauerzustand zu sein. Aber Nick schluckte die Vorwürfe herunter, die ihm auf der Zunge lagen, hängte stattdessen Hut und Schaube an einen Haken in der Sattelkammer, holte sich Mistgabel und Schubkarre und machte sich an die Arbeit.

Die Stallmeister von Waringham waren einmal feine Leute und Miteigner des Gestüts gewesen, aber wie so viele Dinge hier war auch das Vergangenheit. Einer nach dem anderen hatten sie Mädchen bäuerlicher Herkunft aus Waringham geheiratet und sich nicht um ihre Stammbäume geschert. Der Letzte war mit seiner Hälfte der Pferde fortgezogen, als der Niedergang des Gestüts begann, und hatte den Grund und Boden, der sein Eigentum war, Lord Waringham verkauft, um anderswo neu beginnen zu können. Nick vermutete, sein Vater hatte das Land mit Sumpfhexes Mitgift bezahlt. Daniel war damals etwa so alt gewesen wie Nick heute – der jüngere Bruder des Stallmeisters –, und er war geblieben und hatte das Amt geerbt. Weil niemand sonst da gewesen war und weil Lord Waringham keine anderslautende Weisung erteilte. Nick wusste, er war keine ideale Besetzung. Daniel war gewissenhaft und unermüdlich und hatte ein Leben lang Erfahrung im Umgang mit Pferden, aber er besaß weder Autorität noch Organisationstalent. Die Folgen sah man überall.

Misten und Füttern im Dauerregen war kein Vergnügen, und nach einer Stunde waren Nicks Kleider schmutzig und schlammbespritzt. Das bekümmerte ihn indessen nicht. Einträchtig arbeitete er mit Daniel und den beiden verbliebenen Stallknechten, lernte die Jährlinge und die Zweijährigen kennen – die ja alle noch Fremde für ihn waren – und erging sich in dem himmlischen Gefühl, endlich wieder zu tun, was seiner Neigung entsprach.

»Du bist in deinem Element«, bemerkte Daniel, als sie sich zwei Stunden später in der kleinen Halle des Stallmeisterhauses zu einem lange überfälligen Frühstück niederließen.

»Ja«, stimmte Nick zu und seufzte zufrieden. »Ich habe gar nicht gewusst, wie sehr es mir gefehlt hat.« Er wartete, bis die Magd gegangen war, die ihnen Brot, Schinken und verdünntes Bier vorgesetzt hatte, ehe er fragte: »Immer noch nicht verheiratet, Daniel?«

Der schüttelte den Kopf. »Für eine Familie reicht es nicht. Es wird von Jahr zu Jahr weniger, verstehst du. Manchmal würde ich am liebsten mein Zeug packen und zu meinem Bruder nach Yorkshire ziehen, aber ich bring es nicht übers Herz, deinen alten Herrn im Stich zu lassen. Und die Gäule. Und Waringham. Was wir hier bräuchten, wäre ein Steward, aber es gibt keinen. Der Reeve ist ein Schlitzohr und zweigt bei der Pachtabrechnung einen fetten Anteil für sich selbst ab. Vater Ranulf ist noch schlimmer. Ein Blutsauger, sag ich dir. Er ist einfach gnadenlos bei der Eintreibung des Zehnten, und jetzt hat er sich doch tatsächlich geweigert, den alten Wheeler unter die Erde zu bringen, weil die Familie zu arm ist, ihm seine Sixpence dafür zu zahlen. Gestern hat er sich plötzlich besonnen. Aber erst, nachdem Gregs Schwester die Nacht bei ihm verbracht hat.«

»*Was?*« Nick stellte sein Bier ab und sah ihn entsetzt an.

Daniel verzog den Mund zu einer verächtlichen Grimasse und winkte ab. »Hier passieren noch ganz andere Sachen, Mann.«

Nick schwieg einen Moment betroffen und fragte dann: »Weiß mein Vater von diesen Dingen?«

Der junge Stallmeister nickte. »Und er hat ein paarmal versucht, Vater Ranulf ins Gewissen zu reden. Aber der beruft sich darauf, dass er nur die Rechte der Kirche wahrnimmt, und dein Vater sagt, er kann nichts gegen ihn unternehmen.«

Das verstand Nick nicht so recht. »Aber Vater Ranulf untersteht der Weisung des Erzbischofs, der ein hochanständiger Mann ist. Solche Dinge passieren todsicher nicht mit seiner Duldung.«

»Nein, aber der Erzbischof ist alt und krank. Außerdem hat unser famoser Vater Ranulf einen Studienfreund, welcher ein Diakon des Lord Chancellor ist. Darum fühlt er sich unverwundbar.«

Nick pfiff leise vor sich hin. »Das ist er dann ja wohl auch.« Kardinal Wolsey – der Lord Chancellor – war der mächtigste Mann in England, denn er genoss das uneingeschränkte Vertrauen des Königs, der ihm die Regierungsgeschäfte vollständig überließ. Und es galt als ausgesprochen ungesund, dem Kardinal oder seinen Prälaten unangenehm aufzufallen. Nick spülte einen Bissen des altbackenen Brotes mit einem Schluck Bier hinunter und dachte bedrückt, dass es schlimmer um Waringham stand, als er geahnt hatte.

Daniel steckte sich den letzten Schinkenhappen in den Mund und stand auf. »Komm. Wir haben zwanzig Gäule zu bewegen. Es wird ein verdammtes Schlammbad werden, und sie werden biestig und unausstehlich sein. Ich würde das gern hinter mich bringen.«

Biestig und unausstehlich waren die jungen Pferde in der Tat. Einer der Zweijährigen ließ es sich nicht nehmen, seinen Huf zweimal auf Nicks Fuß zu stellen, während der ihn striegelte, und als Nick eine junge Stute longierte, war sie genau so lange lammfromm, wie es dauerte, ihn in Sicherheit zu wiegen. Dann brach sie aus, riss ihn von den Füßen, und Nick landete bäuchlings im Morast. Carl und Jocelyn, die beiden Stallknechte, mussten natürlich in genau diesem Moment aus der Futterscheune kommen. »Sauwetter oder nicht«, bemerkte Carl, nachdem er die Stute eingefangen hatte. »Ich hab lange nicht so viel Spaß bei der Arbeit gehabt, Lord Nick.«

»Das ist beglückend zu hören«, knurrte Nick, sah an sich hinab und brach dann selbst in Gelächter aus.

Müde, nass und hungrig kam er am Nachmittag nach Hause und fühlte eine Art von Zufriedenheit, die er fast vergessen hatte. Mit einem leisen Lachen dachte er an die freche kleine Stute, und dann ging ihm auf, dass ihm von den Sachen in seiner Kleidertruhe vermutlich nichts mehr passen würde. Ein wenig ratlos fragte er sich, was er zum Essen anziehen sollte, und schlich auf leisen Sohlen an der Halle vorbei. Aber es nützte ihm nichts.

Sumpfhexe hatte offenbar auf ihn gelauert. »Sei so gut und komm einen Moment herein, Nicholas.«

Er stellte sich in den Türrahmen des behaglichen Wohngemachs mit den dunklen, edel geschnitzten Deckenbalken und den feinen Gemälden an den getäfelten Wänden. »Ich fürchte, ich würde die Fliesen schmutzig machen, Madam.«

Lady Yolanda war allein. Sie saß mit einem kleinen Handstickrahmen am Tisch: eine vornehme Dame in den mittleren Jahren. Das Mieder des eleganten Kleides aus nachtblauem Samt war eng geschnürt, der eckige Ausschnitt mit den gleichen Perlen bestickt wie die passende Giebelhaube. Die dunklen Augen betrachteten ihn wie etwas, das Fühler und zu viele Beine hatte und gerade unter einem Stein hervorgekrabbelt war. »Du siehst aus, als hättest du die Schweine gehütet. Oder dich mit ihnen gesuhlt.«

»Es ist schlammig dort draußen. Ich bin ausgeglitten.«

»Wo hast du dich den ganzen Tag herumgetrieben?«

»Ich wüsste nicht, dass ich Euch Rechenschaft schulde, Madam. Aber ich sag es Euch gern, da Ihr mit einem Mal in so fürsorglicher Weise Anteil an meinem Leben nehmt. Ich war in Waringham, um herauszufinden, wie es darum bestellt ist. Und sollte die Antwort Euch interessieren – was ich nicht glaube –, sie lautet: Beängstigend.«

Röte stieg von ihrem Hals auf, und Nick beobachtete mit altbekannter Faszination, dass die Verfärbung der Haut Wangen und Stirn ein paar Herzschläge eher erreichte als die Nase, was seiner Stiefmutter jedes Mal das Aussehen eines grotesk geschminkten Gauklers verlieh. »Du schuldest mir in der Tat Rechenschaft, denn ich bin die Frau deines Vaters, und ganz gewiss schuldest du mir Respekt. Überleg dir lieber gut, ob du ihn mir verweigern willst.«

Ihre Drohungen hatten jegliche Macht über ihn verloren, stellte er fest. »War es das, was Ihr auf dem Herzen hattet?«

»Nein. Ich wollte mit dir über deinen Bruder sprechen.«

»Ray? Was ist mit ihm?«

»Er ist sechs Jahre alt und braucht dringend einen Tutor.« Nick ahnte Fürchterliches, und er täuschte sich nicht. »Wie du sicher weißt, sind unsere finanziellen Mittel begrenzt, und dein Vater lehnt die Einstellung eines neuen Hauskaplans ab. Aber jetzt, da du heimgekehrt bist – und das mit so viel Wissen, nicht wahr –, bin ich zu dem Schluss gekommen, dass du den Unterricht deines Bruders übernehmen solltest.«

Nick war alles andere als begeistert. Der Studierstube gerade entronnen, sollte er gleich in die nächste verbannt werden. Und er wusste genau, sie hatte sich das überlegt, um ihm Verdruss zu bereiten, denn sie selbst oder Brechnuss hätten Ray genauso gut das Lesen und Schreiben lehren können. Doch er sagte lediglich: »Einverstanden.«

Sie verzog für einen Lidschlag die Mundwinkel nach oben. »Oh, dein Einverständnis ist nicht erforderlich. Es sollte keine Bitte sein, verstehst du.«

»Vollkommen. Und meint Ihr, jetzt, da wir das wieder einmal klargestellt haben, kann ich gehen und mich umziehen?«

»Ich würde sagen, je eher, desto besser.«

Es lief darauf hinaus, dass er sich Kleider von seinem Vater borgen musste, und Brechnuss und Sumpfhexe wurden es nicht müde, sich darüber zu amüsieren, wie urkomisch er in dem zu weiten

Wams mit den viel zu langen Ärmeln aussah. Gar nicht mehr amüsiert war seine Stiefschwester indessen, als Lord Waringham sie genau wie Laura bat, den Mägden zu helfen, eine neue Garderobe für Nick zu schneidern.

»Ich werde alles, was du für mich nähst, mit besonderer Sorgfalt behandeln, Schwester«, beteuerte Nick ihr scheinheilig und weidete sich insgeheim an ihrer Miene. Es war doch wirklich erfrischend, wenn zur Abwechslung einmal sie am Tisch saß und, statt zu essen, an ihrem Zorn würgen musste.

»Ich kann nur hoffen, was ich für dich nähe, wird nicht zwicken oder dir gar die Kehle zuschnüren«, gab sie mit einem trügerischen Lächeln zurück. »Denn ich fürchte, ich bin keine sehr geschickte Näherin. Kein üblicher Zeitvertreib für eine Dame, verstehst du.«

Er nickte. »Ich weiß es zu schätzen, dass du dich für mich erniedrigst.«

»Nicholas, das reicht«, sagte Lord Waringham und bedachte ihn mit einem Kopfschütteln.

Nick fiel auf, wie erschöpft sein Vater an diesem Abend wirkte. Das Gesicht eigentümlich fahl, die Kerben um Mund und Nase tiefer als gewöhnlich, und ein ungewohnter Bartschatten bedeckte Kinn und Wangen. Zum ersten Mal im Leben schämte Nick sich seiner ewigen Streiterei mit seiner Stiefschwester, aber nicht genug, um sich zu entschuldigen. In dem unangenehmen, spannungsgeladenen Schweigen, das so typisch für diese Tafel war, beendeten sie ihr Mahl.

Am nächsten Tag kehrte endlich der Sommer zurück, und die Menschen von Waringham traten aus den Häusern und sahen blinzelnd zum strahlend blauen Himmel auf. Fast war es, als hätten sie vergessen, was Sonnenschein war.

Die Verlockung des herrlichen Wetters erwies sich als zu übermächtig. Nick schlich sich wieder vor dem Frühstück aus dem Haus, ehe seine Stiefmutter ihn mit seinem kleinen Bruder in irgendein dämmriges Gemach verbannen konnte, und arbeitete wie tags zuvor im Gestüt mit. Und als er am frühen Nachmittag zurückkam, ging er in den Rosengarten, der zu Füßen des alten Bergfrieds lag, um zu schauen, ob auch nur eine einzige Knospe die wochenlange Sintflut überdauert hatte.

Es war seine Vielfalt, die den Rosengarten gerettet hatte, stellte er fest. Die Blüten der hochgezüchteten Sträucher und Stämme waren zum größten Teil schon im Knospenstadium verfault und abgefallen, doch die schlichteren Heckenrosen blühten unverdrossen. Langsam ging Nick daran entlang, und seine Schritte auf dem grasbewachsenen Pfad verursachten keinen Laut. Eine wunderbar friedliche, träge Nachmittagsstille lag über dem Garten, und so fuhr Nick erschrocken zusammen, als er hinter einem der ausladenden Sträucher plötzlich seinen Vater hörte: »Das kannst du nicht veröffentlichen, Simon.«

»Warum nicht?«, fragte eine junge Stimme rebellisch. »Jedes Wort ist wahr.«

»Mag sein. Aber du hast bereits Kardinal Wolseys Zorn erregt. Hierfür würde er dich brennen lassen. Sei versichert, er wird nicht dulden, dass du noch einmal lebend das Land verlässt. Ganz abgesehen davon, dass du Henry hiermit in die Hände spielen würdest.«

»Umso besser. Dann wird er eine schützende Hand über mich halten, ganz gleich, was sein Kardinal und Lord Chancellor will.«

Jasper of Waringham schnalzte ungeduldig mit der Zunge. »Wie kannst du so naiv sein? Der König wird dich benutzen, solange es seinen Absichten dient, und dann wird er dich fallenlassen. Und seine Absichten zielen nicht auf eine Reform der Kirche, sei versichert.«

Nick wurde heiß und kalt, als er seinen Vater mit so offenkundiger Verachtung von König Henry sprechen hörte. Am liebsten hätte er sich davongeschlichen, aber seine Neugier überwog sein Unbehagen. »Entschuldige, Vater.« Er umrundete den Busch und gelangte auf das kleine Rondell, wo Lord Waringham und sein Besucher auf einer steinernen Bank saßen. »Ich wusste nicht, dass du einen Gast hast.«

»Nick!« Sein Vater lächelte und war anscheinend überhaupt nicht erschrocken über das plötzliche Auftauchen seines Sohnes.

»Hier, dies ist Simon Fish, ein guter Freund. Simon: Mein Sohn, Nicholas.«

Nick stockte beinah der Atem. Der Name Simon Fish war ihm geläufig, denn dieser Mann war ein berüchtigter Häretiker. Aber der junge Waringham verbarg sein Befremden hinter einem höflichen Lächeln und verneigte sich. »Eine Ehre, Master Fish.«

Der erhob sich und neigte das Haupt mit dem alten, verschossenen Hut. »Sir Nicholas. Ist es nicht ein herrliches Wunder, dass der Regen aufgehört hat?«

»Allerdings, Sir. Ich hoffe nur, es ist nicht zu spät für die Ernte.«

»Hast du mich gesucht?«, fragte Lord Waringham. Es klang nicht unfreundlich, aber Nick spürte deutlich, dass sein Vater ihn loswerden wollte.

Zu gerne hätte der Junge erfahren, was es mit diesem Gespräch und dem so konspirativ anmutenden Treffen im Rosengarten auf sich hatte, aber ihm blieb lediglich der geordnete Rückzug. »Nein. Ich wollte nur einmal durch den Garten gehen. Tut mir leid, wenn ich euch gestört habe.« Er verneigte sich nochmals vor dem Gast. »Guten Tag, Master Fish.«

»Nein, wartet«, hielt der ihn zurück, und ein mutwilliges Funkeln trat in seine Augen. Nick stellte ein wenig befremdet fest, dass ihm dieser Ketzer sympathisch war. Simon Fish war noch keine dreißig, aber er hatte als Jurist wie auch als Kirchenkritiker in London von sich reden gemacht: Ein eher kleiner, schlanker Mann mit hellbraunem Haar und dem brennenden Blick eines Fanatikers, in den dunklen, schlichten Kleidern, welche die Humanisten bevorzugten. »Ihr wart auf Thomas Mores Schule, richtig?«

»Ja, Sir.«

»Und würdet Ihr sagen, man hat Euch dort gelehrt, ohne Scheuklappen zu denken?«

»Simon, um Himmels willen ...« protestierte Lord Waringham.

Nick wurde unbehaglich. »Ich bin nicht sicher«, bekannte er.

Simon Fish drückte ihm unvermittelt in die Finger, was er in der Rechten gehalten hatte. »Werft einen Blick hierauf und sagt mir, was Ihr denkt, mein Junge.«

Nick schaute auf das Deckblatt der mehrseitigen Streitschrift hinab, und von einem Moment zum nächsten wurden seine Knie so butterweich, dass er neben seinem Vater auf die Bank niedersank, obwohl es unhöflich war. Es war ein überaus kunstvoll gearbeiteter Holzschnitt, der einen fettleibigen, nackten Mann darstellte, welcher auf dem Rücken ausgestreckt in den Armen eines Teufels lag. Der Satan spie einen wasserfallgleichen Strom in den Mund des Fettwanstes. Ein zweiter Teufel kniete daneben, hielt dem Nackten die Hand und tat das gleiche. Das Schlimme an diesem Bild war nicht, dass es so aussah, als göbelten die beiden Teufel dem armen Kerl in den Mund, denn Nick wusste, es sollte symbolisieren, dass sie ihn inspirierten – ihm ihren Geist einhauchten. Nein, das Schlimme an dem Bild war, dass der nackte schwabbelige Greis, dessen Geschlecht nur unzureichend mit einem zu kleinen Feigenblatt bedeckt war, eine Papstkrone trug.

Nick räusperte sich und schlug das Pamphlet mit nicht ganz ruhigen Fingern auf. Es trug den Titel *Bittschrift für die Bettler*, der sich als äußerst zweideutig erwies, denn der Inhalt war eine Aufzählung der fragwürdigen Methoden und regelrechten Erpressungen, mit denen die Kirche den Menschen das Geld aus der Tasche zog, von Ablässen und Reliquienhandel und dergleichen mehr, immer unter der Androhung, dass denen, die nicht zahlen wollten, die längsten Qualen im Fegefeuer drohten, dessen Existenz diese Schmähschrift obendrein auch noch bestritt.

Nick schlug das Herz bis zum Hals, als er die letzte Seite umblätterte. Er war so zerrissen zwischen seinem Entsetzen über diese Ketzerschrift und den Geboten der Höflichkeit, dass er überhaupt nicht wusste, was er sagen oder tun sollte.

Langsam stand er auf, räusperte sich schon wieder und legte Simon Fishs Streitschrift in dessen ausgestreckte Hände. »Ich glaube, mein Vater hat recht, Sir. Es wäre klüger, das nicht zu veröffentlichen.«

»Warum? Ist es unwahr?«

»Die Leugnung des Fegefeuers ist eine Unwahrheit.«

»Gelehrte, die klüger sind als Ihr und ich, behaupten das Gegenteil. Und was ist mit dem Rest? Mit den Verbrechermethoden der päpstlich legitimierten Blutsauger?«

»Was sie tun, ist verwerflich. Sie müssen sich besinnen und zu ihrem Ursprung zurückkehren. Sie müssen sich … sie müssen sich der Lehre Christi erinnern und sie sich wieder zu eigen machen. Aber *so* werdet Ihr sie nicht bekehren.«

»Warum nicht?«

Nick antwortete nicht. Er warf seinem Vater einen flehenden Blick zu. Doch der erlöste ihn nicht, sondern vollführte eine auffordernde Geste. »Sprich ganz offen, Nick.«

»Weil Ihr … weil Ihr anmaßend seid, Master Fish.«

»Inwiefern?«

»Ihr … Ihr glaubt, Ihr habet das Recht, den Heiligen Vater zu … zu verfemen.« *Gott, immer fang ich an zu stammeln, wenn ich etwas Kluges sagen soll.* »Ihr meint gar, Ihr habet das Recht, ihn zu richten. Aber nur in Demut … nur in Demut ist Weisheit, sagt Sir Thomas, und nur Demut ist der Weg … zur Erneuerung.«

Simon Fish runzelte die Stirn. »Das sagt Sir Thomas More?«, fragte er.

»Ja, Sir.«

»Nun, in seiner *Utopia* klang es noch ganz anders.«

Nick schüttelte den Kopf. »Das ist nicht wahr. Vermutlich habt Ihr hineingelesen, was Ihr dort finden wolltet. Und jetzt muss ich Euch bitten, mich zu entschuldigen.«

»Was denn, Ihr kneift?«, rief Fish entrüstet.

»Ja. Ich fürchte, das tu ich, Sir. Eure Worte sind zu radikal für mich, das Bild erst recht. Ich bin … zu schockiert, um darüber zu disputieren. Ich glaube, dass Ihr dafür in die Hölle kommen werdet – zu Recht, übrigens –, und darum graut mir.« Er wandte sich an seinen Vater. »Und du solltest dich nicht wundern, wenn du den Zorn Gottes über Waringham bringst. Weißt du denn wirklich nicht, wie gefährlich das ist, was du tust? Wozu es führen wird? Denkst du eigentlich jemals an jemand anderen als an dich?«

Das Schuldbewusstsein, das er in der Miene seines Vaters las, machte ihn sprachlos. Mit einem unartikulierten Laut hilfloser Wut wandte Nick sich ab und rannte aus dem Rosengarten, als seien die Teufel der Hölle schon hinter ihm her.

»Nick?«

»Lass mich zufrieden.«

»Mach die Tür auf, mein Junge. Ich habe mit dir zu reden.«

»Ich hab genug gehört. Geh weg.«

»Nicholas, ich rate dir, zwing mich nicht, diese Tür einzutreten. Ich würde mir vermutlich den Fuß dabei verstauchen, und das könnte dazu führen, dass ich unleidlich bin, wenn ich bei dir ankomme. Also?«

Nick stand vom Bett auf, ging mit langen, wütenden Schritten zur Tür und zog den Riegel zurück. Nicht um den Knöchel seines Vater zu schonen, sondern weil er nicht wollte, dass das ganze Haus Zeuge dieser Szene wurde. Es war schon sehr spät. Mit etwas Glück schliefen alle.

Zögerlich, so schien es, stieß Lord Waringham die Tür auf und trat über die Schwelle. Er trug eine Kerze in der Linken, einen Teller mit Brot in der Rechten. »Du musst hungrig sein.«

Nick betrachtete seinen Vater mit verschränkten Armen. »Danke. Ich will nichts.« Er hoffte, sein Magen würde nicht knurren und ihn Lügen strafen. Es hatte ihn alle Selbstbeherrschung gekostet, derer er fähig war, dem Essen fernzubleiben, denn er hatte den ganzen Tag geschuftet und war ausgehungert.

Jasper stellte die Kerze auf die Truhe unter dem Fenster, und der Lichtschein fiel auf das Gemälde an der Wand. Einen Moment betrachtete Lord Waringham das Bildnis, dann wandte er sich zu seinem Ältesten um und setzte sich auf die Bettkante. »Wirst du tun, worum deine Stiefmutter dich gebeten hat?«, fragte er unvermittelt. »Raymond unterrichten?«

»Auf einmal habe ich doch eine Wahl? Sie hatte angedeutet, dass es sich nicht um eine Bitte handelt.«

»Wirst du es tun, Nick?«

»Sicher. Daniel wird schwer enttäuscht sein, denn er braucht dringend Hilfe im Gestüt, doch …«

»Das ist nicht deine Aufgabe, sondern seine.«

»Er schafft es nicht allein. Aber das ist dir gleich, nicht wahr? Das Gestüt bedeutet dir nichts.«

»Nein. Es bedeutet mir nichts«, räumte sein Vater freimütig ein.

»Und was ist mit Waringham, Vater? Was ist mit Familientradition und Königstreue? Manchmal frage ich mich, was für ein Mensch du eigentlich bist. Ich glaube, ich kenne dich überhaupt nicht.«

»Wenn ich hoffen könnte, dass du es verstehst, würde ich versuchen, es dir zu erklären.«

Nick hatte sich bislang nicht gerührt, aber nun machte er einen Schritt auf ihn zu. »Dann tu's. Komm schon, gib mir eine Chance.«

Aber sein Vater schüttelte den Kopf. »Es hat keinen Sinn.«

»Warum nicht?«

»Weil du in den zwei Jahren, die du fort warst, nicht einen Tag älter geworden bist. Ich hatte gehofft, die Einflüsse, denen du in Thomas Mores Haus ausgesetzt warst, würden dich reifer und klüger machen. Aber du bist immer noch derselbe selbstsüchtige Bengel wie eh und je.«

»Oh, wärmsten Dank«, schnaubte Nick.

»Du bist weder bereit noch in der Lage, Verantwortung zu übernehmen. Frieden mit deiner Stiefmutter und -schwester zu halten, zum Beispiel. Du bist ihnen gegenüber voller Missgunst und Gehässigkeit, und es ist dir völlig gleich, was du damit anrichtest. Aber es war nicht ihre Schuld, dass deine Mutter gestorben ist.« Wieder streifte er das schöne Gemälde mit einem kurzen, fast verstohlenen Blick.

»Das habe ich nie behauptet«, protestierte Nick. »Auch nicht geglaubt. Aber sie …«

»Yolanda war mir immer eine gute Frau. Sie hat mich geheiratet, obwohl ich in Ungnade war, das hätten nicht viele Frauen getan.«

»Hm«, machte Nick. »Der hübsche Titel einer Countess of Waringham hatte sicher nichts damit zu tun.«

Jasper winkte ab. »Die Howard mögen kein altes Geschlecht sein, aber dafür sind sie mächtig. Yolanda brauchte unseren Namen nicht. Aber wie dem auch sei. Sie ist in dieses Haus gekommen, um Mutterstelle an dir zu vertreten, und du hast sie und ihre Tochter vom ersten Tag an abgelehnt. Bei einem Kind kann ich für dergleichen Verständnis aufbringen, aber du bist kein Kind mehr. Du sprichst von Familienehre, aber es ist eine Schande, wie du dich aufführst. Und Raymond? Nicht einmal für ihn bist du bereit, Verantwortung zu übernehmen, weil es dir unbequem ist.«

»Augenblick. Das sind zwei völlig verschiedene Dinge. Sie zusammenzuwerfen ist ein billiger rhetorischer Taschenspielertrick, und wenn du gewollt hättest, dass ich darauf hereinfalle, hättest du mich nicht auf die Schule schicken dürfen, Vater.«

Jasper verzog den Mund – wider Willen belustigt. »Na schön. Also? Was hast du zu sagen?«

Aber Nick wusste, es hatte keinen Sinn. Dabei hätte er eine Menge zu sagen gehabt. Lady Yolanda hatte ihn und Laura vom ersten Tag an drangsaliert. Sie hatte nicht ein einziges liebevolles Wort, nicht eine tröstende Geste für die mutterlosen Kinder gehabt, sondern immer nur geargwöhnt, dass sie es ihr gegenüber an Respekt und Gehorsam mangeln ließen. Sie hatte ihre Tochter zu ihrer Spionin gemacht – und vielleicht würde er eines Tages in der Lage sein, Brechnuss für diese undankbare Rolle wenigstens ein klein bisschen zu bedauern –, und für jede tatsächliche oder erfundene Verfehlung, von der die kleine Spionin berichtete, hatte die Sumpfhexe ihre Stiefkinder büßen lassen: Brechnuss riss Lauras Puppe die Arme aus, behauptete, Nick hätte es getan, Nick bezog Prügel für die zerbrochene Puppe, Laura, weil sie ihn in Schutz nahm, und Brechnuss bekam ein Ingwerplätzchen. So war das Muster. So war ihr Leben gewesen. Und das wirklich Schlimme war, dass Sumpfhexe sich nicht einmal dafür geschämt hatte, denn sie hatte jedes Wort geglaubt, das ihr unfehlbares Töchterchen von sich gab. Sie hatte es tatsächlich geschafft, sich einzureden, dass ihre Stiefkinder ungebärdig und ungehorsam seien, um ihr das Leben schwerzumachen. Weil sie sie nicht liebten. Weil die neue Frau ihres Vaters dem Vergleich mit ihrer richtigen Mutter nicht standhielt. Warum auch immer. Yolanda hatte sich ungerecht behandelt gefühlt und ihren Stiefkindern zu allem Überfluss auch noch ein schlechtes Gewissen gemacht.

Doch nichts von alldem konnte Nick seinem Vater sagen. Vermutlich hätte der es auch nicht geglaubt. Zumindest nicht wirklich verstanden. Denn es war alles im Verborgenen passiert, und Jasper hatte auch nie so genau hingeschaut, denn die Erziehung kleiner Kinder oblag nun einmal der Frau im Hause. *Ungerechtigkeit ist eine der unabänderlichen Abscheulichkeiten des Lebens, so wie verregnete Sonntage. Du kannst dich hinsetzen und sie beweinen. Aber alles in allem fährst du besser, sie abzutun und einfach mit dem Nächstliegenden weiterzumachen. Das einzige, was du tun kannst, ist zu versuchen, selber gerechter zu sein.* Nicht Sir Thomas More hatte ihn das gelehrt, sondern dessen Tochter, Lady Meg Roper. Und wie so vieles, was sie sagte, hatte es Nick beeindruckt.

Er setzte sich neben seinem Vater aufs Bett. »Du wirfst mir vor, ich sei verantwortungslos. Aber was bist du denn? Du lässt ausgerechnet einen Mann wie Simon Fish herkommen und liest seine Ketzerschriften …«

»Er ist kein Ketzer.«

Nick legte die Hände auf die Knie und mahnte sich, nicht die Geduld zu verlieren. Er sah seinem Vater ins Gesicht. »*Natürlich* ist er das. Er rüttelt an den Grundfesten des Glaubens.«

»Nein. An den Grundfesten der Kirche vielleicht.«

»Schlimm genug. Und wenn du glaubst, was er glaubt, bist auch du ein Ketzer.«

Sein Vater hob abwehrend die Hände. »Was ich glaube, ist eine Sache zwischen Gott und mir.«

»Und doch ist, was du glaubst, allgemein bekannt, und inzwischen hat es sich offenbar bis London herumgesprochen, nicht wahr? Warum sonst hat Sir Thomas mir den Brief mitgegeben? Du bringst uns alle in Gefahr. Begreifst du das denn nicht?«

»Nick …«

»Nein. Ich will das nicht hören. Ich will nicht, dass du mich durcheinanderbringst und meinen Glauben erschütterst. Aber ich schlage dir ein Abkommen vor.«

Jasper richtete sich auf und sah ihn an. Dann nahm er den Brotteller und hielt ihn ihm hin. Sie griffen beide zu.

»Ich werde Ray unterrichten«, stellte Nick in Aussicht. »Das ist kein großes Opfer, im Gegenteil. Aber ich werde auch höflich zu deiner Frau und ihrer Tochter sein. Richtig nett, verstehst du, nicht unverschämt höflich. Und das *ist* ein Opfer, glaub mir. Im Gegenzug wirst du aufhören, ketzerische Schriften zu verfassen und mit diesem fürchterlichen Dr. Luther zu korrespondieren und Leute wie Simon Fish hier zu empfangen. Was sagst du?«

Sein Vater betrachtete ihn ungläubig. »Du willst mich mundtot machen? Ich soll schweigen im Angesicht all des Frevels innerhalb der Kirche?«

»Es ist nicht deine Sache, die Kirche zu reformieren«, konterte Nick kategorisch. »Und noch etwas. Du wirst die englische Bibel verbrennen.«

»Auf keinen Fall.«

»Dann verstecken.«

Jasper of Waringham schwieg eine Weile und rang mit sich. Schließlich knurrte er: »Meinetwegen.«

»Und alle anderen ketzerischen Bücher in deiner Bibliothek.«

»Wer von uns beiden definiert ›ketzerisch‹?«

»Ich. Sonst hat es ja gar keinen Zweck.«

Sein Vater schüttelte traurig den Kopf. »Du hast keine Ahnung, was du von mir verlangst, mein Sohn.«

»Und du hast keine Ahnung, was du von mir verlangst«, entgegnete Nick.

»Du willst, dass ich das aufgebe, was mein Lebensinhalt geworden ist, und meine tiefsten Überzeugungen verleugne.«

Nick sah ihm in die Augen. »Ist das wirklich wahr? *Das* ist dein Lebensinhalt? Theologische Spitzfindigkeiten und Ketzerei? Gedruckte Worte auf Papier?«

»Es ist wichtig, Nick. Die Kirche ist so verkommen, dass sie den Glauben zugrunde richtet. Und dieses Land. Was ich tue, tue ich auch, weil ich England eine bessere Zukunft ermöglichen will. Und Waringham. Und dir.«

»Ich zweifle nicht an der Lauterkeit deiner Motive«, stellte Nick klar. »Aber es gibt praktischere und näherliegende Dinge, die du für Waringham tun müsstest. Im Übrigen war es Verantwortung, von der wir sprachen. Also. Sei verantwortungsvoll, und ich werde es auch sein.«

Jasper rang so lange mit sich, dass Nick eine Ahnung davon bekam, wie groß das Opfer war, das er von seinem Vater verlangte. Und er fragte sich, ob der die Theologie und die Reform der Kirche zum Inhalt seines Lebens gemacht hatte, weil Gott und König Henry ihm alles andere weggenommen hatten, das ihm je etwas bedeutet hatte.

»Einverstanden«, sagte Lord Waringham schließlich mit einem tiefen Seufzen. »Aber bilde dir nicht ein, ich ließe mich von dir erpressen. Ich tue es, weil ich einsehe, dass ich Waringham und euch alle sonst in Gefahr bringen könnte.«

»Danke, Vater.«

Jasper stand auf. »Und besser, ich höre keine Klagen über dich, mein Sohn. Falls doch, erachte ich unser Abkommen als hinfällig und werde Simon Fish das Vorwort zu seiner Streitschrift schreiben, wie er es wollte.«

Nick schauderte bei der Vorstellung. »Ich frage mich, wer hier wen erpresst«, murmelte er verdrossen.

Sein Vater nahm die Kerze und sah zum Abschied noch einmal zu dem Bild seiner ersten Frau. »Diese Susanna Horenbout ist eine Zauberkünstlerin«, sagte er. »Es ist, als sei der Rahmen ein Fenster und deine Mutter stünde dort auf der anderen Seite.«

»Denkst du manchmal an sie?«

Jasper stand mit dem Rücken zu ihm, aber er nickte. »Jeden Tag.«

»Vater?«

»Hm?«

»Was ist passiert? Warum bist du in Ungnade gefallen? Warum … hasst du den König so sehr?«

Lord Waringham wandte sich von dem Bildnis ab und sah ihn an. »Nicht heute Abend, Nick. Lass uns ein andermal darüber sprechen.« Er ging zur Tür, und Nick wusste, dass sein Vater vor seinen Fragen davonlief.

»War es ihretwegen? Ich weiß, was von ihm geredet wird. War es das? Hat König Henry meine Mutter in sein Bett gezerrt? War das Kind von ihm?«

Jasper stand mit gesenktem Kopf an der Tür, als habe er vergessen, wie man sie öffnet. »Nein.« Es war die Stimme eines Fremden.

Nick trat zu ihm. Behutsam nahm er ihn beim Arm und drehte ihn zu sich um, bis sie Auge in Auge standen. »Aber auch nicht von dir?«

Sein Vater sah ihn an und doch wieder nicht. Der Blick war vage, unscharf, so als sei er nicht auf irgendeinen Punkt im Raum, sondern in die Vergangenheit gerichtet. »Das werde ich niemals wissen.«

Waringham, September 1529

 »Na los, Ray, versuch's noch mal. Schau dir den ersten Buchstaben an. Was ist das?«

»Ein ›R‹. Wie in Raymond.«

»Genau. Und dann?«

»Ein ›e‹. Und der nächste ist ein ›b‹.«

»Ein ›d‹«, verbesserte Nick.

Sein kleiner Bruder richtete sich auf. »Gestern hast du gesagt, er heißt ›b‹!«, protestierte er entrüstet.

Nick sah noch einmal genau hin. »Entschuldige. Du hast recht.« Und er dachte: *Herrje, Vater hat hier wirklich den Bock zum Gärtner gemacht.* Die Buchstaben »b« und »d« zu unterscheiden fiel ihm bis auf den heutigen Tag schwer. Aber nicht »Rede« stand dort, wie er auf den ersten Blick geglaubt hatte, sondern »Rebe«. Nick stieß seinen Bruder leicht mit der Faust an die Schulter. »Siehst du, du bist schon besser als ich. Also? Wie heißt das Wort?«

»Re…be. Was ist das?«

»Eine Pflanze, die Trauben hervorbringt. Aus denen macht man Wein.«

Ray nickte ungeduldig. Eigentlich wollte er es gar nicht wissen. Er hatte heute einfach keine Lust. »Können wir nicht rausgehen und Tennis spielen, Nick?«, fragte er quengelig.

Doch der große Bruder schüttelte den Kopf. »Noch nicht. Und wir hatten abgemacht, dass du nicht jammerst, weißt du noch?«

»Schon, aber die Sonne scheint.«

»Das wird sie in einer Stunde auch noch tun.«

»Aber ich will …«

»Es spielt keine Rolle, was du willst«, unterbrach Nick streng und wies auf das eselsohrige Blatt Papier, das vor ihnen lag. »Weiter.«

Ray stieß einen Laut des Unwillens aus, beugte den Kopf aber wieder über die Liste mit Wörtern.

Nick fand seine Aufgabe nicht immer leicht, denn Ray war bisher stets nur von allen verwöhnt und mit Liebe und Nachsicht förmlich überschüttet worden. So kam es, dass der kleine Junge jetzt zum ersten Mal die Erfahrung machte, dass das Leben nicht nur daraus bestand, zu tun, was einem Vergnügen bereitete. Mit seiner Ausdauer war es nicht weit her, und er nutzte jede Gelegenheit, vom Gegenstand ihrer Studien abzuschweifen. Aber Nick hatte zu seiner Überraschung festgestellt, dass er ihre zwei Stunden Unterricht am Morgen genoss. Er hatte sich gleich zu Anfang die Frage gestellt, ob es nicht möglich sein müsste, ein Kind das Alphabet zu lehren, ohne es ihm einzuprügeln. Die Herausforderung, die dieses unerhörte Experiment darstellte, beflügelte ihn, und bislang lautete sein Fazit: Doch, es war durchaus möglich. Es war nicht einfach, und manchmal kostete es mehr Geduld, als er sich selbst zugetraut hätte, aber es funktionierte. Ray lernte das Lesen sehr viel schneller und leichter, als Nick selbst es unter der Anleitung des strengen Bruder Ignatius getan hatte, der damals als Kaplan im Haushalt des Earl of Waringham gelebt und die Kinder unterrichtet hatte. Und war Nick in den ersten Monaten seiner Schulausbildung immer mit Bauchschmerzen zum Unterricht gegangen, so kam Ray leichten Herzens und meistens willig.

Doch an diesem Tag war er untypisch störrisch. »Wozu soll ich so blöde Wörter lesen lernen, die ich nicht mal kenne?«, nörgelte er.

»Ja, die Wörter sind ziemlich blöd, das gebe ich zu.« Nick hatte sie aus der streng verbotenen englischen Bibel seines Vaters abgeschrieben, ehe der das anstößige Werk vereinbarungsgemäß zusammen mit den übrigen Ketzerschriften in eins der Verliese im alten Bergfried gebracht hatte, wo sie jetzt hinter Schloss und Riegel schmorten – was völlig angemessen war, fand Nick. Er hatte die Übungswörter danach ausgesucht, wie kurz oder lang, einfach oder schwer sie zu lesen waren, nicht nach ihrem Unterhaltungswert. »Hör zu, Ray. Ich weiß, es ist mühsam, doch nur auf diesem Weg kannst du es lernen. Aber wenn du diese Woche gute Fortschritte machst, kann ich nächste Woche vielleicht eine kleine Geschichte für dich schreiben. Was hältst du davon?«

Die großen, blauen Kinderaugen leuchteten auf. »Mit Rittern?«

»Wenn du willst.«

»Und Drachen?«

»In Ordnung.«

»Und Feen?«

»Sag mir, wer und was darin vorkommen soll.«

Raymond zählte seine Helden an den Fingern ab. »König Artus, Sir Lancelot, Sir Gawain, Sir Galahad, Morgana die Fee, Merlin der Magier, ein Drache und ein Zauberschwert.«

Nick zog das Blatt Papier zu sich heran, tauchte die Feder ins Tintenhorn und schrieb ein neues Wort unter die bestehende Liste. »Lies.«

»Oh, Junge, das ist aber lang«, protestierte Ray erschrocken. Nick musste lächeln. »Bedenke, worum du bittest …«

»Hä?«

»Egal.« Der große Bruder wies auf das Blatt. »Lies!«

»Z… Zau-ber-schw… Zauberschwert!«

»Du kriegst deine Geschichte, Raymond of Waringham.« Nick streckte die Hand aus.

Selig schlug Ray ein.

Beinah ein Vierteljahr war Nick jetzt wieder zu Hause, aber die Zeit kam ihm viel länger vor. Das lag vermutlich daran, dass seine Tage in Waringham in ganz anderer Weise ausgefüllt waren als in Sir Thomas Mores Haushalt in Chelsea.

An Sonntagen und den zahllosen Heiligenfesten ging er vor dem Frühstück mit seiner Familie zum Kirchgang ins Dorf – ein weiter Weg vor allem bei dem häufigen schlechten Wetter, aber da Jasper of Waringham keinen Kaplan mehr wollte, war die Burgkapelle verwaist. Wenigstens hatte der Earl sich auf Nicks hartnäckiges Drängen hin dem regelmäßigen Kirchgang wieder angeschlossen, worüber alle erleichtert waren, selbst wenn Jasper auf dem ganzen Rückweg in einem fort über Vater Ranulf schimpfte. Zu Recht, wie Nick wusste.

Nach dem Frühstück hielt er den Schulunterricht für seinen kleinen Bruder ab, und zwar in der Bibliothek seines Vaters. So fand Jasper sich Morgen für Morgen aus seinem Refugium vertrieben, und es war Lady Yolanda, die ihm vorgeschlagen hatte, die Zeit in Dorf und Gestüt zu verbringen, denn um beide stünde es gleichermaßen schlecht.

Das stellte auch Nick jeden Tag aufs Neue fest, wenn er im Gestüt aushalf, Pferde trainierte, Sättel reparierte und Zäune erneuerte, oder wenn er über die Felder ritt, um zu sehen, wie es mit der Ernte voranging, oder unangemeldet den Reeve heimsuchte, um ihm bei der Pachtabrechnung über die Schulter zu schauen.

»Ich fürchte, Daniel könnte mit seinem Verdacht recht haben, Vater. Irgendetwas stimmt nicht mit den Pachtbüchern.«

Sein Vater nickte grimmig. »Ich kann dir sagen, was nicht stimmt. Es sind die Erträge selbst, nicht die Abrechnungen. Diese ist die dritte Missernte in Folge.«

»Ja, es ist furchtbar«, warf Laura beklommen ein. »Ich fürchte, diesen Winter könnte Waringham hungern.«

Nick teilte ihre Sorge, dachte aber gleichzeitig, dass magere Pachteinnahmen ein guter Grund mehr seien, sich vom Reeve – dem Gutsverwalter – nicht übers Ohr hauen zu lassen. Doch das behielt er für sich. Die Entscheidung, was in der Sache zu tun sei, oblag Lord Waringham, und Nick war dankbar, dass sein Vater all diesen Dingen überhaupt wieder ein wenig Aufmerksamkeit schenkte.

Auch Jasper of Waringham schienen die Veränderungen gut zu bekommen, die Nicks Heimkehr mit sich gebracht hatte. Er war immer noch hager, sein Rücken von all den Jahren des Bücherstudiums gekrümmter, als es bei einem Mann von nicht einmal vierzig Jahren der Fall sein sollte. Aber die Schatten unter den Augen waren verschwunden, die Furchen auf der Stirn schienen nicht mehr so tief wie zu Beginn dieses verregneten Sommers, und er hatte eingeräumt, dass er besser schlief, seit seine Frau und sein Sohn ihn jeden Tag für ein paar Stunden an die frische Luft scheuchten. Er wirkte aufmerksamer und lebendiger. Nur wenn Nick versuchte, mit ihm über die furchtbaren Dinge zu reden, die sein Vater ihm bei ihrem nächtlichen Gespräch angedeutet hatte, kehrten die Schatten zurück, und Jasper fand in Windeseile einen Vorwand, den Raum zu verlassen. Darum hatte Nick es schließlich aufgegeben, und an Regentagen saß er manchmal auf seinem Bett und starrte das Bild seiner Mutter an, als könne sie ihm seine vielen Fragen beantworten und seine Furcht lindern. Doch seit jenem Abend hatte er es nicht mehr fertiggebracht, das Wort an sie zu richten.

»Nicht nur Waringham wird hungern«, prophezeite Sumpfhexe. »Mein Bruder, der Duke of Norfolk, schrieb mir, die Ernte in East Anglia und im Norden sei genauso schlecht. Sogar in Wales.«

Nick achtete sorgsam darauf, dass seine Miene ausdruckslos blieb. Er schob sich einen Löffel Lammbohnen in den Mund und kaute. Ein klitzekleiner Blick, den er mit Laura tauschte, war alles, was er sich gestattete. »Mein Bruder, der Duke of Norfolk« kam ganz besonders häufig in Lady Yolandas Beiträgen zum Tischgespräch vor. Nick nahm an, sie erwähnte ihn so gern, um ihre Stiefkinder daran zu erinnern, dass ihre Familie zwar nur Emporkömmlinge aus dem hinterwäldlerischen Norden sein mochten, ihr Bruder aber ein Herzog war und damit mehr, als die Waringham je gewesen waren.

Früher wäre das für Nick eine willkommene Eröffnung gewesen. Aber die Zeiten waren ja leider vorbei. »Noch Brot, Madam?« Er reichte ihr den Teller.

»Danke, Nicholas.« Sie griff zu und streifte ihn mit einem unsicheren Blick, ohne ihm indes in die Augen zu sehen. Seine neue Friedfertigkeit irritierte sie, hatte er festgestellt. Was wohl bedeutete, dass sein Vater ihr nichts – oder zumindest nicht alles – von dem nächtlichen Gespräch und ihrem Abkommen erzählt hatte.

»Louise?« Auch Brechnuss offerierte er liebenswürdig das Brot.

Das Lächeln, mit welchem sie ablehnte, wirkte ebenso arglos wie seines, aber Nick sah das höhnische Funkeln ihrer dunklen Augen sehr wohl. *Ihr* machte er nichts vor, sagte dieser Blick. Sie hatte nicht die Absicht zu vergeben, erst recht nicht zu vergessen, und der Tag der Abrechnung würde kommen.

Er zwinkerte ihr zu, und sie verstand ihn ebenso gut wie umgekehrt: *Ich kann's kaum erwarten, Brechnuss …*

»In London sind die Kornpreise schon fast um die Hälfte gestiegen«, berichtete Philipp.

»Du meine Güte«, erwiderte Lady Yolanda beunruhigt. »Wer soll das denn noch bezahlen können?«

»Und die Londoner Kaufleute kaufen immer noch Getreide auf«, fuhr er fort.

Lord Jasper schaute auf. »Das heißt, sie rechnen damit, dass die Preise weiter steigen?«

Philipp nickte. »Der Preis für Weizen und Roggen wird sich diesen Herbst verdoppeln, schätzt mein Onkel Nathaniel.«

»Wenn er es sagt, wird es gewiss so kommen.« Lord Waringham legte versonnen den Löffel neben den leeren Teller. »Das ist furchtbar für die Menschen in der Stadt.«

»Aber gut für die Landbesitzer«, gab Philipp achselzuckend zurück.

»Wenn wir denn genug Getreide einfahren, um etwas zu verkaufen«, schränkte Nicks Vater ein. »Und dessen bin ich mir keineswegs sicher. Rechne lieber damit, dass du noch ein Jährchen länger auf Lauras Mitgift warten musst, mein Junge.«

»Oh, das macht nichts, Sir«, versicherte Philipp. »Ich habe Euch gesagt, ich hätte auch draufgezahlt, um sie zu bekommen, und nun bleibt mir wohl nichts anderes übrig, als zu meinem Wort zu stehen.«

In die allgemeine Heiterkeit hinein fragte Raymond: »Nick, hast du meine Geschichte schon aufgeschrieben?«

»Noch nicht. Du weißt doch: nächste Woche, hab ich gesagt.«

»Was für eine Geschichte, mein Engel?«, fragte Yolanda ihren Sohn.

Ray erklärte es ihr.

»Aber woher willst du solch eine Geschichte nehmen, Nicholas?«, wollte sie wissen. »Malory ist doch gewiss noch viel zu schwer für ihn.«

»Ich denke sie mir aus, Madam, und schreib sie auf«, antwortete Nick bereitwillig. Und nur nicht das Lächeln vergessen, schärfte er sich ein. »In möglichst einfachen Wörtern. Aber wer ›Zauberschwert‹ lesen kann, schafft auch ›Bogenwettbewerb‹.«

»Oder wie wär's mit Bogenschusswettbewerb«, schlug Laura vor.

»Bogenweitschusswettbewerb«, offerierte Philipp.

Ray hob abwehrend beide Hände. »Bloß nicht!«

Wieder gab es Gelächter am Tisch, das die Sorge wegen der schlechten Ernte und des drohenden Hungerwinters zumindest für den Moment bannte. Nick dachte flüchtig, dass der häusliche Frieden, der hier neuerdings eingekehrt war, unbestreitbar seine Vorzüge hatte. Selbst wenn er keinem ehrlichen Verständnis füreinander entsprang, sondern streng genommen eine Lüge war. Nick hob seinen kleinen Bruder auf sein Knie, malte mit dem Löffel Buchstaben in die sämigen Soßenreste am Boden seines Tellers und gab Ray Gelegenheit, ein wenig mit seinen neuen Lesekünsten aufzuschneiden, als krachend die Tür aufflog.

Ray blieb das Lachen im Halse stecken, und erschreckt wandte er den Kopf, genau wie alle anderen.

Ein untersetzter kleiner Mann mit einer drolligen Knollennase trat über die Schwelle, dicht gefolgt von zwei livrierten Wachen.

»Lord Waringham?«

»Was hat das zu bedeuten, Sir?«, fragte dieser mit einem unwilligen Stirnrunzeln.

Der kleine Mann verneigte sich mit einem verschmitzten Lächeln, das ein scheinbar gutmütiges Funkeln in seine Augen brachte, aber so gar nicht zu seinen nächsten Worten passte. »Ich bedaure, Mylord. Ich muss Euch bitten, uns zu begleiten.«

Niemand am Tisch rührte sich. Dann erhob Lord Waringham sich ohne Eile von seinem Platz und trat einen Schritt auf seinen Besucher zu. »Und Ihr seid, Sir?«

»Thomas Cromwell, Mylord, erster Sekretär Seiner Eminenz, des Lord Chancellor.«

Bessy stand mit einem Mal an der Tür, die Augen geweitet und voller Angst. »Tut mir leid, Mylord, die Gentlemen wollten nicht warten, bis ich sie melden konnte, und …«

»Es ist schon gut, Bessy«, sagte Jasper. Er klang vollkommen ruhig, aber eigenartig, beinah, als spreche er im Traum. »Sei so gut und hol meinen Mantel. Dann geh und weck Paul. Er soll mir ein Pferd satteln.«

Nick stand auf und stellte seinen Bruder auf die Füße, der zu seiner Mutter lief und sich mit beiden Händen an ihren Rock klammerte.

Nick wollte etwas sagen, fand keine Stimme und räusperte sich. »Was hat das zu bedeuten, Vater?«

»Wie es aussieht, sind diese Gentlemen gekommen, um mich zu verhaften.«

»Weswegen?«, entfuhr es Laura.

Jasper wandte sich fragend an den kleinen Kerl mit der Knollennase.

Thomas Cromwell winkte beschwichtigend ab. »Ich bin sicher, es wird sich alles im Handumdrehen aufklären, Euer Lordschaft.«

»Ach wirklich?«, gab Lord Waringham zurück. »Und doch liegt es dem Lord Chancellor so auf der Seele, dass es nicht bis morgen früh warten kann?«

Cromwell schmunzelte wieder, und Nick spürte einen eisigen Schauer seinen Rücken hinabrieseln.

»Nun, offenbar ist in London eine Ketzerschrift von diesem Simon Fish gedruckt worden, die ein Vorwort aus Eurer Feder enthält«, erklärte Cromwell. »Soweit ich informiert bin, ist es das, was Seine Eminenz mit Euch zu erörtern wünscht.«

Nick sah seinen Vater an. Der stand mit völlig ausdruckloser Miene da, still wie ein Baum. »Ich habe kein solches Vorwort verfasst, Master Cromwell.«

»Wie ich sagte. Alles wird sich aufklären. Wäret Ihr dann so gut, Mylord?« Er machte eine einladende Geste Richtung Tür.

»Wartet draußen. Ich gebe Euch mein Wort, dass ich nicht aus dem Fenster zu fliehen gedenke. Aber Ihr werdet mir gewiss zubilligen, ein paar Vorkehrungen für meine … Abwesenheit zu treffen.«

Thomas Cromwell nickte bereitwillig, verneigte sich vor den Damen und winkte seinen beiden Finstermännern, ihm nach draußen zu folgen.

Kaum hatte die Tür sich geschlossen, schlug Sumpfhexe die Hände vors Gesicht und fing an zu heulen. »Hab ich es dir nicht immer gesagt?«, kam es dumpf zwischen den Fingern hervor. »Hab ich das nicht?«

Jasper trat zu ihr, nahm ihre Hände und zog seine Gemahlin auf die Füße. »Schsch.« Er schloss sie in die Arme. Es sah ein wenig linkisch aus. Er schien nicht viel Übung darin zu haben. »Hab keine Furcht, Yolanda. Alles wird gut, du wirst sehen.«

Sie schlang die Arme um seinen Hals, aber er befreite sich behutsam, küsste Raymond und Louise auf die Stirn, dann Laura, die stumm und bleich dastand und ihn reglos anstarrte, während ihr Tränen über die Wangen liefen.

Philipp legte ihr einen Arm um die Schultern und sagte zu Jasper: »Ich reite gleich morgen früh nach London und sehe, was ich machen kann.«

Jasper bedankte sich. Es klang hölzern, als danke er für ein Geschenk, das sein Interesse nicht wecken konnte. Dann wandte er sich an seinen Ältesten und legte ihm die Hände auf die Schultern. »Ich schwöre dir bei Gott und allem, was heilig ist, dass ich dieses Vorwort nicht geschrieben habe, Nick.«

Der Junge nickte und sah unverwandt in die blauen Augen. »Was soll ich tun?«

»Gar nichts. Bleib hier und kümmere dich um Waringham.«
Aber wann kommst du wieder?, wollte Nick fragen. *Wieso kann der Lord Chancellor dich für etwas verhaften lassen, das du nicht getan hast? Was passiert jetzt?* Doch er las im Gesicht seines Vaters, dass der die Antworten auch nicht wusste.

Lord Waringham lächelte auf ihn hinab. »Leb wohl, Nick.« Dann ließ er ihn los, ging zur Tür und sah sie noch einmal der Reihe nach an. »Gott beschütze euch alle.«

Nick tat, worum sein Vater ihn gebeten hatte. An St. Michaelis und den Tagen danach empfing er zusammen mit dem Reeve eine nicht abreißende Karawane von Bauern aus Waringham, Hetfield und den anderen nahe gelegenen Weilern der Baronie, die mit Kornsäcken und Hühnern und Schafen kamen, um ihre Pacht zu entrichten. Manche der wohlhabenderen Vasallen kamen sogar mit Geld. Viele der Bauern kamen aber auch mit leeren Händen und Ausflüchten und Tränen in den Augen, weil sie nicht wussten, wie sie ihre Familien über den Winter bringen sollten. Nick wies den Reeve an, die geschuldeten Pachtbeträge aufzuschreiben und den Leuten nicht zuzusetzen, denn er wusste, sein Vater hätte das gleiche getan. Er fuhr mit Raymonds Leseunterricht fort und schrieb sogar die versprochene kleine Geschichte. Aber es kam ihm die ganze Zeit so vor, als sei es ein anderer, der all diese Dinge tat. Er funktionierte wie ein dressierter Papagei. Sein wahres Selbst stand unter Schock und war in eine gefühllose Starre gefallen.

Es dauerte über eine Woche, bis Philipp Durham aus London zurückkam. Er fand Nick und Laura allein in der Bibliothek, schloss seine Frau in die Arme und zog sie dann mit sich auf die Bank am Kamin hinab.

»Es sieht nicht gut aus«, berichtete er gedämpft. »Er ist im Tower eingesperrt.« Er schien leicht zu schaudern. Alle Durham empfanden einen abergläubischen, geradezu kindischen Schrecken vor dem Tower.

»Aber wieso?«, fragte Laura verständnislos. »Müsste er nicht in einem kirchlichen Gefängnis sein, wenn er der Ketzerei beschuldigt wird?«

»Nicht unbedingt«, antwortete Philipp. »Es ist schon so mancher Ketzer im Tower gelandet.«

Nick kam in den Sinn, dass im Tower die einzige Streckbank in London stand, aber das behielt er für sich. Es nützte ja nichts, wenn er seine unsinnigen Schreckgespinste mit seiner Schwester teilte und sie noch weiter in Angst versetzte.

»Aber eigentlich müssten der Bischof von London oder der alte Erzbischof von Canterbury sein Ankläger sein, nicht Kardinal Wolsey«, fuhr Philipp fort. »Nur klagt ihn bislang überhaupt niemand an. Irgendetwas ist faul an der Sache, sagen mein Onkel und die Londoner.«

»Weißt du, wie es ihm geht?«, fragte Laura. »Hat er genug zu essen? Behandeln sie ihn ordentlich?«

»Ich schätze, das werden sie wohl«, gab er zuversichtlich zurück. »Er ist schließlich der Earl of Waringham, nicht wahr?«

»Oh ja.« Laura schnaubte bitter. »Und eine lange, blutreiche Geschichte verbindet die Waringham und den Tower ...«

»Was ist mit Simon Fishs Ketzerschrift, Philipp?«, fragte Nick. »Hast du sie gesehen?«

»Allerdings. Die Londoner reißen sie den Druckern aus der Presse, ehe die Tinte trocken ist.«

»Gibt es ein Vorwort?«

»Ich habe keines gesehen. Doch geht ein Gerücht, die ersten gedruckten Exemplare hätten eines enthalten.« Er hob seufzend die Schultern. »Da Euer Vater es nicht verfasst hat, gibt es nur zwei Möglichkeiten: Entweder der geschäftstüchtige Master Fish hat es selbst geschrieben, um mit einem berühmten Namen den Verkauf seines Werks zu fördern, oder irgendwer, der Eurem Vater schaden wollte, hat es getan.«

»So oder so wäre es eine Fälschung«, überlegte Laura. »Wenn wir das beweisen könnten, wäre vielleicht etwas gewonnen.«

Nick stand von dem Schemel am Schreibtisch auf. »Ich reite nach Chelsea.«

»Zu Sir Thomas?«, fragte seine Schwester skeptisch. »Meinst

du nicht, wir hätten es inzwischen gehört, wenn er gewillt wäre, Vater zu helfen?«

Nick schüttelte den Kopf. »Er wird glauben, Vater habe das Vorwort tatsächlich geschrieben. Wenn er erfährt, dass es eine Intrige ist, wird er alles tun, um die Wahrheit ans Licht zu bringen. Und es heißt, er sei der beste Rechtsgelehrte, den England je hervorgebracht hat. Er wird wissen, was wir tun müssen.«

»Aber was wird Sumpfhexe sagen, wenn du einfach verschwindest?«, fragte Laura untypisch verzagt.

»Das interessiert mich nicht, denn ich werde nicht hier sein, um es zu hören«, entgegnete er mit mehr Entschlossenheit, als er empfand.

Chelsea, Oktober 1529

Er ritt bis nach Southwark, stellte sein Pferd im Stall einer der zahllosen Schenken ein und ging die Stufen hinab, die zur Anlegestelle der Mietboote führten. Auf dem Fluss kam man wesentlich schneller von einem Ende der großen Stadt zum anderen als hoch zu Ross durch Londons verstopfte Straßen, und es hatte den Vorteil, dass man sich nicht verirren konnte. Es war Ebbe; Tierkadaver, die von Ratten und Fischen angenagt waren, Treibholz und Unrat durchzogen den grauen Uferschlamm und hatten Scharen von Möwen angelockt, die niedrig darüber hinwegsegelten und sich um die Leckerbissen zankten. Der junge Waringham blickte zur anderen Themseseite hinüber. Grau und abweisend ragte die äußere Ringmauer des Tower dort auf, und seine Türme schienen sich bis in den grauen Himmel emporzurecken. Die Standarte mit dem gevierteilten Wappen des Königs flatterte unstet in der feuchten Brise, und kein Mensch war zu sehen. Die alte Festung wirkte so unüberwindlich wie ein Bergmassiv. Irgendwo in einem der zahllosen Türme war sein Vater, wusste Nick. In einem Quartier in luftigen Höhen mit einem schmalen Fenster und Blick auf den Richtblock? Angekettet in einem feuchten Kellerloch? War er verzweifelt? Zornig? Fürchtete er sich? Gaben sie ihm genug zu essen? Ein paar Bücher, wenigstens eine Bibel?

Unmöglich zu erraten.

Nick spürte sein Herz bleischwer werden und zwang sich, den Blick abzuwenden, damit er nicht den Mut verlor, ehe er sein Unterfangen noch richtig begonnen hatte. Eines der schmalen, länglichen *Wherrys* machte gerade fest. Zwei fein gekleidete Gentlemen in der Livree der Weinhändlergilde stiegen aus und schlenderten Seite an Seite davon, die Köpfe einander zugeneigt, offenbar in ein ernstes Gespräch vertieft. Nick bestieg das Bötchen und setzte sich auf die Passagierbank hinter dem Mast mit dem kleinen, viereckigen Segel. »Chelsea.«

»Zu Sir Thomas More, he?«, tippte der Bootsführer.

»Wie kommst du darauf?«, fragte Nick stirnrunzelnd.

Der Mann hob die massigen Schultern. »Gibt nicht viel in Chelsea, wohin es einen feinen jungen Pinkel wie dich treiben könnt'.«

Nick verzog den Mundwinkel zu einem freudlosen kleinen Lächeln. Die Londoner Wherrymen – die Mietbootführer – waren stolz auf ihre Unverfrorenheit, wusste er. Aber ihm stand heute nicht der Sinn nach albernem Geplänkel. Er wandte den Kopf und schaute auf die Themse hinaus, auf der reger Verkehr herrschte: Lastkähne, Fischerboote, bunt bemalte Barken reicher Kaufherrn und Handelssegler – auf diesem Fluss war alles unterwegs, was schwimmen konnte. Auch ungezählte Schwäne, und sie gehörten allesamt dem König. Der böige Wind blies ungemütlich übers Wasser, und Nick fröstelte.

Der Bootsführer legte sich in die Riemen. Flussaufwärts zu rudern war harte Arbeit, und das kleine Segel bot nur wenig Unterstützung. Nick sah Kaianlagen und Lagerhäuser vorbeiziehen, dann fuhr das Bötchen unter der gewaltigen London Bridge einher, und am rechten Ufer – der Stadtseite – gingen die Kais weiter, unterbrochen von feinen Kaufmannsvillen in Flusslage, während es am Südufer ländlicher wurde. Der spitze Turm von St. Paul überragte schließlich zu ihrer Rechten das Häusergewirr, dann passierten sie Bridewell – die neue königliche Residenz an der

Fleetmündung – und die Anlagen der juristischen Bruderschaften im Temple. Nach einer Weile passierten sie Westminster mit der großen Klosterkirche und dem alten Palast, der kurz vor Nicks Geburt abgebrannt war, und der Baustelle von York Place, wo der mächtige Kardinal Wolsey, der seinen Vater hatte verhaften lassen, sich seinerseits einen neuen Palast errichten ließ, der anscheinend alles in den Schatten stellen sollte, was je in England erbaut worden war.

»Bescheidene Hütte für einen Gottesmann, he«, brummte der Bootsführer, der wild entschlossen schien, Nick ein Gespräch aufzudrängen.

Der junge Waringham blickte schweigend zu der gewaltigen Anlage hinüber, die, so hatte er gehört, eintausendfünfhundert Räume haben sollte, wenn sie einmal fertig wurde, und der Anblick führte ihm vor Augen, wie mächtig der Mann war, der offenbar beschlossen hatte, seinen Vater zu Fall zu bringen: Thomas Wolsey, Sohn eines Metzgers aus Ipswich, der es zum Erzbischof von York, zum Kardinal und Lord Chancellor gebracht hatte. All das hatte Nick gewusst. Er hatte auch gewusst, dass Wolsey Macht und Reichtümer zusammengerafft hatte wie nie ein englischer Kirchenfürst zuvor und gerne Papst geworden wäre. Nick hatte den feisten Kardinal in seinen blutroten Roben sogar einmal auf einem von Sir Thomas' Festen gesehen, als er und seine Freunde verbotenerweise vom Garten aus durchs Fenster in die hell erleuchtete Halle gespäht hatten. Aber erst der Anblick von York Place vermittelte dem Jungen eine Ahnung davon, wie schlimm es wirklich um seinen Vater stand. »Muss der Kardinal nicht fürchten, den Neid des Königs zu erwecken?«, murmelte er vor sich hin.

Der Bootsführer lachte brummig. »Oh, unser Kardinal ist schon vorsichtig. Wenn König Henry gar zu großen Gefallen am Haus seines Chancellors findet, schenkt der es ihm. So wie Hampton Court.«

Allmählich blieben die Häuser zurück, und die Ufer auf beiden Seiten wurden grün und ländlich. Ein sachter Regen hatte eingesetzt und tauchte die Flusslandschaft in stille Melancholie. Nick zog den Mantel fester um sich.

Es war beinah Mittag, als das Wherry an Sir Thomas' Steg festmachte. Nick bezahlte den Bootsführer und sprang an Land, lief die wenigen Schritte zur Treppe an der Mauer und erklomm sie im Sturm, immer zwei Stufen auf einmal. Der Anblick des vertrauten Anwesens gab ihm ein wenig Zuversicht zurück.

Er durchquerte den Obstgarten, umrundete das Haupthaus und kam in den vorderen Hof, wo wie üblich viel Betrieb herrschte. Vor dem strohgedeckten Gebäude, welches die Armenküche beherbergte, hatte sich eine Schlange abgerissener Gestalten gebildet. Nick ging an ihnen vorbei und betrat das dämmrige Innere. »Lady Meg?«

Sir Thomas' Tochter stand am Herd und füllte Schalen mit Suppe aus einem gewaltigen gusseisernen Kessel. Als sie ihren Namen hörte, wandte sie den Kopf. »Nicholas!« Ihre herrlich weißen Zähne leuchteten auf, als sie lächelte.

Er trat näher und verneigte sich. »Lady Meg.« Das Herz schlug ihm bis zum Halse, wie immer, wenn er in ihrer Nähe war. »Ist Euer Vater da?«

Sie schüttelte den Kopf. »Schon seit zwei Tagen in Hampton Court. Ich weiß nicht, wann er zurückkommt. Der König scheint auf einmal gar nicht mehr auf ihn verzichten zu können.«

Nick war bitter enttäuscht. Sir Thomas war der einzige Mensch, den er um Hilfe für seinen Vater bitten konnte. Nun wusste er nicht weiter. »Wo ist Martin?«, fragte er abwesend.

»Das wüsste ich auch zu gern«, gab sie zurück. »Ganz plötzlich ist ihm wohl eingefallen, dass er eine wichtige Verabredung hat, nehme ich an.«

Es war eine alte Geschichte: Martin, der Sohn des Stewards und etwa in Nicks Alter, war eigentlich dafür zuständig, Lady Meg bei der täglichen Armenspeisung zur Hand zu gehen, aber er war der Auffassung, die Aufgabe sei unter seiner männlichen Würde, und verdrückte sich regelmäßig. Nick ließ den Blick durch den kargen Raum mit den langen Tischreihen schweifen und sah, was zu tun war. Es war nicht das erste Mal, dass er für Martin einsprang. Er streifte den knielangen Mantel ab – dankbar für die Wärme, die der große Herd verbreitete –, stellte den Korb mit den hölzernen Löffeln auf den Tisch zu den gefüllten Suppenschalen und begann, dicke Scheiben von einem Laib Roggenbrot zu schneiden. Er hatte einiges Geschick in dieser schwierigen Kunst entwickelt, und seine Scheiben waren ebenso gleichmäßig wie großzügig. Dann legte er einen Löffel in eine Suppenschale und reichte sie dem ersten der Bettler mit einem Stück Brot. »Wohl bekomm's.«

»Gott segne Euch, Sir. Habt Dank.« Es war ein hagerer alter Mann, der unterhalb des linken Knies ein Holzbein hatte. Ein Veteran aus den Zeiten, als König Henry noch kriegslustig war, nahm Nick an.

»Danke nicht mir, sondern Sir Thomas und Lady Meg«, erwiderte der junge Mann lächelnd. »Sie sind die edlen Spender.«

»Dann möge Gott auch sie segnen«, erwiderte der Alte und trug seine Schale hinkend zu einem der Tische.

»Sir Richard Newton«, raunte Lady Meg. »Er war einmal ein Gentleman.«

Nick verteilte Schalen und Brot an die wartenden Hungerleider. »Ich dachte, entweder man ist ein Gentleman oder man ist es nicht. Wenn ja, bleibt man es sein Leben lang, egal ob König oder Bettler.«

Sie rührte mit der Kelle im Kessel, damit Speck und Gemüse nach oben schwammen, und füllte die nächste Schale. »Deine Sicht der Welt ist hoffnungslos antiquiert, fürchte ich«, bemerkte sie trocken.

»Ist sie das?«, fragte er leise, mehr sich selbst als sie.

»Was führt dich her?«, wollte Lady Meg wissen. »Ich hätte gedacht, du seiest erleichtert, der Schulbank entkommen zu sein. Aber hier bist du wieder. Haben wir dir so gefehlt?« Ihre blauen Augen funkelten immer, wenn sie lächelte, und in ihren Mundwinkeln bildeten sich Grübchen. Aber Nick wusste, es konnte nur Einbildung sein, wenn er manchmal glaubte, sie tändele ein klein wenig mit ihm. Sie war zehn Jahre älter als er, eine verheiratete Dame und ihre Tugend über jeden Zweifel erhaben.

»Ihr habt es nicht gehört?«, fragte er leise und reichte die nächste Suppenschale über den Tisch. Die Bänke füllten sich allmählich.

»Ich höre in letzter Zeit verdächtig wenig«, eröffnete sie ihm. »Mein Vater und mein Gemahl stecken ständig die Köpfe zusammen, aber weder der eine noch der andere lässt mich teilhaben an seinen Gedanken. Das war einmal anders.«

»Vermutlich wollen sie Euch schützen. Es sind ungewisse Zeiten, und Ihr habt das Herz immer auf der Zunge.«

»So wie du«, konterte sie. »Also?«

»Kardinal Wolsey hat meinen Vater verhaften lassen.«

Lady Meg ließ die Suppenkelle sinken und sah ihn mit schreckgeweiteten Augen an. Plötzlich war ihre Miene sehr ernst. »Komm«, sagte sie leise. »Lass uns zusehen, dass wir fertig werden. Das hier ist nicht der geeignete Ort.«

Einträchtig und routiniert teilten sie die Armenspeisung aus, und als alle Bettler ihre Suppe bekommen hatten, gingen Lady Meg und Nick durch die Reihen, sprachen ein paar Worte mit ihren Gästen, lauschten ihren Klagen und versuchten, ihnen ein wenig Mut zu machen. Diesen Teil hatte Nick früher immer gescheut, und wäre Lady Meg nicht gewesen, hätte er sich vielleicht genauso gedrückt wie Martin. Die Verzweiflung dieser Menschen, ihre Lumpen und der Geruch ihrer ungewaschenen Leiber – manchmal hatte man das Gefühl, in all dem Elend zu ertrinken. Aber heute empfand Nick die Aufgabe als eigentümlich tröstlich. Sie lenkte ihn von seinem eigenen bohrenden Kummer ab und linderte das Gefühl völliger Handlungsunfähigkeit.

»Mein Vater sagt gern, ein gutes Werk zu tun sei Balsam für die geplagte Seele«, bemerkte Lady Meg, als sie einige Zeit später allein in der aufgeräumten Armenküche saßen, jeder eine Schale Suppe vor sich.

Nick nahm einen Löffel und fragte sich, wie es nur kam, dass sie immer seine Gedanken lesen konnte. »Stimmt es, dass die Ketzer glauben, gute Werke haben keinen Einfluss darauf, ob eine Seele in den Himmel oder in die Hölle kommt?«

Lady Meg sah ihn forschend an und nickte dann. »Sie sagen, allein Gottes Gnade könne die Seele erretten, und wer errettet werde und wer nicht, stünde schon vor der Geburt des Menschen fest.«

Was für ein Blödsinn, dachte Nick. Sollte es wirklich möglich sein, dass sein kluger Vater an solch einen Gott glaubte, der Heil und Verdammnis willkürlich verteilte? Im Losverfahren sozusagen? Mit einem Mal musste Nick gegen Tränen ankämpfen. Er war so wütend, so verwirrt und ratlos. Er fuhr sich mit der Hand über die Stirn, ergriff entschlossen den Löffel, ließ ihn aber wieder sinken.

Lady Meg legte die Rechte auf seine Linke, die zu einer losen Faust geballt auf dem blank gescheuerten Tisch lag. »Erzähl mir, was passiert ist, Nicholas.«

»Ein Mann namens Cromwell erschien in Waringham und hat meinen Vater verhaftet. Mit bewaffneter Eskorte und nach Einbruch der Dunkelheit, so als wäre mein Vater ein gefährlicher Verbrecher.«

Sie runzelte die Stirn. »Kardinal Wolseys Sekretär?«

Er nickte und hob gleichzeitig die Schultern.

»Mein Vater sagt, dieser Cromwell werde es noch weit bringen«, berichtete Lady Meg. »Und er sieht nicht glücklich aus, wenn er das sagt.«

Nick erzählte ihr das wenige, was er wusste. »Aber wenn mein Vater schwört, er habe dieses Vorwort nicht geschrieben, dann ist es wahr, Lady Meg«, schloss er. »Nur wie soll er sich verteidigen und seine Unschuld beweisen, wenn er eingesperrt ist? Ich *muss* mit Sir Thomas sprechen. Wenn ich ihm die Lage erkläre, wird er uns helfen, das weiß ich genau.«

Lady Meg hatte die Stirn gerunzelt und dachte nach. »Ja, das solltest du«, sagte sie schließlich. »Und falls du meinen Rat willst: Warte nicht hier auf ihn. Wenn dein Vater Opfer einer Intrige geworden ist, in die Cromwell und Kardinal Wolsey verwickelt sind, dann hängt sein Leben vielleicht am seidenen Faden. Entschuldige, dass ich so unverblümt spreche, aber schöne Worte nützen dir nichts. Du musst nach Hampton Court, Nicholas.«

Er nickte, obwohl ihm allein bei der Vorstellung himmelangst wurde. »Herrje, ich habe mein Pferd in Southwark gelassen«, fiel ihm ein.

»Es hätte ohnehin schwerlich durch den Fluss schwimmen

können, nicht wahr? Nimm das Boot meines Gemahls, ich erkläre es ihm.«

Nick stand auf. »Habt Dank, Lady Meg.«

Sie erhob sich ebenfalls, legte ihm die Hände auf die Schultern und küsste ihn auf die Stirn. »Viel Glück. Ich werde für dich und deinen Vater beten. Und sei vorsichtig, wenn du bei Hofe bist, hörst du. Es ist gefährlich. Pass nur ja auf, dass du dem König nicht begegnest.«

Hampton Court war einmal ein ländliches Gutshaus gleich an der Themse in Surrey gewesen, aber seit Kardinal Wolsey es vor knapp fünfzehn Jahren erworben hatte, war es unermüdlich umgebaut und zu einer modernen Palastanlage erweitert worden. Dann hatte der Kardinal es dem König geschenkt – wie freiwillig, war umstritten. König Henry jedenfalls war ganz vernarrt in seine neue Residenz, hieß es, und hatte seinerseits umfangreiche Umbauten und Erweiterungen in Auftrag gegeben.

Im Gegensatz zu den Herrschaftssitzen von einst war Hampton keine Anlage, die erbaut worden war, um Schutz und gute Verteidigung zu gewährleisten. Ein bewachtes, schmiedeeisernes Tor war alles, was die Außenwelt fernhielt. Gekrönte Löwen standen oben auf den gemauerten Säulen, die das Tor flankierten, aber so grimmig sie auch dreinschauten, boten sie wenig Schutz gegen Artilleriefeuer.

»Mein Name ist Nicholas of Waringham. Ich möchte zu Sir Thomas More.«

Die beiden livrierten Wachen hatten ihre Piken gekreuzt, um ihm den Weg zu versperren. »Sir Thomas empfängt heute keine Bittsteller«, eröffnete der Linke ihm, ein junger Soldat mit einem zu großen Helm auf dem Kopf. »Komm am Mittwoch wieder.«

Nick erkannte mit sinkendem Herzen, dass sein Name den Wachen nicht geläufig war. Es hatte einmal Zeiten gegeben, da der Name Waringham am Hof englischer Könige jede Tür geöffnet hatte. »Ich bin kein Bittsteller«, erwiderte er scharf. *Sondern was?*, fragte er sich nervös und sagte das erste, was ihm in den Sinn kam: »Lady Meg Roper schickt mich. Sir Thomas' Tochter.«

»Von mir aus«, sagte der zweite Soldat, und die Piken wurden aufgerichtet.

Nick durchschritt das Tor und gelangte auf einen Pfad, der durch weitläufige Gartenanlagen schnurgerade auf einen weiteren Torbogen zuführte. Als er hindurchtrat, gelangte er in einen Innenhof, wo ein so dichtes Menschengewühl herrschte, dass es fast unmöglich war, sich vorwärtszuschlängeln: Höflinge und Mägde, fein gekleidete Damen und Priester, Hofbeamte und Ausländer in seltsamen Kleidern, Handwerker, Gaukler und Chorknaben – hier gab es alles. Nick kämpfte sich zu einem weiteren Tor vor und gelangte in einen größeren Hof, fragte allenthalben nach Sir Thomas More und erntete Kopfschütteln oder widersprüchliche Wegbeschreibungen. Bis ihm schließlich ein junger Kerl in der Livree des Duke of Suffolk eröffnete: »Der Kronrat tagt und wird vermutlich bis in die Nacht tagen. Wenn du auf Sir Thomas warten willst, hoffe ich, du hast dir Proviant mitgebracht.«

Das hatte Nick natürlich nicht. »Könnt Ihr mir sagen, wo ich am besten warten kann, damit ich ihn nicht verpasse, Sir?«

»Nein, keine Ahnung.« Der Mann wollte davonhasten. »Wie ich ihn kenne, wäre die Kapelle der Ort, wo man früher oder später am sichersten mit ihm rechnen kann.«

Nicks Verzweiflung machte ihn verwegen. Er fasste den Mann am Ärmel. »Bitte, Sir. Wo ist die Kapelle?«

Der Ritter riss sich unwillig los. »Junge, du bist aber hartnäckig, was? Wie heißt du eigentlich?«

»Nicholas of Waringham.«

Mit einem Mal schenkte der Fremde ihm seine ungeteilte Aufmerksamkeit. »Wirklich? Und meint Ihr, es ist besonders klug für Euch, hier aufzutauchen?«

»Ich bin nicht sicher, ob ich verstehe, was Ihr meint. Aber da Ihr zu wissen scheint, was meinem Vater geschehen ist, versteht Ihr gewiss, dass er dringend Sir Thomas' Hilfe braucht.«

Der Mann seufzte, warf einen Blick über die Schulter, packte Nick dann am Arm und führte ihn rüde in den Schatten des nächsten Torbogens, wo sie plötzlich ganz allein waren. »Thomas More kann Eurem Vater nicht helfen. Niemand kann das. Außer dem

König vielleicht, aber ich schätze, der hat wenig Interesse daran. Darum solltet Ihr schleunigst von hier verschwinden, Nicholas of Waringham. Gesünder für Euch, glaubt mir.«

Und noch ehe Nick eine der vielen bangen Fragen stellen konnte, die ihn bedrängten, wandte der Fremde sich ab und verschwand.

Langsam und mutlos kehrte der Junge in den Innenhof zurück, ließ sich von der Menge treiben, wurde angerempelt und beiseite geknufft und wusste nicht, was er tun sollte. Ziellos streifte er durch Höfe und Gärten in der vagen Hoffnung, vielleicht die Kapelle zu finden und dort auf Sir Thomas zu warten. Stattdessen entdeckte er eine Kegelbahn, einen Tennishof und landete schließlich in der größten Küche, die er je im Leben gesehen hatte, wo viele Dutzend Köchinnen, Köche, Mägde und Küchenjungen mit den Vorbereitungen für das abendliche Bankett des großen Hofes beschäftigt waren, während Maurer und Zimmerleute zwischen ihnen einhergingen, hämmerten und sägten. Offenbar wurde die Küche vergrößert. Was der König und die verwöhnten Höflinge wohl davon hielten, Mörtelstaub und Sägespäne im Erbsenpüree zu finden? Ein unfreundlicher Mann in einer blutverschmierten Schürze warf Nick hinaus und hieß ihn, gefälligst in der Halle zu warten, bis dort aufgetragen wurde.

Allmählich kam er sich vor wie in einem Albtraum, und er fragte sich, wozu der König draußen in den Parkanlagen einen Irrgarten hatte anpflanzen lassen, wo der Palast selber doch schon reichlich Gelegenheit bot, um verloren zu gehen. In seiner Ratlosigkeit und Verwirrung machte der Junge sich tatsächlich auf die Suche nach der großen Halle, und auf dem Weg dorthin gelangte er in einen neuerlichen Innenhof. Dieser war weitläufig und von Mauern mit vielen Fenstern umgeben, die offenbar zu Wohnquartieren gehörten. Doch beherrscht wurde der Hof von einem imposanten Uhrenturm.

Blinzelnd sah Nick an dem Turm hinauf, der Kardinal Wolseys Wappen in unbescheidener Größe zeigte. Die Dunkelheit brach herein, stellte der Junge fest, und gerade als er sich fragte, wo er wohl die Nacht verbringen konnte, erstarrte das hektische Einherhasten um ihn herum, und alle Leute, die sich zufällig gerade hier aufhielten, verneigten sich tief. Nick folgte ihrem Beispiel. Durch die Gasse, die die Menschen bildeten, kam eiligen Schrittes ein Paar. Der bärtige Mann trug einen eleganten flachen Hut mit einer Pfauenfeder, ein Wams aus Goldbrokat mit eingestickten Lilien und eine passende pelzbesetzte Schaube, deren halbe Ärmel bauschiger waren als alle, die Nick je gesehen hatte. Doch weder die feinen Kleider noch die imposante Erscheinung konnten über seinen hinkenden Gang hinwegtäuschen. Die junge Frau an seiner Seite trug das dunkle Haar in einem funkelnden Netz aus Silbergarn und Edelsteinen, ein üppig mit Perlen besticktes grünes Seidenkleid und zu viele Juwelen. Der Anblick blendete einen nahezu.

Als sie an ihm vorbeirauschten, wusste Nick plötzlich, was er zu tun hatte, und fiel auf die Knie. Er wagte nicht, den Blick zu heben, aber er sagte: »Vergebt mir, Euer Gnaden …«

»Was?« König Henry hielt inne und wandte sich verdutzt um. Dann fragte er Nick ungläubig: »Hast du das Wort an mich gerichtet?«

Der junge Waringham nahm seinen Mut zusammen und schaute auf. »Ich bitte um Verzeihung, Majestät. Ich bin …«

»Da hol mich doch der Teufel!«, fiel einer der Männer im Gefolge des Königs ihm ins Wort. »Hier steckst du also, du Lump!« Er trat einen Schritt vor, sodass er halb zwischen Nick und dem König stand, und verneigte sich mit einem zerknirschten Lächeln vor Letzterem. »Ich hoffe, Ihr übt Nachsicht, Majestät. Er meinte mich, nicht Euch. Der Lümmel ist der Sohn meines Kastellans und steht erst seit Kurzem in meinen Diensten. Er weiß noch nicht so recht, was sich gehört und was nicht.«

»Also wirklich, Charles«, knurrte der König, würdigte Nick keines weiteren Blickes, sondern führte seine Begleiterin weiter – so hastig, dass die junge Dame um ein Haar gestolpert wäre. Kein Zweifel, der König war hungrig.

Das Gefolge eilte ihnen nach. Nur der Mann, der Nick unterbrochen und behauptet hatte, sein Dienstherr zu sein, stand immer noch vor ihm. Der Junge sah nur seine feinen Halbschuhe und die weißen Hosenbeine, denn er wagte nicht, den Kopf zu heben.

Nachdem der König das Gebäude betreten hatte, welches, wie Nick später herausfand, die große Halle war, erwachten die Menschen aus ihrer Starre, richteten sich wieder auf, strebten ebenfalls in die Halle zum Essen oder gingen ihren Besorgungen nach. Achtlos umrundeten sie Nick und den feinen Gentleman.

Der packte den Jungen roh am Arm und zog ihn auf die Füße. »Bist du von allen guten Geistern verlassen, Nick?«

Dessen Kopf ruckte hoch. »Woher wisst Ihr, wer ich bin?«

»Einer meiner Männer erzählte mir, du seiest ihm über den Weg gelaufen. Ich wollte es nicht glauben, aber als du eben aufgeschaut hast, habe ich dich an den Augen erkannt. Gerade noch rechtzeitig, so scheint es.«

Nick befreite seinen Arm mit einem kleinen Ruck und zog ein paar Schlüsse. »Ihr seid der Duke of Suffolk?«

»Woher weißt du das?«, fragte der Herzog neugierig.

Nick hatte vorhin das Wappen an der Livree des Ritters erkannt, doch er erwiderte: »Man erkennt Euch an den glattzüngigen Lügen, Mylord, so wie mich an den Augen.«

Die Ohrfeige, die ihm das einbrachte, hatte es in sich. Aber der Junge verzog keine Miene und taumelte auch nicht zur Seite.

»Du könntest mir ein bisschen dankbarer sein, Söhnchen«, knurrte der Duke of Suffolk. »Meine glattzüngige Lüge hat dich vor mörderischen Scherereien bewahrt. Der König schätzt es nicht, ohne Vorwarnung an unliebsame, in Ungnade gefallene und im Tower eingesperrte Lords erinnert zu werden. Und im Moment ist mit ihm wirklich nicht zu spaßen.«

»Ah ja?«, konterte Nick. »Nun, auf meine Dankbarkeit müsst Ihr dennoch verzichten, fürchte ich. Diese Chance war ein Gottesgeschenk. Und sagt, was Ihr wollt, ich weigere mich zu glauben, dass der König gutheißt, was meinem Vater geschehen ist.«

Suffolk verzog den Mund zu einem höhnischen kleinen Lächeln. Es passte nicht zu seinem rundlichen, eher gutmütigen Gesicht. Bart- und Kopfhaar waren braun und von ein paar grauen Fäden durchzogen, und der Herzog hatte die Statur eines Soldaten. Er war ein paar Jahre älter als sein Vater, wusste Nick, und die wenigen militärischen Triumphe, die König Henry vorzuweisen hatte, verdankte er vornehmlich diesem Mann. »Wenn du das glaubst, bist du ein Unschuldslamm«, eröffnete Suffolk ihm. »Und soll ich dir sagen, was hier mit Unschuldslämmern geschieht? Sie werden geschlachtet. Als dein Pate war es meine Pflicht, das zu verhindern, denkst du nicht?«

Nick konnte ein Schnauben nicht ganz unterdrücken. »Ihr habt Euch vierzehn Jahre einen Dreck um mich gekümmert. Ich würde es vorziehen, wenn Ihr es dabei beließet. Ich komme schon allein zurecht, vielen Dank.«

»Ja, das haben wir eben gesehen, nicht wahr? Sag, was suchst du eigentlich hier?«

»Sir Thomas Mores Rat und Hilfe.«

»Ah. Noch eine törichte Idee. Falls es einen Mann in England gibt, der glaubt, dein Vater habe dieses Vorwort für Fishs blöde Ketzerschmiererei wirklich verfasst, dann ist es Thomas More.«

»Nicht, wenn ich ihm sage, dass mein Vater mir das Gegenteil geschworen hat.«

»Sei nicht so sicher«, warnte der Herzog ernst. »More ist unerbittlich in seinem Kampf gegen die Ketzerei.«

»Er wird mir trotzdem helfen. Ich kenne ihn. Und, bei allem Respekt, Mylord, ich vertraue lieber auf seine Art von Hilfe als auf die Eure.«

Der Herzog schlug ihn noch einmal. »Ich kann nicht sagen, dass dein Ton mir sonderlich gefällt, Söhnchen.«

»Dann geht doch weg, sucht Euch jemanden, dessen Ton Euch genehmer ist, und lasst mich endlich zufrieden«, schlug Nick wütend vor.

Stattdessen packte sein Pate ihn wieder am Arm und zerrte ihn fort von der Halle, auf der anderen Hofseite durch eine Tür, eine Treppe hinauf zu einem von Fackeln erhellten Korridor mit vielen Türen. Er öffnete die dritte auf der rechten Seite und beförderte Nick mit einem Tritt über die Schwelle.

Der Junge geriet ins Taumeln, schlug der Länge nach hin, und ehe er aufspringen konnte, war Suffolk über ihm, hatte ihn am Ohr gepackt und auf die Knie gezerrt. »Ich bin bereit, dir zuzugestehen, dass du nicht weißt, was du redest, weil du um deinen Vater bangst, aber wenn du dich nicht vorsiehst, mein Junge, wird unsere gemeinsame Zukunft damit beginnen, dass ich dich windelweich prügele.«

Nick verharrte reglos und biss sich vorsorglich auf die Zunge, denn darauf legte er nicht den geringsten Wert.

»Ich weiß, was ihr alten Adelsfamilien mit euren ellenlangen Stammbäumen über Männer wie mich denkt. Aber Emporkömmling oder nicht, ich bin dein Pate und der Duke of Suffolk. Und du wirst mir Respekt erweisen, ist das klar?«

»Ich bin nicht respektlos zu Euch, weil ich Euch für einen Emporkömmling halte, Mylord«, stellte Nick klar.

»Sondern warum?«

»Weil Ihr einmal der beste Freund meines Vaters wart und ihn wie einen heißen Stein habt fallen lassen.«

»Das hat er gesagt, ja?«, fragte der Herzog leise.

»Nein. Er redet niemals über die Dinge, die damals geschehen sind. Aber ich sehe, was ich sehe.«

»Und nichts sonst.« Suffolk ließ ihn los. »Steh auf und setz dich hin. Ich glaube, du und ich haben allerhand zu bereden.«

Nick kam auf die Füße und wandte sich langsam zu ihm um. »Ich bitte Euch, lasst mich gehen, Euer Gnaden. Ich will nichts hören. Ich will nur versuchen, für meinen Vater zu tun, was ich kann.«

Suffolk setzte sich in einen Sessel am Kamin und betrachtete den jungen Waringham einen Moment ernst. »Niemand kann mehr irgendetwas für deinen Vater tun.«

Nick biss die Zähne zusammen und ließ ihn nicht aus den Augen. »Ist er tot?«

Der Herzog schüttelte den Kopf.

Der Schmerz und das unzureichend verhohlene Grauen, das der Junge in den warmen, braunen Augen entdeckte, trafen ihn unvorbereitet. Er machte einen unsicheren Schritt nach hinten, tastete nach dem zweiten Sessel und sank hinein. »Was ... was tun sie mit ihm im Tower?«

»Das willst du nicht wissen.«

Nick kniff für einen Moment die Augen zu. »Was wollen sie denn von ihm? Einen Widerruf? Oder ein Geständnis? Für eine Tat, die er nicht begangen hat, damit alles seine Ordnung hat und sie ihn hinrichten können? Warum? Warum jetzt? Zehn Jahre lang hat sich niemand um uns gekümmert. Was hat sich mit einem Mal geändert?«

Suffolk stand auf, trat zu einer Tür, die in den Nebenraum führte, und Nick hörte ihn murmelnd ein paar Anweisungen geben. »Ich habe nach Wein und Speisen geschickt«, sagte der Herzog, als er zurückkam. »Ich habe das Gefühl, wir werden ein Weilchen hier sein.«

»Wird Euer König Henry Euch nicht in der Halle vermissen?«, fragte Nick bitter.

»Er wird nicht einmal bemerken, dass mein Platz leer bleibt. Heutzutage hat der König nur Augen für eine Person. Du hast sie ja gesehen. Ich nehme an, du weißt, wer die Dame an seiner Seite war?«

»Lady Anne Boleyn, nehme ich an.« Nicks Stimme war anzuhören, dass ihn nichts auf der Welt weniger kümmerte als König Henrys Weibergeschichten.

Der Herzog setzte sich wieder. »Vermutlich die nächste Königin von England. Jedenfalls wenn es nach Henry geht. Aber die Annullierung seiner Ehe mit Catalina von Aragon kommt einfach nicht voran. Kardinal Wolsey hat die Angelegenheit gründlich verbockt. Das große ›Königliche Anliegen‹. Darüber ist der König ausgesprochen ... verstimmt. Worüber wiederum unser guter Kardinal besorgt ist. Und je länger das Königliche Anliegen sich hinzieht, desto besorgter wird der Kardinal, denn seine Position wackelt.«

»Und was hat das alles mit meinem Vater zu tun? Was hat der Kardinal davon, meinem Vater Ketzerei vorzuwerfen?«

Suffolk schüttelte seufzend den Kopf. »Ich wünschte, ich wüsste es. Dann könnte ich vielleicht irgendetwas tun. Aber ich werde nicht klug aus der ganzen Geschichte. Ich habe nur eine Erklärung: Kardinal Wolsey will Jasper of Waringham vernichten, ehe dein Vater Wolseys derzeitige prekäre Lage ausnutzt, um aus der selbst erwählten Versenkung aufzutauchen und zum großen, lange überfälligen Gegenschlag auszuholen.«

Nick verstand nicht, wovon sein Pate sprach, aber wann immer zu Hause Kardinal Wolseys Name gefallen war, hatte der Junge gemerkt, dass sein Vater den mächtigen Lord Chancellor verabscheute. Er hatte geglaubt, es liege daran, dass der Kardinal alles zu verkörpern schien, was in der Kirche reformbedürftig war: Wolsey scherte sich nicht um das Seelenheil der ihm anvertrauten Gläubigen, sondern strebte nach weltlicher Macht und nach Reichtümern. Und es waren weder die zehn Gebote noch die Lehren Christi, die er zum Maßstab bei der Wahl seiner Mittel nahm. Jetzt kamen dem Jungen indes Zweifel, ob das wirklich alles war. »Mein Vater und der Kardinal haben eine persönliche Fehde?«, fragte er.

Suffolk zog die Brauen in die Höhe. »So kann man es auch nennen«, erwiderte er trocken. »Ah! Hier kommt der Wein.« Der junge Ritter, dem Nick bereits am Nachmittag begegnet war, trat ein, verneigte sich schweigend vor dem Herzog und winkte dann einen Diener herein, der ein Tablett mit silbernen Krügen und Platten auf den Tisch am Fenster stellte und sich unter vielen Verbeugungen wieder zurückzog. Weil Nick sich nicht rührte, bedachte der Ritter ihn mit einem Kopfschütteln, schenkte seinem Herrn einen der kostbaren Glaspokale ein und stellte ihn neben Suffolks Sessel auf den Tisch.

Nick riss sich lange genug aus seiner Düsternis, um den Geboten der Höflichkeit Genüge zu tun. »Entschuldigung«, murmelte er, stand auf und übernahm es, seinem Gastgeber Fleisch und Brot vorzulegen.

Suffolk nickte seinem Ritter zu. »Danke, Jerome.«

Der junge Mann ging hinaus.

»Greif zu, Nick«, forderte der Duke of Suffolk ihn kauend auf. »Es nützt niemandem, wenn du hungerst.«

Aber Nicks Kehle war wie zugeschnürt. Er nahm ein Stück Brot, um seinen guten Willen zu bekunden, und einen Becher Wein. Die rechte Hand, die den Krug führte, zitterte. »War es … war es Kardinal Wolsey, der meine Mutter … entehrt hat?«, fragte er, ohne sich umzuwenden.

In seinem Rücken räusperte der Duke of Suffolk sich ironisch. »Welch vornehme Umschreibung. Ja, es war Wolsey. Man soll es heute nicht für möglich halten, wenn man ihn anschaut, aber vor zehn Jahren war unser Kardinal ein ansehnliches Mannsbild. Viele Damen bei Hofe hätten keine Einwände gehabt, von ihm erwählt zu werden. Aber Thomas Wolsey ist ein Jäger und war es immer schon. Er hat deine Mutter umgarnt, weil sie nur Augen für deinen Vater hatte, und als Umgarnen nichts half, hat er sie in einen Hinterhalt gelockt.«

Nicks Magen hob sich gefährlich, und er ließ die Brotscheibe achtlos auf den Tisch fallen. Er trank einen Schluck Wein, der wie Essig in seiner Kehle brannte, und wandte sich wieder zu seinem Paten um.

Der sah ihm ins Gesicht, seufzte dann tief und zuckte die Achseln. »Es war eine abscheuliche Geschichte. Und eine öffentliche. Wolsey hat dafür gesorgt, dass der ganze Hof es wusste. Eleanor … Deine Mutter kehrte nach Waringham zurück und hat sich dort eingesperrt und mit keinem Menschen mehr ein Wort gesprochen – auch mit deinem Vater nicht. Sie hat nur noch darauf gewartet, dass ihre Zeit kam und sie im Kindbett sterben konnte. Dein Vater hat fast den Verstand verloren. Er hat den Kardinal gefordert, und als Wolsey die Stirn hatte, sich mit seiner Priesterwürde herauszureden, hat dein Vater ihn mit dem blanken Schwert bedroht. Ich nehme an, er hätte ihn getötet. Das hätte wohl jeder Mann in so einer Lage getan. Aber der König ging dazwischen und ergriff für den Kardinal Partei.«

Nick war fassungslos. Er setzte sich wieder, stierte in seinen Becher, und es brodelte in seinem Innern. Er spürte Demütigung, Trauer und vor allem Zorn. Es war wie ein Echo der Empfindungen, die seinen Vater damals niedergedrückt haben mussten. »Warum?«, fragte er schließlich.

»Warum Henry sich auf Wolseys Seite schlug?«

Der Junge nickte.

»Weil er ihn brauchte. Henry hatte keine Ahnung vom Regieren. Die hat er übrigens bis heute nicht. Er brauchte Kardinal Wolsey, weil der der Einzige war, der in dem ewigen Gezänk mit François von Frankreich und dem Kaiser die Übersicht behielt. Und er brauchte ihn, damit der Kardinal die lästigen Regierungsgeschäfte für ihn führte, sodass der König sich den schöneren Pflichten seines Amtes widmen konnte. Jagden, Hoffesten, Turnieren und so weiter. Er und ich haben damals manches Mal die Nacht in den Zelten auf der Turnierwiese verbracht, damit wir am nächsten Morgen noch vor dem Frühstück weitermachen konnten.« Er schüttelte den Kopf. Ein kleines wehmütiges Lächeln über die Torheiten ihrer Jugend schimmerte in den dunklen Augen, doch sie wurden sogleich wieder ernst. »Aber das war es nicht allein. So ungern ich es sage … So sehr es mich schmerzt, es zu sagen, aber die Wahrheit ist wohl, dass der Anlass dem König gerade recht kam. Er hat deinen Vater nie sonderlich gemocht.«

»Wieso nicht?«

Suffolk schlug die Beine übereinander. »Ich schätze, du weißt, dass Henry eigentlich gar nicht König werden sollte? Dass er einen älteren Bruder hatte?«

Natürlich wusste Nick das. »Prinz Arthur. Aber er starb mit fünfzehn Jahren, kurz nach seiner Heirat mit Catalina von Aragon.«

»Hm, so war's. Und Henry erbte alles von ihm: die Thronfolge, die Gemahlin und die Freunde. Auch deinen Vater und mich. Aber Jasper und Henry sind nie richtig miteinander zurechtgekommen. Dein Vater und Prinz Arthur waren … wie Brüder. Du kannst dir das nicht vorstellen, Junge. Niemand kam dazwischen. Wo der eine hinging, dort fand man auch den anderen. Unzertrennlich. Arthur …« Er unterbrach sich, trank einen Schluck und fuhr dann fort: »Arthur war ein Bücherwurm – auch das hatten Jasper und er gemeinsam –, und er war immer schmächtig und kränklich. Und trotzdem war Arthur der perfekte Prinz, Nick. Vielleicht ist es oft so, dass das Andenken die Toten besser macht, als sie im Leben waren, aber nicht bei Arthur. Alles, was heute über ihn gesagt wird, stimmt. Du darfst mich nicht missverstehen: Auch Henry wurde ein vielversprechender Prinz, als er heranwuchs. Er war feinsinnig und gebildet und fromm, er schrieb sogar Gedichte. Und ebenso war er ein hervorragender Fechter und Turnierkämpfer. Aber er war … nicht Arthur. Er besaß weder dessen Besonnenheit noch sein Gespür für Politik, erst recht nicht diese natürliche Bescheidenheit, die Arthur so unwiderstehlich machte. Henry war ein ganz normaler Junge. Kein wiedergeborener König Artus aus Camelot. Das konnte dein Vater ihm nie verzeihen, und das wiederum hat Henry immer gewusst. Es war nicht leicht für ihn, weißt du. Für den König, meine ich. Immer mit seinem toten Bruder verglichen zu werden und immer zu wissen, das er dem Vergleich niemals standhalten kann. So etwas nagt an einem Mann, an einem Jungen erst recht. Das ist der wahre Grund, warum Henry deinen Vater hat fallenlassen.«

»Und heute keinen Finger für ihn rühren wird«, fügte Nick tonlos hinzu.

»Ich fürchte, so ist es.«

Es war eine Weile still, nur das Knistern des Feuers im Kamin war zu hören. Langsam stellte Nick den fast unberührten Becher auf den Tisch, verschränkte die Finger im Schoß und sah darauf hinab. Die Finger kamen ihm eigentümlich taub vor, und er fror am Rücken. Er fühlte sich krank. Schließlich zwang er seinen Kopf hoch. »Ich wünschte, mein Vater hätte mir all diese Dinge gesagt. Aber ich bin Euch dankbar, Mylord. Für Eure Freundlichkeit und Offenheit.«

Suffolk winkte mit einer der großen Soldatenhände ab. »Ich wünschte, ich könnte mehr für dich tun. Ich habe oft an dich gedacht, weißt du. Du bist mein einziges Patenkind. Ich nehme an, du kennst meinen Ruf als Raufbold und Bigamist – niemand außer deinem Vater wäre auf die verrückte Idee gekommen, einem Kerl wie mir ein Patenkind anzuvertrauen. Aber als Jasper in Ungnade fiel, hat er auch mir den Rücken gekehrt. Vielleicht hat er geglaubt, ich hätte nicht alles getan, was ich konnte, um ihn gegen Kardinal Wolsey zu unterstützen. Womöglich hatte er sogar recht, denn alles, was ich bin und was ich habe, verdanke ich Wolsey.« Ein freudloses Lächeln huschte über das bärtige Gesicht. »Darum sind du und ich uns nach deiner Taufe nie wieder begegnet. Ich habe das bedauert. Irgendwie hatte ich immer das Gefühl, ich sollte irgendetwas für dich tun.« Er zog ein wenig verschämt die Schultern hoch.

Nick sah ihn unverwandt an. »Es gibt etwas, das Ihr für mich tun könntet, Mylord.«

Die Scharniere quietschten vernehmlich, als das Gitter sich langsam teilte und das schwarze Wasser sacht plätschern ließ. Noch ehe es ganz offen war, glitt das Boot hindurch. *Water Gate* hieß dieser Zugang zum Tower, der die alte Festung mit dem Graben und der Themse verband. Eine Wache mit einer Fackel stand auf der untersten Stufe der Treppe, die vom Graben in den St. Thomas Tower führte.

»Lösch dein Licht«, wies der Wachsoldat den Bootsführer leise an. »Und warte hier.« Dann nickte er dem jungen Waringham zu.

Nick ignorierte die Hand, die der Mann ihm entgegenstreckte, und gelangte mit einem großen Schritt vom Boot auf die Treppe.

Wortlos streckte die Wache weiterhin die Hand aus, und Nick ließ die Münzen hineinklimpern, die er in der Faust gehalten hatte. Zehn Schilling. Ein kleines Vermögen. Suffolk hatte sie ihm geborgt und auch alle anderen Arrangements getroffen. Aber er hatte ihn gewarnt: *Rechne nicht zu fest damit, dass es klappt, Nick. So vieles kann schiefgehen, und beim ersten Anzeichen von Ärger werden sie dich in dein Boot setzen und zum Teufel jagen. Kein Mann in London riskiert Kardinal Wolseys Zorn. Für kein Geld der Welt …*

Der Soldat in der blau-roten Uniform der *Yeoman Warders* – der Wache des Tower – warf einen geübten Blick auf sein Schmiergeld, nickte und ließ es in seinem Beutel verschwinden. Dann bedeutete er Nick, ihm zu folgen, und führte ihn die Treppe hinauf. Sie durchquerten einen nackten Raum im Erdgeschoss des St. Thomas Tower, kamen auf der anderen Seite wieder ins Freie, gingen durch einen Torbogen in den inneren Burghof und hielten sich rechts.

Zwei weitere Yeoman Warders, die lange Hakenbüchsen über der Schulter trugen, kamen ihnen auf einem Patrouillengang entgegen. Nick hielt den Atem an, aber die Wachen blickten beiseite. Offenbar waren sie eingeweiht.

Sein schweigsamer Begleiter führte ihn durch eine schmale Tür in einer Mauer und eine enge Treppe mit ausgetretenen Stufen hinab. An ihrem Ende befand sich eine dicke eisenbeschlagene Tür. Der Mann zückte einen Schlüssel, sperrte auf und drückte Nick die Fackel in die Hand. »Ich warte hier. Klopf, wenn du raus willst. Und beeil dich.«

»Danke.« Nick musste den Kopf einziehen, um durch die Tür zu passen, und kaum war er über die Schwelle getreten, fiel sie hinter ihm zu.

Der Junge blieb stehen, und als die Flamme der Fackel zur Ruhe kam, sah er seinen Vater. Jasper of Waringham lag mit dem Rücken zur Tür im verdreckten Stroh auf der Seite, das linke Bein angewinkelt, das rechte ausgestreckt, und beide sahen irgendwie nicht richtig aus. Man hatte ihm die Schuhe und alle Kleider bis auf ein Paar Hosen abgenommen. Der bloße Rücken wirkte krumm und war mit schmalen, länglichen Brandwunden übersät, die im Fackelschein dunkelrot glänzten. Nick wusste, sie stammten von einem glühenden Schürhaken. Und er hatte versucht, sich auf einen Anblick wie diesen vorzubereiten. Doch es hatte nicht viel genützt, stellte er jetzt fest. Sein Magen verknotete sich schmerzhaft, und für einen Moment überkam ihn solche Furcht, dass er glaubte, der Boden unter seinen Füßen sacke durch. Das war sein Vater, der da lag und dem sie das angetan hatten. Sein Vater musste Qualen und Entwürdigungen erleiden, weil er keine Macht mehr besaß, sich zu schützen. Sich oder die Seinen ...

Nick zwang seine Füße, sich zu bewegen, und umrundete die reglose Gestalt im Stroh. »Vater?«

Jasper zuckte leicht zusammen, und ganz allmählich öffneten sich die Lider. Seine Nase war gebrochen, die Lippen zerbissen, und Blut verklebte den unordentlichen Bart, aber die Augen waren so blau und wach wie einst.

Nick fand einen eisernen Ring in der Wand, steckte die Fackel hinein und kniete sich vor seinem Vater ins Stroh. Er wagte nicht, ihn anzurühren. »Hier, ich habe dir Wein mitgebracht.« Er nahm die Ledertasche von der Schulter und begann, sich an der Schnalle zu schaffen zu machen.

»Wie kommst du hierher?« Die Stimme klang rau, so als spreche er zum ersten Mal seit langer Zeit. Oder war er heiser von all den Schreien, die sie ihm abgerungen hatten?

Nick schärfte sich ein, nicht darüber nachzudenken. Denn das Letzte, was er wollte, war, seinem Vater etwas vorzuheulen. Gegen dessen eindringlichen Rat und Widerspruch hatte er seinen Paten überredet, ihn hier einzuschmuggeln, und er hatte ihm hoch und heilig versprochen, nichts zu sagen oder zu tun, was es für seinen Vater schwerer machen würde. Er gedachte nicht, dieses Versprechen zu brechen. »Der Duke of Suffolk hat mir geholfen«, antwortete er, brachte endlich die Tasche auf und holte den Weinschlauch heraus.

»Charles Brandon ...«

»Ja.«

Jaspers Lider senkten sich ein wenig; vielleicht war es ein Nicken. »Ich hatte gehofft, dass er sich deiner annimmt.«

»Das tut er«, antwortete Nick, obwohl er nicht sicher war, ob es stimmte. Er hatte Suffolk mit großer Mühe diesen Gefallen hier abgerungen, aber sie hatten kein Wiedersehen verabredet. Nick wusste auch nicht, ob er das gewollt hätte. »Kannst du den Kopf anheben? Damit du einen Schluck trinken kannst?«

»Ich will nichts. Ich glaube, ich werde heute Nacht sterben, Nick. Aber wenn ich jetzt trinke, lebe ich womöglich noch, wenn sie morgen kommen, und das ...« Er unterbrach sich. »Es tut mir leid. Du solltest diese Dinge nicht hören und sehen.«

»Ich habe gewusst, was mich erwartete«, log Nick.

Langsam schob Jasper die linke Hand in seine Richtung, und Nick schloss seine Rechte darum. »Haben sie dir auf der Streckbank die Beine gebrochen?«

Wieder dieses Nicken mit den Augenlidern. »Und die rechte Schulter. Ich kann mich nicht mehr rühren. Ich bleibe liegen, wo sie mich fallen lassen, und wenn genug Zeit vergangen ist, wird es ein wenig besser. Aber wenn sie jetzt noch einmal kommen ...« Er sprach ganz ruhig, fast ein wenig schleppend, doch in seinen Augen stand Entsetzen.

»Was wollen sie denn?«

»Es würde so lange dauern, dir das zu erklären. Das … schaffe ich nicht mehr. Ich hätte viel eher mit dir reden sollen. Eine der vielen verpassten Gelegenheiten in meinem Leben.«

»Es hat überhaupt nichts mit Ketzerei zu tun, oder?«

»Nein.«

»Sondern mit dem Königlichen Anliegen.« Es war keine Frage. Jasper sah seinen Sohn stumm an.

»Suffolk hat mir viele Dinge erzählt gestern Abend. Von deiner Freundschaft zu Prinz Arthur. Von Kardinal Wolsey und … meiner Mutter.« Sein Vater kniff die Augen zu, aber Nick fuhr fort: »Als er sagte, Wolseys Zukunft hinge davon ab, dass die Ehe des Königs mit Königin Catalina annulliert wird, war mir auf einmal klar, dass du deswegen hier bist.«

»Weißt du, was es ist, das der König um jeden Preis will?«

»Einen Sohn, natürlich. Bis auf Prinzessin Mary hat die Königin nur Totgeburten vorzuweisen. Aber England braucht einen Erben.«

»Henry will die Welt glauben machen, die Königin sei unfruchtbar, weil sie die Frau seines Bruders war. Es steht in der Bibel, im Buch … im Buch Levitikus.«

»*Und nimmt ein Mann seines Bruders Weib, so ist es unrein. Er hat die Scham seines Bruders entblößt, und sie sollen kinderlos bleiben*«, zitierte Nick auf Lateinisch. »Ich wusste nicht, dass das auch gilt, wenn der Bruder tot ist.«

»Tut es nicht.« Für einen kurzen Moment flammte das altvertraute Feuer in Jaspers Augen auf, das sich früher immer bei theologischen Disputen gezeigt hatte, aber sogleich erlosch es wieder. »Doch als Rechtfertigung für die Auflösung der Ehe kommt es Henry gerade recht. Dafür müsste die Ehe zwischen Catalina und Prinz Arthur aber vollzogen worden sein.«

»Was die Königin im Sommer vor einer ganzen Kirche voller Bischöfe unter Eid bestritten hat«, sagte Nick langsam, dem erst jetzt klar wurde, welche Tragweite diese Frage hatte.

»Und sie sagt die Wahrheit«, bestätigte sein Vater. Die Stimme wurde dünner, und die Lider wollten sich senken, aber er zwang sie wieder auf. »Ich weiß es. Sie … sie hatten ja nur vier Monate zusammen. Sieben Nächte haben sie miteinander verbracht – ich habe … mitgezählt. Und nichts ist passiert. Arthurs Vater …« Seine Stimme bröckelte.

»Schsch. Sprich nicht so viel«, bat Nick angstvoll.

»Hör mir zu, Nick. Es ist wichtig. Du musst diese Dinge wissen. Der König hatte Arthur verboten, seine Braut anzurühren, weil sie noch so jung war. Seine eigene Mutter …«

»… ist bei seiner Geburt beinah gestorben, ich weiß. Sie war erst dreizehn.«

»Arthur war wütend. Und Catalina war … so bezaubernd. Endlich einmal wollte der Prinz gegen seinen strengen Vater rebellieren.« Der Schatten eines Lächelns verzog seine blutverkrusteten Lippen für einen Lidschlag und ließ die Wangen noch eingefallener wirken. »Aber er hat es nicht mehr … geschafft. Die Schwindsucht … ist ein unerbittlicher Tugendwächter.« Er hustete schwach. »Ich könnte … ich könnte also bezeugen, dass die Königin die Wahrheit sagt. Das wäre Kardinal Wolseys Ende. Und auf einmal fürchtet er sich vor mir …«

Nick ahnte den Rest. »Er will, dass du entweder unter Eid aussagst, die Ehe zwischen Prinz Arthur und der Königin sei vollzogen worden, oder dass du hier unten stirbst?«

»Ich habe Letzteres gewählt«, flüsterte Jasper, und die Augen schlossen sich. »Er war hier. Wolsey. Ein paar Stunden, bevor du kamst. Er hat mich eingehend betrachtet und … und mir ewiges Höllenfeuer angedroht, wenn ich sterbe, ohne zu beichten. Aber ich mache meinen Frieden mit Gott selbst, Nick. Ich brauche keinen verdammten Pfaffen als Mittelsmann. Gott allein ist mein Richter …«

Der Druck seiner Finger verstärkte sich für einen Moment – der einzige Weg, der ihm blieb, seinem Zorn Ausdruck zu verleihen. Jasper of Waringhams Leib war zerbrochen, aber nicht sein Geist oder sein Wille, erkannte Nick, und er war von unbändigem, wütendem Stolz erfüllt. »Stirb nicht, Vater«, brach es aus ihm hervor.

»Es ist der einzige Weg.« Es klang wie ein Seufzen. »Und nun … nimm den Ring und geh.«

Nick blickte auf den alten Siegelring am Zeigefinger seines Vaters hinab. »Ich nehme den Ring, wenn du diese Welt verlassen hast.«

»Tu es jetzt. Sonst stehlen ihn die Wachen, und er landet … bei einem Hehler.«

Nick biss sich auf die Unterlippe, um sein Wort nicht so kurz vor dem Ende noch zu brechen.

»Bei einem Hehler«, wiederholte der Sterbende. »Vielleicht wäre das … passend. Unter Wert verscherbelt. So wie wir.«

»Nein«, widersprach Nick und schüttelte entschieden den Kopf, obgleich sein Vater es nicht sah. Behutsam, Stückchen für winziges Stückchen, zog er ihm den Ring vom Finger. »Ich werde ihn tragen, wie ein Waringham es sollte. Mit Stolz, Vater. Und mit Ehre.« Er konnte nur beten, dass er nicht zuviel versprach.

»Hüte dich, mein Sohn. Ehre ist ein … gefährlicher Luxus geworden.«

Nick hielt seine Hand, beugte sich über ihn und küsste ihm die Stirn. »Mach dir um mich keine Sorgen.«

Die Tür wurde geöffnet, die Wache erschien auf der Schwelle und winkte ungeduldig.

Nick schüttelte den Kopf und hob die Hand, Innenfläche nach außen. Dann nickte er auf seinen Vater hinab.

Der Soldat warf einen kurzen Blick auf die reglose Gestalt im Stroh, verdrehte die Augen, ging aber wieder hinaus und lehnte die Tür an.

Sein Vater hatte nichts von dem schweigenden Austausch bemerkt. »Sei getröstet, Nick. Ich sterbe nicht umsonst. Wolsey wird fallen … wie Luzifer. Du wirst sehen.«

Nick erwiderte nichts, denn er konnte seiner Stimme nicht länger trauen. Er spürte, dass dies die letzten Minuten waren.

»Begrab mich neben deiner Mutter.«

»Ist gut.« Was immer du willst. Nur trag mir nicht auf, mich um deine Frau und ihre Tochter zu kümmern …

Aber sein Vater sprach nicht mehr. Er schauderte, öffnete die Augen noch einmal und sah zu Nick auf, und gerade, als seine Lippen ein Lächeln zu formen begannen, brach sein Blick.

Nick wusste es nicht, aber er hatte das Gefühl, dass eine geraume Zeit vergangen war, als der Yeoman Warder mit einem fein gekleideten Gentleman zurückkam. Der beugte sich über die leblose Gestalt im Stroh, legte die Hand auf die linke Brust und verharrte einen Moment. Dann nickte er. »Er ist tot.«

Nick blickte nicht auf. Er hatte den Kopf seines Vaters auf sein Bein gebettet, ihm die Augen geschlossen und das verfilzte Haar aus der Stirn gestrichen. Er hatte geglaubt, jetzt, da aller Schmerz ausgestanden war, würden die Züge sich entspannen und friedlich aussehen, aber sie waren nur ausdruckslos. Tot. Nichts sonst.

»Seid Ihr der Sohn?«, fragte der Mann.

»Nicholas of Waringham«, murmelte der Junge.

»William Kingston«, stellte er sich vor. »Ich bin der Constable hier. Mein Beileid, Waringham.«

Nick hob langsam den Kopf und starrte ihn an.

»Ich werde ein Auge zudrücken und nicht fragen, wie Ihr hierherkommt«, stellte der Constable in Aussicht. Er sprach brüsk. »Jetzt spielt es ja keine Rolle mehr. Die Wache wird mit einem Sarg herunterkommen. Und der Sarg wird geschlossen, Sir, damit das klar ist.«

»Warum?«

»Weil die offizielle Verlautbarung sein wird, dass Euer Vater an einem Fieber gestorben ist. Und wenn Ihr wisst, was gut für Euch ist, werdet Ihr nicht widersprechen.«

Nick antwortete nicht.

Der Constable des Tower sah kurz über die Schulter. »Warte draußen, Jenkins«, wies er den Yeoman Warder an. »Oder noch besser, kümmere dich um den Sarg.«

»Ja, Sir.«

Sobald sie allein waren, hockte der Constable sich vor Nick ins Stroh. »Habt Ihr keinen älteren Bruder, Sir Nicholas?«

»Nein.«

»Dann müsst Ihr schleunigst erwachsen werden, scheint mir. Seht mich nicht an wie ein weidwundes Karnickel. Ihr denkt vielleicht, ich sollte mich schämen, dass ein guter Mann hier unter meinem Kommando zu Tode kommt und ich es vertusche …«

»Er wurde ermordet«, korrigierte Nick ihn. »Es gab kein Urteil. Nicht einmal eine Anklage. Also ermordet.«

»Wenn Ihr so wollt. Aber alles, was ich weiß, ist dies: Was hier passiert ist, geschah auf Kardinal Wolseys Befehl. Er ist der Lord Chancellor seiner Majestät. Was er tut, tut er für ihn und für England. Mehr hat mich nicht zu kümmern, denn auch ich diene meinem König. Habt Ihr mich jetzt verstanden?«

»Wolsey wird fallen«, murmelte Nick. »Wie Luzifer.« Er wies auf seinen Vater. »Das waren beinah seine letzten Worte.«

Der Constable stand wieder auf. »Wer weiß. Aber bis es so weit ist, würde ich es an Eurer Stelle nicht noch einmal wiederholen. Sonst werden wir uns schneller wiedersehen, als Euch lieb ist, Mylord.« Er wandte sich zur Tür.

»Lasst Ihr mir noch ein paar Minuten mit ihm, Sir William?«, bat Nick. »Und kann ich ihn waschen und ihm etwas anziehen?«

»Gewiss. Sagt den Yeoman Warders, was Ihr braucht, sie werden Euch alles besorgen.«

Vermutlich haben sie jede Menge Übung, dachte Nick bitter, aber das sagte er nicht. Inmitten seiner Düsternis war er doch in der Lage, die Freundlichkeit zu erkennen, die der Constable des Tower ihm erwies.

»Ich werde veranlassen, dass man Euch und den Sarg nach Hause bringt«, erbot sich dieser.

»Danke.«

An der Tür blieb Kingston stehen und sah noch einmal auf den Toten hinab. »Es ist ein Jammer«, sagte er mit echtem Bedauern. »Edelleute wie ihn findet man nicht mehr viele heutzutage.«

»Nein.«

»Ich wünschte, er hätte ihnen gesagt, was sie hören wollten, was immer es war. Sich damit begnügt und getröstet, dass es den Absichten des Königs diente. Was wäre so schwer daran gewesen? Der König und der Kardinal sind Gott näher als wir. Es ist töricht, das eigene Urteil über das ihre zu stellen. Und eitel. Und Sünde!« Mit einem Mal war der Constable wütend.

»Wirklich?«, entgegnete Nick. »Oder ist es vielleicht so, dass der König und der Kardinal sich von Gott entfernt haben und die wahren Edelleute so rar geworden sind, weil sie den Mut haben, das zu erkennen und danach zu handeln?«

Der Constable seufzte tief. »Ich merke, wir *werden* uns wiedersehen, mein Junge.« Er ging hinaus.

Nick sah ihm einen Moment nach. »Also auf bald, Sir William ...«

Waringham, Oktober 1529

»*Requiem aeternam dona eis, Domine, et lux perpetua luceat eis ...*« Vater Ranulf betete mit Inbrunst, und als der Sarg in die Grube hinabgesenkt wurde, hob er das Aspergill und benetzte ihn mit Weihwasser, wenngleich das Holz vom strömenden Regen schon völlig durchnässt war.

Genau wie die Trauergemeinde. Raymond stand mit herabbaumelnden Armen und hängendem Kopf an Nicks Seite und weinte bitterlich, während es unablässig aus seinem Blondschopf tröpfelte. Laura hatte die Arme um Philipps Hals geschlungen, das Gesicht an seine Brust gepresst und weinte ebenfalls. Ihr Mann hatte seinen Mantel um sie beide gewickelt, hielt seine Frau und blickte bekümmert in das Grab hinab. Lady Yolanda und ihre Tochter standen wie schwarze Götzen daneben, völlig reglos. Auch der Witwe rannen Tränen über die Wangen, selbst wenn sie nicht so hemmungslos schluchzte wie Laura und Ray. Louise war bleich, doch sie wohnte der Beerdigung ihres Stiefvaters trockenen Auges bei. Nick konnte ihr nicht einmal einen Vorwurf machen, denn er tat es auch. Er hatte seinen Vater beweint, als er allein mit ihm im Tower gewesen war, hatte geheult und sich die Fäuste an den Mauern des schaurigen Verlieses blutig geschlagen, aber seither erfüllte ihn eine seltsame Taubheit. Er hob Ray auf den Arm in der Hoffnung, der Kleine werde sich beruhigen, denn das Gejammer seines Bruders ging ihm auf die Nerven.

»*Dies irae, dies illa solvet saeclum in favilla*«, intonierte Vater Ranulf, aber ein Mann in dunklen Kleidern fiel ihm ins Wort: »Ja, er wird kommen, der Tag des Zorns! Der Tag, da Gott den Papst in Rom, all seine Kardinäle und Bischöfe und Pfaffen zur Rechenschaft zieht für ihre Prunksucht, ihre Eitelkeit und Sünde, für den Aberglauben, den sie in der Welt verbreiten, und die Raffgier, mit der sie die Menschen auspressen. An dem Tag wird es voll werden in der Hölle, und weil Gott gerecht ist, wird Kardinal Wolsey der erste sein, der hinabfährt, denn er hat diesen guten Christenmenschen auf dem Gewissen!«

Betretenes Schweigen breitete sich am Grab aus. Vater Ranulf stand völlig verdattert mit seinem Weihrauchfass in der Hand da und schnappte nach Luft, als habe er sich an einem Pflaumenkern verschluckt – offenbar fassungslos über diese unerhörte Frechheit.

Der Frevler bedachte ihn mit einem verächtlichen Blick, trat dann vor Nick und verbeugte sich. »Ich bin gekommen, um Eurem Vater die letzte Ehre zu erweisen, Mylord, und um Euch um Verzeihung zu bitten, dass ausgerechnet meine Schrift als Vorwand genommen wurde, ihn mundtot zu machen.«

»Nicht mundtot, Master Fish«, entgegnete Nick. »Sondern tot. Aber auch wenn es Euch enttäuschen wird, es hatte in Wahrheit gar nichts mit Euch und Euren Schriften zu tun.«

Der berüchtigte Ketzer wich vor dem beißenden Hohn einen Schritt zurück und starrte den jungen Mann mit weit geöffneten Augen an. »Ich ... ich bin auf dem Weg zur Küste. Ich verlasse England«, verkündete er ein wenig verlegen.

»Das ist gewiss weise«, gab Nick zurück. »Also geht mit Gott, Sir – soweit das in Eurem Fall noch möglich ist –, aber geht.«

»Mylord«, protestierte Simon Fish. »Ich wollte doch nur ...«

»Er hat recht, Fish«, sagte Thomas More streng, der plötzlich an Nicks Seite stand und ihm die Hand auf die Schulter legte. »Ihr entweiht diesen Abschied. Dies ist weder die Zeit noch der Ort für Eure Tiraden. Also seid klug und setzt Euren Weg zur Küste fort, ehe ich Euch verhaften lasse. Ich habe klar und deutlich gehört, was Ihr über den Lord Chancellor seiner Majestät gesagt habt.«

Simon Fish warf ihm einen trotzigen Blick zu und ignorierte

ihn dann. Mit einer knappen Verbeugung vor Nick wandte er sich ab, und ein rundes Dutzend der Fremden, die sich in der Trauergemeinde befanden, folgte ihm. Alles Ketzer, dachte Nick beklommen, alles Vaters Freunde … Einen Moment musste er gegen den verrückten Impuls ankämpfen, sie zurückzurufen. Er wollte sie kennenlernen und mit ihnen sprechen, um von ihnen vielleicht ein wenig über den Unbekannten zu erfahren, der sein Vater gewesen war. Aber er ließ sie ziehen. Wie Sir Thomas gesagt hatte: Dies war weder die Zeit noch der Ort. Mit einer unauffälligen Bewegung befreite er sich von der Hand seines Mentors, die immer noch auf seiner Schulter ruhte, stellte seinen kleinen Bruder wieder auf die Füße und trat dann vor, um die erste Schaufel Erde auf den Sarg fallen zu lassen.

Es war voll gewesen auf dem kleinen Friedhof hinter der Burgkapelle, denn auch aus dem Dorf und vom Gestüt waren die Menschen gekommen, um Lord Waringham die letzte Ehre zu erweisen. Doch nur der Reeve und der Stallmeister waren zum Leichenschmaus gebeten worden, und so war die Tafel überschaubar. Außer den ungeladenen Ketzern waren Sir Thomas More und der Duke of Suffolk die einzigen, die aus London zur Beerdigung gekommen waren.

»Und was hast du nun vor, Nicholas?«, fragte Sir Thomas und lächelte Bessy zerstreut zu, die ihm heißen Wein einschenkte. »Wenn ich hoffen könnte, dass du einwilligst, würde ich dir anbieten, zurück auf die Schule zu kommen. Es gibt noch vieles, das du dort lernen kannst.«

Aber Nick schüttelte den Kopf. »Danke, Sir Thomas. Ich muss hierbleiben und mich um Waringham kümmern. Es wird höchste Zeit, dass das jemand tut.«

Lady Yolanda gab ein leises, vornehmes Hüsteln von sich. »Ein ahnungsloser Bengel wie du? Wehe uns. Was wir hier bräuchten, wäre ein Steward, der weiß, was zu tun ist, um diese Baronie wieder profitabel zu machen.«

Nick schluckte die Antwort herunter, die ihm auf der Zunge lag, denn Sir Thomas sollte nicht sehen, wie schlecht er sich benehmen konnte, wenn er sich dazu entschloss. Später würde noch reichlich Zeit sein, mit Sumpfhexe zu streiten.

Thomas More sah von Nick zu dessen Stiefmutter und wieder zurück und betrachtete den jungen Lord Waringham einen Moment mit diesem geruhsamen Blick, der einem immer das beängstigende Gefühl vermittelte, er dringe bis in die Seele vor. »Nun, die Entscheidung kannst nur du treffen. Aber du sollst wissen, dass du in meinem Haus jederzeit willkommen bist – als Schüler oder Gast.«

Nick war ihm dankbar für diese demonstrative Sympathiebekundung. »Ich weiß Eure Großzügigkeit zu schätzen, Sir Thomas. Aber ich glaube, mein Platz ist jetzt hier.«

Thomas More hob die großen Hände zu einer Geste der Kapitulation. »Ich fürchte, es wird Zeit für uns, Suffolk. Dieser Tage ruht die Arbeit des Kronrats nie. Wir sollten aufbrechen.«

Der Duke of Suffolk nickte. »Reitet nur voraus, Sir Thomas. Ohne Euch zu nahe treten zu wollen, aber ich schätze, wenn ich Euch und Eurer Schindmähre eine Stunde Vorsprung lasse, hole ich Euch dennoch kurz hinter Rochester ein.«

Thomas More schmunzelte nachsichtig, erhob sich und verneigte sich vor Lady Yolanda. »Habt Dank, Madam. Und selbstverständlich gilt auch für Euch: Wenn ich irgendetwas für Euch tun kann, zögert nicht, mir Nachricht zu schicken.«

»Ihr seid sehr gütig, Sir«, antwortete die Witwe. »Aber Raymond, Louise und ich sind ja zum Glück nicht allein auf der Welt. Ich weiß, wenn wir Rat oder Hilfe brauchen, wird mein Bruder, der Duke of Norfolk, sie uns gewähren.«

Ehe dein dämlicher Bruder Norfolk Ray in seine Klauen bekommt, friert die Hölle ein, dachte Nick, aber auch das vertagte er lieber auf später.

»Gewiss, Madam«, erwiderte Thomas More lächelnd. »Dann weiß ich Euch ja in den besten Händen.«

Und das meinte er vermutlich ernst, ahnte Nick, denn Thomas More und der Duke of Norfolk waren Freunde.

Philipp und Laura standen ebenfalls von der Tafel auf. »Erlaubt

Ihr, dass wir uns Euch anschließen, Sir Thomas?«, fragte der junge Durham.

Laura hatte Nick am Abend zuvor eröffnet, dass sie jetzt, da ihr Vater nicht mehr da war, nicht länger mit Sumpfhexe und Brechnuss unter einem Dach leben könne und sie und Philipp fürs Erste nach London zu Philipps Onkel Nathaniel ziehen würden, obwohl dort eigentlich nicht genug Platz und der Onkel ein furchtbarer Tyrann war. Laura hatte ein schlechtes Gewissen, weil sie das Gefühl hatte, ihre Brüder hier im Stich zu lassen, aber Nick hatte sie beruhigt. Wenn er seine Schwester gut aufgehoben in London wusste, war er um eine Sorge ärmer, und er hatte ihr den Schlüssel für das Londoner Stadthaus der Waringham gegeben, damit Laura und Philipp nicht als Bittsteller an das Tor des allseits gefürchteten Onkel Nathaniel klopfen mussten.

Er verabschiedete Sir Thomas und das junge Paar im Hof, und statt in die Halle zurückzukehren, umrundete er die Kapelle und ging zum Grab seines Vaters, das inzwischen zugeschaufelt worden war. Braune Schlammbäche rannen von dem kleinen Erdhügel herab und versickerten im nassen Gras. Es regnete immer noch unablässig.

»Ich habe mir gedacht, dass ich dich hier finde«, hörte er den Duke of Suffolk nach einer Weile in seinem Rücken sagen.

Nick wandte sich um. »Und ich habe mir gedacht, dass Ihr herkommt.«

Suffolk trat neben ihn und sah genau wie Nick auf das Grab hinab. »Weißt du, im Moment ist es dir vielleicht ein schwacher Trost, aber du wirst nicht enteignet. Dein Vater wird nicht posthum der Ketzerei oder des Verrats angeklagt – was durchaus hätte passieren können, und dann wäre sein Besitz an die Krone gefallen. Aber das wird nicht geschehen.«

Nick sah ihn von der Seite an. »Es ist mehr als ein schwacher Trost. Ich danke Euch, Mylord. Ich nehme an, das habt Ihr dem König abgerungen.«

»Es war nicht einmal schwierig«, erwiderte Suffolk. »Er wollte das Thema so schnell wie möglich abhandeln. Es war ihm unbehaglich dabei, das konnte man sehen.«

Nick wusste nichts zu sagen. Er sah wieder auf das Grab hinab, das gleich neben dem seiner Mutter lag, wie sein Vater es ihm aufgetragen hatte. Ihr Stein war verwittert und von Flechten bedeckt. *Eleanor*, stand fast unleserlich darauf, *1493 – 1521*. Nick beschloss, ihn bei Gelegenheit mit Essig zu schrubben, bis die Inschrift wieder lesbar war, damit ihr Andenken nicht mit den Buchstaben verblasste.

»Glaubst du, jetzt wäre der geeignete Zeitpunkt, mir zu erzählen, was du in der Nacht im Tower vorgefunden hast?«, unterbrach der Herzog seine Gedanken.

»Das wisst Ihr doch, Mylord«, antwortete Nick. »Mein Vater ist am Fieber gestorben.«

Suffolk brummte missfällig, bedrängte ihn aber nicht, sondern wechselte scheinbar unvermittelt das Thema. »Der König hat mir die Vormundschaft für dich übertragen.«

»Wie gütig von ihm.«

»Hm. Es war naheliegend, als dein Pate.«

»Ihr werdet feststellen, dass ich keine sehr lohnende Beute bin, fürchte ich. Das Zehntel meiner Pacht- und Zinseinnahmen, das Ihr dafür bekommt, wird vermutlich nicht einmal reichen, um die Kosten Eurer Taubenzucht zu decken.«

»Ich hatte fast vergessen, was für ein unverschämter Flegel du sein kannst«, knurrte der Herzog. »Warum bist du so versessen darauf, mich zu beleidigen?«

Nick zuckte die Achseln. »Keine Ahnung.« Er dachte einen Moment darüber nach. »Weil Ihr lebt und hoch in der Gunst des Königs steht und reich und mächtig seid, schätze ich. Weil Ihr all das habt, was mein Vater hätte haben sollen.«

Suffolk nickte. Er hatte offenbar keinerlei Mühe, das zu verstehen. Er verschränkte die Arme und musterte Nick einen Moment. Dann sagte er: »Wenn du hierbleiben willst, bitte. Ich lasse dir freie Hand. Was immer du hier anstellst, du kannst es schwerlich schlechter machen als dein Vater. Aber du könntest auch mit mir kommen. Bei meiner Frau und den Kindern leben, meine ich. Es ist … ein fröhliches Zuhause, voller Leben und lachender Kinder. Auch wenn meine Gemahlin die Schwester des Königs ist und ein paar Wochen Königin von Frankreich war, geht es bei uns nicht besonders förmlich zu, weißt du. Wir ... leben auf dem Land in East Anglia. Es ist im Grunde nicht so anders als Waringham.«

Nick stieß hörbar die Luft aus. »Gott, das hatte ich tatsächlich vergessen. Dass Ihr der Schwager des Königs seid.«

»Er vergisst es auch gern«, spöttelte Suffolk.

Nick sah ihn forschend an. »Ihr habt seine Schwester ohne seine Erlaubnis geheiratet, nicht wahr? Als sie in Frankreich verwitwet war und Ihr sie nach Hause holen solltet?«

»So ungefähr, ja. Ich hatte ihn vor meiner Abreise gefragt, ob er mir seine Schwester geben würde, und er sagte: ›Ja, ja, warum nicht, irgendwann einmal, wenn ihre Trauerzeit um ist.‹ Aber er meinte es nicht ernst. Junge, er hat getobt, als er erfuhr, dass wir heimlich in Frankreich geheiratet hatten. Ich war sicher, es würde mich meinen leichtsinnigen Kopf kosten.«

»Aber er hat Euch verziehen.«

»Ja.«

»Meinem Vater nicht.«

»Nein.« Suffolk lächelte traurig. »Ich war und bin der einzige wahre Freund, den der König je hatte, Nick. Das ist der Unterschied. Und auch wenn Henry manchmal ein Hornochse ist, weiß er doch, dass nicht viele Könige einen echten Freund haben. Er konnte nicht auf mich verzichten.« Er strich sich kurz über den Bart. »Hör zu: Ich weiß, dass du einen Groll gegen den König hegst. Und ich verstehe dich auch. Aber das sollte dich nicht hindern, über mein Angebot nachzudenken. Bleib nicht hier bei dieser hochnäsigen Wachtel Yolanda Howard und ihrem Giftzahn von Tochter. Wie soll je wieder Frohsinn in dein Herz einziehen, wenn du in solcher Gesellschaft lebst?«

Nick sah ihn überrascht an. Mit so offenen Worten hatte er nicht gerechnet. Es tat ihm gut zu hören, dass jemand außerhalb der Familie seine Gefühle für Sumpfhexe und Brechnuss teilte, doch er gab ihm die gleiche Antwort wie Sir Thomas: »Habt Dank für Eure Einladung, Mylord, aber ich muss hierbleiben. Ich will mich um meinen Bruder kümmern, damit er nicht so wird wie meine Stiefschwester. Und um das Gestüt. Ich weiß, dass ich etwas daraus machen könnte. Und ich will die Bücher meines Vaters lesen und sehen, ob ich nicht auf dem Weg ein paar der Gespräche nachholen kann, die er und ich nie geführt haben.«

Suffolk klopfte ihm die Schulter. »Lauter gute Gründe. Du bist ein anständiger Kerl, Waringham. Wie dein Vater. Also bleib hier. Ich werde gelegentlich nach dir sehen, wenn ich kann.«

»Einverstanden.«

»Wirst du mir irgendwann erzählen, was es war, das sie von ihm wollten?«

»Irgendwann«, versprach Nick. Wenn es dir nicht mehr gefährlich werden kann, fügte er in Gedanken hinzu, denn so ruppig ihre Bekanntschaft auch begonnen hatte, mochte er seinen Paten doch gern.

»Sie haben es nicht bekommen, oder?«, fragte Suffolk.

Nick schüttelte den Kopf und überraschte sich selbst, als er dabei lächelte.

Der Herzog atmete tief durch. »Gott sei Dank.«

Waringham, Oktober 1529

Nach einem hoffnungslos verregneten Sommer erlebte Kent einen goldenen Oktober. Die Sonne schien Tag um Tag von einem strahlend blauen Himmel und tauchte die Welt in sanftes, goldenes Herbstlicht, als wolle sie ihr Versäumnis der vergangenen Monate wettmachen.

Nick war dankbar, dass sein täglicher Weg über den Mönchskopf nicht mehr durch knöcheltiefen Schlamm führte. Auf der kahlen Kuppe des Hügels hielt er einen Augenblick inne und sah sich um. Der Tain glitzerte im Sonnenlicht und floss gemächlich zwischen den Schaf- und Pferdeweiden dahin, bis er in den Wald von Waringham eintauchte, der sich weit nach Norden und Osten erstreckte und jetzt in den herrlichsten Herbsttönen leuchtete: rot, kupferfarben und gelb. Auf den frisch gepflügten Feldern säten die Bauern Wintergerste und Hafer.

Als Nick den Tain überquerte, begegnete ihm ein junger Mann etwa in seinem Alter mit einer fetten Sau an einem Strick. Der Schweinehirte fegte den formlosen Filzhut vom Kopf und verbeugte sich im Gehen. »Mylord.«

»Adam.« Nick lächelte ihm zu. »Auf dem Weg in den Wald?«

Adam nickte. Im Herbst trieben die Bauern ihre Schweine in die Wälder, wo die Tiere nach Eicheln und Bucheckern wühlen konnten. »Wenn Ihr nichts dagegen habt«, sagte er schüchtern.

»Woher denn?«, erwiderte Nick. »In Waringham haben die Bauern dieses Recht seit jeher.« Er hatte in der Bibliothek seines Vaters auch alte Abrechnungsbücher der Gutsverwaltung gefunden und studiert und auf diese Weise eine Menge über die Pachtverhältnisse und Traditionen in Waringham gelernt, was er zuvor nicht gewusst hatte. »Es wundert mich nur, dass du dich für eine Sau auf den weiten Weg machst. Wo sind eure übrigen Schweine?«

»Vater hat sie alle verkauft, Mylord«, antwortete Adam. »Bis auf Jula hier.« Die Sau hatte an einem Grasbüschel zwischen zwei Ritzen der Brückenplanken geschnüffelt, doch als sie ihren Namen hörte, wandte sie den Kopf und sah Nick treuherzig an. Sie hatte ein schwarzes und ein rosa Schlappohr und kluge Augen.

»Verkauft?«, wiederholte Nick ungläubig. »Aber wieso?« Gewiss, der Herbst war die beste Jahreszeit, um Schlachtvieh zu verkaufen, aber Adams Vater war der reichste Bauer von Waringham und hatte es nicht nötig, vor dem Winter seine Viehbestände zu verkleinern.

»Ich ... das weiß ich auch nicht, Mylord«, gestand Adam achselzuckend. »Nicht verboten, oder?«

»Nein«, räumte Nick ein, verschränkte die Arme vor der Brust und sah Adam unverwandt an.

»Tja, wenn das alles war, Mylord, dann würd ich gern ...«

»Du hast jetzt in drei Sätzen dreimal ›Mylord‹ zu mir gesagt, Adam. Das ist ziemlich verdächtig. Was ist es, das ich nicht wissen soll?«

Adam machte große Augen. »Ich verstehe nicht, Mylord.«

»Viermal. Und du verstehst mich ganz genau.«

Adam kapitulierte. Mit einem Seufzer ließ er sich gegen das hölzerne Geländer der neuen Brücke sinken. »Wisst Ihr, dass meine Mutter im Frühjahr gestorben ist?«

»Natürlich. Und es tut mir leid.«

Adam nickte niedergeschlagen. »Es hat den Alten hart getroffen. Sie ist einfach umgefallen und war tot – noch keine dreißig. Und Vater Ranulf hat gesagt, weil sie gestorben ist, ohne vorher gebeichtet zu haben, ist sie jetzt im Fegefeuer und brennt, bis ihre Sünden alle getilgt sind. Dauert vierhundert Jahre, schätzt er. Und für jede Messe, die Vater für sie lesen lässt, kriegt sie ein Jahr im Fegefeuer erlassen. Also lässt er Vater Ranulf jeden Tag eine Messe lesen, und dann hat sie's nächsten Sommer überstanden. Nur ... das geht ins Geld, versteht Ihr?«

»Was nimmt Vater Ranulf für eine Messe?«, wollte Nick wissen.

»Sixpence.«

Nick traute seinen Ohren kaum. »Sixpence? Das sind ... zehn Pfund für vierhundert Messen!« Das war ein Vermögen. Etwa das, was Adams Vater in einem guten Jahr verdiente, und gute Jahre hatte Waringham schon lange nicht mehr gesehen.

Adam starrte ihn an, als hätte Nick ihm gerade eröffnet, dass er morgen bei Sonnenaufgang aufgeknüpft werde. »Zehn Pfund?«, wiederholte er mit matter Stimme.

»Seid ihr denn nicht auf die Idee gekommen, das einmal nachzurechnen?«, fragte Nick ungeduldig.

»Wir ... wir sind Schafzüchter, Mylord. Keine Schulmeister. Niemand bei uns kann lesen und schreiben und erst recht nicht rechnen. Alles, was wir wissen, ist, dass es mehr verschlingt, als wir haben. Vater spricht davon, dass er das Land beleihen muss. Aber wie das geht, wissen wir erst recht nicht, und er hat Angst, übers Ohr gehauen zu werden. Ich hab auch Angst«, gestand er, und mit einem Mal hatte sein Blick etwas Flehendes. »Es ist mein Erbe, das hier Stück für Stück draufgeht. Meine Zukunft. Ich kann Vater ja verstehen. Ich will auch nicht, dass Mutter im Fegefeuer brennen muss, aber ... Was soll denn aus uns werden, wenn wir unser Land verlieren? Sollen wir betteln gehen? Ich habe vier Schwestern und zwei Brüder, alle noch zu jung für schwere Arbeit. Sollen sie das Dach über den Köpfen verlieren und verhungern?«

Nick schüttelte den Kopf. »Dein Vater darf auf keinen Fall so weitermachen. Sag ihm das.«

»Besser, Ihr redet mit ihm, Mylord. Auf uns hört er nicht. Sobald ich davon anfange, brüllt er mich an. Vater Ranulf hat ihm schreckliche Sachen übers Fegefeuer erzählt. Das macht ihn ganz krank.«

Nick wurde unbehaglich bei der Vorstellung, zum reichsten, bestangesehenen seiner Bauern zu gehen und ihm Vorschriften zu machen, wofür er sein sauer verdientes Geld ausgeben dürfe und wofür nicht. Er wusste ganz genau, dass er einfach zu jung für solch eine Rolle war. Und ein Gefühl warnte ihn obendrein, dass ihn diese Sache gar nichts anging und er kein Recht hatte, sich in die persönlichen Angelegenheiten der Menschen von Waringham einzumischen. Das Problem war nur, dass sie genau das von ihm erwarteten.

»Ich werde sehen, was ich tun kann, Adam«, versprach er.

Der junge Schweinehirte atmete erleichtert durch. »Danke.«

»Erwarte keine Wunder von mir«, warnte Nick.

»Natürlich nicht.« Aber Adams Miene verriet, dass er nichts Geringeres erhoffte. Er wandte sich mit einem Lächeln ab, ruckte an seinem Seil, und Jula trottete an seiner Seite über die Brücke.

Nick schaute ihnen einen Moment nach. Er wusste, dass es letztlich nichts ändern würde, mit dem alten Adam zu sprechen. Er musste das Übel bei der Wurzel packen, erkannte er mit sinkendem Herzen. Er hatte inzwischen zu viele solcher Geschichten gehört.

Also überquerte er die Dorfwiese mit dem Brunnen und dem alten Pranger, trat zwischen den Bäumen hindurch und gelangte so zu der bescheidenen Dorfkirche und der daneben gelegenen, ebenso bescheidenen Kate, die den Pfarrer von Waringham beherbergte. Der kleine Gemüsegarten – berüchtigt für seine kärglichen Erträge – war emsig umgegraben und mit Mist gedüngt worden. Nick hatte so eine Ahnung, dass Vater Ranulf diese niederen Arbeiten nicht selbst verrichtet hatte, wie es bei den meisten seiner Vorgänger üblich gewesen war.

Nick klopfte an die Tür des kleinen Hauses. »Vater Ranulf?«

Bessys Tochter Polly, die dem Pastor das Haus führte, öffnete und knickste, als sie sah, wer zu Besuch gekommen war. Sie war ein hübsches Mädchen mit einer frischen, rosigen Haut und so hellblondem Haar, dass es Nick immer an reifen Weizen erinnerte, und nur ein, zwei Jahre älter als er selbst. Er fragte sich beklommen, ob sie wohl vor Vater Ranulfs unpriesterlichen Gelüsten sicher war. Doch ihr Lächeln wirkte unbekümmert, als sie fragte: »Soll ich Euch anmelden, Mylord?«

Nick trat über die Schwelle. »Wenn du meinst, dass das nötig ist …«

Bis vor einigen Jahren hatte die Kate nur aus diesem einen Raum bestanden, aber selbst in Waringham war die Zeit nicht völlig stehengeblieben, und schon Nicks Großvater hatte eingesehen, dass ein Gottesmann ein wenig mehr Komfort erwarten durfte. Also hatte man einen zweiten Raum angebaut, der Platz für ein ordentliches Bett, einen Tisch und ein Bücherregal bot. Die Wände waren getäfelt, und es gab einen Kamin – ein behagliches, trockenes Refugium mit einem verglasten Fenster.

»Lord Waringham wünscht Euch zu sprechen, Vater«, hörte Nick Polly sagen.

»Dann lass ihn eintreten und bring uns einen Becher Wein«, antwortete die tragende, wohlklingende Stimme des Geistlichen.

Nick durchquerte die Küche und trat in die Wohnkammer. Er gedachte nicht, wie ein Bittsteller zu warten, bis er vorgelassen wurde. »Vater Ranulf. Gut von Euch, dass Ihr einen Moment Zeit für mich habt.«

Unwillkürlich blickte Ranulf zu der Uhr, die unübersehbar auf dem Tisch stand. Ein kostbares Stück in einem Gehäuse aus poliertem Ebenholz. Dergleichen suchte man oben auf Waringham Castle vergebens. »Bitte, nehmt Platz, mein Sohn«, lud Ranulf ihn mit einer Geste und einem sparsamen Lächeln ein: ein hagerer, mittelgroßer Mann in geziemend schlichten, dunklen Gewändern, das braune Haar zurückgekämmt. Seine Haut war fahl und die stechend blauen Augen gerötet. Vermutlich verbrachte er zu viel Zeit damit, bei schlechtem Licht zu lesen. Vater Ranulfs äußere Erscheinung hätte kaum weiter von dem vollgefressenen, lüsternen, raffgierigen Pfaffen entfernt sein können, den die Holzschnitte in den Ketzerschriften heutzutage so gern abbildeten.

Nick nahm in dem angebotenen Sessel am Kamin Platz und ließ den Blick über Vater Ranulfs Büchersammlung schweifen. Als Polly den Wein gebracht hatte und wieder verschwunden war, fragte er: »Wo habt Ihr studiert, Vater Ranulf?«

»In Cambridge.«

»Tatsächlich? Und doch ist kein Reformer aus Euch geworden?«

Ranulf setzte sich ihm gegenüber, trank einen Schluck und sah Nick über den Rand des Bechers hinweg an. »Ich nehme an, dass Cambridge ein Ketzernest ist, hört man in Thomas Mores Haus?«

Nick sagte weder ja noch nein. »Mein Vater würde Euch jetzt vermutlich darauf hinweisen, dass Reform und Ketzerei zwei verschiedene Dinge sind.«

Der Priester hob abwehrend die Linke. »Und seht nur, was es ihm eingebracht hat. Ich persönlich finde es schwierig, den Unterschied zu erkennen. Die sogenannten Reformer behaupten, sie wollen, dass die Kirche sich erneuere und auf ihre Wurzeln besinne, aber mit ihren Schriften und ihren Irrlehren rütteln sie an den Grundfesten des Glaubens.«

»Ich stimme Euch zu«, erwiderte Nick.

»Das erleichtert mich zu hören«, gab Vater Ranulf zurück. »Mir wurde berichtet, dass Ihr seit dem Tod Eures Vaters jeden Abend stundenlang in seinen Büchern lest. Ich fing bereits an, mich um Euer Seelenheil zu sorgen.«

»Das ist sehr gütig von Euch, Vater.« Und wer genau ist es, der mir nachspioniert und dir erzählt, was ich treibe?, überlegte Nick. Sumpfhexe oder Brechnuss? »Aber ich glaube, ich kann Euch beruhigen.«

Ranulf nickte. »Habt Ihr Euch indes schon einmal gefragt, wie es um die Seele Eures Vaters bestellt ist? Quält Euch nicht die Sorge, dass er Tag um Tag im Fegefeuer brennt?«

Nick stellte seinen unberührten Becher auf dem Tisch ab und schlug die Beine übereinander. »Ich nehme an, das heißt, wir kommen zum Geschäft?«

Ranulf blinzelte irritiert. »Ich bin nicht sicher, ob ich verstehe ...«

»Mein Vater war überzeugt davon, dass er seinen Frieden mit Gott selber machen könne. Darüber hinaus hat er nichts getan, wofür er Gottes Strafe fürchten müsste. Nein, Vater Ranulf, ich bin nicht in Sorge um seine unsterbliche Seele. Um die Eure allerdings schon.«

Ranulf stand abrupt auf. »Was soll das heißen? Was fällt Euch ein, Ihr ...«

»Ihr seid eine Schande für Euren Stand, Vater«, fiel Nick ihm ins Wort. »Geistliche wie Ihr sind schuld daran, dass so viele eigentlich gute Männer an der Kirche zweifeln und sich von Gott entfernen. Ihr seid ein Erpresser der schlimmsten Sorte: Ihr macht den Bauern Angst vor dem Fegefeuer und nehmt sie aus. Ihr sagt, wer den Zehnten nicht pünktlich zahlt, wer keine Messen für seine tote Frau lesen lässt oder wer keinen Ablassbrief kauft, der bekommt es mit Gottes Zorn zu tun. Und Ihr schert euch einen Dreck darum, ob die Menschen sich Gottes käufliche Vergebung auch leisten können.«

Vater Ranulf hatte ihm mit leicht geöffnetem Mund gelauscht. Jetzt presste er wütend die Lippen zusammen. »Ihr mischt Euch in kirchliche Angelegenheiten. Das kann ausgesprochen gefährlich sein. Alles, was ich tue, tue ich zum Ruhme Gottes und seiner Kirche! Euch steht kein Urteil zu.«

Nick zog eine Braue in die Höhe. »Inwieweit trägt Eure hübsche Uhr dort drüben zum Ruhme Gottes bei? Oder diese wundervollen silbernen Weinpokale? Ihr lebt in Saus und Braus, das weiß jedes Kind in Waringham, und ich sage Euch, so kann es nicht weitergehen.«

»Was wollt Ihr denn tun, Söhnchen?«, fragte Ranulf amüsiert, blieb vor ihm stehen und verschränkte die Arme. »Wollt Ihr Euch beim Erzbischof über mich beschweren?«

»Nein«, antwortete der junge Waringham. »Erzbischof Warham

ist beinah achtzig Jahre alt und krank. Sein Archidiakon, der für Waringham zuständig ist, macht gemeinsame Sache mit Euch und kassiert einen Teil Eurer Profite, statt Euch Einhalt zu gebieten ...«

»Und woher glaubt Ihr all das zu wissen?«, höhnte Vater Ranulf, aber der offenkundige Schrecken in seinen Augen verriet ihn.

»Ich habe meine Quellen«, gab Nick geheimnisvoll zurück. Tatsächlich war es Daniel, der Stallmeister, der Ranulf und den erzbischöflichen Prälaten zusammmen gesehen, ungeniert belauscht und Nick von ihren unerhörten Machenschaften berichtet hatte. »Und bei alldem fühlt Ihr Euch vollkommen sicher, weil Kardinal Wolseys Diakon eine schützende Hand über Euch hält«, fuhr Nick fort. »Aber ich verrate Euch etwas, Vater Ranulf: Ihr werdet trotzdem aufhören, den Menschen von Waringham ihr schwer verdientes Geld abzuknöpfen. Ihr werdet dem alten Adam sagen, dass Ihr die restlichen Messen für die Seele seiner Frau umsonst lest. Ihr werdet den alten Weibern auch keine Fußwallfahrten nach Canterbury mehr aufbrummen, die sie nicht bewältigen können, um sie ihnen dann gegen einen entsprechenden Geldbetrag wieder zu erlassen. Und vor allem werdet Ihr nie wieder irgendeine Frau in Waringham erpressen, in Euer Bett zu steigen, damit Ihr ihren Vater beerdigt.«

Vater Ranulf hatte ihm mit versteinerter Miene gelauscht. Bei der Aufzählung seiner Schandtaten fing ein Äderchen in seiner Schläfe an zu pochen, und sein Gesicht war vielleicht noch eine Spur blasser geworden. Aber beschämt wirkte er nicht. »Und warum sollte all das ein Ende haben, du unverschämter Hurenbengel?«

Nick fühlte einen heißen Stich der Wut im Bauch. Keine Beleidigung hätte ihn derzeit härter treffen können als eine, die die Ehre seiner Mutter in Zweifel zog. Aber er schaffte es, sich zu beherrschen. Er gedachte nicht, sich den Sieg so kurz vor dem Ziel noch stehlen zu lassen. »Weil Ihr nicht der Einzige seid, der mächtige Freunde hat. Sir Thomas More hat mir seinen Rat und seine Hilfe angeboten, und ich werde nicht zögern, ihm zu schreiben, was hier vorgeht. Und dann werdet Ihr ein Fegefeuer auf Erden erleben, Vater Ranulf.« Er erhob sich unvermittelt, sodass sie fast Nase an Nase standen. Damit hatte der Priester nicht gerechnet, und er wich einen halben Schritt zurück. »Ihr solltet meine Entschlossenheit lieber nicht auf die Probe stellen«, riet Nick.

»Du … du wagst es, mir zu drohen?« Ranulf schien vor Empörung auf einmal Mühe mit dem Atmen zu haben.

»Ganz recht.« Nick wandte sich ab. Mit der Hand auf dem Türgriff blieb er noch einmal stehen, und er hoffte, seinem Gesicht war nicht anzusehen, wie sehr seine eigene Unverfrorenheit ihn erschreckte.

»Alles, was ich tue, geschieht mit dem Segen des Papstes«, ereiferte sich Vater Ranulf.

»Oh ja. Vor allem Eure frommen Bettgeschichten.«

»Du kannst mir keine Angst einjagen, Bürschchen.«

»Bitte. Wie Ihr wollt. Aber ich nehme an, Ihr wisst, wie Sir Thomas über raffgierige Priester wie Euch denkt. Falls nicht, lest seine *Utopia*. Er besitzt das Vertrauen des Königs *und* des Kardinals. Die Protektion Eures alten Studienfreundes wird keinen Pfifferling wert sein, wenn Sir Thomas anfängt, sich für Eure Amtsführung zu interessieren.«

Und damit ging er hinaus. Das Herz schlug ihm bis zum Halse. Hastig zog er die Tür hinter sich zu und blieb einen Moment mit gesenktem Kopf davor stehen, um sich zu sammeln.

»Oh, Mylord«, flüsterte Polly. »Das habt Ihr großartig gemacht.« Sie stand am Feuer, einen gusseisernen Topf in der Hand, und sah ihn mit leuchtenden Augen an.

Nick lächelte matt. »Die Frage ist nur, ob es etwas nützt.«

Das Gleiche sagte Daniel, als Nick ihm zwei Stunden später von dem Zusammenstoß erzählte. »Und es könnte dich teuer zu stehen kommen, ihm so zuzusetzen. Dein Vater hat jedenfalls nicht gewagt, sich mit ihm anzulegen«, fügte der Stallmeister düster hinzu.

Sie saßen nebeneinander auf dem Zaun, der die Koppel vor dem Stallgebäude der Zweijährigen einfriedete, und aßen ein Stück Brot und Ziegenkäse.

»Aber was blieb mir denn anderes übrig?«, entgegnete Nick ratlos. »Was hätte ich deiner Meinung nach zu Adam sagen sollen? ›Seht selber zu, wie ihr mit dem diebischen Pfaffen zurechtkommt?‹«

Daniel hob die Schultern. »Vielleicht. Für das Verhältnis zwischen deinen Bauern und der Kirche bist du jedenfalls nicht zuständig. Auch als Lord Waringham nicht.«

»Nein«, stimmte Nick bitter zu. »Und weil das so ist und niemand sich freiwillig einmischt, werden Missstände und Willkür immer schlimmer. Darum wird es Zeit, dass der Adel und die einflussreichen Bürger diese Dinge endlich zu ihrer Angelegenheit machen. Es ist falsch, das Feld allein den Ketzern zu überlassen. Das sagt auch Sir Thomas.«

»Ja, und was er sagt, ist in deinen Augen so unumstößlich wie das Wort Gottes, ich weiß«, bemerkte Daniel gereizt.

Nick beendete sein karges Mittagsmahl schweigend, dann sprang er vom Zaun und wechselte das Thema. »Daniel, ich habe beschlossen, das Gestüt wieder zu vergrößern.«

Der junge Stallmeister stieg ebenfalls vom Zaun und wischte sich die Brotkrümel aus dem kurzen Bart. »Wozu? Wir bekommen die Gäule ja doch nicht verkauft. Kein Pferdemarkt mehr.«

»Nicht hier«, räumte Nick ein. »Also bringen wir die Pferde in Zukunft dorthin, wo es Käufer gibt. Zum Pferdemarkt nach Smithfield. Der findet jeden Freitag statt.«

Daniel betrachtete ihn ungläubig. »Dein Kopf steckt voller Flausen, wenn du das offene Wort vergeben willst, Mylord. Wie stellst du dir das vor? Wie willst du die Pferde nach London schaffen? Wo stellst du sie unter?«

»Ich besitze ein Haus in London. An der Shoe Lane, das ist ganz in der Nähe von Smithfield. Dort bringe ich sie donnerstags hin und am nächsten Morgen in aller Frühe zum Markt.«

»Ich habe noch nie gehört, dass kostbare Schlachtrösser auf einem gewöhnlichen Pferdemarkt verkauft werden.«

Nick schüttelte langsam den Kopf. »Davon rede ich auch nicht. Die Zeit der Schlachtrösser ist vorüber, Daniel. Niemand braucht solche Tiere mehr, denn heutzutage tragen keine Ritterheere die

Schlachten mehr hoch zu Ross Mann gegen Mann aus. Krieg führt man jetzt mit Geschützen und Fußtruppen. Oder mit Schiffen.«

Daniel nickte. »Ich weiß. Nur der König und seine Höflinge, die noch Turniere reiten, brauchen weiterhin solche Riesen auf vier Beinen, die einen Mann in schwerer Rüstung tragen können und furchtlos durch Feuer und Schlachtgetümmel gehen.« Seine Wehmut war nicht zu überhören.

Nick empfand genauso. Die Vorstellung, dass diese wundervollen, ausdauernden und starken Kreaturen aus der Welt verschwinden könnten, deprimierte ihn auch. Doch er antwortete: »Der Markt ist zu klein geworden, und uns steht er ohnehin nicht offen. Und um dir die Wahrheit zu sagen: Je weniger wir mit dem König und seinem Hof zu tun haben, desto glücklicher werde ich sein. Nein, wir konzentrieren uns auf die Zucht erstklassiger Reitpferde.«

»Die genauso viel Hafer fressen wie Schlachtrösser, genauso viel Pflege brauchen, genauso leicht krank werden und verrecken, aber höchstens ein Fünftel der Preise bringen«, wandte Daniel skeptisch ein.

»Ich weiß. Aber sie werden *gebraucht*. Und zwar in steigender Zahl. Wir müssen bescheiden anfangen, denn ich habe kein Geld, um zusätzliche Tiere zu kaufen. Aber wer weiß. In ein paar Jahren sind die Boxen vielleicht wieder voll, und je größer die Zucht wird, umso geringer sind die Kosten pro Pferd.«

»Woher willst du das wissen?«, fragte Daniel zweifelnd.

»Du musst nur in die alten Abrechnungsbücher schauen. Aus denen geht es eindeutig hervor.«

Der Stallmeister stieß belustigt die Luft durch die Nase aus. »Ich fürchte, mir fehlt dein Glaube an Bücher, ganz gleich welcher Art.«

Und das ist dein Fehler, dachte Nick. Darum sind deine Vorstellungen hoffnungslos überaltert, und darum lernst du nichts dazu. »Nun, ich bin jedenfalls entschlossen, es zu versuchen«, erklärte er. Er wies auf den linken der beiden Zweijährigen, die auf der Koppel standen und grasten, einen hübschen Braunen, der ein gutes Stück kleiner war als sein Altersgenosse. Schon Nicks Urgroßvater hatte geahnt, dass das Zeitalter der Schlachtrösser seinem Ende entgegenging, und begonnen, gute Reitpferde für die ständig steigende Zahl wohlhabender Bürgersleute zu züchten. »Ulysses hat hervorragendes Potenzial, aber Greg hat ihn stümperhaft angeritten. Ich fang noch mal von vorne an mit ihm. Und im Frühjahr bringe ich ihn nach Smithfield und sehe, was er einbringt.«

»Wahrscheinlich lassen sie dich in Smithfield gar nicht auf ihren Markt«, mutmaßte Daniel.

Nick schlug mit der Faust gegen das Gatter, sodass die beiden Pferde schreckhaft zusammenzuckten. »Verdammt, man könnte meinen, du willst überhaupt nicht, dass wir hier wieder auf die Beine kommen«, grollte der junge Lord Waringham.

Der Stallmeister schüttelte den Kopf. »Natürlich will ich das. Aber es ist nicht so einfach, wie du es dir vorstellst. Glaub mir, ich weiß, wovon ich rede.«

»Daran zweifle ich nicht. Aber vielleicht ist es auch nicht so unmöglich, wie du es dir vorstellst.«

Wie meistens verbrachte er den Nachmittag mit seinem kleinen Bruder in der Bibliothek, und als es dämmerte, gingen sie gemeinsam hinüber in die Halle zum Essen. Für Nick war dies die schlimmste Stunde seiner ausgefüllten Tage.

»Wascht euch die Hände«, forderte Lady Yolanda ihren Sohn und Stiefsohn auf.

Nick hasste es, wenn sie ihn wie einen kleinen Bengel herumkommandierte, aber er gehorchte wortlos, als Bessy ihm die Schale mit dem Rosenwasser brachte, und setzte sich an seinen Platz. Eigentlich hätte ihm jetzt der brokatbezogene Lehnstuhl an der Mitte der Tafel zugestanden, aber er brachte es nicht fertig, neben seiner Stiefmutter zu sitzen. Darum blieb der Platz seines Vaters verwaist. Drei Wochen waren seit der Beerdigung vergangen, und jedes Mal, wenn Nick den leeren Stuhl sah, spürte er etwas, das Ähnlichkeit mit einem Dolchstoß ins Herz hatte.

Bessy trug einen Eintopf aus Kohl und Hering auf, denn es war Freitag.

»Und was hast du heute gelernt, du kleiner Racker?«, fragte Yolanda ihren Jüngsten. »Warst du artig?«

Ray steckte sich hastig einen Löffel in den Mund und warf Nick einen verstohlenen Blick zu.

»Gib Antwort, Raymond«, forderte der große Bruder ihn auf.

»Drei neue Wörter«, teilte der Junge seiner Mutter mit. Es klang verdrossen und kleinlaut zugleich. »*Schwere* Wörter.«

Yolanda sah stirnrunzelnd zu Nick. »Es geht nicht voran«, bemängelte sie.

Dann versuch du doch dein Glück, dachte Nick wütend, aber er nahm sich zusammen. Um Raymonds willen tat er das immer. Und sobald sein Bruder zu Bett geschickt wurde, fielen die Masken …

»Es wird schon wieder«, sagte er achselzuckend. »Er kann sich im Moment nicht richtig konzentrieren. Er ist noch zu traurig.«

»Das ist keine Entschuldigung«, entgegnete Lady Yolanda. »Vermutlich liegt es eher daran, dass du der Angelegenheit nicht genügend Zeit und Aufmerksamkeit widmest. Du bist ja so unermüdlich mit anderen Dingen beschäftigt.«

»Ich versuche, Waringham vor dem Untergang zu bewahren«, erklärte Nick liebenswürdig.

»Ich sagte dir bereits, dass diese Aufgabe in kompetentere Hände gehört als deine.«

Und woher sollen wir einen Steward nehmen?, hätte Nick gern gefragt. *Wie ihn bezahlen?* Stattdessen trank er einen Schluck Wein und schaufelte sich mit grimmiger Entschlossenheit einen Löffel nach dem anderen in den Mund. Es war die sicherste Methode, keinen Streit anzufangen.

»Ich erwarte, dass du dir mit Raymonds Unterricht mehr Mühe gibst«, sagte Yolanda.

»Er gibt sich doch Mühe. Aber ich kann nicht lernen«, bekannte Ray und sah seine Mutter mit großen, tränenfeuchten Augen an.

Ihre Miene wurde milder, doch sie antwortete: »Dann musst auch du dir mehr Mühe geben. Andere Jungen in deinem Alter können längst ihre Fibel lesen. Du willst doch nicht als Dummkopf durch die Welt stolpern, oder?«

»Nein«, beteuerte er. »Aber ich hab solche Angst vor den Büchern, Mutter.« Ohne Vorwarnung begann er bitterlich zu weinen.

»Angst vor Büchern?«, fragte Nick entgeistert. »Aber wieso? Schsch, ist ja gut, Ray. Hör auf zu flennen. Komm schon, nimm dich zusammen und erkläre uns, wovor du Angst hast.«

»Vor den Büchern«, wiederholte sein Bruder störrisch, ignorierte das Taschentuch, das seine Mutter ihm reichte, und fuhr sich mit dem Ärmel übers Gesicht. »Sie sind gefährlich, das hast du selbst gesagt, Mutter!«

»Was?«, fragte Yolanda verdattert.

»Du hast zu ihm gesagt, seine verdammten Ketzerbücher würden ihn eines Tages umbringen, ich hab's genau gehört. Und jetzt ist er tot, aber die Bücher sind immer noch da in seiner Studierstube, und sie stehen da und lauern, und ihr werft sie nicht ins Feuer. Ich versteh nicht, warum nicht. Und sie machen mir Angst.«

Louise stand von ihrem Platz auf, trat zu ihrem kleinen Bruder und legte ihm von hinten die Hände auf die Schultern. »Nein, Ray, du brauchst keine Angst vor ihnen zu haben«, versicherte sie. »Du hast das falsch verstanden.« Geduldig und in kindgerechten Worten erklärte sie ihm, wie die Bemerkung ihrer Mutter gemeint gewesen war, und Nick saß mit gesenktem Kopf dabei und lauschte und war wie üblich fassungslos darüber, wie liebevoll seine Stiefschwester sein, wie angenehm ihre Stimme klingen konnte. »Und außerdem haben Nick und dein Vater die gefährlichen Bücher alle aus der Studierstube fortgeräumt«, schloss sie. »Dort ist nichts mehr, das dir Angst einjagen müsste, glaub mir.«

Ray verdrehte den Kopf und sah zu ihr hoch. »Ehrenwort?«

»Großes Schwesternehrenwort«, gelobte sie und hob feierlich die Hand zum Schwur, ehe sie sie ihm entgegenstreckte. »Komm. Ich bringe dich zu Bett.«

Bereitwilliger als gewöhnlich stand er auf und ging mit Louise hinaus.

Ehe Nick aufspringen und der trauten Zweisamkeit mit Sumpfhexe entfliehen konnte, sagte diese: »Vater Ranulf hat mich heute aufgesucht.«

Nick stützte rüpelhaft die Ellbogen auf den Tisch und nahm seinen Becher in beide Hände. »Tatsächlich?«

»Du wirst dich bei ihm entschuldigen, Nicholas.«

»Das werde ich ganz sicher nicht tun, Madam. Und wenn er sich nicht besinnt, werde ich meine Drohung wahr machen.«

»Du machst dich lächerlich und mich gleich mit!«, fuhr sie ihn an. »Er ist ein Mann der Kirche und darum unantastbar. Denkst du, wenn man irgendetwas gegen ihn hätte tun können, dein Vater hätte auch nur einen Moment gezögert?«

Er hob den Kopf und sah sie an. »Ich bin ehrlich nicht sicher. Manchmal habe ich das Gefühl, mein Vater hatte in vielen Dingen resigniert und hat sich darum lieber in der Bibliothek eingeschlossen, statt ihnen ins Auge zu sehen.«

»Wie kannst du es wagen …«

»Könnt Ihr nicht ein einziges Mal darauf verzichten, mich anzukeifen?«, unterbrach er sie. »Wann wollt Ihr endlich anerkennen, dass die Dinge sich geändert haben, und aufhören, mich wie einen unliebsamen armen Verwandten zu behandeln? Vater wollte, dass ich Frieden mit Euch und Eurer Tochter halte, und um seinet- wie um Rays willen bin ich bereit, das Meine dazu zu tun. Aber Ihr könntet mir hin und wieder einen kleinen Schritt entgegenkommen, denkt Ihr nicht?«

»Ich sehe keine Veranlassung, dich nicht zurechtzuweisen, wenn du dich ungehörig benimmst. So wie jetzt. So wie *immer*.«

Gott, es ist vollkommen zwecklos, erkannte er. Er stand auf, nahm eine Kerze vom Geschirrschrank an der Wand und zündete sie an einer von denen auf dem Tisch an. »Gute Nacht«, knurrte er, nahm sein Weinglas in die freie Hand und ging zur Tür.

»Nicholas! Wir sind noch nicht fertig.«

»Ich schon.« Er verließ die Halle und überquerte den Korridor in der Absicht, sich in der Bibliothek einzuschließen. Aber zu seinem Schrecken kam Brechnuss ihm entgegen und schnitt ihm den Fluchtweg ab.

»Hast du es wieder geschafft, sie zu kränken?«, zischte sie. »Du kämst im Traum nicht darauf, Rücksicht auf ihre Trauer zu nehmen, nicht wahr?«

So viel wie sie auf die meine, dachte er. Oder du. »Sei so gut und lass mich vorbei.«

Louise wich keinen Zoll. »Wenn du dich hier schon als Lord Waringham aufspielst, könntest du auch allmählich anfangen, dich so zu benehmen.«

Nick verdrehte die Augen. »Bist du jetzt fertig?«

»Du solltest lieber nicht vergessen, dass meine Mutter hier lebenslanges Wohnrecht genießt.«

»Was zum Glück nicht für dich gilt.«

Mit einem siegesgewissen Lächeln warf sie das lange dunkle Haar zurück über die Schulter. »Gott sei Dank bin ich darauf auch nicht angewiesen. Mein Onkel, der Duke of Norfolk, hat mir schon letztes Jahr angeboten, mich bei Hofe unterzubringen. Dein Vater war dagegen. Aber jetzt kann er meiner Zukunft nicht länger im Weg stehen.«

Nick lächelte bitter. »Dann nehme ich an, du bist froh, dass er tot ist?«

»In gewisser Weise.«

Der Zorn schnürte ihm die Luft ab und machte ihn deshalb für einen Moment sprachlos. Vermutlich war es ein Glück, dass er beide Hände voll hatte, denn er war geneigt, sie um Louises Schwanenhals zu legen und zuzudrücken. Dann fand er die Sprache wieder: »Alsdann, Louise. *Bonne chance.* Ich wette, dein Leben bei Hofe wird abwechslungsreich. Schließlich ist ja allgemein bekannt, dass ›Bruder Norfolk‹ seine Nichten an den Hof holt, um sie dem König ins Bett zu legen, nicht wahr?« Er wusste, es war gehässig, das zu sagen, aber unbestreitbar wahr: Auch Lady Anne Boleyn, die König Henry zur Empörung der halben Welt zu seiner Königin machen wollte, war Norfolks Nichte.

Doch Louise stürzte sich nicht mit einem Wutschrei auf ihn, wie er angenommen hatte, sondern hob gleichmütig die Schultern. »Wir werden sehen. So oder so werde ich mächtige Freunde finden. Und was immer ich mit ihrer Hilfe tun kann, um dir das Leben zur Hölle zu machen, wird geschehen, *Bruder*, du hast mein Wort.«

Nick schüttete ihr seinen Wein ins Gesicht und schleuderte das kostbare Glas mit Macht zu Boden. Das Klirren, mit dem es zerbarst, verschaffte ihm einen Hauch von Erleichterung, und um das Glas tat es ihm nicht leid – Sumpfhexe hatte die kostbaren Trinkgefäße mit in die Ehe gebracht. Ohne ein weiteres Wort wandte Nick sich zur Treppe. Unten betrat er die Küche, wo Bessy und Ellen dabei waren, Ordnung zu schaffen.

»Ich ziehe in den Bergfried«, teilte er ihnen mit.

»Ihr tut *was?*«, fragte Bessy entgeistert. »Aber der Bergfried ist eine Ruine.«

»Was du nicht sagst. Seid so gut, sorgt dafür, dass morgen jemand meine Kammer und die Bibliothek meines Vaters ausräumt und mir die Sachen und die Bücher herüberbringt. Aber Vorsicht mit dem Bild meiner Mutter. Sagt meinem Bruder, ich werde nachmittags herüberkommen, um seinen Unterricht fortzusetzen. Aber ich werde keine Nacht mehr unter diesem Dach verbringen, solange Lady Yolanda oder ihre Tochter hier leben.«

Die alte, eisenbeschlagene Tür quietschte, als er den rechten Flügel aufstemmte, und das Geräusch hallte unheimlich in dem leeren Gemäuer.

Nick trat über die Schwelle und hielt eine schützende Hand um die Flamme seiner Kerze. Sosehr die Festung ihm auch am Herzen liegen mochte, war er doch nicht erpicht darauf, sich ohne Licht darin wiederzufinden. Dieser Bergfried war über vierhundert Jahre alt. Ungezählte Generationen von Waringham waren hier zur Welt gekommen, hatten ihr Leben innerhalb dieser Mauern verbracht und waren darin gestorben – nicht alle friedlich in ihren Betten.

Es roch nach feuchtem Stein. Der Wind, der oben ungehindert durch die zerbrochenen Fenster der Halle hereinkam, flüsterte in der Dunkelheit, sodass Nick beinah glaubte, die Stimmen seiner Vorfahren raunten ihm zu, und er erahnte ihre Gestalten in den bizarren Schatten, die die rastlose Kerzenflamme auf die grauen Steinquader der Wände warf.

Reiß dich zusammen, schärfte er sich ein. Du wirst jetzt nicht kehrtmachen und zurück ins traute Heim zu Sumpfhexe und Brechnuss kriechen …

Wie um sich selbst den Fluchtweg abzuschneiden, schloss er den schweren Torflügel. Er befand sich in der Vorhalle. Geradeaus ging es zur Küche und den Vorratskammern, doch er wandte sich zur Treppe und stieg langsam die ausgetretenen Stufen hinauf. Die eisernen Fackelhalter entlang der Wand waren rostig und voller Spinngewebe. An der Tür zur Halle hielt er kurz inne und lauschte. Er hörte Rascheln und ein durchdringendes Fiepen. Ratten. Nick beschloss, die Inspektion der Halle auf den morgigen Tag zu verschieben, und stieg weiter nach oben, wo die Kammern lagen, die den Waringham einst als Wohn- und Schlafgemächer gedient hatten. Er betrat den Raum, der, so erinnerte er sich, gleich über dem Rosengarten lag. Ein Rundgang mit der Kerze in der Hand enthüllte ein Bett mit einem mottenzerfressenen Baldachin, einen Tisch und ein paar kostbar bezogene Sessel, einen breiten Fenstersitz mit Kissen darauf und zwei Borde an der Wand – alles mit einer fingerdicken Staubschicht bedeckt. Im Kamin lag kein Holz. Eine fette Spinne hatte ihn zu ihrer Wohnstatt erkoren und war dabei, eine Fliege zu verspeisen, als der Lichtschein auf sie fiel und sie erstarren ließ.

»Sei gegrüßt, Spinne«, murmelte Nick. »Ich bin der Earl of Waringham. Darum ziehe ich hier ein. Und das heißt, du ziehst morgen früh aus.«

Er ließ ein wenig Wachs auf den Tisch tropfen und drückte die Kerze darauf fest. Dann sank er achtlos auf einen der staubigen Brokatstühle, verschränkte die Arme auf der staubigen Tischplatte und bettete den Kopf darauf.

Er erwachte mit steifen, kalten Gliedern, als das erste graue Tageslicht hereindrang. Mit einem unterdrückten Stöhnen stemmte er sich in die Höhe, klopfte sich nachlässig den Staub von den Kleidern und trat ans Fenster, um einen Blick in den Rosengarten hinabzuwerfen. Die letzten Blüten waren längst verwelkt; hier und da sah er Hagebutten rötlich in den Büschen leuchten. Er betrachtete das Rondell mit der steinernen Bank, wo er seinen Vater und Simon Fish bei ihrem konspirativen Treffen ertappt hatte, und überlegte, welch ein schöner Platz für einen Springbrunnen es wäre. Dort wollte er an zukünftigen Sommerabenden sitzen, dem leisen Plätschern lauschen, den Duft der Rosen einatmen und an seinen Vater denken. Ein guter Plan, fand er, aber einer, dessen Umsetzung noch warten musste. Jetzt gab es vordringlichere Dinge zu tun, und als Erstes galt es, seiner Blase Erleichterung zu verschaffen.

Er fand den Abort in einem Erker im südwestlichen Eckturm des Bergfrieds. Er nahm an, im Geschoss darunter in der Halle gab es noch einen, und doch fragte er sich mit einem verwunderten Kopfschütteln, wie das früher wohl gegangen war mit all den Menschen, die hier gelebt hatten. Auf dem Korridor zog es fürchterlich, und als er in die Kammer auf der Südseite zurückkehrte und die Hände auf die Wand legte, spürte er die eisige Kälte, die die Steinquader abstrahlten. Er kam seufzend zu dem Schluss, dass er sich spätestens im November für diesen verrückten Entschluss verfluchen würde, aber ganz gleich, wie kalt der Winter wurde – jetzt gab es kein Zurück mehr.

»Du bist genauso wunderlich wie dein alter Herr, Nicholas of Waringham«, murmelte er, trat wieder ans Fenster und versuchte halbherzig, eins der alten Sitzkissen auszuschütteln, aber augenblicklich war er in eine Staubwolke gehüllt und musste husten.

»Das gleiche hat meine Mutter auch gesagt, Mylord«, bekundete eine Stimme von der Tür. Sie klang amüsiert.

Nick wedelte mit der Hand den Staub beiseite. »Polly? Was tust du hier?«

»Euch füttern.« Unaufgefordert kam die junge Magd herein und stellte einen Korb auf den Tisch. Sie tat es behutsam, um keine neuerliche Staubwolke aufzuwirbeln, dann sah sie sich langsam um. »Was für ein Albtraum …«

Nick kam an den Tisch und nahm in Augenschein, was sie ihm gebracht hatte: Brot, saftigen Käse und dünnes Bier. Er wischte sich die Hände an der Hose ab, nahm einen ordentlichen Schluck aus dem Zinnkrug und fing an zu essen. »Hm. Gut«, murmelte er kauend. Er hatte gar nicht gemerkt, wie hungrig er war. »Was wird Vater Ranulf dazu sagen, dass du mir das Frühstück bringst statt ihm?«

Polly, die stirnrunzelnd das Spinnennetz im Kamin begutachtet hatte, wandte sich wieder zu ihm um. »Ich arbeite nicht mehr für ihn.«

»Wirklich nicht?« Nick lehnte sich an die Tischkante und hielt ihr den Krug hin. »Hier, willst du?«

»Danke.« Sie nahm einen Schluck. »Ich habe gehört, was Ihr gestern zu ihm gesagt habt. Jedes Wort. Ich hab an der Tür gelauscht, wenn Ihr's genau wissen wollt. Und da war mir mit einem Mal klar, dass ich nicht länger bei ihm bleiben muss. Ich wollte schon lange weg, aber ich hab irgendwie gedacht, man kommt in die Hölle, wenn man sich weigert, dem Pastor das Haus zu führen. Ihr habt mir gestern die Augen geöffnet, Mylord. Es ist schändlich, wie er die Menschen in Waringham ausnimmt. Und er tut es nicht für Gott oder den Heiligen Vater in Rom, wie er Euch weismachen wollte, sondern nur für sich. Und als mir das klar war, hatte ich auf einmal keine Angst mehr vor ihm.« Sie hob mit einem verlegenen kleinen Lächeln die Schultern.

Nick war nicht sicher, ob ihm gefiel, welche Wirkung seine Auseinandersetzung mit Vater Ranulf auf dessen Magd gehabt hatte, denn wie so vielen war auch ihm der Gedanke unheimlich, dass die Heilige Mutter Kirche ihre Autorität verlieren könnte. Denn sie war es, auf der alle weltliche Herrschaft und Ordnung gründeten. Und was geschah, wenn sie in Frage gestellt wurde, hatte man doch in Deutschland gesehen: Kaum hatte dieser fürchterliche Doktor Luther seine Schrift *Von der Freiheit eines Christenmenschen* veröffentlicht, hatten sich die Bauern erhoben und die unverschämtesten Forderungen gestellt …

Pollys Lächeln verschwand. »Seid Ihr ärgerlich, Mylord?«

Er schüttelte den Kopf.

»Mein Vater war fuchsteufelswild«, bekannte sie, während sie eins der Sitzkissen ergriff und aus dem Fenster hielt, um es behutsam auszuschütteln. »Meine Mutter gar nicht. Ich dachte, sie würde mit dem Rührlöffel auf mich losgehen, aber sie hat nur gesagt, ich soll Euch das Frühstück bringen und mich hier nützlich machen.«

Gott segne dich, Bessy, dachte er dankbar. »Das war eine großartige Idee. Ich kann hier weiß Gott ein bisschen Hilfe gebrauchen.«

Polly wandte sich zu ihm um. »Aber was wollt Ihr nur in diesem grässlichen alten Kasten, Mylord?«, fragte sie verständnislos.
»Er wird Euch eines Tages noch auf den Kopf fallen.«

Er ging mit einem unverbindlichen Lächeln darüber hinweg.
»Ich werde jetzt einen Rundgang machen und feststellen, wie
schlimm die Schäden wirklich sind. Anschließend gehe ich ins Gestüt hinüber. Vor heute Abend bin ich voraussichtlich nicht zurück. Wenn du es bis dahin geschafft hast, diesen Raum hier bewohnbar zu machen, werde ich dich als Magd einstellen, falls du
das willst. Ich habe nur eine einzige Bedingung, Polly: Was ich in
diesem ›grässlichen alten Kasten‹ suche, ist meine Ruhe. Ich will
keine Glucke um mich haben wie deine Mutter, gegen deren Fürsorge ich mich ständig wehren muss. Und wenn ich mir Vorhaltungen und Fragen anhören wollte, hätte ich auch drüben bei meiner Stiefmutter bleiben können. Verstehst du, was ich damit sagen
will?«

Sie senkte den Kopf und knickste wortlos – unverkennbar eingeschnappt.

Zufrieden wandte Nick sich ab und ging hinaus.

Es war erschütternd, was ein paar Jahrzehnte Leerstand und Ver-
nachlässigung einem Gebäude antun konnten, stellte er auf seinem Rundgang fest. Er hatte nicht die leiseste Ahnung von Baukunst – erst recht nicht von Burgenbau – und konnte daher nicht
beurteilen, ob Pollys Sorge begründet und der Bergfried baufällig
war. Die Tatsache, dass der Einsturz des Eckturms ein dreiviertel
Jahr zurücklag, der Bergfried aber immer noch stand, machte ihm
Hoffnung. Doch durch das Loch in der Mauer und die leeren Fenster konnte jedes Wetter in die Halle gelangen, und die zerborstenen Deckenbalken, die aus den Bruchkanten ragten, wirkten verfault und morsch. Nick wusste, er hatte kein Geld, um auch nur die
nötigsten Bauarbeiten in Auftrag zu geben, aber er beschloss, wenigstens die Fenster mit Holzläden verschließen zu lassen. Und er

nahm sich vor, Bill Carpenter, den Zimmermann von Waringham, aufzusuchen und ihn zu fragen, ob man die fehlenden Mauerteile mit einer Holzkonstruktion notdürftig ersetzen konnte. Jedenfalls war er fest entschlossen, den Verfall des Bergfrieds aufzuhalten, bis das Gestüt genug Geld abwarf, um ihn wieder richtig instand zu setzen und bewohnbar zu machen.

Ehe es so weit war, würde er kein sonderlich anheimelndes Zuhause haben, wusste er, und er musste sich vorsehen, dass er sich hier nicht die Schwindsucht holte. Doch als er abends vom Gestüt zurück auf die Burg kam und das Gemach über dem Rosengarten betrat, wurde er angenehm überrascht.

»Polly ... Wie hast du das gemacht? Ich hoffe, nicht mithilfe magischer Kräfte?«

Sie lächelte ihm keck zu – ihr Groll war offenbar vergessen. »Nur mit Besen, Wasser und Lappen, Mylord«, beteuerte sie. »Na ja, und ein bisschen Hilfe. Mutter und meine Tante Ellen waren den halben Tag hier und haben geschrubbt und geräumt und genäht.«

Staunend betrachtete Nick sein neues Refugium: Ein lebhaftes Feuer prasselte im Kamin. Vorhänge und Baldachin des Bettes waren gewaschen. Sie waren immer noch löchrig, die Farben verblasst, aber sie wirkten frisch und sauber, genau wie die Bettwäsche. Stroh und getrocknete Kamilleblüten bedeckten die Steinfliesen, der Tisch war gescheuert, Polster und Kissen entstaubt, die beiden Wandborde waren mit Büchern gefüllt. Ein dampfender Zinnkrug Ipogras stand auf dem Tisch.

Nick setzte sich, schenkte sich ein und legte die kalten Finger um den heißen Becher. »Es ist großartig«, sagte er. »Einladender, als ich mir hätte träumen lassen. Danke, Polly.«

Sie nickte und sah ihm einen Moment in die Augen. Die ihren waren haselnussbraun, stellte er fest. Ungewöhnlich zu solch einem blonden Angelsachsenschopf, fuhr es ihm durch den Kopf, und dann richtete er den Blick auf seinen Becher.

»Ich werd Euch Brot über dem Feuer rösten, wenn Ihr wollt, und ich hab Käse. Aber mehr kann ich Euch heute Abend nicht auftischen, fürchte ich«, bekannte die Magd. »Ich wollte Euch drüben aus der Küche das Essen holen, aber Lady Yolanda hat es verboten.« Sie zögerte einen Moment und fuhr dann fort: »Sie lässt ausrichten, wenn Ihr nicht mehr mit ihr und Euren Geschwistern unter einem Dach leben wollt, müsstet Ihr selber sehen, wie Ihr in Zukunft satt werdet.« Hastig stieß sie die Worte hervor, als fürchte sie, er werde wütend werden und seinen Zorn an ihr auslassen – der Botin mit der schlechten Kunde.

Nick zog eine Braue in die Höhe. Er glaubte kaum, dass Sumpfhexe das Recht zu solch einer Verfügung hatte, denn Waringham gehörte ihm, nicht ihr. Sie hatte als Witwe des Earl bis an ihr Lebensende oder bis zu einer erneuten Heirat Wohnrecht in Waringham und Anspruch auf ein Drittel der – derzeit kaum vorhandenen – Einkünfte. Aber er gedachte nicht, das mit der Magd zu erörtern. Ebensowenig gedachte er, mit seiner Stiefmutter darüber zu streiten, was sie zweifellos wollte. »In dem Fall werden wir die Küche hier in Betrieb nehmen, schätze ich.«

»Aber Mylord, die Küche da unten ist …«

»Ein Albtraum, ich weiß.« Er dachte einen Moment nach. »Hör zu, Polly. Such mir eine Köchin. Am besten eine verheiratete, damit es kein Gerede gibt. Sie, ihr Mann und du bringt die Küche auf Vordermann und die Vorratsräume und die Gesindekammern für euch. Und dann zieht ihr als meine Dienerschaft hier ein.« Er war zuversichtlich, dass er sich das leisten konnte, denn Gesinde war nicht teuer. Schwieriger würde es, so kurz vor dem Winter die nötigen Vorräte für einen neu gegründeten Haushalt zu beschaffen. Aber er war fest entschlossen, sich von seiner Stiefmutter nicht erpressen zu lassen. Notfalls würde er sich irgendwo Geld leihen.

»Meine Mutter und meine Tante Ellen würden wahrscheinlich lieber hier für Euch arbeiten als drüben für Eure Stiefmutter«, bemerkte Polly.

Aber Nick schüttelte den Kopf. »Sie sollen bleiben, wo sie sind, und sich um meinen armen kleinen Bruder kümmern. Außerdem müssen sie für mich spionieren, damit ich weiß, was Sumpf… Lady Yolanda im Schilde führt.«

Polly grinste verschwörerisch. Natürlich wusste sie genau, was er hatte sagen wollen – ganz Waringham hatte die hässlichen

Spitznamen übernommen, die Laura für ihre Stiefmutter und -schwester ersonnen hatte. »Dann vielleicht meine Cousine Alice und ihr Jim? Die kommen mit ihrem müden Acker und ihren paar Schafen kaum über die Runden.«

»Frag sie«, stimmte Nick zu. »Jim kann seine Herde an Adam verpachten und mir hier stattdessen helfen, den alten Kasten zusammenzuflicken.«

Ganz Waringham schüttelte den Kopf, und hinter vorgehaltener Hand sagten die Bauern, der junge Lord Nick sei ein Wirrkopf wie sein Vater. Nur ein verrückter Waringham könne auf die Idee kommen, ein modernes, warmes, trockenes Heim zu verlassen und stattdessen in einer verfallenen, zugigen Burg einen neuen Hausstand zu gründen.

Doch Nick stellte bald fest, dass er das Richtige getan hatte. Es war eine Erlösung, nicht mehr in ständigem Unfrieden zu leben. Es gab ihm Selbstvertrauen, seinen eigenen Haushalt zu haben, so klein er auch sein mochte. Es gefiel ihm, sein eigener Herr zu sein, und er genoss die ungestörten Abende, die er mit den Büchern seines Vaters am Feuer verbrachte. Manchmal saß er auch stundenlang auf der Bettkante und studierte das Porträt seiner Mutter. Seit er wusste, was Kardinal Wolsey ihr angetan hatte, war die Trauer um sie ebenso neu und tat genauso weh wie die um seinen Vater. Zuerst hatte er es kaum ausgehalten, ihr Gesicht anzusehen, weil ihn so furchtbar beschämte, was ihr passiert war. Doch allmählich hatte diese Empfindung sich auf seltsame Weise ins Gegenteil verkehrt, und er fühlte sich ihr näher als je zuvor in seiner Erinnerung. Die öffentliche Schande, die seine Eltern erlitten hatten, und König Henrys Verrat an ihnen hatten Waringham zu einem Ort der Einsamkeit und des Leids gemacht. Nick konnte nicht anders, als sich vorzustellen, wie es gewesen war: seine Mutter, die ein Kind in sich heranwachsen fühlte, das sie hasste. Und sich selbst hatte sie vermutlich noch viel mehr gehasst. So besudelt war sie in ihren Augen gewesen, dass sie sich selbst weggesperrt hatte, um die Welt von ihrer Gegenwart zu erlösen. Und draußen im Vorhof dieser Hölle, zu der ihr Leben geworden war, sein Vater, der in Verzweiflung und Hilflosigkeit an die Tür hämmerte, obwohl er genau gewusst hatte, dass er seine Frau nicht mehr erreichen konnte. Wenn Nick sich diese Dinge ausmalte, legte ihr Unglück sich wie ein Schatten auf seine Seele, und manchmal weinte er im Schutz der geschlossenen Bettvorhänge um sie. Und wenn er einmal dabei war, weinte er auch um die Kindheit, die seine Schwester und er hätten haben können, wäre ihre Mutter nicht gestorben. Aber er weinte nie lange, denn er kam sich albern und schwächlich dabei vor. Seine und Lauras Kindheit – so freudlos sie gewesen sein mochte – war vorüber. Also gab es keinen vernünftigen Grund mehr, darüber zu jammern. Und er war sicher, dass Gott trotz der vielen Ketzerschriften und der verbotenen Bibelübersetzung ein Auge zugedrückt hatte und sein Vater und seine Mutter jetzt in der Herrlichkeit des Paradieses wieder beisammen waren. Das war ein so wunderbarer, tröstlicher Gedanke, dass er ihn den Tränen manchmal wieder gefährlich nah brachte, und davon kurierte Nick sich, indem er sich vorstellte, was passieren würde, wenn die Sumpfhexe das Zeitliche segnete, unverdientermaßen ebenfalls Zugang zum Paradies fand und dazustieß. Der Gedanke amüsierte ihn, und er lachte vor sich hin. Das war boshaft, pietätlos gar, aber es war niemand da, der ihm Vorhaltungen machte. In gewisser Weise war er mutterseelenallein auf der Welt, wusste er, und es gab Stunden, da er sich einsam fühlte. Aber er wusste ebenso, dass er vermutlich nie wieder im Leben so frei sein würde wie jetzt.

Waringham, November 1529

 Bill Carpenter schüttelte düster den Kopf. »Es ist ein Wunder, dass der Bergfried noch steht, Mylord.«

»Ich weiß. Vermutlich ist es die vierhundertjährige Gewohnheit, die ihn aufrecht hält.«

»Ich versteh nicht wirklich genug davon«, bekannte der Zimmermann. »Aber ich schätze, über den Winter kommt er nicht mehr. Der Eckturm war tragend, versteht Ihr? Dieses Gemäuer ist wie ein Stuhl, der nur noch drei Beine hat. Ein Stups, und der Stuhl kippt um. Schwere Herbststürme und Schneelasten könnten dieser Stups sein.«

Nick war erschrocken. »Kannst du irgendetwas tun?«

Bill hob abwehrend die Linke. Der Zeige- und der halbe Mittelfinger fehlten. »Was Ihr hier braucht, ist ein richtiger Baumeister.«

»Hm«, machte Nick. »Es gibt eine Menge Dinge, die ich brauche, glaub mir. Das Problem ist, ich bin vollkommen abgebrannt.«

Der grauhaarige Zimmermann warf ihm einen amüsierten Blick zu. »Das macht die Versuchung, für Euch zu arbeiten, nicht gerade größer, Mylord.«

Nick grinste flüchtig. »Was ist mit einer … Balkenkonstruktion? Nur um das freischwebende Mauerwerk zu stützen? Als Behelfslösung, bis ich Steine kaufen kann.«

Bill sah an dem alten Bauwerk mit der klaffenden Wunde hoch. »Ginge wahrscheinlich«, brummte er. »Aber …«

»Dann tu's«, fiel Nick ihm ins Wort. »Nimm ein paar Männer und schlag das Holz im Hetfield Forest. Und du bekommst deinen Lohn, Bill, ich versprech es dir. Nur tu es, und zwar bald.«

Irgendetwas an seinen Worten überzeugte den Handwerker. »Abgemacht, Mylord.« Mit einer höflichen Verbeugung wandte er sich ab, setzte die Lederkappe auf und ging Richtung Torhaus.

Nick blieb noch einen Moment im Burghof stehen, aber der Anblick des klaffenden Lochs in dem alten grauen Mauerwerk tat ihm nie gut. Er wollte ihn immer zur Kapitulation verleiten, dieser Anblick. Das Loch in der Mauer war wie ein Symbol für das Loch in Waringhams Finanzen. Nick hatte inzwischen herausgefunden, dass die Baronie theoretisch über ein jährliches Einkommen von rund achthundert Pfund verfügte, das sich aus Pachten und Verkäufen von Wolle, Bauholz und Landwirtschaftsprodukten zusammensetzte. Die Profite des Gestüts waren früher noch hinzugekommen. Eigentlich hätte er also ein wohlhabender Mann sein müssen, doch stattdessen war er bettelarm: Die schlechten Ernten der letzten Jahre hatten die Pachteinnahmen geschmälert.

Sein Vater hatte Nathaniel Durham kein Land verkauft, wusste Nick inzwischen, sondern hatte es beliehen, und zwar schon seit Jahren. Für den Kredit mussten Zinsen gezahlt werden, wenn das Land nicht endgültig verloren gehen sollte. Gott allein mochte wissen, um welche Summen sein Vater sich von den Bauern, dem schlitzohrigen Reeve und von Nathaniel Durham hatte betrügen lassen. Nick hatte die Wintervorräte für seinen kleinen Haushalt aus den für den Verkauf bestimmten Beständen der in Naturalien gezahlten Pachten abgezweigt, sodass er und sein Gesinde nicht würden hungern müssen, doch besaß er überhaupt kein Bargeld. Dabei brauchte er dringend welches für seine drei wichtigsten Projekte: Die Instandsetzung des Bergfrieds, die Wiederbelebung des Gestüts und Lauras Mitgift. Doch er wusste überhaupt nicht, über welche Mittel Waringham verfügte, denn Sumpfhexe saß auf den Einnahmen aus der diesjährigen Pachtabrechnung wie eine Ente auf ihrem Gelege. Und so, erkannte Nick, konnte es nicht bleiben.

Es war der Sonntag nach Allerheiligen, und das strahlende Herbstwetter, das bis letzte Woche gehalten hatte, war grauem Novembernieseln gewichen. Wie jeden Sonntag war Nick seiner Stiefmutter und -schwester beim Kirchgang begegnet, wie jeden Sonntag hatten sie ein kühles Nicken getauscht und sonst nichts. Lady Yolanda hatte es aufgegeben, Nick für seinen Umzug in den Bergfried zu schelten oder zu verhöhnen und ignorierte ihn weitgehend, wofür er dankbar war. An drei, vier Nachmittagen in der Woche ging er hinüber und unterrichtete seinen Bruder, aber schon fühlte er sich wie ein Fremder in dem Haus, wo er das Licht der Welt erblickt hatte, und meistens verließ er es wieder, ohne Yolanda oder Louise zu begegnen. Doch er wusste im Grunde schon lange, dass er einer Auseinandersetzung mit seiner Stiefmutter über Waringhams wirtschaftliche Zukunft auf Dauer nicht aus dem Wege gehen konnte, und seufzend gestand er sich ein, dass das morgen nicht leichter sein würde als heute. Und die Angelegenheit duldete eigentlich keinen weiteren Aufschub.

Er überquerte den Burghof, betrat das Wohnhaus, empfand für einen Moment einen Hauch von Neid ob der trockenen Wärme, die ihm schon am Eingang entgegenschlug, und stieg die vornehm knarrende Holztreppe zur Halle hinauf. An der Tür begegnete ihm sein Bruder, der ein etwa gleichaltriges kleines Mädchen mit blonden Engelslocken an der Hand führte.

»Nanu?« Nick blieb stehen und lächelte auf die beiden Kinder hinab. »Wir haben Besuch?«

»Das ist unsere Cousine Katherine«, stellte Ray stolz vor. »Katherine Howard.«

Deine Cousine, dachte Nick, nicht meine. Aber er verneigte sich formvollendet vor der Kleinen. »Eine Ehre, Lady Katherine.«

Sie schlug scheu die großen wasserblauen Augen nieder und knickste.

Besitzergreifend nahm Ray sie wieder bei der Hand und führte sie in die Halle. Nick folgte ihnen. Sumpfhexe und Brechnuss saßen mit einem fremden Mann an der Tafel und waren anscheinend in ein angeregtes Gespräch vertieft gewesen, das jedoch abrupt verstummte, als Nick und die Kinder eintraten.

Nick verneigte sich sparsam vor seiner Stiefmutter. »Madam.«

Sie lächelte frostig. »Nicholas. Dies ist mein Bruder, Edmund Howard.«

Nicht »Bruder Norfolk«, wusste Nick aus Sumpfhexes endlosen Vorträgen über ihren weit verzweigten Stammbaum, sondern ein jüngerer Spross der Familie. Edmund Howard hatte die gleichen dunklen Augen und die schmale Nase wie seine Schwester und weckte in Nick auf Anhieb die gleiche Antipathie, weil er auf dem Platz saß, der früher Lord Waringham gehört hatte. Dennoch gelang es Nick, dem Gast das erforderliche Mindestmaß an Höflichkeit entgegenzubringen. »Willkommen, Sir Edmund.«

Der betrachtete ihn mit diesem starren Blick verhaltenen Widerwillens, den auch seine Schwester so grandios beherrschte. »Waringham.«

»Was verschafft uns die seltene Ehre deines Besuchs?«, fragte Lady Yolanda.

Nick rang sich ein Lächeln ab und schüttelte den Kopf. »Ich wollte etwas mit Euch besprechen, aber das hat Zeit.«

»Nick, darf ich mit Katherine ins Gestüt und ihr die Fohlen zeigen?«, fragte Ray eifrig. Offenbar hatte seine kleine Cousine es ihm ziemlich angetan.

»Kommt nicht in Frage«, widersprach Lady Yolanda kategorisch. »Nicht in diesem Wetter, und das Gestüt ist kein Ort für eine junge Dame.«

»Oder einen jungen Gentleman«, fügte Louise nachdrücklich hinzu, und es war Nick, den sie dabei ansah.

Nick wurde unbehaglich. Er hatte gehofft, Sumpfhexe und Brechnuss sei sein häufiger Aufenthalt im Gestüt verborgen geblieben, verließen sie die Burgmauern doch so gut wie nie. »Vielleicht gestattet deine Mutter, dass du Lady Katherine dein Pony hier im Stall zeigst, Ray«, schlug er seinem Bruder vor. Dann wiederholte er die knappe Verbeugung vor Lady Yolanda. »Verzeiht die Störung. Ich komme ein andermal wieder.«

Er wollte sich abwenden, aber sie hielt ihn zurück. »Nein, bleib einen Moment. Es trifft sich gut, dass du hier bist, denn auch ich habe etwas mit dir zu erörtern: Mein Bruder hat sich bereitgefunden, als Steward hierherzukommen und mir dabei zu helfen, Waringham vor dem Ruin zu bewahren. Was sagst du dazu?«

Nick sagte erst einmal gar nichts. Nacheinander sah er seine Stiefmutter, ihre Tochter und ihren Bruder an, und er stellte fest, dass er alles andere als überrascht war. Im Grunde hatte er immer gewusst, dass die Howard über kurz oder lang versuchen würden, ihm Waringham wegzunehmen. Dieser Edmund Howard war ein landloser Hungerleider und berüchtigter Verschwender. Auf Anhieb wäre Nick so schnell niemand eingefallen, der ungeeigneter für die schwere Aufgabe als Steward einer abgewirtschafteten Baronie hätte sein können. Aber Sumpfhexe war das natürlich egal. Letztlich war ihr auch Waringham egal. Mit Hilfe ihres Bruders würde sie es melken, bis es trocken war, und dann wieder heiraten und weiterziehen.

Nick wandte sich an Edmund Howard und sagte: »Es ist ein äußerst großzügiges Angebot, und ich weiß es zu schätzen, Sir, aber ich muss leider ablehnen.«

Howard schnaubte verächtlich. »Niemanden kümmert deine Meinung, Söhnchen.«

Nick biss sich auf die Zunge und ballte für einen Moment die Fäuste. Wohl zum hundertsten Mal seit dem Tod seines Vaters wünschte er sich, er wäre älter. Als er sich wieder trauen konnte, antwortete er: »Die Entscheidung obliegt mir, Sir. Genauer gesagt meinem Vormund, der mir freie Hand zugesichert hat. Ich nehme an, nur aus diesem Grund ist Euch überhaupt eingefallen, mich von Eurem Entschluss in Kenntnis zu setzen?«, fragte er Sumpfhexe, und als sie hochnäsig den Blick abwandte und aus dem Fenster schaute, fügte er hinzu: »Ich muss Euch enttäuschen, Madam. Aus Euren Plänen wird nichts. Falls Waringham einen Steward bekommt, werde ich es sein, der ihn auswählt. Im Übrigen war ich gekommen, um die zwei Drittel der Pachteinnahmen zu holen, die mir zustehen, und mir scheint, ich hätte keinen besseren Zeitpunkt wählen können.« Verwegen machte er einen Schritt auf sie zu und streckte die Hand aus. »Würdet Ihr mir den Schlüssel zur Schatulle geben?«

Brechnuss lachte in sich hinein. »Wovon träumst du nachts? Das Geld reicht nicht einmal für die neue Garderobe, die ich für meine Einführung bei Hofe brauche.«

Nick fuhr zu ihr herum, und es war aus mit seiner Beherrschung. »Dann solltest du vielleicht deinen Onkel Norfolk bitten, dich auszustatten. Ich werde es todsicher nicht tun!«

Ray hatte die Schultern hochgezogen und sah mit weit aufgerissenen Augen von seinem Bruder zu seiner Schwester und wieder zurück. »Nick …«, jammerte er.

»Tut mir leid«, gab der ältere Bruder zurück, aber er klang eher grimmig entschlossen als zerknirscht. »Vielleicht führst du deine kleine Cousine in die Küche hinunter und schaust, was Ellen Gutes für Euch hat. Es muss ja nicht sein, dass …« Er verstummte, als ein mörderischer Schlag ihn in den Nacken traf.

Nick brach in die Knie, und den gequälten Schrei seines kleinen Bruders hörte er wie aus weiter Ferne. Aber sofort wich die Benommenheit, und er richtete sich schleunigst wieder auf. Er stand noch nicht ganz, als Edmund Howard ihm die Füße wegtrat. Hart schlug Nick auf die schwarz-weißen Marmorfliesen, und für einen Moment bekam er keine Luft.

»Ich weiß, dass dein Vater versäumt hat, dich zu lehren, wie man sich seiner Stiefmutter und -schwester gegenüber benimmt«, sagte Howard, der turmhoch über ihm stand. Die Stimme dröhnte wie eine große Glocke in Nicks Kopf. »Vielleicht kann ich das nachholen.« Mit kühler Berechnung betrachtete er den jungen Mann am Boden und trat ihn dann mit Macht in die Nieren.

Ray schrie wieder auf – ein herzerweichender Laut – und begann bitterlich zu weinen.

Nick richtete sich auf Hände und Knie auf und sah zu seiner Stiefschwester. »Louise, die Kinder ...«

Stirnrunzelnd blickte sie zu Ray und ihrer kleinen Cousine. »Raymond, nimm Katherine und bring sie nach unten. Na los.«

Aber Ray war außer sich vor Angst und nicht in der Lage zu gehorchen. Ein neuerlicher Tritt traf Nick in die Rippen, und eine brach mit einem hörbaren Laut. Er wurde wieder zu Boden geschleudert, aber er sah noch, dass Louise die Arme verschränkte und ihn mit einem kleinen, fast verschwörerischen Lächeln betrachtete. Fassungslos erkannte er, dass sie die Kinder nicht hinausbringen würde. Ihr Hass auf ihn, ihr Bedürfnis, zu sehen, wie ihr Onkel ihn demütigte, waren einfach zu groß.

»Edmund, bitte ...« mahnte Sumpfhexe, als Howard ihn beim Schopf packte, in die Höhe zerrte und mit der Faust ins Gesicht schlug. »Ich glaube, das ist genug.«

Aber Nick hörte ihrer Stimme an, dass sie es nur der guten Form halber sagte. Sie genoss das Schauspiel genauso wie Brechnuss, und das hasserfüllte Strahlen in ihren Augen war das letzte, was er sah, ehe er die Arme schützend um den Kopf legte. Als er ein drittes Mal zu Boden ging, hielt Howard nichts mehr. Ohne alle Hemmungen trat er zu, vor die Brust, den Unterleib, und schließlich in die Hoden. Nick brach der kalte Schweiß aus jeder Pore, und er konnte einen Laut nicht ganz unterdrücken. Doch sofort biss er sich auf die Zunge und schnitt den Schrei ab. Übelkeit, Furcht und Scham über die Erniedrigung, dass dies hier vor den Augen seiner Stiefmutter und -schwester geschah, drohten ihn klein und feige zu machen, aber er rang verbissen um Haltung. Für Ray. Er hörte seinen Bruder schluchzen, während unaufhörlich Tritte auf ihn einhagelten, und klammerte sich an den Gedanken, dass er stark sein musste, dass er um keinen Preis anfangen durfte zu heulen und zu winseln, um es für Ray nicht noch schlimmer zu machen.

»Edmund … Edmund, das reicht«, sagte Lady Yolanda schließlich noch einmal, und jetzt klang es anders. Gepresst. Fast so, als fürchte auch sie sich. »Ich bitte dich, Bruder.«

Die Tritte hörten auf. Nick lag reglos mit geschlossenen Augen auf dem kalten Boden zusammengekrümmt und lauschte dem abgehackten Keuchen über sich.

»Geh mir aus den Augen, du unverschämter Rotzlümmel«, knurrte Howard. »Na los, verpiss dich!«

Nichts lieber als das, dachte Nick. Die Frage war nur, wie? Er war sicher, er konnte sich nicht rühren. Alles tat ihm weh, und das Atmen bereitete ihm Mühe.

Noch einmal landete ein Tritt in seinem Rücken, aber nicht so ungehemmt wie zuvor. »Wird's bald?«

Nick stützte sich auf die linke Hand, brachte sich in eine knieende Position und zog sich mit der Rechten an der Tischkante hoch. Als er stand, wankte er, und die Übelkeit wurde übermächtig. Er torkelte zur Tür, so schnell er konnte. Auf der Treppe presste er die Hand vor den Mund, und unten war mit einem Mal Bessy, packte ihn wortlos am Arm und zerrte ihn eilig zur erstbesten Tür, hinter der die Leinenkammer lag.

Nick fiel auf die Knie und erbrach. Bessys kühle Hand auf seiner Stirn und ihre seltsam gurrenden, mütterlichen Trostlaute versetzten ihn zurück an einen der wenigen sicheren Orte seiner Kindheit, und als sein Körper sich entspannte, ließ auch das Würgen bald nach. Keuchend verharrte er auf den Knien, und erst als er nach ein paar Minuten die Augen öffnete, sah er, dass Bessy ihm einen Eimer gehalten hatte.

»Woher wusstest du …« Er hatte immer noch Atemnot.

»Es war nicht zu überhören, was er getan hat.« Bessys Stimme klang hart und wütend.

Vorsichtig streckte Nick sich auf den nackten Holzdielen auf der Seite aus und schloss die Augen. »Danke.«

»Besser, Ihr verschwindet.«

»Ja. Gleich. Ich brauche nur einen Moment Pause.« Plötzlich musste er husten, und der Husten ging in einen erbärmlichen Jammerlaut über, weil seine Rippe so weh tat. Er spürte Tränen in den Augenwinkeln und legte einen Arm übers Gesicht. »Verfluchter *Drecksack* …«

»Das ist er«, bestätigte die Magd mit Nachdruck. »Und er wird Steward, nehm ich an?«

»Eher friert die Hölle ein.«

»Was wollt Ihr denn tun?«, entgegnete sie ungeduldig.

»Gar nichts. Aber sie braucht meine Zustimmung, um einen Steward zu berufen.«

»Und wenn er die Zustimmung aus Euch rausprügelt?«

Nick nahm den Arm vom Gesicht und setzte sich langsam auf. Die Vorstellung erfüllte ihn mit Grauen. »Ich weiß nicht, Bessy«, musste er gestehen. Mühsam kam er auf die Füße, und er erhob keine Einwände, als sie seinen Ellbogen nahm und ihm half. »Ich glaube, ich muss eine Nacht darüber schlafen.« Oder zehn, dachte er. Oder noch besser hundert. Er war noch nie im Leben so erschöpft gewesen.

»Sagt Polly, sie soll Euch die Brust bandagieren«, trug sie ihm auf.

Polly tat weit mehr als das. Als sie ihn im Obergeschoss des Bergfrieds dabei ertappte, dass er sich wie ein Trunkenbold an der Wand entlangtastete, sah sie ihm einen Moment in die Augen, machte wortlos kehrt und ließ ihm Gelegenheit, allein und unbeobachtet in sein Bett zu kriechen. Dann kam sie, brachte ihm einen Becher kühles Ale und half ihm mit geschickten und erstaunlich kräftigen Händen aus den Kleidern. Es war anders als mit Bessy. Bessy war so etwas wie seine Amme gewesen, war wohl das, was einem Mutterersatz am nächsten kam, und vor ihr konnte er sich gehen lassen, ohne sich zu schämen.

Polly hingegen nahm eine Rolle ein, die gänzlich neu in seinem Leben war. In einer mondhellen Oktobernacht war sie zu ihm gekommen, lautlos zwischen den Bettvorhängen hindurchgeschlüpft und hatte sich zu ihm gelegt. Ihr Besuch hatte ihn nicht sonderlich überrascht, denn sie hatte ihn beinah vom ersten Tag an mit vielsagenden Blicken aus der Fassung gebracht. Als der ungeduldig erwartete Moment dann endlich kam, war Nick zu schüchtern gewesen, um irgendetwas anderes zu tun, als reglos dazuliegen, angespannt wie eine Bogensehne. Doch Polly hatte es verstanden, alle Befangenheit zu vertreiben und ihn in eine unbekannte, wunderbare Welt zu führen. Nick ahnte, es war allein ihrem Geschick – und ihrer Erfahrung – zu verdanken, dass er vom ersten Moment an das Gefühl gehabt hatte, ein Mordskerl zu sein und alles richtig zu machen. Und dafür war er ihr dankbarer, als er je mit Worten hätte ausdrücken können. Denn was er im Moment vor allem brauchte, mehr noch als Geld oder Rat, war Selbstvertrauen.

Polly wusch ihm das Blut aus dem Gesicht, bandagierte ihm die Brust und drückte ihn sacht in die Kissen. »Edmund Howard?«

»Wieso wusste jeder in Waringham außer mir, dass er hier ist?«, fragte er, gleichermaßen schläfrig und grantig. »Irgendwer hätte mich vorwarnen können …«

»Alice kam eben vom Brunnen. Sie hatte es von der Köchin gehört.«

Er nickte und runzelte die Stirn, weil er Kopfschmerzen bekam. »Irgendwo in der Truhe dort drüben liegt das alte Waringham-Schwert. Sollte ich je wieder auf die Beine kommen – was ich im Moment nicht glaube –, werde ich es tragen.«

Polly lachte leise. Es war ein tiefer, warmer Laut, und selbst jetzt spürte Nick die Regung in den Lenden, die dieses Lachen ihm immer verursachte. Nur schwächer als sonst. Unwillkürlich dachte er an den Tritt in die Nüsse, den Howard ihm verpasst hatte, und er schauderte.

Polly küsste ihm sacht die geschlossenen Lider. »Du bekommst mir doch kein Fieber? Soll ich mich zu dir legen und dich ein bisschen wärmen?«

»Nein.« Er rang sich ein Lächeln ab, denn er wollte sie nicht kränken. »Ich brauche nur ein paar Stunden Schlaf, das ist alles.«

Doch es kam ihm vor, als habe er höchstens ein paar Minuten geschlafen, als Pollys Stimme ihn wieder weckte: »Es tut mir leid, Mylord, aber Ihr habt einen Besucher.«

Nick stützte sich auf einen Ellbogen und unterdrückte mit Mühe ein Stöhnen. Alles tat schlimmer weh als zuvor. Doch er hörte an Pollys förmlicher Anrede, dass der Besucher schon in der Tür stand. *Bitte, Gott, nicht Edmund Howard*, betete er, setzte sich auf und schob den Bettvorhang beiseite.

»Himmel, Arsch noch mal«, sagte sein Gast, als er ihn sah. »Seid Ihr unter die Räuber gefallen?«

Das trifft die Sache besser, als man glauben möchte, fuhr es Nick durch den Kopf. »Sir … Jerome?«

Der nickte. »Jerome Dudley.« Er trat einen Schritt näher. »Ihr erinnert Euch an mich?«

Nick schwang die Beine über die Bettkante – schneller, als gut für ihn war. »Natürlich.« Der Tag, da er auf der Suche nach Sir Thomas More durch Hampton Court geirrt war und schließlich diesem Mann, dem Ritter seines Paten, in die Arme gelaufen war, gehörte schwerlich zu denen, die er je vergessen würde. »Nehmt Platz, Sir. Polly, sei so gut und bring uns Wein und etwas zu essen für meinen Gast.«

Sie knickste und ging hinaus.

»Ich nehme an, der Duke of Suffolk schickt Euch?«, fragte Nick.

Jerome Dudley nickte knapp. »Mit einer Nachricht.«

»Und zwar?«

Der junge Ritter sah ihn unverwandt an und schwieg eigentümlich lange, ehe er antwortete: »Wolsey ist gestürzt.«

Nick wandte den Kopf ab und stützte die Stirn in die Hand. Es war also passiert. Keine zwei Monate nach der Ermordung seines Vaters hatte dessen Prophezeiung sich erfüllt: Der mächtige Ränkeschmied im roten Kardinalsgewand, der fast zwei Jahrzehnte lang Englands Geschicke im Krieg und im Frieden gelenkt, der den König beherrscht und benutzt hatte und der wie ein Fluch über das Haus von Waringham gekommen war – Thomas Wolsey war gefallen. *Wie Luzifer.* Aber Nick empfand keine Genugtuung. Es würde seinen Vater und seine Mutter nicht zurückbringen. Nichts von dem, was ihnen passiert war, ungeschehen machen. Im Grunde war es bedeutungslos. Was Nick empfand, war nichts als eine große Ödnis.

»Soll ich vielleicht draußen warten?«, fragte der junge Dudley beklommen.

Nick schüttelte den Kopf und sah wieder auf. »Vergebt mir, Sir, wenn ich mich wunderlich benehme.«

Der Ritter des Duke of Suffolk winkte ab. »Ich gebe zu, Jubel hätte mich mehr befremdet. Aber ich hätte es verstanden. Wieso seid Ihr erschüttert?«

»Wäre Wolsey zwei Monate eher gestürzt, wäre mein Vater noch am Leben.«

Dudley nickte. »Das ist bitter.«

Polly kam herein und stellte ein Tablett mit dampfenden Schalen und Krügen auf den Tisch. »Ich hab Euch auch Eintopf gebracht, Mylord. Ihr müsst etwas essen.«

Schon bei der Vorstellung schnürte Nicks Magen sich zusammen. »Danke, Polly.«

Sie ließ sie wieder allein, und als die Tür sich geschlossen hatte, stand Nick von der Bettkante auf. »Kommt, Sir Jerome. Ich bin sicher, Ihr hattet einen weiten Ritt durch Nässe und Kälte. Esst und trinkt und erzählt mir, was passiert ist. Ist der Kardinal verhaftet worden?«

Jerome beobachtete ihn, während Nick langsam wie ein Greis und mit zusammengebissenen Zähnen Hemd und Wams überstreifte, doch er gab keinen Kommentar ab. »Noch nicht«, antwortete er. »Angeklagt, enteignet und aller Ämter enthoben. Sir Thomas More ist der neue Lord Chancellor.«

»Gut für England«, bemerkte Nick und führte seinen Gast an den Tisch.

»Zweifellos«, stimmte Jerome vorbehaltlos zu. »Aber ist es auch gut für den König und sein großes Anliegen? Wenn der Papst sagt, der König darf sich nicht von der Königin scheiden lassen, dann wird Thomas More schwer vom Gegenteil zu überzeugen sein. Jedenfalls ist es das, was der Duke of Suffolk glaubt.«

»Geht es ihm gut?«, erkundigte sich Nick, den nichts weniger kümmerte als das Königliche Anliegen.

Jerome lächelte, und mit einem Mal verwandelte seine angespannte, betont ausdruckslose Miene sich in ein übermütiges Lausbubengesicht. »Großartig. Ich hatte geglaubt, Wolseys Fall würde ihn hart treffen, denn er stand tief in der Schuld des Kardinals. Aber seit der Geschichte mit Eurem Vater war ihr Verhältnis ... frostig geworden. Und jetzt, da der König seinen wichtigsten Ratgeber verloren hat, stützt er sich mehr denn je auf Suffolk. Ich schätze, der Herzog ist jetzt der einflussreichste Mann im Kronrat. Außer Norfolk, natürlich.«

Nick schnitt eine Grimasse. »Bruder Norfolk« profitierte also vom Sturz des Kardinals und baute seine Macht weiter aus. Kein schöner Gedanke. Und Nick fragte sich, ob es das war, was Sumpfhexe so siegesgewiss gestimmt hatte. Ob sie schon wusste, was Jerome Dudley ihm eben erst eröffnet hatte. »Wann ist es passiert? Wolseys Sturz, meine ich.«

»Mitte Oktober wurde er aus dem Kronrat ausgeschlossen. Aber erst vorgestern hat sich das Parlament auf eine Anklageschrift verständigt.« Auf Nicks einladende Geste hin ergriff er eine der Eintopfschalen und begann zu löffeln.

»Probiert den Ipogras«, riet Nick. »Meine Köchin hat ein Geheimrezept. Ich glaube, sie gibt außer Nelken und Zimt einen Hauch Ingwer mit in den heißen Wein.«

Dudley kostete. »Gott, das ist wunderbar«, bekundete er. Mit konzentrierter Miene leckte er sich die Lippen. »Ingwer könnte hinkommen.«

Sie sahen sich an, und zum ersten Mal tauschten sie ein Lächeln.

Verstohlen betrachtete Nick den Ritter seines Vormunds. Jerome Dudley war vielleicht Anfang zwanzig. Ein großer Mann von athletischer Statur, die Kleider schlicht und ein wenig abgetragen, Haar und Augen dunkel, der Blick herausfordernd. Ein gutes Gesicht, fand Nick.

»Ihr esst nicht?«, fragte Jerome.

»Vielleicht später.«

Der Gast leerte seine Schale mit Hingabe, wischte sie mit einem Stück Brot aus und verspeiste auch das lustvoll. »Seid Ihr krank?«

»Nein, nein.«

Jerome trank einen Schluck, lehnte sich zurück und ließ einen Arm über die Rückenlehne des Brokatstuhls baumeln. »Suffolk hat mich hergeschickt, um Euch die Nachricht zu bringen«, sagte er. »Aber ebenso, um zu sehen, wie es um Euch bestellt ist. Ich weiß ehrlich gestanden nicht, was ich ihm sagen soll. Ihr seht beschissen aus, Mann.«

Nick verzog einen Mundwinkel. »Danke.«

»Und Ihr habt ein Veilchen.«

Erschrocken fuhren Nicks Fingerspitzen an sein linkes Jochbein. »Ist das wahr?« Er schnalzte ungeduldig mit der Zunge. »Na ja.« Er hob verlegen die Schultern. »Kommt vor. Noch Wein?«

»Immer her damit.« Jerome schien zu verstehen, dass Nick das Thema beenden wollte. »Ihr wohnt in diesem alten Kasten?«

»Es hat viele Vorzüge. Vor allem den, dass ich den missfälligen Blicken meiner Stiefmutter entzogen bin. Und sollte ich irgendwann einmal wieder Geld verdienen, wird dieser ›alte Kasten‹ auf Vordermann gebracht. Ich will nicht nur den Turm wieder aufbauen, sondern Kamine einziehen und Wände verputzen und so weiter. Ich will ihn bewohnbar machen.«

»Große Pläne«, bemerkte Jerome Dudley. Es klang spöttisch, aber nicht gehässig.

»Jede Menge«, bestätigte Nick. »Und keinen Penny, um sie in die Tat umzusetzen. Also muss ich einstweilen frieren und hoffen, dass mir der alte Kasten nicht auf den Kopf fällt. Kann ich Euch hier trotzdem ein Bett anbieten?«

»Liebend gern. Ich wüsste nicht …«

Der junge Ritter brach ab, weil ohne Vorwarnung die Tür aufflog. Ray stürmte herein, kam zum Tisch, schlang die Arme um Nicks Taille und vergrub den Kopf an seiner Brust.

Nick zog scharf die Luft ein und befreite sich von der schmerzhaften Umklammerung. »Sachte, Bruder«, murmelte er, sah einen

Moment in die großen Kinderaugen, die immer noch voller Angst waren, und lächelte. »Was treibst du denn nur hier? Ich wette, deine Mutter hat verboten, dass du den Bergfried betrittst.«

Der Kleine senkte den Kopf und nickte.

Nick strich ihm über den Schopf – ein wenig ruppiger, als es sonst seine Art war. »Zu Recht. Es ist gefährlich hier drin für Knirpse wie dich.«

»Geht es dir gut?«, fragte Ray leise.

»Könnte nicht besser sein. Das siehst du doch. Schau mal, Ray, ich habe auch Besuch. Sir Jerome Dudley. Na los, zeig, dass du dich wie ein Gentleman benehmen kannst.«

Ray wandte sich um und machte einen artigen Diener. »Sir Jerome. Eine Ehre.«

Der Ritter zwinkerte ihm zu. »Sie ist die meine, mein Junge.«

Sicherheitshalber verbeugte Ray sich noch einmal, vergaß den Gast auf der Stelle wieder und sagte zu Nick: »Sie haben gezankt. Ich glaub, Mutter will, dass Onkel und meine Cousine Katherine wieder nach Hause reiten. Aber Onkel Edmund hört nicht auf sie. Er hat gesagt: ›Es gibt Mittel und Wege.‹ Das hab ich nicht verstanden. Was heißt das, Nick?«

Auf jeden Fall nichts Gutes für meine Zukunft, dachte Nick unbehaglich. Und zum ersten Mal kam ihm der Gedanke, wie dienlich es den Absichten der Howard wäre, wenn er einem tragischen Unfall zum Opfer fiele. Denn dann wäre Raymond sein Erbe, und Sumpfhexe hätte gewonnen …

»Keine Ahnung, was er meint«, antwortete Nick. »Und jetzt mach kein solches Gesicht. Irgendwann verschwindet er schon wieder. Und deine kleine Cousine hast du doch gern, oder?«

Ray nickte.

»Dann solltest du dich an ihrem Besuch erfreuen und sie nicht so lange allein lassen.« Nick wusste, er musste Ray nach Hause bringen, ehe der Kleine ihre gesamten finsteren Familiengeheimnisse vor Jerome Dudley ausbreitete. Doch Polly kam mit einem neuen Weinkrug und ersparte ihm die schmerzhafte Prozedur des Aufstehens. »Oh, das trifft sich gut. Bring Ray hinüber, sei so gut, Polly. Sag auf Wiedersehen zu Sir Jerome, Raymond. Und hör auf, dir Sorgen zu machen. Es ist alles in Ordnung, glaub mir.«

Sein kleiner Bruder verabschiedete sich höflich und ging an Pollys Hand hinaus. Er schien tatsächlich beruhigt, jetzt da er Nick gesehen hatte.

Jerome sah ihm einen Moment nach und bemerkte: »Ihr habt ganz schön was am Hacken, he?«

»Wie bitte?«

»Einen Bruder, für den Ihr durchs Feuer gehen würdet, der aber zur Hälfte ein Howard ist. Und Sir Edmund Howard hat ein Auge auf Eure Besitztümer geworfen.« Er schnaubte. »Schöne Scheiße.«

Nick gab die Verstellung auf und seufzte. »Ich hätte es treffender kaum ausdrücken können. Und wenn Ihr die Wahrheit wissen wollt: Ich bin vollkommen ratlos.«

Jerome Dudley zog mit der Stiefelspitze einen Holzschemel näher und legte die Füße darauf. Nachdenklich betrachtete er seinen jungen Gastgeber, und beinah sah es aus, als ringe er mit sich. Schließlich fragte er: »Erlaubt Ihr ein offenes Wort?«

Nick vollführte eine einladende Geste. »Ich glaube kaum, dass mich das nach diesem Tag noch erschüttern wird.«

»Edmund Howard ist ein verflucht gefährlicher Hurensohn. Sein Bruder Norfolk ist mit einem Mal einer der mächtigsten Männer des Reiches und wird ihn decken, egal, was er tut. Es sieht alles andere als rosig für Euch aus, Waringham.«

»Ich weiß.« Nick sah ihm in die Augen. »Was soll ich tun? Davonkriechen?«

»Euren Paten und Vormund um Hilfe bitten?«, schlug Jerome vor.

Nick schwieg. Es war nicht so, als hätte er nicht bereits an Suffolk gedacht. Aber er brachte es nicht fertig, zu seinem Paten zu laufen und sich hinter dessen breitem Rücken zu verstecken. Er wusste selbst, dass er Hilfe brauchte. Doch er konnte nicht darum bitten. »Dudley. Was ist das für ein Name?«, fragte er, um das Thema zu wechseln. »Woher stammt Ihr, Sir Jerome?«

»Sussex. Mein Großvater war Baron Lisle. Und mein Vater war

Sir Edmund Dudley.« Die Tatsache schien ihm wenig Freude zu bereiten. »Ihr seht aus, als sagte der Name Euch nichts.«

Nick schüttelte den Kopf. »Tut mir leid. Mein Vater fiel vor zehn Jahren in Ungnade. Ich habe keine Ahnung von wichtigen Namen.«

Jerome schnitt eine Grimasse. »Mein Vater fiel auch in Ungnade. Er war einer der engsten Vertrauten des alten Königs. So wie Euer Großvater. Aber anders als der, machte mein Vater vor allem von sich reden, weil er Geld für den König beschaffte.« Er schenkte sich nach und trank. Nick fiel auf, dass sein Gast einen ordentlichen Zug hatte. »Sie sagen, der alte König Henry war raffgierig und geizig«, fuhr Jerome fort. »Mag sein, dass es stimmt, ich weiß es nicht. Jedenfalls war er der einzige König, der seinem Nachfolger nicht jeweils etwas anderes als Schulden hinterließ. Im Gegenteil, er hinterließ ein gewaltiges Vermögen. Eineinhalb Millionen Pfund, Waringham. Könnt Ihr Euch das vorstellen?«

»Nein.«

»Hm. Kein schlechtes Startkapital für den jungen König Henry. Aber die kleinen Leute und die Commons im Parlament hassten meinen Vater. Sie nannten ihn den königlichen Blutsauger. Und als der alte König starb und der jetzige Henry auf den Thron kam, warf er dem Pöbel meinen Vater zum Fraß vor. Sie haben ihn wegen Verrats verurteilt und auf dem Tower Hill enthauptet. Und der junge König hatte die Commons und das Volk im Handumdrehen im Sack.« Es waren deutliche Worte, aber er sprach ohne Bitterkeit.

Es war eine Weile still. Schließlich bemerkte Nick: »Es scheint, Ihr und ich haben mehr gemeinsam, als man auf den ersten Blick meint.«

»Das hat Suffolk auch gesagt.« Jerome musterte ihn einen Augenblick. »Ich will ehrlich zu Euch sein, Waringham.«

»Herrje, schon wieder?«

»Als ich Euch damals in Hampton Court gesehen hab, dachte ich, Ihr seid ein verhätscheltes Herrensöhnchen vom alten Adel, saft- und kraftlos und hochnäsig dazu. Und ich war nicht begeistert, als Suffolk mich herschickte. Aber allmählich glaube ich, ich hab mich getäuscht.«

Nick lächelte matt. »Gerade heute bin ich mir dessen keineswegs sicher, Sir.«

Aber Jerome ließ sich nicht von seinem einmal eingeschlagenen Kurs abbringen. »›Reite hin, sieh nach, wie es ihm geht, und bleib dort, wenn du glaubst, dass du dich nützlich machen kannst‹, hat Suffolk gesagt. Also, Mylord.« Er breitete kurz die Arme aus. »Hier bin ich. Denkt Ihr, ich kann mich nützlich machen?«

Erst als der Angstknoten in seinen Eingeweiden sich plötzlich löste, gestand Nick sich ein, dass er überhaupt dagewesen war. Er ließ sich in seinen Sessel zurücksinken. »Könnt Ihr mir beibringen, vernünftig zu fechten? Das ist ein bisschen zu kurz gekommen, fürchte ich.«

»Selbstredend.«

»Versteht Ihr Euch auf Pferde?«

»Nicht so wie Ihr, schätze ich.«

»Auf Geld?«

»Soll das ein Witz sein? Mein Vater war der gerissenste Rechner, den England je gesehen hat. *Natürlich* versteh ich mich auf Geld.«

Nick lächelte. »Schiebt mir den Eintopf herüber, seid so gut. Ich sterbe vor Hunger.«

London, April 1530

»Sechs Jahre, keinen Tag älter, Sir«, versicherte der rothaarige Pferdehändler. »Lammfromm, auch unter dem Damensattel. Zwanzig Pfund ist geschenkt, glaubt mir!«

Der junge Kaufmann nickte, aber mit der gebotenen Skepsis, beobachtete Nick. Überall um ihn herum brüllten Pferdehändler die angeblichen Vorzüge ihrer vierbeinigen Waren in die Welt hinaus, und wie es üblich war, logen sie dabei so schamlos, dass man sich fragte, warum die Balken der umzäunten Koppeln sich nicht bogen.

Es war der letzte Freitag vor der Karwoche – ein sonniger, aber kühler Frühlingsmorgen. Der Bailiff des Lord Mayor, der mit der Unterstützung zweier Constables das Marktgeschehen überwachte, hatte Nick ans entlegene Nordende des großen, grasbewachsenen Marktplatzes geschickt. Für zwei Pennys hatte Nick von ihm das Privileg erworben, an dieser Stelle, zu der kaum ein Käufer sich verirrte, seinen auf Hochglanz gestriegelten jungen Wallach feilbieten zu dürfen. Nick hatte inzwischen gelernt, dass die Pferdehändler, die nach Smithfield kamen, mit Fäusten und manchmal auch Messern um die besten Plätze kämpften. Oder man konnte den Bailiff und die Constables bestechen, um gleich an der Einmündung der Hauptstraße, da wo die gut betuchten Londoner entlangkamen, seinen Platz zu bekommen. Aber das konnte Nick sich nicht leisten. Also hatte er Ulysses angebunden, ohne Einwände zu erheben, und lerneifrig beobachtet, was um ihn herum geschah.

»Ist sie trächtig?«, fragte der Kaufinteressent Nicks Konkurrenten von schräg gegenüber und wies auf den runden Bauch der braunen Stute, die apathisch, mit trüben Augen gegen die Morgensonne anblinzelte.

»Gewiss doch, Sir«, erwiderte der Pferdehändler mit dem gemütlichen Midlands-Akzent und dem unschuldigen Bauerngesicht. »Einem kundigen Pferdenarren wie Euch entgeht aber auch nichts, wie? Das Fohlen kriegt ihr kostenlos als Bonus.«

»Na ja, das ist ein Wort …« Unentschlossen trat der potenzielle Käufer näher an die Stute, beäugte sie einen Moment argwöhnisch und hob dann die Hände, um ihr ins Maul zu sehen. Eher aus Unkenntnis denn aus Grausamkeit packte er die empfindlichen weichen Lippen mit zu festem Griff, und erwartungsgemäß legte die Stute die Ohren an und schnappte nach seinen ungeschickten Fingern. Er schreckte zurück.

Der Pferdehändler hob die Hand mit der kurzen Gerte und zog ihr eins über. Dann beteuerte er: »Das tut sie sonst *nie*, Sir. Nehmt's ihr nicht übel, sie ist ein bisschen reizbar im Moment, so wie schwangere Weiber eben sind.« Er lachte herzhaft über seinen kleinen Scherz.

Nick räusperte sich, und tatsächlich schaute der unschlüssige Käufer kurz in seine Richtung. In dem Moment, da ihre Blicke sich trafen, deutete Nick ein Kopfschütteln an und wandte sich fast gleichzeitig ab, um Ulysses' Kinnriemen zu befingern. Er wusste, wenn sein Kollege aus den Midlands merkte, dass Nick seinem Kunden vom Kauf abriet, konnte er froh sein, wenn er den Pferdemarkt von Smithfield nicht in einem Sarg verließ.

»Nun, ich werde es mir überlegen«, sagte der Gewarnte.

»Aber Sir!«, protestierte der Pferdehändler. »So ein Angebot kommt so schnell nicht wieder.«

»Ich will mich noch ein wenig umschauen«, wehrte der junge Kaufmann ab.

»Beklagt Euch nicht, wenn Ihr zurückkommt und sie ist weg«, bekam er patzig zur Antwort. »So ein Schnäppchen lässt kein Pferdekenner stehen.«

Nick konnte sich ein Grinsen ob solcher Unverfrorenheit nicht verkneifen und wandte der Szene den Rücken zu.

Zwei Stunden vergingen, in deren Verlauf Ulysses viele bewundernde Blicke erntete. Aber niemand blieb stehen, um ihn genauer anzuschauen oder Nick nach seinem Alter zu fragen. Die Leute, die an diesem Ende des Marktes ihre Reit- und Zugtiere kauften, sahen auf einen Blick, dass sie sich ein solches Ross nicht leisten konnten.

»Du bist hier völlig falsch, Söhnchen«, brummte ein vorbeischlendernder Schmied.

»Sag das dem Bailiff«, gab Nick zurück, klopfte Ulysses seufzend den Hals und murmelte: »Sei nicht beleidigt. An dir liegt es nicht …«

»Was verlangt Ihr für dieses Tier?«, fragte eine junge Stimme zu seiner Linken.

Nick wandte sich um. Es war der ahnungslose junge Kaufmann von vorhin. »Siebzig Pfund, Sir.«

»So viel?«

»Er ist es wert.« Das war die reine Wahrheit, aber Nick war gewillt, sich auf fünfzig herunterhandeln zu lassen.

Der Kaufmann sah unauffällig zu dem Pferdehändler aus den

Midlands hinüber, der seine Schindmähre immer noch nicht losgeworden war, ehe er mit gesenkter Stimme fragte: »Und ich nehme an, Ihr habt mir von diesem Kauf da drüben abgeraten, um mir Euren überteuerten Gaul aufzuschwatzen?«

»Das kommt darauf an, was Ihr sucht.«

»Ein zuverlässiges, ruhiges Tier für eine zwölfjährige Dame, die ihrem Pony allmählich entwachsen ist.«

»Verstehe.« Nick strich Ulysses über die Blesse und sah sich dabei aufmerksam um. Auf Anhieb sah er kein Pferd, das er für den Zweck geeignet hielt. »Wie viel wollt Ihr denn anlegen?«

»Nicht mehr als ich muss. Maximal … dreißig Pfund.«

Also fünfunddreißig, nahm Nick an. »Ihr solltet dort drüben auf der Ostseite suchen«, riet er.

»Oder vielleicht doch die Stute von gegenüber nehmen?«, überlegte der Kaufmann halblaut.

Der arme Kerl war nicht nur unentschlossen, erkannte Nick, er war nervös. »Verteilt Euer Geld lieber an die Armen, dann tut Ihr wenigstens ein gutes Werk damit, statt es einfach nur wegzuwerfen«, riet Nick ebenso gedämpft. »Die bedauernswerte Kreatur da drüben macht es keine drei Tage mehr.«

Der Kaufmann riss die Augen auf. »Woher wollt Ihr das wissen?«, fragte er misstrauisch.

»Man kann es sehen, Sir«, erklärte Nick. Er hatte nicht die Gabe bemühen müssen, um sofort zu wissen, dass das arme Tier todkrank war. »Sie fiebert, sie macht einen krummen Rücken, und ihr Bauch ist geschwollen.« Von dem blutigen Ausfluss, der ihren Schweif verklebte, sagte er lieber nichts, denn er fürchtete, der junge Mann könne in Ohnmacht fallen. »Ihr Fohlen hat sie längst bekommen, und nun hat sich ihr Leib entzündet.«

Wütend wollte der um ein Haar betrogene Kunde zu dem schlitzohrigen Pferdehändler herumfahren, aber Nick raunte hastig: »Kein Wort, Sir. Ich bitte Euch. Ich kann mir hier keinen Ärger leisten.«

»Aber der Kerl hat behauptet, sie sei gesund und trage das Fohlen noch.«

»*Caveat emptor*«, entgegnete Nick mit einem Achselzucken, ehe ihm aufging, dass er seine sorgfältige Verkleidung aus staubigen Stiefeln und einfachen Gewändern ohne Wappen und Schwert damit auf einen Schlag wirkungslos gemacht hatte.

Erwartungsgemäß beäugte sein Gegenüber ihn mit einer Mischung aus Argwohn und Erstaunen. »Was bedeutet das?«

»›Käufer, gib acht!‹ Das gilt auf dem Pferdemarkt in besonderem Maße, Master ...?«

»Ferryman. Neil Ferryman.«

»Nicholas of Waringham.«

»Da hol mich doch der Teufel ... Was in aller Welt tut Ihr hier, Mylord?«, fragte Ferryman verständnislos.

»Ich versuche, ein Pferd zu verkaufen. Ohne Erfolg, wie Ihr seht. Und allmählich beschleicht mich der Verdacht, dass ich hier nur meine Zeit vergeude. Aber ich könnte Euch helfen, zu finden, was Ihr sucht, Master Ferryman. Wie wär's?«

»Oh, ich wäre Euch ja so dankbar.« Der junge Kaufmann lächelte erleichtert. »Mein Meister hat mich hergeschickt, einen Gaul für sein Töchterchen zu kaufen, obwohl er genau weiß, dass ich nichts davon verstehe. Es ist ... eine Art Prüfung. Nächsten Monat hab ich ausgelernt, und er hat gesagt, es werde Zeit, dass ich zeige, wie ich mich aus der Affäre ziehe, wenn ich ein Geschäft machen muss, von dem ich nichts verstehe. Das passiere im wahren Leben nämlich andauernd, hat er behauptet.«

Dein Meister riskiert einen Haufen Geld, um dich auf die Probe zu stellen, dachte Nick flüchtig. »Und was hätte er gesagt, wenn Ihr mit einem halbtoten Klepper heimgekommen wärt?«

»Das möchte ich mir lieber nicht ausmalen«, gestand Neil Ferryman unbehaglich. »Er ist Sir Nathaniel Durham.«

»Oh.« Nick hatte von seinem Schwager genug über dessen strengen Onkel gehört, um zu ahnen, in welcher Klemme der Lehrling gesteckt hatte. Er band Ulysses los. »Komm, mein Junge. Wie es aussieht, müssen wir heute noch nicht Abschied voneinander nehmen.«

Zusammen schlenderten sie über den großen Pferdemarkt, und keine halbe Stunde später führte auch Ferryman ein Pferd –

eine hübsche Grauschimmelstute, die Nick einem Züchter aus Surrey für fünfundzwanzig Pfund abgekauft hatte. Ferryman hatte interessiert zugehört, welche Fragen Nick stellte, hatte beobachtet, wie er dem Pferd nicht nur ins Maul geschaut, sondern auch Hufe und Beine untersucht und das Tier durch verschiedene Gangarten geführt hatte.

»Es ist schwieriger, als ich dachte«, murmelte Ferryman nachdenklich vor sich hin.

»Man muss sich auskennen«, entgegnete Nick. »Wie mit Tuchhandel, schätze ich.«

»Wahrscheinlich habe ich für meine Aufgabe zufällig genau die Lösung gefunden, die mein Meister sich vorgestellt hat«, mutmaßte der Lehrling. »Ich habe mir jemanden mit dem nötigen Wissen gesucht, der das Geschäft für mich abwickeln konnte. Als Agent, sozusagen.« Er blieb stehen und schüttelte den Kopf, scheinbar ungeduldig mit sich selbst. »Wo hab ich nur meine Gedanken? Agenten bekommen eine Provision. Was bin ich Euch schuldig, Mylord?« Er errötete. Offenbar fand er es peinlich, einem Angehörigen des Adels Geld für geleistete Dienste zu bieten. Dass er es dennoch tat, verriet Nick, dass die finanzielle Misere, die er von seinem Vater geerbt hatte, in London allgemein bekannt war. Das war kein Wunder, wenn man darüber nachdachte: Sie hatte mit einem öffentlichen Skandal begonnen, und verarmte Adelsgeschlechter waren schon lange keine Seltenheit mehr.

Doch Nick schüttelte langsam den Kopf. »Das war eine Gefälligkeit, Master Ferryman, und darum kostenlos. Aber vielleicht habt Ihr mich auf eine profitable Idee gebracht. Gibt es viele wie Euch? Kaufleute, die bei einem Pferd kaum Kopf- und Schwanzende unterscheiden können?«

Ferryman grinste. »Ganz gewiss. Die wenigsten sind vermutlich so hoffnungslos wie ich, aber ich könnte mir vorstellen, dass es etliche gibt, die sich einen guten Rat bei einer so teuren Anschaffung wie einem Pferd etwas kosten lassen würden. Und außerdem …«

»He, du«, unterbrach ihn eine barsche Stimme. »Was verlangst du für deinen Gaul?«

Die beiden jungen Männer wandten die Köpfe. Ein sehr feiner Gentleman, begleitet von zwei Männern in Norfolks Livree, stand vor Ulysses, die Hände in die Seiten gestemmt, und betrachtete den jungen Wallach mit kritischer Kennermiene.

Nick machte einen Diener. »Sir Archibald Grafton?«

»Woher kennst du mich?«, fragte dieser schneidend, als hätte Nick etwas Unverschämtes gesagt.

»Der Stallmeister des Duke of Norfolk ist wohl jedem Pferdenarren in England ein Begriff, Sir«, erwiderte Nick mit genau der richtigen Mischung aus Ehrfurcht und Schalk, um Grafton zu schmeicheln und ihm Sand in die Augen zu streuen. In Wahrheit wusste Nick seinen Namen nur, weil Sumpfhexe ihn immer als leuchtendes Beispiel anführte, wenn der Stallmeister in Waringham ihr Missfallen erregt hatte. »Archibald Grafton, der Stallmeister meines Bruders Norfolk« war, wollte man ihr glauben, ein Pferdekenner mit unbestechlichem Blick und unvergleichlichen Reitkünsten.

»Für wen verkaufst du ihn?«

»Master Philipp Durham, Sir.«

Grafton umrundete Ulysses ohne Hast, schaute ihm ins Maul und tat all das, was Nick mit der Schimmelstute auch getan hatte. »Wie viel?«, fragte Grafton schließlich.

»Achtzig Pfund, Sir. Fünfundsiebzig, weil Ihr es seid.«

Grafton zeigte ein mitleidiges Lächeln. »Fünfzig.«

»Damit kann ich mich nicht nach Hause wagen. Siebzig.«

Sie einigten sich schließlich auf die fünfundfünfzig Gold-Souvereigns, die Grafton in seinem Beutel trug – verräterisch abgezählt. Nick konnte sein Glück kaum fassen. Fünfundfünfzig Pfund waren das Äußerste gewesen, was er sich erhofft hatte, aber die fünfundfünfzig Goldmünzen entsprachen sechzig und einem halben Pfund. Dieser sagenhafte Preis versüßte ihm die traurige Tatsache, dass Ulysses ausgerechnet in Bruder Norfolks Stall stehen würde, und er verabschiedete sich von seinem vierbeinigen Gefährten mit einem freundschaftlichen Klaps auf die Schulter – brüsk genug, um sich nicht zu verraten.

»Ihr könnt genauso glattzüngig lügen wie der Halunke, der

mir die kranke Stute aufschwatzen wollte«, bemerkte Neil Ferryman, als sie nebeneinander zu Fuß die Straße Richtung London entlangtrotteten. Er klang ernüchtert. »Warum habt Ihr ihm nicht gesagt, wer Ihr seid?«

Weil der König seinen Lords verboten hatte, Waringham-Pferde zu kaufen. Nick wusste nicht, ob dieses Verbot noch in Kraft war, aber er war lieber kein Risiko eingegangen. Doch er wollte nicht darüber reden, weil er fürchtete, Ferryman könnte ihn mit Fragen bedrängen, die zu persönlich und zu schmerzlich waren, um sie auf der Straße mit einem Fremden zu erörtern. Darum antwortete er: »Der Duke of Norfolk ist nicht gerade mein bester Freund. Sein Stallmeister hätte niemals ein Pferd von mir gekauft. Aber dieses Geld gehört tatsächlich meinem Schwager Philipp Durham.« Er klopfte auf den klimpernden Beutel an seinem Gürtel. »Darum war es eigentlich keine Lüge.«

Neil Ferryman betrachtete ihn einen Moment von der Seite. »Ihr seid ein ziemlich gerissener Geschäftsmann für einen Lord, wenn Ihr meine Offenheit verzeihen wollt.«

»Ich werde es einfach als Kompliment auffassen«, erwiderte Nick. »Es tut mir leid, wenn ich Euch desillusioniere, aber von *Noblesse* allein kann niemand leben, Ferryman.«

Sein Großvater und schon dessen Vater vor ihm hatten das begriffen, hatten die Pferdezucht modernisiert und die Rohwolle, die in Waringham produziert wurde, mit eigenen Schiffen auf den Kontinent bringen lassen. Doch Nicks Vater hatte über solchen Geschäftssinn nur die Nase gerümpft und lieber Ketzerschriften verfasst, als an die Zukunft seines Sohnes zu denken. Und Nick hatte jetzt die Folgen zu tragen.

Das sagte auch sein Schwager Philipp, als sie abends in Nicks Haus in Farringdon beisammensaßen, den prallen Beutel voller Gold vor sich auf der Tischplatte. »Wir werden dieses Geld teilen, Nicholas. Keine Widerrede«, fuhr er bestimmt fort, als Nick protestieren wollte. »Ich weiß, dass deine Stiefmutter dir deinen Anteil der Pachteinnahmen vorenthält und du Schulden gemacht hast, um Pferde und Futter für dein Gestüt zu kaufen. Du brauchst mindestens so dringend Kapital wie ich.«

»Es wird meinen Vormund nicht an den Bettelstab bringen, wenn er ein, zwei Jahre auf die hundert Pfund warten muss, die er mir geborgt hat«, widersprach Nick. »Er hat selbst gesagt, es hätte keine Eile. Und mit Verlaub, *ich* kann mir zumindest noch leisten zu heizen.«

Er sah vielsagend auf den kalten Kamin. Es war empfindlich kühl in der Halle, denn der kalte Wind, der am Nachmittag Regen gebracht hatte, pfiff durch die undichten Fensterrahmen. Laura, die still an Philipps Seite saß, wirkte untypisch verzagt und verfroren, obwohl sie sich in eine dicke Decke gewickelt hatte. Sie war hochschwanger. Nick sah Furcht in ihren Augen, und das war er von seiner großen Schwester nicht gewohnt. Als Kinder hatten sie oft Angst gehabt, aber gerade Laura hatte es verstanden, ein Geheimnis daraus zu machen.

»Was in aller Welt ist hier los?«, fragte Nick ihren Mann.

Philipp senkte einen Moment den Blick und antwortete nicht sofort. Eine junge Magd – fast noch ein Kind – kam herein, brachte ihnen dünne Fastensuppe und zündete zwei Kerzen an. Als sie wieder verschwunden war, sagte Philipp: »Ich habe in den letzten drei Monaten zweimal meine Stellung verloren. Erst habe ich als Gehilfe meines Onkels gearbeitet, aber er hat mich rausgeworfen. Einen Tag vor Weihnachten«, fügte er mit einem Anflug von Bitterkeit hinzu. »Dann habe ich bei einem anderen angesehenen Kaufherrn angefangen, aber nach kaum einem Monat hat auch der mich entlassen.«

Nick fiel aus allen Wolken. »Warum?«

Philipp und Laura wechselten einen Blick, und es war sie, die schließlich antwortete: »Weil wir Reformer sind, Bruder.«

»Oh. Verstehe.« Er hörte selbst, dass es kühl klang.

»Mein Onkel hat mich erwischt, als ich einem seiner Lehrlinge meine englische Bibel geliehen habe«, erzählte Philipp bedrückt. »Ich sag dir, der Junge hat so teuer bezahlt, er wird nie wieder ein verbotenes Buch anrühren. Als mein Onkel mit ihm fertig war, dachte ich, ich käme als nächster an die Reihe. Er war … außer sich, kann man wohl sagen. Aber er hat mich lediglich davon in Kenntnis gesetzt, dass er keine Verwendung mehr für mich habe. Und er prophezeite mir finanzielle Nöte.« Mit einem unglücklichen kleinen Lächeln hob er die Schultern. »Ich weiß nicht, was er der Londoner Kaufmannschaft über mich erzählt. Vermutlich die Wahrheit, denn zu lügen wäre unter der Würde eines Nathaniel Durham. Jedenfalls will mich niemand mehr haben.«

»Du kannst froh sein, dass du nicht verhaftet worden bist«, bemerkte Nick beklommen.

»Bin ich.«

Nicht nur der Ton gegenüber den Reformern hatte sich im Laufe der vergangenen Monate verschärft, sondern auch die Zahl der Verhaftungen war gestiegen. Der alte Erzbischof von Canterbury und der neue Lord Chancellor, Sir Thomas More, schienen entschlossen, mit aller Härte gegen jede Form von Häresie vorzugehen. In Waringham hörte man nicht viel von solchen Dingen, aber selbst dort kursierten schaurige Geschichten, was im Lollarden-Turm im Londoner Palast des Erzbischofs von Canterbury und im Tower mit den verhafteten Ketzern geschah, um sie zur Umkehr zu bewegen, ehe die Unbelehrbaren in Smithfield verbrannt wurden. Auch das hatte zugenommen, wusste Nick.

Laura verteilte die Suppe und schob jedem der Männer eine Schale zu. »Hier. Viel Glück.«

Nick verstand den seltsamen Tischsegen, als er die Suppe probierte. Er musste all seine Manieren aufbieten, um den ersten Löffel nicht zurück in die Schale zu spucken. »Ihr müsst betuchter sein, als ihr zugebt, wenn eure Köchin so verschwenderisch mit dem Salz umgeht«, bemerkte er und unterdrückte ein Husten. Es gab nichts zu trinken, um das Brennen zu löschen.

Laura nickte auf die Tür zu, wo die junge Magd eben verschwunden war. »Helen. Sie ist alles, was wir an Dienstboten haben. Ich habe sie von der Straße aufgelesen, das arme Kind, und sie arbeitet für Kost und Logis. Aber sie kann *nichts*. Ich würde ja selbst kochen, aber mir ist immer so übel. Im Moment geht es einfach nicht.« Sie strich über ihren runden Bauch. »Na ja. Dauert nicht mehr lange, schätze ich.« Sie rang sich ein Lächeln ab, das aber gleich wieder verschwand. Impulsiv ergriff sie Nicks Hand. »Ich hoffe, du wirst uns nicht den Rücken kehren, Bruder.«

Nick schüttelte langsam den Kopf. »Vor einem Jahr hätte mich sehr befremdet, was du sagst«, gestand er. »Aber ich habe den Winter damit verbracht, Vaters Bücher zu lesen. Und seine Schriften. Ich bin …« Er wusste nicht weiter.

»Verwirrt?«, fragte Laura.

Er nickte. »Gelinde gesagt.«

Zu Anfang hatten die vielen verbotenen Gedanken ihn halb zu Tode erschreckt, aber er hatte auch nicht aufhören können, sie zu verfolgen. Und daran waren nur Sir Thomas More und seine Schule schuld, denn sie hatten seinen Geist dazu erzogen, sich zu regen. Sich auf die Zehenspitzen zu stellen und nach der Decke zu strecken, sozusagen, und sich kniffligen Problemen zu stellen wie ein Ringkämpfer. Also hatte er weitergelesen und unerhörte Dinge über die Kirche, über den Papst, seine Kardinäle und Bischöfe erfahren, die er vermutlich nie hätte glauben können, hätte er sie nicht in der Handschrift seines Vaters gelesen. Es war zu einfach, zu sagen, die Kirche habe recht, die Reformer unrecht. Und selbst der große Erasmus, den Sir Thomas More so verehrte, hatte geschrieben, die Bibel müsse übersetzt werden, auf dass auch einfache Menschen und sogar Frauen sie lesen könnten, um das Wort Gottes unmittelbar zu erfahren. Doch die Kirche verteidigte ihr alleiniges Recht auf die Auslegung der Bibel mit geradezu hysterischem Eifer. Weil dieses Deutungsmonopol das Fundament ihrer Macht war? Weil sie fürchtete, was geschehen mochte, wenn die bislang so fügsame Schafherde der Gläubigen erfuhr, dass Jesus Christus nie etwas von Ablasshandel und fetten Pfründen gesagt hatte?

»Ja, ich bin ziemlich durcheinander«, räumte Nick ein. »Obwohl Reformer wie Simon Fish mir bei Weitem zu radikal sind, und ihre Großmäuligkeit ist mir suspekt. Und unsympathisch.«

»So ging es mir auch«, eröffnete Laura ihm. »Aber es ist kein Wunder, dass ihre Wut maßlos ist. Vor zwei Wochen haben sie in Norwich einen Ketzer verbrannt, und der Bischof dort hat verkünden lassen, jeder, der ein Reisigbündel mit zur Hinrichtung bringe, bekomme einen Ablass für die nächsten vierzig Tage.«

»Was?«, fuhr Nick entrüstet auf.

Philipp nickte, seine Miene grimmig. »Einen Freibrief, könnte man sagen. ›Betrüge deine Frau, lass deine Kinder hungern, erschlage deinen Nachbarn – es wird alles vergeben, wenn du Gottes Werk tust und uns hilfst, den Ketzer zu verbrennen.‹«

Nick schüttelte fassungslos den Kopf, und eine Weile schauten sie alle drei trübsinnig auf die Schalen mit der ungenießbaren Suppe hinab. Schließlich raffte Laura sich auf. »Kann einer von euch Feuer machen? Offenbar können wir es uns jetzt ja leisten. Ich gehe hinunter und seh zu, ob die Suppe noch irgendwie zu retten ist.«

Während sie sich schwerfällig erhob und zur Tür ging, trat Nick an den Kamin und schichtete Holz auf. »Was hört ihr sonst an Neuigkeiten?«

Philipp hob desinteressiert die Schultern. »Der König kann an nichts anderes mehr denken als seine Scheidung. Sein Gewissen lasse ihm keine Ruhe, lässt er verbreiten, weil er und die Königin in Sünde leben. Sie setzt ihm zu, weil sie ihn loswerden will, und seine kleine Hure setzt ihm zu, weil es ihr nicht schnell genug geht.«

»Armer Henry«, warf Nick boshaft ein. »Gefangen zwischen zwei keifenden Weibern. So hat er sich das bestimmt nicht vorgestellt …«

Sein Schwager grinste. »Vermutlich nicht. Viele glauben übrigens, dass es besagte Hure und ihr Onkel Norfolk waren, die Wolseys Fall herbeigeführt haben, weil sie ihm misstrauten und nicht glaubten, dass er die Scheidung tatsächlich mit aller Entschlossenheit betrieb.«

»Wie auch immer. Um Wolsey ist es nicht schade.«

»Weiß Gott nicht«, pflichtete Philipp ihm bei. »Aber es heißt, der König vermisse ihn.«

»Dann lass uns hoffen, dass er ihn nicht zurückholt.«

»Wolsey ist krank, Nick. Ich schätze, er macht es nicht mehr lange.«

»Glückliche Höllenfahrt, Eminenz«, knurrte Nick. »Und wer soll nun das Wunder vollbringen, den Papst zu überreden, die Ehe zu annullieren? Sir Thomas More gewiss nicht.«

Philipp schüttelte den Kopf. »Niemand weiß, wie diese Sache weitergehen soll.«

»Nun, zum Glück sind die Sorgen des Königs und der Königin nicht unsere«, bemerkte Nick.

Philipp sprang von seinem Sessel auf, als Laura mit dem schweren gusseisernen Kessel in den Händen in die Halle zurückkehrte. »Bist du von Sinnen, Frau«, schalt er erschrocken.

Mit einem erleichterten Lächeln ließ sie sich den Kessel abnehmen. »Danke. Ich glaube, jetzt ist sie halbwegs essbar.«

Die kleine Helen folgte ihr mit einem Tablett mit Bechern und einem Zinnkrug.

Essbar traf zu, aber mehr auch nicht, stellte Nick fest. Doch allmählich vertrieb das Feuer die feuchte Kälte in der Halle, und Philipp schenkte ihnen allen einen Becher Wein ein. »Jetzt erzähl uns, wie geht es in Waringham, Schwager?«

Nick trank dankbar einen Schluck. »Ich weiß nicht, was ich ohne Jerome Dudley täte«, bekannte er dann. »Er ist ... ein großartiger Freund. Er hat mir so viele Dinge beigebracht in den Wintermonaten – von Fechten bis Buchführung –, das werde ich nie gutmachen können.« Und es war eine enorme Beruhigung, ihn in der Nähe zu haben, wenn Edmund Howard zu Besuch kam – was leider häufig der Fall war.

»Und du und er wohnt wirklich im Bergfried?«, wollte Laura wissen.

Er nickte. »Der Zimmermann hat ihn notdürftig ausgebessert, und sobald ich kann, kaufe ich Steine und setze ihn nach und nach wieder instand.«

Seine Schwester sah ihn unverwandt an. »Und was sagst du mir nicht? Was ist mit Ray?«

Er senkte einen Moment den Blick. »Tja, Ray ... Ich weiß nicht, was Sumpfhexe ihm erzählt, aber sie versucht, ihn gegen mich aufzubringen. An manchen Tagen habe ich das Gefühl, sie hat Erfolg. An anderen Tagen hängt er wie eine Klette an mir. Ich schätze, er weiß nicht, was er denken soll, und ist unglücklich. Er fühlt sich allein gelassen. Erst Vater, dann du, jetzt ist Brechnuss an den Hof gegangen. Er ist einsam und wütend.«

»Mein armer kleiner Bruder«, murmelte Laura niedergeschlagen.

Nick ahnte, dass sie ein schlechtes Gewissen hatte. Ihm erging es nicht anders. Und kurz vor seiner Abreise nach London hatte Polly ihm erzählt, ihre Mutter habe gehört, Sumpfhexe wolle dafür sorgen, dass einer ihrer Brüder Raymonds Vormund werde und den Jungen in seinen Haushalt nehme, sobald er alt genug wurde. Aber davon sagte Nick nichts. Es reichte ja, wenn der Gedanke ihn um den Schlaf brachte.

Er hatte eigentlich nur zwei oder drei Tage in London bleiben wollen, doch am Montagvormittag kam ein Diener eines angesehenen Wollkaufmanns und fragte, ob es hier wirklich einen Waringham gäbe, der bereit sei, seinen Herrn bei der Auswahl eines neuen Reitpferdes zu beraten. Am Nachmittag kam der Gehilfe eines Rechtsgelehrten von Gray's Inn mit der gleichen Frage. Da der Name Waringham für die meisten Leute gleichbedeutend mit Pferdeverstand war, schien Nicks neue Geschäftsidee in Schwung zu kommen, ehe er sich auch nur überlegt hatte, wie viel er für seine Dienste verlangen sollte. Doch er erbot sich bereitwillig, die Gentlemen oder ihre Diener am Freitag nach Ostern auf den Pferdemarkt zu begleiten und zu sehen, was er für sie tun könne.

»Nimm ein Zwanzigstel der Kaufsumme«, riet ihm sein Schwager. »Das nehmen Wollagenten auch, daran sind die Kaufleute gewöhnt.«

»Aber werden sie nicht argwöhnen, dass ich die Preise absichtlich nicht weit genug herunterhandele, wenn ich meinen Lohn von der Höhe des Kaufpreises abhängig mache?«

Doch Philipp beruhigte ihn: »Dein guter Name bedeutet Vertrauensvorschuss. Und es wird sich schnell herumsprechen, ob du ehrlich oder ein Gauner bist. Diese Stadt wird von Krämern regiert, vergiss das nicht. Die lassen sich nicht so leicht hinters Licht führen.«

»Auch dein guter Name könnte dir einen Vertrauensvorschuss gewährleisten«, bemerkte Nick. »Vielleicht solltest du die Anzahlung auf Lauras Mitgift nehmen und dich in Norwich oder Bristol in eine Tuchhändlergilde einkaufen. Wenigstens bis der Zorn deines Onkels sich gelegt hat.«

Philipp nickte. »Ja. Das wäre vermutlich das Beste.« Aber man konnte hören, dass die Vorstellung ihn nicht entzückte. Alle Londoner rümpften die Nase über die kleineren Städte im Land. »Vielleicht sollten wir lieber … Du meine Güte, Nick.« Er wies aus dem Fenster der Halle in den Hof hinunter. »Da kommt schon wieder ein Bote. Bestimmt dein nächster Kunde.« Er seufzte. »Du bist zu beneiden …«

Doch es stellte sich heraus, dass dieser Bote nicht gekommen war, weil sein Herr ein Pferd kaufen wollte. Philipp und Nick tauschten ungläubige Blicke, als sie den Granatapfel auf der Livree des Reiters erkannten.

Philipp sah seinen Schwager an. »Wie sagtest du vor ein paar Tagen? ›Zum Glück sind die Sorgen des Königs und der Königin nicht unsere?‹ Ich habe das Gefühl, das erweist sich gerade als Irrtum.«

»Gott steh mir bei«, murmelte Nick und lehnte die Stirn an die kühlen Butzenscheiben. »Was in aller Welt will sie von mir?«

Darüber konnte oder wollte der Bote keine Auskunft geben. Alles, was er sagte, war: »Albert Devereux, Mylord. Die Königin bittet Euch zu sich.«

Devereux?, dachte Nick. Dann sind wir vermutlich verwandt. Aber das erwähnte er nicht. Stattdessen fragte er: »Woher weiß die Königin, dass ich hier bin?«

»Von Chapuys, dem Botschafter Seiner kaiserlichen Majestät, nehm ich an«, gab der junge Bote achselzuckend zurück und sah sich verstohlen in der wenig prunkvollen Halle um. »Chapuys weiß alles, Mylord.«

Nick hatte schon von diesem neuen Botschafter gehört, den der Kaiser im September nach England geschickt hatte. Kaiser Karl war ein Neffe der Königin – der Sohn ihrer Schwester Juana –, und es hieß, er tue alles, um seine Tante Catalina im Kampf um ihren Gemahl und ihre Krone zu unterstützen. So war es gewiss kein Zufall, dass er einen ausgefuchsten Juristen als neuen Gesandten geschickt hatte, der, so hieß es, in nur wenigen Monaten in England ein unvergleichliches Spionagenetz geknüpft hatte.

»Also schön«, antwortete Nick. Was blieb ihm schon anderes übrig? »Ich komme. Aber sie wird mich nehmen müssen, wie ich bin, fürchte ich. Ich habe keine anderen Kleider hier, denn ich hatte nicht mit einer Einladung an den Hof gerechnet.«

Devereux quittierte seinen spöttischen Tonfall mit einem wissenden Grinsen. »Zerbrecht Euch deswegen nicht den Kopf. Sie selbst sieht zwar immer aus wie ein Gemälde, aber ich glaube, in Wirklichkeit legt sie nicht viel Wert auf Äußerlichkeiten. Zu fromm, versteht Ihr.«

»Dann lasst uns gehen.« Nick stieg ohne Hast vor ihm die Treppe hinab und setzte alles daran, gelassen zu erscheinen. Dabei schlug ihm das Herz bis zum Halse. Warum auch immer Königin Catalina nach ihm schicken mochte – es konnte nichts Gutes bedeuten. Die Geschichte seines Vaters und anderer Waringham vor ihm lehrte, dass es ausgesprochen ungesund sein konnte, sich in die Intrigen bei Hofe und die Angelegenheiten der Krone verwickeln zu lassen, und das galt unter diesem König wohl in ganz besonderem Maße.

»Bridewell oder Hampton Court?«, fragte er, als sie in den Hof traten.

»Weder noch, Mylord«, gab Albert Devereux zurück. »Der Hof residiert in Whitehall.«

»Wo ist das?«, fragte Nick verwirrt. »Brauche ich ein Pferd, oder nehmen wir ein Boot?«

»Es ist der neue Name des Palastes, der bis vor Kurzem dem Erzbischof von York gehörte.«

»Der König hat Wolseys neuen Prachtbau beschlagnahmt?« Nick konnte die Schadenfreude nicht ganz aus seiner Stimme heraushalten. Der Kardinal fristete in Esher ein ärmliches Dasein unter Hausarrest, wurde immer einsamer und immer kränker, während der König sich schon wieder einen seiner liebevoll entworfenen Paläste unter den Nagel gerissen hatte. »Muss bitter für den Ärmsten sein.«

Der Ritter der Königin nickte unverbindlich. Im Gegensatz zu Nick beherrschte er die Kunst, zu verbergen, was er dachte. Er saß auf und wartete geduldig, während Nick sein Pferd sattelte und aus dem Stall führte.

Es dämmerte bereits, als sie die Wachen am Haupttor passierten und in den weitläufigen Park von Whitehall ritten, der einer Schlammwüste glich, weil hier noch überall gebaut wurde und auch die Gärten noch nicht fertig angelegt waren. Nick fragte sich, warum der König nicht in Hampton Court oder Greenwich oder einer seiner zahllosen anderen Residenzen blieb, bis die Arbeiten hier weiter gediehen waren, doch er bekam die Antwort, als sein Begleiter ihn ins Innere des Palastes führte. Hier sah es schon recht wohnlich aus. Falls das denn der geeignete Ausdruck war. Die hohen Decken, Marmorböden und halb fertigen Wand- und Deckengemälde gaben einem eher das Gefühl, in einer Kathedrale als einem für Menschen bestimmten Gebäude zu stehen. Staunend blickte Nick um sich und legte dann einen Schritt zu, um seinen Begleiter nicht zu verlieren.

»Steht Ihr schon lange im Dienst der Königin, Sir Albert?«, fragte er den jungen Mann, der ihn mit eiligen Schritten eine breite Treppe hinaufführte.

»Drei, vier Jahre.«

»Ich hätte angenommen, dass sie sich eher mit spanischen *Caballeros* umgibt als mit …« Er wusste nicht so recht weiter.

»Bettelrittern aus den Grenzmarken?«, schlug Devereux vor.

Nick blieb stehen und sah ihn kopfschüttelnd an. »Das war es nicht, was ich meinte.« Er streckte die Hand aus. »Wir sind Vettern, richtig?«

Der junge Ritter schlug ein und nickte. »Meine Großmutter war die Schwester Eures Großvaters.« Aber er gab seine distanzierte Höflichkeit nicht auf. »Ihre Majestät hat nur noch einige Damen aus der alten Heimat in ihrem Haushalt. Ich denke, Ihr unterschätzt vielleicht, wie verbunden die Königin sich England fühlt, Mylord. Sie lebt seit fast dreißig Jahren hier. Sie liebt England. Genau wie umgekehrt.«

»Ja, ich weiß. Und es war nicht meine Absicht, ihre Verbundenheit zu England in Frage zu stellen«, gab Nick ein wenig steif zurück und dachte: Hier muss man wahrhaftig jedes Wort auf die Goldwaage legen. Vermutlich ist eine lose Zunge nirgendwo ein gefährlicheres Laster als hier.

Doch Devereux schien seine Versicherung zufriedenzustellen. Er führte Nick einen von Fackeln erhellten Korridor entlang, der in einer kleinen Halle mündete. Dort wies er auf eine Tür zur Linken. »Da liegen die Gemächer der Königin.« Fast verstohlen ruckte er das Kinn zur gegenüberliegenden Tür. »Dort die Seiner Majestät, dahinter die seiner ... jungen Dame. Also merkt Euch: Ihr müsst Euch nach rechts halten, wenn Ihr zurück in diese Halle kommt. Die vielen Flure und Türen können einen leicht verwirren, und wenn man die falsche öffnet, kann man in heikle Situationen geraten.«

Nick sah ihn ungläubig an. »Verratet mir eins, Sir Albert. Wenn es stimmt, dass dieser Palast eintausendfünfhundert Gemächer hat, warum wohnen der König, seine ›junge Dame‹ und die Königin dann Tür an Tür? Macht das nicht alles nur noch vertrackter?« Er hatte die Stimme fast zu einem Flüstern gesenkt.

Devereux sah trotzdem über die Schulter, ehe er ebenso gedämpft erwiderte: »Erlaubt mir einen Rat, Mylord of Waringham. Wundert Euch *niemals* über die Dinge, die der König tut. Denn das hat er überhaupt nicht gern.«

Nick schnaubte – wenn auch leise. Da er beabsichtigte, auf sicherer Distanz zu König Henry zu bleiben, konnte er sich nach Herzenslust und gefahrlos wundern. Trotzdem versprach er: »Ich werd dran denken.«

Die Königin von England saß auf einem zu großen, unbequem wirkenden Stuhl ohne Armlehnen und hatte den Kopf über eine Näharbeit gebeugt.

»Lord Waringham, Majestät«, sagte die junge – ebenfalls englische – Hofdame, bei der Devereux Nick abgeliefert hatte, und beim Klang ihrer Stimme sah Catalina auf.

Nicks erster Eindruck war der von großen, dunklen Augen in einem rundlichen, bleichen Gesicht. Sein zweiter Gedanke war die Erkenntnis, dass nicht der Stuhl zu groß, sondern die Königin winzig klein war. Und fast so breit wie hoch. Dann endlich gab er sich einen Ruck, trat drei Schritte in den Raum hinein und sank auf ein Knie nieder. »Nicholas of Waringham, Majestät. Zu Euren Diensten.« Er konnte nur hoffen, dass es dieses Mal die richtige Anrede war, denn er hatte nach wie vor nicht die leiseste Ahnung von Hofetikette.

Catalina lächelte, und Nick war verblüfft, wie schön dieses Lächeln ihr feistes, nicht mehr junges Gesicht machte. »Mein lieber Waringham. Es ist mir eine solche Freude, Euch endlich kennenzulernen. Erhebt Euch.« Ihre Stimme war gleich die nächste Überraschung: erstaunlich volltönend und tief für eine so winzige Person, und ihr ausgeprägter spanischer Akzent verlieh ihrer Sprache einen exotischen Charme.

Nick kam auf die Füße und sah sich ebenso verstohlen wie unsicher um. Nervös rieb er die Hände an den Hosennähten. Als er es merkte, hörte er augenblicklich wieder damit auf.

Sicher entging Catalina sein Unbehagen nicht, aber sie tat wenigstens so, was es ein bisschen leichter für ihn machte.

»Nehmt Platz, Mylord.« Sie wies auf den Sessel ihr gegenüber.

Nick fand es irgendwie ungehörig, dass er bequemer sitzen sollte als sie, aber vermutlich hatte sie den Stuhl gewählt, damit ihr bei der Handarbeit keine Armlehnen in die Quere kamen. Und sicher wäre es noch ungehöriger gewesen, ihr zu widersprechen. Also hockte er sich auf die Kante des mit goldbesticktem Damast bezogenen Sessels.

Die Hofdame brachte Wein in einem vergoldeten Krug, dazu zwei herrliche Glaspokale. Sie schenkte ein, stellte die Gläser auf den dunklen Holztisch zwischen der Königin und ihrem Gast, knickste vor Catalina und zog sich diskret in einen dämmrigen Winkel des ohnehin schwach erhellten Raums zurück.

Catalina machte noch zwei oder drei winzige Stiche, dann hielt sie ihr Machwerk an den Schultern hoch und betrachtete es kritisch. »Ich nähe dem König immer noch seine Hemden, wisst Ihr«, erzählte sie Nick. »Er wünscht es so, und ich tue es gern. Aber *sie* ist fuchsteufelswild deswegen, berichtete man mir.«

Nick blieb fast das Herz stehen. Er hatte nicht die leiseste Ahnung, weswegen die Königin ihn zu sich bestellt hatte, aber dass sie ihm in scheinbar unbeschwertem Plauderton die Gemütslage ihrer Konkurrentin darlegte, machte ihn hoffnungslos verlegen. Was in aller Welt konnte er darauf erwidern? Nichts, aber auch gar nichts Brauchbares fiel ihm ein, und darum blieb er untypisch stumm.

Catalina faltete das halb fertige weiße Leinenhemd säuberlich zusammen und legte es wieder in ihren Schoß. Dann sah sie Nick unverwandt an. »Habt Ihr sie einmal gesehen? Lady Anne Boleyn?«

Er schluckte. »Flüchtig, Majestät. In Hampton Court letztes Jahr.«

Sie nickte. »Was ist Euch aufgefallen?« Sie zeigte wieder dieses schöne, stille Lächeln. »Sprecht nur ganz offen, mein junger Freund. Ich will Euch nicht – wie sagt man? – aufs Glatteis führen.«

»Sie trug zu viel Schmuck. Und irgendetwas stimmt nicht mit ihrer linken Hand.«

»Ihr seid ein scharfer Beobachter. Sie gibt sich solche Mühe, es zu verbergen, aber sie hat einen verkümmerten sechsten Finger an der Linken.«

Nick unterdrückte mit Mühe einen Laut des Schreckens. In Waringham sagten die Gevatterinnen, Hexen hätten überzählige Finger oder Zehen. »Und sie ist nicht so schön wie ich dachte«, gestand er unverblümt.

»Nein, ein eher durchschnittliches Gesicht, das ist wahr«, räumte die Königin ein. Nick hätte erwartet, dass sie es mit Häme sagen würde, aber es klang nüchtern. »Wenn man indessen mit ihr spricht, vergisst man es. Sie ist so lebhaft, gescheit und amüsant, dass man ihrem Charme im Handumdrehen erliegt. Jedenfalls erging es mir so, kaum dass sie als Hofdame zu mir gekommen war. Sie erinnerte mich an Eure Mutter.« Nick fuhr zusammen, aber falls sie es bemerkte, ging sie darüber hinweg. »Auch sie besaß viele Eigenschaften, die mir fehlen, Waringham. Vermutlich habt

Ihr kaum Erinnerungen an sie, aber Eure Mutter war eine selbstbewusste, lebenslustige Frau. Wohin sie auch ging, bildete sich bald eine Traube von Menschen um sie.« Ihre kleinen Hände beschrieben einen Kreis, als wolle sie ihm veranschaulichen, was sie meinte. »Und in Windeseile war es eine lachende Traube. Eure Mutter war ein sprudelnder Quell der Heiterkeit und des Esprit. Nicht so ernst wie ich. Trotzdem hatten wir viel gemeinsam. Sie liebte Euren Vater so abgöttisch wie ich den König, und wir haben viele vertrauliche Gespräche darüber geführt, was solch eine Liebe einer Frau abverlangt.« Ihr Blick kehrte zu seinem Gesicht zurück. »Ich vermisse sie.«

Ja, dachte Nick, ich auch.

»Mache ich Euch verlegen?«, fragte sie besorgt.

»Nein. Eifersüchtig«, hörte er sich sagen und schlug hastig die Hand vor den Mund.

Die Königin schüttelte den Kopf – es war eine beinah gebieterische Geste. »Warum eifersüchtig?«

»Vergebt mir, Majestät«, bat er zerknirscht. Und als er feststellte, dass sie auf eine Erklärung wartete, sagte er: »Weil Ihr sie so viel besser gekannt habt als ich. Mehr Zeit mit ihr hattet. Und folglich mehr Erinnerungen besitzt.«

»Es gibt nichts zu vergeben«, befand die Königin. »Einer der Gründe, warum ich nach Euch geschickt habe, war, weil mich mit einem Mal eine große Sehnsucht nach einem aufrichtigen Menschen überkam. An diesem Hof gibt es so gut wie niemanden mehr, der noch wagt, die Wahrheit auszusprechen. Aber Ihr seid unberührt von der Verkommenheit und Korruption dieses Hofes, und Ihr seid ein Waringham, die dafür bekannt sind, eine manchmal fatale Neigung zur Wahrheit zu haben. Und ich wollte Euch sehen, weil ich mich oft sehr einsam fühle und gerade dann Eure Mutter und Euren Vater vermisse. Das war, wie ich zugebe, selbstsüchtig von mir. Doch ich versichere Euch, es war nicht meine Absicht, Euren Kummer mit meinen Reminiszenzen zu verschlimmern.«

Er hatte den Blick zum Kamin gewandt, damit sie nicht sah, wie aufgewühlt er war, aber er hob abwehrend die Linke. »Das habt Ihr nicht. Ich war nur nicht darauf vorbereitet. Ich habe nie gewusst, dass Ihr meiner Mutter nahegestanden habt. Mein Vater ... hat nie über sie gesprochen, darum weiß ich so gut wie gar nichts. Und jedes Mal, wenn ich etwas Neues über sie erfahre, trifft es mich wie ein Schock, das ist alles.«

»Dann ... lasst uns auf ihr Andenken trinken«, schlug Catalina vor.

Er schaute sie wieder an. Sie hielt ihr Glas bereits in der Hand. Er hob ihr das seine entgegen und dachte fassungslos: *Süßer Jesus, ich trinke ein Glas mit der Königin von England.*

Catalina nahm nur ein Schlückchen und stellte ihren Pokal sogleich wieder ab. »Bevor ich in dieses Land gebracht wurde, um Prinz Arthur zu heiraten, kamen gelehrte Männer aus England an den Hof meiner Mutter und unterwiesen mich in englischen Sitten. Einer sagte, in England trinke man Wein statt Wasser. Ich habe es nicht geglaubt, und ich habe mich bis heute nicht so recht daran gewöhnt.«

»Der Hof Eurer Mutter?«, wiederholte er verständnislos. »War sie eine ... regierende Königin?« Er sagte es zögernd, weil er nicht sicher war, ob es nicht anstößig klang.

Catalina schlug die kleinen Hände zusammen, und für einen Moment sprühten ihre Augen vor Lebhaftigkeit. »Ach du meine Güte, wer hat Euch in Geschichte unterwiesen, Waringham? Meine Mutter war die Königin von Kastilien. Mein Vater der König von Aragon. In der ganzen Welt nennt man sie die ›katholischen Majestäten‹. Der Heilige Vater hat ihnen diesen Titel verliehen – und zwar meinem Vater *und* meiner Mutter –, denn sie haben die Mauren aus Spanien gejagt. Granada fiel, als ich sieben Jahre alt war. Meine frühe Kindheit habe ich in Heerlagern und Festungen verbracht.« Sie lächelte flüchtig bei der Erinnerung. »Ja, meine Mutter war eine Königin aus eigenem Recht. Natürlich bin ich mir darüber im Klaren, dass das niemals eine ideale Lösung sein kann, denn die Frau ist nun einmal schwächer als der Mann und leichter vom rechten Pfad abzubringen. Aber meine Mutter war der beste Beweis, dass eine weise Königin es versteht, diesen Mangel auszugleichen, indem sie die richtigen klugen Männer als ihre Berater auswählt. Meine Mutter war ein besserer Herrscher und Feldherr als mein Vater, wenn Ihr die Wahrheit wissen wollt. Und darum finde ich es ... wirklich sehr schwer zu begreifen, dass der König sein Seelenheil und den inneren Frieden seines Reiches aufs Spiel setzen will – von unserem persönlichen Glück ganz zu schweigen –, nur weil unser kleiner Henry damals starb und wir keinen Sohn haben.« Sie verstummte abrupt. Vermutlich konnte sie ihrer Stimme nicht trauen. Aber dann sammelte sie sich mit wahrhaft königlicher Selbstdisziplin und fuhr fort: »Es war Gottes Wille. Und mir scheint ganz klar und offensichtlich, dass unsere Mary einst Königin werden soll, so wie ihre Großmutter. Doch mein armer Henry kann nicht daran glauben und lehnt sich auf gegen Gott und seinen Ratschluss. Er behauptet, unsere Ehe sei Sünde und Gott strafe uns mit Kinderlosigkeit. Was für ein Unfug.« Ihre Stimme war voller Nachsicht. »Aber viele glauben diesen Unfug, weil es politisch ratsam erscheint.«

»Und vor allem gesünder«, stimmte Nick mit unterdrückter Heftigkeit zu. »Mein Vater ist das beste Beispiel.« Dann erinnerte er sich endlich, dass sie nicht allein waren, und warf einen Blick in die Schatten auf der Fensterseite des großen Gemachs.

»Oh, seid unbesorgt«, sagte Catalina. »Lady Jane ist loyal und verschwiegen. Wie alle Seymours.« Nick sah die Zähne der Hofdame aufleuchten, als sie sich vom Fenstersitz erhob und lächelnd vor der Königin knickste, um sich für dieses Lob zu bedanken. »Fahrt fort, Waringham«, forderte Catalina ihn auf. Es war ein seltsamer Tonfall, wohlwollend und befehlend zugleich. »Das war der zweite Grund, warum ich nach Euch geschickt habe. Was geschah mit Eurem Vater? Niemand hier sagt mir die Wahrheit.«

Dann werde ich es todsicher auch nicht tun, ganz gleich, was du über die angebliche Wahrheitsliebe der Waringham zu wissen glaubst, dachte Nick grimmig. Er hielt den Blick auf seine Knie gerichtet, während er antwortete: »Wolsey ließ ihn wegen des Verdachts verhaften, ketzerische Schriften verfasst und veröffentlicht zu haben. Sie sperrten ihn in den Tower und taten, was sie eben tun, wenn sie einen Widerruf wollen. Er bekam Fieber und starb.«

»Sie haben ihn gefoltert?«, fragte die Königin tonlos. »*Jasper of Waringham?*«

Er hob den Blick. Ihre Augen waren geschlossen, das Gesicht voller Schmerz. Er sah, wie durchschimmernd ihre Lider waren, fast weiß und von dichten Wimpern umkränzt. Sie hatten etwas Kindliches, diese Wimpern, und die Unschuld, die ihr das verlieh, machte Nick so wütend, dass er sich nicht beherrschen konnte. »Ja, Majestät. Weil niemand auch nur einen Finger gerührt hat, um es zu verhindern, weder Ihr noch der König. Wollt Ihr Einzelheiten hören? Von glühenden Schürhaken und ausgeschlagenen Zähnen? Wollt Ihr wissen, was die Streckbank ...«

»Seid still, Sir, um Himmels willen!«, fiel Lady Jane Seymour ihm ins Wort, und mit einem Mal lag ihre Hand auf seiner Schulter. »Ihre Majestät hat nichts von der Verhaftung Eures Vaters gewusst. Kennt Ihr denn keine Scham, so mit Eurer Königin zu reden und sie mit ungerechtfertigten Vorwürfen zu überhäufen? Wer seid Ihr? Lord Waringham oder ein selbstsüchtiger Bengel, der nicht begreift, dass andere Menschen unter den Ereignissen ebenso leiden müssen wie er? Vielleicht schlimmer?«

»Nein, Jane, bitte«, wehrte die Königin ab. »Lasst es gut sein. Er hat ja recht ...«

»Nein, *sie* hat recht«, fiel Nick ihr rüde ins Wort. Er stand abrupt auf, stützte die Hände aufs Kaminsims und starrte ins Feuer. Mit einem Mal drohten Zorn und Trauer ihn niederzuknüppeln. Er wusste kaum, wie er sich hindern sollte, sich heulend auf die edlen Marmorfliesen zu werfen und zu einem möglichst kleinen Ball zusammenzurollen. »Es tut mir leid.« Seine eigene Stimme klang ihm fremd in den Ohren, rau und tief.

Es war eine Weile still. Schließlich sagte Catalina: »Nehmt wieder Platz, Mylord. Und vergebt mir, dass ich so scheinbar gedankenlos an Euren Schmerz gerührt habe. Aber ich *muss* die Wahrheit wissen. Dreht Euch um und seht mich an.« Plötzlich konnte man hören, dass dies die Tochter der Frau war, die die Mauren aus Spanien gejagt hatte.

Nick gehorchte.

»Ihr habt Euren Vater im Tower gesehen?«

Er nickte.

»Dann bin ich überzeugt, Ihr wisst, worum es in Wirklichkeit ging. Dieser Ketzereivorwurf ist fadenscheinig, das weiß ich. Damit hätte Wolsey einen Mann wie Euren Vater niemals zu Fall bringen können. Also? Was wollte er?«

Nick schwieg. *Bitte, Gott, mach, dass sie mich nicht zwingt*, betete er. *Warum soll ich ihr das aufbürden? Was könnte es nützen, wenn sie es weiß?*

Aber Gott hörte nicht zu. »Hatte es womöglich irgendetwas mit der Freundschaft Eures Vater zu meinem ersten Gemahl zu tun?«, bohrte Catalina beharrlich weiter.

Nick schlug den Blick nieder und wusste im selben Moment, dass er sich damit verraten hatte.

»Sprecht, Waringham.«

»Ich kann nicht«, sagte Nick zu den schwarz-weißen Marmorfliesen.

»Warum nicht? Ist es ein Gelübde?«

Er schüttelte den Kopf und sah sie immer noch nicht an. »Es würde alles nur schlimmer machen, wenn Ihr es wüsstet.«

»Diese Entscheidung wollt Ihr gütigst mir überlassen.«

Er atmete tief durch. »Aber es betrifft Dinge, über die zu sprechen nicht schicklich ist.« Wie in aller Welt sollte er vor der Königin, vor dieser vollendeten Dame, die in ganz England für ihre Vornehmheit und Frömmigkeit verehrt wurde, die Frage ihrer Jungfräulichkeit bei ihrer zweiten Eheschließung ausbreiten? Schon allein bei der Vorstellung glaubte er, er müsse vor Scham eingehen.

»Lady Jane, seid so gut, holt Papier und Feder. Nehmt dort am Tisch unter dem Fenster Platz, Lord Waringham, und schreibt auf, was Ihr mir nicht sagen könnt.«

Er saß in der Falle. Also fügte er sich in das Unvermeidliche. »Aber Ihr müsst es ins Feuer werfen, sobald Ihr es gelesen habt«, forderte er.

»Einverstanden.«

Er nahm eine der Kerzen von dem niedrigen Tisch am Kamin mit zum Fenster, setzte sich und tauchte die Feder ins Tintenhorn.

Catalina hatte recht, erkannte er, als er mit raschen, geübten Strichen zu schreiben begann. So war es leichter, als es aussprechen zu müssen. In fünf Sätzen war alles gesagt. Er stand auf, brachte der Königin den Bogen und überreichte ihn ihr schweigend.

Er wandte sich ab, während sie las, aber er sah aus dem Augenwinkel, wie sie die freie Linke unbewusst an die Kehle legte. So verharrte sie länger, als es dauerte, die wenigen Zeilen zu lesen. Schließlich wandte sie sich langsam zum Kamin und riss das Blatt zweimal mitten durch. Das Geräusch erschien Nick sehr laut in der Stille. Dann warf die Königin die Fetzen ins Feuer, kehrte zu ihrem Stuhl zurück und legte sich die Näharbeit wieder auf den Schoß. Versonnen strich sie mit ihren kleinen Händen über das feine Leinen.

Als sie den Blick schließlich hob, war ihr Ausdruck immer noch gleichmütig, aber ein verräterisches Strahlen stand in den schönen dunklen Augen. »Es ist, wie ich befürchtet habe. In Wahrheit geht es dem König nicht um die Frage der Rechtmäßigkeit unserer Ehe. Ich kann aufhören, zu beteuern, dass ich die Wahrheit sage über … seinen Bruder und mich. Er will die Wahrheit nicht wissen. Er will nur Anne. Und den Sohn, den er sich von ihr erhofft. So groß ist seine Entschlossenheit, dass er dafür einen unschuldigen Mann sterben lässt, der einmal sein Freund war. Dabei hat der König durchaus ein Gewissen, das ihn jetzt gewiss quält wegen Eures Vaters.«

»Ich bin keineswegs sicher, ob der König von dieser Sache wusste«, sagte Nick. »Mein Vater glaubte, Wolsey habe eigenmächtig gehandelt, um seine Haut zu retten. Weil er fürchtete, dass er stürzen würde, wenn er die Scheidung nicht möglich machte, koste es, was es wolle.«

Catalina hatte ihm aufmerksam gelauscht und nickte bedächtig. »Nun, mir scheint, das läuft auf das Gleiche hinaus, nicht wahr? In beiden Fällen zeigt es uns, wie es um die Gemütslage des Königs und seine Kompromissbereitschaft mit seinem Gewissen bestellt ist.«

Nick begriff, dass erst die Umstände, die zum Tod seines Vaters geführt hatten, ihr die Aussichtslosigkeit ihres Kampfes um den

König wirklich vor Augen geführt hatten. Erst jetzt war sie endgültig gezwungen, sich den Tatsachen zu stellen und aufzuhören, sich etwas vorzumachen. Und obwohl diese Erkenntnis vollkommen niederschmetternd für sie sein musste, blieb sie ruhig und gefasst und besonnen. *Wie macht man das?*, fuhr es ihm durch den Kopf.

Nach einer Weile erhob Catalina sich von ihrem ganz und gar unköniglichen Holzstuhl, trat zu ihm und legte ihm die Hand auf den Arm. Die Geste kam ihm unpassend vertraulich vor, waren sie sich doch heute zum ersten Mal begegnet. Aber vielleicht empfand sie ihm gegenüber weniger Fremdheit als umgekehrt, weil sie seinen Eltern nahegestanden hatte. »Es muss sehr schwer für Euch gewesen sein, mir diese Dinge zu offenbaren«, sagte sie ernst. »Gott segne Euch dafür.«

Nick verneigte sich. »Ich wünschte, ich hätte Euch Hoffnungsvolleres offenbaren können«, antwortete er hilflos.

Die Königin nickte. »Ich weiß. Doch kann ich die Dinge, die um mich herum geschehen, jetzt wenigstens besser verstehen und einschätzen. Und meine Entscheidungen in Kenntnis der Fakten treffen. Das ist das Wichtigste in der Politik, hat meine Mutter immer gesagt.«

Nick hätte sie gerne gefragt, ob sie nun dem Drängen des Königs nachgeben und sich freiwillig in ein Kloster zurückziehen würde, um den Weg für eine Annullierung der Ehe freizumachen, aber er wagte es nicht. Es ging ihn ja letztlich auch gar nichts an, gestand er sich ein. Streng genommen konnte es ihm sogar gleich sein. Er wünschte, sie würde ihn entlassen. Er hatte getan, was sie wollte, und ihr die Wahrheit gesagt. Die Folgen wollte er alles in allem lieber dem Londoner Klatsch entnehmen, als sie mit eigenen Augen und Ohren zu erleben. Diese Dame war seine Königin, und sie hatte ihn tief beeindruckt. Aber es war mehr Ehrfurcht als Zuneigung, die er empfand, und es drängte ihn, sie, ihren Kummer, den Palast und den Hof möglichst bald möglichst weit hinter sich zu lassen. Er wollte nichts mit alldem zu schaffen haben.

Ehe er noch entschieden hatte, ob es unverzeihlich wäre, sie zu fragen, ob er gehen dürfe, wurde ohne Vorwarnung die Tür aufgerissen.

»Jetzt ist meine Geduld am Ende, Catalina!«, polterte eine tiefe Männerstimme. Dann trat der König über die Schwelle, und er hielt ein zierliches, junges Mädchen am Arm gepackt. »Ich verlange, dass du deine Tochter endlich zur Räson bringst!«

Oh nein, dachte Nick mit sinkendem Herzen, verneigte sich tief und fragte sich, ob dies hier die Strafe für all die Ketzerschriften war, die er über den Winter gelesen hatte.

»Was immer sie getan hat, seid so gut und lasst das Kind los, mein Gemahl«, bat die Königin ruhig, mit kühler Höflichkeit. »Ihr brecht ihr den Arm.«

König Henry schien sie gar nicht gehört zu haben. Er rüttelte am Arm seiner bedauernswerten Gefangenen, sodass sie hin und her geschleudert wurde und um ein Haar das Gleichgewicht verloren hätte. »Sie hat an der Tür gelauscht wie eine neugierige Dienstmagd!«, ereiferte er sich.

Die Prinzessin war ein halbes Jahr jünger als er selbst, wusste Nick – ein zartes Persönchen wie ihre Mutter, aber anders als diese so dünn wie ein Grashalm. Ihre Miene war voller Trotz, aber in den Augen stand Furcht. Als ihre Blicke sich für einen Herzschlag trafen, zwinkerte Nick ihr verstohlen zu und lächelte, um ihr Mut zu machen.

»Ich habe Mühe, das zu glauben, Majestät«, entgegnete die Königin. »Denn dergleichen wäre unter ihrer Würde. Mary?«

Ein wenig ungelenk, weil ihr Vater sie nach wie vor gepackt hielt, knickste sie vor ihrer Mutter. »Das würde ich nie tun, Mutter«, antwortete sie voller Entrüstung, und Nick war geneigt, ihr zu glauben.

Der König ließ sie plötzlich los, stemmte die Hände in die gut gepolsterten Hüften und sah seine Tochter an. »Nennst du mich einen Lügner?«

»Nein, Majestät«, gab sie zurück und knickste auch vor ihm. »Nicht Ihr seid indes derjenige, der behauptet, er habe mich beim Lauschen an der Tür ertappt, sondern Lady Anne Boleyn. Ob Ihr ihr glauben wollt oder mir, könnt nur Ihr selbst wissen.« Es klang ziemlich schnippisch.

»Und warum sollte ich dir glauben?«, konterte ihr Vater.

»Weil ich Eure Tochter bin, vielleicht? Und die Princess of Wales?«

»Ich kann mich nicht entsinnen, dir diesen Titel je verliehen zu haben«, gab er zurück. Sein abweisender Tonfall verlieh den Worten etwas wirklich Grausames. Und Henry fügte hinzu: »Im Übrigen mag sich herausstellen, dass du keine Prinzessin, sondern ein Bastard bist.«

Aber Mary konnte ebenso gut austeilen wie ihr Vater: »Nun, das muss meine Aussichten auf den Thron nicht unbedingt schmälern, nicht wahr, habt Ihr doch lange genug damit geliebäugelt, den Bastard zu Eurem Erben zu erklären, den dieses Luder Bessy Blount Euch geboren hat!«

Die Königin zog erschrocken die Luft ein.

Henry hob die Rechte. *Groß wie ein Tennischläger,* fuhr es Nick durch den Kopf, und ohne jeden bewussten Entschluss warf er sich zwischen die Prinzessin und die niederfahrende Hand. Er verstand überhaupt nicht, warum er das tat, und er wusste, dass es vermutlich von all den vielen Dummheiten seines Lebens die schlimmste war, aber als er zu Boden ging, war er froh, dass er sich keine Zeit zum Nachdenken gelassen hatte. Denn die Ohrfeige fühlte sich tatsächlich so an wie eine schwungvolle Vorhand. *Viel zu hart für ein Mädchen,* dachte er. Der König mochte allmählich ein wenig aus dem Leim gehen, aber er verfügte immer noch über die Kräfte eines lebenslangen Turnierkämpfers, Ringers und Jägers.

Henry schien den Besucher seiner Gemahlin jetzt zum ersten Mal wirklich zur Kenntnis zu nehmen. Mit einem beinah komischen Ausdruck der Verwirrung sah er auf ihn hinab, als frage er sich, woher der junge Mann so plötzlich gekommen war. »Wer seid Ihr?«, knurrte er.

Nick stützte sich auf einen Ellbogen und sah zu ihm hoch. »Nicholas of Waringham, Majestät.« Er wusste nicht, ob er aufstehen durfte oder nicht, also blieb er, wo er war. Vermutlich gefiel es Henry insgeheim, seine Lords vor sich am Boden kriechen zu sehen …

Die ohnehin schon kleinen Augen des Königs verengten sich noch weiter, doch gelang es ihm nicht, zu verbergen, was ihm durch den Kopf ging. Nick sah, dass sein Name dem König einen gehörigen Schreck eingejagt hatte. Der Schrecken verwandelte sich in Scham, Scham in Wut. »Und wie alle Waringham liebt Ihr nichts mehr, als Euch in Dinge einzumischen, die Euch nichts angehen, nicht wahr?«, versetzte er.

»Ich bitte um Vergebung«, erwiderte Nick, aber jeder konnte hören, dass seine Zerknirschung sich in Grenzen hielt.

»Lords, die sich gegen den Willen ihres Königs auflehnen, gehören in den Tower«, stellte Henry fest und ließ ihn nicht aus den Augen.

So wie mein Vater?, lag Nick auf der Zunge, aber nicht einmal er war verrückt genug, um das auszusprechen. Ehe ihm eine unverfänglichere Antwort eingefallen war, erlöste Prinzessin Mary ihn aus seiner misslichen Lage: »Ich bitte Euch, nicht zu vergessen, dass ich diejenige war, die Euren Zorn erregt hat, Majestät.« Sie hatte die Hände vor dem Rock verschränkt und demütig den Kopf gesenkt. »Und das bedaure ich von Herzen. Wenn Ihr …«

»Du brauchst gar nicht schönzutun«, unterbrach ihr Vater sie barsch. »Ich kann dir nur raten, deine Kampagne gegen Lady Anne einzustellen und endlich Freundschaft mit ihr zu schließen, wie sie es dir seit Monaten mit mütterlicher Geduld anbietet. Das liegt in deinem eigenen Interesse, glaub mir.«

Damit wandte er sich ab, ging hinaus und warf krachend die Tür zu. Nick atmete verstohlen auf und kam auf die Füße.

Prinzessin Mary lächelte ihm scheu zu. »Habt Dank, Mylord.«

Nick verneigte sich schon wieder. »Keine Ursache … Mylady? Hoheit? Madam?«

Sie legte eine schmale, blasse Hand vor den Mund und kicherte – ein eigentümlich unbeschwerter Laut in der bleiernen Atmosphäre, die der König zurückgelassen hatte. »Sucht Euch eines aus, alle drei sind zulässig«, erklärte sie. Dann wurde sie wieder ernst. »Ich bin allerdings nicht sicher, ob Eure große Ritterlichkeit nicht auch eine große Torheit war.«

Nick war geneigt, sich dieser Meinung anzuschließen, denn

seine linke Gesichthälfte fühlte sich an, als wolle sie jeden Moment in winzigen Scherben zu Boden bröckeln. »Sagen wir, eine kleine Ritterlichkeit und eine kleine Torheit«, schränkte er lächelnd ein und wandte sich an die Königin in der Hoffnung, dass er nun endlich verschwinden durfte.

Catalina, stellte er erschrocken fest, war kreidebleich auf ihren Stuhl gesunken und sah unverwandt zu ihrer Tochter. Auch die Hofdame, die im Gegensatz zu Nick klug genug gewesen war, sich aus dieser stürmischen Familienzusammenkunft herauszuhalten und im Schatten zu warten, hatte offenbar gemerkt, dass der Königin nicht wohl war, eilte herbei und beugte sich über sie. »Majestät? Wollt Ihr nicht vielleicht noch einen kleinen Schluck Wein trinken?« Sie hob den Glaspokal an und hielt ihn ihr hin.

Catalina nickte, nahm das Glas und trank, und dann rutschte ihr der schwere Pokal aus den Fingern und zerschellte auf den Bodenfliesen.

Prinzessin Mary fuhr zusammen. »Ach herrje, das schöne venezianische Glas.« Sie trat zu ihrer Mutter und ergriff ihre Hand. »Alles in Ordnung, *Mamita*?« Nicht nur die Anrede, auch der Tonfall war weit weniger förmlich als in Gegenwart des Königs.

Catalina rang sich ein Lächeln ab. »Natürlich, mein Kind. Du und dein Vater habt mir einen Schreck eingejagt, das war alles.«

Mary hob trotzig das Kinn. Es war das Kinn ihrer Mutter, fiel Nick auf. Auch die großen, braunen Augen glichen Catalina, selbst wenn die Prinzessin insgesamt viel weniger südländisch aussah mit ihrem dunkelblonden Haar und der hellen Haut. »Ich habe nicht an seiner Tür gehorcht. Mich interessiert nicht, was sie einander zuflüstern.«

»Ich weiß«, antwortete ihre Mutter nachsichtig. »Aber du musst versuchen, Haltung zu bewahren, Mary. Bring ihn nicht gegen dich auf. Und sie auch nicht. Du spielst ihr nur in die Hände, wenn du dich gehen lässt und den König verärgerst. Versprich mir, dass du dich in Zukunft besser beherrschst. Widersprich ihm nicht und sei duldsam und gehorsam, wie eine Tochter es sein sollte. Und wenn er dich zu Unrecht tadelt, denke daran, dass Gott die Wahrheit kennt. Und allein darauf kommt es an.«

Mary hatte ihr mit unwillig gerunzelter Stirn gelauscht. Jetzt führte sie die Hand ihrer Mutter kurz an die Lippen, ließ sie dann los und versprach seufzend: »Ich werde mich bemühen, ich verspreche es. Ach, warum kann ich nicht so langmütig und nachsichtig sein wie du?«

»Du könntest es lernen«, schlug ihre Mutter vor. »Geh zur Beichte. Das ist immer ein guter Anfang. Und jetzt sei so gut und lass mich noch einen Moment allein mit meinem Gast.«

Mary nickte bereitwillig und lächelte Nick zu. »Lebt wohl, mein furchtloser Ritter. Ich hoffe, ich sehe Euch bald wieder.«

Nick fühlte seine Wangen heiß werden und verneigte sich tiefer, als nötig war, damit sie es nicht sah. »Lebt wohl, Hoheit.«

Mary schloss die Tür mit deutlich weniger Schwung als ihr Vater, und sie ließ eine lange Stille zurück, in der nichts zu hören war als das leise Klirren der Glasscherben, die Lady Jane mit dem Kaminbesen zusammenfegte.

»*Sie* war der dritte Grund, warum ich Euch hergebeten habe«, eröffnete die Königin Nick schließlich.

»Prinzessin Mary?«, fragte er erstaunt. »Warum?«

»Habt Ihr nicht gehört, was der König gesagt hat?«

Doch, Nick hatte es gehört. Und es war keine Überraschung gewesen: Wenn Henry seine Gemahlin wirklich verstieß und Anne Boleyn heiratete, musste er Mary zum Bastard erklären lassen, damit die Söhne, die Anne ihm schenkte, ihm auf den Thron folgen konnten. Das wusste jeder in England, und ganz gewiss wusste Mary es selbst. Aber was in aller Welt hatte er damit zu tun?

»Ganz gleich, was geschieht, Majestät, der König wird doch gewiss dafür Sorge tragen, dass es Eurer Tochter nie an irgendetwas mangelt«, sagte er zaghaft.

»Ihr könnt Euch nicht vorstellen, wie er sie vergöttert hat, als sie klein war«, antwortete sie kopfschüttelnd. »Sie war so ein sonniges kleines Mädchen. Seine ›Perle‹ nannte er sie. Und eine Weile sah es so aus, als solle sie meinen Neffen, den Kaiser, heiraten. Mir war der Gedanke nicht lieb, denn er ist ihr Cousin ersten Grades, aber der König war ganz vernarrt in die Vorstellung. Und ich weiß, der Gedanke, dass sein Enkel eines Tages das größte Reich beherrschen würde, das es je gegeben hat – in der Alten *und* der Neuen Welt –, hat ihm so gut gefallen, dass es ihn darüber hinweggetröstet hat, keinen Sohn zu haben.« Sie hob seufzend die schmalen Schultern. »Aber mein kaiserlicher Neffe brach den Vertrag und heiratete meine Nichte Isabella von Portugal. Es war nicht Marys Schuld. Sie war ja noch ein Kind. Genau das war das Problem: Der Kaiser brauchte ebenfalls einen Erben und konnte nicht darauf warten, dass seine kleine englische Braut heiratsfähig wurde. Also nahm er Isabella. Und von der Stunde an, da die Nachricht uns erreichte, grollte Henry unserer Tochter. Als hätte sie seinen Traum von der Weltherrschaft seines Enkels zerstört.«

Wie typisch für ihn, dachte Nick verächtlich.

»Ich danke Gott dafür, dass mein Kind so stark ist«, fuhr Catalina fort. »Sie zerbricht nicht daran, dass ihr Vater sich von ihr abgewandt hat. Aber als er eben gesagt hat, dass sie sich Lady Anne zur Freundin machen müsse – in ihrem eigenen Interesse –, da wusste ich, dass meine schlimmste Befürchtung sich erfüllen wird.« Sie sah Nick in die Augen. »Er wird sie mir wegnehmen. Er wird mich irgendwo in die Provinz verbannen und meine Tochter den Boleyns ausliefern.«

»Aber ... warum?«, fragte Nick verständnislos.

Sie schüttelte wortlos den Kopf, und es war beklemmend mitanzusehen, wie sie die Tränen zurückdrängte, damit er sie nur ja nicht sah.

Aber sie musste gar nichts erklären. Nick fand die Antwort selbst: Henry wollte die Königin und die Prinzessin dafür büßen lassen, dass sie seine Erwartungen nicht erfüllt hatten. Jede hatte ihn auf ihre Art enttäuscht. *Genau wie Vater*, ging Nick auf. Und König Henry zu enttäuschen konnte unabsehbare Folgen haben ...

»Wenn es dazu kommt, Lord Waringham, dann wird die Prinzessin einen Freund brauchen«, sagte die Königin. »Wollt Ihr dieser Freund sein?«

Nick wollte nichts auf der Welt weniger. Sie hatte ihm gefallen, diese verwegene Prinzessin mit dem spanischen Temperament, aber er hatte wirklich genug eigene Probleme, vielen Dank. Und als Marys Freund würde er genau da landen, wo er nie hatte sein wollen, in der Welt des Hofes und der Politik. In der Welt, die zuerst seine Mutter und dann seinen Vater umgebracht hatte. Aber wie sagte man »Nein« zu einer verzweifelten, einsamen Königin?

»Ja, Majestät. Natürlich werde ich ihr Freund sein.«

»Ihr müsst es mir schwören«, bat sie ihn, und ihr Blick hatte etwas Flehendes.

Also schwor er.

Waringham, April 1530

Den Kopf voller Eindrücke und Neuigkeiten aus der großen Stadt und die Taschen voller Geld, kam Nick am Sonnabend nach Ostern heim. Früher war dies der aufregendste Tag des Jahres in Waringham gewesen, dem alle Bewohner entgegenfieberten: der Tag des Jahrmarkts und der Pferdeauktion, da die große, weite Welt in dieses verschlafene Nest im Herzen von Kent gekommen war – Ritter und Edelleute, um die kostbaren Waringham-Rösser zu bestaunen und zu kaufen, Händler, Gaukler, Huren und Scharlatane aus dem ganzen Land, um den Markt mit Leben zu füllen. Doch jetzt war es ein Sonnabend wie jeder andere.

Vor dem Stallgebäude im Innern der Burgmauer glitt Nick aus dem Sattel. Der alte Stallknecht, der die wenigen Pferde hier oben auf der Burg versorgte, kam aus dem Tor geschlurft. »Mylord.«

»Paul«, grüßte Nick und schnallte die Satteltasche los. »Was machst du für ein griesgrämiges Gesicht? Plagt dich das Kreuz wieder?« Und er dachte: Es wird Zeit, dass wir einen Nachfolger für dich finden.

Doch der Alte schüttelte den Kopf. »Viel zu still heute hier«, erklärte er finster. Die älteren Einwohner von Waringham verfielen am Wochenende nach Ostern regelmäßig in Schwermut.

Nick hingegen vermisste nichts, weil er keine Erinnerungen an das bunte Spektakel hatte. Und wie allen jungen Menschen ging ihm die Nostalgie der Älteren, die ewig nur »die guten alten Zeiten« priesen, auf die Nerven. Um das Thema zu wechseln, klopfte er der jungen Fuchsstute den Hals. »Was sagst du zu ihr?«, fragte er mit unverhohlenem Stolz.

Paul streifte sie mit einem Blick und brummte abschätzig. »*Rouncey*.« Es war ein Begriff, der allmählich aus der Mode kam. Er bezeichnete keine bestimmte Rasse, sondern ein Pferd von mittlerer Größe und gehobener Qualität, das als Reittier ebenso wie als Kriegspferd Verwendung fand. Doch in Waringham war es ein Schimpfwort. »Nichts im Vergleich zu den *Destrier* und *Courser*, die Euer Großvater noch gezüchtet hat, Mylord.«

»Nun, ich werde sie trotzdem in die Zucht nehmen. Sie ist ausdauernd und schnell und hat Temperament. Beste Anlagen für das, was ich hier vorhabe.«

Paul verdrehte die Augen.

Nick gab vor, es nicht zu bemerken. »Ihr Name ist Clarissa.« Das sei italienisch, hatte der Flame in Smithfield ihm erzählt, bei dem Nick die Stute erstanden hatte. Nick nahm an, es stimmte, denn es klang wunderbar exotisch, und er hatte beschlossen, eine neue Tradition zu beginnen und den Pferden seiner Zucht in Zukunft italienische Namen zu geben. Alles, was aus Italien kam, galt als modern und erstrebenswert. Es würde seine Geschäfte beflügeln, hoffte er. Aber er wollte lieber nicht hören, was der alte Paul zu solch einer Idee zu sagen hatte. »Reib sie ordentlich ab und gib ihr reichlich Hafer, hörst du.«

Der Stallknecht nickte. »Bisschen mager, he?«

»Allerdings. Wir müssen sie schnell aufpäppeln. Morgen lass ich sie decken.«

Paul blickte unwillkürlich zum Schweif des Tieres, wo man meist ablesen konnte, ob eine Stute »rossig« war oder nicht. Clarissa zeigte keins der typischen Anzeichen. Aber Paul gab keinen Kommentar ab. Er wusste, wenn ein Waringham sagte, der Zeitpunkt sei richtig, dann war das meistens auch der Fall. »Soll ich sie morgen früh ins Gestüt runterbringen?«, erbot er sich.

Aber Nick schüttelte den Kopf. »Das mache ich selbst.«

Er schlang sich die Satteltasche über die Schulter und ging zum Bergfried hinüber. Das teilweise verkleidete Holzgerüst, mit dem Bill Carpenter die eingestürzte Ecke gestützt und den Bergfried über den Winter gerettet hatte, machte den alten Kasten nicht gerade hübscher, musste Nick einräumen. Es war ein grob gezimmertes Konstrukt aus rohen Stämmen, die allmählich eine gräuliche Farbe annahmen. Aber es hatte seinen Zweck erfüllt.

Oben im Gemach über dem Rosengarten fand er Jerome Dudley bei einem späten Mittagessen.

»Waringham!«, rief der junge Mann erfreut aus. »Ich war im Begriff, eine Suchmannschaft nach dir auszuschicken. Deine Stiefmutter fing schon an zu hoffen, du seiest in London unter die Räder gekommen und auf Nimmerwiedersehen verschollen.«

Nick erwiderte das Grinsen, ließ sich in einen Sessel Jerome gegenüber fallen und nahm sich ein Stück Brot. »Im Gegenteil. Ich habe richtig gute Geschäfte gemacht: Ulysses verkauft – an »Bruder Norfolks« Stallmeister, übrigens –, eine neue Zuchtstute erstanden, auf die ich große Hoffnungen setze, und drei Londoner Gentlemen gegen Bezahlung beim Kauf ihrer Gäule beraten.« Er holte den prallen Geldbeutel aus der Satteltasche und schob ihn über den Tisch.

Jerome kippte ihn aus, sortierte und stapelte die Münzen mit der Linken, während er mit der Rechten weiter kaltes Huhn und Brot verspeiste. »Du meine Güte, Nick. Das sind fast dreißig Pfund.«

Nick lächelte stolz. »Norfolks Stallmeister hatte sich so in Ulysses verliebt, dass er ein bisschen mehr ausgelegt hat, als strikt nötig gewesen wäre. Und du glaubst einfach nicht, wie bereitwillig die Londoner Pfeffersäcke Geld für einen uneigennützigen Rat beim Pferdekauf bezahlen. Das ist die reinste Goldgrube.«

»Und nächste Woche ist Hock-Day«, erinnerte Jerome ihn. Es war neben dem Michaelis-Tag nach der Ernte der zweite Termin im Jahr, da die Bauern ihre Pacht und andere Abgaben an den Grundherrn entrichten mussten. »Ich habe mit Lady Yolanda gesprochen und ihr klargemacht, dass sie dir deine zwei Drittel nicht wieder stehlen kann.«

»Und?«, fragte Nick spöttisch. »Ich bin sicher, sie war voller Einsicht.«

»Nein. Aber sie weiß, dass der Wind sich gedreht hat. Luke Reeve hat den Bauern gesagt, sie dürfen ihre Pacht nur an dich oder mich zahlen, nicht an sie. Ich schätze, sie werden sich daran halten.«

»Gott sei Dank dafür, dass er dich hergeführt hat«, gab Nick zurück. »Du bist derjenige, der Autorität beim Reeve und bei den Bauern hat.«

Jerome trank einen Schluck aus seinem Becher und winkte mit der anderen Hand ab. »*Du* bist Lord Waringham, Nick. Das ist es, was für sie zählt.«

»Kann sein. Ich bin mir nicht sicher.«

»Und was sonst hast du in der großen Stadt erlebt?«, wollte Jerome wissen, und es klang halb spöttisch, halb neidisch. Jerome Dudley hatte die letzten fünf Jahre an der Seite des Duke of Suffolk verbracht – also meistens bei Hofe. Nick wusste, dass die beschauliche Ruhe in Waringham seinem Freund manchmal zur Prüfung wurde, und er fürchtete sich vor dem Tag, da Jerome sein Pferd satteln und wieder verschwinden würde.

»Die Königin hat nach mir geschickt, ob du's glaubst oder nicht«, berichtete er ein wenig unbehaglich.

Jerome machte große Augen. »Im Ernst? Was wollte sie?«

Nick erzählte.

Der junge Dudley lauschte, und seine Miene wurde besorgt. »Junge, Junge. Da hast du dir ganz schön was eingebrockt.«

»Aber was blieb mir denn übrig?«, verteidigte Nick sich. »Ich hätte dich sehen wollen …«

Jerome schnaubte belustigt. »Ich muss nicht befürchten, dass mir so was je passieren könnte, selbst wenn Gott sich den Scherz erlauben würde, mich nächste Woche zum Kardinal oder Herzog zu machen.«

»Und warum nicht?«, fragte Nick.

»Weil wir Dudleys das sind, was man ›Neue Männer‹ nennt. Böse Zungen sagen auch gern ›Emporkömmlinge‹ …«

»Ach, hör doch auf«, fiel Nick ihm unwillig ins Wort.

»Ich sage nur, wie's ist, Waringham«, entgegnete Jerome. »Hätten die verdammten Rosenkriege nicht die meisten der alten Adelsgeschlechter ausgelöscht, gäbe es bei Hofe heute keine Dudleys. Keine Brandons, keine Boleyns und – so peinlich es auch sein mag – keine Tudors. Aber du bist aus ganz altem Holz geschnitzt. Genau wie die Königin. Ich wette, wenn du weit genug zurückgingest, würdest du sogar feststellen, dass ihr irgendwie verwandt seid.«

Nick brauchte seine Ahnentafeln nicht zu konsultieren, um zu wissen, dass Jerome recht hatte: Die Großmutter der Mutter der Königin war Catalina of Lancaster gewesen, eine Halbschwester des Kardinals, dessen Bastardtochter die Großmutter von Nicks Großvater gewesen war. Eine *sehr* weitläufige Verwandtschaft, aber Nick war sich ihrer dennoch bewusst gewesen, als er vor der Königin gestanden hatte.

»Ich finde es jedenfalls nicht eigenartig, dass Catalina ausgerechnet nach dir geschickt hat«, fügte Jerome hinzu. »Eigenartig war höchstens der Zeitpunkt. Wieso hat sie dich rufen lassen, als du zufällig in London warst? Warum hat sie keinen Boten nach Waringham gesandt, wenn sie dich zu sprechen wünschte?«

Nick sah ihm in die Augen und nickte langsam. »Doch, Jerome. Das hat sie.«

»Was soll das heißen?«, fragte Lady Yolanda entrüstet. »Willst du mir unterstellen, ich hätte einen Boten der Königin weggeschickt, um zu verhindern, dass er dich antrifft?«

Nick schüttelte den Kopf. »Nicht einen, Madam, sondern zwei. Der erste kam im Oktober, der zweite im Advent. Und beiden habt Ihr gesagt, ich sei mit unbekanntem Ziel aus Waringham verschwunden. Was hättet Ihr getan, wenn sie sich beim Gesinde erkundigt hätten?«

Yolanda hatte sich aus ihrem Sessel erhoben und stand nur einen Schritt von ihm entfernt. »Du nennst mich eine Lügnerin?«

»Entweder Ihr lügt oder die Königin. Sie hat kein Motiv. Ihr schon.«

Die Zornesröte stieg ihr ins Gesicht – erreichte die Nase wie üblich ein, zwei Herzschläge später als Wangen und Stirn –, und die Augen schienen hervorzuquellen. Nick hatte diese Fratze der unkontrollierten Wut schon oft gesehen, aber sie hatte nie aufgehört, ihn zu erschrecken. Als Lady Yolanda zuschlug, bog er den

Kopf einfach weg. Er war über die letzten Monate ziemlich schnell geworden.

»War das die Antwort, mit der Ihr mich abspeisen wollt?«, erkundigte er sich.

»Geh mir aus den Augen!«

Er fand sie so widerwärtig, wenn sie keifte, dass ihm fast körperlich übel davon wurde. »Sobald ich eine Erklärung bekommen habe«, stellte er in Aussicht. »Aber nicht eher.«

Seine Stiefmutter fasste sich wieder. Von einem Herzschlag zum nächsten, so wie immer. Sie trug unverändert Schwarz. Hektische rote Flecken brannten jetzt auf ihren Wangen, ansonsten hatte ihr Gesicht eine ungesunde gelbliche Blässe, und die Furchen an den permanent herabgezogenen Mundwinkeln hatten sich seit dem Tod seines Vaters vertieft. Nick wusste, dass sie litt. Sie trauerte, und vermutlich war sie einsam, vor allem jetzt, da »Bruder Norfolk« ihre Tochter bei Hofe untergebracht hatte. Aber auf sein Mitgefühl musste sie verzichten, zumal sie bei jeder ihrer Begegnungen irgendetwas sagte oder tat, um es im Keim zu ersticken.

Heute war keine Ausnahme. »Ich habe es nur zu deinem Besten getan, Nicholas. Eitel und ahnungslos, wie du bist, musste ich befürchten, dass sie dir mit ihrer Aufmerksamkeit schmeichelt und dich im Handumdrehen dazu bringt, zu tun, was immer sie von dir wollte. Und genau das ist jetzt passiert, nehme ich an. Aber ihre Tage sind gezählt, glaub mir. Und wenn du dich nicht vorsiehst, wirst du mit ihr untergehen.«

»Ich weiß es wirklich zu schätzen, dass Ihr mich vor meiner Eitelkeit und Ahnungslosigkeit beschützen wollt, aber ich wäre Euch ausgesprochen dankbar, wenn Ihr mich meine Boten in Zukunft selbst empfangen ließet.«

Damit machte er auf dem Absatz kehrt, und als er den untersetzten kleinen Mann mit der drolligen Knollennase an der Tür zur Halle entdeckte, war es Nick, als habe er einen Schlag mit einer Eisenstange vor die Stirn bekommen. Es war kein Schreck, der seine Glieder bis in die Fingerspitzen durchzuckte, sondern es war eher so etwas wie das blanke Entsetzen. Im letzten Moment hinderte er sich daran, einen Schritt zurückzutaumeln. »Master Cromwell. Sieh an.«

Der unwillkommene Gast zeigte sein verschmitztes Lächeln. »Ihr erinnert Euch? Wie schmeichelhaft.«

Nick dachte flüchtig, selbst wenn er hundert Jahre alt würde, könnte er doch niemals das Gesicht des Mannes vergessen, der seinen Vater verhaftet hatte. Aber das sagte er nicht. »Unangemeldet und ungebeten in eine Halle zu platzen ist Eure bevorzugte Art, Eure Aufwartung zu machen, Sir?«, fragte er stattdessen.

»Ich bitte um Vergebung.« Cromwell verneigte sich knapp vor Lady Yolanda. »Madam.«

Sie nickte, ihre Miene wie versteinert.

Cromwell wandte sich wieder an Nick. »Wenn es nicht zuviel verlangt ist, hätte ich Euch gern einen Moment gesprochen, Mylord.«

Nick fiel auf Anhieb niemand ein, mit dem zu sprechen er weniger Neigung verspürt hätte. Aber wenn er sich verweigerte, würde Sumpfhexe irgendwie Kapital daraus schlagen, das wusste er genau. Außerdem war Thomas Cromwell kein Mann, den man gefahrlos brüskieren konnte. Nick hatte inzwischen allerhand Erstaunliches über ihn gehört: Genau wie Sir Thomas More galt Cromwell als einer der besten Juristen Englands. Ganz im Gegensatz zu Sir Thomas More ließ Cromwell sich aber von jedem schmieren, der ein Anliegen an ihn hatte. Dennoch hatte es den Anschein, als sei er nicht vollkommen ohne Ehre, denn er hatte dem gestürzten Kardinal Wolsey die Treue gehalten, war einer der wenigen, die den einstigen Lord Chancellor in seinem Hausarrest besuchten, und angeblich bemühte er sich sogar, zwischen dem Kardinal und dem König zu vermitteln. Diese offene Loyalität war ausgesprochen gefährlich. Doch hatte seine Treue seinem einstigen Förderer gegenüber den König offenbar gerührt, der Cromwell zu einem Sitz im Parlament verholfen hatte, wo dieser es verstand, sich der Krone von Tag zu Tag unentbehrlicher zu machen.

»Gewiss, Sir«, antwortete Nick steif und machte eine einladende Geste zur Tür. »Wenn Ihr mich in den Bergfried hinüberbegleiten wollt …«

»Nicholas …«, warnte seine Stiefmutter in seinem Rücken, aber er wandte sich nicht mehr zu ihr um.

»Ich glaube, wir waren ohnehin fertig, Madam«, knurrte er über die Schulter, geleitete seinen Gast aus dem Haus, über den Innenhof und in sein Gemach im Bergfried.

»Master Cromwell, dies ist Jerome Dudley.«

Jerome stand auf und streckte Cromwell die Hand entgegen. »Wir kennen uns«, klärte er Nick auf. »Cromwell! Was verschlägt Euch hierher ans Ende der Welt?«

Der kleine Jurist schlug lächelnd ein. »Dudley. Mir scheint, das Landleben bekommt Euch gut.«

»Das ist wahr, Sir. Ein Schluck Wein?«

Zähneknirschend beobachtete Nick, wie sein Freund Cromwell zum bequemsten Sessel geleitete und den schönsten seiner Glaspokale für ihn füllte.

Nick setzte sich ihm gegenüber, verschränkte die Hände auf der Tischplatte und lehnte den Wein ab, den Jerome ihm einschenken wollte. »Setz dich zu uns«, bat er ihn stattdessen.

Was immer Cromwell dieses Mal nach Waringham geführt hatte, Nick wollte es nicht ohne einen verlässlichen Zeugen hören.

Cromwell hob das feine Trinkgefäß, hielt es einen Moment Richtung Fenster, um das Funkeln des Glases zu bewundern, und nahm dann einen kleinen Schluck. Nicks Unhöflichkeit ließ er einfach von sich abperlen. »Man hört, Euer Bruder John bemühe sich um die Rückgabe der Ländereien und Titel Eures Vaters, Dudley«, bemerkte er beiläufig, ohne den Blick von seinem Glas zu wenden.

»Ja, Sir, ich weiß«, gab Jerome zurück.

»Er macht eine ausgesprochen gute Figur. Und er versteht es, sich die richtigen Freunde zu suchen. Ich schätze, dass er bald gute Neuigkeiten bekommt.«

Jerome nickte. Er gab vor, nur mäßig interessiert zu sein, aber Nick schien es, als bekomme die unbekümmerte Maske seines Freundes kleine Risse. Er wusste, mit welch bangen Hoffnungen die Dudleys um die Rückgabe ihrer Titel und die Rehabilitation ihres Vaters kämpften.

»Könnten wir zur Sache kommen, Sir?«, fragte Nick rüde, um Jerome von Cromwells nur scheinbar müßigem Geplauder zu erlösen.

Der einstige Sekretär des ehemaligen Lord Chancellor stellte sein Glas behutsam ab und legte die Hände mit den rundlichen, kurzen Fingern übereinander. »Besitzt Ihr eine Ausgabe von William Tyndales englischer Übersetzung der Bibel, Mylord?«

Nick sah ihn ungläubig an. Er hatte geglaubt, Cromwell sei gekommen, um ihm zu drohen und zu raten, sich nicht noch einmal bei der Königin blicken zu lassen. Es war kein Geheimnis, dass Cromwell auf gutem Fuße mit Lady Anne Boleyn stand und die Scheidungsabsichten des Königs im Parlament unterstützte. Ein Waringham auf Seiten der Königin konnte dieser Fraktion nur ein Dorn im Auge sein, denn ganz gleich, wie jung Nick noch war und wie lange sein Vater in Ungnade gewesen war – die Welt nahm sehr wohl noch zur Kenntnis, wenn ein Waringham politisch Stellung bezog.

»Wie kommt Ihr auf solch einen absurden Gedanken, Sir?«, fragte er. Er konnte nur hoffen, dass seine geheuchelte Verwunderung überzeugend wirkte. Die verbotene englische Bibel lag keine fünf Schritte von ihnen entfernt hinter den Vorhängen seines Bettes, unzureichend unter dem Kopfkissen versteckt. Jeden Abend vor dem Schlafengehen lasen Jerome und er sich gegenseitig ein Stück daraus vor.

»Nun, es schien mir nicht so abwegig. Euer Vater war schließlich nicht gerade für seinen religiösen Konservativismus bekannt, nicht wahr«, gab Cromwell zurück. »Und ich hörte, er habe mit Master Tyndale korrespondiert, seit der auf den Kontinent geflohen ist.«

»Dann wisst Ihr mehr als ich«, antwortete Nick. Es befremdete ihn ein wenig, wie leicht es ihm fiel zu lügen. Auch William Tyndales Briefe an seinen Vater hatten sich in dessen Nachlass befunden, und Nick hatte sie ausnahmslos gelesen, manche mehrmals. »Vermutlich ist es nur Verleumdung. Da der König – und vermutlich auch Ihr – Euer Gewissen damit beruhigen wollt, dass mein Vater ein Ketzer war, wollen all diese Lügen über ihn einfach nicht verstummen.«

»Nick ...«, warnte Jerome leise.

Cromwell sah seinen jungen Gastgeber ernst an. »Ich habe Verständnis für Euren Zorn, Mylord. Aber ich bin nicht Euer Feind, und ich war auch kein Feind Eures Vaters, im Gegenteil. Ich habe einige seiner Schriften gelesen. Sein Tod ist ein großer Verlust für die Reformbewegung, zu der auch ich gehöre. Ihr seid jung und könnt deswegen vielleicht noch nicht verstehen, dass man manchmal Dinge tun muss, die man verabscheut, um einem großen Ziel zu dienen. Aber ich schwöre Euch, niemals ist mir etwas schwerer gefallen, als hierherzukommen und Euren Vater zu verhaften.«

Nick glaubte ihm kein Wort, und ihm wurde ganz flau vor Wut. »Man kann Euch nur gratulieren, wie tief Ihr Eure wahren Gefühle zu verbergen versteht, Sir.«

Cromwell unterdrückte ein Seufzen, sah ihm einen Moment in die Augen und nickte langsam. »Also gut. Ich merke, ich kann Euch nicht überzeugen. Dennoch bitte ich Euch, mir Eure englische Bibel zu leihen, Mylord.«

»Angenommen, ich besäße eine. Was in aller Welt wollt Ihr damit?«

Cromwell rückte ein wenig auf seinem Stuhl nach vorn, als wolle er Nick ein Geheimnis anvertrauen. »Ihr wisst vielleicht nicht, dass auch Lady Anne Boleyn eine Reformerin ist. Sie hat ihren nicht ganz unbeträchtlichen Einfluss auf den König genutzt, um ihn davon zu überzeugen, dass es Gott gefällig wäre, wenn jeder Mensch sein Wort unmittelbar lesen kann. Der König wendet sich den neuen Ideen nur langsam zu, denn seine Ehrfurcht vor der Autorität des Papstes ist tief in ihm verwurzelt. Aber allmählich ... öffnet er sich diesen neuen Gedanken. Nun hat er zugestimmt, eine Bibelübersetzung bei den englischen Bischöfen in Auftrag zu geben. Jeder soll einen Teil der Heiligen Schrift ins Englische übertragen.« Er winkte ungeduldig ab. »Daraus kann nichts werden. Es wird ewig dauern, weil sie eigentlich nicht wollen, und weil sie nicht wollen, werden sie es schlecht machen. Ich will eine Ausgabe von Tyndales Werk, um es dem König im richtigen Moment nahezubringen. Wenn der erste der Bischöfe den ersten Teil seines Machwerks vorlegt, will ich dem König zeigen können, welch ein göttlich inspiriertes Opus Master Tyndales Übersetzung im Vergleich dazu ist. Versteht Ihr? Ich will eine Bresche für die Reformbewegung schlagen, aber dazu brauche ich eine Tyndale-Bibel. Sie sind indes nicht so ohne Weiteres zu bekommen, und ein Politiker in meiner Position kann schwerlich von einem Londoner Drucker zum nächsten gehen und danach fragen. Ich würde mich erpressbar machen.« Seine Stimme war ein eindringliches Wispern geworden.

Als er verstummte, lehnte Nick sich zurück und dachte einen Moment nach. Dann bemerkte er kopfschüttelnd: »Ich weiß nicht, was mich schlimmer beleidigt: dass Ihr mich mit so einem miesen Trick hereinlegen wollt, oder dass Ihr mich für solch einen hoffnungslosen Esel haltet, der auf diese Geschichte hereinfällt.«

»Mylord, ich versichere Euch …«, begann Cromwell im Brustton der Entrüstung.

»Ihr wisst, dass ich bei der Königin war. Vermutlich wisst Ihr auch, was mein Vater wusste. Schließlich wart Ihr Wolseys Vertrauter. Ihr wollt ein Druckmittel gegen mich. Besäße ich solch eine verbotene Bibel und gäbe sie Euch, würdet Ihr mich damit zu erpressen versuchen.«

Cromwell lachte in sich hinein. »Bei allem Respekt, Mylord, aber ich fürchte, Ihr überschätzt Euer politisches Gewicht. Wenn Ihr der Königin und ihrem Töchterchen die Hand halten wollt, bitte. Es steht jedem Mann in England frei, politischen Selbstmord zu begehen. Aber Ihr werdet den Lauf der Dinge nicht aufhalten, weder was das Königliche Anliegen noch was die Reformbewegung betrifft.«

»Wieso seid Ihr so sicher, dass der König seine Scheidung bekommt?«, fragte Nick neugierig. »Ich würde sagen, die Sache sieht im Moment nicht besonders rosig aus. Der Papst kann es sich nicht leisten, Kaiser Karl zu brüskieren, und wird tun müssen, was der Kaiser will. Und was Karl ganz sicher nicht will, ist die Scheidung seiner Tante.«

Cromwell nickte ungerührt. »Dann wird der König sich früher oder später fragen müssen, ob der Papst überhaupt befugt ist, diese Entscheidung zu treffen. Hatte sein Vorgänger das Recht, der Ehe des Königs mit Catalina von Aragon eine Dispens zu erteilen, obwohl die Bibel es verbietet? *Nimmt ein Mann seines Bruders Weib, so ist es unrein. Er hat die Scham seines Bruders entblößt, und sie sollen kinderlos bleiben,* heißt es dort.«

»Ja, Sir, ich kenne die Bibel«, erwiderte Nick frostig.

»Und denkt Ihr, der Papst steht über dem Wort Gottes?«

Nick verschränkte die Hände auf der Tischplatte und beugte sich leicht vor. »Gestattet mir eine Gegenfrage. Im Buch Deuteronomium steht in Kapitel fünfundzwanzig: *Wenn Brüder beieinander wohnen und einer stirbt ohne Kinder, so soll des Verstorbenen Weib nicht einen fremden Mann nehmen, sondern ihr Schwager soll sich zu ihr tun und sie zum Weibe nehmen und sie ehelichen.* Das komplette Gegenteil also. Vielleicht, weil die Vorschrift im Buch Levitikus davon ausgeht, dass beide Brüder noch leben? Ich weiß es nicht. Aber ist dieser Widerspruch nicht der beste Beweis, dass die Gläubigen einen Papst und eine Kirche brauchen, die ihnen das Wort Gottes erklären?«

»Denkt Ihr wirklich, dass ein König, der sich im Stande *göttlicher Gnade* befindet, in Fragen des Glaubens päpstlicher Legitimation bedarf?«, hielt Cromwell dagegen. Er sagte es in aller Seelenruhe.

Doch Nick musste ein Schaudern unterdrücken. Er wusste ganz genau, worauf Cromwell anspielte: eine Abspaltung von Kirche und Papst. Es war nicht das erste Mal, dass Nick diesem unerhörten Gedanken begegnete – zwei der Bücher seines Vaters sprachen auch davon –, aber egal, wie oft er es hörte oder las, flößte es ihm immer den gleichen Schrecken ein. »Ich glaube, Ihr wisst, wo es hinausgeht, Master Cromwell.«

Der hob begütigend die Hände und ließ sich in den Sessel zurückfallen, als kapituliere er. »Also schön, Waringham.« Er lächelte. Nick nahm an, es sollte zerknirscht wirken. »Ich gebe zu, ich habe Euch unterschätzt. Wenn Ihr die Wahrheit wissen wollt, ich besitze bereits eine Tyndale-Bibel.«

»Ihr solltet sie verbrennen, Sir«, riet Nick. »Und da ich leider über keine Burgwache verfüge, die Euch hinausbegleiten könnte, frage ich Euch nun noch einmal: Was wollt Ihr von mir?«

Cromwell gab die Verstellung auf. Seine Augen verengten sich ein wenig, und seine Stimme war eine unmissverständliche Drohung, als er antwortete: »Ich will wissen, was Ihr der Königin über den Tod Eures Vaters gesagt habt.«

»Ich wüsste nicht, was Euch das angehen sollte, aber es ist auch kein Geheimnis. Ich habe Ihr das Gleiche gesagt, was der Constable des Tower mir erklärt hat: Mein Vater erkrankte während der Haft im Tower an einem Fieber und starb.«

»Und das war alles?«

»Das war alles.«

»Ihr habt nichts weiter gesagt?«

Nein, dachte Nick. Nur aufgeschrieben. »Ich schwöre es Euch, wenn Ihr wünscht.«

»Bei Hof kursiert ein anderslautendes Gerücht.«

»Bei Hof kursieren immer Gerüchte«, konterte Nick. »Dafür kann ich nichts.« Und er hoffte inständig, die Königin und ihre Hofdame, Lady Jane Seymour, ließen wirklich die versprochene Diskretion walten.

Cromwell stand auf. »Ich kann Euch nur raten, es dabei zu belassen«, knurrte er.

»Habt Dank für Euren Rat, Sir«, gab Nick zurück.

Cromwell stützte die Hände auf den Tisch und sah Nick in die Augen. »Ich sage dies vor allem mit Blick auf das Wohlergehen Eures Bruders, Mylord.«

Nicks Magen zog sich unangenehm zusammen. »Mein Bruder?«

Cromwell nickte und lächelte wieder. »Der kleine Raymond, wenn ich mich nicht irre? So ein goldiger Junge. Was wohl aus ihm würde, wenn der Duke of Norfolk seinen Willen durchsetzte und ihn in die Finger bekäme? Könnt Ihr Euch das vorstellen? Euer eigener Bruder ein Howard? Ehe er groß genug wäre, sich selbst die Hosen zuzuschnüren, hätten sie ihn dazu gebracht, Euch zu hassen. Wär sicher bitter, he?«

»Bitter« traf es nicht ganz. Die Vorstellung war vollkommen unerträglich. Nick biss die Zähne zusammen und sagte nichts.

»Vielleicht könnte ich dem König in dieser Frage einen Rat

geben, der eher in Eurem Interesse läge. Und in dem Eures Brüderchens.«

Nick zögerte nicht einmal einen Lidschlag lang. »Mein Bruder ist ein Waringham, Sir«, gab er zurück, und es kostete ihn alle Selbstbeherrschung, gelassen zu erscheinen. »Ich kann mir kaum vorstellen, dass es dem Duke of Norfolk gelingt, einen Howard aus ihm zu machen. Aber da ich nicht in der Lage bin, die Entscheidung des Königs zu beeinflussen, muss ich das Schicksal meines Bruders wohl in seine Hand legen. Weil er ja, wie Ihr sagt, Gott in gleicher Weise nahesteht wie der Papst, bin ich zuversichtlich, dass Gott seine Hand auch in dieser Frage lenken wird.«

Cromwell nickte Jerome leutselig zu und ging zur Tür. »Ich kann nur hoffen, dass Ihr diese Entscheidung nicht eines Tages bitter bereuen müsst, Mylord.«

»Das hoffe ich auch«, murmelte Nick beklommen, nachdem sein Besucher verschwunden war. Aber er konnte ihnen seine Seele nicht verkaufen, Cromwell nicht und dem König erst recht nicht. Auch nicht für seinen Bruder.

ZWEITER TEIL
1533–1536

Newhall, April 1533

»Rechts«, sagte Prinzessin Mary mit Bestimmtheit.

»Links«, widersprach Nick. »Hier sind wir vor einer Viertelstunde schon einmal rechts gegangen, und seht nur, wohin es uns geführt hat: einmal im Kreis herum.«

»Woher wollt Ihr wissen, dass es diese Stelle war?«, gab die Prinzessin zurück. »Alle Kreuzungen und Gabelungen sehen genau gleich aus. Sollte Euch das nicht klar sein: Genau das ist der Sinn eines Irrgartens.«

Nick verdrehte die Augen und seufzte vernehmlich. »Hätte ich geahnt, dass *Ihr* die Richtung vorgebt, hätte ich vor unserem Spaziergang etwas gegessen. Ich bin ausgehungert, und Ihr führt uns immer weiter in die Irre, Hoheit.« Dann wies er auf den Fuß der Eibenhecke, die ihn um wenigstens zwei Ellen überragte. »Da, seht Ihr die drei Veilchen? Sie stehen in Reih und Glied wie Soldaten. Das hier *ist* die Stelle, wo wir schon waren, kein Zweifel.«

Die Siebzehnjährige ergriff lachend seine Hand und wandte sich nach links. »Also schön, Ihr habt recht«, räumte sie ein und lief los.

»Langsam, Hoheit«, mahnte Lady Margaret Pole. »Denkt daran, was der Doktor gesagt hat: Ihr dürft Euch nicht verausgaben.« Sie sprach mit liebevoller Sorge, aber ebenso mit Autorität. Margaret Pole war nicht nur Marys Patin und seit frühester Kindheit die Gouvernante der Prinzessin, sondern die einzige Frau in England, die aus eigenem Recht einen Adelstitel besaß: Sie war die Countess of Salisbury. Ihr Vater war der berüchtigte Duke of Clarence gewesen, wusste Nick, Bruder der beiden York-Könige. Ihr Großvater der nicht minder berüchtigte Königsmacher Richard

Neville. Kurzum, Lady Margaret Pole war die vornehmste Dame in England – eine geborene Plantagenet.

Die Prinzessin ließ sich indessen vom ehrfurchtgebietenden Stammbaum ihrer Gouvernante nicht einschüchtern. »Ihr wollt nur verschnaufen, gebt's zu, Lady Margaret«, neckte sie.

Die äußerst wohlgenährte Countess of Salisbury widersprach ihr nicht. Das zügige Tempo bei den Spaziergängen der Prinzessin brachte sie regelmäßig ins Schnaufen, und Nick fragte sich manchmal, warum sie eigentlich nie dünner wurde, obwohl sie Mary doch so oft begleitete.

Die Prinzessin lief weiter und hielt erst an, als sie die nächste Kreuzung erreichten. »Und nun?«, fragte sie Nick.

»Geradeaus«, antwortete er prompt. »Dann zweimal rechts, und schon kommen wir zum Ausgang.«

Langsamer, damit die arme Lady Margaret nicht in Ohnmacht fiel, aber immer noch Hand in Hand folgten sie seiner Wegbeschreibung, und er hatte sich nicht getäuscht: Als sie zum zweiten Mal rechts abbogen, konnten sie das Tor bereits sehen, und wenig später traten sie aus dem Zwielicht und der manchmal drückenden Stille zwischen den Eibenhecken in den windigen, sonnigen Frühlingstag hinaus.

Mary ließ Nicks Hand los, wandte sich ihm zu und knickste. »Ich muss Eure Orientierungsgabe bewundern, Mylord. Allein hätte ich gewiss noch eine Stunde gebraucht. Wie lernt man so etwas nur?«

Nick winkte ab. »Im Erlernen von Dingen bin ich nicht so gut wie Ihr. Ich nehme an, es ist angeboren.« Doch seit er häufiger in London und dort nicht selten in unbekannten Vierteln unterwegs war, hatte er diese Gabe sehr zu schätzen gelernt. Er verirrte sich niemals.

Mary zog die Schultern hoch und blickte nach Osten. Die Schatten vereinzelter Wolken zogen geschwind wie riesige unförmige Vögel über die Parkanlage des Palastes und die Felder und Weiden von Essex. Die Anhöhe, auf der sie Halt gemacht hatten, bot einen weiten Blick über das Umland, aber außer einem nahen Weiler gab es keinerlei Anzeichen von Menschen. Newhall, wohin der König seine Tochter verbannt hatte, lag wahrhaftig mitten im Nirgendwo.

Lady Margaret trat zu ihnen, breitete den wollenen Schal aus, den sie über dem Arm getragen hatte, und legte ihn der Prinzessin um die Schultern. »Lasst uns hineingehen, Hoheit«, riet sie. »Es ist noch zu kühl für Euch hier draußen.«

Nick konnte wieder einmal den Mund nicht halten. »Wenn die Prinzessin mehr an die frische Luft käme, wäre sie nicht so blass und hätte mehr Appetit.« Von Lebensfreude ganz zu schweigen. Er wusste, Mary war gern im Freien, jetzt im Frühling ganz besonders. Vom Reiten hielt sie nicht viel, aber sie lief jeden Tag zwei oder drei Meilen durch den weitläufigen Park – wenn man sie ließ.

»Wollt Ihr die Anordnungen des Leibarztes Ihrer Majestät der Königin infrage stellen?«, erkundigte Lady Margaret sich schneidend.

Nick war es nicht neu, dass sie ihn nicht sonderlich mochte. »Da seine Anordnungen so offensichtlich erfolglos sind, ja, Madam«, antwortete er kaum weniger frostig.

Es hatte ihn erschreckt, wie blass und dünn er Mary vorgefunden hatte. Natürlich hatte er gewusst, dass sie krank gewesen war und drei Wochen lang praktisch keinen Bissen hatte zu sich nehmen können, aber das war schon Monate her.

»Werdet ihr wohl aufhören, über meinen Kopf hinweg zu streiten, als wäre ich ein krankes Schaf?«, schalt sie. Es klang amüsiert, aber ihre Stirn war ein wenig gerunzelt. »Im Übrigen habt Ihr recht, Mylady, es ist noch kühl. Kommt, lasst uns hineingehen, ehe Lord Waringham Hungers stirbt.«

Sie schlenderten den Pfad zwischen den frühlingshellen Wiesen entlang zum mächtigen Torhaus von Newhall. Es war ein moderner Palast, den der König sich hier vor rund fünfzehn Jahren hatte bauen lassen, und er erinnerte Nick ein wenig an Hampton Court: Die Anlage war ein ungleichmäßiges Schachbrett aus umbauten Höfen. Der zentrale Innenhof wurde zur Linken von der Halle, rechts von den königlichen Gemächern gesäumt, die Mary bewohnte, seit der König sie vor über zwei Jahren hierher geschickt hatte.

Auf Lady Anne Boleyns Betreiben, wie nicht nur Nick wusste. König Henry hatte sich von seiner »jungen Dame« überzeugen lassen, nur der schlechte Einfluss der Königin sei schuld daran, dass Mary keine Freundschaft mit ihr – Lady Anne – schließen wolle. Also entschied Henry, Königin und Prinzessin voneinander zu trennen und schickte Mary nach Newhall. In den ersten Monaten hatte sie ihre Mutter noch häufig besucht, aber dann hatte der König im vorletzten Sommer auch Königin Catalina von seinem Hof verbannt – war von Windsor aus zu einem Stelldichein mit seiner Geliebten aufgebrochen und hatte seiner Gemahlin ausrichten lassen, sie habe zu packen, sich nach Moor in Hertfordshire zu begeben und ihn fortan nicht mehr mit ihren Beteuerungen und Vorhaltungen zu behelligen. Er hatte Catalina nach einundzwanzig Ehejahren davongejagt wie eine diebische Kammerzofe, wetterten die Engländer voller Empörung.

Seither hatte die Prinzessin ihre geliebte Mutter nicht mehr zu Gesicht bekommen. Ein Brief dann und wann, das war alles. Als sie krank geworden war, hatte der König erlaubt, dass Catalinas Leibarzt die Prinzessin behandelte, aber ihre Mutter hatte er nicht zu ihr gelassen. Und nicht nur Nick vermutete, dass das der eigentliche Grund war, warum die Genesung der Prinzessin so schleppend vorangegangen war. Ihr Gemüt hatte sich verdüstert, weil sie ihre Mutter so schrecklich vermisste.

In der behaglichen kleinen Halle, die zu Marys Gemächern gehörte, brannte ein Feuer.

»Oh, das kommt gerade recht«, sagte die Prinzessin und trat näher, um sich die Hände zu wärmen. Als sich aus einem der Kaminsessel mit den hohen Rückenlehnen ein Mann erhob, fuhr sie mit einem kleinen Laut des Schreckens zurück.

Nick hatte das Schwert in der Rechten und war an ihrer Seite, ehe der Besucher ganz auf die Füße gekommen war. »Was zum Henker … Oh, Master Chapuys.« Er senkte eilig die Waffe. »Vergebt mir.«

Der kaiserliche Gesandte war nicht zurückgezuckt. Er verneigte sich tief vor der Prinzessin. »Ich bin derjenige, der sich entschuldigen muss«, sagte er mit seiner tiefen, volltönenden Stimme. »Nichts lag mir ferner, als Euch zu erschrecken, Hoheit. Euer Steward teilte mir mit, Ihr seiet mit Lady Margaret und Waringham in den Garten gegangen, um ein wenig zu lustwandeln, und war so gut, mir die Wartezeit mit einem Becher Wein zu versüßen.« Er verneigte sich vor Lady Margaret ebenso ehrerbietig wie vor der Prinzessin. Dann fiel sein Blick auf den jungen Waringham. »Ihr seid schnell, Mylord«, lobte er mit einem Anflug von Spott. »Vermutlich kann ich mich glücklich schätzen, den Kopf noch auf den Schultern zu haben.«

Nick steckte seine Klinge ein und erwiderte: »Ich habe noch nie einen Mann erschlagen, Sir, aber ich hoffe doch, wenn die Notwendigkeit sich eines Tages ergeben sollte, werde ich genau hinschauen, um mich zu vergewissern, dass er auch wirklich ein Schurke ist.«

»Hm. Ich bin unschlüssig, ob ich mich nun vor Euch sicher fühlen kann oder nicht.«

»Das bedeutet, Ihr seid unschlüssig, ob Ihr ein Schurke seid oder nicht?«

»Weil die Antwort auf diese Frage wie so viele Dinge im Leben von der Sichtweise abhängt«, räumte der Botschafter Seiner kaiserlichen Majestät mit einem mokanten Lächeln ein. Dann nahm er sich einen Moment Zeit, um den jungen Mann aufmerksam zu mustern. »Es wird Zeit, dass Ihr aufhört zu wachsen, Waringham, sonst werdet Ihr Euch bald an jedem Türsturz den Schädel einrennen. Es wäre schade um Euren Verstand, wisst Ihr.«

Nick, den noch ein gutes Vierteljahr von seinem achtzehnten Geburtstag trennte, war sich überhaupt nicht bewusst, wie schnell er immer noch wuchs, aber jetzt fiel ihm auf, dass Chapuys beinah einen Kopf kleiner war als er. Bei ihrer letzten Begegnung war das noch nicht der Fall gewesen. »Das war jetzt das zweite Kompliment innerhalb kürzester Zeit«, entgegnete er. »Wieso habe ich das Gefühl, dass Ihr irgendetwas von mir wollt, Sir?«

Eustache Chapuys zog die schmalen Brauen in die Höhe und wandte sich wieder an Mary. »Ich hoffe, Ihr seid wohl, Hoheit?«

Die Prinzessin setzte sich in den Sessel, der dem Kamin am nächsten stand. »Viel besser, lieber Freund«, versicherte sie und lud Lady Margaret und die beiden Männer mit einer Geste ein, Platz zu nehmen.

»Ich fürchte, ich bringe schlechte Neuigkeiten«, sagte der kaiserliche Gesandte ernst.

»Ist es Mutter?«

»Nein, nein. Ihr geht es so gut, wie man in Anbetracht der Umstände erwarten kann. Sie ist eine sehr tapfere Frau. Und das müsst auch Ihr jetzt sein.«

Das junge Mädchen kniff einen Moment die Augen zu. »Das bin ich. Das war ich immer. Nur spannt mich nicht auf die Folter, ich bitte Euch. Was ist passiert?«

Chapuys folgte ihrer Bitte. Undiplomatisch – was ganz und gar nicht seiner Gewohnheit entsprach – kam er zur Sache. »Seine königliche Majestät, Euer Vater, hat Lady Anne Boleyn geheiratet.«

Nick biss eilig die Zähne zusammen, um einen Laut des Unglaubens zu unterdrücken.

Mary sprach aus, was er dachte: »Ist das wahr, Sir? Wie sonderbar. Ich hätte schwören können, mein Vater sei mit meiner Mutter verheiratet.«

In der Kunst des beißenden Hohns steht sie ihrem Vater in nichts nach, fuhr es Nick durch den Kopf.

»Nun, das ist ja genau die Frage, an der sich in England und der ganzen Christenheit seit Jahren die Gemüter erhitzen, nicht wahr?«, erwiderte Chapuys und schlug die Beine übereinander.

Mary stieß die Luft durch die Nase aus und schwieg. So war es Lady Margaret, die scheinbar gänzlich gelassen fragte: »Was hat sich plötzlich geändert?«

Chapuys warf Mary einen besorgten Blick zu. »Ihr wisst, dass der alte Erzbischof von Canterbury gestorben ist, nehme ich an?«

Die Prinzessin nickte.

»Er war das letzte Bollwerk für göttliches Recht und göttliche Ordnung in diesem umnachteten, barbarischen Land«, behauptete Chapuys unverblümt.

»He!«, protestierte Nick, der auf diese spezielle imperiale Hochnäsigkeit immer empfindlich reagierte.

»Ihr werdet noch zugeben, dass ich recht habe, mein junger Freund«, fuhr Chapuys fort. »Denn Thomas Cranmer ist sein Nachfolger geworden und …«

»Cranmer?«, unterbrach Mary ungläubig. »Dieser lutherische Ketzer ist Erzbischof von Canterbury? Englands oberster Kirchenfürst?«

»Obendrein ein *verheirateter* lutherischer Ketzer«, warf Chapuys ein, der ein beinah kindliches Vergnügen an den Skandalen zu haben schien, die sein unvergleichliches Spionagenetz ans Licht förderte.

»Das wird der Papst niemals zulassen«, widersprach Lady Margaret eine Spur gelangweilt.

»Ich fürchte, das hat er bereits, Mylady.« Der schmächtige Jurist mit den lebhaften blauen Augen, den der Kaiser nach England geschickt hatte, um für seine und die Interessen seiner Tante Catalina am dortigen Hof zu verhandeln, zu intrigieren und zu spionieren, blickte in die drei Gesichter, die eine Mischung aus Fassungslosigkeit und Verwirrung widerspiegelten. Dann erklärte er: »Das hat natürlich alles dieser widerwärtige Cromwell ausgeheckt: König Henry hat den Papst erpresst, Cranmers Wahl zum Erzbischof zuzustimmen. Andernfalls werde das englische Parlament ein Gesetz beschließen, welches alle Zahlungen an die Kirche in Rom untersagt. Der Papst ist eingeknickt, Cranmer wird Erzbischof. Mit dem Segen des Heiligen Stuhls. Unterdessen hat Cromwell ein Gesetz durchs Parlament gepeitscht, welches ein von einem erzbischöflichen Gericht erlassenes Urteil in ehelichen Angelegenheiten unumstößlich macht. Eine Berufung gegen ein solches Urteil vor dem päpstlichen Gerichtshof in Rom ist nicht mehr zulässig.« Seufzend hob er beide Hände und ließ sich dann in seinen Sessel zurücksinken. »Ich nehme an, Ihr könnt Euch selbst ausrechnen, worauf es hinausläuft.«

»Der neue Erzbischof wird die Ehe meiner Eltern für ungültig erklären«, flüsterte Mary. Sie hatte die Hände um die Armlehnen ihres Sessels gelegt und starrte auf den kostbaren Teppich zu ihren

Füßen. Ihr Kopf war gesenkt, aber Nick sah die Schamesröte auf ihren Wangen. »Das heißt …« Die Prinzessin schluckte sichtlich. »Das heißt, das Gericht des englischen Erzbischofs wird mich als königlichen Bastard brandmarken, meine Mutter als die Frau, die beinah ein Vierteljahrhundert lang in Sünde mit dem König gelebt hat. Als seine …«

»Nein, sagt es nicht, bitte«, fiel Nick ihr ins Wort. Er konnte es nicht aushalten, sie so reden zu hören.

Aber Mary ließ sich nicht zum Schweigen bringen. Sie hob den Kopf und sah Nick in die Augen. »Als seine Hure. Und weil dieses Urteil des erzbischöflichen Gerichts bereits jetzt feststeht, konnte der König die Frau, die in Wahrheit seine Hure ist, heiraten.« Sie sah zu Chapuys. »Würdet Ihr sagen, ich habe die Fakten korrekt zusammengefasst, Sir?«

Der Gesandte nickte bekümmert. »Treffsicher wie üblich, Hoheit.«

»Niemand in der ganzen Christenheit wird diesen Blödsinn anerkennen«, sagte Nick wütend. »Nicht der König von Frankreich, nicht die Grafen der Niederlande, ganz sicher nicht der Papst und erst recht nicht der Kaiser.«

»Nein«, stimmte Chapuys zu. »Darum steht zu hoffen, dass die Verwirklichung seines lang gehegten Traums König Henry noch zum Albtraum wird.«

»Wenn Ihr den Kaiser dazu anstiften wollt, eine Art Heiligen Krieg gegen England anzuzetteln, um die Ehre seiner Tante wiederherzustellen, dann erzählt es mir nicht, Sir«, grollte Nick. »Denn ich bin *Engländer*, versteht Ihr? Und außerdem …«

Mary hob langsam die Linke, Handfläche nach außen, und brachte ihn damit zum Schweigen. »Warum heiratet er sie ausgerechnet jetzt?«, fragte sie. »Warum wartet er nicht wenigstens, bis Cranmers lächerliches Schmierentheater von einem Prozess über die Bühne gegangen ist?«

Chapuys zögerte einen Moment, und Nick erkannte, dass die schlimmen Neuigkeiten noch nicht erschöpft waren. »Weil seine königliche Hoheit Lady Anne am Pfingstsonntag zu seiner Königin zu krönen wünscht«, erklärte der Gesandte.

Doch die Prinzessin hatte nicht umsonst ihr ganzes Leben unter Höflingen, Politikern und Diplomaten verbracht. Sie erkannte, wenn sie mit einer ausweichenden Antwort abgespeist wurde. »Warum? Wozu die Eile?«

Chapuys kapitulierte. »Weil sie guter Hoffnung ist.«

»Oh, süßer Jesus«, murmelte Nick. »Das Miststück ist schwanger ...«

Der kaiserliche Botschafter nickte trübsinnig. »Und der König wird tun, was nötig ist, um dafür zu sorgen, dass dieses Kind von seiner rechtmäßigen Ehefrau und Königin geboren wird, damit niemand seine Legitimation und seinen Thronanspruch infrage stellen kann, wenn es ein Prinz wird.«

Prinzessin Mary schlug die Hand vor den Mund, sprang auf die Füße und stürzte mit einer undeutlich gemurmelten Entschuldigung aus dem Gemach.

Nick, Lady Margaret und Eustache Chapuys sahen ihr nach.

»Sie ist noch nicht wieder richtig auf der Höhe«, bemerkte Nick. »Alles schlägt ihr immer sofort auf den Magen.«

»Ich glaube nicht, dass Ihr ermessen könnt, welch einen Schock Ihr ihr versetzt habt, Chapuys«, sagte Lady Margaret mit leisem Vorwurf.

»Und doch können wir es uns nicht leisten, die Wahrheit vor ihr zu verbergen, nicht wahr?«, konterte Chapuys. »Wir müssen tun, was in unserer Macht steht, damit die Prinzessin zu Kräften kommt und wieder richtig gesund wird, Mylady. Denn um all das zu verdauen, was ihr bevorsteht, wenn Anne Boleyn Königin von England wird, braucht sie einen robusten Magen, glaubt mir. Da fällt mir ein, wie geht es Eurem reiselustigen Sohn, Madam?«

»Reginald?«, fragte Lady Margaret ein wenig verdattert. »Gut. Er ist in Padua, soweit ich weiß.«

Reginald Pole war ein vielbeachteter Gelehrter, den der König für die theologische Legitimation seiner Scheidungsabsichten hatte einspannen wollen. Doch Reginald hatte es vorgezogen, sich ins Ausland zu begeben und von dort – aus sicherer Entfernung, wie die Spötter betonten – gegen die Pläne des Königs zu taktieren.

Chapuys nickte und bemerkte dann beiläufig: »Dem Kaiser ist offenbar die Frage in den Sinn gekommen, was wäre, wenn Prinzessin Mary und Euer Sohn heiraten würden, Madam.«

Lady Margaret sah ihm einen Moment in die Augen, ehe sie erwiderte: »Ihr könnt Seiner kaiserlichen Majestät ausrichten, dass das nicht infrage kommt. Wenn mein Sohn die Prinzessin heiratete, hieße das, dass er einen Anspruch auf die Krone geltend macht. Das war es doch, was Ihr meintet, nicht wahr? Dann würde eins von zwei Dingen geschehen: Mein Sohn würde getötet, oder der Thronfolgekrieg würde wieder ausbrechen. An beidem ist mir nicht gelegen. Im Übrigen bin ich die Countess of Salisbury, Sir, und habe König Henry einen Lehnseid geschworen. Denkt Ihr, ich gehöre zu den Menschen, die eidbrüchig werden?« Man kann beinah Angst vor ihr bekommen, fuhr es Nick durch den Kopf. Mehr noch als ihre Worte war es der Ausdruck ihres Gesichts, der einen eisernen Willen verriet.

Chapuys schüttelte den Kopf. »Gewiss nicht, Madam«, erwiderte er lächelnd, legte die Fingerspitzen zu einem Dach zusammen, stützte das Kinn darauf und ließ sie nicht aus den Augen. »Dann ist wohl das der Grund, warum Euer Sohn sich zu einer kirchlichen Laufbahn entschlossen hat? Ich meine, viel deutlicher kann man seinen Verzicht auf einen möglichen Thronanspruch kaum erklären, nicht wahr?«

Lady Margaret würdigte ihn keiner Antwort. Stattdessen erhob sie sich und beschied: »Ihr werdet mich jetzt entschuldigen müssen, Gentlemen. Ich sollte nach der Prinzessin sehen. Ich werde nach Erfrischungen für Euch schicken.«

Lady Margaret blieb verschwunden, und die Erfrischungen ließen auf sich warten. Doch ehe Nick vom Fleisch fiel, wurde ein leichtes Mittagsmahl aus Reis und Hühnchenfleisch aufgetragen.

Sir William Orford, der Steward des Haushalts, verneigte sich knapp vor den beiden Männern. »Gesegnete Mahlzeit, Gentlemen. Wartet nicht auf Ihre Hoheit und Lady Margaret, sie wünschen heute Mittag nicht zu speisen.«

Nick und der kaiserliche Gesandte nahmen schweigend am

Tisch Platz, warteten, bis ein junger Diener ihnen unter den kritischen Blicken des Steward aufgefüllt hatte, und als sie allein waren, sprach Chapuys ein Tischgebet. Dann fielen sie beide heißhungrig über ihre Portionen her. Das Essen schmeckte fad, denn der Arzt hatte Mary gewürzte Speisen verboten, doch Nick beklagte sich nicht.

»Wie lange könnt Ihr bleiben?«, fragte Chapuys zwischen zwei Löffeln.

»Ein, zwei Tage«, antwortete Nick. »Freitag muss ich in London sein. Eigentlich müsste ich vorher nach Hause, aber ...« Er zögerte.

»Aber Ihr habt das Gefühl, im Moment solle man die Prinzessin besser nicht allein lassen?«

Nick aß bedächtig einen Löffel voll, trank einen Schluck Wein und sah dem Gesandten des Kaisers dann in die Augen. »Wieso habe ich das Gefühl, dass Ihr meinen Absichten misstraut?«

»Das weiß ich nicht, Mylord«, antwortete Chapuys mit einem engelhaften Unschuldslächeln. »Ich finde, es ist immer gefährlich, die Gedanken und Motive eines anderen Mannes erraten zu wollen. Man verrennt sich so leicht ...«

Nick warf ärgerlich seinen Löffel auf den Teller. »Oh, hört schon auf, Mann. Mein Schwager Durham sagt, in London erzählen die Tratschweiber, Nicholas of Waringham halte der bedauernswerten verbannten Prinzessin die Hand, um in ihr Bett zu gelangen. Tut nicht so, als hättet Ihr das nicht gehört.«

»Und ist es wahr?«, erkundigte sich der Gesandte, schob sich ein Stück Brot in den Mund und sah Nick neugierig an.

Der junge Mann schüttelte den Kopf, antwortete aber nicht sofort. Als auch er die Hand nach dem Brot ausstreckte, fiel ein Sonnenstrahl auf den Ring, den er am linken Zeigefinger trug, und ließ den Goldreif mit dem eingeprägten Waringham-Einhorn funkeln. Einen Moment sah Nick darauf hinab, dann schaute er Chapuys wieder in die Augen. »Es ist *nicht* wahr, Sir. Vielleicht sieht es manchmal so aus, weil sie ... Mary ist ein Kind in diesen Dingen, versteht Ihr. Sie nimmt meine Hand oder schickt ihre Hofdamen fort, um einen Moment allein mit mir zu sein, aber sie denkt sich nichts dabei. Sie ist … so vollkommen unschuldig.« Sein Lächeln verriet seine Zuneigung für die Prinzessin.

»*Ihre* Unschuld ist es ja auch nicht, die angezweifelt wird, Mylord«, warf Chapuys trocken ein. »Eure hingegen gilt als äußerst fragwürdig.«

»Ich wünschte, ich wäre nur halb so schlimm wie mein Ruf, dann wäre mein Leben gewiss genussreicher«, grollte Nick.

Der Gesandte des Kaisers lachte in sich hinein. »Wenn Ihr ein so mönchisches Dasein führt, wie kann es dann sein, dass Ihr daheim in Waringham einen kleinen Bastard habt?«

»Noch nicht«, widersprach Nick ohne jede Verlegenheit. »Aber es kann jetzt jeden Tag soweit sein. Das heißt indessen nicht, dass ich nicht in der Lage wäre, mit dem Kopf zu denken, Sir. Im Übrigen …« Er unterbrach sich kurz und überlegte, wie offen er Chapuys gegenüber sein wollte, denn dieser Mann war dafür bekannt, dass er alles, jedes Bekenntnis und jedes Geheimnis, das er erfuhr, rücksichtslos einsetzte, wenn er glaubte, dass es für die Wahrung der Interessen des Kaisers förderlich sei. Doch im Grunde, erkannte Nick, hatte er ja nichts zu verbergen. »Die Königin hat mir ihre Tochter anvertraut«, sagte er. »Und es hat sich so gefügt, dass die Prinzessin wie eine Schwester für mich geworden ist. Versteht Ihr, was ich meine? Sie ist mir … heilig.« Er seufzte. »Vermutlich wird mir das kein Mensch glauben.«

»Doch, ich bin durchaus geneigt, Euch zu glauben«, widersprach Chapuys unerwartet. »Aber entscheidend ist, was der König glaubt. Was wiederum davon abhängt, was das Luder ihm einflüstert. Und Ihr dürft getrost davon ausgehen, dass Anne Boleyn hier einen Spion hat.«

»William Orford, den Steward?«, tippte Nick. »Seine Mutter war eine Butler, genau wie Lady Annes Großmutter.«

»Hm, ich weiß.« Der Gesandte nickte versonnen. »Aber wenn ich eine Wette abschließen sollte, würde ich mein Geld eher auf die Kammerzofe der Prinzessin setzen.«

»Lucy Preston?«, fragte Nick fassungslos.

»Schsch«, mahnte Chapuys. »Bei solchen Themen ist man immer gut beraten, leise Töne anzuschlagen, Lord Waringham. Ja, ich bin sicher, dass sie Anne Boleyns Spitzel ist, denn sie stammt aus Hever in Kent, wo Lady Anne aufgewachsen ist. Also bewahrt einen kühlen Kopf und lasst Euch nichts anmerken, aber überlegt genau, was Ihr in Lucys Gegenwart sagt und tut.«

»Diesen Rat solltet Ihr lieber der Prinzessin geben, Sir«, erwiderte Nick unbehaglich. »Sie ist diejenige, die es manchmal an Diskretion mangeln lässt und missverständliche Situationen herbeiführt.«

»Vielleicht wäre es hilfreich, wenn Ihr ein wenig auf Distanz ginget.«

»Wie kann ich das?«, konterte Nick. »Sie ist einsam genug, oder?«

»Ja, ja. Aber wenn Ihr dem König einen Grund liefert, Euch aus ihrer Gegenwart zu verbannen, wird alles noch schlimmer für sie.«

»Ach, der König hat doch längst vergessen, dass ich existiere«, wehrte der junge Mann wegwerfend ab.

Chapuys verzog die dünnen Lippen zu einem mitleidigen Lächeln. »Darauf solltet Ihr lieber nicht hoffen.«

Am Nachmittag schlug das Wetter um, und der April machte seinem Ruf alle Ehre: Der Himmel zog sich zu, wurde grau und unheilschwanger. Nick hatte halbherzig mit dem Gedanken gespielt, mit Chapuys gemeinsam nach London aufzubrechen, um den hässlichen Gerüchten nicht noch weiter Vorschub zu leisten, doch als es anfing zu schütten, überlegte er es sich anders.

So saß er mit Mary und Lady Margaret am Kamin beim Kartenspiel, als der *Gentleman Usher* – der Stellvertreter des Steward – eintrat und einen weiteren Besucher ankündigte.

Mary ließ die Karten sinken. »Nach Monaten der Einsamkeit geht es hier heute mit einem Mal zu wie im Taubenschlag. Wer ist es?«

»Sir John Dudley, Hoheit.«

Die Prinzessin sah fragend zu Nick.

»Der älteste Bruder meines Freundes Jerome Dudley«, erklärte er und zögerte dann, weil er vor so vielen Ohren nicht offenbaren wollte, dass John Dudley für seinen Geschmack ein wenig zu ehrgeizig war und bei der Wahl seiner politischen Freunde nicht immer den besten Geschmack bewies. »Man sieht ihn in letzter Zeit häufig zusammen mit Master Thomas Cromwell, habe ich gehört.«

Mary verstand nur zu gut, was er ihr andeuten wollte: Cromwell steckte mit den Boleyns unter einer Decke und hatte das Parlament zu einem Marionettentheater gemacht, um die Annullierung der Ehe ihrer Eltern zu bewerkstelligen. Mit anderen Worten: Cromwell war Gift. Und wenn Dudley zu seinem Dunstkreis gehörte, galt das auch für ihn.

Mary nickte dem Gentleman Usher zu. »Ich lasse bitten.«

John Dudley war Anfang dreißig, hellhäutig und dunkelhaarig wie sein Bruder, doch ganz anders als jener ein wenig korpulent. Sein Schritt war forsch, die Verbeugung, die er vor der Prinzessin vollführte, sollte vielleicht zackig wirken, aber Nick fand sie impertinent.

»Madam. Lady Margaret«, grüßte Dudley.

»Sir John.« Mary faltete die Hände im Schoß und sah ihn unverwandt an, nicht unfreundlich, aber reserviert. »Durch welch abscheuliches Wetter Ihr hergekommen seid. Ein Becher Wein?«

»Nein, vielen Dank.« Er zeigte ein kurzes Lächeln, das noch wesentlich hochnäsiger war als seine Verbeugung.

»Ihr kennt Lord Waringham, nehme ich an?«, fragte die Prinzessin.

»Noch nicht«, antwortete Nick, stand auf und streckte die Hand aus. »Dudley.«

Der zögerte einen Moment, schlug dann ein und brach Nick beinah die Finger. »Waringham. Jedes Mal, wenn ich meinen Bruder treffe, singt er Euch Loblieder. Unablässig.«

»Ich bin untröstlich, Gegenstand Eurer Langeweile zu sein, Sir«, gab Nick im gleichen Tonfall vorgetäuschter Leichtigkeit zurück. »Ich hoffe, Jerome ist wohlauf?«

»Das solltet Ihr besser wissen als ich. Ich dachte, er steckt bei Euch in Waringham.«

Nick schüttelte den Kopf. »Der Duke of Suffolk hat schon vor Weihnachten nach ihm geschickt.« Er trat einen Schritt zurück, um anzudeuten, dass er den Austausch von Höflichkeiten beenden wolle, damit Dudley zur Sache kommen konnte.

Der verneigte sich nochmals vor der Prinzessin. »Ich bringe eine Nachricht von Seiner königlichen Majestät, Eurem Vater, Madam.«

Sie streckte die Hand aus, und ihre Augen leuchteten. »Dann seid so gut und gebt sie mir.« Und der Blick, den sie Nick zuwarf, sagte: *Ich wusste doch, dass er mir schreibt. Was immer mein Vater glaubt, zum Wohle Englands und zur Sicherung seines Throns tun zu müssen, er wird es mir erklären.*

Doch Dudley schüttelte den Kopf: »Es ist eine mündliche Botschaft. Und ich bedaure, dass ich der Bote bin, der sie Euch überbringen muss.«

Die Prinzessin richtete sich kerzengerade auf und faltete die Hände im Schoß, wie immer, wenn sie sich wappnete. »Also?«

»Seine Majestät verbietet Euch mit sofortiger Wirkung jedweden weiteren Briefkontakt mit der prinzlichen Witwe, Hoheit.«

»Mit wem?«, fragte Mary verständnislos.

»Mit Eurer Mutter. Der Witwe Eures Onkels Arthur, der als Prince of Wales starb, wie Ihr sicher wisst.«

Mary erhob sich ohne unwürdige Hast. »Meine Mutter, Sir, ist die Königin von England«, stellte sie klar.

Dudley schüttelte langsam den Kopf, scheinbar betrübt. »Wir alle wissen inzwischen wohl, dass das ein tragischer Irrtum war. Die Ehe Eurer Eltern verstößt gegen das Wort Gottes, und darum wird sie annulliert. Das heißt, Eure Mutter kann nicht Königin sein.«

Marys Gesicht war aschfahl geworden, und einen Moment fürchtete Nick, sie werde wieder hinauseilen müssen, weil ihr übel war. Ihr Atem wurde flach. Aber sie beherrschte sich. »Die Ehe meiner Eltern wurde durch eine päpstliche Dispens legitimiert, und das ist das Einzige, was zählt. Meine Mutter ist kraft ihrer Krönung und Salbung Königin dieses Landes. Das sind juristische Fakten, die sich nicht einfach mit einem Federstrich aus der Welt schaffen lassen. Und ich werde mit meiner Mutter korrespondieren, wann immer ich es wünsche.«

»Ich kann mir nicht vorstellen, dass Ihr Euch gegen den Willen Eures Königs auflehnen und ihm den Gehorsam verweigern wollt, den Ihr ihm als Tochter schuldet«, konterte Dudley. »Aber für den Fall, dass Ihr das erwägen solltet, trug Seine Majestät mir auf, Euch noch dies auszurichten: Der tragische Umstand, dass die Ehe Eurer Eltern sich als ungültig erwiesen hat, hat unweigerlich auch Folgen für Euch, Madam. So wie Eure Mutter sich nicht länger Königin nennen kann, seid Ihr fortan keine Prinzessin mehr. Ich fürchte, Ihr seid nichts weiter als ein königlicher …«

»Wenn Ihr es aussprecht, muss ich Euch fordern, Dudley«, warnte Nick.

König Henrys Bote betrachtete den so viel jüngeren Mann gemächlich von Kopf bis Fuß und entgegnete: »Ich sehe nichts, was mir Furcht einflößen könnte.«

Nick hob die Schultern, die viele Jahre harter Arbeit breit und kräftig gemacht hatten. »Also? Was wolltet Ihr sagen?«

Doch Dudley beschloss kurzerhand, einer Konfrontation aus dem Wege zu gehen. Er nickte Mary knapp zu. »Was seine Hoheit meinte, war dies: Er ist gewillt, Euch weiterhin in dem Komfort und dem Haushalt einer Prinzessin leben zu lassen, wie Ihr es gewohnt seid, aber von heute an ist es eine königliche Gunst, kein Geburtsrecht. Und diese Gunst ist mit gewissen Bedingungen verknüpft, die Ihr zu erfüllen habt.«

»Ihr könnt ihm ausrichten, ich lebe lieber in einer Bauernkate, als meiner Mutter nicht mehr zu schreiben«, gab Mary zurück.

»Jeder Bote, den Ihr ihr sendet, wird abgefangen und des Verrats angeklagt, weil er den Willen seines Königs missachtet«, eröffnete John Dudley ihr. »Ist er von ritterlichem oder adligem Stand, verliert er Land und Titel, ansonsten sein Leben. Also überlegt Euch genau, was Ihr schreibt, damit es den Preis wert ist. Guten Tag, Madam.«

Ohne auf ihre Erlaubnis zu warten und ohne Verbeugung machte er kehrt, nickte Lady Margaret, die ihn mit undurchschaubarer Miene betrachtete, knapp zu und ging hinaus.

In die bleierne Stille, die zurückblieb, sagte Nick leichthin: »Nun ja, immerhin ist es kein Hochverrat. Ich werde enteignet, aber nicht ausgeweidet. Und bevor sie mich verurteilen können, müssen sie mich erst einmal erwischen. Also, her mit dem Brief, Hoheit.«

Mary schien ihn kaum gehört zu haben. Sie sank in ihren Sessel, nahm die Spielkarten in beide Hände und schob sie zusammen, bis sie ein säuberliches Viereck bildeten. Das legte sie behutsam in ihren Schoß und schaute darauf hinab. »Nicht eine einzige Zeile hat er mir geschickt. Nicht ein freundliches Wort. Wann ist es passiert, dass mein Vater aufgehört hat, mich zu lieben? Und wie konnte es passieren, ohne dass ich es gemerkt habe?«

Jeder konnte es merken, dachte Nick. *Er war immer nur schroff zu dir, und dann hat er dich hierher verbannt. Jeder hat gesehen, was es zu bedeuten hatte. Und worauf es hinauslief. Nur du nicht, weil du es nicht wahrhaben wolltest.* Und das konnte er verstehen. Aber es machte das böse Erwachen umso schlimmer.

Er trat ans Feuer, legte Holz nach und blieb vor dem Kamin stehen, um Mary Gelegenheit zu geben, ihre Tränen unbeobachtet zu vergießen. Er wusste, ihre Haltung war ihr kostbar. Nach einer Weile hörte er sie schluchzen. Es war ein jammervoller Laut der Traurigkeit, und Nick brachte es nicht fertig, ihr länger den Rücken zuzukehren. Doch als er sich umwandte, sah er nur noch ihren Rock durch die Tür verschwinden.

»Gott verfluche König Henry«, sagte Lady Margaret bedächtig. »Möge er in der Hölle brennen für das, was er seiner Frau und seinem Kind antut.«

Nick starrte sie entgeistert an. Hätte sie sich ihm plötzlich an den Hals geworfen und die Kleider vom Leib gerissen, hätte er kaum schockierter sein können. »Ich bewundere Euren Mut, Mylady. Es ist lebensgefährlich, so etwas zu sagen.«

Sie schnaubte. »Nicht, wenn Ihr der einzige seid, der es hört, Mylord, denn Ihr denkt ja das gleiche.«

»Wirklich?«

»Ich weiß, dass Ihr das Herz auf dem rechten Fleck habt, auch wenn ich Euch in Bezug auf die Tugend der Prinzessin nicht weiter traue, als ich ein Schlachtschiff werfen könnte.«

Er ging nicht darauf ein, denn ganz gleich, was er sagte, sie würde ihm ja doch nicht glauben. Er schaute zur Uhr hinüber, die auf dem Tisch stand und vernehmlich tickte. »Halb sieben. Es wird Zeit, dass ich mich auf den Weg mache, wenn ich die Königin im Schutz der Dunkelheit erreichen will.«

Doch Lady Margaret schüttelte den Kopf. »Das dürft Ihr nicht tun. Ihr könnt sicher sein, dass Cromwell jede Straße und jeden Pfad überwachen lässt, die nach Hertfordshire führen. Ihr dürft nicht leichtfertig riskieren, ihm in die Falle zu gehen, denn Mary braucht Euch jetzt dringender denn je.«

Er wollte widersprechen, als ohne Vorwarnung die Tür geöffnet wurde und eine junge Dienstmagd hereinstürmte, die hier ganz und gar nichts verloren hatte. »Oh, Mylady, kommt schnell«, flehte das Mädchen, die Augen vor Furcht geweitet. »Sie ist so krank. Ich glaube, sie stirbt.«

Chelsea, April 1533

»Nicholas!« Thomas More lächelte, ließ die Hände von Nicks Schultern gleiten und trat einen Schritt zurück. »Oder Lord Waringham, sollte ich wohl sagen. Ihr seht prächtig aus, mein Sohn.«

»So wie Ihr, Sir«, erwiderte Nick, obwohl es nicht stimmte.

Sir Thomas wies einladend zum Tisch hinüber, auf dem wie so oft aufgeschlagene Bücher verstreut lagen, flankiert von Stapeln weiterer Folianten. Die Halle war groß, aber schlicht, wie es dem Geschmack des Hausherrn entsprach. Die Schmucklosigkeit des Raums war früher nie ins Auge gefallen, weil es hier immer von Besuchern und Dienstboten gewimmelt hatte, aber jetzt war das Haus ungewohnt still.

Sie nahmen Platz, und Sir Thomas schob ein paar der Bücher beiseite, um eine Ecke des Tischs freizumachen. »Ich hatte Euch schon vor einer Woche erwartet.«

»Die Prinzessin war krank«, antwortete Nick. »Es sah … ziemlich ernst aus, jedenfalls die ersten beiden Tage. Darum bin ich länger in Newhall geblieben, als ich eigentlich wollte, und habe nicht nur Euch, sondern auch zwei Kunden versetzt, die in Smithfield ein Pferd kaufen wollten.«

»Geht es ihr besser?«, erkundigte sich Sir Thomas besorgt.

»Körperlich, ja«, antwortete Nick. »Aber Ihr könnt Euch sicher vorstellen, wie es um ihr Gemüt bestellt ist.«

»Gewiss.«

Sie sahen sich einen Moment an und verständigten sich schweigend darauf, das Thema zu wechseln.

»Ich sehe, Ihr arbeitet unermüdlich wie eh und je«, bemerkte Nick und warf einen Blick auf eines der aufgeschlagenen Bücher. »Tyndales *Gehorsam eines Christenmenschen*?«, fragte er verwundert. »Ich hätte gedacht, dass dieses Werk in Eurem Haus bestenfalls zum Feuermachen Verwendung findet.«

»Ihr habt es gelesen?«

»Ja.« Es war eins der eingekerkerten Bücher gewesen, die er nach dem Tod seines Vaters aus dem Verlies in Waringham geholt hatte.

»Und was denkt Ihr?«, fragte Sir Thomas gespannt.

Nick hob die Schultern. »Das, was ich über alle Bücher dieser Eiferer denke. Sie haben recht mit ihrer Geißelung kirchlichen Machtmissbrauchs. Aber sie haben unrecht mit den Schlüssen, die sie daraus ziehen.«

»Das heißt, Ihr folgt in diesem Diskurs nicht Eurem Vater?«

Nick war nicht sicher, ob ihm die Frage gefiel. Sie klang ein wenig inquisitorisch. Und er war kein Zögling in Thomas Mores Schule mehr, sondern ein erwachsener Mann – er musste hier keine Rechenschaft ablegen über das, was er glaubte. Was er sich schließlich zu sagen entschloss, war: »Nein, Sir Thomas. Ich verstehe seine Haltung heute besser als früher. Doch die Reformer lassen sich zum Werkzeug politischer Interessen machen.« Er zeigte auf Tyndales viel gelesene und leidenschaftlich diskutierte Streitschrift. »Cromwell ist ganz vernarrt in dieses Buch, heißt es. Und Lady Anne Boleyn ebenfalls. Ich hörte, sie habe vor versammeltem Hof ihr Exemplar dem König geliehen und gesagt, dieses

Buch müsse jeder Herrscher lesen. Aber die Reform der Kirche ist ihr völlig egal und Henry ebenso. Sie rütteln an der Autorität des Papstes, damit sie heiraten können, das ist alles. Und es widert mich an, dass sie ihre selbstsüchtigen, höchst fragwürdigen Motive mit reformerischen Absichten bemänteln.«

Thomas More kommentierte dies mit einem strahlenden Lächeln, aber nichts sonst.

»Wundert Euch nicht, Mylord«, bemerkte Lady Meg, die die Halle betreten hatte, eine Schale mit gerösteten Nüssen und getrockneten Aprikosen auf den Tisch stellte und sich zu ihnen setzte. »Bei dem Thema wird er stumm wie eine Auster.«

»Lady Meg.« Nick ließ es sich nicht nehmen, aufzustehen und sich vor ihr zu verneigen, obwohl sie ihn mit einem Wink davon abhalten wollte.

»Es ist so schön, Euch zu sehen«, erwiderte sie mit ihrem warmen und doch immer ein wenig spitzbübischen Lächeln. »Wir haben nicht mehr besonders viel Besuch in letzter Zeit.«

Vor knapp einem Jahr war Sir Thomas von seinem Amt als Lord Chancellor von England zurückgetreten.

Tags zuvor hatte der König die englischen Bischöfe und Äbte zur Unterzeichnung einer Urkunde gezwungen, die *Die Unterwerfung des Klerus* genannt wurde. Auch das hatte natürlich Cromwell ausgeheckt: Alle kirchliche Gerichtsbarkeit sowohl der Zukunft als auch der Vergangenheit wurde der Kontrolle der Krone unterstellt. Nicht des Parlaments, sondern der Krone. Anfangs hatten die Bischöfe sich natürlich geweigert, zuzustimmen, doch als der König ihre Untertanentreue daraufhin infrage stellte, bekamen die meisten kalte Füße. Der streitbare Erzbischof von Canterbury war schon zu krank gewesen, um zu intervenieren. John Fisher, der womöglich noch streitbarere Bischof von Rochester, lag ebenfalls darnieder. Nick hatte sich damals gefragt, ob Cromwell diesen beiden mächtigen Gegnern seines Plans vielleicht irgendetwas ins Essen hatte mischen lassen, um sie aus der Bischofsversammlung zu entfernen – zumindest vorübergehend. Zuzutrauen wäre ihm das allemal gewesen. Doch mochte das sein, wie es wollte, die kirchlichen Herren hatten sich dem Willen des

Königs gebeugt. *Die Unterwerfung des Klerus* war bei den Engländern – von den einfachen Bauern über die Bürgerschaft bis hin zum Adel – ausgesprochen beliebt, weil sie die Willkür und den Machtmissbrauch der Priester unterband, niemand mehr zum Ablasskauf gezwungen und mit der Drohung der Exkommunikation gefügig gemacht werden konnte. Nick musste nur daran denken, wie zahm Vater Ranulf daheim in Waringham mit einem Mal geworden war, um die Vorteile zu erkennen.

Aber Sir Thomas wertete sie als Affront gegen Kirche und Papst – was sie ja auch war – und hatte sein Amt niedergelegt.

»Ich bin keineswegs stumm, wenn es darum geht, das Recht der Kirche auf ihre eigene und vor allem unabhängige Rechtssprechung zu verteidigen«, antwortete More seiner Tochter. »Vor allem in Fragen der Häresie.«

»Oh, ich weiß, Sir«, gestand sie ihm zu. »Aber über die Heirat des Königs mit Lady Anne verliert Ihr kein Wort, weder öffentlich noch hier im vertrauten Kreis.«

»Nein.«

»Man könnte meinen, Ihr traut uns nicht«, warf sie ihm vor.

»Du weißt ganz genau, dass ich keinem Menschen auf der Welt so vertraue wie dir, Tochter«, gab er ernst zurück.

»Aber wie kann es dann sein …«

»Ich schweige, um uns zu beschützen«, fiel er ihr ins Wort, untypisch scharf. »Dich, deinen Gemahl und deine Kinder, deine Stiefmutter, deine Geschwister, mich selbst. Niemand wird je ein Wort von mir gegen die Heirat des Königs mit Lady Anne Boleyn hören, und wenn man dich eines Tages auf die Bibel schwören lässt, wahrheitsgetreu und umfassend zu berichten, was ich dir gegenüber zu diesem Thema geäußert habe, wirst du im Angesicht Gottes antworten können: *Gar nichts.*«

»Und Schweigen gilt vor dem Gesetz als Zustimmung«, murmelte Nick vor sich hin. Er sah Sir Thomas ins Gesicht. »Das habt Ihr mich gelehrt. An dem Tag, als Ihr mich heimgeschickt habt.«

More nickte. »Da Ihr es noch wisst, solltet auch Ihr vielleicht öfter einmal innehalten und überlegen, was Ihr vor welchen Zeugen sagt. Eure Freundschaft zu Prinzessin Mary ehrt Euch, aber sie macht Euch politisch angreifbar.«

»Und wenn schon. Meine Freunde suche ich mir selbst aus, und ich sage, was mir passt«, erklärte Nick rebellisch.

»Dann seid Ihr ein Narr.«

»Das habe ich nie bestritten.«

Wie in alten Zeiten begleitete Nick Lady Meg in die Armenküche, und als die Speisung der Bettler vorüber war, ging er in den Hof neben der Küche und hackte Brennholz, denn der Vorrat an Scheiten, die unter einem Vordach neben der Küchentür aufgestapelt lagen, war fast aufgebraucht.

»Mein Vater hat es selbst versucht«, erzählte Lady Meg. »Aber auch ein so außergewöhnlicher Mann wie Sir Thomas More kann nicht *alles*, Mylord.« Ihr schönes Lachen hatte nichts von seinem Zauber verloren, stellte Nick fest.

Geschickt trieb er die Klinge in einen dicken Eichenklotz, hob das Beil mitsamt dem Holz über den Kopf, als sei es federleicht, und ließ es auf den Block niedersausen. Die zwei Hälften des Eichenklotzes fielen ins Gras. »Ich habe gesehen, dass nicht mehr viele Diener hier sind«, bemerkte er. »Aber es kann wohl kaum so schlimm sein, dass er sein Brennholz selber hacken muss, oder?«

»Nein. Ihr wisst doch, wie er ist. Die verbliebenen Diener beklagten sich über die viele Arbeit, und da hat er sich in den Kopf gesetzt, sich einen Vormittag in der Woche nützlich zu machen.«

Nick hob die eine Hälfte des Eichenklotzes auf und stellte sie auf den Block. »Das wird sie lehren, ihm in Zukunft nichts mehr vorzujammern«, mutmaßte er.

»Vielleicht war genau das seine Absicht«, gab sie zurück. »Ihr macht das übrigens sehr geschickt, Mylord. Für einen Edelmann, meine ich.«

Über die Schulter warf er ihr ein Grinsen zu, dann richtete er den Blick wieder auf das Beil. »Ich bin so arm, dass mir nichts anderes übrig bleibt, als fleißig zu sein und im Schweiße meines Angesichts mein Brot zu verdienen.«

»Nun, genau das ist es, was Gott von uns will. Aber ich dachte, Euer Gestüt blüht und gedeiht.«

Wieder fuhr das Beil nieder, und Nick bückte sich, um die Scheite auf den unordentlichen Haufen zu seiner Linken zu werfen. »Es sieht oberflächlich betrachtet besser aus als früher, nicht mehr so heruntergekommen. Und ich habe mehr Pferde. Aber sie bringen nicht genug ein, und letztes Frühjahr ist mir eine Stute beim Fohlen verendet.« Was er verdiente, musste er obendrein zu einem Drittel an seine Stiefmutter ausbezahlen, er stotterte immer noch seine Schulden ab, und der Gutsbetrieb von Waringham brachte so gut wie nichts ein. »Aber ich will mich nicht beklagen wie Eure Dienerschaft, Lady Meg«, schloss er achselzuckend. »Ich komme über die Runden. Das kann heutzutage nicht jeder Landedelmann von sich sagen.«

»Nein«, stimmte sie zu, trat näher und half ihm, das gespaltene Holz aufzulesen und zu stapeln.

Unauffällig – so hoffte er – atmete er tief ein, als sie neben ihm stand, und erhaschte einen Hauch ihres Duftes. »Wo ist Eure Kinderschar?«

»Mary besucht seit letztem Jahr Vaters Schule«, antwortete Lady Meg mit unverhohlenem Stolz. »Sie lernt schon Griechisch.«

»Lieber sie als ich«, murmelte Nick und wurde mit einem neuerlichen Ausbruch von Heiterkeit belohnt.

»Ach ja, ich entsinne mich, das war nicht Eure Stärke, richtig?«, fragte sie.

Er schüttelte den Kopf. »Aber trotzdem denke ich gern an die Zeit hier zurück. Vermutlich wusste ich es nicht ausreichend zu schätzen, aber wenn ein Junge keine größeren Sorgen hat als das griechische Alphabet, ist er ein ziemlicher Glückspilz, oder?«

»Ich bete, dass die Sorgen, die wir heute haben, uns in fünf Jahren auch so klein vorkommen«, sagte Lady Meg, plötzlich untypisch bedrückt.

Eine Weile arbeiteten sie schweigend. Schließlich richtete Nick sich auf, fuhr sich mit dem Ärmel über die Stirn und sah sie an. »Wird Euer Vater zur Krönung gehen, Lady Meg?«

»Nie und nimmer.« Sie erwiderte seinen Blick unverwandt, scheinbar gleichmütig, aber sie sagte: »Ich bange um ihn, Nicholas. Ich fürchte, seine Opferbereitschaft an seine Prinzipien kennt keine Grenzen.«

Nick schulterte das Beil. »Ich mache mir ehrlich gesagt mehr Sorgen um diejenigen unter uns, die ihre Prinzipien nur gar zu bereitwillig opfern.«

Waringham, Mai 1533

Nick kam aus dem dämmrigen Torhaus in den Innenhof, zügelte Orsino und sah sich aufmerksam um. Das Lächeln, welches sich auf seinem Gesicht ausbreitete, wirkte ein wenig überrascht, denn der Anblick des Burghofs konnte ihn immer noch in Erstaunen versetzen: Dichter, frühlingsheller Rasen bedeckte den Hof, betupft mit Gänseblümchen, Löwenzahn und Schachblumen. Vor dem Wohnhaus auf der linken Hofseite hatte Lady Yolanda einen neuen Rosengarten angelegt – kleiner als der auf der Rückseite des Bergfrieds, aber Nick musste ihr zugestehen, dass er gut durchdacht und sehr hübsch anzusehen war. Kiespfade verbanden die einzelnen Gebäude miteinander, und wer sie verschmähte und eine Abkürzung über den Rasen nahm, riskierte Sumpfhexes Zorn ebenso wie Pollys. Wein rankte am Bergfried empor, und weil er so unermüdlich wuchs, hatte er bereits die Fenster der Halle erreicht. Er milderte den abweisenden Charakter der alten Festung, verlieh ihr etwas Verwunschenes, und das dichte Laub kaschierte den unerfreulichen Umstand, dass der linke vordere Eckturm nur mit rotbraunen Ziegelsteinen ausgebessert worden war, denn das war das Äußerste gewesen, was Nick sich hatte leisten können. Die Ziegel gewährleisteten mehr Stabilität als die abenteuerliche Balkenkonstruktion und machten den Bergfried weniger lebensgefährlich, aber sie waren ein so abscheulicher Anblick, dass Nick sich geschworen hatte, sie nach spätestens einem Jahr durch anständiges Mauerwerk zu ersetzen. Wie so viele

Provisorien hatte sich indes auch dieses als ausgesprochen langlebig erwiesen, und Nick hatte erkannt, dass ein verhüllender Rankenbewuchs die preiswerteste Lösung war. Die Glasfenster der Halle fehlten auch immer noch, aber die Holzläden, die sie ersetzten, wirkten frisch gestrichen und einladend. Links des Eingangs zum Bergfried hatten Nicks Köchin Alice und Polly einen kleinen Kräuter- und Obstgarten angelegt, von einem niedrigen Zaun aus geflochtenen Haselzweigen umfriedet, und der Pferdestall und die wenigen anderen hölzernen Gebäude, die noch im Hof standen, waren von Efeu bewachsen oder verschwanden beinah hinter den mannshohen Stockrosen.

Waringham Castle war – zumindest dem äußeren Anschein nach – ein Stückchen vom Garten Eden geworden.

Im Schritt ritt Nick zum Stall hinüber, wo Adams jüngerer Bruder Jacob ihn schon erwartete, der nach dem Tod des alten Paul letzten Winter dessen Arbeit übernommen hatte. Der schlaksige Knabe versorgte die wenigen Reittiere, die hier oben noch gehalten wurden, hielt Lady Yolandas Kutsche instand und erledigte den Großteil der anfallenden Gartenarbeiten. Gut gelaunt, willig und meist pfeifend schuftete er von früh bis spät, und Nick hatte sich schon mehr als einmal beglückwünscht, dass er ausnahmsweise einmal erwachsen genug gewesen war, Sumpfhexes Wahl zuzustimmen, als sie ihn vorgeschlagen hatte.

Jacob nahm Orsino beim Zügel. »Willkommen daheim, Mylord.«

»Danke.« Nick klopfte seinem schönen fünfjährigen Apfelschimmel den Hals und glitt aus dem Sattel. »Und? Was gibt es Neues?«

Jacob gehörte zu den Menschen, die immer alles über jeden zu wissen schienen. Das liege an seinem gutmütigen Naturell, behauptete Polly, die Menschen zögen ihn gern ins Vertrauen, weil er geduldig zuhöre und anscheinend für jede Torheit Verständnis aufbringen konnte.

»Mein Vater und mein Bruder haben wieder über Geld gestritten«, berichtete der Junge getreulich. »Sie reden kein Wort mehr miteinander. Vater geht zuviel ins Wirtshaus, und wenn er wiederkommt, verprügelt er meine Stiefmutter. Die alte Martha Wheeler hat der Schlag getroffen, ich schätze, Himmelfahrt erlebt sie nicht mehr. Ein fremder Gentleman wartet seit gestern auf Euch, und Polly liegt in den Wehen. Und der Pfirsichbaum geht ein.«

Lord Waringham nickte und gab keinen Kommentar zu Jacobs Neuigkeiten ab. Stattdessen reichte er ihm die Zügel und ging zum Bergfried hinüber. Das zweiflügelige Tor stand offen. Warmes Sonnenlicht fiel auf gescheuerte Steinfliesen und die hellen Wände der Vorhalle. Gemeinsam mit Jim, dem Mann seiner Köchin, hatte Nick sie verputzt und gekalkt. Wie so viele Dinge in seinem Leben hatte er auch das gelernt, indem er es sich ausführlich erklären ließ und dann einfach versuchte. In den Kammern im Obergeschoss, wo er begonnen hatte, war der Putz teilweise bucklig, hier und da war auch ein Stück wieder abgefallen, weil Nick es falsch angestellt hatte oder das Gemäuer zu feucht war, aber entlang der Treppe, in der Vorhalle und in Nicks Gemach über dem Rosengarten waren die Wände nahezu perfekt, fand er.

Als er die Tür zu seinem Refugium öffnete, vernahm er vom anderen Ende des Korridors, wo die kleineren Kammern lagen, einen jammervollen Schrei. Er fuhr leicht zusammen, trat dann in den behaglichen Raum und legte Barett und Schaube ab. Auf der Truhe neben seinem Bett standen Schüssel und Wasserkanne. Dankbar wusch er sich den Staub von Gesicht und Händen und überlegte, was er als Erstes tun musste. Hinüber ins Wohnhaus gehen, um festzustellen, ob sein geheimnisvoller Besucher dort steckte? Oder erst nach Polly sehen?

Sie schrie wieder, und Nick biss sich auf die Unterlippe. Zu gerne hätte er gewusst, warum Gott es so eingerichtet hatte, dass Frauen beim Gebären solch furchtbare Schmerzen litten. Und es musste furchtbar sein, um Polly solche Laute zu entlocken. Er bedauerte sie, er hatte ein schlechtes Gewissen, und er bangte um sie. Also gab er sich einen Ruck, warf das Handtuch auf die Truhe und ging zu ihrer Kammer hinüber.

Als er die Tür öffnete, schrie Polly wieder, und dann flehte sie weinend: »Heilige Jungfrau, hilf mir doch ...«

Seine Köchin Alice und Bridget, die Hebamme von Waringham, hockten mit den Rücken zur Tür neben dem Strohlager am Boden, und ein wildfremder Mann kniete zwischen Pollys angewinkelten Beinen.

Nick fand den Anblick obszön und war schlagartig wütend. Aber er sagte nichts, sondern umrundete die bizarre Szene und kniete sich auf der anderen Seite auf den harten Steinfußboden. »Polly.« Er nahm ihre Hand.

Sie wandte ihm das Gesicht zu. Ihres war rot und fleckig, das Haar zerzaust und verschwitzt. Sie riss ihre Hand aus seiner. »Geh weg«, keuchte sie. »Du sollst das nicht sehen …«

Der Fremde hatte die Linke auf ihren Oberschenkel und die rechte Hand auf ihren gewölbten Bauch gelegt, und das mit einer Selbstverständlichkeit, die Nick verwirrte und stutzig machte. Jetzt hob der Mann den Kopf und sah ihn an, und für einen Moment war es Nick, als schwanke der solide Boden unter seinen Knien, denn dieser Kerl sah aus wie der große Bruder, den Nick sich immer gewünscht hatte.

»John Harrison, Mylord, ich bin Euer Cousin.«

»Und Arzt?«, fragte Nick fassungslos.

Sein Vetter nickte und richtete den Blick wieder so ungeniert auf Pollys Scham. »Es ist wirklich besser, Ihr wartet draußen«, riet er, und sein Tonfall verhieß nichts Gutes. »Ich komme zu Euch, sobald ich kann.«

Nick strich Polly über die schweißnasse Stirn und drückte ihre schmale Hand kurz an seine Wange. »Wird schon«, murmelte er. »Du schaffst das, du wirst sehen.«

Er war nicht sicher, ob sie ihn hörte. Er ließ sie los, wandte sich ab und verspürte schuldbewusste Erleichterung, als er hinaus auf den Korridor trat.

Endlos langsam krochen die Stunden dahin. Pollys Schreie wollten einfach kein Ende nehmen, und mehr als einmal verfluchte Nick sich für das, was er angerichtet hatte. Er hatte sich einen Krug Ale aus der Küche geholt und saß damit in seinem Gemach. Hin und wieder hörte er eilige Schritte auf dem Gang und der Treppe, wenn die Hebamme oder Alice neues Wasser oder Tücher oder was man auch immer bei einer Entbindung brauchen mochte, herbeischafften, aber er blieb feige, wo er war.

Es war längst dunkel, als Ruhe einkehrte. Nick hob den Kopf und lauschte. Die Stille war absolut, keine Schritte waren mehr zu hören, keine murmelnden Stimmen, auch nicht das Weinen eines Säuglings. Er erhob sich und trat mit wackligen Knien auf den Gang hinaus, doch ehe er die Tür am anderen Ende erreichte, wurde sie geöffnet, und sein unbekannter Cousin kam heraus. Er trocknete sich die Hände an einem sauberen Tuch ab, das über seiner Schulter hing. »Ihr habt eine gesunde Tochter bekommen, Mylord.«

»Und Polly?«

»Sie schläft. Sie hat es ziemlich schwer gehabt und viel Blut verloren.«

Nick achtete darauf, dass seine Stimme nüchtern klang, als er fragte: »Wird sie's schaffen?«

John Harrison lächelte schwach. »So Gott will. Es ist noch zu früh, um das zu sagen.«

»Habt Dank, Cousin. Und entschuldigt mich einen Moment.« Er ließ ihn stehen und trat leise in die Kammer.

Alice und Bridget hatten das winzige Neugeborene gewaschen und der Mutter auf den Bauch gelegt. Beide schienen fest zu schlafen. Nick setzte sich neben das Lager und betrachtete sie im schwachen Licht der Kerze, die auf der niedrigen Kommode stand. Das Kind war schrumpelig, hässlich, krebsrot und unvorstellbar winzig. Polly wirkte kränklich bleich und hatte violette Schatten unter den Augen. Nick legte den linken Arm um die angewinkelten Knie, hob die rechte Hand und berührte mit dem kleinen Finger behutsam die winzige Wange des Neugeborenen. »Kann ich sie hochheben?«, fragte er flüsternd.

»Es wär besser, Ihr lasst sie schlafen«, riet die Hebamme. »Sie sind beide erschöpft. Es war eine Steißgeburt, wisst Ihr, das ist fürs Kind genauso schlimm wie für die Mutter. Ich glaub nicht, dass Polly es bis morgen früh macht, aber ich schick Euch …«

Nicks Kopf ruckte hoch.

»Halt doch den Mund, Bridget«, fuhr Alice die Hebamme an. Nick beugte sich vor und küsste Polly auf die Stirn. Die Blässe ließ ihre Haut beinah durchsichtig wirken, und mit einem Mal sah sie selbst noch aus wie ein Kind. Viel zu jung jedenfalls, um im Wochenbett zu sterben. Er riss sich von ihrem Anblick los, stand auf und fischte einen halben Schilling aus der Börse an seinem Gürtel. »Hab Dank, Bridget.«

Sie verstand sehr wohl, dass er sie vor die Tür setzte. Mit einem vernichtenden Blick in seine Richtung steckte sie ihren Lohn ein und ging hinaus. Ehe die Tür sich ganz geschlossen hatte, hörte er sie murmeln: »Immer dasselbe mit den Kerlen: Erst machen sie den Frauen die Bälger, und dann werden sie zimperlich.«

Nick wartete, bis ihre Schritte verhallt waren, ehe er sagte: »Ich fürchte, sie hat nicht ganz unrecht.«

»Sie ist ein gehässiges Miststück, Mylord«, entgegnete Alice. »Gebt nichts auf das, was sie sagt. Sie ist eingeschnappt, dass der Doktor ihr ins Handwerk gepfuscht hat, aber ohne ihn wär Polly mit Sicherheit jetzt tot. Er hat dem Kind auf die Welt geholfen, sonst wär es jetzt noch nicht da. Und er hat Pollys …« Sie hielt kurz inne und beschloss dann offenbar, ihm die Einzelheiten zu ersparen. »Er hat dafür gesorgt, dass sie aufhört zu bluten. Und was immer jetzt geschieht, es ist nicht Eure Schuld.«

Er hob den Kopf und lächelte ihr matt zu. »Danke, Alice. Würdest du Bessy holen? Ich bleibe hier, bis sie kommt.«

Pollys Mutter erschien im Handumdrehen, sah auf ihre Tochter und ihre Enkelin hinab, bekreuzigte sich und betete einen Moment still. Dann strich sie Nick über den Schopf. »Ein bildschönes Kind, Mylord.«

Wie immer bog er ungehalten den Kopf weg und kam auf die Füße. »Sie ist eine hässliche kleine Kröte. Aber süß.«

»Wie soll sie heißen?«

»Eleanor.«

Bessy starrte ihn an. »Seid Ihr noch zu retten? Eure Mutter wird aus dem Grab aufstehen und Euch heimsuchen, wenn Ihr Euren Bastard nach ihr benennt.«

Nick hob eine Braue. »Das macht mir keine Angst.« Es wäre eine gute Gelegenheit, seiner Mutter zu sagen, was er davon hielt, dass sie einfach gestorben war und ihn und Laura im Stich gelassen und Sumpfhexe ausgeliefert hatte. »Es ist *meine* Tochter, also werde ich entscheiden, wie sie heißen soll, klar?«, brummte er. Er wandte sich zur Tür. »Ruf mich, wenn irgendetwas ist.«

Nicks Cousin hatte ein Buch aus dem Regal gezogen und hielt es aufgeschlagen in Händen. Als Nick eintrat, sagte er: »Ich hoffe, Ihr vergebt meine Neugier, Mylord.«

»Nur keine Hemmungen, Vetter. Lies, so viel du willst, fühl dich wie zu Hause. Und sag nicht ›Mylord‹ zu mir, wenn du so gut sein willst.«

John Harrison nickte, setzte sich, und als Nick ein Glas Wein vor ihn stellte, hob er es und sagte: »Alsdann, Cousin Nicholas. Auf deine Tochter.«

Nick stieß mit ihm an. »Und auf dich.« Er nahm einen ordentlichen Zug. »Herrje, ich bin ausgehungert«, bemerkte er, als er das feine Glas abstellte. »Ich sollte lieber etwas essen, ehe ich weiter trinke. Oder am besten gar nichts mehr trinken. Vater Ranulf wird mich strafend genug ansehen, wenn ich ihm morgen früh meine Tochter zur Taufe bringe, selbst wenn ich nicht sternhagelvoll bin ...«

Johns Lachen klang tief und warm. »Das ist bestimmt ein weiser Entschluss.«

»Die Köchin war die Frau, die dir geholfen hat, also ist der Herd vermutlich kalt, und es wird nur Brot und Schinken oder Ähnliches geben.«

Nick trat zur Tür, aber ehe er öffnen konnte, klopfte es, und Jim trat über die Schwelle, beladen mit einem vollen Tablett.

»Oh, dich schickt der Himmel, Mann«, bemerkte Nick mit Befriedigung: Jim brachte wie erwartet Brot und Wurst, aber dazu Käse, ein Brathühnchen und einen halben Apfelkuchen, der noch dampfte. »Mit den besten Grüßen aus der Küche von drüben, Mylord«, erklärte er augenzwinkernd. »Lady Yolanda weiß allerdings nichts von ihrer Großzügigkeit.« Er stellte die guten Gaben auf dem Tisch ab, nickte dem Gast höflich zu und verschwand wieder.

»Greif zu, John«, lud Nick seinen Cousin ein, zückte sein Messer und schnitt eine Keule vom Hühnchen.

Der Arzt folgte seinem Beispiel. »Du hast einen bemerkenswert informellen Haushalt für einen Earl«, befand er. Es war unmöglich zu erraten, was er von dieser Erkenntnis hielt.

Nick hob die Schultern und erwiderte: »Jim und ich werkeln seit Jahren zusammen an diesem hoffnungslos verfallenen alten Kasten herum. Es ist ein unendliches Projekt. Oft nehmen wir uns zu viel vor oder überschätzen uns und scheitern.« Er verzog den Mund zu einem selbstironischen Lächeln. »Das verbindet.« Er nahm sich noch ein Stück Hühnchen.

»Verstehe.« John tupfte sich die Lippen mit seinem Taschentuch ab und trank einen Schluck Wein. »Und denk nicht, ich sei pikiert. Ich hatte es mir nur anders vorgestellt, das ist alles. Um dir die Wahrheit zu sagen, ich habe mich beinah nicht hergetraut vor lauter Ehrfurcht.«

Nick gluckste. »Ach du meine Güte. Vermutlich bist du insgeheim enttäuscht. Aber auch wer hochnäsiges adliges Getue sucht, kann in Waringham auf seine Kosten kommen. Du musst nur einmal über den Hof.«

John nickte. »Ich hatte bereits das Vergnügen.«

Nick sah ihn einen Moment neugierig an, fragte aber nicht. Stattdessen sagte er: »Nun, ich freue mich jedenfalls, dass du gekommen bist. Seit mein Vater tot ist, habe ich viel an die Verwandten gedacht, die Laura und ich im Norden und in Wales noch haben müssen. Wer … ähm, wer genau bist du?«

»Mein Vater war Harry of Waringham, der jüngste Bruder deines Großvaters. Ein paar Jahre nach der Schlacht von Bosworth bekam er vom alten König Henry ein Lehen in der Nähe von Ripley in Cheshire. Er starb vor zehn Jahren, an meinem achtzehnten Geburtstag. Da war ich schon in Oxford. Und dort blieb ich auch, denn ich bin der Jüngste, und das Lehen musste meinen Bruder ernähren und Mitgiften für meine beiden Schwestern abwerfen. Also schien es mir weise, etwas Anständiges zu lernen.

Nach dem Studium ging ich nach York, trat als Gehilfe in die Praxis eines alten Quacksalbers ein und … na ja, lernte mein Handwerk, könnte man wohl sagen. Vor zwei Monaten ist er gestorben, und seine Tochter und sein Schwiegersohn haben mich von heute auf morgen vor die Tür gesetzt, weil sie das Haus selbst bewohnen wollten.« Er zuckte unbekümmert die Schultern. »Ich hätte mich auf eigene Faust in York niederlassen können, aber ich dachte, es sei vielleicht der richtige Zeitpunkt, auf Wanderschaft zu gehen und ein bisschen mehr von der Welt zu sehen. Und hier bin ich.«

Nick hatte ihm mit Interesse gelauscht. »Du hast den Namen Waringham abgelegt?«

»In der akademischen Welt haben alte Namen keine große Bedeutung«, erklärte John. »Ich wollte nicht, dass irgendwer glaubt, ich wolle mir aufgrund meiner Abstammung Vorteile verschaffen, die ich nicht ehrlich erworben habe.«

»Und so wurdest du Doktor Harrison.« Nick dachte einen Moment nach und fügte schließlich hinzu: »Ich führe ein Leben, über das die meisten unserer Vorfahren vermutlich kummervoll die Köpfe schütteln würden. Ich bin ewig abgebrannt und habe Schulden, und es ist vielleicht auch nicht viel Ehre darin, der Sohn eines in Ungnade gefallenen Wirrkopfs zu sein. Aber wenn ich mich frage, wer oder was ich eigentlich bin, lautet die Antwort: ein Waringham. Müsste ich den Namen ablegen, wäre ich verloren.«

»Weil du der Erbe bist«, erwiderte John. »Das ist etwas völlig anderes. Ich hatte eine Wahl. Du nicht.«

»Ja, mag sein. Seit wann bist du hier? Du sagst, du hast meine Stiefmutter schon kennengelernt?«

John nickte, und es war wieder unmöglich zu erraten, was er dachte. »Und deinen Bruder.«

»Ray ist in Waringham?« Das war eine unerwartete Freude. »Herrje, und ich war noch nicht drüben. Vielleicht sollte ich das noch rasch nachholen, sonst ist er gekränkt.«

»Sein Vormund ist auch hier.«

Nick schnitt eine Grimasse. »Unter den Umständen verschiebe ich es doch lieber auf morgen. Hast du Familie, John?«

»Nein«, antwortete sein Cousin, und Nick hörte das Bedauern in der Stimme. »Es gab einmal eine junge Dame in York, die ich sehr gerne geheiratet hätte, aber sie starb am Schweißfieber.«

»Das tut mir leid. Für einen Arzt muss es besonders schlimm sein, einen geliebten Menschen sterben zu sehen und nichts tun zu können.«

»Vielleicht. Ich bin nicht sicher. Wahrscheinlich ist es für jeden gleich schlimm. Und die wichtigste Lektion, die du als Arzt lernen musst, ist die, dass du nicht allen helfen kannst. Die Entscheidung über Leben und Tod liegt in Gottes Hand, nicht in meiner.«

»Und doch sagt meine Köchin, Polly wäre gestorben, wenn du nicht hier gewesen wärst.«

»Ja. Sie wäre verblutet, das ist gewiss.«

»Dann wage ich zu hoffen, dass Gott dich ausgerechnet jetzt hierher geführt hat, um das zu verhindern. Weil sie weiterleben soll.«

Sein älterer Cousin betrachtete ihn ernst. »Du ... hängst an ihr, ja?«

Nick legte beide Hände um sein Glas, blickte hinein und sah dann wieder auf. »Weil du mein Cousin bist, werde ich dir die Wahrheit sagen, statt mich besser zu machen, als ich bin: Ja, ich hänge an ihr. Aber bei Weitem nicht so, wie sie's verdient hätte. Ich bete vor allem des Kindes wegen, dass Polly weiterlebt, denn ohne Mutter aufzuwachsen ist ... grässlich.«

»Oh ja«, pflichtete John ihm bei. »Das musst du mir nicht erzählen. Meine Mutter starb bei meiner Geburt.«

»Und hattest du eine Stiefmutter?«

John schüttelte den Kopf. »Vater konnte sich nie dazu entschließen, wieder zu heiraten. Ich nehme an, du denkst, dass es so vielleicht besser war, denn ich habe schon gemerkt, dass zwischen dir und deiner Stiefmutter keine große Zuneigung besteht. Aber ich fand Vaters lange Trauerzeit immer verantwortungslos. Nicht alle Stiefmütter sind Ungeheuer.«

»Nein, sicher nicht«, räumte Nick ein. Doch er musste unwillkürlich an Prinzessin Mary und Lady Anne Boleyn denken. Und er hatte die Befürchtung, dass er, verglichen mit Mary, um seine Stiefmutter zu beneiden war …

Polly hatte kein Fieber bekommen, und ihre Wangen erschienen Nick schon nicht mehr so fahl, als er am nächsten Morgen zu ihr ging. Sie versicherte, sie fühle sich großartig, und ihre Augen strahlten vor Liebe und Stolz, als sie ihr Töchterchen betrachtete. Schweren Herzens überreichte sie es ihrer Mutter, die angeboten hatte, es zu Vater Ranulf zu bringen.

»Ihr solltet das nicht selbst tun, Mylord«, riet Bessy. »Es gehört sich nicht für einen Gentleman, bei der Taufe seines Bastards zugegen zu sein und …«

»Das ist mir gleich«, entgegnete er trotzig. »Deine Auffassung bezüglich der Manieren eines Gentleman in allen Ehren, Bessy, aber sie ist *mein* Kind, also werde ich wohl …«

»Mutter hat trotzdem recht«, fiel Polly ihm ins Wort. »Du tust weder mir noch dem Kind einen Gefallen, wenn du so ein Gewese machst. Die Bauern werden hinter meinem Rücken sagen, ich hätte dich dazu überredet, weil ich mir etwas darauf einbilde, die Mutter deiner Tochter zu sein. Bei so was sind sie empfindlich.«

Nick seufzte ungeduldig, gab aber nach und legte Eleanor widerwillig in Bessys Arme. »Also schön, meinetwegen. Dann geht mit Gott.«

Bessy lächelte ihm zu, knickste und trug ihr Enkelkind aus der Kammer.

Nick beugte sich über Polly und küsste ihr die Stirn. »Das heißt wohl, dass ich keine Ausrede mehr habe, der Begegnung mit Sumpfhexe und Bruder Norfolk aus dem Wege zu gehen«, bemerkte er.

»Ich steh gleich auf und röste dir Honigmandeln, um dich zu trösten, wenn du zurückkommst«, versprach Polly, die ihn immer gern ein wenig damit aufzog, dass er ein Jahr jünger war als sie, und ihn wie einen Bengel behandelte.

»Du bleibst, wo du bist, bis Doktor Harrison dir aufzustehen erlaubt«, brummte Nick.

Er verließ die Kammer, ging die gefährliche Wendeltreppe hinab und trat hinaus in den Frühlingsmorgen. Es war noch früh, der Tau auf den Kräutern in Pollys kleinem Garten trocknete gerade erst, und eine herrliche Duftmischung aus Lavendel und Petersilie wehte zu ihm herüber. Die Maisonne hatte schon erstaunliche Kraft, und es würde nur noch wenige Tage dauern, bis an Sumpfhexes Rosen die ersten Knospen erblühten.

Nick fand Raymond, seine Stiefmutter und ihren Bruder beim Frühstück. Er trat einen Schritt in den Raum, blieb dann stehen und verneigte sich. »Madam. Euer Gnaden. Ray. Guten Morgen.«

»Ah, Nicholas.« Lady Yolanda tat überrascht. »Du bist zurück?«

»Ganz recht.«

»Waringham«, knarzte Norfolk. Seine Stimme erinnerte Nick immer an ein Türscharnier, das dringend geölt werden musste. Sie klang von Natur aus missgelaunt, vermutlich auch dann, wenn er einer schönen Frau ein Kompliment machte. Aber Nick wusste, in seinem Fall war es genauso verdrossen gemeint, wie es sich anhörte: »Was drückt Ihr Euch da an der Tür herum wie ein Dieb? Nehmt schon Platz.«

Nick zwinkerte seinem Bruder verstohlen zu. »Gute Reise gehabt, Ray?«, fragte er, während er auf seinen alten Platz glitt.

»Ja. Und du?« erwiderte der Junge.

»Bestens.« Es gab hundert Dinge, die Nick seinen Bruder fragen wollte, denn er hatte ihn lange nicht gesehen, doch sie schwiegen höflich und warteten, dass der Duke of Norfolk die Unterhaltung eröffnete.

»Ihr wart in Newhall, berichtete man mir?«, fragte der Herzog zwischen zwei Löffeln Fleischbrühe.

»So ist es, Euer Gnaden.« Nick hätte gerne gewusst, wer Norfolk davon erzählt hatte, aber eigentlich spielte es keine Rolle, denn er machte kein Geheimnis aus seinen Besuchen bei Prinzessin Mary.

»Wie ich höre, lässt Lady Mary keine Gelegenheit aus, die zukünftige Königin zu brüskieren«, warf Sumpfhexe ein. »Ich kann nur hoffen, dass du sie darin nicht bestärkst, Nicholas, denn es ist töricht und ungehörig, wenn eine Tochter sich den Wünschen ihres Vaters widersetzt. Für eine Prinzessin erst recht.«

»Nun, das ist sie ja nicht mehr, nicht wahr«, entgegnete Nick liebenswürdig. »Die ›zukünftige Königin‹ hat nach ihrer absurden Hochzeit keine Zeit verloren, Mary davon in Kenntnis zu setzen, dass sie sich fortan nicht mehr Prinzessin nennen dürfe.«

Seine Stiefmutter nickte säuerlich. »Eine bedauerliche Begleiterscheinung der Umstände«, räumte sie ein und konnte sich wie so oft nicht verkneifen, eine Gehässigkeit hinterherzuschieben: »Genau betrachtet ist Mary nun vom gleichen Stand wie das Balg, das deine Magd gestern bekommen hat.«

Nick sah zu seinem Bruder, der mit hochgezogenen Schultern an seinem Platz saß und den Kopf über sein Frühstück gesenkt hielt. Nick hätte Raymond lieber selbst von Eleanors Geburt erzählt, es ihm schonend beigebracht. Aber wenn sich eine Gelegenheit bot, ihn in Raymonds Augen schlechtzumachen, dann war auf Sumpfhexe immer Verlass …

»Ihr werdet eine Einladung zur Krönung erhalten«, teilte Norfolk ihm mit. »Der König gedenkt, Euch im Zuge der Feierlichkeiten den Ritterschlag zu erteilen und offiziell zum Earl of Waringham zu gürten, da Ihr ja beinah volljährig seid.«

Bei der Vorstellung hatte Nick schlagartig das Gefühl, einen Schneeball verschluckt zu haben, doch er sagte lediglich: »Welch unerwartete große Ehre.«

»Unerwartet?« Norfolk riss mit mehr Kraft als nötig ein Stück von einer Brotscheibe ab, als gelte es, sie zu vernichten, weil sie sein Missfallen erregt hatte, und warf es in seine Suppe. »Wieso?«

»Es ist das erste Mal, dass der König mich mit seiner Aufmerksamkeit ehrt.«

»Suffolk war der Ansicht, es sei eine gute Gelegenheit, Euch bei Hofe einzuführen«, grummelte Norfolk. »Er hat es vorgeschlagen, und seine Majestät hat zugestimmt. Wenn Ihr gescheit seid, nutzt Ihr die Chance, die neue Königin Eurer Treue zu versichern und Euch von der unklugen Allianz mit Catalina und ihrem Bastard loszusagen.«

»Habt Dank für Euren Rat, Euer Gnaden«, erwiderte Nick kühl.

»Solltest du erwägen, der Krönung fernzubleiben, wirst du Anlass haben, es zu bereuen«, merkte Lady Yolanda an. Im ersten Moment war Nick irritiert, weil sie ihm einen Rat gab, so als wäre sie um seine Sicherheit besorgt. Dann ging ihm auf, dass sie ihm drohte.

Er ignorierte seine Stiefmutter und wandte sich wieder an deren Bruder. »Natürlich werde ich der Einladung des Königs folgen, wenn sie kommt. Aber ich habe Grund zu der Annahme, dass Sir Thomas der Krönung fernbleiben will.«

»Thomas More?«, fragte Norfolk stirnrunzelnd und fuhr fort, die arme Brotscheibe in Fetzen zu reißen. »Wie kommt Ihr darauf?«

»Seine Tochter hat es mir gesagt.«

Norfolk aß geräuschvoll einen Löffel voll und winkte ab. »Weibergeschwätz ...«

»Mag sein. Aber sie kennt ihn gut, Mylord, denn sie genießt sein Vertrauen. Und sie ist in Sorge. Ich ...« Nick brach ab. Es fiel ihm schwer, diesen übellaunigen Widerling um etwas zu bitten, aber wenn das der Preis für seine Hilfe war, musste es wohl sein. Der Duke of Norfolk war immer Thomas Mores Freund gewesen, und sie waren Verbündete in ihrer Ablehnung der Reformbewegung, die sich um Thomas Cromwell, Lady Anne Boleyn und den neuen Erzbischof Cranmer gebildet hatte und jeden Tag an politischem Einfluss gewann. »Ich glaube, Lady Meg wäre sehr dankbar, wenn Ihr auf Sir Thomas einwirken würdet.«

Norfolk steckte sich einen Löffel aufgeweichtes Brot in den Mund und sagte kauend: »Ich könnte ihm nur sagen, was er längst weiß: Der König wird nicht vergessen, wer in dieser schwierigen Zeit für ihn, wer gegen ihn ist. Und es ist gefährlich, ihn zu enttäuschen.«

Nick schluckte. »Möglicherweise sollte ihn jemand daran erinnern. Nicht ich oder Lady Meg, sondern ein alter Freund, den er bewundert und dessen Meinung er schätzt.«

»Na schön«, sagte Norfolk. »Ich reite hin.«

Nick deutete eine Verbeugung an. »Ich bin Euch sehr dankbar, Euer Gnaden.« Es war nicht einmal eine Lüge. Und er dachte: Schmeicheleien sind es also, mit denen man dir beikommt. Vielleicht sollte ich mir das für die Zukunft merken. Er beschloss, die Gunst des Augenblicks zu nutzen: »Würdet Ihr mir wohl gestatten, meinen Bruder für zwei Stunden mit ins Gestüt zu nehmen?«

Norfolk vollführte eine halb ungeduldige, halb einladende Geste. »Wenn seine Mutter nichts dagegen hat.«

Nick ballte die Linke, die unter dem Tischtuch versteckt auf seinem Knie lag. War es wirklich möglich, dass er Sumpfhexes Segen brauchte, um einen Vormittag mit seinem Bruder verbringen zu können? Aber er war gewillt, sich auch diesem demütigenden Ritual zu unterziehen. »Madam? Wenn Ihr erlaubt?«

Sie wollte nicht. Er sah an ihrem Blick, dass sie nach einem Grund suchte, seine Bitte abzuschlagen. Aber zum Glück war sie weder besonders klug noch besonders schlagfertig, und ihr fiel auf die Schnelle nichts ein. »Meinetwegen«, sagte sie. »Aber sorg dafür, dass er sich nicht schmutzig macht. Im Gegensatz zu dir trägt dein Bruder feine Kleider, wie es sich für einen Gentleman gehört.«

Im Gegensatz zu mir hat mein Bruder einen Vormund, der ihm seine kostbare Garderobe bezahlt, hätte Nick erwidern können. Bei all dem, was er hier herunterschlucken musste, war es kein Wunder, dass er trotz seines leeren Magens und der Düfte am Frühstückstisch keinen Appetit verspürte. Er stand auf, verneigte sich vor seiner Stiefmutter und dem Duke of Norfolk, dann wandte er sich an seinen Bruder: »Raymond? Hast du aufgegessen? Dann komm.«

Seite an Seite schlenderten sie über den Burghof, und Nick betrachtete seinen Bruder aus dem Augenwinkel. Raymond war ordentlich gewachsen, seit sie sich zuletzt begegnet waren. Seine Beine waren richtig lang geworden, das Gesicht schmaler. Zehn Jahre alt, dachte Nick staunend. Kein kleiner Junge mehr. Raymond wirkte gesund und wohlgenährt und tatsächlich sehr elegant in seiner Schaube aus hellblauem Samt. Und so missgelaunt wie sein Onkel Norfolk, in dessen Haushalt er das letzte Jahr verbracht hatte.

Nick zerbrach sich den Kopf, was er sagen, wie er dieses Schweigen überwinden sollte. »Geht es dir gut?«, fragte er ein wenig unbeholfen.

»Ja.« Raymond sah stur geradeaus.

»Ich war bei Laura und Philipp in London. Laura hat kurz nach Weihnachten eine Tochter bekommen. Hast du sie schon gesehen?«

»Nein.«

»Zwei Nichten haben wir jetzt schon. Judith, die kleine, sieht genauso aus wie du.«

Raymond gab keinen Kommentar ab.

»Möchtest du reiten oder laufen?«, fragte Nick.

»Egal.«

»Sollen wir unseren Cousin John fragen, ob er mitkommen will?«

Raymond zuckte bockig die Schultern. »Egal.«

Nick schärfte sich ein, geduldig zu sein. Wortlos führte er seinen Bruder auf die Rückseite der Kapelle.

»Ich dachte, du willst ins Gestüt«, merkte Raymond an.

»Ja, gleich. Wenn du nichts dagegen hast, gehen wir vorher kurz an Vaters Grab vorbei.«

Raymond erwiderte nichts, aber seine Haltung entspannte sich ein wenig. Sein Schritt wurde fließender, die hochgezogenen Schultern sanken herab, sodass er mit einem Mal gar nicht mehr so aussah, als werde er zur Schlachtbank geführt.

Das Gras auf dem kleinen Friedhof der Waringham war gemäht. Vor den beiden Steinen, die die letzte Ruhestätte von Eleanor und Jasper of Waringham markierten, blühten Primeln. Seite an Seite blieben die Brüder stehen, bekreuzigten sich und beteten einen Moment, jeder im Stillen für sich.

»Sieht schön aus«, sagte Raymond schließlich und zeigte auf die kleinen, fast verblühten Blumen.

Nick lächelte flüchtig. »Polly hat sie gepflanzt. Um mir eine Freude zu machen, schätze ich, aber es gibt auch nicht vieles, was sie lieber tut als Gartenarbeit.«

»Sie bereitet dir noch ganz andere Freuden, hab ich gehört«, sagte Raymond und wandte sich ab.

Nick fand die Bemerkung seltsam. Raymond war noch zu jung für schlüpfrige Andeutungen dieser Art; es klang altklug und unecht. »Wer hat dir das erzählt?«

»Gibt es irgendwen in Waringham, der es nicht weiß?«, konterte der Jüngere verächtlich.

Nick ging schweigend neben ihm her. Sie kamen durchs Torhaus, und als sie die alte Zugbrücke überquerten, antwortete er: »Du bist sehr streng in deinem Urteil über mich, scheint mir.«

»Es ist Sünde!«, hielt Raymond ihm wütend vor. »Unanständig, unter deiner Würde und schändlich.«

»Sagt wer?«

»Sage ich!«

»Ohne zuvor wenigstens zu hören, was ich zu meiner Verteidigung vorzubringen habe?«

Daran hatte Raymond eine Weile zu kauen. Sie gingen den Burghügel hinab, und der Junge lief ein paar Schritte voraus, um die Schafe auseinanderzuscheuchen, die den Pfad versperrten, und dabei verstohlen die Lämmer zu streicheln. Dann stiegen sie den Mönchskopf hinauf, und oben auf der kahlen Kuppe des Hügels verharrten sie einen Moment, wie es ihre Gewohnheit war, und schauten sich um. Dies war der einzige Punkt in Waringham, von wo aus man Dorf, Gestüt und Burg sehen konnte.

»Also? Was hast du zu deiner Verteidigung zu sagen?«, fragte Raymond schließlich, und ein kleines, schüchternes Lächeln lag auf seinen Lippen und verwandelte ihn zurück in den Bruder, den Nick kannte.

»Tja, lass mich nachdenken … Sie war willig, und ich war schwach«, erklärte er flapsig.

»Eine erbärmliche Verteidigung.«

»Wirklich? Sonderbar. Wenn König Henry sie vorbringt, ist sie für alle akzeptabel …«

»Nick«, schalt Raymond vorwurfsvoll. »Du darfst so was nicht sagen.«

»Entschuldige.«

»Also?«

Nick blickte einen Moment auf sein Gestüt hinab. Eine Stute stand mit ihrem Fohlen auf der Koppel vor dem Stallmeisterhaus. Das Kleine rieb den Kopf am Bauch seiner Mutter, dort, wo das Fell weich war. Es war ein wunderschönes Bild.

»Ich war einsam, Ray. Ich glaube, das ist der wahre Grund. Es ist nicht meine Absicht, dein Mitgefühl zu wecken, denn Vaters Tod war für dich schlimmer als für mich, weil du noch so jung warst. Aber ich kann dir keinen anderen Grund nennen, wenn es die Wahrheit ist, die du hören willst: Ich war einsam, und Polly war da. Jetzt hat sie ein Kind von mir bekommen. Na und? Jeden Tag bekommen Mägde Bälger von ihren Gutsherrn. Ich habe sie zu nichts gezwungen.« Und der Erste war er auch nicht gewesen. Manche Mädchen hüteten ihre Jungfräulichkeit bis zur Hochzeitsnacht wie die Kronjuwelen, andere verschenkten sie wie ein Gänseblümchen, das morgen wieder wächst. Das war die ganze Geschichte. »Es ist nicht gerade anständig, da muss ich dir recht geben. Ich erwarte auch keinen Heiligenschein dafür. Meinetwegen kannst du mir vorwerfen, dass ich meine Stellung schamlos ausgenutzt und es getan habe, weil ich Lord Waringham bin und es mir leisten konnte. Das stimmt. Aber du kannst sicher sein, dass ich immer gut für Polly und meine kleine Tochter sorgen werde. Die im Übrigen deine Nichte ist. Du könntest dich entschließen, dich einfach daran zu erfreuen, dass es sie gibt.«

Raymond kickte einen losen Kalkbrocken vom Pfad und schlenderte weiter. »Ich weiß nicht mehr, was ich denken soll«, gestand er. »Wenn du gehört hättest, was meine Mutter und Onkel Norfolk gesagt haben …«

»Ich kann's mir schon vorstellen.« Norfolk, wusste Nick, war ein unerbittlicher Moralist und ein sehr frommer Mann, und sein eigener Lebenswandel war so untadelig, dass er nach Herzenslust Steine werfen konnte, was er auch mit großer Hingabe tat. Solange nicht König Henry der Sünder war, den es zu maßregeln galt. Dessen skandalöse Liaison mit Lady Anne Boleyn, die er jetzt auf so unerhörte Weise legitimieren wollte, indem er seine rechtmäßige Gemahlin als Hure und seine Tochter als Bastard brandmarkte – all das nahmen Norfolk und Sumpfhexe vermutlich mit einem nachsichtigen Lächeln zur Kenntnis. Weil Anne Boleyn ihre Nichte war und sie sich von ihrer Krönung mehr Macht, Ansehen oder Reichtümer erhofften. Wenn man darüber nachdachte, war ihre Entrüstung über Nicks kleines Malheur eigentlich urkomisch.

Aber er wusste, dass er seinem Bruder all diese Dinge nicht sagen konnte, ohne ihn aufs Neue gegen sich aufzubringen. Nick zögerte einen Moment, dann legte er Raymond den Arm um die Schultern. »Es tut mir leid, dass ich ihnen Anlass gegeben habe, schlecht von mir zu sprechen. Es ist bestimmt schwer für dich, das zu hören und zu wissen, dass sie im Grunde recht haben. Aber ich bin kein gewissenloses Ungeheuer.«

»Nein.« Es klang bedrückt.

»Ich bin dein Bruder, Ray. Und ich liebe dich.«

»Ich weiß.«

»Dann vergiss es nicht.« Er ließ ihn los.

»Wirst du zur Krönung gehen?«, fragte Raymond schließlich, und es klang ängstlich.

»Natürlich. Wenn ich muss.«

»Ich werde auch dort sein. Onkel hat gesagt, es ist der Tag, da ich als Page bei Hof eingeführt werde.«

»Und? Freust du dich?«

Raymond hob kurz die Schultern. »Es ist eine hohe Ehre.«

»Zweifellos.«

»Ich fürchte mich ein bisschen vor dem König«, gestand der Junge. »Aber ich bin auch stolz. Und Louise wird ja da sein. Ich bin also nicht ganz allein bei Hofe.«

Louise war eine von Lady Annes Hofdamen geworden, wusste Nick, und mit deren Krönung würde auch seine Stiefschwester in der komplizierten Hierarchie des Hofes aufsteigen. *Glückwunsch, Brechnuss*, dachte er gehässig. »Das klingt doch großartig. Sicher wirst du prächtige Feste und wundervolle Jagden erleben.«

»Ja, bestimmt. Aber es wäre alles viel schöner, wenn du auch dort wärest.« Raymond blieb stehen und sah zu seinem großen Bruder empor. »Kannst du nicht an den Hof kommen, Nick?

Wäre es nicht viel besser, du würdest dich von der Königin …
der prinzlichen Witwe, wollte ich sagen, und ihrer Tochter distanzieren?«

»Das klingt, als hätte das ebenfalls dein Onkel Norfolk gesagt.«

»Stimmt«, räumte Raymond mit kindlicher Arglosigkeit ein.
»Du setzt aufs falsche Pferd, meint er. Und schaufelst dein eigenes
Grab.«

»Dein Onkel Norfolk ist wahrhaftig der König der abgedroschenen Metaphern, scheint mir …«

»Was?«

»Gar nichts. Entschuldige. Ich kann nicht, Ray. Die prinzliche
Witwe und ihre Tochter sind keine Schafe, sondern Menschen,
und zufällig bin ich ihr Freund. Seine Freunde lässt man nicht einfach so im Stich, nur weil es politisch klüger wäre, oder?«

»Ich weiß nicht. Wenn sie sich gegen den Willen des Königs
auflehnen, vielleicht doch.«

»Er ist nicht Gott. Nur ein Mann. Auch er kann irren. Aber ihr
alle tut so, als wäre es eine Todsünde, nicht jeder seiner Launen zu
folgen.«

»Nick!«, rief Raymond erschrocken aus. »Es ist furchtbar, was
du da redest. Man könnte meinen, du verehrst den König gar
nicht.«

Man hätte ja so verdammt recht, dachte Nick, aber er nahm
sich zusammen. Es war nie seine Absicht gewesen, Raymond seine
Verbitterung sehen zu lassen.

Sie hatten die Wiese mit der Stute und dem Fohlen erreicht.
Nick schlenderte zu ihnen und strich dem kleinen Hengst sacht
über die struppige Mähne. »Sei unbesorgt, Ray. Ich bin ein Kronvasall und weiß, was ich dem König schulde.«

Sein Bruder nickte, aber seine Miene blieb besorgt. Nick
wusste, es war schwierig für Raymond: Über ein Jahr lang war er
den Überzeugungen und selbstgerechten Tiraden seines Onkels
Norfolk ausgesetzt gewesen, und vorher hatten schon Sumpfhexe,
ihr Bruder Edmund und Brechnuss alles daran gesetzt, einen Keil
zwischen ihn und Nick zu treiben. Raymond bewunderte seinen
mächtigen Onkel Norfolk, und wie jeder zehnjährige Knabe ver-

götterte er natürlich seinen König. Es war gewiss nicht leicht für ihn, zu einem Bruder zu stehen, der sich nach vorherrschendem Urteil so exzentrisch und scheinbar töricht benahm. Aber Nick wusste einfach nicht, was er noch hätte sagen können, um Raymonds Zweifel an ihm zu zerstreuen. Darum fragte er: »Wie steht es mit deinen Reitkünsten?«

»Immer noch sehr mäßig«, musste der Junge einräumen.

»Dann lass uns satteln und keine Zeit verlieren. Es ist wichtig, dass du vernünftig reiten kannst, wenn du an den Hof kommst, denn der König legt großen Wert auf ritterliche Fertigkeiten. Auch wenn er selbst allmählich zu fett dafür wird …«

»Nick!«

»… veranstaltet er immer noch Jagden und große Turniere und dergleichen. Du willst nicht, dass die anderen Pagen dich auslachen, oder?«

Raymond schüttelte den Kopf.

»Dann komm.«

Nick sorgte dafür, dass sein Bruder die feine Schaube auszog und einen der formlosen Bauernkittel überstreifte, die immer an einem Nagel an der Tür zur Sattelkammer hingen, damit Sumpfhexe ihnen nicht die Köpfe abriss, wenn sie zurückkamen. Dann wählte er einen zahmen, sechsjährigen Wallach für Raymond, eine freche kleine Stute für sich selbst, ritt aber nicht in den Wald, wie er eigentlich beabsichtigt hatte, sondern auf einen der Übungsplätze des Gestüts, und erteilte seinem Bruder systematischen Reitunterricht. Einen Steinwurf entfernt auf der anderen Seite der Futterscheune trainierte Daniel die jungen Pferde des Gestüts, die von den Stallknechten geritten wurden. Jeder der jungen Burschen war um Klassen besser als sein Bruder, erkannte Nick voller Schrecken.

Nach einer Stunde war Raymond erledigt, aber gehobener Stimmung. »Niemand hat es mir je so gut erklärt wie du«, bemerkte er, als er aus dem Sattel glitt. »Vielleicht lerne ich es ja doch noch.«

»Hast du denn in Norfolks Haushalt keinen Unterricht bekommen?«, fragte Nick verwundert. »Archibald Grafton gilt als einer der besten Reiter Englands.«

Raymond schüttelte den Kopf. »Er ist meistens mit Onkel bei Hofe, weil der König seinen Rat beim Kauf seiner eigenen Pferde sehr schätzt. Wenn ich gelegentlich eine Reitstunde bekomme, dann von seinem Vormann. Der sagt, reiten sei ganz einfach: *Je mehr du sie prügelst, umso schneller laufen sie.*« Raymond schnitt eine Grimasse. »Ich reiß mich nicht gerade um seine Stunden.«

»Solange du hier bist, werde ich dich unterrichten, wenn deine Mutter und dein Onkel es erlauben«, versprach Nick.

Sie brachten die Pferde in die Boxen und sattelten sie ab. Auch Daniel und die Stallburschen kamen vom Übungsplatz zurück, und Nick und Raymond legten beim Füttern und Misten mit Hand an. Nick beobachtete mit sorgsam verborgener Befriedigung, wie sein Bruder auflebte. Die Tiere und die weitläufige Anlage mit ihren Koppeln und Weiden, die Gerüche von Stroh, Leder und Pferd, die fröhlichen Stallknechte mit ihren ausgefallenen Flüchen – kein Junge konnte diesem Zauber widerstehen.

Doch als es Mittag wurde, mahnte Nick zum Aufbruch.

»Was, schon?«, fragte Raymond enttäuscht.

»Wir wollen die Großzügigkeit deiner Mutter nicht auf die Probe stellen«, warnte Nick. »Die zwei Stunden sind längst um. Wenn du willst, dass sie dir morgen wieder erlaubt, mich zu begleiten, sollten wir uns sputen.«

»Du hast recht«, räumte der jüngere Bruder schweren Herzens ein.

Sie gingen zwischen den beiden Boxenreihen der Stuten entlang. Die meisten der grün gestrichenen Türen standen offen, denn die Bewohnerinnen waren mit ihrem Nachwuchs auf der Weide.

»Es sieht alles so neu und frisch aus«, bemerkte Raymond verwundert.

Nick schüttelte den Kopf. »Die Stallgebäude sind uralt. Nur ausgebessert, gestrichen und mit neuen Strohschindeln gedeckt.«

»Früher habe ich es hier gehasst. Alles war runtergekommen. Mir kommt es vor, als hätte es immer geregnet, wenn ich im Gestüt war.«

Nick musste lächeln. »So ging es mir auch.«

»Jetzt ist alles so schön und freundlich.«

»Der äußere Eindruck ist nicht das Wichtigste«, erklärte Nick mit einem Schulterzucken. »Entscheidend ist, gute Pferde in ausreichender Zahl zu züchten. Damit bin ich längst noch nicht so weit, wie ich es gern hätte. Aber ganz allmählich geht es voran.« Er behielt nicht nur die Hengste, sondern auch alle Stutfohlen und bildete sie als Reitpferde aus. Hin und wieder kaufte er in Smithfield auf dem Markt ein Tier dazu, wenn er es günstig angeboten bekam, weil es als unberechenbar oder bösartig galt, lehrte es, wieder Vertrauen zu Menschen zu fassen, bis es folgsam und lammfromm wurde, und verkaufte es mit Gewinn weiter. »Und ich lege Wert darauf, dass das Gestüt einen ordentlichen Eindruck macht, weil manchmal Käufer herkommen.« Regelmäßig verdonnerte er die Stallknechte zu verhassten Arbeiten wie Unkraut jäten oder Zäune streichen, und regelmäßig drohten sie mit Meuterei.

»Es ist großartig!«, bekundete Raymond mit kindlicher Begeisterung.

Nick machte sich nichts vor. Er wusste, ein paar gemeinsame Stunden im Gestüt würden nicht ausreichen, um Raymonds Zuneigung und Vertrauen zurückzubringen. Aber das Strahlen in den blauen Augen des Jungen machte ihm ein bisschen Hoffnung.

Er lieferte ihn an der Tür des Wohnhauses ab, ging aber nicht mit hinein, sondern überquerte den Hof und betrat den Bergfried.

Sein Cousin saß am Tisch über ein aufgeschlagenes Buch gebeugt.

»Du erinnerst mich an meinen Vater«, bemerkte Nick, als er eintrat. »Der saß auch bei herrlichstem Wetter lieber in seiner Bibliothek und las.«

John schaute auf. »Ich habe schon einen ausgiebigen Spaziergang durch deinen Rosengarten gemacht. Aber du hast trotzdem recht. Deine Bücher sind einfach unwiderstehlich.«

Nick trat näher und warf einen Blick über seine Schulter. »*Er nannte alle Menschen, die dem alten Glauben noch angehörten, gottlose Ketzer, die dazu verdammt seien, auf immerdar zu brennen*«, las er murmelnd. »*Und nachdem er dies viele Male gepredigt hatte, schickten sie ihn in die Verbannung, nicht weil er ihre Religion verurteilt hatte, sondern weil er das Volk aufwiegelte. Denn dies ist eines ihrer ältesten Gesetze: dass kein Mann für seinen Glauben bestraft werden dürfe ...*« Nick ließ sich seufzend auf den Brokatstuhl neben seinem Vetter sinken. »Sir Thomas Mores *Utopia*.«

»Wie konnte der Mann, das *das* geschrieben hat, eine so unbarmherzige Hetzjagd auf Andersgläubige anzetteln?«, fragte John verständnislos.

Nick schüttelte den Kopf. »Es war keine Hetzjagd, John. Es ging ihm nie darum, irgendwen auf den Scheiterhaufen zu bringen. Er wollte, dass sie umkehren.«

»Was macht das für einen Unterschied? Die, die standhaft blieben, mussten dennoch brennen. Und er hatte gar kein Recht dazu«, hielt sein Cousin dagegen. »Er war Lord Chancellor, kein Bischof.«

»Er glaubt, die Reformer bedrohen nicht nur die Einheit der Kirche, sondern ebenso die weltliche Ordnung.«

»Und du gibst ihm recht?«

»Ich gebe ihm in der Sache recht«, schränkte Nick ein. »Und es ärgert mich, wenn seine *Utopia* missbraucht wird, um ihn zu widerlegen, weil er ihr angeblich selbst untreu geworden ist. Das stimmt nicht. Seine Prinzipien sind heute noch dieselben wie vor zwanzig Jahren, und sie sind unumstößlich. Diese Stelle«, er tippte auf die Zeilen, die er gerade gelesen hatte, »ist eine Mahnung zur Mäßigung, nichts weiter. Eine Warnung gegen frömmelnden Eifer. Aber ich denke, dass es der falsche Weg ist, Menschen für das, was sie glauben, zu töten. Sie zu verbrennen erst recht. Es ist barbarisch, und es verhärtet die Fronten, weil es Märtyrer schafft. Es macht alles nur schlimmer.«

»Und trotzdem schätzt du Thomas More?«, fragte John verwundert.

»Oh ja.«

»Kennst du ihn?«

»Ich habe zwei Jahre in seinem Haushalt gelebt und seine Schule besucht.«

John stieß hörbar die Luft aus und ließ sich in den Sessel zurücksinken. »Du meine Güte. Welch ein Privileg. Darum könnte ich dich beinah beneiden, auch wenn ich ihn für einen fanatischen Papisten halte, der vor allem die Augen verschließt, was in der Kirche schändlich ist.«

»Das tut er nicht, sei versichert«, entgegnete Nick. »Er verschließt vor überhaupt nichts die Augen, und er ist so zornig wie du über die Missstände in der Kirche. Er ist Humanist und lebt nach den Grundsätzen, die andere nur predigen. Er ist ein großartiger Mann, sag, was du willst.«

John schwieg einen Moment und betrachtete seinen Cousin nachdenklich. »Aber für deinen Vater hat er keinen Finger gerührt«, sagte er schließlich.

Nick biss unwillkürlich die Zähne zusammen. Dann antwortete er: »Er konnte ihm nicht helfen. Wolsey hatte beschlossen, dass mein Vater sterben musste, und Wolsey war allmächtig.«

»Wolsey. Das wandelnde Beispiel kirchlichen Machtmissbrauchs. Und trotzdem lehnst du die Reformbewegung ab?«

»Wieso habe ich das Gefühl, dass ich hier unter Anklage stehe?«, grollte Nick leise.

John hob beide Hände. »Entschuldige. Ich wüsste es nur gern. Es hat uns so … erschüttert, als wir vom Tod deines Vaters hörten, und wir haben es nie richtig verstanden.«

Ich kann es dir nicht erklären, dachte Nick, denn das Geheimnis ist heute noch ebenso brandgefährlich wie damals. »Wolsey war ein machthungriges, gewissenloses Scheusal«, sagte er, und es kostete ihn Mühe, den Anschein von Gelassenheit zu wahren. Sir Thomas wäre stolz auf meine maßvolle Ausdrucksweise, dachte er spöttisch. »Er hat das Leben meines Vaters in mehr als einer Hinsicht zerstört. Und du hast recht, er verkörperte alles, was in der Kirche im Argen liegt. Aber er ist tot. Er hat all seine Macht und seine Reichtümer verloren, ist in Ungnade gefallen, hat lange genug gelebt, um mitanzusehen, wie alle Freunde sich von ihm abwandten, um dann schließlich in Einsamkeit, Armut und Verzweiflung zu sterben. Gut so. Es tröstet mich, daran zu denken. Es verschafft mir ein Mindestmaß an Genugtuung und befriedigt meinen Rachedurst. Aber damit ist das Thema für mich erledigt. Im Gegensatz zu meinem Vater, meiner Schwester und meinem Schwager können Wolseys Schandtaten mich nicht von der Rechtmäßigkeit der Reformbewegung überzeugen.«

»Warum nicht?«, fragte John neugierig. »Was unterscheidet dich von deinem Vater, deiner Schwester und deinem Schwager?«

»Mein Vater war ein wahrer Gelehrter. So wie du«, ging Nick auf. »Ich glaube, es war letztlich nicht sein Hass auf Wolsey, der ihn bewogen hat, sich den Ketz… den Reformern anzuschließen, sondern das Ergebnis jahrelanger Kontemplation und theologischer Studien. Ich bin nicht so … philosophisch veranlagt.«

»Du willst mir weismachen, du seiest ein Dummkopf?«, fragte John amüsiert.

»Nein, ich hoffe nicht«, gab Nick mit einem flüchtigen Lächeln zurück. »Aber ich gebrauche meine Hände ebenso gern wie meinen Kopf. Ich habe kein solches Vergnügen an komplizierten Gedankengängen wie mein Vater oder Sir Thomas. Ich bin … ein praktischer Mann, glaube ich. Ich beurteile das, was ich sehe. Im konkreten Fall bedeutet das: Kardinal Wolsey war nicht der einzige, der meinen Vater verraten hat. König Henry hat ihn ebenso auf dem Gewissen. Und die Reformer lassen sich zu seinem Werkzeug machen. Damit will ich nichts zu schaffen haben.«

»Und doch hat deine Schwester sich anders entschieden, wie du sagst.«

»Ja. Und ich respektiere ihre und Philipps Entscheidung, so wie ich ihre Standhaftigkeit bewundere, denn sie sind bereit, für ihre Überzeugung ein Leben in ärmlichen Verhältnissen in Kauf zu nehmen. Aber ihr Weg ist nicht der meine.«

John nickte versonnen, und es war eine Weile still. Von irgendwoher im Haus hörte man das Geschrei eines Säuglings, und Nick fuhr durch den Kopf, dass er seine kleine Tochter nach ihrer Taufe noch gar nicht gesehen hatte.

»Und was ist mit dir?«, fragte er seinen Cousin schließlich. »Wie bist du ein Reformer geworden?«

»Die heilige Mutter Kirche hat mich dazu gemacht«, antwortete John, und es klang eine Spur herausfordernd. »Mit ihrem Aberglauben und ihren Erpressermethoden und ihrem Kreuzzug gegen Master Tyndales wundervolle englische Bibel. Sie macht es einem heutzutage leicht, sich in Verachtung von ihr abzuwenden.«

Der jüngere Cousin nickte beklommen. »Ich weiß.« Er wies auf sein Bett. »Master Tyndales Bibel liegt übrigens unter dem Kopfkissen. Nimm sie dir, wann immer du willst.«

John lachte in sich hinein. »Du bist ein seltsamer Papist, Vetter. Schade, dass sie nicht alle so sind wie du.«

»Für einen Ketzer bist du auch nicht übel«, konterte Nick. »Wenn die Wanderlust dich wieder packt, besuche meine Schwester Laura und ihren Mann in London. Ich bin sicher, ihr würdet Gefallen aneinander …«

Er brach ab, weil sich ohne Vorwarnung die Tür öffnete.

»Waringham, alter Kämpe! Ich bringe dir eine Einladung von deinem über alles geliebten König.«

Nick verdrehte grinsend die Augen und stand auf. »John, diese unmögliche Kreatur ist Jerome Dudley. Jerome, mein Cousin Doktor John Harrison.«

Die beiden Männer schüttelten sich die Hand und musterten einander neugierig.

»Seid Ihr der Arzt aus York?«, fragte Jerome unsicher.

John nickte. »Und Ihr Sir Edmund Dudleys Sohn?«

»Treffer.« Lachend sahen sie zu Nick und sagten wie aus einem Munde: »Unsere Mütter waren Schwestern.«

»Du meine Güte.« Nick betrachtete sie kopfschüttelnd. »Noch mehr Cousins.«

Findet Euch am Donnerstag, dem 29. Mai, im Tower of London ein, nicht später als 10 Uhr, hatte der Zeremonienmeister des Königs Nick geschrieben. *Da Ihr ein Haus in London besitzt, gehen wir davon aus, dass Ihr während der vier Tage der Krönungsfeierlichkeiten selbst für Eure Unterkunft Sorge tragen könnt.*

Grinsend hatte Nick geschlossen, dass der Lord Chamberlain allmählich verzweifelt war, weil er nicht wusste, wo er all die Gäste unterbringen sollte, und der Lord Treasurer Albträume wegen der Kosten hatte. Nun, Nick hatte ganz und gar nichts dagegen, ein preiswerter Gast zu sein und in seinem Haus zu nächtigen – je weniger Zeit er bei Hofe verbringen musste, desto besser. Nur leider hatte der Zeremonienmeister vergessen zu erwähnen, dass der Fluss mit den Barken der Londoner Zünfte und Gilden hoffnungslos verstopft sein würde, die hinausgefahren waren, um die neue Königin gebührend in ihrer Stadt willkommen zu heißen. Die Prozession der prächtig geschmückten Boote war vier Meilen lang, und auf der Themse ging nichts mehr.

»Verdammt, Waringham, wir kommen zu spät«, murmelte Jerome nervös, als sie die Glocke von All Hallows Barking zehn schlagen hörten. Er stieß seinem Pferd rüde die Sporen in die Seiten, um es zu ermuntern, sich zwischen einem Fuhrwerk und einer Traube von Fußgängern hindurchzudrängen.

»Hör auf, den armen Gaul zu schinden«, schalt Nick. »Niemand wird merken, wenn wir ein paar Minuten später kommen.«

»Du hast ja keine Ahnung«, schnaubte sein Freund.

»Nein, das ist wahr.«

Auch auf den Straßen der Londoner Innenstadt war das Gedränge schlimmer als sonst, wenngleich Nick beim Einzug einer neuen Königin mit größeren Zuschauermassen gerechnet hätte. Jedenfalls war er dankbar, dass er auf Jerome gehört hatte und zeitig von Farringdon aufgebrochen war, denn sein Haus lag auf der Westseite der Stadt, der Tower ganz im Osten.

So kamen sie – auch ohne das Londoner Volk niederzureiten –

nur mit einer knappen halben Stunde Verspätung an das gewaltige Lion's Gate an der südwestlichen Ecke des Tower of London, wo sich eine Schlange von Edelleuten, Damen und kirchlichen Herrn mitsamt Gefolge gebildet hatte.

»Einer nach dem anderen, Ladys und Gentlemen«, brüllte der Sergeant der Yeoman Warders. »Einer nach dem anderen. Ihr seid, Sir?«

»Lionel Baldwin, Abt von St. Albans.« Der ehrwürdige Abt klang ein wenig verschnupft, dass er nicht auf einen Blick erkannt wurde.

»Siegel oder Wappen, Mylord?«, fragte der Sergeant.

Mit sturmumwölkter Miene zeigte der Abt sein Siegel vor. Der Sergeant konsultierte eine Liste, die aus mehreren eselsohrigen Blättern bestand, nickte schließlich und winkte den Abt mit seiner Entourage durch.

»Name, Sir?«

»Nicholas of Waringham.« Er wies auf das Banner, das Jerome an einer Stange trug und welches das Waringham-Wappen zeigte.

Der gewissenhafte Sergeant blätterte wieder in seiner Liste. »Schwarzes Einhorn auf grünem Schild, Schiff mit heiligem Edmund auf dem Wappenhelm …«, las er murmelnd, dann schaute er auf. »Stimmt. Nur von einem Motto steht hier nichts.«

»Es ist neu«, klärte Nick ihn auf.

Mühsam entzifferte der Torwächter die verschnörkelten lateinischen Worte am unteren Rand des Wappens: »*Deus iudex meus.* Was heißt das?«, fragte er – offenbar aus purer Neugier.

»Gott ist mein Richter.«

Der Yeoman Warder trat lächelnd einen Schritt zurück und winkte sie durch. »Ein gutes, frommes Motto, Mylord.«

Seite an Seite ritten Nick und Jerome durch das Lion's Gate und überquerten die steinerne Brücke, welche den Graben überspannte. »Ein *gefährliches* Motto, würde ich sagen, wenn mich irgendjemand fragte«, brummte Jerome. »Aber das tut natürlich wieder mal niemand.«

»Wer daran etwas auszusetzen hat, muss wirklich von sehr argwöhnischer Natur sein«, widersprach Nick.

»Und das ist heutzutage praktisch jeder. Man könnte zum Beispiel argwöhnen, dass du sagen willst: Gott *allein* ist mein Richter. Die Pfaffen werden denken, du willst dich ihrem Urteil nicht unterwerfen, und der König wird denken, du wolltest das seine in Zweifel ziehen. Es ist rebellisch.«

Nick antwortete nicht. Er hatte es gewählt, weil sein Vater es gesagt hatte, kurz bevor er starb. Wer ihm – Nick – eine innere Rebellion gegen König und Klerus unterstellen wollte, hätte zweifellos recht, und es war kein Zufall, dass er sich diesen Zeitpunkt ausgesucht hatte, um dem altehrwürdigen Wappen seiner Familie dieses Motto hinzuzufügen. Aber er fand nicht, dass sein Leitspruch Schlüsse auf seine Gesinnung zuließ.

Sie passierten den Middle Tower – das erste Torhaus der gewaltigen Festungsanlage –, wo sie nochmals kontrolliert wurden, dann das zweite Torhaus, den Tower at the Gate. »Da vorn könnt Ihr Eure Pferde lassen, Mylord«, teilte die dortige Wache ihm mit und wies auf ein langgezogenes Stallgebäude, das sich linkerhand an die Ringmauer schmiegte. »Achtet darauf, dass die Stallknechte Euch eine Boxennummer geben, sonst findet Ihr Eure Gäule niemals wieder. Dann begebt Euch auf den Wehrgang zwischen Lanthorn und Salt Tower. Dort ist Euer Platz.«

Nick und Jerome befolgten seinen Rat, gaben die Pferde ab und ließen sich dann mit der Menge treiben, die sich zwischen den beiden Ringmauern entlangschob. Als sie den St. Thomas Tower passierten, blickte Nick geradeaus, statt zum Water Gate hinabzuschauen, durch welches er in der Nacht vor vier Jahren in den Tower gelangt war, um seinen Vater sterben zu sehen. Er wusste, er konnte sich nicht erlauben, die Erinnerungen an jene Stunden jetzt zuzulassen. Wenn er das hier heil überstehen wollte, brauchte er einen kühlen Kopf, und dazu musste er seine Verbitterung und seinen Zorn auf den König im Zaum halten. Das warme Maiwetter kam ihm dabei zu Hilfe, denn im hellen Sonnenschein war dies hier ein völlig anderer Ort als in jener unwirtlichen Regennacht. Nick hatte früh lernen müssen, die Dinge, die ihn niederdrückten, in einem Winkel seiner Seele zu verschließen wie in einer Schachtel, damit er überhaupt jemals die Fröhlichkeit und Unbeschwertheit empfinden konnte, die jedem Kind zustehen sollten. Jetzt kam ihm diese Fertigkeit zugute.

»Es ist wirklich alles hervorragend organisiert«, bemerkte Jerome und schaute sich anerkennend um.

»Ja. Irgendwer muss das alles monatelang geplant haben. Jemand mit militärischer Erfahrung, würde ich meinen.«

»Du darfst dreimal raten.«

»Suffolk?«, tippte Nick.

»Er war das Genie, das diesen ganzen Mummenschanz geplant hat, während er auf seinem Hintern saß und unbescheidene Mengen Wein in sich hineingeschüttet hat. Ich war das arme Schwein, das ständig von Pontius nach Pilatus gerannt ist, um seine Anweisungen zu überbringen und …«

Seine letzten Worte gingen in ohrenbetäubendem Kanonendonner unter. Die Salutschüsse hatten begonnen.

Nick und Jerome beeilten sich, drängten die Treppe zum Wehrgang hinauf und suchten sich Plätze an der steinernen Brustwehr, sodass sie freien Blick auf den Fluss hatten. Sie standen eingezwängt zwischen feinen Damen und Höflingen, deren modische Gewänder so bunt und kostbar waren, dass Nick sie unter anderen Umständen vermutlich offenen Mundes bestaunt hätte. Doch der Anblick, der sich vor ihnen erstreckte, war so überwältigend, dass er alles andere in den Schatten stellte: Der Fluss war in der Tat so vollgestopft mit den Barken der Gilden und Zünfte, dass man trockenen Fußes von Ufer zu Ufer hätte gelangen können. Die Boote waren mit Baldachinen und Teppichen aus kostbaren Tuchen geschmückt, und Scharen von Trompetern, Chorknaben oder sonstigen Musikanten in der Livree ihrer jeweiligen Zunft standen ordentlich in Reih und Glied aufgestellt und sangen und schmetterten. Weil sie sich nicht abgestimmt hatten, ergab ihre Musik einen ziemlich misstönenden Radau, aber das machte nichts, weil die Salutschüsse sie ohnehin übertönten. Nick schaute zufällig gerade zur St.-Katherine-Kirche hinüber, als wieder einer losdonnerte, und eines der kostbaren Glasfenster des Gotteshauses zerbarst vor seinen Augen und regnete in glitzernden Scherben an der Fassade hinab.

»Was für ein Jammer«, murmelte Nick vor sich hin.

Jerome hatte in der Nähe ein paar Freunde entdeckt und beugte sich vor, um zwischen den Kanonenschüssen und um die anderen Zuschauer herum mit ihnen plaudern zu können, bis Nick ihn am Ärmel zupfte und auf den Fluss hinaus wies. »Da kommt sie.«

Gespannt schauten sie hinab auf das prunkvolle Wirrwarr aus Booten, das an der Ostseite eine Gasse zu bilden begann. Hindurch glitt eine schmale Barke, die mindestens doppelt so lang war wie alle anderen. Sie war mit Goldbrokat ausgeschlagen, aus welchem auch der Baldachin gearbeitet war.

»Mordsboot, he«, murmelte Jerome, der die Unterarme auf die Zinnen gestützt hatte.

»Es ist Königin Catalinas Barke«, antwortete Nick, ohne die Stimme zu senken. »Lady Anne hat darauf bestanden, dass sie sie für ihre Krönung bekommt, hörte ich.«

Jerome wandte den Kopf. »Sprich um Himmels willen leiser, Mann. Und es heißt jetzt *Lady* Catalina und *Königin* Anne, nicht umgekehrt. Besser, du merkst dir das langsam mal.«

Eine neuerliche Salve von Salutschüssen ersparte Nick eine Antwort. Er schaute auf die schmale, wenn auch sichtbar schwangere Frau dort unten, deren Garderobe ebenfalls von Goldbrokat dominiert wurde, und die huldvoll mal zu den adligen Zuschauern oben auf den Mauern des Tower, dann zu dem einfachen Volk am Südufer winkte. Nick zählte zwanzig ohrenbetäubende Kanonenschüsse, während Anne Boleyns Barke sich dem Tower-Kai näherte. Als sie verstummten, herrschte auf einmal eine geradezu unheimliche Stille. Dann brachen die Männer und Frauen um ihn herum hastig in Jubel aus, hoben beide Arme und winkten frenetisch, sodass Nick den Kopf zurückzog, um sich keine Ohrfeigen einzufangen.

Der Jubel auf dem Wehrgang verhallte eher als das Getöse, welches die Londoner am anderen Ufer und auf dem Tower Hill veranstalteten. Es klang ganz anders. Nick hob erstaunt den Kopf, als er Buhrufe vernahm. Die Massen waren zu weit entfernt, um einzelne Worte zu verstehen, bis sich die Sprechchöre bildeten:

»Hu-re, Hu-re!«, scholl es über den Fluss, während sie auf dem Tower Hill skandierten: »Ca-ta-li-na, Ca-ta-li-na!«

Schleunigst setzten die Salutschüsse wieder ein.

Nick sah zur St.-Katherine-Kirche hinüber. Sie hatte kein einziges Fenster mehr.

Er kam sich vor wie ein Gespenst: unsichtbar und unbeteiligt. Die Menschen, die um ihn herumwogten, beachteten ihn nicht – wofür er dankbar war –, denn sie waren vollauf damit beschäftigt, die Hälse nach dem König und seiner neuen Gemahlin zu verdrehen, sich gegenseitig überschwänglich zu begrüßen und ihre kostbare Garderobe zur Geltung zu bringen.

Derweil nahm unten am Tower-Kai König Henry seine junge, schwangere Frau in Empfang und küsste sie zärtlich. Unter all diesen Menschen waren Henry und Anne Boleyn die einzigen, die Nick je zuvor gesehen hatte, und auch diese Begebenheit gehörte nicht gerade zu seinen Lieblingserinnerungen.

Der König führte Lady Anne Richtung White Tower, dem Hauptgebäude, das eigens für diesen Anlass renoviert worden war, und der noch ungekrönten Königin folgten paarweise zwei Dutzend ihrer Hofdamen in weißen, juwelenbestickten Kleidern. Nick entdeckte seine Stiefschwester gleich vorn hinter Anne Boleyn. Beide Cousinen trugen das glatte dunkle Haar offen bis auf die Hüften, was in Lady Annes Fall reichlich anstößig war, behauptete sie doch von sich, eine verheiratete Frau zu sein. Und das jungfräulich unbedeckte Haupt wollte so gar nicht zu dem runden Bauch passen, den sie mit unverkennbarem Stolz vor sich herschob. Nick richtete den Blick wieder auf seine Stiefschwester. »Du siehst in Weiß aus wie eine Wasserleiche, Brechnuss«, flüsterte er vor sich hin.

Abgesehen von ihm schien hier jeder jeden zu kennen, und die prunkvoll gekleideten Männer und Frauen um ihn herum begrüßten einander freudig und plauderten angeregt, während sie Richtung Innenhof drifteten.

»Die Krönungsrobe hat über tausend Pfund …«

»… Norfolk dürfte sich schwarz ärgern, dass er nach Frankreich musste, statt den Tag zu erleben, da seine kleine Nichte …«

»Was für eine wundervolle Haube, Lady Rochford, so etwas habe ich ja noch nie …«

»Cromwell hat dafür gesorgt, dass die Aldermen persönlich die Gilden abklapperten, um das übliche Geldgeschenk für die neue Königin einzusammeln …«

»Aber er hat ausnahmsweise Feingefühl bewiesen und die spanischen Kaufleute in London von dieser Pflicht entschuldigt«, raunte eine vertraute Stimme in Nicks Ohr.

Lächelnd wandte er sich um. »Kalkül, nicht Feingefühl«, widersprach er. »Eine Revolte der Londoner zur Krönung war sicher das Letzte, was Cromwell wollte. Schön, Euch zu sehen, Mylord.«

Der Duke of Suffolk drosch ihm lachend auf die Schulter. »Nick! Was für ein Kerl du geworden bist! Wo willst du hinwachsen, um Himmels willen? Wie geht es dir?«

Nick senkte die Stimme. »Es ginge mir besser, wenn ich daheim in Waringham wäre und dieses Spektakel hier versäumen dürfte, aber davon abgesehen, prächtig. Und was ist mit Euch?«

Sein Vormund schnitt eine komische Grimasse. »Ich bin mehr tot als lebendig. Seit zwei Monaten habe ich nichts anderes getan, als diese Krönung vorzubereiten, und ständig umlagern mich irgendwelche Schwachköpfe mit Fragen und Beschwerden, weil irgendetwas nicht glatt läuft.«

»Ihr habt mein aufrichtiges Mitgefühl«, beteuerte Nick.

»Ja, spotte nur. Aber ich sage dir, Sonntagabend, wenn alles vorbei ist, wird mich vermutlich der Schlag treffen. Ich bin um *Jahre* gealtert.«

»Das ist nicht zu übersehen.«

Suffolk knuffte ihn ziemlich unsanft auf den Oberarm. »Verdammter Flegel.« Aber er lachte. »Ich kann nicht bleiben, Nick. Du kommst zurecht, oder? Und du wirst das hier überstehen, ohne größere Dummheiten zu begehen?«

»Seid beruhigt, Mylord. Und lasst Euch nicht aufhalten.«

Mit einem etwas fahrigen Wink wandte der Duke of Suffolk sich ab.

»Ist Sir Thomas gekommen?«, fragte Nick in seinem Rücken.

Suffolk hielt noch einmal an, sah sich rasch um und schüttelte dann den Kopf. »Noch nicht. Ich hoffe, er besinnt sich. Der König hat schon zweimal nach ihm gefragt.«

Zwei Tage und Nächte residierten der König und die Königin im Tower. Ein eigener Gebäudetrakt war für die Gemächer der Königin errichtet worden, mitsamt Garten, wenngleich höchst fraglich war, ob sie nach dem traditionellen Aufenthalt hier vor der Krönung je wieder einen Fuß in den Tower setzen würde.

Als Nick am Freitagabend wie befohlen zum Bankett in der Großen Halle des White Tower erschien, fragte er sich, ob die Königin es nicht hatte erwarten können und die Krönungsrobe, von der überall gemunkelt und Unerhörtes berichtet wurde, schon einmal anprobiert hatte: Die Goldfäden und Juwelen ihres purpurroten Kleides funkelten im Licht der zahllosen Kerzen, welche die Halle taghell machten und die neuen Wandgemälde mit Motiven aus der griechischen Mythologie erstrahlen ließen.

»Heiliger Georg, was für eine Kette«, stieß Nicks Tischnachbar hervor. »Die Perlen sind größer als Kichererbsen, oder?«

Nick sah zur hohen Tafel hinüber und nickte. »Aber sie stehen ihr hervorragend.«

»Da habt Ihr recht. Sie mag sonst keine große Schönheit sein, aber sie hat wirklich einen hinreißenden Hals, da lohnen sich solche Perlen.« Der Mann, der um die dreißig und auffallend gut aussehend war, verneigte sich leicht. »George Boleyn, Sir.«

»Nicholas of Waringham. Wieso sitzt Ihr hier unten, wenn Ihr der Bruder der Königin seid?«

»Wieso sitzt Ihr hier unten, wenn Ihr der Earl of Waringham seid?«, konterte Boleyn lachend. Dann schüttelte er den Kopf. »Die Ehrenplätze gebühren den hohen Lords der Welt und der Kirche. Niemand soll uns nachsagen, die Königin protegiere ihre Familie. Jedenfalls nicht, solange die ganze Welt zuschaut«, schränkte er augenzwinkernd ein.

Nick musste grinsen und stellte mit Befremden fest, dass dieser George Boleyn nicht einmal unsympathisch war. Er machte Nick mit seiner Gemahlin, Lady Rochford, bekannt. Sie war ein mausgraues, nervöses Geschöpf in einer zu großen Giebelhaube, unter deren Ansatz sich dünnes, seltsam farbloses Haar kräuselte. Sie hing an den Lippen ihres Gemahls, und wenn er das Wort an sie richtete, leuchteten ihre wässrig blauen Augen auf, doch meist folgte sein Blick den vielen Damen in der Halle, die eleganter und schöner waren als sie. Nick schloss, dass Lady Rochford zu bedauern sei.

Noch während er ein paar artige Floskeln mit ihr tauschte – sie schien sehr geübt in dieser Kunst –, kam Nicks Tischdame an die Tafel.

Er erhob sich. »Louise.«

»Nicholas.«

»Nimm doch Platz, meine Liebe.«

Sie glitt graziös auf die Bank. »Wer immer die Tischordnung gemacht hat, ist entweder schlecht informiert oder hat einen äußerst bizarren Sinn für Humor.«

Er setzte sich notgedrungen neben sie und schob ihr seinen Becher hin. »Wohl bekomm's.«

»Ich hoffe, du hast noch nicht daraus getrunken. Ich würde mich vermutlich vergiften.«

»Keine Bange. Ich hab ihn nicht angerührt.«

Sie sah ihn über den Rand des Pokals einen Moment forschend an. »Du willst nicht zechen an dem Ort, wo dein Vater gestorben ist?«

Er hob scheinbar gleichmütig die Schultern. »Denk, was dir Spaß macht.« Aber sie hatte den Nagel auf den Kopf getroffen, und er war erschrocken darüber, wie gut sie ihn offenbar kannte. Vermutlich viel besser als er sie, musste er einräumen.

»Ah, Louise!« George Boleyn beugte sich zu ihr hinüber und verströmte seinen Charme in beinah spürbaren Wellen. »Meine königliche Schwester trägt das wundervollste Kleid, das ich je im Leben gesehen habe, Cousine, aber ich bin geneigt zu sagen, dass du ihr in diesem Traum aus weißer Seide gefährlich werden könntest.«

Sie winkte amüsiert ab. »Lass mich raten. Als Nächstes wirst du sagen, dass mein Kleid nichts ist im Vergleich zu meinen Augen? Oder dem makellosen Schimmer meiner Haut?«

»Das ist die reine Wahrheit«, verteidigte sich George Boleyn und legte die Hand aufs Herz. »Wenn meine Lady Rochford nicht wäre, würde ich jede Nacht schmachtend vor deiner Tür verbringen.«

Louise streifte die graue Maus mit einem abschätzigen Blick, ehe sie kokett die Wimpern senkte. »Dann werde ich mich in Zukunft lieber zweimal vergewissern, dass der Riegel verschlossen ist, Cousin, falls du all der Reize deiner Gemahlin zum Trotz doch einmal schwach werden solltest.«

»Miststück«, raunte Nick vor sich hin.

Louise bedachte ihn mit einem spöttischen, hasserfüllten Lächeln. »Deine Gemahlin hat die ritterliche Noblesse meines Stiefbruders geweckt, George. Ich wusste nie, dass so etwas in ihm steckt. Wenn es also so ist, dass sie seine schöneren Gefühle zum Vorschein bringt, sollten Lady Rochford und ich vielleicht die Plätze tauschen.«

Ein silberheller Trompetenstoß machte dem Geplänkel auf Lady Rochfords Kosten ein Ende. Nick war erleichtert, bis der Herold die Liste mit den Namen der Männer verlas, die vor die hohe Tafel treten sollten.

»Alsdann, Nicholas«, raunte Louise. »Ich bin neugierig, ob du deinen großen Auftritt nutzen wirst, um beim König für das Geburtsrecht deiner Prinzessin einzutreten, wo du dich doch sonst immer so gern zu Marys Ritter ohne Furcht und Tadel aufspielst.«

Sie hatte laut genug gesprochen, dass Boleyn und seine Gemahlin sie hörten, die Nick nun erwartungsgemäß mit befremdeten Blicken bedachten.

Er stand wortlos auf, trat nach vorn und konzentrierte sich darauf, den Kopf hochzuhalten. Ihm hatte vor diesem Moment gegraut. Jetzt, da er gekommen war, fühlte Nick sich noch schlimmer, als er für möglich gehalten hätte. Aber er wollte verdammt sein, wenn irgendwer ihm das ansehen konnte.

Elf weitere Männer, die alle ungefähr in seinem Alter waren und von denen er keinen einzigen kannte, traten mit ihm vor die hohe Tafel. Sie verneigten sich vor Henry und seiner Gemahlin.

Der König ließ den Blick über das Dutzend junger Männer schweifen, und offenbar fand er Gefallen an dem, was er sah, denn er lächelte. Er war korpulenter geworden, seit Nick ihn zuletzt gesehen hatte, aber immer noch stattlich anzusehen, und er machte eine gute Figur in seinem eleganten flachen Barett und dem Brokatgewand mit den bauschigen Ärmeln. Unter dem Kragen des Wamses schaute das Hemd hervor, wie es derzeit anscheinend Mode war. Es war am Hals eng gefältelt und wurde von einem juwelenbesetzten Goldreif gerafft, der unterhalb des Adamsapfels saß. Nick fragte sich, ob solch ein Reif dem König kein Engegefühl verursachte. Und dann fragte er sich, ob Königin Catalina das feine Hemd genäht hatte.

Besser, du nimmst dich zusammen, Waringham, schärfte er sich ein.

König Henry erhob sich und umrundete die hohe Tafel. Ein fast unmerkliches Hinken hemmte seinen Schritt. Die Hände auf dem Rücken verschränkt, ging er die Reihe der jungen Männer entlang und fragte die, welche er nicht erkannte, nach ihren Namen. Nick schaute er für einen Lidschlag in die Augen, und etwas Eigenartiges spielte sich auf seinem Gesicht ab. Ein Lächeln begann sich darauf abzumalen, dann verschwand es wie weggewischt, als habe der König sich plötzlich daran erinnert, dass seine Freundschaft zum Hause Waringham lange verloschen war, und seine Züge wurden hart.

»Kniet nieder, Gentlemen«, forderte er sie auf.

Nebeneinander sanken die zwölf jungen Männer auf die Knie, und in der Halle wurde es still. Dann zog Henry das vergoldete, mit großen Juwelen besetzte Schwert, das noch nie einen Tropfen Blut gesehen hatte, weil es allein zeremoniellen Zwecken diente, und berührte den ersten Kandidaten damit auf der linken Schulter. »Erhebt Euch, Sir John.«

Mit einem strahlenden Lächeln kam der junge Ritter auf die Füße, aber der König schloss ihn nicht in die Arme, wie es früher einmal üblich gewesen war, sondern ging schon weiter zum nächsten. »Erhebt Euch, Sir William ... Sir Geoffrey ...«

Als Nick die feinen Halbschuhe mit den goldenen Schnallen

vor sich auftauchen sah, hob er den Blick. Zufall oder Absicht, das Schwert landete mit genügend Wucht auf seiner Schulter, dass er um ein Haar zusammengezuckt wäre.

»Erhebt Euch, Sir Nicholas.«

Nick kam auf die Füße und verneigte sich.

»Lasst Uns die Gelegenheit nutzen, Euch in den Rang aufzunehmen, der Euer Geburtsrecht und Eure Vasallenpflicht ist.« Ohne hinzusehen, streckte der König die Linke aus, und einer der Herolde legte eine schwarze, goldverzierte Samtkappe hinein. Geschickt setzte Henry dem Earl of Waringham die Ehrenkappe auf das gesenkte Haupt. Dann streckte er die Rechte aus, und ein zweiter Herold nahm ihm die vergoldete Klinge ab und überreichte ihm stattdessen das Gehänge mit dem alten Waringham-Schwert. Nick musste für einen Moment die Augen schließen, als König Henry ihn mit dem Schwert seiner Väter gürtete. Als Junge hatte er sich manchmal vorgestellt, wie es sein und wie dieser Moment sich anfühlen würde. Er war in dem Bewusstsein aufgewachsen, dass dieser Tag unweigerlich kommen würde, wenn er nicht vor seinem Vater starb, und die Vorstellung hatte ihn immer mit Stolz erfüllt. Es war etwas, das sein sollte. Etwas Richtiges, geheiligt durch Jahrhunderte alte Traditionen, denen er sich zutiefst verpflichtet fühlte. Nur hätte er sich niemals träumen lassen, dass der König, der ihn in die Reihen seiner Lords aufnahm, seinen Vater auf dem Gewissen haben und ein Feind derer von Waringham sein würde.

Nick kniete sich wieder hin, zog die Klinge und streckte sie Henry mit dem Heft voraus entgegen. »Von heute an bin ich der Eure mit Leib und Leben und all meiner weltlichen Ehre und gelobe Euch Vasallentreue und Gehorsam.« *Gott steh mir bei ...*

Der König legte die Hand um den Schwertgriff zum Zeichen, dass er den Schwur annahm. Die Art, wie er zupackte, ließ Nick einen Blick auf den kriegerischen, turnierwütigen jungen Prinzen erhaschen, der Henry einmal gewesen war.

Der gab das Schwert zurück an den Herold, denn niemand durfte in seiner Halle Waffen tragen. Dann nahm er Nick bei den Schultern, hob ihn auf und gab vor, ihn nach uralter Sitte auf den

Mund zu küssen, ließ aber glücklicherweise einen Zoll Abstand zwischen ihren Lippen. Auch so hatte Nick Mühe genug, nicht zu schaudern. Für einen Augenblick ruhten die großen Hände noch auf seinen Schultern, dann drehte Henry den frisch gegürteten Earl zu den Menschen der Halle um und vollführte lächelnd eine auffordernde Geste.

Der Hof spendete dem Earl of Waringham Applaus, der mehrheitlich lauwarm ausfiel. Nick bemühte sich um eine gleichmütige Miene und achtete darauf, niemandem ins Gesicht zu sehen, vor allem seiner Stiefschwester nicht. Unauffällig ließ er den Blick über die langen Tischreihen in der festlich erleuchteten Halle schweifen, aber vergebens: Thomas More war nicht gekommen.

Der König nahm Nick beim Ellbogen und führte ihn zur hohen Tafel. »Lasst mich die Gelegenheit nutzen, Euch der Königin vorzustellen, Waringham.«

Die Königin ist in Hertfordshire, lag Nick auf der Zunge, aber er sagte es lieber nicht. Der warnende, geradezu nervöse Blick seines Paten, der gleich an der Seite der jungen Königin saß, wäre gar nicht nötig gewesen, denn Nick wusste selbst, dass es Selbstmord gewesen wäre, sie zu brüskieren.

Er verneigte sich tief vor ihr. »Eine hohe Ehre, Majestät.«

»Mylord of Waringham.« Die großen schwarzen Augen seien das schönste an ihrem Gesicht, hatte Jerome behauptet, doch als sie Nick nun betrachteten, hatten sie einen kalten, seltsam leblosen Glanz, wie von nassem Schiefer. »Welch unverhoffte Freude, Euch bei meinen Krönungsfeierlichkeiten begrüßen zu dürfen. Ich fing schon an zu glauben, die wenigen Vertreter des alten Adels, die es in England noch gibt, fänden alle Ausflüchte, um fernzubleiben. Oder bezahlen lieber ein Bußgeld, als mitanzusehen, wie ich Königin von England werde, so wie Lord Stafford.«

Nick fand es unhöfisch, geradezu vulgär, dass sie Staffords Affront so offen zur Sprache brachte, und ihm kam die Frage in den Sinn, ob sie sich absichtlich schlecht benahm, um ihn herauszufordern. Denn sie hätte es zweifellos besser gekonnt, war sie doch am französischen Hof erzogen worden. Er verschanzte sich hinter einem nichtssagenden Lächeln. »Ich bin überzeugt, Ihr könnt gut auf ihn verzichten, Hoheit. Stafford ist ein furchtbarer Langweiler.«

Anne Boleyn nickte emsig. »Und in Anbetracht der Kosten für meine Krönungsroben ist sein Bußgeld weitaus nützlicher als seine Anwesenheit, scheint mir.«

Lady Mary, die Schwester des Königs und Gemahlin des Duke of Suffolk, stützte die Stirn in die Hand und schüttelte fast unmerklich den Kopf.

Die junge Königin sah in ihre Richtung. »Kein Grund, beschämt zu sein, Madam. Ich sage immer, was ich denke.«

»Ich habe es vor langer Zeit aufgegeben, für andere Menschen beschämt zu sein«, gab Lady Mary grantig zurück. »Und Eure Unverblümtheit ist mir keineswegs neu, Majestät.«

Nick fiel ein, dass Anne Boleyn als Hofdame mit nach Paris gegangen war, als die Schwester des Königs für zwei kurze Monate Königin von Frankreich geworden war. Und schon damals, behauptete Jerome Dudley, habe Mary Tudor die blutjunge Anne Boleyn verabscheut, die jetzt ihre Schwägerin und Königin war.

»Nun, Ihr mögt es Unverblümtheit nennen, Madam, ich ziehe Aufrichtigkeit vor«, entgegnete Anne Boleyn. »Mir will scheinen, sie ist eine Tugend, die bei Hofe nicht hoch genug geschätzt und nicht ausreichend gepflegt wird. Das gedenke ich zu ändern.«

Lady Mary nickte säuerlich. »Ich könnte mir vorstellen, dass Taktlosigkeit unter Eurer Herrschaft zu einer höfischen Mode wird.«

»Mary …«, knurrte der König drohend.

Seine Schwester warf ihm mit hochgezogenen Brauen einen Blick zu – nicht im Mindesten eingeschüchtert. Nick beobachtete, wie Suffolk ihr verstohlen die Hand aufs Knie legte. Ebenso diskret schob sie die Hand weg.

»Was denkt Ihr, Lord Waringham?«, fragte die Königin. »Ist es nicht an der Zeit, mit all den schmeichlerischen höfischen Lügen aufzuräumen und uns auf Ehrlichkeit zu besinnen, die Gott gefällig ist?«

Nicks Kiefermuskeln waren auf einen Schlag wie versteinert, und er wusste, er war kreidebleich geworden. Er sah dem König in die Augen – länger, als sich gehörte –, dann verneigte er sich vor der Königin. »Ich gebe Euch völlig recht, Majestät. Es gibt nicht mehr viele Männer in England, deren herausragende Eigenschaft Aufrichtigkeit wäre. Man fragt sich, wohin sie alle entschwunden sind.«

Anne öffnete den Mund, als wolle sie etwas erwidern, dann zögerte sie und warf dem König einen prüfenden Blick zu.

Henry hatte die Lider halb geschlossen. Seine Mundwinkel zuckten, als sei er amüsiert. Er entließ Nick mit einer eleganten Geste seiner beringten Hand. »Wir erwarten, dass Ihr diese beklagenswerte Lücke füllt, Nicholas. So wie die Waringham es immer getan haben.«

»Darauf kann er lange warten«, grollte Nick, nachdem er seinen Bericht beendet hatte.

Es war einen Moment still am Tisch. Laura und Philipp wechselten einen Blick. John und Jerome taten das Gleiche. Nick ignorierte alle vier, stand auf und trat an das Fenster der behaglichen kleinen Halle seines Londoner Stadthauses. Die Abendsonne ließ die strohgedeckten Dächer der Pächterhäuser golden leuchten. Ansonsten lag der Hof schon im Schatten. Doch die frühsommerliche Hitze war nicht gewichen, und die üblen Gerüche von Stadt und Fluss waberten zum Fenster herein.

»Und wie geht es jetzt weiter?«, fragte Philipp schließlich.

Weil Nick nicht antwortete, erklärte Jerome: »Morgen zieht sie in feierlicher Prozession von London nach Westminster, und ich sage euch, so was hat die Welt noch nicht gesehen: Die Häuser entlang der Straßen werden mit Goldbrokat und anderen kostbaren Tuchen geschmückt sein. An jeder Kreuzung werden musikalische Vorführungen dargeboten, die die Königin mit Penelope, Helena oder der heiligen Anna gleichsetzen. In Cheapside gibt es ein Schauspiel, welches die Wahl des Paris darstellt, aber nicht Aphrodite, sondern Königin Anne wird den goldenen Apfel bekommen. Und Wein wird durch die Londoner Wasserleitung fließen. Dann am Sonntag die Krönung in der Abtei zu Westminster ...«

»… die diese ungeheuerliche Farce zu einer unumstößlichen Tatsache machen wird«, fiel Nick ihm bitter ins Wort. »Sonntag wird aus der königlichen Hure eine gesalbte Königin. Das ist nicht nur ein heiliger Ritus, sondern auch ein politischer Akt, der sich nicht rückgängig machen lässt. Und bis der Papst Cranmers Urteil bestätigt und die Ehe des Königs mit Catalina von Aragon für nichtig erklärt – falls er das denn überhaupt tut –, werden wir *zwei* gesalbte Königinnen haben. Wir können uns wirklich glücklich preisen ob unseres Reichtums an gekrönten Häuptern …«

»Nick, du musst damit aufhören«, sagte Laura streng. »Wenn man dich hört, könnte man meinen, Catalina sei eine Heilige und Königin Anne die personifizierte Bosheit. Aber so einfach ist es nicht. Catalina wird keine Kinder mehr bekommen, das ist uns wohl allen klar. Aber der König *braucht* einen männlichen Erben. Sein Vater hat einen schrecklichen dreißigjährigen Thronfolgekrieg beendet, und Henry graut davor, dass dieser Krieg wieder losbrechen könnte, wenn er keinen unanfechtbaren Nachfolger hinterlässt. Er handelt also nicht aus purer Selbstsucht, ganz gleich, was du denkst. Und das ist nicht das einzige: Catalina lebt in der Vergangenheit. Anne Boleyn denkt an die Zukunft. Und sie hat keine Furcht vor neuen Ideen.«

»Oh, Laura. Ich kann nicht glauben, dass du dir diese Sache schönredest, weil Anne Boleyn angeblich Sympathien für die Reformbewegung hat. Du musst doch wissen, dass sie die Reformer nur für ihre Zwecke benutzt und ihnen den Rücken stärkt, weil der Papst nicht tut, was sie will.«

»Das ist es, was du ihr unterstellst«, hielt John ihm entgegen. »Die Zeit wird zeigen, wer von euch sich im Irrtum befindet. In einem Punkt hat Laura jedenfalls recht: Wenn du nicht lernst, deine Gefühle besser zu verbergen und deine Zunge zu hüten, lieferst du dich selbst ans Messer. Deine rebellische Loyalität für Catalina und Prinzessin Mary in allen Ehren, aber du wirst ihnen wenig nützen, wenn du tot bist.«

»Ich weiß überhaupt nicht, was ihr mir vorwerft«, gab Nick verdrossen zurück. »Vielleicht rede ich unbedacht, aber nur vor euch. Das ist nicht besonders heldenmütig. Rückgrat beweisen

Männer wie Lord Stafford oder Thomas More, die der Krönung fernbleiben, und ich für meinen Teil bewundere sie dafür. Aber was tue ich? Genau das, was von mir verlangt wird. Ich gehe zu ihrer lächerlichen Krönung wie ein artiger kleiner Kronvasall.« Er stieß angewidert die Luft aus.

Jerome hob kurz die Schultern. »Du *bist* Kronvasall. Das bedeutet, du setzt deine Ehre nicht aufs Spiel, indem du dem Willen deines Königs folgst, sondern nur, wenn du es *nicht* tust, oder?«

Nick kehrte an den Tisch zurück, stützte die Hände auf die Platte und beugte sich ein wenig vor. »Ich würde sagen, das hängt davon ab, *wohin* ich dem König folgen soll. Anders als ihr reformerischen Wirrköpfe glaube ich nämlich daran, dass Gott uns einen freien Willen gegeben hat, um selbst zu entscheiden, was richtig und was falsch ist. Trotzdem gehe ich zur Krönung. Und büße da und dort für meine Schwäche, denn Brechnuss wird beim Krönungsbankett schon wieder meine Tischdame sein. Ich fange an, mich zu fragen, ob Henry die Absicht hat, uns zu verheiraten.«

»Aber ... sie ist deine Stiefschwester«, wandte Philipp entgeistert ein. »Die Kirche macht keinen Unterschied zwischen leiblichen und Stiefgeschwistern. Es wäre Inzest!«

Nick lächelte humorlos. »Die Kirche erlaubt auch nicht, dass ein König seine Mätresse heiratet, während er gleichzeitig eine rechtmäßige Gemahlin hat. Das hat ihn indes nicht abgehalten, oder?«

Greenwich, September 1533

 »Waringham, lasst uns verschwinden«, schlug George Boleyn vor. »Ein Stück reiten, was meint Ihr?«
Nick deutete ein Kopfschütteln an. »Vielleicht später.«

»Aber ich langweile mich hier zu Tode«, quengelte der Bruder der Königin.

»Schsch«, mahnten Nick und die Dame an Boleyns anderer Seite im Chor.

Der Gescholtene ließ die Schultern hängen und stöhnte.

Sie saßen auf harten Holzbänken auf dem Rasen im weitläufigen Garten von Greenwich Palace, und vor dem Springbrunnen war eine Bühne aufgebaut worden, auf welcher eine Schar Damen und Höflinge ein erbauliches Schauspiel von Lastern und Tugenden zum Besten gab. Das üppige Mahl, das zuvor in der Halle serviert worden war, hatte auch Nick ein wenig schläfrig gemacht, und die gespreizten Verse, in denen die *Nächstenliebe* mit dem *Hochmut* stritt, waren nicht gerade dazu geeignet, ihn wachzuhalten. Aber die Musiker mit ihren italienischen Instrumenten und der Knabenchor, die das Schauspiel musikalisch untermalten, waren gut und weckten sein Interesse. »Ich rühre mich nicht vom Fleck«, stellte er flüsternd klar.

George Boleyn griff nach dem Weinbecher, der zwischen seinen Füßen stand, und nahm einen ordentlichen Zug. »Die Kleine, die die *Hoffnung* spielt, ist Lady Jane Seymour«, bemerkte er dann mit gesenkter Stimme.

»Ich weiß«, gab Nick zurück. Die junge Hofdame, die damals Zeuge seiner ersten Begegnung mit Königin Catalina und Prinzessin Mary gewesen war, hatte Catalina nicht in die Verbannung aufs Land begleitet, sondern war bei Hofe geblieben und jetzt eine der Damen der neuen Königin. Wie freiwillig, war umstritten.

»Sie ist ja so niedlich«, sagte Boleyn schwärmerisch.

»An ihr werdet Ihr Euch die Zähne ausbeißen, Mylord«, prophezeite Jerome Dudley, der an Nicks anderer Seite saß. »Sie ist ein Muster an Tugend und Standhaftigkeit.«

»Ja, das ist wahr«, erwiderte Boleyn kummervoll.

»Pst!«, zischte die Dame neben ihm, jetzt wesentlich giftiger.

Der Bruder der Königin schenkte ihr ein zerknirschtes Lächeln und legte die Hand auf ihr Bein. Nick hatte keine Ahnung, wer sie war, jedenfalls nicht Boleyns Frau.

Es war ein brütend heißer Spätsommersonntag Anfang September, und Nick sehnte sich nach ein bisschen Schatten. Er trug dunkle, betont gedeckte Kleidung – wie immer, wenn er an den Hof zitiert wurde –, Hosen, Schaube und Barett aus schwarzem Samt, sodass man ihn beinah für einen Priester oder Schulmeister hätte halten können, wäre die schwere Goldkette mit dem Waringham-Einhorn auf Brust und Schultern nicht gewesen. Ihm war zu warm, und wie üblich war ihm in dieser Umgebung nicht wohl in seiner Haut.

Als Boleyn ihm einladend seinen Becher hinhielt, schüttelte er dennoch den Kopf und reichte den kostbaren Pokal weiter an Jerome. Er hatte nichts gegen George Boleyn, im Gegenteil. Der Mann mochte ein gewissenloser Schürzenjäger sein, aber er war arglos und hatte – ganz anders als seine Schwester – keinen politischen Ehrgeiz. Darum erschien er Nick ungefährlicher als die meisten anderen Höflinge. Aber einen Becher wollte er trotzdem nicht mit ihm teilen. *Keine Vertraulichkeiten*, schärfte er sich regelmäßig ein, wenn er an den Hof kam. *Bleib auf Distanz, so weit du kannst. Verhalte dich unauffällig, und wenn du Glück hast, kommst du ungeschoren zurück nach Hause …*

Das Schauspiel endete, die Darsteller nahmen die Masken ab, und das Publikum machte »Ah« und »Oh« und heuchelte Verwunderung über die Gesichter, die zum Vorschein kamen, dabei hatte es sie in Wahrheit doch längst erkannt. Manchmal erschien es Nick, als beruhe hier *alles* auf Lug und Trug. Den meisten Beifall und das vorgeblich größte Erstaunen erntete der König, der sich – oh, welche Überraschung – hinter der Maske des *Heldenmuts* verborgen hatte.

Lachend riss er sich den Hut vom Kopf und machte eine kleine Verbeugung. »Wie war ich, Charles?«, brüllte er zu Suffolk hinüber, der in der ersten Reihe gesessen hatte.

»Schauderhaft, Majestät«, antwortete sein Freund mit einem nachsichtigen Lächeln. »Ich bin geneigt zu sagen, ich habe Euch noch nie so schlecht spielen sehen. Ihr habt die Hälfte Eurer Verse vergessen. Aber ich glaube, jeder hat heute Verständnis dafür.«

Henry hatte ihm mit versteinerter Miene gelauscht, aber dann brach er abrupt in dröhnendes Gelächter aus. »Wohl wahr, wohl wahr! Was gibt es Neues?«

Suffolk schüttelte den Kopf. »Noch nichts.«

Die Königin lag seit dem frühen Morgen in den Wehen.

Henry wischte sich mit dem Ärmel den Schweiß vom Gesicht, warf Suffolk einen Arm um die Schultern und führte ihn Richtung Halle.

Das Publikum erhob sich, die jungen Kavaliere halfen den Damen von der Bühne, und Diener begannen, die Masken und Requisiten einzusammeln.

»Meine arme Schwester«, sagte Boleyn kopfschüttelnd. »Es muss doch langsam mal so weit sein?«

»Ein saumseliger kleiner Prinz …«, sagte seine Gemahlin lachend, die plötzlich wie aus dem Boden gestampft an seiner Seite erschienen war und sich bei ihm einhängte. »Waren die Musiker nicht wundervoll?«

»Kann sein«, gab er achselzuckend zurück, und Nick kam es vor, als müsse Boleyn sich mit einem bewussten Willensakt daran hindern, sich von ihr loszureißen.

»Ich fand sie auch großartig, Lady Rochford«, bemerkte er.

Scheu wie eh und je, warf sie ihm nur einen kurzen Blick zu, aber sie lächelte. »Wenigstens ein Mann mit Sinn für Kunst unter all diesen Banausen …«

»Oh, Ihr solltet mich nicht überschätzen«, wehrte Nick ab. »Ich verstehe nichts davon, anders als meine Schwester. Aber es hat mir gefallen.«

»Ich kenne Eure Schwester«, eröffnete sie ihm unerwartet. »Sie ist mit Master Philipp Durham verheiratet, richtig?«

Nick fiel aus allen Wolken. »Woher kennt Ihr sie?«

»Wir standen zufällig nebeneinander, als Erzbischof Cranmer vorletzte Woche an Paul's Cross gepredigt hat, und wir kamen ins Gespräch. So eine gescheite Frau, Mylord, und so gebildet. Sie sagte, es werde höchste Zeit, dass eine englische Übersetzung der Bibel …« Ihr Redefluss versiegte abrupt, und die kleine Gruppe hielt an.

Eine junge Frau kam mit eiligen Schritten aus einer Seitentür des Palastes, die zu den Gemächern der Königin führte. Als sie den König mit seinem gesamten Hof im Schlepptau auf sich zukommen sah, schien sie einen Moment zu zaudern, schritt dann aber eilig auf ihn zu. Sie hielt den Kopf gesenkt, aber Nick erkannte seine Stiefschwester ohne Mühe.

Vor dem König hielt sie an, knickste tief und sagte etwas.

»*Was?*«, hörten sie Henry brüllen, und er packte Louise bei den Schultern und rüttelte sie. Nick fing an zu hoffen, er werde ihr das Genick brechen, aber dann legte Suffolk dem König für einen kurzen Moment die Hand auf den Arm, und Henry ließ von seinem Opfer ab und schleuderte es von sich.

Louise landete im Gras, und der König stapfte mit Siebenmeilenschritten davon.

Nick verschränkte die Arme, sah zum Himmel auf und schnalzte mit der Zunge. »Das sieht aber alles gar nicht gut aus ...«

Jerome trat ihn unsanft in die Wade, dann eilte er Boleyn und den übrigen Höflingen nach, die eine Traube um Brechnuss bildeten.

Nick folgte ihnen gemächlichen Schrittes, und darum stand er ganz hinten und konnte Louise zwischen all den edel gewandeten Menschen nicht sehen.

Doch mit einem Mal kämpfte sich eine kleine Gestalt zwischen den vielen Beinen und Röcken hindurch nach außen, sah sich einen Moment um und entdeckte Nick keine fünf Schritte zur Rechten.

»Ray.« Der junge Earl of Waringham trat zu seinem Bruder und legte ihm die Hände auf die Schultern. »Es ist eine Prinzessin geworden, nehme ich an?«

Raymond nickte, senkte den Kopf und brach in Tränen aus.

Nick war unentschlossen, ob er sich ihm anschließen oder lachen sollte.

Eine Prinzessin.

Welch grandiose Ironie des Schicksals. Henry hatte seine rechtmäßige Gemahlin verstoßen, seine legitime Tochter zum Bastard erklärt, hatte jeden anderen Herrscher der Christenheit und nicht zuletzt den Papst gegen sich aufgebracht – der keine sechs Wochen nach Anne Boleyns Krönung endlich sein Urteil gefällt, Henrys Ehe mit Catalina für rechtmäßig erklärt und dem König mit Exkommunikation gedroht hatte –, hatte sich international isoliert, den Unwillen seiner Untertanen erweckt und den inneren Frieden des Reiches aufs Spiel gesetzt. Alles, weil er einen

Sohn wollte. Stattdessen hatte Königin Anne ihm ein Töchterchen geboren.

»Er hat Louise eine gottverfluchte Unglücksbotin genannt und auf die Erde geschubst«, vertraute Raymond ihm mit bebender Stimme an.

»Ach, er beruhigt sich schon wieder«, erwiderte Nick beschwichtigend. »Und das solltest du auch schleunigst tun, denn da vorn steht dein Vormund und wirft uns finstere Blicke zu.«

Kaum hatte er ausgesprochen, da kam Norfolk schon zu ihnen herüber, sah kurz auf Raymond hinab und verpasste ihm eine Ohrfeige. »Was stehst du hier herum und flennst, Bengel? Hast du keine Pflichten zu erfüllen?«

Raymond nahm sich augenblicklich zusammen und verneigte sich vor seinem Onkel. »Vergebt mir, Mylord«, bat er ein wenig zittrig, machte kehrt und stob davon.

»Er war durcheinander, weil Seine Majestät seine Schwester ...«

»Ja, ich hab's gesehen«, knarzte Norfolk. »Was musste auch ausgerechnet das dumme Luder ihm die Nachricht bringen? Da bemühe ich mich tagein, tagaus um ihre Zukunft, und dann begeht sie so eine Dummheit.«

Nick hob gleichgültig die Schultern. Norfolks und Louises Sorgen waren seinem Herzen nicht besonders nahe. »Irgendwer musste es ihm beibringen, oder? Wenigstens hat sie Schneid.« *Habe ich gerade wirklich etwas Nettes über Brechnuss gesagt?*

»Jemand soll dafür sorgen, dass dieser Menschenauflauf sich zerstreut«, sagte Norfolk mit gerunzelter Stirn. »Ach, und Waringham, seid so gut und verhindert, dass George Boleyn Lady Jane Seymour an die Wäsche geht. Dieser Tor denkt immer nur mit dem Schwanz und wird sich eines Tages in Teufels Küche bringen. Ihr habt doch Einfluss auf ihn ...«

Nick trat einen kleinen Schritt zurück und deutete eine Verbeugung an. »Ich habe hier auf nichts und niemanden Einfluss, Euer Gnaden. Und jetzt muss ich Euch bitten, mich zu entschuldigen.«

»Was?«, fragte der Herzog verdutzt. »Wo wollt Ihr denn hin?«

»Nach Newhall. Irgendwer sollte die Prinzessin ... Pardon,

Lady Mary von der Geburt ihrer Schwester unterrichten. Ein Freund nach Möglichkeit, kein Bote der Königin.«

Norfolk stieß einen halb angewiderten, halb ungeduldigen Laut aus. »Also meinetwegen. Ihr könnt ihr gleich ausrichten, sie soll ihren Schmuck herausrücken. Der steht jetzt der neuen Prinzessin zu.«

»Wie überaus vorausschauend.«

Norfolk hob drohend die Faust. »Besser, Ihr geht mir aus den Augen, Ihr Flegel ...«

London, November 1533

 »Fünfzehn Pfund und keinen Penny mehr«, sagte Nick. »Das ist mein letztes Wort.«

»Aber Sir, dafür kann ich ihn nicht hergeben«, jammerte der Pferdehändler. »Wenn ich bedenke, wie viel ich über den Herbst für sein Futter ausgegeben habe ... Bier hab ich ihm gegeben, damit er wieder auf die Beine kommt. Das hat mich einen Haufen Geld gekostet. Ihr bringt mich an den Bettelstab, Sir, ich schwör's bei Gott.«

Es war der rothaarige Halunke aus den Midlands, den Nick schon bei seinem allerersten Besuch auf dem Pferdemarkt von Smithfield beobachtet hatte. Die anderen Händler nannten ihn wegen seines flammenden Schopfes den »Roten Humphrey«, und er stand in dem Ruf, der schlimmste Lügner und Betrüger von ganz Smithfield zu sein, dessen Ware nicht immer ehrlich erworben sei.

Doch Nick hatte gelernt, dass der Rote Humphrey hin und wieder ein hervorragendes Pferd auf den Markt brachte. »Was du ihm an Bier gegeben hast, hast du an Hafer eingespart, scheint mir. Er ist fett, aber seine Muskeln sind schwach. Ich muss ihn mindestens ein halbes Jahr ins Training nehmen, eh ich ihn weiterverkaufen kann.«

»Aber ...«

»Wo hast du ihn her?«

»Fernbrook«, antwortete Humphrey grantig.

»Nie gehört.«

»Kleines Gestüt in Lancashire. Gute Zucht.«

Ja, das sehe ich, dachte Nick. Der Wallach hatte starke Knochen und wache Augen, und mit ein bisschen guter Pflege würde auch sein braunes Fell wieder Glanz bekommen. Nick streckte die Hand aus. »Komm schon, Humphrey, schlag ein. Du weißt, dass er mindestens acht Jahre alt ist, da hilft auch dein Bier nichts. Also?«

Mit einem gepeinigten Seufzer ergriff der schlitzohrige Händler Nicks Hand, schüttelte sie kurz, beinah verstohlen, und ließ sie sogleich wieder los. »Ihr seid noch mein Untergang, Sir«, jammerte er. »Nicht nur, dass Ihr die Preise drückt. Seit Ihr herkommt, findet man kaum mehr einen Gimpel auf diesem Markt, dem man eine Schindmähre als edles Ross verhökern kann. Alle, die nichts von Gäulen verstehen, gehen zu Euch!«

Nick lächelte unverbindlich. »Du wirst am Galgen enden, Humphrey«, prophezeite er, öffnete seine Börse und zählte den vereinbarten Preis in Humphreys schwielige Hand. Dann knotete er einen Strick an das Halfter des Wallachs und führte ihn zurück Richtung Straße. Als an einem der Bierstände eine Schlägerei ausbrach und einer der Kontrahenten gegen eine Kohlenpfanne stolperte, sodass glühende Kohlen auf den Weg kullerten, schnaubte Nicks Neuerwerbung, scheute aber nicht.

Nick legte ihm die Hand auf die Nüstern. »Wer immer dich ausgebildet hat, wusste, was er tat«, murmelte er zufrieden.

Orsino hatte er nahe der Pferdetränke angebunden und einem der Bettlerjungen, die dort immer herumlungerten, einen Penny versprochen, wenn der ihn hütete. Er zahlte den Jungen aus. »Danke, Jimmy.«

»Keine Ursache, Mylord.«

Nick saß auf und blickte mit einem Kopfschütteln auf ihn hinab. »Wie oft musst du hören, dass du mich nicht so nennen sollst? Du ruinierst meine Geschäfte, wenn sich das herumspricht.«

Jimmy grinste frech. »Tut mir leid, Mylord. Für einen halben Schilling werd ich es für immer vergessen, ich schwör's.«

Nick warf ihm noch einen Penny zu. »Mehr gibt es nicht. Und halt bloß die Klappe.«

Seit er bei Hofe eingeführt und offiziell der Earl of Waringham geworden war, hatten nicht mehr viele Leute gewagt, seine Dienste als Agent in Anspruch zu nehmen. Sie glaubten wohl, dergleichen sei jetzt unter seiner Würde. Nick hatte seinen Schwager Philipp gebeten, bei den Londoner Kaufleuten zu verbreiten, dass auch ein Earl in Geldnöten stecken und auf gute Geschäfte angewiesen sein konnte, aber kaum jemand schien das so recht zu glauben. Also hatte Nick verstärkt begonnen, Pferde zu kaufen, um sie seinen Kunden nicht als Agent, sondern als Verkäufer anbieten zu können. Das erforderte mehr Kapital, als er sich leisten konnte, aber wenigstens funktionierte es. Londoner Kaufleute und Juristen waren es vornehmlich, die einen Ausflug nach Waringham machten, wenn sie ein neues Pferd brauchten, denn sowohl sein Schwager als auch Sir Thomas More und dessen Schwiegersohn, der ebenfalls Rechtsgelehrter war, hatten Nick in ihren jeweiligen Kreisen empfohlen. Doch auf dem Pferdemarkt von Smithfield verheimlichte Nick lieber, wer er war, damit die Preise nicht gleich in die Höhe schnellten, sobald er kam.

Gemächlich ritt er zurück Richtung London, den Strick in der Linken, und seine Neuerwerbung folgte ihm willig. Es war ein sonniger Herbsttag, der Wind aber so bitterkalt, dass Pferde und Reiter gleichermaßen dankbar waren, als sie das Haus an der Shoe Lane erreichten.

Nick brachte Orsino und den Wallach in den Stall, sattelte ab und band jedem eine Decke um. Er holte Wasser und Futter, klopfte Orsino abwesend die Flanke und sah zu, wie der neue Braune fraß.

Der hatte großen Appetit, wie Nick vermutet hatte. »Den Winter über werden wir dich aufpäppeln«, sagte er zu ihm. »Und wenn der Schnee schmilzt, fangen wir an zu arbeiten. Ich denke, wir werden dich Enrico nennen, weil du ebensolch ein Fresssack zu sein scheinst wie der König.«

Er ging zum Haus hinüber, und als er eintrat, begegnete ihm seine Schwester mit ihren beiden Töchtern an der Küchentür.

»Nick!«, rief Laura. »Schon zurück?«

»Onkel Nick, Onkel Nick!«, krähte die dreijährige Giselle und streckte ihm die Arme entgegen. Ihre kleine Schwester schlief auf dem Arm ihrer Mutter.

Nick hob Giselle hoch und trug sie die Treppe hinauf in die Halle. Ein äußerst willkommenes Feuer prasselte im Kamin, und er setzte die Kleine auf der Decke ab, die davor ausgebreitet lag. »Ich habe schnell gefunden, was ich suchte«, antwortete er.

Laura setzte sich in einen der Sessel am Tisch, wo ein aufgeschlagenes Buch lag.

Nick brachte ihr einen Becher Wein und warf einen Blick auf den Titel. »Dafür kannst du in den Tower kommen, Laura«, bemerkte er.

»Ich weiß«, gab sie achselzuckend zurück. »Aber du besitzt es selbst, nicht wahr?«

»Ich habe alle verbotenen Bücher wieder ins Verlies gesperrt, falls Cromwell mir seine Spitzel auf den Hals hetzen sollte.«

»Aber Cromwell ist Reformer, Nick. Er hätte gewiss nichts gegen Vaters Bücher.«

»Cromwell ist vor allem Opportunist. Und wenn er einen Grund sucht, mich zu verhaften, kämen ihm die Bücher gerade recht. Genauso hat er es schließlich auch mit Vater gemacht, nicht wahr?« Er stellte sich mit dem Rücken ans Feuer, und es war ein herrliches Gefühl, die Kälte allmählich aus seinen Gliedern weichen zu fühlen. »Wo sind Philipp und John?«

»Philipp hat Arbeit als Gehilfe eines Wollhändlers in Bishopsgate gefunden. Langsam wird es besser, weißt du. Es gibt inzwischen so viele Reformer unter der Kaufmannschaft, dass Onkel Nathaniel sie nicht alle bestechen kann, Philipp keine Arbeit zu geben. Und John ist in der Stadt unterwegs. Er ist … ins Londoner Leben eingetaucht, könnte man wohl sagen.« Sie hob lächelnd die freie Hand. »Aber es sind nicht die Hurenhäuser, wohin er sein Geld trägt, sondern die Buchhändler.«

Sowohl Nick als auch Laura empfanden das Auftauchen ihres Cousins aus dem Norden als großen Gewinn. War Nick in Waringham, kam John oft dorthin, und zusammen mit Jerome Dudley bildeten sie ein höchst ungleiches Kleeblatt. Aber ebenso häufig war John in London bei Laura und Philipp, denn das rege geistige Leben in der Stadt war das reinste Elixier für ihn, und er hatte Freundschaft mit einigen Londoner Ärzten geschlossen. Und wo immer er sich aufhielt, bestand John darauf, für Kost und Logis zu bezahlen, worüber Laura und Nick gleichermaßen erleichtert waren, auch wenn sie das niemals zugegeben hätten.

»Bist du hungrig?«, fragte Laura. »Helen sagt, der Eintopf ist gleich fertig.«

Nick schnitt eine Grimasse. »Das habe ich geahnt und vorsichtshalber auf dem Markt eine Pastete gegessen.«

Sie lachten. Helen war über die Jahre eine tüchtige Magd geworden, aber ihre Kochkunst ließ immer noch ziemlich zu wünschen übrig.

»Es war seltsam unruhig auf den Straßen«, fuhr Nick fort. »Ist irgendwas passiert?«

»Ich habe nichts gehört.«

Nick setzte sich zu seiner Nichte auf die Decke und hob sie mitsamt ihrer Stoffpuppe auf den Schoß. »Auffallend viele Mönche waren unterwegs«, berichtete er weiter.

»Wirklich? Ich dachte, die säßen bei Kälte lieber am warmen Feuer und wärmten sich innerlich mit edelsten Tropfen.«

Nick steckte lieber die Nase in die duftigen, weichen Locken der kleinen Giselle, als sich von deren Mutter provozieren zu lassen. Lauras Spitze war keineswegs unberechtigt, wusste er. Viele Klöster waren genauso verkommen wie der Rest der Kirche. Kaum ein Mönch erinnerte sich noch an den Grundsatz *ora et labora* – bete und arbeite –, und erst vor Kurzem war ein Londoner Nonnenkloster geschlossen worden, nachdem bekannt geworden war, dass die »frommen Schwestern« dort Liebesdienste für zahlende Kunden anboten. Der Aufschrei der Empörung war gewaltig gewesen, und der Vorfall hatte den Reformern neuen Zulauf beschert.

Als Philipp und John bei Einbruch der frühen Dämmerung zusammen heimkehrten, erfuhren die Geschwister, was die Londoner Mönche aus ihren Klöstern gelockt hatte.

»Elizabeth Barton ist verhaftet worden«, berichtete Lauras Gemahl. Genau wie Nick zwei Stunden zuvor stellte er sich mit dem Rücken vors Feuer.

John gesellte sich zu ihm. »Cromwell hat sie und vier ihrer Anhänger in den Tower sperren lassen. Sie sollen wegen Verrats angeklagt werden.«

Es war einen Moment still in der kleinen Halle, nur das Knistern der Scheite war zu hören.

Schließlich murmelte Nick. »Und so beginnt es also.«

»Was beginnt?«, fragte Laura. »Was meinst du?«

»Cromwell will jeden mundtot machen, der sich für Catalina und gegen Anne Boleyn ausspricht. Er träumt davon, in Henrys Namen eine Schreckensherrschaft zu errichten wie zu Zeiten der römischen Tyrannen, wo niemand mehr wagen kann, zu sagen, was er denkt. Darum hat er mit Elizabeth Barton angefangen. Wenn nicht einmal die heilige Jungfrau von Kent sicher ist, sollen wir denken, dann ist es wohl besser, wir machen uns ganz klein und verhalten uns still.«

Elizabeth Barton war eine Nonne aus Canterbury, die weit über die Grenzen von Kent hinaus verehrt wurde, denn sie war eine berühmte Mystikerin und hatte Visionen. Bauern, Bürgersleute und Adlige waren gleichermaßen zu ihr gegangen, um sie um Rat und Fürsprache zu bitten. Doch seit der König zum ersten Mal seine Absichten offenbart hatte, Königin Catalina zu verstoßen, hatte »die heilige Jungfrau von Kent«, wie viele sie nannten, ihm die fürchterlichsten Dinge prophezeit, falls er seine Absichten in die Tat umsetzte. Zuletzt hatte sie seinen baldigen Tod und den Untergang seines Reiches geweissagt. Und weil Henry eine geradezu lächerliche Furcht vor allen erdenklichen Krankheiten hatte und neuerdings auch davor zitterte, dass Catalinas Neffe, Kaiser Karl, mit seinen Heerscharen in England einfallen könnte, hörte er weder das eine noch das andere sonderlich gern.

»Denkst du nicht, du übertreibst ein bisschen?«, fragte John skeptisch. »Sie ist nur eine abergläubische, verwirrte Frau, die sich gern in der öffentlichen Aufmerksamkeit sonnt.«

»Nun, du kannst glauben, was du willst. Meine Stiefmutter hat sie vor Jahren einmal aufgesucht, um sie zu begaffen, und Barton fiel in eine ihrer Trancen und sprach von Sumpfhexes Zwillingsbruder, der bei der Geburt gestorben war. Meine Stiefmutter war völlig aufgelöst, als sie heimkam, denn niemand außer ihrer Mutter und ihr hatte je von diesem Bruder gewusst. Ich kann nicht sagen, ob Barton ihre Visionen wirklich von Gott oder der Heiligen Jungfrau geschickt bekommt, aber sei versichert, sie sieht Dinge, die andere nicht sehen. Das ist allgemein bekannt. Darum dürfte es dem König verdammt unbequem sein, was sie kundtut. Also ab mit ihr in den Tower. Sie wird früher oder später ein Geständnis ablegen, und dann werden sie sie hinrichten, wart's ab. Und sie wird nicht die Letzte sein.« Er verstummte abrupt, als ihm etwas einfiel, wovon ihm ganz flau wurde. »Es ist Sir Thomas …«

Die anderen tauschten verständnislose Blicke. »Sir Thomas More?«, fragte Philipp. »Was hat er damit zu tun?«

»Er hat sie öffentlich verteidigt«, erinnerte sich Nick. »Anfangs hat er sie belächelt und den Kopf geschüttelt, aber dann ist er hingeritten und hat sie befragt, und als er zurückkam, hatte er seine Meinung geändert. Er hat sie öffentlich eine heilige, gottesfürchtige Frau genannt. Seither hören alle noch einmal so genau hin, wenn sie den Mund aufmacht. *Ihm* gilt dieser Angriff, seid versichert. Die arme Nonne ist nur Mittel zum Zweck.«

Philipp betrachtete ihn skeptisch. »Weißt du, ich kann ja verstehen, dass du für Cromwell nicht viel übrig hast, aber er ist kein Teufel. Nur ein ehrgeiziger kleiner Hofbeamter.«

»Der alles, wirklich *alles* tut, um Henrys Vertrauen und Wohlwollen zu gewinnen«, fügte Nick hinzu. »Und nicht mehr lange, dann wird er Henry beherrschen so wie Wolsey es einst getan hat, denn der König widmet sich ja lieber dem Hofleben und der bislang erfolglosen Zeugung von Söhnen. Und dann werden wir vielleicht feststellen, dass der Teufel von Thomas Cromwell noch etwas lernen könnte.«

»Es ist genauso gekommen, wie Ihr prophezeit habt, Lord Waringham«, sagte die Prinzessin, die keine mehr war. »Man hat der armen heiligen Frau ein Geständnis abgerungen, und jetzt wird sie nichts mehr retten.« Wütend stieß sie die Luft aus, die in der Winterkälte eine große, weiße Wolke bildete.

»Ich wünschte, ich hätte mich geirrt«, gab Nick beklommen zurück und wickelte den Mantel fester um sich.

Der Schnee reichte ihnen bis an die Knöchel und machte einen Spaziergang durch die Gartenanlagen mühsam, aber Mary hatte darauf bestanden. Sie ging zügig, wie es ihre Art war, und trotz des scharfen Winds, der über Essex fegte, hatten ihre Wangen sich ein wenig gerötet. Lady Margaret Pole, die sie wie üblich begleitete, hatte ihre Proteste vor einer Weile eingestellt, weil sie vollauf damit beschäftigt war, Atem zu schöpfen.

Auch die Prinzessin und Nick gingen ein Stück schweigend. Heutzutage schwiegen sie oft, denn Mary war nicht mehr so redselig wie früher, und häufig fand Nick sie in melancholischer Stimmung, wenn er herkam. Das war weiß Gott kein Wunder, fand er. Sie war einsam, von ihrem Vater vergessen, abgeschnitten von ihrer Mutter und fast allen Freunden. Aber ihr Kampfgeist und Trotz waren ungebrochen, und dafür bewunderte er sie.

»Habt Ihr … irgendetwas von Mutter gehört?«, fragte sie.

»Ich habe sie sogar gesehen«, antwortete er.

Marys Kopf fuhr herum, und ihre Augen leuchteten. »Ihr wart dort? Oh, Mylord, wie gut von Euch! Wie geht es ihr?«

»Genauso wie Euch, Hoheit«, antwortete er wahrheitsgemäß. »Sie ist einsam und vielleicht auch manchmal verbittert, aber sie lässt sich nicht unterkriegen. Natürlich wollte sie mir einen Brief für Euch mitgeben, aber Ihr wisst ja.« Jeder Besucher, der kein Mitglied des Kronrats war und zu Catalina oder Mary wollte, musste sich einer Untersuchung durch die Wachen unterziehen, die an Erniedrigung grenzte. Der Kommandant der Wache stand in Norfolks Diensten, und deswegen raubte es ihm nicht den Schlaf, wenn seine Männer den Earl of Waringham beim Abtasten an Stellen berührten, wo einfach keine Männerhände hingehörten. »Sie hat mir aufgetragen, Euch zu versichern, dass sie sich bester Gesundheit erfreut und Kraft in der Liebe Gottes finde. Sie arbeite an einer großen Stickerei, die den Fall von Granada darstellt, und das mache ihr viel Freude. Ich habe die Arbeit übrigens gesehen, sie wird großartig. Und Eure Mutter legt Euch ans Herz, die Apostelgeschichte zu lesen, wenn der Mut Euch zu verlassen droht.«

Mary hing an seinen Lippen. Als er verstummte, ließ sie ihn nicht aus den Augen und fragte: »Und was ist mit den Dingen, die sie mir nicht ausrichten lässt? Hat sie genug Gefolge und einen vertrauenswürdigen Beichtvater? Hat sie ... genügend Trost?«

Nick wusste es nicht. Doch er nickte. »Sie ist eine starke Frau, genau wie Ihr. Und genau wie in Eurem Fall wächst ihre Kraft mit den Widrigkeiten, denen sie sich ausgesetzt sieht. Also seid beruhigt.«

Mary nickte versonnen, hob den Rock wieder ein wenig und stapfte weiter durch den Schnee. Der Himmel war grau, die Wolken verhießen weitere Schneefälle, und bis auf den Ruf eines Vogels dann und wann war die Welt still, so dass das Knirschen der Schuhe der drei Wanderer im Schnee Nick laut erschien.

Erst als sie hinter einer Baumgruppe am entlegenen Ende der Parkanlage zu einer kleinen Ansammlung von Hütten kamen, erkannte er, dass ihr Spaziergang ein Ziel hatte. »Wer wohnt hier?«, erkundigte er sich.

»Die Gärtner«, erklärte Mary, nahm ihm den verschlossenen Korb ab, den er für sie getragen hatte, klopfte an einer der Hütten und lauschte einen Moment. Eine matte Stimme rief sie herein.

»Ich warte hier draußen, Hoheit«, sagte Lady Margaret mit offenkundiger Missbilligung.

»Gewiss.« Mary lächelte ihr zu – eine Spur zerknirscht, schien es Nick – und führte ihn dann ins dämmrige Innere der kleinen Behausung. »Nathan. Wie geht es dir heute?«, fragte sie zur Begrüßung.

Nicks Augen hatten sich schnell auf das Halbdunkel eingestellt, und er erkannte spärliche, selbst gezimmerte Holzmöbel, schmutzige Krüge und Teller auf dem Tisch, kalte Asche im Herd und einen alten Mann auf einem Strohlager.

»Gott segne Euch, Hoheit«, sagte dieser, und die Augen, die zu ihr aufblickten, waren trüb und voller Ergebenheit, wie die eines betagten Schoßhündchens. »Ich glaube, es geht schon ein wenig besser.«

Die verwahrloste Hütte strahlte eine modrige Kälte aus und stank nach dem ungewaschenen Leib und der Krankheit des Alten. Mary schien das gar nicht zu bemerken. Ohne jedes Zögern, auch ohne Verlegenheit kniete sie sich neben den Kranken auf den nackten Lehmboden und fühlte ihm die Stirn. Dann öffnete sie ihren Korb, förderte einen verschlossenen Krug und einen Becher zutage und schenkte Wein ein. Umsichtig stützte sie den beinah kahlen Kopf ihres Patienten und gab ihm zu trinken. »Ich glaube, das Fieber ist gefallen«, teilte sie ihm mit. Sie wartete einen Moment, setzte den Becher wieder an und fügte hinzu: »Wir bekommen dich wieder auf die Beine, du wirst sehen …«

Nick schaufelte die kalte Asche aus dem Herd und beobachtete Mary verstohlen. Er wusste, sie hielt es für ihre Christenpflicht, sich persönlich um die Armen und Kranken unter ihrem Gesinde zu kümmern. Er teilte ihre Auffassung, denn, so hatte Sir Thomas ihn gelehrt, nur Nächstenliebe und Liebe zu Gott konnten die tragenden Säulen einer besseren und gerechteren, dem Gemeinwohl verpflichteten Gesellschaft sein. Doch war er nicht sicher, ob es wirklich angemessen war, dass Mary dies in so unmittelbarer Weise in die Tat umsetzte.

»Ich … gehe neues Holz holen«, erbot er sich.

Die Prinzessin nickte nur, sah aber nicht in seine Richtung.

Er trat vor die Tür, schaute sich suchend nach dem Holzvorrat um und entdeckte ihn im Windschatten hinter dem Häuschen, wohin auch Lady Margaret geflüchtet war. »Ihr solltet lieber mit hineinkommen, Mylady«, riet Nick. »Eh' Ihr hier festfriert.«

»Lieber das, als mit anzusehen, wie sie sich erniedrigt«, gab die Gouvernante zurück, aber es klang eher resigniert als ärgerlich. Sie kannte ihre Prinzessin und hatte es längst aufgegeben, sich über deren Eigenarten zu erregen.

»Ich glaube nicht, dass sie das tut«, antwortete Nick. »Im Gegenteil. Man sieht sie selten so unbeschwert und zufrieden wie bei ihren guten Werken, ganz gleich, wie unappetitlich die genauen Umstände sind. Das scheint ihr gar nichts auszumachen. Was ist es nur, das sie daran so glücklich macht? Gottes mutmaßliches Wohlwollen?«

»Ich weiß es nicht«, gestand Lady Margaret, steckte die geballten Hände unter die Achseln und schlotterte schlimmer als zuvor. »Von ihrer Mutter hat sie das jedenfalls nicht«, fügte sie hinzu. »Die Königin ist wahrhaftig eine barmherzige und gottesfürchtige Dame, aber sie weiß, was ihre Stellung erlaubt und was nicht.«

Nick legte noch ein Scheit auf den Stapel in seinem linken Arm. »Der Henker mag wissen, was die Königin jetzt treibt, da die Welt ihr nicht mehr zuschaut«, gab er zu bedenken.

Lady Margaret hob ungeduldig die Schultern. »Tut, was Ihr könnt, damit sie sich bald losreißt, Mylord«, bat sie.

Nick versprach, er werde sehen, was sich machen ließ, ging zurück in die Hütte und machte Feuer, während die Prinzessin den zahnlosen alten Gärtner mit dem Brei fütterte, den sie in einer abgedeckten Schale mitgebracht hatte, und sich erklären ließ, welche Blumen er im Frühling pflanzen wollte und was deren Vorzüge und Besonderheiten waren. Als die Flammen zu prasseln begannen, sah der kleine Raum gleich viel weniger trostlos aus.

»Ich denke, jetzt ist alles getan, Hoheit«, sagte Nick mit Nachdruck.

»Oh, aber ich wollte wenigstens noch ein wenig Wasser erhitzen und dieses schmutzige Geschirr …« Sie brach ab, als sie seinen Gesichtsausdruck sah, und lächelte schuldbewusst. »Ihr habt recht, Mylord. Das kann die Nachbarsfrau ebenso gut.«

Sie stellte die geleerten Gefäße zurück in den Korb. »Auf bald, Nathan. Sei guten Mutes, du bist auf dem Wege der Besserung.«

Nathan schien schon fast zu schlafen. »Habt Dank für Eure Güte, Hoheit«, murmelte er. Die Augen waren zugefallen.

Mary zog seine Decke zurecht und streichelte ihm die gefurchte, stoppelige Wange. Es war eine selbstvergessene, zärtliche

Geste, wie Nick sie noch nie bei ihr gesehen hatte, weil er Mary normalerweise nicht in Situationen erlebte, wo sie Zärtlichkeit hätte zeigen dürfen.

Er nahm ihr den Korb aus der Hand und hielt ihr die Tür auf. »Und wohin jetzt? Zurück, hoffe ich, sonst bekommt die arme Lady Margaret Eiszapfen an der langen Nase.«

»Oder Frostbeulen an den Ohren. Das würde sie mir sicher nie verzeihen.« Sie kicherte, und Nick dachte später, dass dieser Moment vermutlich das letzte Mal war, da er sie unbeschwert erlebt hatte.

Als sie nach einem scheußlichen Weg durch dichtes Schneetreiben endlich in die Halle zurückkehrten, fanden sie wohlige Wärme und eine unangenehme Überraschung vor.

»Mylord of Norfolk«, grüßte Mary kühl. »Welch unverhoffter Besuch.«

Norfolk machte einen winzigen Diener, dann fiel der Blick der kalten, dunklen Augen auf Nick, und der Herzog verzog den Mund. »Schert Euch hinaus, Waringham. Ich habe mit Lady Mary zu reden.«

»Ich muss darauf bestehen, dass Lord Waringham bei unserer Unterredung zugegen ist, Euer Gnaden«, widersprach Mary kategorisch.

Nick hob begütigend die Hand. »Es ist schon gut, Hoheit …«

»Ihr werdet auf der Stelle aufhören, sie so zu nennen!«, schnauzte Norfolk ihn an.

»Ich bitte Euch, bleibt, Mylord«, beharrte Mary, und ihr Tonfall hatte etwas Flehendes, was Nick ganz und gar nicht gewohnt war. »Ich will einen Zeugen.«

»Es reicht wohl völlig, wenn Lady Margaret …«, widersprach Norfolk.

»Ich bin anderer Ansicht«, unterbrach Mary, und mit einem Mal war sie ganz die Tochter ihres Vaters. Man konnte sich fast vor ihr fürchten. »Sagt, was Ihr zu sagen habt, Mylord, und zwar vor Waringham. Falls Ihr das nicht möchtet, wünsche ich Euch einen guten Tag.«

Es war unschwer zu erkennen, dass Norfolk Mühe hatte, sich zu beherrschen. Er war ein jähzorniger, übellauniger Wüterich, und Nick wusste, dass Raymond manchmal fürchterliche Prügel von seinem Onkel bezog. Aber offenbar besaß Norfolk genug Verstand, um zu wissen, dass es unklug wäre, die Hand gegen die Tochter des Königs zu erheben – verstoßen oder nicht. »Madam, ich bin gekommen, um mich zu vergewissern, dass Ihr die Wünsche des Königs befolgt, die Titel abgelegt habt, die Euch nicht länger zustehen, und die Goldbordüren und königlichen Insignien von der Livree Eurer Dienerschaft entfernt habt, wie mein Bote Euch letzten Monat ausgerichtet hat.«

Mary warf Nick einen verstohlenen, beinah zerknirschten Blick zu, denn sie hatte es versäumt, ihm von diesem Boten zu berichten.

»Wie ich sehe, habt Ihr nichts von alldem getan«, fuhr Norfolk fort.

»Nein«, bestätigte sie, nahm in ihrem Sessel am Feuer Platz und ließ den mächtigen Herzog stehen. »Ich kann mir nicht vorstellen, dass mein Vater, der König, ernsthaft wünscht, dass ich mich feige solch lächerlichen Befehlen unterwerfe.«

»Dann befindet Ihr Euch im Irrtum, Madam«, teilte Norfolk ihr mit.

»Das werde ich dann glauben, wenn er es mir persönlich sagt.«

»Dazu hat er keinerlei Veranlassung. Aus welchem Grund sollte er Euren Ungehorsam mit einer persönlichen Audienz belohnen? Ich kann Euch gar nicht eindringlich genug warnen, Madam: Ihr widersetzt Euch offen dem Willen Eures Königs.«

So formuliert, erfüllte es den Tatbestand des Verrats, und darum hing der Vorwurf einen Moment bleischwer im Raum, ehe Mary sich erkundigte: »Und das bedeutet? Seid Ihr gekommen, um mich auch in den Tower zu sperren wie die arme Elizabeth Barton?«

»Noch nicht«, gab Norfolk zurück. »Aber wenn Ihr so weitermacht, würde es mich nicht wundern, wenn der König die Geduld mit Euch verlöre und Euch bei ihr einquartiert. Fürs Erste bin ich nur hier, um Euch davon in Kenntnis zu setzen, dass Euer Haushalt aufgelöst wird, Madam.«

Mary blinzelte verwirrt. Wortlos sah sie dem Duke of Norfolk ins Gesicht, und sie war kreidebleich geworden.

»Was heißt das?«, fragte Nick, obwohl er es wusste.

»Ihr seid still«, fuhr Norfolk ihn an, ohne ihn auch nur eines Blickes zu würdigen. »Ich wette, diese Aufsässigkeit, die keiner Frau ansteht, ist allein Euer Verdienst!«

»Ich würde sagen, sie ist allein König Henrys Verdienst«, konterte Nick.

»Also?«, fragte Mary. »Wo soll ich hin, Mylord?«

»Nach Hatfield, wo sich der Haushalt Prinzessin Elizabeths, Eurer kleinen Halbschwester, befindet. Dort werdet Ihr fortan leben, trägt der König Euch auf, in Bescheidenheit und Demut, wohlgemerkt, und unter den strengen Blicken der königlichen Gouvernante, Lady Shelton, die ermächtigt ist, Euch zu züchtigen, wenn Ihr es weiterhin an Respekt vor Eurer Schwester und Königin Anne mangeln lasst.«

Mary saß kerzengerade, die Hände auf den Armlehnen ihres Sessels, und ihre Miene war unbewegt, als sie erwiderte: »Ich ginge lieber in den Tower.«

London, April 1534

Es stürmte und schüttete schon den ganzen Tag wie aus Kübeln, und so waren Nick und Orsino beide dankbar, als sie durch das Tor an der Shoe Lane und weiter in den kleinen Stall ritten.

Nick saß ab, nahm das Barett vom Kopf und wrang es aus, ehe er sein Pferd versorgte. Er war gerade fertig und wollte zum Haus hinübergehen, als er Hufschlag im Hof hörte.

»Braucht Ihr Hilfe mit dem Gaul, Sir Jerome?«, hörte er den Bäckersohn rufen, dessen Vater eins der Häuser im Hof gepachtet hatte.

»Das kannst du dir aus dem Kopf schlagen, Perkin«, erwiderte Jerome. »Ich spar mein Geld und mach das selbst.«

»Man könnte Euch für einen Bettelritter halten, Sir«, frotzelte der freche Bäckerbursche.

»Komm her und hol dir ein paar Maulschellen, Bengel!«

»Vielen Dank, Sir. Vielleicht ein andermal …«

Nick hörte an Jeromes Lachen, dass die frohe Laune nur aufgesetzt war. Er lehnte sich mit verschränkten Armen an den Stützbalken und wartete auf schlechte Neuigkeiten. Es kam ihm vor, als hätte er im Laufe der letzten Monate nichts anderes gehört.

Jerome führte seinen Fuchs am Zügel in den Stall. »Ah. Du bist wieder da.« Sein Lächeln war matter als üblich. »Wunderbares Reisewetter, he?«

»Himmlisch«, bestätigte Nick. »Und?«

»Der Duke of Suffolk hat gesagt, du bist ein schlimmerer Narr als dein Vater und wirst genauso enden wie er. Ich soll dir ausrichten, dein Widerstand sei ebenso sinnlos wie ungehörig. Und ich soll dich fragen, ob du glaubst, du seiest etwas Besseres als die anderen Lords in England, weil dein Stammbaum älter ist.«

Nick stöhnte. »Immer unterstellt er mir das, wenn ich irgendetwas tue, das ihm nicht passt.«

Jerome trug seinen Sattel in die kleine Sattelkammer, und als er zurückkam, blieb er vor Nick stehen. »Thomas Cromwell ist persönlicher Sekretär Seiner Majestät geworden.«

»Glückwunsch.« Nick hob scheinbar gelassen die Schultern. »Das ist er in Wahrheit doch seit mindestens einem Jahr.«

»Aber jetzt ist es offiziell: Cromwell kennt die geheimsten Gedanken des Königs, er kontrolliert, wer Zugang zu ihm hat, und hat Zugriff auf seine Schatullen. Und da er auch dieses unendliche Parlament kontrolliert, kann man wohl sagen: Thomas Cromwell regiert England. Genau wie du es vorhergesagt hast.«

Nick stieß sich von seinem Balken ab und schlenderte zur Stalltür. »Wie ich es hasse, immer recht zu behalten …«

Sie überquerten den Hof, und Jerome betrat das Haus allein, stieg ein paar Stufen hinauf und lauschte. Dann winkte er Nick, die Luft sei rein.

Zusammen betraten sie die Halle, wo Philipp, Laura und John

bei einem schlichten Nachtmahl saßen. Es war ungewohnt still am Tisch.

Nick trat zu seiner Schwester, küsste sie auf die Stirn und setzte sich auf seinen Stuhl. Jerome nahm neben John Platz.

Laura stand auf. »Ich hole euch einen Teller …«

Nick winkte ab. »Danke, ich will nichts.«

Sie ignorierte ihn, nahm zwei Zinnteller aus dem schön geschnitzten Schrank an der Wand gegenüber den Fenstern und füllte sie mit Eintopf. »Nicht mehr heiß, fürchte ich«, sagte sie.

Jerome ergriff einen Löffel. »Ich bin nicht wählerisch. Danke.« Er begann zu essen.

»Und?«, fragte Philipp seinen Schwager. »Wie steht es in Waringham?«

Nick rang sich ein Lächeln ab. »Alles geht seinen gewohnten Gang und ist wunderbar friedvoll. Zwei Stuten haben gefohlt, seit ich zuletzt zu Hause war, und die Fohlen sind prächtig. Gott, wie ich wünschte, ich könnte einfach dort leben und meine Pferde züchten, und die Welt ließe mich in Ruhe …« Er fuhr sich kurz mit der Linken über die Stirn.

»Das könntest du«, sagte seine Schwester in die kurze Stille hinein. »Es liegt allein bei dir. Schwöre den Eid, Nick, so wie alle anderen Lords es getan haben. Dann wird dein Wunsch in Erfüllung gehen.«

»Ich kann aber nicht«, teilte er ihr kurz angebunden mit, tauchte den Löffel ein und aß.

Das Parlament hatte vor wenigen Wochen ein Gesetz verabschiedet, das nachträglich legitimierte, was der König schon vor einem Jahr getan hatte: Lords und Commons erklärten seine Ehe mit Catalina von Aragon für ungültig, ihre Tochter für unehelich, Henrys Heirat mit Anne Boleyn für rechtmäßig und ihre Nachkommen zu den einzig legitimen Erben. Der Papst – der in dem Dokument der »Bischof von Rom« genannt wurde – habe keinerlei Befugnis, sich in diese englischen Angelegenheiten einzumischen.

Das war alles nicht neu. Neu war hingegen, dass alle Lords und viele andere Männer mit politischem Gewicht aufgefordert worden waren, dieses Gesetz per Eid zu bestätigen. Der König war ausgesprochen nervös seit der Geburt der kleinen Prinzessin Elizabeth im vergangenen September. Hätte Königin Anne einen Prinzen bekommen, hätte gewiss das ganze Land dies als göttliches Zeichen anerkannt und sich mit der Scheidung und Wiederverheiratung des Königs abgefunden. So aber war der göttliche Segensbeweis ausgeblieben. Die Unterstützung für Catalina in der Bevölkerung wurde mit jedem Tag lauter, und dann war auch noch diese Nonne aus Kent mit ihren politisch so unbequemen Prophezeiungen ins Licht der Öffentlichkeit getreten. Gestern hatte man die arme Frau und vier ihrer Anhänger in Tyburn hingerichtet, aber das bedeutete natürlich nicht, dass das finstere Gemunkel damit verstummt wäre. König Henry brauchte und wollte einen Loyalitätsbeweis seiner Untertanen.

Die Lords im Parlament hatten den Eid da und dort geschworen. Aber Nick war nicht unter ihnen gewesen. Obwohl ihm natürlich ein Sitz bei den Lords zustand, hatte er ihn noch nie eingenommen. Und alle Aufforderungen, den Eid zu leisten, hatte er bislang ignoriert.

Diplomatisch wie eh und je wechselte Philipp das Thema. »Was macht deine kleine Tochter?«

»Sie ist eine reine Wonne. Und sie läuft.«

Nick war eine Woche in Waringham gewesen, und weil er nicht wollte, dass Sumpfhexe von seinem Besuch Wind bekam, hatte er sich im Bergfried versteckt und das Gestüt nur in der Morgendämmerung oder abends nach Sonnenuntergang besucht. Die restliche Zeit hatte er mit der kleinen Eleanor und ihrer Mutter verbracht und Polly zu einem Plan überredet, den sie anfangs rundheraus und voller Schrecken abgelehnt hatte. Aber schließlich hatte er sie überzeugen können. Nun waren sie und Eleanor fort aus Waringham, und der Gedanke war nicht gerade dazu angetan, ihn aufzuheitern. Doch er konnte den vertrauten Menschen hier am Tisch nicht einmal davon erzählen, denn das war zu gefährlich. Es war nicht so, dass er ihnen misstraute, aber heutzutage wusste man einfach nie, wer wann von wem bespitzelt wurde. Je weniger Menschen von Pollys Wagnis wussten, desto sicherer für sie alle.

Das scheinbar unbeschwerte Gespräch über das Gestüt versiegte bald wieder. Keiner am Tisch hatte rechte Lust, die Fassade aufrechtzuerhalten, und so kehrte die bleierne Stille bald zurück.

Jerome leerte seinen Teller, stand auf und verabschiedete sich, um Wache am Tor zu halten.

»Denkst du nicht, du übertreibst ein wenig?«, fragte Philipp nervös.

»Das will ich doch schwer hoffen«, antwortete der junge Edelmann, leerte seinen Becher im Stehen und verschwand.

»Vielleicht solltest du dir meinen Vorschlag noch einmal überlegen, Nick«, sagte John. »Geh nach Cheshire. Mein Bruder würde dich mit offenen Armen aufnehmen, und kein Ort der Welt ist besser geeignet, um in Vergessenheit zu geraten. Weder der König noch seine Hofbeamten haben das geringste Interesse am Norden, und für die Menschen dort ist Henry kaum mehr als eine ferne Nebelgestalt. Sie haben ganz andere Sorgen als die Ehe ihres Königs. Wäre das nicht der perfekte Ort für dich?«

»Es klingt verlockend«, musste Nick bekennen. »Aber es ist leider unmöglich. Ich habe geschworen, immer in Marys Nähe zu bleiben und ...«

»Nick, werd endlich wach!«, fuhr seine Schwester ihn plötzlich an. »Gestern haben sie den Bischof von Rochester verhaftet, weil er den Eid nicht leisten wollte.«

»John Fisher?«, fragte Nick erschüttert.

Sie nickte. »Einen *Bischof*, Herrgott noch mal! Cromwell schreckt vor nichts zurück.«

»Nein«, musste Nick zustimmen. »Und seit der König mit dem Papst gebrochen hat, genießt auch ein Bischof keinen besonderen Schutz mehr und kann des Verrats beschuldigt werden wie jeder gewöhnliche Mann. Das müsste euch Reformern doch sehr entgegenkommen. Und ich wette, Fisher kommt es auch entgegen. Er ist ein verknöcherter alter Grantler. Er isst mutterseelenallein in der düsteren Halle seines Palastes, nur mit einem Totenschädel zur Gesellschaft, hat Sir Thomas mir einmal erzählt. Ich wette, Fisher brennt darauf, ein Märtyrer zu werden ...«

»Von dir hingegen hätte ich gedacht, du würdest diese Rolle lieber meiden«, warf Philipp ein.

»Oh ja«, antwortete Nick mit Nachdruck. »Das tu ich, glaub mir.«

Ein Räuspern an der Tür ließ sie alle den Kopf wenden. »Master William Roper und seine Gemahlin, Lady Meg, Mylord«, meldete Jerome ungewohnt förmlich.

Nick tauschte einen Blick mit seiner Schwester und stand auf. »Ich lasse bitten, Jerome.«

Der führte die unerwarteten Besucher in die Halle, und als Nick Lady Meg in die Augen sah, wusste er, dass seine schlimmsten Befürchtungen ihn wieder einmal nicht getrogen hatten.

Er trat auf sie zu. »Lady Meg? Was ist geschehen?«

Sie ließ den Arm ihres Gemahls los und nahm Nick bei den Händen. »Der ehrwürdige Erzbischof von Canterbury hat meinen Vater heute früh zu einer Unterredung in seinen Palast bestellt, Mylord«, begann sie bedächtig, und auf einmal konnte sie nicht weitersprechen. Sie ließ seine Hände los, wandte sich ab und weinte stumm.

Nick sah zu ihrem Gemahl.

»Sir Thomas ist nicht nach Hause zurückgekehrt«, sagte Roper. »Ich bin sicher, Erzbischof Cranmer hat ihm goldene Brücken gebaut, denn er ist auf Vermittlung bedacht, nicht auf …« Er unterbrach sich und sah zu seiner Frau. Dann fuhr er fort: »Aber was immer er gesagt hat, Sir Thomas wird den Eid niemals leisten. Also … haben sie ihn in den Tower geschickt.«

Nick starrte ihn an, öffnete den Mund, um etwas zu sagen, musste feststellen, dass er keine Stimme mehr hatte, und sank abrupt zurück auf seinen Stuhl, weil seine Beine mit einem Mal zu Wasser geworden waren. »Sie haben … Sir Thomas More verhaftet?«, brachte er schließlich hervor.

Roper nahm seine weinende Frau bei den Armen, führte sie zu einem Sessel und drückte sie behutsam darauf hinab. Er war ein hagerer Mann mit einem spärlichen, hellbraunen Bart. Nick kannte ihn kaum, denn Roper verbrachte den Großteil seiner Tage bei Gericht und im Temple, wo die Rechtsgelehrten ihre Kanzleien, Bibliotheken und ihre Bruderschaften hatten. Doch er wusste, Lady Meg war ihrem Gemahl sehr zugetan, und Sir Thomas, hatte Nick früher oft geargwöhnt, schätzte Ropers Gesellschaft mehr als die seines eigenen Sohnes.

»Aber der König ... liebt ihn«, protestierte Nick, immer noch benommen von dieser Schreckensnachricht. »Und als ... als er ihn gedrängt hat, das Amt als Lord Chancellor anzunehmen, hat er versprochen, dass Sir Thomas in der Scheidungsfrage niemals öffentlich Stellung beziehen müsse. Dass sein Schweigen genüge.«

»Woher wisst Ihr das?«, fragte Lady Meg verwundert und zog ein Taschentuch aus dem Ärmel.

Nick überlegte kurz. »Ich glaube, der Duke of Norfolk hat es meiner Stiefmutter erzählt, und ich habe es zufällig gehört.«

»Nun, offenbar haben die Dinge sich geändert«, erwiderte Lady Meg, sehr bemüht, keine Bitterkeit zu zeigen. »Er war vor ein paar Tagen noch bei uns. Norfolk, meine ich. Und er hat zu Vater gesagt: ›Sir Thomas, macht Euch nicht unglücklich. Den Zorn dieses Königs zu erregen ist ein ... ein Todesurteil.‹ Und Vater hat gelächelt und die Beine übereinandergeschlagen, so wie er es immer tut, wenn sein Sieg in einer Debatte nahe ist, und er hat geantwortet: ›Und das ist alles, Mylord? Dann ist der einzige Unterschied zwischen Euch und mir, dass ich heute sterben werde und Ihr morgen.‹«

»Als ob Norfolk sich je gegen den König auflehnen würde. Er ist viel zu feige dazu«, widersprach Laura.

»So war es auch nicht gemeint«, entgegnete Nick leise und wechselte einen Blick mit Lady Meg. »Sir Thomas wollte ihn nur daran erinnern, dass der Tod zu uns allen kommt und es daher unsinnig ist, für einen Aufschub seine unsterbliche Seele aufs Spiel zu setzen.«

»Ihr kennt ihn gut, Mylord«, bemerkte Roper mit einem traurigen Lächeln.

»Genau wie umgekehrt«, fügte Lady Meg hinzu. »Darum hat mein Vater uns aufgetragen, zu Euch zu gehen, Nicholas.« Sie schien gar nicht zu merken, dass sie in die alte Vertraulichkeit zurückverfallen war. »Wir sollen Euch seine eindringliche Bitte ausrichten, den Eid zu leisten.«

Nick starrte sie an, als hätte sie ihn geohrfeigt – fassungslos und gekränkt. »Das ist wirklich bitter«, sagte er dann. »Mit welchem Recht verlangt er das von mir, wenn er selbst den Eid verweigert?«

»Weil es einen großen Unterschied zwischen euch gibt ...«, begann Roper.

»Welchen?«, fiel Nick ihm aufgebracht ins Wort. »Weil sein Protest sich gegen den Passus der Eidformel richtet, der dem Papst die Autorität abspricht und ihn den ›Bischof von Rom‹ nennt, meine Weigerung ›nur‹ gegen Prinzessin Marys Ausschluss von der Thronfolge? Wie kann er sich anmaßen, seine Gründe für besser zu halten als meine?«

»Er sagt, der Unterschied zwischen euch sei, dass er ein alter Mann von sechsundfünfzig Jahren ist und Ihr noch nicht einmal zwanzig, Mylord«, antwortete Lady Meg. »Und dass er sich juristisch im Recht befinde – denn kein Parlament ist ermächtigt, die Autorität des Heiligen Stuhls zu bestreiten – Ihr aber im Unrecht, weil es durchaus die Befugnis des Parlaments sei, über die Thronfolge zu beschließen.«

Nick stand auf und stellte sich vor sie. »Ich habe im Haus Eures Vaters kein Griechisch gelernt, Lady Meg, aber er hat mich etwas gelehrt, woran ich in den letzten Wochen jeden Tag denken musste: Jeder Mann ist zuallererst seinem eigenen Gewissen verpflichtet. Das hat er gesagt. Und er hat es nicht eingeschränkt, hat nicht etwa hinzugefügt, dass allein der Wille des Königs Vorrang habe. Nein. *Jeder Mann ist zuallererst seinem eigenen Gewissen verpflichtet.* Und es ist wahr.« Er schüttelte langsam den Kopf. »Ich müsste lügen, wollte ich sagen, ich fürchte mich nicht. Aber mein Gewissen erlaubt mir nicht, diesen Eid zu schwören. Ein Eid sind Worte, die wir direkt an Gott richten. Und ich würde zu Gott sagen: Ich breche mein Versprechen, das ich Königin Catalina gegeben habe. Und ich verrate, wofür mein Vater gestorben ist.« Er hob hilflos die Hände. »Das ... kann ich nicht.«

Er brach ab, denn mit einem Mal musste er um Haltung ringen. Lähmende Angst drohte ihn jedes Mal zu verschlingen, wenn er daran dachte, welchen Preis er womöglich zu zahlen haben würde. Und er sehnte sich so sehr danach, Laura und Philipp sagen zu hören, dass sie ihn verstünden, doch sie hatten bis jetzt nichts anderes getan, als ihn zu bedrängen, seine Bedenken über Bord zu werfen. In ihrem Zorn hatte seine Schwester ihm Arroganz und Selbstverliebtheit unterstellt – genau wie der Duke of Suffolk –, und er fühlte sich vollkommen allein.

Sein Cousin John schien seine Gefühle zu erraten, denn er stand plötzlich an seiner Seite und legte ihm die Hand auf die Schulter. »Du hast recht, Nick. Ich glaube, zum ersten Mal verstehe ich jetzt, wie diese Sache für dich aussieht. Aber ich bitte dich inständig: Bleib nicht hier und wirf dein Leben weg. Geh nach Norden.«

»Ich fürchte, dafür ist es ein wenig zu spät«, sagte eine Stimme von der Tür.

Nick erkannte sie an ihrem vermeintlich amüsierten Tonfall. Er wandte sich um – eigentümlich langsam, so schien es ihm. »Master Cromwell. Welch unverhoffte Ehre, dass der Sekretär Seiner Majestät sich persönlich herbemüht.«

Dieser verneigte sich förmlich. »Mylord of Waringham, ich verhafte Euch im Namen des Königs.«

Nick starrte auf die Schnitzerei des Geschirrschranks, während die beiden Wachen ihm die Hände fesselten und die Waffen abnahmen. Lauras wächserne Schreckensmiene glich exakt der bei der Verhaftung ihres Vaters, und diese Erinnerung war wirklich das Letzte, was er jetzt gebrauchen konnte. »Lebt wohl, und Gott schütze euch«, sagte er über die Schulter, als die Wachen ihn umdrehten und hinausführten.

Unten an der Treppe standen zwei weitere. Einer der Männer hielt Jerome von hinten gepackt, der andere hatte ihm die Klinge an die Kehle gesetzt.

»Lasst ihn heil«, befahl Cromwell. »Ich möchte keine Unannehmlichkeiten mit dem Duke of Suffolk. Der Mann kann gehen.«

Sie ließen von ihm ab, aber Jerome schien es kaum zu bemerken. Er hatte nur Augen für Nick. »Jesus, Waringham ... Es tut mir leid. Ich mach mich sofort auf den Weg zu Suffolk.«

Cromwell schnaubte. »Viel Erfolg, Sir. Und wenn Ihr uns nun vorbeilassen wollt? Ich habe noch viel zu tun heute Nacht.«

Sprachlos trat Jerome beiseite.

Es war dunkel geworden, aber weder Wind noch Regen hatten nachgelassen. Die beiden vorderen Wachen hatten Fackeln, die zischten und flackerten und allenthalben zu verlöschen drohten. Ihnen folgten die anderen beiden, die Nick in der Mitte führten, und Thomas Cromwell bildete die Nachhut. Zu Fuß gingen sie die Shoe Lane hinab, bogen rechts in die Fleet Street und wenig später nach links in die Middle Temple Lane. Keine Menschenseele begegnete ihnen. Ihr Weg betrug kaum mehr als eine halbe Meile, aber sie alle waren bis auf die Haut durchnässt, als sie am Ende der Gasse die Treppe zum Fluss hinabstiegen. Einer von Nicks Wächtern glitt auf den ersten nassen Stufen aus und hätte den Gefangenen um ein Haar in die Tiefe gerissen, fing sich aber wieder.

»Obacht, Hunter«, mahnte Cromwell. »Wir wollen doch nicht, dass irgendwer sich den Hals bricht.«

Die vier Wachen grinsten, brachten Nick zum Fluss hinab und bedeuteten ihm, in das Ruderboot zu steigen, das dort vertäut lag. Einer hielt ihn am Ellbogen gepackt, um ihm über die Bordwand zu helfen, denn das Bötchen schaukelte heftig.

»Dort, die Bank in der Mitte, Mylord«, sagte Cromwell mit einer Geste, als lade er Nick zu einem Sonntagsausflug auf dem Fluss ein.

Nick hockte sich auf die schmale Holzplanke. Behindert durch die gebundenen Hände, zog er ungeschickt den Mantel fester um sich. Cromwell setzte sich im Bug auf die Bank ihm gegenüber, während zwei der Wachen die Ruder besetzten und die anderen beiden sich auf der verbliebenen Bank am Heck niederließen. Einer löste die Leine, während der andere beide Fackeln hielt. Dann tauchten die Ruderblätter in die rastlosen, kurzen Wellen der Themse, und das Boot strebte zur Flussmitte.

Nick hielt mit Mühe den Kopf hoch und starrte links an Cromwells Kopf vorbei aufs Wasser. Er konnte nur beten, dass seiner Miene nicht anzusehen war, wie elend er sich fürchtete. Oder falls doch, dass Cromwell sein Gesicht in der Dunkelheit genauso wenig erkennen konnte wie umgekehrt. Nick spürte ein schmerzhaftes Ziehen in den Eingeweiden, und trotz Regen und eisigem Nachtwind auf dem Fluss schwitzte er.

»Ich fürchte, Ihr folgt den Fußstapfen Eures Vaters, Mylord of Waringham«, bemerkte Cromwell.

»Das ist wahr, Sir«, gab Nick zurück. »Und genau wie er habe ich nichts Unrechtes getan.«

»Darüber muss wohl ein Gericht entscheiden. Mir obliegt es lediglich, dafür Sorge zu tragen, dass Ihr uns nicht abhanden kommt und etwa an den Hof des Kaisers flieht. Das wäre ein zu schwerer Verlust für England. Aufrechte Männer sind so rar geworden.«

»Wie mutig, einen gefesselten, unbewaffneten Mann zu verhöhnen, Cromwell.« Nick gab sich keine Mühe, seine Verachtung zu verbergen.

Doch König Henrys Sekretär hatte ein dickes Fell. »Ich meine durchaus ernst, was ich sage«, beteuerte er. »Und das Gleiche habe ich auch heute Mittag zu Sir Thomas gesagt, als ich ihn im Tower abliefern musste. England kann nicht auf ihn verzichten.«

»Wenn Ihr nur ahntet, wie recht Ihr habt«, murmelte Nick vor sich hin.

Pfeilschnell glitt das Boot mit der Strömung nach Osten, und der schneidende, nasse Wind wollte Nick die Tränen in die Augen treiben. Er wandte den Kopf ab.

»Die gesamte Besatzung des Tower ist in Wehklagen ausgebrochen, als sie sah, wen wir brachten. Vor allem der Constable«, plauderte Cromwell weiter.

»William Kingston?«, tippte Nick.

»Ganz recht, Mylord. Ihr kennt ihn? Woher?«

»Er war schon in Amt und Würden, als Kardinal Wolsey meinen Vater ermorden ließ.«

Cromwell schnalzte nachsichtig mit der Zunge. »Euer Vater wurde nicht ermordet, Mylord.«

Nick antwortete nicht. Er fühlte sich zu ausgelaugt, um Wortklaubereien mit diesem schmierigen Hofbeamten zu betreiben.

Mit einem Mal beschleunigte sich das Boot, schaukelte bedenklich, und dann ragte mit erschütternder Plötzlichkeit der riesige schwarze Schatten der London Bridge vor ihnen auf. Nick krallte beide Hände um die Backbordwand, um das Gleichgewicht zu wahren, und dann schossen sie schon durch einen der gewaltigen Brückenbögen.

Nicht mehr weit bis zum Tower, wusste Nick.

»Die Tragik Eures Vaters war, dass er den rechten Moment zur Umkehr nicht erkennen konnte«, erklärte Cromwell mit gesenkter, beinah verschwörerischer Stimme. »Er hätte nicht zu sterben brauchen, der König hatte ihn auch so verstanden.«

Nick stieß angewidert die Luft aus. »Ihr habt doch keine Ahnung, Mann …«

Cromwell regte sich, verschränkte vielleicht die Arme vor der Brust. »Nun, glaubt, was Ihr wollt, Mylord. Ich kann nur hoffen, dass Ihr seinem Beispiel nicht auch in dieser Hinsicht folgen wollt, denn in dem Falle läge ein wahrhaft qualvoller Weg vor Euch.«

Nick erwiderte nichts. Selbst wenn er gewollt hätte, war sein Mund mit einem Mal viel zu trocken zum Sprechen. Das Boot hatte die Flussmitte verlassen, merkte er, und er hörte die beiden Ruderer ächzen, die es gegen die rasche Strömung zum nördlichen Ufer lenkten.

Die schattenhafte Gestalt ihm gegenüber neigte sich ein wenig vor. »Das wisst Ihr doch, oder? Die Bischofswürde wird Fisher, die Liebe des Königs vielleicht Sir Thomas More die Streckbank ersparen. Aber wenigstens einer von Euch drei treulosen Lumpen *muss* diesen Eid schwören, denn ein Bischof, ein ehemaliger Lord Chancellor *und* ein Angehöriger des alten Adels – das ist Widerstand aus zu vielen Richtungen. Der König weiß das genau, Mylord, und er wird tun, was getan werden muss, so wie immer. Darum solltet Ihr lieber nicht auf seine Gnade hoffen. Selbst wenn der Duke of Suffolk ihn auf Knien anflehte – was er, nebenbei bemerkt, natürlich nie für einen anderen Mann täte –, würde es Euch nicht retten.«

»Ich weiß, Sir«, bekannte Nick tonlos, ließ sich nach rechts fallen und stürzte kopfüber in die schwarzen Fluten.

Die eisige Kälte des Wassers war ein solcher Schock, dass er im ersten Moment glaubte, seine Flucht werde hier und jetzt enden und sein Herz einfach stehen bleiben. Seine Glieder waren wie erstarrt, seine Kleider sogen sich voll und zogen ihn in die Tiefe. Doch schließlich erwachte sein Überlebenswille, und Nick begann sich zu regen. Er zog die Beine an und entledigte sich ohne allzu große Mühe seiner Stiefel. Dann vertraute er sein Leben seinem Orientierungssinn an und tauchte in die Richtung, die, wie er hoffte, weg vom Tower-Ufer und dem Boot führte.

Nick war ein hervorragender Schwimmer. In den Jahren in Chelsea war Baden in der Themse die einzige Möglichkeit gewesen, seinen Gliedern Bewegung und einen Ausgleich zum ewigen Stillsitzen im Schulunterricht zu verschaffen. Aber in Chelsea waren sie nur im Sommer und bei Tageslicht geschwommen. Und da Chelsea flussaufwärts von London lag, war das Wasser dort klar und rein.

Als Nicks Lungen zu bersten drohten und er endlich an die Oberfläche schnellte, hüllte der widerwärtige Gestank ihn ein, den all der Unrat verursachte, welchen die Londoner achtlos in ihren Fluss warfen. Etwas Großes, Schwammiges streifte seinen Arm, und Nick musste sich auf die Zunge beißen, um nicht aufzuschreien. Nur ein Hundekadaver oder Ähnliches, schärfte er sich ein. Er trat Wasser und drehte sich einmal um die eigene Achse, um festzustellen, wo er sich befand und ob das Boot in der Nähe war. Es war zwecklos. Die Wellen nahmen ihm die Sicht und schwappten über ihn hinweg. Weder Boot noch Ufer waren auszumachen. Er war ganz allein, eingehüllt in Schwärze, und der aufgewühlte Fluss war ein übermächtiger Feind, der ihn verschlingen wollte.

Nick kniff die Augen zu und atmete ein paarmal tief durch, um nicht in Panik zu geraten. Dann kehrte er dem Stadtufer und dem Tower of London wieder den Rücken und schwamm. Mit den gebundenen Händen war es schwieriger, als er für möglich gehalten hätte; er kam kaum von der Stelle und drohte allenthalben unterzugehen. Also drehte er sich um und schwamm auf dem Rücken.

Die Muskeln seiner Beine waren stark und ausdauernd, doch nach einer Viertelstunde hatte er das Gefühl, immer noch keine Elle weit gekommen zu sein, und seine Kräfte begannen zu schwinden. Er hielt inne und versuchte nicht zum ersten Mal, die Handfesseln zu lösen. Aber es ging einfach nicht, der Knoten in dem nassen Strick hatte sich so festgezogen, dass nur eine scharfe Klinge die Fesseln würde lösen können.

Dann muss es eben ohne Hände gehen, redete er sich zu. Na los, Waringham, beweg die Beine, sonst kommst du nie ans Ufer.

Er bemühte sich, kräftige und gleichmäßige Schwimmzüge zu machen, denn er wusste, wenn er versuchte, sich zu beeilen, würde er untergehen. Also schwamm er mit Bedacht. Er ignorierte das schmerzhafte Ziehen in Waden und Oberschenkeln. Allemal besser als die Streckbank, fuhr es ihm durch den Kopf. Er lachte ein bisschen über diesen absurden Gedanken, als ihn ohne jede Vorwarnung ein Wadenkrampf überfiel.

Sein zittriges Lachen ging in einen matten Schrei über. Instinktiv zog er das Bein an, um es mit den Händen zu umklammern, denn er hatte vergessen, dass er gefesselt war. Der Schmerz schnitt ihm die Luft ab, und Nick spürte, dass er zu sinken begann, gab sich geschlagen und schloss die Augen.

Er riss sie wieder auf, als eine kräftige Hand ihn am Kragen packte. Sein Kopf tauchte aus dem Wasser, Nick rang keuchend um Atem und blinzelte gegen den plötzlichen Ansturm von Licht. Verschwommen erkannte er eine Bordwand keinen Spann vor seiner Nase.

»Fahrt zu Hölle, Cromwell«, brachte er keuchend hervor und versuchte, sich loszureißen.

Aber die Hand hielt ihn unbarmherzig gepackt. »Sachte, Freund«, riet eine fremde Stimme über ihm. »Hier in meinem Boot ist kein Cromwell, ich schwör's. Lasst Euch helfen.«

Nick konnte nicht antworten. Der Krampf wollte einfach nicht nachlassen, Arme und Beine zitterten, und er war vollauf damit beschäftigt, Atem zu schöpfen.

Sein unbekannter Retter zog ihn mit einem Ruck ein Stück höher, und Nick krallte die Hände um die Bordwand.

»Bleibt, wo Ihr seid«, riet der Fremde. »Sie suchen den ganzen Fluss nach Euch ab.«

»Jesus, hilf mir …:«, murmelte Nick. Seine Zähne klapperten.

»Hm, das tut er gerade. Hier, nehmt das Seil. Haltet Euch gut fest, es ist nicht weit bis ans Ufer. Ich ziehe Euch ins Schilf. Wenn ich ein Boot sehe, singe ich ›Herr, die Gottlosen sind eingedrungen in dein Erbe‹, und dann taucht Ihr unter, verstanden?«

»Singt lieber etwas anderes«, nuschelte Nick. »Cromwell könnte das persönlich nehmen …«

»Schsch. Kein Wort mehr. Wir müssen Euch schleunigst aus dieser eiskalten Drecksbrühe holen, sonst kann Jesus in dieser Welt nichts mehr für Euch tun. Haltet Euch nur gut fest, um alles andere kümmere ich mich.«

Nick konnte nicht antworten. Mit einem Mal war er so erledigt, dass er fürchtete, das Bewusstsein zu verlieren. Reiß dich zusammen, schärfte er sich ein. Wenigstens der verfluchte Krampf hatte nachgelassen. Vermutlich war es nur das plötzliche Fehlen des Schmerzes, was ihn so schläfrig machte … Er wickelte das rettende Seil ungeschickt um seine gefühllosen, gebundenen Hände, schloss die Finger, so gut er konnte, und überließ sich dem Unbekannten im Boot.

Keinmal stimmte der seinen Psalm an, und es dauerte tatsächlich nicht lange, bis Nick Uferschilf rascheln hörte und schlammigen Boden unter den Füßen spürte. Er wollte das Seil loslassen, aber seine Finger öffneten sich nicht. Mit einem angewiderten Laut, der gefährliche Ähnlichkeit mit einem Schluchzen hatte, gab er den Kampf auf, grub die Zehen in den eisigen Schlick am Grund und wartete.

An einer Stange am Bug schaukelte eine Laterne im Wind. In ihrem Schein sah er einen Mann geschickt aus dem Boot springen und genau vor ihm landen. Der Unbekannte zückte ein Messer aus einer Scheide am Gürtel und zerschnitt die Fesseln. »Könnt Ihr laufen?«

Keine Ahnung, dachte Nick, aber er nickte.

Der Mann nahm ihn beim Arm. Halb stützte, halb führte er ihn die seichte Uferböschung hinauf, bis das Schilf in struppiges Gras überging. Nick spürte nicht mehr, ob es kalt war. Er hatte überhaupt kein Gefühl mehr in Beinen und Füßen.

»Wartet hier. Ich bin sofort zurück.« Der Fremde wandte sich ab, schleifte sein Boot aufs Ufer und kam im Handumdrehen mit der Laterne in der Rechten wieder zum Vorschein. Ohne ein weiteres Wort brachte er Nick quer über die Wiese, durch ein niedriges Holztor in einem Zaun und schließlich zur Tür eines kleinen Hauses. Nick hatte keine Ahnung, wo er sich befand, aber das war ihm auch gleich. Es kostete ihn alle Konzentration, einen Fuß vor den anderen zu setzen, und als er durch eine Tür gezogen wurde, Regen und Wind plötzlich wie abgeschnitten waren und sein Blick auf einen Herd fiel, machte er noch drei torkelnde Schritte darauf zu, ließ sich langsam auf die Knie sinken und streckte die Hände über der Glut aus.

Eine unordentlich gefaltete Wolldecke erschien von links in seinem Blickfeld. »Hier. Zieht die nassen Sachen aus, sonst holt Ihr Euch den Tod, Mylord.«

Nick schreckte zusammen, und sein Kopf ruckte hoch. Zum ersten Mal sah er seinen Retter bei ausreichendem Licht, um ihn zu erkennen: ein Priester von vielleicht dreißig Jahren mit einem eigenwilligen, glatt rasierten Kinn, einer Habichtsnase und großen, graublauen Augen unter zusammengewachsenen Brauen. Die Ohren, die unter der schwarzen Kappe hervorlugten, waren zu groß und abstehend, was ihm etwas Schelmisches verlieh. Der Eindruck verstärkte sich, als er lächelte. »Ich bin Vater Anthony Pargeter, Pastor von St. Matthew in Southwark. Ich habe Euch an dem Wappen auf Eurem Mantel erkannt. Wenn Euch dabei wohler wäre, bringe ich Euch gern in meine Kirche, und Ihr könnt Asyl einfordern. Aber Ihr habt nichts von mir zu befürchten, Ihr habt mein Wort.«

Nick senkte den Kopf wieder. »Danke, Vater Anthony.« Seine Zähne hatten aufgehört zu klappern, aber die Kälte saß ihm immer noch in den Knochen. Obwohl seine Beine nach wie vor butterweich waren, stand er auf, verzog sich in einen dunklen Winkel des Raums und streifte seine tropfnassen Kleider ab, ehe er sich in die Decke wickelte.

Vater Anthony hatte unterdessen ein paar Scheite aufs Feuer gelegt. Es fing an zu knistern, und der Raum wurde heller. »Hier, setzt Euch. Ich mache Euch etwas Heißes.«

Nick sank auf einen Schemel am Tisch, stützte die Ellbogen auf und vergrub den Kopf in den Händen. »Gott … mein Leben ist ein Trümmerhaufen«, murmelte er. Schon wieder lief ein Zittern durch seine Beine. Anscheinend war er noch zu erledigt für solch erschütternde Erkenntnisse.

»Aber zumindest habt Ihr es noch, Euer Leben«, entgegnete Anthony, der am Herd stand und Wein in einen kleinen Kessel gab.

»Das ist wahr.« Nick richtete sich auf und ließ die Hände in den Schoß sinken. »Was ich allein Euch zu verdanken habe. Was hattet Ihr zu so später Stunde noch auf dem Fluss zu suchen, Vater Anthony?«

»Ich war bei einem meiner Gemeindemitglieder. Manche erreiche ich mit dem Boot schneller, vor allem sicherer als zu Fuß. Southwark ist keine ganz ungefährliche Gegend, wie Ihr vermutlich wisst. Ich war auf dem Heimweg, als ich im Schein der Laterne etwas Grünes im grauen Wasser sah. Es war das Wappen auf Eurem Mantel.«

Nick lächelte matt. »Ich fand dieses leuchtende Grün immer eine Spur vulgär«, gestand er. »Aber ich werde meine Meinung von heute an ändern.«

Vater Anthony lachte leise, stellte zwei hölzerne Becher auf den Tisch und schüttete den erhitzten Wein aus dem Topf hinein. Das machte er bemerkenswert geschickt, und kein Tropfen ging daneben. »Und was hattet *Ihr* so spät noch auf dem Fluss zu suchen?«, fragte er. »So ganz ohne Boot?«

»Oh, ich saß in einem Boot«, widersprach Nick leichthin. »Aber die Gesellschaft gefiel mir nicht sonderlich, da bin ich ausgestiegen.«

Anthony setzte sich ihm gegenüber. »Die Gesellschaft bestand aus Master Thomas Cromwell und seinen Knochenbrechern?«

»Da Ihr es schon wisst, hat es wenig Sinn zu leugnen, nicht wahr? Und wenn ich so darüber nachdenke, wäre es vermutlich besser, ich ziehe meine nassen Sachen wieder an und erlöse Euch von meiner Gegenwart, denn wahrscheinlich lässt er auch an diesem Ufer nach mir suchen.«

»Aber heute Nacht gewiss nicht mehr.«

»Verlasst Euch lieber nicht darauf. Wenn sie mich hier erwischen, seid Ihr in Schwierigkeiten.«

Anthony legte ihm für einen kleinen Moment die Hand auf den Unterarm. »Ihr müsst trocknen und Euch aufwärmen, Mylord. Trinkt den Wein, solange er heiß ist. Dann legt Euch hin und schlaft. Niemand wird heute Nacht an diese Tür klopfen, seid beruhigt. Und morgen früh wird ein Wherryman aus Southwark, der mir zufällig einen Gefallen schuldet, Euren feinen Mantel der Tower-Wache überbringen und sagen, er habe ihn mitten auf dem Fluss treibend gefunden. Alle Welt wird glauben, Ihr seiet ertrunken, und das gibt Euch Zeit, zu überlegen, wie es weitergehen soll.«

Nick wollte auf keinen Fall, dass Laura und Raymond ihn für tot hielten und um ihn trauerten, aber er war zu müde, um jetzt darüber nachzudenken.

Er nahm einen ordentlichen Zug aus seinem Becher und verbrühte sich die Zunge. »Warum wollt Ihr all das für mich tun, Vater Anthony?«, fragte er eine Spur argwöhnisch. »Ihr kennt mich doch überhaupt nicht. Und ich fürchte, ich kann Euch für Eure Güte nicht entlohnen, denn …«

»Es mag Euch verwundern, doch nicht alle Priester sind auf Geld aus«, fiel Anthony ihm schneidend ins Wort.

»Vergebt mir«, antwortete Nick ohne jede Reue. »Aber Ihr wäret der erste dieser Sorte, dem ich begegne.«

»Welch ein Jammer«, sagte Anthony kopfschüttelnd. Dann wies er auf einen schmalen Türdurchbruch, der in eine hintere Kammer führte. »Legt Euch schlafen. Mein Bett ist schmal und hart, aber es steht Euch zur Verfügung.«

»Und Ihr?«

»Ich habe eine Strohmatratze in der Kirche. Die reicht für mich.«

»Warum machen wir es nicht umgekehrt?«, schlug Nick vor. Aber Vater Anthony winkte ab und stand auf. »Weil sich das nicht gehört. Schließlich seid Ihr Lord Waringham.«

»Aber nur noch heute Nacht«, murmelte Nick beklommen.

»Dann erfreut Euch an meinem Federkissen, Mylord.«

Die völlige Erschöpfung verhalf Nick zu ein paar Stunden tiefen Schlafs, aber lange vor Tagesanbruch wachte er auf. Er wusste sofort, was geschehen war und wo er sich befand. Mit brennenden Augen starrte er in die Finsternis, und in der Stille und allein in dieser fremden Kate erschien seine Lage ihm vollkommen hoffnungslos. Seine schweren Glieder kamen ihm vor wie erstarrt, während er daran dachte, dass Cromwells Männer jetzt, in diesem Augenblick, die Straßen von London durchkämmten und nach ihm suchten. Ganz gleich, was Vater Anthony gesagt hatte, bei jedem Geräusch zogen Nicks Eingeweide sich schmerzhaft zusammen, und er rechnete damit, dass die Tür auffliegen, dunkle Gestalten hereinstürmen und ihn in den Tower verschleppen würden, wo ihn namenlose Schrecken erwarteten. Und er dachte an die Menschen, die jetzt um ihn bangten: Laura und Philipp mit ihren beiden kleinen Töchtern in dem spärlich möblierten, schäbigen Haus in Farringdon. Jerome und John. Sein kleiner Bruder, dessen Loyalität und Zuneigung immer von dem Misstrauen getrübt gewesen waren, welches die Howard über die letzten Jahre in ihm gesät und gehegt hatten. Würde Raymond nun Gewissensqualen leiden, da er glauben musste, es sei zu spät, um die Dinge zwischen ihnen in Ordnung zu bringen? Oder würde er noch schlechter von seinem Bruder denken, der sich den Wünschen seines Königs verweigert und sich somit zum Verräter gemacht hatte? Und Nick dachte an alles, was er verloren hatte: seine Stellung, sein Gestüt, das gerade wieder zu erblühen begann, seine geliebte Burg und jedwede Art von Sicherheit.

Er merkte bald, dass all diese düsteren Gedanken ihn in lähmende Verzweiflung führen wollten, und mit einem ungeduligen Laut setzte er sich auf.

Als Vater Anthony bei Morgengrauen in sein Haus geschlichen kam, um nach seinem Gast zu schauen, fand er Nick in eine Decke gewickelt am aufgeschürten Feuer. Beim Knarren der Tür hob der junge Mann den Kopf. »Guten Morgen, Vater Anthony.«

Der Priester trat näher und schlug das Kreuz über ihm. »Der Herr sei mit Euch, mein Sohn. Aber ich sehe schon, dass er das ist. Ich hatte damit gerechnet, Euch in tiefer Düsternis zu finden, aber mir scheint, sie hat Euch verschont. Ihr müsst weiser sein, als ich Euch zugetraut hätte.« Er stellte den irdenen Brottopf auf den Tisch, in dem ein halber altbackener Laib lag, und brachte Nick einen Zinnbecher Ale. »Hier, stärkt Euch.«

Nick hatte eigentlich vorgehabt, den Pastor zur Frühmesse in seine Kirche zu begleiten, aber er musste feststellen, dass er zu ausgehungert war, um mit dem Frühstück noch zu warten. Er bedankte sich, schnitt eine Brotscheibe ab und begann mühsam zu kauen. »Ich habe Pläne gemacht. Aber ich fürchte, ich muss nochmals Eure Hilfe in Anspruch nehmen.«

»Gewiss«, erwiderte der Geistliche achselzuckend. »Ich bin sicher, Christus schaut wohlwollend auf jede Tat, die Master Cromwells Absichten durchkreuzt.« Er hob Nicks feuchte Kleider vom Boden auf und rümpfte die Nase. »Sie duften genauso betörend wie unser schöner Fluss«, bemerkte er.

»Das macht nichts«, gab Nick zurück. »Ich brauche sie nicht mehr. Gebt den Mantel dem Wherryman, er soll ihn der Towerwache bringen, wie Ihr gesagt habt. Lasst die übrigen Sachen waschen und verkauft sie.« Es waren keine auffälligen, perlenbestickten Gewänder, aber aus gutem Tuch und relativ neu. Sie würden einen ordentlichen Preis bringen. »Betrachtet es als Zeichen meiner Dankbarkeit, und tut mit dem Geld, was immer Euch gutdünkt.«

»Und dann? Wollt Ihr in meine Decke gewickelt an die Klosterpforte von Bermondsey Abbey klopfen und um Aufnahme als Novize bitten?«, fragte Vater Anthony.

Nick hatte mit dem Gedanken gespielt. Vielleicht eine Stunde lang. Aber dann hatte er ihn verworfen. So verlockend die Vorstellung auch war, der Welt zu entsagen, die ihm den Platz verwehrte, der ihm zustand, und ihm sogar nach dem Leben trachtete, wusste er doch, dass er sich nicht einfach so kampflos verkriechen konnte. Denn er war noch nicht fertig mit der Welt, mit Cromwell und mit König Henry …

»Ich hatte gehofft, dass Ihr mir ein paar schlichte Gewänder besorgen könnt. Aus hausgemachter Wolle, wie die Bauern sie tragen. Je schäbiger, umso besser. Und ein Messer brauche ich wohl auch.«

»Was habt Ihr vor?«, fragte Vater Anthony und setzte sich ihm gegenüber an den groben Holztisch.

»Werdet Ihr es tun?«

»Sicher, aber …«

»Dieser Wherryman, von dem Ihr sagt, er schulde Euch einen Gefallen. Ich nehme an, er unterhält Beziehungen zu dem Gesindel in der Stadt, das sich ›die dunklen Bruderschaften‹ nennt?«

»Das würde mich jedenfalls nicht wundern«, gab Anthony zurück. Jedermann in London wusste, dass die Zunft der Bootsführer beinah selbst zu den dunklen Bruderschaften gehörte, dass es sich nicht immer nur um anständige Bürgersleute und redlich erworbene Waren handelte, die sie in ihren Wherrys transportierten. »Das wird immer mysteriöser. Was hat ein Mann wie Ihr mit den dunklen Bruderschaften zu schaffen?«

»Ich brauche eine Audienz bei Sir Nathaniel Durham. Aber ich kann nicht im hellen Tageslicht an sein Tor in der Ropery klopfen, also muss es nachts an einem geheimen Ort stattfinden. Auf dem Pferdemarkt in Smithfield munkelt man, der untadelige Master Durham halte eine schützende Hand über den Anführer der dunklen Bruderschaften, der sich der Könige der Diebe nennt.«

»Eine schützende Hand ist übertrieben, würde ich sagen«, schränkte Anthony ein. »Aber es gibt seit jeher eine Verbindung zwischen den Durham und dem jeweiligen König der Diebe, das stimmt. Ihr wollt also über diesen Umweg einen Kontakt zum mächtigsten Kaufmann der Stadt herstellen? Zu welchem Zweck?«

»Er wird mir zur Flucht verhelfen«, antwortete Nick.

»Ihr wollt ins Exil?«

»In gewisser Weise.« Es drängte ihn, Vater Anthonys Hilfe und Großzügigkeit mit Vertrauen zu belohnen und ihm die Wahrheit zu sagen, aber er wusste, dass durfte er nicht riskieren. Auch ein Priester war heutzutage nicht vor einem nächtlichen Besuch von Master Cromwell und seinen Schergen sicher, und was Anthony nicht wusste, konnte man ihm nicht abpressen. Es war mehr als Nicks eigenes Leben, das hier auf dem Spiel stand.

Bedrückt und von Zweifeln geplagt ging Anthony in seine Kirche, um die Frühmesse zu halten, doch als er zurückkam, hatte er seine Entscheidung getroffen und alle Bedenken hinter sich gelassen. Ideenreich und voller Tatendrang machte er sich daran, Nicks Bitten zu erfüllen. Weil die Verzweiflung des Ertrinkenden in der Nacht zuvor sein Mitgefühl erregt hatte. Weil die Entschlossenheit und Besonnenheit ihm imponierten, zu denen der junge Waringham mit dem Beginn des neuen Tages zurückgefunden hatte. Aber auch, erklärte er Nick unumwunden, weil er tiefe Abscheu vor der antiklerikalen Propaganda empfand, die Cromwell in den letzten Monaten geschürt hatte und die auch vor erschütternden Verleumdungen gegen den Heiligen Vater in Rom nicht haltmachte, wie Anthony voller Empörung erklärte.

Der Holzschnitt des schamlosen nackten Greises mit der Papstkrone, der Nick vor Jahren so schockiert hatte, war harmlos im Vergleich zu den Bildern und Schmähschriften, die Cromwell verbreiten ließ, um König Henrys Auflehnung gegen den Papst in den Augen der Engländer zu einem gerechten nationalen Anliegen zu machen. Und die Kampagne hatte Erfolg, wusste Nick. Das hatte ihn wütend gemacht, denn wenn die Engländer die Achtung vor dem Papst verloren, schwächte das auch Königin Catalinas und Prinzessin Marys Position, was ja Cromwells eigentliches Ziel war. Und doch war Nick nicht blind für die Tatsache, dass die Verkommenheit innerhalb der Kirche Cromwell und den Reformern in die Hände spielte. Diesen Gedanken verschwieg er Vater Anthony indes lieber, dessen uneingeschränkte Treue zur Heiligen Mutter Kirche ihn zu einem verlässlichen Verbündeten machte.

Lange nach Einbruch der Dunkelheit und dem Schließen der Stadttore klopfte es zweimal lang und viermal kurz an Vater Anthonys Tür.

»Das ist das vereinbarte Zeichen«, sagte der Priester. Seine Stimme klang rau, sein Blick war unruhig.

Nick trat mit mehr Entschlossenheit zur Tür, als er empfand, und öffnete. Ein junger Mann schlüpfte wortlos über die Schwelle, klein, drahtig und mager, so als habe er in seinem ganzen Leben nie genug zu essen bekommen, aber seine dunklen Kleider waren aus gutem Tuch und einigermaßen sauber. »Du bist Nicholas?«, fragte er ohne besonderes Interesse.

Der nickte wortlos. Vater Anthony hatte seine Bitte befolgt und ihm einfache Bauernkleider besorgt: Nick trug waidblaue Hosen mit einem Flicken auf dem linken Knie, einen grau verwaschenen Kittel, beide aus der ungewalkten Wolle, die die Bauersfrauen selber herstellten. Ein Paar hochbetagter, aber brauchbarer knöchelhoher Lederschuhe und ein kurzer Umhang mit Kapuze vervollständigten die Verkleidung und ließen den jungen Earl of Waringham wie irgendeinen Bauernknecht aussehen. Aber Nick fürchtete, sobald er den Mund aufmachte, würde man ihn durchschauen. Vater Anthony hatte einen nicht geringen Teil des Tages damit zugebracht, mit ihm zu üben, wie ein einfacher Tagelöhner zu sprechen, doch Nick fand noch nicht den Mut, seine neue Sprechweise auszuprobieren.

»Ich muss dir die Augen verbinden«, teilte der Besucher ihm mit und zog eine schmuddlige Stoffbinde unter dem Mantel hervor.

Nick sah unsicher zu Anthony.

Der nickte. »Es ist schon gut, mein Sohn. Sei unbesorgt, so war es ausgemacht.«

Nick atmete tief durch, schloss Vater Anthony kurz in die Arme und flüsterte: »Gott segne Euch für Eure Güte. Habt Dank.«

Der Pastor legte ihm einen Moment die Hand auf die Schulter. »Gebe Gott, dass wir uns wiedersehen.«

Der dunkel gekleidete Bote hatte den Abschied mit einer Mischung aus Ungeduld und Desinteresse verfolgt. »Können wir jetzt?«

Nick trat zu ihm und machte eine einladende Geste. Der Mann verband ihm die Augen mit der blickdichten Binde, fest genug, dass Nick nicht einmal mehr einen Streifen Licht sehen konnte, aber nicht grausam. Dann zog er ihm die Kapuze tief ins Gesicht, nahm ihn beim Ellbogen und führte ihn in die Nacht hinaus und zum Ufer.

Es wurde eine lange und beschwerliche Fahrt.

Auch wenn Anthonys Freund, der Wherryman, schon morgens den kostbaren Waringham-Mantel zum Tower gebracht hatte und seit Mittag das Gerücht in der Stadt kursierte, der Earl sei bei einem Fluchtversuch nach seiner Festnahme ertrunken, glaubten Nick und Anthony doch nicht, dass Cromwell deswegen schon aufgehört hatte, nach seiner Beute suchen zu lassen. Der Sekretär des Königs war nicht durch Nachlässigkeit dorthin gelangt, wo er heute war, sondern weil er nie etwas dem Zufall überließ. Darum waren sie übereingekommen, dass Nick nur im Schutz der Dunkelheit und auf Umwegen durch die Stadt gebracht werden durfte. Also überquerte das Boot die Themse, am Nordufer wurde der Passagier von zwei Unbekannten in Empfang genommen, auf die Ladefläche eines Fuhrwerks verfrachtet und mit leeren Säcken zugedeckt, ehe er kreuz und quer durch London gefahren wurde, um dann schließlich doch wieder in Flussnähe auszukommen. Offenbar in Billingsgate, wie der durchdringende Fischgeruch ihm verriet, der ihm in die Nase stieg, als endlich die Säcke verschwanden, unter denen er beinah erstickt wäre.

»Wo bin ich?«, murmelte er, ehe ihm einfiel, dass er doch den Mund hatte halten wollen.

»Denkst du, wir hätten dir die Augen verbunden, wenn du das erfahren solltest, Strohkopf?«, brummte eine tiefe Stimme.

Nick wollte entrüstet auffahren, aber er nahm sich gerade noch rechtzeitig zusammen. Ich sollte mich lieber schnell daran gewöhnen, dass in Zukunft niemand mehr »Mylord« zu mir sagen wird, dachte er. Zahm ließ er sich vom Wagen helfen, durch eine Tür und eine Treppe hinauf führen, wo die Reise schließlich in einem geheizten Gemach endete.

»Nehmt ihm die Augenbinde ab und verschwindet«, sagte eine Stimme, in der eine unverkennbare Autorität schwang, die aber einen ebenso unverkennbaren Akzent aufwies, der eine Herkunft aus den finstersten Londoner Gassen verriet. Todsicher nicht Nathaniel Durham, schloss Nick.

Seine Kapuze wurde zurückgeschlagen, die Binde unsanft heruntergerissen, und er fand sich in einer kleinen, aber behaglich eingerichteten Halle. Zu seiner Rechten prasselte ein Feuer in einem Kamin mit einem etwas zu protzigen Marmorsims. Ihm gegenüber saß in einem Sessel ein dicklicher Mann mit spärlichem blonden Haar und Lachfalten um die Augen, der wie ein gutmütiger Mönch aussah. Er hielt einen vergoldeten Pokal in beiden Händen und trank geräuschvoll und mit offensichtlichem Genuss. Der zweite Mann stand reglos wie eine steinerne Säule einen Schritt zur Linken: Ein edel gekleideter Gentleman mit schwarzem, graumelierten Haupt- und Barthaar und dunklen Augen, die im Feuerschein zu funkeln schienen. Er strahlte auf unbestimmte Weise etwas Bedrohliches aus, und wäre nicht die Amtskette des Meisters der Tuchhändlergilde gewesen, hätte man meinen können, *er* sei der berüchtigte König der Diebe.

Nick neigte ein klein wenig den Kopf. »Master Durham. Habt Dank, dass Ihr gekommen seid.«

Durham musterte ihn, ohne die angedeutete Verbeugung zu erwidern. »Ich bin aus Respekt für Euren Vater gekommen, aber ich schätze es nicht, in so konspirativer Weise einbestellt zu werden.«

Nein, dachte Nick, das kann ich mir vorstellen. Sein Mut drohte ihn zu verlassen. Wie hatte er nur glauben können, diesem harten, unbarmherzigen Mann einen Gefallen abringen zu können?

»Ich hoffe, Ihr habt mich nicht herzitiert, um an meine Treue zu Königin und Papst zu appellieren und mich zu bitten, Euch die Zinsen zu stunden. In dem Falle stünde Euch eine Enttäuschung bevor.«

»Im Gegenteil, Sir«, entgegnete Nick kühl. »Ich wollte Euch vorschlagen, Waringham zur Sicherung Eurer Ansprüche zu pfänden.«

Nathaniel Durham zuckte mit keiner Wimper, sondern fuhr fort, ihn unverwandt anzusehen. Seine Miene drückte nichts als verhaltenes Desinteresse aus.

Der Mann im Sessel gluckste vor sich hin. »Oh, Ihr seid ein eiskalter Hurensohn, Nathaniel, aber Ihr müsst zugeben, *das* hat Euch überrascht.«

Durham ging nicht darauf ein. Zum ersten Mal rührte er sich, verschränkte die Arme vor der Brust und neigte den Kopf ein wenig zur Seite. »Sagt mir, was Ihr vorhabt, Mylord«, schlug er vor, eine Spur höflicher als zuvor.

»Unter vier Augen«, erwiderte Nick.

»Das kannst du dir aus dem Kopf schlagen, Bübchen«, warf der Kerl im Sessel ein. »Ich höre, was er hört. Du bist hier in *meinem* Haus und nur dank der Güte meines Herzens – denn ich sehe nicht, dass aus dieser Sache auch nur ein Penny für mich herausspringt –, also wirst du mir gefälligst Höflichkeit erweisen, sonst landest du mit einem Tritt in den Arsch in der Themse.« Er schenkte Nick ein strahlendes Lächeln. »Klar?«

In seinem scheinbar so leutseligen Lächeln lag etwas, das viel gefährlicher war als Master Durhams Missfallen. In den wasserblauen Augen des Königs der Diebe war ein stählernes Schimmern, das man inmitten der Lachfältchen und der apfelrunden Wangen leicht übersah. »Habt Ihr einen Namen, Sir?«, fragte der junge Waringham.

»Bartholomew Kestrel.« Er hob ihm den Becher entgegen. »Zu Diensten, Mylord.«

Nick ging über den spöttischen Tonfall hinweg. »Master Kestrel. Ich bin Euch dankbar für Eure Hilfe, und es liegt mir fern, Euch zu beleidigen. Aber was ich Master Durham vorzutragen habe, ist eine sehr persönliche und delikate Angelegenheit, die für Euch von keinerlei Interesse ist. Im Übrigen, Sir, bin ich kein Bübchen, und ein Bad in der Themse hatte ich gestern schon, darum schreckt es mich nicht sonderlich.«

Kestrel lachte in sich hinein, aber er blieb unnachgiebig. »Ob Eure Angelegenheiten für mich von Interesse sind, beurteile ich selbst. Ihr seid nicht der einzige, dem die neue Königin und das Thronfolgegesetz ein Dorn im Fleisch sind. Die Londoner Diebe stehen treu zu Königin Catalina und Prinzessin Mary.«

»Ich bin sicher, das ist den königlichen Hoheiten ein großer Trost.«

Verblüffend schnell für einen korpulenten Mann schoss der König der Diebe aus seinem Sessel hoch, ließ seinen kostbaren Pokal achtlos zu Boden fallen und machte einen Satz auf Nick zu. Der entging der zuschlagenden Faust, indem er den Kopf zur Seite bog. Gleichzeitig riss er den linken Arm hoch, um die keulengleiche Pranke abzulenken, und trat einen Schritt zurück. Im selben Moment zogen sie die Messer und starrten sich reglos an.

»Gentlemen«, sagte Nathaniel Durham gelangweilt. »Können wir diesen Teil vielleicht überspringen? Ich habe wahrhaftig Besseres zu tun, als mir hier das Imponiergehabe eines alten Gockels und eines Hähnchens anzusehen.«

Kestrel senkte die Waffe und klopfte Nick grinsend die Schulter. »Der Pfeffersack hat recht, Büb… Mylord. Ihr seid übrigens gut für einen adligen Grünschnabel.« Er warf seine Klinge achtlos auf den Tisch.

»Heißen Dank«, knurrte Nick und legte das Messer ebenfalls beiseite. *Strohkopf, Bübchen, Hähnchen*, dachte er verdrossen. Ein wenig erschüttert kam er zu dem Schluss, dass einem allerhand zugemutet wurde, wenn man plötzlich über Nacht seine Stellung verloren hatte.

»Setzt Euch, setzt Euch!«, lud Kestrel ihn mit einer weit ausholenden Geste ein. Er angelte seinen Pokal aus den Binsen am Boden, holte zwei weitere von einem Wandbord und schenkte ein.

Master Durham setzte sich in den zweiten Sessel, Nick auf den mit Kissen gepolsterten Fenstersitz. Der Laden war geschlossen, sodass der Blick auf den Fluss versperrt war, aber Nick hörte sein unverwechselbares Rauschen und das Grölen betrunkener Nachtschwärmer.

Der König der Diebe drückte ihm einen Becher in die Hand. »Hier, trinkt.«

Nick hatte mit Starkbier gerechnet. Tatsächlich war es ein hervorragender Burgunder. *Es wird Zeit, dass ich meine Vorurteile überdenke*, dachte er. Dann schaute er von Kestrel zu Durham. »Habt Ihr irgendetwas über Thomas More gehört, Sir?«

»Das gleiche wie Ihr, schätze ich. Erzbischof Cranmer hat mit Engelszungen auf ihn eingeredet, den Eid auf die neue Thronfolge zu schwören, und als Sir Thomas sich immer noch weigerte, hat man ihn in den Tower gebracht.«

»Wurde Anklage erhoben?«

»Noch nicht.«

»Sie werden ihre liebe Mühe haben, ihn zu verurteilen, wenn sie ihn vor Gericht stellen und er sich selbst verteidigt«, prophezeite Nick.

»Das denke ich auch«, antwortete Durham mit unverhohlener Befriedigung. »Es gibt keinen Rechtsgelehrten in England, der ihm das Wasser reichen könnte.« Er trank einen kleinen Schluck und stellte den Becher dann auf den intarsienverzierten Tisch. »Also, Mylord. Die Nacht vergeht. Was ist es, das Ihr von mir wünscht?«

»Es sind drei Dinge, um genau zu sein«, erwiderte Nick. »Ich muss verschwinden. Ich weiß noch nicht genau, wohin ich gehen werde«, log er. »Ich habe Verwandte in Wales, im Norden und in der Bretagne und einen Cousin, der zur See fährt. Irgendwo werde ich schon Unterschlupf finden.« Er improvisierte, denn keine dieser Möglichkeiten zog er ernsthaft in Betracht. Aber was er stattdessen vorhatte, war so brisant, dass er es vor Kestrel nicht sagen konnte. »Wenn ich Waringham den Rücken kehre, ohne Vorkehrungen zu treffen, wird meine Stiefmutter ihren Bruder Edmund Howard zum Steward machen, und er wird es in schwindelerregender Zeit abwirtschaften. Das will ich vermeiden. Darum bitte ich Euch, Master Durham: Pfändet meine Besitzungen. Der Darlehensvertrag, den mein Vater unterschrieben und besiegelt hat, ermächtigt Euch dazu, wenn die Zinsen nicht pünktlich gezahlt werden. Wie Ihr zweifellos wisst, bin ich mit den Zinsen im Rückstand. Also tut es. Vereinnahmt die Pachten und die Einkünfte aus der Wolle und dem Gestüt, bis die Zinsen und die Darlehen abgegolten sind, und dann gebt mir Waringham zurück. Falls ich immer noch im Exil oder tot sein sollte, gebt es meinem Bruder, aber nicht vor seinem einundzwanzigsten Lebensjahr, sonst fällt es den Howard doch noch in die Hände. Rettet Waringham für meinen Bruder. Das ist meine erste Bitte.«

Durham hatte aufmerksam gelauscht. Er dachte einen Moment nach und bemerkte dann: »Ein ziemlich ungewöhnliches Ansinnen. Normalerweise pflege ich nicht zurückzugeben, was ich einmal gepfändet habe. Wir müssten einen Vertrag ausarbeiten lassen. Das dauert Wochen.«

Nick schüttelte den Kopf. »Darauf kann ich nicht warten. Euer Handschlag genügt mir.«

Nathaniel Durham stand auf und streckte eine dunkel behaarte Hand mit peinlich sauberen Fingernägeln aus. Nick erhob sich ebenfalls und schlug ein.

»Zweitens?«, fragte Durham, nachdem sie wieder Platz genommen hatten.

»Geht zu meiner Schwester und Eurem Neffen. Ich weiß, dass ihr Philipp gram seid«, fuhr er hastig fort, als er die sturmumwölkte Miene des strengen Kaufherrn sah. »Aber sie müssen erfahren, dass es mir gut geht. Wenn Laura glaubt, ich sei im Tower eingesperrt, wird sie früher oder später Dummheiten machen. Dem König bei der Jagd auflauern, um ihn übel zu beschimpfen, etwa. Ich bitte Euch inständig, Sir. Ich teile Eure Ablehnung ihrer Gesinnung, aber sie sind gute Menschen, glaubt mir. Anständig. Sie haben es nicht verdient, sich solchen Kummer zu machen. Meine Schwester hat genug gelitten, als mein Vater im Tower war.« Und jetzt würde es für Laura sein, als wiederhole sich dieser Albtraum. Jede Stunde, die sie unnötig um ihren Bruder bangte, lag ihm wie ein Bleigewicht auf der Seele.

Dieses Mal zögerte Nathaniel Durham wesentlich länger. Aber schließlich nickte er knapp. »Meinetwegen. Wollt Ihr ihr ein paar Zeilen schreiben?«

Aber Nick schüttelte müde den Kopf. Es war zu gefährlich. Er hob die Linke, starrte einen Moment auf den Siegelring am Zeigefinger, zog ihn dann ab und streckte ihn Durham entgegen. »Gebt ihn meiner Schwester, seid so gut. Sagt ihr, ich sei in Sicherheit. Sie soll den Ring für mich verwahren oder ihn Ray eines Tages geben.« Und natürlich würde Laura dafür sorgen, dass auch Raymond von Nicks geglückter Flucht erfuhr.

Der König der Diebe schnappte sich den Ring, ehe Durham ihn

nehmen konnte, und hielt ihn bewundernd vor die Kerze. »Schönes Stück«, lobte er, reichte ihn mit einem verstohlenen Seufzer an den Kaufmann weiter und sagte zu Nick: »Sicher nicht leicht, sich davon zu trennen.«

Du hast ja keine Ahnung, dachte Nick. Er fühlte sich nackt ohne dieses Symbol seiner Identität, wie abgeschnitten von sich selbst. Aber er biss die Zähne zusammen und antwortete mit scheinbarem Gleichmut: »Da, wo ich hingehe, werde ich ihn nicht brauchen.«

Master Durham steckte den Ring in seinen bestickten Beutel. »Und drittens?«

»Ein Treffen mit Eustache Chapuys.«

»Ihr meint den Gesandten des Kaisers?«, fragte Kestrel verwundert und pfiff dann vor sich hin. »Und ich dachte, Ihr wolltet Euch aus der Politik zurückziehen …«

»Ich muss ihn sprechen, bevor ich mich in Luft auflöse.«

Nathaniel Durham schüttelte den Kopf. »Ich bedaure, Mylord. Ich pflege keinerlei Kontakt zu Chapuys und wüsste nicht, wie ich ein heimliches Treffen für Euch arrangieren sollte.«

»Hm.« Der König der Diebe brummte in seinen Becher. »Aber *ich* kenne ihn.«

»Ihr?«, fragten Durham und Nick im Chor.

»Was glaubt Ihr wohl, woher er weiß, was in dieser Stadt geschieht? Sein Spionagenetz beschränkt sich nicht auf Bischofspaläste und Fürstenhöfe. Dieser Mann ist nicht glücklich, wenn er nicht *alles* weiß, was vorgeht. Darum habe ich ihm die Dienste meiner eigenen bescheidenen Quellen angeboten.« Kestrel lächelte beinah ein wenig verträumt. Dann sah er Nick wieder an, und sein Lächeln wurde geschäftsmäßig. »Also? Soll ich ein Treffen für Euch arrangieren?«

»Ich wäre sehr dankbar, Master Kestrel«, gestand Nick.

Kestrel schlug sich mit beiden Händen auf die Oberschenkel, um anzudeuten, dass die Unterredung zum Ende gekommen war. »Abgemacht. Ich bring Euch morgen Abend zu ihm, und bis dahin seid Ihr mein Gast. Seht Ihr, wie gut es war, dass ich hiergeblieben bin und Euer geheimes Gespräch gehört habe? Nun finde auch ich mich in der glücklichen Lage, Euch einen Dienst erweisen zu können.« Er stand auf, reckte sich ausgiebig und ging hinaus.

Nick schaute ihm voller Argwohn nach und blickte dann fragend zu Master Durham.

Der verzog spöttisch, beinah amüsiert den Mund. »Wie es scheint, will er Euch an Chapuys verkaufen. Aber nehmt es nicht gar zu schwer. Ihr bekommt letztlich, was Ihr wollt. Und Ihr werdet feststellen, dass die Küche in diesem Haus fabelhaft ist.« Er wurde wieder ernst, sah dem jungen Mann einen Moment in die Augen und reichte ihm abermals die Hand. »Gott schütze Euch, Mylord. Es war eine Dummheit, den Eid zu verweigern, aber ich weiß, Euer Vater wäre stolz auf Euch.«

Nick schlug ein. »Habt Dank, Master Durham. Für alles.«

Der wandte sich mit einem Nicken zur Tür. Über die Schulter sagte er noch: »Ihr solltet auf gar keinen Fall versuchen, dieses Haus ohne Kestrels Erlaubnis zu verlassen.«

»Warum nicht?«

»Es ist sein Hauptquartier und seine Diebesschule. Wer weiß, wo es zu finden ist, muss ein Mitglied seiner Bruderschaft werden oder sterben.«

»Wieso lebt Ihr dann noch?«, fragte Nick die sich schließende Tür.

Doch er bekam keine Antwort.

Vermutlich gab es keinen sichereren Platz in London, um sich vor Cromwell zu verstecken, als die Festung des Königs der Diebe, von der jeder Londoner wusste, dass sie in Billingsgate lag, aber niemand konnte sagen, wo genau, denn sie verbarg sich hinter irgendeiner harmlosen Front, einem Wirtshaus vielleicht oder einem Fischlager.

Nick befolgte Master Durhams Rat. Er blieb in der kleinen, aber halbwegs sauberen Kammer, zu der eine sehr bunt bemalte Hure ihn geführt hatte, und vertilgte die tatsächlich hervorragenden Speckbohnen, die sie ihm brachte, mit Heißhunger.

»Kann ich sonst noch was für dich tun, Goldlöckchen?«, fragte sie.

Goldlöckchen? Das wird ja immer besser … »Nein«, knurrte er.

»Sicher?« Ihr Lächeln enthüllte zwei Zahnlücken.

Nick wies auf seine einfachen, geflickten Gewänder. »Seh ich aus, als könnte ich mir so was leisten?«

»Du siehst nicht so aus, aber du redest so«, gab sie zurück. »Du bist nicht der erste Gentleman, der verkleidet in diesen Teil der Stadt kommt, um mal eine richtig wilde Nacht zu erleben.«

Nick schob sich einen Löffel Bohnen in den Mund und warf ihr einen finsteren Blick zu. »Vielleicht bist du mir eine Spur *zu* wild, Herzchen«, erwiderte er kauend. »Und jetzt sei so gut und verschwinde.« Er stützte die Ellbogen auf den Tisch und aß geräuschvoll weiter. Es wurde wirklich höchste Zeit, dass er übte, sich wie ein Bauer zu benehmen, wenn er schon nicht wie einer reden konnte.

Achselzuckend ließ die Hure ihn allein, und als die Tür sich geschlossen hatte, hörte Nick den Riegel rasseln.

Nach Einbruch der Dunkelheit am nächsten Abend kam der kleine, drahtige Kerl, der ihn bei Vater Anthony abgeholt hatte, und verband ihm wieder die Augen. Nick verließ die berüchtigte Räuberhöhle, ohne den Hausherrn noch einmal wiederzusehen, wurde aufs Neue auf ein Fuhrwerk verfrachtet, dieses Mal unter Tierhäuten versteckt, kreuz und quer durch die Stadt kutschiert und dann in ein Boot verladen, das sich wie ein Wherry anfühlte und ihn flussabwärts brachte.

Als er schließlich an Land geführt wurde, streifte er sich selbst die Augenbinde ab und schaute zurück. Der Wherryman hatte bereits wieder abgelegt, und die Laterne am Bug war dunkel. Nick befand sich offenbar ein gutes Stück außerhalb der Stadt auf einem hölzernen Anlegesteg am Essex-Ufer. Ein schmaler Pfad führte zu einem kleinen Gutshaus. Weil er nicht wusste, was er sonst hätte tun sollen, schlug Nick diesen Weg ein, und noch ehe er das Haus erreichte, öffnete der Gesandte Seiner kaiserlichen Majestät ihm höchstpersönlich die Tür.

»Waringham!«, grüßte er mit einem Stoßseufzer. »Ich bin ja so froh, dass Ihr nicht tot seid.«

»Ja, ich auch«, gestand Nick. »Und ich bedaure, wenn ich Euch Unannehmlichkeiten bereitet habe. Ich hoffe, ich war nicht gar zu teuer?«

Chapuys lachte in sich hinein, schloss die Tür und führte ihn in ein kleines, schwach erhelltes Gemach. »Seid unbesorgt. Bartholomew Kestrel ist ein zu guter Geschäftsmann, um einen treuen Kunden wie mich zu vergrellen. Nehmt Platz, Mylord. Ein Schluck Wein? Interessante Gewänder übrigens.«

Nick nahm dankbar einen gut gefüllten Becher entgegen und trank. »Sie werden sich noch als nützlich erweisen, hoffe ich.«

»Ja, eine brauchbare Verkleidung, wenn Ihr das Land verlassen wollt. Und das müsst Ihr wohl, nicht wahr? Ein Jammer. Ich wünschte nur, ich hätte eine Möglichkeit, die Prinzessin wissen zu lassen, dass Ihr wohlauf seid. Gott allein weiß, welche Gerüchte und Schauergeschichten sie gehört hat.« Er hob seufzend die Schultern. »Jeder Kontakt zu ihr ist mir untersagt. Das arme Kind ist abgeschnitten von allen Freunden und Neuigkeiten.«

»Ja.« Nick stellte den Becher ab und richtete sich auf. »Deswegen bin ich hier, Master Chapuys. Ich habe nicht die Absicht, das Land zu verlassen, sondern ich werde mich in den Haushalt der kleinen Prinzessin Elizabeth einschleichen und dort das tun, was ich einmal geschworen habe: Ich werde Marys Freund sein. Das heißt, ich werde das Bindeglied zwischen ihr und Euch sein, sodass sie wenigstens hin und wieder Nachrichten von Euch und ihrer Mutter erhalten kann, und ich werde auf sie achtgeben, so gut es mir möglich ist.«

Chapuys starrte ihn an, als hätte er plötzlich Gälisch gesprochen. »Was?«

»Noch mal von vorn?«, offerierte Nick.

»Wie stellt Ihr Euch das vor? Wie wollt Ihr Euch dort einschleichen?«

»Als Stallknecht. Das hat Tradition in meiner Familie …«

»Aber … das ist vollkommen verrückt.«

»Keineswegs. Es ist bis ins Detail durchdacht. Eine meiner Mägde aus Waringham hat sich bereits als Amme der kleinen Prinzessin in Hatfield verdingt.«

»Etwa die Mutter Eures kleinen Bastards?«

Er nickte. »Ganz recht. Ein fahrender Barbier, der nach Waringham kam, erzählte, einer der Ammen der kleinen Elizabeth sei die Milch versiegt, und es werde händeringend eine neue gesucht. Polly hat Milch genug für ein halbes Dutzend Kinder, also habe ich sie überredet, sich um die Stellung zu bewerben. Ich hatte die Absicht, regelmäßig hinzureiten, mich bei Dunkelheit mit ihr zu treffen und so herauszufinden, was geschieht und wie es Prinzessin Mary ergeht. Aber jetzt wird es viel einfacher: Ich werde selbst dort sein, Polly kann mir in der Gesindeküche erzählen, was im Haus vorgeht, ich schreibe alles auf, was Ihr wissen müsst, und verstecke meinen Bericht im Sockel des Wegkreuzes, wo der Pfad nach Hatfield von der Straße nach London abzweigt. Ihr lasst ihn abholen und hinterlegt mir dort Eure Nachrichten. Was Mary wissen muss, lasse ich ihr über Polly zukommen.«

Chapuys hatte ihm konzentriert zugehört. »Aber man wird Euch sofort erkennen. Ihr wart in letzter Zeit oft bei Hofe und …«

»Viermal seit Anne Boleyns Krönung, und ich habe mich immer bemüht, unauffällig zu sein. Außerdem, wer vom Hof wird sich schon die Mühe machen, den Haushalt einer Prinzessin zu besuchen, die gerade mal ein halbes Jahr alt ist?«

»Ihre Mutter vielleicht?«, schlug Chapuys vor. »Und sie würde Euch erkennen – Anne Boleyn ist berühmt dafür, dass sie niemals ein Gesicht vergisst.«

»Ja, aber sie käme im Traum nicht darauf, auch nur in die Nähe des Pferdestalls zu kommen. Das gilt auch für königliche Boten und die adligen Gouvernanten der beiden Prinzessinnen. Der ganze Haushalt besteht doch praktisch nur aus Frauen, und Frauen meiden Stallungen.«

»Was, wenn George Boleyn, der seit Monaten Eure Freundschaft gesucht hat, seine kleine Nichte besucht, und Euch würde befohlen, ihm sein Pferd zu bringen, wenn er wieder fortreitet?«

»Das erledigen Pagen. Sie holen die Pferde in den Stallungen ab und bringen sie den Herrschaften.«

Der kaiserliche Botschafter schüttelte langsam den Kopf. »Trotzdem. Es ist zu gefährlich und …«

Nick schlug mit der Faust auf den Tisch, dass der Wein aus den Bechern schwappte. »Dann sagt Ihr mir, was wir tun sollen, um Mary zu beschützen! Ihr seid doch sonst nie um einen genialen Einfall verlegen.« Er atmete tief durch, um seinen Zorn unter Kontrolle zu bringen, und fuhr sich kurz mit dem Unterarm über die Stirn. »Vergebt mir, Sir.«

»Euer wagemutiger Plan ehrt Euch, Mylord«, sagte Chapuys leise. »Aber der Prinzessin ist nicht damit gedient, wenn Ihr in Hatfield entdeckt und verhaftet werdet und Cromwell doch noch in die Hände fallt.«

»Ich hingegen glaube, dass ein Dasein als Stallknecht ein geniales Versteck vor Cromwells Bluthunden ist, denn dort, wo ich sein werde, wird mich niemand suchen.«

»Er wird überall nach Euch suchen«, widersprach Chapuys. »Ihr seid einer der drei Menschen in England, die den Mut hatten, den Eid zu verweigern. Darum wird er jeden Stein umdrehen, um Euch zu finden.«

Nick sah ihm in die Augen. »Ihr irrt Euch, Sir. More, Fisher und ich sind nicht die einzigen, die den Eid auf das neue Thronfolgegesetz verweigert haben. Prinzessin Mary und Königin Catalina haben ihn auch nicht geleistet. Was, denkt Ihr, werden sie mit Mary tun, um sie zu überreden, den Eid zu schwören und ihr Geburtsrecht zu verschenken?«

Hatfield, Mai 1534

Nachdem Chapuys sich einmal von Nicks Plan hatte überzeugen lassen, hatte er ihn auch mit der ihm eigenen Finesse unterstützt. Am Tag bevor Nick in den Stallungen von Hatfield vorstellig wurde und nach Arbeit fragte, waren zwei der dortigen Stallburschen ohne Vorwarnung verschwunden, weil einer von Chapuys' geheimnisvollen Kontakten ihnen anderswo bessere Arbeit versprochen hatte. Außerdem hatte ein Bewunderer der Königin, der ungenannt bleiben wollte, der winzigen Prinzessin Elizabeth zwei kostbare andalusische Hengste zum Geschenk gemacht, die nicht nur mehr Arbeit bedeuteten, sondern die obendrein so wild und ungebärdig waren, dass niemand sich in ihre Nähe wagte.

Darum empfing Sir Jeremy Andrews, der Stallmeister, den jungen Mann, der ohne Bündel, dafür mit staubigen Schuhen und einem wortkargen, mürrischen Gebaren vor ihm erschien, mit ungewöhnlichem Enthusiasmus.

»Kannst du reiten?«

»Ja.«

»Ja was?«

»Ja, Sir.«

»Hast du Erfahrung mit der Pflege von Pferden?«

»Jede Menge, Sir.«

»Woher kommst du?«

»Ripley in Cheshire.«

»Weit weg von zu Hause«, bemerkte der Stallmeister kritisch. Vermutlich argwöhnte er, dass der junge Bursche zu Hause in Cheshire irgendetwas angestellt hatte und auf der Flucht vor dem Gesetz war. »Für entlaufene Hörige und sonstiges Gesindel haben wir hier keinen Platz. Dies ist ein königlicher Haushalt.«

Nick zuckte bockig die Achseln und machte auf dem Absatz kehrt, als wolle er sich trollen.

»Halt, halt«, protestierte Sir Jeremy.

Nick kam zurück und blieb mit gesenktem Kopf vor ihm stehen.

»Was hast du ausgefressen?«

»Nichts«, gab Nick verdrossen zurück. »Der Reeve hat meine Schwester geschwängert, da hab ich ihm ein paar aufs Maul gehauen. Danach musste ich verschwinden.«

»Na schön«, brummte der Stallmeister. »Wir wissen hier nicht, wo uns der Kopf steht vor Arbeit, darum versuche ich es mit dir. Wie ist dein Name?«

»Tamkin.«

Der Stallmeister zog die Brauen hoch.

»Sir«, fügte Nick unwillig hinzu.

»Also dann, Tamkin. Du verdienst zwei Schilling die Woche. Du schläfst auf dem Heuboden über dem Stall, isst in der Gesindeküche, gehst sonnabends zur Beichte, sonntags in die Kirche und lässt die Finger von den Mägden. Klar?«

»Ja, Sir.«

Jeremy Andrews wies auf das Tor des langgezogenen hölzernen Stallgebäudes, vor dem sie standen. »Die anderen sind noch beim Misten. Wir haben zwei neue Gäule, die austreten, sobald jemand in ihre Box kommt. Mit denen kannst du gleich anfangen.«

Nick schnaubte halb amüsiert, halb abschätzig und wandte sich ab, doch er war noch keine zwei Schritte gegangen, als Sir Jeremys Reitgerte auf seinem linken Oberarm landete. Nick fuhr wütend herum und unterdrückte im letzten Moment einen Laut der Entrüstung.

Der Stallmeister machte eine finstere Miene. »Was du dringend lernen musst, ist Respekt, Tamkin. Du gehst, wenn ich es dir erlaube, nicht eher. Du befolgst meine Anweisungen ohne höhnische Grimassen, sondern mit einem ›Ja, Sir‹. Das ist das einzige, was ich von dir hören will. Und sollte sich jemals einer der feinen Herrschaften aus dem königlichen Haushalt hierher verirren, nimmst du die Kappe vom Kopf, machst einen Diener, sprichst nur, wenn du dazu aufgefordert wirst, und tust genau das, was man dir sagt. Hast du mich verstanden?«

»Ja, Sir. Tut mir leid«, murmelte der neue Stallknecht und dachte: Ich fürchte, du bist ein Hurensohn, Jeremy Andrews.

»Dann mach dich an die Arbeit. Los, los, verschwinde.«

Nick machte sicherheitshalber einen linkischen kleinen Diener, wandte sich ab und betrat den Stall.

Zwei junge Burschen, von denen einer in seinem Alter, der andere vielleicht dreizehn war, waren mit Schubkarren und Mistgabeln bei der Arbeit.

Der Ältere ruckte großspurig das Kinn in Nicks Richtung. »Und du bist?«

»Tamkin. Der Neue.« Er wählte einen neutralen Tonfall, nicht herausfordernd, aber auch nicht unterwürfig.

»Ich bin Carl. Der Bengel da heißt Mickey.«

Nick grüßte Mickey mit einem knappen Nicken und streckte Carl die Hand entgegen, um ihnen zu bedeuten, dass er ihre Hierarchie anerkannte. Zufrieden schlug Carl ein.

Natürlich beobachteten Carl und Mickey ihn, als Nick die Box des ersten der beiden Andalusier betrat. Es war ein feingliedriger, perfekt proportionierter Schimmel, der die kleinen Ohren anlegte und nervös wieherte, als er den Fremden in seiner Nähe spürte. Er schlug nach hinten aus, aber Nick wich den Hufen ohne große Mühe aus, zwängte sich zwischen den Pferdeleib und die Boxenwand und murmelte beruhigend. Der verängstigte junge Hengst wurde ruhiger, lauschte mit zuckenden Ohren, und als er sich an Nicks Stimme gewöhnt hatte, hörte er auf zu stampfen. Nick ging noch einen Schritt weiter nach vorn, redete weiter und vermied ruckartige Bewegungen. Nach einer Weile legte er die Hand auf den Hals mit dem glänzenden Fell, strich sacht darüber und ließ den beruhigenden Fluss seiner Worte nicht abbrechen. Es wäre einfacher gewesen, er hätte dem Tier den Arm um den Hals legen und die Stirn mit der seinen berühren können, denn das verfehlte seine Wirkung niemals, doch er fürchtete, einer der Stallburschen würde die Geste als das erkennen, was alle Pferdenarren in England »Waringham-Zauber« nannten. Es ging indes auch so. Sacht blies er dem Schimmel in die Nüstern, und nach wenigen Minuten hatte das Tier sich weit genug beruhigt, dass es anfing zu fressen. Nick konnte die Box ausmisten, ohne blaue Flecken oder Schlimmeres zu riskieren.

»Junge, Junge«, sagte Carl, als sie nebeneinander mit der Schubkarre zum Misthaufen fuhren. »Du weißt, was du tust.«

Das wollen wir doch hoffen, dachte Nick.

Der Haushalt der kleinen Prinzessin Elizabeth umfasste rund drei Dutzend Personen, seit ihre große Schwester Mary im vergangenen Winter hergezogen war. Lady Shelton, die oberste königliche Gouvernante, und ihr Gemahl, der Chamberlain, führten ein strenges Regiment über die zum Haushalt gehörigen Damen, Mägde, Pagen und Priester, die von einer Schar königlicher Leibwächter unter Führung eines gewissen Lord Ashby behütet wurden. Hatfield war ein überschaubarer Palast auf dem Land, rund zwanzig Meilen nördlich von London in Hertfordshire gelegen und geradezu bescheiden für König Henrys Verhältnisse. Er stand ein wenig außerhalb des Dorfes zwischen bewaldeten Hügeln und weitläufigen Schafweiden, umgeben von einem kunstvoll angelegten Park.

Für den vergleichsweise kleinen Haushalt standen zwanzig Pferde zur Verfügung, die von den Wachen benutzt wurden und gelegentlich von den Damen, wenn diese mit Lord Ashby und dem Chamberlain zur Falkenjagd ritten. Alle Pferde mussten zu jeder Zeit in untadeligem Zustand sein, weil man nicht vorhersagen konnte, wann nach ihnen verlangt wurde. Und da das so gut wie nie geschah, mussten sie auch regelmäßig bewegt werden. Das war zu viel Arbeit für drei Stallburschen, doch Sir Jeremy – der viel zu fein war, um selbst mit Hand anzulegen – hatte eine unfehlbare Methode, sie zu Höchstleistungen anzuspornen: Wann immer irgendeine Arbeit nicht zu seiner Zufriedenheit erledigt worden war, bekam der Übeltäter seine Reitgerte zu spüren, ohne die er offenbar keinen Schritt tat. Das sorgte für ein hohes Maß an Gewissenhaftigkeit, stellte Nick mit einer Mischung aus Erstaunen und grimmiger Belustigung fest, und er hoffte, dass er eines Tages Gelegenheit bekommen würde, seinen Stallburschen zu Hause in Waringham davon zu erzählen, damit den arbeitsscheuen Halunken endlich einmal klar wurde, wie gut sie es hatten …

Der lange, warme Frühlingstag neigte sich dem Ende zu, als Sir Jeremy sie zu seiner allabendlichen Inspektion heimsuchte. Carl bekam zwei Streiche mit der Gerte, weil sich im Schweif eines seiner Schützlinge ein Strohhalm fand. Der Stallknecht nahm es stoisch. Mickey bekam fünf, weil er versäumt hatte, Lady Sheltons Stute die Hufe einzufetten, und dann noch einmal fünf, weil er heulte und jammerte. Nick ging leer aus.

»Gut gemacht, Tamkin«, räumte Sir Jeremy unwillig ein.

Nick nahm an, dass ›Ja, Sir‹ in diesem Falle nicht die gewünschte Antwort war und entschied sich für ein unverfängliches Nicken.

Der Stallmeister scheuchte sie mit einer Geste hinaus. »Ab zum Essen mit euch.«

Der Weg zur Gesindeküche führte durch einen kleinen Obstgarten und über ein gepflegtes, von einer gewaltigen Eiche beschattetes Stück Rasen zu einem Seiteneingang des Hauptgebäudes.

»Herrgott noch mal, hör endlich auf zu flennen, Mickey«, schalt Carl ungeduldig.

Der schmächtige braungelockte Junge schniefte und fuhr sich mit dem Ärmel übers Gesicht. »Ich hab's nicht vergessen«, beteuerte er trotzig. »Ich hab's einfach nicht geschafft!«

Carl lachte humorlos auf. »Das ist dem alten Schinder scheißegal, Junge. Dann musst du dir eben ein Beispiel an Tamkin nehmen, diesem Streber. Schufte für zwei, und dann kriegst du zur Belohnung ein ›Gut gemacht‹ zu hören.« Der Blick, mit dem er Nick bedachte, war ebenso verächtlich wie seine Worte.

Nick kam zu dem Schluss, dass er in seiner Sorgfalt bei der Arbeit mit Pferden, die ihm so selbstverständlich wie das Atmen war, ein wenig nachlassen musste, wenn er sich nicht die Feindschaft seiner beiden neuen Kameraden zuziehen wollte. Er hatte genau gesehen, dass Mickey das Huffett vergessen hatte, und sich im letzten Moment davon abgehalten, ihn darauf aufmerksam zu machen, so wie er es in seinem eigenen Gestüt natürlich getan hätte. Er hatte befürchtet, sich damit verdächtig zu machen und Argwohn zu erwecken. Genau das war ihm aber anscheinend schon am ersten Tag geglückt …

»Wie lange bist du schon hier, Mickey?«, fragte er den Jungen.

»Einen Monat«, bekam er verdrossen zur Antwort.

Nick lächelte ihm zu. »Du lernst es schon noch. So schwer ist es nicht.«

Mickey schniefte wieder und antwortete nicht.

An der Tür zur Gesindeküche murmelte Nick eine Entschuldigung, machte kehrt und verbarg sich hinter dem Stamm der Eiche. Als er Polly kommen sah, pfiff er leise durch die Zähne.

Ihr Kopf ruckte hoch, und sie blickte sich suchend um. Sie war nervös, erkannte Nick.

»Hier«, rief er gedämpft und lugte hinter dem Baum hervor.

Sie machte große Augen, sah dann nach rechts und links, ob die Luft rein war, und glitt zu ihm in den Schatten der Eiche. »Was bei allen Knochen Christi tust du hier, Lord Waringham?«, wisperte sie erschrocken.

»Schsch.« Er legte ihr einen Finger auf die Lippen, lächelte auf sie hinab und küsste ihr die Nasenspitze. Es tat gut, sie zu sehen, stellte er fest. »Ich bin Tamkin, der neue Stallbursche.«

»Aber was …«

»Nicht hier und nicht jetzt«, unterbrach er. »Kannst du eine Stunde nach Einbruch der Dunkelheit in den Obstgarten kommen?«

Sie hörte nicht zu. Als ihr aufging, was er vorhatte, wurden ihre Wangen fahl. »Oh, heilige Muttergottes, steh uns bei. Sie werden mich erwischen, und dann werden sie mich töten. Und wenn sie erfahren, von wem mein Kind ist, werden sie auch sie töten …«

Nick nahm ihre Hände. »Polly, du musst dich zusammennehmen«, befahl er leise. »Geh und iss. Dann komm in den Obstgarten, und ich werde dir alles erklären. Hab keine Angst, ich habe alles genau durchdacht.«

Sie schnaubte ungläubig, machte sich von ihm los und wandte sich ab.

Nick ließ ihr einen Moment Vorsprung, dann folgte er ihr in die Gesindeküche, einen großen, hellen Raum mit einem langen Tisch mit Bänken, der gleich neben der Hauptküche lag, wo die Speisen für die Herrschaft zubereitet wurden. Nick wusste, dass die Mahlzeiten das größte Risiko dieses verrückten Abenteuers darstellten, denn an diesem Ort war die Gefahr, einem der adligen Mitglieder des Haushaltes zu begegnen, am größten. Er wäre glücklicher gewesen, wenn die Gesindeküche ein düsteres, fensterloses Loch gewesen wäre. So blieb ihm nichts anderes übrig, als sich mit der Eintopfschale und dem Stück Brot, die die Köchin ihm reichte, auf den freien Platz neben Mickey zu begeben, wo er wenigstens mit dem Rücken zur Tür saß.

Er aß heißhungrig wie seine Gefährten und schaute sich dabei unauffällig um. Polly saß mit zwei weiteren jungen Mägden, die vielleicht auch Ammen der kleinen Prinzessin waren, ein Stück zu seiner Linken. Sie unterhielt sich angeregt, verbarg ihren Schrecken über seine Ankunft meisterlich und sah keinmal in seine Richtung.

»Das ist Polly, die Amme«, murmelte Mickey und zeigte mit seinem Brotstück auf sie. »Ganz schön hübsch, he?«

»Und wie«, stimmte Nick zu.

Carl brummte. »Vergiss es, Mann. Die lässt keinen ran. Sie hat ein Balg von irgendeinem adligen Hurenstecher und ist sich zu fein für solche wie uns.«

Nick gab lieber keinen Kommentar ab.

»Wo bist du her, Tamkin?«, fragte Mickey scheu, der anscheinend beschlossen hatte, dem Neuen doch noch eine Chance zu geben, auch wenn Carl ihn mit distanzierter Herablassung behandelte.

»Cheshire«, antwortete Nick und wiederholte das Märchen von seiner Schwester und dem lüsternen Reeve.

»Und da warst du auch Stallknecht?«, wollte Mickey weiter wissen.

»'türlich.«

Mickey lächelte. »Du kannst ... wirklich wunderbar mit Pferden umgehen.«

Carl ließ den Löffel in die leere Schale fallen. »Warten wir erst mal ab, ob er auch reiten kann«, brummte er. »Jetzt iss endlich auf, Rotznase, und dann lass uns gehen.«

Mickey leerte seine Schale, und wenig später waren sie auf dem Rückweg zum Stall. Es war fast dunkel, und Nick prägte sich den Weg vom Stalltor zur Leiter, die auf den Heuboden führte, genau ein, denn er würde ihn später ohne Licht finden müssen.

Carl, Mickey und die beiden entschwundenen Stallburschen hatten auf Strohbetten in einer Ecke des Heubodens geschlafen. Das Stroh war alt und wimmelte vermutlich von Ungeziefer. Carl zeigte auf die beiden freien Schlafstätten, an deren Fußende unordentlich zusammengeknüllte Decken lagen. »Such dir eins aus.«

Nick nahm eine der Decken, schüttelte sie nachlässig aus und setzte sich auf eins der wenig einladenden Lager. Dann streckte er sich aus und drehte Carl und Mickey den Rücken zu. »Nacht.«

Er bekam nur Brummlaute zur Antwort. Die anderen beiden schliefen schon fast. Und Nick hatte selbst Mühe, die brennenden Augen offenzuhalten, denn er war müde gearbeitet. Er starrte in die Dunkelheit, lauschte dem Rascheln der Mäuse im Heu und den gleichmäßigen Atemgeräuschen der beiden anderen und dachte an Prinzessin Mary, die jetzt vermutlich irgendwo dort drüben im Palast ebenso wach lag wie er und sich fragte, was der morgige Tag bringen mochte. Gewiss lag sie in einem breiten Bett ohne Flöhe, mit kostbaren Vorhängen und seidenen Laken, aber ihre Furcht musste so viel größer sein als seine, denn sie wähnte sich vollkommen allein und abgeschnitten von allen Freunden. Aber das bist du nicht, Mary, dachte er. Und ich sorge dafür, dass du das morgen erfährst.

Lautlos richtete er sich schließlich auf, horchte einen Moment, ob einer der Schläfer erwachte, und schlich dann zur Leiter. Er fand den Weg zum Obstgarten ohne Mühe, denn der Himmel war klar, und ein dreiviertel voller Mond machte die Nacht hell.

Polly saß auf dem niedrigen Ast eines Apfelbaums, hatte die Hände im Schoß verschränkt und den Kopf gesenkt. Sie hörte ihn kommen, aber auch als er vor ihr stehen blieb, sah sie nicht auf.

»Das hab ich nicht verdient«, warf sie ihm vor. »Ich bin hergekommen, weil du es wolltest, obwohl ich kein gutes Gefühl dabei hatte und genau gewusst hab, dass ich schreckliches Heimweh haben würde. Aber das reichte dir nicht. Du musstest selbst herkommen, um den furchtlosen Ritter zu spielen, der die bedrängte Prinzessin beschützt, und nun wirst du Verderben über mich und dein Kind bringen. Aber das ist dir egal. Du … du denkst nur an *sie*.« Sie sprach ruhig, aber Nick hörte an ihrer heiseren Stimme, dass sie weinte.

Er kniete sich vor sie ins Gras und nahm ihre Hände. »Polly, es ist nicht ganz so, wie du glaubst. Ich bin verhaftet worden und …«

Ihre Hände zuckten zurück, und sie presste die Linke auf den Mund, um ein Schluchzen zu unterdrücken. »O Gott … Lass uns verschwinden, Nick. Lass mich Eleanor holen, und dann bring uns von hier weg, um ihretwillen, ich flehe dich an.«

»Das kann ich nicht.«

»Dann scher dich zum Teufel.«

Wortlos zog er sie zu sich herab, legte die Arme um sie und küsste sie. Zuerst sträubte sie sich, aber als er versuchsweise die Hand auf ihre Brust legte, entspannte sie sich, und sie ließ zu, dass er sie ins Gras legte und ihre Röcke hochschob. Auf einmal hatte er es eilig. Die Angst, die seine ständige Begleiterin war, seit Cromwell in seiner Halle erschienen war, machte ihn gierig und gleichermaßen verwegen. Ungeschickt vor Hast schnürte er die ungewohnten Hosen auf, spreizte Pollys Knie mit den Händen, glitt auf sie und in sie hinein, und sie krallte die Finger um seine Schultern und wölbte sich ihm entgegen. Sie hatte die Augen fest zugekniffen, und in den Wimpern schimmerten immer noch Tränen, aber auch ihre Furcht hatte sich in fiebrige Gier verwandelt, und sie umklammerte ihn mit den Schenkeln, um ihn noch tiefer in sich aufzunehmen.

Schließlich lag er im taufeuchten Gras auf dem Rücken, entspannt und immer noch ein wenig außer Atem. Er zog Polly näher, bis ihr Kopf auf seiner Schulter lag, und erklärte ihr, warum er hergekommen war. »Ich weiß nicht, wie weit der König gehen wird, um Mary zu zwingen, den Thronfolgeeid zu leisten«, bekannte er leise. »Aber wie ich ihn kenne, wird er genau so weit gehen, wie er muss, um seinen Willen zu bekommen.«

»Du willst nicht im Ernst sagen, die Prinzessin muss um ihr Leben bangen?«

»Doch, Polly. Genau das will ich sagen. Vielleicht irre ich mich. Aber das Risiko besteht. Darum muss jemand da sein, der den Kontakt zwischen ihr und dem kaiserlichen Gesandten hält, denn der Schutz des Kaisers mag das Einzige sein, was sie und ihre Mutter retten kann, wenn es zum Äußersten kommt.«

Polly dachte lange nach. Sie war ein kluges Mädchen, wusste Nick, aber die Welt von Politik und Thronfolgestreitigkeiten war fremd und undurchschaubar für sie. Von suspekt ganz zu schweigen. Schließlich sagte sie: »Ich glaube, ich kann halbwegs verstehen, warum du meinst, du musst es tun, aber was ist, wenn sie dich hier finden? Noch mal lassen sie dich nicht entwischen.«

»Nein, vermutlich nicht. Aber für dich und Eleanor besteht keine Gefahr. In ein paar Tagen wird sich hier herumsprechen, dass Tamkin der Stallknecht und Polly die Amme eine Liebschaft haben, das ist ja nichts Ungewöhnliches. Niemand wird sich wundern, wenn wir nach Feierabend zusammen im Wald verschwinden, und du kannst mir Nachrichten der Prinzessin ausrichten. Lass uns einfach abwarten, wie es geht. Wenn mich jemand erkennt, werde ich ein Pferd stehlen und verschwinden, wenn ich kann. Aber ihr könnt hierbleiben, wenn du willst, oder nach Hause gehen …«

»Wo Edmund Howard, dieser Mistsack, das Sagen haben wird«, warf sie düster ein.

»Wird er nicht«, widersprach Nick und erklärte ihr, welche Vorkehrungen er für Waringham getroffen hatte. »Und wenn du nicht weiter weißt, geh zu Laura und Philipp nach London.«

»London?«, fragte sie erschrocken und bekreuzigte sich, als brächte der Name Unglück. »Keinen Fuß werd ich mit meinem armen Kind in diese fürchterliche Stadt setzen.«

Nick musste lachen und küsste ihr die Schläfe. »Es zwingt dich ja auch nichts dazu.« Er gähnte verstohlen. »Herrje, ich bin völlig erledigt. Ich sollte zusehen, dass ich ein paar Stunden Schlaf bekomme.«

Polly richtete sich auf und sah kopfschüttelnd auf ihn hinab. »Lord Waringham als Pferdeknecht. Wenn deine Stallburschen zu Hause das wüssten.« Ein kleines Lächeln hellte ihre besorgte Miene auf.

Mit einem Grinsen kam er auf die Füße. »Ich glaube, sie wären nicht so erschüttert wie Daniel«, bemerkte er und zog einen kleinen Brief aus der eingenähten Tasche am Ärmel seines Kittels. »Hier. Sieh zu, ob du ihn Mary in einem unbeobachteten Moment zustecken kannst. Sie soll ihn lesen und sofort verbrennen. Wenn du kannst, bring mir eine Antwort. Morgen Abend um die gleiche Zeit wieder hier.«

Polly nickte, drückte kurz seine Hand und verschwand dann raschelnd zwischen den Apfelbäumen.

Stümperhaft zu reiten war viel schwieriger, als Nick angenommen hatte. Sir Jeremy hatte ihm und den beiden anderen Stallburschen befohlen, vier Pferde zu satteln, um eine Stunde ins Gelände zu reiten, und Carl hatte dafür gesorgt, dass Nick Lord Ashbys großen Braunen bekam, einen höchst eigenwilligen Wallach, dessen Maul so empfindsam war wie ein Stück altes Leder und der in einem fort zackelte. Sowohl der Stallmeister als auch die beiden jungen Burschen beobachteten ihn aus dem Augenwinkel, und Nick musste feststellen, dass sein Reiterinstinkt, vor allem jedoch sein Stolz nicht zuließen, sich von dem Wallach auf der Nase herumtanzen zu lassen. Sie hatten die Koppel vor dem Stall kaum hinter sich gelassen, da hatte er klargemacht, wer das Kommando hatte, und Lord Ashbys stolzes Ross wurde lammfromm.

»Guck dir das an, Carl«, hörte Nick Mickey murmeln.

Carl brummte angewidert.

Sir Jeremy gab keinen Kommentar ab, doch als sie zurückkamen und er Nick die Zügel seines Pferdes in die Hand drückte, bemerkte er: »Lord Ashby würde es sich bestimmt etwas kosten lassen, wenn du seinem Gaul Manieren beibringst, Tamkin. Kannst du das?«

Nichts leichter als das, dachte Nick, aber er schüttelte den Kopf. »Wüsste nicht, wie, Sir.«

»Hast du keine Pferde zugeritten daheim in Cheshire?«

Er hielt den Blick gesenkt und schüttelte wiederum den Kopf. Sein Herzschlag hatte sich beschleunigt. Das Letzte, was er wollte, war, dass der Stallmeister den Wachen und Lords hier in Hatfield von den Reitkünsten seines neuen Stallburschen erzählte.

»Hm«, machte Sir Jeremy. »Ein Jammer. Mir scheint, diese beiden spanischen Gäule wissen noch nicht mal, was ein Sattel ist.«

Gut möglich, dachte Nick, und er hätte liebend gern sein Glück mit den beiden herrlichen Tiere versucht und sie allmählich an die

Führung durch die Hand eines Menschen gewöhnt. Aber dazu war er nicht hergekommen, schärfte er sich ein.

Mit scheinbarem Desinteresse starrte er auf seine staubigen Schuhe hinab und wartete, dass Sir Jeremy ihn entließ.

»Na schön«, sagte der mit einem Seufzen. »Also zurück an die Arbeit. Bring Lady Sheltons Stute raus auf die Weide und lass sie dort; sie kann jeden Tag rossig werden, und die Andalusier sind nicht kastriert. Ich will nicht, dass sie sich noch verrückter aufspielen, als sie sowieso schon sind.«

Sie gehören in einen eigenen Stall, sonst bricht hier irgendwann der Teufel los, dachte Nick, aber er beschränkte sich auf das erwartete »Ja, Sir« und machte sich ans Werk.

Carls Skepsis vom Vortag war in Feindseligkeit umgeschlagen. Er sprach kein Wort mit Nick, und wenn Mickey es gelegentlich tat, erntete er von seinem älteren Kameraden einen beißenden Kommentar. Nick hatte keineswegs die Absicht gehabt, Carl gegen sich aufzubringen, denn er wusste, er musste unauffällig wie eine Maus sein, wenn er hier überleben wollte. Also arbeitete er stur die ihm übertragenen Aufgaben ab und hüllte sich in seine neue Rolle als maulfauler Grübler wie in einen Schutzpanzer, der ihn davor bewahren sollte, sich mit seiner oft gar zu losen Waringham-Zunge zu verraten.

»Ich hab dir doch gesagt, du sollst die Schimmelstute ausmisten, Tamkin«, grollte Sir Jeremy bei seiner abendlichen Kontrolle.

»Hab ich, Sir.« Es war Carina, Marys Pferd, das er vor zwei Jahren ausgesucht und angeritten und für das er seit jeher eine Schwäche gehabt hatte. Er hatte sich länger als nötig bei Carina aufgehalten und sich an ihrer Wiedersehensfreude gewärmt.

»Ah ja?« Die Gerte landete pfeifend quer über Nicks Schultern. »Dann sieh dir diese Sauerei mal an.«

Nick trat an Carinas Box und betrachtete verwirrt das unreine Stroh und die Pferdeäpfel, die vor einer halben Stunde nicht dort gewesen waren. Dann ging ihm ein Licht auf, und er warf einen verstohlenen Blick zu Carl hinüber, der zufrieden vor sich hin grinste. Irgendwie hatte Carl die Zeit gefunden, eine Karre Mist in Carinas Box zu fahren, abzukippen und so kunstfertig zu verteilen, dass es völlig echt aussah, schloss Nick. Er murmelte ein lahmes »Tut mir leid, Sir« über die Schulter und bot dem Stallmeister mit der Duldsamkeit eines Ochsen seinen Rücken dar.

Es war das erste Mal seit vielen Jahren, dass jemand wagte, Hand an ihn zu legen, und Nick stellte verblüfft fest, wie wenig es ihm ausmachte. Die Schläge waren kraftvoll geführt, der Schmerz scharf, aber sie erniedrigten ihn nicht. Er dachte an den Tag, da Edmund Howard ihn vor den Augen seiner Stiefmutter und -schwester zusammengeschlagen hatte, und was diese Erinnerung so qualvoll machte, war die Demütigung. Das hier war gar nichts. Für Lord Waringham wäre es eine unerträgliche Schmach gewesen, aber für Tamkin den Stallknecht und seine Gefährten war es völlig normal, ungefähr so wie die zwei deftigen Mahlzeiten am Tag. Dieser Unterschied faszinierte Nick, und ausgerechnet in diesem etwas bizarren Moment fand er Gefallen an seinem neuen Platz in der Welt.

Als der Stallmeister den Arm sinken ließ, hob Nick den Kopf und zwinkerte Carl zu.

Schweigend machten sie sich auf den Weg zum Abendessen, und nach einer Weile nahm Mickey seinen Mut zusammen und sagte vorwurfsvoll: »Das war gemein, Carl.«

Der verpasste ihm eine Kopfnuss und drohte leise: »Halt's Maul, Rotznase.«

»Aber du hast gesagt, wir müssen immer alle zusammenhalten gegen Sir Jeremy und …«

Carl fuhr wütend zu ihm herum, aber Nick packte ihn hart am Oberarm, ehe Mickey Schaden nehmen konnte. »Geh schon vor, Mickey.«

Der Junge trollte sich schleunigst.

Nick und Carl starrten einander ins Gesicht, und es war Carl, der den Blick als Erster abwandte. »Worauf wartest du?«, grollte er.

Aber Nick hatte nicht die Absicht, sich mit ihm zu prügeln, denn er wollte nicht, dass die Fronten sich verhärteten. »Lass mich zufrieden, Carl«, befahl er leise. »Behalt deine Krone als König des

Heubodens, ich will sie nicht. Alles, was ich will, ist meine Ruhe. Darum drück ich für heute ein Auge zu. Aber wenn du so was noch mal machst, sorg ich dafür, dass du einen Reitunfall hast, bei dem du dir jeden Knochen brichst. Wer weiß, vielleicht sogar den Hals.«

Carl starrte ihn mit leicht geöffneten Lippen an, und für einen Lidschlag stand Furcht in seinen Augen. Dann riss er sich los und stapfte mit langen Schritten Richtung Gesindeküche.

Ich würde Euch anflehen, wieder fortzugehen, wenn ich glauben könnte, dass es etwas nützt, hatte Prinzessin Mary geschrieben. Es war eine sichere, schön geschwungene Handschrift, aber eine eilig hingeworfene Nachricht auf einem Fetzen Papier, ohne Anrede und Unterschrift, genau wie die seine es gewesen war. *Doch da ich weiß, dass Ihr das nicht tun werdet, danke ich Gott für den Freund, den er mir in der Not geschickt hat. Seid unbesorgt um mein Befinden. Meine Gesundheit hat sich gebessert. Aber wenn Ihr könnt, lieber Freund, lasst mich wissen, wie es um meine Mutter bestellt ist und was mit Sir Thomas und Bischof Fisher im Tower geschieht. Gott behüte Euch.*

Nick las die Nachricht zweimal, hielt sie dann an die Flamme des Binsenlichts, das Polly mitgebracht hatte, und vergewisserte sich, dass kein Fetzen unverbrannt blieb. »Und wie geht es ihr wirklich, was meinst du?«, fragte er.

Polly hob die Schultern. »Ich seh sie nicht oft, denn ich muss mich ja um die kleine Prinzessin kümmern. Man hat Lady Mary oben in den Gemächern über dem Haupttor einquartiert, und die verlässt sie selten. Ob sie nicht will oder nicht darf, weiß ich nicht.«

»Wer ist bei ihr?«

»Lady Shelton und der Chamberlain haben die Mägde und Damen ausgesucht, die sich um sie kümmern. Nur ihre eigene Zofe durfte sie mitbringen …«

»Lucy Preston?«

»Glaub schon.«

Nick fluchte leise. Das gefiel ihm ganz und gar nicht.

»Alle anderen hier sind kühl zu Mary, manchmal auch richtig gemein. Lady Shelton redet ständig über die Schande, ein Bastard zu sein, wenn die Prinzessin in Hörweite ist, und das macht mich immer ganz krank, wegen unserer Eleanor. Lady Mary tut so, als mache ihr das gar nichts aus, und darum nennen die Mägde sie hochnäsig. Aber ich denke, sie versucht nur, sich zu schützen. Wann immer sie darf, geht sie in die Kapelle und bleibt stundenlang dort. Wenn Lady Shelton sie bestrafen will, verbietet sie es ihr. Das macht sie ziemlich oft. Ich glaub, sie … sie hasst die arme Lady Mary.«

Nick hob die Schultern. »Na ja, was soll man erwarten? Lady Shelton ist eine Cousine von Königin Anne.«

»Ehrlich? Das wusst ich nicht. Tja, dann ist es kein Wunder, dass sie alles dran setzt, Lady Mary das Leben bitter zu machen. Aber weißt du, es ist ganz komisch: Irgendwie kommt es mir so vor, als fürchtet sie sich vor ihr. Die Shelton vor der Prinzessin, mein ich. Dabei hat sie doch hier das Sagen, und Mary ist praktisch ihre Gefangene.«

Nick nahm ihre schmale, raue Hand und drückte sie kurz an die Lippen. »Du hast eine scharfe Beobachtungsgabe. Mir scheint, du bist eine geborene Spionin.«

»Das scheint mir gar nicht so«, gab sie verdrossen zurück. »Ich habe von morgens bis abends und von abends bis morgens Angst.«

»Ich weiß, Polly.«

»Und ich hab zu Recht Angst«, fuhr sie fort. »Aber Lady Shelton? Wovor sollte die sich fürchten? Ich versteh das nicht.«

»Ich nehme an, dass es ihr nicht gelingt, im tiefsten Innern daran zu glauben, dass Anne Boleyn die rechtmäßige Königin, die kleine Elizabeth die rechtmäßige Thronerbin ist. Natürlich würde sie das gern glauben, aber nicht jeder kann seine Überzeugungen so ausrichten, wie es ihm am bequemsten ist. Also hört Lady Shelton immerzu eine Stimme in ihrem Innern, die ihr zuflüstert, dass sie die wahre Prinzessin gefangen hält und schikaniert und dafür vielleicht in die Hölle muss. Und ich schätze, das lässt sie Mary büßen. Schlägt sie sie?«

Polly schüttelte langsam den Kopf. »Ich glaub nicht. Jedenfalls hab ich noch nie davon gehört, und die Mägde tratschen den lieben langen Tag über Lady Mary. Wenn es so ist, wie du sagst, mit Lady Sheltons Gewissen, dann traut sie sich vermutlich einfach nicht.«

»Lass uns hoffen, dass es so ist.«

Polly stand auf. »Ich muss gehen, Nick. Wir sind schon zu lange hier.«

Er nickte. »Wenn du Gelegenheit findest, sag ihr, ich beantworte ihre Fragen, sobald ich kann. Aber geh kein Risiko ein, um mit ihr zu reden, hörst du, Polly?«

»Ja, ja«, brummte sie, und als sie ihn anschaute, lächelte sie wider Willen. »Auf bald, Mylord. Morgen kann ich nicht kommen, da hab ich Nachtschicht.«

»Nachtschicht?«, fragte er verwirrt.

»Die kleine Prinzessin will auch nachts Milch haben, wie andere Säuglinge auch.«

»Natürlich. Was macht Eleanor? Geht es ihr gut?«

»Gedeiht und wächst. Und sie vergöttert Prinzessin Elizabeth.«

Nick stieß einen angewiderten Protestlaut aus. »Sag ihr, ihr Vater wird das auf keinen Fall dulden.«

Mit einem leisen Lachen verschwand Polly in der Dunkelheit.

Nach wenigen Tagen war die Arbeit in den Stallungen Routine geworden. Nick achtete darauf, nichts zu sagen oder zu tun, was Carl als Herausforderung betrachten könnte, und so arbeiteten sie meist schweigend Seite an Seite, in gegenseitiger Antipathie, aber reibungslos. Mickey hatte Nick sehr ins Herz geschlossen. Der Junge war voller Bewunderung für den Pferdeverstand und die Reitkunst ihres neuen Gefährten, vor allem dankbar für dessen Freundlichkeit. Aber Mickey war klug genug, seine Verehrung nicht zu offen zu zeigen. Nick mochte den gutartigen, schüchternen Jungen gern und half ihm, wenn Mickey seine Arbeit nicht allein schaffte. So bewahrte er ihn manches Mal vor dem Zorn des Stallmeisters, doch er wahrte Distanz zu ihm wie zu allen anderen Menschen hier, sprach mit niemandem mehr als nötig und beichtete am ersten Sonnabend in der Dorfkirche von Hatfield nur die Sünden des Stallburschen – Versäumnisse bei der Arbeit, unchristliche Gedanken gegen den Stallmeister, eine versteckte Distel in Carls Strohlager und sündige Gedanken und vor allem Taten mit einer der Milchammen –, aber nicht die große Sünde seiner Verstellung. Er hatte keine Ahnung, wer der Dorfpfarrer hinter dem Vorhang des Beichtstuhls war, und er gedachte nicht, ihm sein Leben anzuvertrauen.

»Zehn Rosenkränze auf den Knien, du Lump.«

»Ja, Vater.«

»Und sieh ja zu, dass die Amme nicht schwanger wird. England braucht eine gesunde Prinzessin, und eine gesunde Prinzessin braucht gute Milch.«

»Ja, Vater«, antwortete Nick demütig und nahm lieber Abstand davon, den Pastor daran zu erinnern, dass England bereits eine durchaus brauchbare Thronfolgerin habe.

»*Ego te absolvo in nomine patris et filii et spiritus sancti.* Verschwinde.«

Am Sonntag nach der Messe hatten die Stallburschen ein paar Stunden freie Zeit, und Nick lief im Schutz des Waldes den Pfad zur Watling Street entlang, um wie vereinbart seine Nachricht für Chapuys hinter dem losen Stein im Sockel des Wegkreuzes zu deponieren. Doch er hatte die Straße noch lange nicht erreicht, als plötzlich vor ihm ein Reiter aus dem Dickicht kam und quer auf dem Pfad anhielt.

Nick fuhr der Schreck in die Glieder, und er war im Begriff, sich seitlich ins Unterholz zu schlagen, als eine vertraute Stimme spöttelte: »Lord Waringham fürchtet sich vor Wegelagerern?«

Nick stieß hörbar die Luft aus, lachte ein wenig atemlos und trat näher. »Lord Waringham ist ein ziemlich nervöser Kerl geworden, wenn Ihr die Wahrheit wissen wollt. Was zum Henker tut Ihr hier, Chapuys? Wenn man uns zusammen sieht, bin ich geliefert.«

Der kaiserliche Gesandte nickte seelenruhig und wies geradeaus zwischen die Bäume. »Kommt.«

Nick folgte ihm durch ein kleines Haseldickicht zu einer unvermuteten Lichtung, auf der ein halb vermoderter Buchenstamm lag.

Eustache Chapuys saß ab und stieß mit der Spitze seines edlen, blank polierten Reitstiefels an den umgestürzten Baum. »Hier ist eine hohle Stelle. Ich habe eine Holzschatulle mit einem dicht schließenden Deckel hineingestellt. Dort werden wir unsere Nachrichten austauschen. Sicherer als das Wegkreuz.«

»Einverstanden.«

Der Gesandte beäugte den bemoosten Baumstamm einen Moment kritisch, nahm dann den kostbaren Mantel ab und breitete ihn als Decke darauf aus, ehe er Platz nahm. »Aber wann immer ich kann, werde ich sonntags um diese Stunde herkommen und mir persönlich anhören, was Ihr zu berichten habt. Kein Brief ist heutzutage sicher.«

»Nein, ich weiß.« Nick setzte sich neben ihn.

»Ich habe Euch einen Schlauch vernünftigen Wein mitgebracht, Waringham. Ich dachte mir, vielleicht vermisst Ihr den Geschmack inzwischen. Von den anderen Annehmlichkeiten des Lebens ganz zu schweigen.«

»Habt Dank, aber lieber nicht. Jemand könnte Wein in meinem Atem riechen, und das wäre verdächtig. Im Übrigen vermisse ich besagte Annehmlichkeiten weit weniger schmerzlich, als ich gedacht hätte.«

Chapuys schmunzelte. »Die Freiheit des einfachen Lebens?«

»Vielleicht«, gab Nick versonnen zurück. »Es ist eine ehrliche Arbeit, und natürlich liegt sie mir. Manchmal vergesse ich dabei für ein paar Stunden, dass mein Kopf in der Schlinge steckt, und dann bin ich zufrieden.« Er winkte mit einem verlegenen kleinen Lächeln ab. »Es hat durchaus seine Vorzüge, nicht Lord Waringham, sondern Tamkin der Stallknecht zu sein«, schloss er.

Chapuys nickte und wurde ernst. »Und?«

»Wir haben zweimal schriftliche Nachrichten austauschen können. Sie waren knapp, und ich weiß natürlich nicht, was die Prinzessin mir alles verschweigt. Aber ich habe das Gefühl, sie ist stark und … kämpferisch. Auf diese leise, scheinbar sanftmütige Art, die ihre Mutter so auszeichnet.«

»Die stählerne kastilische Würde.«

»Und ein Tudor-Dickschädel. Lady Shelton isoliert sie und versucht alles, um sie zu demütigen, aber ich glaube, sie hat wenig Erfolg. Mary erweckt zumindest glaubhaft den Anschein, als fechte sie das alles nicht an.«

»Gutes Kind. Es wird ihre Mutter erleichtern, das zu hören. Wie ist ihre körperliche Verfassung?«

»Besser, schreibt sie, und offenbar stimmt es. Aber sie ist in großer Sorge um ihre Mutter und um More und Fisher. Eine der Mägde hat ihr erzählt, Cromwell hätte befohlen, Sir Thomas zuschauen zu lassen, wie irgendein armer Tropf auf die Streckbank gelegt wird. Stimmt das?«

»Nein, nein«, versicherte Chapuys beschwichtigend. »Das würde Cromwell nicht wagen, denn der König würde es nicht billigen, wenn seinem einstigen Mentor und Lord Chancellor auf so krude Weise gedroht würde. Er hofft immer noch, dass More einlenken wird.«

Nick schnaubte. »Darauf kann er lange warten.«

»Ja, das denke ich auch. Ich habe übrigens mit Lady Meg Roper gesprochen, die um Euch beinah so bekümmert schien wie um ihren Vater. Ich habe ihr gesagt, dass Ihr in Sicherheit seid, aber nicht, was Ihr tut.«

»Gut. Je weniger Menschen es wissen, desto glücklicher bin ich.«

»Das dachte ich mir. Sie korrespondiert mit ihrem Vater, und einmal durfte sie ihn auch besuchen und ihm ein paar Bücher bringen. Derzeit ist er in einem trockenen Quartier im Tower untergebracht und wird mit Höflichkeit behandelt. Aber sie fürchtet, dass man ihn in eines der feuchten Kellerlöcher umquartieren könnte. Offenbar hat er angedeutet, dass die Rede davon war. Dennoch ist er heiter und gelassen und vertraut auf Gott. Sir Thomas eben, wie man ihn kennt.«

»Möge sein Gottvertrauen nie wanken bei dem, was noch kommen mag«, murmelte Nick.

»Amen. Bischof Fisher frohlockt über seine Inhaftierung, wie Ihr Euch denken könnt. Er ist, soweit das bei ihm möglich sein sollte, glänzender Laune. Also sagt der Prinzessin, um diese beiden muss sie sich derzeit nicht bekümmern. Mehr Sorgen macht mir die Königin. Sie beginnt zu befürchten, dass ihr Neffe, der Kaiser, mit seiner Unterstützung über Lippenbekenntnisse nicht hinausgehen wird, und verliert den Mut.«

Nick sah ihn scharf an. »Und hat sie recht mit ihrem Verdacht?«

Der Gesandte des Kaisers warf ihm einen vorwurfsvollen Blick zu. »Ihr solltet es besser wissen, als mich das zu fragen, Mylord. Seid gewiss, der Kaiser tut für seine Tante und seine Cousine, was er innerhalb vernünftiger Grenzen tun kann ...«

»Das stimmt mich nicht sehr hoffnungsfroh«, bemerkte Nick verdrossen.

»... aber natürlich muss er bei allem, was er tut, die Interessen seines großen Reiches im Auge behalten. Das heißt vor allem, dass er den richtigen Zeitpunkt abwarten muss, um zu handeln.«

»Erspart mir das Diplomatengeschwätz, Chapuys«, verlangte Nick ungeduldig. »Ist er mit uns, oder sind wir allein?«

»Oh, er ist mit uns, Mylord, das steht völlig außer Frage.«

»Und allein sind wir trotzdem«, schloss Nick. »Ihr könnt die Königin nicht sehen, sie kann Mary nicht sehen, Mary darf weder ihre Mutter noch ihren Vater sehen, ich sie nicht.«

»Dennoch hat das, was Ihr hier tut, einen Sinn und macht das Los der Königin und Prinzessin leichter. Ihr solltet jetzt nicht anfangen, an Eurem Wagnis zu zweifeln, Waringham.«

Der nickte und wechselte das Thema. »Habt Ihr irgendetwas von Waringham gehört?«

Chapuys seufzte leise. »Ich hatte gehofft, das würdet Ihr mich nicht fragen. Schlimme Neuigkeiten, fürchte ich: Nathaniel Durham, dieser schamlose Blutsauger, hat Eure Besitztümer gepfändet.«

»Das ist großartig«, entgegnete Nick grinsend. »Ich bedaure, Euch mitteilen zu müssen, dass in England ausnahmsweise einmal etwas geschehen ist, wovon Ihr nichts wusstet, Chapuys. Durham hat auf meine Bitte hin gehandelt.« Er erklärte ihm, warum er sich dazu entschlossen hatte. »Master Durham mag ein unerbittlicher

Geschäftsmann sein, aber schamlos ist er nicht«, schloss er. »Er wird mich nicht betrügen, das weiß ich.«

Chapuys schien nicht überzeugt. »Ihr hättet es besser Eurem Paten, dem Duke of Suffolk, anvertraut«, befand er.

Nick schüttelte den Kopf. »Suffolk ist auf seine Art ein guter Mann, aber ich würde ihm nicht weiter trauen, als ich diesen Baumstamm werfen kann. Er hätte Waringham den Howard überlassen, wenn es ihm politisch bequem gewesen wäre, der Duke of Norfolk ihm zum Beispiel etwas dafür geboten hätte, was er wollte. Suffolk ist vor allen Dingen König Henrys Freund, Chapuys. Das ist es, was sein Handeln bestimmt. Er war immer großzügig zu mir, aber er wird mir nie verzeihen, dass ich den Eid verweigert und den König brüskiert habe.«

Chapuys hatte ihm interessiert gelauscht. »Vermutlich hegt er insgeheim einen leisen Groll gegen Euch, weil Ihr vom alten Adel seid, Euer Geschlecht viel älter ist als das seine.«

»Nein. Er hegt einen Groll gegen mich, weil mein Geschlecht älter ist als das der Tudor. Er glaubt, ich lehne mich gegen Henry auf, weil ich mich für besser halte als den König.«

Der Gesandte des Kaisers schlug die Beine übereinander. »Und? Tut Ihr das?«

»Wie könnte ich? Mein Großvater und der Vater des Königs waren wie Brüder. Ihre Väter ebenso. Die Lancaster, aus denen die Tudor hervorgegangen sind, haben immer auf die Lehnstreue und Ergebenheit der Waringham bauen können, auch wenn sie sie vielleicht nicht immer verdient hatten. Wir waren nie Schönwettervasallen, Sir. Aber die Welt hat sich geändert, und die alten Regeln verlieren ihre Bedeutung. Ein schwacher König kann seine Regierung in die Hände korrupter Kardinäle und Juristen legen, er kann die Königin verstoßen und seine Tochter enterben, und alles, was die Lords tun dürfen, ist, all das per Eid zu legitimieren?« Er schüttelte entschieden den Kopf. »Mag sein, dass Männer wie ich so überholt und überflüssig geworden sind wie die Schlachtrösser, die meine Vorfahren einst gezüchtet haben, aber kein Waringham hat sich je einem Tyrannen unterworfen, und ich schwöre bei Gott, ich werde nicht der erste sein.«

Chapuys stand auf und verneigte sich vor ihm. »Wohl gesprochen. Es wäre schade, wenn Männer wie Ihr aus der Welt verschwänden, Mylord. Und nun ist es wohl besser, wir trennen uns.«

»Ja, Ihr habt recht.« Nick stand auf, trat zu Chapuys' Pferd und strich ihm sacht über die Ohren.

Der kaiserliche Gesandte schwang sich in den Sattel. »Braucht Ihr irgendetwas? Soll ich Euch beim nächsten Mal ein Stück Hirschbraten mitbringen oder ein Brathühnchen?«

»Nein, vielen Dank. Höchstens einen guten Stallburschen könnten wir noch gebrauchen – Jeremy Andrews schindet uns erbarmungslos«, bekannte er grinsend.

»Und mit ihm ist nicht zu spaßen, ich weiß«, gab Chapuys zurück. »Welch ein Glück für die Prinzessin, dass Ihr kein Schönwettervasall seid, Mylord.«

Lachend versetzte Nick dem Pferd einen aufmunternden Klaps. »Auf bald, Chapuys.«

Hatfield, Juni 1534

Das Wetter blieb herrlich, und das Leben in Hatfield ging seinen Gang mit einer geruhsamen, frühsommerlichen Leichtigkeit. Lady Shelton und die übrigen Damen verbrachten viel Zeit mit der kleinen Prinzessin Elizabeth im Garten, und einmal, als Sir Jeremy Nick in die Küche schickte, um Kamillensud für einen entzündeten Huf zu besorgen, erhaschte Nick einen Blick auf sie. Im Schutz eines Holunderbusches blieb er stehen, um sie einen Moment zu betrachten. Polly kniete im Gras und hielt lachend ein kleines, in winzige weiße Seidengewänder gekleidetes Kind in die Höhe. Die Kleine strampelte und gluckste vergnügt. Unter dem Rand ihres Mützchens lugten feine, rötliche Locken hervor, und die Hände, die sie gen Himmel reckte, waren zartrosa. Eine gestrenge Dame in einem vornehmen blauen Kleid und perfekt sitzender Giebelhaube – zweifellos Lady Shelton – sagte etwas, und Polly hörte abrupt auf zu lachen und setzte die kleine Prinzessin auf der wollenen Decke ab, neben der sie kniete. Elizabeth krabbelte auf ein zweites kleines Mädchen zu, das auf der Decke saß und etwas in der Hand hielt, das vielleicht ein kleines Kissen war. Erst mit einiger Verspätung ging Nick auf, dass es seine eigene Tochter sein musste, und er spürte ein eigentümlich heftiges Verlangen, die Deckung zu verlassen, auf den gepflegten Rasen zu stürmen und sein Kind aus der Mitte seiner Feinde zu reißen. Eleanor ließ ihr Spielzeug fallen, als Elizabeth bei ihr ankam, und patschte mit einer ihrer rundlichen Hände auf den Kopf ihrer Milchschwester. Es war eine ebenso ungeschickte wie zärtliche Geste, und Nick konnte nicht länger hinschauen.

Mit langen Schritten und gesenktem Kopf ging er weiter zur Küche, bat eine der Mägde um den Kamillensud, und während er darauf wartete, erscholl in der Ferne Trompetenklang. Wenige Herzschläge später drang das Klappern vieler Hufe durchs Küchenfenster. Genau wie die Magd schaute Nick hinaus.

»Heilige Barbara, steh den Köchen bei«, stieß die Magd hervor und schlug die Hände zusammen. »Da kommt der König.«

»Und die Königin«, bemerkte Nick.

Sie brummelte irgendetwas vor sich hin, das verdächtig nach »läufiges Luder« klang, und als sie Nick die Schale mit dem tiefgelben Sud reichte, lächelte er ihr zu.

Sie scheuchte ihn aus der Küche. »Lauf, Junge. Sag Sir Jeremy Bescheid. Gott, was werden wir für Arbeit haben! Wieso wussten wir nichts davon?«

Es war eine plötzliche Laune gewesen, die König Henry bewogen hatte, einen Ausflug aufs Land zu machen und seine kleine Tochter zu besuchen. Natürlich versetzte seine Laune den Haushalt in helle Aufregung. Der König und die Königin waren zwar nur mit ganz kleinem Gefolge gekommen, aber das bedeutete dennoch, dass von einer Stunde zur nächsten Essen für drei Dutzend zusätzliche Mäuler hergezaubert werden musste, ebenso viele Pferde untergestellt und versorgt sein wollten, und niemand konnte sagen, ob Henry und Anne über Nacht zu bleiben gedachten.

»Carl, du gehst und öffnest den anderen Stall«, befahl Sir Jeremy mit vorgetäuschtem Gleichmut und überreichte dem Stallknecht einen rostigen Schlüssel. »Vergewissere dich, dass das Stroh in den Boxen ausreicht. Tamkin, Mickey, ihr holt Heu und Hafer und fangt an, die Krippen zu füllen. Wenn die Pagen die ersten Pferde herbringen, stellt sie ein, aber sattelt um Himmels willen nicht ab, bevor ich es euch sage. Wer weiß, ob der König nicht nach einer Stunde wieder fort will. Los, an die Arbeit.«

In den ersten beiden Stunden hatten sie so viel zu tun, dass Nick kaum Zeit blieb, dem bohrenden Angstgefühl im Bauch Beachtung zu schenken. Im Eiltempo stellten sie die verschwitzten Tiere ein, die vom Hauptportal um den Palast herum zu den hinter dem Obstgarten versteckten Stallungen gebracht wurden. Kaum hatten sie die Pferde auf die Boxen verteilt, kam der Befehl zum Absatteln. Nick schärfte Mickey ein, die Trensen gründlich abzuspülen und zusammen mit den Sätteln vor den Boxen an die vorgesehenen Pflöcke zu hängen, damit sie nicht verwechselt werden konnten. Abgesehen davon, dass natürlich nicht jeder Sattel und jedes Zaumzeug jedem Pferd passten, waren nicht wenige kostbar beschlagen und mit Edelsteinen verziert, und es hätte sicher Verdruss gegeben, wenn eine der Damen aus dem Gefolge der Königin ein Zaumzeug mit Topasen abgab und eines mit Silberglöckchen zurückbekam.

»Aber Tamkin, die Tiere sind alle ganz verschwitzt und staubig«, sagte Mickey nervös. »Wie sollen wir die denn alle geputzt kriegen?«

»Tja, ich schätze, viel Schlaf bekommen wir diese Nacht nicht. Vielleicht besorgt Sir Jeremy uns ein paar Pagen, die uns helfen.« Und bitte, Gott, sorg dafür, dass mein Bruder nicht dabei ist. »Los jetzt, Mickey, vom Rumstehen wird die Arbeit nicht weniger.«

Er trat in die Box des mächtigen Courser, den der König hergeritten hatte und vor dem Mickey sich fürchtete, nahm ihm den Sattel mit dem vergoldeten Knauf und die Decke mit dem königlichen Wappen ab, ging dann weiter und fand in der nächsten Box den Fuchs, den er seinem Paten vor drei Jahren geschenkt hatte. *Sieh an, Suffolk ist auch hier*, dachte er fast ein wenig amüsiert, fuhr dem Tier über die Stirnlocke und flüsterte: »Schön, dich zu sehen, Lorenzo.«

Das fand Lorenzo offenbar auch, denn er legte die Nase auf Nicks Schulter und schnaubte zärtlich.

Nick brachte Sattel und Trense an ihren Platz, lief hinaus zu dem schweren Handkarren, auf dem er das Heu herbeigeschafft hatte, und nahm einen so großen Arm voll, dass er ihm die Sicht versperrte. Prompt kollidierte er mit irgendwem, als er zurückging, und das Heu fiel zu Boden.

»Herrgott, pass doch auf, Tölpel!«

Nick stand wie versteinert und starrte zu Boden. Es war George Boleyn.

»Jetzt schau dir an, was du angerichtet hast«, schimpfte der Bruder der Königin und zupfte Heu von seiner goldbestickten Schaube. »Wie sehe ich nur aus?«

»Tut mir leid, Sir«, murmelte Nick und dachte fassungslos: Er erkennt mich nicht. Er rechnet an diesem Ort nicht mit mir, und darum erkennt er mich nicht. Gewiss, Nick hatte aufgehört, sich zu rasieren, bevor er hergekommen war, und trug einen kurzen, unordentlichen Vollbart, von dem Polly behauptete, er verändere ihn fast zur Unkenntlichkeit. Trotzdem. Beim Krönungsbankett hatten sie beieinander gesessen. Am Tag der Geburt der kleinen Elizabeth hatten sie zusammen ein langweiliges Schauspiel erduldet und sich über die Mimen lustig gemacht. Wenn irgendwer aus dem Gefolge des Königspaares Nick hätte erkennen müssen, dann dieser Mann. Ich fürchte, der Tölpel von uns beiden bist du, George Boleyn, dachte Nick. Und was bei allen Heiligen hatte der Kerl hier verloren?

»Wünscht Ihr irgendwas aus den Stallungen, Sir?«, fragte Nick, ohne den Blick zu heben.

»Blödsinn. Ich hab mich verlaufen«, gab Boleyn mit einem Seufzen zurück. »Hol mir eine Bürste, Junge.« Es klang nachsichtig, und Nick schätzte Boleyn dafür, dass er einem Stallknecht in einer brenzligen Situation Freundlichkeit entgegenbrachte.

»Sofort, Sir.« Er wandte sich schleunigst ab und lief zurück in den Stall.

»Aber eine saubere!«, rief Boleyn ihm nach.

Fahrig wühlte Nick in den Striegelbürsten, die in einem Kasten neben dem Stalltor standen, und fand eine halbwegs neue, die das Brokatgewand nicht beleidigen würde.

»Tamkin, was machst du denn da, du solltest doch füttern«, schnauzte Sir Jeremy.

»Der Gentleman da draußen will eine Bürste, Sir«, erklärte Nick und wies verstohlen hinaus.

Sir Jeremy zog hörbar die Luft ein. »Hast du eine Ahnung, wer das ist?«

Nick schüttelte knapp den Kopf.

»Das ist der Bruder der Königin.«

Der Stallknecht hob bockig die Schultern, als wolle er sagen: Mir doch egal.

Sir Jeremy zog ihm eins über. »Her mit der Bürste. So was wie dich kann man ja nicht auf die feinen Herrschaften loslassen.«

Wortlos drückte Nick ihm die Striegelbürste in die Hand und beobachtete dann aus dem sicheren Schatten, wie der Stallmeister unter vielen ehrerbietigen Verbeugungen durchs Tor trat. George Boleyn plauderte einen Moment mit ihm, befreite seine Gewänder mit ein paar nachlässigen Strichen vom Heu und ging dann gut gelaunt davon.

Nick atmete erleichtert auf und spürte Schweiß seine Wirbelsäule hinabrinnen. Das war verdammt knapp gewesen. Nur allmählich beruhigte sein Herzschlag sich wieder, und er stellte ungläubig fest, dass seine Hände ein wenig zitterten.

Weitere Zusammenstöße mit den hohen Herrschaften blieben ihm erspart. Es gab noch einmal ein paar Momente der Furcht, als ihm am nächsten Morgen aufgetragen wurde, das mächtige Ross des Königs vors Hauptportal zu führen, doch lange bevor er dort ankam, fand er einen furchtlosen Knappen, dem er es anvertrauen konnte.

Nach und nach kam das Gefolge des Königs und der Königin aus dem Portal, immer mehr Pferde wurden herbeigeführt, und der gepflegte Rasen wurde zertrampelt. Lady Shelton würde nicht entzückt sein, schloss Nick grinsend, machte sich auf den Rückweg zum Stall und blieb dann im Schutz einer rosenberankten Laube stehen. Er wusste, es war unklug, aber plötzlich konnte er nicht gehen, ohne wenigstens einen Blick auf den König zu erhaschen, der – so hatten die Mägde in der Gesindeküche voller Empörung berichtet – seine kleine Tochter mit Schmuck und Spielzeugen überhäuft und beim Bankett auf dem Knie gehalten, aber seine große Tochter nicht einmal zu einem kurzen Gruß empfangen hatte. Nick musste ihn sehen, weil er ein Ziel für seinen Zorn brauchte.

Arm in Arm mit der Königin und turtelnd wie üblich trat Henry aus dem Portal in den strahlenden Frühlingsmorgen hinaus. Sie blieben einen Moment stehen. Königin Anne trug eine dieser neumodischen französischen Hauben, die sie bei Hofe eingeführt hatte und die ihr hervorragend stand, wie Nick einräumen musste. Als sie weitergingen, fiel ihm wieder das leichte Hinken des Königs auf, und ihm kam die Frage in den Sinn, ob Henry sich verstohlen auf seine Königin stütze. In dem Fall müsste man sie fast bedauern, fuhr es ihm durch den Kopf.

Als Henry sein Pferd fast erreicht hatte, eilte ein junger Mann herbei, der anscheinend das ehrenvolle Amt der königlichen Trittleiter bekleidete: Er kniete sich vor Henry ins Gras, senkte den Kopf bis zur Erde und bot seinen Rücken als Stufe, um dem gewichtigen König das Aufsitzen zu erleichtern. Ohne den Mann auch nur eines Blickes zu würdigen, machte Henry von seinen Diensten Gebrauch.

Auch die Königin und das Gefolge waren inzwischen aufgesessen, und die Gesellschaft war im Begriff, sich zum Aufbruch zu formieren, als eine schmale Gestalt in einem honigfarbenen Kleid auf dem Balkon über dem Portal erschien. Ohne Eile schritt sie bis an die Balustrade, wo sie reglos stehenblieb.

»Was tust du, Mary?«, flüsterte Nick, und er spürte sein Herz schwer werden. Er ahnte, dass sie sich hier nur eine neuerliche öffentliche Demütigung einhandeln würde, wenn sie ihren Vater vor aller Augen konfrontierte.

Der erste der Höflinge, der sie entdeckte, stieß seinen Nachbarn in die Seite und wies diskret mit dem Finger nach oben. Bald wurde es eigentümlich still auf der Wiese, und alle Blicke waren zum Balkon hinauf gewandt.

Der König schien von all dem nichts zu bemerken, bis sein Freund Suffolk sich im Sattel ein wenig zu ihm herüberneigte und ihm etwas zuraunte.

Verblüfft wandte Henry den Kopf, so schnell, dass seine gewaltige Hutfeder ins Wippen geriet, und blickte wie alle anderen zu der reglosen Gestalt an der Brüstung hinauf.

Prinzessin Mary bot einen wahrhaft würdevollen Anblick in ihrem schlichten, aber doch so eleganten Kleid, mit dem hoch erhobenen Haupt und der perfekten Haltung. Alle schienen wie gebannt davon. Nick war zu weit entfernt, um zu erkennen, ob der König und seine Tochter sich in die Augen schauten, doch als Mary sicher war, dass sie die Aufmerksamkeit ihres Vater erlangt hatte, sank sie langsam auf die Knie und legte die Hände vor der Brust zusammen. Nick konnte nicht ausmachen, ob sie betete, ob sie an die alte Geste des treuen Vasallen vor seinem Lehnsherrn erinnern wollte oder ob sie ihren Vater schlichtweg anflehte – jedenfalls fühlte er seine Kehle eng werden, und er war überzeugt, ihr Anblick ließ niemanden unberührt.

Lange blickte König Henry zu seiner Tochter hinauf, ebenso reglos wie sie, und genau wie sie schien er plötzlich alle Zeit der Welt zu haben. Fast konnte man meinen, er hätte seine Höflinge und sogar seine elegante Königin gleich neben sich vergessen. Dann endlich regte er sich, nickte Mary wortlos zu und hob die Rechte zu einer Geste des Grußes.

Gleich darauf wendete er sein Pferd, gab ihm die Sporen und preschte so schnell davon, dass seine Höflinge Mühe hatten, ihm zu folgen.

Die Nacht war stockfinster, denn das Wetter war umgeschlagen, und ein kühler Wind hatte dicke Wolken von der See herangetrieben. Das war Nick nur recht. Er wusste, was er vorhatte, war nicht nur für ihn lebensgefährlich, und darum war er dankbar für den

Schutz der Dunkelheit. Langsam überquerte er den Rasen vor dem Hauptportal, umrundete den Springbrunnen und blieb stehen, als er erahnte, dass er das Gebäude erreicht hatte. Er streckte die Hand aus und ertastete kühlen Stein und Efeuranken.

Nachdem er diesen Plan gefasst hatte, war er kurz vor Einbruch der Dämmerung zu seinem unzulänglichen Versteck hinter der Rosenlaube zurückgekehrt und hatte die Fassade eingehend studiert. Er wusste genau, wie er hinaufkommen würde.

Er trat fünf Schritte nach rechts und stieg auf das Sims des dunklen Fensters. Dann richtete er sich vorsichtig auf, streckte die Arme aus und reckte sich, bis er einen Mauervorsprung ertastete, der das ganze Gebäude unterhalb des ersten Obergeschosses umlief. Er zog sich hoch, hievte das linke Knie auf den Vorsprung und wäre um ein Haar abgestürzt. Instinktiv packte er in die Efeuranken, und sie hielten. Nick war dankbar, dass Hatfield keiner der brandneuen Paläste war, das Efeu vielmehr vierzig Jahre Zeit gehabt hatte, sich ins Gemäuer zu krallen.

Ohne weitere Missgeschicke gelangte er auf den Balkon und schlich zu der hölzernen Tür. Wie er gehofft hatte, war sie nicht verriegelt. Leise glitt er in den dunklen Raum. Im Licht einer Votivkerze, die auf einem kleinen Altar in einer Ecke brannte, erahnte er Möbel, nachtblinde Fenster, Wandbehänge und Bilder und ein breites Bett mit geschlossenen Vorhängen, in denen Goldfäden schimmerten.

»Wenn Ihr gekommen seid, um mich zu töten, tut es schnell«, sagte Prinzessin Mary. Ihre Stimme bebte nicht einmal. »Ich habe heute Nachmittag gebeichtet und fürchte mich nicht.«

»Pst«, machte er eindringlich. »Ich bin's, Hoheit.«

Stoff raschelte hinter dem Vorhang, dann wurde es wieder still. »Lord Waringham?« Es klang fassungslos. »Seid Ihr das wirklich?« Jetzt zitterte ihre Stimme ein wenig.

»Ja, Madam. Euer wahrhaft beeindruckender Auftritt heute früh hat mich auf die Idee gebracht, Euch auf diesem Wege einen Besuch abzustatten, aber wenn uns jemand hört, bin ich ein toter Mann. Und Ihr vermutlich auch. Ähm, kein toter Mann, natürlich …« Er biss sich auf die Zunge, damit er nicht anfing zu schwafeln. Seine Furcht verursachte ihm einen leichten Schwindel, der sich fast so anfühlte, als hätte er zuviel Wein getrunken, und das machte ihn immer redselig.

Eine Hand erschien zwischen den Falten der Brokatvorhänge, und sie wirkte ein bisschen gespenstisch im schwachen Kerzenschimmer. »Reicht mir meinen Mantel, seid so gut. Er liegt auf der Bank am Fußende.«

Nick trat näher, vorsichtig, um ja nicht gegen ein Möbelstück zu stoßen, fand einen langen Sommerumhang aus gefüttertem Samt und gab ihn ihr.

Hand und Mantel verschwanden, und wenige Augenblicke später kam die Prinzessin zum Vorschein. Sie saß auf der Bettkante, die schmalen Hände kaum dunkler als das weiße Laken, auf dem sie lagen. Das dunkelblonde Haar war über die Schultern geglitten und kringelte sich in ihrem Schoß. Ihre Wangen waren ein wenig gerötet vom Schlaf, und die großen braunen Augen, die ihn so seelenruhig betrachteten, waren voller Wärme. Der Mund war eine Spur zu klein wie der ihres Vaters, das Kinn ein wenig spitz, aber in diesem Moment erschien sie ihm schön.

Mit einem verlegenen Lächeln wandte er den Blick ab. »Ich hoffe, Ihr vergebt mein ungebührliches Eindringen, Hoheit.«

»Mühelos«, erwiderte sie ernst. »Obwohl es in der Tat ungebührlich ist.«

Er nickte wortlos, den Blick nach wie vor auf das kunstvoll geschnitzte Kruzifix an der Wand geheftet. Er hatte unterschätzt, welchen Unterschied es machen würde, der Prinzessin unter solch ... intimen Umständen zu begegnen. Sie sah so bezaubernd aus mit dem langen offenen Haar und den nackten Füßen, die unter dem Saum ihres Mantels hervorlugten. Für dergleichen war er nicht gewappnet gewesen, und er musste sich eingestehen, dass seine Empfindungen in diesem Moment nicht so brüderlich waren, wie er Chapuys gegenüber beteuert hatte. Aber er wusste, Mary durfte das unter keinen Umständen merken. Denn ihr Ehrgefühl würde sie nötigen, ihn fortzuschicken, und dann wäre sie endgültig allein und verlassen.

Also nahm er sich zusammen und lächelte ihr zu. »Nichts

könnte mir ferner liegen, als Euch zu nahe zu treten, Hoheit. Das wisst Ihr, oder?«

»Natürlich weiß ich das, Mylord.« Sie erwiderte sein Lächeln – scheu und eine Spur zerknirscht. Es war ein hinreißendes Lächeln, und das machte die Dinge nicht einfacher ...

»Ich bin gekommen, weil ich glaubte, an einem bitteren Tag wie diesem würde es Euch Trost spenden, einen Freund zu sehen und mit ihm sprechen zu können.«

»Und *dafür* riskiert Ihr Euren Hals und klettert die Fassade hoch?«, fragte sie ungläubig. Es klang fast ein wenig spöttisch.

Ich riskiere hier tagein, tagaus meinen Hals, egal, was ich tue, dachte er. Doch er erwiderte achselzuckend: »Es war nicht schwierig. Und unten stand keine Wache.«

»Sie patrouillieren«, klärte sie ihn auf. »Ihr hättet ihnen auch geradewegs in die Arme laufen können. Aber ehe Ihr jetzt verschwindet, weil Ihr mich für undankbar haltet, will ich ehrlich gestehen: Ich bin froh, Euch zu sehen. Es stimmt, dies war ein schwerer Tag. Und obwohl ich eben das Gegenteil behauptet habe, habe ich mich gefürchtet, eh Ihr kamt. Damit verbringe ich jetzt den Großteil meiner Nächte: Ich liege wach und fürchte mich. Einer Prinzessin eigentlich unwürdig, denkt Ihr nicht?«

Nick schüttelte den Kopf. »Chapuys würde vermutlich antworten, Eure Furcht beweise lediglich Eure Fähigkeit, Eure Lage illusionslos einzuschätzen.«

»Der gute Chapuys«, gab sie zurück und seufzte leise. »Wie sehr er mir fehlt. Beinah so sehr wie meine Mutter.«

Er nickte. »Darf ich mich setzen?«

»Oh, vergebt mir, Mylord.« Sie vollführte eine einladende Geste.

Er setzte sich in gebührlichem Abstand vor ihr auf die nackten Holzdielen, zog die Knie an und schlang die Arme darum.

»Ich habe wieder und wieder den gleichen Traum«, vertraute Mary ihm unerwartet an. »Jede Nacht. Ich bin allein und hilflos in der Finsternis, und vor mir lauert ein Ungeheuer, aber ich kann nicht weglaufen.«

»Was für ein Ungeheuer?«

»Ich weiß nicht. Ein ... Mann.«

Vermutlich der König, fuhr es ihm durch den Kopf. Man musste keine prophetischen Träume haben wie manche Frauen in seiner Familie sie früher gehabt hatten, um zu wissen, dass König Henry eine Bedrohung für seine Tochter darstellte. »Ihr fühlt Euch ausgeliefert und machtlos. Der Traum ist ein Spiegel dieser Empfindungen, scheint mir.«

»Ausgeliefert in der Tat«, sagte Mary. »Der Lieblosigkeit meines Vaters, der Rachsucht seiner Hure, der Gehässigkeit ihrer Cousine, Lady Shelton – all dem bin ich ausgeliefert. Es vergeht kaum eine Woche, ohne dass Lady Shelton mir berichtet, wer als neuester Heiratskandidat für mich gehandelt wird. Einer meiner englischen Cousins, die noch ein Tröpfchen Plantagenet-Blut in den Adern haben, wie Lord Montague oder der kleine Courtenay? Oder doch ein Habsburger? Oder der französische Dauphin? Oder irgendein unbedeutender Kammerdiener aus Anne Boleyns Haushalt, wie sie es am liebsten hätte? Und Lady Shelton und die dummen Gänse in diesem Haus reden in einem fort darüber, was Männer mit Frauen tun, wenn sie ...« Sie brach ab und biss sich auf die Lippen. »Es ist so anstößig. So widerlich ... All die Jahre musste ich es aushalten, dass in jeder Schenke von Canterbury bis York darüber spekuliert wurde, was mein Onkel Arthur und meine Mutter getan oder nicht getan haben, als sie verheiratet waren. Es hat meine arme Mutter so furchtbar gedemütigt, dieses Gerede. Ich habe mir immer gewünscht, ich müsste niemals ...« Sie hob die Schultern und schüttelte den Kopf. »Aber ich kann nichts tun, ganz gleich, wie mein Vater entscheidet. Ich habe keine Macht über mein Leben.«

»Die wenigsten Menschen haben in dieser Frage Macht über ihr Leben«, gab Nick zu bedenken. »Töchter und Söhne werden verheiratet, wie es ihre Eltern gut dünkt. Es ist völlig normal und nichts, was man fürchten müsste.«

»Es sei denn, ein Vater verheiratet eine Tochter, um sie zu brechen und ihren Ungehorsam zu bestrafen.«

»Das wird er nicht«, widersprach Nick. »Das kann er sich nicht leisten. Wenn er Euch verheiratet, ist es ein politischer Akt, denn ganz gleich, ob Cromwell und Cranmer und Lady Anne Euch einen Bastard nennen oder nicht, auf dem Kontinent seid Ihr die Enkelin der großen spanischen Majestäten Isabella und Ferdinand, die Cousine des Kaisers und die Tochter des Königs von England. Und seid versichert, das hat Euer Vater nicht vergessen.«

Er war nicht sicher, ob sie ihn gehört hatte. »Wie ich wünschte, er hätte mich empfangen, als er gestern kam.« Ihre Stimme drückte eine solche Sehnsucht aus, dass ihm ganz beklommen zumute wurde. »Ich habe meine Kammerzofe zu Lady Shelton geschickt«, fuhr Mary fort. »Mit der Bitte, Lady Shelton möge den König in meinem Namen um die Gunst einer kurzen Unterredung ersuchen. Aber ich habe nicht einmal eine Antwort bekommen.«

»Was eventuell daran liegen könnte, dass Eure Kammerzofe Anne Boleyns Spionin ist. Jedenfalls glaubt Chapuys das.«

»Lucy?«

»Schsch«, mahnte er.

Mary starrte einen Moment zur Tür. Nick nahm an, dass jenseits davon die besagte Lucy auf einer Strohmatratze schlief, um ihrer Herrin zur Verfügung zu stehen, wann immer die sie brauchte, und sie bei der Gelegenheit rund um die Uhr zu bespitzeln.

»Warum erfahre ich das erst heute?«, fragte die Prinzessin stirnrunzelnd.

»Keine Ahnung. Ich dachte, er hätte es Euch gesagt. Vielleicht hat sein Verdacht sich auch zerstreut. Ich frage ihn, wenn Ihr wollt. Einstweilen kann es nicht schaden, Vorsicht walten zu lassen. Außer Polly solltet Ihr niemandem in diesem Haus trauen.«

»Ja. Ihr habt recht.« Der mutmaßliche Verrat ihrer Zofe schien sie mehr zu ärgern als zu kränken. Aber Prinzessin Mary gehörte wohl auch nicht zu den Damen, die ihren Zofen ihre Geheimnisse anvertrauten. »Habt Ihr etwas von Mutter gehört? Und was sonst berichtet Chapuys? Gibt es Neuigkeiten von Sir Thomas und Bischof Fisher?«

Er sagte ihr das wenige, was er wusste, und es dauerte nicht lange, bis sie vertraut miteinander redeten so wie früher. Die Absonderlichkeit und Brisanz dieser Situation – die Prinzessin im Nachtgewand auf der Bettkante, Lord Waringham mit staubigen Kleidern und einem wilden Bart auf dem nackten Boden –, all das war mit einem Mal völlig ohne Belang.

Als Nick sich schließlich verabschiedete, wirkte Mary zuversichtlicher und gelöster als bei seiner Ankunft. Er versprach, spätestens beim nächsten Neumond wiederzukommen, wenn es etwas zu berichten gab. Doch während er unter leisem Efeurascheln wieder an der Fassade hinabkletterte, schalt er sich einen Feigling, weil er es nicht fertiggebracht hatte, ihr zu sagen, was er heute früh mit eigenen Augen gesehen hatte: Königin Anne war wieder guter Hoffnung.

Eltham, September 1534

Der Haushalt der kleinen Prinzessin Elizabeth blieb nicht den ganzen Sommer in Hertfordshire, sondern übersiedelte in den königlichen Palast in Eltham – das nur wenige Meilen von Waringham entfernt in Kent lag –, und es war die Rede davon, dass man vielleicht den Herbst im nahen Greenwich verbringen werde.

Nick wäre es lieber gewesen, sie wären in der Einöde geblieben, denn Eltham und Greenwich lagen viel näher an London als Hatfield, und die Gefahr eines königlichen Besuchs war dementsprechend größer. Obendrein war der Umzug ein aufwändiges und kompliziertes Unterfangen, und die Karawane aus Kutschen, Sänften, Fuhrwerken und Reitern schaffte kaum fünfzehn Meilen am Tag. Damit nicht genug, spielte sich morgens an jedem der drei Reisetage bei ihrem Aufbruch die gleiche abscheuliche Szene ab: Mary verlangte in ihrer Eigenschaft als ältere Prinzessin den Platz in der vordersten Sänfte. Lady Shelton erklärte ihr mit der gleichen Beharrlichkeit, dieser Platz stehe Elizabeth zu, die hier die einzige Prinzessin sei. Mit der düsteren Entschlossenheit einer Märtyrerin weigerte Mary sich, die zweite Sänfte zu besteigen, bis Lord Shelton vieren seiner Männer befahl, sie zu packen und in ihre Sänfte zu befördern. Mary zappelte und wehrte sich nicht, wenn sie es taten, sie bewahrte bei dieser bizarren Posse immer ihre Würde, und Lord Sheltons Männer behandelten sie mit so viel Respekt, wie die Situation zuließ. Trotzdem kicherten die jungen Hofdamen, tuschelten hinter vorgehaltener Hand und schüttelten die Köpfe über die ausrangierte Prinzessin, die einfach nicht wahrhaben wollte, dass sie ihren Rang unwiederbringlich verloren hatte. Und Nick, der die Ereignisse aus einiger Entfernung vom hinteren Ende des Trosses beobachtete, hatte jedes Mal einen schmerzenden Knoten im Magen, eine Mischung aus Zorn über seine eigene Machtlosigkeit und Scham über Marys öffentliche Niederlage. Doch an jedem Tag wurden sowohl Mary als auch Nick von den Menschen entschädigt, die die Straße säumten, um die prächtigen Sänften und Kutschen, die livrierten Herolde und fein gekleideten Edelleute vorbeiziehen zu sehen. Sie bewahrten eisiges Schweigen, wenn die Sänfte der kleinen Elizabeth sie passierte, und begannen zu jubeln, sobald Mary in Sicht kam, riefen ihren Namen und den ihrer Mutter. »Lang lebe Königin Catalina!«, skandierten sie, und hier und da war dazwischen zu vernehmen: »Nieder mit der Hure des Königs. Nieder mit Anne Boleyn!«

Lord Shelton und seine Männer, die Leibwächter der kleinen Elizabeth, konnten nichts tun, um sie zum Schweigen zu bringen, denn ihre Zahl war gering, die der Schaulustigen groß. So blieb Mary zumindest in dieser Hinsicht siegreich: In den Augen des Königs und des Parlaments mochte sie ein Bastard, ihre Mutter eine Hure sein. Doch in den Augen der Engländer war *sie* die Prinzessin, ihre Mutter die einzige Königin.

Als der Haushalt in Eltham eingetroffen und ein wenig zur Ruhe gekommen war, kehrte die Beschaulichkeit bald zurück, und Anfang September engagierte Sir Jeremy endlich den dringend benötigten vierten Stallknecht.

»Madog«, stellte der sich sparsam vor, und es war Carl, dem er als Erstes die Rechte entgegenstreckte.

Doch Carl spuckte ins Stroh und erklärte angriffslustig: »Dreckigen Walisern geb ich nicht die Hand.«

»Da wird der König schwer enttäuscht sein, wenn er mal auf die Idee kommt, dir die Hand zu reichen«, gab Madog mit einem entwaffnenden Grinsen zurück.

Carl runzelte ärgerlich die Stirn. »Was redest du da, Schandmaul? Der König ist kein Waliser!«

»Aber sein Vater und sein Großvater«, konterte Madog achselzuckend, als interessiere das ganze Thema ihn nicht sonderlich, Carls englische Hochnäsigkeit eingeschlossen. Er wandte sich an Nick. »Du bist Tamkin?«

»Genau.« Nick schüttelte die dargebotene Hand. Sie war warm, trocken und schwielig. Er mochte Madog auf Anhieb: ein fröhlicher Kerl nicht älter als er selbst, mit dunklen Augen und blonden Haaren, die altmodisch lang waren und auf breite Schultern fielen. Er war stämmig und kompakt und wirkte stark wie ein Schmied. »Dich können wir hier gut gebrauchen, Madog«, erklärte Nick lächelnd.

Madog zwinkerte ihm zu, und als er ihn losließ, um Mickey zu begrüßen, spürte Nick einen kleinen, eckigen Gegenstand in der Hand. Instinktiv schloss er die Faust darum und ging ohne Eile in die Sattelkammer, um ihn zu begutachten. Es war ein zusammengefalteter Zettel: *Geh nach dem Abendessen ins Dorf. Ich warte bei den Birnbäumen im Garten hinter dem Pfarrhaus auf dich. Komm allein.*

Der Obst- und Gemüsegarten des Pfarrhauses war groß und verwildert. Das hohe Gras strich raschelnd über Nicks Waden, als er zögernd in den Schatten der Birnbäume trat. Hier war es angenehm kühl und dämmrig. Das Abendlicht jenseits der Bäume hatte den Kupferton angenommen, der vom nahenden Ende des Tages kündete, und in den Wiesen zirpten die Grillen.

Der walisische Stallbursche saß im Gras, den Rücken an einen Baumstamm gelehnt, und saugte an einem Weizenhalm. »Ah!«, rief er, als er ihn kommen sah. »Gott zum Gruße … Tamkin.«

Nick blieb mit verschränkten Armen vor ihm stehen und sah auf ihn hinab. »Wer bist du?«

»Madog, der neue Stallknecht?«, schlug der Waliser mit einem komischen Stirnrunzeln vor.

»Ein Stallknecht, der schreiben kann?«, konterte Nick.

»Na und? Du bist ganz offensichtlich ein Stallknecht, der lesen kann, sonst wärst du kaum hier.«

Nick atmete langsam tief durch, um die Ruhe zu bewahren, und sagte: »Wer immer du bist und was immer du dir vorstellst, was du hier tun willst: Es ist nicht zum Lachen.«

Der junge Waliser wurde schlagartig ernst, sah blinzelnd zu ihm hoch und lud ihn dann ein: »Ich schätze, es ist besser, du setzt dich.«

Nick ließ sich ihm gegenüber im Gras nieder. »Also, ich frage dich noch einmal: Wer bist du?«

»Madog Pembroke.« Er vollführte eine vage Geste. »Du und ich sind Vettern oder so was Ähnliches. Der Vater meines Groß-vaters war Jasper Tudor, der Großonkel des Königs. Dieser Jasper Tudor war der Duke of Bedford und Earl of Pembroke und hatte einen Haufen Bälger mit einer gewissen Blanche of Waringham.«

»Jesus ...« Nick musste unwillkürlich grinsen. »Eins unserer ganz schwarzen Schafe. Sie hat ihrem Gemahl eine Hand abge-hackt, wenn ich mich recht entsinne.«

»Hm.« Es war ein anerkennender Laut. »Einer der Gründe, wa-rum wir ihr Andenken in Ehren halten, denn der besagte Gemahl war ein Schuft und in Wales nicht gut gelitten. Mit meinem Ur-großvater hatte sie mehr Glück, auch wenn der sie nie geheiratet hat. Ihr ältester Sohn Owen war mein Großvater.«

»Aber wie ...« Nick war hoffnungslos verwirrt. »Wie kommst du hierher? Und woher weißt du, wer ich bin und wie ich mich hier nenne?«

»Na ja, das ist ein bisschen kompliziert. Mein Bruder – schon wieder ein Owen – ist der neue Stallmeister in Waringham und ...«

»Was ist mit Daniel?«

»Der ist jetzt Vormann. Ich hoffe, du weißt, dass ein Londoner Pfeffersack deine Ländereien gepfändet hat?«

»Ja. Vorübergehend.«

»Nun, er tut so, als gehörten sie ihm, so viel ist sicher. Er hat deinen Schwager Philipp zum Steward bestimmt und …«

»Was? Aber er zürnt Philipp und Laura, weil sie Reformer sind.«

»Junge, wenn du mich nicht langsam mal ausreden lässt, wirst du nie erfahren, was passiert ist«, protestierte Madog.

Nick schüttelte fassungslos den Kopf, forderte ihn aber mit einer matten Geste auf fortzufahren.

»Sie haben sich versöhnt, wie's aussieht. Dein Schwager und deine Schwester sind also nach Waringham zurückgekehrt, um dort im Auftrag seines fürchterlichen Onkels mit eisernem Besen zu kehren und zuerst einmal den unfähigen Stallmeister zu ersetzen und das Gestüt wieder auf Vordermann zu bringen. Philipp fragte unseren Cousin John … du weißt schon, John Harrison, der Doktor?«

»Oh, natürlich.«

»Er fragte ihn, ob er nicht jemanden wüsste. Johns Familie und meine haben immer in freundschaftlichem Kontakt gestanden. Ist nicht weit von Cheshire nach Anglesey, wo wir leben, vor allem, wenn man ein Boot nimmt. John wusste also, dass die Gabe immer stark in unserer Familie war, und er schickte uns einen Boten. Owen und ich machten uns auf den Weg nach Waringham, und er übernahm das Amt des Stallmeisters. Mach dir keine Sorgen wegen Daniel. Er ist froh. Er weiß selbst, dass er nicht der Richtige war. Da waren wir also und fingen gerade an, Spaß daran zu haben, mit deiner grässlichen Stiefmutter zu streiten, da kommt John bei Nacht und Nebel auf das Gestüt und bringt einen Kerl namens Chapuys mit.« Er hielt kurz inne und erkundigte sich dann: »Möchtest du nicht fragen, woher sie sich kennen?«

»Ich wusste nicht, ob ich riskieren sollte, dich zu unterbrechen«, erwiderte Nick. »Also? Was hat unseren ketzerischen Cousin John und den Gesandten des papsttreuen Kaisers zusammengeführt?«

Madog lachte leise. »Chapuys' Galle. Sie macht ihm zu schaffen, und sein Londoner Arzt ist mit John befreundet und zog ihn zu Rate. Chapuys und John kamen ins Gespräch, stritten über diese und jene Ketzerschrift und fanden Gefallen aneinander. Sie kamen auch auf dich zu sprechen, ein Wort gab das andere …« Er breitete kurz die Arme aus. »Laura, Philipp und John ahnten sowieso schon, dass du England nie verlassen hast. Chapuys hat ihnen nicht gesagt, wo du bist und was genau du tust; du weißt, warum. Aber er sagte, du könntest vielleicht ein wenig Hilfe gebrauchen. Vorzugsweise von jemandem, der sich auf Pferde versteht und keine Angst vor harter Arbeit und einem Strohbett hat. Das klang, als meinte er mich. Und hier bin ich.«

Nick war fassungslos. Er fürchtete um die Sicherheit dieses unbekümmerten jungen Walisers, der den Eindruck machte, als lasse er sich gern auf Dummheiten ein, ohne die möglichen Konsequenzen zu überdenken. Aber die Erleichterung, nicht mehr allein zu sein mit seinem Auftrag, dem Geheimnis seiner wahren Identität und der ständigen Gefahr war eine solche Erlösung, dass Nick sich rücklings ins Gras fallen ließ, die Arme ausbreitete und blinzelnd in das Blätterdach der Obstbäume hinauflächelte. »Ich hoffe, Chapuys hat erwähnt, dass der Stallmeister hier außer jeder Menge harter Arbeit auch gern Prügel verteilt?«

»Was denkst du wohl?«, gab Madog trocken zurück. »Chapuys ist Diplomat. Natürlich hat er das zu erwähnen vergessen.«

Sie sahen sich einen Moment an und brachen dann in Gelächter aus.

Es dauerte keine Woche, bis Madog das Kommando auf dem Heuboden übernahm, und Carl erhob nicht einmal Einwände. Madogs fröhliches Naturell hatte alle Vorurteile, die Carl und Mickey gegen Waliser gehegt haben mochten, in Windeseile zerstreut, und anders als bei Tamkin nahm Carl es auch nicht übel, dass Madog sich viel besser auf Pferde und das Reiten verstand als er. Sir Jeremy war nicht erbaut über die große Klappe und den mangelnden Respekt seines neuen Stallburschen, aber an Madogs Arbeit fand er selten etwas auszusetzen.

Doch für niemanden waren die Veränderungen, die die Ankunft des jungen Walisers mit sich brachte, so gravierend wie für

Nick. Zum einen sorgte Madog für solchen Wirbel und lenkte so viel Aufmerksamkeit in den Stallungen auf sich, dass es für Nick wesentlich einfacher wurde, das Schattendasein zu führen, das überlebenswichtig für ihn war. So fiel es beispielsweise niemandem mehr auf, wenn er nach Feierabend zu einem seiner konspirativen Treffen mit Polly verschwand oder sonntags nach der Messe nicht zum Essen erschien, weil Chapuys ihn an einen geheimen Ort bestellt hatte.

Madog machte sein Leben indessen nicht nur einfacher, sondern vor allem fröhlicher. Nick vergaß nie, dass er jeden Moment entlarvt werden konnte, aber die Furcht und all die bösen Vorahnungen, die sich seit seiner Verhaftung im April wie ein Bleigewicht auf sein Herz gelegt hatten, waren ja so viel leichter zu tragen, wenn man einen Verbündeten hatte, stellte er fest. Mehr als das – einen Freund. Madog ging abends mit ihm in das schmucke kleine Wirtshaus des Dörfchens, und sie tranken ein Bier, sprachen über England und Wales, über Pferdezucht und vor allem über Frauen. Wie so viele walisische Edelleute war Madog äußerst gebildet; er konnte mindestens so gut Latein wie Nick, aber genau wie der war er seinem Naturell nach kein Philosoph und nutzte seine Kenntnisse der klassischen Sprachen vornehmlich zum Verfassen unanständiger Verse. Die trug er Nick vor, wenn sie unbelauscht waren, und manchmal lag Nick noch wach auf seiner Strohmatratze, wenn alle anderen schon schliefen, erinnerte sich an die schlüpfrigen lateinischen Reime und kicherte hilflos in sich hinein, statt sich wie früher immer nur zu fürchten.

Auch Nicks eigentliche Aufgabe, ein wachsames Auge auf Prinzessin Marys Wohl zu haben, war einfacher geworden, denn im Gegensatz zu Nick musste Madog sich vor niemandem verstecken. Er bandelte mit einer der Kammerzofen und einer der Hofdamen an – und zwar mit beiden gleichzeitig –, und er gewann das Wohlwollen Vater Davids, des Dorfpfarrers von Eltham, indem er sich erbot, ihm die Birnen aus den hohen Bäumen zu pflücken.

»Du wirst es nicht glauben«, raunte er Nick zu, als sie an einem warmen Spätsommerabend Mitte September nach dem Essen in die Stallungen zurückgingen. »Es gibt einen Geheimgang, der von der Dorfkirche in die Kapelle des Palastes führt.«

»Im Ernst?«

Madog nickte. »Vater David hat mir das erzählt. Insgesamt gibt es angeblich sogar drei Geheimgänge in den Palast, aber er kennt nur den einen.«

»Und? Warst du drin?«

»Nein. Ich wollte nicht zu neugierig erscheinen. Lass es uns in den nächsten Tagen probieren, wenn Vater David nicht dabei ist. Der Gang beginnt hinter dem steinernen Sarg in der Krypta, hat er gesagt. Ich schätze, das finden wir.«

»Das ist großartig!«, befand Nick. »Wenn dieser Gang wirklich existiert, kann ich in den Palast gelangen, ohne zu riskieren, entdeckt zu werden. Polly kann Mary ausrichten, zu einem bestimmten Zeitpunkt in die Kapelle zu kommen.«

»Und du könntest dich im Beichtstuhl verstecken. Wenn irgendwer hereinkommt und die Prinzessin murmelnd vor dem Beichtstuhl erwischt, wird das nicht den geringsten Verdacht erregen.«

»Madog, du bist ein Genie.«

Der Waliser winkte bescheiden ab. »Ich weiß, ich weiß … Mein Bruder Rhys pflegt allerdings zu sagen, dass ich meinen überdurchschnittlichen Verstand nie für etwas anderes benutze, als unnötig komplizierte Katastrophen anzurichten. Also sind meine Vorschläge vermutlich mit Vorsicht zu genießen«, schränkte er ein.

Rhys, hatte Nick inzwischen gelernt, war der älteste, Madog der jüngste von fünf Brüdern. Der Vater war auf dem Weg nach Frankreich bei einem Schiffsunglück ertrunken, als Madog sechs war, und von dem Tag an hatte Rhys mit einer Mischung aus Ungestüm und Fürsorge über seine Brüder, ihre streitlustige Mutter und den unkonventionellen kleinen Haushalt auf seinem bescheidenen Gut geherrscht, wo er Getreide anbaute, ein paar Pferde züchtete und jeden Penny, den sie nicht zum Leben brauchten, den Franziskanern spendete.

Wie meistens waren Nick und Madog bei den beiden Andalusiern stehengeblieben, die sie aufgrund ihrer Herkunft Carlos und Filipe genannt hatten. Das war äußerst respektlos, denn es waren die spanischen Namen des Kaisers und seines Sohnes, doch da nur Nick und Madog sie verwendeten, konnte sich niemand darüber erregen. Filipe hörte auf zu fressen, als er ihre Stimmen vernahm, hob den Kopf und betrachtete sie einen Moment mit undurchschaubarem Blick. Dann wandte er sich wieder der Krippe zu.

Madog strich ihm abwesend über die Flanke und fragte: »Sag, wann hast du Chapuys zuletzt gesprochen?«

Nick überlegte kurz. »Vor drei Wochen. Er musste auf den Kontinent, wollte aber vor Anfang Oktober zurück sein. Wieso?«

»Es geht ein Gerücht, Königin Anne habe eine Fehlgeburt erlitten.«

»Was heißt, es geht ein Gerücht? Wer hat dir das erzählt?«

Madog zuckte die Schultern. »Beide.«

Das hieß, die Magd *und* die Hofdame. Wenn es aus zwei so unterschiedlichen Quellen kam, war es mit Sicherheit wahr. Nick gab sich keine große Mühe, sein boshaftes Lächeln zu unterdrücken. »Arme Anne. Eine Tochter, eine Fehlgeburt. Der König wird sich allmählich fragen, warum er sich all die Mühe gemacht hat, um sie zu bekommen, denn *das* konnte Catalina auch.«

»Ja, es muss bitter für ihn sein.«

Madog sprach ohne Häme, war im Gegenteil untypisch ernst. Nick hatte schon bei früheren Gelegenheiten festgestellt, dass der Waliser seine Abneigung gegen den König nicht teilte. Madogs Loyalität gehörte Catalina und Mary, aber er fühlte sich König Henry aufgrund ihrer Verwandtschaft verbunden. Dass der König von der Existenz dieser Verwandten vermutlich nichts ahnte und Madogs Familie nur eine Bastardlinie der Tudor war, spielte in den Augen des jungen Mannes keine Rolle, denn nach walisischer Tradition gab es keinen Unterschied zwischen ehelichen und unehelichen Kindern.

»Wenn das bekannt wird, werden die Menschen sagen, Gott bestraft den König dafür, dass er seine rechtmäßige Gemahlin verstoßen hat«, prophezeite Madog.

Womöglich hätten sie recht, fuhr es Nick durch den Kopf. »Und sie werden verlangen, dass er Thomas More und Bischof Fisher aus dem Tower holt.«

»Aber das wird er nie und nimmer tun.«

Nick schüttelte den Kopf. »Im Gegenteil. Er wird ...« Er brach ab, weil draußen vor dem Stalltor Schritte erklangen. Carl und Mickey, vermutete Nick, denn es dämmerte und wurde bald Zeit, sich aufs Ohr zu legen.

Doch nicht die beiden Knechte betraten das Stallgebäude, sondern Sir Jeremy Andrews und Lord Shelton, und beide sahen gar nicht glücklich aus.

»Tamkin!«, schnauzte Sir Jeremy und blieb drei Schritte von ihnen entfernt stehen.

Nick tauschte einen kurzen Blick mit Madog. War es endlich geschehen? Hatten sie herausgefunden, dass er nicht der war, für den er sich ausgab? Sein Herz schien plötzlich in seine Kehle hinaufgerutscht zu sein, als er vor den Stallmeister und den Lord Chamberlain trat und sich verneigte. »Sir?«

»Wie ich höre, hast du eine der Ammen geschwängert.«

Nick starrte ihn verdutzt an. »Ich ... was?«

Sir Jeremy hob den Arm, und Nick drehte im letzten Moment den Kopf zur Seite. Die Gerte sauste auf Ohr und Hals nieder. »Als ich dich eingestellt habe, hab ich dir gesagt, du sollst die Finger von den Mägden lassen, du verdammter lüsterner Saukerl!«

»Ich glaub nicht, dass er's mit den Fingern getan hat, Sir ...«, warf Madog ein, der plötzlich an Nicks Seite stand und erwartungsgemäß die nächsten zwei Hiebe einsteckte.

»Du hältst dein walisisches Schandmaul! Ich wette, du bist auch nicht besser, du ...«

»Sir Jeremy«, mahnte Lord Shelton leise.

Nick sah ihn an. Der Chamberlain der Prinzessin war im Gegensatz zum Stallmeister ein beherrschter, wortkarger Mann, aber Nick wusste, dass man gut beraten war, sich vor ihm in Acht zu nehmen.

»Polly Saddler, eine der Ammen der Prinzessin, ist offenbar guter Hoffnung«, erklärte der Chamberlain den Stallburschen.

Seine Stirn war gerunzelt, die Augen, die unverwandt auf Nick gerichtet waren, kalt und eigentümlich ausdruckslos. So schauten Adlige, wenn sie den kleinen Leuten das ganze Ausmaß ihrer Geringschätzung vergegenwärtigen wollten, wusste Nick. »Sie will nicht sagen, wer der Vater ist«, fuhr Lord Shelton fort. »Doch jemand nannte deinen Namen.«

Carl, fuhr es Nick durch den Kopf, aber er schwieg.

»Mach den Mund auf, Bursche«, herrschte Shelton ihn an. »Ja oder nein?«

Nicks Gedanken rasten. Er musste eine blitzschnelle Entscheidung treffen. Wenn er sich zu dem Kind bekannte, würde etwas in Bewegung kommen, das unausdenkbar war und über das er keinerlei Kontrolle hatte. Doch wenn er es leugnete, würden sie Polly an einen Karren binden und mit Peitschenhieben durchs Dorf treiben, denn das war die Strafe für Unzucht. Und das hatte sie nicht verdient. Nur er war schuld, dass sie hergekommen war und unter diesen Fremden leben musste, für die sie nicht Polly, die Geliebte des Earl of Waringham, war, sondern nur irgendeine liederliche Magd, die den zweiten Bastard ausbrütete. Und wenn er es leugnete, würde man ihn genau wie sie in Schimpf und Schande davonjagen, und Prinzessin Mary wäre endgültig allein unter ihren Feinden, ohne jede Hoffnung, je ein Wort von ihrer Mutter oder ihren Freunden zu hören.

Nick musste erkennen, dass es in Wahrheit wieder einmal nur einen Weg gab, den er einschlagen konnte. Ohne einem der Gentlemen in die Augen zu sehen, sagte er: »Es ist mein Kind, Mylord.«

Sir Jeremy knurrte angewidert und packte ihn am Arm. »Na warte, du Lump. Ich werd dich lehren ...«

Aber Lord Shelton hob die Hand. »Das hilft uns jetzt auch nicht weiter. Wie heißt du, Bursche?«

»Tamkin, Sir.«

»Also, Tamkin. Ich erwarte nicht, dass eine Kreatur wie du in der Lage ist, das zu begreifen, aber ich will keinen Skandal im Umfeld der kleinen Prinzessin, der Anlass zu anstößigem Gerede und Zoten gibt, selbst wenn es nur um die Milchamme geht. Hast du ein Weib?«

Nick tauschte einen Blick mit Madog, der hilflos die Schultern hob.

»Nein, Mylord«, antwortete Nick und räusperte sich nervös.

Lord Shelton lächelte wie ein boshafter Knabe, der im Begriff ist, einer Fliege die Flügel auszureißen. »Du glaubst nicht, wie schnell sich das ändern kann …«

»Willst du, Polly Saddler, diesen Mann ehelichen, ihn lieben und ehren und so weiter und so weiter, bis dass der Tod euch scheidet?«, fragte Vater David ohne jede Feierlichkeit. Lord Shelton hatte ihn bei seinem Nachtmahl gestört, und das schätzte der alte Pfarrer überhaupt nicht.

»Ich will, Vater«, antwortete Polly leise.

»Und willst du … wie heißt du gleich wieder, mein Sohn?«

»Tamkin, Vater. Tamkin … Nicholson.«

»Willst du, Tamkin Nicholson, diese Frau hier zum Weib nehmen, obwohl sie eine unkeusche Schlampe ist?«

Nick zuckte zusammen und warf Polly einen kurzen Seitenblick zu. Aber sie starrte weiterhin stur geradeaus auf den ausgeblichenen Holzrahmen der Kirchentür.

Nick schaute den Priester wieder an und nickte grimmig. »Ich will.«

»Dann bist du ein Narr, und ich erkläre euch im Angesicht Gottes zu Mann und Weib.« Er sprach ein paar lateinische Sätze und schlug schließlich das Kreuzzeichen über ihnen.

Lord Shelton reichte ihm mit einem sparsamen Lächeln die üblichen dreizehn Pence für die Trauung. »Habt Dank, Vater.« Und an Nick gewandt: »Das wird dir vom Lohn abgezogen, versteht sich.«

»Brautmesse kostet einen Schilling extra«, erklärte Vater David.

Nick schüttelte den Kopf. »Nein, danke, Vater.«

Der Pfarrer machte auf dem Absatz kehrt. »Dann kann ich jetzt wohl meine inzwischen eiskalte Suppe aufessen gehen, ja?«

Nick nahm seine Braut bei der Hand und zog sie weg von der Kirche. Sein Schritt erschien ihm seltsam schleppend, so, als liefe er unter Wasser, und er spürte seine Füße nicht auf dem staubigen Pfad, der zum Palast zurückführte.

Er lief mit gesenktem Kopf, ohne auf den Weg zu achten, und hielt erst an, als es plötzlich merklich dunkler um ihn wurde. Als er aufblickte, stellte er fest, dass sie das Dorf verlassen und den Saum des Waldes passiert hatten, der beim König und seinen Höflingen für seinen Wildreichtum beliebt war. Jetzt bei Einbruch der Dunkelheit an einem Spätsommerabend war der Wald düster und still.

Nick ließ Pollys Hand los, lehnte sich mit dem Rücken an einen rauen Eichenstamm und kreuzte die Arme vor der Brust.

Polly kam einen zaghaften Schritt auf ihn zu, blieb dann stehen und schüttelte den Kopf. »Es tut mir leid. Das hab ich nicht gewollt.«

»Ich dachte, man wird nicht schwanger, wenn man stillt.«

Sie zog die schmalen Schultern hoch. »Der Schutz funktioniert nicht immer. Und er hält auch nur die ersten sechs Monate oder so.«

Er nickte wortlos. Das hätte er natürlich wissen müssen, ging ihm auf, denn viele Bauersfrauen in Waringham bekamen beinah jedes Jahr ein Kind und stillten ihre Kleinsten noch, wenn sie längst wieder schwanger waren. Die Wahrheit war, dass er sich keine Gedanken darüber gemacht hatte. Schließlich war er doch Lord Waringham und konnte sich ein paar Bastarde leisten. Es spielte keine Rolle. Nur war er hier eben kein Lord, und er hatte versäumt, sich klarzumachen, welche Folgen es haben würde, wenn Tamkin der Stallknecht eine Amme schwängerte.

»Süßer Jesus ...« Er fuhr sich mit beiden Händen über Wangen und Augen. »Was für eine Misere.«

»Mylord ... Ich schwöre, ich hab das nicht gewollt. Ich hab ihnen deinen Namen nicht gesagt. Ich hatte vor, mit unserer Eleanor in einer der nächsten Nächte zu verschwinden. Aber auf einmal hatte ich weniger Milch, und da hat die Shelton gemerkt ... Nick, ich schwöre bei den Augen der Heiligen Jungfrau ...«

Er fegte ihre Schwüre mit einer ungeduldigen Geste beiseite. »Erspar mir das, sei so gut.«

Er war erledigt. Ein für alle Mal. Selbst wenn je das Wunder geschähe, dass der König und das Parlament ihn begnadigten, oder wenn der König starb und sein Nachfolger Nick begnadigte – mit dieser Frau an seiner Seite würde er nicht mehr derselbe Lord Waringham sein wie zuvor. Mit dieser Bauernmagd. Keine Hörige, immerhin, denn die Saddlers waren freie Leute, aber eben doch nur Bauern. Mit dieser Heirat brachte er Schande über sein Haus, und erst als er spürte, wie weh ihm das tat, wurde ihm klar, dass all jene recht gehabt hatten, die ihm einen übermäßigen Stolz auf die Altehrwürdigkeit seines Stammbaums unterstellt hatten.

Mit einem bitteren leisen Lachen murmelte Nick: »*Hochmut kommt vor dem Fall.* Das ist ja so verflucht wahr …«

»Warum hast du's getan, wenn es dich so entehrt, mit mir verheiratet zu sein?«, fragte Polly, und er war verblüfft, die Bitterkeit in ihrer Stimme zu hören. Was bildete sie sich eigentlich ein?

»Weil es mich noch mehr entehrt hätte, es nicht zu tun.«

»Das versteh ich nicht.«

»Nein.«

Sie stieß angewidert die Luft aus. »Es ist *ihret*wegen, oder? Wegen deiner verdammten Prinzessin. Lord Shelton hätte dich davongejagt, wenn du mich nicht geheiratet hättest, und du hättest deinen Schwur brechen müssen. Aber das kommt für einen Lord Waringham natürlich nicht infrage. Und um es zu verhindern, warst du sogar bereit, dich so unvorstellbar zu erniedrigen, eine wie mich zur Frau zu nehmen. Nicht um dein Kind … deine *Kinder* zu anständigen Leuten zu machen und ihnen deinen Namen zu geben. Das wär dir im Traum nicht eingefallen, du …«

»Jetzt komm mir bloß nicht so«, unterbrach er und stieß sich von dem Baumstamm ab. »Wir wollen doch nicht vergessen, wer von uns beiden zu wem ins Bett gestiegen ist, nicht wahr? Du kanntest dein Risiko. Also wage ja nicht, mir meine Bastarde zum Vorwurf zu machen. Immer vorausgesetzt, dass es wirklich meine sind …«

Polly stieß einen kleinen Schrei aus und legte die Linke an die Kehle.

Nick wusste ganz genau, wie himmelschreiend ungerecht und gemein er zu ihr war. Er zweifelte in Wahrheit auch nicht daran, dass sie ihm treu war. Aber er war außer sich über seine Schande, und eine boshafte, dünne Stimme in seinem Innern raunte ihm zu, nur Polly sei schuld daran, sie habe in Wirklichkeit doch alles so eingefädelt, weil sie wusste, dass ihm nichts anderes übrig bleiben würde, als sie zu heiraten. »Bilde dir ja nicht ein, dass dein Sohn jemals Lord Waringham werden könnte. Falls dieses Kind ein Junge wird, kommt er ins Kloster, damit das klar ist.«

»Falls dieses Kind ein Junge ist, wird er wohl eher Stallknecht so wie sein Vater«, gab sie zurück, machte kehrt und ließ ihn stehen.

Nick trat mit solcher Wucht gegen den Baumstamm, dass es sich anfühlte, als hätte er sich den Fuß gebrochen. Er fluchte lästerlich, ließ sich ins Gras fallen und knurrte ihr nach: »Ja, geh nur. Mir war sowieso nicht nach Hochzeitsnacht …«

Doch ihre raschelnden Schritte im Farn waren längst verklungen.

Er blieb die Nacht über im Wald und schlief ein paar Stunden im Farn, bis die Kälte ihn aus wirren, düsteren Träumen riss. Die Luft war feucht und roch nach Herbst. Mit steifen Gliedern stand Nick auf, streifte im perlgrauen Licht der Morgendämmerung zwischen den Bäumen umher und gelangte schließlich an einen Bach. Am anderen Ufer entdeckte er eine Hirschkuh mit ihrem Kalb, und weil er den Wind im Gesicht hatte, bemerkten sie ihn nicht. Sie soffen von dem klaren Wasser des eiligen Flüsschens, dann begann die Kuh zu grasen. Das Kalb blieb mit zitternden Ohren am Ufer stehen, und es schien, als schaue es Nick aus seinen großen, schwarzen Augen direkt an.

Wie so oft, seit sie in Kent waren, überkam ihn Heimweh nach Waringham. Das Sehnen war so heftig, dass es ihn fast körperlich schmerzte – vor allem in den Fingerspitzen, hatte er gelernt –, und er schalt sich einen Narren und Jammerlappen. Doch es nützte nichts. Dieser Wald sah aus wie der von Waringham, er roch genauso und klang genauso, und die Tatsache, dass Nicks Zuhause nur ein paar Stunden entfernt, aber dennoch so unerreichbar war wie die Sterne, erfüllte ihn mit einem bohrenden, hilflosen Zorn, der Ähnlichkeit mit Verzweiflung hatte. Es war, als müsse er den Moment, da er sich den Siegelring vom Finger gezogen hatte, wieder und wieder erleben: Er fühlte sich verbannt und wurzellos, entzweit von sich selbst.

Er hob einen Tannenzapfen auf und warf ihn ins Wasser. Kuh und Kalb schreckten auf und flohen zwischen die Bäume am entlegenen Ufer. Nick wandte sich ab, machte sich auf den Rückweg ins Dorf und betrat die Kirche lange vor den ersten Betern, die sich zur Frühmesse einfinden würden. Er stieg die Stufen zur Krypta hinab. Auf dem steinernen Sarkophag des lange vergessenen angelsächsischen Heiligen, der hier bestattet lag, flackerte ein Öllämpchen, und in seinem Licht fand Nick mühelos eine niedrige hölzerne Tür ohne Riegel. Er warf einen kurzen Blick zurück über die Schulter und lauschte, aber nichts rührte sich. Also öffnete er die kleine Pforte, schlüpfte hindurch und zog sie hinter sich wieder zu.

Im Innern des Gangs herrschte vollkommene Finsternis. Nick strich mit beiden Händen über die Wände, ertastete eine ungleichmäßige, harte Oberfläche mit Zwischenräumen und dann und wann etwas unangenehm Weiches: Der Gang war mit Bruchsteinen ausgekleidet, die mit irgendeinem pilzartigen, ekligen Zeug bewachsen waren, das in der Dunkelheit gedieh. Nick dachte lieber nicht darüber nach, was hier unten sonst noch gedeihen mochte, sondern tastete nach der Decke. Keinen Spann über seinem Kopf. Und der Gang mochte im Verlauf niedriger und schmaler werden.

Behutsam schritt Nick voran. Der Boden war uneben, nach hundert Schritten wurde die Decke in der Tat so niedrig, dass er sich vornüberbeugen musste, und einmal war ihm, als husche eine kleine Kreatur über seinen Fuß, aber er stieß auf keine Hindernisse. Schließlich ertastete seine vorsorglich ausgestreckte linke Hand wieder eine hölzerne Tür, und er drückte behutsam dagegen.

Ein schwacher, gelblicher Lichtschimmer fiel durch den Spalt in den Geheimgang, und Nick erhaschte einen Hauch von Weihrauch. Madog hatte offenbar recht gehabt – der Gang führte direkt in die Kapelle des Palastes. Nick überlegte, ob er es riskieren konnte, die Tür weiter zu öffnen und einen Blick in die Kapelle zu wagen. So früh am Morgen war gewiss noch niemand hier. Höchstens Mary wäre es zuzutrauen, dass sie schon vor Tau und Tag in die Kapelle schlich. Was für Augen sie machen würde, wenn er hier plötzlich vor ihr stünde …

Er legte die flache Hand wieder auf die Tür, als er eine Stimme murmeln hörte: »Der König wird ungeduldig. Es wird Zeit, dass sie endlich diesen verdammten Eid leistet.«

Nicks Hand zuckte zurück, und so groß war sein Schrecken, dass seine Kopfhaut sich davon zu kräuseln schien. Er kannte diese Stimme.

»Ihr habt gut reden, Cromwell«, antwortete ein zweiter Mann, den Nick ebenso mühelos erkannte, war er doch gestern Zeuge seiner bizarren Vermählung gewesen. Lord Shelton fuhr fort: »Sie ist eigensinniger als eine Frau je sein dürfte. Sie verweigert ihrer Schwester jede Ehrerbietung, und sie verweigert erst recht, den Eid auf das neue Thronfolgegesetz zu schwören.«

»Der Duke of Norfolk glaubt, Eure Gemahlin sei zu nachsichtig mit ihr. Das glaubt im Übrigen auch der König, fürchte ich, Mylord.« Cromwell sagte es mit einem Hauch von Nervosität, so als sei er in Sorge um Lord und Lady Shelton. Thomas Cromwell war wahrhaftig ein Meister des subtilen Drohgebarens, erkannte Nick, und vor lauter Abscheu bekam er eine Gänsehaut auf den Armen.

»Nun, dann richtet Norfolk aus, er möge herkommen und selbst sein Glück versuchen«, gab Shelton ungehalten zurück. »Er wird sich wundern. Dieses junge Ding ist einfach nicht zu bändigen. Sie ist zutiefst von der Überzeugung durchdrungen, die einzige Prinzessin in diesem Land und die Erbin ihres Vaters zu sein.«

»Überzeugungen kann man austreiben. Glaubt mir, ich sehe das jeden Tag«, warf Cromwell gelangweilt ein.

»Oh, da bin ich sicher.« Shelton bemühte sich nicht, seine Verachtung zu verhehlen, und Nick kam nicht umhin, seinen Mut zu bewundern. »Ich habe ihr die fürchterlichsten Dinge angedroht. Darauf sagte sie, sie werde vielleicht schwach werden und den Eid schwören, aber ein erzwungener Eid habe keine Gültigkeit – weder vor Gott noch vor der Welt –, und sie werde ihn sofort widerrufen, sobald man ihn ihr abgerungen habe. Was soll man dazu noch sagen, Cromwell?«

»Ob Gott ihren Eid für gültig erachtet oder nicht, spielt im Augenblick keine Rolle«, gab der Sekretär des Königs zurück. »Und ob sie wagt, ihn zu widerrufen, hängt allein davon ab, wie groß ihre Furcht vor den Folgen wäre. Ihr und Eure Gemahlin seid zu zimperlich, Shelton. Wonach wir hier streben, ist eine vollständige Reform nicht nur des Glaubens, sondern auch des Staatswesens. Habt Ihr Euch wirklich eingebildet, das sei ohne Opfer zu bewerkstelligen? Dann werdet wach! Und entscheidet Euch, ob Ihr zu den Opfern dieser Neuordnung zählen wollt oder lieber doch zu jenen, die ihre Früchte ernten.«

»Aber Lady Mary ist …«

»… überflüssig und gefährlich! Das ist sie. Der König wird ungeduldig, Shelton, wie ich schon sagte. Die Fehlgeburt hat ihn tief erschüttert. Und verunsichert. Er braucht dringend einen vorzeigbaren Erfolg bei der Neuordnung dieses Landes und seiner Kirche. Und wenn die Tochter eines Königs ihm nicht bei der Verfolgung seiner politischen Ziele dient, wozu genau dient sie dann überhaupt?«

Es war einen Moment still. Offenbar war Shelton sprachlos.

Dann entfernten sich Schritte auf den Steinfliesen der Kapelle. »Ich werde Seiner Majestät berichten«, stellte Cromwell in Aussicht, sein Tonfall leutselig. »Guten Tag, Lord Shelton.«

Polly kniete hinter dem kleinen Backhaus im Gras und hatte die Arme ausgebreitet. »Komm. Komm her, Eleanor. Hab keine Angst.«

Ihre Tochter maß die Entfernung von der Bretterwand, an der sie sich festhielt, bis zu ihrer Mutter mit verengten Augen, ließ die stützende Hand dann sinken, drückte das Kinn auf die Brust und stapfte los. Sie lief ein bisschen schneller, als sie eigentlich konnte, und gegen Ende geriet sie ins Trudeln und fiel ihrer Mutter in die Arme.

Polly fing sie auf und hob sie mit ausgestreckten Armen in die Höhe. »Wunderbar! Das hast du gut gemacht, mein Schatz!«

Eleanor lachte voller Seligkeit über ihren Erfolg und strahlte ihre Mutter an.

Polly wusste nicht, was genau es war, das ihr das Herz zusammendrückte: das glockenhelle Kinderlachen oder der Blick dieser blauen Waringham-Augen. Sie schloss ihr Kind in die Arme und küsste den blonden Flaum. »Was machen wir jetzt nur, mein Engel? Was soll nur aus uns werden …«

Eleanor hatte kein Interesse daran, in den Armen ihrer Mutter stillgehalten zu werden. Sie befreite sich, richtete sich wieder auf und lief zurück zum Backhaus.

Polly faltete die Hände im Schoß, schaute ihr zu und fragte sich, was sie falsch gemacht hatte. Was sie hätte anders machen müssen, um nicht in dieser ausweglosen Lage zu enden.

Ihre Familie gehörte seit jeher zu den angesehensten, aber auch zu den ärmsten in Waringham. Früher hatten die Saddlers die kärglichen Erträge ihrer ausgelaugten kleinen Scholle aufgebessert, indem sie die Sättel für das Gestüt herstellten. Auch das Schuhmacherhandwerk hatten viele ihrer Vorfahren beherrscht, und noch ihr Vater hatte auf dem großen Jahrmarkt von Waringham fein gearbeitete Stiefel feilgeboten, die immer reißenden Absatz fanden. Doch der Jahrmarkt war nicht mehr, und der Niedergang des Gestüts hatte auch die Sattlerei so gut wie überflüssig gemacht. Schließlich war ihrer Mutter nichts anderes übrig geblieben, als sich bei Lord und Lady Waringham als Dienstmagd zu verdingen. Meist hatte sie Polly, ihre Jüngste, mit zur Burg hinaufgenommen, und so war Polly in Sichtweite von Nick, Laura und Louise aufgewachsen. Aus der Ferne hatte sie beobachtet, wie Nick versuchte, seine Schwester und sich selbst vor der Tücke seiner Stiefmutter zu beschützen, wie er scheiterte und es wieder versuchte, wie tapfer er gekämpft hatte, um der Furcht und des Kummers nach dem Tod seiner Mutter Herr zu werden. Natürlich hatte sie auch gesehen, wie er seine Stiefschwester für die Lieblosigkeit ihrer Mutter büßen ließ, ihr wieder und wieder die Tür vor der Nase zuschlug und sich mit seiner Schwester gegen sie verbündete. Doch Polly hatte ihm diese Grausamkeit nie verübelt. Sie hatte verstanden, warum er war, wie er war. Und wenn er seine Stiefschwester in den Brunnen gestoßen hätte, wäre ihr vermutlich auch dafür eine Rechtfertigung eingefallen, weil sie ihn eben liebte. Sie konnte nicht so recht erklären, warum das so war, hatte er doch kaum je ein Wort mit ihr gesprochen, nie wirklich zur Kenntnis genommen, dass sie überhaupt existierte. Aber sie konnte sich an keine Zeit erinnern, da sie den jungen Lord Waringham nicht geliebt hatte, und natürlich hatte es sie nicht gekränkt, dass er sie ignorierte. Er war eben ein Lord und sie die kleine Küchenmagd, die hin und wieder durch sein Blickfeld huschte.

In den Jahren, da er auf der Schule gewesen war, hatte sich an ihren Gefühlen nie etwas geändert. Das hatte sie auch nicht erwartet. Sie war überzeugt, ihre Liebe war ein so großer Bestandteil ihrer selbst, dass ihr Herz einfach aufhören würde zu schlagen, wenn sie sie je verlöre.

Als sie vierzehn wurde, hatte ihr Vater sie geschickt, Vater Ranulf das Haus zu führen, weil der einen halben Schilling mehr pro Woche zu zahlen gewillt war als Lord Waringham. Polly hatte keine Einwände gehabt, denn sie glaubte, der feine Pastor sei ein Gentleman wie Lord Jasper – bis Vater Ranulf sie zum ersten Mal zum gemeinsamen Nachtgebet in seine Kammer rief. Sie hatte es erduldet, weil sie nicht wusste, was sie sonst hätte tun sollen. Vor ihrem Vater und den Brüdern hätte sie sich viel zu sehr geschämt, um sie um Hilfe zu bitten. Ganz abgesehen davon, dass ihr Vater vermutlich gewusst hatte, was genau er Vater Ranulf für den zusätzlichen halben Schilling pro Woche verkaufte. Doch auch ihre Mutter, die strikt gegen Pollys neue Anstellung gewesen war, hatte ihr nicht helfen können, denn gegen die Entscheidung ihres Mannes war sie natürlich machtlos. Und das Letzte, was Polly wollte, war, ihrer Mutter Kummer zu machen. Darum hatte sie gelogen, als diese sie rundheraus gefragt hatte, ob ›der verdammte unheilige Pfaffe‹ anständig zu ihr sei.

»Es ging nicht anders, Eleanor«, raunte Polly ihrer Tochter zu, die wieder auf sie zugetrippelt kam. »Sie wär mit dem Reisigbesen auf ihn losgegangen, und er hätte sie büßen lassen. Aber wahrscheinlich ist trotzdem diese Lüge der Grund, warum Gott mich jetzt so bestraft. Das säh ihm jedenfalls ähnlich …«

»Was redest du dem armen Kind da vor, um Himmels willen?«

Pollys Kopf fuhr herum. »Nur die Wahrheit, Mylord«, versicherte sie ernst. »Gott hat für uns Frauen nicht viel übrig, und das kann unsere Eleanor gar nicht früh genug lernen.«

»Ich habe dir schon hundertmal gesagt, du sollst mich hier nicht so nennen«, knurrte Nick und kniete sich neben sie ins Gras.

»Bist du eigens gekommen, um mich mit Vorhaltungen zu überschütten, oder hattest du sonst noch etwas auf dem Herzen?«, konterte sie.

Es dauerte einen Moment, ehe er antwortete. Und dann überraschte er sie mit dem Bekenntnis: »Ich bin gekommen, um mich zu entschuldigen. Was ich gestern Abend zu dir gesagt habe, war im Zorn gesprochen, und ich weiß, dass meine Vorwürfe unberechtigt waren. Es tut mir leid.«

Sie hob den Kopf. Sie hatte sich so gewünscht, er möge zu dieser Einsicht gelangen, aber jetzt waren ihr seine Worte kein Trost. Sie klangen zu förmlich, und die Mühe, die sie ihn kosteten, war nicht zu übersehen.

Sie nickte. »Warum bist du nicht bei der Arbeit?«, fragte sie dann, um das Thema zu wechseln. »Kriegst du keine Schwierigkeiten?«

Nick zog eine Braue in die Höhe. Sie liebte es, wenn er das tat; es war ein Ausdruck, der Spott und Heiterkeit zu gleichen Teilen ausdrückte, und sie musste sich immer zusammennehmen, um nicht die Lippen auf diese feingeschwungene, erhobene Braue zu pressen.

»Das Gleiche könnte ich dich fragen«, konterte er.

»Ich habe heute Morgen frei. Prinzessin Elizabeth wird allmählich abgestillt, darum werden die Dienste der Ammen nicht mehr so oft beansprucht.« Sie sah, dass er sich fragte, ob sie vielleicht nächste Woche aus den Diensten der kleinen Prinzessin entlassen würde und er sie völlig umsonst geheiratet hatte. Darum fügte sie hinzu: »Lady Shelton hat gesagt, sie will mich behalten, wenn der Vater meines Balgs eine anständige Frau aus mir macht. Die kleine Elizabeth hängt so an unserer Eleanor. Genau wie umgekehrt. Darum soll ich als Amme bleiben, auch wenn die Prinzessin keine Milch mehr braucht.«

»Verstehe.« Er streckte Eleanor die große, feingliedrige Linke entgegen. »Komm her, Krümelchen. Sieh mal, was ich hier für dich habe.«

Während Eleanor auf ihn zustapfte, zauberte er eine von Vater Davids Birnen zum Vorschein, zog das unscheinbare Messer mit dem abgegriffenen Schaft und der mörderisch scharfen Klinge aus der Hülle am Gürtel und begann, die Frucht in Stücke zu schneiden. Süßer, klebriger Saft lief ihm über die Finger.

Eleanor ließ sich vor ihm ins Gras fallen, sah ihm konzentriert zu und sperrte den Mund auf wie ein Küken, als er ihr das erste Stück hinhielt.

Er lachte, steckte es ihr zwischen die Lippen und fuhr ihr sacht mit der Hand über den daunenweichen Blondschopf. Aber auf den Schoß nahm er sie nicht.

Das zweite Stück reichte er Polly. »Wenn du dienstfrei hast, denkst du, du könntest dich zu Lady Mary schleichen? Ich habe eine Nachricht für sie.«

Polly ging ein Licht auf. *Deswegen* war er also gekommen und hatte sich entschuldigt. »Ich kann's versuchen«, gab sie achselzuckend zurück. »Gib den Brief.«

Er schüttelte den Kopf. »Richte ihr nur aus, sie soll nach der Vesper in der Kapelle bleiben. Ich treffe sie dort.«

»Wie willst du das anstellen?«

»Es gibt einen Geheimgang von der Kirche im Dorf geradewegs in die Kapelle des Palastes.«

»Sie werden dich erwischen, Nick. Und dann töten sie dich.«

»Fang nicht immer wieder damit an«, wies er sie unwirsch zurecht. Er verfütterte das nächste Birnenstückchen an Eleanor, aber Polly merkte, dass es ihn drängte, diesem vertrauten Familienidyll schnellstmöglich wieder zu entfliehen.

»Wir bekommen eine eigene Kate«, eröffnete sie ihm unvermittelt.

»Was?«, fragte er zerstreut, in Gedanken offenbar meilenweit fort.

»Weil wir jetzt verheiratet sind. Der Chamberlain hat es mir ausrichten lassen. Wir dürfen in eine der Gesindekaten im hinteren Hof ziehen.«

Nick schüttelte den Kopf. »Zu nah am Palast. Jemand könnte mich sehen. Zieh du mit Eleanor dort ein, es ist sicher komfortabler als die Kammer, die du mit den anderen Ammen teilst. Aber ich bleibe auf dem Heuboden.«

Polly sah auf die Gänseblümchen zwischen ihren Schuhen hinab. »Wie du willst.«

»Es geht nicht anders, das musst du doch verstehen. Aber ich komme euch dort besuchen. Nach Einbruch der Dunkelheit.« Er rang sich ein Lächeln ab. »Ich hätte auch nichts dagegen, zur Abwechslung mal wieder in einem Bett mit dir zu liegen statt irgendwo im Gebüsch.«

Der leichte Tonfall war so unecht wie das Lächeln. Er sagte es aus Mitleid, argwöhnte sie. Oder um sie einzuseifen, damit sie weiterhin willig die gefährlichen Botengänge zwischen ihm und seiner Prinzessin erledigte.

Als die Birne vertilgt war, stand Polly aus dem Gras auf und hob Eleanor auf den Arm. »Und was wird, wenn wir je wieder nach Hause kommen? Werden deine Kinder und ich dann auch weiterhin in der Gesindekammer schlafen und du allein in deinem vornehmen Bett? Bis auf die Gelegenheiten, da du dich meiner zu bedienen wünschst, meine ich?«

Nick wischte seine Klinge im Gras ab und steckte sie wieder ein. Ohne aufzuschauen antwortete er: »Du glaubst nicht im Ernst, ich könnte je wieder nach Hause, oder?«

»Ich stecke in einer monumentalen Klemme«, vertraute er Madog gedämpft an, während sie Seite an Seite ihre Schubkarren zum Misthaufen fuhren. »Auf einmal wird sie richtig anspruchsvoll.«

Sein walisischer Cousin kippte seine Fuhre Mist ab und blieb untypisch stumm.

»Ich frage mich, was sie sich einbildet«, grollte Nick weiter. »Soll ich ihr französische Gedichte schreiben, nur weil diese vertrackte Maskerade dazu geführt hat, dass ich sie heiraten musste?«

Madog stellte die leere Schubkarre ab und richtete sich auf. »Vermutlich wäre sie schon zufrieden, wenn du anerkennst, dass es ebenso wenig ihre Schuld ist wie deine. Und dass sie hergekommen ist und Risiken eingeht, weil *du* es wolltest.«

»Ja, heißen Dank auch«, knurrte Nick. »Fall mir nur in den Rücken, das kann ich gerade so richtig gut gebrauchen.«

»Ich sage nur, was du selbst ganz genau weißt«, gab Madog unbeeindruckt zurück.

Nick fuhr sich mit dem Handrücken über die Stirn. Es war ungewöhnlich heiß für September, dabei hatte er am Morgen im Wald doch schon den ersten Hauch von Herbstluft gespürt. »Ja, natürlich weiß ich all diese Dinge«, räumte er ungeduldig ein. »Aber mir kommt es vor, als wanke der Boden unter meinen Füßen, Mann, ich kann immer noch nicht so richtig fassen, was mir passiert ist. Und da kommt sie an und setzt mir zu und traktiert mich mit unausgesprochenen Vorwürfen. Das ist wirklich das Letzte, was mir gefehlt hat.«

Madog verzog den Mund zu einem spöttischen kleinen Lächeln. »Siehst du? Genau das hat König Henry über die arme Catalina auch immer gesagt. Vielleicht hast du von nun an ein wenig mehr Verständnis für ihn.«

Nick öffnete den Mund, klappte ihn wieder zu und starrte Madog an. Er war sprachlos.

Der junge Waliser zwinkerte ihm zu und wollte die Schubkarre wieder in Bewegung setzen, als Jeremy Andrews zu ihnen trat wie ein Racheengel. »Und wenn ihr euer Plauderstündchen beendet habt, denkt ihr, ihr könntet euch dann vielleicht wieder an die Arbeit machen?«, fragte er schneidend, zog Madog eins über und stapfte kopfschüttelnd davon.

Nick sah ihm entgeistert nach. »Wieso du und ich nicht?«

Madog rieb sich grinsend die gemaßregelte Schulter. »Vielleicht weil er dich auf einmal mit anderen Augen betrachtet? Du wirst möglicherweise noch feststellen, dass es durchaus seine Vorzüge hat, ein verheirateter Mann zu sein, *Tamkin*«, prophezeite er.

Es dämmerte, als die Vesper vorüber war. Nick hatte am Ende des Geheimgangs hinter der niedrigen Holztür gehockt und den Psalmen gelauscht, und obwohl er keine Mühe hatte, den lateinischen Worten zu folgen, hatte er sich doch gewünscht, er könne sie irgendwann einmal wieder in Tyndales verbotener, aber so wundervoller Übersetzung lesen.

»Nähme ich Flügel der Morgenröte und bliebe am äußersten Meere, so würde mich doch deine Hand daselbst führen und deine Rechte mich halten. Spräche ich: Finsternis möge mich decken!, so muss die Nacht auch Licht um mich sein. Denn auch Finsternis ist nicht finster bei dir, und die Nacht leuchtet wie der Tag«, murmelte er aus dem Gedächtnis vor sich hin, während er in die stille, dämmrige Kapelle trat.

»Schändlich«, kommentierte Prinzessin Mary abfällig, die links vor dem Altar auf einer kleinen Gebetsbank kniete. Ihre Stirn war gerunzelt, aber sie lächelte.

Nick trat näher, verneigte sich wie üblich vor ihr und gestand: »Ich bin nicht sicher. Rätselhaft bleiben die Psalmen allemal, aber sie kommen mir unmittelbarer vor in meiner eigenen Sprache. Eindringlicher und ehrlicher. Von schöner ganz zu schweigen.«

»Mylord …« Ihr Lächeln war verschwunden, und in ihren Augen stand Sorge. »Es ist *wirklich* ketzerisch, was Ihr da redet.«

Er nickte zerknirscht. »Man kann wohl kaum erwarten, dass der Einfluss meines Vaters spurlos an mir vorübergegangen ist, Hoheit. Ich fürchte, in der Frage der Bibelübersetzung bin ich mit den Reformern eines Sinnes: Jeder Mann und jede Frau sollten das Recht haben, Gottes Wort selbst zu lesen.«

»Es steht jedem Mann und jeder Frau frei, Latein oder Griechisch zu lernen«, gab sie spitz zurück und kam graziös auf die Füße. »Wie habt Ihr von diesem Geheimgang erfahren?«

Er war dankbar, dass sie offenbar nicht weiter über Religion mit ihm streiten wollte, denn dazu hatten sie keine Zeit. »Wir haben einen neuen Verbündeten an diesem Hof. Einer meiner zahlreichen walisischen Cousins hat sich genau wie ich als Stallknecht hier eingeschlichen, und er ist ein viel besserer Spion als ich. Er hat es herausgefunden.«

Mary wies zu einem Alkoven an der rechten Mauer. »Vermutlich wäre es das Beste, wir gingen in den Beichtstuhl, nicht wahr? Falls jemand hereinkommt.«

Nick hob die Hand zu einer abwehrenden Geste und sah gleichzeitig nervös zur Tür der Kapelle. Die Prinzessin hatte natürlich recht, aber er wollte vor ihr stehen, während er ihr sagte, wozu er hergekommen war. »Es dauert nur einen Augenblick«, versicherte er, und dann wusste er nicht, wie er fortfahren sollte.

»Also?«, ermunterte sie ihn, und unbewusst straffte sie die Schultern. Vermutlich war seiner Miene anzusehen, dass seine Neuigkeiten unerfreulich waren.

Nick gab sich einen Ruck. »Thomas Cromwell war heute früh hier.«

»Vaters Sekretär? Woher wisst Ihr das?«

»Ich habe ihn gehört. Ihn und Lord Shelton. Sie haben sich hier in der Kapelle getroffen.« Nick zwang seinen Kopf hoch und sah Mary in die Augen. »Cromwell hat verlangt, dass Lord Shelton Euch zwingt, den Eid zu schwören, Hoheit. Und für den Fall, dass Shelton keinen Erfolg hat, hat Cromwell angedeutet, dass er ... dass er ...«

»Mich ermorden lassen wird?«

Nick schluckte trocken und nickte. »Wir müssen Euch hier herausbringen. Ihr müsst fliehen. Es ist die einzige Möglichkeit.«

Für einen kleinen Moment legte die Prinzessin die schmale, lilienweiße Hand auf seinen Unterarm, so vertraut wie früher. Dann verschränkte sie die Finger ineinander, stützte das Kinn auf die Daumen und dachte nach. »Aber wie?«, fragte sie schließlich. »Ihr wisst doch, ich werde Tag und Nacht bewacht.«

Nick ruckte den Daumen über die Schulter Richtung Altar. »Durch den Geheimgang. Morgen Abend nach der Vesper. Ich erwarte Euch am anderen Ende mit zwei schnellen Pferden.«

»Und dann? Chapuys ist auf dem Kontinent. Wie soll ich ohne seine Hilfe aus England herauskommen?«

»Ich bringe Euch nach London und verstecke Euch an einem sicheren Ort, bis Chapuys zurück ist.«

Er würde sie zu Anthony Pargeter bringen, dem Pfarrer in Southwark, der ihn aus der Themse gefischt hatte. Vater Anthony würde ihm gewiss wieder helfen, Kontakt zum König der Diebe herzustellen. Bartholomew Kestrel würde ihm vermutlich die Kehle durchschneiden oder einen ruinösen Preis verlangen oder beides, wenn Nick ihn bat, solch brandgefährliche lebende Schmuggelware in seiner Diebesschule zu verstecken. Und die Prinzessin würde schockiert sein, wenn er sie in solch einen Sündenpfuhl brachte. Aber es half alles nichts, denn eine bessere Lösung fiel ihm einfach nicht ein.

»Dann schaffen wir Euch über den Kanal in die kaiserlichen Niederlande, und seid Ihr einmal dort, kann selbst Cromwell Euch nicht mehr erreichen, denn Euer Cousin, der Kaiser, wird seine schützende Hand über Euch halten.«

Sie nickte versonnen, aber ihr Blick war voller Zweifel. »Und was wird aus meiner Mutter?«

»Eure Mutter wäre die Erste, die darauf dringen würde, Euch in Sicherheit zu bringen.«

»Doch wenn Cromwell mein Leben bedroht, wie Ihr sagt, dann ist doch gewiss auch sie in größter Gefahr.«

»Hoheit«, beschwor er sie, »wir können nicht warten, bis wir Kontakt zur Königin aufgenommen haben. Ohne Chapuys kommen wir niemals an sie heran. Im Übrigen war es Eure Mutter, die Euch mir anvertraut hat, also könnt Ihr gewiss sein, dass sie von mir erwartet, Euch in Sicherheit zu bringen.«

Mary hatte immer noch beide Daumen unters Kinn geklemmt und ging vor dem Altar auf und ab. Sie wirkte sehr blass und zierlich im trüben Dämmerlicht, aber ihre Haltung drückte eher Trotz als Furcht aus. »Es ist eine schwierige Entscheidung, Mylord. Ihr verlangt, dass ich offen gegen meinen Vater rebelliere und ihn durch meine Flucht vor den Augen der ganzen Welt bloßstelle.«

»Ich würde sagen, ein Vater, der das Leben seiner Tochter nicht vor dem Mordkomplott seiner eigenen Hofschranzen schützt, hat kein Anrecht mehr auf ihren Gehorsam«, entgegnete er.

Die Prinzessin fuhr leicht zusammen und blinzelte. Nick wusste, es war grausam, sie so unverblümt daran zu erinnern, dass ihr Vater ihr jegliche Zuneigung entzogen hatte, aber wenn es das war, was nötig war, um sie wachzurütteln, dann musste es eben sein.

Mary wandte den Kopf ein wenig nach rechts. »Da kommt jemand …«, flüsterte sie erschrocken.

Nick stieß wütend die Luft aus und trat den Rückzug zum Altar an. »Morgen nach der Vesper, Hoheit«, wisperte er hastig. »Sagt ja, ich bitte Euch.«

Sie schüttelte den Kopf. »Ich will zwei Tage Bedenkzeit. Kommt übermorgen wieder her, dann teile ich Euch meine Entscheidung mit.«

»Herrgott noch mal, Mary …«

»Ich schlage vor, Ihr zieht Euch jetzt zurück, Mylord«, unterbrach sie ihn frostig und warf einen vielsagenden Blick Richtung Tür.

»Wie Ihr wollt«, gab er zurück. »Ich hoffe, bis dahin ist es nicht zu spät.«

»Das hoffe ich auch.«

Nick schob den verhüllenden Wandteppich beiseite und zog die kleine Tür auf. Über die Schulter grollte er: »Norfolk und Shelton haben doch weiß Gott recht: Ihr seid sturer, als eine Frau es je sein dürfte.«

»Geht mir aus den Augen, Waringham!«, fuhr sie ihn an.

Nick machte einen übertriebenen Diener. »Es gibt Tage, da Ihr Eurem Vater so ähnlich seid, dass ich Euch den Hals umdrehen könnte, Hoheit.« Und damit verschwand er im Geheimgang.

Sie kam weder am übernächsten Abend noch am Tag darauf oder an irgendeinem anderen Abend der ganzen folgenden Woche. Unverrichteter Dinge und ratlos ging Nick zu der kleinen Kate, die man ihm und seiner Familie zugewiesen hatte – und wo er entgegen seiner kategorischen Ankündigung nun doch die meisten

Nächte verbrachte, weil er der Versuchung ihrer schlichten Behaglichkeit meist nicht widerstehen konnte.

Er hoffte, dass Polly ihm irgendetwas sagen könne, was das eigentümliche Schweigen der Prinzessin erklärte. Aber Polly war nicht dort. Nick setzte sich auf einen Schemel, trommelte ungeduldig mit den Fingern der Linken auf den Tisch und schaute sich um. Es war ein schlichtes, aber anheimelndes Häuschen: ein Holzbett mit Strohmatratze und guten Decken, daneben eine schlichte Truhe für Kleidung und sonstige Habseligkeiten. Durch das pergamentbespannte Fenster neben der Tür fiel weiches Abendlicht auf sauber gefegte Holzdielen und den gescheuerten Tisch. Es gab keinen Kamin, aber unter dem Bett lugte ein gusseisernes Becken hervor, das man bei Kälte mit glühenden Kohlen füllen konnte. An den niedrigen Balken über dem Tisch hatte Polly Sträuße von Kamille und anderen Kräutern kopfüber zum Trocknen aufgehängt, die einen schwachen Duft verströmten.

Nick ertappte sich bei dem Wunsch, er wäre tatsächlich nur Tamkin der Stallknecht, der mit Frau und Kind in dieser Kate lebte. Es wäre gewiss kein so schlechtes Dasein: harte Arbeit, aber ebenso unbeschwerte Sonntage mit Fußballspielen und Ringkämpfen nach dem Kirchgang, beschauliche Sommerabende unter der Linde vor dem Haus, jedes Jahr ein neues Kind und ganz normale Alltagssorgen. Ein gleichförmiges, belangloses Leben vielleicht, und er würde älter werden und seine Enkel auf dem Schoß halten und irgendwann sterben, ohne auch nur seinen Fußabdruck in der Welt zu hinterlassen. Aber wäre das wirklich so ein Verlust? Ein zu hoher Preis für ein Mindestmaß an Zufriedenheit? An Seelenfrieden? Was waren ein berühmter Name und fünfhundert Jahre Familientradition wert, wenn man sterben musste wie sein Vater oder unsichtbar werden wie er selbst, um ihnen treu zu bleiben? Was all die großen Taten seiner Vorfahren, wenn sie genau hierher geführt hatten?

Er hatte noch keine einzige Antwort auf all seine Fragen gefunden, als die Tür sich öffnete und Polly eintrat. Sie hielt Eleanor auf dem Arm. Das Kind schlief, hatte den Kopf an die Schulter seiner Mutter gebettet und den linken Daumen im Mund.

Als Polly ihren Mann am Tisch entdeckte, wandte sie sich um und sagte: »Er ist hier.«

Während sie Eleanor aufs Bett legte, trat Madog über die Schwelle, nickte seinem Cousin ernst zu und schloss die Tür.

»Was tust du hier?«, fragte Nick verwundert. »Wieso bist du nicht beim Essen?«

»Das gleiche könnte ich dich fragen«, gab Madog zurück, setzte sich ihm gegenüber und stellte ab, was er in Händen gehalten hatte: einen halben Brotlaib und einen Zinnkrug mit Ale.

Polly fand ein paar Becher in der Truhe, brachte sie zum Tisch und nahm auf dem verbliebenen Schemel Platz. »Die Prinzessin ist krank, Nick«, berichtete sie.

»Krank?«, wiederholte er erschrocken. »Was fehlt ihr?«

Es war Madog, der antwortete: »Ich bin nicht sicher. Hohes Fieber, erzählt meine Hofdame, grauenvolle Schmerzen, meine kleine Kammerzofe. Und beide sagen, Mary behält nicht einmal Wasser bei sich.«

Nick war es mit einem Mal, als könne er nicht mehr richtig atmen. »Sie vergiften sie.«

»Das glaube ich nicht.«

»Madog, mach die Augen auf. Sie vergiften sie!«

»Schsch«, warnte Polly. »Man könnte dich draußen hören.«

Er nickte unwillig und senkte die Stimme. »Ihr wisst doch, was Cromwell zu Shelton gesagt hat.«

»Es war nichts weiter als eine vage Drohung«, entgegnete Madog. »Und er hat auch gesagt, Shelton solle zusehen, dass sie den Eid schwört. Das ist erst eine Woche her. Wieso sollte Cromwell plötzlich so ungeduldig werden? Mary ist König Henrys Tochter und als Braut auf dem Kontinent ein politisches Instrument von hohem Wert. Das würde Cromwell niemals leichtfertig verspielen.«

»Und was, wenn du dich irrst?«, konterte Nick – leise, aber eindringlich. »Verflucht noch mal, sie ist deine Cousine, Madog. Was, wenn dein Optimismus dich trügt und du ihr Leben damit aufs Spiel setzt?«

»Und was genau sollen wir deiner Meinung nach stattdessen tun?«

»Wir müssen sie da rausholen. Heute noch. *Jetzt.*«

Madog und Polly wechselten einen beredten Blick. Plötzlich ging Nick ein Licht auf. Es war kein Zufall, dass Madog mit hergekommen war. Polly hatte ihn als Verstärkung angeheuert, um ihrem Mann die beunruhigenden Nachrichten zu überbringen und ihn daran zu hindern, zu tun, was getan werden musste.

»Madog …«, beschwor Nick seinen Cousin.

Der schüttelte langsam den Kopf.

»Schön. Dann tu ich es eben allein.«

Madog stand ohne Hast auf. »Nein, Nick. Das wirst du nicht tun.« Er lehnte sich mit dem Rücken an die Tür und verschränkte scheinbar gelassen die Arme vor der breiten Brust.

Wütend sah Nick von ihm zu Polly und wieder zurück. »Und wie gedenkt ihr mich zu hindern?«, erkundigte er sich. Sein höflicher Tonfall war eine unmissverständliche Drohung.

»Ich werde an deinen Verstand appellieren. Und an deine Vernunft. Ich muss allerdings damit rechnen, dass das nichts nützen wird, weil beide dir gelegentlich abhanden kommen, sobald es um die Prinzessin geht. Darum bin ich darauf gewappnet, mich mit dir zu schlagen.«

»Wenn du da nur keine böse Überraschung erlebst …«, grollte Nick leise und trat einen Schritt auf ihn zu.

Plötzlich stand Polly zwischen ihnen. »Nick.« Es klang barsch. Wie eine Zurechtweisung. So hatte sie noch niemals zu ihm gesprochen, und er war zu verdattert, um angemessen darauf zu reagieren. Das gab ihr Gelegenheit, fortzufahren: »Du hast nicht den Hauch einer Chance, zu ihr zu gelangen. Zwei Wachen stehen auf dem Korridor zu ihren Gemächern, zwei weitere gleich vor der Tür.«

Er zuckte bockig die Schultern. »Mit Madogs Hilfe wäre es einfacher gewesen, aber da er sie mir – oder vielmehr der Prinzessin – verweigert, werde ich es eben so versuchen. Sie muss zu einem Arzt, und zwar schnell.«

»Sie hat den besten Medicus, den es in England gibt«, sagte Polly beschwörend. »König Henry hat ihr seinen Leibarzt geschickt.«

»Der seine Anweisungen vermutlich von Cromwell hat«, gab Nick unbeeindruckt zurück und wandte sich wieder an seinen Cousin. »Madog, lass mich vorbei.«

»Nein.«

»Mann, du glaubst nicht, wie es mich drängt, dir die Zähne einzuschlagen, aber wir würden Aufsehen erregen.«

»Todsicher.«

»Das kann ich mir nicht leisten.«

»Denk nur, Nick, ich auch nicht. Du vergisst gelegentlich, dass du nicht der einzige bist, der hier für Mary Kopf und Kragen riskiert. Das sieht dir gar nicht ähnlich, aber trotzdem tust du das. Weil du vollkommen … *besessen* von ihr bist. Von dieser Idee, dass du alles bist, was zwischen ihr und dem Abgrund steht. Woran liegt das nur?«

»Nicht schwer zu erraten, oder«, warf Polly bitter ein.

Madog sah sie an und schüttelte dann den Kopf. »Nein, nein. Das ist es nicht. Das hätte ich gemerkt.«

»Ich weiß, was ich weiß«, widersprach sie.

»Du weißt überhaupt nichts!«, fuhr Nick sie an.

»Dann wird es vielleicht Zeit, dass du ihr ein paar Dinge erklärst, du ungehobelter, rücksichtsloser Hurensohn«, schlug Madog liebenswürdig vor. »Sie ist nämlich deine Frau. Also nur zu, sag's ihr. Deine Gefühle für die unglückliche, gefangene und durchaus liebreizende Prinzessin sind rein platonisch, richtig? Wie sollen wir's nennen? Brüderlich? Oder wollen wir das Wort bemühen, um das es hier eigentlich geht? *Ritterlich?*«

Nick war sehr schnell mit den Fäusten geworden, aber Madog wich ihm mit einer Gemächlichkeit aus, die fast schon beleidigend war. Er bog den Kopf zur Seite, packte die geballte Rechte, die auf ihn zuflog, mit seiner Linken, zerrte Nick mit einem Ruck zu sich heran, drehte ihm den Arm auf den Rücken und stieß ihn krachend gegen die Tür. »So, Vetter. Zeit für ein paar unschöne Wahrheiten.«

»Madog, hör auf«, forderte Polly erschrocken.

»Halt dich da raus«, bekam sie von beiden Männern im Chor zur Antwort.

Eleanor war aufgewacht und fing an zu weinen. Nick sah aus dem Augenwinkel, wie Polly sie auf den Schoß hob und das kleine Gesicht an ihre Brust presste.

»Lass uns vor die Tür gehen, Madog«, verlangte er mit zusammengebissenen Zähnen. Madog hatte ihm den verdrehten Arm so weit nach oben gedrückt, dass Nick fürchtete, es werde ihm die Schulter entzweireißen.

»Warum?«, entgegnete sein Cousin. »Ich hab dich hier doch gerade so wunderbar in den Klauen. Also, Mylord. Reden wir über deinen Vater. *Er* ist es, nicht wahr? Du meinst, du musst die Scharte auswetzen, die er auf eurem Namen hinterlassen hat. Weil er sich still und leise geopfert hat für das, woran er glaubte, statt zehn Jahre vorher das Schwert in die Hand zu nehmen und die Schande und das Unrecht zu rächen, die ihm widerfahren waren, wie ein wahrer Ritter es sollte? Du bist einfach nicht in der Lage, zu begreifen, dass die Welt so nicht mehr funktioniert. Und darum meinst du, du musst sehenden Auges ins Verderben rennen, ganz gleich, wen du mitreißt.«

Nick hatte genug gehört. Mit einer plötzlichen Bewegung bäumte er sich auf, rammte Madog den Hinterkopf ins Gesicht und den linken Ellbogen in die Seite, und als dessen Griff sich daraufhin lockerte, riss er sich los, fuhr herum, packte seinen Cousin und zahlte es ihm mit gleicher Münze heim, sodass es dieses Mal Madog war, der mit verdrehtem Arm gegen die leidgeprüfte Tür krachte.

»Mein Vater … war der mutigste Mann, den ich je gekannt habe«, keuchte Nick.

»Das musst du mir nicht erzählen«, gab Madog zurück, grantig und doch gleichzeitig gelangweilt, was Nick nur noch mehr in Rage brachte.

Er stieß Madogs Arm mit einem kleinen Ruck weiter nach oben. »Wie kannst du es wagen, seine Ehre in Zweifel zu ziehen? Auch noch vor *ihr*?«

»Nick …«, versuchte Polly es nochmals, aber sie wurde wiederum ignoriert.

»Sie hat mit Sicherheit nichts gehört, was sie nicht längst

wusste«, erwiderte Madog, und jetzt war er derjenige, der die Zähne zusammengebissen hatte. »Lass mich los, Waringham, du brichst mir die Gräten.«

»Ich bin untröstlich. Also entschuldige dich.«

»Wofür genau?«

»Du weißt, wofür.«

»Eher gibt es in der Hölle eine Schneeballschlacht …« Madog warf sich zurück, versuchte, sich auf die gleiche Weise zu befreien wie zuvor Nick, aber der war gewappnet. Er verstärkte den Druck auf Madogs Arm, packte ihn am Schopf und schmetterte seinen Kopf gegen die Tür, die daraufhin kapitulierte und aus den Angeln riss.

Ineinander verkeilt landeten die beiden Kampfhähne auf der malträtierten Tür, und ehe sie sich entwirren konnten, spottete eine volltönende Stimme über ihnen: »Auf eine so stürmische Begrüßung hatte ich an diesem Ort kaum zu hoffen gewagt.«

Nick hob ruckartig den Kopf und erstarrte für einen Moment. Sein Gehör hatte ihn nicht getrogen. »Majestät …«

Er stieß Madog, der immer noch halb auf ihm lag, unsanft von sich, richtete sich auf ein Knie auf und senkte den Kopf. »Ich hoffe, Ihr könnt mir vergeben.«

»Nun, Ihr konntet kaum mit mir rechnen«, antwortete Catalina von Aragon, aber es klang befremdet.

Es war inzwischen fast völlig dunkel geworden. Sie hielt indes ein Licht in der Hand, sodass er ihr Gesicht erkennen konnte. Mit undurchschaubarer Miene blickte sie auf ihn herab.

Nick war erschrocken und hoffnungslos verwirrt über ihr plötzliches Auftauchen, und beinah instinktiv begab er sich daran, erst einmal die Ordnung wiederherzustellen. Er packte Madog am Ellbogen und zog ihn ebenfalls auf die Knie hoch. »Mein Cousin, Madog Pembroke, Majestät.«

»Pembroke«, grüßte sie kühl.

Madog wischte sich mit dem Ärmel über die blutige Nase. »Eine … große Ehre, Majestät«, brachte er krächzend hervor. Offenbar war ihm die Stimme abhanden gekommen – ob vor Scham oder Ehrfurcht, vermochte Nick nicht zu entscheiden.

»Die Prinzessin?«, fragte Nick furchtsam, und er spürte sein Herz in der Kehle pochen. Er fürchtete, dass es nur einen Grund geben konnte, warum der König Catalina gestattete, zu ihrer Tochter zu eilen.

»Mit Gottes Hilfe wird sie wieder gesund«, antwortete Catalina. »Sie schickt mich zu Euch.«

»Sie … was?«, entfuhr es ihm.

Catalina bemühte sich nicht, ihr ungeduldiges Seufzen zu unterdrücken. »Denkt Ihr wirklich, wir sollten all das unter freiem Himmel besprechen?«

Nick nahm sich zusammen, kam auf die Füße und wies einladend auf die Kate. »Sehr bescheiden, fürchte ich.«

Die entthronte Königin trat über die Schwelle, ohne einen Kommentar abzugeben. Nick folgte ihr kleinlaut, und Madog raunte ihm nach: »Ich versuch, die verdammte Tür wieder einzuhängen. Wenn irgendjemand sieht, wer bei dir zu Besuch ist, sind wir geliefert.«

»Ist gut«, gab Nick tonlos zurück und trat ein. »Das ist Polly, Majestät, eine der Ammen. Mach einen Knicks, Polly. Dies ist Königin Catalina.« Und mit einem Mal kam ihm die Situation so bizarr vor, dass er Mühe hatte, ein nervöses Lachen zu unterdrücken. Aber seine Miene blieb ernst und – so hoffte er – würdevoll. Schlimm genug, dass die Königin ihn in diesem so ganz und gar unadligen Aufzug sah, in einem zerschlissenen Bauernkittel und staubigen Stiefeln. Verlegen zog er einen der groben Holzschemel herbei und wies einladend darauf.

Catalina setzte sich ohne jedes Zögern, so als verkehre sie alle Tage in einräumigen Gesindehütten.

Fünf Jahre waren seit ihrer letzten Begegnung vergangen, und Nick schien es, als sei die Königin seither noch ein wenig mehr in die Breite gegangen. Tiefe Furchen hatten sich in Stirn und Wangen gegraben, und die Gesichtshaut wirkte kränklich und schlaff. Man konnte sehen, dass es bittere Jahre gewesen waren, und die Gerüchte, die man gelegentlich hörte, waren unverkennbar wahr: Catalina war nicht wohl. Aber ihre Garderobe, ihre Haltung und Ausstrahlung waren so vornehm und königlich wie eh und je.

Mit einem wohldosierten Lächeln gestattete sie Polly, sich zu erheben, was diese ein wenig ungeschickt tat, das weinende Kind im Arm.

»Ist diese Person vertrauenswürdig?«, fragte die Königin Nick. Sie sprach Lateinisch, damit Polly sie nicht verstehen und gekränkt sein konnte.

»Ganz und gar«, versicherte er in der gleichen Sprache und ertappte sich dabei, dass der Argwohn der Königin gegen Polly ihn ärgerte. »Sie stammt aus Waringham und ist auf meine Bitte hin an diesen Hof gekommen.«

Catalina betrachtete das jammernde kleine Mädchen in den Armen der Magd und richtete den geruhsamen Blick dann auf Nick. Er erkannte, dass sie alles erraten hatte, was er zu erwähnen versäumt hatte.

»Und Euer Cousin?«, fragte Catalina weiter.

»Für ihn gilt das gleiche.«

»Und warum habt Ihr Euch dann geschlagen?«

»Das ist … eine lange Geschichte, Majestät. Wenn Ihr …«

»Es ist eine sehr kurze und etwas groteske Geschichte, Majestät«, fiel Madog ihm in seinem geschliffenen Latein ins Wort, zog die notdürftig reparierte Tür hinter sich zu und verneigte sich höflich vor der Königin. So als wolle er klarstellen, dass er sich durchaus wie ein Gentleman zu benehmen wisse, wenn er sich nicht gerade prügelte. Dann sprach er auf Englisch weiter: »Waringham war der Überzeugung, Thomas Cromwell ließe die Prinzessin vergiften. Darum wollte er völlig kopflos mit blanker Klinge den Palast erstürmen und sie von hier fortschaffen. Polly und ich waren der Auffassung, dies sei keine kluge Idee und seine Sorge obendrein abwegig. Darüber kam es zu Handgreiflichkeiten.«

»Ich verstehe«, sagte die Königin ernst. Sie sah zu Nick. »Euer Cousin hatte recht, mein lieber Freund. Mary selbst war es, die sich krank gemacht hat. Sie hat auf ihren langen Spaziergängen den ganzen Sommer über Tollkraut und Fingerhut und einige andere Pflanzen gesammelt. Heimlich, obwohl sie doch immer bewacht wird. Damit hat sie sich vergiftet. Wohldosiert, aber doch schlimm genug, um den König zu bewegen, mich zu ihr zu lassen, nachdem sein Leibarzt seine Ratlosigkeit eingestehen musste.«

Plötzlich hatte Nick weiche Knie. »Oh, Mary ...«, murmelte er erschüttert. »Das hat sie getan, weil ich ihr so zugesetzt und sie gedrängt habe, ohne Euch auf den Kontinent zu fliehen. Was bin ich nur für ein Unglücksrabe ...« Unsanft schlug er sich mit den Fingerknöcheln vor die Stirn. »Ich hätte nie gedacht, dass sie so etwas tun würde. Und ich war in solcher Sorge um ihre Sicherheit.«

Catalinas Miene blieb ernst, aber ihre Reserviertheit verschwand. »Setzt Euch, meine Freunde. Und du auch, mein Kind.« Sie nickte Polly zu, und für einen Moment hellte der Anflug eines Lächelns ihre Züge auf. »Was für ein hübsches Töchterchen du hast.«

Polly senkte schüchtern den Blick, und weil sie nicht wusste, was sich gehörte, missachtete sie die Einladung der Königin. Statt sich auf die Bettkante zu hocken und den Mund zu halten, sagte sie: »Ich muss Euch bitten, mich gehen zu lassen ... Majestät. Wenn ich zu spät zur Arbeit komme, wird man mir Fragen stellen.«

»Dann geh.« Catalina vollführte eine elegante Geste. »Ich will nicht, dass du Aufmerksamkeit auf dich lenkst und dich in noch größere Gefahr bringst. Gott segne dich für das, was du für meine Tochter tust. Ich danke dir für deine Treue und bete, dass Mary oder ich eines Tages in der Lage sein werden, uns erkenntlich zu zeigen.«

Polly trat noch einen Schritt näher, sank plötzlich vor der Königin auf die Knie, nahm den Saum ihres Kleides in die Linke und drückte ihn kurz an die Lippen. »Was hat der König sich nur dabei gedacht, Euch das anzutun?«, flüsterte sie.

Catalina legte ihr kurz die Hand auf den Kopf und antwortete nicht.

Polly kam mühelos auf die Füße, obwohl sie immer noch das Kind im Arm hielt, tauschte einen Blick mit Nick und ging hinaus.

Die Königin wartete, bis ihre Schritte verklungen waren, ehe sie sagte: »Macht Euch keine Vorwürfe, Mylord. Mary hat sich nicht in solche Gefahr gebracht, weil Ihr sie bedrängt habt, sondern weil sie den König zwingen wollte, mich zu ihr zu lassen. Ich kann nicht sagen, dass ich ihre Methoden billige. Sie hätte sich ohne Weiteres umbringen können, und dann wäre ihre Seele auf immerdar verloren gewesen. Aber ihr Mut imponiert mir. Und ihre Stärke. Sie hat es geschafft, dem König ihren Willen aufzuzwingen. Das ist etwas, das mir nie gelungen ist.«

Nick wollte schlucken, aber seine Kehle war völlig ausgedörrt. »Seid Ihr sicher, dass sie wieder gesund wird, Madam?«

»Mein Leibarzt ist sehr zuversichtlich. Jetzt, da sie ihrem Körper kein Gift mehr zuführt, wird sie rasch genesen, sagt er. Das heißt, mein Aufenthalt hier wird nur von kurzer Dauer sein, Mylord. Womöglich wird der König bereits morgen befehlen, mich zurück nach Buckden zu geleiten.«

»Buckden?«, wiederholte Nick verständnislos.

»Ein lange unbewohntes Haus des Bischofs von Lincoln in Huntingdonshire«, erklärte sie mit unbewegter Miene.

Eine zugige Bruchbude mitten im Nirgendwo, übersetzte Nick im Stillen.

»Dort residiere ich derzeit auf Wunsch des Königs. Oder seiner … Gefährtin, ich bin nicht sicher. Also, Gentlemen: Ich muss bald wieder fort und Marys Wohl erneut in Eure Hände legen.« Sie sah von einem Cousin zum anderen.

»Was wünscht Ihr, das wir tun, Majestät?«, fragte Madog nüchtern.

»Waringhams Fluchtpläne waren durchaus nicht falsch«, antwortete sie, und Nick verspürte den kindischen Impuls, Madog ein ›Da hast du's‹ zuzuraunen. »Je weiter ich aus dem Blick und dem Bewusstsein der Öffentlichkeit verschwinde, desto mehr wird Mary zur Symbolfigur der religiösen und politischen Opposition«, fuhr Catalina fort. »Ich glaube wie Ihr, Mylord, dass Cromwell und Mistress Boleyn früher oder später beschließen werden, dass es zu gefährlich werden könnte, sie weiterleben zu lassen.« Ihre tiefe Stimme klang ruhig, aber sie musste einen Moment die Augen schließen, ehe sie weitersprechen konnte. »Sie sind maßlos geworden in ihrer Gottlosigkeit und ihrer Machtgier, alle beide. Und mein armer Gemahl ist wie Wachs in ihren Händen. In den nächsten Wochen wird das Parlament ein Gesetz verabschieden, welches den endgültigen Bruch mit dem Papst und der heiligen Mutter Kirche vollzieht. Cromwell nennt es die ›Suprematsakte‹. Der König wird kraft dieses Gesetzes zum alleinigen Oberhaupt der englischen Kirche, und dann wird sein ketzerischer Erzbischof Cranmer all die Freveltaten begehen, die sich hinter dem Wort ›Reform‹ verbergen.«

Nick schüttelte den Kopf und bekreuzigte sich. Madog tat es ihm gleich und murmelte: »Möge Gott dem König vergeben.«

»Ihr tätet gewiss ein gutes Werk, wenn Ihr für seine Seele beten wolltet, Master Pembroke«, pflichtete die Königin ihm bei. »Doch der König wird hohe Ansprüche an die Güte Eures Herzens stellen: Genau wie bei seinem Thronfolgegesetz wird auch im Fall dieser Suprematsakte jeder Engländer von Rang aufgefordert, das Gesetz per Eid zu bestätigen. Und den Eid zu verweigern wird dieses Mal nicht als schlichtes Vergehen geahndet …«

»Sondern als Verrat«, beendete Nick den Satz tonlos für sie.

Catalina sah ihn an und nickte. »Mary wird sich weigern, diesen Schwur zu leisten, Mylord. Und ich weiß nicht … was dann aus ihr werden soll. Ich bete Tag und Nacht, dass Gott sie ihre Treue zu seiner Kirche nicht mit dem Leben bezahlen lässt. Aber beten allein wird nicht reichen.«

»Sie *muss* England verlassen«, sagte Nick.

»Auf jeden Fall müssen wir die Möglichkeit in Betracht ziehen. Ich bitte Euch, sprecht mit Chapuys, sobald er zurück ist. Ohne das Einverständnis des Kaisers können wir Mary nicht zu ihm schicken. Chapuys soll Karl unsere Lage unterbreiten und ihn bitten, Mary Asyl zu bieten und bei ihrer Flucht zu helfen, wenn es zum Äußersten kommt.«

»Aber was ist mit Euch, Majestät?« Nick wusste genau, dass auch sie diesen Eid niemals schwören würde.

Catalina legte die Hände im Schoß zusammen und hob die Schultern. »Ich bin die Königin von England, Mylord. Mein Platz ist hier, ganz gleich, was geschieht.« Sie erhob sich, und die beiden jungen Männer beeilten sich, ihrem Beispiel zu folgen. »Ich muss gehen«, sagte Catalina. »Ich will die Gefahr für Euch nicht unnötig vergrößern und mein armes Kind auch nicht länger allein lassen.

Master Pembroke, Lord Waringham, meine Tochter und ich stehen tief in Eurer Schuld.«

Sie verneigten sich stumm, und Nick trat vor, um ihr die Tür aufzuhalten, die bedenklich schief in ihren zerborstenen Angeln hing.

Catalina blieb noch einmal vor ihm stehen. »Ich glaube kaum, dass wir uns in dieser Welt noch einmal wiedersehen, mein lieber Freund. Aber sorgt Euch nicht um mich. Marys Wohlergehen und Sicherheit sind es, die zählen. Denn nur sie kann tun, was ihre Großmutter vor ihr getan hat: ihr Land aus den Händen der Gottlosen befreien und zurück in den Schoß der Kirche führen.«

Das sind *sehr* ehrgeizige Ziele, dachte Nick. Ich wäre schon zufrieden, wenn wir alle mit dem Leben davonkämen. Aber er nickte.

»Lebt wohl, Mylord.« Sie nahm das Öllicht, das er ihr hinhielt, trat hinaus, und nach wenigen Schritten war sie hinter der Buchenhecke verschwunden, die die Gesindequartiere vom Palastgarten trennte.

Nicks Herz war bleischwer, als er die Tür schloss. »Wie unbeugsam sie ist«, bemerkte er. »Eine großartige Frau.«

Madog nickte und reichte ihm einen Becher Ale. »Kein Zweifel. Aber es verschlägt einem den Atem, mit welcher Selbstverständlichkeit sie über dein Leben verfügt.«

Nick nahm den Becher und trank durstig. »Sie kann es sich nicht leisten, zimperlich zu sein.«

»Nein.« Madog seufzte und stieß mit seinem Becher an Nicks. »Auf uns und alle anderen Verräter, die den Eid auf die Suprematsakte nicht schwören werden. Junge, Junge, jetzt wird es *richtig* ungemütlich.« Er nahm einen ordentlichen Zug.

Ganz gewiss, dachte Nick. Und er war dankbar, dass er dem scheinbar so irrsinnigen Impuls gefolgt war, seine Güter von Nathaniel Durham pfänden zu lassen. Der König konnte den Earl of Waringham verurteilen und für vogelfrei erklären, er konnte ihm den Kopf abschlagen oder ihn in viele kleine Stücke hacken lassen, wenn er ihn fand, aber enteignen konnte er ihn nicht.

Waringham zumindest war sicher.

»Madog …«

»Hm?«

»Wirst du mir einen Gefallen tun?«

»Vermutlich nicht. Du hast mir die Nase blutig geschlagen und warst obendrein stärker und vor allem schneller als ich. So was fördert nie meine Hilfsbereitschaft.«

Nick grinste geisterhaft. »Ich werde dich dennoch bitten.«

»Was willst du?«, knurrte sein Cousin. »Wage ja nicht, mich zu bitten, Polly und Eleanor nach Waringham zu bringen und dann zu verschwinden. Du bist hier nicht der einzige mit einem Funken Ehre im Leib, verstehst du? Auch wenn die ganze Geschichte vermutlich kein gutes Ende nehmen kann, stecken wir jetzt zusammen in dieser Klemme, und wir werden es auch zusammen zu Ende führen. Ist das klar?«

»Völlig.«

»Also?«

Nick war um eine Antwort verlegen, denn Madog hatte mitten ins Schwarze getroffen mit seinem Verdacht, und Nick fürchtete, wenn er sein Anliegen trotzdem vortrüge, würden sie wieder mit den Fäusten aufeinander losgehen. Mit einem hilflosen Achselzucken antwortete er: »Holst du uns noch einen Krug Bier?«

London, Juli 1535

 »Seid so gut und helft mir hinauf, Lieutenant«, bat Sir Thomas More liebenswürdig. »Hinunter komme ich wohl allein …«

Hier und da lachte jemand über den makabren Scherz, aber die meisten der Zuschauer blieben stumm. Viele waren nicht gekommen – kaum genügend, um sich gefahrlos zwischen ihnen zu verbergen, wusste Nick.

Der Offizier der Tower-Wache reichte Sir Thomas den Arm, und langsam erklommen sie gemeinsam die steile Holztreppe zu der erhöhten Richtstätte auf dem Tower Hill. Es war der 6. Juli, aber schon seit dem Vorabend fiel ein unablässiger, lautloser Regen. Der Himmel über London sah aus wie ein bleigraues Leichentuch, und die Luft war eigentümlich still und kalt.

Oben angekommen, musste Sir Thomas sich noch einen Moment länger auf den Arm des Lieutenant stützen. Die fünfzehn Monate seiner Haft im Tower hatten einen Greis aus ihm gemacht. Er war magerer und gebeugter als früher, das Haar war schütter geworden, und der unordentliche Bart, der ihm bis auf die Brust reichte, war weiß.

Sir William Kingston, der Constable des Tower, machte ein Gesicht, als sei dies seine eigene Hinrichtung. Sprachlos legte er dem Delinquenten für einen Moment die Hand auf den Arm und schüttelte den Kopf. Dann trat er hinter ihn und band ihm mit einem dicken Strick lose die Hände auf den Rücken.

»Habt Ihr …« Er musste sich räuspern. »Habt Ihr noch etwas zu sagen, Sir Thomas?«

Der schien sich die Frage in aller Seelenruhe durch den Kopf gehen zu lassen. Der unverändert scharfe Blick der dunklen Augen glitt über die vielleicht hundert Menschen, die sich versammelt hatten, um in seiner letzten Stunde bei ihm zu sein. Die blutgierigen Gaffer, die sonst in so großer Zahl zu Hinrichtungen strömten, waren einfach ausgeblieben, beinah als hätten sie sich abgesprochen und darauf verständigt, dass es ratsamer sei, in Deckung zu bleiben, da Gott heute gewiss im Zorn auf London blickte.

Nick stand in der zweiten Reihe ein Stück zur Linken, die Kapuze tief ins Gesicht gezogen, den Kopf gesenkt, und konnte die Augen nicht von seinem einstigen Mentor abwenden. Nein, dachte er, er wird nichts mehr sagen. Er ist schon nicht mehr von dieser Welt …

Doch er hatte sich getäuscht. Sir Thomas More war sein Leben lang ein eloquenter Streiter für seine Überzeugungen gewesen und blieb es bis zum Schluss: »Ich bin ein treuer und ergebener Untertan des Königs und bete jeden Tag für ihn, für die Seinen und sein ganzes Reich. Ich tue niemandem Übles, sage über niemanden Übles und denke nichts Übles, sondern wünsche jedem nur Gutes. Und wenn das nicht genügt, um einen Mann in Redlichkeit am Leben zu erhalten, wahrlich, dann verlangt es mich nicht, am Leben zu bleiben.«

Er trat an den Block.

Unter der Ledermaske des Scharfrichters rannen Tränen hervor, und das stopplige Kinn bebte. »Vergebt Ihr mir?«

Thomas More blickte ihn an und nickte. »Von Herzen.« Steif, aber ohne Hilfe in Anspruch zu nehmen, kniete er nieder und legte den Kopf auf den Block. Dann besann er sich, hob ihn noch einmal und beugte sich ein wenig vor, sodass der lange Bart vorn über den Block baumelte. »Lassen wir ihn heil«, murmelte er dem Henker zu. »Der Bart hat sich ja nicht des Verrats schuldig gemacht ...«

Die schmale, große Frauengestalt vor Nick, die ihr Gesicht ebenso in einer Kapuze verhüllt hatte wie er, gab einen erbarmungswürdigen Laut unterdrückten Jammers von sich und sank in sich zusammen. Sie landete auf den Knien, aber ehe sie ganz zu Boden fallen konnte, war Nick an ihrer Seite und hatte den Arm um ihre Taille gelegt.

»Nicholas«, murmelte sie undeutlich.

»Hier bin ich, Lady Meg.«

Die Nächststehenden folgten ihrem Beispiel und sanken auf die Knie, und bald kniete die ganze Zuschauerschar im nassen Gras, faltete die Hände und betete das Paternoster.

Der Lieutenant trat hinter Sir Thomas und zog behutsam dessen Wams über die Schultern herab, um den Nacken zu entblößen. Der weinende Scharfrichter hob das Beil über den Kopf.

»Besser, Ihr seht nicht hin«, flüsterte Nick Lady Meg zu.

Aber sie hörte nicht auf ihn. Starr schaute sie zum Schafott hinauf, sah genau wie Nick die scharfe Klinge niederfahren, in der der Bleiton des Himmels sich einen Moment zu spiegeln schien. Dann vernahmen sie das grauenvolle Knirschen, mit dem das Beil die Wirbel durchtrennte, und der Bart schien den Kopf abwärtszuzerren, der lautlos in den bereitstehenden Weidenkorb fiel, während eine senkrechte Blutfontäne aus dem durchtrennten Hals spritzte. Der Leib sackte zur Seite. William Kingston und der

Wachoffizier traten vor und versperrten der Menge den Blick auf den Leichnam. Oben auf dem breiten Wehrgang des Tower donnerte der einzelne Kanonenschlag, der den Londonern verkündete, dass gerade wieder eine arme Seele vor ihren Schöpfer getreten war, auf dass sie einen Moment in ihren Tagesgeschäften innehielten und sich besannen. Das Dröhnen übertönte das leise Beten und Weinen auf dem Tower Hill.

»Was geschieht jetzt mit ihm?«, fragte Meg Roper, ohne sich zu rühren.

»Der Constable wird ihn in einen Sarg betten lassen und Euch übergeben. Mit Würde und Anstand, Lady Meg.«

Endlich wandte sie den Blick und schaute Nick an. Ihr Gesicht, sogar die Lippen kamen ihm schneeweiß vor. »Aber was passiert mit dem Kopf?«

Er antwortete nicht.

Spätestens seit Verabschiedung der Suprematsakte im vergangenen November war klar gewesen, dass Thomas More nicht mit dem Leben davonkommen würde. Und als vor zwei Wochen John Fisher, der unbeugsame alte Bischof von Rochester, ebenfalls hier auf dem Tower Hill enthauptet worden war, hatte Nick gewusst, dass Sir Thomas nicht mehr viel Zeit blieb.

Cromwell hatte dafür gesorgt, dass jeder Widerstand gegen die Lossagung von der Kirche in Rom unbarmherzig niedergeschlagen wurde. Einige hoch angesehene Kartäusermönche, die an den König appelliert hatten, um seines Seelenheiles willen eine Aussöhnung mit dem Papst zu suchen, waren in Tyburn als Verräter hingerichtet worden, und Cromwell hatte eigens zu dem Anlass einen Spezialisten angeheuert, einen Spanier, der jahrelang für die Inquisition seines Landes die unappetitliche Drecksarbeit verrichtet hatte. Das hatte Chapuys Nick bei einem ihrer konspirativen Treffen erzählt. »Es ist nie ein schöner Anblick, wenn ein Mann aufgeschlitzt, ausgeweidet, kastriert und dann geviertelt wird, Waringham, aber ich schwöre bei Gott, etwas so Bestialisches habe ich noch nie gesehen. Einfach unfassbar, wie lang er sie am Leben gehalten hat …«

»Ihr wart dort?«

»Allerdings. Der Kaiser hat mich beauftragt, ihm *alles* zu berichten, was in diesem Land vorgeht, nach Möglichkeit aus eigener Anschauung. Ich sage Euch, es gibt Tage, da es mich drängt, mich zur Ruhe zu setzen.«

»Dafür wird der König in der Hölle brennen«, hatte Nick prophezeit.

Chapuys ging mit einem unverbindlichen Diplomaten-Achselzucken darüber hinweg. »Erst die Kartäuser, Mylord. Dann Fisher. Sir Thomas ist der Nächste, machen wir uns nichts vor. Und im Gegensatz zu Fisher schützt ihn keine Kardinalswürde. Stellt Euch darauf ein, dass er das gleiche Ende nehmen muss wie diese bedauernswerten Mönche.«

Nick hatte sich bekreuzigt und gebetet: Lass das nicht zu, Gott. Nicht Sir Thomas. Gib uns ein winziges Zeichen, dass du uns nicht ganz und gar verlassen hast, und erspar ihm dieses qualvolle Ende …

Zumindest dieser bescheidene Wunsch hatte sich erfüllt, musste Nick einräumen. Pflichtschuldig dankte er Gott für das Zeichen, aber in Wahrheit haderte er mit seinen unergründlichen Ratschlüssen.

»Kommt, Lady Meg. Lasst uns verschwinden, ehe uns jemand erkennt. Ich bringe Euch nach Hause.«

Sie kam auf die Füße, schüttelte aber den Kopf. »Ich … kann jetzt nicht heim, Nicholas … Mylord.«

»Schsch«, warnte er gedämpft und sah sich nervös um. Die kleine Zuschauerschar begann bereits, sich zu zerstreuen.

»Vergebt mir …« Mit hängenden Armen stand Meg Roper vor ihm und zitterte am ganzen Leib. Jetzt waren ihre Lippen blau. Sie stand unter Schock. »Ich kann jetzt nicht … meine Kinder … meine Stiefmutter …«

»In Ordnung. Kommt. Ich weiß einen sicheren Ort, wo wir unterschlüpfen können.« Er nahm ihren Arm und führte sie zum Fluss. Mit einem Pfiff winkte er ein Wherry heran, ließ sich mit Lady Meg über den Fluss setzen und klopfte wenig später an die Tür des bescheidenen Pfarrhauses von St. Mathew in Southwark.

Vater Anthony öffnete, betrachtete den im Schatten der Kapuze nahezu vermummten, großen Mann einen Moment mit verengten Augen, trat dann wortlos zurück und hielt ihnen die Tür auf.

Erst als er sie geschlossen und verriegelt hatte, sagte er: »Ihr stellt Gottes Nachsicht auf eine harte Probe, scheint mir, Mylord.«

Nick streifte die Kapuze zurück. Auch seine Hände bebten. »Er würde Euch gewiss recht geben.«

»Wieso in aller Welt wagt Ihr Euch nach London?«

»Dies ist Lady Margaret Roper, Vater. Sir Thomas Mores Tochter. Ihr könnt Euch sicher denken, woher wir kommen.«

Vater Anthony bekreuzigte sich, trat an den Schrank neben seinem Herd und holte einen Krug Wein. Er schenkte ein und schob Lady Meg den ersten Becher zu. »Hier, Madam. Und nehmt Platz. Wenn Ihr wünscht und es Euch Trost spendet, gehen wir in meine Kirche und halten eine Messe für Euren Vater, aber zuerst müsst Ihr etwas trinken. Er würde gewiss nicht wollen, dass Ihr Euch krank macht vor Kummer und Elend.«

Seine gütige Stimme verfehlte ihre Wirkung nicht. Genau wie einst Nick fand auch Lady Meg sich ein wenig getröstet, sodass die Starre ihrer Glieder sich löste und sie den Becher ergreifen konnte.

»Ich werde nie verstehen, wie es überhaupt so weit kommen konnte«, murmelte der Priester kopfschüttelnd.

Lady Meg erklärte es ihnen, als sie aus der Kirche zurückkamen.

Während der gesamten Dauer seiner Haft hatte Thomas More an seinem Stillschweigen festgehalten. Weder zum Thronfolgegesetz noch zur Suprematsakte hatte er sich in seinen Verhören einen Kommentar entlocken lassen, denn Stillschweigen – das wussten auch Cromwell und der König – bedeutete vor dem Gesetz Zustimmung. Also konnte niemand Sir Thomas Opposition gegen den Willen des Königs oder Ungehorsam wider die Krone vorwerfen, solange er nur schwieg. Doch seine Weigerung, den

Eid auf die Suprematsakte zu schwören, erfüllte nach der neuen Rechtslage den Tatbestand des Verrats, und so hatte Cromwell endlich die Handhabe, ihn vor Gericht zu stellen. Am 1. Juli hatte der Prozess begonnen, und schon am Mittag des ersten Tages zeichnete sich ab, dass er zu einer spektakulären Niederlage für Cromwell werden würde, denn Sir Thomas galt nicht zu Unrecht als der beste Rechtsgelehrte des Landes. Seine Ankläger tappten in jede rhetorische Falle, die er ihnen stellte. Bis sie Sir Richard Rich als Zeugen aufriefen.

»Richard Rich?«, unterbrach Nick verwundert.

»Ihr erinnert Euch an ihn?«, fragte Lady Meg.

Er überlegte einen Moment und nickte dann. »Er war früher gelegentlich im Haus Eures Vaters in Chelsea. Ein dürres Männlein in schäbigen Kleidern. Mir schien er meistens betrunken, und ich habe nie verstanden, welche Verbindung er zu Sir Thomas hatte.«

»Eigentlich gar keine«, gab sie zurück und zog fröstelnd die Schultern hoch. »Sie stammten aus derselben Pfarre in London, aber natürlich war Vater zwanzig Jahre älter. Als Rich vom Studium in Cambridge zurückkehrte, trat er dem Rechtskollegium im Middle Temple bei, aber ehrliche Arbeit war wohl nie das, was er wollte. Er war immer auf der Suche nach einem mächtigen Förderer und lukrativen Posten. Vater hat ihn mehrmals abgewiesen, weil er ihn für unredlich und korrupt hielt. Aber Rich fand seinen Förderer schließlich. Zuerst in Audley, der nach Vater Lord Chancellor wurde, und dann ...«

»Cromwell«, tippte Nick bitter.

Sie nickte. »Rich hat die Klage sowohl gegen Bischof Fisher wie auch gegen Vater vorbereitet, und als er in den Zeugenstand gerufen wurde, hat er behauptet, Vater hätte in seinem Verhör am 12. Juni gesagt, der König könne und dürfe niemals Oberhaupt der Kirche sein.«

Es war einen Moment still. Dann bemerkte Nick kopfschüttelnd: »Das war zweifellos, was Euer Vater dachte. Aber warum sollte er nach so langer Zeit sein Schweigen brechen und ausgerechnet dieser Ratte Richard Rich sein Herz öffnen?«

»Natürlich hat er das nicht getan«, antwortete sie. »Rich hat gelogen und einen Meineid geschworen. Alle haben es gewusst. Aber für Cromwell war es gut genug. Er hatte, was er wollte. Und auf Grundlage dieser Zeugenaussage verurteilten sie Vater als Verräter …« Sie musste sich unterbrechen und fuhr sich mit den Handballen über die Wangen, um die Tränen wegzuwischen. »Nachdem das Urteil gesprochen war, hat Vater dann tatsächlich sein Schweigen gebrochen und dem Gericht bewiesen, dass ein König unmöglich das Oberhaupt der Kirche sein kann. Er nannte Gesetze und Präzedenzfälle … Er war brillant, Nicholas. Seine Augen haben geleuchtet so wie früher, wenn er einen gelehrten Disput führte. Er hatte … Freude. Und Cromwell und die Richter und Geschworenen wurden immer kleiner und nervöser, während er ihnen vor Augen führte, wie groß und dumm und folgenschwer ihr Irrtum ist. Aber sie mussten ihn anhören. Sie konnten nichts machen. Und ich hatte solche Angst, dass sie ihn für sein Plädoyer teuer bezahlen und ihn wirklich den Verrätertod sterben lassen würden. Er selbst … hatte schreckliche Furcht davor, das hat er mir gesagt, als ich ihn einmal im Tower besuchen durfte. Aber er hat all diese Dinge trotzdem gesagt. Weil sie gesagt werden mussten, nehme ich an. Weil sie nicht zu sagen bedeutet hätte, dass der König sich über das Recht stellen kann.«

Vater Anthony ergriff ihre Hand. »Welch ein tapferer Mann Euer Vater war, Madam. Das ist etwas, worauf Ihr wahrlich stolz sein solltet und was Ihr Euren Kindern erzählen müsst, damit es nie vergessen wird.«

Sie wischte sich mit der freien Hand noch einmal über die Augen, aber sie war jetzt gefasster. Die Messe hatte sie getröstet und beruhigt – genau wie Nick –, und offenbar hatte es ihr gutgetan, von dem abgekarteten Spiel, das der Prozess gegen ihren Vater gewesen war, zu berichten.

»Wenigstens musste er dieses entsetzliche Ende nicht erdulden«, sagte sie. »Trotz allem, was er gesagt hat, hat der König das Urteil in Enthauptung umgewandelt. Wegen Vaters Verdiensten, hat er gesagt.«

Nick schnaubte angewidert. »Weil er sich schämte, kommt der Wahrheit wohl näher. Manchmal treibt König Henrys Willkür solche Blüten, dass sogar *sein* Gewissen sich regt.«

»Mylord!«, wiesen Anthony und Meg ihn erschrocken zurecht.

Nick hob begütigend die Hände. Er hätte noch eine Menge zu sagen gehabt, aber er wollte Meg Roper mit seiner Verbitterung das Herz nicht noch schwerer machen.

»Warum seid Ihr nach London gekommen, Mylord?«, fragte Anthony ihn gedämpft. Er hatte Meg überredet, sich ein wenig hinzulegen, bis es dunkel wurde und Nick sie nach Hause geleiten konnte. Jetzt lag sie in der hinteren Kammer und schlief erschöpft. Hin und wieder hörten sie sie leise wimmern. Nick konnte sich unschwer vorstellen, wovon sie träumte.

»Ihretwegen«, bekannte er schließlich. »Ich habe gewusst, dass sie hingeht.«

»Und deswegen riskiert Ihr Euer Leben? Reicht es Euch nicht, für die Prinzessin den Kopf in die Schlinge zu stecken? Ich muss sagen, Ihr seid wirklich über die Maßen galant zu den Damen, Mylord«, spottete der Priester.

Nur nicht zu meiner Frau, dachte Nick. Doch was er sagte, war: »Ich habe meinen eigenen Vater sterben sehen und hätte gut einen Freund in der Nähe gebrauchen können. Lady Meg ist eine wundervolle, gütige Frau, die ich sehr schätze. Ich wollte nicht, dass sie das allein durchstehen muss. Das hat sie nämlich nicht verdient. Und ich wusste, dass sie heimlich hinschleichen würde, ohne ihrem Mann etwas davon zu sagen.« William Roper war ein anständiger Kerl, aber er hatte nicht gerade das Herz eines Löwen. Außerdem hatte er seinen Schwiegervater angebetet wie ein gottähnliches Wesen. Nick argwöhnte, dass er Sir Thomas damit manchmal ein bisschen auf die Nerven gegangen war. Jedenfalls wäre Roper nie in der Lage gewesen, Zeuge dieser Hinrichtung zu werden.

»Ich bin nicht sicher«, fügte er nach einem Moment versonnen hinzu. »Vielleicht bin ich auch hingegangen, weil ich es sehen musste. Um mir zu vergegenwärtigen, dass das, was ich tue, richtig ist und getan werden muss.«

»Das klingt, als hättet Ihr Zweifel an Eurer … Mission.«

Nick schüttelte den Kopf. »Sie erscheint mir jetzt wichtiger als je zuvor. Mir kommt es vor, als sei mit Fishers und Mores Hinrichtung ein … ein Damm gebrochen. Das nächste himmelschreiende Unrecht zu begehen wird Cromwell und dem König schon viel leichter fallen. Und auch Prinzessin Mary weigert sich, den Eid auf die Suprematsakte zu leisten.«

»Wann geht Ihr zurück? Werdet Ihr keine Schwierigkeiten bekommen, weil Ihr Euch einfach davongemacht habt? Ich meine, dort seid Ihr doch nur ein einfacher Knecht, und …«

»Ich habe mich nicht unerlaubt davongemacht, sondern den Stallmeister artig gefragt, ob ich eine Fußwallfahrt nach Canterbury machen darf, um Gott für die Geburt meines Sohnes zu danken.«

»Ihr habt einen Sohn?«, fragte Vater Anthony erstaunt.

»Und ein Töchterchen und ein Weib und eine Gesindekate mit einer Bank vor der Tür und ein ganzes verdammtes Stallknechtleben.« Nick raufte sich mit einem unzureichend unterdrückten Stöhnen die Haare. »Jedenfalls hat er mir die Erlaubnis für meine Wallfahrt erteilt.«

»Und ich dachte, Wallfahrten sind neuerdings verboten. Weil ihre heilspendende Wirkung in Zweifel gezogen wird.«

»Tja. Vielleicht wusste der Stallmeister davon noch nichts. Oder vielleicht hat er langsam einfach die Nase voll von Cromwells neuen Gesetzen.«

Lady Meg weigerte sich kategorisch, in Nicks Begleitung nach Hause zurückzukehren. »Das ist viel zu gefährlich für Euch, Mylord«, beschied sie streng. »Ihr habt genug für mich getan.«

Sie standen am Fuß der Treppe an der Anlegestelle von Southwark, darum zog Nick die Kapuze tiefer über die Augen und entgegnete: »Es wäre nur halb so gefährlich, wenn Ihr nicht ständig ›Mylord‹ zu mir sagen wolltet. Ihr müsst verrückt sein, wenn Ihr glaubt, ich ließe Euch bei Dunkelheit allein mit dem Wherry nach Chelsea fahren.«

»Ich fahre nicht nach Chelsea, Nicholas«, sagte sie leise und blickte nach links Richtung London Bridge.

Nick hatte auf einmal ein wirklich flaues Gefühl in der Magengegend. »Oh, Lady Meg …«, brachte er verzweifelt hervor. »Das kann nicht Euer Ernst sein.«

»Mir ist in meinem ganzen Leben noch nichts so ernst gewesen. Aber ich will nicht, dass Ihr mitkommt. Wenn man mich erwischt, bekomme ich Schwierigkeiten und ein Bußgeld. Wenn man Euch erwischt, folgt Ihr meinem armen Vater zum Richtblock. Dafür will ich nicht verantwortlich sein. Darum bitte ich Euch aufrichtig, lasst mich gehen, ehe mich der Mut verlässt. Es ist etwas, das ich tun muss. Und zwar allein.«

Nick wusste, er hatte kein Recht, ihr seine Gesellschaft aufzuzwingen. Er verneigte sich. »Wie Ihr wünscht, Lady Meg. Viel Glück.«

Sie trat auf ihn zu. Fast so etwas wie ein Lächeln lag auf ihren Lippen, und sie nahm für einen Augenblick seine Linke in ihre Rechte und küsste ihn auf die Wange. »Das wünsche ich Euch«, sagte sie leise.

Nicks Herzschlag hatte sich beschleunigt, und ein seltsames Brennen schien auf seiner Wange zu verweilen, wo ihre Lippen ihn berührt hatten. Wortlos hielt er ihr die Fackel hin, denn er wollte nicht, dass sein Gesicht länger beleuchtet blieb und sie erraten würde, wie es in ihm aussah.

Mit einem entschlossenen Nicken ergriff sie den Fackelstock und ging Richtung Brücke davon.

Nick folgte ihr – lautlos und mit zwanzig Schritten Abstand. Es war fast eine Meile bis zur Brücke, und die Bankside – die Uferstraße von Southwark – war abends von Seeleuten, Huren und allem möglichen lichtscheuen Gesindel bevölkert. Aber niemand behelligte die gut gekleidete Dame, die so gar nicht hierher passte, nicht nach links und rechts blickte, sondern zielstrebig voranschritt.

Als sie auf die Brücke einbogen, wurde es ruhiger. Die Häuser, die die gewaltige London Bridge an beiden Seiten säumten, wurden mehrheitlich von anständigen Handwerkern und Krämern bewohnt, die um diese Zeit längst in den Betten lagen. Bald war Lady Megs Fackel das einzige Licht weit und breit, aber die Nacht war nicht völlig finster, stellte Nick fest. Er blickte zum Himmel auf. Die Wolkendecke war aufgerissen. Hier und da waren ein paar milchige Sterne zu erkennen, und als er das sah, spürte er auch die sachte Brise auf dem Gesicht.

Sechs lange Stangen ragten nahe dem stadtseitigen Tor über der Brüstung der Brücke auf, an deren oberen Enden sechs Köpfe aufgepflanzt waren: die der vier Kartäuser, Bischof Fishers und seit heute Sir Thomas Mores. Lady Meg hielt an, steckte ihre Fackel in einen Spalt des steinernen Brückengeländers und schaute empor. Es war zu dunkel, um die Köpfe zu unterscheiden, aber dann blies der Wind die Wolken weiter zurück Richtung See, und für einige wenige Augenblicke kam der Mond zum Vorschein. Ehe der nächste vorbeijagende Wolkenschleier ihn wieder verhüllte, erkannte Nick, dass Sir Thomas' Kopf der ganz rechte war. Die anderen fünf waren nur noch schwärzliche, ungleichmäßig geformte und behaarte Kugeln, denn sie thronten hier schon seit zwei Wochen, und die Möwen und Krähen waren nicht untätig gewesen.

Ohne jedes erkennbare Zögern packte Lady Meg die Stange mit dem Kopf ihres Vaters, die einen Moment bedenklich schwankte, sobald sie nicht mehr in ihrer Halterung steckte. So ein Kopf ist viel schwerer, als man meint, hatte Nick einmal einen Yeoman Warder in einer Londoner Schenke sagen hören. Aber Lady Meg neigte die lange Lanze vorsichtig zur Seite und schob sie Stück um Stück durch ihre Hände, bis sie das obere Ende erreicht hatte.

Nick schlich noch ein paar Schritte näher und verbarg sich im Schatten eines niedrigen Viehstalls. Von dort aus beobachtete er, wie sie den Kopf ihres Vaters in die rechte Armbeuge bettete – so wie man es tut, wenn man einem Kranken zu trinken geben will –, ihm die Stirn küsste und dann mit einem entschlossenen Ruck die Lanzenspitze aus dem durchtrennten Hals zog. Nick musste für einen Moment die Augen schließen.

Als er sie wieder aufriss, kniete Meg Roper am Boden und

hüllte den Kopf liebevoll in ihr Schultertuch und dann in einen Lederbeutel, den sie vermutlich zu genau diesem Zweck den ganzen Tag über der Schulter getragen hatte.

Kaum hatte sie sich wieder aufgerichtet, als zwischen den Häusern der Brücke ein Lichtpunkt auftauchte. »He da!«, rief eine energische Stimme. »Wer treibt sich hier nachts auf der London Bridge herum, wenn gottesfürchtige Menschen längst schlafen? Gib dich zu erkennen, Bursche!«

Nick spürte, wie jeder Muskel in seinem Körper sich anspannte. Es waren zwei Männer der Stadtwache, nahm er an, die vielleicht auf der Thames Street patrouilliert und Lady Megs Licht gesehen hatten.

»Kein ›Bursche‹, Sir«, antwortete sie kühl und scheinbar furchtlos. »Mein Name ist Margaret Roper, und ich habe den Kopf meines Vaters geholt, damit er begraben werden kann, wie es jedem Christenmenschen zustehen sollte.«

Die beiden Stadtwächter waren näher getreten: zwei junge Männer, die vermutlich zu einer Zunft oder Gilde gehörten und noch nicht reich genug waren, um einen Büttel zu bezahlen, der den nächtlichen Wachdienst für sie versah.

»Lady Meg Roper?«, fragte der eine, und Nick entspannte sich ein wenig. Die Stimme klang ungläubig, aber respektvoll.

»Ganz recht, Master …«

»Neil Ferryman«, stellte er sich vor und verneigte sich knapp.

Nick hatte Mühe, sich ein Lachen zu verbeißen. Das war der Kerl, den er vor Jahren einmal davor bewahrt hatte, auf dem Pferdemarkt von Smithfield eine große Dummheit zu begehen …

Lady Meg kannte den Namen offenbar auch. »Ihr seid Master Durhams Gehilfe, nicht wahr?«

»Ja, Madam.« Er trat verlegen von einem Fuß auf den anderen. »Und ich bin nicht sicher, was wir jetzt machen sollen. Denkt nicht, ich könnte Euch nicht verstehen, aber was Ihr getan habt, ist nun einmal verboten …«

»Wir müssen es melden, wir haben gar keine Wahl«, sagte sein Gefährte mit Nachdruck.

Ferryman nickte unglücklich. »Ich fürchte, er hat recht. Wir würden gern ein Auge zudrücken, glaubt mir, aber wir haben einen Eid geschworen und …«

»Master Ferryman«, unterbrach Lady Meg. »Lasst Ihr mir den Kopf oder nehmt Ihr ihn mir wieder weg?«

Die beiden Stadtwächter wechselten einen Blick, dann antwortete Neil Ferryman: »Ich wüsste nicht, wie wir ihn mit Anstand zurückbekommen sollten, wenn Ihr ihn uns nicht freiwillig gebt.«

»Habt Dank, Sir. Das werde ich selbstverständlich nicht tun.«

»Nein.« Ein Lächeln lag in der Stimme. »Das dachte ich mir. Aber eine Dame mit solch kostbarer Fracht sollte wirklich nicht abends allein in dieser Stadt unterwegs sein. Würdet Ihr uns wohl gestatten, Euch nach Hause zu geleiten, Lady Meg?«

»Gott segne dich, Neil Ferryman«, flüsterte Nick vor sich hin und wandte sich beruhigt ab, um auf das südliche Flussufer zurückzukehren.

Waringham, Juli 1535

 »Ich denke nicht, dass es etwas zu bedeuten hat«, sagte eine fremde Stimme mit einem unüberhörbar walisischen Akzent. »Sie wächst zu schnell, das ist alles.«

»Meinst du, wir sollten sie für eine Woche aus dem Training nehmen?«, fragte Daniel.

Lautlos trat Nick näher an die Box, deren obere Türhälfte offen stand. Das Licht, das herausfiel, hatte ihn angelockt.

»Ja, das wäre wohl das Beste«, antwortete der Waliser, der Madogs Zwillingsbruder hätte sein können, bis auf das dunklere Haar. »Greg soll sie morgen früh auf die Südweide bringen, und wir geben ihr mehr Hafer. Du wirst sehen, in ein paar Tagen …« Er brach ab, als sein Blick auf Nick fiel. »Nanu, wer bist du denn?«

Daniel wandte den Kopf. »Nick!« Es klang halb erfreut, halb entsetzt. »Was bei allen Teufeln und Heiligen tust du hier?«

Nick öffnete die untere Türhälfte und trat in die Box.

»Nick?«, wiederholte der Waliser verwundert. »Lord Waringham?«

Der streckte ihm die Hand entgegen. »Du musst Owen sein.«

»So ist es.« Sein walisischer Vetter schlug ein und betrachtete ihn mit schamloser Neugier.

Nick wandte sich der nervösen, mageren Fuchsstute zu, strich ihr über den Hals und befühlte beiläufig die Vorderhand. »Ist das Lucrecia?«

Daniel nickte. »Du hast sie nicht vergessen, was?«

Nick hatte kein einziges seiner Pferde vergessen. Doch es erschütterte ihn, dass aus dem Fohlen, welches er mit großen Mühen auf die Welt geholt hatte, eine junge Dame geworden war. Fast zwei Jahre war er von zu Hause fort gewesen …

»Sie will nicht zunehmen und geht im Training unwillig und lustlos«, erklärte Owen. »Daniel fürchtete, es könne die Pferdegrippe sein, aber ich glaube, sie hat einfach nur Hunger.«

Nick richtete sich auf und nickte seinem unbekannten Cousin zu. »Ich würde sagen, du hast recht.«

»Was macht mein Bruder Madog? Hinterlässt wie üblich eine Schneise der Verwüstung und gebrochene Herzen, nehme ich an?«

Nick musste grinsen. »Er ist großartig. Ich weiß kaum, wie ich zurechtgekommen bin, bevor er da war.« Er trat vom Kopf der Stute zurück und vollführte eine einladende Geste. »Tut mir leid. Ich wollte dir nicht in die Parade fahren.«

Owen Pembroke winkte ab. »Unsinn. Wir waren hier ohnehin fertig. Ich denke, wir machen für heute Feierabend und nehmen ihn mit auf ein Bier nach Hause, was meinst du, Daniel?«

Der stimmte bereitwillig zu, und während Owen und Nick in die Dämmerung hinaustraten, folgte Daniel mit der Laterne und schloss gewissenhaft die Boxentür. Nick beobachtete ihn und den neuen Stallmeister aus dem Augenwinkel, während sie zu dessen Haus hinübergingen, und stellte fest, dass Madog ihm die Wahrheit gesagt hatte: Daniel begegnete dem Mann, den man ihm vor die Nase gesetzt hatte, ohne Groll. Sie waren vertraut miteinander, das konnte man merken, freundschaftlich im Umgang und wie Verschwörer in der Hingabe an ihre Schützlinge – so wie alle, die mit Leidenschaft auf dem Gestüt arbeiteten. Und auf dem kurzen Weg zum Stallmeisterhaus erkannte Nick auch, dass die Anlage gepflegt und lebendig wirkte. Die Spuren von Nachlässigkeit und Niedergang, die hier allgegenwärtig gewesen waren, solange Daniel die Verantwortung alleine trug, waren nirgends mehr zu entdecken. Und bei seinem heimlichen Rundgang vorhin hatte Nick zufrieden festgestellt, dass alle Boxen im Stutenhof belegt waren.

»Etwa die Hälfte der Stuten sind Eure«, erklärte Owen, als sie in der Halle des Stallmeisterhauses saßen. Das letzte Tageslicht fiel durchs offene Fenster auf den Tisch mit dem polierten Silberleuchter und den drei Bierkrügen. »Aber wir haben auch in die Tat umgesetzt, was Ihr Euch vor Jahren schon überlegt hattet: Wir nehmen trächtige Stuten hier in Logis – gegen Bezahlung, versteht sich –, sorgen dafür, dass ihre Fohlen gesund auf die Welt kommen, und lassen sie dann von unseren Hengsten decken – wiederum gegen Bezahlung. Es ist ein großartiges Geschäft. Aber Ascanius schafft es nicht mehr, alle Stuten zu decken, die wir ihm zuführen, er kommt in die Jahre. Wir müssen ihn bald ersetzen.«

Ascanius war der letzte Zuchthengst, der noch aus den Zeiten von Nicks Vater stammte. »Vielleicht sprichst du mal mit Chapuys«, schlug Nick vor. »Er hat Prinzessin Elizabeth zwei Andalusier geschenkt – anonym, versteht sich. Es sind herrliche Tiere. Offenbar hat er eine gute Quelle.«

Owen trank einen tiefen Zug und nickte nachdenklich. »Wäre sicher interessant, mit einer ganz neuen Rasse zu züchten.«

»Aber ich weiß nicht, was der Steward dazu sagen wird«, wandte Daniel skeptisch ein. »Er ist kein Freund von Experimenten. Von teuren Anschaffungen erst recht nicht.«

Owen zuckte grinsend die Schultern. »Na und? Philipp Durham hat keine Ahnung von Gäulen. Wir müssten ihm ja nicht unter die Nase reiben, dass es ein Experiment ist.«

Nick trank einen Schluck, lauschte dem Hin und Her ihrer Debatte und rang mit dem abscheulichen Gefühl von Neid, das ihn plötzlich überkam. Daniel und Madogs Bruder hatten keine größeren Sorgen als lahmende Gäule und die Haferabrechnung, und sie kannten sein Gestüt und dessen Bewohner besser als er selbst. Fast war es, als hätten sie ihm das Leben gestohlen, das ihm eigentlich zugestanden hätte …

Daniels Stimme riss ihn aus düsteren Gedanken. »Warum in aller Welt bist du nach Hause gekommen, Nick?«

»*Warum?*«, wiederholte Nick fassungslos. »Hm, lass mich überlegen. Was kann es nur sein, das den Earl of Waringham dazu verleitet, einmal in Waringham vorbeizuschauen …«

»Ich meine nur, ist das nicht viel zu gefährlich?«, erklärte Daniel hastig.

»Kann schon sein. Aber ich konnte einfach nicht widerstehen«, gab er flapsig zurück.

In Wahrheit war sein Herz so bleischwer, dass er sich regelrecht krank davon fühlte. Sir Thomas' Hinrichtung hatte ihn nicht nur mit Bitterkeit, sondern auch mit düsteren Vorahnungen erfüllt, und er drohte den Mut zu verlieren. Er wusste nicht so recht, wie er mutlos weitermachen sollte, und vielleicht hoffte er, hier eine Antwort zu finden.

»Bleibt Ihr zum Essen?«, fragte Owen.

Nick hörte, dass die Einladung von Herzen kam, aber er schüttelte den Kopf und stand auf. »Ich will auf die Burg hinauf und mit Laura und Philipp reden. Vor Sonnenaufgang muss ich wieder verschwunden sein.«

»Sei bloß vorsichtig, wenn du auf die Burg kommst«, warnte Daniel. »Nicht, dass deine Stiefmutter dich sieht.«

»Und was ist, wenn sie mich sieht?«, konterte Nick herausfordernd. »Denkst du, sie wird mich verhaften und in Eisen legen? Oder ist Norfolk etwa zu Besuch, um es zu tun?«

»Nein, Norfolk ist nicht hier. Aber dein Bruder Raymond. Und Ray ist Norfolks Auge und Ohr in Waringham, Nick.«

Aus dem Schatten des Torhauses ließ er den Blick über den Burghof schweifen. Alles war still und dunkel. Durch die Fenster des Wohnhauses auf der linken Seite schien anheimelndes Licht, aber zu schwach, um den Innenhof zu erhellen. Der Bergfried ragte wie ein schwarzer Schatten rechts aus der Finsternis auf. Ohne zu zögern hielt Nick darauf zu. Er brauchte kein Licht, um den Weg zu finden. Als er die doppelflügelige Tür erreichte, wehte die sachte Brise ihm Lavendelduft aus Pollys kleinem Kräutergarten in die Nase. Nick hielt inne und atmete tief durch.

Das Eingangstor des Bergfrieds war unverschlossen und unbewacht wie üblich. Lautlos schlüpfte Nick hindurch. Eine einzelne Fackel spendete ein wenig schummriges Licht auf der Treppe. Er schlich nach oben, vorbei an der Halle, die so tot und dunkel wie immer dalag, und weiter hinauf zum Geschoss darüber.

Vor seinem Wohngemach hielt er an und drückte das Ohr an die Tür. Ihm schoss durch den Kopf, dass ihm so etwas vor zwei Jahren niemals eingefallen wäre und das Leben unter falscher Identität den Manieren eines Gentleman nicht gerade zuträglich war. Nichts zu hören. War niemand dort? Oder war die alte Eichentür einfach zu dick?

Nun, es gab wohl nur einen Weg, es herauszufinden. Mit klopfendem Herzen öffnete Nick die Tür.

Laura saß allein beim Licht einer Kerze am Tisch und nähte. Als der Luftzug die Kerzenflamme erzittern ließ, hob sie den Kopf. »Oh, der Herr sei gepriesen!« Achtlos warf sie ihre Nadelarbeit auf den Tisch, sprang auf und schloss ihren lang entbehrten Bruder in die Arme.

Dann trat sie einen Schritt zurück und musterte ihn mit einem warmen Lächeln. »Der Bart steht dir hervorragend«, bemerkte sie.

»So wie dir die französische Haube«, gab er zurück, nahm seine Schwester bei den Händen und erwiderte ihre eingehende Begutachtung. Eigentlich konnte er französische Hauben nicht ausstehen, weil Anne Boleyn sie in England zur Mode gemacht hatte, aber er musste einräumen, dass die runde Form Lauras hohe Wangenknochen und die schönen Proportionen ihres Gesichts betonte.

Einen Moment sahen sie sich noch in die Augen, dann ließ er sie los, und sie setzten sich einander gegenüber an den Tisch.

»Hast du Hunger?«, fragte Laura.

»Fürchterlich«, gestand er.

Gestern Abend hatte er im *Tabard Inn* in Southwark eine Schale dünnen Eintopf gegessen, hatte zwischen Scharen angetrunkener Pilger, die trotz des unlängst erlassenen Verbots nach Canterbury ziehen wollten, auf einer schmuddligen Strohmatratze im großen Schlafraum des Gasthauses übernachtet und war heute früh vor Tau und Tag und vor allem ohne Frühstück von dort aufgebrochen. Er hatte auf dem langen Fußweg gebetet und gefastet, um aus der Lüge seiner eigenen Wallfahrt nach Canterbury wenigstens eine Halbwahrheit zu machen, aber seit dem Mittag knurrte sein Magen.

Laura holte ein großes Holzbrett von der Anrichte an der Wand, auf dem Brot und Käse und eine Schale mit Kirschen standen, und schenkte ihm einen Becher Wein ein. »Hier, Bruder. Iss in Ruhe. Du bist furchtbar dürr.«

Verwundert sah er an sich hinab, während er sich ein großzügiges Stück Brot abbrach. »Wirklich?«

Sie nickte. »Geben sie den Stallknechten im Haushalt der kleinen Prinzessin etwa nicht genug zu essen?«

»Doch, doch«, versicherte er kauend und schnitt sich einen Keil aus dem runden Käse. Es war ein deftiger Schafskäse aus Adams Molkerei. Die Frauen seiner Familie hüteten das Generationen alte Geheimrezept wie den Heiligen Gral, und einmal im Monat fuhr Adam mit einer Wagenladung voller Käse nach London und verdiente auf dem Markt in Cheapside ein Vermögen damit.

Laura ließ ihren Bruder zufrieden und nahm die Näharbeit wieder zur Hand, während Nick Hunger und Durst stillte. Als er schließlich den letzten Bissen mit einem Schluck Wein herunterspülte und sich zurücklehnte, bemerkte sie: »Du warst in London bei der Hinrichtung, nehme ich an?«

Er nickte. »Aber lass uns nicht davon sprechen«, bat er.

»Wie du willst.«

»Wo ist Philipp?«

»Mit dem Reeve im Wirtshaus. Das kann noch ein Weilchen dauern. Sie haben immer viel zu besprechen in letzter Zeit.« Sie schien noch etwas hinzufügen zu wollen und tat es dann doch nicht.

Ihr Zögern war Nick nicht entgangen, aber er bedrängte sie nicht. »Wie geht es dir?«, fragte er stattdessen und vollführte eine weit ausholende Geste, die ganz Waringham einschließen sollte. »Und Philipp und meinen Nichten und allen anderen?«

»Es geht uns gut«, antwortete sie vorbehaltlos. »Besser als in London. Für Giselle und Judith ist es ein Segen, auf dem Land zu leben. Und ich habe das Stadtleben nie sonderlich gemocht, wenn ich ehrlich sein soll. Ich bin froh, wieder in Waringham zu sein.«

»Ray ist auch hier, sagt Daniel?«

»Drüben bei Sumpfhexe. Ich nehme an, sie ist froh, ihn für ein paar Wochen bei sich zu haben, denn ihr Leben muss oft einsam sein.«

»Das bricht mir das Herz …«, knurrte Nick, und als ihre Blicke sich trafen, tauschten sie ein Verschwörerlächeln, genau wie früher.

»Seine kleine Cousine, Katherine Howard, ist ebenfalls drüben zu Gast. Das heißt, so klein ist sie nun auch nicht mehr. Sie ist zwölf, genau wie Raymond, aber schon eine richtige junge Dame. Und *sehr* selbstbewusst. Um dir die Wahrheit zu sagen: Ich finde sie grässlich. Was bei einer Howard ja auch kaum anders zu erwarten war. Aber Ray ist hingerissen von ihr.«

Nick erinnerte sich nur zu lebhaft an den Tag, da Sumpfhexes Bruder – Katherine Howards Vater – ihn zur Belustigung seiner Stiefmutter und -schwester zusammengeschlagen hatte. Schon damals hatte Raymond seiner Cousine zu Füßen gelegen. »Sicher gut für ihn, wenn er da drüben ein bisschen Gesellschaft hat. Ich nehme an, Sumpfhexe hält ihn von dir fern?«

»Entweder das, oder er meidet mich aus eigenem Antrieb. Ich bin nicht sicher, was von beidem der Fall ist. Und es macht mich traurig. Er hat so an uns gehangen, als Vater noch lebte. An dir und mir, meine ich. Aber jetzt ist er nie anders als abweisend und kühl zu mir.«

Nick war bekümmert, wenn auch nicht überrascht. »In seinen Augen bin ich ein Verräter, Laura. Und für ihn muss es so aussehen, als stecktest du mit mir unter einer Decke.«

Sie hob trotzig das Kinn. »Was ja auch der Fall ist. Und jetzt bist du dran. Wie ist es dir ergangen? Wie geht es Prinzessin Mary?«

Nick schenkte sich nach, trank einen kleinen Schluck und hielt den Blick auf seinen Becher gerichtet, während er Laura von Marys Dasein als Gefangene im Haushalt ihrer kleinen Schwester erzählte. Von den Schikanen, Demütigungen und systematischen Gehässigkeiten, die sie erdulden musste, der Sorge um Königin Catalina, die immer hinfälliger wurde und die Mary seit ihrer eigenen Krankheit im letzten Herbst trotzdem nicht mehr hatte sehen dürfen. Von den zunehmend massiven Drohungen, mit denen Lord Shelton sie bedrängte. »Und nicht nur er«, fügte Nick hinzu. »Cromwell war selbst zweimal bei ihr und hat ihr zugesetzt. Beim zweiten Mal wäre ich ihm um ein Haar in die Arme gelaufen, als er wieder aufbrach. Mary hat sich geweigert, mir zu erzählen, was genau er gesagt hat, aber sie war kreidebleich, als ich mich abends zu ihr geschlichen habe. Und ihre Hände haben gezittert. Sie … sie lebt in ständiger Todesangst. Und das zu Recht.«

»Gott segne dich für das, was du für sie tust«, erwiderte Laura. »Und Madog und Polly ebenso.«

Nick stellte den Becher auf dem Tisch ab und fuhr sich mit beiden Händen über die brennenden Augen.

Er hatte vorgehabt, Laura von seiner Heirat mit Polly zu erzählen. Von der Schande, die ihm die Luft abschnürte, von dem Zorn, den er gegen seine Frau hegte und der immer bitterer wurde, je gefährlicher und aussichtsloser die Lage der Prinzessin und ihrer wenigen Freunde wurde. Von dem Sohn, den Polly vor sechs Wochen bekommen hatte. Es war eine grässliche Geburt gewesen, beinah so schlimm wie bei Eleanor, doch als es vorbei war und Polly ihn mit matter Stimme gebeten hatte, das Kind Robert zu nennen, hatte er sich nur mit Mühe davon abhalten können, sie zu schlagen. Er hatte neben ihr auf den Holzdielen ihrer Kate gehockt und die Rechte zwischen die Knie geklemmt, um sie im Zaum zu halten. Dass ihr jüngster Bruder, der mit fünf am Schweißfieber gestorben war, Robert geheißen hatte, war ihm entfallen. Für Nick war Robert der Name, den so mancher Waringham seinem Erstgeborenen gegeben hatte. Ein Name, der in seiner Familie eine besondere Bedeutung hatte. Und Pollys scheinbare Anmaßung hatte ihn mit solchem Abscheu erfüllt, dass er ihr das schlafende Neugeborene aus den Armen gerissen hatte und wortlos hinausgegangen war. Er hatte seinen Sohn zu Madog gebracht. »Hier. Dein Patenkind, wie besprochen. Bringst du ihn zu Vater David?«

Bereitwillig hatte Madog das winzige Bündel in die Hände genommen. »Und wie soll er heißen?«

»Entscheide du.«

Madog hatte ihn mit einem vorwurfsvollen Kopfschütteln bedacht und vorgeschlagen: »Wie wär's mit Tamkin?«

Letztlich hatte der kleine Junge den Namen Francis bekommen, denn es war der 25. Mai – der Tag, an dem die Christenheit der Übertragung der Gebeine des heiligen Franziskus von Assisi gedachte, der ja in Madogs Familie besonders verehrt wurde. Nick war es recht. Genau genommen war es ihm gleich. Denn er konnte den Jungen so wenig lieben wie dessen Mutter.

All das hatte er Laura anvertrauen wollen. Er hatte die Gefahren, die ein Besuch in Waringham mit sich brachte, auch deshalb in Kauf genommen, weil er seine Schwester hatte sehen und sprechen wollen. Aber jetzt, da es so weit war, konnte er nicht. Womöglich war es der dicke Brocken in seiner Kehle, der ihn so sprachlos machte.

»Nick?« Laura legte eine Hand auf seinen Arm und sah ihn besorgt an.

Er schüttelte den Kopf, stand auf und trat ans Fenster.

»Du darfst nicht die Hoffnung verlieren, Bruder. Was du tust, ist richtig. Es hat einen Sinn. Und das ist alles, was zählt. Dass kein einziger Edelmann in England außer dir gewillt scheint, für die arme Mary auch nur einen Finger zu rühren, heißt nicht, dass *du* verrückt bist, sondern dass *sie* Opportunisten und Feiglinge sind«, ereiferte sie sich.

Nick musste fast lächeln. Das war so typisch: Schon als kleines Mädchen hatte Laura ihm mit kämpferischer Miene dargelegt, warum er besser war als alle anderen – vor allem besser als Brechnuss – und dass er deswegen am Ende triumphieren würde. Früher hatte ihn das manches Mal aufgerichtet. Aber er musste feststellen, dass er sich heute nicht mehr so leicht Sand in die Augen streuen ließ. »Mach mich nicht besser, als ich bin«, warnte er. »Deine Enttäuschung wird nachher nur um so bitterer sein.« Er lehnte die Stirn an die kühlen Butzenscheiben. »Gott … Manchmal habe ich das Gefühl, ich gehe ein vor Heimweh.« Es klang heiser. Seine eigene Stimme erschreckte ihn, und er riss sich schleunigst zusammen. »Das muss daran liegen, dass ich immer nur an die guten Dinge in Waringham denke«, fügte er in leichterem Tonfall hinzu und wandte sich wieder zu Laura um. »Wie etwa an meine Bücher. Sie fehlen mir wirklich. Auf Sumpfhexe kann ich hingegen wunderbar verzichten.«

Laura fiel auf die vorgetäuschte Unbeschwertheit nicht herein, aber sie bedrängte ihn nicht, sondern erwiderte: »Nun, du fehlst den Menschen hier jedenfalls auch, soviel ist sicher. Auch das ist ein Grund, warum ich froh bin, wieder hier zu sein, damit ich dich wenigstens manchmal ersetzen kann. Du weißt ja, wie sie zu Sumpfhexe stehen. Oder zu Vater Ranulf. Sie kommen zu mir, wenn sie Sorgen haben, und das tut mir gut. Es ist so, wie es sein sollte.«

»Zu dir? Nicht zu Philipp?«

Laura schüttelte langsam den Kopf. »Sie … Auf ihre Art schätzen sie Philipp, da bin ich sicher. Aber er hat im Auftrag seines Onkels einige Reformen in Waringham durchgeführt, die nicht besonders populär sind und …«

Nick kam an den Tisch zurück. »Was für Reformen?«

Sie sah ihn an. »Rate.«

»Sie … sie verjagen meine Pächter und frieden deren Land ein?«, fragte er fassungslos.

Sie hob beschwichtigend die Hand mit der Nähnadel. »Nicht so rücksichtslos wie andere Landeigner es tun. Aber du weißt selbst, dass die winzigen Farmbetriebe der Pächter nicht genug abwerfen, um die Baronie am Leben zu erhalten. Das war einer der Gründe, warum Vater immer mehr Schulden machen musste. Große Flächen zusammenzufassen und Schafe darauf zu züchten ist hingegen *äußerst* profitabel. Philipp hat erst einmal nur dein Land, also das unverpachtete Land der Baronie, eingefriedet …«

»Und meinen Bauern das Weide- und Heurecht entzogen, das sie dort jahrhundertelang hatten, nehme ich an?«

»Nicht ganz. Aber die öffentlich nutzbaren Flächen sind kleiner geworden«, räumte sie ein. »Und die Bauern, die ihre Pacht an zwei Terminen hintereinander nicht zahlen können, verlieren ihr Land.«

»Das dann ebenfalls eingefriedet wird«, schloss Nick. »Was für ein schlauer Plan: Die Bauern werden gezwungen, teures Heu zu kaufen, weil ihnen ihre alten Rechte gestohlen werden. Das verschlimmert ihre Lage und macht es ihnen unmöglich, die Pacht zu zahlen, sodass man ihnen mit Fug und Recht ihr Land wegnehmen kann, um immer noch mehr Weideflächen einzufrieden. Immer noch mehr Schafe zu züchten. Während die Menschen verhungern und …«

»Deine Entrüstung in allen Ehren, Schwager, aber *du* warst derjenige, der meinen Onkel gebeten hat, Waringham vor dem Ruin zu retten«, bemerkte Philipp von der Tür.

Nick wandte sich zu ihm um. »*Und so geschieht es, dass es eure Schafe sind, so sanftmütig und fügsam, die mit einem Mal die Menschen zu verschlingen drohen und nicht nur Dörfer, sondern ganze Städte entvölkern.*«

»Oh, Junge, wie ich es vermisst habe, dass du mir Thomas-More-Zitate um die Ohren haust.« Philipp trat mit einem kleinen Lächeln näher, schloss ihn in die Arme und klopfte ihm beiläufig die Schulter. »Du bist mager wie ein Londoner Betteljunge.«

Nick ließ sich nicht vom Thema abbringen. »Wen habt ihr enteignet?«, fragte er, während er wieder Platz nahm.

»Frederic Chandler und Luke Wheeler.«

»Luke Wheeler? Aber … aber die Wheelers leben seit Ewigkeiten in Waringham. Vermutlich länger als wir.«

»Das sollen sie ja auch in Zukunft tun«, antwortete Philipp beschwichtigend und setzte sich zu ihm. »Niemand wird davongejagt, Nick. Luke und seine Familie behalten ihr Haus im Dorf und arbeiten fortan als Schafhirten und Scherer für uns. Für dich, um genau zu sein.«

Nick war nur wenig getröstet. »Wenn ganz England eine einzige Schafweide geworden ist, wird vielleicht endlich irgendwer begreifen, dass man aus Wolle kein Brot backen kann«, grollte er leise.

»Ist das auch von Thomas More?«, fragte Philipp ergeben.

»Nein. Von Nicholas of Waringham. Wir brauchen Ackerflächen, Philipp. Was soll aus England werden, wenn wir immer weniger Getreide anbauen und es eines Tages vom Kontinent einführen müssen? Siehst du denn nicht, wie abhängig uns das machen würde?«

»Sei beruhigt«, warf Laura ein. »Genau das gleiche sagt Philipps Onkel auch. Seine Gier nach Profiten aus der Wolle macht ihn nicht blind, wie es bei so vielen Landeignern der Fall ist. Vor allem bei den Äbten«, fügte sie abfällig hinzu.

Nick protestierte nicht, denn er wusste, sie sagte die Wahrheit. Stirnrunzelnd verspeiste er eine Kirsche und sagte schließlich zu Philipp: »Ich weiß, dass wir uns verändern müssen, um zu überleben. Aber ich will nicht, dass Waringham ein Ort der Bitterkeit und Armut wird.«

»Nein«, stimmte sein Schwager zu. »Das will ich auch nicht, glaub mir. Aber es sind schlimme Zeiten, Nick. Nicht nur für in Ungnade gefallene Prinzessinnen und ihre tollkühnen Beschützer, sondern auch für all jene, die sich nichts weiter wünschen, als auf die Art und Weise zu Gott zu beten, die sie bevorzugen, und ihre Familien über die Runden zu bringen. Selbst bei solch bescheidenen Ansprüchen muss man heute froh und dankbar sein, wenn man sie nicht mit dem Leben bezahlt.«

Ungebeten hatte Nick plötzlich das Bild der niederfahrenden Axt vor Augen, sah den bleifarbenen Himmel darin gespiegelt und hörte das widerwärtige Knirschen. Fröstelnd zog er die Schultern hoch und murmelte: »Du hast recht. Es sind schlimme Zeiten.«

»Gut von Euch, dass Ihr es so kurzfristig einrichten konntet, Mylord«, sagte Chapuys. Er hörte sich an, als hätte er Nick zu einer Unterredung in seine Londoner Residenz bestellt, nicht zu einem Verschwörertreffen im Wald von Eltham.

»Ich hoffe, es ist wichtig«, gab Nick verdrossen zurück. »Wenn Jeremy Andrews merkt, dass ich mich am helllichten Tag davongemacht habe, wird er kein bisschen entzückt sein. Und es ist nie ratsam für mich, aufzufallen.«

»Ich weiß das, Waringham«, versicherte der kaiserliche Gesandte. »Aber es *ist* wichtig. Hier, lest das.«

Er reichte ihm einen eselsohrigen Papierbogen, der in solcher Eile vollgekritzelt worden war, dass hier und da Tintenflecken die Buchstaben unkenntlich machten. Nick lehnte sich an die verwitterte Holzhütte, wo der königliche Förster von Eltham das Winterfutter für das Wild einlagerte, und las murmelnd: »*Karl, Kaiser des Heiligen Römischen Reiches Deutscher Nation, an Unseren geschätzten Gesandten in England, Eustache Chapuys, Grüße.*« Nick schaute auf und zog eine Braue in die Höhe. »*Das* hier ist ein kaiserliches Schreiben? Hingeschmiert und ohne Siegel? Und er schreibt auf Englisch?«

»Es ist eine Abschrift«, antwortete Chapuys ungeduldig. »Das Original war verschlüsselt.«

»Es war was?«

»Chiffriert.«

Nick schüttelte verständnislos den Kopf.

»Ich erklär's Euch ein andermal«, stellte der Gesandte in Aussicht. »Jetzt lest.«

»*Wir können Euch nicht verhehlen, dass Wir eine Flucht Unserer Cousine Mary zum jetzigen Zeitpunkt für wenig ratsam halten. Wir sind selbstverständlich gewillt, alles in Unserer Macht Stehende zu tun, um ihr und Unserer lieben Tante Catalina zu helfen, doch die Gefahr, in die die Prinzessin sich mit einem solchen Schritt begäbe, wäre weitaus größer als die, in der sie sich jetzt zu befinden glaubt. Auch fürchten Wir, die Tatsache, dass ihr königlicher Vater sie immer häufiger in einem Palast nahe der Themse unterbringen lässt, könnte darauf hindeuten, dass er ihr eine Falle stellen und sie zur Flucht verleiten will. Darum bitten Wir Euch inständig, Ihr zur Geduld zu raten, der schönsten Tugend einer christlichen Frau.«* Nick blickte auf. »Das ist ... wirklich fabelhaft. Vor allem der Schluss.«

»Er meint es nur gut mit ihr.«

»Aber er will ihr nicht helfen.«

»Das würde ich so nicht sagen ...«

»Oh, erspart mir Euer Diplomatengeschwätz«, unterbrach Nick. »Er will ihr nicht helfen.«

»Er befindet sich in Afrika und kämpft dort gegen die Türken«, erinnerte Chapuys ihn. »Ein Konflikt mit König Henry ist wirklich das Letzte, was er derzeit gebrauchen kann.«

»Er lässt sie im Stich«, beharrte Nick. »Er mag der mächtigste Mann der Welt sein, aber er ist ein Feigling, Chapuys. Hier.« Er griff in die eingenähte Tasche an der Innenseite seines formlosen Obergewands. »Lest das. *Das* ist Mut.«

Ohne zu antworten, nahm Chapuys Marys Brief an ihren kaiserlichen Cousin in die Hand. »*Majestät, so groß ist mein Wunsch, auf den Kontinent zu entkommen, dass ich bereit wäre, die See in einem Sieb zu überqueren*«, hatte sie geschrieben. »*Ein Fluchtplan ist ausgearbeitet und kann umgehend durchgeführt werden. Aber erlaubt mir, noch dies zu sagen: Meine Flucht aus meinem Heimatland ist nicht die Lösung, die ich mir wünsche. Ich glaube auch nicht, dass es die Lösung ist, die Gott von uns erwartet. Dieses Land ist den Ketzern und Gottlosen anheimgefallen. Ich weiß, dass Ihr derzeit gegen die Heiden in Afrika kämpft, aber wenn Ihr den Heiligen Krieg nach England tragen würdet, wäre dies eine Tat, die das Wohlgefallen unseres allmächtigen Gottes finden, die der Christenheit den Frieden zurückbringen würde, meinem armen, irregeleiteten Vater die Ehre und vielen armen Seelen in diesem Land Erlösung ...*«

Chapuys ließ den Pergamentbogen sinken und schaute auf. Er war bleich geworden. »Das ist Hochverrat.«

»Ich weiß.« Nick lehnte sich wieder an die Wand und kreuzte

die Knöchel, um vorzutäuschen, dieser Brief habe ihn nicht erschreckt.

Chapuys trat einen Schritt näher und hielt ihm das belastende Pergament unter die Nase. »Wenn das in falsche Hände fällt, werden Cromwell und Anne Boleyn triumphieren und den König zwingen, seine Tochter hinzurichten.«

»Denkt nur, Sir, das alles ist Mary bewusst. Aber da es so oder so passieren wird, hat sie sich vermutlich gedacht, es mache keinen Unterschied.«

Chapuys atmete hörbar tief durch und tippte mit dem Zeigefinger der freien Linken auf den Brief, als wolle er Löcher hineinbohren. »Ich werde das verbrennen.«

»Bitte. Wenn Ihr meint, dass Ihr so mit ihren Briefen verfahren könnt ...«

»Waringham, es ist viel zu gefährlich, so ein Schreiben einem Boten anzuvertrauen und auf den Kontinent zu schicken.«

»Ihr könnt es doch ... Wie heißt das? Verschlüsseln? Wie macht man das?«

»Man ersetzt jeden Buchstaben durch einen anderen. Nach einem bestimmten Schlüssel, der bei jedem Schreiben ein anderer ist und der sich aus einem Bibelvers ergibt. Wer nicht weiß, um welchen Vers es sich handelt, kann den Brief nicht entschlüsseln.«

Nick war fasziniert. »Wie genau geht das?«

Chapuys seufzte. »Ihr seid doch wahrhaftig ... wissbegierig.«

»Sir Thomas pflegte zu sagen, das sei eine Tugend. Also?«

»Es muss eine Bibelstelle sein, in der alle oder wenigstens fast alle Buchstaben des Alphabets vorkommen. Ihr schreibt sie nieder und streicht alle Buchstabenwiederholungen weg. Übrig bleiben sechsundzwanzig Buchstaben in scheinbar willkürlicher Reihenfolge. Darunter schreibt ihr das Alphabet in der herkömmlichen Abfolge, und dann seht ihr, welcher Buchstabe in dem fraglichen Schreiben welchen ersetzt. Der verschlüsselte Brief wird nicht in einzelne Wörter getrennt, sondern alles ist aneinandergeschrieben, um ein Erraten des Schlüssels zu erschweren. Könnt Ihr mir folgen?«

»Natürlich. Und woher weiß der Empfänger, welches der richtige Bibelvers ist?«

»Es gibt eine Liste mit Bibelstellen, also ›Luk, 3, 15‹ oder ›1 Sam 4, 19‹ und so weiter, die einem Gesandten ausgehändigt wird, ehe er einen neuen Posten antritt. Jedes Mal, wenn er einen verschlüsselten Brief erhält oder versendet, streicht er die oberste Zeile aus seiner Liste. Am anderen Ende der Korrespondenz gibt es eine identische Liste.«

Nick hätte gern noch weitere Einzelheiten erfahren, aber er wusste, die Zeit drängte. »Das werde ich mir merken. Wer weiß, ob es uns nicht eines Tages nützlich sein kann. Also? Werdet Ihr Marys Brief verschlüsseln und dem Kaiser schicken?«

Der Gesandte schüttelte den Kopf. »Es würde nichts nützen. Der Kaiser kann sich eine Invasion Englands nicht leisten, er hat genug mit den Franzosen, dem Papst und den Türken zu tun. In Wahrheit hofft er darauf, dass Henry irgendwann wieder zur Vernunft kommt und das Reich an die einst freundschaftlichen Beziehungen mit England anknüpfen kann. Das ist nicht feige, sondern realistisch, Mylord. Auch die Macht eines Kaisers hat Grenzen. Und auch ein Kaiser muss abwägen, ob und wofür er seine Soldaten in den Krieg schickt.«

»Ja. Das rührt mein Herz. Und Marys gewiss auch, wenn ich ihr die Haltung ihres kaiserlichen Cousins erkläre …« Er gab Chapuys das entschlüsselte Schreiben zurück. »Hier. Es ist wohl besser, wenn ich das nicht mit mir führe.« Einen Moment stand er mit herabbaumelnden Armen da und hatte das Gefühl, sich nicht rühren zu können. Die Entscheidung des Kaisers bedeutete, dass Mary der einzige ehrenvolle Ausweg versperrt blieb. Wie bei allen Heiligen sollte er ihr das sagen? Nachdem sie sich fast zwei Jahre lang mit solcher Würde und Tapferkeit gewehrt hatte? Er nahm sich zusammen und nickte dem kaiserlichen Gesandten kühl zu. »Also dann. Ich muss zurück an die Arbeit. Lebt wohl, Chapuys.«

»Wartet.«

Nick hatte sich schon drei Schritte entfernt, wandte sich aber noch einmal um. »Worauf?«

Der sonst immer so unerschütterliche Chapuys wirkte mit einem Mal zerrissen. Er hatte die schmalen Schultern hochgezogen und die Arme gekreuzt, so als fröre er, und er schien tief in Gedanken versunken. Keine schönen Gedanken, seinem Gesichtsausdruck nach zu urteilen.

»Chapuys? Seid Ihr noch von dieser Welt?«, erkundigte Nick sich.

Der Gesandte ließ die Arme sinken und nickte. »Lasst es uns tun.«

»Was?«, fragte Nick verständnislos.

»Holt sie raus. Ich … ich kann das nicht mit meinem Gewissen vereinbaren, sie hier ihrem Schicksal zu überlassen.«

Nick traute seinen Ohren kaum. »Der Kaiser wird nicht beglückt sein, wenn Ihr seine Anweisungen missachtet.« Er zeigte auf das kaiserliche Schreiben, das Chapuys in der Linken hielt.

Der blickte kurz darauf hinab, sah Nick dann mit undurchschaubarer Miene wieder an und bemerkte: »Es wäre nicht das erste kaiserliche Schreiben, das auf dem Weg verloren gegangen ist.«

Nick lachte leise, trat auf den schmächtigen Gesandten zu und schloss ihn impulsiv in die Arme. »Ich habe doch geahnt, dass Ihr ein anständiger Kerl seid. Wann?«

»In einer Woche. So lange brauche ich, um ein Schiff zu organisieren. Sagen wir, Sonnabend nächster Woche? Eine Stunde nach Mitternacht in Gravesend?«

»Abgemacht.« Nick wusste, bis dahin konnte noch viel geschehen, und er wusste ebenso, dass ihr Plan gefährlich war. Trotzdem fühlte er sich erlöst. »Gott segne Euch, Chapuys.«

Der hob warnend die Rechte. »Gott möge unser Unterfangen segnen und eine schützende Hand über uns alle halten.«

»Was grinst du vor dich hin wie ein Trottel?«, schnauzte Sir Jeremy ihn an, als Nick mit einem der beiden Andalusier am Halfter in das langgezogene, dämmrige Stallgebäude zurückkam. »Wo hast du gesteckt, du Lump?«

Nick hörte schleunigst auf zu grinsen und wies auf das Pferd, das er als Alibi mit zu seinem geheimen Treffen genommen hatte. »Ich hab ihn von der Weide geholt, wie Ihr gesagt habt, Sir.«

»Und dafür brauchst du eine Stunde?«

Nick hob die Schultern. Entschuldigend und demutsvoll, wie er hoffte. »Er wollte sich ums Verrecken nicht einfangen lassen. Ihr wisst doch, wie diese spanischen Gäule sein können, Sir. Dickköpfig. Wie spanische Königinnen.«

Madog, Mickey und sogar Carl, die alle in der Nähe standen, lachten, aber Jeremy Andrews fand die Bemerkung offenbar respektlos und ließ die Gerte niederfahren. Der andalusische Hengst zuckte zusammen und wich schlitternd nach hinten.

»Untersteh dich, du Flegel«, knurrte der Stallmeister.

Nick hatte bis heute nicht geahnt, dass Sir Jeremy eine Schwäche für Königin Catalina hegte. Er begann zu überlegen, ob es eine Möglichkeit gab, aus diesem Umstand einen Nutzen für Prinzessin Mary zu ziehen, ehe ihm wieder einfiel, dass Marys Gefangenschaft hier mit Gottes Hilfe bald ein Ende haben würde. »Tut mir leid, Sir«, murmelte er.

»Du kannst deine versäumte Arbeit nachholen, wenn die anderen beim Essen sind«, beschied Sir Jeremy.

»Ja, Sir.«

Während der Stallmeister seine üble Laune nach draußen trug, tauschte Nick einen Blick mit Madog. Der nickte ihm zu: Er würde irgendetwas aus der Gesindeküche für Nick mitgehen lassen, und sie würden sich nach Einbruch der Dunkelheit unter Vater Davids Birnbäumen treffen, um zu reden.

Als die Uhr der Palastkapelle sechs schlug und die übrigen Stallknechte Feierabend machten, hatte Nick erst zwei seiner sechs Schützlinge ausgemistet und gefüttert.

»Soll ich mit anpacken?«, erbot sich Carl.

Nick drehte sich verwundert um, die Mistgabel in Händen. »Ist dir nicht gut, Mann? Hast du vielleicht Fieber?« Seit Madogs Ankunft hielten Nick und Carl einen Waffenstillstand, aber das war alles.

Eingeschnappt zuckte Carl die Schultern und wandte sich wortlos zum Tor. Mickey stand schon draußen im Sonnenschein und wartete auf ihn.

»Großartig, Tamkin«, murmelte Madog im Vorbeischlendern. »Beiß nur in die Hand, die dir gereicht wird. Das ist der beste Weg, um sich Freunde zu machen.«

»Ich brauche hier keine Freunde mehr«, raunte Nick ihm ebenso verstohlen zu.

»Man braucht immer und überall Freunde.«

»Ja, ja. Erspar mir deine Weisheiten. Verschwinde schon. Und bring Polly mit, wenn du nachher kommst.«

Madog betrachtete ihn einen Moment mit verengten Augen. »Also dann, Tamkin. Bis später.« Pfeifend ging er hinaus.

»Das Schwierigste wird sein, die Wachen der Prinzessin unschädlich zu machen, und das kann sie nur selbst tun«, erklärte Nick mit leiser Stimme und biss von dem Brot ab, das Polly ihm wortlos gereicht hatte.

Zu dritt saßen sie im hohen Gras unter den Birnbäumen, und Sommernachtsdüfte hüllten sie ein. Ganz in der Nähe zirpte eine Grille.

»Wie soll sie das anstellen?«, fragte Madog.

Nick zog ein kleines, in Leinen gewickeltes Päckchen aus seiner Tasche und reichte es Polly. »Hier, steck ihr das zu. Sag ihr, ich warte übermorgen früh vor der Arbeit in der Kapelle auf sie und werde alles noch einmal genau mit ihr durchgehen. Aber sie weiß schon Bescheid über dieses Zeug. Es war ihre Idee, um genau zu sein. Es ist Opium. Sie will es den Wachen ins Abendbier mischen. Die werden also selig schlummern. Ein Turnier könnte auf dem Korridor abgehalten werden, und sie würden nicht davon aufwachen.«

Polly nahm das Päckchen in beide Hände. »Und wenn sie sie erwischen?«

Nick schüttelte entschieden den Kopf. »So dürfen wir nicht anfangen zu denken, Polly. Prinzessin Mary ist geschickt und findig. Wenn sie sagt, sie schafft es, ist das gut genug für mich.«

»Und was dann?«, fragte sie weiter. »Sie wird den Geheimgang in der Kapelle nehmen, schätze ich?«

»Nein. Das ist zu riskant. Auf dem Weg zur Kapelle patrouilliert die Wache. Mary wird sich gegen elf die Treppe hinab- und aus dem Hauptgebäude zum Gartentor schleichen. Das heißt, sie muss an Lady Sheltons Fenster vorbei, aber es wird dunkel sein. Und Lady Shelton trinkt abends gern ein paar Becher Wein. Ich nehme an, sie hat einen festen Schlaf. An der Gartenpforte warte ich mit den Pferden. Von dort aus ist es ein Kinderspiel.«

»Die Gartenpforte quietscht«, warnte Polly. »Laut genug, um die Toten aufzuwecken.«

»Verdammt, ist das wahr?« Er biss sich auf die Lippen. Dieses kleine Detail machte nur zu deutlich, was alles schiefgehen konnte mit ihrem Plan.

»Ich werde sie ölen«, sagte Madog, dachte einen Moment nach und fügte hinzu: »Ich fange morgen damit an. Jede Nacht ein Tröpfchen, damit sie allmählich und nicht plötzlich aufhört zu quietschen. Wir müssen alles vermeiden, was Argwohn erregen könnte.«

»Gut«, stimmte Nick zu, aß noch ein Stück Brot und biss dann in die Birne, die er Vater David gestohlen hatte. Mit einem Laut des Unwillens warf er sie über die Schulter, denn sie war hart und sauer.

Polly öffnete den Beutel an ihrem Gürtel und holte eine Handvoll Rosinen heraus, die sie dem Koch eigentlich für Eleanor und die kleine Prinzessin Elizabeth abgeschwatzt hatte. Lächelnd reichte sie sie Nick.

»Danke.« Pflichtschuldig erwiderte er das Lächeln und trug ihr auf: »Du musst Samstagabend von hier verschwinden. Hol die Kinder, wenn du von der Beichte zurückkommst, nimm den Pfad durch den Wald, bis du die Straße erreichst, und nach einer halben Stunde zweigt nach Süden ein Pfad zu einem Dorf namens Curn ab. Dort ist das St.-Thomas-Kloster. Erbitte Obdach für eine Nacht. Sie haben ein großes Gästehaus, wo immer reger Betrieb herrscht, du wirst nicht weiter auffallen. Madog holt dich am Sonntag dort ab und bringt dich nach Hause.«

»Ah ja?«, fragte sein walisischer Cousin interessiert. »Und ich dachte, Madog segelt mit dir und der Prinzessin auf den Kontinent.«

Doch Nick schüttelte den Kopf. »Es besteht kein Anlass für dich, ins Exil zu gehen. Jedenfalls noch nicht. Aber wenn du uns begleitest, bist du ein Verräter und kannst nicht mehr nach Hause. Du reitest am Sonnabend nach Gravesend, sobald es dunkel ist, und vergewisserst dich, dass Chapuys dort ist und keine königlichen Wachen sein Schiff besetzt haben. Mary und ich werden dort zu dir stoßen.«

»Wo ist das?«, wollte Madog wissen.

»An der Themse. Es ist ein kleiner Hafen, nur fünfzehn Meilen von hier. Wenn das Wetter mitspielt, sollten wir es in zwei, drei Stunden schaffen. Du wartest in der Hafenschenke *Zum goldenen Kalb* auf uns und sagst uns, ob die Luft rein ist. Wenn ja, bringe ich Mary an Bord. Du amüsierst dich im Goldenen Kalb und holst am nächsten Tag Polly und die Kinder.«

In die kleine Stille, die folgte, fragte Polly schließlich: »Und was wird dann aus dir?«

Nick wusste keine Antwort.

»In Demut und Reue bekenne ich meine Sünden«, begann Mary.

»Aber besser nicht mir, Hoheit«, antwortete Nick grinsend aus dem Innern des Beichtstuhls. »Ich liefe Gefahr, meine letzten Illusionen zu verlieren.«

Sie lachte leise und wisperte: »Ich war nicht sicher, ob Ihr es wirklich seid. Wo ist Vater James?«

»Bei Lord Shelton, glaube ich. Aber wir sollten uns beeilen, er kann jederzeit zurückkommen. Hat Polly Euch das Päckchen gegeben?«

»Ja, Mylord.«

»Und Ihr seid sicher, dass Ihr den Wachen das Zeug ins Bier schmuggeln könnt?«

»Nichts leichter als das. Eine von Lady Sheltons Damen kommt abends mit einer Magd in den kleinen Vorraum zu meinem Gemach, um mein Nachtmahl zusammen mit dem der Wachen zu bringen. Dort füllen sie auf und schenken ein. Ich schaue ihnen immer zu und wähle dann einen der drei Teller und Becher aus. Es ist ein … festes Ritual, versteht Ihr.«

»Nur zu gut.« Mary fürchtete, Lady Shelton könne sie in Anne Boleyns Auftrag vergiften. Um der Gefahr zu entgehen, musste sie in Kauf nehmen, die bescheidene Kost der Wachen zu teilen, aber gesunder Eintopf war allemal bekömmlicher als vergiftetes Rebhuhn ...

»Es erregt also keinen Verdacht, wenn ich einen Moment vor der Anrichte stehenbleibe, um meine Portionen auszuwählen. Niemand wird bemerken, dass ich dabei ein wenig Mohnsaft ins Bier der Wachen träufle. Der Raum ist dämmrig.«

Nick war beruhigt. »Ihr macht das schon, da bin ich sicher. Von unserer Seite sind die Vorbereitungen ebenfalls so gut wie abgeschlossen. Chapuys hat drei gute Pferde besorgt, denn es wäre zu riskant, Eure Carina hier aus dem Stall zu holen und obendrein noch zwei weitere zu stehlen.«

»Ich könnte sie ohnehin nicht mit auf den Kontinent nehmen«, erwiderte Mary ergeben, aber es klang eine Spur bekümmert.

»Chapuys lässt unsere Gäule im Wald zu der abgelegenen Stelle bringen, wo ich ihn immer getroffen habe«, fuhr Nick fort. »Nach dem Abendessen wird mein Cousin sich hinschleichen und nach Gravesend reiten. Kurz vor elf hole ich die anderen beiden Pferde und treffe Euch an der Gartenpforte.«

»Und alles Weitere liegt in Gottes Hand.«

Er atmete tief durch. »So ist es.«

»Also dann, Mylord. Nur noch sechs Tage Gefangenschaft und Stallknechtdasein. Und dann auf zu neuen Ufern.«

Nick nahm sich ein Beispiel an Marys Furchtlosigkeit, was ihre ungewisse Zukunft anging, und beschloss, sich nicht in ein frühes Grab zu grämen, sondern das Beste aus diesen letzten sechs Tagen zu machen. Das Wetter blieb sommerlich und heiß, und er erfreute sich an der Arbeit mit den Pferden, die jetzt großteils im Freien und ausnahmsweise einmal ohne den sonst allgegenwärtigen Schlamm vonstatten ging. Abends saß er mit Madog in dem kleinen Wirtshaus von Eltham oder mit Polly auf der Bank vor ihrer Kate und teilte einen Becher lauwarmes Bier mit ihr. Die wilden Blumen, die entlang der Hauswand wuchsen, erfüllten die warme

Luft mit ihren Düften, und Nick legte eine Hand auf Pollys Bein und lächelte und tat sein Bestes, charmant zu ihr zu sein. Er wusste genau, was sie alles für ihn getan und riskiert hatte und was er ihr schuldig war, und darum schämte er sich dafür, wie schroff er in den letzten Monaten oft zu ihr gewesen war. Und wenn sie in ihrem schmalen Bett unter ihm lag und sich an ihn klammerte, als wolle sie ihn nie wieder hergeben, bemühte er sich, ihr vorzugaukeln, dass er sie vermissen würde.

Doch das friedliche Idyll, das seine letzten Tage als Stallknecht im Haushalt der kleinen Prinzessin Elizabeth zu werden versprachen, war nicht von langer Dauer.

»Tamkin, Carl, geht und öffnet das zweite Stallgebäude«, befahl Sir Jeremy und überreichte Nick den rostigen Schlüssel.

»Besuch?«, fragte er so desinteressiert wie möglich.

Der Stallmeister nickte. »Die Königin kommt mit kleinem Gefolge, um einige Tage bei ihrer Tochter zu verbringen. Also macht Boxen für rund dreißig Gäule fertig.«

»Ja, Sir.« Nick nahm den Schlüssel mit einer kleinen Verbeugung, folgte Carl hinaus auf die Koppel vor dem Stall und überlegte fieberhaft, ob Anne Boleyns Ankunft irgendeinen Einfluss auf ihre Pläne hatte. Es würde ein wenig voller und unruhiger werden, wusste er aus Erfahrung. Polly würde nicht vor Einbruch der Nacht Feierabend haben, weil man sie gewiss anwies, mit dem Beziehen der Betten und all diesem Zeug zu helfen. Aber bis Sonnabend hatte die Lage sich vermutlich wieder beruhigt, da war er zuversichtlich. Kein Grund, nervös zu werden …

»Was ist, Mann, träumst du?«, riss Carls Stimme ihn aus seinen Gedanken. »Sperr schon auf.«

Nick stellte fest, dass sie vor dem verschlossenen Stalltor angekommen waren. Er nickte, öffnete und schob den schweren Flügel nach innen. »Dreißig zusätzliche Gäule«, brummte er. »Das hat uns gerade noch gefehlt.«

»Das kannst du laut sagen.« Carl stieg lustlos die Leiter hinauf und begann, Strohballen vom offenen Boden herunterzuwerfen. »Ich hoffe, der alte Jeremy besorgt uns ein paar Pagen von drüben, die uns zur Hand gehen. Wir wollen uns ja nicht zu Tode schinden.«

Nick stimmte ihm zu, obwohl ihm immer unbehaglich war, wenn Pagen aus dem Haushalt der Prinzessin in die Stallungen abkommandiert wurden.

Doch zumindest diese Sorge erwies sich als unbegründet. Jeremy Andrews engagierte drei junge Burschen aus dem Dorf als zusätzliche Stallarbeiter, und als Königin Anne am nächsten Vormittag mit ihren Damen, Herolden, Pagen und ihrer Eskorte in Eltham eintraf, verirrte sich kein einziger von ihnen in die abgelegenen Stallungen. Nick und Madog schufteten von Sonnenaufgang bis Sonnenuntergang und fanden kaum Zeit, nervös zu werden, als der Tag ihrer Flucht näherrückte.

Der Sonnabend begann wolkenverhangen, aber trocken, und die Stallknechte wurden angewiesen, eine größere Zahl Pferde zu satteln, weil die Königin mit Lord und Lady Shelton und einigen ihrer Damen zur Falkenjagd reiten wollte.

»Lady Marys Stute auch«, trug Sir Jeremy Madog auf.

Der nickte willig, fragte aber: »Sie nimmt Lady Mary mit zur Jagd?«

»Sieht so aus«, antwortete der Stallmeister knapp und scheuchte ihn mit einer Geste an die Arbeit. »Und das geht dich einen Dreck an!«

Nick und Madog wechselten einen Blick, aber ganz gleich, was das zu bedeuten hatte – sie konnten nichts tun als warten und beten. Nick war dankbar, dass er und Chapuys sich dagegen entschieden hatten, Marys Carina mit auf die Flucht zu nehmen, denn so ausdauernd die hübsche Schimmelstute auch war, wäre sie nach einem Tag auf der Jagd sicher zu erschöpft für einen schnellen Ritt von fünfzehn Meilen gewesen.

Das Wetter war perfekt für die Beizjagd, die adlige Gesellschaft ausgelassener Stimmung und erfolgreich, und die Pferde kamen spät zurück. So war es schon nach acht, als Nick und Madog endlich alle Arbeit getan hatten und sich verdrücken konnten.

»Wir sollten uns beeilen«, drängte Mickey. »Der Köchin ist zuzutrauen, dass sie die Küche abschließt, eh wir gegessen haben.«

»Geht nur«, erwiderte Madog. »Tamkin und ich haben noch was zu erledigen.«

Carl und Mickey schöpften keinen Argwohn, denn sie wussten, dass die beiden anderen Stallknechte einen nicht geringen Teil ihres Lohns ins Wirtshaus trugen.

Madog sah ihnen nach, als sie hinter dem Stallgebäude verschwanden, und murmelte: »Der Kleine wird mir richtig fehlen. Netter Junge.«

»Ja, ich weiß«, erwiderte Nick zerstreut und sah sich aufmerksam um. Weit und breit keine Menschenseele. »Los, komm.« Er wünschte plötzlich, sie wären wirklich auf dem Weg ins Wirtshaus, denn sein Mund war staubtrocken.

An der verwitterten Futterhütte im Wald fanden sie die drei Pferde, die Chapuys ihnen versprochen hatte: unauffällige braune Wallache wie Tausende andere mit schlichten Sätteln und Zaumzeugen.

»Kein Damensattel«, bemerkte Madog. »Die Prinzessin wird schockiert sein.«

Aber Nick wusste es besser. »Schnelligkeit ist heute Nacht unser oberstes Gebot, und das weiß sie sehr wohl.«

Er trat zu dem vorderen der Pferde, befühlte die Beine und sah sich die Hufe von unten an. Madog schaute dem zweiten ins Maul. Nach wenigen Augenblicken hatten sie sich zu ihrer Zufriedenheit vergewissert, dass alle drei Tiere in gutem Zustand waren.

»Also dann«, sagte Nick, löste einen der Zügel vom Gestänge der Futterkrippe und hielt ihn Madog hin. »Es wird Zeit.«

Madog nickte, schloss ihn kurz in die Arme, nahm dann den Zügel und saß auf. »Wir sehen uns eine Stunde nach Mitternacht.«

»Sei vorsichtig.«

»Ihr auch.« Madog winkte noch einmal kurz, wendete sein Pferd und verschwand unter vernehmlichem Rascheln in einem Haseldickicht.

Nick atmete auf. Schritt eins war schon einmal reibungslos verlaufen. Nun hieß es warten.

Er blieb im Wald, bis es dämmerte, fand auf einer kleinen Lichtung einen wahren Teppich aus Blaubeeren und dankte Gott für dieses unerwartete Abendessen. Schließlich kehrte er auf das Gelände des Palastes zurück und schlich zu seinem Gesindehaus. Weder Polly noch die Kinder waren dort, und ihre wenigen Habseligkeiten waren verschwunden. Gut so. Inzwischen waren sie wahrscheinlich in St. Thomas eingetroffen und saßen hinter den sicheren Mauern des Klosters bei einer Schale Suppe. Er wünschte ihnen Glück. Die Frage, ob er seine beiden Kinder je wiedersehen würde, wollte sich anschleichen, aber er scheuchte sie fort. Für solche Gedanken war Zeit, wenn er Prinzessin Mary nach Gravesend und an Bord des Schiffes gebracht hatte, aber jetzt nicht.

Als er zum zweiten Mal in den Wald ging, war es völlig dunkel geworden. Er fand den Weg indessen ohne Mühe, denn inzwischen kannte er sich in diesem Wald beinah so gut aus wie in seinem eigenen.

Die beiden Braunen waren zwei große, dunkle Umrisse in der Finsternis, und er hörte das leise Klimpern der Trensen, ehe er sie sah. Nick murmelte ein paar Nettigkeiten, band die Tiere los, nahm beide Zügel in die Rechte und machte sich auf den Rückweg. Er ging langsam, und die beschlagenen Hufe verursachten auf der grasbewachsenen Erde nur schwache, dumpfe Laute. Kaum hatte er die Pforte zum Palastgarten erreicht, hörte er die Uhr der Kapelle elf schlagen.

Nick lauschte, legte einem der Pferde die freie Hand auf die Nüstern, weil ihn das beruhigte, und betete. *Bitte, Gott, gib ihr eine Chance. Sie hat so lange ausgehalten, für ihre Ehre, für die ihrer Mutter und für dich. Lass es ein Ende haben und hilf ihr ...*

Er hörte etwas. Er war nicht sicher, aber es klang wie ein verhaltenes Rascheln auf der anderen Seite der Gartenpforte. Schritte im Gras? Sein Herzschlag beschleunigte sich, und er hatte den Atem angehalten. Als er das merkte, holte er langsam tief Luft.

Der inzwischen gut geölte Riegel auf der anderen Seite glitt leise zurück, und das Törchen schwang nach außen.

»Hoheit?«, wisperte Nick.

Lautlos wie ein Schatten schlüpfte sie durch den Spalt und machte warnend: »Pst.«

Er konnte sie kaum erkennen, erahnte nur einen dunklen Mantel und eine Kapuze. Ohne weitere Worte zu verschwenden, befingerte er das Zaumzeug des linken Pferdes, bis er sich orientieren konnte, schlang dem Tier den Zügel über den Kopf und führte es einen Schritt näher auf Mary zu. Sie ergriff den Zügel mit der Linken, und Nick verschränkte die Hände ineinander und beugte sich vor, um ihr beim Aufsitzen zu helfen.

»*Très charmant.*« Mit einem Mal sprach sie sehr laut, und statt den Fuß in die dargebotene Räuberleiter zu stellen, trat sie ihn genau vor die Kinnspitze.

Aber Nick fiel nicht hin. Sein Körper reagierte schneller auf den Klang dieser Stimme als sein Verstand, denn noch ehe er wirklich begriffen hatte, wer durch dieses Gartentor gekommen war, hatte er sich halb weggeduckt. Ihm war, als kräusele sich seine Kopfhaut vor Entsetzen, und die Härchen auf Armen und Beinen richteten sich auf. »Louise ...«

»Ergreift ihn, los, worauf wartet ihr?«, befahl seine Stiefschwester, und mit einem Mal wurde die Nacht gleißend hell, so schien es ihm, als drei Wachen aus dem Tor traten, von denen zwei Fackeln trugen.

Das Tor war schmal, die Wachen drängelten ein wenig, und Nick nutzte seine Chance. Er riss das Schwert unter dem Sattelblatt des zweiten Pferdes hervor, wo Chapuys es versteckt hatte, griff einen der Soldaten an und hieb ihm die Fackel aus der Hand. Ehe sein Gegner die Klinge ziehen konnte, rammte Nick ihm die seine in die Kehle. Mit einem schauderhaften gurgelnden Schrei brach der Sterbende in die Knie. Nick befreite sein Schwert mit einem kleinen Ruck und dachte fassungslos: *Das war ich. Ich hab das getan. Ich habe einen Menschen getötet ...*

»Keine Bewegung, Mann«, knurrte der Kerl ohne Fackel.

Was soll das denn heißen?, dachte Nick verwirrt, fuhr mit erhobener Klinge zu ihm herum und erstarrte – wie befohlen. Der Soldat hatte den Lauf einer Hakenbüchse auf ihn gerichtet. Er sah vollkommen lächerlich aus, denn er hielt den Kopf seltsam schräg und hatte ein Auge zugekniffen, um mit dem anderen zu zielen. Doch Nick verspürte keinerlei Versuchung zu lachen. Er wusste, diese Dinger schlugen bestialische Löcher. Er empfand indessen mehr Wut als Furcht. Was für eine *feige* Waffe, dachte er angewidert. »Wie ist das, einen Mann auf zehn Schritte Entfernung zu töten?«, erkundigte er sich, und sein Blick fiel auf den Verblutenden im Gras. Der lag jetzt still und gab keinen Laut mehr von sich, aber immer noch quoll Blut im Pulsrhythmus aus der klaffenden Wunde. Im Fackelschein glänzte es schwarz. Dann versiegte der Strom. »Leichter, nehme ich an. Man muss die Schweinerei nicht sehen, die man angerichtet hat, he?«

»Halt's Maul, du verfluchter Hurensohn!«, schrie der mit der verbliebenen Fackel ihn an. Als er drohend nähertrat, sah Nick Tränen über seine Wangen laufen. Und das war kein Wunder. Er war das Ebenbild des Toten – zweifellos sein Bruder. »Lass die Waffe fallen, oder ich schwöre, ich drück meine Fackel in deiner Visage aus!«

Nick warf ihm das Schwert vor die Füße, und zum ersten Mal fiel der Schein der verbliebenen Fackel auf sein Gesicht.

Seine Stiefschwester zog erschrocken die Luft ein. »*Du?*«

Er musste sich zwingen, ihr in die Augen zu sehen, doch als er es tat, war seine Miene ausdruckslos. »Überrascht?«

Sie schüttelte langsam den Kopf – fassungslos. »Aber du … du bist nach Wales geflohen.«

Nick nahm an, Laura, Philipp und John hatten dieses Gerücht gestreut. Jetzt spielte es jedenfalls keine Rolle mehr. »Tu nicht so erschüttert. Davon wird mir speiübel.«

Brechnuss fasste sich. »Ich wette, du hast ein Messer am Gürtel. Her damit.«

Nick zog es aus der Scheide, die unter seinem Kittel versteckt gewesen war, und reichte es ihr mit dem Heft voraus. »Habt ihr die Prinzessin getötet?«

Sie machte große Augen. »Ein zweijähriges Kind, mein eigen Fleisch und Blut obendrein? Was denkst du nur von mir? Lass das Messer fallen.«

Er ließ die Klinge mit einem kleinen Ruck aus dem Handgelenk schnellen, sodass sie genau vor ihrem rechten Schuh im Gras stecken blieb.

Der Lauf der Hakenbüchse kam näher, bis er nur noch einen Zoll von seinem Brustbein entfernt war.

»Antworte, Louise«, verlangte Nick. »Habt ihr Mary getötet?«

»Du willst es wirklich wissen, nicht wahr? Wie wär's, wenn du mich auf Knien um eine Antwort anflehst?«

Er verzog angewidert den Mund und wandte den Blick ab.

Louise gab unerwartet nach. »Sie schläft, sei nur ganz unbesorgt. Tief und fest. Irgendwer hat ihr offenbar Opium in den Schlummertrunk gemischt.« Sie gluckste.

Er sah sie wieder an, die Augen verengt. »Du hast ... die Becher vertauscht?«

»Es war ja so ein glücklicher Zufall, dass ich heute Abend die Ehre hatte, der ausrangierten Prinzessin das Nachtmahl zu bringen«, erwiderte sie. »Und weil ich wusste, wie durchtrieben sie ist, habe ich sie nicht aus den Augen gelassen. Irgendwie fand ich, dass sie zu lange für die Auswahl ihres Bechers brauchte. Also habe ich den, für den sie sich endlich entschied, unauffällig mit einem der anderen vertauscht.«

Nick war sprachlos. Sie waren ihrem Ziel so nahe gewesen. Alles wäre geglückt, wenn nur Brechnuss nicht im Gefolge ihrer verfluchten Königin nach Eltham gekommen wäre. Und jetzt war alles verloren. *Es tut mir leid, Mary ...*

»Legt ihn in Ketten«, wies Louise die Wachen an.

»Glaub nicht, dass es so was hier gibt«, antwortete der mit der Büchse skeptisch.

»Dann fesselt ihn einstweilen und bringt ihn zu Lord Shelton.« Sie verschränkte die Arme vor der Brust und schenkte Nick ein hasserfülltes Lächeln. »Heute ist das erste Mal in meinem Leben, dass ich glücklich bin, dich zu sehen, *Bruder*.«

Im Palast war es still und dunkel, denn alle Bewohner hatten sich längst zur Ruhe begeben.

Die beiden Wachen führten Nick in eine kleine Halle im ersten Obergeschoss. Während Brechnuss davoneilte – zweifellos um

Lord und Lady Shelton die frohe Kunde von der vereitelten Flucht ihrer Gefangenen zu bringen –, hielt der Soldat mit der Hakenbüchse Nick in Schach, und der andere ging umher und zündete ein paar Wandfackeln und Kerzen an.

Als er schließlich zurückkehrte, nahm Nick seinen Mut zusammen und fragte: »Wie ist dein Name?«

Der Mann war sehr bleich, seine Kiefermuskeln verkrampft. Er schien versucht, ihm die Antwort zu verweigern, aber schließlich knurrte er: »George Elland.«

»Ich bedaure, dass ich deinen Bruder getötet habe, George Elland. Das wollte ich nicht.«

»Ach nein?«, erwiderte Elland bitter. »Warum hast du ihm dann die Klinge in die Kehle gerammt, du verräterischer Hurensohn?«

»Weil ihr mich daran hindern wolltet, das zu tun, was ich für richtig hielt. Denn ganz gleich, was man euch einredet, Mary ist die einzige rechtmäßige Prinzessin in England, und niemand hat das Recht, sie gefangen zu halten.«

Seine politischen Ausführungen beschwichtigten George Elland erwartungsgemäß nicht, der Anstalten machte, ihm ins Gesicht zu spucken. Nick riss den Kopf zur Seite und sah deswegen die Faust nicht kommen, die in seiner Magengrube landete. Hustend fiel er auf die Knie. Ein mörderischer Tritt traf seinen Kopf, und Nick landete auf den kalten Marmorfliesen. Er konnte nichts tun, nicht einmal den Kopf mit den Armen schützen, denn sie hatten ihm die Hände auf den Rücken gebunden.

Doch als Lord Sheltons bedächtige Stimme befahl: »Ich denke, das reicht fürs Erste«, hörten die Tritte augenblicklich auf.

Nick rollte sich auf die Seite, zog die Knie an und kam ohne fremde Hilfe, wenn auch nicht ganz ohne Mühe auf die Füße.

Lord Shelton starrte ihn ungläubig an. »*Du?* Aber wie in aller Welt …« Er brach ab. Barhäuptig, das Haar zerzaust, eine knielange Samtschaube mit Brokatkragen über dem Nachthemd – der Chamberlain hatte schon würdevoller ausgesehen. Hoffnungslos verwirrt wandte er sich an Louise. »Aber wie sollte es möglich sein, dass ein hergelaufener Stallknecht …«

»Stallknecht?«, unterbrach Louise ungläubig, und im Licht der Kerzen sah sie jetzt zum ersten Mal Nicks Kleidung. »Du hast dich hier als Stallbursche eingeschlichen?« Die Vorstellung schien sie zu amüsieren, und es funkelte in ihren dunklen Augen. »Wie aufopferungsvoll. Bedenkt man, dass du Angst vor Pferden hast …«

»Eingeschlichen?«, fiel Shelton ihr ins Wort. »Was soll das heißen, eingeschlichen? Dieser Kerl arbeitet seit fast zwei Jahren hier. Der Beste, den er je hatte, behauptet der Stallmeister.«

»Wirklich?«, erwiderte Louise trocken und verschränkte die Arme vor der Brust. »Nun, falls es so ist, Mylord, ist es kein Wunder. Schließlich ist er ein Waringham.«

Lord Shelton stand wie vom Donner gerührt, den Mund leicht geöffnet. Als sein Blick von Louise zu Nick glitt, schlich sich ein Anflug von Furcht in seine Augen. Dann nahm er sich zusammen, räusperte sich und trat einen kleinen Schritt auf ihn zu. »Wie ist dein Name?«

Nick wusste, dass es nichts mehr nützen würde, aber er klammerte sich an seine Tarnung wie ein Ertrinkender an ein Stück Treibholz. »Tamkin Nicholson, Mylord.«

Brechnuss prustete unfein. »*Tamkin*? Das ist ja köstlich …«

»Sei still, alberne Gans«, fuhr Shelton sie an.

Aber seine Schroffheit konnte ihre beinah hysterische Heiterkeit nicht trüben. »Ich versichere Euch, Cousin, dieser Mann ist …«

»Ja, du meine Güte, was ist denn das für ein nächtlicher Auftrieb?«, fragte eine dunkle Frauenstimme von der Tür. Shelton und die beiden Wachen wandten sich um und verneigten sich, Brechnuss knickste anmutig.

»Majestät, ich hoffe inständig, wir haben Euch nicht geweckt?«, fragte Shelton scheinbar devot, aber Nick kam es vor, als hätte er Mühe, seinen Unwillen zu verbergen.

Königin Anne lächelte flüchtig. »Keineswegs, Mylord.« Sie war vollständig bekleidet – in kostbare Roben gehüllt und wie üblich mit so viel Geschmeide behangen, dass man sich fragen musste, wie sie sich trotz des Gewichts aufrecht hielt. »Die Prinzessin leidet an Husten, wie Ihr zweifellos wisst, und ich habe bei ihr gewacht. Eine dieser nichtsnutzigen Ammen ist nicht zum Nachtdienst erschienen …« Es klang träge, eine Spur gelangweilt, und ebenso unschlüssig waren die Schritte, mit denen sie in die Halle trat. Dann fiel ihr Blick auf den Gefesselten. »Nanu, Lord Waringham! Welch unverhoffte Freude. Und welch unpassender Aufzug, wenn Ihr meine Offenheit verzeihen wollt.«

Nicks Verbeugung war nicht viel mehr als ein Nicken. »Madam.«

Lord Shelton besaß offenbar die Gabe, sich rasch auf eine neue Lage einzustellen. Er fragte die Königin: »Ihr wisst nicht zufällig, wie die Amme heißt, die ihren Dienst versäumt?«

Anne Boleyn machte eine vage Handbewegung. »Molly … Polly … etwas in der Art.«

Shelton betrachtete Nick mit verengten Augen. »Wo ist sie?«

Nick hob langsam die Schultern. »An einem Ort, wo Ihr sie nicht erreichen könnt, Shelton.«

Der Chamberlain blinzelte fast unmerklich über die radikale Veränderung in Nicks Tonfall. »Wo? Und der walisische Herzensbrecher? Ich schätze, auch er war Euer Komplize?«

»Wäret Ihr so gut, mir zu verraten, was hier vorgeht, Cousin?«, fragte Königin Anne gereizt.

Shelton zögerte einen Augenblick, und so war es Louise, die antwortete. Sie zeigte mit dem Finger auf Nick. »Er hat sich hier als Stallbursche eingeschlichen, Majestät. Heute Nacht wollte er Lady Mary zur Flucht verhelfen. Es war nur ein glücklicher Zufall, dass ich es verhindern konnte.«

Die Königin wandte sich an den Übeltäter. »Sieh an. Was für ein Abgrund der Niedertracht, Mylord. Ihr enttäuscht mich schwer. Sprachen wir nicht bei meiner Krönung über die schöne Tugend der Aufrichtigkeit?«

»Ich würde mir an Eurer Stelle gut überlegen, ob Ihr es Euch leisten könnt, mir moralische Vorhaltungen zu machen«, gab Nick rüde zurück.

Shelton packte ihn mit einem wütenden Knurren am Arm, aber die Königin hob gebieterisch die Hand. »Moment noch,

Cousin. Ich hätte gern eine Erklärung, Mylord of Waringham. Ihr verweigert dem König und mir die geschuldete Treue und den Eid auf das Thronfolgegesetz. Ihr hintergeht uns und schmiedet Ränke mit Mary, diesem unbelehrbaren, halsstarrigen Monstrum. Und zweifellos seid Ihr auch derjenige, der den Kontakt zwischen ihr und Chapuys gehalten hat, der uns allen solche Rätsel aufgab. Kurzum, Waringham, Ihr seid ein Verräter. Und meint dennoch, das moralische Recht stehe auf Eurer Seite? Ich hoffe, Ihr werdet mir nachsehen, dass ich Euch nicht ganz folgen kann.«

»Ich hoffe, Ihr werdet mir nachsehen, dass mir heute Nacht nicht der Sinn danach steht, mit Euch über Recht und Unrecht zu disputieren, Madam.«

»Ich bestehe darauf«, beharrte sie. »Ich befehle es als Eure Königin.« Ihr Lächeln konnte ihn nicht täuschen; sie kochte vor Wut.

Nick musste feststellen, dass er sich vor dieser Frau und ihrem Zorn weit mehr fürchtete als vor Lord Shelton und seinen Finstermännern. Shelton war ein Gegner, den er verstehen und den er ausloten konnte. Aber Anne Boleyn war ihm ein Rätsel. Ihre kleinliche Gehässigkeit Mary gegenüber, ihre Geltungssucht und Machtgier, der Zauber, den sie offenbar immer noch auf den König ausübte – nichts von alldem konnte er begreifen. Darum fürchtete er sie. Und weil er sie fürchtete, hasste er sie.

»Die Königin befindet sich in Kimbolton, Madam«, antwortete er. »Ihr seid ein Nichts. Schlimmer, Ihr seid eine Farce: eine Bruthenne mit einer gestohlenen Krone auf dem Kopf. Ihr behängt Euch mit Juwelen, um es zu vertuschen, aber im Grunde wisst Ihr es selbst. Denn welchen anderen Grund könnte es geben, warum Gott Euch immer noch keinen Prinzen geschenkt hat?«

Anne Boleyn war eine Frau der Tat, die es auch deswegen dorthin gebracht hatte, wo sie war, weil sie in der Lage war, kühn und entschlossen zu handeln.

Während alle anderen Nick anstarrten, als wäre ihm ein Geweih gewachsen, riss sie dem linken Wachmann die Hakenbüchse aus den erschlafften Fingern und richtete den Lauf auf Nicks Brust. »Ich denke, von Euch habe ich für alle Zeiten genug gehört,

Waringham.« Sie hielt die schwere, unhandliche Waffe mit erstaunlicher Mühelosigkeit.

»Nein, tut das nicht, Majestät«, bat Lord Shelton erschrocken. »Nicht ehe wir wissen, wer seine Komplizen sind. Und er muss vor ein ordentliches Gericht gestellt …«

»Wozu?«, fragte die Königin und drückte ab.

Das Donnern des explodierenden Schwarzpulvers in dem geschlossenen Raum war unfassbar. Nick lag am Boden und dachte, dass er noch nie im Leben etwas so Lautes gehört hatte. Für ein paar Augenblicke war er vollkommen überwältigt von dem Getöse, dem beizenden Pulvergestank und dem dumpfen Pfeifen in seinen Ohren, sodass er erst mit einiger Verspätung auf die Idee kam, sich zu fragen, wieso er noch lebte.

Als er sich auf die Seite wälzte, setzte der Schmerz ein, und er biss hart die Zähne zusammen. Getötet hatte die teuflische kleine Bleikugel ihn nicht – jedenfalls noch nicht –, aber sie hatte ihn auch nicht verfehlt. Auf dem linken Hosenbein war ein Blutfleck, der sich mit erschreckender Schnelligkeit ausbreitete.

Nick war nicht der einzige, den es von den Füßen gerissen hatte, stellte er fest. Keine zehn Schritt von ihm entfernt lagen Anne Boleyn und Brechnuss in einem Wirrwarr aus Röcken, Armen und Köpfen.

»Jesus, Maria und Josef!« Lord Shelton kniete besorgt an ihrer Seite. »Majestät … Seid Ihr verletzt? O Gott, was wird der König sagen, wenn er hört …«

»Hört auf zu jammern, Cousin«, ächzte die Königin und richtete sich auf. »Mir ist nichts geschehen. Der Rückstoß dieser Büchse würde auch einen Ochsen umreißen.« Sie ergriff seine dargebotene Hand und ließ sich auf die Füße helfen.

Sie redet, als schieße sie jeden Tag mit so einem Teufelsding, dachte Nick. Aber wenn es mein Herz war, das sie treffen wollte, muss sie noch *viel* üben.

Die Königin hatte indes ihre eigene Erklärung für ihren Mangel an Treffsicherheit. Sie wirbelte zu Brechnuss herum, die ebenfalls aufgestanden war. »Warum habt Ihr das getan?«

»Was?«, fragte Louise ein wenig benommen.

»Ihr seid mir in den Arm gefallen!«

»Ich …« Sie strich sich mit bebenden Fingern eine dunkle Haarsträhne hinters Ohr, die sich gelöst hatte, und ihr Blick glitt für einen Moment verstohlen in Nicks Richtung. »Ich weiß es nicht, Majestät. Vergebt mir. Ich war … erschrocken.«

Anne Boleyn schnaubte.

Und Nick fuhr durch den Kopf, dass seine Stiefschwester wirklich der letzte Mensch auf der Welt war, dem er sein Leben zu verdanken haben wollte. Aber so, wie sein Bein blutete, würde diese Schuld ihn vermutlich nicht lange quälen.

»Vielleicht ist es besser so, Majestät«, meldete George Elland sich schüchtern zu Wort.

»Was soll das heißen?«, fragte Lord Shelton.

Der junge Wachmann zeigte mit dem Finger auf Nick. »Die Kugel steckt noch drin, Mylord. Ihr wollt ihn was fragen?« Er machte zwei Schritte auf Nick zu und tippte mit der Fußspitze gegen das verwundete Bein.

Nick wurde schwarz vor Augen. Die Schwärze war mit winzigen pulsierenden Lichtpunkten gespickt. Er presste den Mund auf die Schulter, aber es gelang ihm nicht ganz, einen Laut zu unterdrücken.

Elland hob lächelnd die Schultern. »Also fragt ihn.«

Lord Sheltons Miene verriet, dass er keinen Geschmack an solchen Verhören hatte, aber er kam auf Nick zu und baute sich drohend vor ihm auf. »Wo ist das Mädchen, Waringham? Na los, sagt es mir, ich muss es wissen. Wo ist Eure werte Gemahlin, he?«

»Gemahlin?«, wiederholte Louise.

Nick schaute zu ihr hoch. Er konnte sie nicht mehr richtig erkennen, sein Blickfeld schien zu zerlaufen wie Tinte auf nassem Papier. »Sag deinem Onkel Norfolk, er soll sich nicht zu früh freuen. Er wird Waringham nie bekommen, denn ich … habe einen Erben.«

»Antworte Seiner Lordschaft«, schnauzte Elland und trat weit weniger behutsam zu.

Nick wurde sterbenselend vor Schmerz, er bekam keine Luft mehr, und das letzte, was er spürte, war der warme Blutschwall, der über sein Bein rann.

Er kam nicht allmählich zu sich, sondern fuhr plötzlich aus wirren, schweren Träumen auf. Als er sich regte, flammte der dumpfe Schmerz zu einer grellen Flamme auf. Nick zog scharf die Luft ein und lag still.

Er erinnerte sich genau, was passiert war. Aber er hatte keine Vorstellung, wie viel Zeit vergangen war oder wo er sich befand. Alles, was er sicher wusste, war, dass es noch dunkel und er allein war. Er fröstelte, und der Schweiß, den er auf Brust und Stirn fühlte, kam ihm eisig vor. Fühlte es sich so an, wenn man verblutete? Würde er sterben, allein an diesem dunklen, fremden Ort, ohne Absolution für die furchtbare Sünde, die er begangen hatte? Aber er hatte doch nur getan, was er tun musste. Alles, was sich zugetragen hatte, war geschehen, weil er einen Eid zu erfüllen versucht hatte.

Unweigerlich folgte diesem Gedanken die Frage, ob diese selbstgerechte Überzeugung, das Richtige getan zu haben, vielleicht die abscheulichste all seiner Sünden war, und mit einem Mal fürchtete er sich so erbärmlich, dass ihm ein Wimmern entschlüpfte. Es klang scheußlich in der dunklen Stille.

»Gott«, flüsterte Nick. »Hörst du mich? Stimmt es, was die Reformer behaupten? Können meine Sünden vergeben werden, wenn ich sie dir direkt beichte, keinem deiner Priester?« Er lauschte und wartete mit geschlossenen Augen, aber er spürte nichts, das Ähnlichkeit mit einer göttlichen Antwort gehabt hätte. Nur Schmerz, kalten Schweiß und quälenden Durst. Aber weil er nicht wusste, was er sonst hätte tun sollen, versuchte er es trotzdem: »In Reue und Demut bekenne ich meine Sünden. Ich habe einen Mann getötet. Ich weiß nicht mal, wie er hieß. George Ellands Bruder … Ich habe George Ellands Bruder getötet. Er war ungefähr so alt wie ich. Und vielleicht … vielleicht hatte er auch eine junge Frau und Kinder. Ich weiß nicht … Jedenfalls habe ich sein Leben ausgelöscht, und das bereue ich. Ich war auch ungehorsam gegen meinen König und all das. Alles, was Anne Boleyn gesagt hat, stimmt, aber das bereue ich nicht. Nicht … wenn ich ehrlich bin. Aber George Ellands Bruder … Dafür bitte ich dich um Vergebung, Gott. Amen.« Er hätte sich gern bekreuzigt, aber seine Hände waren immer noch auf seinen Rücken gefesselt und inzwischen völlig gefühllos. Also musste es so gehen. Dann fiel ihm ein, dass er Englisch gesprochen hatte, und einer Panik nahe fragte er sich, ob er die Beichte lieber noch einmal auf Latein wiederholen sollte, als ein leises Geräusch ihn zusammenschrecken ließ.

Nick lag stockstill, lauschte und wartete.

Ein Schlüssel wurde herumgedreht. Eine Tür knarrte. Dann wurde es mit einem Mal hell, aber es war nur eine Kerzenflamme, die Nick nicht blendete, sondern den Raum lediglich in weiches Licht tauchte. Vage nahm er zur Kenntnis, dass er auf einer Decke in einer kleinen, unmöblierten Kammer mit staubigen Holzdielen lag. Sein Blick war immer noch unscharf, aber er sah, dass es eine Frauengestalt war, die auf ihn zutrat. Blond und zierlich.

Nicht Brechnuss, schloss er erleichtert.

»Lord Waringham?«

Sie kniete sich neben ihn auf den Boden und stellte eine Wasserschale ab. Als sie sich über ihn beugte, erkannte er sie. »Lady … Jane Seymour?« Er wurde auf einen Schlag misstrauisch. Mochte sie auch einst Catalinas vertraute Hofdame gewesen sein, hatte Jane Seymour den Austausch der Königin doch mit verdächtigem Gleichmut hingenommen und gehörte seit Anne Boleyns Krönung zu deren Haushalt. »Was tut Ihr hier?«

»Lord Shelton hat mir erlaubt, Eure Wunde zu verbinden, Mylord.«

»Wie großherzig von ihm …«

»Schsch«, mahnte sie, wrang ein Tuch aus und tupfte ihm damit die Stirn ab. Es war herrlich weich.

Er schloss die Augen.

»Wir haben nicht viel Zeit, also hört mir zu«, sagte sie leise, und ihm war nie zuvor aufgefallen, wie samtweich und schön ihre Stimme war. Sie hob seinen Kopf an und setzte einen Becher an seine Lippen. »Mary ist aufgewacht und in großer Sorge um Euch. Wenn Ihr gestattet, werde ich ihr sagen, dass es Euch gut geht, auch wenn Ihr sterbt.«

Er trank einen Schluck. Es war ein kräftiger, erdiger Rotwein, und der Geschmack war wohltuend. »Einverstanden.«

»Wir beide wissen, dass die Dinge jetzt noch schlimmer für das arme Kind werden, aber Ihr habt mein Wort, ich werde für sie tun, was ich kann.«

»Warum?«, fragte er argwöhnisch. »Warum ausgerechnet Ihr?«

»Warum nicht? Ich hatte sie immer gern, und außer mir gibt es niemanden hier, der auch nur einen Gedanken an sie verschwendet.«

»Was soll das hier werden, Lady Jane? Schöne Lügen, um einen sterbenden Narren zu trösten?«

»Schsch. Ihr dürft nicht sprechen, es strengt Euch zu sehr an. Ihr habt Fieber, Mylord, und …«

»Wenn Ihr Mary helfen wollt, nehmt Kontakt zu Chapuys auf und verhelft ihr zur Flucht.«

»Werdet Ihr denn nie klüger? Es gibt bessere Wege, Ihr beizustehen …«

»Schöne Worte«, knurrte er angewidert.

Ein wenig unsanft setzte sie den Becher wieder an und ertränkte seine Kommentare in Rotwein. Als sie absetzte, keuchte er und ließ den Kopf erschöpft zurücksinken, zu erledigt für weitere Debatten.

Mit einem Ruck zerriss sie sein blutgetränktes Hosenbein und betrachtete den Schaden. »Es blutet kaum noch.«

»Nein. Aber die verdammte Kugel steckt noch drin … Entschuldigung, Lady Jane.«

Plötzlich lag ihre Hand auf seiner Stirn, warm und tröstlich. »Schon gut.« Er hörte sie lächeln. »Sie werden Euch in den Tower bringen. Dort wird sich ein Medicus finden, der sie herausholen kann.«

»Ja. Damit genug von mir übrig bleibt, was Cromwell auf die Streckbank legen kann. Süßer Jesus … Das hätte ich *wirklich* leichter haben können.«

Aber weder Cromwell noch sonst irgendwer suchte ihn heim, um ihn für die missglückte Fluchthilfe zu bestrafen, ihm einen Eid auf das Thronfolgegesetz, die Suprematsakte oder sonst irgendetwas abzuringen. Niemand schien sich überhaupt für ihn zu interessieren – es war schon beinah beleidigend.

Den ersten Monat im Tower war er so krank gewesen, dass er nur bruchstückhafte Erinnerungen hatte. An William Kingston, den Constable, zum Beispiel, der mit einem betrübten Kopfschütteln an das Boot getreten war, auf dem man Nick hergeschafft hatte.

Was habe ich Euch gesagt, Mylord?

Ich hab's nicht vergessen, Sir William. Und hier bin ich …

An Fieber und Schüttelfrost und das unheilvolle Pochen in seinem linken Bein, das irgendwann zu einem so monströsen Schmerz angeschwollen war, dass Nick glaubte, es sei endlich so weit und Cromwell habe seine Drohung wahr gemacht. Doch nicht Cromwells Schergen waren es, die ihn gepackt hielten, sondern Philipp Durham und Jerome Dudley, und es war auch nicht die Streckbank, die ihm solche Qualen verursachte, sondern sein Cousin John Harrison, der mit etwas, das wie eine lange, schmale Zange aussah, in der Wunde herumbohrte. Schließlich hatte er ihm sein blutiges Folterinstrument mit einem stolzen Lächeln vors Gesicht gehalten.

Da hätten wir das verdammte kleine Mistding.

Und Nick hatte ihm zum Dank ein bisschen Galle vor die Füße gespuckt …

Er erinnerte sich an die einzelnen Kanonenschläge, die ihn gelegentlich aus bizarren Fieberträumen rissen, weil wieder ein armer Sünder auf dem Tower Hill sein Leben ausgehaucht hatte. Aber auch wenn Nick jedes Mal zusammenfuhr, sobald die Tür sich öffnete, kamen sie doch nie, um ihn zu holen und zur Richtstätte zu führen.

Als das Fieber endlich gefallen und er wieder Teil der Welt war, hatte er verwundert festgestellt, dass es Herbst geworden war und der Wind die letzten Blätter von den Bäumen auf dem Tower Hill riss.

Nachdem er genesen war, ließ man niemanden mehr zu ihm, aber auf Anweisung des Constable brachten die Wachen ihm die Bücher, Weinkrüge, Speisen und die neuen Kleider, die seine Schwester ihm schickte. So verbrachte er seine Tage in Einsamkeit, aber ebenso in Beschaulichkeit, und während der Graben des Tower zufror und der Schnee den Häusern entlang der Tower Street, die er vom schmalen Fenster seines Quartiers aus sehen konnte, weiße Mützen aufsetzte, las er die letzten beiden Werke, die Sir Thomas More innerhalb dieser Mauern verfasst hatte. Es war keine Überraschung, dass sie sich mit der Furcht vor dem Tod, den Zweifeln an der Richtigkeit des eigenen Weges, aber auch dem Trost des Glaubens befassten, und Nick fühlte sich seinem einstigen Mentor nah, während er genau wie vor einem Jahr Thomas More darauf wartete, dass sein Schicksal sich entschied.

Die Glocke von St. Peter ad Vincula läutete seit mindestens einer Viertelstunde, und Nick begann sich zu fragen, ob der Glöckner erst aufhören würde, wenn die Kapelle des Tower sich zu seiner Zufriedenheit gefüllt hatte. Er schaute nicht auf, als die Tür zu seinem Quartier sich mit dem inzwischen vertrauten Quietschen öffnete. »Schon Zeit fürs Essen?«

»Dafür ist es nie zu früh«, bekam er zur Antwort.

Nicks Kopf fuhr so schnell herum, dass seine Nackenwirbel knackten. »Jerome!«

Eine Spur nervös schaute sein Freund über die Schulter zur Tür, als diese sich diskret schloss.

»Nur die Ruhe. Ich bin zuversichtlich, *dich* lassen sie wieder hinaus«, spöttelte Nick.

Jerome grinste beschämt und schloss ihn in die Arme. »Waringham. Tut mir leid, dass ich erst heute komme, aber Sir William hat sich strikt geweigert, irgendwen zu dir zu lassen.«

»Ich weiß.« Nick zeigte auf einen der hölzernen Scherenstühle, die mit altem, rissigen Leder bezogen, aber weitaus bequemer waren, als sie aussahen.

Jerome steuerte darauf zu, wobei er sich eingehend umschaute. »Ziemlich bescheiden«, brummte er.

Nick folgte seinem Blick und erwiderte achselzuckend: »Aber geräumig.« Sie befanden sich in einer hohen Kammer im Obergeschoss des Beauchamp Tower mit drei geraden, verputzten Wänden und einer nackten, gerundeten Mauer. Die beiden Fenster waren klein, aber verglast. An der linken Wand stand das ausladende Bett mit den blauen Vorhängen, gegenüber der Tisch, an der Türwand gar eine Truhe. Sie war leer gewesen, als Nick sie zum ersten Mal geöffnet hatte. Jetzt beherbergte sie seine Bücher. Der steinerne Fußboden war mit einer dicken, sauberen Strohschicht bedeckt, und ein großzügiges Kohlebecken vertrieb die ärgste Januarkälte. »Es ist jedenfalls sehr viel besser als alles, was ich bei meiner Ankunft hier erwartet habe.«

Jerome nickte, trat ans Fenster und stierte auf den verschneiten Tower Hill hinaus, wo sein Vater hingerichtet worden war.

Nick gestattete ihm das indes nur ein paar Augenblicke lang, dann nahm er ihn beim Arm und führte ihn zum Tisch. »Komm schon. Das führt zu nichts, und es macht einen nie glücklicher, da hinunterzuschauen.«

»Nein«, räumte Jerome ein und ließ sich in einen der Stühle sinken. Er ergriff den Zinnkrug, der auf dem Tisch stand, und füllte zwei Becher. »Auf dich, Waringham. Und auf alle Überlebenskünstler.« Er nahm einen gewaltigen Zug.

Nick trank ebenfalls. »Ob ich dazu zähle, muss sich noch herausstellen. Dass ich noch lebe, ist jedenfalls nicht mein Verdienst, und ehrlich gestanden kann ich mir keinen Reim darauf machen.«

»Das kann niemand. Suffolk wird schon ganz zappelig, weil niemand Anstalten macht, dich anzuklagen. Das ist ihm unheimlich, und niemand sagt ihm irgendwas. Alles, was er weiß, ist, dass Cromwell und Norfolk dich lieber heute als morgen vor Gericht stellen würden, aber nichts passiert.«

Nick antwortete nicht. Seit einem Vierteljahr lebte er in einem Fegefeuer der Ungewissheit, und er war es gründlich satt, Spekulationen über seine Zukunft anzustellen. Er verschränkte die Arme vor der Brust. »Wieso lassen sie dich plötzlich zu mir?«

»Das wissen wohl nur Gott und der Constable. Suffolk schickt mich. Ich reite also her, ohne die geringste Hoffnung, dass Kingston mir erlaubt, dich zu sehen, und da sagt er: ›Nur zu, mein Sohn.‹« Jerome seufzte und fuhr sich nervös mit der Linken über die Stirn. »Na ja. Er war sternhagelvoll.«

»Jerome?«

»Hm?«

»Denkst du, du könntest mir bald sagen, welche Hiobsbotschaft dich herführt? Du machst mich … ein wenig nervös.«

Jerome Dudley nickte unglücklich. »Die Königin ist tot, Nick. Königin Catalina, meine ich. Gestern ist sie gestorben. Aber die Nachricht wurde bis heute zurückgehalten. Darum jetzt erst das Getöse.« Er wies Richtung Kapelle, deren Glocke immer noch läutete. Schrill und penetrant, kam es Nick vor.

Er stand langsam auf, bekreuzigte sich und trat ans Fenster. Es wurde dunkel. »Arme Mary. Ich hoffe, irgendwer wird ihr das schonend beibringen.«

»Ja, es muss ein harter Schlag für sie sein.«

Nick wandte sich wieder zu ihm um. »Wie ist sie gestorben? Ich meine, wir haben schon im Sommer gehört, sie sei krank. Aber war es ein natürlicher Tod, oder hat Anne Boleyn nachgeholfen?«

»Ich glaube nicht«, bekannte Jerome, so wenig schockiert über diesen Verdacht, dass es einem eigentlich zu denken hätte geben sollen. »Warum sollte sie? Catalina konnte ihr doch schon lange nicht mehr gefährlich werden.«

»Aber Catalina besaß die Sympathie und Loyalität der Engländer, nach denen Anne Boleyn giert. Jetzt werden sie ihre Anhänglichkeit auf Mary übertragen, und das wird alles noch schwieriger machen.«

»Tja, wer weiß. Jedenfalls war Chapuys noch am Tag vor ihrem Tod bei ihr und hat John genau beschrieben, wie er sie vorgefunden hat. John glaubt nicht an eine Vergiftung. Er nimmt an, es war ihr Herz. Und was soll ich dir sagen, Mann. Die Yeoman Warders hier erzählen eine seltsame Geschichte: Der Kerzenmacher von Kimbolton wurde angewiesen, Catalinas Organe für die Einbalsamierung zu entnehmen. Und er sagt, sie hätten alle kerngesund ausgesehen. Bis auf das Herz. Das sei ganz schwarz gewesen. Wie von Feuer verzehrt.«

Nick stieß einen Protestlaut aus, der halb ungeduldig, halb angewidert klang. »Was für ein Blödsinn ...«

»Nein, im Ernst, Mann. Der Yeoman Warder, der das erzählt, hat es direkt von dem Boten, den Catalinas Leibarzt geschickt hat. Und Chapuys sagt, als sie sich von ihm verabschiedete, habe sie gesagt, sie müsse sterben, weil der König ihr das Herz gebrochen habe.«

»Ja, das kann ich schon eher glauben.« Nick schloss für einen Moment die Augen und lehnte den Kopf zurück an die kalte Mauer. »Arme Catalina. Mögest du in Frieden ruhen ...«

Er kehrte an den Tisch zurück.

Jerome beobachtete ihn. »Du hinkst«, bemerkte er.

»Na ja, was erwartest du? Immerhin habe ich mein Bein noch, selbst wenn es nicht mehr ganz das alte ist. Ich habe genau gehört, dass John, Philipp und du darüber gesprochen habt, ob es nicht besser wäre, es abzusägen. In aller Seelenruhe ...«

»Seelenruhe war wirklich das letzte, was wir empfunden haben«, widersprach Jerome entrüstet. »Aber wir dachten, du stirbst.«

Nick hob mit einem flüchtigen Lächeln die Schultern.

»Hast du noch Schmerzen?«, wollte sein Freund wissen.

»Manchmal. Aber es wird besser, genau wie das Hinken.« Er nahm an, wenn man ihn je hier herausließe und er wieder reiten und dem Bein genug Bewegung verschaffen könnte, würden die Beschwerden vielleicht irgendwann ganz vergehen. Darüber machte er sich indes keine Gedanken. Er glaubte nicht, dass es sich lohnte.

»Der König hinkt jedenfalls schlimmer als du, und das Bein macht ihm schwer zu schaffen. Er kann kaum noch reiten. Aber für den Tag der Beerdigung hat er trotzdem eine große Jagd angesetzt.«

»Mit dem ihm eigenen Feingefühl …«

Jerome schnitt eine Grimasse. »Sie haben heute ein Fest gegeben, der König und seine Königin. Ohne einen Anlass zu nennen. Ein Fest, einfach so. Beide haben sich in kostbare gelbe Gewänder gekleidet und getanzt und gelacht …«

»Du willst sagen, sie haben Catalinas Tod *gefeiert?*«

Jerome nickte unglücklich. »Du weißt ja, dass Suffolk niemals ein schlechtes Wort über den König spricht. Aber sogar er fand es widerlich.«

Sie schwiegen einen Moment, und als wolle sie ihrem Beispiel folgen, verstummte auch endlich die verdammte Glocke von St. Peter ad Vincula.

»Erzähl mir, was sonst noch geschieht«, bat Nick. »Warst du in Waringham? Was ist aus Polly und den Kindern geworden? Und aus Madog?«

»Polly ist in St. Thomas geblieben. Kirchenasyl. Sie hat natürlich große Angst, aber es ist genau wie mit dir: Niemand behelligt sie. Wo Madog war, verrät er nicht. Hier in London, nehme ich an. Ein wilder Geselle wie er …« Jerome grinste und schenkte sich nach. »Jetzt ist er jedenfalls in Waringham und arbeitet bei seinem Bruder auf dem Gestüt.«

»Das ist nicht besonders klug«, warf Nick beunruhigt ein. »Das Schwert hängt über seinem Kopf ebenso wie über meinem. Es kann jeden Tag passieren, dass Cromwell sich an uns erinnert und beschließt, es sei an der Zeit, die Verschwörer zu bestrafen. Oder Anne Boleyn.«

»Oh, ich denke, Königin Anne hat im Augenblick ganz andere Dinge im Kopf. Sie ist wieder guter Hoffnung. Inzwischen kann man es sogar sehen.«

»Glückwunsch, Majestät«, brachte Nick hinter zusammengebissenen Zähnen hervor. »Ich wünsche Euch noch so ein niedliches, rothaariges Töchterchen …«

Jerome verzog die Mundwinkel zu einem matten Lächeln und stand auf. Er wirkte rastlos. »Tja dann, Waringham. Besser, ich verschwinde, bevor sie mich rauswerfen.«

Nick erhob keine Einwände, sah ihn aber scharf an. »Kann es

sein, dass du noch etwas auf dem Herzen hast, das zu sagen dir schwerfällt? Stimmt irgendetwas nicht in Waringham? Ist meine Schwester krank? Oder mein Bruder?«

»Deinen Bruder sehe ich nur noch, wenn ich gelegentlich bei Hofe bin. Er wird ein richtiger Prachtkerl, Nick, du kannst stolz auf ihn sein. Reitet wie der Teufel. Suffolk sagt, der König hat sich schon zweimal nach ihm erkundigt und behält ihn im Auge.«

Nick unterdrückte ein Seufzen. »Wehe dir, Ray ... Aber ich nehme an, es ist das, was er sich wünscht.«

»Es ist das, was *jeder* Junge am Hof sich wünscht.«

»Vermutlich, ja. Also? Was ist es dann?«

»Ich ...« Jerome Dudley musste sich plötzlich räuspern. »Ich werde heiraten, Waringham.«

Nick zog eine Braue in die Höhe. »Und die Braut ist nicht nach deinem Geschmack?«

»Oh doch. Sehr sogar. Aber nicht nach deinem, fürchte ich.«

»Was in aller Welt geht es mich an, wen du heiratest? Wer ist sie?«

Jerome rang noch einen Moment mit sich. Dann schaute er ihm tapfer ins Gesicht. »Lady Louise Howard. Deine Stiefschwester. Suffolk und die Königin haben es ausgehandelt und sie gefragt. Sie ist einverstanden. Wir heiraten Ende des Monats.«

Nick stand langsam auf. Er wollte tausend Dinge sagen, seinen Freund vor ihrer Tücke warnen, ihn anflehen, es nicht zu tun, ihn beschimpfen, weil er ihn so schäbig verriet. Was schließlich herauskam, war: »Ich hoffe, du hast nicht allzu fest mit einer Mitgift von mir gerechnet.«

Jerome schluckte sichtlich. »Die ... Königin übernimmt die Mitgift.«

»Na dann. Viel Glück, Dudley.«

»Nick ...«

»Hab Dank für deinen Besuch. Aber sei so gut und komm nicht wieder.«

Schwer und grau hingen die Schneewolken über London, sodass es nicht einmal mittags richtig hell wurde, und Nick fand es von Tag zu Tag schwieriger, zu verhindern, dass die kalte Dunkelheit von seinem Gemüt Besitz ergriff. Nicht genug damit, dass er eingesperrt war und früher oder später vermutlich den Kopf verlieren würde, kehrten ihm jetzt auch noch seine Freunde den Rücken. Jerome heiratete Brechnuss. Es war nicht zu fassen.

Suffolk – seit jeher ein politischer Pragmatiker – war offenbar zu der Einsicht gelangt, dass es klüger war, Frieden mit dem Duke of Norfolk zu schließen, als den leisen Stellungskrieg im Kronrat fortzuführen, der sie beide schwächte. Also hatte er eine Verbindung zwischen Jerome Dudley – einem seiner vertrautesten Ritter – und Norfolks Nichte eingefädelt. Kein enger Schulterschluss, wie eine Ehe zwischen einem Sohn und einer Tochter der beiden Parteien es gewesen wäre, aber doch ein Zusammenrücken. Und auch wenn Norfolk für Königin Anne nicht viel übrig hatte, weil sie Reformerin war, war er doch ihr Onkel. Suffolk hatte nicht einmal gewartet, bis Catalina kalt war, ehe er sein Protegé mit der Cousine der Königin verlobt hatte. Und so kam es, dass Nicks Freund ausgerechnet die Frau heiratete, die Marys Flucht auf den Kontinent vereitelt und Nick hierher gebracht hatte.

Nie zuvor hatte Nick sich so verraten gefühlt, und das verschlimmerte das Gefühl von Einsamkeit und Isolation.

Ende Januar klarte es endlich auf; der Himmel über der Stadt war strahlend blau, aber dafür wurde es klirrend kalt.

»Hast du dich erkältet, Jenkins?«, fragte Nick den Yeoman Warder, der ihn nach der Frühmesse in der St.-Peter-Kapelle zurück zum Beauchamp Tower begleitete.

Der Mann schüttelte den Kopf und fuhr sich mit dem Ärmel über die tröpfelnde Nase. »Noch nicht, aber es ist nur eine Frage der Zeit, Mylord. Diese Uniformen taugen vielleicht für den Sommer. Aber von Oktober bis April friert man sich darin halb zu Tode. Das hat mir kein Schwein gesagt, als ich für die Towerwache angeworben wurde ...« Er grinste ein wenig kläglich.

Nick trat vor ihm durch die Tür ins Innere des Turms und stieg die Treppe hinauf. »Aber wie ich höre, taugen die Uniformen hervorragend dazu, die Herzen der Damen zu erobern. Das ist ein Trost, oder?«

Jenkins lachte in sich hinein. »Da habt Ihr wohl recht …«

»Tust du mir einen Gefallen?«

»Sicher.«

»Besorg mir aus der Küche eine Schüssel warmes Wasser und borg mir ein Rasiermesser.«

»Oh, ich weiß nicht, Mylord. Ihr wisst ja, Sir William hat gesagt, keine Klingen …«

»Wenn ich die Absicht hätte, freiwillig aus dem Leben zu scheiden, denkst du nicht, ich hätte in all den Monaten einen Weg gefunden, es zu tun?«

»Doch.« Jenkins rang einen Moment mit sich und entschied dann: »Ich besorg das Wasser und schick Euch Sir Williams Burschen, der kann Euch rasieren.«

Nick schüttelte den Kopf. »Meine Börse ist leer. Ich kann ihn nicht bezahlen.«

Jenkins winkte ab und sperrte die Tür auf. »Vielleicht lest Ihr uns heute Abend noch mal ein Stück aus Eurer englischen Bibel vor? Das ist genug Lohn.«

Nick lächelte dankbar. »Lass dir Zeit in der Küche. Wärm dich ein bisschen auf, wie wär's.«

Der Yeoman Warder nickte. »Klingt großartig.«

Nick betrat sein komfortables Verlies und stellte verblüfft fest, dass er einen Besucher hatte. »Nanu, Chapuys! Das ist eine unerwartete Überraschung.«

Der kaiserliche Gesandte erhob sich von dem Scherenstuhl und verneigte sich förmlich. »Mylord. Ihr seht weit besser aus, als ich zu hoffen gewagt hatte.«

»Der Schein trügt«, spöttelte Nick und lud ihn mit einer Geste ein, wieder Platz zu nehmen, ehe er sich ihm gegenübersetzte. »Wie war die Beerdigung?«

»Würdevoll, feierlich, einer Königin angemessen, und ganz Peterborough ist erschienen. Die Kirche platzte aus allen Nähten.«

»Gut«, befand Nick befriedigt. »Mary war nicht dort, nehme ich an?«

Chapuys schüttelte den Kopf. »Natürlich nicht.«

»Habt Ihr irgendwelche Neuigkeiten von ihr gehört? Ist sie gesund? Hält sie durch?«

Chapuys deutete ein Achselzucken an. »Seit Eurer Verhaftung habe ich keinen Kontakt mehr zu ihr, aber ich habe eine neue Quelle gefunden, durch die ich gelegentlich Nachrichten von der Prinzessin höre.«

»Wen?«, fragte Nick neugierig.

»Dazu komme ich gleich. Natürlich trauert sie furchtbar um ihre Mutter. Aber sie ist beherrscht und tapfer und findet Trost in Gott, wie üblich. Im Übrigen könnte es sein, dass Ihr Martyrium bald ein Ende findet.«

Nick ließ ihn nicht aus den Augen. »Und weshalb seht Ihr dann nicht glücklicher aus? Was ist passiert?«

Chapuys schlug die Beine übereinander. »Vor zwei Tagen veranstaltete der König eine große Jagd in Greenwich, während in Peterborough seine rechtmäßige Gemahlin zu Grabe getragen wurde.«

»Ja, das habe ich gehört.«

»Und habt Ihr auch gehört, wie unmissverständlich Gott kundgetan hat, was er davon hielt?«

Nick spürte, wie sein Herzschlag sich beschleunigte. Er schüttelte den Kopf.

Chapuys neigte sich leicht vor. »Der König ritt ein Schlachtross – kein anderes Pferd kann ihn mehr tragen. Aber er hätte eigentlich nie aufsitzen dürfen. Euch muss ich nicht erzählen, wie viel Kraft und Geschick es erfordert, solch eine gewaltige Kreatur zu beherrschen. Doch Henrys Jugendtage sind vorüber, seine zunehmende Fettleibigkeit und vor allem das kranke Bein beeinträchtigen ihn. Er wollte indes wieder einmal auf niemanden hören. Norfolk hatte ihm das Pferd übrigens geschenkt, aber es wird gemunkelt, es stamme aus Eurer Zucht.«

»Denkt Ihr, Ihr kommt heute noch zur Sache, Sir? Hat der König sich den Hals gebrochen?«

»Nein, aber er ist schwer gestürzt und offenbar mit dem Kopf aufgeschlagen. Er war stundenlang bewusstlos.«

Nick verschränkte die Arme. »Tja, wie Ihr sagtet. Er hätte vielleicht nicht gerade an diesem Tag zur Jagd reiten sollen.«

Chapuys nickte. »Und das war noch nicht alles. Als Anne Boleyn von dem Jagdunfall hörte, erlitt sie einen schweren Schock, und keine halbe Stunde später wurde nach ihren Leibärzten geschickt. Aber es war zu spät. Sie hat das Kind verloren. Es kam tot zur Welt, sagt die Hebamme, viel zu winzig, um leben zu können, aber voll ausgebildet. Es war ein Prinz, Waringham.«

Nick wandte den Kopf ab, sah auf das Kruzifix, das über dem Tisch an der Wand hing, und bekreuzigte sich. »Möge Gott seine unschuldige Seele in Gnaden aufnehmen. Und mir vergeben, dass ich nichts als Schadenfreude ob dieser Nachricht empfinden kann.«

Chapuys atmete tief durch, es klang wie ein Seufzer der Erleichterung. »Und ich dachte, ich wäre der einzige, der solch abscheulicher Gedanken fähig ist …«

Sie sahen sich an und tauschten ein kummervolles Lächeln.

Es klopfte, und der Yeoman Warder kam mit dem Wasser herein, einen schlaksigen Jüngling im Schlepptau, der nervös von dem feinen Gefangenen zu dessen Besucher und wieder zurück blickte.

»Oh, tut mir leid, Jenkins, aber jetzt ist es gerade ungünstig. Chapuys, borgt mir ein bisschen Geld, seid so gut. Holt es Euch von meinem Schwager zurück.«

Eustache Chapuys löste die bestickte Börse von seinem Gürtel und warf sie ihm zu, ohne auch nur nachzuschauen, wie viel er darin trug. »Behaltet sie.«

Nick fischte ein paar Pennys heraus und gab sie dem Wachmann. »Könnt ihr später wiederkommen?«

»Natürlich, Mylord.« Er gab dem Jungen eine der Münzen und steckte den Rest ein. »Werdet Ihr uns trotzdem …«

»Natürlich«, fiel Nick ihm hastig ins Wort, der nicht wollte, dass Chapuys von seiner englischen Bibel erfuhr, über welche der Papst und der Kaiser sich so erregten. »Heute Abend oder wann immer es euch passt.«

Wächter und Bursche gingen hinaus.

»Ihr habt Sympathien bei den Yeoman Warders, merke ich«, sagte Chapuys. »Das ist tröstlich zu wissen.«

»Ich habe nichts getan, um sie zu verdienen«, gab Nick achselzuckend zurück. »Vermutlich steckt William Kingston dahinter. Er ist ein wirklich anständiger Kerl.«

»Tja. Der Constable teilt das Schicksal vieler guter Männer in diesen schlimmen Zeiten: Er muss Dinge tun, die ihm den Schlaf rauben, um seinem König zu dienen. Aber vielleicht nicht mehr lange. Ich denke, dass sich in England allerhand ändern wird, und zwar bald.«

Nick stöhnte ungeduldig. »Wollt Ihr mir etwa weismachen, der Kaiser werde nun doch seine Flotte herführen und England für den wahren Glauben zurückerobern?«

»Nein. Aber ich bin überzeugt, dass England bald eine neue Königin bekommt. Diese neuerliche Fehlgeburt wird Anne Boleyns Untergang besiegeln, da bin ich zuversichtlich. Ein Untergang, der sich übrigens seit mindestens einem Jahr anbahnt, wenn Ihr mich fragt, denn der König hat sich verliebt.«

»In wen?«, fragte Nick verwundert.

»Denkt nach, Waringham. Wer mag die Frau sein, die von Tag zu Tag größeren Einfluss auf den König gewinnt und darum verhindert, dass man Prinzessin Mary wie ihre Mutter auf eine zugige Burg in East Anglia schickt, auf dass sie sich dort die Schwindsucht hole? Wer mag es ein, die seit einem Vierteljahr eine schützende Hand über Euch hält und verhindert, dass Cromwell Euch anklagt, auf dass Ihr, wenn Ihr Glück habt, Thomas More aufs Schafott folgen könnt?«

Nick starrte ihn fassungslos an. »*Jane Seymour?*«

Chapuys lächelte anerkennend.

»Aber … aber sie ist so ein stilles Geschöpf. Und, mit Verlaub, sie ist ein Niemand. Ihr Vater ist ein Ritter aus Wiltshire, wenn ich mich nicht irre.«

»Ja, ja, mag sein. Aber der König will sie nun einmal haben, und wie Ihr zweifellos wisst, sind Henrys Launen das oberste Gesetz in diesem Land. Vielleicht sehnt er sich nach all den stürmischen Jahren mit dieser kleinen Boleyn-Teufelin nach ein wenig Ruhe.«

Nicks Gedanken rasten. Wenn das stimmte, mochte es tatsächlich geschehen, dass die Zukunft für Mary und auch für ihn selbst nicht so schwarz aussah, wie er angenommen hatte. Jane Seymour hatte ihm schließlich gesagt, sie werde für Mary tun, was sie könne. Und sie war gekommen und hatte seine Wunde verbunden, wofür sie womöglich in Schwierigkeiten hätte geraten können. Die entscheidende Frage würde wohl sein, wie groß und wie dauerhaft ihr Einfluss auf Henry war. »Aber wie in aller Welt soll sie Königin werden? Wie ich Anne Boleyn kenne, wird sie kaum genügend Taktgefühl besitzen, um an den Folgen ihrer Fehlgeburt zu sterben, oder?«

»Schwerlich«, stimmte der Gesandte trocken zu.

»Also?« Nick hob beide Hände. »Wie will der König sie loswerden? *Noch* eine Scheidung? Ich bin gespannt, welche Bibelstelle dieses Mal dafür herhalten soll. Hat er keine Angst, sich vollkommen lächerlich zu machen?«

»Ich weiß es nicht«, musste Chapuys bekennen. »Ich weiß nur, dass er Jane Seymour will und seine Verstimmung gegen die durchtriebene Königin schon seit Monaten zunimmt. Versetzt Euch in seine Lage, mein Freund: Jahrelang hat er gekämpft, um Anne Boleyn zu bekommen, hat seine rechtmäßige Gemahlin und seine Tochter verstoßen, mit der Kirche gebrochen, hat sich international isoliert. Alles für den Prinzen, den Anne Boleyn ihm nun auch nicht schenkt. Jetzt ist Catalina gestorben, und natürlich muss ihm die Frage in den Sinn gekommen sein, ob es nicht weiser gewesen wäre, die Finger von Anne zu lassen und zu warten, bis Gott Catalina abberuft, um dann mit dem Segen der Kirche eine neue Ehe zu schließen. Henry ist kein Reformer, Waringham. Im tiefsten Grunde seines Herzens sehnt er sich nach einer Versöhnung mit dem Papst und fürchtet Gottes Zorn. Den er für nichts und wieder nichts auf sich gezogen hat. Was glaubt Ihr wohl, wem er die Schuld an diesem Scherbenhaufen geben wird?«

»Anne Boleyn natürlich. Hätte sie mir nicht ins Bein geschossen, könnte ich in Versuchung geraten, sie zu bedauern. Aber die Frage bleibt: Wie will er sie loswerden?«

»Tja, wer weiß.« Chapuys lächelte boshaft. »Ich schlage vor, lehnt Euch zurück und genießt das Schauspiel, Mylord.«

Das Schauspiel begann am zweiten Mai, nur hätte Nick sich niemals träumen lassen, dass er in der ersten Reihe sitzen würde.

Es war Frühling geworden. Das Gras und die vereinzelten Bäume auf dem Tower Hill leuchteten in jungem Grün, und auf dem Rückweg von der Kapelle hatte Nick nicht zum ersten Mal festgestellt, dass der Sonnenschein selbst den ehernen Türmen und dicken Mauern des Tower ihren Schrecken nahm.

Er saß am offenen Fenster und las, als die Tür zu seinem Quartier sich öffnete und der Constable über die Schwelle trat.

»Mylord, ich bedaure die Unannehmlichkeiten, aber es wird ein bisschen voll im Tower, und darum muss ich vorübergehend einen Gefangenen hier bei Euch einquartieren.«

»Fabelhaft«, knurrte Nick, klappte sein Buch zu und stand auf. »Und mit wem habe ich die Ehre?«

Ehe Kingston antworten konnte, führten zwei Yeoman Warders einen barhäuptigen Mann herein. Seine Handgelenke steckten in eisernen Schellen. Sein Hemd war bis zur Brust geöffnet, seine Obergewänder waren verschwunden, das Haar zerzaust – er sah so radikal verändert aus, dass Nick einen Moment brauchte. Dann erkannte er ihn: »George Boleyn?«

»Lord Rochford, um korrekt zu bleiben«, verbesserte der Constable ihn mit leisem Tadel.

Der Bruder der Königin lächelte kläglich. »Ich glaube, auf die schönen Titel sollten wir in Anbetracht der Umstände lieber verzichten.« Er bemühte sich, kühl und gelassen zu wirken, aber seine Augen waren wie vor Schreck geweitet.

Nick wandte sich mit finsterer Miene an den Constable. »Was immer das zu bedeuten hat, ich will nichts damit zu schaffen haben, Sir William.«

»Tja, wie ich sagte. Ich habe keinen anderen Platz für ihn. Mich hat ebenfalls niemand gefragt, ob diese Sache mir gefällt, Mylord, und ich fürchte, auch auf Eure Wünsche wird niemand Rücksicht nehmen.«

»Nun, das passiert mir in letzter Zeit so oft, dass ich mich vielleicht noch daran gewöhne«, gab Nick verdrossen zurück.

Kingston nickte unverbindlich und wies die Wachen an: »Nehmt ihm die Ketten ab.«

Während der Sergeant der Yeoman Warders die Schlösser der Handfesseln aufsperrte, sah George Boleyn sich in dem hohen Gemach um, das, verglichen mit anderen im Tower, großzügig bemessen, aber zu klein für zwei Gentlemen war. »Wo in aller Welt soll mein Page schlafen?«, fragte er, die Stimme ein wenig brüchig.

Nick wusste aus eigener Erfahrung, dass einem die belanglosesten Dinge durch den Sinn schossen, wenn man unversehens in eine Katastrophe schlitterte. »Ihr habt einen Pagen mitgebracht?«

Boleyn nickte, wandte den Kopf zur Tür und rief: »Wo steckst du, Lümmel? Komm schon rein.« Und an Nick gewandt fügte er hinzu: »Mein Cousin, Raymond Howard. Ich nehme an, Ihr kennt ihn?«

Nick verbarg seinen Schrecken und zog die linke Braue hoch. »Flüchtig. Er ist mein Bruder.«

»Gott, natürlich …« George Boleyn stierte einen Moment auf seine Hände hinab, betrachtete Handrücken und -innenflächen, als wolle er feststellen, ob die Eisenschellen sie irgendwie verändert hätten. Dann strich er sich fahrig mit der Linken über die Stirn und sah sich noch einmal um.

Raymond trat über die Schwelle, der Constable und die Wachen gingen hinaus und verriegelten die Tür. Einen Moment blickten die Brüder sich wortlos an. Wie groß er geworden ist, dachte Nick staunend. Raymond war dreizehn, höchstens noch einen Kopf kleiner als sein Bruder, und er wirkte knochig und ungelenk wie Heranwachsende es taten, wenn sie schneller wuchsen, als sie essen konnten. Er kommt daher wie ein ausgehungertes Fohlen, dachte Nick und lächelte, aber der Blick seines Bruders blieb distanziert.

»Keine sehr glücklichen Umstände, Ray, aber ich freue mich, dich zu sehen.«

»Das kann ich umgekehrt nicht behaupten«, gab Raymond zurück.

George Boleyn ohrfeigte ihn. Seine Miene wirkte abwesend, geradezu benommen, aber die Ohrfeige hatte gesessen. »Sei gefälligst höflich«, schnauzte er.

»He«, protestierte Nick. »Lasst ihn zufrieden.«

»Misch dich nicht ein«, fuhr Raymond ihn an. »Ich bin *sein* Page, also halt dich aus unseren Angelegenheiten.«

»Entschuldige mal, ich bin dein Bruder.«

Raymond schnaubte verächtlich. »Du bist ein Verräter, Nick. Darum magst du zwar der Sohn meines Vaters sein, aber du bist ganz gewiss nicht mein Bruder.«

Nick musste blinzeln. Es fühlte sich an, als hätte Raymond ihm einen Dolch mitten ins Herz gestoßen. Einen Moment stand er mit herabbaumelnden Armen da und wusste nicht, was er sagen oder tun sollte. Schließlich antwortete er: »Dein Urteil über mich ist hart und unbarmherzig wie immer. Vielleicht sogar zu Recht, wer weiß.« Dann nahm er George Boleyn beim Arm, der sich willenlos zum Tisch hinüberführen und in einen der Stühle hinabdrücken ließ. Nick füllte einen Becher, stellte ihn vor seinen ungeladenen Gast und fragte: »Was ist passiert?«

Boleyn strich sich mit der Linken über die unrasierte Wange. »Cromwell hat heute Morgen die Königin verhaften lassen. Auf Befehl des Königs, natürlich.«

»Wie lautet der Vorwurf?«

»Ehebruch.« Es war ein so tonloses Flüstern, dass Nick nicht sicher war, ob er ihn richtig verstanden hatte. Boleyn starrte den Weinbecher an, als frage er sich, welchem Zweck ein solches Gefäß diente, dann ergriff er ihn und trank einen Schluck. »Ehebruch«, wiederholte er mit festerer Stimme und schüttelte den Kopf. »Was in ihrem Fall natürlich bedeutet: Verrat.«

»Ähm … mit wem?«, fragte Nick behutsam.

»Sie ist unschuldig, Waringham«, beteuerte Boleyn und sah ihn an, als hinge sein Leben davon ab, dass Nick ihm glaubte. »Sie … sie vergöttert den König. Sie würde niemals …« Er musste sich unterbrechen, wandte den Kopf ab und verbarg das Gesicht in den Händen, bis er sich wieder gefasst hatte. Dann fuhr er fort: »Alles, was ich Euch sagen kann, ist, dass Cromwell vorgestern Mark Smeaton verhaftet hat.«

»Nie gehört. Wer ist das?«

»Ein … ein Musiker aus dem Haushalt der Königin. Netter Kerl. Er hat als Chorknabe bei Wolsey angefangen. Wundervolle Stimme, und er spielt die Laute und das Virginal und all das Zeug. Komponiert auch. Er hat die Königin immer angehimmelt, aber er würde niemals … Ich meine, *sie* würde niemals …«

Es war einen Moment still. Schließlich fragte Nick: »Aber wenn es um einen angeblichen Ehebruch geht, Mylord, was um alles in Welt tut *Ihr* dann hier?«

»Ich habe keine Ahnung«, gestand Boleyn. »Ich weiß nur, dass wir alle beim Maifeier-Turnier in Greenwich waren und uns famos amüsierten, bis der König auf einmal ohne erkennbaren Grund verschwand. Dann wurde ich vor den Augen der Welt – praktisch aus dem Sattel heraus – verhaftet. Aber Cromwell hat es nicht für nötig befunden, mir irgendetwas zu erklären.«

»Nein. Ich nehme an, er hat devot gelächelt und vorgegeben, die ganze Sache sei ihm schrecklich unangenehm, und gesagt, es werde sich gewiss alles aufklären.«

George Boleyn fiel aus allen Wolken. »Woher wisst Ihr das?«

Nick lachte bitter und wechselte einen Blick mit seinem Bruder. »Sag du es ihm«, forderte er ihn auf.

Zögernd trat Raymond näher, blieb vor Boleyn stehen und erklärte: »Genau das hat er bei der Verhaftung meines Vaters gesagt.« Er zögerte einen Moment und fuhr dann schüchtern fort: »Mylord …«

»Hm?«, machte Boleyn zerstreut.

»Master Smeaton … ist gewiss ein großer Bewunderer der Königin, aber er … Ich glaube, er hat nicht viel mit Frauen im Sinn.«

George Boleyn schenkte ihm plötzlich seine ganze Aufmerksamkeit. »Was versuchst du mir zu sagen, Raymond? Ist er dir etwa an die Wäsche gegangen?«

Der Knabe errötete, sah ihn aber weiter unverwandt an und

schüttelte den Kopf. »So was tut er nicht. Aber er hat … einen Liebhaber.«

»Wen?«

»Felix Fulham, einen Kaplan aus der Königlichen Kapelle, Mylord.«

»Woher weißt du das?«

»Von meiner Schwester. Louise weiß alles über jeden.«

»Oh ja. Das ist mir nicht entgangen. Ich hoffe, sie sagt es Cromwell …«

»Warum setzt du dich nicht zu uns, Ray«, lud Nick seinen Bruder ein und achtete darauf, nicht zu überschwänglich zu klingen.

»Nein, danke.«

»Nun, die Entscheidung liegt ganz bei dir. Aber hier ist nicht genügend Platz, um das Hofzeremoniell einzuhalten. Und ich schätze, wir werden es ein paar Tage zusammen aushalten müssen. Ich würde es begrüßen, wenn wir das mit Höflichkeit und in gegenseitigem Respekt täten.«

»Meinetwegen …« Der Junge hockte sich auf die Kante des letzten freien Stuhls.

»Ich versteh das alles nicht«, brach es aus Boleyn hervor. »Wenn Louise über diesen Smeaton und seinen Liebhaber Bescheid weiß, wieso dann nicht Cromwell, von dem alle sagen, er hört es, wenn bei Hof eine Fliege an der Wand hustet?«

Nick betrachtete den arglosen George Boleyn, der ihm einmal eine Freundlichkeit erwiesen hatte, obwohl er ihn für einen Stallknecht hielt. Was er empfand, war vor allem Beklommenheit. »Seid versichert, dass er es weiß, Mylord«, sagte er. »Die Wahrheit ist für Master Cromwell indes nicht von Interesse. Er hat sich ein schwaches Opfer gesucht, das er erpressen kann, zu sagen, was er hören will.«

»Aber … warum?«, fragte Boleyn verständnislos. »Was ist nur auf einmal in ihn gefahren? Cromwell war immer der verlässlichste Freund meiner Schwester. Ihr Eifer für die Reform hat sie zu Verbündeten gemacht.«

Er wirkte so hoffnungslos verwirrt, dass es Nick gnädiger

erschien, ihm reinen Wein einzuschenken. »Wie es aussieht ... hat der König Eure Schwester fallen lassen und will sie loswerden.«

»Was bei allen Erzengeln redet Ihr da?« Die Stimme überschlug sich. »Er hat Himmel und Hölle in Bewegung gesetzt, um sie zu bekommen ...«

»Und sie hat es versäumt, ihm einen Sohn zu schenken. Außerdem ist er ihrer überdrüssig. Jedenfalls ist es das, was der Gesandte des Kaisers sagt. Und Cromwell hat aus nächster Nähe erlebt, wie Wolsey gestürzt ist, weil er keine Scheidung von Catalina für Henry erwirken konnte. Cromwell wird diesen Fehler nicht machen. Er gibt dem König, was er will: Einen Vorwand, die Königin durch eine andere zu ersetzen.«

»Das würde Norfolk niemals zulassen«, protestierte Raymond, zu erregt, um sich darauf zu besinnen, dass es ungehörig für einen Pagen war, sich einzumischen.

Nick glaubte eher, dass Norfolk mit Cromwell unter einer Decke steckte, denn der mächtige Herzog hatte Anne Boleyn nie verziehen, dass sie sich den Reformern angeschlossen und seiner Kontrolle entzogen hatte. Und mit einem Mal erkannte Nick auch, warum Suffolk so scheinbar urplötzlich Norfolks Nähe gesucht hatte: Anne Boleyns Feinde schlossen die Reihen. Aber er dachte nicht daran, das seinem Bruder darzulegen und ihn damit noch mehr gegen sich aufzubringen. Wenn er Glück hatte, würde Raymond von selbst dahinter kommen und dann vielleicht einmal anfangen, über seinen famosen Onkel Norfolk nachzudenken, den er anscheinend so glühend verehrte ...

George Boleyn starrte Nick an wie ein verlassener Welpe – ein flehender Blick voller Angst. »Wenn das wirklich wahr ist, Waringham ...« Er musste schlucken. »Wenn das stimmt, bin ich ein toter Mann.«

Nick zuckte die Schultern. »Das sind wir hier alle. Willkommen im Tower of London, George.«

Das Zusammenleben gestaltete sich alles andere als einfach. Nick musste sein Bett notgedrungen mit George Boleyn teilen. Das war keineswegs ungewöhnlich – selbst bei Hofe war es anlässlich großer Feste mit vielen Gästen üblich, Betten doppelt oder gar dreifach zu belegen, denn schließlich waren sie ja breit genug. Aber Boleyn war ein rastloser Bettgenosse, der sich stöhnend von einer Seite auf die andere wälzte, solange er wach lag. Wenn er schlief, träumte er schlecht und wimmerte, und regelmäßig zog er Nick die Decke weg.

Nick bemühte sich, das mit Nachsicht zu erdulden, denn er bedauerte George Boleyn, der im Gegensatz zu ihm selbst schuldlos zwischen die Mühlsteine der Politik geraten war und kein anderes Vergehen begangen hatte, als der Bruder einer unliebsam gewordenen Königin zu sein.

Raymond schlief, in eine Decke eingewickelt auf einer zweiten, die er abends im Stroh ausbreitete. Er beklagte sich nicht über die unbequeme Bettstatt, sondern war still und verschlossen. Er richtete das Wort so selten wie möglich an seinen Bruder. Zu Boleyn war er höflich, aber distanziert. Nick durchschaute nicht, wie Raymond zu seinem so viel älteren Cousin stand, aber der Junge erfüllte seine Pflichten tadellos. Er holte für sie alle die Mahlzeiten aus der Küche, erledigte Boleyns zahlreiche Botengänge zum Constable oder zu Freunden in der Stadt, hielt seine Garderobe in Ordnung und spielte mit ihm Schach oder Karten, weil Nick meist nicht wollte.

Aber zu dritt war es eng in der Turmkammer, und das war nicht gerade dazu angetan, die Stimmung zu heben.

»Wo bleibt dieser nichtsnutzige Halunke, der den Nachttopf leert?«, grollte Boleyn. »Das verdammte Ding ist voll.«

Nick saß am Fenster und las Vergil. »Vielleicht versuchst du heute ausnahmsweise einmal, ihn nicht anzuschnauzen«, schlug er vor, ohne aufzuschauen. »Gib ihm einen Penny, dann kommt er morgen bestimmt eher.«

»Ich hab ihn gestern schon bezahlt«, gab Boleyn grantig zurück. »Ich würde sagen, du bist dran.«

Die meist vornehmen Häftlinge im Tower, die auch hier nicht auf Dienerschaft und feine Speisen verzichten wollten, mussten für alle Annehmlichkeiten bezahlen, und natürlich waren die Preise gesalzen.

Nick blätterte eine Seite um und nickte abwesend. »Meine Börse liegt auf der Truhe.«

Boleyn lief zwischen Tisch und Bett auf und ab. Er erinnerte Nick an die Löwen, die hier in einem eigens für sie erbauten Turm in Käfigen gehalten wurden. »Verflucht noch mal … ich muss pissen!«

Nick klappte das Buch zu. »George, komm schon, setz dich hin. Der Junge wird schon auftauchen. Denk so lange an etwas anderes …«

Boleyn setzte sich folgsam auf einen der Stühle, stützte die Ellbogen auf die Oberschenkel, steckte den linken Daumennagel unter den rechten, ließ sie knipsen, dann den rechten unter den linken, ließ sie erneut knipsen, wieder und wieder, in schneller Folge. Das tat er die ganze Zeit und trieb Raymond damit an den Rand des Wahnsinns, hatte Nick beobachtet.

Jetzt trat der Junge mit zusammengebissenen Zähnen zu seinem Cousin und fragte: »Soll ich vielleicht etwas auf der Laute spielen, Mylord?«

Nick ahnte, dass er es anbot, um das abscheuliche Fingernagelgeräusch zu übertönen, aber gegen ein wenig Musik hatte er nichts einzuwenden, zumal der Junge ein hervorragender Lautespieler geworden war. Nick hatte sich dabei ertappt, dass er Raymond um den höfischen Schliff beneidete.

»Ja, meinetwegen«, stimmte Boleyn zu.

Raymond nahm das Instrument, das an der Wand lehnte, auf den Schoß, aber kaum hatte er es gestimmt und die ersten Takte angeschlagen, öffnete sich die Tür.

»Ich störe ausgesprochen ungern, Gentlemen …«

Genau wie Raymond und George wandte Nick den Kopf, und beiläufig nahm er zur Kenntnis, dass er allein vom Klang dieser Stimme eine Gänsehaut auf Armen und Beinen bekam. »Master Cromwell«, grüßte er frostig.

Raymond verneigte sich wortlos vor dem allmächtigen Sekretär des Königs, der inzwischen als Generalvikar der englischen Kirche auch deren Neuordnung und Reform kontrollierte.

George Boleyn nickte ihm knapp zu. »Cromwell.« Es klang, als spie er den Namen aus.

Der kleine Mann mit der drolligen Knollennase verschränkte die Hände auf dem Rücken, wippte einen Moment auf den Fußballen und sah von Nick zu Boleyn und wieder zurück. Nick wusste genau, was er tat: *Er lässt uns zappeln. Wir sollen rätseln, wen von uns beiden er holen kommt. Er will uns schwitzen sehen, und er will, dass wir uns gegenseitig hassen statt ihn …*

Demonstrativ klappte er sein Buch wieder auf. »Irgendetwas, das wir für Euch tun können?«

Cromwells Augen verschwanden beinah in den Lachfalten, die sie umkränzten, als er Nick mit einem anerkennenden Lächeln bedachte. Dann streckte er Boleyn einladend die Linke entgegen. »Lord Rochford? Wäret Ihr wohl so gut, mich zu begleiten?«

George Boleyn saß einen Moment wie erstarrt. Das einzige, was sich bewegte, war sein großer Adamsapfel. Sein Zögern währte nur ein paar Atemzüge lang, aber die beiden Wachen, die an der Tür gewartet hatten, machten einen Schritt in den Raum hinein.

Raymond warf Boleyn einen furchtsamen Blick zu.

Der nahm sich zusammen, stand auf und erwiderte mit der gleichen aufgesetzten Fröhlichkeit: »Ich brenne darauf, Sir …«

Cromwell ließ ihm den Vortritt, und im Hinausgehen zwinkerte er Nick zu. »Ich hoffe, Ihr könnt Euch noch ein wenig gedulden, Mylord. In ein paar Tagen werde ich auch endlich für Euch Zeit haben.«

Die Tür fiel polternd zu, der Schlüssel rasselte, und die Stille, die zurückblieb, war dick und zäh wie Harz. Beinah verstohlen sahen die Brüder sich an, und Nick kam die Frage in den Sinn, ob ihm die Furcht auch so deutlich ins Gesicht geschrieben stand wie Raymond.

»Was … werden sie tun?«, fragte der Junge, sehr um einen gelassenen Tonfall bemüht.

»Schwer zu sagen«, antwortete Nick. »Es hängt davon ab, was Cromwell von ihm will. Wenn es ein Geständnis für irgendein erfundenes Vergehen ist, möchte ich nicht mit George tauschen.« Aber das musste er ja auch gar nicht. Seine Stunde würde auch

noch kommen, das hatte Cromwell ihm ja eben versprochen …
»Warst du bei ihm, als er festgenommen wurde?«

Raymond schüttelte den Kopf. »Ich …« Er brach ab und wandte das Gesicht ab. »Ich versteh das alles nicht«, bekannte er tonlos.

Nick stand auf, trug seinen Stuhl zum Tisch zurück und räumte das Buch in die Truhe. »Setz dich hin, Ray. Ich glaube, es wird Zeit, dass wir reden.«

»Ich will aber nicht mit dir reden«, versetzte der Junge bockig. »Du lässt dir nichts anmerken – darin warst du immer schon gut –, aber ich weiß, dass du innerlich frohlockst.«

»Worüber genau?«, fragte Nick bissig. »Es sieht nicht gerade rosig für mich aus …«

»Nein, ich weiß. Aber für die Boleyns sieht es noch schlimmer aus als für dich. Welch eine Genugtuung das sein muss. Aber sie sind *meine* Cousins, und sie waren immer gut zu mir, seit ich an den Hof gekommen bin. Vor allem die Königin. Mein Onkel Norfolk … Es ist nicht gerade ein Honigschlecken mit ihm, weißt du, aber Königin Anne hat mich oft vor ihm in Schutz genommen, vor allem zu Anfang, als ich noch keine Ahnung hatte, wie's am Hof zugeht, und ganz starr vor Angst war. Sie … und Louise natürlich. Vor einem halben Jahr hat Königin Anne mich in ihren Haushalt genommen, und Onkel Norfolk war so stolz … Endlich hatte ich mal das Gefühl, etwas richtig gemacht zu haben und ihn nicht zu enttäuschen, und manchmal kam er abends in ihre Halle, und wir haben musiziert und gespielt und … und alles war leicht und heiter. Die Königin kann so … unbeschwert sein und so lustig. Es war großartig …« Er brach ab.

Die Vorstellung, dass ausgerechnet Anne Boleyn seinem Bruder einen sicheren Hafen und Halt geboten hatte, befremdete Nick. In seiner Vorstellung war sie das eiskalte, durchtriebene Miststück, das die rechtmäßige Königin verdrängt und ihn, nebenbei bemerkt, um ein Haar umgebracht hatte. Natürlich wusste er im Grunde seines Herzens, dass es eine andere Anne geben musste als die, welche er kannte, aber ihm war nicht wohl dabei, ihr ausgerechnet jetzt zu begegnen. Doch konnte er sein Glück kaum fassen, dass Raymond ihm plötzlich diesen Einblick in sein Leben gestattete, und er wollte nichts sagen oder tun, was den Zauber brechen könnte. Darum fragte er fast schüchtern: »Und dann?«

Raymond warf ihm einen raschen, argwöhnischen Blick zu, flegelte sich in den Stuhl ihm gegenüber und sagte mit vorgetäuschtem Gleichmut: »Dann kam er und hat sie verhaftet.«

»Wer?«

»Onkel Norfolk.«

»*Was?*«

Raymond zuckte die Schultern und nickte nachdrücklich. »Er kam mit vier Wachen herein, hat auf einen Punkt über ihrer Schulter an die Wand gestarrt und so getan, als wär sie eine Fremde. ›Majestät, ich verhafte Euch im Namen des Königs. Ihr steht unter dem Verdacht, Euch des Verrats schuldig gemacht zu haben.‹ Und sie war noch nicht mal überrascht.«

»Nein«, murmelte Nick nachdenklich. »Vermutlich nicht. Du hast völlig recht, wenn du mir vorwirfst, dass ich keine große Sympathie für Königin Anne hege, aber nicht einmal ich würde ihr absprechen, dass sie eine sehr gescheite Frau ist. Darum hat sie es kommen sehen.«

»Aber *wieso*?« Der Junge ließ die Fäuste auf die Armlehnen niederfahren. »Und wieso stellt Norfolk, ihr eigener Onkel, sich plötzlich gegen sie? Und Cromwell, der immer ihr Freund war?«

Nick wählte seine Worte mit Bedacht und sagte nicht: *Weil Norfolk und Cromwell gewissenlose Opportunisten sind, die immer zuerst an die eigene kostbare Haut denken*, obwohl es zweifellos stimmte. Er sagte auch nicht: *Weil Anne Boleyn ein hinterhältiges Luder ist und jetzt in die Grube fällt, die sie Königin Catalina gegraben hat*, obwohl es ihm verdammt schwerfiel. Er ließ ein paar Augenblicke verstreichen und fragte dann: »Versteh mich nicht falsch, Ray, aber ist dir nie der Gedanke gekommen, die Königin könnte vielleicht schuldig sein?«

Sein Bruder winkte ab – mit einer höhnischen Grimasse, für die er eigentlich noch zu jung war. »Todsicher nicht mit Smeaton.

Und auch mit sonst niemandem. Es stimmt, was George gesagt hat: Die Königin vergöttert den König.«

»Dann muss es einen anderen Grund geben, warum sich plötzlich alle gegen sie verschworen haben.«

»Aber welchen?«, fragte Raymond, und auf einmal drückte seine Miene wieder kindliche Arglosigkeit und Verwirrung aus. Nick schaute ihn an und sagte nichts.

»Du willst, dass ich von allein darauf komme«, mutmaßte Raymond voller Bitterkeit. »Ich soll die Schlüsse ziehen, die du mir unter die Nase hältst, ohne dass ich es auch nur merke, ist es nicht so, Nicholas?«

Nick fuhr leicht zusammen. So hatte Raymond ihn noch nie genannt, und der Tonfall war exakt der, mit dem auch Sumpfhexe und Brechnuss seinen Namen aussprachen. »Du irrst dich. Ich will dir nichts einflüstern, und ich will dich auch nicht auf meine Seite ziehen. Im Gegenteil, ich will, dass du das Wohlwollen des Königs und deines Onkels Norfolk behältst und in Sicherheit bist, denn du bist mein Bruder. Und ich bin – nach neuem Recht – ein Verräter, weil ich den Eid auf die Suprematsakte nicht geschworen habe. Werde ich verurteilt, wirst du Earl of Waringham. Darum ist es mein größter Wunsch, dass deine Zukunft so sicher ist, wie sie nur sein kann. Aber das wird sie niemals sein, wenn du nicht wagst, die Augen zu öffnen und die Dinge zu sehen, wie sie sind. Und dir einzugestehen, wer die traurigste Figur in dieser ganzen Farce ist.«

Der Junge schlug den Blick nieder und sah auf seine Hände hinab, die zu Fäusten geballt auf seinen Oberschenkeln lagen. »Du meinst den Mann, der seine eigene Nichte und seinen Neffen ans Messer liefert, um seine Position zu sichern. Meinen Onkel Norfolk.«

»Nein, Ray. Ich meine den König.«

Es dauerte fast zwei Stunden, bis George Boleyn zurückkehrte. Er schien leicht zu torkeln, als er über die Schwelle trat, und Nick hatte bis heute nicht gewusst, dass ein Mann so grau im Gesicht werden konnte, ohne bewusstlos zu sein.

Schweigend verfolgte er den etwas unsicheren Kurs seines Mitgefangenen zum Bett. Dort ließ George Boleyn sich auf die Kante sinken und starrte auf seine Füße hinab, bis Raymond ihm unaufgefordert einen Becher Wein brachte.

»Danke, mein Junge.« George trank, gab den Becher zurück, räusperte sich und sah auf. »Würdest du … würdest du zum Constable gehen und ihn bitten, mir Pergament und Tinte zu borgen?«

Raymond nickte. »Gleich, Mylord. Erst will ich hören, wie es Euch ergangen ist.«

»Was fällt dir ein, Rotznase …«, protestierte George matt. Dann fuhr er sich mit den Händen über die Oberarme, als sei ihm kalt, und schüttelte den Kopf. Es war ein Weilchen still. Schließlich sagte er: »Sie … sie haben mir die Streckbank gezeigt. Mark Smeaton lag darauf. Gott, Waringham, wie er geschrien hat. Ich habe … noch nie im Leben solche Laute gehört. Und wie er aussah. Wie … wie die Gepeinigten auf den Gemälden von der Hölle, so ganz verzerrt und verdreht. Du kannst dir das nicht vorstellen. Aber Cromwell stand dabei … völlig ungerührt. Als sähe er so was jeden Tag.«

»Vermutlich ist es so«, murmelte Nick.

»Natürlich hat Smeaton alles gestanden. Er habe Unzucht mit der Königin getrieben, an diesem Tag und an jenem – bei jedem Datum, das Cromwell vorlas, hat er ›Ja‹ gesagt. Obwohl mir nachher eingefallen ist, dass er an mindestens zwei der Tage in Greenwich war und sie in Hampton Court. Aber was spielt das für eine Rolle? Jeder würde gestehen. *Jeder* …«

Mein Vater hat widerstanden und geschwiegen, dachte Nick und schauderte. Was würde *er* tun, wenn der Tag kam?

»Ich weiß, wenn sie das mit mir machen, werde ich jede widerwärtige Lüge beschwören, die sie mir in den Mund legen …«, mutmaßte George Boleyn und schüttelte hoffnungslos den Kopf.

»Was ist es denn, das sie von Euch hören wollen, Mylord?«, fragte Raymond beklommen.

»Hab ich dir nicht gesagt, du sollst mir Pergament holen gehen? Ich muss Erzbischof Cranmer einen Brief schreiben. Wenn irgendwer uns noch retten kann, dann er …«

»Ich werde gehen, Mylord«, versprach Raymond. »Gleich.«

»Jetzt!«, fuhr Boleyn ihn an. »Du bist zu jung, um das zu hören.«

»Das ist er nicht«, widersprach Nick. »Sag es nur, George. Er ahnt es ohnehin schon. Was will Cromwell von dir hören?«

»Dass ich mit meiner Schwester geschlafen habe«, antwortete George Boleyn tonlos und vergrub das Gesicht in den Händen. »Ich könne es ruhig zugeben, hat er gesagt. Es gebe einen Zeugen ...«

»Wen?«, fragte Raymond voller Schrecken.

»Meine Frau. Meine kleine, duldsame, mausgraue Lady Rochford hat mich verleumdet und Cromwell gesagt, ich hätte Unzucht mit der Königin begangen. Gott steh uns allen bei ...«

Im Laufe der Woche wurden noch weitere Männer verhaftet: Henry Norris, Francis Weston, William Brereton, Thomas Wyatt und Richard Page. Ihnen allen wurde zur Last gelegt, in unsittlicher Weise mit der Königin verkehrt und ein Mordkomplott gegen den König geschmiedet – mithin Unzucht und Hochverrat begangen zu haben. Aber die Yeoman Warders hatten Nick und George Boleyn anvertraut, dass keiner von ihnen sich schuldig bekannt hatte und niemand bis auf den bedauernswerten Smeaton gefoltert worden war, um ihm ein Geständnis abzuringen.

»Thomas Wyatt?«, fragte Nick. »Der Dichter?«

George Boleyn nickte bedrückt. »Er hat nie verhehlt, dass er Anne bewundert, und hat ihr Gedichte geschrieben. Der König schien nie Einwände zu haben – im Gegenteil, es schmeichelte ihm, dass alle Welt seine Gemahlin anbetete.«

»Die anderen kenne ich nur dem Namen nach. Wer ist dieser Henry Norris?«

»Er gehört schon seit Ewigkeiten zum *Privy Chamber*, dem Kreis der engsten Vertrauten des Königs. War sein Stuhldiener, um genau zu sein.«

»Sein bitte was?«

»Stuhldiener. Du weißt schon. Er begleitet den König zum Stuhlgang und ... ist ihm dort behilflich.«

Nick hätte geglaubt, dass Boleyn ihn auf den Arm nehmen

wollte, wäre der nicht viel zu deprimiert für Schabernack gewesen.

»George … Du willst mir weismachen, es gebe einen Hofbeamten, dessen ehrenvolle Aufgabe es ist, dem König den Hintern abzuwischen?«

»Genau. Es ist eine enorme Vertrauensposition und darum eine große Ehre.«

Nick stieß einen angewiderten Laut aus. »Manche Ehren sind reizvoller als andere …« Er streckte die Füße vor sich aus, kreuzte die Knöchel und dachte nach. »*Sieben* angebliche Liebhaber. Was verspricht Cromwell sich nur davon, die Welt glauben zu machen, deine Schwester hätte dem König nicht nur Hörner, sondern gleich ein ganzes Geweih aufgesetzt?«

Boleyn trank lautstark aus seinem Becher. Er fing morgens an, war abends sternhagelvoll und schnarchte nachts wie eine ganze Armee Bogenschützen, aber der Wein stimmte ihn eher melancholisch als streitsüchtig, und darum erhob Nick keine Einwände. »Was Cromwell offenbar will, ist, den König vollkommen abhängig von sich zu machen«, antwortete der Bruder der Königin. »Indem er ihm das Gefühl gibt, von Verrätern förmlich umzingelt zu sein und nur ihm – Cromwell – noch trauen zu können. Und Henry … der König ist besonders empfindlich, was seinen Ruf als allzeit bereiter Frauenbeglücker angeht.«

»Weil er bislang keinen Sohn zustande gebracht hat?«

George schüttelte den Kopf und senkte den Blick. »Weil er … Schwierigkeiten hatte in letzter Zeit. Das hat die Königin mir im Vertrauen gesagt. Es hat ihr große Sorgen gemacht: Henry verlangte von ihr einen Sohn, sein Ton wurde immer schärfer, nur er selbst … konnte seinen Teil nur noch selten beitragen.«

Nick pfiff vor sich hin. »Jetzt wird mir so einiges klar …«

»Anne war ganz verzweifelt. Ich schwöre, ich habe zu niemandem ein Wort davon gesagt, aber bei Hof wird trotzdem darüber gemunkelt. Ich nehme an, einer der Ärzte hat geplaudert.« Er raufte sich die Haare, leerte den Becher und schickte Raymond nach neuem Wein. »Geh auf dem Weg beim Constable vorbei und frag noch mal nach, ob immer noch kein Brief von Erzbischof Cranmer gekommen ist«, bat er den Jungen.

»Ja, Mylord.« Er klopfte, und als die Wache öffnete, schlüpfte er hinaus.

Boleyn wartete, bis er mit Nick allein war, ehe er gestand: »Im Grunde weiß ich, dass von Cranmer keine Antwort mehr kommt. Er hat uns auch fallen lassen ...«

»Ich denke eher, dass Cromwell alle Nachrichten zwischen dir und deinen letzten Freunden mit politischem Einfluss abfängt.«

»Kann sein. Dabei wird er Cranmer brauchen, um seine ehrgeizigen Pläne in die Tat umzusetzen und alle englischen Klöster vom Angesicht der Erde zu fegen ...«

»Cromwell will die Klöster auflösen?«, fragte Nick fassungslos. »Aber wie soll die Welt ohne sie funktionieren? Wer soll die Schulen betreiben, Reisenden Obdach gewähren, Arme und Kranke versorgen ...«

Boleyn zuckte die Achseln. »Was weiß ich. Mir kann es ja im Grunde auch egal sein, denn ich werde es nicht mehr erleben, schätze ich. Jedenfalls ist es Cromwell verdammt ernst damit. Er will diese gottlosen Stätten der Völlerei und Unzucht ausmerzen, wie er es ausdrückt, aber er will mit dem Reichtum der Klöster vor allem die leeren Kassen der Krone füllen. Die Königin war der Auffassung, wenn man die Klöster schon auflöse, müsse man ihr Vermögen verwenden, um Spitäler und Waisenhäuser zu bauen und ihre karitativen Aufgaben zu ersetzen, aber Cromwell war anderer Meinung. Sie haben ziemlich darüber gestritten ...« Er brach unvermittelt ab und sah Nick mit großen Augen an. »Vielleicht war es das. Er hat geahnt, dass sie den König in der Klosterfrage letztlich auf ihre Seite ziehen würde, und darum will er sie vernichten.«

Nick antwortete nicht. Möglicherweise hatte diese Meinungsverschiedenheit den Sturz der Königin beschleunigt; die eigentlichen Gründe waren indes andere. Doch wenn George Boleyn sich mit dem Hirngespinst trösten konnte, ihre noble Gesinnung sei seiner Schwester – und ihm selbst – zum Verhängnis geworden, dann hatte er Nicks Segen.

»Weißt du, Waringham, im Grunde habe ich immer gewusst, dass es nicht ewig währen konnte und vermutlich ein böses Ende nehmen würde. *Königin* Anne Boleyn und ihr Bruder *Lord* Rochford. Was für ein monumentaler Witz. Sicher, irgendwo in nebligen Fernen steht der Name König Edwards I. in unserem Stammbaum, weil mein Vater ambitioniert geheiratet hat, aber letztlich sind wir doch nur kleine Landjunker. Ich hatte immer das Gefühl, dass wir kein Anrecht auf all die Ehren und schönen Titel hatten. Wir waren wie Kinder, die in den Schuhen ihrer Eltern herumstolzieren. Und jetzt zahlen wir den Preis für unseren Hochmut …«

Nick konnte ihm nicht widersprechen, denn er fand, das war nichts als die Wahrheit. Aber er rechnete George Boleyn seine Fähigkeit zur Selbsterkenntnis hoch an. »Wie immer das sein mag, du hast dir überhaupt nichts angemaßt, George. Du bist irgendwie einfach nur … hinter deiner Schwester einhergestolpert.«

»Jesus, was für ein Nachruf …«, murmelte Boleyn und raufte sich die Haare.

Am 12. Mai wurden Henry Norris, Francis Weston, William Brereton und Mark Smeaton vor Gericht gestellt und des Hochverrats schuldig gesprochen. Drei Tage später wurde auch der Königin und ihrem Bruder unter dem Vorsitz ihres Onkels, des Duke of Norfolk, der Prozess gemacht, und wenngleich beide alle Vorwürfe entschieden zurückwiesen, befand das Gericht auch sie für schuldig. Die Aussage von Georges Gemahlin, Lady Rochford, die Norfolk vorlas, wog am schwersten: Sie hatte behauptet, ihr Gemahl habe sich vor ihr damit gebrüstet, bei verschiedenen Gelegenheiten die Nacht mit seiner Schwester, der Königin, verbracht zu haben, und obendrein habe er in Zweifel gezogen, dass der König der Vater der kleinen Prinzessin Elizabeth sei. Welchen Grund könne eine Frau haben, solch abscheuliche Vorwürfe gegen ihren eigenen Gemahl vorzubringen, wenn nicht den, ihr Gewissen erleichtern zu müssen?

George Boleyn verteidigte sich mutig und eloquent. Er schonte sich nicht, als er dem Gericht beschrieb, wie schamlos er seine unglückliche Gemahlin betrogen hatte, ohne sich auch nur um Diskretion zu bemühen. Er hatte sie erniedrigt, sie hatte ihn dafür gehasst und nun ihre Rache genommen.

Doch Norfolk nahm lediglich das Geständnis zu Protokoll, dass Lord Rochford ein gewissenloser Ehebrecher sei, und verlas schließlich das Urteil, das bereits ausformuliert vor ihm auf dem Tisch lag: »Im Namen des Königs befinden wir Euch des Hochverrats für schuldig. Zur Strafe für Eure abscheulichen Vergehen sollt Ihr zur Richtstätte nach Tyburn geschleift werden, wo Ihr am Halse aufgehängt werdet, dann soll man Euch lebend vom Galgen nehmen, Euch Herz und Eingeweide aus dem Leibe schneiden und entmannen. Dann soll man Euch vierteilen. Der König begnadigt Euch indes zum Tod durch Enthaupten. Das Urteil wird in zwei Tagen auf dem Tower Hill vollstreckt. Möge Gott Eurer Seele gnädig sein. Abführen.«

»Da, hört ihr das?« George Boleyn lauschte der Glocke von St. Peter ad Vincula mit konzentriert gerunzelter Stirn. »Zehn ... elf ... zwölf. Mitternacht. Also noch acht Stunden ungefähr.« Er hob den Becher, fand ihn aber leer und sah sich suchend um. »Wo hast du den Krug hingestellt, Bengel? Her damit.«

Raymond stand auf. Er war kreidebleich, und er wirkte fahrig, als er an die Truhe trat, wo zwei Zinnkrüge standen. »Es ist ... Es ist nichts mehr da, Mylord.«

»Dann besorg mir neuen.«

Raymond rang einen Moment mit sich, dann blickte er ratsuchend zu seinem Bruder. Der nickte ihm verstohlen zu. Er wusste, es war Zeit einzuschreiten. »George, hör auf zu saufen«, riet er. »Sonst wachst du morgen früh mit einem Mordskater auf.«

George Boleyn fing an zu kichern. »Na und? Je mörderischer mein Kopf morgen früh schmerzt, desto besser. Vielleicht werde ich dann ja froh sein, ihn loszuwerden ...« Das Kichern klang verdächtig hysterisch.

Nick legte ihm die Hand auf den Arm. »Aber ich nehme an, du willst nicht heulen und winseln und dir aufs Hemd kotzen, wenn es so weit ist, oder?«

»Das ist mir scheißegal!«, brüllte Boleyn ihn an und riss sich los. »Das Einzige, was ich nicht will, ist sterben. Ich ... ich will nicht sterben, Nick. Oh Gott ...« Sein Gesicht verzerrte sich, er senkte den Kopf und stützte die Stirn auf die Handballen. »Lass mich weitertrinken«, bettelte er dann. Die Stimme drohte zu brechen. »Ich schaff das sonst nicht. Ich …« Er schluchzte. Sofort nahm er sich zusammen und wurde wieder still, saß zusammengesunken auf seinem Stuhl – gramgebeugt.

Nick betrachtete ihn einen Augenblick. Dann stand er auf, ging zur Tür und bedeutete seinem Bruder, ihm zu folgen. »Geh hinunter in die Kapelle und suche einen Priester, Ray. Ich weiß, es ist spät, aber wir brauchen hier geistlichen Beistand.«

»Ist gut«, antwortete der Junge bedrückt.

»Schick ihn her, aber komm nicht mit ihm zurück. Bleib meinethalben in der Kapelle und bete, bis alles vorüber ist, aber komm nicht wieder her.«

»Sag mal, wofür hältst du mich?«, protestierte Raymond entrüstet.

»Für meinen kleinen Bruder, der gefälligst tun wird, was ich sage.«

»Du kannst mir gar nichts vorschreiben«, gab Raymond zurück – gedämpft, aber unüberhörbar rebellisch. Ehe sie weiterstreiten konnten, klopfte er an die Tür.

Es war Jenkins, der draußen Nachtwache schob. Er warf einen Blick auf die stille, zusammengesunkene Gestalt am Tisch und sah dann auf Raymond hinab. »Schlimme Nacht, was?«, fragte er ernst.

Der Junge nickte. »Kann ich gehen und einen Priester holen?«

Jenkins hielt ihm einladend die Tür auf, und Raymond ging hinaus. Der Yeoman Warder schaute fragend zu Nick. »Seid Ihr sicher, dass ich den Jungen wieder reinlassen soll? Scheint, als könnt es hier noch so manchen Sturm geben.« Vielsagend und eine Spur verächtlich ruckte er das Kinn in Boleyns Richtung.

»Ich bin mir keineswegs sicher«, gestand Nick. »Aber mein Bruder würde mir nie verzeihen, wenn ich ihn daran hinderte, seinen Dienst hier bis zum bitteren Ende zu verrichten, und es gibt jetzt schon genug, was er mir nicht verzeihen kann. Also besser, du lässt ihn rein, schätze ich.«

»Wird gemacht, Mylord.«

Nick kehrte an den Tisch zurück.

George hob den Kopf. »Hast du mir was zu trinken besorgt?« Seine Augen waren gerötet, aber trocken.

»Nein. Du hast nur noch acht Stunden Zeit, um dich vorzubereiten. Ich schlage vor, wir fangen auf der Stelle damit an.«

Der Todgeweihte kicherte wieder. »Was stellst du dir denn vor? Soll ich eins der üblichen Gebete runterleiern, die für Gelegenheiten wie diese empfohlen werden? Wie ging das doch gleich … *De profundis clamavi ad te, Domine, exaudi vocem meam* oder so ähnlich? Meinst du, davon wird mir besser? Ich versteh noch nicht mal, was das heißt, Nick. Und davon abgesehen hätte Gott mir kaum deutlicher zeigen können, dass er mit mir fertig ist, oder?«

Wortlos holte Nick seine englische Bibel aus der Truhe, schlug sie etwa in der Mitte auf und fand die richtige Stelle nach wenigen Augenblicken. Er legte das schwere Buch auf den Tisch und nahm davor Platz. »*Aus der Tiefe rufe ich, Herr, zu dir, höre meine Stimme. Lass deine Ohren merken auf die Stimme meines Flehens. So du Sünden zurechnen wolltest, Herr, wer könnte bestehen? Doch bei dir ist Vergebung. Ich hoffe auf den Herrn, meine Seele harret, und ich warte auf sein Wort. Meine Seele wartet auf den Herrn so wie der Wächter auf den Morgen …*«

Er brach ab und sah auf.

George Boleyn hatte den Kopf leicht zur Seite geneigt wie ein Hund, der eine vertraute Stimme vernimmt, und sein Blick war aufs Fenster gerichtet. »Das ist es, was es heißt?«

»Ja.«

»Und denkst du, es stimmt? Können wir Vergebung erlangen, wenn wir darum bitten? Ich meine wirkliche, echte Vergebung?«

»Was bleibt uns anderes übrig, als daran zu glauben, George? Wer von uns hätte auch nur die geringste Chance, wenn es nicht so wäre?«

»Aber du zweifelst.«

»Nein«, erwiderte Nick nach einem kleinen Zögern.

»Ich bin schon fast tot, Waringham. Du solltest dich wirklich schämen, mich anzulügen«, schalt Boleyn mit einem Funken Humor.

»Es war keine Lüge«, entgegnete Nick mit mehr Überzeugung. »Ich nehme an, kein Mensch ist völlig frei von Zweifeln, wenn er an einem trostlosen Ort wie diesem hier seinem Ende entgegensieht. Nicht einmal Thomas More war das, den alle für einen Heiligen halten. Aber wenn du das hier liest ...« Er tippte auf die aufgeschlagene Bibel.

»Ja? Was dann?«

»Es fällt dir leichter, an die Güte Gottes zu glauben. Es gibt dir Zuversicht. Und ... Mut.«

George Boleyn atmete tief durch. »Dann lies weiter. Lies mir irgendetwas Schönes vor, das mich Hoffnung schöpfen lässt. Und mach schnell. Eh ich anfange, nachzudenken und mir vorzustellen, was morgen kommt ...«

Der Priester kam erst um sieben, denn das gesamte geistliche Personal des Tower hatte die Nacht bei der Königin verbracht. Ihre Hinrichtung war zwar erst für den übernächsten Tag angesetzt, aber sie war des Beistands offenbar so bedürftig, dass sie ihrem Bruder nicht einen einzigen Seelsorger hatte abtreten können.

Raymond war mit dem Kopf auf den verschränkten Armen am Tisch eingeschlafen. Nick hatte die Nacht damit zugebracht, George vorzulesen und mit ihm zu reden, und nun war er so heiser, dass er nur noch tonlos raspeln konnte. Und George Boleyn war nüchterner und gefasster als je zuvor seit seiner Verhaftung.

»Wollt Ihr beichten, mein Sohn?«, fragte der Priester, ein hagerer, grauhaariger Mann, dem man anmerken konnte, dass er einige Routine in der schwierigen Kunst hatte, einen Menschen auf seinem letzten Weg zu begleiten.

»Ja, Vater«, antwortete Boleyn. »Ich habe keine der Sünden begangen, für die ich heute sterben soll, aber viele andere, fürchte ich.« Sein Lächeln war ein wenig kläglich, und sein Gang verriet, wie weich seine Knie waren, aber er küsste das Kruzifix, welches der Priester ihm reichte, ohne zu zögern, kniete sich ins Stroh und bekreuzigte sich.

»Lass uns draußen warten«, raunte Raymond, und Nick folgte ihm zur Tür.

Es war immer noch Jenkins, der sie in den Vorraum hinausließ und bat: »Stellt Euch dort drüben ans Fenster, Mylord, und geht nicht zur Treppe, tut uns beiden den Gefallen. Wenn Ihr zu fliehen versucht, erwischen Euch die Kameraden unten am Tor, aber wir kämen alle in Teufels Küche.«

»Keine Bange«, gab Nick zurück. »Wenn ich zu fliehen versuche, dann wirst du todsicher nichts davon hören und sehen, ehe es zu spät ist.«

»Na dann, viel Glück«, spöttelte Jenkins.

»Ihr werdet mich also nicht mit ihm auf den Tower Hill gehen lassen?«, erkundigte sich Nick.

Der Yeoman Warder schüttelte bedauernd den Kopf. »Dürfen wir nicht. Befehl von Cromwell, versteht Ihr. Und wir zittern hier alle vor ihm, seit er die Königin gestürzt hat. Auch der Constable. Kein Mann im Tower wagt mehr, Luft zu holen, wenn Cromwell es nicht gestattet. Aber Ihr könnt zur Hinrichtung der Königin, wenn Ihr wollt, die wird nämlich hier innerhalb der Mauern auf dem Tower Green stattfinden.«

»Ich verzichte, vielen Dank.«

»Ein Henker ist eigens aus Calais dafür hergeschafft worden. Ein Spezialist. Er macht es mit dem Schwert. Schnell und sauber. Sie wird gar nichts spüren.«

»Ich habe Mühe, die Königin um dieses Privileg zu beneiden, aber ich nehme an, der Tag wird kommen, da ich genau das tun werde.«

Jenkins wich seinem Blick unbehaglich aus und wies dann mit der Linken zur Tür. »Wie hält er sich? Werden wir ihn hinschleifen müssen?«

Nick schüttelte den Kopf.

»Er kann froh sein, dass er einen Freund wie Euch hatte, der ihn durch die letzte Nacht gebracht hat.«

»Ich bin nicht sein Freund«, stellte Nick klar.

»Doch, Mylord. Das seid Ihr«, widersprach der Yeoman Warder.

Gegen halb acht kamen zwei weitere Wachen die Treppe herauf, und einer von ihnen hämmerte ohne großes Feingefühl an die Tür und sperrte dann auf. Sie traten in den Raum, und Nick folgte mit seinem Bruder.

George Boleyn hatte die Absolution und den Leib des Herrn empfangen und sich die Haare gekämmt. »Ich bin so weit, Gentlemen.«

Die Wachen wollten ihm die Hände auf den Rücken binden, aber er bat höflich: »Augenblick noch.« Er trat zu Raymond und legte ihm die Linke auf die Schulter. »Gott segne dich, Cousin. Hab Dank für deine Treue.« Sein Blick fiel auf den Ring mit dem großen Rubin, den er am Zeigefinger trug. Er zog ihn ab und hielt ihn dem Jungen hin. »Hier. Damit du mich in Erinnerung behältst.«

»Danke, Mylord.« Raymond schloss die Faust um den Ring und senkte den Kopf. Eine Träne landete auf seiner Schuhspitze.

Boleyn wandte sich an Nick und schloss ihn in die Arme. »Danke, Waringham. Und leb wohl.«

»Glückliche Reise, George.«

Von den kleinen Fenstern der Kammer aus sahen sie die wogende Menschenmenge, die sich auf dem Tower Hill eingefunden hatte, um die fünf »Verräter« sterben zu sehen. Sie bildete eine Gasse, als die Verurteilten, flankiert von einem Dutzend Towerwachen, den Weg den grünen Hügel hinauf antraten. Langsam, mit gesenkten Köpfen, gingen sie hintereinander, nur den letzten hielten zwei der Yeoman Warders gepackt. Halb trugen, halb schleiften sie ihn zur Richtstätte. Mark Smeaton, vermutete Nick, der aber nicht zu zappeln schien und sich auch nicht loszureißen versuchte, sondern wahrscheinlich nicht ohne Hilfe laufen konnte.

Dreckklumpen und welke Kohlköpfe flogen, und die Wachen mussten die Menge mehrfach mit waagerecht ausgestreckter Pike zurückdrängen. Nick und Raymond konnten nicht viel hören, aber es war unübersehbar, dass die Schaulustigen blutgieriger Stimmung waren.

»Wie sie sie hassen«, murmelte Raymond. »Dabei kennen sie sie gar nicht. Sie wissen überhaupt nicht, wen sie mit Dreck bewerfen …«

»Nein. Aber sie halten Königin Catalina immer noch die Treue, und darum verabscheuen sie alle Boleyns. Und du kannst sicher sein, dass die Londoner davon überzeugt sind, fünf Schuldige sterben zu sehen. Dafür wird Cromwell gesorgt haben. Anne Boleyn kann wirklich froh sein, dass ihr der Gang auf den Hügel hinaus erspart bleibt. Vermutlich würde die Menge sie in Stücke reißen, ehe dieser Spezialist aus Calais sie schmerzlos ins Jenseits befördern kann …«

»Was du vermutlich liebend gern sehen würdest«, argwöhnte Raymond.

Nick sah ihn kurz von der Seite an, dann blickte er wieder auf den Tower Hill hinaus. »Nein, das würde ich nicht sagen. Aber im Gegensatz zu dir werde ich ihr keine Träne nachweinen. Und ich bin froh, dass ich ihre Hinrichtung voraussichtlich noch erleben darf. Das ist nicht besonders christlich von mir, aber ich kann nichts dagegen tun.«

George Boleyn bekleidete als Viscount Rochford den höchsten Rang der Verurteilten und war deswegen der Erste. Der Priester begleitete ihn die wenigen Holzstufen zum Richtblock hinauf. George sprach kurz mit dem maskierten Henker. Ein treffsicher geworfenes Ei erwischte ihn an der Brust und zerbarst, aber er schien es nicht einmal zu bemerken. Ein letztes Mal küsste er das Kruzifix, das sein geistlicher Beistand ihm reichte, hob den Kopf und sprach einige wenige Worte. Dann kniete er sich vor den Block.

»Wenn du hinschaust, Ray, wird das Bild dich für den Rest deines Lebens begleiten«, warnte Nick seinen Bruder. »Und es könnte passieren, dass du deinen geliebten König irgendwann dafür hasst. Das würde George nicht wollen. Also schließ lieber die Augen.«

»Lass mich in Ruhe«, gab der Junge wütend zurück und stierte unverwandt aus dem Fenster, während der Scharfrichter die Axt hob. Als sie niedersauste, fuhr Raymond zusammen, aber das war alles. Er blieb reglos am Fenster stehen, bis alle fünf Hinrichtungen vorüber waren. Dann wandte er sich ab, ohne Nick eines Blickes zu würdigen, verzog sich hinter die Bettvorhänge und kam erst wieder zum Vorschein, als Jenkins ihnen bei Einbruch der Dämmerung Brot und Bier brachte.

»Wieso schickt Ihr Euren Bruder nicht in die Küche runter, Mylord«, fragte er brummelig. »Ich hab auch noch was anderes zu tun, als Euch den Hintern nachzutragen ...«

Nick reichte ihm einen halben Schilling. »Was hat er gesagt?«

»Wer?«

»Wer schon. Boleyn natürlich.«

Jenkins steckte seinen Lohn ein und dachte kurz nach. »Wie war das gleich wieder ... ›Ich bin nicht hergekommen, um zu predigen, sondern um zu sterben. Ich schwöre bei Gott und allen Heiligen, dass ich der Vergehen unschuldig bin, für die man mich verurteilt hat, aber ich unterwerfe mich dem Gesetz und dem Willen des Königs.‹ So in der Art.«

»Gut für dich, George«, murmelte Nick.

Raymond schob den Bettvorhang zurück und fragte: »Wo wird er beerdigt?«

»Schon passiert. Hier. St. Peter ad Vincula.«

»Kann ich hin?«

»Sicher, mein Junge. Aber krieg keinen Schreck. Wir haben gleich zwei Gräber ausheben lassen. Bruder und Schwester sollen beide dort ruhen.«

Gänzlich unverdient war Raymond im Tower gestrandet. Sein Onkel Norfolk war so damit beschäftigt, mit heiler Haut aus dem Boleyn-Debakel herauszukommen, vermutete Nick, dass er seinen Neffen vorübergehend vergessen hatte. Da Raymond kein Gefangener war, konnte er sich innerhalb der Mauern des Tower frei bewegen, und Nick sah so gut wie nichts von ihm während des nächsten Tages. Raymond hatte den frei gewordenen Platz in dem breiten Bett angenommen, den Nick ihm offeriert hatte, drehte seinem Bruder aber demonstrativ den Rücken zu und sprach so gut wie gar nicht. Und am Freitagmorgen, dem neunzehnten Mai, verschwand er ohne ein Wort der Erklärung.

Nick blieb allein zurück. Er betete nicht für die Königin, denn er wollte Gott nichts vorheucheln. Es machte ihm zu schaffen, dass er auch in der Stunde ihres Todes nur Zorn und Abscheu für Anne Boleyn empfinden konnte und keinen Funken Mitgefühl aufbrachte. Obwohl er gar nicht wollte, musste er an alles denken, was er ihretwegen verloren hatte, an seine weinberankte Burg, seine Pferde, unbeschwerte durchzechte Nächte mit John und Jerome, idiotische Instandsetzungsprojekte mit dem Mann seiner Köchin – und an Polly und seine Kinder. Vielleicht erschien in seiner Erinnerung alles eine Spur besser, als es in Wirklichkeit gewesen war, und er machte sich auch nicht vor, dass er je tiefere Gefühle für Polly gehegt hatte. Doch die Sehnsucht, die ihn beim Gedanken an sie, an Eleanor und den kleinen Francis überkam, öffnete ihm die Augen für eine wenig erbauliche Erkenntnis: Er war ein undankbarer Narr, der den Wert dessen, was ihm geschenkt worden war, erst erkannte, wenn es verloren war.

Der Kanonenschlag ließ ihn leicht zusammenfahren. Unwillig bekreuzigte er sich und murmelte: »Also schön. Ruhe in Frieden, du Miststück. Für dich war es vermutlich auch nicht immer nur Nektar und Ambrosia. Darum musst du meinetwegen nicht zur Hölle fahren …«

Zwei Stunden später kehrte sein Bruder zurück. Er kam ihm blass vor, und zum ersten Mal fiel Nick auf, wie spitz das Gesicht des Jungen in den zwei Wochen geworden war, die er hier verbracht hatte.

»Warst du bei ihrer Beerdigung?«, fragte Nick betont nüchtern.

Raymond nickte und setzte sich zu ihm. »Sie war sehr tapfer, genau wie ihr Bruder«, berichtete er. »Und würdevoll. Sie hat ihre Unschuld beschworen und den König und die Prinzessin Gott empfohlen.«

»War der König dort?«

Raymond schnaubte. »Das glaubst du doch wohl selber nicht …« Dann schlug er sich erschrocken die Hand vor den Mund. »Nein. Er war nicht dort. Auch niemand vom Kronrat. Nur ihre Damen haben sie auf dem letzten Weg begleitet.«

»Und du«, erwiderte Nick lächelnd, obwohl es ihn in Wahrheit erschütterte, wie viel Blut und Tod sein Bruder, der doch noch so furchtbar jung war, in diesen schlimmen Tagen gesehen hatte.

»Ich musste es tun, Nick. Nicht, um es zu sehen, sondern …«

»Um ihr deinen Respekt zu erweisen.«

Raymond sah verblüfft auf. »Woher weißt du das?«

Weil er selbst Scherereien und Schlimmeres riskiert hatte, um Thomas Mores Hinrichtung zu sehen. Doch es war schwierig, diese Dinge zu erklären, und er wollte das Thema auch nicht vertiefen. »War deine Schwester bei ihr? Ich meine Louise?«

»Natürlich. Sie waren einander sehr verbunden.«

Sie hat Schneid, dachte Nick nicht zum ersten Mal. »Das wird die Dinge für sie jetzt auch nicht gerade einfacher machen …«

»Tu nicht so, als würde dir das den Schlaf rauben«, fiel Raymond ihm scharf ins Wort.

Nick hob begütigend die Rechte. »Es steht nicht ganz oben auf der langen Liste der Dinge, die mir derzeit den Schlaf rauben«, räumte er ein und war erleichtert, als er seinen Bruder bei einem verstohlenen Grinsen erwischte.

»Louise hat mir bei der Beerdigung etwas Seltsames erzählt«, berichtete Raymond. »Vorgestern hat Erzbischof Cranmer die Ehe des Königs mit Königin Anne für ungültig erklärt.«

»*Was?*« Nick traute seinen Ohren kaum. Dann lachte er humorlos. »Damit wäre der Vorwurf des Ehebruchs, für den sechs Menschen gerichtet wurden, *ad absurdum* geführt, oder?«

»Das scheint niemanden besonders zu bekümmern«, bekannte Raymond und senkte unwillkürlich die Stimme. »Cromwell und der König wollen nur sicherstellen, dass auch die kleine Prinzessin Elizabeth ein Bastard ist, genau wie ihre große Schwester, die du immer Prinzessin nennst.«

»Tja, Ray. Wie es aussieht, wechselt der schöne Titel einer Prinzessin heutzutage schneller als der des Lord Chancellor …«

»Ich sehe wirklich nicht, was daran komisch sein soll«, konterte Raymond.

»Nein, ich weiß.« Es war auch nicht komisch. Aber Nick kam einfach nicht umhin, an Marys statt ein gewisses Maß an Schadenfreude zu empfinden: Die kleine Schwester, mit deren angeblicher Vorrangstellung man Mary jahrelang gedemütigt hatte, saß auf einmal mit im Boot der ausrangierten Prinzessinnen … »Und unter welchem Vorwand hat Erzbischof Cranmer die Ehe für ungültig erklärt?«

»Anne Boleyns Schwester Mary war einmal die Geliebte des Königs«, antwortete Raymond.

»Das war nie ein Geheimnis.«

»Nein. Aber streng ausgelegt, macht es die Ehe inzestuös und darum ungültig.«

Nick schüttelte fassungslos den Kopf.

»Das alles wird niemandem mehr interessieren, wenn die neue Königin einen Sohn bekommt«, sagte Raymond wegwerfend.

Er hatte recht. Aber offenbar hatten Cromwell und Cranmer ihre Zweifel, dass das je geschehen würde. Und das war kein Wunder im Lichte dessen, was George Boleyn Nick über die Schwierigkeiten des Königs anvertraut hatte. »Gott helfe Jane Seymour«, murmelte er beklommen. »Und hast du schon gehört, wann er sie heiraten wird?«

»In zehn Tagen.«

Nick pfiff vor sich hin. »Henry verschwendet wirklich keine Zeit. Aber immerhin hat er dieses Mal wenigstens das Ableben seiner Gemahlin abgewartet, ehe er mit der nächsten sein Glück versucht …«

Edmund Howard, Norfolks fürchterlicher Bruder, der so gern Steward von Waringham geworden wäre, holte Raymond schließlich ab, um ihn zurück an den Hof zu bringen, und Nick war wieder allein. Er vermisste seinen Bruder. Ihr Verhältnis war angespannt geblieben, Raymonds Misstrauen und die unausgesprochenen Vorwürfe hatten Nicks Geduld auf manch harte Probe gestellt, und es hatte ihn wütend gemacht, dass sein Bruder nicht ein einziges Mal bereit gewesen war, die Dinge aus seiner Perspektive zu betrachten. Aber Raymonds Anwesenheit hatte die Schatten ferngehalten.

Jetzt kehrten sie zurück. Nick war einsam und fürchtete sich, und mit jedem Tag, der verstrich, ohne dass irgendwer kam, um ihn zu verhören oder vor Gericht zu stellen, nahm seine Furcht zu.

An einem regnerischen Tag Anfang Juni öffnete sich die Tür, und der Constable trat ein. »Mylord.«

Nick stieg vom Bett. »Sir William.« Mehr brachte er nicht heraus. Sein Mund war staubtrocken.

»Ihr habt Besuch«, eröffnete William Kingston ihm unerwartet. »*Damen*besuch, um genau zu sein. Darum wollte ich Euch Gelegenheit geben, Eure Erscheinung auf Vordermann zu bringen, falls Ihr das wünscht.«

»Gut von Euch.« Nick fuhr sich mit der Hand übers Kinn. Es raspelte. »Aber das würde dauern, fürchte ich.« Immerhin schnürte er Hemd und Wams zu, strich sie glatt, so gut es ging, und schlüpfte in die Schuhe. »Wer ist es denn?«

Statt zu antworten, hielt Kingston die Tür auf und sagte mit einer tiefen Verbeugung: »Tretet ein, Ladys.«

Laura kam mit eiligen Schritten herein und fiel ihrem Bruder um den Hals. »Nick! Gott, wie dürr du bist. Du siehst aus wie Vater …«

Eine Frau in Trauer folgte ihr langsamer, das Haar unter einer schwarzen Giebelhaube verborgen.

Nick befreite sich aus Lauras Umarmung. »Lady Meg!« Er ging ihr mit ausgestreckten Händen entgegen und lächelte. »Das ist eine unerwartete Freude.«

Sir Thomas Mores Tochter nahm seine Hände in die ihren, sah ihm einen Moment in die Augen und erwiderte das Lächeln. Dann ließ sie ihn los und wandte sich an den Constable. »Habt Dank, Sir William.«

Der verstand, dass er entlassen war, nickte und wandte sich zur Tür. »Eine halbe Stunde, Waringham. Keine Minute länger. Ich habe Weisung.«

Nick wartete, bis die Tür sich geschlossen hatte, und führte seine Besucherinnen zum Tisch.

»Wie geht es dir?«, wollte Laura wissen und musterte ihn kritisch. »Ray war zugeknöpft wie üblich. Ich bin nicht so recht schlau geworden aus dem, was er erzählt hat. Behandeln sie dich anständig?«

Nick hob beruhigend die Linke. »Sei unbesorgt. Allmählich fange ich an, mich hier so richtig heimisch zu fühlen ...«

»Ich habe dir Wein und etwas Vernünftiges zu essen mitgebracht. Der Korb ist bei den Wachen, sie müssen ihn erst durchsuchen, sagen sie. Ich hoffe, sie stehlen nichts.«

Er schüttelte den Kopf. »Höchstens ein bisschen.«

Er lehnte sich auf seinem Scherenstuhl zurück und sah von Laura zu Meg Roper. Sie hatte sich verändert in dem Jahr seit der Hinrichtung ihres Vaters. Der Schalk, der immer in ihren Augen gefunkelt hatte, war verschwunden. Aber die enorme Kraft ihrer Persönlichkeit war ungebrochen und zog ihn so magisch an wie eh und je.

»Wie geht es in Chelsea, Lady Meg?«

Sie atmete tief durch. »Es ist still geworden. Man erkennt das Haus kaum wieder. Aber niemand behelligt uns, und wir kommen zurecht. Nächsten Monat hoffe ich, die Schule wieder eröffnen zu können. Jetzt, wo die Dinge besser werden.«

»Werden sie das?«, erwiderte er skeptisch.

Die beiden Frauen wechselten einen Blick. Dann ergriff Laura seine Hand. »Ich glaube schon. Auch für dich, Bruder. Wenn du dich dazu entschließt.«

Er befreite seine Hand, nicht grob, aber bestimmt. »Ich ahne, wohin das hier führt. Und ich kann nicht fassen, dass ihr euch dafür hergebt ...«

»Mylord, Ihr müsst versuchen, unvoreingenommen anzuhören, was wir zu sagen haben«, bat Meg Roper eindringlich. »Eure Schwester hat sich für gar nichts hergegeben. Sie ist hier, weil ich sie um ihre Begleitung gebeten habe, und sie hat gleich gesagt, ich könne mir den Weg sparen. Aber das konnte ich eben nicht. Um Euretwillen muss ich mein Glück versuchen, vor allem aber um Prinzessin Marys willen.«

Nicks Magen verkrampfte sich. »Mary? Was ist mit ihr?«

»Sie ist in Hunsdon in Hertfordshire und hat einen bescheidenen eigenen Haushalt. Durch die veränderte ... Stellung ihrer

Schwester hat niemand mehr Anlass, sie ständig zu drangsalieren. Aber ihr Leben war nie in größerer Gefahr als jetzt. Wenn sie nicht nachgibt, kann es gut sein, dass sie Euch bald im Tower Gesellschaft leisten wird. Und sie wird ihn ebenso wenig verlassen wie Anne Boleyn.«

Nick schwieg. Ihm fiel einfach nichts ein, was er darauf hätte erwidern können. Das Ausmaß seines eigenen Scheiterns machte ihn sprachlos.

»Die neue Königin ist es, die mich zu Euch schickt«, setzte Meg Roper wieder an. »Ich kenne sie schon lange. Sie ist eine wundervolle Frau, glaubt mir.«

Er nickte. Das konnte er aus persönlicher Erfahrung bestätigen.

»Sie hat es sich zur Aufgabe gemacht, das Blutvergießen zu beenden und die Wunden zu heilen, die die letzten Jahre geschlagen haben. Vor allem Frieden innerhalb der königlichen Familie zu stiften. Ihr könnt Euch sicher vorstellen, dass Cromwell diese Bemühungen mit Argwohn betrachtet, aber derzeit ist der König so bezaubert von seiner neuen Gemahlin, dass *sie* sein Ohr hat, nicht Cromwell. Schon seit Monaten wirkt sie auf den König ein, um Mary die Chance zu eröffnen, Frieden mit ihrem Vater zu schließen. Jetzt endlich ist der König bereit, seiner Tochter zu vergeben. Sie sogar an den Hof zurückkehren zu lassen. Stellt Euch vor, was das für Mary bedeuten würde, Mylord. Ein Ende der Verbannung und die Rückkehr zu dem Vater, den sie ja trotz allem immer noch liebt, nicht wahr?«

»Ja.« Er musste sich räuspern. »Das tut sie.«

»Aber der König hat eine Bedingung.«

»Er will ihren Eid auf das Thronfolgegesetz und die Suprematsakte.«

Lady Meg schüttelte den Kopf. »Er wäre mit einer schriftlichen Erklärung zufrieden, in welcher sie die Ungültigkeit der Ehe ihrer Eltern anerkennt und dem Papst das Bestimmungsrecht über die englische Kirche abspricht.«

»Das ist doch das Gleiche«, wandte er ungeduldig ein.

»In abgeschwächter Form«, entgegnete sie. »Für den König ist es ein enormes Entgegenkommen. Er ist es nicht gewöhnt, Kompromisse zu machen. Die wenigsten Männer sind das, und Könige schon gar nicht. Lady Jane … die Königin, meine ich, hat fast so etwas wie ein Wunder bewirkt. Aber Mary weigert sich.«

Er verschränkte die Arme. »Ich bin nicht überrascht.«

»Cromwell und Norfolk waren bei ihr«, berichtete Laura beklommen. »Und Norfolk hat die Beherrschung verloren und ihr angedroht, ihren Kopf gegen die Wand zu schlagen, bis sie unterzeichnet. Wäre Cromwell nicht dazwischengegangen, hätte er es getan, berichtet Chapuys' Quelle. Beide Männer fürchteten sich davor, dem König Marys Absage zu überbringen, verstehst du. Norfolk und Cromwell sitzen momentan nicht so fest im Sattel, dass sie es sich leisten könnten, ihn zu enttäuschen. Ich weiß nicht … was sie das nächste Mal tun werden. Sogar Chapuys sagt, Mary muss unterschreiben, um ihr Leben zu retten. Jetzt, da keine Hoffnung auf Flucht mehr besteht. Aber sie weigert sich.«

»Sie weigert sich«, fügte Lady Meg hinzu. »Solange es außer ihr noch jemanden auf englischem Boden gibt, der dem König in dieser Sache trotzt, sagt sie.« Sie brach ab.

Nick stand so hastig auf, dass der Stuhl krachend zurückfuhr. »Süßer Jesus …«

»Sie meint dich, Nick«, erklärte seine Schwester unnötigerweise. »Du bist der Letzte, alle anderen sind tot. Wenn du nachgibst, gibt sie auch nach. Wenn du nachgibst, könnt ihr beide weiterleben, und das, was du in den vergangenen drei Jahren getan hast, hätte einen Sinn.«

»Wenn ich nachgebe, verrate ich sie«, widersprach er.

»Nein, Mylord, Ihr rettet ihr Leben. Und das Eure.«

»Ich kann nicht fassen, das ausgerechnet Ihr das zu mir sagt, Lady Meg. Ist es möglich, dass Ihr vergessen habt, wofür Euer Vater gestorben ist?«

Sie wurde nicht wütend, aber ihre Stimme hatte eine ungewohnte Schärfe, als sie entgegnete: »Ist es möglich, dass Ihr vergessen habt, worum mein Vater Euch schon am Tag seiner Verhaftung gebeten hat? Er wollte nie, dass Ihr den gleichen Weg einschlagt wie er. Er wollte, dass Ihr weiterlebt, um Prinzessin Mary beizustehen.«

»Und das habe ich getan«, erinnerte er sie bitter. »*Ohne* sie zu verraten.«

»Nick, ist dir noch nie der Gedanke gekommen, die Prinzessin könnte insgeheim vielleicht darauf hoffen, dass du einlenkst?«, fragte seine Schwester mit einem Hauch von Ungeduld. »Weil sie gern weiterleben will?«

Er wandte den Blick ab. »*Natürlich* will sie weiterleben, Laura. Und ich will es auch. Aber du kannst dir nicht vorstellen, wie eisern sie an ihren Prinzipien festhält. In dem Punkt ist sie wie Euer Vater, Lady Meg. Das hat mir immer imponiert. Und es hat mich auch immer erschreckt. Aber das ist eben, was sie ist, und ich habe schon irgendwie gewusst, worauf ich mich einlasse. Jetzt bin ich diesen Weg jedenfalls bis hierher mit ihr gegangen, und ich werde mich nicht so kurz vor dem Ende abwenden. Ich kann nicht. Es wäre einfach zu … schäbig.«

»Und was, wenn ihr euch beide opfert, weil ihr denkt, den anderen im Stich zu lassen?«, gab Lady Meg zu bedenken. »Beide euer Leben wegwerft, obwohl England vielleicht bald einen männlichen Thronerben bekommt, der die ganze Frage der Ehe von Henry und Catalina unerheblich macht? Und obwohl Mary vielleicht bald einen Prinzen aus Frankreich oder Spanien heiraten könnte, der sie zurück in die Obhut der päpstlichen Kirche führt? Nicholas, begreift Ihr denn nicht, wie *sinnlos* dieses Opfer wäre?«

Nick stand mit dem Rücken zu den beiden Frauen am Fenster und sah zum Tower Hill hinüber. Es hatte nicht genug geregnet, um das Blut vom Block zu waschen; die ganze vordere Hälfte der Holzplanken auf der Richtstätte war rötlich braun eingefärbt, denn bei fünf Enthauptungen kam viel Blut zusammen. *Wenn ich es täte und Mary und ich am Leben blieben, woher wüsste ich, ob ich es in Wahrheit nicht nur aus Angst getan habe?*

»Tut mir leid, Waringham, die Zeit ist um«, kam William Kingstons Stimme von der Tür. »Mistress Durham, Lady Margaret, ich fürchte, ich muss Euch bitten, nun zu gehen.«

Nick wandte sich um und sagte zu Lady Meg: »Bevor ich mich entscheide, will ich mit Mary sprechen.«

»Aber Mylord, wie stellt Ihr Euch das …«

»Es ist meine Bedingung. Sagt das der Königin. Wenn sie in dieser Sache meine Hilfe will, wird sie noch ein Wunder vollbringen müssen.«

Lady Meg biss sich auf die Unterlippe und drückte kurz seine Hand. »Ich werde tun, was ich kann. Und beten, dass Cromwell ihr nicht zuvorkommt, um seine Art von Wunder zu wirken. Denn auch er weiß, dass nur Ihr zwischen ihm und Marys Einlenken steht.«

Als Jenkins drei Tage später sein Quartier betrat, sah Nick sofort, dass seine Schonfrist abgelaufen war. Es waren nicht einmal so sehr die Ketten, die der Yeoman Warder mitbrachte, die das verrieten, sondern mehr noch sein Gesichtsausdruck.

»Ihr werdet verlegt, Waringham.«

Kein ›Mylord‹ mehr, bemerkte Nick. Er klappte sein Buch zu und stand auf. »Wohin?«

»In den White Tower.«

Nick fragte nicht weiter. Er wusste, dass die Streckbank im White Tower stand. Wortlos trat er auf den Wachmann zu, und während der ihm die Handketten anlegte, sah Nick sich in dem Raum um, der ihn fast ein dreiviertel Jahr lang beherbergt hatte. »Wenn ich nicht wiederkomme, soll man meiner Schwester die Bücher schicken«, ordnete er an.

Jenkins nickte knapp. »Ich sorg dafür.«

»Danke, Jenkins. Für alles. In der Truhe liegt meine Börse. Nimm, was noch darin ist. Nicht viel, fürchte ich.«

Jenkins ging zur Truhe, öffnete sie und holte den kleinen Lederbeutel heraus. Kopfschüttelnd befestigte er ihn an Nicks Gürtel. »Das braucht Ihr da unten dringender als hier, glaubt mir.«

Nick konnte sich nicht vorstellen, was es ihm dort nützen sollte, aber er widersprach nicht. Er war vollauf damit beschäftigt, ruhig und gleichmäßig zu atmen, und er musste dringend pinkeln.

Der Yeoman Warder führte ihn die Treppe hinab und ins Freie, wo zwei fremde Wachen Nick erwarteten.

»Viel Glück, Waringham«, murmelte Jenkins.

Die beiden Wachen packten Nick an den Armen und führten ihn ein Stück durch den Nieselregen. Es war ein stiller, grauer Tag; im Innenhof war nicht viel Betrieb. Vor dem White Tower hockten fünf Raben auf der Wiese, reglos wie Steine.

Die Yeoman Warders stießen ihn die Treppe zum Eingang hinauf, dann durch eine Vorhalle zu einer Wendeltreppe in einem der Ecktürme, und es ging abwärts. Unten gelangten sie in einen von Fackeln erhellten Gang, und der Geruch von dreckigem Stroh, menschlichen Ausscheidungen und Angst schlug ihnen entgegen.

Sie folgten dem dämmrigen Korridor, bis er eine scharfe Linksbiegung machte. Hinter einer der Türen, die die Wände in unregelmäßigen Abständen unterbrachen, erschollen erbarmungswürdige Schreie. Nicks Kopfhaut kribbelte. Sein Schritt geriet ins Stocken. Irgendwo hier unten, wusste er, gab es eine Tür zu einem Geheimgang, der unter der Ringmauer hindurch in die Freiheit führte. Zwei seiner Vorfahren waren einmal auf dem Wege entkommen. Aber bedauerlicherweise hatte die Familienlegende versäumt, zu berichten, wo genau diese Tür sich befand ...

Eine der Wachen schlug ihn mit der Faust zwischen die Schulterblätter. »Vorwärts.«

Nick ging weiter, und die Schreie blieben zurück. Aber er konnte sie immer noch hören. Dann ging es noch einmal einige Stufen hinab. Sie kamen in einen breiteren Gang und hielten vor einer eisenbeschlagenen Tür.

Eine der Wachen klopfte, und als von innen geöffnet wurde, stießen die Yeoman Warders Nick über die Schwelle in ein modriges fensterloses Gelass mit nackten Steinwänden. Der Raum war größer, als er erwartet hatte – wenngleich er nicht hätte sagen können, *was* er eigentlich erwartet hatte – und von vielen Fackeln erhellt.

»Mylord of Waringham. Endlich finden wir zueinander.«

Nick hatte das Gefühl, kleine Rinnsale von Eiswasser flössen ihm den Rücken hinab. Er wandte den Kopf. »Master Cromwell.«

Der Sekretär des Königs und Generalvikar der englischen Kirche trug dunkle, schlicht wirkende Kleider, wie die Reformer sie bevorzugten, aber der Kragen seines Mantels war aus irgendeinem schwarzen Pelz, und die schwere Amtskette auf seiner Brust funkelte im Fackelschein. Cromwell erhob sich von dem Schemel, auf dem er gewartet hatte, trat zu Nick und betrachtete ihn konzentriert. Wenigstens lächelte er nicht.

»Ich habe Euch herbringen lassen, um Euch nochmals zu fragen, ob Ihr gewillt seid, den Eid auf das Thronfolgegesetz und die Suprematsakte zu leisten.«

Nick zwang sich, ihm in die Augen zu sehen. »Ich denke, heute nicht.«

Cromwell nickte eine Spur desinteressiert, wandte sich ab und ging hinaus.

Verdattert starrte Nick ihm hinterher, während die Wachen ihn in die Raummitte führten und ihm Wams und Hemd vom Leib rissen. Dann hingen sie die Kette seiner Handfesseln an einen Haken in der Decke, sodass Nicks Arme über dem Kopf ausgestreckt waren, und holten sich jeder einen stabilen kurzen Holzknüppel, die wie Kegel geformt waren und in einer Reihe an der Wand hingen. Damit stellten sie sich vor ihn und betrachteten ihn einen Moment, als gälte es, sich seine Physiognomie einzuprägen. Dann schlug der erste ihm mit seinem Knüppel vors Knie.

Nick hatte nicht geahnt, dass ein Knie so höllisch schmerzen konnte, und er schrie auf, biss aber sofort die Zähne zusammen. Der zweite Schlag traf den Ellbogen und war genauso schlimm. Der dritte brach ihm den linken Arm, der vierte kostete ihn einen Backenzahn, und danach hörte er auf zu zählen.

Als er zu sich kam, lag er auf dem Rücken auf einer harten Unterlage. Augenblicklich bereute er, aufgewacht zu sein, denn Schmerz stürzte auf ihn ein wie eine schwarze Welle. Er kniff die Augen wieder zu und versuchte, die einzelnen Schmerzquellen zu unterscheiden und zu lokalisieren, um herauszufinden, woran er war: Sein Kopf dröhnte. Die Wunde im Kiefer pochte, und er schmeckte Blut. Sein Magen brannte, an- und abschwellende Schmerzströme durchrieselten seinen Unterleib und brachten ihm den unschönen Moment in Erinnerung, als einer der kegelförmigen Knüppel zwischen seinen Beinen gelandet war. Seine Glieder fühlten sich zerschunden an, nur der linke Unterarm war seltsam taub. Er nahm an, früher oder später würde auch der sich zurückmelden. Mindestens eine Rippe hatten sie ihm auch noch gebrochen. Doch das war alles. Nick fühlte sich grauenhaft genug, aber er verstand nicht so recht, warum es nicht schlimmer war. Weder waren sie ihm mit glühenden Eisen oder siedendem Öl zu Leibe gerückt, noch hatten sie ihn auf die Streckbank gelegt, und ebenso wenig hatten sie ihn zwischendurch gefragt, ob er seine Meinung eventuell geändert habe.

Warum nicht?

Erst als er durchgerüttelt wurde, der linke Arm abrupt aus seiner Taubheit erwachte und Schmerzwellen von den Fingerspitzen bis hinter die Stirn sandte, wurde Nick gewahr, dass er auf einem Karren unter freiem Himmel lag und sich bewegte. Er schlug die Augen wieder auf. Es handelte sich um einen Leiterwagen, erkannte er, und eine Handkette fesselte ausgerechnet den gebrochenen Arm an eine der Sprossen. Der Himmel war grau, verdunkelte sich allmählich, und immer noch fiel der unablässige Niesel. Vorsichtig rutschte Nick ein Stück nach links, um den Arm zu entlasten, und wartete auf bessere Zeiten. Er ahnte, wohin die Reise ging, und ein Gefühl sagte ihm, dass das Ziel nicht mehr weit war.

Das erwies sich als richtig. Ehe es dunkel wurde, rollte der Karren durch einen stillen Weiler, dann eine halbe Meile durch ein Waldstück und hielt schließlich vor einem ländlichen Gutshaus.

Nick hörte zwei Männer vom Bock steigen. Einer kletterte zu ihm auf die Ladefläche und trat ihn unsanft in die Seite. »Ah. Ich sehe, du lebst noch.«

Nick öffnete die Augen einen Spalt breit und erkannte im Zwielicht schemenhaft eine grobschlächtige Gestalt in schäbigen Kleidern mit einer Kapuze auf dem Kopf. Kein Yeoman Warder. Der Kerl schloss die Handkette auf, richtete ohne viel Feingefühl Nicks Oberkörper auf und streifte ihm ein langärmeliges Hemd über. »Kannst du stehen, Freundchen?«

»Sicher.« Mit ein wenig Unterstützung rutschte Nick zum hinteren Ende des Karrens, ließ sich heruntergleiten, hielt sich mit der Rechten an einer der Sprossen fest und fiel trotzdem auf die Knie. »Verflucht …«

»Ach, du wirst schon wieder«, prophezeite der Grobschlächtige zuversichtlich, und dann packten er und sein Kumpan Nick unter den Achseln, schleiften ihn bis vor die Haustür und legten ihn dort ab wie ein Paket.

Nick blieb, wo er war, bis er den Karren davonrumpeln hörte. Dann zog er sich am Türring hoch, lehnte sich an die Zarge und atmete in langen, gleichmäßigen Zügen, bis ihm besser wurde und er das Gefühl hatte, seine Füße würden ihn eventuell ein paar Schritte weit tragen. Schließlich klopfte er.

»Wer kommt so spät am Abend noch an diese Tür?«, fragte eine strenge Frauenstimme.

»Nicholas of Waringham.«

»Ich erkenne Eure Stimme nicht«, gab sie skeptisch zurück.

»Ich auch nicht, Mylady. Womöglich verhält es sich mit meinem Gesicht ganz ähnlich. Aber ich bin es trotzdem.«

»Kommt morgen früh wieder«, befahl sie barsch.

Erschrocken packte Nick den Türklopfer. »Tut das nicht, Lady Margaret«, bettelte er. Die Aussicht auf eine unwirtliche Nacht im Nieselregen in seinem Zustand war alles andere als verlockend. »Ich weiß, Ihr misstraut mir, aber ich schwöre Euch, seit meinem dritten Lebensjahr war ich nicht mehr so harmlos wie heute …«

»Wie habt Ihr mich genannt?«

»Ihr seid Lady Margaret Pole, die Countess of Salisbury. Ihr tragt vorzugsweise italienische Haarnetze und Ihr … verabscheut Spargel.«

Der Riegel rasselte, und die Tür schwang mit einem vernehmlichen Quietschen nach innen. Lady Margaret hielt einen Zinnleuchter mit einer Kerze in der Linken, und als das Licht auf den Ankömmling fiel, schlug sie die freie Hand vor den Mund und wich einen Schritt zurück. Ihre Augen waren riesig. Dann ließ sie die Hand sinken. »Heilige Maria, voll der Gnaden …«

Nick versuchte ein Lächeln und humpelte über die Schwelle. Als er ins Wanken geriet, schlang Lady Margaret einen Arm um seine Taille und stützte ihn. Es war ihm nicht einmal peinlich. Entweder war er zu erledigt dafür, oder es lag daran, dass diese Frau alt genug war, um seine Großmutter zu sein. Jedenfalls ließ er sich dankbar von ihr zu einer kleinen Bank gegenüber dem Eingang führen und sank darauf nieder.

Lady Margaret wandte sich ab und versperrte die Tür. Dann trat sie vor ihn und betrachtete ihn eingehend. »Besser, die Prinzessin sieht Euch nicht in diesem Zustand.«

Er nickte und lehnte den Kopf zurück an die dunkle Wandtäfelung.

»Sie ist schlafen gegangen«, fuhr Lady Margaret fort. »Also lassen wir sie schlafen. Kommt mit in die Halle, Mylord. Das Feuer brennt noch. Wärmt Euch auf, während ich eine Kammer für Euch herrichten lasse. Wollt Ihr essen?«

»Bloß nicht …«

Sie half ihm geschickt auf die Füße und brachte ihn durch eine Doppeltür in einen behaglichen, dämmrigen Raum. Vor dem Kamin stand ein langer Tisch mit acht oder zehn Stühlen. Nick setzte sich auf den, der dem Feuer am nächsten war. Der Stuhl war ungepolstert und hart, aber Nick war nicht wählerisch.

»Ich bin gleich zurück«, versprach Lady Margaret. »Braucht Ihr irgendetwas?«

»Vermutlich sollte ich meinen Arm schienen. Alles andere wird von selbst wieder, schätze ich.«

Lady Margaret schwebte mit einem unverbindlichen Lächeln hinaus – eine Dame vom alten Schlag: unerschütterlich in ihrer Vornehmheit. Nick blieb allein zurück, sah ins Feuer und dachte nach. Ein Diener kam nach einer Weile, stellte einen Krug mit dampfend heißem Wein und eine Platte mit Brot auf den Tisch, zündete ein paar zusätzliche Kerzen an und legte Holz nach. Kaum war er verschwunden, wurde die Tür schon wieder geöffnet.

»Ist noch ein Bote gekommen, Lady Margaret? Ich dachte, ich …« Der Satz endete in einem Schrei. Aber er war nicht besonders laut: Ein matter Laut, der Resignation ebenso ausdrückte wie Schrecken. »Lord Waringham … Was … was haben sie mit Euch getan?«

Nick lächelte ihr zu. Es fühlte sich ziemlich schiefmäulig an. »Hab ich Blut im Gesicht?«, fragte er schuldbewusst.

Prinzessin Mary kam langsam näher, sank auf den Stuhl neben ihm und sah ihn unverwandt an. »Im Gesicht. Im Haar. Überall.«

»Ich glaube, es sieht schlimmer aus, als es ist, Hoheit.«

»Das glaube ich nicht«, widersprach sie.

Lady Margaret kam zurück. »Ach je, Hoheit. Ich hatte gehofft, wir könnten Euch den Anblick bis morgen ersparen.« Eine Magd mit einer Schüssel und Verbandszeug war ihr in die Halle gefolgt. Nick beäugte die Utensilien argwöhnisch.

»Ich habe die Tür gehört«, antwortete die Prinzessin.

Lady Margaret bedachte Nick mit einem vorwurfsvollen Blick. »Eure Kammer ist bereit, Lord Waringham.« Es klang frostig, wie er es von ihr gewohnt war. »Ihr solltet Euch hinlegen.«

Er schüttelte den Kopf. »Liegen ist … ziemlich grässlich, Madam.«

»Aber Euch schwindelt. Ihr müsst Euch ausruhen. Morgen sieht die Welt gewiss schon ganz anders aus.«

Sie hatte recht, Nick hatte das Gefühl, als schwankten Tisch und Stuhl ein wenig. Doch nun, da Mary ihn gesehen hatte, konnte er sich nicht hinter irgendwelche Bettvorhänge verkriechen und seine Wunden lecken, sondern musste tun, wozu er hergekommen war. Jetzt.

Die Prinzessin stand auf. »Seid so gut und lasst uns allein«, bat sie die Countess und die Magd.

Das junge Mädchen knickste wortlos und ging zur Tür. Lady Margaret sah kritisch von Mary zu Nick und wieder zurück. »Es ist nicht schicklich, sagt, was Ihr wollt«, brummelte sie.

Mary nickte unverbindlich und sah sie abwartend an.

Stirnrunzelnd folgte Lady Margaret der Magd hinaus.

Die Prinzessin tauchte ein Tuch in die Wasserschüssel, wrang es aus und tupfte Nick das Gesicht ab. Er nahm ihr das Tuch aus der Hand. »Das tu ich lieber selbst. Dann ist es nicht so peinlich. Wenn Ihr Euch nützlich machen wollt, schient mir den Arm, Hoheit.« Er wies auf die beiden Holzlatten, die die Magd mitgebracht hatte.

Mary machte sich ans Werk, behutsam und geschickt, aber trotzdem zuckte er zusammen, als sie die Schienen anlegte und mit einer Lederschnur umwickelte. Mary schaute erschrocken auf, und er sah mit sinkendem Herzen, dass Tränen über ihr Gesicht liefen.

Schweigend tauchte er das Tuch ins Wasser, das sich rosa zu verfärben begann, wrang es wieder aus und rubbelte sich weit weniger vorsichtig über Gesicht und Haar, als sie es getan hatte. Das machte er so lange, bis das Tuch keine Blutschlieren mehr aufwies und er einigermaßen sicher sein konnte, dass er nicht mehr wie ein geschlachtetes Ferkel aussah.

Unterdessen hatte Mary ihr Werk beendet. Sie nahm ein großes Tuch vom Tisch, faltete es auf dem Schoß zusammen und band es zu einer Schlinge. Mit gesenktem Kopf blickte sie darauf hinab, und ihre Schultern zuckten. Sie streckte ihm die Schlinge entgegen, ohne ihn anzusehen, stützte den Ellbogen auf den Tisch, die Stirn auf die Faust und weinte bitterlich.

Nick legte sich ungeschickt die Schlinge um den Hals und führte den linken Unterarm hinein. »Viel besser«, murmelte er erleichtert. Es zeigte nicht die erhoffte tröstende Wirkung. Mary weinte weiter. Sie versuchte, ihr Schluchzen zu unterdrücken, aber hin und wieder entschlüpfte ihr ein kleines, erbarmungswürdiges Wimmern.

Nick fand es unmöglich, diese Laute tatenlos anzuhören, und nahm ihre freie Hand mit der unverletzten Rechten. »Schsch. Schon gut, Hoheit. Wirklich, es besteht kein Anlass, dass Ihr …«

»Es ist meine Schuld«, fiel sie ihm ins Wort. »Alles ist meine Schuld. Weil ich mich meinem Vater widersetzt habe und Ihr zu mir gehalten habt, ist all das passiert. Die Schussverletzung. Die Monate im Tower. Jetzt … das hier.«

»Ihr irrt Euch. Es ist nicht Eure Schuld. Aber genau das ist es, was Ihr denken sollt. Darum hat Cromwell mich so hübsch herrichten und dann hierher karren lassen. Um Euch Gewissensbisse zu verursachen. Damit Ihr endlich mürbe werdet und nachgebt. Fallt nicht darauf herein.«

Mary zog ein Taschentuch aus dem Ärmel, trocknete ihre Tränen und hob dann den Kopf. Sie war sehr bleich, und der Schmerz in den großen braunen Augen machte ihm zu schaffen. Dann beugte sie sich über seine Hand, küsste die roten Druckstellen, die die Ketten hinterlassen hatten, drückte die Innenfläche an ihre Wange und schloss die Lider. »Ich kann nicht mehr, Nick«, flüsterte sie.

»Nein, ich weiß.«

Die Wange unter seiner Hand fühlte sich unglaublich zart an, und ohne jeden bewussten Entschluss streichelte er mit dem Daumen darüber. Er betrachtete das schmale, herzförmige Gesicht, die langen Wimpern, das dunkelblonde Haar, das im Kerzenlicht wie Harz schimmerte, und er war beinah dankbar, dass es ihm so lausig ging. Denn jetzt, da ihnen unter der drückenden Last ihrer Niederlage alle Masken entglitten waren, herrschte mit einem Mal eine Vertrautheit zwischen ihnen, die unter anderen Umständen gefährlich hätte werden können.

Er räusperte sich, um sie beide zur Ordnung zu rufen, aber Mary ließ ihn nicht los und hielt die Augen weiter geschlossen.

»Wie immer Eure Entscheidung ausfallen mag, Ihr dürft sie nicht von der Frage abhängig machen, was aus mir wird«, sagte er eindringlich. »Denn ich habe meinen Weg selbst gewählt, und ich wusste ganz genau, was ich tat.«

»Aber es war meinetwegen«, beharrte sie. »Ihr habt Euch als Stallknecht in den Haushalt meiner Schwester eingeschlichen, weil Ihr meiner Mutter versprochen hattet, mich zu beschützen.«

»Mag sein. Aber ich habe den Eid auf das Thronfolgegesetz verweigert, damit der Tod meines Vaters nicht völlig sinnlos wurde. Und um dem König zu zeigen, dass er mit Widerstand rechnen muss, wenn er das Recht mit Füßen tritt, solange noch ein Waringham übrig ist. Es hatte im Grunde gar nichts mit Euch zu tun. Es hatte noch nicht einmal mit mir und dem König persönlich zu tun, jedenfalls nicht nur.«

»Sondern womit?«, fragte sie.

Nick hob ratlos die rechte Schulter. »Damit, was die Waringham und die Tudor – oder zuvor die Lancaster – einmal füreinander waren. Der König hat es vorgezogen, das zu vergessen. Ich … wollte ihn daran erinnern.«

Endlich schlug sie die Lider auf und sah ihm in die Augen. »Es ist nicht ratsam, den König an Dinge zu erinnern, die er lieber vergessen möchte.«

»Nein«, musste Nick beipflichten. Er nahm die Hand von ihrer Wange, hielt ihre zierliche Rechte aber weiterhin fest und legte sie auf sein Knie.

»Also?«, fragte die Prinzessin. »Was machen wir jetzt?«

»Wir treffen eine Wahl. Zusammen.«

Mary nickte. »Eine Wahl zwischen zwei Übeln«, bemerkte sie bitter. »Bedingungslose Kapitulation oder öffentliche Hinrichtung. Schrecken ohne Ende oder Ende mit Schrecken. Ich kann mich einfach nicht entscheiden, welche Form der Niederlage die schlimmere wäre.«

Doch Nick schüttelte den Kopf. »Ganz so machtlos über unser Schicksal sind wir nicht, meine ich.«

»Was soll das heißen?«

»Die Wahl, die wir treffen müssen, heißt leben oder sterben. Wir können dem König geben, was er will. Das wäre bitter, nachdem wir ihm so lange die Stirn geboten haben, aber die neue Königin würde dafür sorgen, dass zumindest für dich die Geschichte damit ausgestanden wäre. Dein Vater würde dir vergeben und dich an den Hof zurückkehren lassen. Und vermutlich würde die Königin es sogar fertigbringen, dass ich mit einem blauen Auge davonkäme. Wir hätten verloren, aber wir könnten weiterleben. Oder wir entscheiden uns anders und sterben. Heute Nacht, hier. Ohne öffentliches Spektakel. Wir schicken nach deinem Kaplan und beichten. Dann öffnest du mir die Pulsadern und ich dir. Die alten Römer haben sich auf diese Weise umgebracht, ich habe darüber gelesen. Sie haben es bei sich selbst getan, weil sie nicht wussten, dass man dafür in die Hölle kommt. Aber wir könnten es gegenseitig machen, um diese Gefahr auszuschließen. Es ist ganz einfach. Es tut nicht einmal besonders weh.« Er drehte ihre Hand um und fuhr mit dem Zeigefinger über die Stelle am Handgelenk, wo man den Schnitt ansetzen musste. »Also? Was tun wir?«

Mary dachte lange nach. »Wenn ich nur wüsste, was meine Mutter gewollt hätte«, murmelte sie schließlich. »Was würde sie als das schlimmere Übel ansehen? Dass ich sie verrate und weiter- lebe? Oder ihr treu bleibe und nicht weiterlebe?«

»Ich weiß es nicht«, erwiderte Nick. »Ich weiß nicht einmal, ob es wichtig ist. Deine Mutter ist tot, Mary. Genau wie mein Vater. Wir müssen für *uns* entscheiden.«

»Du hast recht.« Ihr Blick richtete sich ins Leere, während sie in sich hineinhorchte. Nick konnte nur raten, was sie zu hören hoffte – ihre innere Stimme, eine Antwort von Gott oder einen Rat ihrer Mutter aus dem Jenseits. Wieder rannen Tränen über ihre Wangen, und sie wischte sie abwesend mit dem Handballen ab. Dann schaute sie ihm in die Augen. »Ich habe meine Wahl ge- troffen.«

»Ich auch.«

»Und was machen wir, wenn es nicht die gleiche ist?«

»Darüber zerbrechen wir uns den Kopf, wenn das Problem sich stellt.«

»Wer zuerst?«

»Wir sagen es gleichzeitig.«

»Auf drei?«, schlug die Prinzessin vor.

»Ja.«

»Eins, zwei, drei ...«

»Leben«, sagten sie beide.

Hampton Court, Juli 1536

König Henry stand breitbeinig vor dem Thronsessel in sei- ner Audienzhalle, die Hände auf dem Rücken verschränkt, und sah mit ausdrucksloser Miene auf den jungen Earl of Waring- ham hinab, der vor ihm auf den Marmorfliesen kniete.

»Ihr habt also den Eid auf das Thronfolgegesetz und die Supre- matsakte geschworen.« Es war halb eine Frage, halb eine Feststel- lung.

»Ja, Majestät.«

»Welch späte Einsicht«, höhnte der König.

Nick hielt den Blick auf die goldene Schnalle an Henrys linkem Schuh gerichtet und antwortete nicht.

»Nun, Wir nehmen Eure Abkehr von Euren Irrwegen zur Kenntnis, Lord Waringham. Mit aller gebotenen Skepsis. Wir haben nämlich nicht vergessen, dass Ihr schon einmal einen heiligen Schwur gebrochen habt. ›Vasallentreue und Gehorsam‹ habt Ihr Uns gelobt. Wie wollt Ihr Euer Handeln während der vergangenen Jahre rechtfertigen, mit dem Ihr Uns wieder und wieder die Treue gebrochen und den Gehorsam verweigert habt?«

»Mit der *Magna Charta*, Majestät.«

»Mit der was?«, fragte Henry verdutzt.

»Die *Magna Charta Libertatum*. Sie mag dreihundert Jahre alt sein, aber sie gilt. Und sie besagt, dass auch der König sich an die Gesetze halten muss, wenn er die Lehnstreue seiner Lords einfordern will.«

»Nick …«, zischte der Duke of Suffolk warnend, beinah verzweifelt. Er stand mit Erzbischof Cranmer rechts hinter Nick am Fenster. Sonst war niemand zugegen.

»Dieses Dokument, von dem Ihr sprecht, ist das Ergebnis einer schamlosen Erpressung, mit der eine Handvoll rebellischer Lords einem schwachen König Zugeständnisse abgegaunert haben«, grollte der König.

»Und doch haben Eure und meine Vorfahren für sie gekämpft und sind für sie gestorben, Majestät«, entgegnete Nick. Er staunte darüber, wie ruhig seine Stimme klang, denn seine Hände waren feucht, und er hatte den Verdacht, der seidene Faden, an dem sein Leben hing, sei noch nie so dünn gewesen wie in diesem Augenblick. »Ich habe mich indes entschlossen, den Eid auf die Thronfolge und das Supremat zu leisten und mich damit Eurem und dem Willen des Parlaments zu beugen. Der Duke of Suffolk und Eustache Chapuys waren zugegen und können bezeugen, dass ich dem Wortlaut der Eidformel gefolgt bin und nichts weggelassen habe. Ich kann nur beten, dass Euch das genügt, Majestät, denn es ist alles, was ich zu bieten habe.«

Der König schwieg.

Nick wusste, Suffolk und Königin Jane hatten mit Engelszungen geredet, um Henry für einen Kompromiss zu gewinnen: Der Earl of Waringham sei gewillt, die beiden geforderten Eide zu leisten, sich Henry somit für alle Welt sichtbar zu unterwerfen, statt zur Galionsfigur und zum Märtyrer des papistischen Widerstands zu werden, welcher deutlich zugenommen hatte, seit Cromwell mit der landesweiten Aufhebung der kleineren Klöster begonnen hatte. Im Gegenzug wolle Waringham ein königliches Pardon für seine mutmaßlich verräterischen Handlungen während der Boleyn-Ära, insbesondere für seinen und Marys Fluchtversuch. Zähneknirschend hatte der König zugestimmt, denn es brodelte im Norden, und er fürchtete sich davor, die verschiedenen Kräfte der Opposition im Land könnten sich zu einer offenen Revolte zusammenschließen. Wenn er seine älteste Tochter in Gnaden wieder aufnahm, die die Sympathie der breiten Bevölkerung genoss, dann würde das viele Papisten beschwichtigen. Aber eine Versöhnung mit Mary war nur glaubwürdig, wenn sie den Earl of Waringham mit einschloss.

»Das heißt also, Ihr bietet Uns Gehorsam, aber keine Reue«, schloss Henry bitter.

Nick biss die Zähne zusammen, damit ihm nicht entschlüpfen konnte, was ihm auf der Zunge lag. Er schärfte sich ein, sein Ziel nicht aus den Augen zu verlieren: Er wollte eine Versöhnung zwischen Mary und ihrem Vater. Er wollte Waringham behalten und sein Leben. Das war der Pakt, den er in jener Nacht vor einem Monat mit der Prinzessin geschlossen hatte. Und »leben« bedeutete die Notwendigkeit, sich Henry zu unterwerfen und auf bessere Zeiten zu hoffen.

Er hob endlich den Kopf und sah dem König in die Augen. »Ich bereue, mich gegen die Krone aufgelehnt zu haben, Majestät. Aber ich kann nicht bereuen, was ich getan habe.«

Der König nickte langsam, und Nick wurde ganz flau von der Feindseligkeit in seinem Blick.

»Da Ihr keine bedingungslose Reue zeigt, können Wir Euch nicht aus vollem Herzen vergeben, Mylord«, bekundete Henry. »Doch Wir vergeben Euch *pro forma*, was Ihr allein der Fürsprache der Königin zu verdanken habt. Ihr dürft Euch entfernen.«

Nick stand auf, verneigte sich schweigend vor Henry, wandte sich an die Königin, die still neben ihrem Gemahl gestanden hatte, und sank vor ihr nochmals auf die Knie. »Habt Dank, Majestät. Gott segne Euch.«

Unauffällig, so hoffte er, schaute er zu ihr auf und lächelte. Königin Jane beherrschte die Würde ihrer neuen Rolle schon meisterlich. Ernst blickte sie auf den jungen Earl hinab, ohne eine Miene zu verziehen. Das Lächeln beschränkte sich auf ihre Augen.

Im Vorraum fand Nick einen Pagen mit einem Tablett voller Weingläser, stibitzte eines und leerte es in einem Zug bis zur Neige. »Danke, mein Junge«, sagte er keuchend, als er den leeren Glaspokal zurückstellte. Hier draußen war es kühler als in der Halle, und Nick fühlte den Schweißfilm auf der Stirn erkalten.

Er wollte sich zum Ausgang wenden, als die Tür zum Audienzsaal sich leise öffnete. »Warte noch einen Augenblick, Nick, sei so gut.«

Seufzend wandte Nick sich um. »Mylord of Suffolk.« Es klang halb spöttisch, halb ehrerbietig. »Worauf? Eure Predigt? Ich weiß nicht, ob ich dergleichen jetzt ins Auge sehen kann. Ich hab noch ganz wacklige Knie von dieser Audienz.«

Suffolk legte ihm für einen Moment die Hand auf die Schulter. »Das glaube ich gern. Aber alles in allem hast du dich gut geschlagen. Wenn sein Zorn verraucht ist, wird deine Offenheit ihm imponieren. So wie deine Treue zu Lady Mary ihm imponiert, nur kann er das natürlich nicht zugeben.«

Nick betrachtete seinen Paten kopfschüttelnd. »Seit ich Euch kenne, versucht Ihr, mir den König zu erklären und schönzureden, Mylord. Aber Ihr könnt Euch die Mühe sparen. Meine Meinung über ihn wird sich ebenso wenig ändern wie seine über mich. Darum ist mir das *pro forma*-Pardon äußerst willkommen. Es erspart uns allen einen Haufen Lügen und Heucheleien. Nur Mary wird es natürlich nicht genügen. Sie sehnt sich nach einer echten Aussöhnung mit ihrem Vater. Ich hoffe, er wird sie ihr nicht verwehren.«

»Das hoffe ich auch«, stimmte Suffolk seufzend zu. »Aber ich bin zuversichtlich. Wegen Jane. Der Königin, sollte ich wohl sagen. Sie hat einen ... wirklich guten Einfluss auf ihn. Und sie ist eine heimliche Papistin, auch deswegen kann Mary auf ihre Unterstützung rechnen. Der König war jedenfalls sehr charmant zu seiner Tochter, als er sie gestern hier empfangen hat. Noch ein wenig distanziert vielleicht, aber charmant. Ich denke, der Rest kommt mit der Zeit.«

Seite an Seite schlenderten sie zum Ausgang. »Ich hoffe so sehr, dass Ihr recht behaltet, Mylord«, sagte Nick. »Sie hat ... Schlimmes durchgemacht. Und diese Kapitulation war wirklich bitter für sie. Die schriftliche Erklärung, zu der der König sie gezwungen hat, fühlt sich für sie an, als hätte sie ihre Mutter *und* den Heiligen Vater verraten.«

Suffolk sah ihn forschend von der Seite an. »Du ... kennst sie sehr genau, scheint mir.«

»Was erwartet Ihr?«, gab Nick achselzuckend zurück. »Wir haben in den vergangenen Jahren viel Zeit miteinander verbracht. Wir sind ... Na ja, man kann wohl sagen, wir sind zusammen erwachsen geworden.«

»Davon merke ich nicht viel.«

»Ah. Hier kommt die Predigt ...«

Suffolk seufzte vernehmlich. »Ich spare meinen Atem.« Sie waren im Innenhof angekommen, an der Stelle, wo sie sich zum ersten Mal begegnet waren. »Was hast du jetzt vor, Nick?«

»Nachsehen, was von meinem Leben noch übrig ist, Mylord.« Er verneigte sich vor seinem Paten. »Habt Dank für alles.«

Suffolk winkte ab. »Schon gut. Geh mit Gott. Und reite nicht nach London. Dort ist die Pest ausgebrochen.«

St. Thomas, Juli 1536

Die große Benediktinerabtei lag still und reglos in der wabernden Sommerhitze. Nick ritt im Trab den Pfad entlang, der zwischen gemähten Wiesen zum Haupttor führte. Der reife Weizen leuchtete in sattem Gold auf den Feldern, aber weit und breit war niemand bei der Ernte zu sehen.

Das zweiflügelige Tor stand weit offen. Nick saß trotzdem davor ab und klopfte Orsino den schweißglänzenden Hals, eh er ihn am Zügel nahm und in den Hof führte.

Der Bruder Pförtner kam aus seinem Häuschen gehastet. »Ihr wünscht, Sir?«, fragte er unwillig, so als hätte Nick ihn bei einer wichtigen Verrichtung gestört.

»Ich möchte dem ehrwürdigen Abt meine Aufwartung machen und meine Familie abholen.«

»Und Ihr seid?«

»Waringham.«

»Oh!« Das griesgrämige, schlecht rasierte Gesicht hellte sich auf. »Vergebt mir, Mylord. Seid willkommen in St. Thomas.« Mit weit ausholenden Gesten winkte er einen Knecht herbei. »Hier, Bursche, bring das Pferd seiner Lordschaft in den Stall und versorge es.«

»Sofort, Bruder Paul.«

Während der Junge mit Orsino davonschlurfte, rieb Bruder Paul sich die Hände und lächelte unterwürfig. »Darf ich Euch einstweilen ins Gästehaus führen, Mylord? Der ehrwürdige Abt ist momentan unabkömmlich, aber ich schicke ihm sofort Nachricht, dass Ihr hier seid.«

»Danke, Bruder. Ich finde den Weg allein.«

Nick war ein wenig irritiert über den überschwänglichen Empfang. Eine lange gemeinsame Geschichte verband die Waringham und das Kloster von St. Thomas, und sie war nicht immer ungetrübt gewesen. So mancher Waringham war hier in den letzten zwei-, dreihundert Jahren zur Schule gegangen – vor allem die jüngeren Söhne –, und der eine oder andere war ausgerissen, weil er genug von strenger Klosterzucht und den Schulmeistern hatte. Kein einziger war Mönch geworden, und das hatte einen Abt nach dem anderen vergrellt. Fast jeder Lord Waringham hatte das Kloster in seinem Testament großzügig bedacht, um Abbitte für den entgangenen prestigeträchtigen Nachwuchs zu leisten, doch es hatte nie viel genützt. Die Mönche hatten das Geld immer gern genommen, aber bei jedem Findelkind, das vor ihrer Pforte abgelegt wurde, bezichtigten sie die Waringham, ihnen wieder einmal einen Bastard aufgehalst zu haben – nicht selten zu Recht.

Lange Zeit hatte die Benediktinerabtei zu den reichsten und mächtigsten in Südengland gezählt, doch vor fünfzig Jahren hatte sie einen Großteil ihrer Ländereien in einem Rechtsstreit an den Duke of Bedford verloren. Da dieser Duke of Bedford kein anderer gewesen war als Jasper Tudor, der eine muntere, wenn auch uneheliche Kinderschar mit der berüchtigten Blanche of Waringham in die Welt gesetzt hatte und ein enger Freund der Waringham gewesen war, hatte der damalige Earl keinen Finger gerührt, um dem Kloster bei der Verteidigung seiner Ländereien zu helfen. Der Abt hatte sich gerächt, indem er dafür sorgte, dass keiner der Tudor-Bastarde je bei Hof Karriere machen konnte, denn er ließ König und Lords niemals vergessen, was sie waren. Danach hatte kein Waringham mehr das klösterliche Internat besucht, welches aufgrund der zunehmenden Verarmung der Abtei vor rund zehn Jahren geschlossen worden war.

Auch jetzt waren die Spuren des Niedergangs überall sichtbar, stellte Nick fest, als er den Innenhof auf dem Weg zum Gästehaus überquerte. Drei der Glasfenster im südlichen Seitenschiff der Kirche waren zerbrochen. Das Kirchengemäuer bröckelte hier und da. Das Gästehaus und die hölzernen Wirtschaftsgebäude hätten dringend neue Strohdächer gebraucht. Das galt auch für das traditionell bescheidene Wohnhaus des Abtes, vor dem sich eine Menschentraube gebildet hatte.

Neugierig trat Nick näher und erkannte, dass es sich um die Bauern handelte, die er auf den Feldern vermisst hatte.

»Ihr könnt nicht erwarten, dass wir Euch Pacht zahlen, wenn wir gar nicht wissen, ob Ihr zu Michaelis noch hier seid, ehrwürdiger Vater«, rief einer – offenbar der Wortführer. Die anderen murmelten zustimmend.

»Das soll eure Sorge nicht sein«, bekam er zur Antwort. Hugo Selby, der Abt von St. Thomas, war ein magerer Asket mit einer beängstigenden Adlernase – die fleischgewordene Widerlegung der vielen Holzschnitte, die alle Mönche als feist und faul darstellten –, und in seiner Stimme schwang Autorität. »Was immer geschieht, ob wir bleiben oder unser Land in weltliche Hände übergeht, wir werden über jeden Penny eurer Pacht genau Buch führen und Rechenschaft ablegen. Ihr habt mein Wort, dass ihr weder bei der Pacht noch beim Zehnten betrogen werdet.«

»Das wäre das erste Mal, ehrwürdiger Vater«, konterte der respektlose Wortführer. Dieses Mal erntete er Gelächter.

Dem Abt stieg die Zornesröte in die Wangen – oder war es Scham? –, und er drohte den Bauern mit erhobenem Zeigefinger: »Schert euch zurück an die Arbeit. Wer die ungewisse Lage missbraucht, um seine Pacht zurückzuhalten, den lass ich von seiner Scholle jagen, und wenn es das Letzte ist, was ich hier tue!«

Die Männer murrten und sprachen aufgebracht untereinander, aber schon wandten die hinteren sich ab und schlichen mit schuldbewussten Blicken auf ihre Kameraden davon.

»Falls Ihr noch könnt«, gab der junge Anführer zurück.

Der Abt machte einen Schritt auf ihn zu. »Ich sagte, du sollst zurück an die Arbeit gehen, Luke Fransham. Noch ein Wort von dir, und ich sorge dafür, dass du exkommuniziert wirst.«

Luke verschränkte die sonnengebräunten Arme vor der Brust. »Das ist mir egal, Mönchlein. Ich bin Reformer, und du machst mir keine Angst mehr.« Er spuckte dem Abt vor die Füße.

Die wenigen Mutigen, die noch bei ihm standen, zogen erschrocken die Luft ein.

Abt Hugo war sprachlos.

Der Bauer nickte zufrieden, machte auf dem Absatz kehrt und winkte seinen Kameraden, ihm zu folgen. »Kommt, Freunde. Kümmern wir uns um *unsere* Ernte.«

Nick wartete, bis sie ihn passiert hatten, dann ging er zum Haus des Abtes hinüber, blieb vor dem immer noch schreckensstarren Hugo stehen und deutete eine Verbeugung an. »Ehrwürdiger Vater.«

Der wandte den Kopf und nahm seinen Besucher jetzt erst zur Kenntnis. »Lord Waringham? Du meine Güte. Ihr wart ein Knabe, als ich Euch zuletzt gesehen habe.«

Nick wusste nie, was er auf diese wenig geistreiche Bemerkung erwidern sollte, und beschränkte sich auf ein höfliches Lächeln.

Abt Hugo erwiderte es mit ungewohnter Wärme. »Aber es waren nicht die Taten eines Knaben, von denen man gehört hat«, fuhr er fort. »Mit großer Genugtuung haben wir erfahren, dass Ihr nicht den Weg der Ketzerei eingeschlagen habt wie Euer Vater, sondern Euer Leben aufs Spiel gesetzt habt, um die rechtmäßige Königin, ihre Tochter und den wahren Glauben gegen die Gottlosen zu verteidigen.«

Nick unterdrückte eine schmerzliche Grimasse. »Ich fürchte, Ihr überschätzt meinen Eifer bei der Verteidigung des wahren Glaubens, Vater.«

Doch Abt Hugo hob gebieterisch die Hand. »Was immer Eure Beweggründe waren, Ihr habt vielen Mut gemacht. Wir haben jeden Tag für Euch gebetet, Mylord.«

»Das war sehr gütig, Vater.«

»Tretet ein«, lud der Abt ihn ein, legte ihm die Hand auf den Arm und führte ihn in seine Kate. »Ein Schluck Wein? Ihr müsst durstig sein. Staubig und heiß auf der Straße.«

»Das ist wahr.« Dankbar nahm er den Becher, den Hugo ihm vollschenkte, und trank. »Habe ich das recht verstanden? St. Thomas soll aufgelöst werden?«

Hugo seufzte, lud ihn mit einer Geste ein, am Tisch Platz zu nehmen, und setzte sich ihm gegenüber. »Es ist furchtbar, Mylord. Furchtbar. Cromwells Kommissare haben uns Zeit bis Anfang Oktober gegeben, dann müssen wir das Haus räumen. Genau wie alle anderen Klöster – egal welchen Ordens und ganz gleich ob von Brüdern oder Schwestern bewohnt –, deren Jahreseinkommen unter zweihundert Pfund liegt.« Er schaute auf.

Nick glaubte, einen unausgesprochenen Vorwurf in dem Blick zu lesen, denn vor dem Verlust der Ländereien hatten die jährlichen Einkünfte von St. Thomas weit über dieser Summe gelegen. Er erwiderte jedoch lediglich: »Die großen Häuser werden folgen, Vater. Wir sollten uns keine Illusionen machen. Cromwell ist nicht dafür bekannt, dass er sich mit kleinen Fischen zufrieden gibt. Dies ist nur der erste Schritt.«

»Das fürchte ich auch«, gestand der Abt.

»Was wird aus den Brüdern? Wo sollen sie hin?«

Abt Hugo hob vielsagend die Schultern. »Sie können in ein Kloster in Schottland oder auf dem Kontinent gehen oder in die Welt zurückkehren, der sie entsagt haben. Das wird vor allem für die älteren Brüder schwer. Aber offen gestanden, wir Mönche haben noch Glück, Mylord. Wir bekommen eine Pension und müssen nicht betteln gehen. Aber was soll aus den Laienbrüdern und unseren Bediensteten werden? Was aus den Reisenden, den Kranken und Armen? Fragt Master Cromwell, vielleicht weiß der es.«

Nein, lieber nicht, dachte Nick. Er stellte seinen Becher ab und stand auf. »Ich brauche einen Hauskaplan in Waringham. Sagt denjenigen unter den Brüdern, die die Priesterweihe empfangen haben, sie können zu mir kommen und sich um den Posten bewerben. Vielleicht nehme ich einen von ihnen.«

»Sie sollen es erfahren«, antwortete der Abt, aber seine Miene sagte, dass ein Mönch von St. Thomas, der auf sich hielt, wohl lieber Rattenfänger oder Güllner würde als Hauskaplan in Waringham.

»Ich bin eigentlich gekommen, um meine Frau und meine Kinder abzuholen, Vater.«

Der Abt fiel aus allen Wolken. »Lady Waringham? Ich fürchte, sie ist nicht hier.«

»Vermutlich hat sie nicht gesagt, wer sie ist. Sie war die Milchamme der kleinen Prinzessin. Als ich verhaftet wurde, floh sie hierher. Mit meiner dreijährigen Tochter und meinem Sohn, der noch in den Windeln liegt.«

Abt Hugo war schon wieder sprachlos. Dann fasste er sich. »Sie ist ... *Eure* Frau?«

»So ist es, Vater. Ihr werdet mir sicher zustimmen, wenn ich sage, die Waringham haben genug Bastarde in die Welt gesetzt, nicht wahr?«

Die Miene des Abtes wurde säuerlich. »Ich nehme an, ihr findet sie bei der Arbeit im Kräutergarten.«

Er hatte recht.

Polly hockte im Schatten des Kapitelsaals in einem vertrockneten Beet und schnitt Lavendelblüten, die sie in einem kleinen Weidenkorb sammelte. Sie hatte die widerspenstigen Kringellocken mit einem weißen Kopftuch gebändigt, unter dem sie üppig hervorwallten, und die Ärmel des etwas fadenscheinigen, rotbraunen Kleides bis über die Ellbogen geschoben.

Nick beobachtete sie einen Moment mit zur Seite geneigtem Kopf. Sie sah hinreißend aus. Anziehend. Erleichtert stellte er fest, dass er sich freute, sie zu sehen.

»Polly.«

Sie fuhr herum, und als sie ihn entdeckte, warf sie die kleine Schere achtlos in den Korb, sprang auf die Füße und fiel ihm um den Hals. »Oh, Nick …«

Er legte einen Moment die Arme um sie. Sie roch nach Sonne und Lavendel.

»Ich dachte, wir würden dich nie wiedersehen«, murmelte sie undeutlich, den Mund auf seine Schulter gedrückt.

Er legte einen Finger unter ihr Kinn, hob ihr Gesicht und küsste sie sittsam auf die Stirn, weil sie sich hier immerhin in einem Kloster befanden. »Ja, eine Weile sah es finster aus«, räumte er ein. »Aber hier bin ich. Sind die Kinder gesund?«

Sie lächelte und nickte.

»Dann lass sie uns holen und nach Hause gehen.«

Waringham, Juli 1536

Nick hatte in Curn, wo die Pächter von St. Thomas lebten, einen Wagen für Polly und die Kinder gemietet und einen jungen Burschen, der ihn lenkte. Gemächlich rollte das Gefährt zwischen Weiden und Kornfeldern die königliche Straße entlang, und Nick folgte ihm auf Orsino. Er hielt ein gutes Stück Abstand, denn nach der langen Trockenheit wirbelte der Wagen eine ordentliche Staubwolke auf, doch Nick war ihm nahe genug, um Polly zu hören, die ihre Brut mit einem offenbar unerschöpflichen Schatz an Kinderliedern bei Laune hielt. Sie hatte eine hübsche Stimme, und Eleanor würdigte ihren Vortrag mit glockenhellem

Gelächter. Francis schlief. Er schien kaum je etwas anderes zu tun, und man hörte ihn niemals schreien.

Die Sonne neigte sich allmählich gen Westen, als sie am Fuß eines sachten Hügels die Abzweigung nach Waringham erreichten. Nick pfiff durch die Zähne und rief: »Das ist weit genug!«

Der Wagen hielt an.

Nick saß ab und fischte eine Münze aus der bestickten Börse an seinem Gürtel. »Hier.« Er reichte dem rothaarigen Bauernjungen auf dem Bock seinen Lohn. »Du kannst umkehren, dann bist du vor Einbruch der Dunkelheit zu Hause.«

»Danke, Mylord. Aber ich hätte so gern Eure Burg gesehen.«

Nick lächelte flüchtig und schüttelte den Kopf. »Mach auf dem Rückweg halt in Rochester. Die Burg dort ist viel größer.«

Er hob Eleanor von der Ladefläche, setzte sie auf seinen rechten Arm und streckte Polly die freie Hand entgegen. Sie nahm Francis auf und ließ sich herunterhelfen. »Warum schickst du den Wagen weg?«, fragte sie.

»Ich will ein Stück laufen. Es ist ja nicht weit. Ihr drei könnt reiten.«

»Nein, nimm mich auf die Schultern, Vater«, verlangte Eleanor.

Während der Wagen wendete und davonrollte, half Nick Polly auf Orsinos Rücken, reichte ihr Francis hinauf und wandte sich dann an seine Tochter. Er stützte die Hände auf die Oberschenkel und neigte sich zu ihr herab. »Du willst auf meinen Schultern reiten, Krümel?«

Große, kornblumenblaue Augen schauten ihn unverwandt an. Eleanor nickte ernst.

Sie war ein hinreißendes Kind, und er musste lächeln. »Dann sag ›bitte‹.«

»Bittebittebitte.«

Er hob sie auf die Schultern, und als er Orsino am Zügel nahm, erwischte er Polly dabei, dass sie sich verstohlen eine Träne von der Wange wischte. Er tat, als hätte er es nicht bemerkt, und schlug den Pfad ein, der hügelan nach Waringham führte.

Überall auf den Feldern waren die Bauern bei der Ernte. Mit geübten, gleichmäßigen Streichen ließen sie die Sensen durch das reife Korn fahren, und die Frauen und Kinder folgten ihnen, hoben die gemähten Büschel auf und banden sie zu Garben. Nick atmete tief durch. Der Duft und der Anblick des gemähten Korns betörten ihn, und das friedvolle Bild tat ihm gut.

Als die Bauern ihn kommen sahen, warfen sie die Sensen indes achtlos beseite und liefen zum Pfad. »Mylord! Willkommen daheim!«

»Danke, Edwin.«

»Wo habt Ihr nur gesteckt? Wir hatten Euch schon fast aufgegeben ...«

»Das ist eine lange Geschichte, Martha. Am Sonntag komme ich ins Dorf zum Kirchgang und erzähle sie euch.« Zumindest das, was ihr wissen müsst, fügte er in Gedanken hinzu.

»Stellt Euch vor, Mylord, Vater Ranulf ist fort«, berichtete Adam, der aufgeregt neben ihm einherlief. »Wir haben hier im Moment niemanden, der uns die Messe hält und die Kinder tauft und so weiter.«

Das war keine unwillkommene, aber eine seltsame Neuigkeit. Nick gedachte jedoch nicht, sie mit den Leuten zu erörtern, ehe er mit Laura und Philipp gesprochen hatte. »Adam«, grüßte er stattdessen. »Wie geht es deinem Vater?«

»Den haben wir am Donnerstag nach Pfingsten beerdigt, Mylord«, antwortete der junge Mann ohne Anzeichen von Trauer.

»Das tut mir leid«, erwiderte Nick dennoch.

Adam hob vielsagend die Schultern. »Der letzte Branntwein war wohl einer zuviel. Jetzt haben wir endlich Frieden im Haus, und ich heirate im Herbst meine Stiefmutter.«

Das war verboten, wusste Nick. Und zweifellos wusste Adam es auch. Der Papst mochte seine Autorität in England verloren haben, aber Nick wollte verdammt sein, wenn deswegen in Waringham die Kirchengesetze missachtet wurden. Aber auch dafür war jetzt nicht der geeignete Zeitpunkt, und er beschränkte sich auf ein unverbindliches Lächeln.

Er hatte sich gefragt, wie es sich anfühlen würde, seinen Bauern zu begegnen und sie ehrfürchtig ihre Kappen ziehen zu sehen, nachdem er sich zwei Jahre als Knecht ausgegeben hatte. Die Antwort war: Es fühlte sich vollkommen natürlich an. Seine Darbietung als Stallbursche war eine Verstellung gewesen, und sie hatte weder ihn selbst verändert noch seinen Blick auf die Welt.

»Habt Dank für euer Willkommen«, sagte er in die Runde. »Aber ich an eurer Stelle würde mich wieder an die Arbeit machen. Ich könnte wetten, dass es heute noch ein Gewitter gibt.«

Sie nickten bereitwillig und verbeugten sich, ehe sie kehrtmachten – nicht ohne Polly neugierige Blicke zuzuwerfen. Nick war nicht entgangen, dass niemand sie begrüßt hatte.

Er sah zu ihr hoch und rang sich ein Lächeln ab. »Es ... wird sich schon alles finden.«

Polly zupfte ihr Schultertuch zurecht, sodass es dem Kind in ihren Armen Schatten spendete, und antwortete nicht.

Eleanor zog ihren Vater unsanft an den Haaren. »Weiter! Weiter!«

Nick befreite seinen Schopf mit einem schmerzhaften Ruck, hob das Kind von seinen Schultern und setzte es vor Polly in den Sattel. »Ich denke, ich habe dich weit genug getragen, Eleanor.«

»Aber ich will weiterreiten«, jammerte sie.

»Dann musst du schleunigst lernen, dass man diejenigen, von denen man etwas wünscht, nicht piesacken sollte. Es führt selten zum Erfolg. Und fang bloß nicht an zu heulen«, fügte er hinzu, als er das kleine Kinn beben sah.

»Sie ist drei Jahre alt, Nick«, sagte Polly ohne besonderen Nachdruck.

Nick wandte ihr den Rücken zu und führte Orsino weiter. »Das kann man gar nicht früh genug lernen.«

Sommergrüne Weiden, hier und da mit jungen Obstbäumen betupft, prägten das Land rund um das Dorf. Selbst dort, wo bis vor wenigen Jahren noch Erbsen, Gerste, Hopfen und Weizen gewachsen waren, grasten nun Schafe. Es ließ das Land ursprünglicher und wilder aussehen, in gewisser Weise sogar schöner, musste Nick einräumen, aber trotzdem bereitete der Anblick ihm Sorge.

Sie überquerten die neue Brücke, erklommen den Mönchskopf

und schließlich den Burghügel. Orsinos Fell glänzte von Schweiß, als seine Hufe über das Kopfsteinpflaster im Torhaus klapperten, denn es war heiß und drückend.

Die Schönheit des Burghofes verblüffte Nick wieder aufs Neue. Der Wein berankte den alten Bergfried jetzt bis zum Dach, und irgendwer hatte ihn am Tor und den Fensteröffnungen sauber beschnitten.

»Mein Kräutergarten ist noch da«, murmelte Polly. Es klang erfreut.

Nick hielt an und streckte ihr die Hand entgegen. »Willkommen zu Hause, Lady Waringham.«

Sie nahm seine Hand und saß ab. »Ich habe dir schon tausendmal gesagt, du sollst mich nicht so nennen.«

»Aber das bist du. Es lässt sich nicht ändern, und wir werden kein Geheimnis daraus machen, Polly.«

»Dann werden sie mich hassen und sich die Mäuler über uns zerreißen.«

»Ich nehme an, wir werden auch das überleben.« Nick hob Eleanor aus dem Sattel, zauderte einen Augenblick und küsste ihr dann die Wange. »Bist du immer noch traurig, Krümel?«

Sie nickte.

»War ich zu streng mit dir?«

Sie sah ihn unverwandt an, aber sie antwortete nicht. Sie wirkte unsicher und ängstlich. Das hatte er nicht gewollt. »Wirst du mir ein Lächeln schenken, wenn ich dich wieder reiten lasse?«, fragte er zerknirscht.

Das Lächeln erstrahlte wie die Sonne, die plötzlich durch dräuende Wolken bricht.

Erleichtert setzte er sie auf seine Schultern, trug sie zum Bergfried hinüber und winkte Jacob zu, der dabei war, den kleinen Zaun des Kräutergartens zu reparieren.

»Willkommen, Mylord!«, rief Adams jüngerer Bruder.

»Danke, Jacob. Weißt du, wo mein Schwager und meine Schwester sind?«

Jacob ruckte das Kinn zu den Fenstern hinauf. »Da oben, Mylord. Trotz dieses herrlichen Wetters.« Er hob ergeben die Hände, als wolle er sagen: Die feinen Leute kann einfach kein normaler Mensch verstehen.

Nick führte seine Familie ins Innere des Bergfrieds, wo ihnen seine Köchin Alice – Pollys Cousine – und deren Mann Jim entgegenkamen und sie stürmisch begrüßten. Alice fiel Polly um den Hals und machte ein lautstarkes Gewese um die Kinder. Jim und Nick fachsimpelten ein wenig über die Instandhaltung von Dachstühlen, und bei der ersten sich bietenden Gelegenheit entschuldigte sich Lord Waringham, ließ Frau und Kinder bei seinen Dienstboten zurück und erklomm die zwei Treppen zu seinem Gemach.

Ein wenig unsicher klopfte er an die Tür und öffnete.

Laura sprang mit einem Jubellaut vom Tisch auf und schloss ihn in die Arme. »Nick!«

»Sag nicht, ihr wusstet nicht, dass ich frei bin.«

»Doch.« Sie ließ ihn los, trat einen Schritt zurück und betrachtete ihn strahlend. »Aber wir hatten keine Nachricht, dass du heimkommst.«

Sein Blick fiel auf ihren sichtlich gerundeten Bauch, und er sah ihr lächelnd in die Augen. »Glückwunsch.«

»Wir beten, dass es ein Junge wird«, bemerkte Philipp, der ebenfalls vom Tisch aufgestanden war und Nick umarmte. »Ich werde nie reich genug sein, um mehr als zwei Töchter anständig unter die Haube zu bringen …«

»Und wer wüsste besser als du, wie bitter es für einen Bräutigam ist, ewig auf die Mitgift warten zu müssen«, gab Nick zurück.

Philipp und Laura lachten und zogen ihn zum Tisch hinüber. Laura schenkte ihrem Bruder einen Krug Bier ein. »Hier. Du musst durstig sein. Wir sind gestern erst aus Sevenelms zurückgekommen. Fürchterlich staubig auf der Straße.«

Er trank dankbar, stellte den Becher ab und sah sich eingehend um. Die drei bleiverglasten Fenster standen weit offen, und der Raum war heller als gewöhnlich. Das einströmende Licht fiel auf die beiden Borde voller Bücher, den vornehmen, reich geschnitzten Schrank daneben und auf sein Bett.

Zuhause, dachte Nick, und ein wohliger Schauer durchrieselte ihn. Für einen Moment fielen alle Sorgen und die vielen bohrenden Fragen von ihm ab, und er erging sich in dem himmlischen Gefühl, heimgekehrt zu sein. Er hatte nicht damit gerechnet, wie übermächtig es sein würde, und hastig setzte er den Becher wieder an, um den dicken Brocken herunterzuspülen, den er plötzlich in der Kehle hatte.

Dann räusperte er sich. »Neue Bettvorhänge?« Es war das erste, was zu sagen ihm einfiel.

»Ich habe sie gemacht«, verkündete Laura stolz. »Die alten Dinger sahen aus, als wären sie hundert Jahre alt. Mehr Mottenlöcher als Lancaster-Rosen. Also habe ich sie erneuert. Es war … mein Pakt mit Gott: Wenn ich durchhielt und all die kleinen schwarzen Einhörner in dieses schwere grüne Tuch stickte, müsse er dich leben lassen und nach Hause führen, hab ich ihm vorgeschlagen.« Mit dem so unverwechselbaren Koboldlächeln hob sie die Schultern. »Es hat geklappt.«

»Ich dachte, ihr Reformer glaubt nicht daran, dass Gott unsere Taten belohnt oder bestraft.«

»Nein«, musste sie zugeben. »Aber ich dachte, es sei trotzdem einen Versuch wert. Giselle hat mir übrigens geholfen. Die Einhörner, die wie missgestaltete Ziegen aussehen, sind von ihr.«

Er war gerührt, und um das zu verbergen, behauptete er: »Von hier aus sehen sie alle wie Ziegen aus.«

Seine Schwester trat ihn unsanft in die Wade. »Undankbarer Schuft. Wir haben *Monate* daran gesessen.«

Lachend ergriff er ihre Hand und führte sie reumütig an die Lippen. »Es ist großartig geworden.«

Unversöhnt knuffte seine Schwester ihn auf den linken Unterarm, und Nick fuhr zusammen, ehe er sich hindern konnte.

»Was ist?«, fragte Laura argwöhnisch.

»Gar nichts.« Er winkte ab. »Der Arm war gebrochen. Ist aber schon ein paar Wochen her und tadellos verheilt. Nur noch ein bisschen empfindlich.«

In die kurze Stille hinein fragte Philipp: »Und wie hast du dir den Arm gebrochen?«

Nick schnitt eine Grimasse. »Die Formulierung ist nicht ganz zutreffend. Oder sagen wir: Cromwells Lumpenpack war mir dabei behilflich, meinen Arm zu brechen … Es besteht kein Anlass, so kreidebleich zu werden, Laura, denn das war schon alles, was sie getan haben. Der Blutzoll, den ich zahlen musste, war gering. Mein Stolz ist es, der den größeren Schaden davongetragen hat. Von meiner Ehre ganz zu schweigen …«

»Tu ein gutes Werk an deiner Schwester und erzähl der Reihe nach«, bat Philipp. »Chapuys war nicht sehr mitteilsam. Er kam her, um uns wissen zu lassen, dass du aller Voraussicht nach mit dem Leben davonkommst, aber er sagte, er müsse es dir überlassen, uns zu berichten, was geschehen ist. Darum wissen wir nichts.«

Also erzählte Nick. Es wurde ein langer Monolog, denn es gab nicht viel, das er vor diesen beiden geheim halten wollte, und ihm lag daran, ihnen endlich begreiflich zu machen, warum und wofür er sein Leben aufs Spiel gesetzt hatte.

»Und so sieht es jetzt aus«, schloss er mit einem ratlosen Achselzucken. »Ich bin nach wie vor in Ungnade. Ich habe in einer Zwangslage eine Dienstmagd bäuerlicher Herkunft geheiratet, und sie hat mir einen Sohn geboren. Einen Erben, den ich nicht will. Das … macht mir schwer zu schaffen. Ich habe zwei Eide geschworen, die ich für Unrecht halte. Sir Thomas hätte gesagt: Ich habe Gott zweimal angelogen. Auch das macht mir zu schaffen. Aber ich lebe noch. Und Prinzessin Mary lebt ebenfalls noch. Sie musste eine verdammt fette Kröte schlucken – und für sie war es vermutlich schlimmer als für mich –, aber ihr Martyrium ist vorüber. Ihre Stiefmutter, die neue Königin, wird alles daransetzen, den Familienfrieden wiederherzustellen, das weiß ich genau. Irgendwann wird Mary einen Prinzen auf dem Kontinent heiraten und ein neues Leben anfangen können. Wir haben also … ein paar Dinge aus dem Trümmerhaufen gerettet, mit denen wir weitermachen können. Ich schätze, viel mehr durften wir nicht erwarten.«

Es war eine Weile still. Schließlich ergriff Laura seine rechte Hand und sagte: »Du hast Gott nicht angelogen, Nick. Er kann in dein Herz sehen und weiß, warum du den Eid auf die Thronfolge und das Supremat geleistet hast. Das heißt, du hast auch deine Ehre nicht verloren. Es gibt also eine Menge Dinge, mit denen du weitermachen kannst. Komm erst einmal richtig nach Hause. Kümmre dich um dein Gestüt und um Waringham. Vergiss den König und den Hof, und in ein paar Tagen wird die Welt schon wieder ganz anders aussehen, wart's nur ab. Aber eins solltest du auf keinen Fall tun, Bruder: Du darfst nicht geringschätzen, was Gott dir geschenkt hat. Polly mag von niederem Stand sein, aber sie ist eine großartige Frau. Und der kleine ... wie heißt er denn eigentlich?«

»Francis.«

»Der kleine Francis ist wie weiche Tonerde; du kannst ihn formen. Ob ein Edelmann aus ihm wird, liegt allein bei dir.«

Er nickte, obwohl er ihr kein Wort glaubte, befreite seine Hand und stand auf. Er trat ans Fenster. Das Abendlicht hatte einen eigentümlichen Messington angenommen, und als Nick in den Rosengarten hinabschaute, erschien das Rot und Gelb der Blüten ihm grell.

In der Ferne grollte Donner.

DRITTER TEIL
1540–1547

London, Mai 1540

Es war viel zu heiß für einen Frühlingstag. Nick hielt im Schatten der Martinus-Kirche in der Vintry an, nahm das Barett ab und fächelte sich ein wenig Luft damit zu. Ströme von Menschen waren auf der Thames Street unterwegs, und jetzt hatten sie sich offenbar so ineinander verkeilt, dass es nicht weiterging.

»Was ist denn los?«, rief er einem jungen Burschen zu, den Kleidern nach ein Handwerkslehrling, der allenthalben in die Höhe sprang, um einen Blick auf die Ereignisse weiter vorn zu erhaschen.

»Doktor Heddyng und Doktor Prescote«, antwortete der Bengel.

»Was ist mit ihnen?«, fragte Nick. »Streiten sie auf der Straße?«

Heddyng war ein berühmter konservativer Theologe, Prescote ein nicht minder berühmter Reformer, und es war allgemein bekannt, dass sie einander hassten wie der Teufel das Weihwasser.

Der Junge schüttelte ungeduldig den Kopf. »Ihr wisst es nicht? Wo habt Ihr gesteckt, Mylord? Unter den Röcken Eurer Prinzessin?«

Nick hob drohend die Faust. »Nimm dich ja in Acht, Söhnchen …« Aber er hatte Mühe, sich ein Grinsen zu verkneifen. Die Unverfrorenheit der Londoner hörte nie auf, ihn zu amüsieren.

»Sie sind verurteilt, alle beide, Mylord«, eröffnete der junge Bursche ihm. »Heddyng, weil er gesagt hat, wir müssten doch alle dem Papst gehorchen. Prescote, weil er gesagt hat, der Leib des Herrn sei gar nicht so richtig der Leib des Herrn. Oder vielleicht war's auch umgekehrt. Wer weiß das schon?«

Tja, wer wusste heutzutage überhaupt noch, was der rechte Glaube war?

»Und nun?«, wollte Nick wissen.

»Nun werden sie Seite an Seite nach Tyburn geschleift, und da liegen sie auf ihrem Gerüst, beide von Kopf bis Fuß voll Straßendreck und Pferdescheiße, und zanken wie die Fischweiber. Das müsst Ihr Euch ansehen! Der eine wird ausgeweidet und gevierteilt, der andere verbrannt. Ich hab vergessen, welchem was blüht. Jedenfalls krepiert der eine vor den Augen des anderen, damit sie endlich alle lernen, dass allein unser König in Glaubenssachen was zu sagen hat.«

»Verstehe.« Nick verschränkte die Hände auf dem Sattelknauf, wartete ohne besondere Ungeduld, dass es auf der Straße weiterging, und sah sich derweil um. Ein Blinder und ein altes Weib in Lumpen bettelten bei den Schaulustigen um Almosen. Ein hagerer Kerl in einer Kutte, der vielleicht einmal ein Laienbruder in einem mittlerweile aufgelösten Kloster gewesen war und vielleicht auch nicht, fädelte sich durch die Menge und betätigte sich mit einigem Geschick als Beutelschneider. Ehe Nick die versammelten Gaffer warnen konnte, merkte der Dieb, dass er beobachtet wurde, und machte sich unsichtbar.

Endlich setzte die Menge sich wieder in Bewegung. Nick hatte indes kein Bedürfnis, die beiden todgeweihten Gelehrten zu sehen, und er folgte der schaurigen Prozession nicht Richtung Newgate, sondern bog bei erster Gelegenheit rechts ab und die nächste links in die Old Fish Street.

Das Tor des ehemaligen Franziskanerklosters war geschlossen, aber nicht versperrt. Nick saß ab, öffnete den linken Flügel und führte Orsino am Zügel in den grasbewachsenen Hof. Er band sein Pferd an einen Eisenring neben dem Tor. Zu seiner Linken stand ein langgezogenes Fachwerkgebäude, welches einst die Fratres beherbergt hatte. Gegenüber dem Tor lagen Küchenhaus und Wirtschaftsgebäude. Aber Nick wandte sich nach rechts, wo sich das bescheidene Bauwerk erhob, welches einmal die Kirche gewesen und jetzt das Schulhaus war.

Er war noch einige Schritte von der ausgeblichenen Holztür entfernt, als er einen Chor junger Stimmen vorlesen hörte: »*Und so kam Maria, die Mutter und Jungfrau, zu Elisabeth, die Zacha-*

rias' Weib war, und die da sagte: Gesegnet seiest du, Base, und ge-
segnet sei die Frucht deines Leibes …«

Nick hielt einen Moment inne und lauschte den Worten aus der neuen Fibel, die vor zwei Jahren endlich genehmigt und gedruckt worden war und von der er für teures Geld zwanzig Exemplare angeschafft hatte – in der Hoffnung, dass Cromwell es sich nicht eine Woche später anders überlegen und das harmlose Büchlein für Leseanfänger wegen ketzerischer Inhalte verbieten würde …

»Sehr schön«, hörte er den Lehrer zufrieden sagen. »Und jetzt möchte ich, dass du es uns noch einmal allein vorliest, Jimmy.«

»Was denn, ich, Master Gerard, Sir?«, fragte eine Kinderstimme unglücklich.

»Ich sehe hier keinen Jimmy außer dir …«

Mit einem leisen Lachen drückte Nick die Tür auf, um Jimmy Aufschub zu gewähren. »Gott zum Gruße, Master Gerard, Jungs.«

Das Klassenzimmer war heller, als die Kirche es zuvor gewesen war, weil die bunten Glasfenster herausgebrochen worden waren. Sie hatten weichen müssen, weil sie Heilige abbildeten, und das war jetzt verboten. In der kalten Jahreszeit wurden die leeren Öffnungen mit Holzläden verschlossen, aber jetzt schien die Sonne hindurch und fiel gleißend auf die weiß getünchte Trennwand, die das Kirchlein in zwei Räume teilte. Fünfzehn Knaben im Alter zwischen sechs und vierzehn schnellten von ihren Schulbänken hoch wie Pfeile von der Bogensehne und schmetterten: »Guten Morgen, Mylord!«

Ihr Anblick erfreute sein Herz: Sie waren wohlgenährt und einigermaßen ordentlich gekleidet, hatten das Haar gekämmt, Hände und Gesicht gewaschen und blickten ihm und dem Rest der Welt aus klaren Augen erwartungsvoll entgegen. Einzig Jimmy – der Neue – war noch so mager, nervös und misstrauisch wie ein Straßenköter, denn es war noch keine drei Wochen her, dass Nick ihn in Cheapside aufgelesen hatte.

Lord Waringham schüttelte dem jungen Lehrer – einem einstigen Benediktiner – die Hand. »Vergebt die Störung. Ich wollte Euch nur wissen lassen, dass ich hier bin.«

Master Gerard nickte. »Ich komme hinüber, sobald ich diese Rasselbande zum Essen schicke, Mylord.«

Nick zwinkerte der »Rasselbande« verstohlen zu, verließ die Klasse, ging ans östliche Ende des Gebäudes, wo eine zweite Tür in die Mauer gebrochen worden war, und lauschte auch dort einen Moment. Hier waren es helle Mädchenstimmen, die aus der Fibel vorlasen. Er trat indes nicht ein, sondern umrundete das Küchenhaus und gelangte auf dessen Rückseite in den kleinen Obst- und Gemüsegarten, wo er eine Frau und zwei junge Mädchen bei der Arbeit antraf.

»Lady Meg … Was in aller Welt tut Ihr da?«

Sie wandte den Kopf und erteilte bereitwillig Auskunft: »Unkraut jäten, Mylord.«

Nick schüttelte den Kopf. »Als ich Euch bat, uns bei der Gründung dieses Hauses zu helfen, war es Eure Erfahrung, die ich wollte, nicht Eure Arbeitskraft.«

Meg Roper richtete sich auf und lächelte ein wenig schuldbewusst. »Ich konnte einfach nicht widerstehen«, gestand sie.

Die beiden Mädchen, deren Hände ebenso erdverschmiert waren wie ihre, knicksten vor ihm.

Er nickte ihnen zu und sagte zu der Größeren: »Liz, ich habe eine Anstellung für dich gefunden. Also geh und pack deine Sachen zusammen und verabschiede dich. Ich habe hier ungefähr zwei Stunden zu tun, dann nehme ich dich mit.«

»Ja, Mylord.« Es klang erstickt. Sie hielt den Kopf gesenkt und fragte nicht, um welche Art Arbeit es sich handelte.

Doch Nick sah die Träne, die auf die kleinen Hände fiel, welche sie vor dem Bauch gefaltet hatte. »Es ist eine anständige Anstellung als Küchenmagd bei sehr vornehmen Leuten. Du wirst es dort gut haben und bekommst eineinhalb Schilling die Woche.«

»Ja, Mylord. Gott segne Euch für Eure Güte.« Sie bemühte sich erfolglos, ihr Schluchzen zu unterdrücken.

»Also, dann geh und mach dich bereit«, sagte er. Er erinnerte sie nicht daran, dass es auf den Straßen ungezählte Kinder gab, die ihren Platz in diesem Haus dringend brauchten, denn sie wusste es selbst.

Liz knickste stumm und hastete davon. Ihre Freundin sah ihr unglücklich nach.

Nick bot Lady Meg seinen Arm. »Gehen wir hinein? Es gibt ein paar Dinge zu besprechen.«

Meg Roper rieb sich die Krumen von den Händen und legte die Rechte dann auf seinen Ellbogen. »Mach weiter mit den Erbsen, Elise«, ermunterte sie das verbliebene Kind. »Alles, was wir selber anbauen können, brauchen wir nicht zu kaufen.«

Es hatte immer viel Armut und bettelnde Waisenkinder in London gegeben, aber seit der Aufhebung der Klöster war die Not im ganzen Land unerträglich geworden. Cromwell hatte sich nicht mit den kleineren Abteien begnügt, genau wie Nick vorausgesehen hatte. In einer zweiten großen Welle im vergangenen Jahr waren auch alle großen Abteien aufgelöst worden. Die rund siebentausend Mönche und zweitausend Nonnen, die in den knapp sechshundert englischen Klöstern gelebt hatten, waren aus ihrem Heim vertrieben worden, hatten ihren gewählten Lebensweg aufgeben und in die raue Wirklichkeit zurückkehren müssen, aber sie waren noch vergleichsweise glimpflich davongekommen, denn sie bekamen von der Krone eine kleine Jahrespension, sodass sie wenigstens nicht verhungern mussten. Schlimmer sah es für die ehemaligen Klosterbediensteten und Laienbrüder aus – oft die doppelte Zahl der eigentlichen Brüder und Schwestern –, die von einem Tag auf den anderen kein Dach über dem Kopf und keine Arbeit mehr hatten. Ganz zu schweigen von dem Heer an Kranken, Bedürftigen und Waisen, die in den Klöstern Almosen und Beistand gefunden hatten.

Die Wertgegenstände und Liegenschaften der aufgelösten Abteien wurden nach und nach an zahlungskräftige Adlige und Kaufleute veräußert, von denen nicht wenige das Ackerland einfriedeten und in Schafweiden umwandelten, sodass ein wahrer Exodus vertriebener Bauern und Landarbeiter in die große Metropole an der Themse strömte.

Cromwell und der König rührten keinen Finger, um die Not zu lindern, die sie verursacht hatten. Sie hatten eine neue Behörde geschaffen, die Augmentationskammer, die die Verwertung und den Verkauf der Klostervermögen verwaltete und die von Richard Rich geleitet wurde, jenem windigen Charakter, dessen Meineid Sir Thomas More aufs Schafott gebracht hatte. Folglich blühten Korruption und Vetternwirtschaft, die Krone strich ein märchenhaftes Vermögen ein, aber niemand von offizieller Seite scherte sich um die Verlierer.

Viele der besser betuchten Londoner – ganz gleich ob Reformer oder Papisten – taten, was in ihrer Macht stand, um Abhilfe zu schaffen. Gilden und Zünfte betrieben Suppenküchen, die Bruderschaft der Juristen sammelte Geld, um ein Hospital zu gründen, und einflussreiche Adlige wie Lady Margaret Pole, die Countess of Salisbury, stifteten Armenhäuser. Nick hatte zusammen mit seinem Cousin John Harrison und Master Durham das ehemalige Franziskanerkloster an der Old Fish Street erworben und dort ein Waisenhaus mit einer Schule gegründet. Die Leute in Cordwainer – dem Stadtbezirk, in welchem die Old Fish Street lag – nannten es »die Krippe«, und Nick und seine Mitstreiter hatten den Namen übernommen, da es heutzutage gefährlich war, eine wie auch immer geartete Einrichtung nach einem Heiligen zu benennen. Zu leicht konnte man in den Verdacht der unerlaubten Götzenverehrung geraten und sich in einem von Cromwells Verliesen wiederfinden.

Nick und Lady Meg betraten das Haus, wo einst die Fratres gewohnt hatten und heute die Schlafräume der Kinder lagen. Am Westende des hellen, trockenen Fachwerkhauses befand sich die Kammer, die früher den Prior dieses bescheidenen Außenpostens des großen Londoner Franziskanerklosters Greyfriars beherbergt hatte. Der lange, klobige Tisch in der Mitte war mit unordentlichen Dokumenten und Papierstapeln bedeckt, die sie teilweise noch von den Fratres geerbt hatten. Gewohnheitsgemäß schob Nick sie achtlos mit dem Unterarm beiseite und vollführte eine einladende Geste. »Nehmt Platz, Lady Meg.«

»Eines Tages wird es sich rächen, dass Ihr diesen Dokumenten nie Beachtung schenkt, Mylord«, warnte sie und setzte sich.

Nick tat es ihr gleich und streifte die Papierberge mit einem lustlosen Blick. »Ich versuche, meinen Schwager Philipp zu überreden, sich darum zu kümmern. Er versteht sich weitaus besser auf solches Zeug als ich.«

»Mein Gemahl könnte auch helfen«, bot sie an. »Ein Rechtsgelehrter vermag dieses Durcheinander wohl am besten zu ordnen.«

Nick verbiss sich ein Grinsen. »Ich wette, er ist ganz versessen darauf. Und entzückt davon, dass Ihr seine Dienste so großzügig offeriert …«

Sie lachte. Wenn sie das tat, leuchteten ihre blauen Augen auf, und sie sah aus wie die Meg Roper, die er als Schuljunge insgeheim angehimmelt hatte. Aber heutzutage verschwand dieser Eindruck leider immer sogleich wieder, und zurück blieb eine Frau in den mittleren Jahren, ausgezehrt von zu vielen Schwangerschaften und der Aufopferung für ihre Familie und ihre zahllosen guten Werke und immer noch niedergedrückt vom Schicksal ihres Vaters. Es war nicht so, dass sie ihren Lebensmut verloren hätte. Aber was früher eine helle Flamme gewesen war, glomm heute nur noch.

»Also? Wie stehen wir da?«, fragte er.

»Das weiß ich auch nicht so genau«, musste sie einräumen. »Ich bin heute zum ersten Mal in dieser Woche hier. Die Köchin sagt, die Graupen werden knapp, und wir verbrauchen zu viel Speck.«

Nick unterdrückte ein Seufzen. Einer der Gründe, warum er sich den ganzen Monat noch nicht in der Krippe hatte blicken lassen, war, dass er sich bei jedem Besuch genötigt sah, den gesamten Inhalt seiner Börse hierzulassen. »Ich speise heute bei Master Durham. Er ist es, der Liz einstellt. Falls ich ihn bei halbwegs guter Laune antreffe, werde ich ihn anbetteln. Ansonsten müssen wir die neuen Lebensmittel selber bezahlen und die Köchin bitten, sparsamer mit dem Speck zu sein.«

»Wenn wir die Rationen verkleinern, werden die Kinder krank, sagt Euer Cousin.«

»Und er hat recht. Ich will auch nicht, dass sie mit knurrendem Magen im Unterricht sitzen, denn dann lernen sie nichts. Ich würde gern mehr Speck auf den Tisch bringen, Lady Meg. Für viel mehr Kinder. Doch ich bin leider kein so reicher Mann wie Nathaniel Durham.«

»Nein, ich weiß.« Sie drückte einen Moment seine Hand. »Und trotzdem tut Ihr all das hier. Mein Vater wäre so stolz auf Euch, Nicholas.«

Verlegen zog er die Hand weg. »Euer Vater hatte die Angewohnheit, jeden besser erscheinen zu lassen, als er in Wahrheit ist. Meine Gründe für all dies hier sind nicht so selbstlos, wie Ihr annehmt.«

Sie nickte, gab aber keinen Kommentar ab. »Jedenfalls ist es ein Glück, dass es schon so warm ist. Die meisten der großen Kinder haben keine Schuhe mehr, die ihnen passen. Vor dem Herbst brauchen sie neue.«

»Dann sollten wir beten, dass der Herr irgendwann vor dem Herbst Schuhe vom Himmel regnen lässt ...«

Am frühen Nachmittag endete der Schulunterricht, und die knapp drei Dutzend Kinder begaben sich in das ehemalige Refektorium neben der großen Küche, um die Hauptmahlzeit des Tages einzunehmen. Zur gleichen Zeit öffnete jeden Tag das große Haupttor der Krippe für hungrige Straßenkinder, die hier ein Stück Brot bekamen. In eine Staubwolke gehüllt drängelten sie sich in einer unordentlichen Traube durchs Tor, bissen, kratzten und schubsten, um einen Platz möglichst weit vorn zu ergattern, denn wer hier leer ausging, musste bis zum nächsten Tag weiterhungern.

»Stellt euch ordentlich in zwei Reihen auf!«, brüllte Master Gerard gegen den Radau an. »Das Brot wird erst verteilt, wenn ihr still seid und aufhört zu rangeln und gebetet habt.«

Schlagartig wurden die Kinder still und falteten fromm die Hände. Große Augen in schmuddligen Gesichtern blickten verstohlen und gierig auf die hohen Brotkörbe, die hinter Nick und dem Lehrer aufgestellt waren.

Schließlich begannen Nick und Samuel Gerard mit der Verteilung. Die kleineren Kinder schickten sie zum Verspeisen ihres Brotes ins Schulhaus, die großen mussten bei Wind und Wetter im Hof essen oder das Gelände verlassen. Es war nötig, sie zu trennen, damit die Stärkeren den Schmächtigeren das karge Mahl nicht stahlen. Nick wusste, die meisten waren zu hungrig und verzweifelt, um barmherzig zu sein, und die Heranwachsenden quälte der Hunger am schlimmsten.

»Wo ist Gordon, Edith?«, fragte er ein vielleicht sechsjähriges Mädchen mit verfilzten dunklen Haaren. Er kannte nur die wenigsten der Straßenkinder mit Namen, aber Edith und ihr großer Bruder gehörten zu ihren Stammgästen.

Sie senkte den Kopf und antwortete, aber so leise, dass er sie nicht verstand.

Nick hockte sich vor sie. »Wie bitte?«

Edith riss ihm das Brot aus den Fingern und stopfte es sich in den Mund. »Gestorben«, wiederholte sie kauend.

»Wann?«

»Weiß nicht. Vor ein paar Tagen.« Sie schluckte, dann sah sie ihn an. Die großen dunklen Augen wirkten stumpf, beinah leblos. Nick hatte gelernt, dass das bei vielen verstörten Kindern der Fall war.

»Was ist passiert?«

Edith bohrte den großen Zeh ins Gras und sah auf ihre nackten Füße hinab. »Zwei Gentlemen haben gesagt, sie geben ihm einen halben Schilling, wenn er mit ihnen zum Fluss runter geht. Da hab ich ihn dann am nächsten Morgen gefunden. Er hatte gar nichts mehr an. Und er war ganz steif und kalt.«

Nick wandte den Kopf ab und schloss einen Moment die Augen. Dann sagte er leise: »Geh in die hintere Hälfte der Kirche, Edith. Warte dort.« Er richtete sich wieder auf.

Edith betrachtete den Earl of Waringham abschätzig und mit einer gehörigen Portion Argwohn. Offenbar hatte sie ihre Lektion gelernt. »Was soll ich in der Kirche?«

»Der Teil dort hinten ist die Mädchenschule. Da triffst du deine neuen Kameradinnen. Master Gerard oder Master Ingram oder ich kommen gleich nach und machen dich mit den anderen bekannt.«

Sie machte große Augen. »Ich darf … hierbleiben?«

»Schsch«, warnte er und sah sich kurz um. Es war nicht das erste Mal, dass ein Platz in der Krippe neu vergeben wurde, ehe der vorherige Inhaber aus dem Haus war. Aber jedes der Kinder hier im Hof hatte diesen Platz so nötig wie Edith, und er wollte einen Aufstand seiner kleinen Gäste nach Möglichkeit vermeiden. »Geh«, drängte er leise.

Sie glitt unauffällig Richtung Kirche.

Ausnahmsweise schien das Brot heute für alle zu reichen, und als der Strom hungriger Kinder zu versiegen begann, entdeckte Nick nahe dem Tor eine junge Frau. Sie trug ein dunkles Kleid, dessen Saum sehr staubig war, so als sei sie weit gelaufen. Ein wenig unsicher sah sie sich im Hof um, ging dann langsam zu Orsino hinüber und legte ihm die Hand auf die Nüstern.

»Es tut mir leid, Madam, aber hier bekommen nur Kinder Almosen«, sagte Nick und trat auf sie zu.

Es war eine eiserne Regel in der Krippe, die oft nur schwer zu rechtfertigen war. Aber so wie die Kleinen vor den Halbstarken, musste man die Kinder insgesamt vor den hungrigen Erwachsenen beschützen.

»Dann ist es ja eine glückliche Fügung, dass ich nicht gekommen bin, um zu betteln, Sir«, antwortete sie. Ihr Akzent verriet, dass sie aus dem Norden stammte, und klang für Londoner Ohren drollig, was den hochmütigen Tonfall indes nicht milderte. »Ich möchte zu Lord Waringham«, ließ sie ihn wissen.

Sie war Anfang zwanzig, schätzte er. Ihr Haar hatte die Farbe von dunklem Honig, und sie trug es streng geflochten und im Nacken aufgesteckt. Das Gesicht war zart, die Nase gerade und schmal, die Lippen hingegen voll. Doch das Ungewöhnlichste an diesem Gesicht waren die Augen. Groß und von einem klaren, hellen Blau. Man hätte darin versinken können, wäre der Ausdruck nicht so feindselig gewesen.

»Und was wünscht Ihr von ihm, Madam?«, erkundigte er sich höflich.

»Das sage ich ihm selbst, Master …?«

»Fitzgervais. Nicholas Fitzgervais.« Es war der Nachname, den sein Vater und all seine Vorfahren benutzt hatten, wenn sie gelegentlich einen brauchten – etwa für die Unterzeichnung eines rechtsverbindlichen Dokuments –, und Nick hatte ihn für ebensolche Zwecke übernommen. »Wen darf ich melden?«

Ehe sie antworten konnte, trat Meg Roper zu ihnen und machte seine Verstellung unwissentlich zunichte: »Liz ist bereit und wartet auf Euch, Mylord.« Sie nickte der Fremden freundlich zu.

»Danke, Lady Meg«, antwortete Nick ergeben. »Ich habe ihren Platz der kleinen Edith gegeben. Sie hat ihren Bruder verloren. Allein hat sie dort draußen keine Chance.«

»Ach, das arme Kind«, murmelte Meg Roper bedrückt. »Wo ist sie?«

»In der Mädchenklasse.«

Lady Meg machte auf dem Absatz kehrt. »Ich kümmere mich darum.«

Nick schaute ihr einen Moment nach, ehe er sich seiner Besucherin wieder zuwandte, die ihn erwartungsgemäß mit einem missfälligen Stirnrunzeln bedachte. Ihr Blick glitt zu dem Siegelring an seinem linken Zeigefinger, dann zurück zu seinem Gesicht. »Wieso verleugnet Ihr, wer Ihr seid? Schämt Ihr Euch Eures Namens?«, fragte sie scharf.

Nick fand sie anmaßend. »Ich habe festgestellt, dass es oft hilfreich ist, wenn Master Fitzgervais Bittsteller anhört, ehe er entscheidet, ob Lord Waringham zu sprechen ist.«

Sie stieß die Luft durch die kleine Nase aus – ein verhaltenes, vornehmes Schnauben der Geringschätzung. »Mein Name ist Janis Finley. Mein Vater war John Finley of Fernbrook.« Diese Offenbarung endete mit einem leicht fragenden Unterton.

Nick schüttelte den Kopf. »Nie gehört.« Dann fiel ihm etwas ein. »Oder doch. Es gibt eine Pferdezucht in Fernbrook, richtig?«

»Allerdings. Die beste in Lancashire. Würdet nicht ausgerechnet Ihr vor mir stehen, hätte ich gesagt: die beste in England.« Ihre Miene war so unbewegt, dass er nicht wusste, ob dies ein Aufflackern von Humor oder todernst gemeint war.

»Ich widerspreche Euch nicht, Lady Janis. Ich habe über die Jahre ein paar Eurer Pferde gekauft und weiterverkauft, und sie waren alle hervorragend gelungen.« Höchstens ein bisschen schwach in den Fesseln, hätte er um ein Haar hinzugefügt, um sie zurechtzustutzen, aber er schluckte es herunter. »Was kann ich für Euch tun?«, fragte er stattdessen.

»Ich ...« Sie senkte den Blick und musste sich räuspern, schaute ihn aber sofort wieder an. »Ich suche Arbeit.«

Nick war nicht überrascht. »Wart Ihr Nonne?«

Sie nickte. »Und bin es noch«, stellte sie klar.

Schade, fuhr es ihm durch den Kopf. »Warum geht Ihr nicht heim nach Fernbrook?«

»Weil mein Vater einer der Anführer der Gnadenwallfahrt war. Er wurde aufgehängt, genau wie mein Bruder, und Fernbrook fiel an die Krone.«

»Verstehe.«

Im Herbst vor drei Jahren hatte es im Norden eine Protestbewegung gegen die Loslösung von Rom, die Reform der englischen Kirche und vor allem gegen die Aufhebung der Klöster gegeben. Sie nannte sich die »Gnadenwallfahrt«, aber in Wahrheit war es ein handfester Aufstand gewesen. Scheinbar über Nacht hatten sich an die vierzigtausend Gentlemen und Bauern zusammengerottet und hinter einem Rechtsgelehrten namens Robert Aske gesammelt, der zwar aus dem hinterwäldlerischen Norden stammte, aber am Gray's Inn in London praktiziert hatte und weltläufig genug war, um dem König ihre Forderungen zu unterbreiten. Henry hatten ordentlich die Knie geschlottert, denn er hatte nur ein kleines stehendes Heer, und die Gnadenwallfahrt hatte sich im Handumdrehen zur gefährlichsten inneren Krise seiner Regentschaft ausgeweitet. Also hatte er den Duke of Norfolk gen Norden geschickt, um die Sache aus der Welt zu schaffen. Bruder Norfolk hatte sich mit Enthusiasmus auf diese Chance gestürzt, den Makel wettzumachen, den das Boleyn-Debakel auf seinem Namen hinterlassen hatte. Robert Aske war nicht weltläufig oder nicht verschlagen genug gewesen, um Norfolks Niedertracht zu durchschauen, der den Aufständischen im Namen des Königs das Blaue vom Himmel versprach, bis sie sich zu zerstreuen begannen, und sie dann in kleinen Gruppen aufspürte und aburteilte. Robert Aske, diesen bedauernswerten Träumer, hatte er foltern und dann an den zerschmetterten Armen in Ketten über dem Burgtor von York aufhängen lassen. Aske hatte drei Tage gebraucht, um zu sterben.

»Kommt mit hinein, Schwester«, lud Nick seine Besucherin ein, und ohne eine Antwort abzuwarten ging er voraus zum einstigen Gemach des Priors.

Schwester Janis setzte sich an das freigeräumte Ende des Tischs, faltete die Hände im Schoß und blickte darauf hinab.

»Seid so gut und wartet hier einen Moment«, bat er. »Ich will sehen, was ich in der Küche finde.«

Als er dort ankam, stellte er fest, dass Gott ein Wunder für Schwester Janis gewirkt hatte: Es war ein Teller Suppe übrig. Nachdem Nick Martha, die Köchin der Krippe, artig um Erlaubnis gefragt hatte, stellte er die Schale mit einem Becher verdünntem Bier und einem Stück Brot auf ein Holzbrett und trug es zurück. »Hier, Schwester. Gesegnete Mahlzeit.«

Sie starrte einen Moment auf die Gaben. Ihre Hände ballten sich, vermutlich ohne dass sie es merkte. »Wie ich sagte, Mylord. Ich bin nicht gekommen, um zu betteln.«

Ihr unbeugsamer Stolz gefiel ihm. »Aber Ihr werdet mir dennoch gestatten, Euch zu einem Teller Suppe einzuladen, hoffe ich? Es ist nichts Besonderes, und Ihr esst den Kindern nichts weg, keine Bange.«

»Also meinetwegen. Danke.« Sie ergriff den Löffel, und es war unschwer zu erkennen, welche Mühe es sie kostete, nicht zu schlingen.

Nick ließ sie in Ruhe, bis sie aufgegessen hatte, und vertrieb sich die Zeit damit, verstohlen aus dem Augenwinkel und – so hoffte er – unauffällig die winzige Bewegung ihrer Brüste unter dem dunklen Kleid zu beobachten, wenn sie den Löffel an die Lippen führte.

Als sie den Teller schließlich zurückstellte, bemerkte sie: »Es gab einmal eine Zeit, da war viel Kommen und Gehen zwischen Waringham und Fernbrook.«

Nick hatte Mühe, das zu glauben, denn es mussten an die dreihundert Meilen zwischen den beiden Orten liegen. Als Nächstes wird sie mir auftischen, wir seien verwandt, mutmaßte er, damit ich mich verpflichtet fühle, sie aufzunehmen. Aber der Gedanke war gar nicht so unerträglich, erkannte er.

Janis Finley nickte ohne besonderen Nachdruck und zuckte die Achseln. »Lange her. Aber der Großvater des Königs kam in Fernbrook zur Welt, ob Ihr's glaubt oder nicht.« Sie lächelte eine Spur verlegen, weil es klang, als wolle sie aufschneiden.

»Edmund Tudor?«, fragte Nick verwundert.

»Ganz recht, Mylord. Wie Ihr sicher wisst, mussten seine Eltern sich verstecken, weil der Kronrat nichts von ihrer Heirat wissen durfte. Es war ein Waringham, der sie nach Fernbrook schickte, um dort fern von den Augen des Kronrats das Kind zu bekommen.«

»Da sieht man mal wieder, wie klein die Welt ist …«, murmelte er und dachte gleichzeitig: Du meine Güte, was faselst du da eigentlich? Er nahm sich zusammen. »Alsdann, Schwester Janis. Was ist es, das ich für Euch tun kann?«

»Ich hörte, Ihr unterhaltet hier nicht nur ein Waisenhaus, sondern auch eine Schule. Für Knaben *und* für Mädchen.«

»Das ist richtig, Madam.«

»Und ich nehme an, es ist ein Mann, der die Mädchen unterrichtet?«

»Natürlich«, gab er zurück.

»So natürlich ist es nun auch wieder nicht«, konterte sie angriffslustig.

»Es stehen Tausende ehemaliger Mönche auf der Straße, die alle dankbar für eine Anstellung sind, so schlecht sie auch bezahlt sein mag«, erinnerte Nick sie.

»So wie Tausende Nonnen. Glaubt mir, Mädchen lernen schneller und leichter, wenn sie von Frauen unterrichtet werden.«

»Ihr sprecht aus Erfahrung?« mutmaßte er. »Und was ist es, das Ihr gelernt habt und das Euch Eurer Ansicht nach qualifiziert, die Mädchen in diesem Waisenhaus zu unterrichten?«

»Vielleicht mehr, als sie für ein zukünftiges Leben als Dienstmagd brauchen«, antwortete sie auf Latein. »Aber ich bin gewillt, sie Lesen und Schreiben und Umgangsformen zu lehren, damit sie besser in der Welt zurechtkommen und vielleicht einen Handwerksgesellen heiraten können und nicht nur den Stallknecht ihrer Herrschaft. Und denjenigen, die begabt und willig sind, kann ich Latein und Griechisch beibringen und ihnen eine Welt eröffnen, von deren Existenz sie nicht einmal etwas ahnen, Mylord. Ich habe schon allerhand Erfahrung, denn ich habe die Novizinnen und jungen Damen in meinem Kloster unterrichtet.«

Ihr Enthusiasmus erfüllte ihr Gesicht mit Lebhaftigkeit und hatte ein Strahlen in ihre Augen gezaubert, das ihn aus der Fassung zu bringen drohte. Doch so kindisch es auch sein mochte, ärgerte es ihn ein wenig, dass sie Griechisch konnte und somit mehr Bildung besaß als er, und darum erwiderte er kühl: »Ihr würdet die Mädchen hier sehr verschieden von Novizinnen und jungen Damen finden. Sie haben wenig Verwendung für Latein und Griechisch. Alles, was wir ihnen beibringen können, ist, einigermaßen im Leben zurechtzukommen, denn für die meisten hat der Weg hierher geradewegs durch die Hölle geführt.«

Schwester Janis nickte knapp. »Auch damit kenne ich mich aus, Mylord.«

»Und? Was hast du mit ihr gemacht?«, fragte John gespannt, nachdem Nick die Begegnung kurz zusammengefasst hatte.

»Ich habe sie dort gelassen, um mit euch zu beraten«, antwortete Nick und verspeiste genussvoll ein Stück Aal. »Nathaniel, keine Tafel in London kann sich mit Eurer messen«, bekundete er.

Der Hausherr zeigte den Anflug eines Lächelns – für seine Verhältnisse ein Gefühlsausbruch. »Danke. Leider sieht man mir das von Jahr zu Jahr mehr an.«

Nick war nicht entgangen, dass Durhams feines Wams um die Mitte ein wenig spannte, doch er entgegnete tröstend: »Verglichen mit König Henry seid Ihr dürr wie ein Schilfrohr. Wie ich höre, ist er jetzt so fett und schwerfällig, dass er kaum noch laufen kann. Sie haben ihm einen Sessel mit Rollen gebaut und schieben ihn damit durch den Palast.«

»Es ist vor allem das Bein, das ihn am Laufen hindert«, wusste John zu berichten. »Es ist jetzt vom Knöchel bis zum Knie offen und bereitet ihm große Schmerzen.«

»Und stinkt zum Himmel, heißt es«, raunte Philipp in seinen Becher, was ihm einen strafenden Blick seines Onkels eintrug.

»Wenn's doch so ist«, beharrte Philipp und breitete die Hände aus. »Die junge Anna von Kleve war jedenfalls erleichtert, dass der König sie in der Hochzeitsnacht nicht aufgesucht hat. ›Gott sei gepriesen, dass dieser Kelch an mir vorübergegangen ist‹, hat sie gesagt. Lady Latimer hat es gehört und Laura erzählt.«

Der Hausherr nickte dem Diener zu, der an der Tür zur Halle stand. »Es ist gut, Will.« Und nachdem der junge Mann verschwunden war, tadelte Nathaniel seinen Neffen: »Für einen Durham hast du ein wirklich loses Mundwerk. Du musst dich mehr vorsehen, wer dich hört, Philipp. Man weiß heutzutage nie, wer wen für Cromwell bespitzelt. Ich würde jedenfalls nicht für jeden Diener in diesem Haus meine Hand ins Feuer legen. Vergiss nicht, du wirst hier gebraucht.«

Philipp nickte reumütig und lächelte seinem Onkel treuherzig zu, unverkennbar erfreut über dessen Sorge um seine Sicherheit.

Die Runde in Nathaniel Durhams Halle war klein geworden. Die Pest, die vor vier Jahren in London ausgebrochen war, hatte seine Frau, seine beiden Söhne und seinen Gehilfen Neil Ferryman dahingerafft. Durhams einzig verbliebenes Kind war eine Tochter gewesen, die einen Landjunker aus Shropshire geheiratet hatte und dann im Kindbett gestorben war. Es war eine Reihe furchtbarer Schicksalsschläge für den mächtigen Kaufherrn gewesen, doch nicht nur Nick war aus allen Wolken gefallen, als Durham sich entschlossen hatte, ausgerechnet seinen Neffen Philipp zu adoptieren und als Erben einzusetzen, obwohl der doch ältere Brüder und Cousins hatte, die dem Thron des mächtigen Kaufmannsgeschlechts näher standen und nicht jahrelang Nathaniels Groll mit ihren neumodischen religiösen Ideen auf sich gezogen hatten.

»Es stimmt, sie hat es gesagt«, bestätigte Laura. »Und nach allem, was bei Hof gemunkelt wird, muss sie auch in Zukunft keine nächtlichen Besuche fürchten, weil der König … sich nicht zu ihr hingezogen fühlt.« Die bedeutungsvolle Pause, die sie einlegte, machte klar, was sie eigentlich meinte: Genau wie damals in den letzten Monaten mit Anne Boleyn war dem König auch bei Anna von Kleve, seiner vierten Gemahlin, das Stehvermögen abhandengekommen.

Mit Jane Seymour hatte er hingegen einen Sohn gezeugt, den lang ersehnten Thronerben. Nick würde die Taufe des kleinen Prinzen Edward nie vergessen, denn es war der einzige unbeschwerte Tag gewesen, den er je bei Hofe verbracht hatte. Der König war so überschwänglich vor Glückseligkeit gewesen, dass er sogar Nick auf die Schulter gedroschen hatte. Mary hatte Patin für ihren Bruder gestanden, ihre kleine Schwester Elizabeth die Schleppe des Taufkleides getragen, und Nick wusste, es war nur Jane Seymour, Henrys Königin, zu verdanken, dass endlich Frieden in der königlichen Familie eingekehrt war. Aber wenige Tage später hatte die Königin plötzlich Fieber bekommen und war gestorben. Weil Henry nur Ärzte und keine Hebammen bei der Geburt zugelassen hatte, sei irgendetwas schiefgegangen, munkelte man in London.

König Henry war erschüttert gewesen. Zum ersten Mal hatte er wirklich um eine Gemahlin getrauert. Doch im vergangenen Jahr hatte er dem Drängen seines Kronrats endlich nachgegeben und Cromwell beauftragt, in Verhandlungen über eine Eheschließung mit der Schwester des Herzogs von Jülich und Kleve einzutreten.

»Ich kann Anna verstehen«, hörte Nick seine Schwester fortfahren. »Aber in gewisser Weise ist es schade, dass sie nun nicht Königin bleibt. Sie ist eine lebensfrohe Person, heißt es. Sie hätte Henry und uns allen gutgetan. Und Gott allein weiß, wen er als Nächstes heiraten wird.«

»Erst einmal muss Cromwell das Kunststück fertig bringen, den König von seiner ungeliebten Braut zu erlösen«, sagte John.

»Da hat er recht«, warf Philipp mit unverkennbarer Schadenfreude ein. »Der Herzog von Kleve hat schon einen Teil der Mitgift gezahlt. Wenn Henry ihn brüskiert, verliert er seinen einzigen mächtigen Verbündeten auf dem Kontinent, und der Kaiser und der König von Frankreich haben doch gerade erst wieder Frieden geschlossen und den Papst überredet, Henry offiziell zu exkommunizieren. Henrys Freunde auf dem Kontinent stehen nicht gerade Schlange, und Cromwell steckt ganz schön in der Klemme.«

Nick hatte sich hingebungsvoll dem Aal gewidmet und sich darauf beschränkt, ihnen zuzuhören. Doch jetzt warnte er: »Macht Euch bloß keine Hoffnungen, Henry würde Cromwell je fallenlassen. Er wäre doch völlig hilflos ohne ihn.«

»Was nicht heißt, dass Männer wie Norfolk den König nicht davon zu überzeugen versuchen, dass sie ihm eine bessere Stütze sein könnten als Cromwell«, gab Philipp zu bedenken.

»Den Henry aber gerade erst zum Earl of Essex ernannt hat«, erinnerte Nick ihn. »Deutlicher hätte er sein Wohlwollen kaum zum Ausdruck bringen können.«

»Waringham hat recht«, beschied Nathaniel Durham. Eine fette Katze sprang auf seinen Schoß, und er kraulte ihr abwesend den Hals. Schnurrend ließ sie sich nieder. In diesem Haus wimmelte es immer von Katzen. »Cromwells Schreckensherrschaft wird weitergehen«, fuhr Durham fort. »Erst heute haben sie Dr. Heddyng in Tyburn verbrannt. Nicht mit gewöhnlichem Holz übrigens, sondern mit geschnitzten Reliquiaren aus Klöstern von hier bis Warwickshire.« Er sprach wie immer gemäßigt, aber der Zorn funkelte in seinen dunklen Augen.

Nick legte das Speisemesser beiseite und dachte flüchtig, dass Nathaniel Durhams Halle vermutlich der letzte Ort in England war, wo Reformer und Papsttreue offen miteinander reden und gemeinsam den grauenvollen Tod eines klugen Mannes betrauern konnten.

Schon im vorletzten Herbst zu Michaelis hatte Durham Nick seine Besitztümer zurückgegeben, weil die Schulden getilgt waren, und Philipp hatte sein Amt als Steward von Waringham niedergelegt und war mit Laura, ihren Töchtern und ihrem kleinen Cecil in das Haus seines Onkels in der Ropery gezogen. Doch das Band zwischen den Waringham und den Durham war eng geblieben.

»Also, erzählt uns ein wenig mehr über diese Schwester Janis, Mylord«, forderte Nathaniel ihn auf.

»In welchem Kloster war sie?«, wollte John wissen.

»Ich habe keine Ahnung«, gestand Nick. »Das Beste wird sein, ihr seht sie euch selbst einmal an.«

»Aber Ihr würdet sie gern einstellen?«, hakte Nathaniel nach.

Er nickte zögernd. »Ich glaube, sie könnte ein großer Gewinn für die Krippe sein. Vor allem für Meg Roper wäre sie eine Entlastung, und Lady Meg wirkt erschöpft in letzter Zeit.«

»Ich werde mit Schwester Janis reden«, versprach John.

»Und wenn sie uns gefällt, nehmen wir sie für Kost und Logis«, schlug Durham vor. »Wenn sie so verzweifelt ist, wie Ihr glaubt, Waringham, wird sie kaum Lohnforderungen stellen.«

Nick wandte den Blick zur Decke. »Immer wenn ich anfange zu vergessen, dass Ihr ein Pfeffersack seid, erinnert Ihr mich daran.«

»Zu Eurem eigenen Besten«, gab Durham streng zurück. »Ihr könnt noch viel von mir lernen, mein Sohn, und das solltet Ihr schleunigst tun, sonst gehören Eure wunderbaren Ländereien eines Tages wieder mir.«

Nick trank lieber einen Schluck von Durhams vorzüglichem Wein aus der Champagne, statt sich auf Debatten einzulassen. Er dachte einen Moment nach und bat John dann: »Du bist der Feinfühligste von uns, also versuch, Schwester Janis ein wenig auszuhorchen. Finde heraus, wie hoch die Pension ist, die sie von der Krone bekommt. Ob sie überhaupt eine bekommt, und wenn nicht, warum nicht. Dann entscheiden wir, was wir ihr anbieten.« Er sah fragend in die Runde.

Alle nickten.

Hatfield, Juni 1540

Als Nick durch den Rundbogen in der hohen Eibenhecke in den Rosengarten kam, hörte er Mary entrüstet ausrufen: »Ich muss doch sehr bitten, Euer Gnaden! Was erlaubt Ihr Euch ...«

Sie stand mit dem Rücken zum Springbrunnen, den Oberkörper nach hinten gebogen, und ein Hüne mit einem verwegenen roten Hut auf dem Kopf hielt sie gepackt und versuchte, die Lippen auf ihren Mund zu pressen. Doch sie drehte den Kopf zur Seite und drückte das Kinn auf die Schulter, um ihm zu entgehen.

Eine sehr junge Dame stand mit schreckgeweiteten Augen zur Linken und tat absolut gar nichts.

»Oh, Mary, warum seid Ihr so spröde?«, fragte der feurige Verehrer in fließendem Latein. »Ein schönes Mädchen wie Ihr sollte ...«

Nick hatte ihn mit drei Schritten erreicht, packte ihn von hinten an den Oberarmen und beförderte ihn mit einem kräftigen Stoß in den Springbrunnen. »Ich glaube, Ihr braucht dringend eine Abkühlung, Sir.«

»Nick ... Gott sei Dank«, murmelte Mary. Ihr Körper, der eben noch steif wie ein Brett gewesen war, entspannte sich. Sie machte einen Schritt auf ihn zu und streckte ihm beide Hände entgegen. Es war eine Geste der Begrüßung, aber ebenso der Griff einer Ertrinkenden nach dem rettenden Balken.

Nick verneigte sich vor ihr. Diese Gewohnheit hatte er nie abgelegt, auch wenn Mary unverändert als königlicher Bastard galt und es nach wie vor verboten war, sie Prinzessin zu nennen oder mit »Hoheit« anzusprechen. Dann ergriff er ihre Hände und führte die Rechte kurz an die Lippen.

Unterdessen hatte der durchtränkte Galan sich im knietiefen Wasser aufgerichtet, rückte den tröpfelnden roten Hut zurecht und stieg lachend aus dem Brunnen. »Sonderbare Anstandsdamen habt ihr hier in England«, bemerkte er vergnügt und drosch Nick auf die Schulter – anscheinend kein bisschen beleidigt über das unfreiwillige Bad.

»Lasst mich Euch miteinander bekannt machen, Gentlemen«, erbot Mary sich, wenngleich ihre strenge Miene verriet, dass die Höflichkeit sie Mühe kostete. »Lord Waringham: Dies ist Philipp, Pfalzgraf bei Rhein. Lieber Graf: der Earl of Waringham.«

Nick reichte dem Grafen die Hand. »Eine Ehre, Euer Gnaden.«

Er hatte schon allerhand von diesem Philipp gehört. »Der Streitbare« wurde er genannt, und das zu Recht. Vor elf Jahren hatte Philipp mehr oder minder eigenhändig die Türken von den Toren Wiens verjagt.

Der Pfalzgraf – und der Teufel mochte wissen, was genau das war, Nick jedenfalls wusste es nicht – schlug enthusiastisch ein.

»Meinerseits, Mylord.« Der breite, beinah üppige Mund schmunzelte, und Lachfalten milderten die strengen Züge dieses nicht mehr jungen Gesichts. Aber Nick ließ sich nichts vormachen. Der Blick der hellbraunen Augen war scharf und spöttisch. Eine Warnung. Philipp Pfalzgraf bei Rhein ist kein Mann, den man ein zweites Mal ungestraft in einen Brunnen wirft, sagte dieser Blick.

Na schön, dachte Nick flüchtig und nickte ihm zu. Er wusste es zu schätzen, vorgewarnt zu werden.

»Lady Mary und ich waren gerade im Begriff, einen Spaziergang zu machen«, erklärte Philipp scheinbar beiläufig.

»Das klingt großartig. Erlaubt, dass ich Euch Gesellschaft leiste.«

»Aber unbedingt«, erwiderte der Pfalzgraf und fügte hinzu: »Seid so gut und entschuldigt mich einen Moment, ich würde gern trockene Kleider anlegen.«

»Gewiss, lieber Graf«, sagte Mary und setzte sich auf die steinerne Bank am Brunnen. Dort verharrte sie, bis Philipp durch die Eibenhecke verschwunden war, dann sprang sie auf. »Schnell. Nichts wie weg hier, eh er zurückkommt …«

Nick warf ihr einen prüfenden Blick zu und nickte. »Wie Ihr wünscht, Madam.« Er reichte ihr den Arm.

Mary hakte sich bei ihm ein und sagte zu der jungen Hofdame: »Ihr wart mir eine wirklich große Hilfe, Lady Claire.«

Das Mädchen senkte beschämt den Blick. »Vergebt mir, Madam. Es passierte so schnell … und er war so … Ich wusste nicht, was ich tun sollte. Er … macht mir Angst.«

»Warum?«, gab Mary verwundert zurück. »Er ist nur groß und laut, nichts sonst. In etwa so wie Lord Sidneys Hund.«

»Vor dem hab ich auch Angst, Lady Mary«, gestand die arme Claire so leise, dass man die Ohren spitzen musste, um es zu hören.

Mary bedachte sie mit einem verächtlichen Blick. »Ich hoffe, Ihr habt keine Angst vor einem strammen Marsch durch die Wälder? Nein? Dann lasst uns gehen. Aber seid so gut und haltet zwanzig Schritte Abstand, ich habe mit Lord Waringham zu reden.«

Nick kam nicht zum ersten Mal in den Sinn, dass sie genauso scharfzüngig sein konnte wie ihr Vater.

Den Tränen nahe knickste die gemaßregelte junge Hofdame und wartete, bis Mary und Nick ein Stück vorausgegangen waren, ehe sie folgte.

»Wie ich meine Lady Margaret vermisse«, sagte Mary und seufzte.

»Das glaube ich gern. Vor ihr wäre wohl selbst der streitbare Philipp in Ehrfurcht erstarrt.«

Aber Lady Margaret Pole, die Countess of Salisbury, die Mary durch ihre gesamte Kindheit begleitet und auch in den schweren Jahren unerschütterlich zu ihr gestanden hatte, war seit einem halben Jahr im Tower. Ihr Sohn Reginald – den der Papst zum Kardinal ernannt hatte, obwohl er nicht einmal Priester war, nur um den König von England zu ärgern – hatte aus dem Exil eine bitterböse Streitschrift verfasst und in England verbreiten lassen, die den König für seine Loslösung von der Kirche geißelte. Henry, der mit den Jahren immer argwöhnischer geworden war und hinter jedem geflüsterten Wort ein Komplott witterte, hatte sich von Cromwell überzeugen lassen, die Poles planten eine Revolte, um ihn – den König – durch einen aus ihren Reihen zu ersetzen. Cromwell erinnerte Henry daran, dass Lady Margaret und ihre Söhne und Enkel die letzten Nachkommen des Hauses York seien, und beschwor die Schrecken der furchtbaren Rosenkriege herauf. Und so hatte Henry alle Poles verhaften und Reginalds ältesten Bruder hinrichten, den jüngeren foltern lassen, bis der anfing, alle verräterischen Pläne zu gestehen, die Cromwell ihm in den Mund legte.

»Hast du irgendetwas von Lady Margaret gehört?«, fragte Mary. Weil niemand sie hörte, verzichtete sie auf Förmlichkeiten. Wie immer schritt sie zügig aus, und die arme Lady Claire war schon fünfzig Schritte zurückgefallen und hatte offenbar Mühe, ihnen zu folgen.

Nick schüttelte den Kopf. »Ich wollte sie besuchen, aber man hat mich nicht zu ihr gelassen. Der Constable hat mir indes versichert, es gehe ihr gut, sie habe es bequem und warm und genügend

Gesellschaft, und der König habe ihr sogar ein neues Kleid bezahlt.«

»Wie fürsorglich ...«, knurrte Mary.

Nick hob ein wenig ratlos die Schultern. »Es könnte schlimmer sein.« Er reichte ihr die Hand, um ihr beim Überklettern einer kleinen Bruchsteinmauer behilflich zu sein, die die Schafweide einfriedete, und jenseits der Mauer gelangten sie in den Schatten des Waldes. Es war unverändert warm und sonnig. Das Laub leuchtete im hellen Frühlingsgrün, und die Sonne blinzelte hindurch und malte goldene Tupfen auf den Pfad. »Und wie geht es dir, Hoheit?«, fragte er. »Vom leidenschaftlichen Werben deines Verlobten einmal abgesehen?«

Sie bedachte ihn mit einem finsteren Blick. »Ich werde Philipp niemals heiraten, Nick, und wenn der König vor Wut platzt«, verkündete sie mit der ihr eigenen Entschlossenheit.

»Warum nicht? Er ist ein sehr ehrenhafter Mann, habe ich gehört ...«

»Ja, das haben wir eben gesehen, nicht wahr?«

»Mary. Du bist vierundzwanzig Jahre alt. Es wird allerhöchste Zeit.«

»Wie charmant, mich daran zu erinnern. Aber wie du weißt, lege ich keinen Wert aufs Heiraten.«

»Aber das musst du.«

»Warum?«, konterte sie trotzig. »Wieso kann nicht einfach alles so bleiben, wie es ist?«

Die Geburt ihres Bruders hatte Marys Leben einfacher gemacht, wusste Nick, und sie mit vielem versöhnt, was in der Vergangenheit geschehen war. Der aussichtslose Kampf um ihre Anerkennung als Thronerbin hatte ein Ende. Sie hatte diese Position mit Selbstverständlichkeit und Erleichterung dem kleinen Prinz Edward überlassen. Und da ihre jüngere Schwester Elizabeth nun ebenso als Bastard galt wie Mary, gab es auch keinen Anlass mehr, mit ihr zu konkurrieren. Meistens lebten die Geschwister, die in Alter und Temperament so verschieden, die alle drei mutterlos waren und die im Grunde nur der ewig abwesende Vater verband, friedlich zusammen im Haushalt des

Prinzen in einem der abgelegeneren Paläste – nicht selten in Hatfield.

»Weil die Dinge nie so bleiben, wie sie sind«, belehrte Nick sie. »Und du könntest es schlechter antreffen als mit Philipp.«

»Ah ja? Ich habe Mühe, mir das vorzustellen. Er ist ein Mitgiftjäger, Nick. Nur deswegen will er mich haben.«

Es stimmte, Philipp war für seine ständigen Geldnöte berüchtigt. Nach seinem grandiosen Sieg über die Türken war er mit Ehren überhäuft worden, aber Land oder Geld hatten seine Verdienste ihm nicht eingebracht. Er teilte sich ein winziges Herzogtum irgendwo in Bayern mit seinem Bruder, und da sie beide auf großem Fuße lebten, reichten ihre Einkünfte niemals aus.

»Es ist nicht seine Schuld, dass der Kaiser ihm kein anständiges Lehen gibt.«

»Doch, Nick. Es *ist* seine Schuld. Und damit kommen wir zum größten Hindernis dieser Ehe: Philipp ist Reformer. Schlimmer noch: Er ist Lutheraner. Aber lieber sterbe ich, als einen Ketzer zu heiraten.«

Nick wusste, das meinte sie todernst. Sie hatte sehenden Auges ihr Leben aufs Spiel gesetzt, um für ihre Mutter und die Hoheitsansprüche des Papstes über die englische Kirche einzutreten, und sie würde das gleiche wieder tun.

»Und außerdem hat er die französische Krankheit«, fügte sie hinzu und schauderte. »Nein, vielen Dank.«

Nick starrte sie entgeistert an. »Im Ernst? Ähm ... über so etwas spricht eine Dame nicht, richtig?«

»Nein, ich weiß. So etwas verschweigt man einer Dame vornehm, um Anstand und Sitte zu wahren. Sie findet es ja schließlich früh genug heraus, wenn ihr Gemahl sie angesteckt hat, nicht wahr? Aber wenigstens auf Chapuys ist noch Verlass. Er hat ›versehentlich‹ den Bericht seines Informanten auf meinem Tisch liegen lassen, der dieses pikante Detail enthüllte.«

»Puh«, machte Nick. »Ich sehe, die Angelegenheit ist vertrackter, als ich dachte.« Sie gingen ein Stück schweigend, und schließlich sagte er versonnen: »Wer weiß, vielleicht wird der König ja bald feststellen, dass Philipp doch nicht der Traumschwiegersohn ist.«

»Wieso glaubst du das?«

»War es nicht Philipp, der im Auftrag des Herzogs von Jülich und Kleve die Ehe deines Vaters mit Anna von Kleve ausgehandelt hat?«

»Doch. Der Herzog und Philipp sind Verbündete. Brüder im Unglauben, wenn du so willst.«

»Hm. In London heißt es, der König suche bereits nach Wegen, sich von Anna scheiden zu lassen.«

Mary bleib stehen und starrte ihn an.

Nick hob vielsagend die Schultern. »Sie ... gefällt ihm nicht.«

»Warum nicht? Ich finde sie reizend. Und sie ist hübsch. Wenn auch vielleicht keine Dame von großer Würde oder Bildung.«

»Vielleicht ist es das. Der König liebt Musik und schöne Verse und Esprit. So unterschiedlich seine Gemahlinnen bislang auch waren, haben sie diese Neigungen doch alle geteilt. Anna von Kleve, erzählt meine Schwester, interessiert sich hingegen nur für Nadelarbeit.«

Mary verzog spöttisch den Mund. »Er hat sich nie beklagt, wenn meine Mutter ihm die Hemden genäht hat.«

»Nein. Aber worauf ich hinauswill, ist dies: Wenn er Anna verstößt, wird deren Bruder, Herzog Wilhelm, vermutlich ziemlich verstimmt sein. Und dann wird dein Vater vielleicht keine Neigung mehr verspüren, Wilhelms Verbündetem deine Hand zu geben.«

»Ich werde mich sträuben, solange es geht«, verkündete sie grimmig.

Nick lächelte ihr zu. »O ja. Ich weiß, Hoheit.«

Als sie zum Palast zurückkehrten, war von Philipp weit und breit nichts zu entdecken. Nick geleitete Mary ins Haus, denn es wurde bald Zeit zum Essen, und in der Eingangshalle begegneten sie Lord Sidney, dem Chamberlain des prinzlichen Haushalts.

»Ah, Lady Mary, Lord Waringham«, grüßte er mit einer höflichen Verbeugung.

Mary gab Lady Claire ihr Schultertuch, entließ sie mit einem etwas schroffen Wink und fragte Sidney: »Ihr habt nicht zufällig

Graf Philipp gesehen? Nur damit ich weiß, welchen Teil des Palastes ich meiden sollte.«

»Er ist nach London geritten, Madam«, teilte der Chamberlain ihr mit.

»Umso besser.« Sie wandte sich zur Treppe. »Bleibt Ihr zum Essen, Mylord?«, fragte sie Nick über die Schulter.

»Gern.«

Nachdem Mary verschwunden war, deutete Sidney auf eine Doppeltür zur Linken. »Ihr werdet Eure Gemahlin in den prinzlichen Gemächern finden.«

Er sagte es ohne jeden Anflug von Befremden oder Hohn. Niemand hier außer Mary wusste, wer genau Polly war, und Mary hütete das Geheimnis wie ihre kostbarste Bibel.

Nachdem Nick aus der Haft entlassen und mit seiner Familie nach Waringham zurückgekehrt war, hatte Lord Shelton ihn dort wenige Wochen später aufgesucht und sich in aller Form entschuldigt, dass er Lord Waringham in eine so unstandesgemäße Ehe gezwungen habe. Nick hatte entgegnet, dass das schwerlich Sheltons Schuld gewesen sei. Dieser hatte sich dennoch verantwortlich für die *Mesalliance* gefühlt und Nick angeboten, ihn von der Gegenwart seiner Gemahlin und ihrer Kinder in Waringham zu erlösen.

»Wie stellt Ihr Euch das vor?«, hatte Nick gefragt, hin- und hergerissen zwischen Argwohn und Hoffnung.

»Die kleine Elizabeth jammert von früh bis spät nach Eurer Frau und Eurer Tochter, Mylord«, hatte Shelton ihm erklärt. »Ein Wort von mir in das Ohr des Königs, und er wird Lady Waringham als Gouvernante zurück zu Elizabeth befehlen.«

»Ich werde darüber nachdenken«, hatte Nick in Aussicht gestellt, aber in Wahrheit war seine Entscheidung schon gefallen, während er das sagte.

Das Leben in Waringham war für sie alle unerträglich gewesen. Die Bauern schnitten Polly. Nick hatte versucht, ihnen zu erklären, dass das Malheur überhaupt nicht ihre Schuld gewesen sei, aber für die kleinen Leute von Waringham änderte das nichts.

Polly sei eine Gans, die sich mit Pfauenfedern schmücken wolle, hatte Nick den jungen Adam im Wirtshaus zu seinem Bruder sagen hören, und das war eine treffende Umschreibung dessen, was die Leute empfanden. Sie waren beleidigt, dass eine der Ihren sich über sie erhoben hatte, und das würden sie Polly niemals verzeihen. Sumpfhexe tat ihr Bestes, um die Lage zu verschlimmern. Wenn Nick ihr beim Kirchgang oder im Burghof begegnete, verhöhnte sie ihn vor möglichst großem Publikum, und sie war abscheulich zu seinen Kindern, wann immer sie Gelegenheit dazu fand.

Polly war verzweifelt, wurde blass und apathisch. Dann war zu allem Überfluss auch noch ihre Mutter gestorben – die einzige in Waringham, die unerschütterlich zu ihr gehalten hatte. In ihrer Einsamkeit und Furcht folgte Polly Nick auf Schritt und Tritt, und er erstickte beinah in ihrer ständigen Nähe. Nachts klammerte sie sich an ihn, und wenn sie glaubte, er schliefe, weinte sie bitterlich.

So war es gekommen, dass Polly genauso erleichtert gewesen war wie Nick, als er sie zu den Weihnachtsfeierlichkeiten mit an den Hof genommen hatte. Das war vor dreieinhalb Jahren gewesen, und weder Polly noch die Kinder hatte man in Waringham seither gesehen.

Genau wie Mary hatte auch Lord Shelton immer Diskretion gewahrt, und im vergangenen Winter war er gestorben. Die Damen und Gentlemen im Haushalt des Prinzen hatten nie Verdacht geschöpft, Lady Waringham könne bäuerlicher Herkunft sein, weil sie ihnen keinen Anlass dazu gegeben hatte. Vielleicht wurde hier und da darüber spekuliert, warum Nick keine de Vere oder Fitzalan oder eine andere Dame des alten Adels geheiratet hatte, aber sie hielten Polly schlimmstenfalls für die Tochter irgendeines unbedeutenden Landedelmanns aus Kent, Essex oder vielleicht Sussex. Polly hatte gelernt, feine Kleider zu tragen und Damasttuch mit Seidenfäden zu besticken, statt wie früher Wolle zu spinnen, und dass sie nicht lesen konnte, erregte keinen Argwohn, denn viele Gentlemen vom Lande vernachlässigten die Schulbildung ihrer Töchter. Wenn Polly nicht wusste, wie sie sich verhalten sollte, hielt sie sich einfach im Hintergrund und bestach durch vornehme Zurückhaltung. So war der öffentliche Skandal bislang ausgeblieben. Das änderte indes nichts an der Schande, die Nick empfand, denn *er* wusste ja, wer seine Frau in Wahrheit war …

Er fand sie in einem großen hellen Raum voller Kinder. Auf dem schwarz-weiß gefliesten Marmorboden war eine dicke Samtdecke ausgebreitet worden. Dort kniete Polly und hielt den zweieinhalbjährigen Prinzen mit dem linken Arm auf dem Schoß, während sie mit der Rechten ein Spielzeugpferd über die Decke schob. Prinz Edward verfolgte dessen Weg mit konzentrierter Miene, ebenso wie seine gleichaltrige Cousine Jane Grey – Suffolks Enkelin. An einem Tisch vor einem der hohen Fenster saßen Nicks Kinder Eleanor und Francis mit der kleinen Elizabeth und Jerome Dudleys achtjährigem Neffen Robin über ihre Schularbeiten gebeugt. Ein Tutor mit strenger Miene schritt hinter ihnen auf und ab.

Bei Francis blieb er stehen. »Was soll das darstellen, Waringham?«

Der Fünfjährige sah zu ihm hoch. »Eine Reihe R's, wie Ihr gesagt habt, Sir.«

Francis lernte gerade erst das Alphabet, während seine zwei Jahre ältere Schwester, der junge Dudley und Elizabeth schon die ersten lateinischen Vokabeln paukten.

Der Lehrer runzelte die Stirn. »Und du hast dir gedacht, je größer du die Buchstaben malst, desto schneller ist die Reihe voll?« Er verpasste dem Jungen eine Kopfnuss. »Ich schlage vor, du schreibst noch einmal zwei Reihen dazu, junger Mann.«

Francis' Miene verfinsterte sich, bis er Nick an der Tür entdeckte. »Vater!« Er vergaß Lehrer und Schreibaufgaben, sprang von seinem Schemel auf und kam mit ausgestreckten Armen herübergelaufen. »Vater, endlich bist du gekommen!«

Nick hob ihn lachend zu sich hoch, küsste ihn auf die Stirn und setzte ihn auf seinen linken Arm. »Francis. Mir scheint, du bist schon wieder gewachsen. Bald kann ich gar nicht mehr Knirps zu dir sagen, Knirps.«

Der Junge kicherte und schlang die Arme um seinen Hals.

Auch die anderen Schulkinder nutzten die Entschuldigung dankbar, ihren Aufgaben für ein paar Augenblicke zu entrinnen, und standen auf, um den Ankömmling zu begrüßen.

Nick stellte Francis auf die Füße und beugte sich zu den Kindern herunter. Über ihre Köpfe hinweg zwinkerte er Polly zu. Sie setzte den Prinzen auf die Samtdecke und erhob sich.

»Habt Ihr uns wieder Orangen mitgebracht, Mylord?«, fragte Elizabeth.

»Habt Ihr das wilde Pferd dabei, von dem Ihr uns erzählt habt?«, wollte der junge Dudley wissen, dem kein Spiel je zu gefährlich war und der schon heute ein Draufgänger zu werden versprach.

Eleanors leise Stimme ging fast unter: »Kannst du dieses Mal ein paar Tage bleiben?«

Er strich ihr über den blonden Schopf. »Bis morgen früh«, antwortete er und wandte sich an ihre Mutter, um Eleanors Enttäuschung nicht sehen zu müssen.

Er nahm Pollys Rechte in beide Hände und führte sie an die Lippen. »Du bist eine Augenweide, Lady Waringham«, murmelte er.

Das war sie wirklich. Ihr Kleid war von einem schlichten Braun – der Position einer Gouvernante angemessen –, doch der Ton spiegelte exakt die Farbe ihrer Augen wider. Das feine Leinen war in sich gemustert, dezent, aber elegant, und die passende französische Haube saß tadellos und stand ihr hervorragend.

»Danke.« Polly lächelte und hielt seine Hand noch einen Moment fest. »Geht es dir gut? Und allen anderen zu Hause?«

»Bestens«, versicherte er, so wie er es immer tat, auch dann, wenn es nicht stimmte.

»Ladys und Gentlemen, es gibt kein Essen, ehe die Aufgaben fertig sind«, beschied der Schulmeister. »Darum schlage ich vor, ihr macht euch wieder an die Arbeit.«

»Ich bin fertig«, antworteten Elizabeth und Eleanor im Chor.

»Dann begleitet mich in den Garten und erklärt mir, was um Himmels willen das für seltsame Vögel sind, die ich dort draußen auf dem Weiher schwimmen sehe.« Nick wies aus einem der großen Fenster.

»Pelikane«, belehrte Elizabeth ihn und blies sich eine rote Haarsträhne aus der Stirn.

»Wie bitte?«

»Sie heißen Pelikane«, wiederholte die einstige Prinzessin untypisch geduldig. »Sie kommen aus der Neuen Welt.«

»Ist das wahr? Kommt, zeigt sie mir. Wenn Ihr gestattet, Doktor Cox?« bat er den Lehrer höflich auf Latein.

Der nickte unwillig. »Meinetwegen.«

Selig nahmen die beiden Mädchen ihn jede bei einer Hand und entführten ihn in den Park.

Das Essen, welches am späten Nachmittag in der kleinen, behaglichen Halle von Hatfield Palace eingenommen wurde, gestaltete sich lebhafter als üblich, weil Elizabeth, Eleanor und Robin Dudley daran teilnahmen. Normalerweise aßen die Kinder unter der Aufsicht einer Gouvernante in der Kinderstube, doch Lord Sidney, der Chamberlain, bestand darauf, dass sie gelegentlich an die Tafel kamen, damit sie höfische Tischsitten lernten.

»Wo ist denn dein Graf, Schwester?«, fragte Elizabeth, die an Marys linker Seite saß.

»Er ist nicht *mein* Graf, Elizabeth«, stellte Mary ein wenig verdrossen klar.

»Richtigerweise sollte Eure Frage lauten: ›Wo sind denn Seine Gnaden, Pfalzgraf Philipp bei Rhein von Pfalz-Neuburg‹«, belehrte Richard Cox, der Schulmeister, das kleine Mädchen.

Elizabeth verdrehte die Augen und tauschte einen beredten Blick mit Eleanor, ehe sie artig wiederholte: »Wo sind denn Seine Gnaden, Pfalzgraf Philipp … Dingsda?«

Mary lächelte ihr verschwörerisch zu. »Pfalzgraf Philipp Dingsda musste leider zurück nach London reiten, um die Hansekaufleute anzubetteln, weil er wieder einmal abgebrannt ist. Er wird uns wohl erst nächste Woche wieder mit seiner Gegenwart erfreuen.«

Elizabeth klimperte mit den langen Wimpern. »Ooh, wie überaus betrüblich.« Sie hob das kostbare venezianische Weinglas und spreizte in übertriebener Vornehmheit den kleinen Finger ab, während sie trank.

Alle lachten, nur Lord Sidney runzelte die Stirn. »Lady Elizabeth, Ihr seid nicht an die Tafel gebeten worden, um Possen zu reißen. Dafür haben wir einen Narren.«

»Dann schickt nach ihm!«, schlug Robin Dudley vor, und seine dunklen Augen leuchteten auf.

»Nichts da«, gab Sidney zurück. »Wie Doktor Cox mir berichtet, hast du heute wieder einmal alles andere als Belohnung für deine Taten verdient, junger Mann.«

Robin hatte sichtlich Mühe, sich eine freche Grimasse zu verkneifen. Er wandte sich an Nick: »Was ist nun, Mylord? Habt Ihr Euren verrückten Andalusier mitgebracht?«

Nick schüttelte den Kopf. »Er ist noch zu jung, um ihn zu reiten, Robin.«

»Ein Zweijähriger?«

»Genau. Und er ist der bockigste Gaul, der mir je untergekommen ist, darum bin ich keineswegs sicher, ob es nicht vielleicht einfach noch zu früh für ihn ist und ich ihn den Sommer über auf der Weide stehen lassen sollte. Es ist das erste Mal, dass ich einen Andalusier ausbilde, darum habe ich noch keine Erfahrungen.«

»Hat er Euch wieder abgeworfen?«

»Wenigstens zwei Dutzend Mal.«

»Und verprügelt Ihr ihn, wenn er das macht?«

»Niemals. Er tut nur, was seiner Natur entspricht. Mit Prügeln kann man ihm nichts beibringen, nur mit Geduld und Nachsicht.«

»Dann haben Eure Rösser ein besseres Leben als Doktor Cox' Schüler, Mylord«, stellte Robin Dudley trocken fest. »Ich tue auch nur, was meiner Natur entspricht, doch diese Entschuldigung hat mich noch nie gerettet.«

»Weil du im Gegensatz zu meinem Andalusier einen Verstand besitzt, an den man appellieren und Ansprüche stellen kann, Robin«, erklärte Nick.

»Und der doch ständig angezweifelt wird«, konterte der Junge schlagfertig.

Alle außer Doktor Cox lachten. »Wir sprechen uns noch, Bürschchen«, knurrte der Schulmeister, und es klang unheilvoll.

Aber Robin Dudley war unbeeindruckt. Er hörte gar nicht hin. Stattdessen vertraute er Nick an: »Ich würde Euren Andalusier so gern einmal sehen. Und Euer Gestüt.«

Ein Pferdenarr hatte es immer leicht, Nicks Herz zu erobern. »Vielleicht wenn der Haushalt des Prinzen das nächste Mal nach Eltham übersiedelt?«, schlug er vor. »Nicht weit von dort nach Waringham.«

»Die Frage ist nur, ob Master Dudley dem prinzlichen Haushalt dann noch angehört«, raunte Lord Sidney seinem Mandelpudding zu. »Wie ich kürzlich schon Seiner Majestät sagte: Was Prinz Edward ganz sicher nicht braucht, ist ein Gefährte, der einen schlechten Einfluss auf ihn ausübt und ihm nur beibringt, sich wie ein Fuchs im Hühnerstall zu benehmen.«

»Wie galant, Mylord«, bemerkte Mary. »Meine Schwester und ich wären in dem Falle die Hühner, nehme ich an?«

Das fanden vor allem Elizabeth und Eleanor komisch. Sie kicherten in ihre Seidentüchlein, doch Robin Dudley saß mit hochgezogenen Schultern an seinem Platz, erdolchte Sidney mit Blicken und hatte das Essen eingestellt.

»*Contenance*, Dudley«, flüsterte Nick ihm zu. »Sie ist meistens das einzige, was einem bleibt, wenn man eine zu lose Zunge hat. Glaub mir, ich bin Experte.«

Der Junge entspannte sich und schenkte ihm ein strahlendes Lächeln.

»Wie geht es den armen Waisenkindern in der Krippe, Vater?«, fragte Eleanor höflich, unverkennbar eifersüchtig auf Robin, weil der die Aufmerksamkeit ihres Vaters auf sich gezogen hatte.

Nick wies mit dem Speisemesser auf das zarte Lammfleisch vor sich. »Solche Gaumenfreuden bekommen sie jedenfalls nicht. Aber sie können sich trotzdem glücklich schätzen, Eleanor, weil sie einen sicheren Platz gefunden haben, wo es im Winter ein Feuer gibt und meistens genug zu essen. Die vielen armen Kinder auf der Straße haben nicht einmal das.«

»Warum gibt es denn so viele arme Kinder auf der Straße?«, fragte seine Tochter und brachte ihn mit ihrer kindlichen Arglosigkeit in Nöte. *Weil der König ihnen und ihren Eltern die Lebens-*

grundlage gestohlen und mit den Klöstern die einzige Hilfe abge-
schafft hat, auf die sie früher hätten bauen können, lautete die
ehrliche Antwort, aber er glaubte nicht, dass er sich an dieser Tafel
damit Freunde machen würde.

»In einer großen Stadt gibt es immer viel Armut«, sagte er
stattdessen. »Waisen, Arme und Kranke, die ihr Brot nicht selbst
verdienen können und darum auf unsere Mildtätigkeit angewiesen sind.«

Eleanor ließ nicht locker. »Aber es sind mehr geworden. Habt
Ihr das nicht kürzlich gesagt, Lady Mary?«

Mary nickte. Offenbar sah sie Nicks warnenden Blick aus dem
Augenwinkel, doch sie hob trotzig das Kinn und war im Begriff, irgendetwas zu sagen, womit sie sich in Teufels Küche bringen
würde, als Elizabeth ihr zuvorkam.

»Da kommt dein treuer Freund Chapuys, Schwester.« Sie
zeigte unfein mit dem Finger zum Fenster, besann sich sofort, zog
den Finger hastig zurück und nickte stattdessen diskret in die gleiche Richtung.

Alle wandten die Köpfe und sahen den kaiserlichen Gesandten
draußen vom Pferd steigen.

Nick schaute wieder zu Elizabeth und fragte sich, ob es Zufall
oder Absicht gewesen war, dass sie ihre große Schwester vor einer
Dummheit bewahrt hatte.

»Oh, das war kein Zufall, glaub mir«, versicherte Polly ihm, als er
ihr diese Frage einige Stunden später in der Abgeschiedenheit
ihrer Kammer stellte. »Elizabeth ist das gescheiteste Kind, das ich
je gesehen habe. Manchmal ist sie mir richtig unheimlich. Ihr entgeht nichts. Wenn du denkst, sie liest, hört sie doch jedes Wort, das
gesprochen wird, und was sie hört, vergisst sie niemals. Sie ist erst
sieben Jahre alt, Nick, aber ich schwöre dir, sie weiß mehr von der
Welt als ich.«

Nick streifte die Schaube ab und zog sich das Wams über den
Kopf. »Na ja, das ist kein Kunststück«, entgegnete er grinsend,
und als sie ihm daraufhin entrüstet mit der Faust drohte, schloss er
sie in die Arme. »Du hast mir gefehlt.«

Polly seufzte leise. »Wie gern ich das glauben würde …«

»Aber es ist so«, beharrte er und löste die Schleife ihrer Haube. Seine Finger waren ungeschickt, weil sie es so eilig hatten, und er wusste, er würde es nicht mehr schaffen, seine Frau in Ruhe zu entblättern. Er streifte ihr Haube und Haarnetz ab, legte die Linke in ihren Nacken, zog sie an sich und küsste sie.

Polly lachte leise, und als seine Lippen sich von ihren lösten, fragte sie: »So ungestüm, Mylord? Sag nicht, du warst mir treu, seit du zu Ostern hier warst …«

Er drängte sie rückwärts zum Bett und öffnete mit Mühe genügend Haken ihres Kleides, dass er es bis über die Brüste herabstreifen konnte.

»Warte.« Polly legte sacht die Hände auf seine Schultern und schob ihn von sich, lange genug, um aus dem Kleid zu schlüpfen und es über einen nahen Sessel zu hängen. »Es knittert so leicht.«

»Und wenn schon«, murmelte er, zog sie wieder an sich und streifte die Träger ihres Hemdes herab. Er senkte den Kopf, steckte die Nase zwischen ihre Brüste und atmete tief, dann nahm er eine der rosa Spitzen zwischen die Lippen. Als Pollys Hand sich in seinen Hosenbund schlängelte, schloss er die Augen, beförderte seine Frau mit einem plötzlichen Stoß aufs Bett und sank zwischen die einladend geöffneten Schenkel. Während sie das Hemd ganz abstreifte, schnürte er seine Hosen auf und drang dann mit solchem Elan in sie ein, dass Polly scharf die Luft einzog.

Mit geschlossenen Augen suchte und fand er wieder ihre Lippen, fuhr mit der Zunge darüber und nahm behutsam die Unterlippe zwischen die Zähne, während sein Glied tiefer in sie glitt, sich langsam zurückzog, wieder zustieß.

Polly wölbte sich ihm entgegen. Fiebrig vor Gier zerrte er ein Kissen herbei und schob es ihr unter die Hüften. Einen Moment betrachtete er dieses wunderbar lüsterne Geschöpf mit den aufgelösten blonden Kringellocken und den geröteten Wangen, dann legte er die Hände auf ihre Schenkel und spreizte sie weiter, und als ihre glatten, muskulösen Beine sich um seine Hüften schlangen, hielt ihn nichts mehr.

Keuchend lagen sie schließlich still. Nick fühlte sich unangenehm gefesselt in seinen feuchten Kleidern, aber er wollte nicht ungalant sein und gleich wieder aufspringen. Polly legte die Hände auf seine Schläfen und küsste seine geschlossenen Lider. »Ich fange an, dir zu glauben, dass du mich vermisst hast.«

Er hörte das Lächeln in ihrer Stimme und musste sich zusammennehmen, um sich nicht loszureißen.

»So stürmisch habe ich dich lange nicht erlebt.«

Er stützte sich auf einen Ellbogen, nahm eine ihrer Hände, führte sie an die Lippen und sagte nichts. Was sollte er sagen? Dass es Janis Finley war, an die er gedacht hatte, als er die Augen schloss?

Pollys Lächeln verschwand – ganz allmählich, so wie die Sonne langsam verblasst, wenn Schleierwolken aufziehen. Aber auch sie schwieg.

Nick löste sich von ihr und stand auf. Auf dem Weg zum Tisch band er seine Hosen zu. Dann schenkte er sich einen Schluck Wein ein und trank.

»Was ist es?«, hörte er sie schließlich fragen.

Ohne verräterische Hast wandte er sich um. »Gar nichts.«

Im Licht der einzelnen Kerze, die auf der Truhe neben dem Bett stand, wirkten Pollys Augen riesig und schwarz. »Du ... hast ein schlechtes Gewissen.«

»Ah ja?«

»Bist du gekommen, um Francis zu holen? Ist es das, was mir zu sagen du nicht fertigbringst? Denkst du, mit fünf Jahren braucht ein Junge seine Mutter nicht mehr, und es wird Zeit, dass dein Sohn nach Hause zurückkehrt, damit er reiten lernt, bevor er lesen kann, wie es sich für einen Waringham gehört?«

»Unsinn«, gab er unwirsch zurück, griff das Thema aber dankbar auf. »Ich war fünf, als meine Mutter starb, glaub mir, ich *weiß*, dass das zu früh ist, um ein Kind von der Mutter fortzureißen. Und davon abgesehen, Polly ... Warum sollte ich Francis nach Hause holen?«

Sie setzte sich auf und wickelte sich in eins der verknitterten Laken. »Du sollst ja gar nicht. Nicht jetzt, meine ich. Aber irgendwann musst du es tun, oder nicht?«

Nick tauchte ein Handtuch in die Waschschüssel auf der Truhe und fuhr sich damit über Gesicht und Arme. »Du weißt, wie ich darüber denke«, entgegnete er. Abweisend genug, so hoffte er, um das Thema zu beschließen.

Aber so leicht wollte Polly ihn anscheinend nicht davonkommen lassen. »Nein, Mylord, ich hab ehrlich gesagt keine Ahnung, wie du darüber denkst. Weil du nie darüber sprichst. Als Lord Shelton uns verheiratet hat, hast du gesagt, wenn das Kind ein Junge wird, würde er niemals Lord Waringham, sondern Mönch. Aber jetzt gibt's keine Klöster mehr und keine Mönche.«

Er nickte. Das machte die Dinge in der Tat noch vertrackter, als sie ohnehin schon waren. Denn auch die Frage, was aus unliebsamen oder überzähligen Töchtern und Söhnen werden sollte, die man früher ins Kloster gesteckt hatte und dort ein Leben lang gut versorgt wusste, hatten König Henry und Cromwell nicht bedacht. Doch was Nick erwiderte, war: »Es gibt noch jede Menge Klöster. In Schottland, in Irland, in Frankreich … überall.«

»Das kann nicht dein Ernst sein«, protestierte sie entsetzt.

»Nein.« Er seufzte ungeduldig und zog sein Wams über. »Herrgott, Polly, ich weiß noch nicht, was aus dem Jungen werden soll. Es ist schwierig. Alles wäre einfacher, wenn er ein Mädchen geworden wäre, aber …«

»Aber Gott hat anders entschieden«, unterbrach sie ihn. »Denk mal drüber nach.«

»Oh, natürlich. Das Argument, dem niemand etwas entgegensetzen kann.«

»Francis ist der einzige Sohn, den du hast. So unwürdig ich auch sein mag, dir bleibt gar nichts anderes übrig, als ihm Waringham zu vererben.«

»Nein?« Seine Stimme wurde schneidend. »Wenn du dich da nur nicht täuschst. Ich habe auch noch einen Bruder.«

»Aber dein Sohn kommt vor ihm dran. So ist das Gesetz.«

»Sieh an. Du hast dich kundig gemacht, hm?«

Sie stand auf, hielt das Laken mit einer Hand am Hals geschlossen, trat ohne Eile auf ihn zu und sah ihm einen Moment in die

Augen. In den ihren stand Furcht. »Ich sag doch nur, wie es ist, Nick. Verstehst du denn nicht, dass Francis' Zukunft mir am Herzen liegt?«

»Und mir liegt sie nicht am Herzen, meinst du, ja? Aber ich habe auch eine Verantwortung Waringham gegenüber. Meinen Vorfahren und meinen Nachkommen. Ach.« Er winkte ungeduldig ab. »Das kannst du nicht verstehen.«

»Hättest du mich doch nie geheiratet«, schleuderte sie ihm entgegen. »Das wäre für mich und meine Kinder viel besser gewesen. So wie es jetzt ist, gehören wir nirgendwohin. Keiner will uns haben. Du nicht. Und die Menschen in Waringham auch nicht. Aber Francis *ist* dein Erbe, ob es dir nun passt oder nicht, und ich schwöre dir, ich werde tun, was ich kann, damit er zu seinem Recht kommt.«

Nick ging ohne Eile zur Tür. »Sei nicht zu siegesgewiss, Polly. Francis ist nur dann mein Erbe, wenn du beweisen kannst, dass ich dich je geheiratet habe. Die einzigen Zeugen unserer Trauung waren Vater David und Lord Shelton. Beide sind tot. Und im Pfarrregister von Eltham steht nur, dass ein gewisser Tamkin Nicholson eine gewisse Polly Saddler geehelicht hat.« Er öffnete die Tür und trat hinaus auf den Korridor. »Denk mal drüber nach.«

London, Juni 1540

»Was für eine Hitze.« John Harrison riss der Magd den Bierkrug beinah aus den Fingern und trank durstig. »Die Straßen sind ein Albtraum aus Staub und Fliegen.«

»Was du nicht sagst«, erwiderte Nick bissig. Er war von Kopf bis Fuß mit bräunlichem Staub bedeckt aus Hertfordshire zurückgekehrt. Er sehe aus, als habe man ihn in Teig gewälzt und dann gebacken, hatte Helen ihm zur Begrüßung eröffnet, als er sein Stadthaus in Farringdon betreten hatte.

John war derzeit dessen einziger ständiger Bewohner. Er unterhielt in dem alten Anwesen an der Shoe Lane seine Praxis. Die

Halle im ersten Stock hatte er in eine Bibliothek mit medizinischen und theologischen Werken verwandelt, die zwei ganze Wände füllten. Nick hatte keine Einwände erhoben, denn die Bücher verliehen dem Raum Behaglichkeit, und die Halle erinnerte ihn an die Bibliothek seines Vaters in Waringham.

Die eigentlichen Behandlungsräume befanden sich in dem Nebengebäude im Hof, das lange Zeit an eine Bäckerfamilie verpachtet gewesen war, und in der einstigen Goldschmiede daneben bot ein Apotheker seine Tinkturen und Pulver feil. Das Arrangement hatte sich bewährt. Nick weigerte sich, von John Pacht anzunehmen, weil der sein Cousin und ihm selbst außerdem daran gelegen war, dass das alte Haus nicht leer stand und verfiel; und John steckte das Geld, das er somit sparte, bereitwillig in die Krippe.

Nick hatte ein Bad genommen und frische Kleider angelegt, und als auch er nun von Helen einen Becher kühles Ale bekam, fiel alle Mühsal der Reise von ihm ab. Er setzte sich an den Tisch und streckte die langen Beine Richtung Fenster aus. »Hast du Hausbesuche gemacht?«

John nickte und setzte sich ihm gegenüber. »In der Vintry, in East Cheap und im Tower, ob du's glaubst oder nicht. Der Constable ließ mich zu Lady Margaret Pole rufen.«

»Ist es etwas Ernstes?«

John hob die Schultern. »Sie ist alt, Nick. Ihr Herz macht ihr zu schaffen.«

»Das ist kein Wunder. Auf die alten Tage findet sie sich plötzlich in Ungnade und im Tower eingesperrt. Der älteste Sohn hingerichtet, der zweite Sohn im Exil, der dritte ein Wrack seit der Streckbank und sogar ihre Enkel im Tower eingesperrt. Eine Schande ist das.«

John nickte bedrückt. »Und sind wir mal ehrlich: Das einzige Vergehen der Poles ist ihre nahe Verwandtschaft zum König und ihre konservative Glaubensauffassung. Aber Lady Margarets Kampfgeist ist ungebrochen. Sie hat zu mir gesagt, wenn Cromwell seinen Willen bekäme und sie zum Tode verurteilt werde, hoffe sie, dass man sie in einem Weinfass ertränkt wie ihren Vater, denn sie teile dessen Schwäche für Malvasier.«

Nick schüttelte den Kopf und lachte in sich hinein. »Ich hoffe, Cromwell wird sich die Zähne an ihr ausbeißen …«

John trank einen Schluck und nahm ein Stück Butterkuchen von der Platte, die Helen ihnen gebracht hatte. Ein wenig zögerlich biss er ab, kaute, schluckte und brummte dann zufrieden: »Helen ist und bleibt eine miserable Köchin, aber zumindest versteht sie sich darauf, den richtigen Bäcker auszuwählen.«

»Warum stellst du keine andere Magd ein, wenn sie immer noch die Suppe versalzt? Es gibt weiß Gott genug fleißige, ordentliche Frauen da draußen, die Arbeit suchen.«

»Hm, mal sehen«, gab John zurück, aber Nick hörte an seinem Tonfall, dass Helen sich keine Sorgen um ihre Stellung machen musste. John war so beseelt von seiner Arbeit und seinen Büchern, dass er vermutlich gar nicht merkte, was sie ihm vorsetzte. Oder möglicherweise war es auch so, dass Helen ihm das Bett wärmte, überlegte Nick, denn weder besuchte John die Londoner Hurenhäuser, noch schien er sich mit Heiratsabsichten zu tragen, aber auch er war schließlich nur ein Mann und sein Fleisch somit schwach …

»Ich bin anschließend noch in der Krippe vorbeigeritten«, riss John ihn aus seinen Spekulationen.

»Und? Irgendwelche außergewöhnlichen Katastrophen?«

»Im Gegenteil. Diese Janis Finley ist ein großer Gewinn. Sie unterrichtet nicht nur die Mädchen, sondern sie stellt das ganze Haus auf den Kopf. Sie hat auf dem Getreidemarkt einen neuen Händler aufgetan, der uns ab einer bestimmten Menge preiswerter beliefert als der alte. Und sie hat angefangen, diese Papierberge zu sichten und zu ordnen, die sich immer noch auf dem Tisch des Priors stapeln. Lady Meg sagt, sie weiß schon gar nicht mehr, was wir ohne Janis gemacht haben.«

Nick nahm sich ebenfalls ein Stück Butterkuchen. »Und hast du irgendetwas über sie herausgefunden?«, fragte er und biss ab.

»Allerhand. Nicht von ihr, allerdings, sie ist ausgesprochen zurückhaltend. Aber pass mal auf …«

John stand auf, trat an eines der Regale und holte ein altes, in Leder gebundenes Manuskript heraus. Beinah mit so etwas wie Ehrfurcht trug er es zum Tisch und legte es vor Nick ab.

Der erkannte es auf einen Blick. »Unsere alte Familienbibel?«

»Du hast sie mir geborgt, weil ich die Geschichte unserer Ahnen nachlesen wollte, weißt du noch?«

»Natürlich.«

»Ich bin nie dazu gekommen, aber irgendwie ließ mir der Name Fernbrook keine Ruhe, und ich habe ihn da drin tatsächlich gefunden. Schau selbst.«

Nick schlug das altehrwürdige Buch weit hinten auf, wo John eine Seite mit einem kleinen Papierstreifen markiert hatte, und las murmelnd: »*… nahm der Duke of Lancaster Robert of Waringham in seine Dienste und gab ihm Fernbrook Manor zu Lehen.* Robert of Waringham?«, wiederholte er verständnislos. »Großvater?«

»Unsinn«, entgegnete John ungeduldig. »Sieh dir die Überschrift an: *Anno Domini 1368.* Es war der Urgroßvater deines Großvaters, meines Onkels Robin.«

Nick las weiter und erfuhr, dass jener Urahn aus dem Nebel der Vergangenheit – Robert of Waringham – dieses Fernbrook seiner ältesten Tochter und ihrem Gemahl überschrieben hatte, als er Earl of Burton wurde. Und dort in Burton hatte er einen Steward namens Finley gehabt. Es brauchte nicht viel Fantasie, um sich vorzustellen, dass es zwischen den Finley und den Waringham dort oben in Lancashire irgendwann zu Ehen gekommen war, so wie es hier im Süden etwa zwischen den Waringham und den Durham geschah. Viel mehr fand sich indes nicht über Fernbrook in der knappen Chronik. Ein paar Geburts- und Sterbedaten, aber dann versiegten die Einträge über den entfernten Familienzweig am Ende der Welt, und so war es kein Wunder, dass man ihn in Waringham vergessen hatte.

Nick klappte das schwere Buch zu und strich versonnen über den rissigen Ledereinband. »Und schon wieder habe ich etwas Neues gelernt …«, murmelte er. Dann schaute er zu John hoch. »Und was weiter? Hat Schwester Janis sich wenigstens entlocken lassen, in welchem Kloster sie war?«

»Bei den Benediktinerinnen in Wetherby. Das ist nicht weit von York, und ich kannte das Kloster gut, als ich dort oben gelebt habe, denn der alte Quacksalber, für den ich gearbeitet habe, behandelte die Gicht der Äbtissin von Wetherby. Ich habe Schwester Janis über ihr Kloster ausgefragt und ihr bei der Gelegenheit ein paar hinterhältige Fallen gestellt, aber sie sagt die Wahrheit, kein Zweifel. Sie war dort. Doch es ist eigenartig: Nathaniel Durham hat seine Kontakte zur Augmentationskammer genutzt und herausgefunden, dass Schwester Janis dort nicht aktenkundig ist. Das heißt also, dass sie keine Pensionsansprüche hat.«

»Wie ist es möglich, dass sie nicht aktenkundig ist?«

John hob kurz beide Hände. »Dafür kann es Dutzende von Gründen geben. Die Aufhebung der Klöster ist im Norden nicht besonders friedlich verlaufen, wie du weißt. Gewiss sind Schriftstücke verloren gegangen.«

»Oder Janis war doch keine Nonne«, mutmaßte Nick. »Eine Laienschwester vielleicht?«

»Eine Laienschwester, die Griechisch kann?«, entgegnete John skeptisch. Die Laienschwestern und -brüder in den Klöstern waren meist niederer Herkunft gewesen und hatten die Haus- und Gartenarbeit versehen, während die oft adligen Ordensmänner und -frauen sich dem Studium oder in früheren Zeiten auch der Buchmalerei gewidmet hatten.

»Tja, ich weiß auch nicht«, gestand Nick.

»Jedenfalls sollten wir ihr ein bisschen Lohn bezahlen, damit sie uns erhalten bleibt«, riet John nachdrücklich. »Sogar Nathaniel sagt, sie sei ihr Gewicht in Gold wert.«

»Ach wirklich?« Nick zog eine Braue in die Höhe. »Dann bin ich sicher, er ist gewillt, ihr ein kleines Jahresgehalt zu zahlen. Es muss ja nicht gleich ihr Gewicht in Gold sein. Vielleicht zwei Pfund?«

»Jeder Stallknecht in Waringham verdient mehr als das«, protestierte John.

»Ja, ich weiß. Aber mehr wird Nathaniel nicht herausrücken, wenn überhaupt so viel. Im Übrigen darf ich dich daran erinnern, dass ihr Reformer es wart, die die Klöster abgeschafft haben, Cousin.«

»Wenn du glaubst, dass du mich mit diesem Vorwurf mundtot machen könntest, muss ich dich leider enttäuschen, Mylord.«

»Es wäre wohl leichter, einen der königlichen Papageien in Hampton Court mundtot zu machen«, konterte Nick. »Schließlich bist du ein Waringham.«

Der nächste Vormittag fand Nick auf dem Pferdemarkt in Smithfield, wo er als Agent für Lord Sidney drei Pferde kaufte – einen braven Zelter für Lady Sidney und zwei mittelgroße Ponys für den Reitunterricht der Knaben am Hof des kleinen Prinzen – und sich über die jüngsten Klatschgeschichten in Pferdehändlerkreisen informierte. Der Lord Mayor habe ein Vermögen bei einer Wette auf ein Pferderennen in Newmarket verloren, hieß es. Und der neue Bischof von London hatte seinen jungen Diakon mit der Tochter seines Stallmeisters im Heu erwischt und beiden angeblich da und dort auf dem Heuboden mit der Reitgerte den nackten Hintern versohlt. Nick hielt das durchaus für denkbar, denn Edmund Bonner, der neue Bischof von London, galt als ausgesprochen sittenstreng, und man sagte ihm nach, mit ihm sei nicht zu spaßen. Und der Rote Humphrey saß wegen Pferdediebstahls im Newgate. Nick war nicht sonderlich überrascht, aber ein wenig betrübt. Ohne das alte Schlitzohr aus den Midlands würde der Pferdemarkt von Smithfield einfach nicht mehr derselbe sein …

Am Montag darauf wollte Nick sich eigentlich zeitig auf den Heimweg nach Waringham machen, befand dann aber, dass er zuvor unbedingt noch in der Krippe vorbeischauen sollte, um dort nach dem Rechten zu sehen.

Im Innenhof des ehemaligen Klosters fand er ein junges Mädchen, das große Wäschestücke über eine Leine schlang, die zwischen Kirchenwand und Küchenhaus gespannt war. Sie knickste, als sie ihn kommen sah.

»Gail«, grüßte Nick. »Warum bist du nicht beim Unterricht?«

»Waschtag, Mylord«, erinnerte sie ihn.

Natürlich. Einmal in der Woche mussten die größeren Mädchen die Wäsche erledigen. Außer der Köchin und einem jungen Burschen, der sich ums Haus nützlich machte und nachts in einem Verschlag neben dem Haupttor schlief, um es zu bewachen, gab es kein Gesinde in der Krippe. Haus- und Gartenarbeit mussten die Kinder selbst versehen, und sie versorgten die Hühner und Ziegen. Natürlich gingen sie auch der Köchin zur Hand. Die Krippe konnte sich keine Dienerschaft leisten, und diese Fertigkeiten zu erlernen war für die Zukunft der Waisenkinder ohnehin viel wichtiger als Lesen und Schreiben.

»Ist Lady Meg hier?«, fragte er.

Gail schüttelte den Kopf.

»Na schön. Lass dich nicht aufhalten.« Mit einem Wink schickte er sie zurück an die Arbeit und warf einen Blick in die Küche. »Gott zum Gruße, Martha.«

»Mylord.« Die Köchin knetete einen Teig in einer riesigen Schüssel, und ihre fetten Arme schwabbelten unter dem Stoff ihres Kleides. Eine Katze strich ihr schmeichelnd um die Beine, aber umsonst: Nichts fiel herunter.

»Was macht dieses Vieh hier in der Küche?«, erkundigte er sich stirnrunzelnd.

»Sie hält uns die Ratten vom Leib«, erklärte Martha prompt. »Ich sorg schon dafür, dass sie den Kindern nichts wegfrisst.«

»Ich wette, das war Durhams Idee …«, murmelte Nick vor sich hin.

Die dicke Köchin nickte. »Seine Idee, seine Katze.«

»Mach dir keine Sorgen. Er hat noch ungefähr zwei Dutzend davon zu Hause …« Die Holzläden der beiden Fenster standen offen, und er schaute hinaus in den Garten. Zu seiner Überraschung entdeckte er dort auf der kleinen Wiese mit den Beerensträuchern Janis Finley. Wie eine Fee saß sie mit angewinkelten Knien im Gras, umgeben von einem ordentlichen Kreis kleiner Mädchen, die ihr aufmerksam lauschten. »Unterricht unter freiem Himmel?«, fragte er verwundert.

Die Köchin hob die teigverschmierten Hände zum Himmel. »Fragt nicht, Mylord. Schwester Janis hat jeden Tag ein Dutzend neumodischer Ideen und lässt einem keine Ruhe, bis man sie ausprobiert. Aber sie ist schon richtig, unsere Janis. Die Mädchen beten sie an und wollen alle so werden wie sie. Und so aussehen wie sie. Na ja, sie ist ja auch eine Schönheit.«

»Wirklich?«, fragte er scheinbar desinteressiert. »Hm, kann sein. Ich hab sie mir noch nicht so genau angeschaut …«

Martha warf ihm einen amüsierten Blick zu und raunte dann in ihre Schüssel: »Ja, das glaub ich aufs Wort.« Sie knetete unermüdlich weiter. »Nur Master Gerard und Master Ingram sind nicht so angetan von ihrer Ankunft. Sie sind eingeschnappt, weil Schwester Janis in ihrem Revier wildert. Vor allem, weil sie sich nichts von ihnen gefallen lässt.«

Nick gab keinen Kommentar ab. Er wusste, wenn sie Janis als Lehrerin behielten, würde einer der beiden ehemaligen Mönche gehen müssen.

»Wenn Ihr einen wegschicken wollt, dann Ingram«, legte Martha ihm nah, als könne sie seine Gedanken lesen. »Er sieht die Mädchen an, Mylord. Ihr wisst schon, was ich meine. Wahrscheinlich kann er nichts dafür. Er hat so lange nur unter Männern gelebt und kommt nicht damit zurecht, auf einmal wieder draußen in der Welt zu sein. Aber lange wird er die Finger nicht mehr stillhalten.«

Nick wusste schon, warum er sich bei jedem Besuch in der Krippe einen Moment Zeit nahm, um mit der Köchin zu plaudern. Ihr entging nicht viel, und sie nahm kein Blatt vor den Mund. »Danke, Martha. Ich werde versuchen, ihm eine Anstellung in einer Jungenschule zu besorgen.«

»Das wär sicher das Beste«, stimmte sie zu.

Die Küchentür wurde geräuschvoll aufgestoßen, und einer der größeren Jungen trat ein, in jeder Hand einen vollen Wassereimer. »Mylord«, grüßte er mürrisch, stellte die Eimer neben dem Herd ab und machte einen etwas unwilligen Diener.

»Richard«, erwiderte Nick kühl.

Martha wies auf den dampfenden Kessel über dem Feuer. »Bring ihn raus und schütte ihn in den großen Waschzuber, mein Junge. Sieh dich vor, das Wasser ist kochend heiß.«

Richard wirkte schlaksig und dürr, aber er hob den schweren Kessel ohne erkennbare Mühe mit einem dicken Lappen vom Haken und trug ihn hinaus. Grußlos und mit rebellischer Miene.

»Verdrießlich wie eh und je«, bemerkte Nick und sah ihm kopfschüttelnd nach.

Martha hob die Schultern. »Der Junge hat das Herz auf dem rechten Fleck, Mylord. Aber er hat eben seinen eigenen Kopf, vor allem in Glaubensfragen. Seine Eltern waren eifrige Reformer, eh die Pest sie geholt hat. Er hält trotzig an dem fest, was sie ihm beigebracht haben, um ihr Andenken zu ehren. Das spricht doch eigentlich für ihn. Aber er gibt Widerworte im Unterricht, und Master Gerard verprügelt ihn ständig. Das macht Richard nicht langmütiger, wenn Ihr versteht, was ich meine ...«

»Ich bin sicher, Master Gerard tut es nur zu seinem Besten, Martha«, hielt Nick dagegen. »Es ist gefährlich, seine Meinung in Glaubensfragen gar zu laut in die Welt hinauszuposaunen. Und Richard ist zu jung und ungebildet, um sich eine eigene Meinung erlauben zu können. Darüber hinaus ist es ungehörig, seinem Lehrer zu widersprechen. Von undankbar ganz zu schweigen.«

»Gewiss«, pflichtete Martha ihm bei, aber er argwöhnte, dass sie insgeheim anderer Ansicht war.

Nick konnte nur hoffen, dass die Köchin nicht eines Tages wegen Ketzerei und Häresie verhaftet wurde, denn das ging heutzutage schnell. Er wandte sich zur Tür. »Ich bin drüben. Sag Schwester Janis, ich würde sie gern sprechen, wenn sie fertig ist.«

»Wird gemacht, Mylord.«

Nick ging zurück in den Innenhof, als ein Mann mit einem kostbaren Pferd am Zügel durch das große Tor trat. Er entdeckte Nick, hob die Linke und winkte fröhlich.

»Chapuys!« Nick war verblüfft. »Was um alles in der Welt verschlägt Euch hierher?«

Der kaiserliche Gesandte band seinen schwitzenden Rappen an einen Eisenring. »Ich statte Euch einen Besuch ab, Mylord«, erklärte er mit einer kleinen Verbeugung.

»Hier?«

Chapuys sah sich kurz im Hof um und nickte. »Ich denke darüber nach, eine Schule zu gründen, wenn ich eines Tages in meine Heimat zurückkehre, wisst Ihr. Darum sehe ich mir alle neuen Schulen in London an.«

Nick vollführte eine einladende Geste. »Nur zu. Aber die Krippe ist gewiss nicht das, was Ihr Euch unter einer Schule vorstellt. Vielleicht ein Schluck Wein vor Eurem Rundgang?«

»Ich fing an zu befürchten, Ihr würdet nicht fragen. Diese Hitze ist eine Prüfung für mich. Ich ziehe verregnete Sommer vor, Mylord.«

Nick führte ihn ins Priorzimmer. »Endlich begreife ich, warum Ihr Euch ausgerechnet für diesen Posten hier beworben habt ...«

Der große Tisch in der Raummitte sah aufgeräumter aus, als er ihn je gesehen hatte. Man musste sich schon fast gar nicht mehr schämen, einen Besucher hier zu empfangen. Zufrieden nahm Nick einen kleinen Schlüssel, der in einem Astloch eines Fachwerkbalkens versteckt lag, sperrte einen niedrigen Schrank auf und holte einen verschlossenen Krug und zwei Becher hervor. »Immer unter Verschluss«, erklärte er. »Manchen Kindern müssen wir erst das Stehlen abgewöhnen, wenn sie herkommen.«

»Es ist ein wahrhaft gutes Werk, das Ihr hier tut, Waringham. Gott segne Euch dafür.« Ausnahmsweise spottete Chapuys einmal nicht.

Nick war es immer unangenehm, wenn das jemand zu ihm sagte, und er wechselte das Thema. »Würdet Ihr mir einen Gefallen tun?«

Chapuys nahm den Becher und setzte sich an den Tisch. »Vermutlich.«

»Seit ein paar Tagen haben wir hier eine Schwester Janis. Janis Finley of Fernbrook. Sie behauptet, sie sei Nonne, aber in den Akten der Augmentationskammer taucht ihr Name nicht auf.«

Chapuys strich sich mit dem Daumen übers Kinn. »Und nun soll ich für Euch herausfinden, ob sie Cromwells Spionin ist?«

Nick hätte sich um ein Haar an dem guten Burgunder verschluckt. »Auf die Idee bin ich noch gar nicht gekommen«, bekannte er röchelnd, schlug sich ein paarmal mit der Faust vor die Brust und hustete.

»Oh, Ihr unverbesserliches Unschuldslamm ... In welchem Kloster war Eure Schwester Janis denn angeblich?«

»Bei den Benediktinerinnen in Wetherby.«

Chapuys nahm abrupt die Hand vom Kinn, besann sich aber und schwieg.

Doch Nick war die Geste nicht entgangen. »Was ist mit diesem Kloster?«

»Gar nichts«, gab der Gesandte ein wenig zu schnell zurück.

»Chapuys …«

»Ich werde Erkundigungen einziehen, und in einigen Tagen lasse ich Euch wissen, was ich herausgefunden habe«, stellte dieser in Aussicht, wieder gänzlich gelassen.

»Aber warum sagt Ihr mir nicht …« Nick unterbrach sich, als polternd die Tür aufflog.

Zwei Männer in Cromwells geviertelter, gelb-blauer Livree traten über die Schwelle, stießen die Schäfte ihrer Piken donnernd auf den Boden, und der Rechte brüllte: »Mitkommen, Waringham!«

Nick spürte ein Brodeln in der Magengegend, als hätte er eine Handvoll glühender Holzkohlen verschluckt. Dieses spezielle Gefühl plötzlicher Todesangst war für ihn untrennbar mit dem Namen Thomas Cromwell verbunden, und vermutlich ging es den meisten Engländern so. Cromwells Macht gründete darauf. Aber Nick wollte verdammt sein, wenn er dessen Finstermännern den Triumph gönnte, ihn schwitzen zu sehen. Scheinbar seelenruhig leerte er seinen Becher. »Was heißt ›mitkommen‹, Gentlemen? Wohin? Warum? In wessen Namen?«

»Im Namen Seiner Lordschaft Thomas Cromwell, General-vikar der englischen Kirche, Lord Great Chamberlain, Master of the Rolls, Privatsekretär Seiner königlichen Majestät und Earl of Essex«, verkündete der Linke.

Chapuys schlug die Beine übereinander und bemerkte: »Und ich ahnungsloser Ausländer habe immer gedacht, nur der König könne einen Edelmann verhaften lassen …«

Cromwells Bluthunde beachteten ihn nicht. Sie wussten, wer er war, und er war ihnen nicht geheuer.

»Mitkommen, Waringham!«, brüllte der Rechte noch einmal, lauter als zuvor, als hoffe er, so den gewünschten Effekt zu erzielen.

Nick stand auf. »Na schön. Ich komme, und Ihr habt mein

Wort, dass ich unterwegs nicht versuchen werde zu verschwinden. Dafür möchte ich, dass Ihr darauf verzichtet, mir die Hände zu binden.« Denn wenn die Kinder hier sähen, wie er gefesselt abgeführt wurde, würden sie glauben, dass sie das Dach über dem Kopf verlören, und in Panik geraten.

Cromwells Schergen tauschten einen unsicheren Blick, dann nickten sie ihm zu.

Nick stellte den leeren Becher auf den Tisch und sagte zu Chapuys: »Wenn Ihr bis heute Abend nichts von mir gehört habt, seid so gut und verständigt Doktor Harrison.«

Der Gesandte nickte, seine Miene wie so oft undurchschaubar. »Natürlich, Mylord.«

Es war nur eine knappe Meile von der Old Fish Street zu Cromwells Amtssitz an der Chancery Lane, und sie gingen zu Fuß.

Die Menschen auf den belebten Straßen, die den jungen Earl of Waringham flankiert von Cromwells Männern kommen sahen, wandten hastig den Blick ab, nickten einander ernst und verstohlen zu, manche bekreuzigten sich auch. Eine Mischung aus Mitgefühl und Scham stand in den Gesichtern; Mitgefühl für das arme Schwein, das es erwischt hatte, Scham über die Erleichterung, dass es einen nicht selbst getroffen hatte. Genau so, wie Menschen empfanden, wenn sie hörten, dass jemand die Pest hatte: ein Todesurteil, ein grausames Schicksal, welches das Opfer von der Welt der Lebenden isolierte, und umso furchtbarer, als jeder wusste, dass er selbst morgen der Nächste sein konnte.

Das Rolls House war eine sonderbare Mischung aus Kirche und Kontor. Lange hatte es den Juristen der Chancery Lane als Kapelle gedient und gleichzeitig als Archiv der Kammer des Lord Chancellor. Einst ein Ort der Stille und Gemächlichkeit, herrschte jetzt ständiges Kommen und Gehen.

Vor dem Portal standen zwei Wachen in Cromwells Livree, die ihre Kameraden mit dem Earl of Waringham passieren ließen, ohne Fragen zu stellen.

Nick wurde in einen kühlen, dämmrigen Vorraum geführt, wo

unter einem kleinen Rundbogenfenster ein graubezotteltes Männlein an einem Tisch saß.

»Waringham«, sagte eine der Wachen zu ihm.

Das Männlein sprang von seinem Schemel auf, ohne Nick in die Augen zu sehen, huschte durch eine Doppeltür in einen Nachbarraum und kam im Handumdrehen zurück. »Bringt ihn rein.«

Nick wurde in einen großen, spärlich möblierten Raum geführt. Schulterhohe Regale säumten die Wände, gefüllt mit den ungezählten Pergamentrollen, die diesem Haus seinen Namen gaben. Hier waren die Fenster breiter und mit bernsteinfarbenen Butzenscheiben verglast, durch die die helle Junisonne schimmerte. An einem riesigen Tisch, der gewiss einmal in einem klösterlichen Refektorium gestanden hatte und der mit Schriftstücken übersät war, saß Thomas Cromwell.

Er nickte den Ankömmlingen zu – ohne das verschmitzte Lächeln, das Nick immer so verabscheut hatte. »Waringham.«

»Cromwell«, gab Nick zurück. »Oder sollte ich ›Mylord of Essex‹ sagen?«

»Das ist mir gleich«, gab der Generalvikar gelangweilt zurück. »Ich war nie besonders versessen auf einen Adelstitel.«

»Natürlich nicht ...«

Nick betrachtete sein Gegenüber. In den vier Jahren, seit sie sich zuletzt gesehen hatten, war Cromwell ein bisschen in die Breite gegangen, die Knollennase war fleischiger geworden und mit einem feinen Spinnennetz aus Äderchen überzogen, das auf einen unbescheidenen Weingenuss hindeutete. Wie stets trug er Kleidung in gedeckten Farben. Das Haar unter dem schwarzen Barett war ergraut. Aber die auffälligste Veränderung lag in den Augen: Der siegesgewisse, verschlagene Ausdruck war tiefer Erschöpfung gewichen.

Gut so, dachte Nick mit Genugtuung.

»Wartet draußen«, wies Cromwell seine Männer an.

Nick hörte ihre schweren Schritte, dann schloss sich die Tür.

Cromwell stützte die kurzen, beringten Finger auf die Tischplatte und lehnte sich vor, als wolle er ihm ein Geheimnis anvertrauen. »Ich habe nicht viel Zeit, Waringham.«

Nick zog eine Braue in die Höhe. »Wie bedauerlich. Aber nicht ich war derjenige, der dieses Treffen zum jetzigen Zeitpunkt herbeigeführt hat.«

»Nein.« Für einen Moment schien Cromwell zu zögern. Fast hätte man meinen können, er sei unsicher, wie er fortfahren sollte. Dann zog er aus seinen Papierstapeln ein einzelnes Blatt hervor. »Mir wird berichtet, dass in dem von Euch betriebenen Waisenhaus an der Old Fish Street, genannt die Krippe, Mönche beschäftigt werden.«

»Das war nie ein Geheimnis«, gab Nick scheinbar gleichmütig zurück, aber seine Hände wurden feucht. Wenn Cromwell es auf die Krippe abgesehen hatte, dann würde nichts sie retten.

»Weiter wurde mir berichtet, dass sie im Unterricht nicht autorisierte religiöse Texte verwenden.«

»Blödsinn«, versetzte Nick. »Sie verwenden den neuen *Salisbury Primer*, die Fibel, die *Ihr* genehmigt habt, und nichts sonst.«

Cromwell ließ das Blatt fallen, als habe er plötzlich das Interesse daran verloren, und sah Nick direkt an. »Stimmt es, dass Ihr Pfalzgraf Philipp bei Rhein in einen Brunnen geworfen habt?«

Der abrupte Themenwechsel verwirrte Nick, doch er antwortete: »Allerdings. Und wenn er Lady Mary gegenüber das nächste Mal zudringlich wird und ich komme zufällig hinzu, dann werde ich es wieder tun.« Er verschränkte die Arme vor der Brust. »Was zum Henker wollt Ihr von mir, Mann?«

Cromwell stöberte einen Moment in seinen Papieren und nahm dann ein weiteres Schriftstück in die Hand. »Ich erhielt einen Bericht, Mylord, wonach Ihr Euch in verräterischer Weise für die Countess of Salisbury ausgesprochen habt, die sich, wie Ihr zweifellos wisst, unter dem Verdacht des Hochverrats im Tower befindet.«

Wieder verspürte Nick einen plötzlichen Stich im Bauch. Jetzt wurde es gefährlich, wusste er. »Es ist durchaus möglich, dass ich mich für sie ausgesprochen habe, Mylord. Aber nicht in verräterischer Weise.«

»Nein? Habt Ihr nicht gesagt, und ich zitiere: ›Ich hoffe, Cromwell wird sich die Zähne an ihr ausbeißen‹?«

»Und was genau soll daran verräterisch sein? Soweit mir bekannt, ist Henry Tudor König von England, nicht Thomas Cromwell.«

Der ließ sich nicht beirren, sondern zitierte weiter: »›Das einzige Vergehen der Poles ist ihre nahe Verwandtschaft zum König und ihre konservative Glaubensauffassung.‹«

Nick zuckte die Schultern. Nicht er hatte das gesagt, aber es war zweifellos die Wahrheit. »Und?«

Cromwell ließ das Dokument sinken. »Steht Ihr in Kontakt mit dem Verräter Reginald Pole, den die Papisten einen Kardinal nennen?«

»Nein.«

»Steht Lady Mary in Kontakt mit Reginald Pole, dem einzigen Mann, den sie, nach Aussage seines Bruders, gern heiraten würde?«

»Viele Leute reden wirres Zeug auf der Streckbank. Und die Antwort lautet Nein. Sie steht nicht in Kontakt mit Kardinal Pole.«

»Aber sie unterstützt die Behauptungen, die er in seiner Schrift *Pro Ecclesiasticae Unitatis Defensione* aufstellt?«

»Ich kann mir nicht vorstellen, dass Lady Mary ein Buch lesen, geschweige denn unterstützen würde, das ihr Vater missbilligt. Ich bin indessen nicht in der Lage, ihre Gedanken zu erraten, darum kann ich Eure Frage nicht beantworten.«

»Ihr wisst so gut wie ich, dass sie eine unverbesserliche Papistin ist und die Reform der englischen Kirche ablehnt.«

Jetzt war Nick derjenige, der sich ein wenig vorbeugte, und er stützte die Hände auf Cromwells überladenen Schreibtisch. »Das Schlimme an der Reform der englischen Kirche ist, dass man morgens beim Aufwachen nie weiß, was man beim Abendessen noch glauben darf und wie man zu beten hat. Eure Reform ist wie das zweiköpfige Pferd aus dem Märchen, das immer in entgegengesetzte Richtungen laufen will. Erzbischof Cranmer und Ihr wollt ein lutherisches England, Bischof Gardiner und der König wollen, dass alles beim Alten bleibt, nur ohne Papst. Und was Ihr mit eurem unwürdigen Gezänk über Gott und die Kirche erreicht, ist, dass die Menschen ihren Glauben verlieren und sich von Gott abwenden, sodass Ihr sie mit Strafandrohung in die Kirchen treiben müsst. Das war wirklich ganze Arbeit, Cromwell. Man muss Euch zu Eurem Werk gratulieren. Ihr habt nicht nur den Papst aus England verbannt, sondern Gott gleich mit.«

Endlich kam das träge Schmunzeln, und Cromwell tat einen Seufzer des Wohlbehagens. »Ihr habt Euch soeben um Kopf und Kragen geredet, Waringham.«

Nick richtete sich wieder auf und nickte. »Dann ruft Eure Knochenbrecher wieder herein und lasst mich in den Tower schaffen. Aber ich werde das Gefühl nicht los, dass es gar nicht das ist, was Ihr wollt. Also sagt mir endlich, weswegen ich hier bin, Cromwell, oder ich werde gehen und Eure knapp bemessene Zeit nicht länger beanspruchen.«

Cromwell schwieg, bis Nick sich abgewandt und die Tür schon fast erreicht hatte. Dann sagte er: »Ich will Euch einen Handel vorschlagen.«

Nick wandte sich langsam wieder um. »Einen Handel? *Mir?* Du meine Güte, Ihr müsst verzweifelter sein, als ich dachte.«

Der mächtige Generalvikar schlug gemächlich die Beine übereinander und wirkte alles andere als verzweifelt. »Ich erzähle Euch gewiss nichts Neues, wenn ich sage, dass der Duke of Norfolk nach meinem Blut lechzt?«

Nick zuckte desinteressiert die Achseln. »Ich weiß nichts über die Intrigen unter Henrys Hofschranzen«, gab er rüde zurück. »Aber Norfolk ist kein Anhänger Eurer Reform, so viel steht fest.«

»Nein. Darum war ihm die Ehe des Königs mit Anna von Kleve ein Dorn im Auge. Diese Ehe ist ein Fehlschlag und wird annulliert, und Ihr könnt wetten, Henrys nächste Gemahlin wird ein Geschöpf unter Norfolks Kontrolle sein. Der König nimmt die Sache mit Anna von Kleve sehr persönlich, weil der ganze Hof sich das Maul darüber zerreißt, dass er seinen Pflichten als Ehemann nicht nachkommen kann. Er gibt mir die Schuld daran. Weil ich ihm eine Braut ausgesucht habe, die er nicht anziehend findet und die ihn folglich nicht in Wallung bringt. So wie er mir die Schuld an der Gnadenwallfahrt gegeben hat. Ich habe vorgeschlagen, die

Klöster aufzuheben, und dafür haben die Menschen im Norden ihn so gehasst, dass sie sich gegen ihn erhoben haben. Der König hält es aber nicht aus, gehasst zu werden, Waringham. Ohne Jubel und Bewunderung vergeht er wie eine Pflanze ohne Wasser. Seit der Gnadenwallfahrt grollt er mir.«

»Vergebt, wenn ich Euch unterbreche, Cromwell, aber ich fühle mich nicht ganz wohl in der Rolle als Euer Beichtvater.« Nicks Hohn klang bitter. »Zumal Ihr die Beichte ja für überflüssigen Firlefanz haltet.«

Cromwell schien ihn gar nicht gehört zu haben. »Norfolk hat den Norden für den König befriedet. Norfolk wird ihm die nächste Braut ins Bett legen. Mit anderen Worten: Norfolk hat gute Chancen, zu kriegen, was er will.«

»Euren Kopf?«

Derselbe ruckte hoch. »Ganz recht. Aber er bekommt ihn nicht, wenn Ihr mir helft.« Er wies auf die Papiere auf seinem Tisch. »Ich habe hier genug, um Euch in den Tower und vermutlich aufs Schafott zu bringen, Mylord. Aber wenn Ihr aussagt, Ihr hättet daheim im abgelegenen Waringham ein Verschwörertreffen zwischen Norfolk und seiner Schwester – Eurer Stiefmutter – belauscht, dessen Inhalt war, dass Norfolk Prinz Edward ermorden, Lady Mary heiraten und mit ihr zusammen den Thron besteigen wolle, um England zurück in die Obhut der päpstlichen Kirche zu führen … dann wird es Norfolks Kopf sein, der rollt, nicht meiner oder Eurer. Und der Eurer Stiefmutter vermutlich ebenso, was Euch ja auch ganz recht wäre, nicht wahr?«

Nick stellte es sich vor: Sumpfhexe in zerschlissenen, schmuddligen Kleidern, mit aufgelöstem Haar und angstvoll aufgerissenen Augen auf dem Tower Hill. Die johlende Menge. Fliegende Eier und Pferdeäpfel. Der maskierte Scharfrichter mit dem Beil. Ein hübsches, ein verführerisches Bild. Ihm wurde ganz warm ums Herz davon. *Sie hätte es verdient*, dachte er. *Ein grausames Ende für eine grausame Frau.*

Mit einem Lächeln, das ihn Mühe kostete, antwortete er: »Wahrscheinlich lohnt es sich für Euch nicht mehr, noch etwas fürs Leben zu lernen, Cromwell, aber ich gebe Euch einen kostenlosen Rat: Ihr solltet einem Mann nicht drohen, von dem Ihr eine Gefälligkeit wollt.«

Damit trat er hinaus, schloss die Tür ohne übermäßigen Schwung, ging an den Wachen vorbei, und weil es hinter der Tür zu Cromwells Arbeitszimmer mucksmäuschenstill blieb, ließen sie ihn ziehen.

So kam es, dass Thomas Cromwell an diesem zehnten Juni etwas verspätet zur Sitzung des Kronrats erschien. Alle anderen Lords waren bereits versammelt und blickten ihm mit versteinerten Mienen entgegen, als er mit einem jovialen Lächeln den Saal betrat. Doch die launige Entschuldigung, die er sich zurechtgelegt hatte, kam ihm nie über die Lippen, denn der Captain der Wache trat zu ihm und sprach die Worte aus, die Cromwell schon ungezählte Male gehört hatte, wenn auch nie an ihn gerichtet: »Mylord, ich verhafte Euch im Namen des Königs.«

»Was … wie lautet der Vorwurf?«, fragte Thomas Cromwell.

»Verrat«, antwortete der Earl of Southampton, erhob sich von seinem Platz, trat zu Cromwell und löste das blaue Band des Hosenbandordens von dessen Knie.

»Und Häresie«, fügte der Duke of Norfolk hinzu und gesellte sich zu ihnen.

»*Verrat?*«, wiederholte Cromwell matt.

Norfolk nickte. »Es gibt einen Zeugen, der Eure verräterischen Äußerungen gehört hat und bereit ist, dies zu beschwören.« Mit einem süffisanten Lächeln wies er auf Sir Richard Rich, den schmierigen Advokaten und Chancellor der Augmentationskammer, der bereits Sir Thomas More mit einem Meineid aufs Schafott gebracht hatte. In Cromwells Auftrag.

Norfolk riss Cromwell mit einem Ausdruck tiefer Befriedigung die goldene Kette mit dem St.-Georgs-Kreuz von den Schultern. »Da«, sagte er und wies auf den kleinen, schwarz gekleideten Mann mit der komischen Nase. »Nur ein Krämersohn aus Surrey.«

Unterdessen ging Nick zurück zur Krippe, um sein Pferd zu holen, machte aber einen kleinen Umweg über die Shoe Lane. Er betrat sein Haus und stieg die Treppe zur Halle hinauf. John war nicht dort, aber Helen war dabei, die Stummel in den Messingleuchtern auf dem Tisch durch frische Kerzen zu ersetzen.

»Mylord!«, rief sie aus, als sie ihn an der Tür entdeckte, und lächelte ihm scheu zu wie immer.

»Überrascht?« Er packte sie am Ellbogen und zog sie mit einem Ruck zu sich heran. »Du warst sicher, dass ich heute früh verhaftet werde, nicht wahr?«

Helen schrie auf, schrill genug, dass es ihm in den Ohren gellte.

»Warum hast du das getan?«

»Was?«, fragte sie und fing an zu schluchzen.

Sein Klammergriff um ihren Arm wurde fester. »Du weißt genau, was. Du hast Master John und mich belauscht, bist zu einem von Cromwells Spitzeln gelaufen und hast ihm Wort für Wort wiedergegeben, was wir neulich abends hier in der Halle gesagt haben!«

Sie leugnete es nicht einmal, schüttelte nur den Kopf und heulte.

»Und wie gut du dir alles gemerkt hattest. Vermutlich machst du das schon eine ganze Weile und hast Übung, he? Was haben sie dir bezahlt?«

»Mylord, bitte …«

Er hob drohend die Hand. »Wie viel?«

Sie hörte auf, sich zu winden, senkte den Kopf und flüsterte: »Zehn Schilling.«

»Zehn Schilling«, wiederholte er. »Meine Schwester hat dich von der Straße aufgelesen und dir in diesem Haus ein Heim gegeben, und du verkaufst die Loyalität, die du unserer Familie schuldest, für *zehn Schilling?*« Angewidert stieß er sie von sich, hart genug, dass sie mit der Hüfte gegen die Tischkante prallte.

»Sie haben gesagt, sie sorgen dafür, dass ich eingesperrt werde, wenn ich es nicht tue …«, versuchte sie zu erklären.

»Dann hättest du zu Master John oder zu mir kommen müssen, und wir hätten einen Weg gefunden, dir zu helfen. Aber was du getan hast, war unverzeihlich.«

»Wieso?«, konterte Helen, und ihre Verzweiflung machte sie nun ebenfalls wütend. »Alle tun es! Und ich hätte niemals Master John oder Master Philipp und Mistress Laura verraten, aber Ihr seid Papist, und das ist verboten!«

»Verstehe. Du warst also der Ansicht, du hättest das Recht, dich zu meinem Richter aufzuspielen. Nun, wir werden ja sehen, wie es dir gefällt, wenn ich den Spieß umdrehe. Du weißt doch sicher, dass ein Langfinger aufgehängt wird, wenn sein Diebesgut zehn Schilling oder mehr wert ist? Du hast mich für zehn Schilling an Cromwell verkauft. Also werde ich jetzt nach dem Büttel schicken und ihm sagen, dass du hier einen silbernen Kerzenleuchter gestohlen hast, Helen. Ich werde sagen, ich hätte ihn in deiner Kammer gefunden. Kein Mensch wird dir glauben, wenn du deine Unschuld beteuerst. Sie werden dich ins Newgate sperren, und was hübschen Mädchen wie dir dort geschieht, ist so grauenvoll, dass du froh sein wirst, wenn der Tag deiner Hinrichtung endlich gekommen ist.«

Helen sank langsam auf die Knie, krümmte sich wimmernd zusammen und schlang die Arme um den Kopf.

Mitleidlos schaute Nick noch einen Moment auf sie hinab, dann wandte er sich um und entdeckte seinen Cousin John, der reglos und ziemlich blass an der Tür stand. Der Blick, mit dem er Helen betrachtete, zeigte eine Mischung aus Enttäuschung und Unverständnis. Aber seine Stimme klang vollkommen ruhig, als er sagte: »Ich glaube nicht, dass Lord Waringham das wirklich tun wird, Helen.«

Er sah fragend zu Nick, um sich zu vergewissern, dass er sich nicht täuschte. Nick deutete ein Kopfschütteln an und winkte verstohlen ab.

»Also trockne deine Tränen und steh auf«, fuhr John fort. »Vor dem Mittagsläuten musst du das Haus verlassen haben.«

Die Magd kam langsam auf die Füße und fuhr sich mit dem Ärmel über die Nase. Ohne einem der Männer ins Gesicht zu sehen, schob sie sich an ihnen vorbei und lief die Treppe hinab.

Keiner der Cousins sprach, bis sie unten die Küchentür hörten. Dann murmelte John: »Die kleine Helen … Wer hätte das gedacht.« Es klang erschüttert.

»Tja«, gab Nick zurück. »Die kleine Helen hat es faustdick hinter den Ohren, wie es scheint. Wir hätten uns ein Beispiel an Nathaniel Durham nehmen und misstrauischer sein sollen.«

»Bist du in Schwierigkeiten?«, fragte John besorgt.

»Ich bin nicht ganz sicher«, bekannte Nick. »Vermutlich ja. Ich verschwinde jedenfalls erst einmal nach Waringham. Vielleicht wäre es das Klügste, die alte Zugbrücke dort zu schließen …« Er hielt kurz inne. Der Gedanke war gar nicht dumm, ging ihm auf. Er wusste allerdings nicht, ob die Winde überhaupt noch funktionierte. »Leb wohl, John. Und sei nicht gar zu niedergeschlagen. Solche Dinge passieren. Vermutlich müssen wir Helen zugestehen, dass es nicht ganz einfach ist, sich von Cromwells Drohungen nicht einschüchtern zu lassen.«

»Ah«, machte John, als sei ihm ein Licht aufgegangen. »Du lässt sie laufen, weil du sie insgeheim bedauerst.«

Nick zuckte ungeduldig die Schultern. »Allein und ohne Empfehlungsschreiben auf der Straße zu stehen wird Strafe genug sein.«

Er sah allenthalben über die Schulter, als er in der brütenden Mittagshitze zur Old Fish Street ging, aber keine gelb-blau livrierten Finstermänner lauerten in Toreinfahrten oder Hauseingängen auf ihn. So gelangte er unbeschadet zur Krippe zurück, und im Stall erwischte er Janis Finley beim Misten.

»Nanu, Schwester Janis.«

Sie schien leicht zusammenzuschrecken und wandte sich um, die Mistgabel in der Linken, als wolle sie ihn notfalls damit abwehren.

»Diese Aufgabe sollte eigentlich eins der älteren Kinder erledigen«, bemerkte er. »Es besteht keine Veranlassung, dass Ihr hier niedere Arbeiten verseht.«

Janis ließ die Mistgabel sinken und lächelte – eine Spur verlegen, so schien es ihm. »In Wahrheit wollte ich nur einen Blick auf Euren herrlichen Orsino werfen, Mylord«, gestand sie. »Außerdem brauchte ich Beschäftigung, denn ich habe meine Klasse Master Ingram überlassen, weil er allmählich schwermütig von zu viel Müßiggang zu werden drohte.«

Nick hörte einen unmissverständlich spöttischen Unterton. »Das liegt vermutlich daran, dass der arme Master Ingram nie auf die Idee käme, sich die Langeweile mit der Mistgabel zu vertreiben«, bemerkte er und wurde mit einem warmen, ansteckenden Lachen belohnt.

Irgendein guter Geist hatte Orsino in den Stall gebracht, damit er wenigstens im Schatten stand. Nick löste den Zügel von dem Haken an der Wand und schlang ihn über den edlen Pferdekopf. »Ihn muss ich Euch nun leider entreißen, Schwester, denn ich muss aufbrechen.«

»Ihr reitet nach Waringham?«

Er nickte, wollte sich mit Orsino zum Stalltor wenden und zögerte dann. »Wollt Ihr mich vielleicht begleiten und es kennenlernen? Immerhin liegen dort auch Eure Wurzeln.«

Auf einmal war ihr ganzer Körper vollkommen still, als wäre sie erstarrt. »Woher wisst Ihr das?«, fragte sie.

Nick klopfte auf die linke Satteltasche. »Aus einer alten Familienbibel.«

»Tatsächlich? Und was sonst habt Ihr herausgefunden?«

Er drehte sich noch einmal ganz zu ihr um. »Gar nichts. Nur dass ein Waringham einmal Earl of Burton war – das war mir ganz neu. Aber kaum etwas über Eure Vorfahren, Madam. Und es war auch nicht meine Absicht, Euch nachzuspionieren«, log er.

Janis entspannte sich. »Ich würde Waringham gern eines Tages besuchen«, gestand sie. »Aber nicht heute. Hier ist zu viel zu tun.«

Und du willst Master Ingram nicht kampflos das Feld überlassen, mutmaßte Nick.

»Nun, dann ein andermal.« Er sagte es eine Spur kühl, so als wäre es ihm völlig gleich. Aber das war es nicht. Er betrachtete die junge Frau in dem verschlissenen, dunklen Kleid noch einen Moment und konnte nicht fassen, welche Mühe es ihn kostete, sich von ihrem Anblick loszureißen. Er wollte sich nicht abwenden und aus dem Hof reiten. Er wollte ihre Hand nehmen und die Wärme ihrer Finger spüren. Er wollte den Arm um ihre schmale Taille legen und sie an sich pressen. Er wollte diese sinnlichen, geschwungenen Lippen küssen, und er wollte mit Janis auf den Heuboden schleichen und sie ausziehen, und dort oben in der Sommerhitze und umgeben von den süßen Heudüften wollte er sie lieben. Und später, wenn sie ihre Gier aneinander gestillt hatten, wollte er mit ihr reden und ihrer Stimme lauschen, ihre Geheimnisse erfahren und ihre Hände gestikulieren sehen.

Aber er wusste, Janis Finley wollte nichts von alldem. Sie war Nonne. Und er ein verheirateter Mann.

Er nickte ihr unverbindlich zu und führte Orsino aus dem Stall.

Waringham, Juni 1540

»Frauen und Kinder schlafen entlang der linken Wand. Männer auf der anderen Seite. Und mir ist egal, ob ihr verheiratet seid oder nicht – wenn ihr euch vergnügen wollt, müsst ihr raus in den Wald, verstanden!« Madog stand auf der Estrade der Halle des alten Bergfrieds, hatte die Hände in die Seiten gestemmt und hielt seine kleine Ansprache mit tragender Stimme, um das Gemurmel der knapp zwei Dutzend Obdachsuchenden zu übertönen. Er nickte zu dem Geistlichen an seiner Seite. »Vater Simon hier wird gelegentlich die Halle patrouillieren, also macht keine Dummheiten. Wer gegen die eben genannten Regeln verstößt, verbringt den Rest der Nacht im Verlies!« Das war eine Lüge, aber die fürchterliche Drohung hatte sich bewährt. Dabei war es nicht der generelle Sittenverfall, welcher Madog Sorgen bereitete – der ja selber nie ein Kind von Traurigkeit gewesen war –, aber nicht wenige der heimatlosen Wanderer waren Nonnen oder Witwen, und es galt, sie vor unerwünschten Zudringlichkeiten zu beschützen.

Ruth, die Tochter des Schmieds, schenkte Bier aus einem großen Krug in die bereitstehenden Becher, und Matthew, ihr Vater, verteilte das Brot. Viele der Dorfbewohner hatten sich bereitgefunden, bei der Versorgung der Bettler zu helfen.

Nick stand am Eingang der Halle und beobachtete zufrieden den reibungslosen Ablauf. Madog, der ihn längst entdeckt hatte, zwinkerte ihm zu und bedeutete ihm mit einer Kopfbewegung, oben zu warten. Denn wenn die Leute Lord Waringham sahen, würde ein jeder den Wunsch verspüren, ihm persönlich zu danken, und es wäre vorbei mit Ruhe und Ordnung.

Ungesehen wandte Nick sich ab, stieg die Treppe hinauf und betrat sein Gemach, das wie stets um diese Jahreszeit vom Duft der Rosen unten im Garten erfüllt war.

Die Straße zwischen London und Canterbury war immer verkehrsreich gewesen. Kaufleute auf dem Weg nach Dover hatten sie ebenso bevölkert wie Mönche und Pilger, die den Schrein des heiligen Thomas in Canterbury aufsuchen wollten. Wallfahrten waren mittlerweile verboten, und der Schrein des heiligen Thomas war letztes Jahr bei der Aufhebung des Klosters in Canterbury abgebaut worden. Einundzwanzig Karren hatten Cromwells Männer angeblich gebraucht, um all das Gold und die Edelsteine abzutransportieren. Aber die Menschenströme auf den Straßen waren nicht versiegt, im Gegenteil. Die Vertriebenen und Heimatlosen, deren Zahl in London so dramatisch zugenommen hatte, fanden sich ebenso auf den königlichen Straßen, und da es keine Klöster mehr gab, um sie zu versorgen, klopften sie eben an die Tore der Burgen und Gutshäuser. Manche Gutsherren unterhielten eine Horde von Schlägern, um sie wegzujagen, aber Nick und Madog hatten ausgerechnet, dass es preiswerter war, ihnen ein Stück Brot, einen Schluck Bier und ein Strohlager für eine Nacht anzubieten. Außerdem ärgerte es Sumpfhexe, und das empfanden sie als echten Bonus.

»Es werden weniger«, bemerkte Madog, als er über die Schwelle trat. Er klopfte Nick auf die Schulter. »Gut, dich zu sehen, Mann.«

»Gleichfalls. Weniger Bettler, meinst du?«

Madog setzte sich ihm gegenüber und schenkte ihnen beiden einen Becher Wein ein. »Knapp dreihundert im April, ungefähr zweihundertvierzig letzten Monat.«

»Weil es so warm geworden ist«, mutmaßte Nick. »Sie können sich an den Straßenrand legen und den Umweg über Waringham sparen.«

»Und auf das Brot verzichten?« Madog schüttelte den Kopf. »Nie und nimmer. Manche haben eine Woche nichts gegessen, wenn sie herkommen.«

Nick winkte ab. »Ich weiß, ich weiß.« Er kannte diese Geschichten zur Genüge aus der Stadt.

»Jedenfalls waren es im letzten April und Mai doppelt so viele, als die Klöster gerade erst dichtgemacht hatten. Ich schätze, irgendwann haben alle Betroffenen ein neues Plätzchen gefunden oder sind verhungert. Jedenfalls wird der Strom versiegen.«

»Ja, früher oder später bestimmt.« Nick trank einen Schluck. »Was gibt es sonst Neues?«

Madog erzählte von der Schafschur und dem Gestüt, aber da Nick nur einen Monat fort gewesen war, gab es nicht viel zu berichten. »Ach ja, und deine Stiefmutter ist krank«, schloss Madog.

»Wirklich?«, gab Nick zurück. »Ich hoffe, es ist etwas Ernstes? Wenn sie uns von ihrer Gegenwart erlöst, könntest du mit deiner Familie endlich drüben ins Wohnhaus ziehen, wie es für den Steward angemessen wäre, statt bei deinem Bruder im Stallmeisterhaus unterzukriechen.«

»Simon meint, es ist Rheumatismus. Also nicht unmittelbar tödlich, aber qualvoll.«

»Immerhin«, brummte Nick, und sie lachten über ihre Flegelhaftigkeit. »Was machen Elena und die Kinder?«

»Bestens«, versicherte der Steward. Er hatte Philipp Durhams jüngste Schwester geheiratet, und sie bekam ein Kind nach dem anderen. Soweit Nick sagen konnte, war es eine glückliche Ehe, und Madog, der doch als Stallknecht am Hof der Prinzessin wirklich nichts hatte anbrennen lassen, war ausgesprochen häuslich geworden.

Es klopfte, und ohne eine Aufforderung abzuwarten, trat Vater Simon ein, der Priester, den Nick nach der Auflösung von St. Thomas nach Waringham geholt hatte. »Alles ruhig in der Halle«, berichtete Simon und kam lächelnd an den Tisch. »Nick.«

»Simon.«

Der Geistliche setzte sich zu ihnen und schenkte sich ein. »Alles in Ordnung? Deine Familie und deine Schwester wohlauf?«

»Das sind sie«, antwortete Nick.

»Du siehst ein bisschen grimmig aus«, beharrte Vater Simon.

»Wirklich? Vielleicht, weil ich heute früh das Vergnügen hatte, Thomas Cromwell zu begegnen. Das macht mich immer ein wenig grimmig.«

Madog und Simon wechselten einen entsetzten Blick.

»Was wollte er, um Himmels willen?«

»Was er immer will, Madog. Meinen Kopf. Aber er war nicht so recht mit dem Herzen bei der Sache. Er hat eine Menge Sorgen, der Ärmste …«

Simon lächelte boshaft und hob seinen Becher. »Mögen Cromwells Sorgen sich Nacht um Nacht verdoppeln«, sagte er und trank einen Schluck. »Und das werden sie, seid guten Mutes. Nichts ist tödlicher, als einem König die falsche Braut ins Bett zu legen.«

Simon war ein Neville – und darum auf ebenso verschlungenen Pfaden mit ihm verwandt wie Madog, wusste Nick. Die Neville waren berühmt für ihren politischen Instinkt. Mit dem Ende der Rosenkriege war die einst so mächtige Familie beinah in Bedeutungslosigkeit versunken, aber es gab sie noch. Simons Scharfblick und sein gänzlich unpriesterlicher Zynismus hatten Nick schon zu manch verblüffender Einsicht geführt. Der Geistliche war Anfang dreißig, groß von Statur, hatte dunkles Haar, beinah schwarze Augen und ein kantiges, aber gut aussehendes Gesicht. Die jungen Mädchen tuschelten und kicherten, wenn er durchs Dorf ging, und machten ihm schöne Augen, aber ihre Mühe war vergebens. Simon Neville war rettungslos und unglücklich in Lord Waringham verliebt und schrieb ihm nachts heimlich Gedichte, die er immer sogleich wieder verbrannte.

Nick war anfangs konsterniert und erschrocken gewesen, als

Madog ihm die Augen geöffnet und behutsam erklärt hatte, wie es um Simon stand und warum dieser Nick niemals auch nur die Hand reichte, wenn es sich vermeiden ließ. Und es hatte Nick verlegen gemacht, dass er – abgesehen von der Köchin und ihrem Mann – allein mit Simon im Bergfried wohnte. Er hatte befürchtet, ins Gerede zu kommen. Doch der Geistliche war viel zu feinfühlig und auch zu vornehm, um ihm unwillkommene Avancen zu machen, und inzwischen hatte Nick sich daran gewöhnt, Gegenstand seiner unerfüllten Sehnsüchte zu sein. Er hätte Simon nicht mehr missen wollen. Gebildet, kultiviert und mit einem ausgesprochen bissigen Humor gesegnet, war der Priester ein großer Gewinn, und er flößte sogar Sumpfhexe Respekt ein.

»Glaubst du, du bist hier sicher?«, fragte Madog Nick skeptisch.

Der zuckte die Schultern. »Ist irgendwer heute irgendwo in England sicher? König Henry und Bischof Gardiner haben mit ihren *Sechs Artikeln* eine Kehrtwende in der Reformbewegung vollzogen, und auf einmal sind es die Reformer, die sich vorsehen und verstecken müssen. Sogar Erzbischof Cranmer, wie man hört. Er musste seine Frau außer Landes schicken, an der er doch so hängt.«

»Der plötzliche Gegenwind wird Cromwell nur umso entschlossener machen, diejenigen zu vernichten, die er für seine Feinde hält oder die ihm gefährlich werden könnten.«

»Gut möglich«, musste Nick einräumen. »Aber noch bin ich nicht versucht, davonzulaufen. Cromwell war verzweifelt genug, um mir einen Gefallen abpressen zu wollen. Das zeigt wohl, dass er am Ende seiner Weisheit ist. Also warte ich ein paar Tage ab, um zu sehen, wie diese Farce weitergeht.«

Cranmer und Cromwell hatten in den vergangenen Jahren eng zusammengearbeitet, um ihre reformatorischen Ziele zu verfolgen. Eine autorisierte Bibelübersetzung gehörte zu ihren größten Erfolgen, und sie hatten durchgesetzt, dass in jeder Pfarrkirche in England ein Exemplar auszuliegen habe, damit auch Laien unmittelbaren Zugang zum Wort Gottes finden konnten. Denn allein das Wort Gottes, beharrten sie, und nicht die Regeln der Kirche und ihrer Priester seien maßgeblich für den Glauben und die Ausübung der Religion.

Doch der König war in seinem Herzen immer ein Konservativer geblieben, und als der Kaiser, der Papst und der König von Frankreich sich gegen ihn zu verbünden drohten, setzte er mit der Unterstützung des Bischofs von Winchester – Stephen Gardiner – und des Duke of Norfolk die Verabschiedung sechs elementarer Glaubensartikel durch. Der wichtigste war die uneingeschränkte Anerkennung der Transsubstantiation, also der Verwandlung von Brot und Wein in Leib und Blut Christi, die die Reformer bestritten. Das zu tun war jetzt bei Todesstrafe verboten. Auch das Sakrament der Buße – die Beichte vor einem Priester – wurde in seiner Gültigkeit bestätigt und die Geistlichkeit zum Zölibat verpflichtet.

»Meinen Segen haben die *Sechs Artikel* jedenfalls«, bemerkte Simon. »Es ist die erste Religionsgesetzgebung seit Jahren, bei der nicht Satan die Feder geführt hat.«

»Wohl wahr«, murmelte Nick. »Sogar Prinzessin Mary hat lobende Worte dafür gefunden, wenngleich nichts außer einer Rückkehr in den Schoß der römischen Kirche sie je zufriedenstellen wird.«

Simon Neville strich versonnen mit der Hand über die alte Bibel, die Nick mit heimgebracht und auf den Tisch gelegt hatte. »Selbst wenn es je dazu käme«, sagte der Geistliche, »wird nichts die Kunstschätze und die Gotteshäuser zurückbringen, die bei der Aufhebung der Klöster zerstört wurden.«

Gemälde, Heiligenstatuen und Reliquiare waren zertrümmert worden und ganze Klosterbibliotheken verbrannt. Die Kirchengebäude, die die Augmentationskammer an die Meistbietenden verscherbelte, wurden regelrecht geschleift: Glasfenster wurden ausgebaut und verkauft, das Blei der Dächer abgedeckt und ebenfalls verhökert, die Gemäuer als Steinbruch zur Errichtung neuer Bauwerke genutzt.

Simon schlug die Bibel auf, betrachtete eine der kunstvoll verzierten Initialen und drehte das Buch dann zu Nick und Madog um. »Seht nur, wie wundervoll. Tausend Jahre lang haben Mönche zur Ehre Gottes und zur Mehrung des Wissens in der Welt Bücher hergestellt. Sie haben sie in ihrer schönsten Schrift verfasst oder kopiert, haben sie bebildert, gebunden und in ihren Bibliotheken verwahrt und gehütet. Als ich ins Kloster eintrat, war die Buchherstellung natürlich schon eingestellt worden, weil die Drucker sie heutzutage erledigen. Aber der Geist war noch da. Die Stille und Frömmigkeit und Demut der Skriptorien lebte in den Bibliotheken fort …« Mit einem unterdrückten Seufzen riss er sich aus seiner Nostalgie und nahm die Hand von dem alten Manuskript. »Ich sage euch, Cromwell hatte mit vielem recht, was er an den Klöstern bemängelt hat. Das Lotterleben, die fetten Äbte, die auf Kosten ihrer geknechteten Bauern immer fetter wurden, die lasterhaften Nonnen und Mönche – all das hat es in den Klöstern gegeben. Aber sie aufzulösen war trotzdem ein Verbrechen. Eine ganze Kultur ist dadurch verloren gegangen, und nichts wird sie je zurückbringen.«

Nick gab ihm recht.

Madog leerte seinen Becher und stand auf. »Ich widerspreche dir nicht, Simon, aber ohne das preiswerte Glas aus den vielen Klosterkirchen hätten wir die Fenster der Halle unten nie und nimmer erneuern lassen können.«

»Und das soll heißen?«, fragte der Priester spöttisch. »Auch das größte Übel birgt immer etwas Gutes? Binsenweisheiten als Betthupferl?«

Madog klopfte ihm grinsend die Schulter, gähnte herzhaft und legte mit einiger Verspätung die Hand vor den Mund. »Gute Nacht, Gentlemen. Lord Waringham und sein Hauskaplan können ja vielleicht ausschlafen, aber ich armes Schwein muss mit dem ersten Hahnenschrei aus den Federn.«

Tatsächlich war Nick bei Sonnenaufgang schon im Gestüt und wartete, mit dem Rücken an die Sattelkammer gelehnt, als Madog und sein Bruder Owen aus dem Haus kamen.

Der Stallmeister streckte ihm lächelnd die Hand entgegen. »Willkommen zu Hause, Mylord.«

»Danke, Cousin.«

Owen war weitaus förmlicher im Umgang mit ihm als Madog, der nur »Mylord« sagte, wenn er Nick die Leviten las. Doch ganz gleich, wie oft Lord Waringham den Stallmeister aufforderte, ihn beim Vornamen zu nennen, kehrte der doch bei erster Gelegenheit zu seiner leicht distanzierten Höflichkeit zurück. Nick war es gleich. Madog, nicht Owen hatte mit ihm zusammen als Knecht geschuftet, im Stroh geschlafen und sein Leben riskiert, und im Übrigen waren korrekte Umgangsformen etwas, das Nick zu schätzen wusste.

»Wie stehen wir da?«, erkundigte er sich, während sie nebeneinander über die Koppel Richtung Stutenhof gingen.

»Ganz passabel«, antwortete der Stallmeister. »Inzwischen haben alle Stuten gefohlt, und alle Fohlen bis auf die beiden im März haben überlebt und sind gesund.«

Eins der toten Fohlen hatte Nick gehört, das andere einem betuchten Landedelmann aus Dorset. Von den vierzig Stuten, die derzeit hier standen, waren fünfzehn Nicks Eigentum. Von den Übrigen gehörte eine Madog, eine Owen, der Rest Pferdeliebhabern und Züchtern aus beinah dem ganzen Land, die ihre Stuten zum Decken nach Waringham geschickt hatten.

»Hat dieser Kerl aus Dorset sich inzwischen noch einmal gemeldet?« Wie so oft, wenn eine Stute oder ein Fohlen verendeten, hatte der Eigentümer Vorwürfe erhoben und Ansprüche gestellt.

»Ich habe ihm angeboten, seine Stute für die Hälfte des üblichen Preises decken zu lassen. Von Horatio. Damit hat er sich zufriedengegeben.«

»Eine gute Lösung«, befand Nick, blieb stehen und liebkoste einen Pferdekopf, der neugierig über die untere Türhälfte hinweg nach draußen gestreckt wurde. »Sag den Jungs, sie sollen die Stuten mit den älteren Fohlen heute auf die Südweide bringen, Owen. Die Nächte sind so warm, sie können draußen bleiben, denke ich.«

»Wird gemacht, Mylord.«

Owen berichtete auch von den Fortschritten der zwei- und dreijährigen Stuten und Hengste, die hier zu Reitpferden ausgebildet wurden. »Sie machen sich prächtig, aber wenn man es mal genau nachrechnet, lohnt es sich nicht wirklich. Die Preise sind einfach nicht hoch genug, um die Kosten für die lange Zeit zu decken, die wir sie hierbehalten und füttern und ausbilden.«

Das hörte Nick nicht zum ersten Mal, aber junge Pferde auszubilden war nun einmal seine größte Leidenschaft. Darum tat er das, was er bei dieser Gelegenheit immer tat: Er nickte unverbindlich. »Was macht Esteban?«

Sein junger Andalusier hatte keinen italienischen, sondern passenderweise einen spanischen Namen bekommen.

Owens Miene wurde verdrossen. »Jede Menge Wind, Mylord. Er bockt, er tritt, und er beißt. Wenn Ihr mich fragt: Esteban taugt nur dazu, seinen Kadaver an die Schweine zu verfüttern.«

Nick sah ihn strafend an. »Das hab ich nicht gehört, Mann.«

Die beiden walisischen Brüder tauschten beredte Blicke und lachten.

Nach und nach erschienen die Stallburschen zur Arbeit und begrüßten Nick höflich, aber nicht unterwürfig, wie es hier seit jeher Tradition war. Er wechselte ein paar Worte mit ihnen und mit Daniel, Owens Vormann, und ließ sie wissen, wie zufrieden er mit dem Erscheinungsbild seines Gestüts und vor allem mit dem Zustand der Pferde war. An jeder Kleinigkeit konnte man sehen, wie hart und hingebungsvoll hier gearbeitet wurde.

Dann endlich ging er zu Estebans Box im langen Stallgebäude der Zweijährigen und begrüßte seinen temperamentvollen Liebling. »Da bin ich wieder, mein spanisches Prinzlein«, murmelte er. »Bereit für die nächste Runde …«

Esteban hob den Kopf beim Klang der vertrauten Stimme. Er ließ Nick eintreten, ohne die Ohren anzulegen oder auszuschlagen, was ein Fortschritt war. Nick fuhr mit der Rechten über die schwarze, wellige Mähne und blies sacht in die Nüstern. »Ich habe mir überlegt, dass ich dir vielleicht noch einmal in aller Ruhe erklären sollte, was ein Sattel ist, wozu er dient, und warum man *nicht* in Panik geraten muss, wenn man einen sieht. Was meinst du, hm?«

Er liebkoste Esteban am Kinn und trat einen Schritt beiseite, sodass das junge Pferd den Sattel sehen konnte, der über der Trennwand zur Nachbarbox hing.

Augenblicklich spürte Nick Estebans Rebellion. Das vertraute, schwache Summen war in seinem Kopf, und was er wahrnahm, waren Zorn und Furcht. Nick lehnte die Stirn an den warmen Pferdekopf und dachte: *Was muss ich tun, damit du endlich Vertrauen fasst? Spanisch lernen?*

Grantig und hinkend kam er kurz vor Mittag zurück auf die Burg, und um dem abscheulichen Morgen die Krone aufzusetzen, kam seine Stiefmutter aus ihrem Garten, ehe Nick den Burgturm betreten und vorgeben konnte, sie nicht gesehen zu haben. Sumpfhexe humpelte auch, stellte er fest.

»Nicholas?«

Auf halbem Weg zwischen ihrem Haus und seinem blieb er stehen. »Madam.« Er verneigte sich nicht und trat auch nicht näher.

Doch heute schien seine Unhöflichkeit völlig verschwendet zu sein, denn Lady Yolanda bemerkte sie gar nicht, sondern kam mit einem untypisch freudigen Lächeln auf ihn zu. »Nicholas, stell dir vor, Cromwell, dieser Teufel, ist verhaftet worden!«

Nick sagte nichts. Aber er spürte, wie sich auch auf seinem Gesicht ein Lächeln Bahn brach.

Sie wedelte mit dem Brief, den sie ihm entgegenstreckte. »Hier, das kam eben von meinem Bruder Norfolk. Lies.«

Nick streifte Norfolks Siegel mit einem prüfenden Blick und las die wenigen nüchternen Zeilen. »Verrat und Häresie …«

»Du weißt, was das bedeutet, oder?«, sagte Sumpfhexe frohlockend. »Sie werden ihn verurteilen! Der König ist endlich aufgewacht und hat Cromwell durchschaut. Die Gottlosigkeit im Land wird ein Ende haben, Cromwell wird den Kopf verlieren und der Tod deines Vaters endlich gesühnt!«

Nick fuhr fast unmerklich zusammen und gab ihr den Brief zurück. »Das war Wolseys Werk, nicht Cromwells«, erinnerte er sie.

»Der mit Wolsey unter einer Decke steckte«, widersprach sie. »Oh, Nicholas, ich kann dir gar nicht sagen, wie glücklich diese Nachricht mich macht!«

Das war nicht zu übersehen. Und offenbar wusste sie einfach nicht, wohin mit ihrem Glück, sodass sie sich anschickte, ausgerechnet ihn daran teilhaben zu lassen.

Aber Nick hatte kein Interesse. »Wenn Ihr mich entschuldigen wollt, Madam. Ich komme aus dem Gestüt und bin staubig. Ich erinnere mich, dass Ihr das missbilligt.«

Doch nicht einmal damit konnte er sie heute in Rage versetzen. Er begann gerade, sich zu fragen, ob dies vielleicht irgendein fauler Bildzauber und gar nicht seine Stiefmutter war, als die Haustür sich öffnete und Brechnuss mit ihrem Gemahl in den Garten kam. Sie war hochschwanger, und er musste zugeben, dass ihr das hervorragend stand. Sie blühte.

»Ah, liebster Bruder«, säuselte sie und trat näher. »Wie geht es deiner reizenden Gemahlin und deinen beiden entzückenden kleinen Bauerntrampeln?«

Nick ignorierte sie.

Jerome Dudley hatte den Arm besitzergreifend um ihre Taille gelegt. Er bedachte sie mit einem Kopfschütteln, das zu gleichen Teilen Betrübnis wie Nachsicht auszudrücken schien, und dann reichte er Nick lächelnd die Hand. »Waringham. Welch ein glücklicher Tag für England.«

Nick schlug ein, entgegnete aber: »Ich bin verwundert, das ausgerechnet von dir zu hören. Suffolk und du wart doch immer eines Sinnes mit Cromwell. Kaum hat das Water Gate des Tower sich hinter ihm geschlossen, schon lasst ihr ihn fallen?«

»Wir waren schon lange nicht mehr eines Sinnes«, widersprach Jerome ernst.

Nick bedachte diese Behauptung mit dem skeptischen Lächeln, das sie verdiente, und weigerte sich standhaft, seine Stiefschwester anzusehen.

Er hatte kein Wort mehr mit ihr gewechselt seit jener Nacht in Eltham, als sie seine und Marys Flucht vereitelt hatte, und in den Jahren seither hatte er sie auch nur zu den seltenen Gelegenheiten gesehen, da er an den Hof zitiert wurde, etwa bei der Taufe des Prinzen vor drei Jahren. Da war sie ebenfalls guter Hoffnung gewesen.

»Ist Ray auch hier?«, fragte er seine Stiefmutter.

Sie schüttelte den Kopf. »Aber ich rechne bald mit ihm. Mein Bruder Norfolk kann ihn im Moment schlecht entbehren, denn der König stützt sich jetzt natürlich ganz auf ihn, da Cromwell endlich überführt ist, und mein Bruder braucht seinerseits seine vertrauten und zuverlässigsten Männer in seiner Nähe. Doch er hat mir versprochen, dass Raymond spätestens zu St. Johannes für ein paar Tage heimkommt.« Nick hörte die Sehnsucht in ihrer Stimme.

Er nickte und wollte sich abwenden, doch Jerome hielt ihn am Ärmel zurück. »Nick …«

Unwillig sah er auf. »Was?«

»Das kann doch nicht dein Ernst sein, Mann.« Es klang fast beschwörend. »Wie lange willst du mir noch grollen? Und Louise? Es waren schwierige Zeiten damals, und wir alle mussten Entscheidungen treffen, die uns nicht leichtgefallen sind, aber …«

Nick befreite seinen Arm mit einem kleinen Ruck. »Ich kann nicht feststellen, dass die Zeiten sich geändert hätten.«

Natürlich hatte er nicht vergessen, welch gute Freunde sie einmal gewesen waren. Oder wie Jerome ausgerechnet an dem Tag in Waringham aufgekreuzt war, da Edmund Howard sich angeschickt hatte, Nick mit Fäusten und Tritten zu überreden, ihn zum Steward zu machen. Ohne Jeromes Hilfe hätte er niemals rechtzeitig den Weg aus der finanziellen Misere eingeschlagen, die sein Vater ihm hinterlassen hatte, und Waringham wäre verloren gewesen. Er hatte ihm viel zu verdanken. Aber vergeben konnte er ihm nicht. »Gestern noch hat Cromwell mir gedroht und versucht, mich zu erpressen.« Er blickte kurz zu seiner Stiefmutter. »Es waren übrigens Euer Kopf und der Eures Bruders Norfolk, die er wollte.« Sie zog erschrocken die Luft ein, aber Nick ignorierte sie und fuhr an Jerome gewandt fort: »Jetzt sieht es so aus, als sollte Cromwell selbst es sein, der den Kopf verliert. Doch was ist nächste Woche? Nichts ist anders geworden, Jerome. Die grauen Eminenzen hinter Henrys Thron wechseln, genau wie die Königinnen, aber Willkür und Machtgier regieren weiter. Und auf wen soll man sich in solchen Zeiten verlassen, wenn nicht auf seine Freunde?«

»Allmählich verliere ich die Lust, dir die Hand zu reichen, aber ich habe nie aufgehört, dein Freund zu sein, Nick«, entgegnete Jerome.

Doch, dachte Nick unversöhnlich, das hast du. Du hast meine Todfeindin geheiratet, weil es finanziell und politisch vorteilhaft war.

»Bemüh dich nicht um meinetwillen, Liebster«, sagte Brechnuss mit einem Lächeln in der Stimme. »Er ist und bleibt ein Verräter, du hast doch gehört, was er gerade gesagt hat. Mir ist seine Feindschaft allemal lieber als seine Freundschaft, und du bist nicht auf ihn angewiesen.«

Mit einem bitteren kleinen Lächeln sah Nick Jerome an. »Da hast du's, Liebster. Besser, du hörst auf sie.« Und damit wandte er sich endgültig ab.

»Nicholas, was fällt dir ein«, keifte Sumpfhexe ihm nach. »Komm sofort zurück und sag mir, was Cromwell von dir wollte!«

»Ach, Mutter, was soll das jetzt noch für eine Rolle spielen«, widersprach Brechnuss wegwerfend.

Sie fingen an zu streiten, aber sie hielten die Stimmen gesenkt, damit das Gesinde sie nicht hörte, und so hatte Nick keine Mühe zu verstehen, was Jerome Dudley ihm nachraunte: »Dann fahr doch zur Hölle, Waringham …«

Anfang Juli wurde es schwül, und nachmittags standen manchmal schwarze Wolkentürme im Osten, doch sie fielen regelmäßig wieder in sich zusammen, ohne einen Tropfen Regen auf die ausgedörrte Erde fallen zu lassen. Nick wusste, dass die Bauern sich um die Ernte sorgten.

»Ich muss gestehen, dass ich deinen Bergfried nun zum ersten Mal richtig zu schätzen lerne«, bekannte Vater Simon, der mit ihm in der großen Halle stand. »So jämmerlich wir hier im Winter frieren, so angenehm kühl haben wir es jetzt.«

»Das nennt man wohl ausgleichende Gerechtigkeit«, erwiderte Nick, blickte zur hohen Decke empor und dann zu den riesigen Kaminen in den beiden Stirnwänden. »Eine Halle wie diese wird man wohl nie richtig warm bekommen. Selbst wenn Fenster und Türen halbwegs dicht wären – was sie natürlich nicht sind –, ist die Luft ständig in Bewegung, und darum zieht es immer unangenehm. Daran würden auch vier Kamine nichts ändern.«

»Nein. Das ist wohl der Grund, warum Hallen mit nackten Steinwänden und meilenhohen Decken aus der Mode kommen. Man friert schon allein von ihrem Anblick.«

»Hm. Jim meint, wir sollten eine niedrigere Holzdecke einziehen und die Wände verputzen. Aber sie ist so ein wundervoller Raum, es wäre eine Schande.«

Die neuen Glasfenster waren bunter, als es für ein weltliches Bauwerk üblich war, weil die rautenförmigen Butzenscheiben aus verschiedenen Klosterkirchen in Kent stammten – die meisten aus St. Thomas. Wenn die Sonne so wie jetzt auf die Scheiben fiel, malte sie farbige Tupfen an die nackten Mauern.

»Kannst du dir vorstellen, wie es einmal war, Simon? Große Teppiche an den Wänden, prasselnde Feuer in den Kaminen, ganze Pfauen im Federkleid auf der Tafel, und das Kerzenlicht, das sich in poliertem Silbergeschirr und Glaspokalen bricht? Lange Tische, und die Bänke voller Ritter und Damen und Kinder? Wie lebhaft es hier zugegangen sein muss.«

»Ich habe bis heute nicht gewusst, dass ein Schwärmer in dir steckt«, spöttelte Simon, verschränkte die Arme vor der Brust und schaute sich um. »Aber diese Zeiten werden wohl nie wiederkommen. Jetzt bevölkern Bettler deine Halle, und Feuer in den Kaminen gibt es nur, wenn Jim einmal im Monat ihre flohverseuchten Strohlager verbrennt ...«

Nick kehrte unsanft in die Gegenwart zurück. »Da fällt mir ein, dass ich neues Stroh kommen lassen muss. Und Alice hat sich beklagt, weil sie den Dorfofen so oft mit Beschlag belegen muss, um das Brot für unsere Gäste zu backen, dass die anderen Frauen schon anfangen zu zetern, wenn sie sie kommen sehen.«

»Bau ein Backhaus im Burghof«, schlug Simon vor.

»Hm. Fragt sich nur, wovon.« Seit die Baronie keine Darlehensraten und Zinsen mehr an Nathaniel Durham zahlen musste und das Gestüt wieder gewachsen war, kam Nick einigermaßen über die Runden. Aber Sumpfhexe strich nach wie vor ein Drittel seiner Einkünfte als ihren Witwenanteil ein, und der zunehmende Verfall des Geldwertes ließ die Pachteinnahmen von Jahr zu Jahr schrumpfen.

Simon nickte – er wusste all das. »Dann werde ich Pastor Derkin bitten, an die Mildtätigkeit der Bauersfrauen zu appellieren und sie zu ermahnen, Alice beim Brotbacken keine Schwierigkeiten zu machen.«

»Ja, das wäre vermutlich die preiswertere Lösung«, stimmte Nick zu. »Ich bin nur nicht ganz sicher, ob Pastor Derkin deiner Bitte nachkommt.«

Nachdem der papsttreue, aber korrupte Vater Ranulf sich bei Nacht und Nebel verdrückt hatte und vermutlich auf den Kontinent geflohen war, hatte die erzbischöfliche Verwaltung Jeremiah Derkin als Seelsorger nach Waringham geschickt, der ein ebenso radikaler Reformer war wie Erzbischof Cranmer selbst, und folglich führten er und Vater Simon ihren ganz persönlichen kleinen Glaubenskrieg.

»Ja, das ist wahr«, räumte Simon nun ein. »Vielleicht besser, wir überlassen Madog diese delikate Mission. An ihm ist wahrhaftig ein Diplomat verloren gegangen.«

»Er kommt heute Abend mit seiner Familie zum Essen herüber. Lass es uns nicht vergessen«, sagte Nick, und als er sich zur Tür wandte, entdeckte er dort seinen Bruder. »Ray! Das ist zur Abwechslung einmal eine freudige Überraschung.«

Er trat zu ihm, und weil er nie sicher sein konnte, wie sein Bruder gerade auf ihn zu sprechen war, wartete er ab. Zu seiner Verblüffung schloss der junge Mann ihn ungewohnt herzlich in die Arme. »Nick.« Raymond lächelte, aber sein Blick war kummervoll.

Höflich begrüßte er Vater Simon, war aber sichtlich erleichtert, als Nick vorschlug, in den Rosengarten des Bergfrieds hinunterzugehen. Dort war man meistens ungestört.

Sie machten einen Umweg am Grab ihres Vaters vorbei, wie es ihre Gewohnheit war, und blieben einen Moment davor stehen, um zu beten. Es war immer ein guter Anfang für eine Begegnung mit Raymond, wusste Nick, denn Jasper of Waringhams Andenken war das stärkste Bindeglied zwischen ihnen.

Dann umrundeten sie die kleine Kapelle und gelangten in den Garten. Die Rosenpracht neigte sich dem Ende zu, und die letzten Blüten wirkten staubig und durstig.

Nick führte seinen Bruder zu dem kleinen Rondell, wo immer noch kein Springbrunnen plätscherte, und lud ihn mit einer Geste ein, auf der Bank Platz zu nehmen.

Raymond hockte sich auf die Kante und fuhr sich mit dem Unterarm über die Stirn. »Mörderisch heiß.«

»Allerdings.« Nick setzte sich zu ihm. »In der Stadt muss es allmählich unerträglich werden, schätze ich.«

»Bestimmt. Aber ich komme aus Hampton Court. So nah am Fluss geht es noch einigermaßen.«

»Deine Mutter sagte mir, dass Norfolk dich derzeit sehr in Anspruch nimmt.«

Raymond lächelte flüchtig. »Meine Mutter übertreibt«, vertraute er ihm an. »Sie ist stolz darauf, dass ich bei Hofe lebe, aber in Wirklichkeit habe ich es dort noch zu gar nichts gebracht. Wie die meisten Kerle in meinem Alter lungere ich nur herum und vertue meine Zeit mit der Laute oder beim Kartenspielen. Bis mein Onkel mich zufällig entdeckt und mich auf irgendeinen blödsinnigen Botengang schickt, damit ich dem König nicht nutzlos auf der Tasche liege.«

Nick betrachtete ihn. Raymond war siebzehn; ein gut aussehender, athletischer junger Mann. Seine farbenfrohen, feinen Kleider ebenso wie der Hauch von Überheblichkeit in seinem Blick wiesen ihn als Höfling aus, aber wenn es wirklich ein Lotterleben war, das er führte, war es ihm zumindest nicht anzusehen. »Du bist noch jung. Du kannst noch alles bei Hofe werden, was du willst«, sagte der Ältere.

»Ja, vielleicht. Mein Onkel Norfolk wünscht, dass ich mich an den Hof des Prinzen bewerbe und an Edwards Seite bin, während er heranwächst.«

»Dein Onkel Norfolk war immer schon ein vorausschauender Mann«, spöttelte Nick. »Prinz Edward ist noch nicht einmal drei Jahre alt.«

»Aber er ist die Zukunft«, entgegnete Raymond.

»So Gott will.«

»Du bist des Öfteren dort, oder? Um Lady Mary zu sehen und deine Familie?«

Nick zog eine schmerzliche Grimasse angesichts der Reihenfolge dieser kleinen Aufzählung, die allzu treffend war. »So oft ich kann«, stimmte er zu.

»Und? Wie ist es dort?«

»Beschaulich. Jedenfalls wenn der junge Robin Dudley nicht gerade mit dem Fußball auf die venezianische Glasfigurensammlung schießt.« Bei der Erinnerung an den kleinen Satansbraten musste Nick unwillkürlich grinsen. »Er würde dir übrigens gefallen. Aber davon abgesehen, wäre Edwards Hof für einen Kerl in deinem Alter sterbenslangweilig. Du trägst dich nicht ernsthaft mit dem Gedanken, dorthin zu wechseln, oder?«

»O doch, Nick. Ziemlich ernsthaft sogar.«

Nick traute seinen Ohren kaum. Sollte Gott ein Wunder gewirkt und Raymond endlich die Augen über seinen angebeteten König geöffnet haben? Doch er beschloss, sich behutsam vorzutasten: »Und ... weshalb?«

Raymond legte die Hände auf die Knie und starrte darauf hinab. »Erinnerst du dich an meine Cousine Katherine Howard?«

Nick musste einen Moment überlegen. Er entsann sich, dass der fürchterliche Edmund Howard früher gelegentlich sein Töchterchen mit nach Waringham gebracht hatte. »Vage«, antwortete er. »Ein Elfchen mit wasserblauen Augen und blonden Zöpfen.«

Raymond lächelte kläglich. »Sie ist so alt wie ich, aber immer noch ein Elfchen. Winzig.«

So wie Königin Catalina, fuhr es Nick durch den Kopf.

»Und sie ist die schönste Frau bei Hofe«, fuhr Raymond fort. »Mit Abstand.«

Nick ahnte, worauf das hier hinauslaufen würde. »Du bist in sie verliebt, aber der König will sie heiraten?«

Sein Bruder nickte. Dann wandte er den Kopf und schaute Nick an, und einen Moment sah er so aus, als werde er in Tränen ausbrechen. »Ich halt das nicht aus, Nick. Ich kann nicht daran denken, ohne dass mir schlecht wird. Aber wenn ich es *sehen* muss ...« Er stieß die Luft aus. »Keine Ahnung, was dann passiert.«

Es war eine Weile still. Nick wusste zu genau, wie es in seinem Bruder aussah, um ihm auf die Schulter zu klopfen und ihm zu versichern, dass er schon darüber hinwegkommen werde. Seit er Janis Finley zum ersten Mal gesehen hatte, war ihm klar geworden, welch eine Naturgewalt die Liebe sein konnte – wie eine Flutwelle, die alles niederwalzt, was zuvor wichtig und unumstößlich schien. Noch nie hatte er so etwas empfunden, hatte nicht einmal geahnt, dass es dergleichen geben könnte. Weder seine Schwärmerei für Meg Roper, sein Verlangen nach Polly oder die gelegentlich knisternde Vertrautheit mit Prinzessin Mary waren damit zu vergleichen. Er dachte an Janis, wenn er aufwachte, und ihr galt sein letzter Gedanke, ehe er einschlief. Er war nach Waringham geflohen, um Distanz zwischen sie zu bringen, sich mit Arbeit abzulenken und Trost in seinem Heim zu finden, aber es war alles zwecklos. Er sehnte sich nach ihr, so schlimm, dass es ihm manchmal vorkam, als verschlüge es ihm den Atem. Er wusste, dass er sie nicht haben konnte, aber jede Minute, die er ohne sie verbrachte, kam ihm verschwendet vor …

»Nick, ich weiß, du wirst mich auslachen, aber ich habe das Gefühl, ich *kann* ohne sie nicht leben«, brach es aus dem so viel Jüngeren hervor.

»Wie du siehst, kann ich an deinem Schmerz nichts Erheiterndes entdecken, Bruder«, gab Nick nüchtern zurück. »Sei so gut und klär mich auf. Was ist passiert? Als ich London vor vier Wochen verlassen habe, war der König mit Anna von Kleve verheiratet.«

»Offiziell ist er das immer noch«, berichtete Raymond. »Aber in der letzten Juniwoche wurde Anna befohlen, sich in den Palast in Richmond zurückzuziehen, und gestern hat die Bischofsversammlung die Ehe für ungültig erklärt. Nächste Woche wird sie annulliert.«

»Das ist die dritte von vieren«, bemerkte Nick. »König Henry ist doch wahrhaftig ein Unglücksrabe …«

»Er hat schon im Winter ein Auge auf Katherine geworfen, ehe Königin Anna überhaupt herkam, die Ärmste. Sie ist übrigens großartig. Anna, meine ich. Natürlich ist sie wütend über die

Farce, in die sie hier hineingezogen wurde, aber besonders unglücklich über die Auflösung ihrer Ehe ist sie nicht.«

»Nein.«

»Du müsstest den König sehen, Nick.« Von Raymonds einstiger Bewunderung war nichts übrig. Abscheu und Geringschätzung sprachen aus seiner Stimme. »Wenn er den Mund aufmacht, dann um zu jammern, zu nörgeln oder um etwas hineinzustopfen. Das Gesicht ist so aufgedunsen, dass die Augen kaum noch zu sehen sind. Und sein Leib ... Er ist ein Koloss geworden. Einfach grotesk. Aber niemand soll mir erzählen, das sei die Wassersucht. Er ist fett, so einfach ist das. Und kein Wunder: Er lässt sich ganze Bleche mit Kuchen und riesige Schüsseln voll Pudding vorsetzen. Er frisst wie ein Schwein, immer nur süßes Zeug. Seine Zähne sind ein Albtraum.«

Nick schauderte. Es war das Bild eines Monstrums, das sein Bruder ihm mit seinen Worten malte, und auch wenn Raymonds Blick von Eifersucht getrübt sein mochte, hörte Nick all diese Dinge hier nicht zum ersten Mal. »Was für ein Bräutigam für ein siebzehnjähriges Mädchen ...«, murmelte er und seufzte. »Was sagt denn die schöne Lady Katherine zu alldem?«

Raymond kreuzte die Arme und zog die Schultern hoch. »Sie ist verzweifelt. Sie hat unseren Onkel Norfolk auf Knien angefleht, sie auf den Kontinent zu schicken und ihr diese Heirat zu ersparen.«

»Und was hat Onkel Norfolk gesagt?«

»Onkel Norfolk hat seine Pranken sprechen lassen, wie so oft. Ich weiß nicht, was er mit ihr getan hätte, wenn ich nicht zufällig dazugekommen wäre. Er ist ...« Raymond unterbrach sich und überlegte. »Weißt du, Nick, ich glaube, insgeheim hasst er Frauen. Zu mir ... Na ja, er ist kein besonders geduldiger oder nachsichtiger Mann, aber auf seine Art war er immer gut zu mir und hat sein Bestes für mich getan. Aber Louise hätte heute noch keinen Gemahl, wenn Suffolk ihre Verbindung mit Jerome Dudley nicht betrieben hätte. Auch zu meiner Mutter ist Norfolk nie anders als kühl und herablassend, dabei ist sie doch so stolz auf ihn und immer loyal, ganz gleich, was die Welt über ihn sagt. Und damals, als er Königin Anne verhaftet hat – die doch seine Nichte war, genau wie Katherine –, da war ein Leuchten in seinen Augen. Es konnte einem richtig unheimlich davon werden. Er hat es genossen, verstehst du?«

Nur zu gut, dachte Nick grimmig. Er nickte stumm.

»Was soll ich nur tun?«, fragte Raymond. Mit unterdrückter Wut riss er eine zartrosa Blüte von der Kletterrose, die die Bank überschattete, und zerdrückte sie in der Faust. Als er die Hand öffnete, blutete die Innenfläche von den Dornen, die er sich hineingetrieben hatte, und er wischte die Hand achtlos an seinem Hosenbein ab. »Ich habe überlegt, ob ich sie entführen und mit ihr auf den Kontinent fliehen kann. Aber ich finde keinen Weg. Es gibt einfach zu viele Wachen am Hof.«

»Versprich mir, dass du nichts Unüberlegtes tust, Ray«, bat Nick erschrocken. »Glaub mir, ich kann dich verstehen. Besser, als du ahnst. Aber es gibt *nichts*, das du tun könntest. Er ist der König, und wenn er sie will, dann bekommt er sie auch. Du weißt, wie ein Fluchtversuch enden würde.«

»Ja, ich weiß.« Es klang bitter.

Nick ließ ein paar Atemzüge verstreichen, ehe er anbot: »Wenn du dich in den Haushalt des Prinzen versetzen lassen willst, werde ich mit Lady Mary reden. Sie wird dich Lord Sidney empfehlen, und dann nimmt er dich sofort. Es würde die Dinge beschleunigen. Du könntest vor der Hochzeit vom Hof verschwinden.«

Raymond nickte unglücklich. »Ich weiß, das wäre das Beste. Was ich allerdings nicht weiß, ist, wie ich es fertigbringen soll, Katherine allein zu lassen mit diesem verfaulenden Fettkloß.«

Wenn du es nicht tust, wird es ein Unglück geben, dachte Nick, aber er sprach es nicht aus. Das war eine Sache, die sein Bruder allein entscheiden musste. »Denk darüber nach und sag mir Bescheid.«

Raymond sah ihn an. »Danke, Nick.«

Sie ließen die Gelegenheit verstreichen, über all die Dinge zu sprechen, die so viele Jahre zwischen ihnen gestanden hatten. Nick war es lieber so, und er nahm an, seinem Bruder erging es nicht anders.

Der Tower Hill glich einem Hexenkessel an diesem diesigen Sommermorgen. Noch zahlreicher als gewöhnlich hatten die Menschen sich eingefunden, und sie stellten sicher, dass Thomas Cromwell auf seinem letzten Weg das ganze Ausmaß ihres Hasses zu spüren bekam. *Er* hatte ihren König verhext und dazu gebracht, ihre geliebte Königin Catalina zu verstoßen, glaubten sie. *Er* hatte mit seiner verfluchten Reform die Welt, die sie kannten, auf den Kopf gestellt und sie bespitzelt und ihnen vorgeschrieben, was sie zu glauben hatten. *Er* hatte die Armut über Stadt und Land gebracht.

Als er im Juni verhaftet wurde, hatten sie die Eier schon mal vorsorglich beiseitegelegt, mit denen sie ihn heute – sieben Wochen später – bewarfen, und sie hatten Steine gesammelt und Wurfgeschosse aus Papier gefertigt, in welches Hundekot gewickelt war. Die drei Dutzend Wachen, die der Constable des Tower abgestellt hatte, um sicherzugehen, dass der Delinquent das Schafott lebend erreichte, taten ihr Bestes, den tobenden Mob zurückzudrängen, aber vor den hasserfüllten Schmährufen konnten sie Cromwell nicht schützen.

»Fahr zur Hölle und brate dort in Ewigkeit!«

»Deine kleine Anne Boleyn wartet da sicher schon auf dich!«

»Das Beil ist viel zu schade für ein Schwein wie dich!«

»Brennen müsstest du wie all die frommen Männer, die du hast brennen lassen!«

Thomas Cromwell schien nichts von alldem zu hören oder zu spüren. Er hielt den Kopf gesenkt, die Miene untypisch ernst, und betete. Ohne Hilfe stieg er die Stufen zum Richtblock hinauf, und das war der Moment, da er den pickligen, hühnerbrüstigen Jüngling mit dem Beil in Händen entdeckte.

Cromwell blieb wie angenagelt stehen und starrte ihn an, während ein Yeoman Warder ihm die Hände auf den Rücken band und Sir William Kingston ihm mit der ihm eigenen Höflichkeit den Kragen über die Schultern herabzog.

»Vergebt Ihr mir?«, fragte der Junge und fing an zu heulen.

Sprachlos wandte Cromwell den Kopf und sah zu Kingston.

Der Constable des Tower erklärte: »Dieser junge Mann gehört seit einigen Tagen zur Palastwache in Whitehall, Sir. Der Duke of Norfolk hat ihn dort gesehen und persönlich für seine heutige Aufgabe ausgewählt.« Seine Stimme klang neutral, gab lediglich eine Information weiter, aber dann musste der altgediente Constable sich räuspern.

Diejenigen der Zuschauer, die dem Schafott am nächsten standen und ihn gehört hatten, brachen in Gelächter aus und gaben die Neuigkeiten nach hinten weiter. Das Hohngelächter schwoll an, und eine neuerliche Welle von Schmährufen brach los: »Unser weiser Norfolk! Das ist der rechte Lohn für dich, Cromwell!«

Die Wachen hatten um die erhöhte Richtstätte Aufstellung genommen, Schulter an Schulter, Gesichter nach außen. »Das ist *kein* rechter Lohn«, murmelte Jenkins vor sich hin. »Er hätte ein bisschen Anstand verdient.«

»Du irrst dich«, widersprach Nick unversöhnlich, der ihm genau gegenüberstand. Er war zwei Stunden vor Sonnenaufgang hergekommen, um sich diesen Platz zu sichern.

Der Yeoman Warder schüttelte den Kopf und brummte: »Er ist verurteilt, also muss der Kopf runter, keine Frage, Mylord. Aber er hat dem König zehn Jahre lang die Wünsche von den Augen abgelesen.«

»Ich …« Cromwell schloss einen Moment die Augen, dann nahm er sich zusammen. »Ich vergebe dir«, sagte er zu seinem Henker.

Der Junge hatte sich gefasst. »Ich hab die ganze Nacht geübt, Sir«, versicherte er eifrig. »Mit Kohlköpfen.«

Erwartungsgemäß gab es wieder Gelächter, und auch Nick konnte sich ein bitteres Lächeln nicht verbeißen.

Kingston legte dem Bürschchen kurz die Hand auf den Arm. »Setz deine Maske auf, mein Sohn, und dann tu deine Pflicht.«

Das unschuldige Gesicht verschwand hinter der schaurigen Ledermaske, und Cromwell trat an den Block. »Ich bin hierher gekommen, um zu sterben«, verkündete er mit tragender Stimme, der die jahrelange Übung durch seine Ansprachen vor dem Parlament anzuhören war. »Ich habe keinen Unglauben verbreitet, vielmehr im wahren Glauben gelebt, in Ehrfurcht vor Gott und den heiligen Sakramenten. Ich bitte euch alle, für unseren geliebten Herrn und König zu beten. Möge das Glück seiner Herrschaft euch noch lange begleiten. Ich habe gelebt, um ihm zu dienen. Doch ich beuge mich dem Gesetz und sterbe, getröstet in der Gewissheit der Gnade Gottes.«

Damit kniete er nieder und legte den Kopf auf den Block. *Wie Sir Thomas*, dachte Nick. *Wie George Boleyn*. Und die ungezählten anderen Unschuldigen, die Cromwell genau hierher gebracht hatte.

Der Junge hob die Axt über den Kopf und wäre unter ihrem Gewicht um ein Haar nach hinten getaumelt. Die Menge kicherte.

Dann ließ er die Klinge niederfahren. Knirschend drang sie in den Hinterkopf ein. Cromwells eigentlich kleine Augen weiteten sich, und als er den Mund aufriss, drangen ein gellender Schrei und dann ein wasserfallartiger Blutstrom heraus.

»Oh, Mist …«, keuchte der Scharfrichter, stellte den linken Fuß auf den Block, befreite die Axt und hob sie wieder. Der zweite Hieb traf den Nacken, aber auch er trennte den Kopf nicht vom Rumpf.

Der bedauernswerte Knabe geriet in Panik, und der dritte Streich ging so weit fehl, dass die blutverschmierte Klinge das Rückgrat irgendwo zwischen den Schultern zertrümmerte.

Nach dem vierten Hieb lebte Cromwell immer noch, und niemand auf dem Tower Hill lachte mehr. Es war so still geworden, dass Nick den Constable mühelos hörte, der dem Henker zuraunte: »Ganz ruhig. Atme tief durch. Dann heb das Beil und lass dir Zeit, es auszubalancieren. Konzentriere deinen Blick auf den Nacken. Hab keine Furcht. Er spürt nichts mehr. Jetzt mach ein Ende, mein Sohn.«

Der Unglücksrabe nahm sich zusammen, befolgte die guten Ratschläge, führte die Klinge in einem sicheren Bogen, und endlich, endlich fiel Thomas Cromwells Kopf. Er war ein groteskes, formloses Ding, und als einer der Yeoman Warders ihn beim Schopf packte und hochhielt, war der Jubel der Londoner gedämpft.

Der Constable gab der Wache hoch oben auf den Zinnen des Tower ein Zeichen, und im nächsten Moment donnerte der Kanonenschuss.

»Na bitte«, sagte Nick und verschränkte die Arme vor der Brust. »Es hat ein bisschen gedauert, aber jetzt ist Thomas Cromwell aus der Welt geschafft. Und ich muss mich sputen.«

»Ihr wollt zur königlichen Hochzeit?«, tippte Jenkins.

»Ich muss zur königlichen Hochzeit«, verbesserte Nick. »Denn ich habe eine Einladung bekommen – vermutlich aufgrund irgendeines Irrtums.«

»Darf ich Euch einen Rat geben, Mylord?«, fragte der Yeoman Warder.

»Bitte.«

»Zieht Euch um.«

Nick schaute an sich hinab. Wams, Hosen und Schaube waren mit Cromwells Blut bespritzt.

Die Hochzeit fand im Oatlands Palace statt, einer eher bescheidenen königlichen Residenz, die ein Stück außerhalb der Stadt in Surrey lag. Nick hatte keinen Platz in der Kapelle gefunden, die viel zu klein war, um die rund dreihundert Geladenen aufzunehmen, aber beim anschließenden Bankett wies man ihn zu einem der unteren Tische in der großen Halle.

Von dort beobachtete er den Einzug der königlichen Familie: Henry hatte in den drei Jahren seit der Taufe seines Kronprinzen ordentlich zugelegt, wie alle sagten, und das Hinken hatte sich verschlimmert. Ein Koloss in der Tat: mindestens einen Fuß größer und dreimal so breit wie die zierliche, blutjunge Braut an seiner Seite. Aber seine Garderobe war perfekt und königlich wie eh und je, und seine Augen strahlten, sobald er Katherine anschaute. Die Braut, die notgedrungen zu ihm aufsehen musste, erweckte glaubhaft den Anschein, ihn anzuhimmeln. Genau wie einst ihre Cousine Anne Boleyn war auch Katherine Howard mit so vielen Juwelen und Perlen behängt, dass man sich fragte, wie sie sich aufrecht hielt. Nick fand sie weder so schön noch so verzweifelt, wie er nach Raymonds Beschreibung erwartet hatte. Aber Schönheit lag bekanntermaßen im Auge des Betrachters, und eine Königin war immer gut beraten, ihre Gefühle zu verbergen. Das galt bei diesem König ganz besonders.

Dem Brautpaar folgten Prinz Edward an der Hand von Lady Margaret Bryan, die das Amt der Ersten Gouvernante bekleidete, dann Mary und Elizabeth. Auch ihre Cousine Frances Brandon nahm an der königlichen Tafel Platz, zusammen mit ihrem Vater, dem Duke of Suffolk. Und »Bruder Norfolk« durfte natürlich auch nicht fehlen, war er doch der nächste männliche Verwandte der neuen Königin und hatte das Glück dieses Tages obendrein eingefädelt …

»Prinzessin Mary ist fast zehn Jahre älter als ihre neue Stiefmutter, ist Euch das schon mal in den Sinn gekommen?«, raunte eine vertraute Stimme in Nicks Ohr.

Der schüttelte missbilligend den Kopf. »Wie uncharmant, Chapuys. Es sind nur sieben Jahre.«

Der Gesandte setzte sich neben ihn. »Nun, der König wäre jedenfalls alt genug, ihr Großvater zu sein.«

»Worüber regt Ihr Euch eigentlich auf? Er ist glücklich, sie sieht auch ganz zufrieden aus, und Norfolk ist ebenfalls glücklich. Er wird Cromwells Platz einnehmen und die Reform umkehren, wo er nur kann, was wiederum Euch und den Kaiser glücklich machen sollte. Mehr Glück wäre kaum auszuhalten, oder?«

Chapuys offerierte ein gänzlich ausdrucksloses Lächeln. »Apropos Cromwell. Ihr wart dort?«

»Oh ja.« Nick hob seinen Pokal und nahm einen ordentlichen Zug. »Es war schauderhaft.«

»Das habe ich schon gehört.«

»Wie üblich«, gab Nick mit einem matten Lächeln zurück. »Und wo wir gerade von Eurer Allwissenheit sprechen: Habt Ihr schon etwas über die Benediktinerinnen von Wetherby herausgefunden? Und über unsere geheimnisvolle Schwester Janis?«

Eustache Chapuys nickte, erwiderte jedoch: »Hier ist weder Ort noch Zeit dafür.«

Nick sah ihn scharf an, bedrängte ihn aber nicht. »Wann reitet Ihr in die Stadt zurück?«

»Sobald die Höflichkeit es erlaubt.«

»Dann werde ich Euch begleiten.«

»Einverstanden.« Doch es klang reserviert.

»Kommt nicht auf die Idee, mir zu entwischen, Chapuys.«

Das Hochzeitsbankett bestand aus fünf Gängen, zu denen jeweils etwa ein Dutzend verschiedener Speisen aufgetragen wurde, und Nick stellte fest, dass sein Bruder in einem Punkt zumindest nicht übertrieben hatte: Es war kaum zu fassen, welche Berge von Kuchen und Süßspeisen Henry in sich hineinschaufelte. Dass er seiner Braut hin und wieder einen Löffel hinhielt, um sie kosten zu lassen, war ein echter Liebesbeweis, schloss Nick mit einem verstohlenen Grinsen. Er selbst langte indessen auch ordentlich zu, denn das Essen war hervorragend.

Das galt auch für die Musik. Der König hatte eine Schar von Spielleuten aus Venedig engagiert, die, wie Chapuys Nick erklärte, alle zu einer gewissen Familie Bassano gehörten. »Es sind Juden«, fügte er hinzu. »Auf die Art konnte Henry sicher sein, dass sie nicht für den Papst spionieren, und davon abgesehen ...«

»Was ist das für eine seltsame Fidel, die der junge Mann da rechts spielt?«, unterbrach Nick. »So etwas Wundervolles habe ich noch nie gehört.«

»Ich glaube, man nennt sie Violine«, antwortete der allwissende Chapuys.

Nick lauschte gebannt, der Fasanenschenkel auf seinem Teller war vergessen.

Als das Bankett sich dem Ende zuneigte, wurde ein Lord nach dem anderen aufgefordert, an die hohe Tafel zu treten, um der Königin zu huldigen. Nick hatte inzwischen Routine darin, denn er tat es zum dritten Mal.

Er sank vor der kleinen Königin mit den großen wasserblauen Augen auf ein Knie und sprach die uralte Eidformel. Als er geendet hatte, streckte sie ihm lächelnd die Linke entgegen: »Habt Dank, Lord Waringham.« Doch mehr sagte sie nicht, hielt ihn nicht zurück, um einen Moment mit ihm zu plaudern, wie mit dem Earl of Hertford oder mit Baron Lisle vor ihm. Norfolk hatte seine kleine Nichte gut abgerichtet, schloss Nick.

Notgedrungen verneigte er sich vor dem Bräutigam. »Möge Euch und der Königin Glück und Gottes Segen beschieden sein, Majestät.«

Henry nickte ihm frostig zu, doch unwillkürlich lächelte er, als sein Blick zu seiner jungen Königin zurückkehrte, und er fand sich offenbar genötigt, seinen anhaltenden Groll auf Nick für den Moment zu vergessen. »Sie ist ein wahres Gottesgeschenk«, vertraute er ihm an. »Eine Rosenknospe ohne Dornen.«

Alle Rosen haben Dornen, fuhr es Nick durch den Kopf, aber er hütete seine Zunge.

»Und sie versteht es, einem alten König eine zweite Jugend zu bescheren«, fügte Henry hinzu und zwinkerte ihm zu. »Sie wird mir viele Prinzen und Prinzessinnen schenken, Mylord.«

Nick fand es befremdlich, um nicht zu sagen widerlich, dass der König plötzlich so vertraulich tat, doch er antwortete: »Das wird ein großes Glück für England sein, Majestät.«

Henry entließ ihn mit einem Wink, weil sich hinter Nick ein kleiner Stau wartender Lords gebildet hatte. Erleichtert machte Nick ihnen Platz und fragte sich, wie irgendwer an der hohen Tafel auch nur einen Bissen herunterbekam bei dem süßlichen Fäulnisgeruch, den der König verströmte.

Die venezianischen Musiker spielten eine Gaillarde, und der Duke of Suffolk hatte Mary zum Tanz geführt. Nick stand mit dem Rücken an die Wand gelehnt und schaute ihnen zu. Die Höflinge hatten reichlich Übung, ihre Sprünge und Schritte waren alle im Gleichtakt und wirkten anmutig. Seide, Brokat und Juwelen funkelten im Schein der zahllosen Kerzen. Es war ein schönes Bild voller Pracht.

Noch ehe die Musik endete, machten Suffolk und Mary bei ihm halt.

»Wie wär's, wenn du mich ablöst, mein Junge?«, fragte Nicks Pate ein wenig außer Atem. »Ich gestehe es mir nicht gern ein, aber es bleibt eine Tatsache: Ich werde alt. Und meine junge Tanzpartnerin hier ist unermüdlich, fürchte ich.«

Nick schüttelte lächelnd den Kopf. »Ich bin nicht überrascht, Mylord, denn ich begleite Lady Mary gelegentlich auf ihren Spaziergängen, die in Wahrheit Gewaltmärsche sind. Doch ich fürchte, beim Tanzen muss ich passen. Tatsächlich habe ich gerade darüber nachgedacht, welch eine fremde Welt das hier für mich ist.«

»Euer Glück, lieber Freund«, befand Mary. »Ein Königshof ist immer ein Ort der Eitelkeiten und des Scheins. Oder was sagt Ihr, Mylord of Suffolk?«

»Ich gebe Euch recht. Aber ebenso ist es ein Ort der Macht, die immer eine große Faszination auf die Waringham ausgeübt hat. Darum ist es seltsam, dass du nie Zugang zu dieser Welt gesucht hast, Nick.«

Der hob abwehrend die Linke. »Ich kann überhaupt nichts Faszinierendes daran erkennen, wenn Ihr die Wahrheit wissen wollt. Gerade heute früh konnte man auf dem Tower Hill wieder einmal eindrucksvoll erleben, wo Macht enden kann. Nein, vielen Dank. Ich befasse mich viel lieber mit Pferdezucht. Das einzige, was ich von diesem Hof je wollte, war ein neues Marktrecht für Waringham, aber meine alljährlichen Gesuche werden regelmäßig abgelehnt. Was Euch veranschaulichen sollte, welcher Wind mir hier immer noch entgegenbläst, Mylord.«

»Es liegt allein bei dir, das zu ändern«, belehrte Suffolk ihn streng.

Aber Nick schüttelte den Kopf. »Im Taktieren bin ich ebenso ungeschickt wie im höfischen Tanz. Aber wer weiß. Vielleicht kann mein Bruder mir das Marktrecht ja verschaffen. Er hat das Ohr der Königin, und wie es aussieht, schlägt der König ihr keinen Wunsch ab.«

»Dann sollte dein Bruder sich lieber beeilen. Wer weiß, wie lange Vaters Verzückung anhält«, wisperte Mary boshaft.

Nick grinste verstohlen, aber Suffolk war befremdet. Mit einer kleinen Verbeugung entschuldigte er sich: »Wenn Ihr erlaubt, Madam, trage ich meine alten Knochen zurück zu meinem Polstersessel. Bei Waringham weiß ich Euch ja in den besten Händen.«

Mary nickte. »Habt Dank für den Tanz, Mylord.« Sie wartete,

bis Suffolk sich entfernt hatte, ehe sie spitz hinzufügte: »Fast wünsche ich mir, Pfalzgraf Philipp Dingsda käme zurück. Der tritt mir bei der Gaillarde wenigstens nicht auf den Rocksaum.«

Nick sah seinem Paten einen Moment nach. »Weißt du, dass sein Vater bei der Schlacht von Bosworth für deinen Großvater gefallen ist?«

»Natürlich. Er war sein Standartenträger, richtig?«

Er nickte. »Suffolk ist sehr stolz darauf. Und er tut das gleiche: Er trägt die Standarte deines Vaters – wenigstens im übertragenen Sinne – und reagiert überaus empfindlich auf jedes Anzeichen von Rebellion oder mangelndem Respekt.«

»Und verschließt vor allem die Augen, was nicht so ist, wie es sein sollte?«

»Vielleicht. Jedenfalls habe ich mir schon manches Mal gewünscht, ich könnte genauso sein. Für ihn sind die Dinge nie so kompliziert wie für mich.«

Mary nahm seinen Arm – und wie üblich war es ihr gleich, wer es sah oder was der Hof darüber dachte. »Nun, ich bin froh, dass du anders bist«, gab sie trotzig zurück. »Manchmal denke ich, nur deswegen lebe ich noch.«

»Das Kloster in Wetherby wurde aufgelöst wie alle anderen«, begann Chapuys. »Lady Katherine Neville, die Äbtissin, übergab Cromwells Kommissaren eine Liste der Liegenschaften und Wertgegenstände und eine zweite mit den Namen aller Schwestern, ganz nach Vorschrift. Aber die Gemeinschaft der Schwestern löste sich nicht auf. Die Äbtissin besaß ein kleines Gut in Yorkshire, und dorthin führte sie diejenigen ihrer Mitschwestern, die nicht wussten, wohin sonst sie gehen sollten. Es waren fünfzehn.«

Er verstummte. Gemächlich trabten sie Seite an Seite durch die Dämmerung die staubige, verlassene Straße entlang.

»Und dann?«, fragte Nick schließlich, als das Schweigen ihm zu lang wurde.

»Sie setzten ihr Leben dort fort wie zuvor im Kloster. Sie trugen weltliche Kleidung, um keine unerwünschte Aufmerksamkeit auf sich zu ziehen, aber sie lebten zurückgezogen, in Keuschheit und Bescheidenheit, wie ihr Gelübde es vorschreibt, hielten ihre Offizien und so weiter.«

»Dagegen konnte doch gewiss niemand etwas einzuwenden haben? Was Lady Katherine in ihrem eigenen Haus tut, ist doch wohl ihre Sache.«

»Hm«, stimmte der kaiserliche Gesandte zu. »So ist es. Die Schwestern von Wetherby waren nicht die einzigen, die eine solche Lösung gewählt haben, und Cromwell hat es auch nicht verboten. Aber die Wertgegenstände – Kruzifixe aus Gold und Silber, juwelenbesetzte Reliquiare und so weiter –, die seine Kommissare nach London brachten, deckten sich nicht mit der Liste. Es fehlten zwei Messkelche im Wert von etwa zweihundert Pfund.«

Nick pfiff vor sich hin. Zweihundert Pfund waren ein Vermögen. »Das wird Cromwell nicht gefallen haben.«

»Nein. Und er schickte Sir Edmund Howard nach Yorkshire, um Lady Katherine und ihre Schwestern zu fragen, was aus den Kelchen geworden sei.«

»Edmund Howard?«

»Ja, Waringham, der Vater der neuen Königin«, gab Chapuys untypisch gereizt zurück. »Ich nehme nicht an, dass Ihr ihn gekannt habt?«

»Er war der Bruder meiner Stiefmutter. Wir hatten ein paar unschöne Begegnungen, als er nach dem Tod meines Vaters unbedingt Steward von Waringham werden wollte.«

Chapuys schnaubte angewidert. »Das kann ich mir vorstellen. Er war ein Schmarotzer und Faulpelz, immer auf der Jagd nach einem gut bezahlten Posten, der keine Arbeit machte. Aber nicht einmal sein Bruder Norfolk hat ihn gefördert. Er kannte ihn zu gut. Als Edmund Howard letztes Jahr starb, habe ich Norfolk selbst sagen hören: ›Gepriesen sei Gott, dass er mich von dieser Sorge erlöst hat.‹«

»Ja, ich bin auch nicht gerade in Wehklagen ausgebrochen, als ich davon erfahren habe. Aber Cromwell hat Verwendung für Edmund Howard gefunden. Nun, ich bin nicht überrascht. Und … ich ahne Fürchterliches.«

»Ihr ahnt richtig«, gab Chapuys grimmig zurück. »Waring-ham, ich weiß, Ihr seid ein Ehrenmann, aber ich habe trotzdem mit mir gerungen, ob ich Euch von dieser Sache erzählen soll. Nicht viele wissen davon. Und so muss es auch bleiben.«

Nick wandte den Kopf und sah ihn an. Dann nahm er die Linke vom Zügel und küsste seinen Siegelring. »Ich schwöre bei meinem Namen, niemals zu wiederholen, was Ihr mir offenbart.«

Chapuys nickte und atmete tief durch. »Edmund Howard hat für Cromwell und die Augmentationskammer verschiedentlich Nachforschungen über verschwundene Wertgegenstände aus Klostervermögen angestellt. Er hatte eine Handvoll übler Gesellen angeheuert, mit denen er die ehemaligen Äbte und Oberinnen einschüchterte. Mit diesem Gesindel kam er auch nach Yorkshire und suchte Lady Katherine und ihre Mitschwestern auf ihrem ab-gelegenen Gut heim. Sie überfielen sie nachts und steckten ihnen das Dach über den Köpfen an. Dann trieben sie die verängstigten Nonnen in die Kapelle, fesselten sie, rissen ihnen die Nachthem-den vom Leib …« Er brach ab.

Nick stierte auf die Ohren seines Pferdes und wünschte, er könne die Zeit zurückdrehen und Cromwells grauenvolle Hinrich-tung noch einmal sehen, seine Schreie noch einmal hören. Denn im Lichte dessen, was er hier gerade erfuhr, hätte er das ohne den Funken Mitgefühl gekonnt, der sich in ihm geregt und ihn so ver-stört hatte.

»Wollt Ihr hören, was sie mit Lady Katherine getan haben, um zu erfahren, wo die verschwundenen Kelche waren?«, fragte Chapuys.

»Nein, lieber nicht.«

»Sie starb. Und auch die meisten der Schwestern kamen ums Leben, denn Howard und seine Halunken sperrten sie ein, als sie sich genug vergnügt hatten, und steckten die Kapelle in Brand. Nur zwei der Nonnen entkamen den Flammen.«

»Wie?«, fragte Nick und räusperte sich, weil seine Stimme so matt und belegt klang.

»Das weiß ich nicht.«

Es war eine Weile still. Sie überholten einen Bauern mit einem hochbeladenen Ochsenkarren, und wenig später mussten sie einem königlichen Meldereiter ausweichen, der ihnen entgegenkam und ritt, als seien alle Dämonen der Hölle hinter ihm her. Je näher sie der Stadt kamen, desto belebter wurde die Straße.

»Und wie habt Ihr all das erfahren, wenn es so ein wohlgehütetes Geheimnis ist?«, fragte Nick Chapuys schließlich.

»Edmund Howard hat es auf dem Sterbebett gebeichtet.«

»Wenn Gott gerecht ist, schmort Howard trotzdem in der Hölle …«

Der Gesandte deutete ein Schulterzucken an. »Sein Beichtvater hat es mir anvertraut, weil er wollte, dass ich den Kaiser wissen lasse, welch ein Monstrum die neue Königin gezeugt hat.«

»Und? Habt Ihr das?«

Chapuys schüttelte den Kopf. »Wozu sollte das dienen? Wie ich Euch schon mehrfach gesagt habe, Mylord: Hätte der Kaiser die Absicht, England mit Kanonen und Schwertern zurück in den Schoß der päpstlichen Kirche zu führen, dann hätten wir es inzwischen gemerkt. Und die junge Königin trägt außerdem keine Verantwortung für die Untaten ihres Vaters. Es schien mir geboten, das Geheimnis zu hüten, um das Andenken der Schwestern von Wetherby zu schützen.«

»Ihr seid ein wirklich anständiger Kerl, Chapuys.«

»Für einen Diplomaten, meint Ihr, ja?«

Nick lachte in sich hinein, aber das Gefühl, als habe sich ein Bleigewicht auf sein Herz gelegt, blieb.

Waringham, September 1540

 Nick saß mit Madog über der Pachtabrechnung, als die Tür sich öffnete und sein Bruder eintrat. »Entschuldige die Störung, Nick …«

»Ray!« Nick strahlte. »Ich wusste gar nicht, dass du hier bist.«

»Eben angekommen«, erklärte der Jüngere. »Madog.«

Der Steward winkte ihn näher. »Trinkst du einen Schluck mit

uns? Diese Abrechnung ist so ein Albtraum, dass ich dringend eine Stärkung brauche.«

»Schlechte Ernte?«, fragte Raymond besorgt.

Madog hob vielsagend die Schultern. »Kein Tropfen Regen seit Anfang Juni. Die Kornpreise werden diesen Winter höher sein als die Berge in Wales.«

»Und dann werden wir in der Krippe kein Brot mehr an die Straßenkinder verteilen können«, fügte Nick hinzu. »Wenn du an den Hof zurückkommst, Ray, frag König Henry bei Gelegenheit, wie er seine leidgeprüften Untertanen über den Winter zu bringen gedenkt.«

Raymond schnaubte. »König Henry ist gerade nicht besonders gut auf seine leidgeprüften Untertanen zu sprechen, weil es im Norden wieder Unruhen gegeben hat. Er hat gebrüllt, er werde sie alle noch viel ärmer machen, damit sie endlich Ruhe geben.«

»Verstehe. Die Londoner Straßenkinder werden dem Hungertod gewiss mit Langmut entgegensehen, wenn wir ihnen sagen, dass ihr König es so beschlossen hat.«

Raymond nickte mit einem hilflosen Achselzucken. »Nick, meine Mutter wünscht dich zu sprechen.«

»Ah ja? Weswegen?«

»Es ist wohl besser, das sagt sie dir selbst.« Raymond wirkte eigentümlich verlegen. »Komm schon, tu's für mich.«

»Na schön, meinetwegen.«

Nick betrat sein Geburtshaus auf der anderen Hofseite nicht gern und tat es für gewöhnlich nur einmal im Jahr, um Sumpfhexe ihren Anteil an der Pacht und die Abrechnung zu bringen. Er hatte seinen Schwur gehalten und keine Nacht mehr dort verbracht – selbst als er im Winter nach seinem sechzehnten Geburtstag das Lungenfieber bekommen hatte und so krank gewesen war, dass seine Stiefmutter versucht hatte, ihm zu befehlen, bis zu seiner Genesung in das wärmere, trockene Haus zurückzukehren, hatte er sich geweigert. Aber nun überwog seine Neugier seine Aversion gegen das Haus und seine Bewohner, und er folgte Raymond die hölzerne Treppe hinauf in die behagliche Halle.

Sumpfhexe saß an ihrem üblichen Platz, und damit nicht genug: Brechnuss und ihr Gemahl standen hinter ihr. Sie wirkten seltsam förmlich.

»Dudley«, grüßte Nick kühl.

»Waringham«, antwortete Jerome im gleichen Tonfall.

Nick sah fragend zu Lady Yolanda. »Hier bin ich, Madam. Also?«

Sie faltete die Hände vor sich auf der Tischplatte und straffte die Schultern. »Nicholas, ich möchte dich davon in Kenntnis setzen, dass ich beschlossen habe, wieder zu heiraten.«

Er musste blinzeln. Das war nun wirklich das Letzte, womit er je gerechnet hatte. Sumpfhexe war fünfundvierzig – eine alte Schachtel in Nicks Augen und doch gewiss jenseits ihrer gebärfähigen Jahre. Es war ein Alter, da die meisten Damen es sich in ihrem Witwenstand bequem machten. Aber sie offenbar nicht. Und als ihm aufging, was es bedeutete, hatte er Mühe, einen Jubelschrei zu unterdrücken. Doch er zog lediglich eine Braue in die Höhe und fragte: »Wer ist denn der Glückspilz?«

»Der Earl of Burton.«

»Wirklich? Nun, ich kann nicht behaupten, dass ich verstehe, was Euch in die nördliche Einöde ziehen mag, aber vermutlich hegt Ihr den Wunsch, zu Euren Wurzeln zurückzukehren oder Ähnliches.« Er verneigte sich formvollendet. »Ich wünsche Euch Glück, Madam. Und Burton auch. Er wird es brauchen …«

Wie eh und je wurde ihr Gesicht ziegelrot vor Zorn, während ihre Nase noch einen Moment weiß blieb. Früher hatte der bizarre Anblick ihn immer mit Schrecken erfüllt; heute weidete er sich daran.

Sumpfhexe war offenbar sprachlos vor Wut, und so war es Brechnuss, die ihn anschnauzte: »Sei lieber vorsichtig. Vielleicht ist dir nicht klar, wie mächtig wir Howard geworden sind.«

»Louise«, bat Raymond beschwichtigend und fügte an Nick gewandt hinzu: »Können wir vielleicht versuchen, das hier mit ein bisschen Anstand hinter uns zu bringen?«

Nick stieß hörbar die Luft aus, gab aber nach. »Also gut.«

Doch seine Stiefmutter hatte offenbar kein Interesse an einem versöhnlichen Abschied. »Nicht Burton ist es, wo wir leben werden, sondern bei Hofe!«, schleuderte sie ihm entgegen. Er wusste, dass das insgeheim immer ihr Traum gewesen war. »Der Earl of Burton ist der Schatzmeister Ihrer Majestät der Königin und ein tadelloser Gentleman. Und er hat keinen Erben! Ich entkomme mit diesem wohlüberlegten Schritt also nicht nur der ländlichen Eintönigkeit von Waringham, sondern ich sichere die Zukunft deines Bruders! Du kannst deinen Titel also dem Bastard deiner liederlichen Dienstmagd überlassen, wenn es dich dazu treibt; Raymond ist nicht auf deine Mildtätigkeit angewiesen!«

Dieser versuchte noch einmal, die Wogen zu glätten, und beschwor sie: »Mutter, lass gut sein. Polly ist keine liederliche Dienstmagd und Francis kein Bastard. Warum kannst du nicht ...«

»Schon gut, Ray«, unterbrach Nick ihn und verbeugte sich nochmals vor seiner Stiefmutter. »Wann gedenkt Ihr, der ländlichen Eintönigkeit von Waringham den Rücken zu kehren?«

»Noch in dieser Stunde. Ich habe alles gepackt.«

Er nickte. »Ich mache Euch darauf aufmerksam, dass mit dem Tag Eurer Vermählung Euer Anspruch auf Eure Einkünfte hier und Euer Wohnrecht in Waringham erlöschen, Madam.«

»Du kannst dir nicht vorstellen, mit welcher Seligkeit ich darauf verzichte.«

Nick musste die Zähne zusammenbeißen. Ihre Geringschätzung für Waringham kränkte ihn, und natürlich wusste sie das. Nur deswegen sagte sie es ja. Er sah seinem Bruder in die Augen. »Raymond, vergib mir, was ich jetzt sage, aber es geht nicht anders.« Und an Sumpfhexe gewandt fuhr er fort: »Schaut Euch noch einmal gründlich um, ehe Ihr aufbrecht. Denn solange ich Earl of Waringham bin, werdet Ihr mein Land nie wieder betreten, meine Burg erst recht nicht. Das gleiche gilt für deine Frau, Dudley. Du hingegen bist in Waringham jederzeit willkommen.«

Jerome Dudley würdigte ihn keiner Antwort.

Zu Nicks Erleichterung begleitete Raymond ihn zurück zum Bergfried, statt grußlos und zornig mit seiner Mutter und Schwester abzureisen, wie der ältere Bruder befürchtet hatte.

»Es tut mir leid, Ray«, sagte er seufzend, während sie den Innenhof überquerten. »Ich weiß, dass das alles nicht einfach für dich ist.«

»Nein«, gab der Jüngere zu. »Aber seit ich die Augen aufgemacht und erkannt habe, wie der König und mein Onkel Norfolk in Wirklichkeit sind, hat sich auch mein Blick auf viele andere Dinge verändert. Auf dich, zum Beispiel. Ich liebe meine Mutter und meine Schwester, Nick, und es macht mir zu schaffen, dass ihr einander so leidenschaftlich verabscheut, aber mir ist klar geworden, dass sie genauso schuld sind wie du. Ich misch mich nicht mehr ein. Das müsst ihr untereinander ausmachen.«

»Sehr weise«, befand Nick. »Und wie denkst du über die Vermählung deiner Mutter mit dem Earl of Burton?«

Raymond hob die Schultern. »Sie ist hier oft sehr einsam. Ich verstehe, dass sie lieber bei Hofe leben möchte. Und Burton erhofft sich über sie eine Verbindung zu Norfolk. Ich schätze, sie bekommen beide, was sie wollen. Und wenn er ins Gras beißt und nicht plötzlich und unerwartet ein verschollener Cousin aufkreuzt, bekomme ich einen Titel und Land. Dagegen hab ich auch nichts.«

Doch freudig erregt ob dieser unverhofft rosigen Aussichten wirkte Raymond nicht. Es klang eher gleichgültig. Die Melancholie, die ihn seit der Hochzeit des Königs mit seiner Cousine überkommen hatte, hielt sich hartnäckig.

Nick zog den hohen Torflügel auf. »Du begleitest deine Mutter nicht an den Hof?«

Raymond schüttelte den Kopf. »Norfolk hat mich ein paar Tage beurlaubt.«

»Großartig. Dann komm morgen früh mit ins Gestüt und hilf mir ein bisschen. Das wird dir guttun.«

»Ja, mal sehen.«

Sie gingen zu Madog zurück, und Nick berichtete dem Steward von den Neuigkeiten. »Das heißt, du kannst mit Elena und den Kindern drüben ins Wohnhaus ziehen, wenn du willst«, schloss er. »Vielleicht wartest du sicherheitshalber, bis die Hochzeit vorüber ist. Nicht dass noch irgendetwas schiefgeht und meine Stiefmutter hier nächste Woche wieder ans Tor klopft, um ihr Wohnrecht zurückzufordern.«

»Ich schätze, die Gefahr ist eher gering«, bemerkte Raymond. »Sie haben einen Vertrag unterschrieben.«

»Ich warte trotzdem«, entschied Madog. »Aber warum ziehst du nicht in das Haus, Nick? Platz genug für uns alle.«

Lord Waringham sah sich gründlich in seinem Gemach um und schüttelte dann den Kopf. »Nein. Ich will nirgendwo anders sein als hier.«

Madog schaute zu Raymond. »Er ist verrückt, oder?«

Es klopfte. Auf Nicks Aufforderung öffnete sich die Tür, und Laura und Philipp traten über die Schwelle, gefolgt von John und – Nicks Herz setzte einen Schlag aus – Janis Finley.

»Wir haben uns gedacht, wir verbringen die letzten Tage des Sommers auf dem Land«, erklärte Laura strahlend und schloss ihre Brüder in die Arme. »Die Stadt ist unerträglich geworden. Wir wollten eigentlich nach Sevenelms, aber John hat vorgeschlagen, Schwester Janis Waringham zu zeigen, und da sind wir mit hergekommen.«

Es gab ein lautstarkes Durcheinander des Wiedersehens und Vorstellens. Nick begrüßte seinen Schwager und seinen Cousin und fragte nach den Neuigkeiten aus der Stadt, aber er hörte kaum, was John ihm berichtete, denn sein Blick folgte Janis, die sich willig von Laura am Arm zum Tisch führen und Raymond und Madog vorstellen ließ. Sie trug ein neues Kleid, fiel ihm auf, ebenso schlicht und dunkel wie das alte, aber nicht so zerschlissen. Mit züchtig gesenktem Blick tauschte sie ein paar Artigkeiten mit Madog und Ray, und dann wandte sie sich um und stand vor ihm. »Mylord.«

»Willkommen in Waringham, Schwester Janis.«

Nichts hatte sich geändert. Als er von ihrem furchtbaren Schicksal erfahren hatte, hatte er sich für einen Augenblick gefragt, ob ihn das vielleicht von ihr kurieren würde, weil die Vorstellung, was Edmund Howards Teufel mit ihr getan hatten, ihn abstoßen würde. Alle Männer wollten schließlich eine unberührte Jungfrau. Eine Rosenknospe, wie der König Katherine Howard genannt hatte, am besten ohne Dornen, aber keine abgerissene Blüte, die zertrampelt im Staub lag. Er hatte indessen bald gemerkt: Das Gegenteil war der Fall. Es war nicht ihre Unberührtheit, die ihn angezogen, auch nicht ihre Unerreichbarkeit, die seinen Jagd- instinkt geweckt hatte. Er wollte keine verdammte Rosenknospe. Er wollte Janis Finley. Und wenn ihr Furchtbares passiert war, dann wollte er es gutmachen. Verhindern, dass es wieder geschah. Und ihren unbeugsamen Willen bewundern, der bewirkt hatte, dass sie nicht daran zugrunde ging …

»Waringham, bist du taub?«

»Ähm … entschuldige, Philipp. Was hast du gesagt?«

»Ich fragte, ob du darüber im Bilde bist, dass Sumpfhexe und Brechnuss drüben den gesamten Hausrat zu verladen scheinen.«

»He!«, rief Raymond ärgerlich.

»Entschuldige. Lady Yolanda und Lady Louise, wollte ich na- türlich sagen«, verbesserte Philipp sich hastig.

»Meine Mutter ist keine Diebin«, stellte der junge Mann stirn- runzelnd klar.

»Mir ist gleich, was sie mitnehmen«, bekannte Nick. »Alles, was mir etwas bedeutet, ist hier. Außerdem scheint mir kein Preis zu hoch. Stellt Euch vor: Lady Yolanda verlässt uns, um den Earl of Burton zu heiraten.«

Es gab Ausrufe der Verwunderung und Überraschung. Philipp und John flachsten ein bisschen, aber sie nahmen Rücksicht auf Raymond und sparten sich die wirklich ausgefallenen Gehässig- keiten. Madog ging zur Tür, brüllte nach mehr Wein, der auch bald kam, und es war eine ausgelassene Gesellschaft, die auf Yolanda Howards zukünftiges Lebensglück anstieß.

Janis trat zum Fenster, sah einen Moment in den Garten hinab und setzte sich dann auf die gepolsterte Fensterbank. Nick gesellte sich zu ihr.

»Das ist ein wundervolles Gemälde«, bemerkte sie, den Blick auf die Wand neben seinem Bett gerichtet.

»Meine Mutter«, sagte er.

Janis nickte. »Als wäre der Rahmen ein Fenster und sie stünde drüben auf der anderen Seite.«

Nick fror plötzlich am Rücken. Genau das hatte sein Vater auch einmal gesagt. Um das leise Gruseln zu vertreiben, erklärte er nüchtern: »Susanna Horenbout hat es gemalt.«

»Wirklich? Wir hatten im Kloster ein Stundenbuch, das sie mit Miniaturen koloriert hatte. Es war wundervoll. Aber ich wusste nicht, dass sie auch Porträts anfertigt.«

»Normalerweise nicht, glaube ich. Ihr Bruder Lucas ist Hofmaler, aber sie hilft meistens nur in seiner Werkstatt aus.«

»War Eure Mutter mit ihr befreundet?«

»Ich weiß es nicht«, gestand er bedauernd. »Ich weiß praktisch nichts über meine Mutter.«

»Wart Ihr noch sehr jung, als sie starb?«

Er nickte. »Und mein Vater hat nie über sie gesprochen. Darum war sie nicht nur tot, sie war … überhaupt nicht vorhanden. Bis auf das Bild.«

»Das muss schlimm für Euch und Eure Schwester gewesen sein.«

Er befand, dass es an der Zeit sei, das Thema zu wechseln. »Und wie war es bei Euch dort oben in Fernbrook? Lebt Eure Mutter noch? Habt Ihr noch Geschwister?«

Janis schüttelte den Kopf. »Meine Mutter starb im Winter nach meiner Geburt. Ich war das jüngste von sieben Geschwistern, aber alle außer Isaac und mir starben, eh sie erwachsen waren. Den Rest kennt Ihr.«

Süßer Jesus, sie ist wirklich mutterseelenallein auf der Welt, dachte Nick. »Wieso hat Euer Vater Euch ins Kloster gesteckt, wenn Ihr die einzige verbliebene Tochter wart?«

»Niemand hat mich irgendwohin gesteckt, Mylord«, wies sie ihn streng zurecht. »Es war mein Wunsch.«

»Vergebt mir …«, bat er – angemessen demütig, wie er hoffte.

Sie lächelte. Nick steckte die Hände zwischen die Knie, um sie daran zu hindern, nach einer der ihren zu greifen. Janis hatte das schönste Lächeln, das er je gesehen hatte, und es drohte ihn immer kopflos zu machen.

»Zeigt Ihr mir Euer Gestüt?«, fragte sie.

Sie blieb zehn Tage in Waringham. John und Philipp zogen auf Nathaniel Durhams Vorschlag hin durch Kent und Sussex, um Getreide aufzukaufen, damit sie für sich selbst, vor allem jedoch für die Krippe Vorräte anlegen konnten, ehe die Preise unbezahlbar wurden.

Meg Roper hatte eingewilligt, Janis für eine Weile in der Krippe zu vertreten, damit die junge Schwester für einige Tage dem fauligen, heißen Brodem der Stadt entkommen und aufs Land reisen konnte. Janis und Laura hatten rasch Freundschaft geschlossen, und oft saßen sie zusammen mit einer Handarbeit im Garten und genossen die letzten Tage dieses langen, heißen Sommers. Nick beäugte das mit Eifersucht und quälte sich mit dem Gedanken, wie herrlich es wäre, wenn die Dinge anders lägen, er Janis heiraten könnte und sie mit Laura und Philipp beschauliche Sonntage auf dem Land oder lange Winterabende in der Stadt verbringen könnten. *Wenn die Dinge anders lägen …*

Doch seine Seligkeit über Janis' Besuch überwog seinen Kummer. Anfang Oktober kam endlich der lang ersehnte Regen, aber Janis begleitete Nick unverdrossen jeden Morgen ins Gestüt. Sie habe keine Furcht vor ein bisschen Schlamm, versicherte sie ihm, und sie mistete, fütterte und striegelte mit der gleichen Energie und Effizienz, mit der sie in der Krippe die Mädchen unterrichtete und die Bücher führte. Die Stallburschen nahmen es stoisch. Pferdesüchtige Weiber waren in Waringham schließlich keine Seltenheit.

»Was ist mit Reiten?«, fragte Nick.

Aber Janis schüttelte den Kopf.

»Ich sehe doch, dass Ihr darauf brennt«, beharrte er.

»Nein, lieber nicht, Mylord. Ich bin ganz aus der Übung und …«

»Was wollt Ihr mir weismachen? Das gehört zu den Dingen, die man nicht verlernt, wie Ihr zweifellos wisst.«

Aber sie ließ sich nicht überreden, und er bedrängte sie nicht weiter. Auch so wurde ihr im Gestüt niemals langweilig. Stundenlang konnte sie auf dem Gatter sitzen und ihm bei der Arbeit mit Esteban zusehen. Sie hatte den ungebärdigen jungen Andalusier besonders ins Herz geschlossen, der Nick inzwischen einigermaßen willig auf dem bloßen Rücken trug, aber immer noch vor dem Sattel scheute. Anders als Owen und Daniel, die Esteban als hoffnungslose Fehlinvestition abgetan hatten, bestärkte Janis Nick in seinem Entschluss, es weiter zu versuchen.

»Er ist das schönste Pferd, das ich je gesehen habe.«

So ging es Nick auch.

»Natürlich sollte Schönheit keine Rolle spielen«, fügte sie ein wenig verächtlich hinzu – ganz die uneitle Nonne. »Aber Ihr und ich wissen, dass das Auge letztlich den Kaufpreis bestimmt, Mylord. Außerdem hat er hervorragende Anlagen, und ich glaube, er ist sehr schnell.«

»Schnell wie der Wind. Vor allem dann, wenn er sich meiner entledigt hat und sich davonmacht …«

Janis lachte. »Wenn Ihr ihn in die Zucht nähmet, würden die Preise früher oder später anfangen zu klettern, ich bin sicher. Irgendwann könnte das, was Owen jetzt mit sturmumwölkter Miene Euren kostspieligen Zeitvertreib nennt, wieder ein einträgliches Geschäft werden.«

Ungläubig lauschte Nick, wie sie seine geheimsten Wunschträume aussprach. Er seufzte. »Aber wenn ich Owen gestehe, dass ich damit liebäugele, eine Andalusierstute zu kaufen, wird er mir die Brocken vor die Füße werfen und nach Wales verschwinden. Vielleicht habt Ihr ja eines Tages genug von der Krippe, Schwester Janis. Dann könnt Ihr bei mir als Stallmeister anfangen.«

Sie schüttelte den Kopf. »Darauf braucht Ihr nicht zu hoffen. Ich habe in der Krippe meine Zuflucht und meine Bestimmung gefunden, Mylord. Zum ersten Mal im Leben habe ich das Gefühl, wirklich ganz dorthin zu gehören, wo ich bin. Ich habe genau das gefunden, was ich wollte. Und freiwillig gebe ich es nicht wieder her.«

Nick lächelte tapfer und versuchte, froh für sie zu sein.

Die frühe Winterdämmerung hatte eingesetzt, aber das Neujahrsfest war noch in vollem Gange. Die Bassanos spielten eine beschwingte Gaillarde nach der anderen. Der Duke of Suffolk tanzte mit seiner blutjungen Gemahlin, der Earl of Burton mit Sumpfhexe, Jerome Dudley mit Brechnuss, Raymond mit einer jungen Cousine der Königin, und die Königin ihrerseits tanzte mit ihrer Vorgängerin, Anna von Kleve. Der König hatte sich bereits zurückgezogen, denn er fühlte sich nicht wohl, aber das schien Königin Katherines Festtagsfreude nicht zu trüben.

»Oh, vergebt mir, liebste Schwester!«, rief sie aus und lachte ausgelassen, als sie und Anna bei einer Drehung wieder einmal zusammenstießen. »Ich vergesse ständig, dass ich der Mann bin …«

»›Liebste Schwester‹«, wiederholte Nick, ebenso gedämpft wie ungläubig. »Werden Frauen, die nacheinander mit demselben Mann verheiratet waren, dem Gesetz nach zu Schwestern? Oder nennen die verschleierten Schönheiten im Harem des osmanischen Sultans einander so, und Katherine und Anna haben die Sitte in Ermangelung anderer Präzedenzfälle aufgegriffen?«

Chapuys lachte in seinen vergoldeten Becher. »Henry nennt Anna neuerdings seine ›geliebte Schwester‹. Klug, wie sie sind, folgen die beiden Damen einfach seinem Beispiel.«

»Ja, ich nehme an, das verlängert die Lebenserwartung einer englischen Königin heutzutage beträchtlich …«

Von ihrem Platz in einer dämmrigen Fensternische nahe der Tür beobachteten sie, wie die beiden »Schwestern« Arm in Arm an die hohe Tafel zurückkehrten, wo Katherine ihrer Vorgängerin einen Ring und einen putzigen Welpen mit einem goldenen Halsband schenkte – zwei der Neujahrsgaben, die sie von Henry erhalten hatte. Anna bedankte sich überschwänglich, und die beiden ungleichen Königinnen steckten die Köpfe zusammen, bis ein junger Mann respektvoll hinzutrat und Katherine mit einem charmanten Lächeln um den nächsten Tanz bat.

»Thomas Culpeper«, bemerkte Nick.

»Ihr kennt ihn?«, fragte der kaiserliche Gesandte interessiert.

Nick schüttelte den Kopf. »Mein Bruder hat mir vorhin beim Essen zugeflüstert, wer er ist. Ich kannte bislang nur seinen schillernden Ruf. Ich schätze, jeder Mann, jede Frau und jedes Kind in Kent hat von Master Culpeper gehört …«

Thomas Culpeper hatte in einem Wald gar nicht weit von Waringham die Frau eines Forstaufsehers vergewaltigt. Angelockt von den verzweifelten Schreien des Opfers war ein Bauer des nahen Dorfes herbeigeeilt, und als er einschreiten wollte, hatte Culpeper ihn erschlagen. Eigentlich hätte er dafür aufgeknüpft werden müssen, aber er war ein Mitglied des *Privy Chamber* – des erlauchten Kreises der engsten Vertrauten des Königs –, und Henry hatte Culpepers Verbrechen als jugendlichen Übermut abgetan und den Übeltäter begnadigt. Weder der eine noch der andere hatte sich damit bei den einfachen Leuten in Kent sonderlich beliebt gemacht.

»Die Königin scheint nicht zu wissen, was er getan hat«, sagte Nick, der sie verstohlen beobachtete.

»Nein«, stimmte Chapuys zu. »Die Königin weiß praktisch nichts von dem, was um sie herum geschieht. Sie ist ein flatterhaftes, oberflächliches Geschöpf, fürchte ich, und nicht besonders gescheit. Sie genießt die prächtigen Feste, die Kleider und Juwelen, die der König ihr schenkt, und nichts anderes interessiert sie.«

»Sie ist fast noch ein Kind«, gab Nick zurück. »Und für ein so junges Ding kann es nicht einfach sein, als Gemahlin an Henrys Seite zu leben. Vielleicht ist es ein Segen, dass sie in der Lage ist, die angenehmen Seiten ihres Daseins unbeschwert zu genießen.«

»So ungewohnt nachsichtig?«, spöttelte Chapuys. »Dabei war die Königin über die Feiertage auffallend schroff zu Lady Mary. Ich war überzeugt, damit hätte sie bei Euch für alle Zeiten verspielt.«

»Ja, macht Euch nur lustig über mich«, gab Nick gleichgültig zurück und stand von der gepolsterten Bank auf. Tatsächlich *war* er wütend auf Katherine, die den brüchigen Frieden zwischen Mary und ihrem Vater bedrohte, aber ihm war nicht entgangen, dass Mary zu ihrer blutjungen Stiefmutter ebenso kühl und abweisend war wie umgekehrt. Und er war gewillt, der Königin eine zweite Chance zu geben, weil sein Bruder sie so hoch schätzte. Vielleicht war Katherine ja besser, als man auf den ersten Blick meinte. »Ich mache mich auf den Heimweg, Chapuys.«

Der Gesandte nickte. »Hütet Euch vor dem Gesindel auf der Straße. Es ist riskant in diesen Zeiten, bei Dunkelheit unterwegs zu sein.«

Nick verdrehte die Augen. »Ich werd dran denken. Nochmals danke für Eure Gabe.« Er hatte die wenigen Freunde, die er bei Hofe hatte, um Spenden für die Krippe gebeten, denn manche der größeren Kinder hatten immer noch keine neuen Schuhe. Es war ein ansehnliches Sümmchen zusammengekommen. Nick hatte gewartet, bis sein Pate betrunken war, ehe er auch ihn anbettelte, und weinselig hatte Suffolk ihm den gesamten Inhalt seiner Börse in die Hand geschüttet – über zehn Pfund. Das löste nicht nur das Schuhproblem, sondern würde auch die Lebensmittel für das kommende Jahr bezahlen.

Unbemerkt schlüpfte Nick aus der Halle, überquerte den Hof mit dem gewaltigen Uhrenturm und betrat das Gebäude auf der anderen Seite. Die scheue Lady Claire saß im Vorraum zu Marys Gemächern. Als sie Nick kommen sah, klopfte sie an die Tür, meldete ihn an, ließ ihn eintreten und folgte ihm in den eher schlicht möblierten, dämmrigen Raum.

»Ich wollte mich verabschieden, Hoheit«, sagte Nick und verneigte sich.

Mary saß mit dem Rücken zur Tür an einem zierlichen Tischchen. Sie schien seine Worte gar nicht wahrgenommen zu haben. »Komm her und hilf mir«, forderte sie ihn auf. Ihre schlanke linke Hand lag auf einem aufgeschlagenen Buch, in der rechten hielt sie eine Feder über einem leeren Blatt Papier.

Nick trat näher und sah ihr über die Schulter. »Ach, du meine Güte. Das ist Horaz. Viel zu schwer für mich, glaub mir …«

»Oh, komm schon, streng dich ein bisschen an. Übersetz die ersten vier Zeilen, und dann sehen wir, ob du sie genauso verstehst wie ich.«

»In Hexametern? Oder darf ich in Prosa, Hoheit?«, fragte er unterwürfig.

»Das sind keine Hexameter, sondern alkäische Verse, du Banause.«

»Wenn du es sagst …« Er richtete den Blick auf den lateinischen Text und las murmelnd: »*Delicta maiorum inmeritus lues, Romane, donec templa refeceris aedisque labentis deorum et foeda nigro simulacra fumo.* Ähm, lass mich nachdenken. Es heißt in etwa …«

Sie sah mit einem missfälligen Stirnrunzeln zu ihm hoch. »Ja?«

Nick musste sich vorsehen, dass er nicht nervös wurde und anfing zu stammeln wie der mittelmäßig begabte Zögling in Thomas Mores Internat, der er einst gewesen war. Er konzentrierte sich, und auf einmal erfasste er den Sinn ohne große Mühe: »*Unschuldig zahlst du für die Sünden deiner Väter, Römer, bis du die Tempel wieder aufbaust, die fallenden Gotteshäuser und die … die vom schwarzen Rauch geschändeten Statuen …*«

Mary lehnte sich zurück und verschränkte mit einem zufriedenen Lächeln die Hände auf ihrem Horaz. »Wusst ich's doch. Danke, Nick. Sinngemäß war ich zum gleichen Ergebnis gekommen. Jetzt muss ich die Übersetzung nur noch ins richtige Versmaß bringen. Das wird schwierig …«

Nick schwante ganz und gar nichts Gutes. »Was hast du damit vor?«, fragte er misstrauisch.

»Ich beabsichtige, meinem Vater eine englische Übersetzung von Horaz' *Oden* in alkäischen Versen zu schenken. Sein Latein ist nicht mehr so gut, wie es einmal war. Er hat nicht genügend Zeit, es zu pflegen. Aber Horaz ist so eine erbauliche, erhellende Lektüre und …«

»Wähle lieber eine andere«, fiel Nick ihr ins Wort. »Warum ausgerechnet diese? Ist es nicht die sechste Ode aus dem dritten Buch?«

»Du bist besser, als du vorgibst …«

»Also, warum fängst du nicht vorne an?«

»Weil keine mir so hervorragend in unsere heutigen Zeiten zu passen scheint.«

Nick stöhnte und rang um Geduld. »Mary, manchmal frage ich

mich, ob du wirklich so weltfremd bist, oder ob du uns alle zum Narren hältst.«

»Ich muss doch sehr bitten, Mylord«, tadelte sie ihn kühl. »Ihr vergreift Euch im Ton.«

»Und Ihr vergreift Euch in der Ode, Hoheit«, konterte er wütend. »Wenn du dem König dieses Werk überreichst, ganz gleich, wie schön die Verse sind, wird er argwöhnen, du wolltest Horaz' Klage über den Verfall von Sitte und Moral auf die Reformer und die Aufhebung der Klöster übertragen. Zu Recht argwöhnen. Wozu willst du etwas so Kindisches tun?«

»Kindisch?«, brauste sie auf und kam auf die Füße. »Was fällt dir ein?«

»Ja, kindisch«, beharrte er. »Denn du würdest nichts ändern. Nichts besser machen. Das einzige, was du erreichen würdest, wäre ein neues Zerwürfnis mit dem König, der ohnehin schon die Stirn runzelt, weil du dich mit seiner neuen Königin angelegt hast.«

»Die zwei meiner Hofdamen entlassen hat! Über meinen Kopf hinweg!«

»Ja, ich weiß.« Nick versuchte, die Fassung zu bewahren, damit wenigstens einer von ihnen einen kühlen Kopf behielt. »Aber du musst zugeben, dass deine Hofdamen sich alle Mühe gegeben haben, Katherine zu verstehen zu geben, dass sie sie für ein berechnendes, ehrgeiziges Luder halten.«

»Der Schluss drängt sich irgendwie auf, oder?«

»Mary.« Nick sah sich kurz um, zog sich mit dem Fuß einen Schemel heran, setzte sich ungebeten und ergriff ihre Linke. »Sie ist noch so jung. Aber ihr Onkel Norfolk wird seinen Einfluss auf sie nutzen, um die Reform aufzuhalten, vielleicht sogar umzukehren. Katherine könnte durchaus noch eine Königin in deinem Sinne werden. Aber du *musst* Geduld haben. Es schadet deinen Absichten nur, wenn du den König unnötig gegen dich aufbringst.«

Sie hörte ihm zu, aber ihr ohnehin kleiner Mund war zu einem dünnen Strich zusammengepresst. Schließlich befreite sie ihre Hand und antwortete leise: »Du kannst dir nicht vorstellen, wie ich es verabscheue, immer nur zahm und untätig zu sein und mit töchterlicher Duldsamkeit zuzuschauen, wie mein Vater die Klöster ausplündert und dieses Land zu einem Ort der Gottlosigkeit macht.«

»Doch, Mary. Das kann ich mir ohne Mühe vorstellen. Aber als Märtyrerin wirst du weder England noch dem Papst etwas nützen. Wenn du dich beiden verpflichtet fühlst, nimm dich zusammen und warte auf bessere Zeiten.«

»Es ist ungeheuerlich, wie du mit mir redest«, beklagte sie, aber ihr Zorn war verraucht, und ein Lächeln lauerte in den Mundwinkeln.

Nick erhob sich und machte einen artigen Diener. »Dann besteht wohl wenig Hoffnung, dass du mir einen Souvereign für die Krippe spendest?«

»Einen Souvereign?«, wiederholte sie entrüstet. »Mir war nicht klar, dass die neuen Schuhe für die Waisenkinder mit Edelsteinen und Perlenstaub besetzt sein sollen wie die meiner gerissenen kleinen Stiefmutter ...«

Lady Claires halb unterdrücktes Kichern kam aus der Fensternische.

Mary sah mit verengten Augen in ihre Richtung, während sie ihre Börse aufschnürte, ein Goldstück herausholte und es Nick reichte. »Ich hatte Eure Anwesenheit vergessen, Lady Claire. Ich vertraue auf Eure Diskretion.«

Das verhuschte Geschöpf trat aus dem Schatten und knickste. »Das könnt Ihr, Mylady«, beteuerte sie und ließ ein paar Münzen in Nicks Hand klimpern.

Er verneigte sich vor den beiden noblen Spenderinnen. »Gott segne Euch, Ladys. Wann kehrt Ihr nach Hatfield zurück?«

»Nach dem Dreikönigsfest«, antwortete Mary. »Ich kann es kaum erwarten, wenn ich ehrlich sein soll. Dort werde ich auch viel mehr Zeit für meine Horaz-Übersetzung haben«, fügte sie mit einem unschuldigen Lächeln hinzu.

»Ich komme, sobald ich kann, um mich von Euren Fortschritten zu überzeugen und das Ergebnis Eurer Mühen ins Feuer zu werfen, Hoheit«, stellte er in Aussicht.

Es hatte wieder geschneit, erkannte Janis, als sie beim ersten zartrosa Tageslicht aus dem Fenster schaute. Der Wind hatte die ganze Nacht an den bleigefassten Scheiben gerüttelt, und sie hatte schlecht geschlafen. Aber grundsätzlich hatte sie nichts gegen Schnee und Winterkälte. Wer wie sie sein ganzes Leben im Norden verbracht hatte, war daran gewöhnt, vor allem an eisige Winde. Und der Frost schien die Pest endgültig aus der Stadt gejagt zu haben, die während des unnatürlich heißen, trockenen Sommers ausgebrochen war.

Janis legte ein wollenes Tuch um die Schultern, nahm die große Handglocke vom Tisch und verließ die kleine Kammer neben dem Priorzimmer, die sie beherbergte.

Auf dem Flur schwang sie die Glocke. »Allen Schlafmützen von London einen guten Morgen!«, rief sie und zog den Riegel zurück, der den Schlafsaal der Jungen versperrte. Es war eine Vorsichtsmaßnahme, deren Notwendigkeit für alle offensichtlich war, denn manche der Knaben und Mädchen in der Krippe waren schon alt genug, um nachts auf dumme Gedanken zu kommen. Es gab eine zweite Tür aus dem Dormitorium, durch welche die Jungen im Notfall fliehen oder Hilfe holen konnten, aber sie führte in Master Gerards Kammer.

Janis schwang ihre Glocke noch einmal, hielt dann inne und lauschte mit leicht zur Seite geneigtem Kopf. Es war einer der schönsten Momente ihres Tages, wenn sich hinter den Türen zu beiden Seiten des Flurs das Leben regte. Erst vereinzelt, dann im Chor erklangen helle Kinderstimmen, Füße tapsten über Holzdielen – die Krippe erwachte zum Leben.

Janis ging über den verschneiten Hof in die Küche, wo die Köchin bereits das Feuer aufgeschürt hatte und die Hafergrütze in einem gusseisernen Topf über dem Feuer blubberte.

»Guten Morgen, Martha.«

»Morgen, Kindchen.«

Sie stellten Schalen und Becher auf die beiden langen Tische, und kurz darauf versammelten sich die Bewohner sich zum Frühstück.

Nachdem Master Gerard das Tischgebet gesprochen hatte, setzten alle sich auf ihre Plätze und begannen zu löffeln, aber es war meist still während der Mahlzeiten, denn der einstige Mönch duldete kein eitles Geplauder bei Tisch.

»John und Bill, ihr geht Schnee schippen«, ordnete er an, nachdem die Schalen geleert waren.

»Ja, Master Gerard.« Die beiden Knaben erhoben sich.

»Bill hat keine Schuhe, Bruder Samuel«, protestierte Janis.

Sie sprach immer respektvoll und höflich mit ihm, damit er sich zumindest einbilden konnte, *er* bestimme, was in der Krippe geschah. Aber sie ergriff das Wort, wenn sie fand, dass er eine falsche Entscheidung traf, und sie weigerte sich, ihn ›Master Gerard‹ zu nennen. Er war Mönch, sie eine Nonne, mithin waren sie vom selben Stand, Teil derselben Gemeinschaft, und so war es nichts weiter als angemessen, sich mit ›Bruder‹ und ›Schwester‹ anzusprechen. Aber sie wusste sehr wohl: Samuel Gerard war der Auffassung, sie sei die schlimmste Prüfung, die der Herr ihm je geschickt hatte.

In diesem Fall musste er allerdings eingestehen, dass sie recht hatte. »Dann gehst du mit John, Richard.«

Der fünfzehnjährige Junge warf dem Lehrer einen finsteren Blick zu, nickte jedoch und stand auf.

Samuel Gerard hielt ihn am Ärmel zurück. »Hast du nicht vielleicht etwas vergessen?«, fragte er, der Tonfall scharf.

Richard befreite seinen Ärmel mit einem kleinen Ruck. »Ja, Master Gerard. Ich geh gern Schnee schippen, Master Gerard. Gelobt sei Jesus Christus, Master Gerard.« Die dunklen Augen funkelten, und seine Miene war feindselig. »Reicht das?«

Der Lehrer betrachtete ihn noch einen Moment. Dann sagte er scheinbar gleichmütig: »Glück gehabt, John. Richard wird den Schnee im Hof heute Morgen allein beiseite räumen.« Und an den rebellischen Zögling gewandt fügte er hinzu: »Du wirst für den Rest der Woche vom Unterricht ausgeschlossen. Wenn du mit dem Schnee fertig bist, hackst du das Holz, das gestern gekommen ist. Und nach dem Essen kommst du zu mir, und wir unterhalten uns über den angemessenen Respekt eines elternlosen Bettlers wie dir vor einem Kirchenmann wie mir und über die Folgen, die es hat, wenn es an diesem Respekt mangelt.«

Richard ließ ihn einfach stehen und folgte den anderen Kindern hinaus in den Hof.

Master Gerard nahm seinen Mantel von der Bank und warf ihn sich über die Schultern. »Ich will nichts hören«, grollte er in Janis' Richtung.

»Nein, ich weiß«, gab sie zurück.

»Er ist ein undankbarer, verstockter Flegel und ein Ketzer obendrein«, eiferte er sich, als hätte sie ihm Vorwürfe gemacht. »Für seinesgleichen sollte kein Platz in einem Haus wie diesem sein.«

»Master Durham und Doktor Harrison suchen ja schon eine Lehrstelle für ihn«, erwiderte sie beschwichtigend. »Aber es ist eben nicht einfach. Weil er so ein Hitzkopf ist, will Master Durham ihm das Lehrgeld nicht bezahlen, und bislang will ihn auch niemand haben.«

»Das wundert mich nicht«, sagte der Mönch.

»Bruder, habt Geduld mit Richard. Wenn er wegläuft, wird es ein schlimmes Ende mit ihm nehmen. Ich weiß, dass Ihr voller Barmherzigkeit seid, ich sehe das jeden Tag.« Das war nicht gelogen. Sie fand ihn oft unnötig hart, aber es war nicht zu übersehen, dass das Wohl der Kinder ihm am Herzen lag, und er war ein hervorragender Lehrer. »Darum bitte ich Euch, schlagt ihn nicht wieder.«

»Es ist die einzige Sprache, die er versteht«, entgegnete er unversöhnlich und wandte sich zur Tür, um die Debatte zu beenden.

Wenig später folgte Janis den Mädchen in den rückwärtigen Teil der Kirche. Annie, eine der Älteren, war schon dabei, das Kohlebecken anzuzünden. Alle setzten sich im Kreis um die unzureichende Wärmequelle, und die Mädchen hatten ihre Wolldecken mitgebracht und wickelten sich hinein, aber trotzdem fing Edith nach kaum einer halben Stunde an zu weinen, weil ihr so kalt war. Edith war die kleinste von allen; für sie war es am schwierigsten, der Kälte zu trotzen. Annie nahm sie auf den Schoß, bis sie an der

Reihe war, aus der Fibel vorzulesen. Da reichte sie Edith an ihre Sitznachbarin weiter, die das inzwischen warme Kind nur zu gerne nahm. Es war eine vertraute Routine, und es funktionierte einwandfrei.

»Sehr schön, Annie«, lobte Janis schließlich.

Es entsprach nicht ganz der Wahrheit. Annie hatte kein Interesse am geschriebenen Wort, hielt den Unterricht insgeheim für Zeitverschwendung und würde nie »schön« lesen lernen. Aber sie gab sich Mühe, um der Lehrerin eine Freude zu machen, und das wusste Janis zu schätzen.

»Weiter. Du bist an der Reihe, Chrissie.«

»Oh, Schwester Janis, könnt Ihr uns nicht lieber eine Geschichte erzählen?«, bettelte eine andere. »So wie die von Jason und den Organauten?«

»Argonauten«, verbesserte Janis. »Und die Antwort lautet Nein. Heute Nachmittag bei der Näharbeit vielleicht, aber jetzt wird gelesen.«

»Och, bitte, bitte, Schwester. Eine Geschichte, eine Geschichte! Bitte, Schwester, eine Geschichte!«, bettelten alle.

Janis winkte lachend ab und war noch unschlüssig, ob sie sich überreden lassen sollte, als eine sehr viel tiefere Stimme von der Tür sich in den Chor mischte: »Au ja, Schwester Janis, eine Geschichte, eine Geschichte!«

Ihr Kopf fuhr herum, aber sie hatte ihn längst erkannt. »Lord Waringham! Das ist ein früher Besuch.«

»Ich weiß. Vergebt die Störung.«

Die Mädchen standen auf und begrüßten ihn, wie man es sie gelehrt hatte.

Er hob Mally, die kaum älter war als Edith, von ihrem Schemel, nahm selbst darauf Platz, setzte die Kleine auf sein Knie und wickelte sie in seinen pelzgefütterten Mantel. Janis beneidete Mally beinah.

»Also?«, fragte er hartnäckig. »Denkt Ihr, wir haben eine Geschichte verdient, Schwester? Haben wir fleißig gelernt und gearbeitet?«

Die Mädchen kicherten.

Auch Janis musste lächeln. »Ich kann nicht beurteilen, wie es sich mit Euch verhält, Mylord, aber meine Mädchen waren vorbildlich über die Feiertage. Also gut, meinetwegen.« Sie überlegte einen Moment. »Dann erzähle ich euch die Geschichte von Odysseus, dem Listenreichen …«

Er hing an ihren Lippen genau wie die kleine Mally auf seinem Schoß, und seine kornblumenblauen Augen funkelten belustigt, als sie ihre Erzählung ein wenig ausschmückte und gestenreich beschrieb, wie zornig Odysseus wurde, als das linke Ohr des Trojanischen Pferds zum dritten Mal abfiel, während die Griechen es vor die Tore der belagerten Stadt schoben. Waringham lächelte ihr zu, aber sie wandte den Blick ab, richtete ihn gleichsam nach innen auf die Bilder von der gewaltigen Stadtmauer und dem hölzernen Pferd, die sie dort sah. Denn es war zu gefährlich, ihn länger anzusehen.

Mit vierzehn Jahren war Janis in Wetherby ins Kloster eingetreten – kurz nach dem Pfingstfest, da im fernen Westminster Anne Boleyn zur Königin gekrönt wurde. Janis' Vater hatte sie nur widerwillig gehen lassen. *Was in aller Welt hoffst du dort zu finden?*, hatte er sie verständnislos gefragt. *Gott? Dafür musst du nicht ins Kloster. Gott ist hier, er sitzt mit uns bei Tisch, er ist in jedem Fohlen, das du auf die Welt holst, und er ist ganz gewiss da draußen in den Hügeln, wenn die Heide blüht. Du musst nur mal richtig hinschauen …*

Aber Janis war nicht auf der Suche nach Gott. Was sie wollte, war ein anderes Leben als das, welches ihre Mutter geführt hatte. Ihr graute vor der Enge eines solchen Daseins. Sie wollte lernen. Am liebsten wollte sie jedes Buch lesen, das es auf der Welt gab, und alles Wissen in sich aufsaugen. Als vierzehnjähriges Mädchen hatte sie davon geträumt zu reisen – nach Paris, nach Rom und bis in die Neue Welt. Aber schon damals hatte sie natürlich gewusst, dass das für eine Frau undenkbar war, und mit den Jahren war sie zu der Erkenntnis gelangt, dass es sie glücklich genug machte, die Bücher zu lesen, die die Mutter Oberin ihr besorgte – denn das waren nicht wenige –, und das Gelernte weiterzugeben. Zu lehren war ihre Bestimmung und ihre Leidenschaft. Dass sie ihr Leben dafür Gott weihen musste, war ein geringer Preis. Sie hatte nichts gegen Gott. Er stellte hohe Ansprüche, aber anders, als ein Ehemann aus Fleisch und Blut es getan hätte, verlangte er nicht, dass sie den Büchern abschwor und ihm das Denken überließ. Sie hatte sich nie nach einem Mann in ihrem Leben gesehnt.

Dann war das Kloster in Wetherby aufgelöst worden, die verbliebene Schwesternschaft auf das Landgut der Mutter Oberin gegangen, und dort war das Grauen über sie alle gekommen. Das Grauen in Männergestalt. Seit jener Nacht hatte Janis' höfliches Desinteresse Männern gegenüber sich in etwas Abscheuliches verwandelt, eine Mischung aus Furcht und Hass und Verachtung, die wie ein wucherndes Geschwür an ihrer Seele fraß. Sie wehrte sich dagegen. Sie weigerte sich mit der ihr eigenen Sturheit, sich auffressen zu lassen, und wie seit jeher waren Bücher ihr wirksamstes Gegenmittel. Sie las die Bibel, um zu lernen, Edmund Howard und seinen Bestien und sich selbst zu vergeben. Sie las Plutarch und Homer, um sich daran zu erinnern, dass viele Männer gut und ehrenhaft, manche sogar groß waren. Und sie behielt sich selbst im Auge und versuchte zu verhindern, dass die Erlebnisse jener Nacht ihr Verhältnis zu Männern im Hier und Heute prägten und vergifteten. Dennoch misstraute sie ihnen, und hätte sie in eine ausschließlich weibliche Gemeinschaft zurückkehren können, hätte sie es lieber heute als morgen getan. Also wie, *wie* war es nur möglich, dass sie jedes Mal, wenn sie den Hof der Krippe überquerte, zum Tor blickte, weil sie hoffte, Nicholas of Waringham hindurchreiten zu sehen?

Nick half Master Gerard bei der Brotausgabe an die Straßenkinder, denn es hatte schon wieder dichtes Schneetreiben eingesetzt, und niemand verspürte großes Verlangen, sich unnötig lange im Freien aufzuhalten. Die Brotkörbe waren mit großen Tierhäuten abgedeckt, aber viele der Laibe waren trotzdem durchweicht. Die Kinder beklagten sich indes nicht. Mit blauen Lippen, die meisten nur mit Lumpen an den Füßen, standen sie geduldig im Schnee und warteten, bis sie an der Reihe waren, und Nick wusste, dass höchstens die Hälfte von ihnen es bis zum Frühling schaffen würde.

»Ich wünschte, wir könnten heiße Suppe statt Brot ausgeben«, gestand er seufzend, als er das Priorzimmer betrat. »Die Kälte macht den Kindern schwer zu schaffen.«

Janis saß am Tisch – der jetzt immer makellos aufgeräumt war – über die Abrechnung gebeugt, Feder und Tintenhorn in Reichweite. »Das Brot macht sie wenigstens satt«, widersprach sie. »Auch eine Schale Suppe am Tag würde sie nicht vor den bitterkalten Nächten schützen.«

»Nein, ich weiß.« Er setzte sich ihr gegenüber auf einen Schemel, löste die Börse vom Gürtel und schüttete den Inhalt vor ihr aus. »Hier. Das sollte für mehr als die noch fehlenden Schuhe reichen.«

Besitzergreifend fegte Janis die Münzen zu sich heran und begann zu zählen. »Ein Souvereign?«, fragte sie ungläubig und hielt die funkelnde Goldmünze hoch.

»Von Prinzessin Mary«, berichtete er stolz. »Ich habe schwer dafür arbeiten und vier Zeilen Horaz übersetzen müssen.«

Janis schmunzelte und schloss die kleine Faust um den Goldschatz. »Das ist großartig, Mylord. Es mangelt auch an warmer Kleidung, und wir konnten nicht einmal zu Weihnachten Fleisch auf den Tisch bringen. Es fehlt praktisch an allem ...«

Er nickte. »Das letzte Jahr war schwer. Die hohen Kornpreise haben fast unser ganzes Budget aufgezehrt. Ich weiß nicht, was wir getan hätten, wenn Master Durham nicht schon im Herbst ...« Er unterbrach sich und lauschte. Trotz der geschlossenen Tür hörte er pfeifende, zweifellos harte Schläge. Nick schnitt eine kleine Grimasse. »Da scheint jemand ganz schön in Schwierigkeiten zu sein.«

Janis sah nicht auf, sondern fuhr fort, die Münzen zu sortieren. »Es ist Richard. Er ist aufsässig und lässt keine Gelegenheit aus, Master Gerard herauszufordern.«

»Tja, da kann man nichts machen.« Nick lehnte sich zurück und streckte die Beine unter dem Tisch aus. »Er trägt die Folgen wenigstens klaglos, wie ich höre.«

»Oh ja«, gab sie zurück. »Er ist ein ganz harter Bursche. Oder jedenfalls sollen wir das glauben. Aber in Wirklichkeit ist er ein verängstigtes Kind wie alle hier.«

»Er ist mindestens vierzehn, Schwester.«

»Fünfzehn.«

»Also kein Kind mehr. Ich dachte, Nathaniel Durham wollte ihn bei einem seiner Weber in die Lehre schicken?«

»Hm«, stimmte sie zu. »Aber bislang wollte ihn keiner haben. Ich bin auch nicht sicher, ob das gut für ihn wäre, denn die Weber sind allesamt radikale Reformer, und Richard führt gern ketzerische Reden, um zu beweisen, was für ein furchtloser Kerl er ist. Vermutlich wäre es das Beste für den Jungen, er käme aus der Stadt raus irgendwo aufs Land, damit er zur Ruhe kommen kann.«

Nick hob abwehrend beide Hände. »Ich ahne, worauf das hinausläuft. Ich soll ihn als Stallknecht nehmen, das meint Ihr doch, oder?«

»Es ist mir durch den Sinn gegangen«, räumte sie ein, und der verstohlene Blick und das schuldbewusste Lächeln, mit denen sie ihn bedachte, wollten ihn verleiten, auf der Stelle einzuwilligen.

Stattdessen brummte er: »Master Gerard ist … ausdauernd.«

Janis gab keinen Kommentar ab. Sie stand auf, holte den Schlüssel aus seinem Versteck im Astloch und schloss das Geld weg. Dann trug sie die Summe in eine ihrer vielen Listen ein und zog sich den Abakus heran, um irgendetwas auszurechnen.

Endlich hörten die Schläge auf der anderen Seite des Flurs auf, und erst jetzt merkte Nick, dass er die Zähne zusammengebissen hatte. Er fuhr sich kurz mit der Hand übers Kinn. »Schwester, an Mariä Lichtmess sind die Lehrer und Förderer der Krippe traditionell zum Essen bei mir und Doktor Harrison zu Gast. Kein großes Bankett, versteht Ihr, wir finden uns zusammen und schmausen ein bisschen und sammeln ein paar Gedanken. Was das vergangene Jahr uns gelehrt hat, was wir besser machen können und so weiter. Würdet Ihr mir die Freude machen, dabei zu sein?«

Sie notierte eine Zahl am Rand ihrer Aufstellung und sah stirnrunzelnd auf. »Oh, ich weiß nicht, Mylord … Die Kinder wären stundenlang allein.«

Er winkte ab. »Es sind genügend Große da, um auf die Kleinen achtzugeben, und auf die Köchin kann man sich auch verlassen. Kommt schon, sagt ja.«

»Ich werd's mir überlegen.«

Nick brummte missfällig. »Werdet Ihr einwilligen, wenn ich verspreche, dass ich bis zum Frühling eine Arbeit weit weg von London für Richard finde? Wenn nicht in Waringham, dann vielleicht bei Philipp Durhams Bruder in Sevenelms. Jedenfalls auf dem Land.«

Janet schien verblüfft, aber sie zögerte nicht. »Eure Einladung ehrt mich, Mylord«, sagte sie lächelnd. »Ich komme gern.«

»Gut.« Und er dachte: Es wird höchste Zeit, dass sie einmal wieder etwas Vernünftiges zu essen bekommt. Schwester Janis teilte die magere Kost der Waisenkinder und kam ihm noch schmaler vor als bei ihrer Ankunft im letzten Frühling. Ihr schien die mangelnde Ernährung freilich überhaupt nichts auszumachen, und die Köchin hatte Nick berichtet, dass man Schwester Janis manchmal daran erinnern müsse, zum Essen zu kommen, wenn sie in eins ihrer Bücher vertieft war. Janis' Neigung, über ihre Lektüre die lebenswichtigen Grundbedürfnisse zu vergessen, erinnerte ihn an seinen Vater.

Als er sich bei Einbruch der Dämmerung auf den Heimweg machte, erwischte er Richard am Tor.

»Wo willst du denn hin?«

Der Junge fuhr erschrocken herum. »Weg«, antwortete er kurz angebunden. »Nur weg von hier.« Und als fürchte er, Nick werde ihn aufhalten, stemmte er den Eisenriegel hoch, zog den rechten Torflügel auf und trat auf die Straße hinaus.

Nick folgte ihm. »Richard, warte …«

»Worauf?«, bekam er zur Antwort. »Ihr könnt mich hier nicht einsperren!«

»Das ist auch nicht meine Absicht«, stellte Nick klar. »Aber denk einen Augenblick nach. Die Nacht bricht herein. Wo willst du hin?«

»Das soll Euch nicht kümmern«, murmelte der Junge und wollte sich abwenden, aber Nick hielt ihn am Ärmel zurück. Richard riss sich los. »Lasst mich zufrieden! Ich verschwinde, und es gibt nichts, was Ihr dagegen tun könnt!«

»Junge, sei doch nicht verrückt. Du wirst erfrieren oder verhungern, wenn du jetzt gehst. Ich weiß, dass es mit dir und Master Gerard nicht zum Besten steht, aber hier kannst du wenigstens überleben. Und du hast mein Wort, vor dem Frühling habe ich eine Arbeit weit weg von der Krippe für dich gefunden.«

Richard stieß verächtlich die Luft aus. »Wenn Ihr wüsstet, wie satt ich Eure papistische Wohltätigkeit habe! Die Äbte und die Lords pressen die kleinen Leute bis auf den letzten Blutstropfen aus und behaupten, Gott hätte ihnen das Recht dazu gegeben, obwohl kein Wort davon in der Schrift steht! Und wenn wir vor euch im Staub liegen, werft ihr uns einen Kanten Brot hin und erwartet, dass wir euch dankbar sind. Und dass ihr dafür ins Paradies kommt. Ihr macht mich *krank*!«

Ja, du mich auch, dachte Nick unwillig, aber er nahm sich zusammen. »Nun, dir wird nicht entgangen sein, dass es keine Äbte in England mehr gibt – weder blutsaugende noch anständige –, und vielleicht sind auch nicht alle Lords so bigotte Heuchler, wie du denkst. Wenn du Reformer bist und in der Krippe papistische Tendenzen zu entdecken glaubst, dann steht es dir frei, dich darüber zu erregen. Aber das ist kein Grund, dein Leben wegzuwerfen.«

Richard hatte die Fäuste unter die Achseln gesteckt, um sie warmzuhalten, und mit unverhohlener Ungeduld gelauscht. »Seid Ihr fertig?«, fragte er.

Nick sah ihm in die Augen und versuchte zu begreifen, welcher Teufel diesen undankbaren Bengel ritt. Aber er fand keine Antwort, und darum nickte er mit einer einladenden Geste. »Geh oder bleib, Richard, die Wahl liegt allein bei dir. Nur wenn du gehst, dann komm nicht wieder. Morgen wird ein anderer Junge deinen Platz in der Krippe bekommen.«

Richard machte auf dem Absatz kehrt und eilte davon. Erst jetzt bemerkte Nick, dass der Junge nicht einmal einen Mantel hatte.

»Gott steh dir bei, du Narr.«

Den Frühling verbrachte Nick in Waringham. Die Fohlzeit hatte ihn, Owen und die Stallarbeiter ziemlich in Atem gehalten, denn dieses Jahr hatten sie mehr Logisgäste im Gestüt als je zuvor – allein der Duke of Suffolk hatte fünf trächtige Stuten geschickt, die in Waringham fohlen und gedeckt werden sollten. Die fachgerechte Sorge um all die Stuten und ihren Nachwuchs erforderte viel Sorgfalt und Zeit, genau wie das Decken. Manche Besitzer überließen Nick die Auswahl des geeigneten Hengstes, andere äußerten genaue Wünsche, und jede Stute musste dem jeweiligen Hengst zwei- oder dreimal zugeführt werden, damit man einigermaßen sicher sein konnte, dass die Befruchtung klappte. Natürlich frönte Nick auch weiterhin seiner Leidenschaft und bildete junge Pferde zu zuverlässigen Reittieren aus. Seine Geduld mit dem scheinbar unbelehrbaren Andalusier trug endlich Früchte, und an einem regnerischen Nachmittag Anfang Juni ritt er – mit stolzgeschwellter Brust, wie er zugeben musste – auf Esteban in Eltham ein.

Ein Page kam aus dem Palast geeilt, um ihm sein Pferd abzunehmen, aber Nick winkte ab. »Nein, lass nur, Junge. Er geht nicht gern an fremder Hand. Ich bring ihn selbst weg.«

»Oh, bitte, bitte lasst es mich versuchen, Mylord«, bettelte der vielleicht achtjährige Knabe, und seine Augen leuchteten, als er Esteban betrachtete.

»Na schön.« Nick hielt ihm einladend den Zügel hin. »Aber sag nachher nicht, ich hätte dich nicht gewarnt.«

Unerschrocken nahm der Page den jungen, feingliedrigen Rappen, redete leise auf ihn ein und führte ihn Richtung Stallungen davon, ohne zu zerren. Esteban riss nervös den Kopf zur Seite und tänzelte ein bisschen, aber er folgte. Lammfromm für seine Verhältnisse.

Nick lief die wenigen Stufen hinauf, und in der Einhanghalle begegnete ihm Lord Sidney, der Chamberlain des prinzlichen Haushalts.

»Mylord of Waringham.«

»Sidney.« Nick bemühte sich um ein höfliches Lächeln. Er mochte Sidney nicht sonderlich. »Wer ist der Page, der mir den Gaul abgenommen hat?«

»Der junge Guildford Dudley, Mylord«, informierte ihn der Chamberlain.

Schon wieder ein Dudley, dachte Nick. Vermutlich der Bruder des draufgängerischen Robin. John Dudley, Jeromes älterer Bruder, verstand es offenbar, seine Söhne im Haushalt des kleinen Prinzen unterzubringen, um Bande für die Zukunft zu knüpfen. Dann ging Nick auf, dass er selbst im Grunde nichts anderes getan hatte, wenn auch vielleicht aus anderen Beweggründen.

Er nahm den feuchten Mantel ab und überreichte ihn einem livrierten Diener. »Ist Lady Mary hier?«, fragte er Sidney.

»Gewiss, Mylord. In der Kapelle, nehme ich an. Es war ein schwerer Schlag für sie, wie Ihr Euch denken könnt. Und wie üblich sucht sie Kraft und Trost im Gebet.«

Nick hatte sich schon halb abgewandt, aber nun drehte er sich wieder ganz zu ihm um. »Was war ein schwerer Schlag für sie?«

Sidney machte große Augen. »Ach, du meine Güte … Ihr habt es noch gar nicht gehört?«

»Ich war fast ein Vierteljahr in Waringham und habe *nichts* gehört«, knurrte Nick. »Na los, Mann, raus damit.«

Seine Miene schien Sidney ein wenig zu erschrecken. Fast wich der Chamberlain einen Schritt zurück und erklärte hastig: »Es ist Lady Margaret Pole, Mylord. Die Countess of Salisbury. Sie ist letzte Woche hingerichtet worden.«

»*Was?*«

Sidney nickte nachdrücklich. »In aller Stille auf dem Tower Green. Der König wollte die Sache vermutlich aus der Welt geschafft haben, eh er nach Norden aufbrach, aber er wünschte kein großes Aufsehen.«

Nick war fassungslos. Einen Moment starrte er Sidney noch ins Gesicht, dann wandte er sich wortlos ab, eilte den langen, hallenden Korridor entlang zum rückwärtigen Teil des Palastes und betrat die Kapelle.

Wie früher zu den Zeiten, da Mary hier als Gefangene gehalten worden war, kniete sie auf der brokatgepolsterten Gebetsbank vor dem Altar, die Hände gefaltet, den Kopf tief gesenkt.

Nick trat zu ihr und legte ihr behutsam die Hand auf die Schulter. »Hoheit.«

Sie wandte den Kopf und sah zu ihm hoch. Ihre Augen waren gerötet, aber trocken, und ihr Gesicht erschien ihm ungewohnt blass und zart. Sie wirkte krank.

»Es war ein schreckliches Blutbad, Nick«, sagte sie. »Schlimmer als bei Cromwell. Seit ich es weiß, komme ich jeden Tag hierher und frage Gott, warum er das zugelassen hat. Wenn ihre Zeit abgelaufen war, gut, aber warum *so?*«

Nick hatte keine Antwort. Er beugte das Knie vor dem Altar, bekreuzigte sich und setzte sich dann auf die untere Stufe, Mary gleich gegenüber. »Woher weißt du davon? Von den Einzelheiten, meine ich.«

»Ihr Beichtvater schickte mir einen Brief. Er wolle, dass irgendwer die Wahrheit erfährt, mit welcher Tapferkeit Lady Margaret in den Tod gegangen sei. Als der Constable sie abgeholt hat, hat sie gesagt: ›Es ist schon eigenartig. Ich sterbe, ohne zu wissen, welches Vergehen ich begangen habe.‹ Aber sie ist gefasst und würdevoll geblieben bis zum Schluss. Nur der Henker war unerfahren und … und furchtbar nervös. Es war … schlimmer als bei Cromwell«, wiederholte sie hilflos. »Denkst du … Hältst du es für möglich, dass Gott sie auf so grauenvolle Weise hat sterben lassen, damit den Menschen die Augen geöffnet werden und sie erkennen, dass Lady Margaret eine Märtyrerin war, die für den wahren Glauben gestorben ist? Wollte er dem Papst ein Zeichen geben, sie so schnell wie möglich heiligzusprechen?«

Nick war skeptisch. »Vielleicht werden viele das denken, aber sind wir mal ehrlich: Lady Margaret ist nicht für den wahren Glauben gestorben. Sie hat sich nie besonders vehement gegen die Reform ausgesprochen. Das ganze Getöse um die Frage des rechten Glaubens war ihr immer zuwider. Sogar das Getöse, das ihr eigener Sohn, der Kardinal, aus dem Exil heraus veranstaltet hat«, sagte er. »Nein, Mary. Ihr einziges Vergehen war, dass ihr Blut mindestens so königlich war wie das deines Vaters.«

»Oder meines, das meines Bruders oder meiner Schwester.«

Er nickte. »Was ist mit ihrem Enkel? Wie heißt der Bengel gleich wieder?«

»Henry. Er ist immer noch im Tower. Und er ist kein Bengel, sondern Anfang zwanzig.«

»Sie werden ihn niemals herauslassen«, prophezeite er. »Er wird verurteilt oder spurlos verschwinden wie damals die kleinen Prinzen im Tower.«

»Ja, ich weiß.« Ihre Stimme klang belegt. »Ich frage mich manchmal, wie mein Vater nachts noch ruhig schlafen kann. Und nun, da diese angebliche papistische Verschwörung gegen seinen Thron zerschlagen und die gefährliche, fast *siebzig*jährige Lady Margaret hingerichtet ist, zieht der König mit dem denkbar größten Pomp und tausend Mann und seiner turtelnden Königin nach York, um den Norden zu befrieden.« Es klang sarkastisch, was ihr nicht ähnlich sah.

»Und den König von Schottland zu treffen«, fügte Nick hinzu.

»Wirklich?«, fragte Mary. »Woher weißt du das?«

»Mein Bruder hat es mir erzählt. Er wusste es von seinem Onkel Norfolk. Der wiederum setzt große Hoffnungen auf dieses Treffen. Es werde Zeit, das Band mit dem jungen König James zu festigen, meint er, der doch ein Neffe deines Vaters ist.«

»Ich hoffe, das bedeutet nicht, dass ich James von Schottland heiraten soll. Obwohl … er ist wenigstens papsttreu.«

Nick schüttelte den Kopf. »Keine Bange. Er *ist* verheiratet. Dein Verlöbnis mit Pfalzgraf Philipp Dingsda hat sich demnach erledigt?«

»Es sieht so aus, Gott sei Dank. Nicht, dass irgendwer es je für nötig befindet, mich von solchen Entscheidungen in Kenntnis zu setzen …« Mary bekreuzigte sich und stand auf. »Lass uns gehen. Es ist mir unangenehm, in der Gegenwart Gottes über so anstößige Dinge zu sprechen.«

Nick war unbegreiflich, was sie an ihren ständig wechselnden Verlöbnissen anstößig finden konnte, zumal die meisten der Kandidaten ihr nie näher gekommen waren als bis Paris. So betrachtet, mochte man über Pfalzgraf Philipp sagen, was man wollte, aber er zumindest hatte sich die Mühe gemacht, persönlich in England zu erscheinen und seiner Braut den Hof zu machen. Wenn vielleicht auch ein bisschen zu stürmisch ...

Marys grundsätzliche Aversion gegen die Ehe befremdete Nick immer ein wenig. Er fühlte sich auf unbestimmte Weise gekränkt.

»Begleitet dein Bruder den König nach Norden?«, fragte sie, als sie zurück Richtung Eingangshalle schlenderten.

Wohl eher die Königin, dachte Nick, aber er nickte lediglich. Mary sollte nicht merken, in welcher Sorge er um Raymond war.

»Das beruhigt mich«, bekannte sie. »Mir will manchmal scheinen, der König hat nicht genügend wirklich vertrauenswürdige Männer um sich. Natürlich trägt er selbst die Schuld, weil er sich lieber mit Schmeichlern und Speichelleckern umgibt. Das gilt ganz besonders für meine hinreißende Stiefmutter. Ich traue ihr nicht, Nick.«

»Inwiefern?«

Mary blieb an einem der Fenster zum Garten stehen und blickte in den freudlosen Nieselregen hinaus. »Irgendetwas stimmt nicht mit ihr. Sie ist irgendwie ... unecht. Ich kann einfach nicht glauben, dass irgendeine Frau von Stand so einfältig sein kann, wie sie tut. Stell dir vor, sie hat mich einmal gefragt, ob der König immer genau wisse, was jeder seiner Untertanen dem Priester bei der Beichte anvertraut, ob Gott es ihm gewissermaßen zuflüstert, weil der König doch im Stande göttlicher Gnade sei.«

Nick musste lächeln. »Einfältig in der Tat. Ich schätze, so viele dunkle Geheimnisse wären selbst für einen König zu viel. Was hast du ihr geantwortet?«

»Ich habe Ja gesagt. Ich habe ihr erklärt, es habe nichts mit göttlicher Gnade zu tun, sondern damit, dass der König seit der Reform Gottes Stellvertreter in England ist.«

»Wie gehässig du sein kannst, Hoheit«, bemerkte er. »Und verschlagen.«

Sie nickte, als nehme sie ein wohlverdientes Kompliment zur Kenntnis. »Seither geht die Königin nicht mehr zur Beichte, Nick. Ihr Kaplan hat sich bei Erzbischof Cranmer darüber beschwert, der es wiederum dem König vorgetragen hat, aber Vater findet natürlich für alles, was sie tut oder nicht tut, eine Entschuldigung.«

»Ja, das ist sonderbar«, musste Nick einräumen, und er betete, es möge keine Affäre mit seinem Bruder sein, die die Königin nicht zu beichten wagte.

»Jetzt frage ich mich … ob ich verpflichtet bin, meinen Vater über diese eigenartige Unterhaltung zu informieren. Ihm die Augen zu öffnen. Er ist so ein Tor, Nick. Er macht sich lächerlich mit diesem ewigen Geturtel. Ich halte es kaum aus, das mitanzusehen.«

»Er wird es dir nicht danken, wenn du Verdächtigungen gegen die Königin äußerst, um ihn wachsam zu machen«, warnte er eindringlich.

»Nein, ich weiß. Aber das hätte ich in Kauf genommen. Nur jetzt … Jetzt, da er meine Lady Margaret hat umbringen lassen, bin ich so zornig auf ihn, dass es mich dazu drängt, ihn ins offene Messer laufen zu lassen. Ich schäme mich dafür. Und ich weiß, dass meine Verbitterung Gott nicht gefällig ist. Aber ich kann es nicht ändern.«

»Du bist zu Recht verbittert«, sagte er. »Ich schätze, der König hat mehr Grund als du, sich wegen dieser Sache vor Gottes Zorn zu fürchten.«

»Aber er ist mein Vater«, wandte sie ein. »Das heißt, ich schulde ihm Loyalität und Gehorsam. Du weißt, dass das in der Bibel steht. Doch stattdessen wünsche ich mir, zu erleben, dass endlich einmal er derjenige ist, der verletzt und gedemütigt wird. Und das ist … schrecklich.«

Nick kannte sie gut genug, um zu wissen, dass ein solcher Konflikt sie wirklich quälen konnte. All die finsteren Monate ihrer Gefangenschaft hatte Mary durchgehalten, weil sie von der Überzeugung durchdrungen gewesen war, im Einklang mit Gott und seinen Geboten zu handeln. Sie sah sich in der Tradition ihrer Mutter – die in Marys Augen eine Art Märtyrerin war – und nicht zuletzt ihrer Großmutter, jener berühmten »katholischen Königin«, die die Mauren aus Spanien gejagt und, wie Nick inzwischen aus weniger verklärten Quellen gelernt hatte, einen grausamen

Kreuzzug gegen die Juden geführt hatte. Gott war Marys wichtigster Verbündeter. Mit ihm auf ihrer Seite konnte sie alles, ohne ihn nichts.

»Versuch, ein bisschen Geduld mit dir zu haben«, riet Nick. »Im Moment kannst du ohnehin nichts tun, um den König zu warnen, denn er ist vermutlich schon halbwegs in Lincoln. Es mag sein, dass er monatelang fort ist. Vielleicht kannst du ihm vergeben, wenn er zurückkommt.«

Erst als sie lächelte, erkannte er, wie erschöpft und niedergedrückt sie in Wahrheit war, wie schwer der Tod ihrer Patin und mütterlichen Freundin ihr zu schaffen machte. Aber sie nahm seinen Arm, ging ohne Hast weiter Richtung Halle und sagte: »Du hast natürlich recht. Was täte ich nur ohne dich und deine praktischen Ratschläge?«

Pflichtschuldig suchte Nick seine Frau und seine Kinder auf, widmete Eleanor und Francis zwei Stunden Zeit und ließ sich von ihren kleineren und größeren Abenteuern berichten. Sie waren wie üblich selig, ihn zu sehen. Das schmeichelte ihm ein wenig, obwohl es seine Gewissensbisse ob seiner mangelnden väterlichen Gefühle verschlimmerte.

»Bilde dir nur nichts darauf ein«, bemerkte Polly untypisch schroff, als sie nach dem Essen allein in ihrer Kammer waren. »Väter, die sich nur alle paar Wochen für einen kurzen Besuch blicken lassen und dann auch noch Honigmandeln und Marzipan mitbringen, werden von allen Kindern geliebt.«

»Ja, ich schätze, das ist wahr«, räumte er ein und setzte sich in einen der Sessel am kalten Kamin.

Polly trat mit einem Kienspan vor die Tür, entzündete ihn an einer der Wandleuchten und kam zurück, um ein paar Kerzen anzustecken. Es war spät geworden, und allmählich ging der trübe Sommertag zur Neige. »Wie geht es zu Hause?« Das fragte sie immer.

»Seit Sumpfhexe weg ist, ist es so friedlich in Waringham, dass man es kaum aushält.«

»Sag nicht, du vermisst sie.«

Er schnaubte. »Wie die Beulenpest. Sie und ihr Gemahl und Ray und Brechnuss und mein alter Freund Jerome Dudley begleiten übrigens alle den König nach Norden. Von mir aus kann sie sich da oben in ihrer alten Heimat im Moor ertränken, das wäre doch passend. Aber im Grunde ist mir egal, was sie treibt. Ich bin sie jedenfalls los und muss ihr kein Witwenteil mehr zahlen. Madog und seine Familie wohnen jetzt im Haus. Es ist schön, sie in der Nähe zu haben.«

Polly saß ihm gegenüber, hielt die Hände auf dem Rock gefaltet und lauschte. Nick ergriff lächelnd ihr Handgelenk, zog sie zu sich herüber und auf seinen Schoß hinab.

Sie sträubte sich nicht, aber sie war offenbar noch nicht der Ansicht, sie hätten genug geredet. »Nick, ich habe nachgedacht.«

»Worüber?«, fragte er zerstreut, in Gedanken mit der komplizierten Schleife am Halsausschnitt ihres Überkleides beschäftigt.

»Was du zu mir gesagt hast. Über Lord Shelton und Vater David und dass niemand mehr lebt, der bezeugen kann, dass du Tamkin Nicholson warst.«

Er wandte den Blick ab. Das war nicht gerade eine seiner Sternstunden gewesen und gehörte folglich nicht zu seinen Lieblingserinnerungen. »Und?«, fragte er kurz angebunden.

»Ich mach mir keine Sorgen deswegen«, bekundete Polly, glitt von seinen Knien und trat an die Truhe, wo sie die empfindliche Haube abnahm.

»Nein? Und verrätst du mir, warum nicht?«

Sie drehte sich wieder zu ihm um. »Weil du das niemals tun würdest. Leugnen, dass du mein Mann bist, mein ich. Du kannst nicht, obwohl du gern würdest. Aber es wär ehrlos.«

Nick schlug die Beine übereinander. »Und welche Schlüsse ziehst du daraus?«

Sie löste das Haarnetz, sodass die blonde Pracht ungehindert über Schultern und Rücken herabwallen konnte. »Das überlass ich dir, weil du ja so viel klüger bist als ich. Ich wollte nur, dass du weißt: Du kannst mir mit der Drohung keine Angst machen.«

Er nickte langsam. »Verstehe.«

Es war einen Moment still. Schließlich fragte Polly: »Ist das alles, was du dazu zu sagen hast?«

Ja, dachte er, das ist alles. Du hast mich durchschaut und vollkommen recht. Also was soll ich sagen?

Sein Schweigen machte seine Frau sichtlich nervös. Sie kam zu ihrem Sessel zurück, blieb aber dahinter stehen, als brauche sie ein Bollwerk, und legte die Hände auf die Rückenlehne. »Ich hab nie irgendwas von dir verlangt, Nick«, sagte sie. »Im Gegenteil. Das Letzte, was ich für dich sein wollte, war eine Last. Aber du hast mich geheiratet. *Ihret*wegen. Es war deine Entscheidung, und sie hat alles geändert. Ich werde für das Recht meiner Kinder kämpfen. Ich kenn mich mit rechtlichen Sachen nicht aus – ich weiß nicht, welche Schlupflöcher du finden könntest, um Francis um sein Erbe zu betrügen ...« Sie geriet ins Stocken.

»Nur weiter. Du scheinst zu glauben, du hättest einen Trumpf im Ärmel. Spiel ihn aus; ich brenne vor Neugier.«

»Ich will, dass du ein Testament machst, in dem du Francis als deinen Erben anerkennst. Setz es auf, lass es von deinem Hauskaplan bezeugen, und vergiss dein Siegel nicht. Aber komm nicht auf die Idee, eine Seite aus der Bibel abzuschreiben und dein Siegel darunterzusetzen, weil du meinst, ich kann nicht lesen. Ich hab heimlich mit Francis zusammen lesen gelernt. Also versuch lieber nicht, mich für dumm zu verkaufen. Mach dieses Testament und bring es mir.« Sie brach wieder ab und sah ihn verstohlen an.

Er erkannte, dass sie sich vor seinem Zorn fürchtete, und das beschämte ihn im gleichen Maße, wie es ihn mit bösen Vorahnungen erfüllte. »Andernfalls?«, fragte er.

»Schick ich dem Duke of Norfolk einen Brief und sag ihm, dass die Nonne, die seinen Bruder – den *Vater* der *Königin* – umgebracht hat, in deinem Londoner Waisenhaus als Lehrerin Unterschlupf gefunden hat.«

Nicks Herzschlag beschleunigte sich, und er spürte, wie ihm das Blut aus den Wangen wich, aber er klammerte sich an seine Maske der Gelassenheit. »Ich fürchte, ich kann dir nicht ganz folgen.« Scheinbar seelenruhig streckte er die Hand nach dem Zinnkrug aus und schenkte sich einen Schluck Wein ein. »Soweit ich mich entsinne, starb der Vater der Königin an einem Fieber.«

Polly nickte. »Beim Sturm auf ein gewisses Landgut in Yorkshire holte er sich eine Beinverletzung. Die Wunde wurde brandig, er bekam Fieber und starb.«

»Das sieht ihm ähnlich. Er überfällt eine Schar wehrloser Nonnen und schafft es, eine tödliche Verletzung davonzutragen ...«

»Du weißt also, von welchem Gut ich spreche«, stellte Polly fest. Ihr Gesicht war angespannt, die Stirn gerunzelt.

»Schon möglich. Aber wie kommt es, dass *du* davon weißt? Und was bringt dich auf den Gedanken, ausgerechnet unsere Schwester Janis könnte diesen Halunken Howard verletzt haben?«

»Unsere Schwester Janis«, wiederholte sie bitter. »Wohl eher *deine* Schwester Janis. Ich hab's geahnt, und ich hatte recht; ich seh's dir an. Wir hören hier sehr viele Dinge, Mylord. Dieser Hof mag sich immer in abgeschiedenen Palästen aufhalten, aber der kleine Prinz bekommt viel Besuch. Vor ein paar Monaten zum Beispiel kam der Duke of Norfolk, brachte dem Prinzen einen kostbaren goldenen Messkelch als Geschenk mit und erzählte, der Kelch stamme aus dem Benediktinerinnenkloster in Wetherby. Die Nonnen hätten ihn nach der Aufhebung ihres Klosters beiseitegeschafft und mit auf das Landgut ihrer Äbtissin genommen. Als sein Bruder im Auftrag der Krone hinritt, um höflich darum zu bitten, sei eine der Nonnen mit dem Dolch auf ihn losgegangen, und deswegen sei die arme Königin jetzt ein Waisenkind. Keine Woche später besucht Chapuys Lady Mary und schwärmt ihr von einer Nonne aus Wetherby vor, die die Mädchen in deinem Waisenhaus unterrichtet. Der Name ›Wetherby‹ ist mir aufgefallen, weil ich ihn eben kurz vorher erst gehört hatte. Ich hab natürlich keine Ahnung, ob deine Nonne diejenige ist, die Edmund Howard auf dem Gewissen hat. Aber du und ich wissen, dass das Norfolk und dem König völlig egal wäre. Du und ich wissen, was mit *deiner* Schwester Janis passiert, wenn ich Norfolk verrate, dass es sie gibt und wo er sie findet.«

Nick lauschte ihr gebannt. Als sie verstummte, trank er einen Schluck, damit sie nicht sah, was sie in ihm ausgelöst hatte. Die distanzierte Zuneigung, die er bislang für seine Frau gehegt hatte, war mit erschütternder Plötzlichkeit in Abscheu umgeschlagen. Und in Zorn. Dieser Zorn war so groß, übte solche Macht über ihn aus, dass Nick einen Moment glaubte, er müsse aufspringen und die Hände um ihre Kehle legen. Aber er beherrschte sich und blieb, wo er war. Weil er wusste, dass er sie jahrelang schamlos ausgenutzt hatte? Weil er anerkannte, dass sie nur das Recht ihres Sohnes schützen wollte, so fragwürdig ihre Mittel auch waren? Oder nur deshalb, weil seine Frau zu erwürgen etwas war, das ein Waringham niemals tat?

Er wusste es nicht.

Als er einigermaßen sicher war, dass er sich wieder trauen konnte, sagte er: »Du hast nur eine Kleinigkeit vergessen: Das Testament, das du forderst, könnte ich mühelos ungültig machen, indem ich ein neues verfasse, das ein späteres Datum trägt.«

»Das würde ich mir an deiner Stelle gut überlegen, denn mir ist es todernst.«

»Daran zweifle ich nicht. Aber du würdest es nie erfahren, wenn ich es in Vater Simons Obhut gäbe, ohne dir etwas davon zu sagen. Darum schlage ich vor, wir sparen das teure Pergament und belassen alles beim Alten ...«

»Nein.« Es war eine kategorische Absage. »Ich will Sicherheit.«

Nick stand abrupt auf. »Aber du kriegst sie nicht! Wie konntest du dir nur einbilden, ich ließe mich von dir erpressen? Doch ich mache dir einen Gegenvorschlag, teuerste Gemahlin: An dem Tag, da Schwester Janis verhaftet wird, werde ich in der Tat ein Testament aufsetzen. Und zwar eines, in dem ich anzweifle, Francis' Vater zu sein, und alles, was ich besitze, meinem Bruder hinterlasse. Solange Schwester Janis jedoch unbehelligt bleibt, bleibt Francis mein Erbe. Komm schon, überleg nicht lange. Es ist das Beste, was du erhoffen kannst. Und das gleiche gilt für mich. Ein ... Kompromiss.«

Sie ließ sich Zeit. Dann nickte sie. »Einverstanden.«

Er verneigte sich formvollendet, die Hand auf der Brust, und wandte sich zur Tür.

»Wo willst du denn hin?«

Er hörte einen Anflug von Furcht in ihrer Stimme und verspürte grimmige Befriedigung. »Keine Ahnung«, antwortete er über die Schulter. »Vielleicht überlassen die Stallburschen hier mir noch einmal einen Platz im Stroh. Mir ist jedes Bett recht, Polly, Hauptsache, es ist nicht deins.«

Er ging hinaus, zog die Tür hinter sich zu, und kaum war sie geschlossen, polterte von innen etwas dagegen, der Weinkrug vermutlich. »Und du meinst, ich würd dir auch nur eine Träne nachweinen?«, gab seine Frau ihm mit auf den Weg.

»Es war grässlich, Laura«, gestand Nick, als er wenige Tage später in der feinen Kaufmannsvilla in der Ropery zu Besuch war.

John, Philipp und Nathaniel Durham waren bereits in die Halle hinaufgegangen, doch Laura hatte ihren Bruder unter einem Vorwand in den Garten gelockt. Es war immer noch kühl und bedeckt – kein Vergleich zu dem mörderisch heißen Sommer des letzten Jahres –, aber trocken.

Laura saß auf der Bank am Springbrunnen und hatte seiner Beichte schweigend gelauscht. Als er geendet hatte, sagte sie: »Ich fürchte, mit dir und Polly wird es nie besser werden, Nick. Du bist nicht wirklich wütend darüber, dass deine Frau dich erpressen wollte, sondern dass eine *Saddler* dich erpressen wollte.«

»Das stimmt«, musste er einräumen.

»Du wirst niemals die Ehefrau und die Mutter deiner Kinder in ihr sehen, sondern immer nur die Bauernmagd.«

Nick seufzte ungeduldig. »Ich kann nicht ändern, wie ich bin. Möglicherweise lägen die Dinge anders, wenn ich rettungslos verliebt in sie wäre, aber das bin ich nie gewesen. Sie ist ein … ein Mühlstein um meinen Hals. Und jetzt wird sie auch noch unverschämt. Aber was kann ich tun?« Er breitete hilflos die Arme aus. »Sie ist meine Frau. ›Ja, ich will‹ habe ich bei der Trauung gesagt.«

Laura nickte bedrückt und ließ ein paar Atemzüge verstreichen, ehe sie fragte: »Und wie steht es mit deinem Sohn und deiner Tochter?«

Er lächelte pflichtschuldig. »Sie machen sich prächtig. Und du brauchst mir nicht zu sagen, dass das vor allem Pollys Verdienst ist – ich weiß das.« Er sah zu Lauras beiden Töchtern hinüber, die unten am Ende des Grundstücks am Kai standen. Eins von Master Durhams Schiffen hatte dort am Morgen festgemacht, und die Mädchen schauten zu, während eine Reihe Träger die Ladung löschten. Die Amme war bei ihnen, den dreijährigen Cecil auf dem Arm, und achtete darauf, dass Giselle und Judith nicht zu nah ans Wasser gingen. »Es fällt mir schwer, meinen Kindern die Zuneigung entgegenzubringen, auf die sie Anspruch haben«, bekannte er. »Ich gebe mir Mühe, nur ... ich schätze, ›Mühe‹ ist ein schlechter Ersatz. Aber wie in Gottes Namen soll man ändern, was man fühlt?«

»Du kennst sie kaum«, wandte Laura ein. »Du verbringst viel zu wenig Zeit mit ihnen. Wenn du dich entschließen könntest, deine Familie nach Hause zu holen, würdest du ihnen bestimmt näherkommen. Du würdest entdecken, dass sie auch *deine* Kinder sind.«

»Ja, vielleicht.« Doch die Vorstellung, Polly, Eleanor und Francis nach Waringham zu holen, hatte in Wahrheit wenig Reiz. Er schätzte die Unabhängigkeit, die er dort genoss, das eher unkonventionelle Leben auf der unendlichen Baustelle seines Bergfrieds. Er fand es nie schwierig, zwischen Mörtelstaub und Büchern ein wenig Zufriedenheit und Ruhe zu finden.

»Bist du denn nicht einsam?«, fragte seine Schwester verständnislos, für die ein Leben weit weg von Philipp und ihren Kindern unvorstellbar gewesen wäre.

Nick tat erstaunt. »Wieso einsam? Wenn ich Gesellschaft suche, brauche ich nur einmal über den Hof oder ins Gestüt zu gehen.« In Wirklichkeit fühlte er sich in Waringham neuerdings oft einsam. Aber welchen Sinn hätte es gehabt, das zuzugeben? Es hatte nichts mit der Tatsache seines Alleinseins zu tun, sondern nur damit, dass Janis Finley nicht dort war.

Wie an jedem letzten Sonnabend im Monat versammelten sie sich an Nathaniel Durhams genussreicher Tafel. Der Vorwand für diese regelmäßigen Zusammenkünfte war, über die Belange der Krippe zu sprechen, die aber gar keine so regelmäßigen Treffen erforderten. In Wahrheit genossen sie es einfach, beisammenzusitzen und sich über alles Mögliche auszutauschen, und Nick, der sich an diesem Abend vornehmlich aufs Zuhören beschränkte, dachte bei sich, dass sogar Lady Meg und der grimmige Master Durham in dieser Runde auflebten.

Die Glocken der umliegenden Kirchen läuteten, um das Schließen der Stadttore anzuzeigen. Vor den großen Fenstern der Halle war es dunkel geworden, und der unablässige Lärm auf der Straße war nahezu verstummt, als John sich räusperte und seltsam förmlich verkündete: »Liebe Freunde, es gibt etwas, das ich euch sagen möchte.«

Nick und Philipp wechselten einen verwunderten Blick. Laura und Lady Meg tauschten ein Lächeln, und letztere murmelte: »Hast du wieder einmal ein Wunder gewirkt, Gott? Er will endlich heiraten?«

John grinste verlegen, aber er nickte. »Es ist wahr, Lady Meg.«

»Wen?«, fragte Nick gespannt.

»Raus damit, mach's nicht so spannend«, drängte Philipp gleichzeitig.

Und selbst der sonst so wortkarge Master Durham gestattete sich ein: »Spannt uns nicht auf die Folter, Doktor.«

Der hob beide Hände, als wolle er ihre Neugierde wie einen Vorhang beiseite schieben. »Ihr kennt sie sowieso nicht. Ihr Name ist Beatrice d'Annecy.«

»Ach, du meine Güte – eine Französin«, entfuhr es Laura.

»Lass sie das ja nicht hören«, widersprach John. »Sie ist hier aufgewachsen, aber ihre Familie stammt aus Savoyen. Dort spricht man zwar Französisch, ist den Franzosen aber keineswegs freundlich gesinnt, die das arme Savoyen wieder einmal besetzt halten.«

»Wo in aller Welt liegt Savoyen?«, wollte Philipp wissen.

»An der Südostgrenze Frankreichs.«

»Und wer sind ihre Eltern?«, fragte Lady Meg in aller Unschuld, aber Johns strahlendes Lächeln verblasste für einen Moment, und er antwortete: »Nun, um die Wahrheit zu sagen, es ist … heikel. Ich will vor euch kein Geheimnis daraus machen, aber ich bitte um eure Diskretion.«

»Oh, das klingt vielversprechend …«, murmelte Laura, und es funkelte mutwillig in ihren Augen.

John trank einen Schluck und suchte anscheinend immer noch nach den rechten Worten.

Nick beugte sich ein wenig vor und legte ihm kurz die Hand auf den Arm. »Nun komm schon, Mann. So eine Katastrophe ist es auch wieder nicht.«

»Was?«, fragte sein Cousin verdattert. »Woher willst du wissen …?«

»Ich bin ihr einmal im Haus ihres Vaters begegnet. Er hat mir nicht gesagt, wer sie ist. Aber es war irgendwie … offensichtlich. Und ich weiß, dass er aus Annecy in Savoyen stammt.«

»Wer?«, fragte Laura, die allmählich ungeduldig wurde. »Ich komme nicht mehr so recht mit. Von wem sprichst du, Nick?«

John gab sich einen Ruck. »Von Eustache Chapuys. Beatrice ist seine Tochter.«

»Und warum schleicht ihr dann so um den heißen Brei herum? Ich dachte schon, ihr Vater wäre ein Pferdedieb oder so etwas.«

»Auf jeden Fall kann man mit ihrem Vater Pferde stehlen«, murmelte Nick vor sich hin und erklärte seiner Schwester dann: »Er ist Priester, Laura.«

Lady Meg zog erschrocken die Luft ein und sah John kummervoll an.

Laura machte große Augen. »Wirklich? Ich hatte keine Ahnung …«

»Nein, man käme niemals darauf«, stimmte John zu. »Aber es ist so. Beatrice' Mutter ist eine Dame aus der Nähe von Turin. Eine äußerst vornehme Dame. Und das war der eigentliche Grund, warum Chapuys in den diplomatischen Dienst getreten ist: Um möglichst weit weg von der Rache ihres Vaters zu sein. Sie lebt zurückgezogen in seinem Haus, seit zwölf Jahren hier in England. Und vermutlich gibt es abgesehen von uns an diesem Tisch in ganz England niemanden, der von ihr und ihrer Tochter weiß.«

»Wie einsam sie sein müssen ...«, sagte Philipp beklommen. John nickte und zuckte gleichzeitig die Achseln.

»Wie in aller Welt hast du sie kennengelernt?«, fragte Nick.

»Sie war sehr krank letzten Winter, und da hat Chapuys mich holen lassen.«

»Und du hast sie nicht nur von ihrem Leiden, sondern ebenso von der Einsamkeit kuriert«, bemerkte Nick grinsend, stand auf, trat zu seinem Cousin und zog ihn auf die Füße, um ihn in die Arme zu schließen. »Glückwunsch, John. Stell sie uns bald vor, was meinst du?«

John nickte, aber er schien ein wenig verwirrt. »Ich kann's nicht fassen, Cousin. Ich dachte, jeder hier würde es mit größerer Nachsicht betrachten als du. Jetzt bist du der Erste, der mir gratuliert, und Lady Meg diejenige, die schockiert ist.«

»Unsinn«, widersprach sie ungewöhnlich grantig.

Nick trat einen Schritt zurück. »Da siehst du wieder einmal, wie schlecht du mich kennst.«

»Nick kann es sich gar nicht leisten, über einen Bastard in der Familie schockiert zu sein, denn unter unseren Ahnen finden sich auch ein paar«, behauptete Laura.

Nathaniel Durham erhob sich ein wenig schwerfällig, um John ebenfalls seine Glückwünsche auszusprechen, als ein livrierter Diener die Halle betrat. »Vergebt mir, Master, aber Ihr habt einen Besucher.«

Durham wandte den Kopf. »Wer ist es?«

»Er will mir seinen Namen nicht sagen und nicht ins Haus kommen. Ich wollte ihn wegschicken, aber ... Um ehrlich zu sein, Master, ich hab mich nicht getraut. Er ist irgendwie ...«

»Schon gut, Paul«, unterbrach Master Durham und entschuldigte sich bei seinen Gästen: »Ich bin gleich zurück. Philipp, sei so gut und begleite mich.«

Die anderen tauschten verwunderte Blicke. Paul ging um den Tisch herum, um die Becher aufzufüllen, aber Meg Roper schüttelte den Kopf. »Ich glaube, für mich wird es Zeit.«

»Ja, es ist spät geworden«, stimmte John zu. »Darf ich Euch nach Haus geleiten, Lady Meg?«

Sie lächelte. »Gern.« Was immer sie über seine Verlobung mit Chapuys' unehelicher Tochter denken mochte, sie wollte offenbar nicht, dass ihr Befremden einen Schatten auf ihre Freundschaft warf.

»Wartet noch einen Moment«, bat Nick.

Er hatte mit einem Mal ein mulmiges Gefühl, und er ahnte, wer Nathaniel Durhams geheimnisvoller Besucher war. Trotzdem war er überrascht, als Philipp nach wenigen Minuten zurückkehrte und sagte: »Nick, ich glaube, das solltest du dir lieber anhören.«

Nick folgte ihm die Treppe hinab in den Garten, der jetzt in völliger Dunkelheit lag. »Was ist das für eine seltsame Heimlichtuerei?«, grollte er, während er neben Philipp einherstolperte und seine Schaube aus einem beinah unsichtbaren Rosenbusch befreite.

Auf der anderen Seite des Grundstücks lag ein Tuchlager, und durch ein staubiges Fenster schimmerte flackerndes Licht. Dorthin brachte sein Schwager ihn, hielt ihm wortlos die Tür auf, und Nick betrat den dämmrigen Raum. »Master Kestrel«, grüßte er.

»Ihr erinnert Euch?« Der König der Diebe schien eher geschmeichelt als überrascht.

»Natürlich.«

»Kestrel bringt schlimme Neuigkeiten, Mylord«, sagte Nathaniel Durham, nickte seinem Gast zu und forderte ihn auf: »Sagt es ihm, Bartholomew.«

»Im vergangenen Winter bekam ich einen neuen Lehrling«, berichtete der korpulente, scheinbar so gutmütige Kestrel. »Einer meiner Männer hatte ihn auf dem Markt in Cheapside stehlen sehen und hielt ihn für begabt, also brachte er ihn mir. Der Name des Jungen ist Richard Mekins, und er war kurz zuvor aus Eurem Waisenhaus davongelaufen.«

Nick spürte sein Herz schwer werden. »Ich erinnere mich an Richard. Und es tut mir leid, dass er auf Abwege geraten ist. Ich habe versucht, ihn in der Krippe zu halten, aber er wollte nicht hören. Wenn er jetzt im Gefängnis gelandet ist, kann ich nichts für ihn tun, fürchte ich.«

»Ja, er ist im Gefängnis«, bestätigte Kestrel. »Aber nicht wegen seiner langen Finger, sondern wegen seiner großen Klappe. Ich schätze, Ihr wisst, dass er ein eifriger Reformer ist?«

»Ein radikaler Lutheraner trifft es wohl eher«, befand Nick kühl.

»Von mir aus. Mit diesem ganzen Glaubensfirlefanz kenn ich mich nicht aus. Jedenfalls hat er in einer Schänke in Cheapside große Reden geschwungen über Brot und Wein und Leib und Blut Christi und die Bibel und die Beichte und weiß der Henker was sonst noch. Einer der Spitzel des Bischofs hat ihn gehört, und auf dem Heimweg wurde Richard verhaftet.«

Nick betrachtete ihn argwöhnisch. »Nun, ich nehme an, sie haben ihn hart rangenommen, und das wird ihn lehren, in Zukunft seine Zunge zu hüten.«

»›Hart rangenommen‹ kommt hin, Mylord. Ich hab einen Informanten unter den Wachen im bischöflichen Gefängnis, aber er wollte mir nicht sagen, was sie mit Richard gemacht haben. Jedenfalls hat der Junge den Verstand verloren. Wenn er überhaupt noch einen zusammenhängenden Satz rausbekommt, dann singt er Bischof Bonner, diesem *Pisser* im Priesterrock, ein Loblieb. Und widerruft alles, was er je gegen die Sakramente und so weiter gesagt hat.«

Nick war fassungslos. Er wechselte einen Blick mit seinem Schwager, sah seinen eigenen Schrecken in dessen Augen widergespiegelt und murmelte: »Gott steh dir bei, Richard. Es tut mir leid, dass ich es nicht konnte.« Dann schaute er Kestrel wieder an. »Können wir ihn irgendwo abholen? Was sollen wir tun?«

Der König der Diebe breitete die Hände zu einer Geste der Ratlosigkeit aus. »Ich weiß nicht, ob wir überhaupt etwas tun können. Ich bin nämlich leider noch nicht ganz fertig. Bischof Bonner hat Richard vor Gericht gestellt. Die Hälfte der Zeugen konnte sich plötzlich an keine ketzerischen Reden mehr erinnern, als sie sahen, in welch einem Zustand der Junge war, aber Bonner hat die Geschworenen irgendwie trotzdem dazu bekommen, ihn zu verurteilen. Er wird übermorgen in Smithfield verbrannt.«

Früh am nächsten Morgen ritt Nick nach Fulham weit außerhalb der Stadt. Endlich war der Himmel wieder einmal blau, Bienen und Schmetterlinge tummelten sich zwischen den Blumen der hohen Wiesen, und eingebettet in diese ländliche Idylle lag der Sommerpalast des Bischofs von London.

Die Zugbrücke der alten Palastanlage war unbewacht. Nick ritt in den Hof und saß ab. Unter den unfreundlichen Blicken zweier livrierter Wachen am Haupteingang band er Esteban an einen Eisenring in der Mauer und klopfte ihm den Hals. »Benimm dich. Ich hoffe, es dauert nicht lange.«

Er erklomm die drei Stufen zum Tor, und die Wachen kreuzten die Piken. »Ihr wünscht, Sir?«

»Mein Name ist Waringham, und ich hätte gern Bischof Bonner gesprochen.«

Der Linke schüttelte den Kopf und betrachtete ihn abschätzig. »Ihr müsst zu seinem Diakon in St. Paul gehen und um eine Unterredung ersuchen, Mylord. Hier empfängt der Bischof keine unangemeldeten Gäste.«

»Ich bin zuversichtlich, dass er bei mir eine Ausnahme macht.«

»Und warum sollte er?«

»Weil bei der Bauernrevolte *Anno Domini* 1381 der Earl of Waringham dem Bischof von London das Leben gerettet hat, und seither genießen die Earls of Waringham das Privileg, den Bischof von London jederzeit und ohne Voranmeldung aufsuchen zu dürfen. Schaut in die alten Pergamentrollen der Diözesanverwaltung, da steht es drin.«

Das war äußerst zweifelhaft, denn weder hatte ein Waringham einem Bischof von London je das Leben gerettet, noch war ein solches Privileg erteilt, geschweige denn beurkundet worden, aber Nick hatte schon gelegentlich die Erfahrung gemacht, dass man mit den unverfrorensten Lügen durchkam, wenn man einen wirklich alten Namen besaß.

So auch dieses Mal. Die Wachen wirkten unentschlossen, und dann erschien ein junger Priester an der Tür und winkte ihn herein. »Schon gut, Männer. Er sagt die Wahrheit, ich habe es vor Kurzem zufällig gelesen.«

»Tatsächlich?«, fragte Nick und trat in die Vorhalle.

Der schmächtige Kaplan machte einen eilfertigen Diener. »Ich arbeite häufig in den Archiven, Mylord. Folgt mir. Der Bischof ist eben von der Frühmesse zurückgekehrt und sitzt nun beim Frühstück. Ich bin sicher, er wird Euch gern empfangen.«

Er führte Nick eine Treppe hinauf durch eine Halle, die so alt war wie seine eigene in Waringham, nur in besserem Zustand. Am Ende des langen Saals traten sie wieder durch eine Tür, folgten einem fensterlosen Korridor, und der Kaplan hielt vor der zweiten Tür auf der rechten Seite.

»Seid so gut und wartet einen Moment, Mylord.« Er schlüpfte in den Raum, und Nick hörte murmelnde Stimmen. Im Handumdrehen wurde er vorgelassen.

»Mylord of Waringham!« Edmund Bonner saß auf einem thronartigen Sessel allein an einem klobigen Tisch und schmauste: Nick entdeckte Teller mit Räucheraal, Mandelkuchen, Schinken, Brot, Käse und einen Weinkrug von unbescheidener Größe. Und dem Bischof war anzusehen, dass er den Tafelfreuden gern zusprach.

Nick verneigte sich förmlich. »Es ist sehr freundlich von Euch, dass Ihr so kurzfristig Zeit für mich findet.«

»Wie ich höre, hatte ich keine Wahl«, entgegnete Bonner mit einem flüchtigen Lächeln. Die Wangen waren feist, aber die Augen wach und scharf und schwarz wie Kohle. »Nehmt Platz, Mylord, und teilt mein bescheidenes Mahl. Der Aal ist heute besonders zu empfehlen.«

Nick schüttelte den Kopf. »Danke, aber ich will Euch nicht lange aufhalten.«

»Oh, das tut Ihr nicht«, versicherte der Bischof, lehnte sich zurück, verschränkte die Hände über dem runden Bauch und betrachtete seinen Besucher. »Ein Mann, der unter so hohem Einsatz dafür gekämpft hat, den wahren Glauben in diesem Land zu schützen, ist mir immer willkommen.«

Der Kaplan kam auf leisen Sohlen zurück, murmelte eine Entschuldigung, legte eine lederne Mappe mit Dokumenten auf dem Tisch ab und verschwand wieder.

Nick wartete, bis die Tür sich geschlossen hatte, ehe er entgegnete: »Was ich damals getan habe, hatte keine religiösen Beweggründe. Und ich kann nicht feststellen, dass ich besonders viel damit erreicht hätte.«

»Sagt das nicht«, widersprach Bonner. »Ihr und die Prinzessin habt all jenen Mut gemacht, die sich Cromwells gottloser Reform nicht unterwerfen wollten. Und Prinzessin Mary ist und bleibt die Person von königlichem Geblüt in England, hinter der all jene, die rechten Glaubens sind, sich versammeln würden.«

Nick schwieg. Er verstand nicht so recht, welches Spiel der Bischof von London hier spielte. Warum er Mary beispielsweise Prinzessin nannte, was man als Verrat auslegen konnte.

»Vergebt mir«, seufzend griff Bonner nach der Dokumentenmappe. »Es dauert nur einen Augenblick, aber ich nehme an, es ist wichtig.«

Nick vollführte eine einladende Geste.

Bonner schlug den Deckel auf, blätterte und überflog die wenigen Schriftstücke mit routinierter Schnelligkeit. Schließlich legte er sie beiseite und schenkte seinem Besucher wieder seine volle Aufmerksamkeit. »Nun, Mylord? Was ist es, das ich für Euch tun kann?«

Nick ärgerte sich plötzlich, dass er den angebotenen Platz nicht eingenommen hatte, denn jetzt stand er hier wie ein Bettler. »Es geht um Richard Mekins, Exzellenz.«

Für einen Moment wurde Bonners Körper seltsam still. Die Hand, die nach dem Schinkenteller hätte greifen wollen, verharrte auf halber Strecke, selbst die Gesichtszüge erstarrten. Aber nur für einen Herzschlag. Dann nahm Bonner eine Schinkenscheibe, brach sich ein Stück Brot ab und biss herzhaft hinein. »Was in aller Welt könnte dieser erbärmliche kleine Ketzer Euch kümmern?«, fragte er kauend. Sein Mund war so voll, dass Nick Mühe hatte, ihn zu verstehen. Er verstand indes sehr wohl, dass der Tonfall deutlich distanzierter geworden war.

»Er hat eine Weile in einem Waisenhaus gelebt, das ich mit einigen Freunden zusammen unterstütze«, erklärte er. »Und ich bin hier, um Euch zu bitten, ihn dorthin zurückbringen zu dürfen.«

Bonner fiel aus allen Wolken. Er spülte den großen Bissen mit einem Schluck Wein herunter und fragte: »Wie stellt Ihr Euch das vor? Er ist verurteilt. Ich kann den Schuldspruch nicht einfach ignorieren und Euch den Ketzer überlassen.«

»Aber Ihr könntet ihn begnadigen, denn er hat seine Ketzerei widerrufen.«

»Und morgen widerruft er seinen Widerruf.« Bonner schüttelte den Kopf. »Nein, Waringham. Richard Mekins ist von den Lehren Satans bis ins tiefste Innere durchdrungen, und nur das Feuer kann seine arme Seele reinigen.«

Nick machte einen Schritt auf den Tisch zu. »Er ist ein *Kind*, Bonner! Ihr könnt ihn nicht auf den Scheiterhaufen stellen, das verstößt gegen geltendes Recht.«

»Ihr irrt Euch«, widersprach der Bischof mit einem kleinen Lächeln. »Das Parlament hat kürzlich ein Gesetz verabschiedet, welches die Verbrennung jugendlicher Ketzer ausdrücklich gestattet, wenn die Schwere ihres Irrglaubens keine andere Möglichkeit offenlässt. Wäret Ihr gelegentlich im Parlament, wüsstet Ihr das. *Dort* hättet Ihr Eure Bedenken vorbringen können. Jetzt nicht mehr.« Er trank einen langen Schluck.

Nick konnte nicht fassen, wie zufrieden dieser feiste Bischof mit sich war. Es kostete ihn Mühe, die Fassung zu bewahren. »Aber er ist doch nur ein verirrter Junge. Ich weiß, dass er einen in Rage bringen kann, aber mit seinen lutherischen Reden versucht er doch lediglich, das Andenken der Eltern zu ehren, die er verloren hat.«

Der Bischof hob die beringte Hand. »Und dennoch ist es verboten, nicht wahr? Was helfen uns die Sechs Glaubensartikel, wenn wir sie nicht durchsetzen? Und zwar mit eiserner Hand, Waringham! Sonst nützen sie nichts.«

»Mit eiserner Hand?«, wiederholte Nick. »Statt den verwirrten Menschen ein gütiger Hirte zu sein, auf dass sie wieder Vertrauen in die Liebe Christi fassen, foltert und verbrennt Ihr Kinder. Und obendrein seid Ihr ein Feigling, Bonner, denn Ihr hättet nie gewagt, dieses Urteil zu erwirken, wenn der König nicht nach Norden gereist wäre. Bleibt zu hoffen, dass sein Stellvertreter, Erzbischof

Cranmer, diesem Irrsinn Einhalt gebietet. Ich habe hier genug Zeit verschwendet.«

Er ging mit langen Schritten zur Tür, aber ehe er sie erreichte, hörte er Bonner in seinem Rücken sagen: »*Der König will, dass alles beim Alten bleibt, nur ohne Papst. Und was er mit diesem unwürdigen Gezänk über Gott und die Kirche erreicht, ist, dass die Menschen ihren Glauben verlieren und sich von Gott abwenden, sodass ihr sie mit Strafandrohung in die Kirchen treiben müsst. Man muss ihm zu seinem Werk gratulieren. Er hat nicht nur den Papst aus England verbannt, sondern Gott gleich mit.* Bin ich recht informiert, dass Ihr diese Ansicht einmal geäußert habt, Lord Waringham?«

Verwirrt drehte Nick sich wieder um und sah die Dokumentenmappe in Bonners Hand. »*Ihr* wertet Cromwells Geheimdossiers aus?«, fragte er beinah amüsiert. »Welch unheilige Quelle, Exzellenz …«

»Habt Ihr es gesagt, ja oder nein?«

»Was weiß ich. Falls ja, habe ich die Wahrheit gesagt. Glaubt Ihr im Ernst, Ihr könnt mir mit einem Stapel verstaubter Protokolle Angst einjagen? Da müsst Ihr Euch schon etwas Besseres einfallen lassen. Ich reite jetzt zu Cranmer. Aber ich werde mich nicht beeilen. Wenn Euer Bote mich einholt, der mir die Begnadigung des Jungen bringt, spar ich mir den Besuch bei unserem allmächtigen Erzbischof, dessen Herz, wie Ihr zweifellos wisst, insgeheim für lutherische Wirrköpfe schlägt. Guten Tag, Bonner.«

»Ihr könnt Euch den Weg sparen, Waringham«, eröffnete der Bischof von London ihm.

»Ah ja? Und warum?«

»Weil Richard Mekins bereits brennt. Ich habe die Hinrichtung kurzfristig um einen Tag vorverlegen lassen, um das öffentliche Heulen und Zähneknirschen der Londoner Weiber auf ein Minimum zu beschränken.« Er sah zu der kostbaren Uhr auf der Truhe zu seiner Linken. »Wenn Ihr Euch beeilt, könnt Ihr ihn vielleicht noch ein bisschen zucken sehen.«

Master Gerard verbarg das Gesicht in den Händen und weinte bitterlich. Sein heiseres Schluchzen war ebenso erbarmungswürdig wie sein Anblick: Der hagere Rücken war gebeugt, und die Schultern bebten. »Oh, Richard ...«, kam es gedämpft hinter den Händen hervor. »Ich hoffe, der Herr kann mir vergeben. Ich kann es nicht ...«

Nick empfand diesen unmännlichen Gefühlsausbruch als abstoßend, zumal Schwester Janis zugegen war, aber er verbarg sein Befremden und sagte betont nüchtern: »Ich bin ebenso schuld wie Ihr. Ich habe ihn gehen lassen und ihm gesagt, er solle nicht wiederkommen. Wer weiß, ob er seinen Schritt nicht schon am nächsten Morgen bereut hat und zurückgekehrt wäre, wenn ich das nicht gesagt hätte.«

Janis trat zu dem heulenden Mönch und legte ihm die Hand auf die Schulter. »Keiner von Euch ist schuld«, widersprach sie. »Ihr habt für den Jungen getan, was Ihr für richtig hieltet und was Ihr konntet. Wer hätte vorhersehen sollen, dass so etwas geschehen würde? Der Bischof, der dieses unmenschliche Urteil gefällt hat, trägt allein die Verantwortung. Und ich gestehe, ich habe Mühe, Gott um Vergebung für ihn zu bitten.«

Master Gerard beruhigte sich ein wenig, und Nick war dankbar.

Janis trat ans Fenster des Priorzimmers und warf einen Blick in den Garten, wo die fleißigen Kinder bei der Arbeit waren, die weniger fleißigen – natürlich die Mehrzahl – einen Ball über den Rasen kickten, Mädchen genauso wie Knaben. »Ich wünschte, wir müssten es ihnen nicht sagen«, murmelte sie.

»Sie erfahren es so oder so«, entgegnete Nick.

Sie nickte. »Ich weiß.«

Master Gerard ließ die Hände sinken und fuhr sich mit dem Ärmel übers Gesicht. »Warum?«, fragte er verständnislos. »Warum hat Bonner das getan? Welchem Zweck sollte es dienen?«

»Uns alle in Angst und Schrecken zu versetzen und Gott zu beweisen, wie ernst es dem Bischof mit der Umkehr der Reform ist«, spottete Nick bitter. »Bonner ist tief in seinem Herzen ein treuer Anhänger der römischen Kirche, Bruder. Er fühlt sich nicht ganz wohl in seiner Rolle als Bischof der abtrünnigen Engländer. Daher sein Eifer, Gott zu beweisen, wie loyal er eigentlich ist ...«

»Dabei ist er nicht besser als Cromwell«, grollte Janis leise.

»Nein«, stimmte Nick zu. Er dachte an Cromwells Dossier, das Bonner plötzlich hervorgezaubert hatte, und fügte hinzu: »Sie sind aus einem Guss. Uneins im Glauben, aber Brüder im Geiste.«

»Vor Ostern hat Bonner die Londoner aufgefordert, ihre Nachbarn zu bespitzeln und jeden anzuzeigen, der nicht beichten geht«, berichtete Janis. »Allmählich bekommen die Menschen das Gefühl, sie würden auf Schritt und Tritt überwacht.«

»Und sie haben recht«, befand Nick, setzte sich Gerard gegenüber an den Tisch und sah ihn an. »Ich weiß, wie Euch zumute ist, Bruder. Aber das Einzige, was wir tun können, ist, etwas daraus zu lernen.«

»Wie meint Ihr das?«, fragte der Lehrer, und es klang immer noch ein bisschen weinerlich.

»Wir werden hier fortan niemandem mehr einprügeln, was er zu glauben hat. Unser Ziel ist es, den Kindern das beizubringen, was sie im Leben brauchen. Darum schlage ich vor, wir lehren sie vor allem Diskretion in Glaubensangelegenheiten. Offiziell werden wir natürlich die Sechs Glaubensartikel und die konservative Linie unterstützen, die der König und Bischof Bonner verfolgen ...«

»Die sich mit meinen Überzeugungen decken«, stellte der Lehrer klar, und Nick war erleichtert zu sehen, dass Master Gerard sein Rückgrat wiedergefunden hatte.

»Und mit den meinen«, bekannte er. »Aber wenn unter unseren Zöglingen Reformer oder auch Lutheraner sind, werden wir sie nicht aus diesem Haus treiben und damit auf Bonners Scheiterhaufen stellen. Wir sorgen lediglich dafür, dass sie ihren Unsinn für sich behalten. Zu ihrer eigenen und zu unserer Sicherheit. Aber das ist alles.«

»Ich soll es einfach dulden, wenn unter diesem Dach heimlich lutherische Ketzerei betrieben wird?«, fragte Master Gerard unsicher. »Ich kann mir nicht vorstellen, dass Master Durham für solch eine Haltung zu gewinnen wäre.«

»Nein?«, gab Nick zurück. »Nun, Master Gerard, ich hingegen kann mir das ohne Mühe vorstellen, denn ich habe sein Gesicht gesehen, als er von Richards Verurteilung hörte. Also lasst Durham meine Sorge sein.« Er sah über die Schulter. »Was meint Ihr, Schwester?«

»Ich bin Eurer Ansicht, Mylord«, antwortete sie ohne das geringste Zögern. »Die Krippe wurde gegründet, um Kinderleben zu schützen. Notfalls auch vor Bischof Bonner, würde ich sagen.«

Waringham, September 1541

Die sonst so unerschütterlichen Londoner waren außer sich über Richards Hinrichtung, und wenn es tatsächlich Bonners Ziel gewesen war, die Menschen in Furcht zu versetzen, war ihm das zweifellos gelungen. Aber ebenso verabscheuten sie ihn, und wenn er in seiner geschlossenen Kutsche durch die Straßen der Stadt rollte, wurde so mancher Stein nach ihr geworfen.

»Aber das ficht Bischof Bonner natürlich nicht an«, schloss Chapuys, der Nick die Neuigkeiten aus der Stadt brachte. »Denn er zählt zu den wenigen Glücklichen, die vollkommen von ihrer eigenen Unfehlbarkeit überzeugt sind.«

»Das macht ihn umso gefährlicher«, grollte Nick und schenkte ihm einen Becher Wein ein.

Chapuys schüttelte seufzend den Kopf und schob den Becher von sich. »Ich muss leider verzichten, Mylord. Auf Anordnung meines Arztes und … Schwiegersohns.« Er lächelte eine Spur verlegen.

Johns und Beatrice' Hochzeit war eine stille, aber fröhliche Feier gewesen, und die wenigen geladenen Freunde waren dem Charme der Braut im Handumdrehen erlegen. Da John in London inzwischen ein bekannter, angesehener Mann war und viel in der Stadt herumkam, ließ seine Vermählung sich natürlich nicht verheimlichen, aber Master Durham hatte geholfen, einen Skandal zu vermeiden. Jedem, der ihn fragte, deutete er an, die geheimnisvolle junge Dame sei im Gefolge Königin Annas von Kleve nach England gekommen, und John sei ihr in Ausübung seines neuen Amtes als Leibarzt der ausrangierten Königin begegnet. Das war plausibel und exotisch genug, um die Neugierde der Londoner zu befriedigen.

»Ich kann mir vorstellen, es hat nicht nur Vorzüge, seinen Arzt zum Schwiegersohn zu haben. Man steht unter ständiger Aufsicht«, frotzelte Nick und trank einen Schluck aus dem verschmähten Glaspokal.

»Ich habe trotzdem keinen Grund, mich zu beklagen«, entgegnete der kaiserliche Gesandte. »John hat ganz recht. Je weniger Wein ich trinke, desto gnädiger ist meine Galle gestimmt – verflucht soll sie sein. Und natürlich bin ich glücklich für Beatrice.«

»Ja, sie hätte es kaum besser antreffen können«, räumte Nick ein. »Und wie ich höre, liegen die Londoner Pfeffersäcke, die doch berüchtigt für ihre Ausländerfeindlichkeit sind, ihr zu Füßen.«

»Das ist wahr, Mylord. Aber sie ist ja auch mehr Engländerin als alles andere und hat drei Viertel ihres jungen Lebens hier verbracht.«

Verborgen und nahezu eingesperrt im Haus ihres Vaters in London, was sie ein wenig weltfremd gemacht hatte, wusste Nick. Aber Beatrice war klug und überaus belesen, und als er bei der Hochzeit mit ihr sprach, hatte er sich bei dem Gedanken ertappt, wie gut sie und Janis zusammenpassen würden.

»Was gibt es Neues aus dem Norden?«, fragte er.

»Wenig Erbauliches«, antwortete Chapuys. »König James von Schottland ist nicht gekommen, stellt Euch das vor. Dieser junge Flegel lässt seinen königlichen Onkel tagelang in York warten und schickt nicht einmal eine Entschuldigung. Er ist einfach nicht erschienen. König Henry ist sehr verstimmt, wie Ihr Euch denken könnt. Die lange Reise nach Norden war seiner Gesundheit nicht zuträglich, und er ist übler Laune wegen der Beschwernisse. In York haben die Menschen ihm einen prächtigen, sogar einen jubelnden Empfang bereitet. Aber Henry fand ihre musikalischen und schauspielerischen Darbietungen wohl dürftig und provinziell, und er hat sich keine Mühe gegeben, das vor ihnen zu verbergen. Ich fürchte, der Zweck dieses aufwändigen und überaus kostspieligen Ausflugs, eine Versöhnung zwischen der Krone und den Menschen im Norden herbeizuführen, wird nicht erfüllt.«

»Das hätte ich ihm vorher sagen können«, bemerkte Nick.

Chapuys nickte überzeugt. »Bedauerlich, dass er Euch nicht gefragt hat. Er hätte viel Geld und Zeit sparen können.«

Nick grinste flüchtig, entgegnete aber: »Es war trotzdem allerhöchste Zeit, dass er sich einmal im Norden blicken ließ. Wie kann ein König Treue und Ergebenheit von Untertanen erwarten, die aufzusuchen er sich niemals die Mühe macht?«

»Das ist wahr. Nur steht eben zu befürchten, dass dieser Besuch nicht gerade Ergebenheit und Königstreue wecken wird. Königin Catalina verehren die Menschen im Norden hingegen immer noch wie eine Heilige. Irgendein Bauernlümmel hat die junge Königin Katherine mit einem Dreckklumpen beworfen, weil er dachte, sie sei Anne Boleyn …«

»Tja. Bei Henrys Verschleiß an Königinnen darf man sich nicht wundern, wenn seine Untertanen nicht mehr ganz mitkommen.« Nick streckte die Beine Richtung Fenster aus. »Ich muss gestehen, ich bin dankbar, dass er mich nicht mit nach Norden genommen hat. Manchmal hat es wirklich seine Vorzüge, in Ungnade zu sein.«

Die Ernte, die sie in diesem Jahr einfuhren, war die beste seit langer Zeit, und die Stimmung beim Dreschfest war ausgelassen. Zum ersten Mal, seit Nick seinen Vater beerbt hatte, erwirtschaftete die Baronie einen kleinen Überschuss, und Nick erfüllte sich einen lang gehegten Traum: Er kaufte eine andalusische Jährlingsstute für sein Gestüt.

Er brachte seine Neuerwerbung im Stutenhof unter und blieb an der offenen Stalltür stehen, um sich zu vergewissern, dass sie fraß.

»Wie wär's mit Federkissen und Daunendecken?«, schlug Madog vor und trat zu ihm.

Nick wandte den Kopf, grinste und schloss die untere Türhälfte. »Du musst zugeben, dass sie eine Schönheit ist.«

Madog betrachtete die kleine Stute mit dem edlen Kopf und der welligen Mähne und nickte. »Eine echte Prinzessin: elegant, hochnäsig, anspruchsvoll und vermutlich von delikater Konstitution.«

»So wie Mary«, entfuhr es Nick, und sie mussten beide lachen.

»Mir kommt es vor, als wärst du lange nicht dort gewesen. Bei Lady Mary, meine ich.«

»Du hast recht.« Mit einem letzten verliebten Blick auf die Stute wandte er sich ab, und sie schlenderten zusammen zum Stallmeisterhaus hinüber. »Ich glaube, mir graut davor zu hören, wie Mary Bischof Bonner wegen der Sache mit Richard Mekins in Schutz nimmt. Das wäre ihr durchaus zuzutrauen.«

»Ja, ich weiß«, antwortete Madog, und es war unmöglich zu sagen, was er davon hielt.

»Sie ist … maßlos und unerbittlich in Glaubensfragen. Wie ihre Mutter.«

»Und ihre Großmutter.«

»Ja.« Nick fuhr sich mit der Hand über Kinn und Nacken. »Versteh mich nicht falsch; Mary würde niemals gutheißen, dass Bonner einen Knaben auf den Scheiterhaufen gestellt hat. Aber prinzipiell würde sie ihm recht geben. Und ich drücke mich lieber noch ein bisschen davor, mir das anhören zu müssen, denn ich weiß, wir werden darüber streiten.«

Madog warf ihm einen spöttischen Blick zu. »Du hast doch hoffentlich keine Angst vor deiner Prinzessin, Mylord?«

»Nein.« Es klang verdrossen. »Aber wenn sie …«

»Nick?«, unterbrach ihn eine Stimme in seinem Rücken, und er wandte sich um.

»Ray …«

Nick rang darum, sich den Schrecken nicht anmerken zu lassen, der ihm beim Anblick seines Bruders in die Glieder fuhr. Raymonds Kleider waren schmutzig und zerknittert. Er war unrasiert und hohlwangig, und seine Augen waren gerötet, als hätte er nächtelang nicht geschlafen.

Madog nickte ihm zu. »Willkommen zu Hause, Raymond.«

»Danke.« Raymond versuchte ein Lächeln, aber es wollte nicht glücken.

»Nick, ich bin in der Schmiede, falls du mich suchst«, sagte der Steward und wandte sich ab.

Gott segne dich für dein Feingefühl, dachte Nick dankbar. Dann musterte er seinen Bruder eingehend. »Bist du … auf der Flucht?«

Raymond senkte den Blick und schluckte sichtlich. »Ich weiß es nicht genau«, bekannte er.

»Du siehst so aus, als müsstest du dringend etwas essen. Und ausruhen. Kannst du mit auf die Burg hinaufkommen, oder denkst du, es wäre gesünder, dich im Wald zu verstecken?«

»Mir ist niemand auf den Fersen.« Es klang fast eine Spur entrüstet.

Der ältere Bruder nickte und führte ihn wortlos über den Mönchskopf, den Burghügel hinauf und in den Innenhof von Waringham Castle. Es war ein windiger, bedeckter Tag Anfang Oktober, und der Wein, der den Bergfried bedeckte, war eine leuchtende rote Pracht.

Raymond blieb einen Moment stehen und sah daran empor. »Es ist wirklich wunderschön.«

»In drei Wochen sagst du das nicht mehr«, entgegnete Nick trocken und öffnete den rechten Torflügel. Auf der Treppe begegneten sie einer jungen Magd, die hier die Arbeit versah, welche früher Polly erledigt hatte. »Josephine, sei so gut und bring uns Wein und Brot und so weiter.«

»Ich will nichts, Nick«, widersprach Raymond.

Nick ignorierte ihn. »Du hast mich gehört«, sagte er zu Josephine.

»Sofort, Mylord.«

Die Brüder betraten das Gemach über dem Rosengarten. Die Fensterflügel klapperten ein wenig im Herbstwind, aber ein lebhaftes Feuer prasselte im Kamin, und es war einigermaßen warm. Wie so oft lag Nicks englische Bibel aufgeschlagen auf dem Tisch, eine Schale mit Birnen stand daneben. Der Raum wirkte verblüffend behaglich für ein Gemach in einer vierhundert Jahre alten Festung.

Raymond sank müde auf einen der Brokatstühle, stützte die Ellbogen auf den Tisch und drückte mit einem leisen Stöhnen das Kreuz durch.

»Du kommst aus York?«, tippte Nick.

»Aus Hull. Mehr oder weniger ohne Pause. Der Hof ... weilt nicht mehr in York.« Trotz des Kaminfeuers schien er leicht zu frösteln.

Nick holte eine Wolldecke vom Bett und hing sie ihm kommentarlos über die Schultern, ehe er sich ihm gegenüber an die Wand lehnte. Er wartete, bis Josephine ein Tablett mit Weinkrug, Brotlaib und einem dicken Keil Schafskäse gebracht hatte, ehe er fragte: »Was ist passiert?«

Raymond antwortete nicht sofort, als müsse er sich die Frage erst durch den Kopf gehen lassen. Schließlich erwiderte er: »Ich war drei Tage und Nächte unterwegs. Und der einzige Gedanke, dessen ich fähig bin, den ich die ganze verdammte Zeit lang in meinem Kopf hin- und herwende, ist: Wie kann man so blind sein? Wie kann man sich so vollkommen in einem anderen Menschen täuschen?«

Nick fragte ihn nicht, von wem er sprach. Er trat an den Tisch, schenkte seinem Bruder ein Glas Wein ein, schnitt ihm Brot und Käse ab und forderte ihn mit einer Geste auf, zu essen und zu trinken.

Raymond griff zu, aber abwesend und lustlos, als tue er Nick einen Gefallen.

Der setzte sich ihm gegenüber und wartete, scheinbar geduldig, in Wahrheit jedoch mit einem schmerzhaften Knoten im Bauch.

Nach zwei Bissen legte Raymond das Brot beiseite, nahm aber einen ordentlichen Zug Wein. »Ich schätze, du bist nicht sonderlich überrascht, wenn ich dir gestehe, dass ich ein Verhältnis mit der Königin hatte?«, fragte er dann betont brüsk.

»Nein. Ich bin höchstens ein wenig überrascht, dass sie so ein Risiko eingeht. Seit wann?«

»Kurz nach Ostern. Als Henry so krank wurde, dass er sich abends nicht mehr zu ihr schleppen konnte.«

»Dann habt ihr lange Glück gehabt. Was hättet ihr getan, wenn sie schwanger geworden wäre?«

»Sie war überzeugt, sie könnte dem König weismachen, es sei

von ihm. Er lässt sich ja gern etwas vormachen, wenn er gut dabei dasteht.«

Nick schüttelte missbilligend den Kopf. »Nicht zu fassen, wie lange ihr unentdeckt geblieben seid.«

Raymond zog unfein die Nase hoch und schlang die Decke ein wenig fester um sich. »Louise hat uns geholfen. Und Lady Rochford.«

»Lady Rochford?«, wiederholte Nick fassungslos. »George Boleyns Witwe?«

Raymond nickte. »Sie ist Katherines erste Hofdame. Die Einzige, die unangemeldet ihr Schlafgemach betreten darf. Ohne sie hätten wir uns nie im Leben allein treffen können.«

»Lady Rochford treibt ein gefährliches Spiel, scheint mir«, bemerkte Nick. »Und deine Schwester ebenso.«

Raymond hob lustlos die Schultern. »Sie haben eben Mitleid mit ihr. Mit Katherine. Es ist so ein Albtraum, mit Henry verheiratet zu sein. Nicht dass die Königin je darüber spricht. Aber ich meine ... stell es dir vor.«

»Nein, lieber nicht.« Nick dachte einen Moment nach. »Offen gestanden erschien die Königin mir rundum zufrieden mit ihrem Leben, als ich sie Weihnachten gesehen habe.«

Raymond trank noch einen Schluck und schwieg. Sein Blick war aufs Feuer gerichtet. »Sie findet es großartig, Königin zu sein«, sagte er nach einer Weile. »Die kostbaren Kleider und Juwelen. Die Bankette und Hoffeste. Und die Macht, natürlich. Sie ist ... eine oberflächliche, selbstsüchtige Gans. Zu beschränkt, um wirklich berechnend zu sein, aber allein ihre Wünsche bestimmen ihr Handeln.« Er sah Nick wieder an. »Sie ist ein läufiges Luder ohne Gewissen. Ohne Loyalität ...«

»Was hat dir so gründlich die Augen geöffnet?«, fragte der ältere Bruder. »Hat sie dich betrogen?«

Raymond nickte. Als zwei Tränen über seine Wangen liefen, wischte er sie ungeduldig weg.

»Mit wem?«

»Thomas Culpeper.«

Nick stieß angewidert die Luft aus. Hatte die Königin denn unter all den jungen Männern in Henrys Gefolge keinen besseren finden können als ausgerechnet diesen affektierten Geck, der sich ein parfümiertes Seidentüchlein unter die Nase hielt, wenn er am Viehstall vorbeiging, aber nicht zu fein war, die Frau eines Wildhüters zu schänden?

»Ich schätze, sie hat ihn sich ausgesucht, weil er so hoch in Henrys Gunst steht«, murmelte Raymond, als hätte Nick die Frage laut ausgesprochen. »Es ist die Gefahr, die sie reizt. Sie hat so lange mit dem Feuer gespielt, ohne sich die Finger zu verbrennen, dass sie immer verwegener wird.«

»Das kann nicht lange gut gehen«, bemerkte Nick warnend.

Raymond schüttelte langsam den Kopf. »Louise sagt, es wird schon gemunkelt. Die Reformer, Cromwells einstige Vertraute, die Norfolks Einfluss auf den König mit Argwohn betrachten, lassen die Königin bespitzeln. Vielleicht haben sie Culpeper schon im Visier. Oder mich. Jedenfalls hat Louise Angst. Sie hat mich praktisch in den Stall geschleift und aufs Pferd gesetzt und gesagt, ich soll zu dir reiten.«

Nick beugte sich vor und sagte eindringlich. »Ray, ich sehe, dass du verzweifelt bist, und glaub mir, es tut mir leid, dass du so bitter enttäuscht wurdest. Aber wir müssen jetzt praktisch denken. Weiß Culpeper von dir und der Königin?«

»Ich nehme es an.« Es klang gleichgültig.

Nick packte seinen Unterarm. »Wenn sie auffliegen, kannst du sicher sein, dass er auf der Streckbank landet und jeden Namen nennt, den er weiß.«

»Und ob du's glaubst oder nicht, ich wär gern dabei«, entgegnete Raymond. »Ich habe noch niemals im Leben einen Menschen so gehasst. Dabei weiß ich, dass er eigentlich gar nichts dafür kann. *Sie* ist diejenige, die ich hassen sollte. Aber es geht nicht, Nick. Ich hab's versucht, aber es geht nicht. Ich kann einfach nicht aufhören, sie zu lieben. Ist das nicht … das Jämmerlichste, was du je gehört hast?«

Der Ältere schüttelte den Kopf. »Keineswegs. Ich … kenne mich nicht besonders gut aus mit diesen Dingen, aber ich glaube, das ist das Wesen der Liebe. Ihre Natur. Vermutlich wirst du irgendwann lernen, angemessen zornig auf Katherine zu sein. Falls du lange genug lebst. Und dazu musst du das Land verlassen, und zwar noch heute.«

Raymonds Blick war eigentümlich stumpf. »Ich weiß.«

Nick wies einladend auf sein Bett. »Leg dich hin. Vor Einbruch der Dunkelheit solltest du ohnehin nicht aufbrechen. Also: Du schläfst, ich packe dir ein paar Sachen zusammen und so weiter. Und wenn du dich ausgeschlafen hast, überlegen wir, wohin du gehst.«

Raymond schien ein wenig zu wanken, als er aufstand, aber er rang sich ein kleines Lächeln ab. »Danke, Nick.«

Der winkte ab und trat zur Tür. »Dafür hat man einen Bruder, oder?« Und im Hinausgehen dachte er: Was immer jetzt wird; solange Henry König ist, kannst du nicht mein Erbe sein …

Nick suchte ordentliche, aber unauffällige Kleider heraus. Er packte Brot, Wurst und einen Weinschlauch in einen Proviantbeutel und füllte eine Lederbörse mit mehr Geld, als er eigentlich erübrigen konnte. Er tat all diese Dinge mit höchster Konzentration, aber gleichzeitig dachte er unablässig darüber nach, wo auf dem Kontinent sein Bruder Unterschlupf suchen sollte, wer ihm helfen konnte und wie lange er wohl würde fortbleiben müssen. Er erinnerte sich, dass eine Cousine seines Großvaters einen bretonischen Edelmann geheiratet hatte, und nachdem er eine Weile in alten Briefen und Dokumenten herumgekramt hatte, fand er auch den Namen: Hugo Sant-Brieg. Seine bescheidenen Ländereien lagen in der Nähe von Vannes. Nick griff nach Papier und Tintenhorn, als Madog den dämmrigen Raum gegenüber von Nicks Gemach betrat, der ihnen als Schreibstube und zur Aufbewahrung alter Abrechnungen und Dokumente diente.

»Was treibst du da?«, fragte der Steward.

Nick sah nicht von seinem Brief auf. »Die Schwester deines Großvater heiratete einen gewissen Hugo Sant-Brieg, richtig?«

»Aus Vannes«, bestätigte Madog.

»Habt ihr Kontakt zu ihren Nachfahren?«

»Der Letzte, von dem ich weiß, ist ein gewisser Justin Sant-

Brieg. Aber keine Ahnung, ob er noch unter den Lebenden weilt, er ist mindestens zwanzig Jahre älter als wir.«

»Falls er noch lebt, denkst du, er kann Latein?« Nick tippte auf seinen Brief.

»Ganz bestimmt. Warum?«

»Ich schicke Raymond zu ihnen. Er muss England verlassen. Ich kann nur hoffen, dass sie ihm trotz der ziemlich weitläufigen Verwandtschaft weiterhelfen.«

Madog hob kurz die Schultern. »Falls nicht, muss er eben allein zurechtkommen. Wer alt genug ist, sich in Schwierigkeiten zu bringen, sollte auch alt genug sein, sich wieder herauszuwinden.«

»Wer wüsste das besser als du«, spöttelte Nick.

Madog wartete, bis der kurze Brief fertig war, ehe er fragte: »Was hat er angestellt?«

Nick löschte die Tinte mit ein wenig Sand aus einem bereitstehenden Behälter und hielt einen Riegel Wachs über die Kerze. Den Blick auf die Flamme gerichtet, antwortete er: »Solltest du in nächster Zeit wieder einmal Gerüchte hören, die Königin von England sei ein treuloses Weib, kannst du getrost davon ausgehen, dass es dieses Mal stimmt.«

Madog stieß einen ungewohnt langen, walisischen Fluch aus und sank auf einen Schemel am Schreibtisch. »Wenn das herauskommt und dein Bruder ist nicht hier, um zu büßen, wird Henry einen Weg finden, es an dir auszulassen.«

Nick ließ Wachs auf sein zusammengefaltetes Schreiben tropfen und drückte den Siegelstempel darauf. Dann sah er seinen Steward an. »Wenn es herauskommt, Madog, wird mein Bruder nicht der Einzige sein, der des amourösen Hochverrats überführt wird.«

»Allmächtiger …«

»Und es könnte durchaus passieren, dass der König vor Kummer krepiert. Denn wenn es einen Mann gibt, der noch rettungsloser in Katherine Howard verliebt ist als mein armer Bruder, dann ist es Henry.«

Madog, wie so oft hin- und hergerissen zwischen Unverständnis und Mitgefühl für seinen Cousin, den König, grollte: »Dieses verdammte kleine Früchtchen.«

Nick wedelte mit dem Brief, um das Wachs zu trocknen. »Ich schätze, sie wird bezahlen. Teuer.«

Madog nickte düster. »Ich habe so ein mieses Gefühl, als würde diese Sache uns alle teuer zu stehen kommen.«

Nick gab ihm insgeheim recht, aber er hatte jetzt zum Glück keine Zeit, sich damit zu befassen, denn die Dämmerung brach bereits herein. Mit dem Brief in der Hand kehrte er in sein Gemach zurück, aber zu seiner Überraschung war der Bettvorhang zurückgezogen und Raymond verschwunden. Die Speisen waren so unberührt wie zuvor. Nick setzte sich an den Tisch, trommelte ungeduldig mit den Fingern, aß eine Birne und wartete.

Als es dunkel war, machte er sich auf die Suche. Simon und Madog schlossen sich ihm an, und systematisch durchkämmten sie den Bergfried vom Dachboden bis zu den Verliesen. Raymond war nicht dort.

»Was kann das zu bedeuten haben?«, fragte Nick beunruhigt.

»Lass uns nachsehen, ob sein Pferd noch im Stall steht«, schlug der Geistliche vor.

Dankbar für den praktischen Vorschlag folgte Nick ihm in den Burghof. Madog ging voraus, weil er die Laterne trug. Es waren nur wenige Schritte bis zum Stallgebäude. Simon öffnete das hölzerne Tor. Madog und Nick traten über die Schwelle, und als das Licht der Laterne das Dunkel zurückdrängte, entdeckten sie Raymond. Er hing an einem der stabilen Dachbalken, die Füße eine Elle über dem Boden, vor sich eine umgestürzte Holzkiste. Er pendelte sacht, aber ansonsten war sein Leib vollkommen still.

Mit einem heiseren Schrei stürzte Nick zu seinem Bruder, umklammerte seine Oberschenkel und hievte ihn in die Höhe. Madog drückte Simon die Laterne in die Hand und stieg auf die Holzkiste, während er den Dolch schon aus der Scheide zog. Die Klinge war sehr scharf, der dünne Strick mit einem Streich durchtrennt. Raymonds Oberkörper sackte herab, Nick ließ seinen Bruder ins Stroh gleiten, fiel neben ihm auf die Knie und begann, an der Schlinge zu zerren. Sie saß so eng, dass er nicht einmal einen Finger zwischen Strick und Hals bekam.

Nick streckte Madog blind die Hand entgegen. Es war eine flehende Geste. »Gib das Messer …«

»Nick …«

»Her damit, verflucht!«

»Nick. Es ist zu spät.«

Nick schüttelte den Kopf und schluchzte heiser. Er hatte Raymond immer noch nicht ins Gesicht gesehen, oder falls doch, hatte er jedenfalls nicht wahrgenommen, was er dort sah. Blinzelnd riss er Madog den Dolch aus den erschlafften Fingern, durchtrennte den Strick, der einen blutigen Ring um den Hals des Jungen gezogen hatte, und dann packte er Raymond und zog ihn an sich und wiegte ihn. »Ray … Ray, atme … Atme doch …«

Mit zugekniffenen Augen legte er die Hand auf Raymonds linke Brust und spürte nichts, aber erst als er Simon in seinem Rücken murmeln hörte: »*De profundis clamavi ad te, Domine, exaudi vocem meam*«, begriff er, dass sein Bruder tot war.

Er lockerte seine Umklammerung, bettete Raymonds Kopf auf seinen Oberschenkel, sah noch einen Moment in die weit aufgerissenen, blauen Augen und schloss dann die Lider. Er schob die zerbissene Zunge zurück hinter die Zähne und drückte den Unterkiefer hoch, um den Mund zu schließen, und er staunte darüber, wie warm und lebendig sich alles noch anfühlte. Fast hätte er sich einreden können, sein Bruder schlafe nur, hätte Simon in seinem Rücken nicht diesen verfluchten Psalm gebetet.

»Hör auf«, knurrte Nick über die Schulter.

Der Priester verstummte einen Moment. Dann sagte er behutsam: »Nick, lass mich …«

»Verschwinde. Du kannst nichts für ihn tun, oder?«

Simon antwortete nicht sofort; vielleicht wechselte er einen kummervollen Blick mit Madog.

»Simon?«, hakte Nick nach.

»Du kennst die Antwort«, gab der Priester zurück. »Nein, ich kann nichts tun.«

»Dann sei so gut und geh.«

Den Blick unverwandt auf das Gesicht seines toten Bruders gerichtet, hörte er die sich leise entfernenden Schritte.

»Brauchst du Hilfe?«, fragte Madog an seiner rechten Seite und legte ihm zaghaft die Hand auf die Schulter.

»Nein.« Nick schüttelte die Hand ab.

Madog stellte das Licht neben ihm auf den Boden und ging hinaus. Die veränderte Position der Laterne ließ Raymonds Gesicht bleich und wächsern erscheinen, und mit einem Mal entdeckte Nick einen Papierzipfel, der aus dem Wams des Jungen lugte. Er hob eine Hand, die ihm bleischwer vorkam, und zog den Bogen heraus. Als er ihn auseinanderfaltete, las er in der sicheren, geschwungenen Handschrift, die er seinen Bruder gelehrt hatte:

Es tut mir leid, Nick, aber ich kann nicht weiterleben und fortgehen, wie du wolltest, denn mich müsste ich ja doch mitnehmen. Am Tag, als George Boleyn starb, habe ich den Glauben an Gott verloren. Dann den Glauben an meinen König, jetzt den an Katherine und an mich selbst. Nichts ist geblieben. Ich weiß, dass du um mich trauern wirst, aber ich hoffe, du kannst mir vergeben. Es gibt so viele Narren auf der Welt, Bruder. Einen davon kann sie gewiss gut entbehren.

Sich das Leben zu nehmen war eine der schrecklichsten Sünden, die ein Mensch begehen konnte, denn er zerstörte Gottes Schöpfungswerk und größtes Geschenk. Darum konnte er auch nicht auf geweihtem Boden und mit den Segnungen der Kirche beerdigt werden. Ein »Eselsbegräbnis« nannte man die Beisetzung eines Selbstmörders, denn er wurde wie ein Tierkadaver verscharrt.

Viele Menschen glaubten obendrein, dass diese Schandtat Unglück über die Gerechten bringe oder dass die rastlosen Geister der Toten zurückkehrten, um die Lebenden heimzusuchen. Deshalb war es vielerorts üblich, den Leichnam eines Selbstmörders noch einmal aufzuhängen oder zu enthaupten, um Gott zu zeigen, dass die Gemeinschaft sich von ihm lossagte. Nick wusste, er hätte streng genommen nach dem Sheriff von Kent schicken müssen, damit der entscheide, wie mit Raymond zu verfahren sei.

Aber er dachte nicht daran.

Er verbrachte die Nacht mit dem Leichnam seines Bruders im Pferdestall, hielt ihm eine einsame Totenwache und hatte reichlich

Zeit, ihn zu beschimpfen, zu beweinen und sich schließlich zu verabschieden.

Zwei Stunden vor Sonnenaufgang holte er Raymonds Pferd, legte den Leichnam auf dessen Rücken und führte es aus der Burg und in den Wald von Waringham, denn ein Eselsbegräbnis musste möglichst weit weg von menschlichen Siedlungen und während der Nacht stattfinden. Der halbvolle Mond, der dann und wann hinter den eilig dahinjagenden Wolken zum Vorschein kam, beleuchtete den Weg, aber Nick hätte ihn vermutlich auch in völliger Finsternis gefunden, denn die kleine Lichtung am Tain, zu der er seinen Bruder brachte, war seine und Lauras Zuflucht während ihrer Kindheit gewesen. Im Sommer war sie ein verzauberter Ort, wo man im duftenden Gras liegen, das Licht und Schattenspiel der Sonne auf dem Laub beobachten und dem Murmeln des Flüsschens lauschen konnte. In einer unwirtlichen Oktobernacht war die Lichtung am Fluss nur irgendein Stück Wald, und dafür war Nick dankbar.

Er legte Raymond in Ufernähe ins nasse Gras, griff zu der Schaufel, die er mitgebracht hatte, und begann zu graben. Ganz bewusst und mit einem eigentümlichen Gefühl von Genugtuung zerstörte er den einzigen Ort, wo Laura und er sich vor Sumpfhexe sicher gefühlt und an den sie den kleinen Raymond nie mitgenommen hatten. Er riss das federnde Gras mit der Schaufel auf und verwandelte es in eine Schlammwüste.

Als er tief genug gegraben hatte, packte er den Leichnam unter den Achseln und schleifte ihn zur Grube. Mit dem Gesicht nach unten, wie es vorgeschrieben war, legte er ihn hinein. Dann verließ er die Lichtung, ging ein paar Dutzend Schritte nach links, wo ein Brombeerdickicht lag, und schnitt mit dem Dolch einen Armvoll Dornenzweige ab. Sie zerstachen ihm Hände und Arme, als er sie zurücktrug, aber er merkte nichts davon. Ein letztes Mal schaute Nick auf seinen toten Bruder hinab, und er musste den Impuls niederringen, sich einfach zu ihm zu legen, sich nach und nach von herabrinnendem Schlamm und fallenden Blättern bedecken zu lassen und gemeinsam mit ihm zu vergehen. Stattdessen breitete er die Dornen über Raymond aus, damit der nicht als Wiedergänger aus dem Grab steigen konnte, und fing sofort an, die Grube zuzuschaufeln. Gerade als er fertig war, färbte der Himmel sich im Osten perlgrau.

London, November 1541

»Er ist maßlos in seiner Trauer«, berichtete John bedrückt. »Ausgerechnet Nick, der Mäßigung in jeder Lebenslage doch für die größte aller Tugenden hält. Aber er isst nicht. Er schläft nicht. Er … richtet sich zugrunde, und ich weiß nicht, was ich tun soll.«

Lord Waringhams Steward hatte nach Doktor Harrison geschickt, wusste Janis, weil er in Sorge um Nick war, aber Trauer war eben etwas anderes als ein gebrochenes Bein oder Kopfweh. John kannte kein Heilmittel dafür.

Es war einen Moment still in der Halle mit den vielen Büchern, und sie hörten die Glocken der umliegenden Kirchen läuten. Allerheiligen. Der Feiertag, da man der Toten gedachte. Und Janis wusste, welche Bürde das Gedenken sein konnte.

»Philipp, lass uns zurück nach Waringham reiten«, sagte Laura schließlich. »Ich will nicht noch einen Bruder verlieren.« Auch sie trauerte um Raymond, war fassungslos und ratlos angesichts seiner furchtbaren Tat, aber es hatte sie nicht so völlig aus der Bahn geworfen wie Nick, hatte Janis beobachtet. Vielleicht, weil Laura Trost in ihrer Familie fand.

Philipp Durham sah seine Frau skeptisch an. »Ich glaube, er will seine Ruhe. Außerdem kann ich jetzt unmöglich aus London fort. Der neue Lord Mayor wäre kaum erbaut, wenn ich gleich bei seiner ersten Sitzung im Stadtrat fehle …«

»Du willst dich nur drücken«, argwöhnte Laura.

»Komm schon, du weißt genau, dass das nicht stimmt«, protestierte er. »Aber du hilfst ihm nicht, wenn du ihm auf die Pelle rückst, ihn bemutterst und bekochst.«

»Er hat recht, Laura«, stimmte John zu. »Wir sollten ihm Zeit geben. Er weiß ja, wo er uns findet, wenn ihm nach Gesellschaft zumute ist.«

Laura sah hilfesuchend zu Janis, die jedoch keinen Kommentar abgab. Die junge Nonne war dankbar für die Freunde, die sie in London so unverhofft gefunden hatte. Als sie damals ihren Mut zusammengenommen und in der Krippe um eine Anstellung ersucht hatte, war sie auf der Suche nach einem Refugium gewesen, einem kleinen Winkel der Welt, wo sie bleiben und sich wenigstens einigermaßen sicher fühlen konnte. Dass sie stattdessen mit solcher Bereitwilligkeit und Herzlichkeit in den Kreis derer aufgenommen würde, deren gemeinsames Anliegen die Krippe war, hätte sie sich in ihren kühnsten Träumen niemals vorgestellt. Aber eine gewisse Distanz blieb. Musste bleiben, denn keiner der Menschen an diesem Tisch ahnte, wer sie wirklich war. Und Janis lag daran, es dabei zu belassen.

»Bleibt zu hoffen, dass ihm die Ruhe, nach der es ihn offenbar verlangt, auch vergönnt sein wird, wenn der Hof zurückkehrt«, sagte Chapuys. »Wie ich höre, rechnet man in Hampton Court noch heute mit der Ankunft des Königs und der Königin.«

»Was in aller Welt hat der Hof damit zu tun?«, fragte seine Tochter verwundert. »Ich dachte, der arme Junge hat sich aus Liebeskummer das Leben genommen.«

Ihr Vater nickte. »Aber wer immer das Objekt seiner unerwiderten Liebe gewesen sein mag, war mit dem König im Norden, nicht wahr?« Er traktierte Laura mit einem eindringlichen Blick.

Sie schüttelte seufzend den Kopf. »Ich weiß so viel wie Ihr. Nick lässt sich nichts entlocken. Ich habe alles versucht, glaubt mir, denn ich war wütend, dass er mir Raymonds Abschiedsbrief nicht zeigen wollte. Immerhin war er ja auch *mein* Bruder. Aber es hat nichts genützt.«

Chapuys nickte und zog mit dem Speisemesser versonnen Muster ins Tischtuch.

Tatsächlich kehrte König Henry an Allerheiligen nach beinah halbjähriger Abwesenheit nach Hampton Court zurück, und noch am selben Abend begab sich ein gewisser Sir John Lascalles zu Erzbischof Cranmer und vertraute ihm an, seine Schwester, die während der Mädchenjahre der Königin an deren Seite im Haushalt der Duchess of Norfolk gelebt hatte, habe ihm Beunruhigendes berichtet, dass nämlich Königin Katherine zu damaliger Zeit eine unehrenhafte Liaison mit einem gewissen Francis Dereham unterhalten habe.

In aller Diskretion ließ der Erzbischof besagten Master Dereham zu sich bringen. Der war nicht schwer zu finden, denn er bekleidete einen kleinen Beamtenposten bei Hofe. Erzbischof Cranmer befragte Dereham nach seinem Verhältnis zur Königin. Dereham leugnete und stammelte, bis die Männer des Erzbischofs ihm einen glühenden Eisenspan unter den linken Daumennagel trieben. Da gestand Francis Dereham, dass er der blutjungen Katherine Howard nächtliche Besuche abgestattet habe.

Wie oft?

Oft. Sie habe ihm die Ehe versprochen, und er habe nie aufgehört, sie zu lieben.

Den Erzbischof packte das Grauen. Ein Eheversprechen, dem Taten folgten, kam juristisch einer Heirat gleich. Vermutlich war die Ehe des Königs mit Katherine Howard also ungültig. Und ihm, dem Erzbischof, würde es zufallen, dem König die unwillkommene Nachricht zu überbringen. Da und dort ließ er den Übeltäter büßen, bis der schließlich schreiend und winselnd zu seiner Verteidigung anführte, es sei doch *vor* ihrer Ehe mit Henry gewesen, und außerdem sei er nicht der Einzige.

Wer noch?

Thomas Culpeper. Mit *dem* treibe sie es jetzt, *den* sollten sie holen und Stück für Stück rösten.

Auch Culpeper wurde noch in derselben Nacht festgenommen und gefoltert.

Wer noch?, wollte der Erzbischof auch von ihm wissen.

Raymond Howard.

Doch als die Agenten des Erzbischofs nach Waringham kamen, um auch den dritten Hochverräter aufzugreifen, gerieten die Ermittlungen ins Stocken.

»Er ist tot, Gentlemen«, eröffnete der Steward ihnen knapp,

der sie trotz des nasskalten Wetters im Burghof empfing und nicht hineinbat. Er wies zu einer Stelle links des Torhauses, wo die geschwärzten Überreste eines abgebrannten Holzgebäudes noch schwelten. »Das war der Pferdestall. Dort hat er sich erhängt.«

Die unauffällig, aber bis an die Zähne bewaffneten Männer des Erzbischofs waren geneigt, ihm zu glauben, denn der einzige vernünftige Grund, ein intaktes, brauchbares Gebäude niederzubrennen, war, wenn es Schauplatz eines Selbstmords gewesen und deswegen ein Unglücksort war, den niemand mehr betreten wollte.

»In dem Falle hätten wir gern Lord Waringham gesprochen«, bat der Ältere höflich, der offenbar der Anführer war.

Der walisische Steward nickte grimmig. »Das würde ich auch gern, glaubt mir. Aber er ist seit drei Tagen verschwunden.«

»Wo ist das Eselsgrab?«

»Ich habe keine Ahnung, Sir. Das müsst Ihr ihn fragen. Falls Ihr ihn findet.«

»Stört es Euch, wenn wir uns hier ein wenig umsehen?«

»Es stört mich in der Tat. Vor allem stört mich, dass Ihr mein Wort anzweifelt. Aber nur zu …«

Doch sie fanden nicht die geringste Spur von Lord Waringham.

»Wie oft müsst Ihr noch hören, dass er nicht hier ist, eh Ihr es begreift?«, fragte Master Gerard unwirsch. »Und ich wäre dankbar, wenn Ihr nun gehen würdet.« Er wies auf die Straßenkinder, die durchs Tor strömten, um sich ihr Brot abzuholen. »Ihr macht ihnen Angst.«

Durch ein schmales Fenster in der Giebelwand der Dachkammer beobachtete Nick, wie Erzbischof Cranmers Agenten sich verabschiedeten, und erleichtert ließ er einen lang angehaltenen Atem entweichen.

»Sind sie fort?«, fragte Janis' Stimme.

Er nickte und wandte sich zu ihr um. »Gut möglich, dass sie noch einmal wiederkommen, aber fürs Erste sind sie fort.«

Janis stand auf der obersten Sprosse der kleinen Leiter, die durch eine Falltür in die Dachkammer führte, wo Mehlsäcke und Fässer mit Erbsen verwahrt wurden und zwei große Schinken an dicken Haken von den Dachbalken hingen. Die junge Nonne kletterte behände durch die Luke, obwohl sie eine randvolle Suppenschale in der Linken balancierte. »Ich habe Euch etwas zu essen gebracht.«

Nick trat auf sie zu. »Gut von Euch. Obwohl ich hier kaum Gefahr laufe zu verhungern.«

Sie stellte die Schale auf ein verschlossenes Fass und streckte ihm den Löffel entgegen.

Notgedrungen schloss er die Lücke zwischen ihnen, nahm ihr den Löffel aus der Hand und begann zu essen. Es war eine dicke Fischbrühe, und sie schmeckte nicht einmal übel.

»Was wird geschehen, wenn sie Euch hier finden?«, fragte Janis zaghaft.

»Nicht viel«, gab Nick achselzuckend zurück. »Ausnahmsweise habe ich ja einmal nichts verbrochen. Aber sie werden viele lästige Fragen haben. Sie werden sehen wollen, wo ich meinen Bruder verscharrt habe. All diese Dinge. Und das schiebe ich lieber noch ein wenig auf. Sollen sie meine Stiefschwester befragen – ich bin sicher, sie weiß viel mehr als ich.«

Janis nickte. »Sie ist verhaftet worden.«

»Also ist die Katze aus dem Sack«, bemerkte Nick.

»Allerdings.« Janis setzte sich auf die Kante eines Graupenfasses. »Erzbischof Cranmer hat dem König einen Brief überreicht, in dem er ihm die bedauerlichen Tatsachen offenbarte, hat Chapuys erzählt. Der König ist …« Sie brach ab.

»Ja«, murmelte Nick zwischen zwei Löffeln. »Ich kann's mir vorstellen.«

»Chapuys sagt, selbst all jene, die König Henry aus religiösen oder persönlichen Gründen grollen, sind voller Mitgefühl angesichts seines Elends. Er … er hat bitterlich geweint, als er den Brief gelesen hat. Es heißt, er ist von Sinnen vor Schmerz.«

Gut so, dachte Nick. Er aß beharrlich weiter und gab keinen Kommentar ab.

Aber Janis ließ sich von seiner Reserviertheit nicht verscheuchen, sondern fuhr fort: »Die Königin ist im ehemaligen Birgittenkloster eingesperrt. Jeden Tag finden weitere Verhaftungen statt. Lady Rochford ist im Tower, genau wie die alte Duchess, die Mutter des Duke of Norfolk.«

»Armer Norfolk«, höhnte Nick. »Das ist wirklich gründlich ins Auge gegangen. Zum zweiten Mal hat er dem König eine Nichte ins Brautbett gelegt – vergebt mir, Schwester –, und zum zweiten Mal nimmt es ein unseliges und vermutlich blutiges Ende. Man könnte ihn beinah bedauern, wäre er kein solcher Schuft.« Er mied den Gedanken an seine Stiefmutter. Er wusste, dass er einer Begegnung mit ihr auf Dauer nicht ausweichen konnte, aber auch das schob er lieber noch ein wenig auf.

»Culpeper und Dereham werden immer noch verhört«, berichtete Janis beklommen.

Nick stellte die leere Schale zurück auf das Fass. »Wenigstens das bleibt meinem Bruder erspart«, murmelte er. Er spürte ihren Blick auf sich, aber er stand halb mit dem Rücken zu ihr und stierte auf einen der Fachwerkbalken vor sich. »Ich war auch einmal kurz davor, meinem Leben ein Ende zu setzen, wisst Ihr. Ich … wollte es nicht von eigener Hand tun, um nicht die ewige Verdammnis zu riskieren, aber das ist ja ein rein technischer Unterschied. Ich war entschlossen, aus dem Leben zu scheiden. Denn jede andere Möglichkeit erschien mir schrecklicher.«

»Ja«, sagte Janis nüchtern. Sie wusste ganz genau, wovon er sprach, und das wunderte ihn nicht.

»Aber irgendwie … habe ich mich im letzten Moment dann doch *für* das Leben entschieden. Warum *er* nicht? Was … war der Unterschied?«

»Das können wir niemals wissen, Mylord«, antwortete Janis. »Aber wenn Ihr selbst schon einmal an jenem finsteren Ort wart, dann wisst Ihr, wie dünn der Seidenfaden sein kann, der einen im Diesseits hält. Es war nicht Eure Schuld, dass Euer Bruder sich anders entschieden hat …«

»Doch!« Er fuhr zu ihr herum. »Es *ist* meine Schuld. Er ist zu mir gekommen.« Er tippte sich ungeduldig an die Brust. »Aber ich war nicht imstande, ihm die Hilfe zu geben, die er brauchte. ›Wir müssen praktisch denken, Raymond‹, habe ich gesagt und ihm einen Proviantbeutel gepackt, um ihn wegzuschicken. Ich habe …«

Er konnte mit einem Mal nicht weitersprechen. Einer Panik nahe, rang er um Worte, aber vergeblich. Beschämt wandte er ihr wieder den Rücken zu. »Das Alte Testament hatte doch recht. Gott ist rachsüchtig. Und er lässt mich büßen, dass ich Richard Mekins habe sterben lassen. Oder dass ich unfähig bin, meinen Sohn zu lieben. Es muss eines von beiden sein. Oder sogar beides. Aber … vermutlich spielt es gar keine Rolle, denn …«

Plötzlich lag ihre Hand auf seinem Arm, und sie drehte ihn zu sich um. »Ihr müsst damit aufhören«, befahl sie streng. »*Ihr* seid derjenige, der sich schuldig fühlt. Gott hat nichts damit zu tun. Ihr könnt Euch Eure Unzulänglichkeiten nicht vergeben, so wenig wie Ihr Euch vergeben könnt, was Richard geschehen ist. Eurem Bruder erst recht. Aber das müsst Ihr. Denn es lag nicht in Eurer Hand. Ihr müsst es wenigstens versuchen, sonst …«

Er legte zwei Finger auf ihre Lippen und schüttelte langsam den Kopf. »Was wisst Ihr von Schuld, Schwester? Ihr habt doch nur überlebt. Das ist weiß Gott keine Sünde.«

Janis schloss die Augen. Sie hob die Linke, ergriff die Hand, die immer noch an ihren Lippen lag, und drückte sie für einen Augenblick an ihre Wange. »Wenn du wüsstest …«, flüsterte sie.

Dann ließ sie ihn abrupt los, wandte sich ab und verschwand durch die Falltür, ohne ihn noch einmal anzuschauen.

Keinen Schlaf zu finden, war nichts Neues mehr für Nick. Aber in dieser Nacht war es anders als sonst. Er starrte nicht mit brennenden Augen in die Finsternis und sah vor sich seinen Bruder an dem dünnen Strick baumeln. Heute Nacht lag er still mit geschlossenen Augen in seinen Mantel gewickelt auf dem Fußboden der Dachkammer und dachte an Janis Finleys Wange unter seiner Hand. An die durchschimmernden Lider mit den honigfarbenen Wimpern. Er dachte daran, dass die Falltür ins Priorzimmer führte und das Priorzimmer eine Verbindungstür zu Janis' Schlafgemach besaß. Und als es Mitternacht wurde, konnte er der Versuchung nicht länger standhalten.

Lautlos öffnete er die hölzerne Falltür. Die Leiter war fortgeräumt worden, damit sie ihn nicht verriet, aber das machte nichts.

Er legte die Hände um die Kante der Luke, ließ sich langsam herab, und seine Zehenspitzen fanden den Fußboden, noch ehe seine Ellbogen ganz durchgedrückt waren, denn Nick war groß und das Priorzimmer niedrig. Schemenhaft sah er die Tür als dunkles Rechteck in der weiß getünchten Wand, und als er mit der flachen Hand dagegendrückte, stellte er fest, dass sie nur angelehnt war.

Mit einem Mal drohte ihn der Mut zu verlassen. Was, wenn sie aufwachte? Sie würde sich zu Tode erschrecken. Sie würde die falschen Schlüsse ziehen. Das hieß, sie würde genau die *richtigen* Schlüsse ziehen, aber sie würde seine Absichten missdeuten. Besser, er verdrückte sich schleunigst wieder …

Aber er sah sich außerstande. Magisch angezogen schlich er durch die Tür, und seine nackten Füße waren beinah geräuschlos auf den Holzdielen. Doch als er vor ihrem Bett ankam, zog er erschrocken die Luft ein: Janis war wach und sah ihm entgegen. Ihre Augen schienen in der Dunkelheit zu leuchten, aber ihre Miene war ernst.

Er blieb stehen und sah auf sie hinab. Lange, so kam es ihm vor. Dann schlängelte sich ein schlanker, nackter Arm unter der Bettdecke hervor, und die Hand ergriff die seine.

Janis zog ihn zu sich herab und schlug einladend die Decke zurück. Sie trug ein züchtiges Leinenhemd mit breiten Trägern, doch es war bis über die Knie hochgerutscht, sodass er freien Blick auf ihre Waden und Füße hatte, deren Winzigkeit ihn erheiterte.

Nick kniete sich auf die Bettkante. Janis' Einladung schien unmissverständlich, aber die Vorstellung dessen, was ihr geschehen war, machte ihn unsicher und, so fürchtete er, unbeholfen.

Wie um seine Bedenken zu zerstreuen, legte Janis seine Hand, die sie immer noch hielt, auf ihre linke Brust. Durch das alte, dünn gewordene Leinen spürte er die warme Nachgiebigkeit und strich mit dem Daumen behutsam über die Spitze, bis diese sich aufrichtete. Dann beugte er sich vor und berührte ihre Lippen mit seinen. Die ihren waren weich und kühl, und ihre Zunge wagte sich als erste vor, strich federleicht, beinah verstohlen über seine Unterlippe. Nick schob eine Hand in ihren Nacken und küsste sie leidenschaftlich, aber behutsam. Er wollte sie nicht bedrängen oder erschrecken. Mit der anderen Hand fuhr er über ihre Haare, um deren Beschaffenheit zu erkunden. Seidig, aber nicht so weich, wie er angenommen hatte. Er löste den langen geflochtenen Zopf und drapierte die honigfarbene Pracht um ihr Gesicht, bis der Anblick ihm perfekt erschien. Ohne verräterische Hast zog er sich Wams und Hemd über den Kopf und ließ sie zu Boden gleiten. Dann schnürte er die Kordel am Halsausschnitt ihres Hemdes auf, schob die Träger über ihre Schultern und entblößte ihre Brüste. Während er den Kopf darüber beugte und die Knospen abwechselnd mit der Zunge umspielte, streifte er das Hemd weiter abwärts und zog es ihr aus. Sie hob ein wenig das Becken, um ihm zu helfen, und ihre Atemzüge waren kürzer geworden.

Nick hielt einen Moment inne, um zu betrachten, was er enthüllt hatte: einen schlanken, beinah mageren Mädchenkörper. Die Taille war winzig, aber die Hüften breiter, als er sich vorgestellt hatte. Er war hingerissen von ihrem Bauchnabel, der wie ein kleiner Zierknopf aussah. Als sie ihm wieder die Hand entgegenstreckte, erzitterte ihre linke Brust ein klein wenig von der Bewegung.

Er nahm ihre Hand und legte sie auf seinen Schritt. Sein schmerzhaft pralles Glied zuckte unter der zaghaften Berührung, und Nick nahm die Unterlippe zwischen die Zähne und dachte: *Bitte, Janis, überleg es dir nicht noch anders …*

Das Gegenteil schien der Fall zu sein. Mit der Linken zog sie die Schleife auf, die seine Hosen zuschnürte, und griff hinein. »Beherzt« war das Wort, das ihm in den Sinn kam, und er biss sich auf die Zunge, um nicht zu lachen.

Er streifte die Hosen ab, doch als Janis ihn bei den Armen packte und zwischen ihre geöffneten Schenkel dirigieren wollte, schüttelte er den Kopf, löste sich und beugte sich über sie. Mit beiden Händen fuhr er über die Außenseite ihrer Beine, ergab sich dem himmlischen Gefühl dieses unglaublich weichen Flaums auf den Oberschenkeln, ließ die Hände nach innen und langsam weiter aufwärts wandern. Als er mit der Linken ihr Geschlecht erreichte, keuchte Janis leise, und er hielt sofort inne, doch sie schüttelte den Kopf und rieb sich an seiner Hand. Also machte er weiter, zog sie ein wenig höher und küsste sie wieder, während seine Hand sie erkundete und entzückte. Ihr Duft und ihre kleinen, kräftigen Hände, die von seiner Brust abwärts wanderten und sich schließlich seiner bemächtigten, wollten ihn um den Verstand bringen, aber er beherrschte sich noch. Erst als ihr Schaudern verebbt war, glitt er auf sie, und jetzt war es sein Atem, der rau war, denn er konnte keinen Herzschlag länger mehr warten. Mit der Hand führte er sein Glied zwischen ihre Schamlippen und stieß gierig in sie hinein, und darum war die Sperre durchbrochen, ehe er sie richtig wahrgenommen hatte. Erschrocken, hoffnungslos verwirrt hielt er inne, wollte sich auf die Ellbogen stützen und sie anschauen, aber sie hatte die Lider fest geschlossen und schlang die Arme um seinen Hals. Also machte er weiter, zu nah der Grenze jetzt, um es geruhsam anzugehen, aber noch ausreichend Herr seiner Sinne, um behutsam zu bleiben. Janis' Lippen zuckten dann und wann, aber nicht vor Schmerz, wusste er und sah gebannt zu, wie die Wangen sich röteten. Ein einziger kehliger Laut entschlüpfte ihr, als sie dieses Mal kam, der ihn mit Triumph erfüllte, und er vergrub das Gesicht an ihrem Hals und sog den Duft ihrer warmen Haut ein, als er sich in sie ergoss.

»Du weißt vom Schicksal der Schwestern von Wetherby.« Es war keine Frage.

»Ja.« Nick hob die Linke und strich ihr eine Haarsträhne von der Wange. »Ich hoffe, du kannst mir vergeben. Ich … konnte einfach nicht aufhören, an dich zu denken, und darum wollte ich wissen, wer du bist, und habe ein paar diskrete Erkundigungen eingezogen.«

Sie lagen auf der Seite und einander zugewandt, so nah, dass sie den Atem des anderen auf dem Gesicht spürten.

»Es gibt nichts zu vergeben«, erwiderte Janis. »Aber was immer du erfahren haben magst, die Wahrheit war es nicht, denn die kenne nur ich.«

Er nickte und wartete.

»Es war meine Gier nach Büchern, die meine Unschuld gerettet hat, ob du es glaubst oder nicht«, begann Janis schließlich. »Ich war nicht im Gutshaus, als Edmund Howard und seine Bestien es überfielen, sondern in der Kapelle. Ich wollte dort eine Kerze stibitzen, um weiterlesen zu können, sobald die Schwestern eingeschlafen waren. Ich hörte die Reiter, dann den Tumult. Das Feuer. Es flackerte vor den Fenstern der Kapelle.«

Nick nahm ihre Hand, legte sie auf seine Brust und bedeckte sie mit seiner Linken.

Sie sahen sich unverwandt in die Augen, als Janis fortfuhr: »Ich bekam Angst. Ich wusste, dass irgendetwas Grauenvolles im Gange war. Seit wir aus unserem Kloster vertrieben worden waren, fühlten wir uns schutzlos. Wir … haben versucht, auf Lady Katherine kleinem Gut so weiterzuleben wie zuvor, aber im Grunde haben wir alle gewusst, dass es gestohlene Zeit war. Dass es das Leben, welches wir gewählt hatten, nicht mehr geben konnte. Ich habe mich unter dem Altar versteckt. Das Altartuch hing fast bis zum Boden und bot mir einigermaßen Schutz vor Entdeckung. Aber ich habe alles gehört, was mit meinen Schwestern passierte. Alles. Ich habe versucht, mir die Ohren zuzuhalten, aber es half nichts. Ich habe ihre Schreie trotzdem gehört. Und ihr Blut gerochen. Durch den Spalt zwischen Altartuch und -stufen sah ich einen kleinen Ausschnitt des Fußbodens, und auf einmal lag Jenny Ormond da. Sie war noch so jung. Dreizehn vielleicht. Ein Mann stand breitbeinig neben ihr und hielt sie an den Haaren gepackt. Er muss sie … an den Haaren dorthin geschleift haben. Sie war nackt und ganz blutig zwischen den Beinen und rührte sich nicht mehr. Aber das hat ihn nicht gestört. Er hat sich auf sie fallen lassen … einfach auf sie fallen lassen mit seinem ganzen Gewicht und …« Ihre langsame Sprechweise und der sachliche Ton drohten sie im Stich zu lassen.

Nick strich mit der Hand über die ihre, die immer noch auf seiner Brust lag. »Lass dir Zeit.«

Janis fand die Fassung wieder. »Ich bin aus meinem Versteck gekrochen. Glaub ja nicht, das wäre mutig gewesen. Es war keine bewusste Entscheidung, der armen Jenny zur Hilfe zu kommen. Ich konnte nicht mehr denken. Mein Körper hat einfach gehandelt, glaube ich, weil er wusste, dass ich den Verstand verlieren würde, wenn ich länger tatenlos dort hocken blieb. Also bin ich aus meinem Versteck gekommen. Ich stand hinter diesem Mann, der meine bewusstlose Mitschwester schändete, und hinten in seinem Gürtel steckte ein Messer. Ich habe es genommen, ihn bei den Haaren gepackt und ihm die Kehle durchgeschnitten. Ich sehe noch genau meine Hände, wie sie es tun. Sie haben nicht einmal gezittert. Er fiel röchelnd auf die Seite, während er verblutete, und sah zu mir hoch. Auch er war noch ganz jung. Und die Furcht in seinen Augen war schlimmer als meine. Im Chaos der Hölle, zu der die Kapelle geworden war, merkte niemand, dass er dalag und starb. Niemand außer ihrem Anführer. Edmund Howard. Er kam mit erhobenen Fäusten auf mich zu. Sein Kopf war ganz rot, das Haar zerzaust, und das Gemächt hing ihm aus den aufgeschnürten Hosen. Er sah aus wie der Teufel selbst. Und er war betrunken. Als er bei mir ankam, ließ ich mich fallen und wollte ihm im Sturz sein bestes Stück abschneiden. Ich … ich war genauso von Sinnen wie er, glaube ich. Aber ich verfehlte mein Ziel und schlitzte ihm nur das Bein auf. Er stürzte, schlug mit dem Kopf auf die Kante des Altars und blieb liegen. Ich habe Jenny unter den Achseln gepackt und in mein Versteck gezerrt. Als es still wurde und die Kapelle zu brennen begann, habe ich sie in die Krypta hinuntergebracht. Und ich habe die Tür zugeschlagen und verriegelt. Ich bin nicht wieder hinaufgegangen, um zu sehen, ob ich meine übrigen Schwestern noch retten konnte. Meine Furcht war zu groß. Darum sind sie alle verbrannt. Alle außer Jenny und mir.« Sie schwieg einen Moment, ehe sie fortfuhr: »Ich habe zwei Menschen getötet, Nick. Denn ich weiß, dass Edmund Howard an den Folgen der Verwundung gestorben ist, die ich ihm beigebracht habe. Ich habe kein schlechtes Gewissen deswegen, denn sie haben Furchtbares getan, und ich habe in Notwehr gehandelt. Aber ich habe nicht einmal *versucht*, meine Schwestern vor dem Feuer in der Kapelle zu bewahren. Ich wusste genau, dass sie verbrennen oder ersticken würden, und habe nichts getan. Trotzdem habe ich überlebt. Du hast gesagt, das sei keine Sünde, aber du irrst dich. Jede von ihnen hatte genauso viel Recht weiterzuleben wie ich. Aber sie sind tot. Ich lebe. Weil ich Gott eine Kerze stehlen wollte«, schloss sie mit bitterem Hohn.

Er fragte sich, wo sie die Kraft gefunden hatte, um trotzdem irgendwie weiterzumachen. Und er nahm sich vor, sich ein Beispiel an ihrer Tapferkeit zu nehmen.

»Denkst du nicht, du bist sehr hart zu dir selbst?«, fragte er leise. »Das einzige, was du erreicht hättest, wenn du die Krypta verlassen hättest, wäre gewesen, das gleiche Schicksal zu erleiden wie deine Mitschwestern, und mit ihnen zu sterben.«

»Gut möglich«, räumte sie ein. »Aber das ändert nichts. Sie waren meine Schwestern. Sie hatten Schwächen und Fehler wie wir alle, aber sie wollten niemandem Übles, und sie hatten das gleiche Recht zu leben wie Jenny und ich.«

»Was ist aus ihr geworden?«, wollte er wissen. »Aus Jenny Ormond?«

»Ich habe sie mit nach Hause genommen. Nach Fernbrook. Dort hatte ich zwar keine Familie mehr, aber der Schmied hat uns versteckt, bis Jenny gesund genug war, um nach Derbyshire heimzukehren. Der Schmied hat sie hingebracht. Ihr Vater war auch bei der Gnadenwallfahrt und galt als verschollen, aber ihre Mutter war selig, sie zurückzuhaben.«

»Wenigstens sie hast du gerettet«, sagte Nick mit einem kleinen Lächeln und küsste sie auf die Stirn. »Und dich selbst. Du *musst* lernen, dir zu vergeben, Janis. Nicht du trägst die Schuld am Tod deiner Mitschwestern, sondern Howard. Und du … Du hast so viel Fröhlichkeit und Wärme in die Krippe gebracht. Wo wären die Kinder ohne dich?« Und wo wäre ich ohne dich, fügte er in Gedanken hinzu.

»Mach dir keine Sorgen um mich«, erwiderte sie ernst. »Ich habe gelernt, mit den Dingen zu leben, die passiert sind. Das ist mehr, als du von dir behaupten kannst.«

»Lord Waringham«, grüßte Erzbischof Cranmer mit einem verhaltenen Lächeln. »Sehr rücksichtsvoll, dass Ihr aus freien Stücken herkommt. Meine Leute sind momentan so überlastet, dass sie kaum die Zeit haben, einen Unsichtbaren zu suchen.«

Nick verneigte sich förmlich vor dem höchsten Kirchenfürsten Englands. »Ich hoffe, Ihr könnt mir vergeben, Exzellenz. Ich …«

Er biss die Zähne zusammen und atmete dann tief durch. »Es hat ein paar Tage gedauert, ehe ich dem … politischen Teil dieser Katastrophe ins Auge sehen konnte. Er kommt mir so grotesk vor. So banal, verglichen mit dem Tod meines Bruders.«

Cranmer nickte ernst und lud ihn mit einer Geste ein, in dem Sessel vor dem ausladenden Schreibtisch Platz zu nehmen. Es war ein erlesen ausgestattetes Gemach mit feinsten italienischen und flämischen Gemälden an den Wänden. Lambeth Palace, die Londoner Residenz des Erzbischofs, galt als einer der schönsten Paläste Englands.

»Welch bestechend aufrichtiges Eingeständnis«, bemerkte Cranmer. »Dergleichen bin ich nicht gewohnt. Normalerweise werde ich von früh bis spät belogen, vor allem in den letzten Wochen. Aber ich entsinne mich, Euer Vater war genauso. Ich kannte ihn recht gut, wisst Ihr.«

Nick nahm Platz und nickte. »Ich habe Eure Briefe an ihn gelesen.«

»Tatsächlich?« fragte Cranmer erstaunt. »Ich nehme an, Ihr würdet sie als ketzerisch bezeichnen?«

»Richtig. Aber ebenso als tiefgründig und gescheit. Eure gehörten zu den Schriften im Nachlass meines Vaters, die mich am meisten ins Grübeln gebracht haben.«

Der Erzbischof lehnte sich zurück, legte die Fingerspitzen zusammen und stützte das Kinn darauf. Er war ein auffallend gut aussehender Mann mit fesselnden, dunklen Augen. Obwohl er Mitte fünfzig sein musste, war sein Haar noch rabenschwarz. Die tiefen Furchen um die Mundwinkel waren der einzige Hinweis auf die Sorgen um König und Reich, die vermutlich nie größer gewesen waren als gerade jetzt. »Wenn ich sagte, Ihr seiet mir gegenüber skeptisch, aber nicht grundsätzlich feindselig eingestellt, würdet Ihr zustimmen?«, fragte er.

Darüber musste Nick einen Moment nachdenken. Früher hatte er immer einen bitteren Groll gegen Cranmer gehegt, aber eigentlich nicht gegen den Mann selbst, sondern gegen die mächtige reformerische Front, die der Erzbischof mit Cromwell gemeinsam gebildet hatte. Doch der Schurke war Cromwell gewesen, wusste

Nick. Cranmer vertrat Ansichten über Kirche, Gott und Staat, die Nick niemals würde teilen können, was indes nicht ausschloss, dass der Erzbischof möglicherweise trotzdem ein Ehrenmann war.

»Ich würde zustimmen«, räumte Nick ein. »Aber meine Meinung braucht Euch ja nun wirklich nicht den Schlaf zu rauben.«

»Sagt das nicht, Waringham. Ich bin am Ende meiner Weisheit. Der König verbarrikadiert sich in Whitehall und weint um sein treuloses Weib. Der Kronrat ist ruderlos und misstraut sich gegenseitig. Suffolk ist krank. Norfolk ist starr vor Furcht und verbringt seine Tage damit, dem König unterwürfige Briefe zu schreiben, in denen er ihn seiner ewigen Treue versichert. Nur ich bin übrig, um diesen Karren aus dem Dreck zu ziehen, und seid versichert, das wird nicht ohne schmutzige Hände abgehen.«

»Und was genau ist es, das Ihr von mir wünscht, Exzellenz? Ich muss Euch warnen: Meine Bereitschaft, mir für König Henry die Hände schmutzig zu machen, war noch nie besonders hoch, aber sie hat ihren Tiefpunkt erreicht. Er und seine verfluchten Weibergeschichten haben mich meinen Vater, beinah meinen Kopf und jetzt auch noch meinen Bruder gekostet und …« Er brach unvermittelt ab, ballte die Hand, die unter der Schaube verdeckt auf seinem Oberschenkel lag, und nahm sich zusammen. »Tut mir leid.«

Der Erzbischof winkte seufzend ab. »Schon gut, mein Sohn. Ich kann Euch verstehen. Was ich von Euch will, sind ein paar ehrliche Antworten, damit ich bei der Aufklärung der Fakten endlich weiterkommen kann. Unsere Wahrheitssuche gleicht derzeit dem langsamen Herausdrehen eines entzündeten Zahns, Mylord. Es schmerzt weit mehr als ein schneller Ruck mit der Zange. Also: Ist es wirklich wahr, dass Euer Bruder sich das Leben genommen hat? Es gab keinen maskierten Finstermann, der ihn ins Jenseits befördert hat?«

Nick schüttelte den Kopf. »Es kann keinen Zweifel geben. Er hat mir einen Brief hinterlassen.«

»Enthält der Brief ein eindeutiges Eingeständnis seiner verräterischen Liaison mit Katherine Howard?«

»Er erwähnt die Königin …«

»Das ist sie nicht mehr, Mylord.«

»... aber es ist kein eindeutiges Eingeständnis.«

»Kann ich den Brief sehen?«

»Nein. Ich habe ihn mit ihm begraben.«

»Ich nehme an, Ihr kennt den Wortlaut auswendig?«

»Ja, aber ich werde ihn nicht vor Euch wiederholen.«

Cranmer brummte missfällig, beharrte für den Moment jedoch nicht darauf. »Aber Ihr seid sicher, dass es eine solche Liaison gab?«

»Warum wollt Ihr das wissen?«, fragte Nick argwöhnisch. »Um auf einen Weg zu sinnen, mich für die Sünden meines Bruders büßen zu lassen, damit der König Genugtuung und davon wiederum bessere Laune bekommt?«

Cranmer lachte leise in sich hinein und schüttelte den Kopf. »Ich muss es wissen, weil Thomas Culpeper immer noch nicht alles gestanden hat. ›Leidenschaftliche Küsse‹ hat er eingeräumt. ›Heimliche nächtliche Treffen‹ und ›zärtliche Berührungen‹. Aber das reicht nicht. Francis Dereham hatte allem Anschein nach nur *vor* ihrer Ehe Beziehungen mit Katherine. Also brauche ich Culpepers Geständnis, um Katherine aufs Schafott zu bringen und England somit diesen schmerzhaften Zahn zu ziehen, bevor die Wunde zu schwären beginnt. Aber ehe ich Culpeper weiter foltern lasse, wüsste ich gern, ob er nicht vielleicht doch einfach die Wahrheit sagt. Anders formuliert, Mylord: Ich muss wissen, ob die junge Katherine sich wirklich mit anderen Männern eingelassen hat und wie weit genau sie dabei gegangen ist.«

»Und wenn ich es Euch sagte, wäre ich derjenige, der Thomas Culpeper auf die Streckbank schickt«, erwiderte Nick.

Cranmer lächelte freudlos. »*Ihr* wärt derjenige, der die Wahrheit gesagt hat. *Ich* wäre derjenige, der Thomas Culpeper auf die Streckbank schickt. Im Übrigen, Mylord, ist jedes Mitgefühl mit dieser widerwärtigen Kreatur Verschwendung.«

Das ist wahr, musste Nick einräumen. Er sah dem Erzbischof in die Augen. »Mein Bruder und Katherine Howard sind so weit gegangen, dass sie sich die Frage stellen mussten, was sie täten, wenn die Königin schwanger würde.«

Cranmer lehnte sich zurück und atmete tief durch. »Also ist es wahr. Wer war eingeweiht? Wer hat ihnen geholfen?«

»Das weiß ich nicht.«

Der Erzbischof zog die markanten Brauen zusammen. »Jetzt habt Ihr mich zum ersten Mal angelogen. Das solltet Ihr Euch lieber sofort wieder abgewöhnen. Sonst lasse ich Euren Bruder ausgraben und in Tyburn vierteilen.«

»Dafür müsstet Ihr erst einmal wissen, wo er liegt. Droht mir nicht, Exzellenz, sonst könnte ich auf die Idee kommen, publik zu machen, dass Ihr Eure Gemahlin heimlich zurück nach England geholt habt.«

Cranmer erstarrte für einen winzigen Moment, aber er überwand seinen Schrecken schnell. »Ah ja? Nun, wenigstens bin ich zu keiner Nonne ins Bett gestiegen, Mylord.«

Jetzt war es an Nick, schockiert zu sein. »Wie kommt Ihr …«

»Oh, spart Euch die geheuchelte Entrüstung. Euer Freund Eustache Chapuys ist nicht der einzige, der weiß, wie man brisante Geheimnisse in Erfahrung bringt.«

Nick dachte nach. Schnell. Es war erst eine Woche her, dass er und Janis die erste Nacht miteinander verbracht hatten, und sie waren äußerst vorsichtig und diskret. Er hielt es für ausgeschlossen, dass irgendwer Verdacht geschöpft hatte. Und wenn Cranmer wirklich etwas davon wüsste, hätte er auch wissen müssen, wo Nick sich versteckte. Warum hatte er ihn dann nicht holen lassen?

Nick entspannte sich. »Ihr blufft.«

Der ehrwürdige Erzbischof grinste schelmisch. »Aber nur ein bisschen. In einem Hurenhaus in The Stews gab es ein junges Geschöpf, das einen gewaltigen Groll gegen Euch hegt. Sie war anscheinend einmal Eure Dienstmagd, und Ihr habt sie fortgejagt, weil sie Euch für den armen Cromwell bespitzelt hat.«

»Helen«, knurrte Nick.

Cranmer nickte. »Sie ist eine so begabte Spionin, dass ich sie in meine Dienste genommen habe, und sie hat … Freundschaft mit Eurem Master Gerard geschlossen, der so zutraulich und arglos ist, dass er ihr all seine Sorgen und Gedanken anvertraut. Und er ist in größter Sorge um die Tugend der besagten Nonne.«

Nick schnaubte verächtlich. »Mir scheint, ich werde ein ernstes Wort mit Master Gerard reden müssen … Was habt Ihr für ein Interesse an unserem unbedeutenden kleinen Waisenhaus, dass Ihr ihn ausspionieren lasst?«

»Ich habe Interesse an Euch, an Nathaniel Durham und an Doktor John Harrison. Drei kluge Männer höchst unterschiedlicher religiöser Ansichten, jeder einflussreich auf seine Weise, die zusammen eine karitative Einrichtung gründen? Das ist sehr verdächtig, wie Ihr zugeben müsst.«

»Die Politik hat Euch gar zu argwöhnisch gemacht, scheint mir. Die Krippe ist keine Front für irgendwelche finsteren Verschwörungen.«

Cranmer nickte – offenbar nicht überzeugt. »Na schön, lassen wir Eure wohltätigen Werke und die Damen unseres Herzens fürs Erste aus dem Spiel. Zurück zur Sache. Wer hat für Katherine Howard und Euren Bruder den Hurenwirt gespielt?«

Nick stand auf und schüttelte den Kopf. »Tut mir leid, Exzellenz. Ich habe Euch gesagt, was Ihr wissen musstet. Mehr habe ich nicht zu bieten.«

»Lady Rochford?«, fragte Cranmer unbeirrt.

»Das kann ich mir nicht vorstellen. Sie ist ein unglückliches, scheues Geschöpf. Sie hätte niemals den erforderlichen Mut.«

»Oh, sagt das nicht. Sie war mutig genug, ihren eigenen Gemahl mit einer Lüge aufs Schafott zu bringen. Und wie verhält es sich mit Eurer Stiefschwester?«

»Louise?« Nick tat, als ließe er sich die Frage einen Moment durch den Kopf gehen. In Wahrheit musste er eine blitzschnelle Entscheidung fällen. Und was immer er sagte, es musste überzeugend sein. Schließlich winkte er ab. »Ich würde ihr beinah jede Niedertracht zutrauen, aber dass sie ihrem eigenen Bruder und ihrer Cousine hilft, sich in tödliche Gefahr zu bringen? Nein.«

Und er dachte: So, Dudley. Jetzt sind wir quitt. Ich habe getan, was ich konnte, um Brechnuss den Hals zu retten, weil du an ihr hängst. Und nun schulde ich dir nichts mehr.

Es hatte fast eine ganze Woche lang geregnet und gestürmt, aber am Sonnabend vor dem dritten Advent schlug das Wetter um. Es wurde klirrend kalt, und der Himmel über Kent war weit und blau.

»Gott sei gepriesen«, bemerkte der Stallmeister. »Noch ein paar Tage Training in diesem Sauwetter, und die Stallburschen wären uns davongelaufen.«

»Hör sich das einer an«, kommentierte Greg kopfschüttelnd, der mit einem Wassereimer in jeder Hand vorbeikam. »Als ob so ein bisschen Regen uns was anhaben könnte, Master Owen. Aber den Gäulen hat das Wetter zu schaffen gemacht …« Er trug den ersten Eimer in Estebans Box und hing ihn in die Halterung neben der gut gefüllten Krippe. »Vor allem Eurem andalusischen Prinzlein hier, Mylord«, fügte er hinzu, als er wieder zum Vorschein kam.

»Kein Wunder«, gab Nick zurück. »Da, wo er herkommt, gibt es nicht oft Regen, habe ich mir sagen lassen.«

»Dann lass uns hoffen, dass wir keinen Jahrgang wetterscheuer und übellauniger Gäule kriegen, wenn du ihn in die Zucht nimmst«, sagte Daniel.

»Wie wetterscheu und übellaunig sie werden, hängt wohl ganz davon ab, wie wir sie ausbilden, oder?«, konterte Nick, trat zu Esteban in die Box und steckte ihm einen schrumpligen kleinen Apfel zwischen die samtigen Lippen.

Esteban kaute geräuschvoll und schnupperte an Nicks Wams und Händen, um zu ergründen, ob vielleicht irgendwo noch ein Apfel versteckt war.

Nick klopfte ihm den Hals und beugte sich dann vor. »Her mit dem Huf, Esteban …«

Huldvoll gestattete der junge Andalusier ihm einen Blick unter den linken Vorderhuf. Nick begutachtete das neue Eisen kritisch und nickte dann. »Perfekt.« Er ließ den Huf los und richtete sich wieder auf. »Greg, sei so gut und sattel ihn mir, wenn du mit dem Füttern fertig bist.«

»Wird gemacht, Mylord.«

»Und wenn du es heute wieder versäumst, seine Mähne auszukämmen, reiß ich dir das Herz raus.«

»Sehr wohl, Mylord.«

Grinsend ging Nick weiter zur nächsten Box, um seinen Inspektionsgang fortzusetzen.

Wie so oft in der Vergangenheit war das Gestüt seine Zuflucht geworden, war der Ort in Waringham, wo er Zerstreuung und manchmal sogar so etwas wie Zufriedenheit finden konnte. Madog und Simon machten ihm keine Vorwürfe, dass er all seine anderen Aufgaben vernachlässigte, im Gegenteil, sie ermunterten ihn, sich der Arbeit in den Stallungen zu widmen. Sie waren in Sorge um ihn, wusste er, aber sie setzten ihm nie zu, sondern ließen ihm das, was er wollte: seine Ruhe.

Es waren schwere Wochen für Nick. Zuerst hatte er es kaum ausgehalten, in Waringham zu sein. In dem Bett zu schlafen – oder meistens nicht zu schlafen –, in welchem sein Bruder gelegen und so unerträgliche Gedanken gedacht hatte, dass er hatte aufstehen und sich im Stall erhängen müssen. An dem Tisch zu sitzen, wo Raymond seinen Abschiedsbrief geschrieben hatte. Oder den neuen Pferdestall zu sehen, den Madog im Hof hatte bauen lassen. Das Gebäude sah ganz anders aus als das alte; die jungen Nadelholzbretter schimmerten noch gelblich weiß, weinten Harztropfen und dufteten, aber dennoch brachte Nick es kaum fertig, es zu betreten.

Immerzu drängte es ihn, aus Waringham zu fliehen, nicht nur um den Erinnerungen zu entkommen, sondern weil es ihm so vorkam, als könne allein Janis seine Dämonen fernhalten und den Schmerz lindern. Er sehnte sich nach ihr, wollte ihre Stimme hören, ihre Hände spüren und ihr Gesicht sehen. Er wollte Trost in ihrer Gegenwart finden und Vergessen in ihrem Bett. Aber er wusste ganz genau, dass er das nicht durfte, sich höchstens dann und wann ein klein wenig davon gönnen konnte. Denn nicht Mitgefühl war es, das er von ihr wollte. Er hatte auch gar kein Recht, sich auf sie zu stützen, hatte sie doch genug damit zu tun, selbst aufrecht zu stehen. Und nicht London, nicht die Krippe oder Janis'

Bett war der Ort, an dem er sein und mit dem er seinen Frieden machen musste, sondern Waringham.

Kurz vor Mittag kehrte er auf die Burg zurück. Alice oder Josephine hatten ihm einen Teller mit Brot hingestellt, das in ausgelassenem Speck gebraten worden war, und einen Becher Ipogras, der noch dampfte. Nick trank dankbar einen Schluck von dem warmen Würzwein und griff eher pflichtschuldig nach dem Brot, als es klopfte und Madog den Kopf durch die Tür steckte. »Nick?«

»Komm rein.«

»Du ... hast Besuch.«

Ehe Nick fragen konnte, um wen es sich handelte, hörte er das altvertraute Zetern von der Treppe: »Was denkt Ihr Euch eigentlich, mich wie einen Bittsteller warten zu lassen, Ihr walisischer Lump?«

Nick verzog angewidert den Mund. »Ah. Die böse Sumpfhexe ...« Er trank noch einen ordentlichen Zug, um sich zu wappnen, und stellte den Becher dann auf den Tisch.

Im nächsten Moment kam seine Stiefmutter hereingefegt, gefolgt von Brechnuss und Jerome Dudley.

»Du hast dir wohl eingebildet, du könntest dich vor mir verstecken!«, schleuderte Lady Yolanda ihm entgegen.

»Und warum in aller Welt sollte ich das tun?«, erkundigte er sich scheinbar höflich.

»Weil du deinen Bruder auf dem Gewissen hast, du ... du *Ungeheuer!*«

»Mutter ...«, protestierte Brechnuss, und es klang halb resigniert, halb erschrocken.

Nick betrachtete seine Stiefschwester einen Moment und rätselte, was wohl in ihr vorgehen mochte. Wie seit jeher fand er es unmöglich, sich in sie hineinzuversetzen. Also wandte er sich wieder an Yolanda. »Seid Ihr sicher, dass Ihr diesen Pfad einschlagen wollt, Madam? Nicht ich war es, der Raymond an den Hof geschickt hat, in diesen Sumpf aus Lügen und Eitelkeiten. Oder der ihm die Tür zum Schlafgemach der Königin aufgeschlossen hat«, fügte er hinzu, und für einen Lidschlag glitt sein Blick wieder zu Louise.

Lady Yolanda fing an zu weinen, sank auf einen der brokatgepolsterten Sessel, verschränkte die Arme auf dem Tisch und bettete den Kopf darauf. »Mein Sohn ... mein geliebtes Kind ...«

Nick verabscheute ihr Geheul, aber er hörte den Schmerz in ihrer Stimme sehr wohl. Reglos stand er ein paar Schritte von ihr entfernt und sah auf sie hinab.

Louise trat zu ihrer Mutter, legte ihr die Hände auf die Schultern und sagte leise. »Schsch. Du musst dich beruhigen. Es war so wenig Nicholas' Schuld wie deine oder meine ...«

Sumpfhexe fuhr auf und schüttelte die tröstenden Hände ab. »Oh doch, es ist seine Schuld! Ich habe Raymond zu ihm geschickt, damit er ihm hilft, und sieh dir an, wie famos er das getan hat ...«

»Madam, ich denke, ich habe genug gehört«, unterbrach Nick. »Wie ich Euch bereits bei Eurer Abreise sagte, seid Ihr in Waringham nicht länger willkommen. Ich muss Euch daher bitten ...«

»Ich will sein Grab sehen!«, fiel sie ihm ins Wort. Sie keifte schon wieder, aber immer noch rannen Tränen über ihre Wangen.

Die Tränen machten das Gesicht nicht hübscher, stellte Nick mit distanziertem Abscheu fest. *Er hat kein Grab*, lag ihm auf der Zunge. Ihre Anschuldigungen hatten ihn getroffen, und es drängte ihn, zurückzuschlagen, ihr so weh zu tun, wie er konnte. Aber er beherrschte sich. Bei allem Zorn war er doch in der Lage, anzuerkennen, dass sie eine Mutter war, die ihr Kind verloren hatte. Womöglich war ihr Schmerz größer als seiner. »Er liegt auf der Tain-Lichtung im Wald«, sagte er. »Es steht Euch frei, hinzugehen, ehe Ihr aufbrecht.«

»Wo soll das sein?« Sie zog ein Taschentuch aus dem Ärmel und wischte sich das Gesicht ab. »Ich weiß von keiner Lichtung.« Yolanda erhob sich, und sie musste sich einen Moment auf die Tischkante stützen. »Du warst ein unausstehliches Kind, Nicholas. Rebellisch, hochmütig, selbstsüchtig und verschlagen. Und du hast dich nicht geändert. Verflucht sollst du sein!«

Damit wandte sie sich ab und trat durch die Tür, die Madog ihr höflich aufhielt.

Die Stille, die sie zurückließ, war so unheilvoll und aufgeladen wie die Sommerluft vor einem Gewitter.

Erwartungsgemäß war es Jerome Dudley, der sie brach. »Ich hoffe, du kannst Nachsicht üben, Nick. Sie ist ...«

»Schon gut«, unterbrach Nick.

»Sie hat nicht wirklich gemeint, was sie sagte«, versuchte Dudley es noch einmal.

»O doch. Das hat sie«, widersprach Nick und zuckte die Schultern. »Aber ich hatte nichts anderes erwartet.«

»Nun, wie dem auch sei, Louise und ich sehen die Dinge anders.« Erwartungsvoll wandte er sich an seine Frau. »Du wolltest ihm etwas sagen, oder?«

Sie nickte und trat zögernd einen Schritt näher. »Ich weiß, dass du Cranmer um meinetwillen belogen hast, Nicholas. Vermutlich hast du mein Leben gerettet. Ich ... wollte dir danken.«

Verblüfft starrte Nick sie an. Wahrscheinlich konnte niemand außer ihm wirklich ermessen, was diese Worte seine Stiefschwester gekostet hatten. Er kam nicht umhin, ihr Hochachtung zu zollen. »So wie du Anne Boleyn in den Arm gefallen bist, als sie mich erschießen wollte«, hörte er sich antworten. »Ich schätze, ich war dir etwas schuldig.«

Sie kniff die Augen zu und rang einen Moment um Haltung. Jerome trat zu ihr und legte ihr einen Arm um die Taille. Louise sagte zu Nick: »Ich habe Raymond und Katherine bei ihren Rendezvous geholfen, um sie zu schützen. Um uns alle zu schützen, genauer gesagt. Er ... er war so leichtsinnig und waghalsig in seiner Schwärmerei, dass er zu jedem verrückten Risiko bereit war. Ich hatte solche Angst um ihn. Also habe ich ihnen geholfen, weil ich dachte, so könnte ich ihn retten. Nur hat es nichts genützt. Weil er ... weil er gar nicht gerettet werden wollte.«

»Nein, das ist wahr«, räumte Nick ein. »Und ich wollte ihn fortschicken, damit er vor dem Zorn des Königs sicher ist. Zu entfernten Verwandten in die Bretagne. Ich ... habe den gleichen Fehler gemacht wie du. Ich habe einfach nicht gesehen, dass er Hilfe ganz anderer Art gebraucht hätte.«

»Falls ihm überhaupt irgendwer hätte helfen können«, schränkte Jerome ein.

Nick hob die Schultern. »Das werden wir nie wissen.« Er sah seine Stiefschwester wieder an. »Soll ich dich zu der Lichtung bringen?«

Sie schüttelte mit einem kleinen Lächeln den Kopf. »Ich weiß, wo sie ist. Sie war mein Versteck ebenso wie eures. Nur bin ich immer fortgeschlichen, wenn ich deine Schwester und dich kommen hörte.«

Er nickte wortlos. Er hatte nie angenommen, dass es für sie leichter gewesen sei als für Laura oder ihn.

»Lasst uns zusammen hingehen«, schlug Jerome impulsiv vor. »Vielleicht bringt ihr es am Grab eures Bruders ja fertig, euch nur ein einziges Mal die Hand zu reichen. Für ihn. Für sein Andenken. Ihr wisst doch genau, wie sehr er sich immer gewünscht hat, ihr könntet Frieden schließen.«

Nick und seine Stiefschwester tauschten einen verstohlenen, skeptischen Blick.

Jerome ging zur Tür, öffnete und sah die Stiefgeschwister erwartungsvoll an. Beide zögerten noch einen Moment. Dann folgten sie ihm hinaus.

Greenwich, Februar 1542

»Das war das abscheulichste Weihnachtsfest, das ich bei Hofe je erlebt habe«, befand Mary. »Das Christfest nach dem Tod von Jane Seymour war schon schlimm. Aber dieses Jahr …« Sie schüttelte den Kopf.

»In Waringham war die Weihnachtsstimmung auch schon ausgelassener«, bemerkte Nick.

Seite an Seite stapften sie durch den Schnee wie ungezählte Male zuvor. Die Parkanlagen des Palastes in Greenwich reichten kaum aus, um Marys Bewegungsdrang zu genügen, darum absolvierte sie die komplette Runde über die geschlängelten Pfade mindestens zweimal bei jedem ihrer Spaziergänge. Eine milchige Sonne schien durch die Wolkendecke und ließ die Eiszapfen an den kahlen Bäumen dann und wann silbrig schimmern. Der Weiher war zugefroren, und die Welt war still.

»Um dir die Wahrheit zu sagen, Nick, ich habe Mühe, Mitgefühl für meinen Vater aufzubringen«, bekannte die einstige Prinzessin unvermittelt.

Nick wandte den Kopf und studierte einen Moment ihr Gesicht. Es war ernst wie meistens, aber er entdeckte einen neuen Zug um den Mund, der vielleicht Bitterkeit, vielleicht auch nur Entschlossenheit ausdrückte, der ihre Lippen jedenfalls schmal erscheinen ließ und ihr deswegen nicht stand. »Das überrascht mich«, gestand er. »Früher hattest du immer Verständnis und Mitgefühl für deinen Vater, ganz gleich, was er dir antat.«

»Ich weiß«, räumte sie ein, nahm die Linke aus dem Pelzmuff und brach versonnen einen besonders schönen, filigranen Eiszapfen von einem Strauch voll leuchtend roter Beeren. »Früher habe ich ihn angebetet. So sehr ich meine Mutter geliebt habe; mein Vater war der Mittelpunkt meines Lebens. Und ich habe das nie hinterfragt, denn es ist das, was Gott uns befohlen hat.«

»*Du sollst Vater und Mutter ehren*, heißt es in der Bibel. Von ›anbeten‹ steht dort nichts.«

»Hm«, machte sie zustimmend. »Doch selbst ›ehren‹ fällt mir heute oft schwer. Nicht weil er alt und feist geworden ist und vor Selbstmitleid zerfließt.«

»Sondern?«

Mary antwortete nicht sofort. Sie zog mit ihrem Eiszapfen eine Furche in das Schneehäubchen auf der Krone einer niedrigen Buchenhecke. »Der König ... zerstört alles, was er berührt, Nick.«

»Ja, ich weiß.« Er warf einen kurzen Blick über die Schulter, aber Lady Claire war wieder einmal dreißig Schritt zurückgefallen. Sie waren allein.

Mary blieb an einer Laube stehen, wo im Sommer Weinranken eine steinerne Bank beschatteten. Jetzt waren die knorrigen Zweige kahl, aber die Bank war trotzdem fast trocken. Nick wischte mit dem Ärmel darüber, und nachdem Mary Platz genommen hatte, setzte er sich neben sie.

Sie wandte sich ihm zu. »Es tut mir so leid wegen deines Bruders.«

Das traf ihn unvorbereitet. »Tatsächlich? Ich hatte damit gerechnet, dass gerade du seine Tat auf das Schärfste verurteilen würdest.«

»Und eigentlich sollte ich das auch, nicht wahr? Es *ist* eine furchtbare Sünde. Aber ganz gleich, wie ich es betrachte, komme ich immer wieder zu dem Schluss, dass auch dein Bruder zu den Menschen zählt, die der König zugrunde gerichtet hat. Natürlich hätte Raymond sich niemals mit der Königin einlassen dürfen. Aber ebenso wahr ist: Der König hätte sie niemals heiraten dürfen. Die Gründe, warum er es getan hat, waren allesamt die falschen. Und ich sage dir, es ist keine Kette unglücklicher Zufälle, dass sie schon seine fünfte Gemahlin war. Alle vorherigen hat er auch zerstört. Meine Mutter, weil er Anne Boleyn um jeden Preis besitzen musste. Anne Boleyn, weil sie ihm keinen Sohn schenken konnte. Jane Seymour, weil er trotz ihrer inständigen Bitten keine Hebammen bei der Geburt meines Bruders zugelassen hat. Anna von Kleve hat Glück gehabt, weil sie ihm nicht nah genug gekommen ist, um seiner Zerstörungswut anheimzufallen, aber sind wir mal ehrlich: Ihr Leben ist ein Trümmerhaufen. Und jetzt Katherine Howard, dieses blöde Gänschen, weil sie in anderen Betten gesucht hat, was er ihr nicht geben konnte.«

Nick war geneigt, seinen Ohren zu misstrauen. Nicht nur diese für Marys Verhältnisse schamlose Unverblümtheit, vor allem die schonungslose Abrechnung mit ihrem Vater erschienen ihm so vollkommen untypisch, dass es ihn hoffnungslos verwirrte. Einen verrückten Moment lang fragte er sich gar, ob Mary ihm eine Falle stellte.

»Er ist wie ein ungezogenes, selbstsüchtiges Kind«, fuhr sie fort. »Alles, *alles* muss er auf der Stelle haben, und wenn er es hat, spielt er damit, und wenn es ihn schließlich langweilt, zerbricht er es. Kein Mensch außer ihm selbst hat die geringste Bedeutung für ihn. Er ist ganz und gar unfähig, einen anderen zu lieben. Oder

Gott zu lieben. Gott ist ihm völlig gleich. Offen gestanden, Nick, mir graut vor meinem Vater. Ich gelange allmählich zu der Überzeugung, dass er in die Hölle kommen wird, wenn er stirbt. Verdientermaßen.«

»Gut möglich«, stimmte er zu. Und endlich wurde ihm klar, was ihr so gründlich die Augen geöffnet hatte. »Es war die Hinrichtung deiner Lady Margaret, die dich zu diesen Erkenntnissen geführt hat?«

Mary zuckte die schmalen Schultern. »Es ist nicht so, als hätte ich solche Dinge nicht schon früher gedacht. Und es stimmt. Das Schicksal der Poles, vor allem Lady Margarets, natürlich, hat mich ins Grübeln gebracht. Aber seltsamerweise hat nichts mich so zornig auf meinen Vater gestimmt wie der Selbstmord deines Bruders. Ich weiß doch genau, was er dir bedeutet hat und …«

Nick wandte den Kopf ab und hob abwehrend die Rechte. »Nein, Mary, bitte. Sprich nicht weiter.«

»Vergib mir. Was ich eigentlich meinte, war: Alle Könige lassen Menschen hinrichten oder bringen Krieg und Tod über ihr Land oder das eines anderen. Aber ein König, der seine Untertanen in solche Verzweiflung treibt, dass sie keinen anderen Ausweg sehen, als sich das Leben zu nehmen, das hat Seltenheitswert. Ich frage mich, was ich tun kann, damit mein Bruder anders wird.«

Mit einem kleinen Ruck kehrte Nick aus düsteren Gefilden zurück. Er dachte einen Moment nach. »Nicht viel mehr als das, was du ohnehin schon tust: Du gibst ihm ein gutes Beispiel mit deiner Güte und Mildtätigkeit. Mit deiner Art, Entscheidungen zu treffen: unbestechlich, wohlüberlegt und im Einklang mit dem Wort Gottes. Der Rest liegt bei seinen Erziehern und Lehrern, oder?«

»Edward und Thomas Seymour«, knurrte sie unwirsch. »Die Brüder seiner Mutter sind es, die die Erziehung des Prinzen lenken und überwachen, und sie sind Reformer der schlimmsten Sorte.«

»Das muss nicht zwangsläufig bedeuten, dass sie schlechte Menschen sind«, wandte er ein.

»Doch, Nick, das tut es. Denn wer sich gegen die Kirche auflehnt, lehnt sich ebenso gegen Gott auf – ganz gleich, ob er es weiß oder nicht –, und wer sich gegen Gott auflehnt, stellt sich auf die Seite des Bösen. Dazwischen ist nichts.«

Er teilte diese Ansicht nicht. Er war überzeugt, sein Vater war ein guter und gottesfürchtiger Mann gewesen. So wie viele der Reformer, deren Briefe an seinen Vater Nick studiert hatte – der fürchterliche Doktor Luther eingeschlossen. Aber er wusste, er würde Mary niemals davon überzeugen, und er fühlte sich zu ausgelaugt, um es nochmals zu versuchen.

»Wer weiß«, antwortete er lahm und erhob sich von der steinernen Bank. »Vielleicht ist es so. Lass uns zurückgehen, Hoheit. Es ist kalt.«

Mary folgte seinem Beispiel und hängte sich bei ihm ein. Nick lotste sie auf dem kürzesten Weg zurück zum Palast, wofür Lady Claire ausgesprochen dankbar schien.

Vor dem Portal stießen sie auf Elizabeth und Eleanor, die mit Robin Dudley zusammen einen Schneemann bauten. Die Kinder begrüßten den Earl of Waringham stürmisch. Nick hob seine Tochter kurz auf den Arm und dachte flüchtig, wie gut sie nach Schnee duftete und welch erstaunliche Wärme sie ausstrahlte.

»Denkt ihr, Schneemänner sind der richtige Zeitvertreib für zwei junge Ladys von beinah neun Jahren?«, fragte Mary ihre Schwester kritisch.

»Oh, sei doch nicht so miesepetrig, Mary«, gab Elizabeth wegwerfend zurück. »Hilf uns lieber. Lord Waringham, wollt Ihr uns nicht Euer Barett für den Schneemann überlassen?«

»Bedaure, Lady Elizabeth, aber ich brauche es für den Heimritt. Ihr wollt nicht schuld sein, wenn mir unterwegs die Ohren einfrieren und abfallen, oder?«

Sie winkte ab. Es war eine Geste königlicher Ungeduld, die ihn sehr an ihren Vater erinnerte. »So etwas gibt es in Wirklichkeit gar nicht«, belehrte sie ihn.

»Ich bin nicht so sicher«, widersprach er und wandte sich wieder an Eleanor. »Wo steckt denn dein Bruder? Wieso spielt er nicht mit euch?«

»Er ist krank, Vater.«

»Krank? Was fehlt ihm denn?«

»Es ist nur eine Erkältung«, beruhigte Mary ihn. »Er hat hohes Fieber, aber Doktor Hopkins, der Leibarzt meines Bruders, sagt, das sei bei Kindern ganz normal. Der Prinz hat das gleiche; auch er muss das Bett hüten.«

»Verstehe.« Er bemühte sich, seine Beunruhigung nicht zu zeigen, denn er wusste selbst, sie war albern. Seit sein Bruder sich das Leben genommen hatte, argwöhnte er immerzu, die nächste Katastrophe lauere schon auf ihn, weil Gott es auf ihn und die Seinen abgesehen habe. Ein solcher Verdacht sei dumm und vermessen, hatte Simon ihm erklärt, aber Nick fand es schwierig, ihn abzuschütteln.

Also ging er auf dem schnellsten Weg zu der Kammer im ersten Obergeschoss, die Francis mit den beiden Dudley-Jungen teilte, und wie erwartet fand er Polly am Bett ihres Sohnes.

»Wie geht es ihm?«, fragte Nick grußlos, die Stimme gesenkt, und beugte sich über das Bett.

Francis schlief ruhig, aber seine Wangen waren unnatürlich gerötet. Nick legte die Hand auf die Stirn des Jungen. Sie glühte.

»Vorletzte Nacht war ich in Sorge«, bekannte Polly. »Aber jetzt geht es aufwärts.«

Er richtete sich auf, sah sie an und nickte.

Sie erwiderte seinen Blick. Der ihre war bekümmert und vorwurfsvoll – wie üblich. Lautlos zog sie den Bettvorhang ein Stück zu und führte Nick einige Schritte Richtung Fenster, um das schlafende Kind nicht zu stören.

»Nick«, begann Polly ein wenig atemlos. »Es tut mir so leid, was mit deinem Bruder …«

»Ich will das nicht hören«, fiel er ihr ins Wort, gedämpft, aber scharf. »Von dir schon gar nicht. Dir kann es doch nur recht sein, dass alles so gekommen ist. Raymond ist keine Bedrohung mehr für die Erbschaft deines Sohnes, nicht wahr?«

Polly zog erschrocken die Luft ein. »Wie kannst du so etwas sagen?«, hielt sie ihm vor. »Du hast kein Recht, mir etwas so Abscheuliches zu unterstellen.«

»Vielleicht nicht«, erwiderte er und musterte sie von Kopf bis

Fuß, ohne sich zu entschuldigen. »Aber wie dem auch sei. Da es sich nun einmal nicht ändern lässt, dass dein Sohn mein Erbe wird, möchte ich, dass er in Waringham aufwächst, damit er lernt, was der Name bedeutet.«

»Du holst uns nach Hause?«, fragte Polly, und in ihrer Miene spiegelte sich Freude ebenso wie Furcht vor den Anfeindungen, die sie dort gewiss wieder erwarten würden.

Nick schüttelte den Kopf. »Die Rede war von Francis. Er wird im Mai sieben, genau die richtige Zeit also, dass er sich von deinen Schürzenbändern löst. Im Frühling werde ich ihn nach Hause holen. Du und Eleanor werdet vorerst hierbleiben.«

Polly wandte sich von ihm ab und schlug die Hände vors Gesicht. Sie gab keinen Laut von sich, aber ihre Schultern bebten.

Nick blickte auf sie hinab und empfand überhaupt nichts. »Sei so gut, erspar mir deine Tränen, Lady Waringham. Du bekommst immerhin, was du mir vor einem halben Jahr noch abpressen wolltest.«

Er stand fröstelnd vor dem Portal und wartete auf sein Pferd, als eine Gruppe von drei Reitern durchs Torhaus kam. Nick erkannte den vordersten, trat lächelnd zu ihm, als er angehalten hatte, und hielt ihm höflich den Steigbügel. »Schön, Euch genesen zu sehen, Mylord. Ich wünsche Euch ein glückliches neues Jahr.«

Ächzend saß der Duke of Suffolk ab. Er war im Laufe der letzten Jahre ein wenig in die Breite gegangen, wenn auch bei weitem nicht so wie König Henry. Seufzend drosch er Nick auf die Schulter. »Und dir ebenfalls, mein Junge. Möge es besser werden als das letzte.«

»Danke. Was verschlägt Euch nach Greenwich?«

»Das Bedürfnis, mit einem Menschen aus der königlichen Familie zu sprechen, der noch halbwegs bei Verstand ist«, gab Suffolk mit der ihm eigenen Direktheit zurück. »Ich will zu Lady Mary.«

»Ihr dürft dreimal raten, wo sie steckt.«

»In der Kapelle.«

»Richtig.«

Der ältere Mann seufzte und drückte verstohlen die Hand ins Kreuz. »Dann werde ich drinnen auf sie warten. Komm mit hinein und trink einen Becher mit mir, Nick. Selten war mein Herz schwerer als heute.« Und doch huschte ein unkompliziertes, jungenhaftes Lächeln über sein Gesicht, als er den Schneemann entdeckte. Der Duke of Suffolk, argwöhnte Nick, war zu oberflächlich, um auch nur zu ahnen, was ein schweres Herz war.

Während die Begleiter des Herzogs die Pferde den herbeigeeilten Pagen übergaben, begleitete Nick seinen Paten zurück in die beheizte kleine Halle im Erdgeschoss. »Ich muss bald aufbrechen, wenn ich vor dem Schließen der Stadttore in London sein will«, bemerkte er mit einem Blick auf die kunstvoll gefertigte Uhr, die in ihrem goldenen Gehäuse auf einem filigranen Tischchen an der Wand stand. »Aber für einen Becher reicht die Zeit wohl noch.«

Er schickte nach heißem Wein.

»Wieso verbringst du die Nacht nicht hier in den Armen deiner bildschönen Frau?«, fragte Suffolk und wärmte sich die Hände über dem Kaminfeuer.

»Weil ich fürchten müsste, mit einem Dolch zwischen den Rippen aufzuwachen. Wir … haben uns entfremdet.«

»Wirklich?« Suffolk schien aus allen Wolken zu fallen. »Was hast du angestellt?«

»Wieso seid Ihr so sicher, dass ich der Schuldige bin?«, erkundigte Nick sich säuerlich.

Der Herzog hob die massigen Schultern. »Weil es meistens die Kerle sind, die eine gut funktionierende Ehe ruinieren. Treue liegt nun mal nicht in unserer Natur, Nick. Und das können die Damen nicht verstehen.«

»Nun, unsere letzte Königin hat eindrucksvoll bewiesen, dass es nicht immer die Männer sind, die sich der Untreue schuldig machen.«

Suffolk stieß einen angewiderten Laut aus. »Das kannst du laut sagen.« Er unterbrach sich, weil der Diener mit dem Wein kam. Als er den Raum wieder verlassen hatte, fuhr der Herzog fort: »Ich hatte das zweifelhafte Vergnügen, sie heute früh in den Tower zu bringen, unsere treulose kleine Königin.«

»Oh.« Nick trat zu ihm ans Feuer und stellte seinen Becher aufs Kaminsims. »Warum Ihr?«

»Cranmer hat mich gebeten«, antwortete er. »Er meinte wohl, das arme Kind brauche ein wenig väterlichen Zuspruch.«

»Und? Brauchte sie Zuspruch?«

Suffolk schnitt eine kleine Grimasse. »Es hat nicht viel genützt. Sie war … hysterisch. Vollkommen außer sich vor Furcht, als ich ihr eröffnete, wohin ich sie zu bringen hatte. Ich bin kaum mit ihr fertig geworden. Ganz gleich, was ich sagte, sie hat geheult und sich die Haare gerauft und nach Luft gejapst. Es war … erbarmungswürdig.«

»Gut«, sagte Nick leise. »Wenn Gott gerecht ist, schickt er Katherine Howard denselben Henker wie Cromwell oder der armen Lady Margaret. Eigentlich ist die Axt viel zu schade für sie.«

»Ja, ich verstehe, dass du verbittert bist.« Suffolk trank vorsichtig von dem heißen Wein und setzte sich in einen der damastbezogenen Sessel am Kamin, der zu klein und zerbrechlich für den stämmigen Herzog wirkte. »Aber Katherine zahlt für ihre Sünden, glaub mir. Unser Weg führte natürlich unter der London Bridge hindurch. Ich habe versucht, das Mädchen abzulenken, aber sie hat die Köpfe von Dereham und Culpeper trotzdem gesehen. Da war's dann wieder vorbei mit ihrer Haltung, das kannst du mir glauben. Junge, sie hat … *gekreischt*.«

»Vermutlich nicht so wie Dereham«, warf Nick flapsig ein.

Francis Dereham und Thomas Culpeper waren Anfang Dezember hingerichtet worden. Dereham hatte in Tyburn den grauenvollen Verrätertod erleiden müssen, Culpeper – obwohl doch der weitaus schlimmere Sünder – war mit dem Henkersbeil davongekommen. Auch Nick hatte ihre Köpfe über der Brüstung der London Bridge thronen sehen, und sie boten wirklich keinen schönen Anblick.

»Ich kann dir sagen, Nick, ich war erleichtert, als ich Katherine dem Constable im Tower übergeben habe. Der es allerdings bei Weitem nicht so gut versteht, hysterische Gefangene zu beruhigen wie der gute alte William Kingston. Es ist wirklich ein Jammer, dass Kingston gestorben ist, weißt du, gerade in Zeiten wie diesen braucht der Tower einen fähigen Constable.«

»Wer ist der Neue?«

»Sir John Gage. Kein Mann nach meinem Geschmack, wenn du die Wahrheit wissen willst. Und er verliert schon die Lust an seinem Amt, hat er mir anvertraut. Es ist so voll im Tower, dass er gar nicht mehr weiß, wohin mit den Häftlingen.«

»Ja, das kenne ich …«

»Wenigstens Norfolks Mutter durfte er auf freien Fuß setzen, aber er hat immer noch mehr Damen in Gewahrsam, als ihm lieb ist. Und Lady Rochford hat den Verstand verloren.«

»Sagt nicht, der Kronrat hat sie foltern lassen.«

Suffolk schüttelte den Kopf. »Das war nicht nötig. Sie redet und redet und redet. Aber sie weiß, dass ihr Kopf fällig ist. Schließlich hat sie jedes Stelldichein zwischen Katherine und Culpeper arrangiert. Nichts kann sie retten. Ich schätze, sie hat aus Angst den Verstand verloren. Na ja, sie war seit jeher ein nervöses, unglückliches Ding.«

Nick leerte seinen Becher und stellte ihn auf den Tisch. Er hatte genug gehört. Er kam nicht umhin, an die mausgraue, ewig betrogene Lady Rochford zu denken, der er bei Anne Boleyns Krönung begegnet war. Gewiss, es war abscheulich von ihr gewesen, ihren eigenen Gemahl mit einer Lüge aufs Schafott zu bringen, aber wenn man ein bisschen genauer hinschaute, war auch sie ein Opfer von König Henrys grenzenloser Selbstsucht. Es war genau, wie Mary gesagt hatte: Dieser König zerstörte alles und jeden, der in Berührung mit ihm kam.

»Ich hoffe, das es jetzt zügig geht«, bekannte der Duke of Suffolk. »Der König leidet wie ein Hund. Je eher Katherine tot und begraben ist, desto schneller kann er anfangen, diese ganze verdammte Sache hinter sich zu lassen.«

»Und?«, fragte Nick spöttisch. »Was wird er tun, um sich von seinem Kummer abzulenken? Heiraten, nehme ich an.«

Aber Suffolk schüttelte versonnen den Kopf. »Ich würde meinen letzten Penny darauf verwetten, dass wir Krieg in Frankreich führen, ehe das Jahr zu Ende geht.«

»Krieg?«, wiederholte Nick verwirrt. »Gegen Frankreich? Aber … wieso?«

»Spielt das eine Rolle? Krieg gegen Frankreich ist eine liebe, alte englische Gewohnheit, oder nicht? Ein Grund lässt sich immer finden.« Er beugte sich leicht vor und sah Nick in die Augen. »Die letzten beiden Ehen des Königs sind gescheitert, Nick. Kläglich, wenn wir bei der Wahrheit bleiben wollen. Wenn er sich und seinem Land noch ein letztes Mal seine Männlichkeit beweisen will, wird er das bestimmt nicht im Ehebett versuchen. Also was bleibt ihm dann noch?«

»Danke, Annie. Du kannst gehen«, sagte Nick zu der jungen Dienstmagd, die zwei Jahre in der Krippe gelebt hatte, ehe Nick und John sie als Ersatz für Helen eingestellt hatten.

Das Mädchen knickste vor ihm, lächelte seiner Besucherin scheu zu und schlüpfte hinaus.

Als die Tür sich geschlossen hatte, stand er ohne Eile auf. »Schwester Janis. Welch unverhoffte Freude.« Er trat auf sie zu und nahm ihre Hände.

Sie neigte mit einem schelmischen kleinen Lächeln den Kopf zur Seite. »Dringende finanzielle Belange des Waisenhauses erfordern Eure sofortige Aufmerksamkeit, Mylord. Darum habe ich es auf mich genommen, mit der fraglichen Abrechnung zu Euch zu kommen.«

»Ja, darauf wette ich …« Nick zog sie mit einem kleinen Ruck an sich.

»Wo ist John?«, flüsterte sie.

»Hausbesuche.«

»Beatrice?«

»Bei ihrer Mutter.«

»Ich hoffe, sie haben viel zu besprechen …« Janis befreite ihre Hände, verschränkte sie in seinem Nacken und erwiderte seinen Kuss. Sie tat das mit einer vorbehaltlosen Hingabe, die ihn faszinierte und ihn gelegentlich in einen kleinen Glückstaumel stürzen konnte. Janis Finley, wusste er schon länger, war eine leidenschaftliche Frau. In jeder Hinsicht. Alles, was sie tat, tat sie mit ganzem Herzen, ganz gleich ob es sich um das Studium griechischer Philosophen, den Unterricht in der Krippe oder die Aufzucht von Kohlpflanzen handelte. Und mit der gleichen leidenschaftlichen

Hingabe hatte sie sich an ihn verschenkt. Rückhaltlos. Er konnte das nie so recht begreifen, denn immerhin brach sie damit ihr Gelübde an Gott, doch sie hatte sich geweigert, darüber zu sprechen, als er das Thema einmal angeschnitten hatte. Also begnügte er sich damit, ihr Geschenk zu akzeptieren, ohne es zu hinterfragen.

Janis nahm seine Hand, ging rückwärts zum Tisch, setzte sich darauf und zog Nick zwischen ihre Beine. »Schnell«, flüsterte sie und raffte die Röcke.

Nick streifte die Schaube ab, schnürte seine Hosen auf und drang mühelos ein. Janis war immer bereit, wenn sie sich zu einem ihrer hastigen, verstohlenen Liebesakte trafen, gab ihm immer das Gefühl, als habe sie voller Ungeduld auf ihn gewartet. Jetzt schloss sie die Lider, lehnte sich ein wenig zurück, und er umschloss ihre Taille mit den Händen und stieß in sie hinein, nicht roh, aber schnell und hart.

»Oh, Mylord …«, flüsterte sie, lachte atemlos und biss sich auf die Unterlippe.

»Was?«

»Mach weiter. Ich glaube, wenn Annie jetzt hereinkommt, werde ich nicht aufhören können.«

Er zog sie näher, presste die Lippen wieder auf ihre und legte noch einen Zahn zu. Janis stützte die Hände hinter sich auf die Tischplatte, erwiderte jeden seiner Stöße und erschauerte.

Keuchend verharrten sie noch einen Augenblick, nachdem sie zum Ende gekommen waren, aber viel eher, als ihm lieb war, lösten sie sich voneinander und brachten ihre Kleider in Ordnung.

Janis glitt vom Tisch, fuhr sich prüfend mit beiden Händen über die Haare und sah ihn fragend an.

»Makellos«, versicherte Nick lächelnd, zog sie an sich und legte das Kinn auf ihren Scheitel. »Ihr wirkt ein wenig echauffiert, Schwester. Aber das ist alles.«

Er spürte ihr Lachen mehr, als er es hörte. »Das ist kein Wunder.«

Er hielt sie mit geschlossenen Augen, beide Arme um ihren Leib geschlungen und wünschte, die Dinge zwischen ihnen könnten anders sein. Die Heftigkeit dieser Sehnsucht erschreckte ihn manchmal ein wenig, aber sie war alles andere als neu.

Seit Nick keinen Grund mehr hatte, sich in der Krippe zu verstecken, war es furchtbar schwierig geworden. Dort war er jede Nacht zu ihr geschlichen, wenn die restlichen Bewohner schliefen, und er dachte oft an diese Nächte. Wie viel Zeit sie gehabt hatten. Zeit sich zu entkleiden, den Körper des anderen zu erkunden und langsam, mit quälender Gemächlichkeit in Wallung zu bringen, die den Höhepunkt umso genussreicher machte. Jetzt hingegen fanden sie viel zu selten Gelegenheit, sich zu lieben, sodass Nick sich in einem Zustand permanenter Lüsternheit fand, der ihn beschämte und belustigte und der ihm vor allem zu schaffen machte. Gelang es ihnen ab und zu, sich einige wenige kostbare Minuten zu stehlen, dann war der Akt immer rasant, weil sie sich beeilen mussten. Doch ganz gleich, wie schnell sie waren, es blieb gefährlich. Wenige Tage nach Weihnachten war Lady Meg Roper zu einem unverhofften Besuch in die Krippe gekommen und arglos ins Priorzimmer geplatzt, kaum dass Nick seine Hosen zugeschnürt hatte. Von Lady Meg ertappt zu werden, wäre für alle Beteiligten überaus peinlich und leidvoll gewesen. Aber wenn irgendjemand sie erwischte, der ihnen weniger wohlgesinnt war, dann würden sie in Teufels Küche kommen. Denn was sie taten, war ein schweres Verbrechen.

Nick schenkte zwei Gläser von dem hervorragenden Bordeaux ein, der in einem Krug auf der Anrichte neben der Tür stand. Als er sich wieder umwandte, stand Janis am Tisch über sein aufgeschlagenes Buch gebeugt. Unweigerlich blieb sein Blick an ihrem göttlichen Hinterteil unter dem züchtigen schwarzen Kleid haften, und er stellte ohne Überraschung fest, dass er auf der Stelle noch einmal von vorn hätte anfangen können.

Mit einem unterdrückten Seufzer stellte er das Glas vor sie. »Hier. Johns bester Tropfen. Dergleichen suchst du in meinem Keller in Waringham vergeblich, denn mein Vetter verdient weitaus mehr als ich.«

»Hm«, machte sie zerstreut und hob das Glas langsam an die Lippen, ohne den Blick von ihrer Lektüre abzuwenden. »Was ist das? Gower? Lydgate?«

Nick schüttelte den Kopf. »Ein ganz und gar unbekannter Dichter. Ich habe es vor Jahren in Waringham in einer alten Truhe im Bergfried gefunden. Hier.« Er blätterte behutsam zurück zur ersten Seite des alten Manuskripts. *Aeneas und Elyssa* stand dort. *Von Mortimer Dermond. Meinem Ziehbruder Raymond of Waringham in Freundschaft und Dankbarkeit zugeeignet, wenngleich er es vermutlich niemals lesen wird.* »Es muss rund hundertfünfzig Jahre alt sein«, fügte Nick hinzu.

»Was für eine wundervolle Handschrift«, bemerkte Janis. »Und vor allem ein außergewöhnliches Werk. Es ist … melancholisch und doch voller Ironie.«

»Hm«, machte er zustimmend. »Genau wie das Leben.«

»Nicht wahr?«, erwiderte sie, ohne aufzublicken.

John fand sie eine Stunde später Seite an Seite, die Köpfe über die alte Aeneas-Dichtung gebeugt.

»Nanu, Schwester Janis«, sagte er lächelnd. »Das ist eine seltene Freude.«

Janis begrüßte ihn mit der aufrichtigen, aber etwas zurückhaltenden Freundlichkeit, die sie so mühelos beherrschte. »Ach du meine Güte, es wird dunkel«, bemerkte sie dann mit einem Blick zum Fenster. »Ich fürchte, Lord Waringham und ich haben bei der Lektüre wieder einmal die Zeit vergessen.«

John setzte sich ihnen gegenüber an den Tisch und ergriff Nicks beinah unberührten Becher. »Wenn du gestattest, Cousin …«, sagte er eine Spur bissig und trank.

Nick grinste flüchtig. »Ich schätze, der Anstand gebietet, dass ich das nächste Fass bezahle«, musste er einräumen. »Du kommst spät. Keine Fieberepidemie, hoffe ich?«

»Nein.« John seufzte, schien einen Moment mit sich zu ringen, ob er weitersprechen sollte, und murmelte dann: »Was soll's, morgen weiß es ohnehin die ganze Stadt. Ich war im Tower, Nick. Der Constable hat mich holen lassen. Unsere ehemalige Königin hat heute ihr Urteil bekommen. Als es ihr verlesen wurde, ist sie in Ohnmacht gefallen. Als sie wieder zu sich kam, hat sie angefangen zu schreien. Und nicht mehr aufgehört. Der arme Sir John ging auf dem Zahnfleisch, als ich kam.«

»Das kann ich mir vorstellen. Wann wird sie hingerichtet?«

»Morgen früh.«

Janis bekreuzigte sich. »Und werden die Wachen ein weinendes Häuflein Elend zum Richtblock schleifen müssen?«, fragte sie beklommen.

John schüttelte den Kopf. »Ich hoffe nicht. Ich habe ihr Opium eingeflößt, um sie zu beruhigen, und dem Constable die gleiche Dosis für morgen früh dagelassen.«

»Und was geschieht mit Lady Rochford?«, fragte Nick.

»Kommt gleich nach Katherine an die Reihe. Beiden erspart man die Öffentlichkeit auf dem Tower Hill, sie werden innerhalb der Mauern des Tower enthauptet. In welchem Zustand Lady Rochford sein wird, ist schwierig vorherzusehen. Heute war sie vollkommen apathisch und nicht ansprechbar, an anderen Tagen ist sie fahrig und verzweifelt und weint immerzu. Und sie spricht in einem fort, meistens mit Menschen, die längst tot sind, ihrem Gemahl oder Anne Boleyn. Den Wachen graut vor ihr. Alle werden froh sein, wenn sie es morgen überstanden hat.«

»Ich dachte, das Gesetz verbietet, Menschen hinzurichten, die den Verstand verloren haben.«

»Tja«, machte John. »Aber Gesetze kann man ändern, Nick. Das hat das Parlament heute früh auf die Schnelle noch erledigt.«

»Genau wie bei Richard Mekins«, bemerkte Nick, und er dachte unbehaglich an die Worte, die Bischof Bonner ihm damals entgegengeschleudert hatte: *Wäret Ihr gelegentlich im Parlament, hättet Ihr Eure Bedenken vorbringen können. Jetzt nicht mehr.* Natürlich wusste er, dass eine einzelne Stimme gegen die Mehrheit nichts ausrichten konnte. Aber er wusste auch dies: Er drückte sich davor, den Einfluss auszuüben, der ihm zustand, weil der König und seine Regierung ihn anwiderten.

»Ich werde auf dem Heimweg in eine Kirche gehen und für die beiden beten«, stellte Janis in Aussicht und stand auf. »Vermutlich ist jedes Wort wahr, das in ihrem Urteil steht, und sie haben Verrat begangen, aber ich kann nicht anders, als sie zu bedauern.«

Nick erhob sich ebenfalls. »Ich begleite Euch zur Krippe, Schwester. Aber nicht in die Kirche. Ich fürchte, für Katherine Howard habe ich nicht einen einzigen frommen Wunsch übrig.«

Nick ertappte sich dabei, dass er dem Tag entgegenfieberte, da sein Sohn nach Hause kommen würde. Auf seine Bitte hin hatte Madog sich bereitgefunden, nach Hatfield zu reiten und Francis – sein Patenkind – dort abzuholen. Nick wollte eine neuerliche Szene mit Polly vermeiden, und ihm graute ein wenig davor, den sicher tränenreichen Abschied von Mutter und Sohn miterleben zu müssen.

Er hatte die Fohlzeit abgewartet und das arbeitsreiche Frühjahr, da er praktisch Woche um Woche mit drei oder vier Pferden nach London ritt, um sie auf dem Markt in Smithfield zu verkaufen. Wie jedes Jahr wünschte er sehnlich, er könne das Marktrecht für Waringham zurückerlangen, aber die Geschäfte liefen gut, und er war zufrieden. Und vier der neuen Fohlen waren Estebans Söhne und Töchter, zeigten schon erste Anzeichen seiner edlen Gestalt und anspruchsvollen Natur. Nick setzte große Erwartungen in sie.

»Hättest du bei der Fortsetzung deines eigenen Stammbaums so viel Sorgfalt an den Tag gelegt wie bei denen der Fohlen, wäre mir wohler bei dem Gedanken, dass du Francis aus seiner vertrauten Umgebung hierher verpflanzt«, hatte Madog verdrossen angemerkt.

»Wie in aller Welt darf ich das verstehen?«

»Du verübelst dem Jungen, dass du seine Mutter seinetwegen heiraten musstest. Du brauchst es gar nicht zu leugnen«, fügte er hinzu, als Nick ihn unterbrechen wollte. »Ich weiß, dass es so ist. Vergiss nicht, ich war dabei. Und das sind keine guten Voraussetzungen für eure gemeinsame Zukunft.«

»Madog?«

»Was?«

»Wirst du hinreiten und ihn holen oder nicht?«

»Natürlich werde ich hinreiten.«

»Gut von dir. Dann schlage ich vor, du machst dich auf den Weg. Der Tag vergeht, und es sind sechzig Meilen bis Hertfordshire. Ich werde versuchen, irgendwie ohne deine weisen Einsichten über meine Privatangelegenheiten zu überleben, bis du zurückkommst.«

Madog saß auf und antwortete ihm in walisischer Sprache. Nick hatte den Verdacht, dass er besser nicht um eine Übersetzung bitten sollte.

An Christi Himmelfahrt kehrte Madog nach Waringham zurück. Nick saß auf den Stufen vor dem Eingang des Bergfrieds in der Sonne, als sein Steward in die Burg ritt, gefolgt von einem sehr viel kleineren Reiter auf einem Pony.

Nick stand auf und ging ihnen entgegen.

Vor dem neuen Stall saßen die Ankömmlinge ab. Jacob kam heraus und nahm ihnen die Pferde ab. Francis klopfte seinem Pony gewissenhaft den Hals, ehe er es in die Obhut des Stallknechts gab, und kam dann an Madogs Seite auf seinen Vater zu. Sein Schritt war leicht, und in den blauen Augen stand ein erwartungsvolles Strahlen, während er sich neugierig umsah.

»Da sind wir«, verkündete Madog überflüssigerweise. »Einen Tag eher, als ich dachte. Dieser junge Mann hier reitet wie der Teufel.«

Nick war erleichtert, das zu hören. Er nickte seinem Steward zu. »Hab Dank, Madog.«

Dann wandte er sich an seinen Sohn. Der legte die linke Hand auf die Brust und verbeugte sich artig. »Mylord.«

»Willkommen zu Hause, Francis.«

»Danke.« Der kleine Kerl tat einen drolligen Stoßseufzer. »Du kannst dir gar nicht vorstellen, wie froh ich bin, endlich hier zu sein.«

Nick fiel aus allen Wolken. Er hatte mit Ablehnung und Trotz gerechnet. »Tatsächlich?«

Sein Sohn nickte so heftig, dass die blonden, kinnlangen Locken tanzten. »Ich hab es mir *so oft* vorgestellt. Ich kann mich ja gar nicht an Waringham erinnern, denn ich war noch klein, als wir von hier fortgingen, weißt du. Aber ich wollte immer wissen, wie es ist. Mutter hat gesagt, ich müsse geduldig sein, aber ich fürchte, Geduld ist nicht meine allergrößte Stärke«, bekannte er und sah ihn aus seinen großen Augen mit einer Mischung aus Zerknirschung und Übermut an, die Nick amüsierte.

»Meine auch nicht«, bekannte er und überraschte sich selbst, als er dem Jungen die Hand entgegenstreckte. Ohne das geringste Zögern, mit kindlichem Urvertrauen legte Francis die Linke in die schwielige Pranke seines Vaters.

»Kommst du auf einen Schluck mit hinein, Madog?«, fragte Nick.

Doch der Steward schüttelte den Kopf und wies mit dem Kinn zum Wohnhaus auf der anderen Hofseite. »Ich schätze, meine Frau und meine Bälger warten sehnsüchtig auf mich. Jedenfalls hoffe ich das.«

»Dann komm heute Abend zum Essen herüber und bring sie mit. Je eher Francis deine Brut kennenlernt, desto besser.«

»Abgemacht.« Madog hob die Hand und zwinkerte dem Jungen verschwörerisch zu. »Also auf bald, Francis. Und vergiss nicht, was ich dir gesagt habe.«

Francis schüttelte feierlich den Kopf.

Nick führte ihn in den Bergfried. »Was hat er dir gesagt?«, fragte er neugierig.

»Das ist ein Geheimnis, tut mir leid«, erwiderte sein Sohn abwesend, während sein Blick staunend über die Vorhalle mit den nackten Mauern und den altmodischen Fackelhaltern glitt. »Du meine Güte …«

»Was?«, fragte Nick.

»Es ist … alt.«

»Uralt«, stimmte der Vater zu. »Der ganze Fußboden hier ist übrigens eine Falltür. Oben in der Halle gibt es einen Hebel. Wenn man den betätigt, kippt der Boden hier unten weg, und die Eindringlinge fallen in eine schaurige Grube.«

Francis blieb stehen und sah zu ihm hoch. »Ehrlich?«

»So wahr ich hier vor dir stehe.«

»Zeigst du's mir mal?«

Nick schüttelte lachend den Kopf. »Es ist die allerletzte Maßnahme für den Moment größter Not. Ich schätze, es wäre sehr aufwändig, die Grube zu schließen und den Fußboden wieder herzurichten. Offen gestanden habe ich keine Ahnung, wie der Mechanismus überhaupt funktioniert. Und *ob* er noch funktioniert. Er ist vor beinah dreihundert Jahren zum letzten Mal betätigt worden.«

»Von wem?«

»Lass mich überlegen … Ich glaube, er hieß Guillaume of Waringham.«

»Wer hat die Burg belagert?«

»Ich weiß es nicht.mehr genau. Wir müssen es nachlesen. Es war eine verworrene Zeit, weißt du, ein Krieg unter den Lords.«

»Und hat Guillaume sie gehalten?«

»Darauf kannst du wetten.«

»Und was geschah mit den Angreifern, die in die Grube gefallen sind?«

Nick hob abwehrend die freie Linke. »Stellst du immer so viele Fragen?«

»Immer, Mylord«, bekannte Francis. »Robin Dudley sagt, man muss mich knebeln, damit ich damit aufhöre. Er hat's auch mal getan.« Er berichtete das ohne den geringsten Groll.

»Und?«, fragte sein Vater mit unbewegter Miene. »Hat es etwas genützt?«

Francis schüttelte den Kopf. »Ich hab all meine Fragen aufgeschrieben, damit ich bloß keine vergesse.«

»Wir werden herausfinden, was genau sich hier zu Zeiten von Guillaume of Waringham abgespielt hat«, versprach Nick und führte ihn zur Treppe. »Jetzt hör mir gut zu, Francis.«

»Ja?« Der Junge hielt mit der Begutachtung seiner Umgebung inne und schenkte ihm seine volle Aufmerksamkeit.

»Diese Treppe ist ausgetreten, glatt und steil. Jim und ich – Jim ist der Mann der Köchin –, wir haben vor, die Stufen zu erneuern, aber wir sind noch nicht dazu gekommen. Sie ist lebensgefährlich, und darum möchte ich, dass du nicht in die Luft starrst, wenn du hinauf- oder hinuntergehst, und an deine vielen Fragen denkst, sondern dich an der Kordel festhältst und darauf achtest, was deine Füße tun. Verstanden?«

Wieder dieses feierliche Nicken. »Ja, Sir.«

»Gut.« Nick ging voraus. »Wie könnte ich deiner Mutter je wieder unter die Augen treten, wenn du dir hier den Hals brichst?«

»Ich werde mir nicht den Hals brechen«, versprach Francis. »Aber du trittst meiner Mutter ja auch so nicht unter die Augen.«

»Ich finde nicht oft Gelegenheit, da hast du recht«, musste Nick einräumen, und er hätte sich ohrfeigen können, dass er Polly so gedankenlos zur Sprache gebracht hatte.

»Warum nicht?«, fragte der Junge. Es klang eher neugierig als vorwurfsvoll.

»Weil ich ein vielbeschäftigter Mann bin.«

»Aber ...«

»Hier, schau, das ist die Halle.«

Francis würdigte den großen Saal, der noch viel von seiner einstigen Pracht erahnen ließ, keines Blickes, sondern sah seinen Vater unverwandt an. »Du willst nicht darüber reden?«

Nick gab sich mit einem Seufzer geschlagen. »Nein, Francis. Derzeit möchte ich lieber nicht darüber sprechen. Das Wichtigste ist doch, dass ...«

»Derzeit nicht? Vielleicht irgendwann mal?«, hakte der Junge nach.

»Unterbrich mich nicht.«

»Entschuldige.«

»Ja, vielleicht irgendwann einmal. Aber jetzt nicht.«

»In Ordnung«, befand der Junge, zuckte unbekümmert die Achseln, als sei das Thema zu seiner Zufriedenheit abgehandelt, und richtete den scheinbar unersättlichen Blick auf die Halle. »Mann!«, rief er aus, gebührend beeindruckt. »Hier drin könnte man ein Turnier abhalten.«

»Hm. Fragt sich nur, wie wir die Pferde hier heraufkriegen.«

Francis lachte, und es war ein unwiderstehliches, ansteckendes Kinderlachen voll ungetrübter Fröhlichkeit. Dann wollte er wissen: »Was ist da hinten in der abgeteilten Kammer?«

»Dort wurden die Speisen aufgewärmt oder warm gehalten, die aus der Küche heraufkamen.«

»Und auf der anderen Seite in der Turmkammer?«

»Ein Abort.«

»Wo ist das Verlies?«

»Im Keller.«

»Zeigst du's mir?«

»Morgen«, versprach Nick. »Jetzt komm weiter nach oben. Ich möchte dich mit Vater Simon bekannt machen. Er wird dein neuer Lehrer.«

»Aber kann ich nicht zuerst …«

»Francis.«

Mit einem zerknirschten Lächeln kam der Junge zu ihm zurück, nahm wieder seine Hand, als sei sein Vater der vertrauteste Mensch auf der Welt, und zog ihn zur Treppe.

»Man müsste ein Herz aus Stein haben, um diesen Jungen nicht zu mögen«, bemerkte Simon, nachdem Madogs Frau ihre Kinder nach dem Essen hinausgeführt hatte und Francis folgsam mit Josephine zu seiner neuen Kammer gegangen war.

»Ja, er ist großartig«, stimmte Madog vorbehaltlos zu. »Wir waren drei Tage unterwegs, und gestern hat es von morgens bis abends geregnet und der Proviant war uns nass geworden. Nicht ein einziges Mal hat er sich beklagt. Das ist schon erstaunlich für so einen kleinen Kerl. Fast unheimlich.«

»Es ist keineswegs so erstaunlich«, widersprach Nick und drehte versonnen das Weinglas zwischen den Fingern der Linken.

»Ah, da spricht der Experte mit dem reichhaltigen Erfahrungsschatz, was Kinder betrifft«, spöttelte Madog.

Nick schüttelte den Kopf, ohne auf die Provokation einzugehen. Er hatte natürlich keinerlei Erfahrung im Umgang mit Kindern, deren Aufzucht und Pflege ja auch nicht zu den Aufgaben eines Mannes gehörten. Die zwei Stunden, die er seinem Sohn nach dessen Ankunft gewidmet hatte, waren vermutlich die längste Zeitspanne, die sie je miteinander verbracht hatten. »Ich glaube, dass seine Mutter ihm eingeschärft hat, gefällig und höflich zu sein, damit ich ihn hierbehalte«, gestand er seinen beiden Freunden zögernd. »Wie er in Wirklichkeit ist, kann man vermutlich nur raten.«

»Nein, Nick«, widersprach Madog. »Er hat viel zu viel von dir, um arglistig genug für solch eine Komödie zu sein. Nichts Beflissenes ist an seiner Freundlichkeit.«

»Madog hat recht«, befand auch der Priester. »Dein Sohn ist einfach ein sonniges Kind.«

»Gebe Gott, dass ihr euch nicht irrt. Womöglich wären dann selbst meine bescheidenen Vaterqualitäten ausreichend …« Er wusste indes nicht, von wem der Junge das haben sollte, denn weder Polly noch er selbst hatten ein besonders sonniges Gemüt.

»Vielleicht wärst du genauso geworden, wenn deine Stiefmutter eine andere Frau gewesen wäre«, mutmaßte Madog, als hätte er Nicks Gedanken gelesen.

»Wart's nur ab, morgen oder übermorgen wird er uns beweisen, dass er so unausstehlich sein kann wie alle anderen Kinder auch, und du wirst beruhigt sein«, prophezeite Simon. »Jedenfalls ist er aufgeweckt. Bestimmt ein guter Schüler.«

»Wenn er dich mit seinen Fragen nicht umbringt«, schränkte Nick ein, und sie tauschten ein Grinsen.

Als Nick einige Zeit später wieder einmal schlaflos im Bett lag, hörte er das leise Knarren der Tür und dann tapsende Schritte auf den Steinfliesen.

»Vater?« Es war ein klägliches Stimmchen, gefolgt von einem Schniefen.

Nick richtete sich auf. »Was ist los? Bist du krank?« *Jesus, was tu ich, wenn er ›ja‹ sagt?*

Er hatte den Bettvorhang offen gelassen, und als Francis nahe genug gekommen war, konnte Nick den Jungen mühelos erkennen: ein kleines Nachtgespenst in einem langen weißen Hemd, den Kopf gesenkt, sodass der blonde Schopf den Großteil des Gesichts verdeckte.

»Ich fürcht mich so.«

»Wovor?«

Statt zu antworten, schluchzte der Junge erstickt und fuhr sich mit dem Ärmel über die Augen.

Nick schwang die Beine aus dem Bett. »Hör auf zu flennen.« Es klang schärfer, als seine guten Vorsätze eigentlich gestatteten.

»Ich versuch's«, beteuerte sein Sohn. »Aber es klappt nicht ...«

Seufzend packte Nick ihn unter den Achseln und verfrachtete ihn neben sich auf die Bettkante. »Also. Was ist es, das dir Angst macht? Die fremde Umgebung?«

»Nein. Ich bin doch zu Hause.«

»Das Alleinsein in deiner Kammer? Das bist du nicht gewohnt, nehme ich an.«

»Vielleicht. Obwohl es viel schöner ist, eine Kammer ganz für sich zu haben und sie mit niemandem teilen zu müssen, der einem tote Frösche oder Brennnesseln unter die Decke legt.«

»Ja, ich kann mir vorstellen, dass man mit allerlei Überraschungen rechnen muss, wenn man ein Gemach mit Robin Dudley teilt. Also was ist es nun, das dich so beunruhigt?«

»Das Bett«, gestand Francis fast unhörbar.

»Das Bett?«, wiederholte Nick fassungslos. »Was in aller Welt stimmt nicht mit deinem Bett? Es ist mit Abstand das vornehmste in der ganzen Burg.«

Es stand in einem großzügigen, hellen Raum, dessen Fenster auf den Burghof wiesen. Das alte Bett aus dunkel gebeizter Eiche hatte einen Baldachin und Vorhänge aus schwerem grünen Tuch. Mit dem gleichen Stoff war das gewaltige Kopfteil bezogen, in welches das schwarze Einhorn der Waringham eingestickt war. Nick nahm an, dass die altehrwürdige Schlafstatt so manchen Lord Waringham beherbergt hatte.

»Aber das Einhorn am Kopfende sieht so gruselig aus, Vater ...«

Nicks erster Impuls war, ihn auszulachen, aber er beherrschte sich. Gerade noch rechtzeitig war ihm eingefallen, dass er, als er etwa so alt wie Francis gewesen war, einmal in einer stürmischen Nacht aufgewacht war und einen Unhold gesehen hatte, der auf dem Schemel unter dem Fenster hockte. Nick hatte genau gesehen, wie er sich bewegte, und er hatte sich in den Arm gebissen, um nicht zu schreien, weil er den Zorn seiner Stiefmutter noch mehr fürchtete als den Gnom unter seinem Fenster. Am nächsten Morgen hatte sich herausgestellt, dass der Gnom nur Nicks Kapuzenumhang war, der zusammengeknüllt auf dem Schemel gelegen und den der Luftzug, der durchs Fenster kam, bewegt hatte. Doch es hatte lange gedauert, bis Nick die Schrecken jener Nacht überwunden hatte. Noch heute legte er die Kleidungsstücke, die er abends auszog, ordentlich zusammen, statt sie achtlos auf den nächstbesten Schemel zu werfen. Und das Schlimmste an der Furcht war die vollkommene Einsamkeit gewesen, in die sie ihn gestürzt hatte, und die hätte er jedem Kind gern erspart, selbst wenn es nicht sein Sohn gewesen wäre.

»Was genau ist unheimlich an dem Einhorn?«, erkundigte er sich.

»Es ... es ist so groß. Und es sieht so grimmig aus, wie es da auf die Hinterhufe aufgerichtet über meinem Kopf schwebt. Sobald ich mich hinlege, kann ich es nicht mehr im Auge behalten, und es ist immer, als würden die Hufe gleich auf meinen Kopf niedersausen.«

»Verstehe«, sagte sein Vater und nickte versonnen. »Aber weißt du, Einhörner sind das Gegenteil von grimmig. Sie sind ganz sanftmütig. Es wäre völlig wider ihre Natur, einen kleinen Jungen zu treten.«

Francis lauschte ihm mit gerunzelter Stirn. »Aber vielleicht ist das schwarze Einhorn über meinem Bett eine Ausnahme.«

»Nie und nimmer. Es ist unser Wappentier, Francis. Unser Freund.« Er zeigte auf seine eigenen Bettvorhänge. »Da, erkennst du's? Lauter Einhörner. Sie beschützen uns und wachen über uns, während wir schlafen.«

»Kann ich heute Nacht nicht hier bei dir bleiben, Vater?«, brach es aus dem Jungen hervor, und die großen Augen sahen flehentlich zu ihm auf.

»Kommt nicht in Frage«, entgegnete Nick kategorisch. »Für solchen Unsinn bist du zu alt.«

»Aber deine Einhörner sind so schön klein«, argumentierte Francis. »Wenn du mir erlauben würdest, heute Nacht hier bei dir zu schlafen, könnte ich mich an die kleinen Einhörner gewöhnen, und dann könnte ich morgen Nacht bestimmt unter dem großen schlafen.«

»Francis. Ich habe dich nach Hause geholt, weil ich glaubte, du seiest groß genug, um dich wie ein Kerl zu benehmen.«

»Das bin ich«, beteuerte der Junge. »Ab morgen. Ich schwör's.

Aber du musst doch zugeben, dass deine Einhörner viel kleiner sind als meins.«

»Dem kann ich nicht widersprechen.«

»Dann musst du auch zugeben, dass es vernünftig wäre, mich erst an die kleinen zu gewöhnen, eh ich es mit dem großen aufnehme.«

»Tja, wie soll ich sagen …«

»Bittebittebitte, Vater.«

Unsicher schaute Nick ihm noch einen Moment in die Augen, dann hob er seufzend die Bettdecke. »Das hier ist eine Ausnahme«, stellte er mit Nachdruck klar.

»Natürlich.« Sein Sohn schenkte ihm ein strahlendes Lächeln und legte sich hin.

Nick deckte ihn zu. »Ich meine, eine *einmalige* Ausnahme, Francis.«

»Ich weiß, Sir.« Er lächelte immer noch und machte die Augen zu.

Nick staunte einen Moment über die Länge und Dichte der Wimpern. Dann streckte er sich vorsichtig neben dem Knaben auf dem Rücken aus.

»Nacht, Vater.«

»Gute Nacht, Francis.«

Im Handumdrehen war der Junge eingeschlummert, und im Schlaf drehte er sich auf die Seite, tastete nach Nicks Arm, legte die Hand darauf und ließ sie dort.

Nick tat in dieser Nacht kaum ein Auge zu, und so hatte er reichlich Gelegenheit, seinen Sohn zu betrachten und sich zu fragen, was er wohl träumte.

Waringham, August 1542

Nick kam bei Nieselregen von einem zweiwöchigen Besuch in London zurück. Noch während er absaß, eilte Jacob aus dem Stall. »Willkommen daheim, Mylord.«

»Danke.« Nick reichte ihm die Zügel. »Reib ihn gut trocken.«

Respektvoll, aber ohne Furcht nahm der Stallbursche Esteban in Empfang. »Natürlich.«

»Und?«

»Der Müller liegt im Sterben, mein Bruder Adam und Davey Wheeler streiten um einen Bock und haben sich Sonntag nach der Kirche geprügelt, alle außer den Saddlers sind fertig mit der Aussaat vom Winterweizen, meine Frau hat Zwillinge bekommen – Gott steh mir bei –, Euer Sohn ist beim Training vom Pferd gefallen und hat sich den Knöchel verstaucht, aber sonst nichts getan, und Jerome Dudley ist seit gestern hier.«

»Allein oder mit seiner Gemahlin?«, fragte Nick.

»Allein, Mylord.«

Gott sei Dank, dachte Nick. Dann nickte er Jacob zu. »Ich schaue später in der Mühle vorbei. Der Steward wird sich um die Sache mit dem Bock kümmern. Und Gottes Segen für eure Kinder. Mädchen oder Jungen?«

»Von jedem eins.«

»Sie bekommen von mir jeder einen Schilling zur Taufe.«

»Danke, Mylord. Das ist gut von Euch. Aber was ich wirklich brauche, ist mehr Lohn.«

»Ja, ich weiß.« Nick rang einen Moment mit sich. Zwei gute Ernten hintereinander und die Erträge aus dem Gestüt hatten ihm ein kleines Polster beschert, nur hatte er schon wieder neue, hochfliegende und vor allem kostspielige Pläne. Doch er wusste, Jacob arbeitete für zwei, und Nick wollte ihn nicht verlieren. »Was sagst du zu Sixpence pro Woche mehr?«

Jacob nickte ohne großen Enthusiasmus. »Ist gut.«

»Es ist nicht *meine* Schuld, dass du so viele Kinder hast, Jacob«, erinnerte Nick ihn.

»Wohl wahr«, musste Jacob grinsend einräumen und führte Esteban in den neuen Stall.

Nick hatte den Weg zum Bergfried erst zur Hälfte zurückgelegt, als Francis ihm entgegenkam, hinkend, aber pfeilschnell. »Vater! Du bist wieder da!« Unmittelbar vor ihm bremste er ab.

Nick legte ihm lächelnd die Hände auf die Schultern. »Vom Pferd gefallen, habe ich gehört?«

»Hach, Jacob muss aber auch immer gleich alles ausplaudern.« Er ergriff Nicks Hand und zerrte ihn Richtung Bergfried. »Warst du bei Prinz Edward und Mutter und Eleanor?«

»Nein, dieses Mal nicht. Der Haushalt des Prinzen ist immer noch in Hatfield, und ich hatte keine Zeit, um hinzureiten.«

»Dann warst du bei den armen Waisenkindern?«

»Richtig.«

»Und bei Onkel John in London?«

»Auch.«

»Und bei Laura und Philipp und Giselle und Judith und Cecil?«

»Schon wieder richtig.«

»Und beim König?«

»Wie bei allen Heiligen kommst du darauf?«

»Sir Jerome hat erzählt, dass der König alle möglichen Lords zu sich gerufen hat. Ich dachte, dich auch.«

»Nein.«

»Warum nicht?«

Nick schüttelte den Kopf. »Du hattest deine fünf Fragen, mein Sohn.«

»Aber wieso …«

»Francis of Waringham, wir haben eine Abmachung. Immer nur fünf Fragen auf einmal. Schon vergessen?«

»Nein«, gestand der Junge und fügte achselzuckend hinzu. »Immerhin wär's ja möglich, dass du nicht richtig mitgezählt hast.«

»Oh, wärmsten Dank. Ich war vielleicht keine große Leuchte in der Schule, aber bis fünf zählen kann ich, weißt du. Mir gefällt überhaupt nicht, wie du humpelst. Tut's weh?«

»Nicht mehr so wie zuerst.«

»Wann ist es passiert?«

»Vorgestern.«

Sie hatten die Tür zum Bergfried erreicht, und Nick wandte Francis den Rücken zu und hockte sich hin. »Los, komm. Huckepack.«

Dass Francis ohne Einwände auf seinen Rücken kletterte, verriet Nick mehr über den wahren Zustand des Knöchels als die Antworten des Jungen. Er trug ihn die Wendeltreppe hinauf und entdeckte Simon, Madog und Jerome in der Halle. Sie standen an einem der zu bunten Fenster zusammen und waren anscheinend in eine angeregte Debatte vertieft.

»Seid ihr sicher, dass dieser Fuß nicht gebrochen ist?«, fragte Nick zur Begrüßung.

Francis knuffte ihn auf die Schulter und zischte: »Es ist nichts, hab ich doch gesagt …«

Die drei Männer hießen Nick willkommen und lächelten ihm zu, aber Nick sah trotzdem, dass sie besorgt waren.

»Wäre der Fuß gebrochen, könnte Francis nicht darauf laufen, Nick«, erwiderte Simon.

»Blödsinn. John sagt, viele Verkrüppelungen seien durch unerkannte Brüche verursacht.« Er ließ Francis geschickt von seinem Rücken auf die Fensterbank gleiten, drehte sich zu ihm um und zog ihm den Schuh aus. Dann legte er die Hand um den kleinen Fußknöchel und sah seinem Sohn ins Gesicht. »Zähne zusammenbeißen.«

»Aber …«

»Francis.«

»Also meinetwegen.«

Nick befühlte den Knöchel und drehte ihn behutsam. Dabei ließ er den Jungen keinen Lidschlag aus den Augen, um zu sehen, wann es wehtat und wann nicht. Natürlich war er kein Arzt, doch wer ein Leben lang mit Pferden gearbeitet hatte, verstand mehr von Knochenbrüchen als so mancher Doktor. Zufrieden gab er Francis schließlich seinen Schuh zurück. »Alles in Ordnung. Aber du wirst eine Woche lang weder rennen noch reiten.«

»Das ist ein Scherz«, protestierte Francis entsetzt.

»Ich fürchte, nein.«

»Aber warum nicht?«

»Weil ein verstauchtes Gelenk dein Leben lang eine Schwachstelle bleiben kann, wenn du es nicht auskurierst.«

»Oh.« Francis nickte. Wie immer war er einsichtig, sobald man ihm eine Sache zu seiner Zufriedenheit erklärt hatte.

»Wirst du gehorchen?«, erkundigte sich Nick, hob ihn von der Fensterbank und stellte ihn auf die Füße.

»Ja, Sir.«

»Du wirst es nicht vergessen?«

»Nein, Sir.«

»Was geschieht, wenn ich dich beim Zuwiderhandeln meiner weisen väterlichen Anweisungen ertappe?«

»Irgendetwas, das ich lieber nicht erleben möchte«, antwortete Francis mit einem ergebenen Seufzer, und man konnte hören, dass er seinen Vater zitierte. »Und das es wahrscheinlich überhaupt nicht gibt, schätze ich, denn es passiert nie.«

»Wenn du so klug bist, wie du gern von dir behauptest, wirst du es nicht herausfordern.«

»Da hast du bestimmt recht.«

Nick fuhr ihm lachend über den Schopf. »Verschwinde schon.«

Der Junge ging gemessenen Schrittes zur Tür, warf ihm über die Schulter einen koboldhaften Blick zu und entschwand dann auf der Treppe.

»Sei lieber vorsichtig, Söhnchen«, raunte Nick ihm hinterher, ehe er seine Aufmerksamkeit auf die drei Männer am Fenster richtete und feststellte, dass Jerome Dudley ihn anstarrte, als wäre ihm plötzlich eine zweite Nase gewachsen.

»Was ist?«, fragte Nick entgeistert.

»Du …« Jerome schüttelte den Kopf und räusperte sich. »Entschuldige, Nick. Ich hatte nur bis heute keine Ahnung, dass du so ein hingebungsvoller Vater bist. Es hieß immer, du hättest keinerlei Interesse an deinen Kindern.«

»›Hingebungsvoll‹ ist maßlos übertrieben«, wehrte Nick verlegen ab.

»Ich sehe, was ich sehe«, konterte Jerome.

Nick blickte kurz zur Tür. »Es ist … Es liegt an Francis, nicht an mir.« Er ertappte Madog und Simon bei einem amüsierten Blick. »Kommt schon, ihr wisst genau, dass es so ist«, beharrte er.

Doch ihm war sehr wohl bewusst, dass das nur die halbe Wahrheit war. Sicher, Francis war ein Kind, das leicht zu lieben war. Das war indes keine ausreichende Erklärung für den radikalen Wandel seiner Gefühle für seinen Sohn. Nick erinnerte sich, dass er Francis abgelehnt hatte, weil er die Ehe mit der Mutter des Jungen als Schande betrachtete. An diesem Empfinden von Schmach hatte sich auch nichts geändert, nur spielte es für ihre Beziehung überhaupt keine Rolle mehr. Nick hatte erkannt, dass Gott ihm mit diesem Jungen eine neue Chance gegeben hatte. Seinen Bruder hatte er verloren, weil nicht genug Vertrauen zwischen ihnen bestanden, weil mehr als ein Jahrzehnt unausgesprochener Vorwürfe und empfundener Zurückweisung eine Kluft zwischen ihnen aufgerissen hatte. Mit Francis wollte Nick es besser machen. Und er musste oft daran denken, was Laura einmal zu ihm gesagt hatte: *Francis ist wie weiche Tonerde; du kannst ihn formen. Ob ein Edelmann aus ihm wird, liegt allein bei dir.* Mit jedem Tag wurde ihm klarer, wie recht sie gehabt hatte.

Nick wies einladend auf den klobigen Tisch in der Mitte der Halle, an dem in der Zeit nach der Aufhebung der Klöster die obdachlosen Wanderer beköstigt worden waren, die es aber kaum noch gab. Jetzt war die Halle von Waringham meistens wieder verwaist. »Was führt dich her?«, fragte er Jerome, nachdem sie Platz genommen hatten.

»Es ist genau das eingetreten, was Suffolk schon im Herbst prophezeit hat, Nick. Es gibt Krieg.«

»Wirklich?« Nick wandte den Kopf zur Tür und rief: »Josephine! Hier ist die Luft ziemlich trocken!« Dann sah er Dudley wieder an. »Krieg mit Frankreich?«

»Na ja, das ist es, was der König eigentlich will: unsere Besitzungen in Frankreich zurückerobern. Zumindest die Normandie. Aber ehe wir damit beginnen können, müssen die Schotten in ihre Schranken gewiesen werden, damit wir uns nicht in einen Zweifrontenkrieg verstricken. Der Duke of Norfolk wird eine Armee nach Norden führen.«

»Der Duke of Norfolk ist wirklich ein Glückspilz«, bemerkte Nick. »Jedes Mal, wenn eine Ehe des Königs mit einer von Norfolks Nichten ein böses Ende nimmt, findet Norfolk einen Krieg, den er für Henry führen kann, damit der ihm verzeiht. Damals gegen die Aufständischen der Gnadenwallfahrt, jetzt gegen die Schotten.«

Jerome widersprach ihm nicht. »Suffolk ist der Ansicht, du solltest mit nach Schottland gehen, Nick. Wenn er Norfolk bittet, wird der dir ein Kommando anbieten.«

Josephine kam mit einem großen Weinkrug in die Halle und füllte ein paar der schlichten Zinnbecher. »Willkommen zu Hause, Mylord«, sagte sie, als sie Nick seinen Becher gab.

»Danke. Sei so gut und hab ein Auge auf den Bengel. Ich habe ihm gesagt, er muss den Fuß schonen und soll nicht rennen.«

»Oh, da seh ich schwarz«, gab sie trocken zurück.

Er erwiderte ihr Lächeln, aber unverbindlich. Ihm war keineswegs entgangen, dass Josephine, die im Frühjahr verwitwet war, keine Einwände gehabt hätte, sich auch nächtens um Lord Waringhams Wohlbefinden zu kümmern. Aber er hatte sich geschworen, Janis treu zu sein. Da Treue indes eine ganz neue Erfahrung für ihn war, wusste er noch nicht, wie es um seine Standhaftigkeit bestellt war, und darum erfüllten Josephines Avancen ihn mit einem leisen Unbehagen.

Er wartete, bis sie hinausgegangen war, ehe er Jerome antwortete: »Nein, danke.«

»Das hab ich geahnt«, gab Jerome düster zurück. »Aber du solltest dir das noch mal überlegen, Nick. Alle gehen. Ich auch.«

Nick vollführte eine einladende Geste. »Ich wünsche euch viel Erfolg. Vermutlich werdet ihr den sogar haben, denn Norfolk ist ein hervorragender Soldat. Aber auf mich wird er verzichten müssen.«

»Nick«, warnte Madog. »Das dürfte deine letzte, wirklich deine allerletzte Chance sein, das Wohlwollen des Königs zurückzuerlangen. Der Duke of Suffolk meint es nur gut mit dir. Wenn du zu Hause bleibst, wird der König das als verdeckte Rebellion betrachten.«

»Und Norfolk wird dich einen Drückeberger nennen«, fügte Jerome eindringlich hinzu.

»Und außerdem ...«, hob Madog wieder an.

»Gentlemen«, unterbrach Nick – scharf genug, dass die anderen augenblicklich verstummten. »Ich werde für diesen König in keinen Krieg ziehen, und mir ist gleich, wie die Welt darüber denkt. Früher hat Henry gern die großen Humanisten zitiert – bevor er Thomas More hinrichten ließ. Und Erasmus, der größte von allen, lehrt uns, dass nichts dem Gemeinwohl mehr schade als ein Krieg. Krieg sei die abscheulichste Negierung der menschlichen Vernunft, und es gebe nur eine einzige Rechtfertigung dafür, nämlich wenn das ganze Volk sich einig in dem Willen sei, einen Krieg zu führen. Aber in diesem Fall geht es nicht um den Willen oder das Wohl des Volkes, sondern es geht darum, dass Henry Tudor schlecht gelaunt und auf der Suche nach etwas ist, das ihn von seinem Verdruss und die Engländer von seiner Schwäche auf dem Thron und im Bett ablenkt. *Dafür* wird dieser Krieg geführt. Für seine Eitelkeit und zur Vertuschung seiner Unzulänglichkeiten. Aber ohne mich.«

Jerome Dudley sah ihn mit einem Ausdruck an, der an Entsetzen grenzte. »Nick … Jesus, Maria und Josef, alle hatten die ganze Zeit recht. Du *bist* ein Verräter.«

»Das ist er nicht«, widersprach Simon Neville streng. »Jedes Wort, das er sagt, ist die Wahrheit, Dudley, und die Wahrheit auszusprechen kann niemals Verrat sein.«

»Die Wahrheit?«, wiederholte Jerome wütend. »Es ist die *Wahrheit*, den König einen eitlen Versager und Schlappschwanz zu nennen?«

Der Priester lächelte mit der Überheblichkeit, die so manchen seiner Vorfahren in ein frühes Grab gebracht hatte. »Wenn Ihr darauf besteht, es so auszudrücken, fürchte ich, muss die Antwort …«

»Oh, halt die Klappe, Simon«, fiel Madog ihm scheinbar nachsichtig ins Wort, traktierte ihn aber gleichzeitig mit einem warnenden Blick. »Lasst uns nicht über sinnlose Wortklaubereien in Streit geraten.«

Jerome Dudley wandte sich nochmals an Nick: »Deine philosophischen Bedenken gegen den Krieg in allen Ehren, Waringham. Aber Erasmus hat in diesem Fall nicht mitzureden. Der König will zum Wohle seines Reiches die Normandie zurückerobern. Zu dem Zweck muss er zuvor die Schotten besiegen. Das ist sein Plan. Und das ist sein Wunsch. Du bist ein Kronvasall und hast ihm einen Eid geleistet. Also, was sagst du?«

Nick sah ihm in die Augen. »Viel Glück, Dudley.«

Der stieß angewidert die Luft aus. »Was soll dein armer Sohn nur von dir denken?«

»Nennst du mich einen Feigling?«, fragte Nick leise.

Jerome betrachtete ihn verständnislos, schüttelte dann den Kopf und stand auf. »Ich weiß, dass du kein Feigling bist. Möglicherweise bist du sogar der mutigste Mann, den ich kenne. Aber auf jeden Fall der hochmütigste. Und ich bleibe dabei: Die Ansichten, die du über den König äußerst, sind verräterisch. Aber weil du mein Freund bist, werde ich Suffolk lediglich deine Absage überbringen. Nur beklag dich nicht, wenn Männer, die dich weniger gut kennen als ich, dich tatsächlich einen Feigling nennen. Leb wohl.«

Nick blieb eine Stunde am Bett des sterbenden Müllers sitzen und betete mit Pastor Derkin und der Müllerin. Er blieb so lange, weil die junge Frau Beistand brauchte und es seine Pflicht war, ihn zu leisten, aber auch, um Madogs Vorhaltungen aus dem Weg zu gehen.

Doch als er bei Einbruch der Dämmerung im anhaltenden Nieselregen auf die Burg zurückkam, stellte er fest, dass die Vorwürfe ihm noch ein wenig länger erspart bleiben würden, denn er hatte schon wieder einen Besucher.

»Nanu?«, sagte er, als er den Fremden zusammen mit Simon Neville am Tisch in seinem Gemach entdeckte. »Kann ich Euch helfen, Sir?«

Der Mann stand hastig auf. »Ihr werdet Euch vermutlich nicht erinnern, Mylord …«

Nick erkannte ihn, sobald er die Stimme hörte. »Vater Anthony Pargeter!« Er trat lächelnd auf ihn zu und ergriff seine Rechte mit beiden Händen. »Den Mann, der mich aus der Themse gefischt und vor Cromwells Bluthunden versteckt hat, werde ich schwerlich vergessen.«

Der Priester lächelte erleichtert. »Lange her.«

Über acht Jahre, erkannte Nick ungläubig, als er kurz nachrechnete. Und am Tag von Thomas Mores Hinrichtung ein Jahr später hatten sie sich zum letzten Mal gesehen. Er wies einladend zum Tisch. »Nehmt wieder Platz, Vater.« Er selbst setzte sich auf seinen bevorzugten Sessel mit dem Rücken zum Kamin. »Es ist schön, Euch wiederzusehen. Aber ich nehme an, dies ist kein Besuch aus alter Freundschaft.«

»Nein«, gestand Vater Anthony. »Ich bin auf der Flucht, Mylord.«

»Ihr?«, fragte Nick verwundert. »Vor wem, um Himmels willen?«

Der Priester zögerte, und Simon ermunterte ihn: »Sprecht nur ganz offen. Lord Waringham ist kein Freund des Bischofs von London.«

»Nein, das ist wahr«, räumte Nick ein. »Aber ich dachte, Bischof Bonner habe uns vorübergehend von seiner Gegenwart erlöst und vertrete die Interessen der Krone am Hof des Kaisers?«

Anthony Pargeter nickte. »Das stimmt, Mylord. Doch seine eiserne Faust ist trotzdem noch spürbar in der Stadt. Ich liege schon seit Langem im Streit mit seinem Diakon, der für St. Matthew zuständig ist, weil ich mich geweigert habe, meine Gemeindemitglieder zu bespitzeln und sie bei ihm anzuzeigen, wenn sie nicht oft genug zur Beichte kommen. Das geht ihn nichts an, versteht Ihr, und den Bischof auch nicht. *Ich* bin der Seelsorger meiner Gemeinde, und ich achte schon auf meine Schäfchen.«

»Daran zweifle ich nicht«, erwiderte Nick.

Vater Anthony beugte sich in seinem Eifer ein wenig vor. »Ihr werdet Euch erinnern, dass ich kein großer Freund der Reform bin, Mylord. Aber Bonners Feuereifer in seinem Krieg gegen die Reformer ist mir nicht geheuer. Er ist ein grausamer Mann. Er will die Irregeleiteten nicht bekehren, sondern aufhängen.«

»Oder verbrennen«, murmelte Nick bitter. »Auch wenn sie noch Kinder sind.«

Der Priester entspannte sich sichtlich und sank in seinen Sessel zurück. »Ich merke, wir sind eines Sinnes.«

»Und warum musstet Ihr nun fliehen?«

»Ich …« Vater Anthony sah beschämt auf seine Hände hinab, fuhr dann aber fort: »Ich habe einen Metzger versteckt, den der

Bischof suchen ließ, weil er angeblich Fleisch in der Fastenzeit verkauft hat. Das hat er nicht getan, Mylord. Doch Bonner lässt die Fleischer verhaften und foltern, um ihnen die Namen der Kunden abzupressen, die angeblich an Fastentagen Fleisch gekauft haben. Dann verhaftet er diese Kunden und lässt auch sie foltern, bis sie ihre Nachbarn anschwärzen, gegen die Sechs Artikel verstoßen zu haben oder sonst irgendetwas. Und so weiter. Ich glaube, Bischof Bonner träumt davon, der ganzen Stadt die Daumenschrauben anzulegen.«

Nick konnte das ohne Mühe glauben, denn er hatte die Grausamkeit in Bonners Augen aus nächster Nähe gesehen. »Also habt Ihr den Fleischer versteckt. Und seid aufgeflogen?«

»Ja«, bekannte Vater Anthony. »Ich würde meine Hand für meine Gemeindemitglieder ins Feuer legen. Niemand von ihnen hat mich verraten. Aber offenbar ... hat sich herumgesprochen, dass ich in meinem Haus hin und wieder Flüchtlingen Unterschlupf biete.«

»So wie mir damals«, gab Nick zurück. »Und selbstverständlich werde ich das gleiche für Euch tun, Vater. Seid mein Gast.«

Der Priester nickte. »Danke, Mylord. Das ist sehr großzügig. Doch bin ich nicht zu Euch gekommen, um einen Gefallen einzufordern.«

»Das sieht Euch ähnlich«, spöttelte Nick. »Dennoch habt Ihr ein Anrecht auf meine Hilfe, und ich bin froh, mich erkenntlich zeigen zu können.«

»Ich nehme an, auf Dauer wird mir nichts anderes übrig bleiben, als auf den Kontinent zu gehen. Nach Paris vielleicht. Mein Französisch ist recht brauchbar, denke ich.«

Nick horchte auf. »Ihr könnt Französisch?« Es war nicht einmal mehr unter dem Adel weit verbreitet.

Anthony nickte.

»Sonst noch etwas?«, fragte Nick weiter.

»Ich bin nicht sicher, was Ihr meint, Mylord«, gab der Priester unsicher zurück. »Ich spreche Italienisch, Deutsch, Griechisch und natürlich Latein. Mein Arabisch ist ein wenig eingerostet, fürchte ich, mein Hebräisch etwas besser.«

»Du meine Güte«, brummte Simon Neville. »Ihr übertrumpft mich um vier Sprachen, Vater Anthony. Ich bin nicht sicher, ob mir das gefällt …«

Nick sah seinen Besucher fasziniert an. »Wie kann ein Mensch so viele Sprachen beherrschen?«

»Oh, es ist … es ist mir immer leichtgefallen, sie zu lernen«, antwortete Anthony, dem ihre Bewunderung sichtlich peinlich war. »Als junger Mann war ich Bibliothekar in Blackfriars, da waren Sprachkenntnisse äußerst nützlich.«

»Ihr wart Dominikaner?«, fragte Simon ein wenig pikiert.

»Ihr wart Bibliothekar?«, hakte Nick im selben Moment nach, und sein Herzschlag beschleunigte sich. Fast kam es ihm vor, als hätte Gott ihm diesen Mann geschickt, um ihn zu ermutigen, den kühnen Plan in die Tat umzusetzen, mit dem er sich seit einigen Monaten trug.

»Ja und ja«, antwortete Anthony. »Die Dominikaner haben mich ausgeschlossen, nachdem ich einen Dieb im Kloster versteckt habe, dessen Asyl abgelaufen war …« Er sah Nicks Gesichtsausdruck und musste selbst lachen. »Ja, ich weiß. Meine Neigung, arme Sünder zu verbergen, begleitet mich schon mein Leben lang und hat mich bereits des Öfteren in Schwierigkeiten gebracht. Jedenfalls jagten die Dominikaner mich in Schimpf und Schande davon. Aber ich hatte zum Glück die Priesterweihe empfangen. Und so kam ich nach St. Matthew.«

»Wie habt Ihr das ausgehalten?«, fragte Simon erstaunt. »Eine Hungerleiderpfarre in Southwark statt der vielleicht besten Bibliothek Englands?«

Anthony sah ihm einen Moment in die Augen. »Manchmal in Demut, Vater Simon. Manchmal überhaupt nicht. Es gab gute und schlimme Tage. Und irgendwann hatte ich mich daran gewöhnt.«

Nick legte die Hände zusammen, stützte das Kinn auf die Fingerspitzen und dachte einen Moment nach. Dann fragte er: »Habt Ihr je erwogen, Lehrer zu werden, Vater Anthony?«

Der lächelte ein wenig kläglich. »Das war immer mein größter Wunsch. Aber es sollte nicht sein.«

»Sagt das nicht«, widersprach Nick. »Vielleicht ist es ja noch nicht zu spät.«

»Wie meint Ihr das?«

»Das weiß ich noch nicht ganz genau«, musste Nick zugeben.

Simon Neville wandte den Blick zur Decke. »Gott steh uns bei. Nicholas of Waringham hat eine Idee ...«

London, Oktober 1542

 »Du bist ja nicht bei Trost«, urteilte Janis mit einem ungehaltenen Stirnrunzeln. »Du willst eine Schule gründen? In *Waringham?*«

»Sprich es nicht aus, als läge es in der Neuen Welt. Warum denn nicht in Waringham?«, konterte er.

»Weil ... weil ...« Sie vollführte eine unbestimmte hilflose Geste. »Weil es seit der Aufhebung der Klöster keine Schulen in der Einöde mehr gibt. Schulen gehören in Städte, die Gelehrte anziehen, Mylord, wie Oxford oder Cambridge, Canterbury, London oder York.«

»Ich habe aber schon zwei hervorragende Gelehrte«, entgegnete er triumphal. »Drei, wenn du einwilligst.«

Janis stand auf, trat ans Fenster des Priorzimmers und sah in den Hof der Krippe hinaus. Es war ein abscheulicher Herbsttag. Der Wind peitschte den Regen gegen die umgebaute kleine Kirche gegenüber, und große Pfützen hatten sich im Hof gebildet. Chrissie kam mit einem vollen Milcheimer aus dem Stall, hielt ihr Schultertuch mit der freien Hand am Hals zusammen und lief geduckt zum Küchenhaus. »Wie könnte ich, Nick?«, fragte Janis, ohne sich umzuwenden. »Ich würde sie im Stich lassen. Das wäre unverzeihlich.«

Er stand auf, trat hinter sie und legte die Hände auf ihre schmalen Schultern. »Wir lassen sie nicht im Stich«, widersprach er. »Wir suchen einen Ersatz für dich. Es gibt weiß Gott genug Nonnen in London, die sich als Dienstmagd oder Näherin verdingen mussten und die froh über diese Anstellung hier sein werden. Wir suchen so lange, bis wir eine gefunden haben, die gebildet genug ist, um die Mädchen hier Lesen zu lehren, und vor allem gütig genug, um ihnen Nestwärme zu geben, so wie du es getan hast. Aber deine Talente sind hier verschwendet, das musst du doch zugeben. Seit über zwei Jahren lebst du in diesem Haus und wartest auf ein Mädchen, das es nach Büchern und Wissen verlangt so wie dich, und du wartest vergebens. Sie lieben dich, und deswegen geben sie sich Mühe in der Schule, aber sie brauchen und wollen im Grunde nichts von dem, was du zu bieten hast.«

»Sag das nicht. Das Problem ist nur, wenn die Mädchen alt genug werden, um ihr Interesse an Bildung zu wecken, dann holt Master Durham oder John oder du sie hier weg und schickt sie arbeiten.«

»Weil das der Sinn der Krippe ist«, erinnerte er sie. »Wir beherbergen sie, bis sie alt genug sind, um sich selbst zu versorgen, und dann müssen sie ihren Platz für Jüngere räumen, die das eben noch nicht können.«

»Ich weiß«, bekannte Janis und drehte sich mit einem ungeduldigen Seufzer zu ihm um. »Aber du machst dir etwas vor, wenn du glaubst, mit den höheren Töchtern wäre es anders. Ich habe es oft genug erlebt, als ich sie im Kloster unterrichtet habe. Die meisten denken an nichts anderes, als möglichst vorteilhaft zu heiraten und möglichst viele Kinder zu bekommen.«

»Und doch brauchen sie für ihre Zukunft mehr Bildung als die Mädchen hier«, gab er zu bedenken. »Sie haben einfach … mehr Verwendung dafür. Im Übrigen ist es nicht meine Absicht, nur die Söhne und Töchter von reichen Kaufherren und Edelleuten aufzunehmen. Madog und ich sind uns einig, dass wir fürs Erste je ein Dutzend Knaben und Mädchen unterbringen können. Und ich gedenke, je zwei dieser Plätze an begabte, aber mittellose Kinder zu vergeben. Die anderen werden das Schulgeld für sie mitbezahlen, ohne es zu merken«, schloss er grinsend.

Janis' Blick war immer noch voller Zweifel. »Aber *wo* willst du sie unterbringen? Entschuldige, wenn ich indiskret erscheinen sollte, Nick, aber ich hatte immer den Eindruck, deine finanziellen

Möglichkeiten seien eher begrenzt. Jetzt willst du auf einmal eine Schule bauen?«

»Unsinn. Der Bergfried wird die Schule. Früher haben dort bis zu dreißig oder vierzig Menschen gelebt, und es gibt einen ganzen Gebäudeflügel mit derzeit unbewohnten Schlafkammern. Die Halle wird mit Wandschirmen in Klassenräume unterteilt – so wie sie es in Westminster Hall machen, wenn dort die verschiedenen Gerichte tagen –, und in der Halle werden auch die Mahlzeiten eingenommen.«

»Ich dachte, dein Bergfried sei baufällig.«

»Höchstens ein bisschen …« Er lachte, nahm ihre Linke und zog sie an sich. »Nein, nein, das ist er nicht. Alt und ein wenig heruntergekommen, aber Francis liebt ihn. Nur deswegen bin ich ja überhaupt auf die Idee gekommen. Kinder, so scheint es, haben eine natürliche Affinität zu alten Gemäuern.«

Janis schnaubte unfein. »Das ist wirklich das Blödsinnigste, was ich je gehört habe. Kinder holen sich in alten Gemäuern genauso die Schwindsucht wie Erwachsene.«

Nick wurde schlagartig ernst. »Janis.« Er führte sie zurück zum Tisch, drückte sie sanft auf ihren Schemel nieder, blieb vor ihr stehen und sah sie an. »Es wird viel Arbeit machen, keine Frage. Es wird auch mehr Geld kosten, als ich habe. Aber es ist trotzdem ein guter Plan. Heutzutage wollen alle Leute ihre Kinder auf die Schule schicken, denn Bildung ist nun einmal ein wichtiges Gut geworden, um einen Sohn bei Hofe unterzubringen oder auf die Universität schicken zu können oder eine Tochter gut zu verheiraten. Sieh dir Lady Megs Schule an; sie kann sich vor Anfragen kaum retten.«

»Aber das ist doch nicht der wahre Grund, warum du es tun willst«, warf sie ihm vor.

»Nein«, räumte er unumwunden ein. »Ich will es tun, damit Francis in den Genuss einer humanistischen Bildung kommt, wie Thomas More sie für seine Schule entwickelt hat, dessen Werk ich ganz nebenbei damit fortsetzen würde, und das ist ein Gedanke, der mir außerordentlich gut gefällt. Doch die Wahrheit ist, Janis, ich will es vor allem tun, damit du nach Waringham kommst.«

»Nick …«

»Nein, bitte, lass mich das sagen, ehe mich der Mut verlässt. Ich bin ein verheirateter Mann, du bist eine Nonne. Das sind Fakten, die wir nicht ändern können. Aber das muss nicht bedeuten, dass ein paar gestohlene Minuten dann und wann alles sind, was wir haben können. Ich will diese Schule gründen, damit du das Leben führen kannst, das du dir immer gewünscht hast, und zwar an meiner Seite. Weil ich …« *Los, komm schon, Mann, raus damit.* »Weil ich dich liebe und nicht so oft und so lange ohne dich sein will.«

Sie ergriff seine Hand, hielt den Kopf aber gesenkt. »Es ist ein großes Geschenk, dass du mir das Leben ermöglichen willst, das ich mir immer gewünscht habe«, sagte sie bedächtig.

Er wappnete sich. »Ich nehme an, das heißt Nein?«

Ihr Kopf ruckte hoch. »Ich bin nicht sicher«, gestand sie. »Wir hätten eine respektable Front, aber wir würden in Sünde leben.«

»Das hat dich bisher nie bekümmert.«

»Du hast recht. Es ist mir gleich. Ich habe früher nie viel darüber nachgedacht, weil die Frage sich nicht gestellt hat, aber ich denke nicht, dass Gott ein Anrecht auf meine Enthaltsamkeit hat. Was will er damit? Aber früher oder später würde ich vermutlich schwanger.«

»Damit befassen wir uns, wenn es passiert. Und es wäre keine solche Katastrophe. Ich bin Lord Waringham, darum kann ich mir einen unmoralischen und exzentrischen Lebenswandel leisten. Vielleicht das einzige, wozu der Name noch taugt. Du und unsere Kinder, sollte es sie geben, werdet unter meinem Schutz stehen und gut versorgt sein, wenn ich sterbe. Es ist nicht perfekt. Ich würde lieber eine anständige Frau aus dir machen. Aber das kann ich nicht. Ich hatte gehofft …« Er unterbrach sich und winkte ab. »Ich laufe Gefahr, mich zu wiederholen.«

Janis stand auf, schlang die Arme um seinen Hals und presste das Gesicht an seine Brust. »Ich würde lieber heute als morgen mit dir nach Waringham gehen und mit dir zusammen diese Schule gründen«, bekannte sie. »Aber ich habe Angst, Nick.«

Er legte die Arme um sie und drückte die Lippen auf ihren Scheitel. »Wovor? Was der Rest der Welt über uns denken und sagen wird?«

Sie schüttelte den Kopf. »Dass Gott mir nicht vergibt, wenn ich die Kinder hier aus Selbstsucht im Stich lasse und wegwerfe, was er mir geschenkt hat. Dass wir irgendwann … ich weiß nicht … einen schrecklichen Preis für unser gestohlenes Glück zahlen müssen oder etwas in der Art.« Sie lachte beschämt.

»Janis.« Er legte die Hände auf ihre Wangen, hob ihr Gesicht an und sah ihr in die Augen. »Wir haben beide schon so viel bezahlt. Du glaubst insgeheim immer noch, du musst dich hier opfern, in Armut leben und wie eine Magd schuften, weil deine Mitschwestern gestorben sind und du überlebt hast. Aber irgendwann muss damit Schluss sein, hörst du? Du hast deine Schuld beglichen.«

Ihr Blick verriet, dass sie daran immer noch Zweifel hatte, und Nick küsste sie auf die Stirn, die Nasenspitze und dann auf den Mund, strich mit der Zunge über ihre Lippen, mit den Händen über ihren Rücken und presste sie an sich, weil er das Gefühl hatte, wenn er sie mit Worten nicht überzeugen konnte, dann vielleicht mit Taten. Er wünschte sich so sehr, dass sie wagen würde, alle Konventionen und Bedenken über Bord zu werfen und mit ihm nach Waringham zu kommen; so viel hing für ihn davon ab. Und er wusste genau, dass es das war, was sie wollte.

Um ihr zu vergegenwärtigen, was sie sich alles entgehen ließe, wenn sie ablehnte, fing er an, mit der Linken ihren Rock zu raffen, als eine Stimme von der Tür erschrocken ausrief: »Oh, das kann doch wohl nicht wahr sein …«

Nick und Janis stoben auseinander.

»Philipp«, grüßte Nick mit einem ergebenen Achselzucken und dachte: Wie gut, dass du jetzt und nicht in fünf Minuten gekommen bist.

Betroffen und sprachlos schaute sein Schwager von ihm zu Janis und wieder zurück.

Nick legte Janis den Arm um die Schultern, aber sie bedurfte keines Beistands. Eine Spur herausfordernd erwiderte sie Philipps

Blick. »Du wirst feststellen, dass deine Frau weit weniger überrascht sein wird«, merkte sie an.

»Laura weiß Bescheid?«, fragte Nick schockiert.

Sie nickte.

»Süßer Jesus«, murmelte er. Seit einem Jahr ging das jetzt mit ihm und Janis, und seine Schwester hatte sich nie das Geringste anmerken lassen. Wie seltsam Frauen doch waren, erkannte er nicht zum ersten Mal. Und dass sie ständig über alles miteinander *reden* mussten ...

Philipp fasste sich. Er trat über die Schwelle, schloss die Tür und sagte kopfschüttelnd: »Ihr seid erwachsen und müsst selbst wissen, was ihr tut.«

»So ist es«, gab Nick zurück. »Warst du auf der Suche nach mir?«

Sein Schwager nickte niedergeschlagen. »Mein Onkel ist gestorben, Nick.«

»Sir Nathaniel?«, fragte Janis erschrocken. »Wann?«

»Letzte Nacht. Eingeschlafen und nicht wieder aufgewacht. Ein Ende, wie es sich jeder wünscht. Aber wir sind trotzdem alle traurig. Die Kinder haben den ganzen Tag geweint. Der Welt hat er immer nur die raue Schale gezeigt, aber zu den Kindern war er ... wie ein Großvater.«

Nick wies einladend zum Tisch. »Komm. Lass uns einen Schluck auf sein Andenken trinken.« Er war bekümmerter, als er gedacht hätte. Nathaniel Durham war ihm bei aller Distanz immer ein Freund gewesen. Hatte Waringham vor Sumpfhexes und Bruder Norfolks Klauen bewahrt und ihm in finanziellen Belangen oft gute Ratschläge gegeben – wenn auch meistens ungebeten.

Janis holte den Schlüssel aus dem Astloch, sperrte den Schrank auf und stellte Weinkrug und Becher auf den Tisch.

Nick schenkte ein. »*Requiescat in pace*, Nathaniel Durham«, murmelte er. »Der König der Kaufherren ist tot.« Mit einem kleinen Lächeln hob er Philipp seinen Becher entgegen. »Lang lebe der König.«

Doch sein Schwager winkte mit einem Protestlaut ab. »Ich weiß nicht, ob ich der Rolle gerecht werden könnte. Es gehört jedenfalls mehr dazu als Rechenkünste und ein Auge für Farben.«

»Da bin ich sicher. Aber du wirst deine Sache hervorragend machen. Du hast immer in seinem Schatten gestanden. Jetzt kommt deine Stunde.«

Philipp nickte. Seine Miene zeigte ein leises Unbehagen, aber Nick meinte durchaus, was er gesagt hatte: Philipp Durham war ein kluger und auch ein mutiger Mann, andernfalls hätte er seinem gefürchteten Onkel niemals all die Jahre die Stirn bieten können, da sie sich wegen ihrer unterschiedlichen religiösen Auffassungen entzweit hatten. Er würde schon noch feststellen, dass er auch die erforderliche Härte besaß – und die richtige Frau an seiner Seite hatte –, um sich in dieser Stadt voll mächtiger und gerissener Pfeffersäcke den nötigen Respekt als der neue Master Durham zu verschaffen.

»Ich muss wohl nicht erwähnen, dass die Unterstützung für die Krippe unverändert weitergeht«, sagte Philipp zu Janis, aber er schaffte es nicht, ihr dabei in die Augen zu sehen.

»Das ist sehr gut von dir, Philipp«, erwiderte sie. »Aber ich werde die Krippe bald verlassen.«

Nicks Kopf fuhr herum. »Ist das ein Ja?«

Mit einem kleinen Lächeln nahm sie seine Hand, aber es war Philipp, den sie anschaute, als sie sagte: »Ich gehe mit Nick nach Waringham und helfe ihm, dort seine Schule zu gründen. Es war eine glückliche Fügung, dass du uns so unverhofft ertappt hast. Es hat mir klargemacht, dass ich mich vor der Missbilligung der Welt nicht fürchten muss, denn sie ist mir gleich.«

»Ich missbillige nicht …«, begann Philipp unbehaglich.

»Doch, das tust du«, unterbrach Janis. »Was nicht einer gewissen Ironie entbehrt, denn wenn ihr Reformer die Klöster nicht aufgelöst hättet, gäbe es jetzt nicht Tausende von Nonnen in England, die sich einen neuen Platz im Leben suchen müssen. Aber ich trage euch nichts nach. Mein neuer Platz im Leben gefällt mir nämlich viel besser als der alte.« Sie drückte Nicks Hand kurz an die Lippen, und in ihren Augen lag ein Funkeln, das eine gute Portion Schalk enthielt und noch etwas anderes, was Nick nicht sofort zu deuten wusste, weil er es noch nie an ihr gesehen hatte. Es war Zuversicht.

Die Tür flog krachend auf. »Vater? *Endlich* bist du zurück! Ich hab dich so schrecklich vermisst! Weißt du schon ...« Francis verstummte abrupt, als er seinen Vater mit verschränkten Armen vor sich stehen sah, die linke Braue hochgezogen, ansonsten mit völlig unbewegter Miene.

Der Junge hob beide Hände zu einer Geste der Entschuldigung, machte kehrt, verließ den Raum und schloss die Tür. Dann klopfte er an und steckte den Kopf durch die Tür. »Vater?«

»Ah, sieh an. Francis of Waringham ...«

»Darf ich eintreten?«

»Bitte.«

Wieder flog die Tür auf, Francis kam hereingestürmt, und dieses Mal hob Nick ihn lachend auf und wirbelte ihn einmal herum.

»Vermisst, he? Aber ich war doch nur drei Tage fort.«

»Trotzdem.«

»Na ja. Ich würde sagen, ich bin einigermaßen geschmeichelt. Und du hast mir auch gefehlt. Sieh nur, Francis, ich habe jemanden mitgebracht. Dies ist Schwester Janis Finley. Sie wird Lehrerin an unserer Schule.«

Francis betrachtete Janis wie alle anderen Neuerungen in seinem Leben: vertrauensvoll und optimistisch. »Dann sei so gut und lass mich runter«, bat er seinen Vater höflich. Als er auf den Füßen stand, vollführte er seinen galanten Diener. »Willkommen in Waringham, Schwester Janis.«

»Hab Dank, Francis«, antwortete sie feierlich.

»Ihr werdet jetzt hier bei uns wohnen?«, vergewisserte er sich.

»Ganz recht.« Sie setzte sich auf die gepolsterte Fensterbank, um auf Augenhöhe mit ihm zu sein.

»Und die Mädchen in der neuen Schule unterrichten?«

»So ist es geplant.«

»Mich auch?«

»Eher nicht. Du bist ja kein Mädchen.«

»Warum müssen denn Mädchen von Damen und Jungen von Gentlemen unterrichtet werden?«

»Oh, es ist nicht zwangsläufig immer so, aber es hat viele Vorzüge.«

»Welche?«

»Es gibt gewisse Unterschiede in der Natur von Mädchen und Jungen. Meine Erfahrung lehrt mich, dass Frauen die Talente von Mädchen besser erkennen und fördern können, Männer die von Knaben.«

»Was für Unterschiede?«

»Francis«, mahnte Nick zerstreut, der die Kostenkalkulation für die Instandsetzung der unbewohnten Wohnquartiere überflogen hatte, die Madog ihm auf den Tisch gelegt hatte. »Das waren fünf Fragen.«

»Lasst ihn nur, Mylord, es stört mich nicht«, versicherte Janis.

»Darum geht es nicht«, erklärte er. »Francis und ich haben eine Vereinbarung, an die er sich halten muss.«

»Das stimmt, Madam«, vertraute Francis ihr an. »Ich vergesse das andauernd. Das ist keine böse Absicht, wisst Ihr, aber wenn ich einmal anfange zu fragen, dann ist es so schwierig, wieder aufzuhören.«

»Es liegt daran, dass jede Frage wie ein Baum ist«, erklärte sie ihm. »Die erste Frage ist noch ein gerader Stamm, aber die Antwort ist schon die erste Gabelung, aus ihr ergeben sich mindestens zwei neue Fragen. Folgst du dem linken Arm der Gabelung und stellst die Frage, ergibt die Antwort vielleicht schon eine Verzweigung mit drei neuen Fragen. Folgst du dem rechten Arm, ergeht es dir genauso. Und bald hast du einen ganzen Baum voller Fragen. Fünf sind für einen wissbegierigen Jungen gar nichts. Da lohnt es sich ja kaum anzufangen.«

Francis lächelte selig und wandte den Kopf. »Ich hoffe, du hast das gehört, Vater.«

»Klar und deutlich«, antwortete Nick und öffnete einen versiegelten Brief, der auf dem Tisch gelegen hatte. »Unsere Vereinbarung behält dennoch Bestand. Und nun sei so gut, mach dich auf die Suche nach Madog, Vater Anthony und Vater Simon und schick sie her.«

»Ist gut.« Francis ging hinaus und ließ die Tür offen.

»Francis ...«, rief Nick ihn zurück.

Er wandte sich noch einmal um. »Ja?«

Nick hielt den Brief hoch. »Lady Mary schickt mir eine Einladung, Weihnachten am Hof des Prinzen zu verbringen. Möchtest du mitkommen? Deine Mutter und Schwester und den Prinzen besuchen?«

Die kornblumenblauen Augen leuchteten auf. »Au ja.«

»Dann schick auch Josephine zu mir. Du brauchst eine neue Garderobe, deine Hosen werden schon wieder zu kurz.«

»Der König von Schottland ist gestorben«, berichtete Nick seinen Freunden.

Simon, Anthony und Madog bekreuzigten sich. »Gefallen?«, fragte Letzterer. »Wir hörten Gerüchte über eine große Schlacht.«

»Die Schlacht hat es gegeben«, bestätigte Nick. »Ende November bei irgendeinem Nest nahe der Grenze namens Solway Moss. Norfolk hat gesiegt, und zwar gründlich. Er hat großes Glück gehabt, denn er hatte nur dreitausend Mann, die Schotten waren fünfmal so viele. Aber kurz vor der Schlacht starb ihr Kommandant, und die Schotten gerieten in Streit, wer die Führung übernehmen sollte. So wurde die Schlacht ein einziges Durcheinander, und die Schotten verloren. Nicht viele sind gefallen, aber hunderte auf der Flucht in den Sümpfen ertrunken und über tausend in Gefangenschaft geraten. König James ...« Er hob seufzend die Schultern. »Es ist ein bisschen merkwürdig. Er starb keine drei Wochen später. Aus heiterem Himmel. Vor Schande, heißt es.«

Simon schnalzte missfällig mit der Zunge. »Kein Mensch stirbt vor Schande, Nick.«

»Sag das nicht. Aber ich wiederhole nur, was Cranmer mir erzählt hat.«

»Du warst bei Erzbischof Cranmer?«

»Allerdings. Ich brauchte seine Erlaubnis, um die Schule zu eröffnen, und habe mir gedacht, besser, ich spreche bei ihm selbst vor als bei einem seiner Untergebenen, die allesamt fanatische Reformer sind und mir deswegen die Pest an den Hals wünschen.«

»Wie praktisch, wenn man Lord Waringham ist und einfach zum Erzbischof von Canterbury gehen kann, um eine Gefälligkeit zu erbitten«, bemerkte Vater Anthony kopfschüttelnd.

Nick hob kurz die Schultern. ›Einfach‹ war es nicht gewesen. Wie ein Inquisitor hatte Cranmer ihn einer eingehenden und äußerst strengen Befragung über theologische und humanistische Grundsätze unterzogen, und erst als Nick das Gefühl gehabt hatte, seine Seele liege nackt und schutzlos auf den vornehmen Marmorfliesen zu Füßen des mächtigen Erzbischofs, hatte der ihm die Erlaubnis schließlich erteilt, beurkundet und besiegelt.

»Und was wird nun aus Schottland?«, fragte Madog. »James hat keinen Erben, oder? Fällt Schottland jetzt etwa an König Henry, weil James sein Neffe war?«

»Das wäre zu schön«, bemerkte Simon trocken. »Nach dreihundert Jahren Krieg fällt Schottland uns einfach in den Schoß ...«

»Hm«, machte Nick. »Und wie so oft bei den simplen Lösungen, funktioniert auch diese nicht. James *hat* einen Erben. Sechs Tage vor seinem Tod kam seine Tochter zur Welt. Mary. Letzter, sehr zarter Trieb am Baum der Stewart.« Wie immer empfand er Bedauern, wenn ein großer alter Name auszusterben drohte – selbst wenn es nur ein schottischer war.

»Jedenfalls ist die drohende Allianz zwischen Frankreich und Schottland wohl fürs Erste hinfällig«, befand Madog. »Und das heißt, der König kann seine Pläne auf dem Kontinent in Angriff nehmen.«

»Wohl eher in Angriff nehmen lassen«, schränkte Nick ein. »Ich kann mir kaum vorstellen, dass er selbst noch einmal in den Krieg zieht. Er trägt jetzt eine *Brille*, habe ich gehört.« Es klang, als sei das etwas Anstößiges.

»Na und?«, gab sein Steward unbeeindruckt zurück. »Sie wird ihn nicht hindern, wart's nur ab. Henry ist wirklich versessen auf die Normandie, scheint es. Vermutlich wird er uns alle noch einmal überraschen.«

»Wer weiß«, erwiderte Nick seufzend. »Es wäre eine nette Abwechslung, wenn er uns einmal *angenehm* überraschen würde ...«

»Nick«, mahnte Simon, und sein Blick glitt unauffällig zu Janis, die sich mit einem von Nicks Büchern auf die Fensterbank zurückgezogen hatte, nachdem er sie den drei Männern vorgestellt hatte.

»Oh, sei unbesorgt, Simon«, bemerkte Nick trocken. »Schwester Janis kennt meine Ansichten. Manche teilt sie, andere nicht, aber weil sie klüger und diskreter ist als ich, äußert sie sich öffentlich niemals darüber. Ist es nicht so, Schwester?«

Sie hob den Blick und fragte lächelnd: »Was sagtet Ihr, Mylord? Tut mir leid, ich habe nicht zugehört. Ich bin ganz gebannt von Master Tyndales ketzerischen Theorien.«

»Ich bin nicht sicher, dass Ihr das lesen solltet, Schwester«, warnte Simon.

»Warum nicht?«, erkundigte sie sich liebenswürdig.

»Weil eine Frau leichtere Beute für Ketzerlehren ist als ein Mann.«

»Wirklich, Vater?«

»Seid so gut und gesellt Euch zu uns, Schwester«, ging Nick dazwischen, der geahnt hatte, dass es mit Simon und Janis schwierig werden könnte. »Es wird Zeit, dass wir unsere Pläne besprechen. Lasst uns überlegen, was noch zu tun ist und wie wir es am besten bewerkstelligen.«

Bereitwillig kam Janis an den Tisch und setzte sich in den freien Sessel an seiner Seite.

Nick griff nach dem Grundriss der Burg, den Madog angefertigt hatte. »Wir befinden uns hier auf der Südseite des Bergfrieds«, erklärte er ihr. »Hier liegen die geräumigsten Gemächer, die seit jeher von der Familie bewohnt wurden und die auch Euch, also die Lehrer der Schule, beherbergen sollen. Auf der anderen Seite befinden sich die Räume, die früher von den Rittern und Knappen und ihren Familien bewohnt wurden. Man erreicht sie über die Halle und die Treppen in den gegenüberliegenden Ecktürmen. Dort werden die Schlafräume der Kinder sein, die Mädchen auf der Ostseite, die Jungen auf der Westseite, und dazwischen ziehen wir eine Mauer durch den Korridor – die Gründe liegen wohl auf der Hand. Knaben und Mädchen haben also je eine eigene Treppe in die Halle, wo der Hauptteil des

Schulalltags stattfindet: Unterricht, Mahlzeiten und so weiter. Wie sieht es mit den zusätzlichen Dienstboten aus?«, fragte er den Steward.

»Bestens«, berichtete Madog. »Anne, die Schwester des Schmieds, hat den Koch meines Schwagers Lucas Durham in Sevenelms geheiratet, aber sie geht ein vor Heimweh. Ich habe sie überredet, nach Waringham zurückzukommen. Anne ist heilkundig und eine Seele von Mensch, ihr Rob ist ein hervorragender Koch. Mein Schwager Durham ist sehr verstimmt, dass ich ihn abgeworben habe«, gestand er grinsend. »Rob wird die Mahlzeiten der Kinder auf den Tisch bringen, Anne wird sich um ihr sonstiges Wohl kümmern.«

»Gut gemacht«, sagte Nick zufrieden. »Was sonst noch?«

»Fensterläden und Betten und sonstige Möbel dort drüben müssen repariert werden. Jim hat schon damit angefangen. Wir brauchen neue Kissen und Decken und so weiter. Aber das sind Kleinigkeiten. Teurer wird die Instandsetzung der Treppen.«

»Sie ist aber unumgänglich für die Sicherheit der Kinder«, erklärte Nick kategorisch.

»Ich weiß«, sagte Madog.

»Was wir vor allem brauchen, sind Schulbücher«, warf Simon ein. »Und ich fürchte, auch das wird teuer, Nick.«

Der nickte versonnen. »Stellt eine Liste der Bücher auf, die wir brauchen«, bat er die drei Lehrer. »Dann rechnen wir. Vielleicht finden wir einen Drucker in London, der uns einen guten Preis macht oder der bereit ist, auf sein Geld zu warten, bis ich im Frühjahr die Pferde verkauft habe.«

»Ich kenne einen Drucker in der Holborn Street«, fiel Anthony ein. »Er war Mönch. Ich bin sicher, er lässt mit sich reden.«

»Großartig, Anthony.«

Einen Moment herrschte Schweigen am Tisch. Schließlich breitete Simon die Hände aus und sagte: »Tja. Fehlen nur noch die Schüler. Und Schülerinnen«, fügte er mit spöttischem Unterton hinzu.

»Sie werden sich finden«, antwortete Nick zuversichtlich. »Lady Meg hat versprochen, jeden Vater, der ein Kind auf ihre

Schule schicken will, an uns zu verweisen. Ich sage euch, vor Ostern haben wir alle Plätze belegt.«

Janis' Gemach war eine großzügige Kammer mit einem Kamin, und das kleine Fenster wies auf den Rosengarten. Nick hatte die Mägde offenbar angewiesen, sie wohnlich herzurichten: Eine Schale mit Äpfeln und Nüssen stand auf dem Tisch, eine Waschschüssel mit Kanne und reinen Leinentüchern auf der Truhe neben dem Bett, dessen Vorhänge aus dem gleichen mitternachtsblauen Tuch waren wie die Sitzpolster der Fensterbank. Und das Beste von allem: Zwei Wandborde waren mit Büchern gefüllt, die Janis großteils noch nicht kannte. Sie war sicher, Nick hatte die Werke persönlich ausgewählt, und dass er daran gedacht und sich die Mühe gemacht hatte, erfüllte sie mit einem Glücksgefühl, dessen Heftigkeit ihr albern erschien, geradezu verdächtig.

Es war keineswegs so, dass Janis sich bislang in ihrem Leben ungeliebt gefühlt hätte. Ihr Vater hatte getan, was er vermochte, um ihr die Mutter zu ersetzen, und sie erinnerte sich mit Zärtlichkeit an ihn. Und mit Dankbarkeit für die Sicherheit, die seine Zuwendung ihr gegeben hatte. Aber ihren Wissensdurst und ihren Hunger nach Büchern hatte er nie begriffen, geschweige denn geteilt. Er fand diese Neigungen absonderlich für ein Mädchen. Solange sie klein war, hatte er sie damit geneckt, und als sie älter wurde, hatte er ihr Vorhaltungen deswegen gemacht. Wenn sie so weitermache, werde er nie einen vernünftigen Mann für sie finden, hatte er ihr prophezeit. Ihr Wunsch, ins Kloster zu gehen, hatte ihn verstört und gekränkt.

Im Kloster hatte sie Geborgenheit in der Gemeinschaft gefunden, aber niemanden, der ihr seelenverwandt gewesen wäre. Die Schwestern wollten nichts anderes sein als Bräute Christi. Die Novizinnen und Schülerinnen waren Janis hingegen geistlos und oberflächlich erschienen, und sie machten sich hinter ihrem Rücken über ihre Büchersucht lustig. Janis hatte sich an den Gedanken gewöhnt, dass sie wohl niemals einen Menschen finden würde, der verstand – oder auch nur wissen wollte –, was sie eigentlich suchte. Und vermutlich war das der Grund, warum der Anblick dieser beiden Wandborde voller Bücher sie mit solcher Seligkeit erfüllte.

Sie strich mit dem Zeigefinger der Linken über die Rücken, zog einen Band heraus, und ehe sie ihn auf den Tisch legen konnte, rutschten einige zusammengeheftete, aber nicht gebundene Schriften heraus. Janis fing die Ausreißer geschickt auf, trug sie zum Tisch, und als sie den Titel der obersten las, stockte ihr beinah der Atem.

Sie hatte keine Ahnung, wie viel Zeit vergangen war, als sie Nicks Stimme in ihrem Rücken hörte: »Und? Was ist es?« Er beugte sich über sie und küsste ihr Ohr.

»Luthers *Freiheit eines Christenmenschen*. Ich wusste gar nicht, dass es das in England noch gibt. Ich dachte, der König hätte sie alle verbrennen lassen.«

»Hm«, machte er höhnisch. »Das war in den Tagen, ehe er den Reformern seine Seele verkauft hat. Aber die Schrift ist immer noch verboten. Simon Neville wäre sicher bestürzt, sie in deinen zarten Frauenhänden zu sehen …«

Über die Schulter sah sie stirnrunzelnd zu ihm auf. »Wird er mir das Leben schwer machen?«, erkundigte sie sich.

»Ich bin nicht sicher. Wir müssen abwarten«, antwortete Nick. Dann vollführte er eine vage Geste, die das gesamte Gemach umschrieb. »Und?«

Sie nahm seine Hand und drückte sie an die Wange. »Es ist wunderbar.«

»Es gibt auch größere Kammern. Ich habe diese ausgewählt, weil das Fenster auf den Garten zeigt. Und weil sie so nah an der meinen liegt, muss ich gestehen. Aber du kannst dir die anderen gern anschauen, wenn du willst.«

»Nick …«

»Oder falls dir hier irgendetwas nicht gefällt, können wir es ändern. Wenn ein Möbelstück dich stört, fliegt es raus. Und sag Josephine oder Alice Bescheid, wenn du neue Bettvorhänge möchtest oder Ähnliches …«

»Nick.« Sie stand auf, wandte sich zu ihm um und ergriff seine Hände. »Es ist ein wunderbarer, behaglicher Raum. Ich werde mich hier sehr wohlfühlen, glaub mir. Aber denkst du wirklich, ich sei wegen des Wohnkomforts hergekommen?«

Er befreite seine Hände, legte die Arme um ihre Taille und atmete tief durch. »Nein.«

»Warum bist du nervös?«

»Ich weiß es nicht«, gestand er. »Ich kann meinem Glück vermutlich noch nicht so ganz trauen.«

»Aber warst nicht du derjenige, der zu mir gesagt hat, wir beide hätten genug gezahlt?«

»Was dich betrifft, bin ich mir dessen sicherer als in meinem Fall«, gestand er mit diesem verlegenen kleinen Lächeln, das sie so liebte.

Kopfschüttelnd führte sie ihn zu ihrem breiten Bett mit den einladenden frischen Laken. »Dann ist es wohl das Beste, dich auf andere Gedanken zu bringen.«

»Sei so gut«, murmelte er und begann, sie auszuziehen. Er tat es ohne Hast, beinah mit so etwas wie Feierlichkeit, und mit Händen und Lippen strich er über jeden Zoll ihrer Haut, den er freilegte.

Als das Hemd herabrutschte und wie ein weißer Kranz um ihre Füße lag, schleuderte sie es mit dem großen Zeh achtlos beiseite und streifte Nick die Schaube von den Schultern. Er riss ungeduldig an der Kordel, die den Ausschnitt des Wamses verschloss, aber Janis schob seine Hände kopfschüttelnd weg und fuhr fort, ihn mit der gleichen quälenden Geruhsamkeit aus den Kleidern zu schälen. Als er nackt vor ihr stand, bewunderte sie ihr Werk. Sie fand Gefallen an allem, was sie sah: den muskulösen Beinen, dem prallen Glied, das so stolz aufragte und ungeduldig zuckte, sodass es sie beinah zum Lachen brachte, dem flachen Bauch, der beinah haarlosen Brust und den alabasterweißen Schultern. Zu guter Letzt sah sie in sein Gesicht. Die blonden Bartstoppeln schimmerten im Licht der einzelnen Kerze, der ausgeprägte, fein geschwungene Mund, in den sie sich als Erstes verliebt hatte, war leicht geöffnet, und die Augen, die ihren Blick unverwandt erwiderten, schienen im Halbdunkel zu funkeln.

Janis nahm seine Linke und beförderte ihn mit einem plötzlichen Stoß aufs Bett. Gierig streckte er die Hände nach ihr aus, umschloss ihre Taille und wollte sie zu sich herabziehen, um auf sie zu gleiten, aber Janis befreite sich energisch von seinen Händen, ehe sie rittlings auf ihn kletterte. »Heute Nacht gehört Ihr mir, Mylord«, stellte sie klar.

Mit einem Lächeln, das Seligkeit und Lüsternheit zu gleichen Teilen ausdrückte, breitete er die Arme auf den Kissen aus. »Dann verfügt über mich, wie es Euch gutdünkt, Madam.«

»Worauf du dich verlassen kannst«, murmelte Janis und ließ ihn langsam in sich hineingleiten.

Hatfield, Dezember 1542

 »Mylord of Waringham!« Mary trat lächelnd auf ihn zu. »Das wurde aber auch Zeit.«
Er verneigte sich und führte ihre Hand kurz an die Lippen, so wie er es immer tat. »Ich hoffe, Ihr werdet mir vergeben, Madam. An mir hat es nicht gelegen. Francis' Pony hat kurz hinter Brentwood ein Eisen verloren. Das war besonders ärgerlich, weil ich natürlich darauf brenne, zu erfahren, was die Überraschung ist, von der Ihr mir geschrieben habt.«

Die einstige Prinzessin lächelte geheimnisvoll. »Alles zu seiner Zeit. Zuerst möchte ich Euch meine neue Hofdame vorstellen.« Einen Moment sah sie sich suchend um.

Es war viel Betrieb in der weihnachtlich geschmückten Halle von Hatfield. Draußen dämmerte es bereits, und allmählich versammelten sich der Haushalt des Prinzen und seine Gäste, um das vorgeschriebene Fastenmahl einzunehmen, ehe sie in die Christmette gingen. Nick sah den kleinen Prinzen mit seinen beiden Onkeln, Edward und Thomas Seymour, an der hohen Tafel sitzen. In einer Fensternische entdeckte er Polly, die vor Francis auf dem Boden kniete und ihn selig an die Brust drückte, was seinem Sohn sichtlich unangenehm war, aber er ertrug es stoisch. Lady Elizabeth und Eleanor – wie üblich unzertrennlich – saßen in ein offenbar ernstes Gespräch vertieft am äußeren Ende der hohen Tafel, vor sich auf dem Tisch ein vergessenes Virginal.

»Ah, da ist sie ja«, bemerkte Mary zufrieden. »Lady Katherine?«

Nick wandte sich ihr wieder zu, als eine elegante Dame, die etwa in seinem und Marys Alter war, gemessenen Schrittes zu ihnen trat.

»Lord Waringham, dies ist Katherine Parr, Lady Latimer. Lady Katherine: der Earl of Waringham.«

Nick verneigte sich. »Lady Katherine.«

Sie knickste. »Eine Ehre, Mylord.«

Mit untypischer Vertraulichkeit ergriff Mary ihren Arm und hängte sich bei ihr ein. »Lady Katherine ist eine schreckliche Reformerin, Mylord«, raunte sie Nick zu. »Aber ich kann nicht anders, als ihr zu vergeben, denn endlich habe ich eine Dame gefunden, die so viel Freude an lateinischer Dichtung hat wie ich.«

Er lächelte. »Eure Bildung und Euer Kunstverstand müssen in der Tat groß sein, Lady Katherine, wenn Lady Mary Euch Toleranz in Religionsfragen entgegenbringt. Das tut sie sonst nie.«

»Ich weiß, Mylord«, gab Katherine Parr ein wenig spröde zurück. »Und das gehört zu den vielen Eigenschaften, die ich an ihr schätze: Sie hält unerschütterlich an ihren Grundsätzen fest.«

Er nickte. Mehr brachte er für den Augenblick nicht zustande, denn ihr Benehmen machte ihn sprachlos. Es war nicht gerade üblich für eine Hofdame, den Charakter einer Tochter des Königs zum Gesprächsgegenstand zu machen. Aber Nick fasste sich schnell. »Ich könnte mir vorstellen, dass das Gleiche für Euch gilt.«

Zum ersten Mal lächelte sie. »Da habt Ihr recht, Mylord«, räumte Katherine Parr ein. »Ich fürchte, manchmal bin ich gar zu eifrig in meinen reformerischen Überzeugungen, und ich gestehe, bislang habe ich Papisten gemieden, soweit ich konnte.« Er zuckte bei dem Wort fast unmerklich zusammen, aber keine der Damen schien es zu bemerken. »Anders als Ihr«, fuhr Lady Katherine fort. »Lady Mary hat mir erzählt, dass Ihr kein Freund der Reform seid, aber dennoch reformerische Ideen unterstützt und mit Reformern zusammen ein Waisenhaus gegründet habt.«

Nick hob abwehrend die Hand. »Ganz falsch, Madam. Erstens bin ich einer Reform der Heiligen Mutter Kirche gegenüber durchaus aufgeschlossen, denn sie hat sie bitter nötig, aber ich lehne Englands Loslösung von Rom und die meisten Eurer sonderbaren evangelikalen Glaubenslehren ab. Zweitens habt nicht ihr Reformer die tätige Nächstenliebe ersonnen, sondern Jesus Christus, der sie uns wahre Christen schon gelehrt hat, ehe ihr Reformer auch nur erfunden wart. Und drittens folgen wir in unserem Waisenhaus dem, was Erasmus und Thomas More uns gelehrt haben, nicht Martin Luther und William Tyndale oder sonstige Wirrköpfe.«

»Erasmus und Luther sind zwei Seiten derselben Medaille«, behauptete Katherine Parr ungerührt.

Nick musste lachen. Ihm ging durch den Kopf, dass solch eine ungeheuerliche Behauptung ihn vor einem Monat noch wütend gemacht hätte, aber seit Janis nach Waringham gekommen war, war er zu glücklich, um sich über irgendetwas angemessen zu erregen. »Ich bin keineswegs sicher, ob auch nur einer der beiden Euch recht geben würde, Lady Katherine.«

»Spart Euch die Mühe, sie bekehren zu wollen, Mylord«, warf Mary seufzend ein. »Es reicht ja, wenn *ich* meine Zeit damit verschwende.«

Nick konnte kaum fassen, wie gelöst sie wirkte, wo ihre Verbissenheit, ihre Unerbittlichkeit in Glaubensfragen ihm früher manches Mal Angst gemacht hatten. Es war beinah, als wäre sie ebenso glücklich wie er …

»Ah, und hier kommt meine Überraschung!«, rief Mary, und ihre braunen Augen strahlten voller Wärme, als eine weitere Dame zu ihnen trat. Sie war wesentlich älter als Mary und ihre Hofdame; das Haar unter der altmodischen Giebelhaube war eisgrau, die Figur in dem schlichten, aber eleganten Kleid ziemlich füllig. »Lord Waringham, erlaubt mir, Euch Susanna Horenbout vorzustellen.«

Irgendetwas Seltsames durchzuckte Nick – er wusste nicht, ob

Schrecken oder freudige Überraschung. Er warf Mary einen kurzen Blick zu, dann verneigte er sich vor der flämischen Dame. »Es vergeht kein Tag, ohne dass ich mich an dem Gemälde meiner Mutter erfreue, das Ihr geschaffen habt, Madam.«

»Sie war ein hoffnungsloses Modell«, entgegnete die Malerin mit einem nostalgischen Lächeln. »Sie konnte einfach nicht stillstehen und wollte immerzu davonlaufen, um irgendetwas furchtbar Wichtiges zu tun.«

»Vielleicht wirkt das Bildnis deswegen so lebendig, dass man immer meint, sie werde im nächsten Moment die Hand durch den Rahmen strecken.«

»Ihr schmeichelt mir, Mylord.«

Doch Nick schüttelte den Kopf. »Im Gegenteil. Es ist das einzige, was mich mit ihr verbindet. Was ich über meine Mutter weiß, ist das, was ich in dem Gesicht auf dem Gemälde lesen kann. Ich glaube nicht, dass es viele Bilder gibt, die so hoch geschätzt und so oft angeschaut werden.«

Wie alle Künstler war auch Susanna Horenbout nicht gegen Eitelkeit gefeit und offensichtlich erfreut über seine Worte. »Ihre Großzügigkeit und Güte habt Ihr jedenfalls geerbt, Mylord.«

»Ich habe Zweifel, dass mein Sohn oder meine Pächter sich dieser Meinung anschließen würden«, gab er zurück, und die Damen lachten.

»Welcher Meinung?«, fragte Francis, der plötzlich an seiner Seite stand.

Nick sah auf ihn hinab und zog ihn am Ohr, aber zu sacht, um ihn zu maßregeln. »Was ist denn das schon wieder für ein Benehmen, Francis of Waringham?«

Francis verneigte sich ein wenig hastig vor den Damen. »Ladys.«

»Welch eine Freude, dich zu sehen, Francis«, sagte Mary und strich ihm über den Schopf.

Er gab ein gedämpftes, unwilliges Brummen von sich und warf seinem Vater einen Blick zu, der besagte, dass ihm hier allerhand zugemutet werde. »Mutter schickt mich«, erklärte er. »Sie wünscht dich zu sehen.«

»Sag ihr, ich komme gleich«, trug Nick ihm auf.

Francis machte schon wieder einen Diener und entschwand. Nick sah ihm einen Moment nach.

»Was für ein hübsches Kind«, bemerkte Susanna Horenbout.

Nick hatte einen Einfall. »Würdet Ihr ihn malen?«

Sie hob abwehrend die Hände. »Ich bin aus der Übung, fürchte ich. Und ich habe in der Werkstatt meines Bruder auch nur Miniaturen angefertigt. Eure Mutter war eine Ausnahme, versteht Ihr. Ich bin keine Porträtmalerin.«

»Ich weiß es besser, Madam«, widersprach er.

Es wurde ein fröhliches Weihnachtsfest ohne allzu große Förmlichkeiten. Der Prinz erfüllte seine Gastgeberpflichten mit feierlichem Ernst und ging in großer Frömmigkeit zu den Gottesdiensten, aber seine Erzieher drückten ein Auge zu, wenn er die hohe Tafel vorzeitig verließ, um mit den anderen Kindern im verschneiten Garten Verstecken zu spielen.

Nick war dankbar, dass ihm der Pomp und die steifen Zeremonien eines Weihnachtsfestes bei Hofe erspart geblieben waren, saß meist mit einem gut gefüllten Becher an der Tafel, aß zu viele Pfeffernüsse, sehnte sich nach Janis und vertrieb sich die Zeit damit, ein paar interessante Beobachtungen anzustellen. So war etwa kaum zu übersehen, dass Thomas Seymour, der jüngere der beiden Onkel des Prinzen, Marys neue Hofdame Katherine Parr mit schmachtenden Blicken auf Schritt und Tritt verfolgte. Thomas Seymour stand in dem Ruf, ein Schürzenjäger und Glücksritter der schlimmsten Sorte zu sein – ganz anders als sein pflichterfüllter Bruder Edward, der als Earl of Hertford Cranmers verlässlichste Stütze im Kronrat war. Doch Nick blieb nicht verborgen, dass Thomas Seymours Avancen Lady Katherine nicht unwillkommen waren, sie zumindest amüsierten. Ihr greiser Gemahl, Lord Latimer, sei krank, hatte er gehört. Ohne besonderes Interesse spekulierte Nick darüber, ob Lady Katherines Trauerzeit und Witwenstand wohl von langer Dauer sein würden, wenn Latimer das Zeitliche segnete …

»Hast du die Absicht, mir auszuweichen, bis du am Tag nach dem Dreikönigsfest wieder heimreitest?«

Er sah auf. »Lady Waringham.« Er rang sich ein Lächeln ab. »Nimm doch Platz.«

»Ich habe dir eine Frage gestellt.«

»Und ich habe dich gebeten, dich zu mir zu setzen, damit nicht die ganze Welt Zeuge der Szene wird, die du mir offenbar zu machen gedenkst«, entgegnete er leise.

Polly gehorchte mit dieser speziellen Art schweigender Missbilligung, die sie so perfekt beherrschte und die Nick im Handumdrehen wütend machen konnte. Aber er gab dem nicht nach. Er wusste, ihr Vorwurf war berechtigt – er *war* ihr aus dem Weg gegangen –, und wenn er jetzt schroff zu ihr wäre, müsste er mit einem schlechten Gewissen dafür büßen. »Also? Was gibt es?«

»Brauche ich einen Anlass, um Anspruch auf ein paar Minuten deiner Zeit zu haben?«, konterte sie.

»Wenn du Wert auf die Wahrheit legst: Die Antwort lautet Ja. Du und ich hatten einander nie viel zu sagen, Polly. Warum sollen wir vorgeben, es wäre anders?«

»Das hat dich früher nie davon abgehalten, in mein Bett zu kommen.«

Er nickte wortlos, trank einen kleinen Schluck und hielt ihr einladend seinen Becher hin. Doch sie schüttelte den Kopf.

»Würdest du mich ein Stück durch den Park begleiten?«, bat er. Sie saßen allein und unbelauscht am Ende der Tafel, aber die Halle war trotzdem ein zu öffentlicher Raum für die Stunde der Wahrheit, die hier offenbar angebrochen war.

»Natürlich«, antwortete Polly bereitwillig. »Lass mich nur meinen Mantel holen.«

Sie wollte aufspringen, aber Nick hielt sie am Handgelenk zurück. Er sah sich kurz um und winkte dann den jungen Robin Dudley zu sich. »Lauf nach oben, hol Lady Waringhams Mantel und Schneeschuhe und so weiter und bring sie in die Eingangshalle.«

»Sofort, Mylord.« Der kleine Rabauke machte einen Diener und stob davon.

Es war herrliches Wetter für einen Spaziergang, kalt und sonnig, aber nicht windig. Höflich legte Nick seiner Frau den eichenlaubgrünen, pelzgefütterten Umhang um die Schultern, sah zu, während Dudley ihr fachmännisch in die hölzernen Überschuhe half, warf sich den eigenen, ebenso warmen, aber weitaus weniger eleganten Mantel über und führte Polly ins Freie.

Schweigend schlenderten sie die gewundenen Pfade entlang, nebeneinander, aber ohne sich zu berühren. Und weil Nick tief in Gedanken versunken war und nicht darauf achtete, wohin seine Füße ihn trugen, war er ein wenig verwundert, sich plötzlich in dem kleinen Obstgarten wiederzufinden, der zwischen Stallungen und Gesindeküche lag. Er blieb an dem knorrigen kleinen Apfelbaum stehen, wo Polly ihn so manche Nacht erwartet hatte.

»Wie lange das alles her zu sein scheint«, murmelte sie an seiner Seite.

Er sah sie an und nickte. »Bald zehn Jahre.«

»Ich wünschte, ich könnte diese Zeit zurückhaben«, stieß Polly plötzlich hervor. »Ich hatte immerzu Angst, wir würden entdeckt und eingesperrt und aufgehängt, aber ich hatte dich. Darum war es nicht so schlimm.«

»Ich denke eher, du hast es vorgezogen, zu vergessen, *wie* schlimm es oft war. Und es führt auch zu nichts, zurückzuschauen. Entscheidend ist, wo wir heute stehen, nicht, wie wir hierhergekommen sind. Also lass uns …«

»Ist es eine andere Frau?«, unterbrach sie ihn scharf. »Ist das der Grund, warum du mich nicht mehr anrührst?«

Er sah ihr in die Augen und nickte. Bei allem, was zwischen ihnen stand, war er sich sehr wohl bewusst, dass Aufrichtigkeit das Mindeste war, was er ihr schuldete.

»Wirst du dich von mir scheiden lassen?«, fragte sie.

»Ich wüsste nicht, wie.«

»Frag König Henry. Ich bin sicher, er könnte dir einen Rat geben; schließlich ist er Experte. Wenn du es wünschst, kann ich dich auch betrügen. Ich bräuchte nur mit den Fingern zu schnipsen, und Thomas Seymour wäre zur Stelle …«

»Untreue ist kein Scheidungsgrund«, erinnerte er sie. »Aber wenn du mich zum Gespött machst und der Zukunft unserer Kinder schadest, könnte ich mich dazu entschließen, dich in ein schottisches Kloster zu sperren. Dort hättest du viel Zeit, darüber nachzudenken, was es bedeutet, Lady Waringham zu sein. Du würdest alt und grau werden und irgendwann sterben, ohne Eleanor und Francis je wiederzusehen. Also überleg dir gut, was du tust.«

Sie lachte bitter. »Du drohst mir, dabei bist du der Ehebrecher, nicht ich.«

»Du hast mir zuerst gedroht«, stellte er ohne besonderen Nachdruck klar. »Aber es war weder meine Absicht, dich einzuschüchtern, noch will ich mich scheiden lassen.« Wozu, wo er Janis ja doch nicht hätte heiraten können?

»Sondern was? Was genau ist es, das Lord Waringham wünscht?«

»Oh, lauter Dinge, die ich nicht haben kann, wie üblich«, antwortete er mit einem Lächeln. Er bückte sich, hob eine Hand voll Schnee auf, formte eine Kugel daraus und warf sie nach einer Krähe, die lärmend in einem nahen Kirschbaum hockte. Unter frenetischem Krächzen flog sie davon.

Nick legte die Linke auf Pollys Arm und führte sie weiter Richtung Stallungen. »Es war nie meine Absicht, dich zu kränken oder dich unglücklich zu machen, Polly, aber die Dinge sind eben, wie sie sind. Ich kann dir nicht geben, was du dir von mir wünschst, und das weißt du. Aber ich schwöre, ich werde nie vergessen, was ich dir schuldig bin. Und vielleicht ist dies hier der richtige Moment, um dir für das zu danken, was du aus Francis gemacht hast.«

Sie hatte den Kopf gesenkt, hob aber abwehrend die freie Rechte. »Ich habe gar nichts getan«, sagte sie erstickt. »Er ist einfach, wie er ist. Ein Glückskind.«

»Erzähl mir nichts«, widersprach Nick. »Du hast ihm Manieren beigebracht, ohne ihn zu verbiegen. Er ist … ein wunderbarer Junge.«

Sie nickte. »Ich habe gemerkt, dass er dir ans Herz gewachsen ist, und dafür danke ich Gott. Er hat mich von meiner größten

Sorge erlöst. Aber wie es seine Art ist, hat Gott mir gleich eine neue Sorge beschert, Nick: Lord Sidney hat mir kurz vor Weihnachten mitgeteilt, dass meine Dienste im neuen Jahr nicht mehr benötigt werden. Der Prinz wird ein junger Gentleman und braucht nicht mehr so viele Gouvernanten wie früher. Mit anderen Worten, Mylord: Ich verliere meine Anstellung und das Dach über dem Kopf. Was schlägst du vor, wohin ich gehen soll, wenn du mich zu Hause nicht haben willst?«

Sie waren vor den Stallungen angekommen, und Sir Jeremy Andrews – der Schrecken aller Stallburschen – stand mit drei Mädchen in feinen Mänteln und Kapuzen vor dem Tor und unterhielt sie galant, während sie offenbar auf ihre Pferde warteten.

»Was du wieder redest«, antwortete Nick seiner Frau. »Du und Eleanor könnt jederzeit nach Hause kommen. Wann immer du es wünschst.«

Er hatte leise gesprochen, aber anscheinend nicht leise genug. Eine der kleinen Damen fuhr zu ihm herum. »Du willst uns nach Hause holen, Vater?«

»Eleanor.« Er beugte sich zu ihr herunter und küsste sie auf die Stirn. Dann verneigte er sich vor ihrer Gefährtin. »Lady Elizabeth.«

»Lord Waringham«, antwortete die einstige Prinzessin eine Spur kühl.

»Und Lady …?« Nick sah unsicher auf das dritte Mädchen, ein hübsches Kind mit großen, dunklen Augen.

»Jane Grey«, raunte Polly.

»Oh, natürlich.« Suffolks Enkelin, wusste Nick. Und da Lady Janes Großmutter König Henrys Schwester gewesen war, zählte die Kleine zur königlichen Familie. »Eine Ehre, Lady Jane.«

Sie knickste, ohne zu lächeln, und sprach kein Wort.

»Wünscht Ihr Euer Pferd, Mylord?«, fragte der Stallmeister respektvoll. Kein Wiedererkennen flackerte in seinen Augen.

Nick winkte ab. »Nein, danke, Sir Jeremy. Lady Waringham und ich haben uns nur ein wenig die Beine vertreten und hierher verirrt.«

»Vater«, beharrte Eleanor. »Was hat das zu bedeuten, wir sollen nach Hause zurückkehren?« Keine Freude, sondern Schrecken stand in ihren Augen.

»Möchtest du das nicht?«, fragte er erstaunt.

Eleanor schlug die Augen nieder und sann offenbar erfolglos auf eine höfliche Antwort.

»Ihr Zuhause ist hier«, erklärte Elizabeth brüsk.

»Ich glaube, Ihr irrt Euch«, teilte Nick ihr frostig mit, und seine Eifersucht traf ihn unvorbereitet.

Elizabeth blies sich eine Strähne aus der Stirn. »Warum wollt Ihr uns auf einmal auseinanderreißen, wo Ihr Euch bis heute noch nie um Eure Tochter geschert habt, Mylord?«

»Bess!«, zischte Eleanor erschrocken.

Nick betrachtete die Tochter des Königs, die offensichtlich die Taktlosigkeit ihrer Mutter geerbt hatte, ohne viel Sympathie. Dann legte er Eleanor kurz die Hände auf die Schultern und versprach: »Bevor ich entscheide, werde ich mir deine Wünsche anhören.«

Sie nickte lächelnd und knickste. »Danke, Vater.«

»Wollt ihr drei etwa allein ausreiten?«

Sie schüttelte den Kopf. »Wir warten auf Sir Thomas Seymour und Robin Dudley.«

»Na dann. Bei zwei so besonnenen Begleitern weiß ich euch ja in den besten Händen …«

Die drei Mädchen tauschten einen Verschwörerblick, und die neunjährige Elizabeth erklärte: »Ich brauche keinen Aufpasser, Lord Waringham. Ich habe nämlich vor gar nichts Angst.«

»Ja, Mylady, das glaub ich aufs Wort.«

Voller Misstrauen betrachtete Nick die dampfenden, gelblich weißen und ungleichmäßig geformten Kugeln auf dem Teller vor sich. »Was … soll das sein? Sieht aus wie Ingwer. Nur größer.«

»Kostet«, befahl Mary und machte eine aufmunternde Geste mit ihrem Speisemesser.

Nick zückte scheinbar unerschrocken sein eigenes, wollte eins der seltsamen Gebilde aufspießen, und prompt bröckelte es auseinander. »Großartig …«, knurrte er.

Mary, Lady Katherine und Susanna Horenbout lachten ihn aus. Zu viert saßen sie in Marys behaglichem Gemach um einen niedrigen Tisch herum, und Nick beobachtete verstohlen, wie die Damen dieses seltsame Gemüse aus der Neuen Welt handhabten.

Schließlich imitierte er Katherine Parr, hob eine der Kugeln mit spitzen Fingern auf und biss vorsichtig ab. Er kaute langsam, obwohl es eigentlich nicht nötig war, denn der Bissen zerging auf der Zunge, wo sich ein Geschmack ausbreitete, der sich mit nichts vergleichen ließ, was er je probiert hatte. »Hm«, machte er anerkennend und schluckte. »Nicht übel. Auf jeden Fall sehr außergewöhnlich. Also, raus damit, Ladys. Was ist es?«

Mary schüttelte den Kopf. »Ich kenne den Namen dieser Früchte nicht.«

»In London nennt man sie Erdäpfel«, wusste Lady Katherine zu berichten. »Weil sie angeblich wie Wurzeln in der Erde wachsen.«

»Sie schmecken jedenfalls himmlisch«, befand die Malerin. »Was vermutlich bedeutet, dass sie dick machen«, fügte sie mit einem betrübten Blick auf ihre kaum erkennbare Taille hinzu, und die anderen am Tisch schmunzelten.

Sie beendeten das ungewöhnliche Mahl, ohne viel zu reden, ein jeder konzentrierte sich auf den fremden Wohlgeschmack der neuen Frucht.

»Wer holt so etwas eigentlich aus der Neuen Welt?«, fragte Mary. »Habt Ihr nicht einen Onkel oder Cousin, der zur See fährt, Mylord?«

»Ich habe ihn seit meiner Kindheit nicht mehr gesehen«, erwiderte Nick bedauernd. »Und er ist mit den Portugiesen die afrikanische Küste entlanggefahren, nicht in die Neue Welt. Dorthin fahren vor allem die Spanier und die Holländer. Die Spanier bringen Gold und Silber nach Hause, sodass Kaiser Karl jeden Tag reicher und mächtiger wird. Die Holländer schaffen wunderbare, wenn auch überflüssige Dinge wie Pelikane oder vermutlich auch Eure Erdäpfel hier nach Antwerpen, von wo aus sie zum Beispiel nach London verschifft und für viel Geld verkauft werden. Unsere eigenen Seefahrer, wenn sie überhaupt übers große Meer fahren, bringen vor allem Kabeljau nach Hause, hat mein Schwager Philipp Durham mir erzählt.«

»Na ja, Kabeljau ist ein wohlschmeckender und kostbarer Fisch, der sicher viel einbringt, aber verglichen mit Cousin Karls Schiffen voller Gold …«, sagte Mary versonnen. Dann sah sie kopfschüttelnd in die Runde und fügte hinzu: »Mein Vater muss achtgeben, dass er und sein Land nicht in Bedeutungslosigkeit sinken.«

»Vielleicht sagt Ihr ihm das bei Gelegenheit einmal«, schlug Nick über den Rand seines Glases hinweg vor.

Mary hob trotzig das etwas spitze Tudor-Kinn. »Vielleicht werde ich das.«

Nach dem Essen trat Nick auf den verschneiten Balkon hinaus, verschränkte die Arme auf der Brüstung und sah an der Fassade hinab.

»Wunderst du dich, wie du je den Mut gefunden hast, daran emporzuklettern?«, fragte Marys Stimme neckend in seinem Rücken.

Er wandte lächelnd den Kopf. »So schwierig war es gar nicht. Und es ist auch nicht so besonders hoch.«

Sie stellte sich neben ihn. »Hoch genug, um sich den Hals zu brechen.«

»Hm«, machte er unbestimmt. »Lange her.« Und um zu verhindern, dass sie nostalgisch wurden, wechselte er das Thema. »Was machen die Heiratspläne, Hoheit?«

Mary zog eine hinreißende kleine Grimasse des Missfallens. »Das gleiche wie immer, du Flegel. Oberflächlich betrachtet scheinen sie zu gedeihen. Jüngster Kandidat war der Bruder des Dauphin, falls ich richtig informiert bin. Aber dann geraten sie glücklicherweise immer ins Stocken, und die wohldurchdachten Pläne lösen sich in Wohlgefallen auf.«

»Tja. Der König wird kaum eine Verbindung mit dem französischen Königshaus eingehen wollen, wenn er plant, die Normandie zu überfallen.«

»Es täte mir leid für die Menschen in der Normandie, wenn es wirklich dazu käme, aber ich wäre natürlich wie üblich dankbar für die geplatzte Verlobung. Wenn es allerdings stimmt, was Lord Sidney erzählt, dass nämlich Pfalzgraf Philipp Dingsda zurück nach England kommen will, weil er immer noch nicht aufgegeben hat, dann wäre mir der kleine Bruder des Dauphin vielleicht doch lieber.«

»Pfalzgraf Philipp?«, fragte Nick erstaunt. »Nun, seine Standhaftigkeit spricht jedenfalls für ihn.«

»So etwas hast du schon mal gesagt«, erinnerte Mary sich stirnrunzelnd. »Du meinst nicht im Ernst, dass ich ihn heiraten sollte, oder?«

Nick schüttelte den Kopf. Der ungestüme Graf hatte ihm gefallen, aber für Mary wäre Philipp nie der richtige Gefährte gewesen, selbst wenn er nicht die französische Krankheit gehabt hätte. »Aber du musst …«

»Oh, ich weiß, ich weiß«, fiel Mary ihm ungeduldig ins Wort. »Auch das hast du schon ein Dutzend Mal zu mir gesagt. Irgendwen *muss* ich heiraten, meinst du.«

»Wie wäre es mit Philipp?«

»Diese Unterhaltung wird absurd.«

»Ich meine deinen Cousin Philipp von Spanien, den Sohn des Kaisers.«

Sie winkte ab. »Der ist doch noch ein Knabe.«

»Was für ein haltloses Argument. Du musst ungefähr vier gewesen sein, als du mit dem Kaiser verlobt wurdest.«

»Und sieh dir nur an, wohin es geführt hat«, gab sie ein wenig schnippisch zurück. »Zu gar nichts.«

»Wie dem auch sei. Prinz Philipp mag noch jung sein – so etwa fünfzehn, wenn ich mich nicht täusche, also kein Knabe mehr –, aber auf jeden Fall erbt er all das Gold aus der Neuen Welt. Wenn du in Sorge um Englands Zukunft bist, denk mal darüber nach.«

»Ah, ich verstehe, Mylord. Ich soll mich für Englands Zukunft an den Meistbietenden versteigern?«

Nick hob begütigend die Linke. »Warum mache ich das eigentlich? Riskiere deinen Zorn, obwohl mein überaus kluger Vorschlag nie Gehör finden wird?«

Sie lächelte huldvoll. Sie genoss es immer, wenn er in einer Debatte nachgab, wusste er. »Wo wir gerade von unpassenden Ehen sprechen, Nick. Ist es wahr, dass Lord Sidney deine Gemahlin aus den Diensten des Prinzen entlassen will?«

Er nickte seufzend. »Ich fürchte.«

»Und ist es auch wahr, dass du sie nicht nach Waringham holen willst, weil du dort mit einer Geliebten zusammenlebst?«

Sprachlos starrte er sie an. Er hatte keine Ahnung, woher sie das wusste. Und es war ihm unheimlich, dass sie es ohne moralische Entrüstung sagte, denn das sah ihr ganz und gar nicht ähnlich. »Und wenn es so wäre?«, konterte er schließlich.

Mary sah ihm unverwandt in die Augen. »Wenn es so wäre, hätte deine Gemahlin mein ungeteiltes Mitgefühl, Mylord. Ganz gleich, welcher Abstammung sie sein mag, aber *du* hast sie geheiratet, und sie war dir immer eine gute, loyale Frau. Sie hat nicht verdient, wie du sie behandelst.«

»Du hast recht«, räumte er vorbehaltlos ein. »Und nichts von dem, was du sagst, ist mir neu, Mary.«

»Aber du gedenkst nicht, deine Sünden zu bereuen und umzukehren.«

»Ich fürchte, nein. Ich ... kann nicht.«

Er rechnete damit, dass sie irgendetwas Fürchterliches zu ihm sagen würde, und er wappnete sich.

Doch Mary ergriff unerwartet seine Linke, drückte sie kurz und ließ sie wieder los. »In dem Fall werde ich Polly als Hofdame zu mir nehmen und mich endlich für alles erkenntlich zeigen, was sie damals für mich riskiert hat, so wie meine Mutter es ihr einmal versprochen hat.«

»Das würdest du tun?«

Sie nickte. »Ich denke, so wäre es für alle am besten.« Nick wollte etwas sagen, aber Mary hob einen strengen Zeigefinger. »Du solltest nicht denken, das bedeute, ich billige deine Eskapaden. Vermutlich kann man den englischen Gentlemen kaum einen Vorwurf aus ihren losen Sitten machen, weil ihr König ihnen ein so schlechtes Beispiel gibt. Selbst Norfolk hält sich neuerdings eine Geliebte, wird erzählt. Aber gerade von *dir* hätte ich mehr Anstand erwartet, Nick, warst du doch immer einer der wenigen ...«

Der Rest ihrer Strafpredigt ging glücklicherweise im plötzlichen Schmettern zahlloser Trompeten unter. Erschrocken fuhren sie beide zur Brüstung herum und blickten der großen Reiterschar entgegen, die den breiten Kiesweg zum Hauptportal entlangkam.

»Es hat den Anschein, als statte der König seinem Thronfolger einen kleinen Überraschungsbesuch ab«, murmelte Mary. »Ich möchte nicht mit den Köchen tauschen.«

»Vor allem nicht mit den Patissiers«, fügte Nick hinzu. »Wie ich höre, wird der König unleidlich, wenn er nicht alle zwei Stunden eine Süßspeise vorgesetzt bekommt.«

»Wahrscheinlich ist das der wahre Grund, warum er in Frankreich einfallen will«, mutmaßte Mary. »Dort gibt es nun einmal die besten.«

Und Nick fragte sich, ob es ihr so ging wie ihm; ob sie scherzte, um die Erinnerung an das letzte Mal zu vertreiben, da Mary von diesem Balkon zu ihrem Vater herabgeblickt hatte und vor ihm auf die Knie gefallen war.

Henrys Bart war grau und spärlich geworden. Mit der Rechten stützte der König sich schwer auf einen Elfenbeinstock mit Goldknauf, die linke Hand lag auf Suffolks Arm, und der Herzog geleitete den König mit kleinen, langsamen Schritten zur hohen Tafel. Mit seinen achtundfünfzig war Suffolk sieben Jahre älter als Henry, wirkte aber weitaus vitaler, vor allem gesünder.

Der ausladende Thronsessel, der in dieser Halle immer bereitstand, knarrte bedenklich, als der König hineinsank. Henry schloss die Augen und lehnte den Kopf einen Moment zurück an die hohe Lehne, ehe er seine Kinder begrüßte, die vor ihm aufgereiht standen. Der kleine Prinz Edward war der schüchternste von den dreien. Er machte einen artigen Diener und beantwortete höflich die Fragen seines Vaters, aber es war unschwer zu erkennen, dass er sich vor dem schnaufenden Koloss mit der lauten Stimme fürchtete. Elizabeth hingegen hieß den König mit unkomplizierter Herzlichkeit willkommen. Mary näherte sich ihrem Vater mit würdevoller Höflichkeit. Nick wusste, die vorbehaltlose und unkritische Liebe, die sie einst für den König gehegt hatte und an der sie um ein Haar zerbrochen wäre, war einer weitaus gesünderen, distanzierten Toleranz gewichen. Was Mary bewog, ihm dennoch mit Wärme zu begegnen, waren Mitgefühl und ihr Verständnis von christlicher Barmherzigkeit. Und das war kein Wunder. Man musste den König nur anschauen, um zu wissen, dass seine Tage gezählt waren. Unwillkürlich wanderte Nicks Blick wieder zu dem schmächtigen fünfjährigen Thronfolger. *Gott steh uns bei*, dachte er.

Doch Henry war nicht zu krank und schwach, um die üblichen Gehässigkeiten zu ersinnen, die er stets für Nick bereithielt.

»Ah, Lord Waringham, sieh an.« Er saß seit mindestens einer halben Stunde in seinem Thronsessel, aber sein Atem glich immer noch dem ausgepumpten Keuchen eines Pferdes, das eine lange Strecke galoppiert war. »Suffolk berichtet mir, Ihr seid zu hasenfüßig, um mit uns in die Normandie zu ziehen.«

Nick tauschte einen unauffälligen Blick mit seinem Paten und bedankte sich mit einer hochgezogenen Augenbraue. Suffolk antwortete mit einer ebenso verstohlenen Geste der Entschuldigung, die wohl bedeuten sollte, dergleichen habe er nie gesagt. Nick war keineswegs sicher, ob er das glauben sollte.

»Natürlich werde ich mit Euch ziehen, wenn Ihr es befehlt, Majestät«, stellte Nick klar.

»Aber nur dann?«, hakte der König lauernd nach.

»Ja. Nur dann.«

»Würde es Eurem Herzen vielleicht den fehlenden Mut verleihen, wenn ich Euch für sechs Monate im Feld das Marktrecht in Aussicht stellte, um das Ihr alle Jahre wieder bettelt?«

»Es besteht keine Veranlassung, mich zu ködern, Mylord, denn meine Loyalität ist nicht käuflich.«

»Das glaub ich gern. Ihr könnt nicht feilbieten, was Ihr nicht besitzt.«

Nick biss die Zähne zusammen und setzte alles daran, jeden Ausdruck aus seinem Gesicht fernzuhalten. »Gewiss nicht, Majestät. So wenig wie Ihr kaufen könnt, was England und der Krone längst gehört.«

»In dem Fall ist es schwer zu begreifen, was Euch abhält, für England und die Krone in den Krieg zu ziehen, Sir.«

»Mein Gewissen, Majestät, das, anders als meine Loyalität, nur mir allein gehört, weder England noch der Krone. Das hat Sir Thomas mich gelehrt.«

Der König schätzte es nicht sonderlich, an seinen enthaupteten Mentor, Ratgeber und Lord Chancellor erinnert zu werden, und sein gerötetes Gesicht nahm einen Purpurton an, der nichts Gutes zu verheißen schien. »Und Ihr entsinnt Euch doch gewiss noch, wohin seine Weisheiten ihn geführt haben?«

»Ins Paradies, nehme ich an.«

Henry ließ seine schinkengleichen Fäuste auf die Armlehnen niedersausen, und in der rechten zerbarst irgendetwas mit einem leisen Knacken. »Es sind immer die Feiglinge und Verräter, die sich hinter Frömmeleien und ihrem angeblich unbestechlichen Gewissen verstecken!«, brüllte der König, und kleine Speicheltropfen flogen von seinen Lippen. »Geht mir aus den Augen, Ihr treuloser Lump, eh ich mich vergesse und Euch ...« Er verstummte so abrupt, dass Nick einen Moment lang glaubte, der Schlag habe den König getroffen. Aber weder fing er an zu röcheln, noch sank er in sich zusammen – im Gegenteil, die beängstigende Zornesröte wich von Hals und Wangen, und ein Lächeln malte sich auf den Lippen ab. Henry schien nicht nur schlagartig seinen Zorn auf Nick vergessen zu haben, sondern den Übeltäter gleich mit. Er starrte an Nicks Schulter vorbei, und in die kleinen Augen, die in dem feisten Gesicht kaum mehr zu finden waren, schlich sich ein ungewohnter Glanz.

»Charles ... wer ist das?«, fragte der König träumerisch.

Suffolk trat einen Schritt näher, beugte sich zu ihm hinunter und antwortete gedämpft: »Das ist die neue Hofdame Eurer Tochter, Majestät. Katherine Parr, Lady Latimer.«

»Stell sie mir vor«, bat Henry, aufgeregt wie ein Schuljunge, und seine Pranke scheuchte Nick achtlos beiseite.

Erleichtert verließ Nick die Estrade, suchte sich ein unauffälliges Plätzchen im Schatten der Galerie an der Wand und gab sich Mühe, mit der Holztäfelung zu verschmelzen.

»Du musst verrückt sein, ihn so zu reizen«, murmelte Mary an seiner Seite.

»Ja, ja«, knurrte er. »Nicht nötig, mir das ständig vorzuhalten. Ich pass schon auf mich auf, keine Bange.«

»Den Eindruck hatte ich nicht. Aber ausnahmsweise war es einmal nicht dein Leben, um das ich gefürchtet habe, sondern seins. Er ist ein todkranker Mann, Nick. Also sei ein bisschen nachsichtig.«

»Der todkranke Mann lebt gerade sichtlich auf«, bemerkte er.

Katherine Parr war ohne erkennbare Scheu vor den König getreten, lauschte ihm respektvoll, aber nicht unterwürfig, und sagte irgendetwas, das ihn zum Lachen brachte.

»Nun schau dir Thomas Seymour an, den König der Herzensbrecher«, wisperte Mary. »Er sieht aus, als sei ihm gerade der Gevatter mit der Sense erschienen.«

Tatsächlich war der junge Onkel des Kronprinzen verdächtig bleich geworden und starrte mit leicht geöffneten Lippen zu Lady Katherine und König Henry hinüber.

»Hm. Falls er tatsächlich zur Abwechslung einmal ernsthafte Absichten hat, kann ich ihn verstehen. Selbst wenn Lady Katherine in absehbarer Zeit verwitwet, mag es sehr wohl sein, dass Thomas Seymour nicht zum Zuge kommt.«

»Und wenn das, was du andeutest, wirklich geschieht, mag es sehr wohl sein, dass mein Vater diesen gottlosen Krieg nie beginnt.«

»Oh, das glaub nur nicht«, widersprach Nick. »Ruhm auf dem Schlachtfeld ist das einzige, was er noch erhoffen kann, um diesem Fiasko, das seine Regentschaft war, eine Spur von Glanz zu verleihen.«

Waringham, Mai 1544

»Pass auf, verbrenn dir nicht die Finger«, warnte Nick und hielt Francis den Spieß mit dem Brot hin, das sie über dem Kaminfeuer geröstet hatten.

»Also wirklich, Vater«, tadelte der Junge seufzend. »Es sieht aus wie ein Brocken Holzkohle.« Dennoch pflückte er das Brot herunter und warf es schnell zwischen seinen Händen hin und her, um es abzukühlen.

Nick fing es mitten im Flug ab, und seinen schwieligen Händen konnte die Hitze nichts anhaben. »Nein, nein, ich denke, so schlimm ist es nicht. Hier.« Er brach es durch, reichte dem Jungen seine Hälfte, und sie begannen zu knabbern.

»Lies weiter«, bat Nick, während er das nächste Brotstück pfählte.

Francis streckte sich auf der Decke vor dem Kamin auf der Seite aus und fuhr mit dem Finger die Zeilen in seinem Buch entlang, bis er die richtige Stelle wiedergefunden hatte. »Ah, hier: *Der Elefant begab sich also in dieses wundersame Land Musia, das der Löwe, der König der Tiere, ihm zu Lehen gegeben hatte, um seine Herrschaft anzutreten. Und der Elefant ließ seine Trompete erschallen, auf dass all seine neuen Untertanen von seiner Ankunft Kunde erhielten. Von Osten, von Westen, von Norden und von Süden strömten sie herbei, um ihren neuen Fürsten willkommen zu heißen, doch als er sie erblickte, war sein Schrecken groß: Der Löwe hatte dem Elefanten die Herrschaft über das Land der Mäuse verliehen …*« Francis kicherte hingerissen und sah auf. »Was für ein dämlicher König«, befand er. »Wie soll das denn gehen? Wie soll der Elefant über die Mäuse herrschen?«

Nick nahm das Brot aus dem Feuer und betrachtete es kritisch. »Ja, du hast recht, der Löwe ist ein ziemlich dummer König. Wie du noch häufiger feststellen wirst.«

Francis richtete sich wieder auf und pflückte das Brot vom Spieß.

Dieses Jahr machten die Eisheiligen ihrem Namen alle Ehre – es war geradezu lächerlich kalt und regnerisch für Mai. Aber Nick hatte keine Einwände gegen das Wetter, denn es bot eine gute Entschuldigung, um dieses Ritual, das sich über den Winter entwickelt hatte, fortzusetzen: Vater und Sohn verbrachten die Stunde vor Francis' Schlafenszeit vor dem Feuer in Nicks Gemach, lasen oder führten Männergespräche, während sie Brot über dem Feuer rösteten, das Nick mit dem würzigen Schafskäse aus Adams Molkerei aß, Francis lieber ohne.

»Die Geschichte gefällt dir also?«, fragte Nick.

»Großartig!«, befand Francis mit dem so leicht entflammbaren Enthusiasmus. »Hundertmal besser als Ovid. Nicht so mühsam zu lesen und viel spannender!«

Nick lachte in sich hinein. »*Besser als Ovid.* Sei so gut und sorg dafür, dass das dereinst auf meinen Grabstein gemeißelt wird.«

Janis hatte ihn auf die Idee gebracht, kleine Tiergeschichten in lateinischer Sprache zu verfassen, um den Kindern ihrer Schule das Erlernen der alten Sprache zu erleichtern und zu versüßen, und gleichzeitig könne er seine eigenen Fertigkeiten im Gebrauch des Lateinischen damit verbessern und auffrischen, hatte sie hinzugefügt – ganz die eifrige Schulmeisterin. Das ungewöhnliche Projekt hatte ihn gereizt und ihm großes Vergnügen bereitet. Er fand sich an die Zeit erinnert, da er für den Leseunterricht seines Bruders Geschichten geschrieben hatte. Er konnte nicht ohne Wehmut und Trauer an diese Zeit zurückzudenken, aber seine Bitterkeit, stellte er fest, hatte nachgelassen.

Francis teilte sein Brot mit Maxwell, seinem Hund, der zusammengerollt neben ihm auf der Decke döste, und las weiter. Mühelos. Und an seiner Betonung der Worte war unschwer zu erkennen, dass er ihren Sinn verstand.

Vaterstolz schwellte Nicks Brust. Er fand diese Anwandlung albern, übertrieben und obendrein unverdient, doch er konnte gegen das Gefühl nicht viel tun. Darum trank er einen Schluck Wein und gab sich ihm hin. Er war sicher, dass ihm Tage des Zwists und der Enttäuschung bevorstanden, denn sie blieben keinem Vater erspart, also war es nur weise, Momente wie diesen auszukosten.

Es klopfte, und Janis steckte den Kopf durch die Tür. »Zeit zum Schlafengehen für dich, Francis.«

»Och, nur noch bis zum Ende der Seite …«, bettelte der Junge. Oft genug führte es zum Erfolg.

Aber heute blieb sie hart. »Nein, es ist spät geworden. Sag gute Nacht, nimm dein zotteliges Ungeheuer und dann ab ins Bett mit euch.«

Francis sprang auf die Füße und schenkte ihr ein Lächeln, das halb zerknirscht und halb schelmisch war. »Also schön. Maxwell.« Der Hund stand auf und reckte sich gähnend. Der Junge lachte. »Nun, wenigstens einer von uns beiden ist müde. Nacht, Mylord.«

»Beten nicht vergessen«, trug Nick ihm auf.

Francis schüttelte den Kopf und verneigte sich vor Janis. »Nacht, Schwester.«

»Gute Nacht, Francis.«

Nick sah seinem Sohn nach, der seinen Hund hinausführte und die Tür hinter sich zuzog. »Er wird so groß ...«, murmelte er seufzend.

»Was erwartest du?«, gab sie zurück. »Das arme Kind hat einen Hünen von beinah sechs Fuß zum Vater.«

Nick erhob sich von seinem warmen Plätzchen auf der Decke vor dem Kamin, zog Janis mit der Rechten näher und drückte die Lippen auf ihre. »Endlich allein ...«

Sie schob ihn energisch weg. »Nicht bevor der Junge schläft, Nicholas.«

Er schauderte. »Du klingst wie meine böse Stiefmutter, wenn du mich so nennst.«

»Ich weiß«, gab sie lächelnd zurück. »Es ist die sicherste Methode, dich von deinen lüsternen Gedanken zu kurieren.«

Er brummte, um vorzugeben, er sei verstimmt, und trug seinen Becher zum Tisch. »Was machen unsere kleinen Gelehrten?«

»Unsinn wie üblich, nehme ich an«, antwortete sie und setzte sich zu ihm. »George de Vere und Andrew Gisors haben sich nach dem Unterricht geprügelt.«

»Das ist nichts Neues.« Der Sohn des Earl of Oxford und der Enkel des Meisters der Londoner Tuchhändler waren die ersten Schüler gewesen, die in die neue Schule nach Waringham gekommen waren, und vom ersten Tag an hatte sie eine innige Freundschaft verbunden, was sie aber nie davon abhielt, sich zu streiten und erbittert zu prügeln.

»Simon hat sie beide ohne Essen ins Bett geschickt«, berichtete Janis weiter.

»Das wird nichts nützen«, prophezeite Nick. »Und ich will

nicht, dass unsere Schüler Hunger leiden. Ich war der Ansicht, in dem Punkt wären wir uns alle einig.«

»Dann sprich du mit ihm. Du weißt ja, Simon schätzt es nicht gerade, wenn ich ihn kritisiere.«

»Der überaus kluge und hochmütige Simon Neville schätzt es generell nicht sonderlich, kritisiert zu werden«, entgegnete er seufzend.

Aber im Großen und Ganzen war Nick sehr zufrieden mit seinem Lehrpersonal und seiner Schule insgesamt. Es hatte nicht lange gedauert, die Plätze zu füllen. So wie Adlige und reiche Kaufherren Schlange standen, um ihre Stuten in Nicks Gestüt zu schicken, vertrauten sie ihm nun auch ihre Söhne und Töchter an, denn auch wenn der Earl of Waringham in Ungnade sein mochte, genoss er doch hohes Ansehen. Je zwölf Knaben und Mädchen aus den besten Familien bevölkerten nun den alten Burgturm, zwei arme, aber begabte Bauernkinder aus Waringham kamen morgens aus dem Dorf herauf und nahmen ebenfalls am Unterricht teil, und wenn Nick gegen Mittag aus dem Gestüt zurückkam und ihre hellen Stimmen in der einst so stillen und verwaisten Halle hörte, erfreute es sein Herz. Er hatte das alte Gemäuer wieder mit Leben gefüllt und das getan, was die Waringham immer getan hatten: Er hielt die Traditionen seines Hauses am Leben und ging dennoch mit der Zeit. Der Gedanke, wie diese Schule seinen Vater begeistert hätte, gefiel ihm.

Er war gerade dabei, ein Glas für Janis vom Wandbord zu holen, als es klopfte und Anthony Pargeter den Kopf durch die Tür steckte.

»Nick?«

»Komm rein.« Nick griff nach einem dritten Glas.

Der Priester setzte sich zu Janis an den Tisch und schenkte ein. »Ich hatte Besuch aus London«, berichtete er.

»Ah ja? Wen?«, fragte Nick neugierig.

»Paul Goodall. Du weißt schon, der Drucker aus Holborn. Er hat uns neue Bücher gebracht.«

»Ach, du Schreck«, murmelte Nick. »Wir schulden ihm noch Geld.«

Anthony nickte. »Ein Pfund und sieben Schilling. Er lässt ausrichten, du sollst dir Zeit lassen. Und die Hälfte will er für die Krippe spenden.«

»Ha. Guter Mann. Und? Was gibt es für Neuigkeiten aus London?«

Anthony zuckte seufzend die mageren Schultern. »Du hattest natürlich recht. Dieser Krieg droht ein Desaster zu werden und England endgültig zu ruinieren. Der Kaiser hat die versprochenen Truppen immer noch nicht geschickt, und jetzt geht ein Gerücht, er wolle sich mit dem König von Frankreich versöhnen. Nächsten Monat will König Henry selbst nach Frankreich segeln.«

»Dann wird sich unser Kriegsglück ja gewiss wenden«, erwiderte Nick und schüttelte den Kopf. »Was für ein Irrsinn. Ich hatte so gehofft, die Königin könnte ihn zur Vernunft bringen.«

Nur vier Monate nach dem Hinscheiden des unbetrauerten Lord Latimer hatte König Henry dessen Witwe, Lady Katherine Parr, geheiratet. Der Hof hatte mitleidig über diese neue Gefährtin des Königs gelächelt, die weder dem Hochadel entstammte noch über viel höfischen Schliff verfügte. Nick hingegen war nicht verwundert gewesen, als sich herausstellte, dass Lady Katherine einen erstaunlichen und heilsamen Einfluss auf den König ausübte. Sie war keine verwöhnte, selbstsüchtige Göre wie Katherine Howard, sondern eine lebenskluge Frau, die nach zwei frühen Ehen reich an Erfahrung und vermutlich arm an Illusionen war. Sie wusste Henry zu nehmen, erduldete seine Tobsuchtsanfälle mit Gelassenheit, fand seine Brille für ihn, die er ständig verlegte, bandagierte unerschrocken sein ekliges offenes Bein – kurz, sie verstand es, ihm genau die Gemahlin zu sein, die er brauchte. Und wenn sie ihn milde gestimmt fand, führte sie mit leichter Hand ihre Reformen durch, so sacht und behutsam, dass man es fast nicht merkte. So hatte sie das Wunder vollbracht, dass Henry seine beiden Töchter an den Hof geholt hatte, und Mary hatte Nick voller Seligkeit anvertraut, jetzt endlich, nach zehn Jahren, habe sie das Gefühl, der Riss zwischen dem König und ihr sei geheilt.

»Wir dürfen nicht zu viel von ihr erwarten, Nick«, gab Janis zu bedenken. »Vergiss nicht, die Königin muss vorsichtig sein. Sie hat mächtige Feinde bei Hofe.«

»Du hast natürlich recht.«

»Ich … habe noch mehr Neuigkeiten«, setzte Anthony wieder an.

»Unerfreuliche«, mutmaßte Nick.

Der Priester nickte. »Es geht um Lady Meg Roper.«

Nick richtete sich auf. »Was ist mit ihr?«

»Sie hat ein weiteres Kind bekommen, obschon sie natürlich eigentlich über das Alter hinaus ist. Das Kind kam tot zur Welt, und Lady Meg ist sehr geschwächt. Dein Cousin Doktor Harrison war bei ihr, aber es sieht nicht gut aus, heißt es.«

Nick und Janis brachen gleich am nächsten Morgen nach Chelsea auf, doch sie kamen zu spät. Schon als sie aus dem Wherry stiegen, sahen sie den großen Trauerzug, der aus dem Haupttor des Anwesens Richtung Pfarrkirche zog. Nick blieb einen Moment mit gesenktem Kopf im langen Ufergras stehen, bekreuzigte sich und betete.

Janis ließ ihn zufrieden, entlohnte den Wherryman und wartete dann auf ihn.

Schließlich folgten sie dem Trauerzug, und als sie aufschlossen, waren sie nicht überrascht, ein Meer von Tränen vorzufinden. William Roper, der Witwer, weinte ebenso hemmungslos wie seine Kinder und die Zöglinge der Schule, die Lady Meg im Geiste ihres Vaters weitergeführt hatte.

Vor der Kirche drückte Nick dem Witwer die Hand. »Es tut mir leid, Roper.«

Der sah ihm ins Gesicht. »Ihr zählt auch zu denen, die denken, ich hätte sie umgebracht«, murmelte er und wischte sich zerstreut mit der Hand übers Gesicht.

»Ich denke nichts dergleichen«, entgegnete Nick, doch es klang kühl.

Janis ging dazwischen und legte dem hageren, mit einem Mal gramgebeugten Mann die Hand auf den Arm. »Sir Thomas hätte Euch daran erinnert, dass es immer Gottes Wille ist, der geschieht,

Sir William. Und sie ist jetzt bei ihm, nicht wahr? Bei ihrem Vater, meine ich.«

Ropers Lippen verzogen sich für einen Moment nach oben. »Welch ein Vergnügen sie daran haben werden, wieder miteinander zu disputieren.«

Der Sarg stand geöffnet vor dem Altar, sodass ein jeder, der wollte, sich von Lady Meg verabschieden konnte. Sie sah sehr friedlich aus, fand Nick. Ihre Haut war zu wächsern, als dass man hätte glauben können, sie schlafe nur, aber der Mund zeigte das verhaltene kleine Lächeln, das ihn als Knaben immer so aus der Fassung gebracht hatte. Sie trug ein blaues Kleid – das wunderbar zu ihren Augen gepasst hätte, wenn diese sich je wieder geöffnet hätten –, doch ihre Hände waren weder gefaltet noch hielten sie einen Rosenkranz, sondern sie ruhten nebeneinander auf einem seltsam unpassenden, fleckig dunklen Lederbeutel, in dem sich ein kugelförmiger Gegenstand zu befinden schien.

»Was in aller Welt geben sie ihr da mit?«, fragte Laura, die plötzlich an Nicks Seite stand.

Er nahm ihre Hand, dankbar, dass seine Schwester gekommen war. »Ich glaube, das sage ich dir lieber ein andermal«, gab er flüsternd zurück.

Gern hätte er Lady Meg zum Abschied die Stirn geküsst. Sie war seine erste Liebe gewesen und eine wundervolle, mutige Frau. Doch er beschränkte sich darauf, die Finger an die Lippen zu führen und dann verstohlen auf ihre geschlossenen Lider zu legen. Schließlich trat er beiseite, um den übrigen Trauernden Platz zu machen.

Nicht nur Laura war gekommen, sondern Philipp und ihre Kinder ebenso, genau wie John und Beatrice und Chapuys. Nach der Beerdigung kehrten sie alle zusammen nach London zurück und begaben sich in das Haus an der Shoe Lane, um das Glas auf Lady Megs Andenken zu trinken, zu dem der Witwer sie nicht eingeladen hatte.

»Der arme Roper war immer ein bisschen eifersüchtig auf dich, Nick«, bemerkte Laura und setzte sich zu ihrem Bruder auf die Fensterbank der Halle.

»Unsinn«, brummte er.

Sie hob die Schultern, und ihre Miene sagte: *Ich weiß, was ich weiß.* Aber sie ließ das Thema ruhen.

»Ihre Schule wird ihren Tod nicht lange überdauern, soviel ist sicher«, warf Philipp ein. »Eigentlich wollten wir unseren Cecil nächstes Jahr hinschicken.«

»Schickt ihn zu uns«, antworteten Nick und Janis wie aus einem Munde, tauschten einen Blick und ein kleines, trauriges Lächeln.

Philipp nickte. »Ja. Das ist ein guter Gedanke.«

»Aber wir sind nur die zweite Wahl«, raunte Nick Janis zu.

»Wir waren uns nicht schlüssig, ob es gut ist, den Jungen auf die Schule seines Onkels zu schicken, verstehst du«, versuchte Laura zu erklären.

»Sprich mit Francis«, riet ihr Bruder. »Er wird dir wortreich darlegen, dass verwandtschaftliche Beziehungen auf der Schule in Waringham keinerlei Vergünstigungen mit sich bringen. Im Gegenteil, wird er behaupten.«

Laura lächelte beim Gedanken an ihren quirligen Neffen. »Und was macht Eleanor?«

Nick trank einen Schluck und hob die Schultern. »Sie ist mit ihrer Mutter, Lady Mary und Lady Elizabeth bei Hofe. Zuerst hat ihnen allen ein wenig davor gegraut. Aber die Königin sorgt für die Ihren. Es geht ihnen gut, schätze ich. Und davon abgesehen, hat Eleanor mir zu verstehen gegeben, dass sie nicht nach Hause will. Sie zieht Elizabeths Gesellschaft der ihrer Familie vor.«

Laura nickte, ohne einen Kommentar abzugeben. Aber Nick wusste auch so, was seine Schwester dachte: *Was erwartest du, nachdem du deine Tochter ihr Leben lang vernachlässigt hast? Sei lieber froh, dass sie einen Platz in der Welt gefunden hat, wo sie sich geliebt fühlt.*

Und sie hatte natürlich recht.

Chapuys und John traten zu ihnen. »Der arme Roper macht sich bittere Vorwürfe wegen der Schwangerschaft«, bemerkte der kaiserliche Gesandte seufzend.

John winkte mit der großen, feingliedrigen Linken ab. »Das

Kindbettfieber hätte sie mit neunzehn ebenso umbringen können wie mit neununddreißig. Es passiert eben.«

»Es war nicht das Kindbettfieber, das sie umgebracht hat«, widersprach Nick.

»Doch, Nick. Glaub mir«, antwortete John.

Nick schüttelte langsam den Kopf. »Es war vielleicht der Anlass. Aber nicht die Ursache. Auch die Aufopferung für ihre Familie und all die guten Werke haben sie nicht aufgezehrt, sondern das Schicksal ihres Vaters. Niemand hat wirklich verstanden wie sie, welch ein außergewöhnlicher, großer und auch schwieriger Mann er war. Er und sein Werk waren ... nun ja, ihr Lebensinhalt, könnte man vielleicht sagen. Und ihr Fluch war es, genau zu verstehen, was mit ihm und auch mit ihr geschah, und dennoch machtlos zu sein, das Geringste dagegen zu tun. Von dem Moment an, als sein Kopf fiel, barg der Tod keinen Schrecken mehr für Lady Meg.«

»Woher willst du das so genau wissen?«, fragte Laura.

Er hob kurz die Schultern. »Weil ich dabei war.«

Chapuys betrachtete ihn einen Moment, und sein Blick war voller Mitgefühl. Schließlich sagte er: »Wenn es so ist, dass der Tod keinen Schrecken mehr für sie barg, dann solltet Ihr nicht so erschüttert sein, mein Freund.«

»Das ist wahr«, räumte Nick ein. Was ihn vielleicht am meisten erschütterte, war, dass Lady Meg den gleichen Weg gegangen war wie seine Mutter: König Henrys Verrat hatte ihr Leben wertlos gemacht, und sie hatte die Geburt eines Kindes als willkommene Gelegenheit gewählt, um aus dem Leben zu scheiden. Oder zumindest argwöhnte er das. Aber darüber wollte er nicht sprechen, und deshalb nahm er sich zusammen und rang sich ein Lächeln ab. »Einen Penny für den, der errät, was in dem Beutel war. Chapuys darf nicht mitspielen, denn ich sehe ihm an, dass er es weiß.«

»Stimmt«, räumte der Gesandte ein und ließ sich ein wenig steif in einen der Brokatsessel am Tisch sinken.

»Woher?«, fragte Nick, denn es hörte nie auf, ihn zu faszinieren, was dieser Mann alles herausfand.

»Von Vater Anthony Pargeter und aus den Gerichtsakten des Lord Mayor.«

Janis dachte wieder einmal schneller als alle anderen. »Oh, bei allen Heiligen, Nick ... Du willst sagen, sie hat nach der Hinrichtung ihres Vaters seinen *Kopf* gestohlen? Und ist deswegen vor das Gericht des Lord Mayor zitiert worden? Und sie hat den Kopf all die Jahre ... verwahrt?«

»Was sonst sollte sie damit tun? Ihn heimlich nachts auf dem Kirchhof von Chelsea verscharren?« Er öffnete die bestickte Börse an seinem Gürtel, angelte einen glänzenden Penny heraus und reichte ihn ihr. »Hier. Kleine Aufbesserung deines kläglichen Salärs.«

Sie nahm die dünne Münze lächelnd, hielt aber die Hand weiter ausgestreckt. »Gib mir noch fünf. Wir lassen eine Messe für sie und das Kind und Sir Thomas lesen.«

Nick gab ihr das Geld, während Laura, Philipp und John über diesen papistischen Aberglauben die Köpfe schüttelten.

Waringham, September 1544

König Henry erntete allgemein große Bewunderung dafür, dass er trotz seines Alters und seiner schlechten Gesundheit noch einmal in den Krieg gezogen war, und tatsächlich fiel Boulogne, das englische Truppen seit Monaten belagert hatten, ihm Mitte September in die Hände. Böse Zungen behaupteten allerdings, dieses Heldenstück sei nicht dem König zu verdanken, dessen Kampfeinsatz sich darauf beschränkte, in Sichtweite der Stadtmauern in seinem Zelt zu liegen und Mandelpudding in sich hineinzuschaufeln, sondern wohl doch eher den unglaublichen vierzigtausend Soldaten, die er mitgebracht hatte, aber nie und nimmer bezahlen konnte.

»Und vier Tage nach dem Fall von Boulogne haben Kaiser Karl und König François einen Friedensvertrag geschlossen, ob Ihr's glaubt oder nicht«, grollte Owen, der die Neuigkeiten von einem

Besuch in Canterbury mitgebracht hatte. »Ich meine, ist das zu fassen? Da schwört der Kaiser, mit uns zusammen Frankreich zu erobern, und dann kehrt er uns einfach so den Rücken!«

»Nicht einfach so«, widersprach Nick. »Ich denke eher, er fängt an zu ahnen, dass König Henry seine großzügigen finanziellen Zusagen nicht einhalten will. Oder kann.«

»Aber der Kaiser ist doch geradezu unanständig reich mit all seinem Gold«, warf Madog ein.

»Vielleicht ist er auch deswegen so reich, weil er es versteht, sein Gold zusammenzuhalten.« Nick hielt den Blick auf die junge Andalusierstute gerichtet, die er longierte, während die walisischen Brüder in der Spätsommersonne auf dem Zaun saßen und einen Becher Ale teilten.

»Anders als König Henry, meinst du«, argwöhnte der Steward.

Nick sagte weder ja noch nein. »Auf jeden Fall hat Karl offenbar beschlossen, dass es preiswerter ist, Frieden mit Frankreich zu schließen, als den Krieg allein zu bezahlen.«

»Und jetzt steckt König Henry ganz schön in der Klemme«, unkte der Stallmeister. »Er hat Boulogne eingenommen, aber kein Geld, um es zu halten. Obendrein wird Frankreich die Schotten mit neuen Truppen versorgen, jetzt da die Gefahr im eigenen Land gebannt ist.«

Nick brachte die Stute zum Stehen, ging langsam auf sie zu und holte dabei die Longe ein. »Und wenn der Norden Englands brennt, werden französische Schiffe hier an der Südküste landen.«

Die Brüder tauschten einen entsetzten Blick. »Glaubst du das wirklich?«, fragte Madog.

Nick zuckte ungeduldig die Achseln. »François wäre ein Narr, wenn er eine solche Gelegenheit verstreichen ließe.« Er dachte einen Moment nach. Dann bat er: »Madog, ruf für Sonnabend eine Versammlung aller freien Männer von Waringham und den umliegenden Weilern ein. Ein jeder soll seine Waffen mitbringen und sie uns zeigen.«

»Wir stellen eine Truppe auf?«

»Ich denke, das sollten wir, oder?«

»Ich dachte, du hältst nichts von König Henrys Krieg«, spöttelte sein Cousin.

»Richtig. Aber noch weniger halte ich von einer französischen Besatzungsarmee in Kent. Wenn es dazu kommt, dass wir unsere Küsten verteidigen müssen, will ich, dass Waringham bereit ist.«

Der Steward nickte. »Du hast recht. Es hat keinen Sinn, dass wir erst anfangen, den Rost von den Schwertern zu kratzen, wenn die französischen Segel schon am Horizont auftauchen.«

Owen bekreuzigte sich verstohlen. »Jesus … Französische Schiffe an der englischen Küste hat es seit der normannischen Eroberung nicht gegeben.«

Nick klopfte der Stute anerkennend den Hals, holte einen kleinen, harten Apfel aus der Tasche und hielt ihn ihr hin. »Das stimmt nicht«, widersprach er dem Stallmeister. »Noch vor zweihundert Jahren, während des Großen Krieges, sind gelegentlich Franzosen in England eingefallen und haben geraubt und geplündert. Southampton haben sie dem Erdboden gleichgemacht. Aber sie konnten sich so wenig halten wie Henry sich in Boulogne wird halten können. Welchen Schaden sie anrichten, wenn sie jetzt wiederkommen, wird wohl davon abhängen, wie gut wir vorbereitet sind … Ah, Francis, du kommst wie gerufen. Hier.« Er hielt dem Jungen den Strick hin, den er am Zaumzeug der Stute befestigt hatte. »Bring sie rein, sei so gut.«

»Ja, Sir.« Fachmännisch und ohne alle Scheu nahm der Neunjährige die tänzelnde Stute, legte ihr scheinbar abwesend die Hand auf die Nüstern, und augenblicklich wurde sie ruhig. »Hab ich das richtig verstanden? Französische Schiffe an *unserer* Küste?« Er gab sich Mühe, gelassen zu erscheinen, aber seine Augen waren groß und voller Unruhe.

Nick hielt sich im letzten Moment davon ab, seinem Sohn über den Schopf zu streichen. Francis war kein kleiner Bengel mehr, und er schätzte solche Gesten in der Öffentlichkeit nicht. »Ich weiß es nicht, Francis«, gestand er ehrlich. »Ich will nur, dass wir gewappnet sind.«

Der Junge nickte. »Du hast Besuch. Vater Simon hat mich geschickt, dich zu holen.«

»Ah ja? Wer ist es?«

Francis zuckte die Schultern. »Ich hab sie noch nie gesehen. Eine alte Schachtel, die ...«

»Francis of Waringham.«

»Eine Dame, deren Tage jugendlicher Blüte ihren Zenit unlängst überschritten haben?«

Owen und Madog lachten.

Auch Nick musste grinsen. »Ich schätze, irgendwo dazwischen wäre richtig.«

»Sie hat ein kleines Mädchen mitgebracht. Vermutlich ihre Enkelin, die sie dir für die Schule aufschwatzen will.«

»In Ordnung.« Nick blickte seufzend an sich hinab. Er sah eher aus wie ein Stallknecht als Lord Waringham. Er klopfte sich Staub und Stroh von den Hosen, schnürte sein Wams zu und schlüpfte in die Schaube. Im Gehen setzte er das Barett auf.

Wie erwartet, hatte Simon Neville die Besucherin in Lord Waringhams Gemach empfangen. Als Nick eintrat und sie erkannte, ermattete sein höfliches Lächeln schlagartig.

»Welch unerwartete Heimsuchung. Und ich war sicher, ich hätte mich unmissverständlich ausgedrückt, Madam.«

»Sei versichert, es war nicht mein Wunsch, herzukommen«, stellte Sumpfhexe klar. »Hier.« Mit einem unnötigen Ruck zog sie an der Hand des kleinen Mädchens, das sich halb hinter ihren Röcken verborgen hatte, ließ sie dann los und versetzte ihr einen Schubs zwischen die Schultern, sodass das Kind einen Schritt vorwärtstaumelte. »Das ist meine Großnichte, Millicent Howard. Ihr Vater, Norfolks Ältester, steht mit dem König im Feld, wie du zweifellos weißt. Und es war sein ausdrücklicher Wunsch, dass seine Tochter deine Schule besucht. Gott allein mag wissen, warum.«

Ihre Sätze klangen harsch und abgehackt, genau wie die Stockschläge, die sie ihm früher so gern und häufig verabreicht hatte.

Nick betrachtete seine Stiefmutter. Natürlich hatte er gehört, dass der Earl of Burton gestorben war. Die Nachricht hatte ihm ein vages, unpersönliches Bedauern entlockt, denn Burton war ein entfernter Cousin gewesen. Sumpfhexe hingegen schien der Verlust ihres nunmehr dritten Gemahls tief zu erschüttern, und die Trauer hatte Spuren hinterlassen. Ihr Gesicht war gefurcht und welk, und tiefe Kerben verlängerten die ewig herabgezogenen Mundwinkel Richtung Kinn, aus dem wiederum einzelne schwarze Haare sprossen. Nicht ohne Befriedigung stellte Nick fest, dass ihr Äußeres allmählich ihrem Spitznamen gerecht wurde.

»Simon, darf ich dich bitten, Schwester Janis herzuholen?«

Mit unverhohlener Neugier blickte der Priester von Nick zu dessen Stiefmutter. »Ich habe Lady Yolanda bereits erklärt, dass wir derzeit bedauerlicherweise keinen freien Platz haben«, bemerkte er. Man konnte hören, dass sein Bedauern sich in Grenzen hielt. Die Howard und die Neville hatten nie viel füreinander übrig gehabt.

Simon hatte recht, wusste Nick. Sie konnten eigentlich keine weiteren Schüler aufnehmen. Aber er war entschlossen, dieses verängstigte kleine Mädchen Yolandas Klauen zu entreißen, und es war ihm gleich, wenn er im Bodenstroh schlafen musste, um Platz für sie zu machen ...

»Wärest du trotzdem so gut?«

Der Priester nickte bereitwillig, ließ Sumpfhexe grußlos stehen und ging hinaus.

»Keine Manieren, wie alle Neville«, brummte sie krötig. »Oder Waringham«, fügte sie hinzu. »Ich hatte eine weite Reise und bin eine alte Frau. Wie lange soll ich warten, eh du mir einen Sessel anbietest, du Flegel?«

»Dafür, dass Ihr in Waringham unwillkommen seid, stellt Ihr hohe Ansprüche, Madam«, konterte er, zog aber dennoch einen der bequemen Stühle zurück und schob ihn ihr hin. »Nehmt doch Platz, liebste Stiefmutter.«

Mit einem missfälligen Brummen ließ sie sich nieder. Wenigstens war sie richtig grantig und übellaunig geworden. Das konnte er besser aushalten als die honigsüße Verstellung von einst, derer sie sich vor allem für seinen Vater befleißigt hatte. Nick war nie sicher gewesen, ob Jasper das durchschaut hatte oder darauf hereingefallen war. Er hatte Laura nach ihrer Meinung gefragt, aber sie wusste es auch nicht. Und heute war es ja auch gleichgültig.

Nick beugte sich zu dem kleinen Mädchen herab. »Dein Name ist Millicent?«

Sie nickte. »Millicent Howard, Mylord«, flüsterte sie.

»Sprich deutlich, Mädchen«, schnauzte Sumpfhexe.

Millicent zuckte zusammen, und ihre Augen waren voller Furcht. Groß und wasserblau, erinnerten diese Augen Nick lebhaft an die ihrer Cousine, der verkommenen kleinen Königin, die so viel Unglück über das Haus von Waringham gebracht hatte. Aber das war ja nicht Millicents Schuld.

»Wie alt bist du, Millicent?«, fragte er weiter.

»Acht, Mylord.«

»Dann bist du genau im richtigen Alter. Kannst du schon lesen?« Sie nickte.

»Und du möchtest hier auf die Schule gehen?«

Ihr Blick ergriff vor seinem die Flucht. »Es ist der Wunsch meines Vaters, Mylord.«

»Verstehe. Und ich fühle mich geehrt, weißt du. Dein Vater ist ein großartiger Dichter.«

»Ihr kennt ihn?«, fragte sie mit banger Hoffnung.

Nick schüttelte den Kopf. »Nur seine Verse.« Janis hatte ihm einen Gedichtband geschenkt, und erst nach der Lektüre hatte sie ihm verraten, dass Henry Howard, der Erbe des Duke of Norfolk, der Verfasser war. Nick hatte es kaum glauben können, denn es waren die Verse eines empfindsamen, gebildeten und nachdenklichen Mannes. Lauter Eigenschaften, die er einem Howard nie zugetraut hätte …

»Großvater sagt, Vaters Gedichte sind alberne Zeitverschwendung«, vertraute sie ihm an.

Na bitte, da haben wir's, dachte er amüsiert, doch er antwortete: »Ich glaube, es gibt für alles den rechten Augenblick, auch für Verse. Sie erklären uns die Welt und machen sie schöner.«

Millicent belohnte dieses Bekenntnis zur Poesie mit einem strahlenden Lächeln, das eine hinreißende Zahnlücke enthüllte.

Es klopfte, und Janis trat ein. Ihre Miene war höflich, aber distanziert. Es verriet Nick, dass Simon ihr bereits gesagt hatte, wer die furchteinflößende Witwe war.

Trotzdem sagte Nick: »Schwester, dies ist Lady Yolanda Howard, die Countess of Burton. Madam, Schwester Janis Finley, die die Mädchen auf unserer Schule unterrichtet.«

Janis knickste formvollendet vor Sumpfhexe.

Diese betrachtete die junge Frau in dem schlichten dunklen Kleid und mit dem unbedeckten Haar erwartungsgemäß mit Missfallen. »Eine *Frau*, die Kinder unterrichtet?«, verwunderte sie sich. »Dergleichen gab es zu meiner Zeit nicht.«

Das focht Janis nicht an. »Doch in den Nonnenklöstern war es seit jeher üblich, Mylady. Und schon vor der Aufhebung der Klöster gab es an Schulen in London und York Lehrerinnen. Es ist keineswegs so ungewöhnlich.«

»Hm«, brummte Yolanda.

Nick schob Janis' neuen Schützling in ihre Richtung. »Das ist Millicent, Schwester. Ich weiß, es wird ein wenig eng, aber ich würde sie gern aufnehmen. Wäret Ihr so gut, sie herumzuführen und so weiter?«

»Gewiss, Mylord.« Janis streckte dem schüchternen Kind die Hand entgegen, und mit einem Mal zeigte ihr Lächeln echte Wärme. »Komm mit mir, Millicent. Und sei willkommen. Du wirst sehen, dass es hier nichts und niemanden gibt, wovor du dich fürchten müsstest.«

Millicent fasste Zutrauen. Sie ergriff die dargebotene Hand, begleitete Janis hinaus und vergaß völlig, sich von ihrer Großtante zu verabschieden.

Diese löste einen klimpernden Beutel von ihrem Gürtel und warf ihn vor Nick auf den Tisch, mit Verächtlichkeit, so wie ein ungehobelter Rohling eine Hure bezahlte. »Da. Schulgeld. Es sollte reichen, bis mein Neffe aus Frankreich zurückkommt.«

Nick rührte den Beutel nicht an. »Sicher.«

»Ich nehme an, diese angebliche Schwester ist ein liederliches Weib und wärmt dein Bett?«

»Was für ein abstruser Gedanke. Ich weiß nicht, wie Ihr darauf kommt.«

»Nun, mir kann es ja gleich sein«, gab sie zurück und erhob sich. Das ging nur langsam und umständlich vonstatten, und sie presste die Lippen aufeinander, bis sie weiß waren. Nick schloss, dass der Rheumatismus mit den Jahren nicht besser geworden war.

»Ich habe meinen Stock in der Kutsche vergessen«, sagte sie. »Reich mir den Arm, Nicholas. Ich will zum Grab deines Vaters.«

Sein erster Impuls war, sich zu verweigern. Die Vorstellung, dass sie ihn berührte, verursachte ihm eine Gänsehaut, und alles in ihm rebellierte dagegen, dass sie ihm Befehle erteilte so wie früher. Aber er wusste, seine Weigerung wäre kleinlich und kindisch gewesen, und den Triumph wollte er ihr nicht gönnen. Außerdem ging er gern zum Grab seiner Eltern.

Wortlos streckte er ihr seinen Ellbogen hin, und ihre Rechte legte sich darum wie eine Vogelkralle.

Der kleine Friedhof hinter der Kapelle lag im Schatten, denn die Sonne versank bereits im Westen. Mit der Dämmerung war ein leichter Wind aufgekommen, der daran erinnerte, dass der Herbst vor der Tür stand.

Sumpfhexe bekreuzigte sich, senkte den Kopf und betete. Oder zumindest hatte Nick das angenommen. Aber plötzlich sagte sie: »Mir wird speiübel davon, zu sehen, wie glücklich du bist.«

Im ersten Moment schockierte ihn dieses Bekenntnis. Dann erwiderte er achselzuckend: »Bringt Euch nicht um den Schlaf. Ich habe Schulden und zwei kranke Gäule, keinen Moment Ruhe in meinem eigenen Haus, mächtige Feinde, zu denen auch der König zählt, und eine Gemahlin, die ich nie wollte. Es gibt nicht besonders viel, worüber ich glücklich sein könnte.«

»Nein. Und das war mir immer ein Trost. Aber jetzt muss ich erkennen, dass ich mich getäuscht habe. Dabei hast du es verdient, unglücklich zu sein. Die Hölle im Diesseits und im Jenseits. Nichts Geringeres verdienst du.«

Nick musste schlucken. »Warum?«

Sie wandte den Kopf, und ihre dunklen Augen schimmerten kalt wie nasser Schiefer. »Weil du immer zwischen mir und deinem Vater gestanden hast. Vom ersten Tag an.«

Er starrte sie fassungslos an. »Wie hätte ich das tun können? Ich war sechs Jahre alt!«

»Was spielt das für eine Rolle?«, konterte sie ungehalten. »Er hat mich immer daran gemessen, wie viel Zuwendung ich dir schenkte. Und er hat dieses Luder von Küchenmagd behalten, mit der er vor und nach unserer Hochzeit das Bett geteilt hat, weil *du* an ihr hingst!«

Diese Serie unerwarteter Enthüllungen drohte allmählich, Nick die Luft abzuschnüren. »*Bessy?*«

»Natürlich *Bessy*, tu nicht so, als hättest du das nicht gewusst, du Heuchler!«

Er sparte sich die Mühe, seine Ahnungslosigkeit zu beteuern. Yolanda hätte ihm ja doch nicht geglaubt. Und was spielte es für eine Rolle? Mit vorgetäuschtem Gleichmut gab er zurück: »Ich nehme an, was ich bei Bessy gesucht habe, war das, was Ihr mir nicht geben konntet. Und vielleicht war es unfair von ihm, Euch zur Frau zu nehmen und zu verlangen, Mutterstelle an Laura und mir zu vertreten, wenn Ihr das nicht wolltet.«

»Werd bloß nicht versöhnlich«, grollte sie, und ihre Stimme knarzte genauso wie die ihres Bruders Norfolk.

»Todsicher nicht, Madam.«

»Du hast deinen Bruder auf dem Gewissen. Vielleicht hast du es vergessen, aber ich nicht.«

Es fühlte sich an, als hätte sie ihm einen Eiszapfen ins Herz gestoßen. Doch er setzte alles daran, sie das nicht merken zu lassen. »Ihr und Norfolk habt ihn zu dem gemacht, was er war, und ihr in die Arme getrieben. Ich habe versäumt, das zu verhindern und ihm zu helfen, sich zu befreien. Auf dem Gewissen hat er sich selbst.«

»Und wo hast du ihn verscharrt, du Ungeheuer?«

Er wandte den Kopf und betrachtete sie. Keine Zornesröte. Keine hervorquellenden Augen. Nur Resignation und Bitterkeit. »Könnt Ihr noch reiten?«, fragte er.

»Allein die Frage ist eine Unverschämtheit.«

Nick reichte ihr wieder den Arm.

»Halt still, mein Junge«, ermahnte die Malerin. »Nur noch ein paar Minuten, du hast mein Wort. Dreh den Kopf wieder ein wenig nach links, ja, so ist gut. Das Kinn etwas höher. Wunderbar. Und jetzt rühr dich nicht.«

Francis folgte ihren Anweisungen geduldig. Dabei dauerte die Sitzung schon mindestens eine Stunde, und es war kalt im Raum, denn Susanna hatte alle drei Fensterflügel geöffnet, um besseres Licht zu haben. Aber Francis hatte es seinem Vater versprochen: Er werde so lange Modell stehen, wie die Künstlerin brauchte, um ihre Entwurfszeichnungen zu fertigen. Im Gegenzug hatte er seinem Vater die Zusage abgerungen, ihn bei seinem nächsten Besuch mit nach London zu nehmen und ihm die große Kirche von St. Paul zu zeigen, die Brücke, auf der mehr Menschen wohnten als in Waringham, die Krippe und Verschiedenes mehr.

Es werde ein Jahr brauchen, seine Neugier und Schaulust zu befriedigen, hatte Nick säuerlich angemerkt.

Das sei sein Preis, hatte Francis unbeirrt erwidert. Stillstehen falle ihm schwer, doch er sei gewillt, es zu tun, um seinem Vater eine Freude zu machen. Verdiene er im Gegenzug dann nicht, dass auch ihm eine Freude gemacht werde?

Solch bestechender Logik hatte Nick nichts entgegenzusetzen gehabt, und sie waren sich handelseinig geworden. Nur hatte niemand Francis' Hund gefragt, ob er gewillt sei, mit seinem jungen Herrn zusammen stundenlang Modell zu stehen. Während Francis nun reglos wie ein Findling in der Raummitte verharrte, drehte Maxwell sich einmal um die eigene Achse, setzte sich hin und fing an, sich ausgiebig hinter dem Ohr zu kratzen.

Francis nahm die Hand von seinem Kopf. »Vergebt ihm, Madam«, bat er zerknirscht.

Susanna Horenbout nickte. »Schon gut, Francis. Mit ihm bin ich für heute fertig.« Sie hob den Blick von ihrer Zeichnung, sah mit diesem etwas gruseligen Ausdruck absoluter Konzentration zu ihren Modellen, schaute wieder auf ihre Arbeit und machte mit dem Kohlestift ein paar sachte, aber entschlossene Striche.

Janis beobachtete sie fasziniert. Sie hatte nicht oft Gelegenheit, andere Frauen bei einer Arbeit zu beobachten, die den Intellekt mehr forderte als die Hände, und sie beneidete Susanna Horenbout um ihre Selbstsicherheit. Die Malerin führte den Kohlestift mit Bedacht, aber ohne jedes Zögern. Ohne *Zweifel*. Janis hingegen zweifelte ständig an allem, was sie tat, an ihren Lehrmethoden, der Auswahl ihrer Lektüre, nicht zuletzt an dem anstößigen Lebensweg, den sie eingeschlagen hatte.

Schließlich ließ Susanna den Stift sinken und legte das Brett, auf dem ihr Skizzenblatt befestigt war, auf den Tisch. »Ihr seid erlöst«, beschied sie.

Francis ließ die Schultern herabfallen und tat einen kleinen Seufzer der Erleichterung. »Dann kann ich gehen?«, vergewisserte er sich.

Sie nickte.

Der Junge verneigte sich höflich vor den Damen und wandte sich zur Tür. »Komm schon, Maxwell.«

»Wo soll's denn hingehen?«, fragte Janis.

»Gestüt.«

Sie schüttelte den Kopf. »Nicht in diesem Schneetreiben, Francis. Und es ist nur noch eine Stunde bis zur Vesper. Komm nicht wieder zu spät, hörst du.«

»Also ehrlich, Schwester …«, protestierte er.

»Tu ein gutes Werk, geh in die Halle und hilf Millicent bei den Schulaufgaben, was hältst du davon?« Ihr war nicht entgangen, dass Francis eine Schwäche für das Howard-Mädchen entwickelt hatte und seine ritterlichen Tugenden besonders gern an Millicent erprobte.

»Millicents Schulaufgaben statt Ausreiten.« Francis nickte. »Wer könnte da widerstehen?«, fragte er im Hinausgehen. Aber Janis ermahnte ihn nicht noch einmal. Sie wusste, das war nicht nötig.

Susanna Horenbout bemerkte: »Ich kenne kein anderes Kind, das einen so eigenwilligen Kopf hat und gleichzeitig so folgsam ist. Wie macht Lord Waringham das nur?«

»Es ist ihm in den Schoß gefallen«, antwortete Janis unverblümt. »Francis war vom ersten Tag an so, seit er herkam. Zweifellos das Verdienst seiner Mutter.«

Die Malerin betrachtete sie mit unverhohlener Neugier. »Kennt Ihr seine Mutter, Schwester?«

Janis schüttelte den Kopf. »Es hat sich nie ergeben, weil sie und Eleanor immer im Haushalt des Prinzen oder bei Hofe gelebt haben.«

Sie sprach, als sei das Thema nur von mäßigem Interesse für sie, aber in Wahrheit dachte sie oft über Polly nach. Die Scham darüber, einer anderen Frau den Mann gestohlen zu haben, war ein Schmerz, der sie ständig begleitete. Nicht unerträglich, eher wie das warnende Pochen eines Zahns, der ankündigte, dass er demnächst Kummer zu machen gedenke: leicht zu verdrängen, aber immer da. Natürlich hatte Nick ihr alles über Polly erzählt. Und er hatte sich bemüht, sie davon zu überzeugen, dass er auch dann nicht an der Seite seiner Frau leben würde, wenn er Janis nie begegnet wäre. Er hatte ihr seine Gründe dargelegt. Aber Janis wusste, dass die Geschichte sich aus Pollys Sicht ganz anders anhören würde.

Susanna Horenbout nickte, schien noch etwas sagen zu wollen und überlegte es sich dann anders. Sie wies mit der schmalen Linken auf das Porträt, das die Wand neben dem Bett zierte. »Francis erinnert mich oft an seine Großmutter. Sie war auch so leicht zu lieben. Geistreich und schlagfertig, aber nie grausam. Eine der schönsten Frauen bei Hofe, aber uneitel. Sehr außergewöhnlich.«

»Ich gewinne zunehmend den Eindruck, dass die Waringham eine Schwäche für ungewöhnliche Frauen haben.«

»Wie Ihr eine seid, zum Beispiel?«, fragte Susanna neckend.

Janis sah ohne Hast von ihrer Näharbeit auf. »Ich bin nicht sicher, dass ich verstehe, worauf Ihr anspielt, Madam.«

Die korpulente, so viel ältere Dame lächelte verschmitzt. »Vergebt mir, mein Kind. Ihr tut recht, mich zu rügen und Diskretion zu wahren. Und ich glaube auch nicht, dass einer der beiden Priester in diesem Haus nur den leisesten Verdacht geschöpft hat. Aber ich habe ein Leben an Erfahrung hinter mir, und mir macht Ihr nichts vor.«

Janis nähte weiter und stach sich prompt in den Finger. »Was immer es sein mag, das Ihr denkt, ich kann nur hoffen, dass Eure Diskretion Eurer Lebenserfahrung angemessen ist.«

Susanna Horenbout steckte den Kohlestift an seinen Platz in ihrer Werkzeugtasche, rollte sie zusammen und band sie sorgsam zu. »Normalerweise schon. Aber ich bin jetzt seit einer Woche hier und sehe eine junge Frau vor mir, die von Tag zu Tag von größeren Zweifeln geplagt wird. Ich will nicht in Euch dringen, Schwester. Aber ich erkenne in Euch die, welche ich selbst einmal war, und es bricht mir das Herz, zu denken, dass Ihr all die Fehler machen werdet, die ich auch gemacht habe. Es ist nie leicht für eine Frau, aus den engen Bahnen auszubrechen, die man uns gesteckt hat, egal ob es nun Malen oder Lehren ist, was wir wollen. Der Preis, den wir zu zahlen haben, ist der Verlust von Sicherheit. Denn Sicherheit bieten nur die ausgetretenen Pfade. Mit all dem will ich sagen, Schwester Janis: Wenn Ihr je eine Verbündete braucht, dann könnt Ihr auf mich zählen.«

Das Angebot berührte Janis, und die Vorstellung, eine Verbündete zu haben, war eine große Verlockung. Außer den Mägden war sie die einzige Frau in diesem Haus, und mit Madogs Gemahlin Elena war sie nie über den Austausch höflicher Floskeln hinausgekommen. Sie vermisste Laura. Aber sie zögerte. Susanna Horenbout war eine kluge Frau, die sie bewunderte, aber sie war auch eine Fremde. Und Janis war es nie leichtgefallen, anderen ihr Herz zu öffnen. Noch während sie mit sich rang, wurde schwungvoll die Tür geöffnet, und ein Gentleman, den sie nie zuvor gesehen hatte, trat mit einer Selbstverständlichkeit über die Schwelle, als sei dies seine Burg. »Wo ist Waringham?«, verlangte er zu wissen.

Janis erhob sich und entgegnete streng: »Wer will das wissen?«

»Vergebt mir.« Er verneigte sich hastig. »Jerome Dudley. Ich bin ein alter Freund.«

Janis hatte etwas ganz anderes gehört: Jerome Dudley, wusste sie, war mit Nicks Stiefschwester verheiratet, seine Freundschaft daher äußerst zweifelhaft.

»Ich bedaure, Sir. Lord Waringham ist heute früh nach Sevenelms geritten, um dort zwei Pferde zu verkaufen, und wir erwarten ihn erst morgen zurück.«

Dudley fluchte unfein, schien einen Moment nicht zu wissen, wie er fortfahren sollte, und fragte dann: »Seid Ihr Janis Finley?«

»Ganz recht.«

»Könnte ich Euch einen Moment unter vier Augen sprechen?«

»Das wäre wohl kaum angemessen, Sir Jerome«, wies sie ihn zurecht, und es ärgerte sie, wie steif und altjüngferlich sie klang. Das unverhoffte Auftauchen dieses Fremden brachte sie aus der Fassung. Und die Erkenntnis, dass sie ihre generelle Furcht vor Männern immer noch nicht überwunden hatte, machte sie wütend. »Sagt, was Ihr zu sagen habt«, forderte sie ihn frostig auf.

»Schön, ganz wie Ihr wollt. Ihr müsst schleunigst verschwinden, Schwester. Der Bischof von London hat einen Haftbefehl gegen Euch erlassen, und er weiß, wo Ihr zu finden seid. Ich bin geritten wie der Teufel. Aber sie können jederzeit hier sein.«

»Wie lautet der Vorwurf?«

Dudley konnte ihr nicht länger ins Gesicht sehen und schlug den Blick nieder. »Mord, Schwester. Es geht um … Sir Edmund Howard.«

Allein der Name reichte aus, um Janis mit namenlosem Schrecken zu erfüllen. Von einem Moment zum nächsten spürte sie kalten Schweiß auf der Stirn und am Rücken, und es kam ihr vor, als wanke der massive Steinfußboden unter ihr. Doch sie erwiderte: »Dann sollen sie kommen, Sir Jerome. Ich habe keine Veranlassung davonzulaufen.«

»Ihr versteht nicht«, entgegnete er ungeduldig. »Es steckt mehr dahinter als diese alte Geschichte. Das hier ist eine politische Intrige. Gegen Nick, nehme ich an, obwohl ich sie selbst noch nicht so recht durchschaue. Jedenfalls geht es den Bischof von London überhaupt nichts an, ob Ihr irgendwen umgebracht oder in Streifen geschnitten und an die Schweine verfüttert habt, denn das fällt in die Zuständigkeit des Sheriffs. Die ganze Sache ist faul. Aber was auch immer dahinterstecken mag, meine Schwiegermutter hat den Stein ins Rollen gebracht, nachdem sie Euch hier begegnet ist. Lady Yolanda Howard. Glaubt Ihr mir jetzt, dass Ihr in Schwierigkeiten seid?«

»Ja.« Janis ließ die Tischkante los, an der sie sich unauffällig festgehalten hatte, weil ihre Knie so butterweich geworden waren, und machte zwei unsichere Schritte auf ihn zu. »Ich weiß, ich bin in Schwierigkeiten. Aber ich weiß nicht, ob ich Euch trauen kann.«

»Ihr habt gar keine andere Wahl«, gab Jerome kurz angebunden zurück. »Holt Euren Mantel, ich bitte Euch inständig. Ich bringe Euch zu Nick nach Sevenelms, dann könnt Ihr mit ihm beraten, wie es weitergehen soll.«

Janis' Mantel lag auf der Fensterbank. Sie griff danach, warf ihn sich über die Schultern und band ihn zu. »Vergebt mir, Susanna«, bat sie.

Deren Miene war voller Sorge. »Unsinn. Beeilt Euch, Kind. Ich kehre morgen nach Hampton Court zurück und berichte der Königin.«

»Habt Dank.«

»Schnell«, drängte Jerome, nickte Susanna Horenbout knapp zu und führte Janis eilig hinaus.

Doch es war zu spät.

Auf der Treppe hörten sie erhobene Stimmen aus der Halle. Voller Schrecken verharrten sie im gewendelten Schatten und spähten durch die weit geöffnete Doppeltür in den hell erleuchteten Saal.

»Janis wer?«, fragte Simon gelangweilt. »Nie gehört.«

Obwohl sie vor Angst kaum noch Luft bekam, verspürte Janis einen kleinen, freudigen Stich. Sie hätte nie im Leben gedacht, dass ausgerechnet Simon Neville sie decken würde.

Die vier bewaffneten Männer in der Livree des Bischofs von London bildeten einen bedrohlichen Halbkreis um ihn, und der vordere stieß ihn hart mit beiden Händen vor die Brust. »Besser für dich, du lügst mich nicht an, Pfaffe«, schnauzte er.

Die Schulkinder, die vermutlich mit Simon auf dem Weg in die Kapelle zur Vesper gewesen waren, standen in einem unordentlichen Knäuel zusammengedrängt und verfolgten die Szene mit bangen Blicken. Janis entdeckte Francis in der vordersten Reihe. Er war blass, seine Miene angespannt, und unauffällig schob er Millicent Howard in seinen Rücken.

»Besser für dich, du *fasst* mich nicht an, Holzkopf«, konterte Simon in größter Gelassenheit. »Auch wenn die Heiden über England gekommen sind, ist es immer noch eine Todsünde, Hand an einen Priester zu legen.«

Vollkommen unbeeindruckt zückte der Soldat sein Schwert und setzte ihm die Klinge an die Kehle. »Rück die Nonne raus, Pfaffe, oder ich lass dir die Luft ab.«

Einige der Kinder fingen an zu weinen.

Janis sah Jerome in die Augen, schüttelte den Kopf und ging zwei Stufen hinab, ehe er sie am Ellbogen erwischte, zurückzog und einen Finger an die Lippen legte.

Simon verschränkte die Arme unter der mörderischen Klinge. »Also. Nur zu. Die Nonne, die du suchst, gibt es hier nicht. Aber wenn du mich tötest, gibt es mehr als zwei Dutzend kleine Zeugen. Ich möchte wirklich nicht in deiner Haut stecken.«

Der Soldat zögerte noch einen Augenblick. Dann steckte er seine Waffe ein und nickte zweien seiner Gefährten zu. Sie packten Simon an den Armen, und der Anführer schlug ihm die Faust ins Gesicht.

»Das ist der Moment«, wisperte Jerome Dudley. »Jetzt können wir uns vorbeischleichen.«

Janis sah ihn an, als hätte er sich plötzlich in einen der schleimigen Hundekadaver verwandelt, die bei Ebbe in London das Flussufer zierten, und sie schüttelte seine Hand ab. Dann stieg sie die verbliebenen Stufen hinab und trat in die Halle. »Hier bin ich, Sergeant. Seid so gut und lasst ab von Vater Simon. Ihr macht den Kindern Angst.«

Der Sergeant verlor augenblicklich das Interesse an seinem Opfer und fuhr zu ihr herum. »Ihr seid Janis Finley?«

Sie nickte.

Er musterte sie von Kopf bis Fuß, und ein Lächeln breitete sich auf seinem Gesicht aus, das ihr einen heißen Druck auf dem Magen verursachte. »Der Bischof von London schickt mich, Schwester. Ich muss Euch verhaften.«

Sie nickte wieder. Sie brachte kein Wort heraus. Und als sie erkannte, dass sie insgeheim immer auf diesen Tag der Abrechnung gewartet hatte, wollte die Verzweiflung ihr den Mut rauben, den sie jetzt so dringend brauchte. Sie sah an der Schulter des Sergeants vorbei auf eines der großen Glasfenster, hinter dem sich allmählich Dunkelheit sammelte, und betete stumm.

Jerome Dudley und Anthony Pargeter betraten die Halle.

»Simon, wo bleibt ihr denn …?«, begann Anthony und verstummte abrupt, als er sah, dass der Sergeant Janis die Hände fesselte. »Was … hat das zu bedeuten?«, fragte er.

Simon fuhr sich mit dem Ärmel über die blutige Nase. »Diese Gentlemen schickt der Bischof von London«, erklärte er und warf Anthony einen warnenden Blick zu, denn auch nach diesem ließ Bischof Bonner ja immer noch fahnden. Anthony wurde noch eine Spur blasser.

Aber die Männer des Bischofs nahmen kaum Notiz von ihm. Der Sergeant legte Janis die Hand auf die Schulter. »Auf geht's, Schwesterlein. Ein kleiner Ritt durch die Nacht.«

»Wenn Ihr glaubt, ich lasse Schwester Janis allein mit vier Strolchen wie Euch nach London reiten, dann irrt Ihr euch«, teilte Simon ihm mit, und ehe der Sergeant protestieren konnte, übernahm Simon kurzerhand das Kommando. »Francis.«

Der Junge trat vor ihn und streifte die Männer des Bischofs mit einem verächtlichen Blick. »Ja, Vater?«

»Geh nach unten. Jacob soll mein Pferd satteln. Beeil dich.«

Francis lief hinaus.

»Simon …«, begann Janis, aber er schüttelte den Kopf.

»Du kümmerst dich um die Kinder«, trug er Anthony auf.

»Natürlich.«

»Dudley, würdet Ihr nach Sevenelms reiten? Waringham ist dort.«

»Sicher, Vater. Wo ist der Steward?«

»Er begleitet ihn. Das tut er sonst nie. Aber ausgerechnet heute war niemand hier, der diesen Gentlemen hätte Einhalt gebieten können. Seltsamer Zufall.« Er traktierte den Sergeant mit einem argwöhnischen Blick, den dieser geflissentlich ignorierte.

»Simon«, wiederholte Janis, und ihre Stimme klang so scharf, dass alle sie anschauten. »Ich will nicht, dass du das tust«, sagte sie kategorisch. Was sie meinte, war: Ich will nicht, dass du siehst, was sie tun werden.

Aber er missachtete ihre Wünsche, und Janis hatte keine Macht, etwas dagegen zu tun. Sie hatte über gar nichts mehr Macht. Also ließ sie sich widerstandslos abführen und versuchte, sich ganz tief in ihr Innerstes zurückzuziehen, wo sie allein war mit sich und mit Gott, und wo nichts, was die Männer des Bischofs mit ihr taten, sie berühren konnte.

Doch der Sergeant und seine Gefährten waren harmloser, als sie taten. Womöglich lag es auch daran, dass sie als Männer des Bischofs gewohnt waren, einem Priester zu gehorchen. Simon Nevilles Autorität, gepaart mit seinem adligen Missfallen, reichte jedenfalls aus, um sie weit genug einzuschüchtern, dass sie Janis zufrieden ließen.

Jerome und Madog hatten Nick nach London begleitet. Schweigend hatte er Jeromes Bericht vom Vorabend gelauscht und auch erfahren, was dem vorausgegangen war.

»Anscheinend haben die Howard die ganze Zeit gewusst, was sich damals auf dem Gut der Äbtissin von Wetherby abgespielt hat«, hatte Jerome erklärt. »Edmund kam ja noch lebendig nach Hause, und wie es aussieht, hat Norfolk die Wahrheit aus ihm herausgeholt, ehe der Hurensohn starb. Norfolk hat auch die Namen der beiden überlebenden Schwestern in Erfahrung gebracht, aber natürlich hat er nie etwas gegen sie unternommen, weil er sich für seinen Bruder schämte.«

»Doch Sumpfhexe kannte die Einzelheiten und die Namen auch und hatte weniger Skrupel«, mutmaßte Nick bitter.

Jerome nickte unglücklich. »Und als ihr klar wurde, wer die Nonne in deinem Haus war, fing sie an zu überlegen, wie sie dir mit diesem Wissen schaden könnte. Ich weiß nicht, was auf einmal in sie gefahren ist, Nick. Sie wird alt. Sie ist … verbittert. Und seit sie in Waringham war, ist sie förmlich besessen davon, dir das Leben zur Hölle zu machen. Louise …«

»Ja? Was ist mit Louise?«, fragte Nick und wappnete sich. Er hatte nie daran geglaubt, der Waffenstillstand, den er mit seiner Stiefschwester an Raymonds Eselsgrab geschlossen hatte, könne von Bestand sein.

Doch Jeromes Antwort überraschte ihn. »Louise hat mich zu dir geschickt, um dich zu warnen. Sie hat gehört, wie Lady Yolanda zu Norfolk sagte, Schwester Janis Finley habe ihren Bruder auf dem Gewissen und verkrieche sich nun in Waringham und sei deine Geliebte …« Er unterbrach sich kurz und fragte unsicher: »*Ist* sie deine Geliebte?«

Nick sah ihn an und antwortete nicht.

»Was spielt das für eine Rolle?«, warf Madog ungeduldig ein.

»Oh, es spielt eine Rolle«, versicherte Jerome grimmig. »Wenn Nick eine Nonne zur Geliebten hat, ist er ein Verbrecher.«

»Und da es ein Verstoß gegen kirchliches Recht ist, hätte Bischof Bonner eine Handhabe, ihn anzuklagen«, fügte John hinzu, der bislang schweigend zugehört hatte.

Jerome nickte. »Und ich erzähle dir sicher nichts Neues, wenn ich sage, dass Bischof Bonner dir zürnt, Nick, weil du nach der Hinrichtung dieses verrückten Knaben …«

»Richard Mekins«, soufflierte John.

»Genau. Weil du danach öffentlich Front gegen Bonner gemacht hast.«

»Aber woher wollen sie wissen, ob Janis Nicks Geliebte ist?«, wandte Madog ein.

Nick stand auf und griff nach seinem Mantel. »Sie brauchen sie nur zu fragen, Madog. Wenn sie lange und hartnäckig genug fragen, bekommen sie von jedem die Antwort, die sie hören wollen.«

Ihm war schlecht.

»Wo willst du denn hin mitten in der Nacht?«

»Zu Chapuys und zu meinem Schwager Durham. Einer von beiden wird in der Lage sein, vor Tagesanbruch herauszufinden, in welchem Gefängnis sie ist.«

Da Janis eine Gefangene des Bischofs war, hatte man sie indes nicht in eines der städtischen Gefängnisse gesperrt, sondern in das der Diözesanverwaltung an der Old Dean's Lane, unweit der Kathedrale von St. Paul. Das bischöfliche Gefängnis erinnerte sie ein wenig an die Stallungen in Fernbrook und in Waringham: Nicht Pferdeboxen, sondern einräumige Hütten mit vergitterten Fenstern standen Schulter an Schulter zu beiden Seiten einer Mittelgasse, wo sich Schlamm und Schnee zu einem von vielen Fußstapfen durchzogenen braun-weißen Brei vermischt hatten, der im Laufe der Nacht steinhart gefroren war.

Die Zelle, in die man sie gesperrt hatte, war vielleicht vier mal vier Schritte groß und beherbergte bereits fünf verängstigte und verfrorene Frauen, die dem Neuzugang mit unterschiedlichen Abstufungen von Neugier und Apathie entgegenblickten. Sie hockten auf schmuddeligem Stroh entlang der Wände, und nur zwei von ihnen nannten eine löchrige Wolldecke ihr Eigen.

Simon Neville stand draußen und betrachtete durch die Gitterstäbe das Elend im Innern mit versteinerter Miene.

Janis kam ans unverglaste Fenster. »Hab Dank, Simon.«

Er winkte ab. »Ich werde tun, was ich kann«, versprach er.

Sie rang sich ein Lächeln ab. Sie wusste so gut wie er, dass es nichts gab, was er für sie tun konnte. Allein Gott konnte ihr jetzt noch helfen, und sie hatte wenig Hoffnung, dass er sich besonders große Mühe geben würde. Denn sie war eine Abtrünnige und hatte den Weg zu Gott verlassen, den sie einmal eingeschlagen hatte. »Geh«, drängte sie leise. »Geh zu Nick. Sorg dafür, dass er nichts Verrücktes tut.«

Simon Neville wandte den Blick ab, sah zum stahlgrauen Winterhimmel auf und nickte. »Ich komme wieder«, versprach er.

Janis sah ihm noch einen Moment nach, als er davoneilte, dann kehrte sie dem Fenster den Rücken und nahm ihre Leidensgenossinnen in Augenschein. »Mein Name ist Janis«, sagte sie, setzte sich neben eine korpulente Matrone mit verfilztem grauen Haar ins Stroh und lehnte sich an die Wand, wie die anderen es auch taten.

Die Matrone erwiderte ihre Höflichkeit. »Bernice Carter«, sagte sie und hustete. Ihre Augen waren fiebrig. »Mein Humphrey und ich gehören zu einer Reformergemeinde in Bishopsgate, und wir sind beide hier, weil wir nicht zur Kommunion gehen. Und du?«

»Man wirft mir vor, bei der Aufhebung meines Klosters einen Mann getötet zu haben.«

Statt zu fragen, ob sie schuldig sei oder unschuldig, interessierte Bernice nur eines: »Du bist Nonne? Eine Papistin?«

Janis nickte.

Der Blick der fiebrigen Augen wurde feindselig, und Bernice rückte ein Stück von ihr ab. »Dann sei verflucht! Du und dein Papst und seine Bischöfe ... allesamt verfluche ich euch. Mögt ihr alle in der Hölle brennen, und Bischof Bonner da, wo sie am heißesten ist.«

»Bernice«, protestierte eine Frau weiter rechts. »Lass gut sein. Schwester Janis ist eine gute Seele, ich weiß es, denn ich wohn in Cordwainer, wo sie sich um die Waisenkinder gekümmert hat. Sie kann nichts dafür, dass Bonner deinen Humphrey verbrennen will. Lass sie glauben, was sie will.«

Bernice brummelte grantig.

Janis lächelte der Frau aus Cordwainer dankbar zu. »Und wie ist dein Name?«

»Nell Dobson. Aber du brauchst ihn dir nicht zu merken. Ich werde heute aufgehängt.«

Nick lief rastlos in der Halle seines Hauses an der Shoe Lane auf und ab. »Ich habe keine Angst vor Bonner«, grollte er leise. »Er hat überhaupt nichts gegen Janis in der Hand. Und noch gibt es ein Gesetz in England, auch wenn der König es seit Jahren mit Füßen tritt.«

»Bonner hat nichts gegen Schwester Janis in der Hand«, stimmte Chapuys zu. »Aber dass er sie trotzdem verhaften lässt, sollte Euch zu denken geben.«

Nick blieb vor ihm stehen. »Ihr wollt sagen, dieser Angriff gilt mir.«

»Natürlich.«

»Aber wieso? Warum interessiert Bischof Bonner sich auf einmal für mich? Ich bin doch ... völlig harmlos.«

Ein kleines Lächeln huschte über Chapuys' Gesicht. »Euer Mangel an politischem Instinkt könnte mich beinah verleiten, Euch zuzustimmen, Mylord. Aber in Bonners Augen seid Ihr nicht harmlos, sondern ein Vertreter des alten Adels mit enormem Rückhalt in der Bevölkerung. Er fürchtet Euch, weil Ihr Euch nur dazu entschließen müsstet, unter den Londonern eine Revolte gegen ihn anzuzetteln. Er weiß, die ganze Stadt würde Euch folgen. Aber Bonner ist nur das Werkzeug. Der willige Vollstrecker des königlichen Willens. Denn auch Henry hält Euch nicht für harmlos und hat Euch die stille, aber doch so wirksame Opposition der letzten zehn Jahre nie verziehen. Mag sein, dass Yolanda Howard diese Intrige ins Rollen gebracht hat, aber Ihr könnt sicher sein, dass sie zuvor Wege gefunden hat, sich der königlichen Billigung zu versichern. Und es ist auch sicher kein Zufall, dass sie bis jetzt gewartet hat.«

»Warum? Was hat sich geändert?«

»Der Duke of Suffolk ist krank, mein Freund.«

»Ernstlich?«

Chapuys breitete die Hände zu einer Geste der Ergebenheit aus. »Er liegt nicht im Sterben. Aber er ist zu krank, um dem Kronrat beizuwohnen oder hinter der Schulter des Königs zu stehen und ihm zuzuflüstern, was er tun soll. Also auch zu krank, um eine schützende Hand über Euch zu halten, wie er es seit dem Tod Eures Vaters getan hat.«

»Davon habe ich nie viel gemerkt«, höhnte Nick.

»Ich weiß, Mylord. Die meisten guten Dinge im Leben nimmt man erst zur Kenntnis, wenn sie plötzlich verschwinden.«

Nick nahm seinen Marsch durch die Halle wieder auf, und sein Blick glitt über die beiden Bücherwände, die ihn immer an die Bibliothek seines Vaters erinnerten. Dann blieb er plötzlich wie angenagelt stehen. »Süßer Jesus … Wenn Bonner seine Leute nach Waringham schickt und sie dort all die verbotenen Bücher finden, wird er nicht weiter suchen müssen, um mich aufs Schafott zu bringen.«

»Aber er wird sie nicht finden«, sagte Simons Stimme von der Tür. »Bevor ich gestern Abend mit Janis und den Männern des Bischofs nach London geritten bin, habe ich Francis noch in einem unbelauschten Moment vor dem Stall zuflüstern können, er soll mit Anthony zusammen die Bücher durchsehen und alle zurück ins Verlies schaffen, die uns in Schwierigkeiten bringen können.«

»Oh, Simon. Gott segne dich. Für alles.« Er schloss den Priester impulsiv in die Arme, was ihm unter normalen Umständen niemals in den Sinn gekommen wäre.

Simon zuckte erschrocken zurück. »Es gibt etwas, das ich dir sagen muss, Nick«, eröffnete er ihm dann betont nüchtern. »Unter vier Augen. Vergebt mir, Chapuys.«

Der winkte versöhnlich ab und wollte sich erheben, aber Nick hielt ihn mit einer Geste zurück und antwortete Simon: »Was immer es ist, er bekommt es ja doch heraus. Und ich traue ihm. Also?«

Simon war offenbar nicht glücklich über den Zeugen. »Es geht ... um die Nonnen von Wetherby«, begann er zögernd.

Nick hob die Hand zu einer ungeduldigen Geste. »Was immer du mir darüber sagen willst, weiß ich vermutlich schon. Von Chapuys, wie der Zufall es will.«

»Ach wirklich?«, gab Simon kühl zurück. »Und weißt du auch, dass die Äbtissin von Wetherby meine Schwester war?«

»Gott, ist das wahr?«, fragte Nick erschüttert. »Lady Katherine?«

»Ja, Lady Katherine Neville.« Simons Stimme klang ungehalten. »Wie dir sicher bekannt ist, sind die Neville ausgesprochen fruchtbar. Wir waren zwölf Geschwister. Lord Latimer, der letzte Gemahl der Königin, war übrigens auch mein Bruder. Die Neville zählen nicht mehr viel, aber wir sind immer noch allgegenwärtig.« Sein Lächeln war eine Mischung aus Selbstironie und Bitterkeit. »Meine Schwester Katherine und ich waren indes die einzigen von dem ganzen Dutzend, die die kirchliche Laufbahn eingeschlagen haben, und wir standen in einem regen Briefkontakt. Sie hat mir oft von Janis Finley berichtet, der begabtesten Novizin, die sie je gehabt habe, wie sie sagte. Katherine schrieb mir in allen Einzelheiten von ihren Fortschritten, weil sie argwöhnte, ich bezweifle die intellektuellen Fähigkeiten von Frauen generell.«

»Deine Schwester argwöhnte zu Recht«, warf Nick zerstreut ein.

»Vielleicht. Aber das ist nicht der Grund, warum ich dir davon erzähle, Nick. Dank der Briefe meiner Schwester weiß ich etwas über Janis, das sie aus Bonners Klauen retten könnte. Womöglich bin ich der einzige Mensch, der es weiß. Außer ihr selbst, meine ich. Aber ich bin nicht sicher, ob ich das Recht habe, es dir zu sagen. Es ist *ihr* Geheimnis, und sie sollte entscheiden, ob und wann es gelüftet wird.«

»Deine moralischen Bedenken in allen Ehren, Neville«, knurrte Nick. »Aber wenn es sie retten kann, dann will ich auf der Stelle wissen, was es ist.«

Simon zögerte immer noch.

Nick ballte die Fäuste, ohne es zu merken. »Simon. *Bitte.* Wie ... wie kannst du nur glauben, Janis könnte von *mir* Gefahr drohen? Was bildest du dir eigentlich ein, dass du dir anmaßt, zu glauben, sie bräuchte Schutz vor mir?«

»Nicht ich glaube das, Nick«, entgegnete Simon kopfschüttelnd. »Aber sie offenbar. Sonst hätte sie es dir längst selbst gesagt.«

Am frühen Nachmittag, vielleicht zwei Stunden nachdem ein Wachsoldat und ein Priester die arme Nell Dobson abgeholt hatten, öffnete die Tür zu der engen, schmutzigen Zelle sich wieder, und der Sergeant vom Abend zuvor trat ein. Er musste den Kopf einziehen, um unter dem Sturz hindurchzupassen. »Kommt, Schwesterlein.« Er winkte mit einem Finger.

Janis kam ohne Mühe auf die Füße, obwohl es ihr vorkam, als sei ihr die eisige Kälte bis in die Knochen gedrungen. »Wie überlebt hier irgendwer länger als eine Woche?«, erkundigte sie sich, während der Sergeant sie die Gasse entlangführte.

»Selten«, räumte er ein. »Jedenfalls im Winter. Aber die meisten werden sowieso nach ein, zwei Tagen abgeurteilt. Sie haben gar keine Zeit, sich die Schwindsucht zu holen. Darum wäre es Verschwendung, die Zellen zu heizen, meint unser Bischof«, schloss er augenzwinkernd, schob sie vor sich her durch eine Tür und kniff ihr bei der Gelegenheit verstohlen ins Gesäß. »Ha«, machte er. »Weich und stramm, wusst ich's doch. Es geht einfach nichts über einen Nonnenarsch, Schwesterlein.«

Janis biss die Zähne zusammen und unterdrückte ein Schaudern. Der Kerl war ihr widerlich mit seinen gelben, teilweise faulen Zähnen und dem Aroma aus Bier und ungewaschenem Leib, das er ausdünstete, aber die lichterlohe Panik, mit der sie gerechnet hatte, blieb aus. »Überleg dir, was du tust«, raunte sie über die Schulter. »Bischof Bonner ist ein sittenstrenger Hirte, habe ich gehört.«

»Wohl wahr, wohl wahr«, musste der Sergeant grummelnd einräumen und verstummte dann, so als sei er eingeschnappt über ihre Zurückweisung. Er führte sie einen engen, schmucklosen Korridor entlang, durch eine bewachte Tür in eine vornehme Eingangshalle mit venezianischen Tapeten an den Wänden. Kein Zweifel, sie waren in der Stadtresidenz des Bischofs angelangt. Es ging eine breite Holztreppe hinauf und zu einer reich geschnitzten Doppeltür. Die livrierten Wachen öffneten und traten beiseite.

Der Sergeant führte Janis in das Arbeitszimmer des Bischofs, das ihm gleichzeitig als kleine Audienzhalle diente, und der Anblick eines so prunkvollen, hellen Raums mit so herrlichen flämischen Gemälden hätte ihr vielleicht die Angst genommen, wären nicht hier und da eingetrocknete Blutstropfen auf den hellen Marmorfliesen zu sehen gewesen.

Bischof Bonner saß hinter einem dunkel gebeizten Tisch voller Papiere und sah ihr mit einem verhaltenen Lächeln entgegen. »Schwester Janis Finley? Ich bedaure die Unannehmlichkeiten.«

»Wirklich?«, gab sie zurück. »Warum macht Ihr sie dann?«

Das Lächeln auf dem feisten Gesicht wurde breiter, aber die kohlschwarzen Augen erreichte es nicht. »Ich fürchte, mir blieb keine Wahl, Schwester. Es sind Anschuldigungen gegen Euch erhoben worden, die ich nicht einfach ignorieren kann.«

Er legte eine Pause ein, vermutlich um ihr Gelegenheit zu geben, sich mit bangem Blick zu erkundigen, um welche Anschuldigungen es sich handele, argwöhnte Janis und hielt den Mund.

Doch das brachte den Bischof nicht aus dem Konzept. »Ist es zutreffend, dass Ihr am zweiundzwanzigsten April im Jahre des

Herrn eintausendfünfhundertundsiebenunddreißig auf Lady Katherine Nevilles Gut Whitekirk Manor in Süd-Yorkshire einen gewissen Sir Edmund Howard mit einer Klinge am Bein verletzt habt? Und lügt mich lieber nicht an, Schwester. Ich kann Euch auch einen Eid auf die Bibel schwören lassen.«

Janis ließ Bonner nicht aus den Augen. »Das ist nicht nötig, Mylord. Ja, es ist zutreffend.«

»Obwohl dieser Edmund Howard unbewaffnet war?«

»Er war nicht unbewaffnet.«

»Und warum habt Ihr ihn angegriffen, Schwester?«

»In Notwehr. Und da Ihr die Einzelheiten gewiss kennt, bin ich nicht gewillt, mich weiter dazu zu äußern oder vor Euch zu rechtfertigen. Wenn Ihr mich deswegen vor Gericht bringen wollt, dann schickt nach dem Sheriff. Es ist keine Angelegenheit kirchlicher Justiz. Wie Ihr zweifellos wisst, dürfen seit dem Gesetz mit dem Titel *Die Unterwerfung des Klerus* auch von Geistlichen begangene Straftaten nur noch vor weltlichen Gerichten verhandelt werden.«

Der Bischof sah für einen Moment so aus, als habe er in eine reife Pflaume gebissen und dabei einen Wespenstich in die Zunge bekommen. »Für eine Frau seid Ihr ... gut über das Gesetz informiert.«

Janis gestattete sich ein kleines Hohnlächeln.

Bonner blickte ratsuchend zu einem hölzernen Wandschirm zur Linken, und Janis wäre um ein Haar zusammengeschreckt, als ein hagerer, unscheinbarer Mann in dunklen Kleidern und mit seltsam farblosen Augen dahinter zum Vorschein kam und mit einem verbindlichen Lächeln auf sie zu trat. »Dann gestattet mir eine andere Frage.« Seine Stimme war rau, aber nicht unangenehm.

»Wenn Ihr die Höflichkeit hättet, Euch vorzustellen, Sir?«, wies sie ihn in ihrem strengsten Lehrerinnenton zurecht.

»Vergebt mir. Richard Rich, zu Euren Diensten, Schwester.« Er verneigte sich galant.

Janis spürte ihre Hände feucht werden. Richard Rich war der Mann, der sowohl Thomas More als auch Thomas Cromwell mit

Verleumdungen und Meineiden zu Fall gebracht hatte, der sich als Chancellor der Augmentationskammer schamlos bereichert hatte – kurz, ein gefährlicher Mann ohne Anstand oder Skrupel.

Wie ein Ankläger vor Gericht stellte er sich seitlich an den Tisch des Bischofs, legte die schmale Linke auf einen kleinen Stapel mit Schriftstücken und fragte: »Ist es richtig, dass Ihr Lord Waringhams ... Gefährtin seid?«

»Ich bin nicht sicher, wie das Wort zu verstehen ist, Sir Richard«, gab sie zurück, und sie war stolz darauf, wie fest ihre Stimme klang. Viel mutiger, als sie sich fühlte. »Wenn Ihr meint, dass wir gemeinsam eine Schule betreiben, dann ja.«

»Eine Schule, deren Lehrplan auf ketzerische Inhalte zu untersuchen sein wird«, merkte Rich scheinbar beiläufig an. »Aber meine Frage bezog sich auf Eure persönliche Beziehung zu Lord Waringham. Ich wüsste gerne, ob Ihr seine Bettgefährtin seid, Schwester. Und für den Fall, dass Ihr auch bei diesem Wort nicht sicher seid, wie es zu verstehen ist, erlaubt mir, mich eine Spur deutlicher auszudrücken: Ich wüsste gern, ob Ihr die Beine für ihn breit macht und Euch von ihm nageln lasst.«

»Rich!«, fuhr Bonner schockiert auf.

Der Gescholtene verneigte sich vor dem Bischof, entschuldigte sich aber nicht.

»Ich glaube nicht, dass ich auf solch eine Frage antworten möchte, Sir«, erklärte Janis eisig, aber sie wusste, sie war in Bedrängnis.

»Oh, über kurz oder lang werdet Ihr das, seid versichert. Nebenan warten ein paar Damen, um Euch zu untersuchen und uns mitzuteilen, ob Ihr die keusche Jungfrau seid, die Ihr uns vorspielt. Und glaubt mir, sie sind nicht zimperlich. Ich bin zuversichtlich, dass sie Euch die Zunge lösen würden. Und falls nicht, lasse ich Sergeant Waldon sein Glück versuchen.«

Janis sah keinen Sinn darin, sich dieser Demütigung zu unterziehen, denn in nur wenigen Wochen würde für alle Welt offensichtlich sein, dass sie das Keuschheitsgelübde gebrochen hatte, welches der heilige Benedikt allen Brüdern und Schwestern seines Ordens auferlegt hatte. »Es ist wahr, Exzellenz«, eröffnete sie

Bonner. »Ich bin Lord Waringhams Geliebte und erwarte ein Kind von ihm.«

»*Was?*«, kam Nicks Stimme von der Tür.

Janis, Bonner und Rich fuhren herum.

Der Sergeant war Nick in den Raum gefolgt. »Tut mir leid, Exzellenz. Dieser Mann behauptet, seine Familie habe seit fast zweihundert Jahren das Recht …«

»Ja, ja«, knurrte Bonner ungehalten. »Ich weiß. Raus mit dir.«

Sergeant Waldon verdrückte sich schleunigst.

Richard Rich sah Nick mit einem heiteren Funkeln in den hellen Augen entgegen. »Was hab ich gesagt, Exzellenz?«, murmelte er. »Mit Speck fängt man Mäuse …«

Der Bischof ignorierte ihn und richtete den strengen Blick wieder auf Janis. »Schande über Euch, Schwester.«

Nick trat ungebeten näher. Er schaute Janis für einen Lidschlag in die Augen, und sie sah sein Unverständnis und seine Kränkung. Doch als er sich an die beiden Männer am Tisch wandte, gab seine Miene überhaupt nichts preis. »Hier liegt ein Irrtum vor, Bonner«, eröffnete er dem Bischof brüsk. »Lasst sie gehen.«

»Ich fürchte, daraus wird nichts, Mylord«, erwiderte Rich. »Da Schwester Janis ja so erstaunlich rechtskundig ist, wird sie Euch gewiss darlegen können, dass zumindest dieses ihrer zahlreichen Vergehen in die Jurisdiktion des Bischofs fällt. So wie das Eure, nebenbei bemerkt.«

»Das täte es, wenn Schwester Janis die wäre, für die sie sich ausgibt«, gab Nick zurück. »Aber das ist nicht der Fall. Diese Dame ist keine Nonne. Sie hat das Ewige Gelübde mehrfach aufgeschoben und letztlich nie abgelegt. Wenn Ihr mir nicht glaubt, werft einen Blick in die Rechnungsbücher Eurer famosen Augmentationskammer, Rich. Dort werdet Ihr feststellen, dass Janis Finley nie eine Jahrespension zugesprochen wurde. Und wenn Euch das nicht ausreicht, gibt es noch einen Brief ihrer Oberin, der beweist, dass ich die Wahrheit sage. Somit ist Janis Finley eine gewöhnliche Sünderin, und da ihr Vater ein Gentleman von ritterlichem Stand war, könnt Ihr nichts anderes tun, als sie für ihre Unzucht mit einem Bußgeld zu belegen. Also, lasst sie gehen.«

Rich und Bonner starrten ihn fassungslos an, dem Bischof stand gar der Mund offen. Dann fasste er sich und fragte: »Ist das wahr, Schwes… Madam?«

Janis hörte ihn kaum. Sie sah unverwandt zu Nick und flehte stumm, er möge sie anschauen, aber er weigerte sich. Sie konnte sich nicht vorstellen, wie er die Wahrheit herausgefunden hatte, doch niemals war es ihre Absicht gewesen, ihn so zu verletzen. Sie hatte oft vorgehabt, ihm reinen Wein einzuschenken. Aber zuerst fürchtete sie, er werde sie nicht in der Krippe unterrichten lassen, wenn er sie nicht für eine Nonne hielt, und später, als sie sich so rettungslos verliebt hatten, hatte sie geschwiegen, damit er keinen teuflischen Plan erdachte, um seine Gemahlin zu verstoßen und stattdessen sie zu heiraten, so wie König Henry es andauernd tat. Denn sie hätte es nicht fertiggebracht, ihn abzuweisen. Aber ihr Gewissen hätte ihr das Leben zur Hölle gemacht, das wusste sie genau.

»Madam? Wäret Ihr so gütig, dem Bischof zu antworten?«, fragte Rich drohend.

Janis musste sich räuspern. »Ja, Exzellenz. Es ist die Wahrheit.«

Rich lachte leise vor sich hin und ließ sich respektlos auf der Tischkante nieder. »Welch unerwartete Wendung.«

Bischof Bonner betrachtete Janis angewidert. »Geht mir aus den Augen, wenn Ihr wisst, was gut für Euch ist. Gesetz hin oder her, ich hätte nicht übel Lust, Euch an den Pranger zu stellen, so wie man es mit Huren macht. Und seid versichert, dass der Sheriff sich brennend für Eure Attacke gegen Sir Edmund Howard interessieren wird.«

»Dem sehe ich gelassen entgegen, Mylord«, konterte sie. Es war nicht einmal gelogen. Beide Londoner Sheriffs waren vernünftige Männer, die obendrein regelmäßig an den Tafeln von Philipp Durham und John Harrison speisten. »Ich warte draußen, Nick.«

Er sah sie immer noch nicht an.

»Ich fürchte, da werdet Ihr alt und grau werden, Madam«, eröffnete Richard Rich ihr. Dann wandte er sich an Nick. »Wir haben die Dame vornehmlich deswegen verhaftet, um Euch herzulocken und um einen Anlass zu haben, uns in Waringham umzusehen, Mylord. *Gründlich* umzusehen, versteht Ihr, und ich muss sagen, das war ausgesprochen lohnend. Wir haben jede Menge verbotener Bücher gefunden. In einem Verlies, ob Ihr's glaubt oder nicht. Und Schriftstücke verräterischen Inhalts in *Eurer* Handschrift. Die Frage ist eigentlich nur noch, ob Ihr wegen Ketzerei oder Verrats verurteilt werdet.«

London, *März 1545*

Als Nick das letzte Mal durch das Water Gate in den Tower of London gekommen war, war er angeschossen und mehr tot als lebendig gewesen, sodass er kaum Erinnerungen an seine Ankunft hatte. Fast wünschte er, das wäre heute wieder der Fall, denn er wusste nicht, wie er das, was er fühlte, handhaben sollte. Sie hatte ihn angelogen. All die Jahre lang hatte sie ihm etwas vorgespielt, um ihn auf Armeslänge von sich fernzuhalten. In Wirklichkeit hatte sie ihm nie getraut. Nicht genug jedenfalls, um ihm die Wahrheit zu sagen. Auch nicht genug, um ihm zu sagen, dass sie ein Kind von ihm erwartete. Das, was er für das Kostbarste in seinem Leben gehalten hatte, war eine Illusion gewesen. Eine Lüge. Janis hatte ihn benutzt, um das zu bekommen, was sie wollte: ihre Schule, ihre Bücher, ihre Freiheit. Ihn hatte sie billigend in Kauf genommen. Das war alles.

Er fühlte sich desorientiert und krank.

»Was ist, Waringham, wollt Ihr eine schriftliche Einladung?«, fragte der Yeoman Warder am Kai mit einer ungeduldigen Geste.

Nick stand auf und stieg aus dem wackligen Boot.

»Nach Euch, Mylord. Ihr kennt den Weg ja.« Er wollte Nick eine Hand auf die Schulter legen, aber der schüttelte ihn ab.

Schweigend durchquerten sie den windigen Innenhof, wo eine dünne verharschte Schneekruste das Gras bedeckte. Auf dem Holzgerüst mit der Sturmglocke vor dem White Tower saß ein Rabe und krächzte, als sie vorbeigingen.

In der Halle des Hauptgebäudes der weitläufigen Festungsanlage erwartete ihn der neue Constable: ein Mann in seinem Alter mit schütterem blonden Haar und hohlen Wangen. Seine Miene war verdrossen, und er war nervös. »Lord Waringham. Mein Name ist John Gage.«

»Ich weiß.«

»Dann wisst Ihr vielleicht auch, dass ich hier kein komfortables Gasthaus führe, wie mein Vorgänger es zu tun pflegte.«

Nick antwortete nicht. Er legte keinen Wert auf Komfort. Er wollte nur seine Ruhe.

»Auf Anweisung des Kronrats seid Ihr in Einzelhaft zu halten, Mylord. Ob das hier im modrigen Keller des White Tower oder in einem der luftigen kleinen Quartiere drüben im Salt Tower sein wird, hängt allein von Euch ab. Ihr bekommt einen halben Laib dunkles Brot, einen Krug Ale und eine Schale Suppe am Tag. Über Vergünstigungen wie eigene Dienerschaft und besseres Essen auf eigene Kosten entscheidet der Kronrat. Noch Fragen?«

Nick schüttelte den Kopf.

»Also dann. Wenn Ihr ein Quartier im Salt Tower wollt, wäre jetzt der Moment, darum zu bitten.«

Nick zuckte desinteressiert die Achseln, riss mit einem kleinen Ruck seine Börse vom Gürtel und warf sie dem Constable zu. »Bedient Euch.«

John Gage schüttelte lächelnd den Kopf. »Ihr habt mich missverstanden. Ich bin nicht bestechlich, Mylord. Ich möchte, dass Ihr mich *bittet*. Versteht Ihr?«

Was Nick verstand, war, dass John Gage ein erbärmliches und vermutlich grausames kleines Wiesel war. Ein Feigling wie so viele Kerkermeister, die es genossen, ihre Gefangenen zu demütigen, weil es ihnen ein Gefühl von Macht verlieh, ohne dass sie irgendetwas riskierten. »Nein, danke, Sir John. Ich wäre schon zufrieden damit, nicht mehr die faulige Luft atmen zu müssen, die Ihr verströmt. Wo, ist mir gleich.«

John Gages Augen glommen auf, und er rammte Nick die Faust in den Magen.

Nick taumelte hustend gegen die Mauer, denn mit dergleichen

hatte er nicht gerechnet. Wer als Gefangener in den Tower kam, musste auf Folter und Tod gefasst sein, aber es gab einen Ehrenkodex, an den Constable und Wachen sich seit Jahrhunderten hielten: Sie griffen nicht ein und bewahrten Stillschweigen, ganz gleich, was die Folterknechte im Auftrag oder zumindest im Namen der Krone taten. Aber solange die Gefangenen nicht renitent wurden, rührten sie sie niemals an.

Doch wie so viele der schönen alten Sitten schien auch diese nicht mehr zu gelten, und das kam Nick gerade recht. Er stieß sich von der Mauer ab, schlug die Faust weg, die auf sein Gesicht zukam, und hieb Gage die geballte Rechte vor den Kehlkopf. Röchelnd wankte der Constable zurück, aber Nick folgte ihm, schlug ihm einen Zahn aus und brach ihm die Nase, ehe der Yeoman Warder ihm von hinten mit seinem gewaltigen Schlüsselbund eins über den Schädel zog. Nick fiel auf die Knie. Er war nur einen Moment benommen, doch bis er wieder klar sehen konnte, waren zwei weitere Wachen herbeigestürzt und hatten ihn gepackt.

Gage war zu Boden gegangen. Mit schmerzverzerrtem Gesicht kam er wieder auf die Füße und warf einen raschen Blick zu den Wachen, um zu sehen, ob sie ihn insgeheim auslachten. Dann stierte er Nick an, und er bot einen leicht beunruhigenden Anblick mit dem blutüberströmten Gesicht und den hervorquellenden Augen, die Nick an Sumpfhexe erinnerten. Schließlich zückte der Constable ein blütenweißes Taschentuch, drückte es behutsam auf seinen blutenden Mund und nuschelte: »Ich weiß genau das richtige Plätzchen für eine wild gewordene Bestie wie Euch, Waringham ...«

Der beißende Geruch nach Urin, Kot und nassem Fell war das erste, was Nick ansprang. Dabei war der Lions Tower kein geschlossenes Gebäude, sondern ein niedriger Rundbau um einen offenen Hof, ähnlich wie die Arena drüben in Southwark, wo Bärenhatzen und ähnliche Volksbelustigungen abgehalten wurden. Statt der Zuschauerränge waren es hier indes zellenartige Gitterkäfige, die das Rund bildeten, und einer davon war leer.

Der Sergeant der Yeoman Warders, der mit den Schlüsseln vorausging, betätigte einen Seilzug, und die massive Holzklappe, die als Käfigtür diente, glitt nach oben. »Rein mit Euch, Waringham.«

Nick musste sich vornüberbeugen, um durch die Öffnung zu passen, und im Innern konnte er sich nicht ganz aufrichten. Die drei Wachen folgten ihm, und damit wurde es fast schon eng im Käfig. Vier mal vier Schritte, schätzte Nick. An der rückwärtigen Mauer war eine lange, rostige Kette verankert, an welcher der Sergeant nun das Halseisen befestigte, das er mitgebracht hatte. Die anderen beiden hielten Nick an den Armen gepackt, während der Sergeant ihm das Eisen anlegte, obwohl Nick keinen Widerstand leistete. Es fühlte sich schwer und kalt an, aber es saß locker.

»Ganz schön frisch«, bemerkte eine der Wachen im Hinausgehen und schniefte.

Der Sergeant nickte. »Ich bin gespannt, wie lang er es hier macht.«

Während die Holzklappe herunterfuhr, überlegte Nick, ob die Yeoman Warders wohl Wetten auf ihn abschließen würden. Vermutlich ja. Sie wetteten auf alles und jeden, wusste er von seinem letzten Aufenthalt im Tower: Würde der Baron of Wo-auch-immer eher verurteilt als Lord Sowieso? Würde der Gefangene aus der letzten Zelle links im Untergeschoss an seinen Verletzungen sterben oder seine Hinrichtung noch erleben? Und die beliebteste Wette drehte sich immer um die Frage, wie lange der arme Teufel durchhalten würde, den sie als Nächstes auf die Streckbank legten ...

Nick sah den drei Männern in ihren schmucken, blau-roten Uniformen nach, bis sie aus seinem Blickfeld verschwunden waren. Dann kniete er sich ins feuchte Stroh und machte eine Bestandsaufnahme: Die Tierkäfige im Lions Tower bestanden aus zwei niedrigen Etagen. Rechts der Klappe führte eine gemauerte Rampe hinauf zu einer offenen Luke. Was es dort oben gab, wusste Nick nicht, und seine Kette war nicht lang genug, um es herauszufinden. Die waagerechten und senkrechten Gitterstäbe, die die Seiten und die Front seines Käfigs bildeten, boten keinerlei Schutz gegen die Kälte, aber sie bescherten ihm Licht. Nach vorn hatte er einen Ausblick auf ein Stück Hof und einen Holzschuppen, links und rechts in die Nachbarkäfige. Anfangs glaubte er, sie stünden leer, aber nachdem die Wachen abgezogen waren und der Lärm sich gelegt hatte, zeigten sich seine neuen Gefährten: Eine majestätische Raubkatze kam zur Rechten die Rampe heruntergeschritten, das helle Fell mit dunklen Flecken betupft. Nick war sich nicht sicher, aber er glaubte, es war ein Parder. Oder Leopard, wie manche Gelehrte sagten. Dann hörte er auf der anderen Seite ein Hecheln und das Klicken von Krallen auf Stein. Nick wandte den Kopf und fand sich Auge in Auge mit einem weißen Wolf.

»Die Wölfe werden bei den Lämmern wohnen und die Parder bei den Böcken liegen«, murmelte er vor sich hin. »Jesaja, Kapitel elf, Vers fünf«, erklärte er dem Wolf. »Oder sechs.«

Der Wolf stand stockstill und sah ihm unverwandt in die Augen. Die seinen hatten bernsteinfarbene Iris, umgeben von einem schwarzen Kreis. Nick wusste aus lebenslanger Erfahrung im Umgang mit Pferden, dass es sentimentaler Unsinn war, Tieren menschliche Gefühle anzudichten, aber in den Augen des Wolfs las er Schmerz und Überdruss. »Arme Kreatur. Wo magst du wohl herkommen? Aus irgendwelchen schneebedeckten Bergen, nehme ich an. Vermisst du sie? Und deine Artgenossen? Fragst du dich, warum ausgerechnet du eingefangen und hier eingesperrt wurdest?«

Er bekam keine Antwort. Anders als bei Pferden konnte er zu dem Wolf keine Verbindung aufnehmen und erspüren, was in ihm vorging. Mit einem kurzen Winseln brach das Tier den Blickkontakt, wandte ihm den Rücken zu und legte sich ins Stroh.

Der Parder auf der anderen Seite hingegen lief ruhelos an der Vorderfront seines Käfigs auf und ab, und Nick sollte im Laufe der nächsten Tage lernen, dass er das fast immer tat, vor allem nachts. Nick erinnerte sich an das eine Mal, da er seinen Cousin Edmund gesehen hatte, der zur See fuhr. Nick war ungefähr zehn gewesen und hatte den wettergegerbten, bärtigen Hünen mit einer Mischung aus Furcht und Bewunderung bestaunt. Und er hatte nie vergessen, was Edmund ihnen von Afrika erzählt hatte, von der roten Erde, den weiten Steppen, dem einzigartigen Licht und von den Tieren. Nick und sein Vater waren nachher übereingekommen, dass gewiss die Hälfte seiner Geschichten Seemannsgarn war – auf keinen Fall konnten sie glauben, dass es schwarz-weiß gestreifte Pferde geben sollte –, aber sie hatten wenigstens eine Ahnung von der Schönheit und der Weite des Landes bekommen, wo Löwe und Parder auf der Pirsch durchs hohe, trockene Gras strichen. Er wusste nicht, ob der Parder sich daran erinnern konnte. Wenn ja, war es jedenfalls kein Wunder, dass er den Verstand verloren hatte.

Bei Einbruch der Dämmerung kamen zwei Knechte mit einem Handkarren, um die Tiere zu füttern. Sie hielten vor dem Käfig des Parders, der leichtfüßig die Rampe hinauflief. Einer der Wärter betätigte den Hebel für die Holzklappe, und Nick sah fasziniert, dass die Luke zur oberen Ebene des Käfigs sich schloss, während der Eingang sich öffnete, sodass die Wärter gefahrlos den Käfig betreten konnten. Der eine füllte den gemauerten Wassertrog neben der Rampe, der andere spießte mit einer Mistgabel einen Batzen rohes Fleisch auf und warf ihn ins Stroh. Dann verließen sie den Käfig und schlossen die Klappe. Ohne Nick eines Blickes zu würdigen, brachten sie auch dem Wolf seine Ration, der ebenso nach oben gelaufen war wie der Parder, weil er vermutlich gelernt hatte, dass er nur gefüttert wurde, wenn er sich an die Regeln hielt.

Dann fuhr knirschend die Klappe zu Nicks Käfig hoch. »Wohl bekomm's, Mylord«, wünschte einer der jungen Burschen, und ein roher Fleischbatzen landete klatschend vor Nicks Füßen. »Mit den besten Grüßen von Constable Gage.«

Nick sah unbewegt auf seine Ration hinab. »Und bekomme ich Wasser?«

Der blonde Knecht mit dem flegelhaften Grinsen schüttelte den Kopf. »Wir haben Anweisung, nicht zu Euch reinzugehen. Ihr seid gefährlich, meint der Constable, weil Ihr ihm die Fresse poliert habt.«

»Ihr seid richtige Helden, was?«, versetzte Nick. »Zwei kräftige Kerle gegen einen angeketteten Mann, und ihr wagt euch nicht hier rein?«

Das Grinsen verschwand wie weggewischt. »Da ist noch Wasser im Trog«, erklärte der Junge mürrisch. »Bisschen abgestanden vielleicht, aber gut genug für Euch, schätze ich.«

Nick rührte das Wasser nicht an, denn er wusste, wenn er hier krank würde, waren seine Überlebenschancen gering. Er war auch noch nicht hungrig genug, um es mit dem rohen Fleisch zu versuchen, sondern drückte seinen Batzen durch die Gitterabtrennung zum Nachbarkäfig. Der Wolf verschlang ihn mit Hingabe. Am nächsten Abend spendete Nick seine Portion dem Parder, sah zu, wie der das Fleisch mit den Tatzen festhielt und mit den furchteinflößenden Zähnen daran zerrte, und war dankbar für das stabile Gitter zwischen ihnen.

Am dritten Morgen trank er aus dem Trog. Er wartete ein paar Stunden, und als nichts passierte, trank er ihn leer. Er schöpfte mit den Händen, doch als der Wasserstand dafür zu niedrig wurde, beugte er sich nicht über den Trog, um wie der Wolf und der Parder zu saufen. Er verstand durchaus, dass der Constable ihn hier eingesperrt hatte, um ihm die Würde zu stehlen, aber Nick war eisern entschlossen, sich nicht eher als zwingend notwendig wie ein wildes Tier zu benehmen. Er wusste indessen, dass er heute Abend von dem Fleisch essen würde.

»… und das Verrückteste von allem ist, dass ich sie jetzt hätte heiraten können. Das heißt, falls es stimmt, was Sumpfhexe mir erzählt hat. Aber mein Gefühl sagt mir, dass es die Wahrheit war, auch wenn ich Mühe habe, mir meinen Vater und Bessy zusammen vorzustellen. Andererseits, warum eigentlich nicht? Er war einsam und unglücklich nach Mutters Tod. Und wenn Bessy als junges Ding so eine Schönheit war wie Polly, wieso soll er nicht bei ihr Trost gesucht haben?«

Der Wolf fuhr sich mit der Zunge über die Nase und zeigte einen Moment seine Fänge, aber er sah Nick weiterhin aufmerksam an.

Nick hatte die Hand durchs Gitter gesteckt und kraulte ihn

hinter dem Ohr. Das Fell war dicht und herrlich warm. »Jedenfalls, wenn mein Vater mit der Mutter meiner Frau geschlafen hat, dann ist meine Ehe nach kirchlichem Recht inzestuös, und ich kann mich scheiden lassen. Es hätte nicht einmal Folgen für Francis und Eleanor, denn ich müsste einen Antrag beim Bischof stellen, um sie zu Bastarden erklären zu lassen, so wie der König es mit Mary und Elizabeth getan hat. Aber natürlich würde ich das nie tun, und sie blieben meine legitimen Kinder. Seit mir das alles klar geworden ist, habe ich immerzu gedacht: ›Wäre sie doch nur keine Nonne. Dann wäre alles gut. Ich könnte eine anständige Frau aus ihr machen, so wie sie es verdient hätte‹. Jetzt stellt sich heraus, sie *ist* überhaupt keine Nonne. Sie hat mich angelogen. Kannst du dir das vorstellen? Jahrelang hat sie mir etwas vorgemacht. *Warum?*«

Der Wolf wusste es offenbar auch nicht. Aber das machte nichts.

»Und das Schlimme ist, dass ich sie immer noch genauso liebe. Wenn ich ehrlich sein soll, muss ich dir sagen, dass sich im Grunde gar nichts geändert hat. Ist das nicht … erbärmlich? Ich weiß nicht einmal mehr, wer sie eigentlich ist. Ich meine, wenn sie mich in *dem* Punkt belogen hat, was soll ich denn dann noch glauben? Aber die Wahrheit ist, ich glaube ihr alles. *Alles*. Wie würdest du einen Kerl wie mich nennen, he? Den König der Toren? Wenn ich daran denke, wie verächtlich ich Henry belächelt habe, weil er sich von Katherine Howard hat an der Nase herumführen lassen. Aber seine Torheit war nichts im Vergleich zu meiner, oder? Jetzt spielt es allerdings keine große Rolle mehr, mein Freund. Denn dieses Mal komme ich hier nicht lebend raus, da brauchen wir uns gar nichts vorzumachen, weil …« Er brach ab, als der Wolf plötzlich den Kopf von den Pfoten hob und die Zähne fletschte.

Nick zog schleunigst die Hand zurück durchs Gitter. »Du hast recht, vergib mir. Ich habe dir jetzt lange genug vorgejammert.«

»Lord Waringham?«

Nick wandte den Kopf und erkannte eine schemenhafte Gestalt in der Dämmerung. »Jenkins?«, fragte er erstaunt.

Der alte Yeoman Warder trat näher. »Ja, Mylord. Mit wem habt Ihr geredet?« Er wirkte nervös.

Nick wies auf den Wolf, der immer noch dicht ans Gitter gedrängt im Stroh lag. »Mit meinem neuen Freund hier.«

»Oh.«

»Sei nicht schockiert. Noch bin ich halbwegs bei Verstand, glaube ich. Aber dieser Wolf ist ein exzellenter Zuhörer.«

»So wie mein Hund«, bemerkte Jenkins und öffnete die Luke. »Nur ist und bleibt ein Wolf ein wildes Tier, Mylord. Der letzte, den wir hatten, war jahrelang zahm und hat dann plötzlich einen der Wärter angefallen.«

»Würdest du die Wärter so gut kennen wie ich, hättest du mehr Verständnis«, erwiderte Nick und beschloss, Jenkins lieber nicht zu gestehen, dass er und der Wolf seit drei Nächten zusammengedrängt und nur durch das Gitter getrennt schliefen, Nicks Hand in dem weißen Fell vergraben. Der Wolf hielt ihn warm, und die Nähe dieser anspruchslosen, unverdorbenen Kreatur spendete ihm Trost. Er wusste sehr wohl, dass ein Wolf ein wildes Tier war, das man nie so zähmen konnte wie beispielsweise ein Pferd, und dass er die Hand jedesmal aufs Spiel setzte, wenn er sie durchs Gitter steckte. Er tat es trotzdem immer wieder.

Jenkins trat ein. »Jesus, hier kann man ja nicht mal aufrecht stehen … Ich bringe Euch Brot und Wein.« Er stellte einen verschlossenen Tonkrug ins Stroh und reichte Nick einen Leinenbeutel.

Nick atmete verstohlen auf. »Danke.« Er schnürte den Beutel auf, brach ein Stück Brot ab und versuchte, nicht gar zu gierig zu schlingen. »Ich wusste nicht, dass du noch hier bist«, bemerkte er nach zwei Bissen. Jenkins hatte schon im Tower Dienst getan, als Nicks Vater gestorben war, und kam allmählich in die Jahre.

»Doch, doch«, gab der Yeoman Warder zurück und hockte sich vor ihn ins Stroh. »Tut mir leid, dass ich erst jetzt komme, aber niemand durfte zu Euch. Ich bin am ersten Tag nach Dienstschluss zu Eurem Schwager Durham gegangen und hab ihm erzählt, was der Constable mit Euch gemacht hat. Ich dachte, so ein mächtiger Mann, ein Stadtrat obendrein, kann vielleicht was machen. Er hat mit dem Lord Mayor gesprochen. Der Mayor mit dem Constable. Sie sind gute Freunde, wisst Ihr.«

»Das gibt mir Anlass, am Geschmack des Lord Mayor zu zweifeln. Aber wie dem auch sei. Danke, Jenkins. Gott segne dich für deine Güte. Und ich bin zuversichtlich, dass du dich nicht mit Gotteslohn begnügen musst?«

Er hatte es nicht als Beleidigung gemeint, und Jenkins fasste es auch nicht so auf. »Master Durham hat sich sehr großzügig gezeigt«, räumte er unumwunden ein, und es klang zufrieden.

Nick verschränkte die Arme um die angezogenen Knie. »Gut.«

»Ich darf Euch an Essen und Wein bringen, was er oder vielmehr Eure Schwester Euch schickt. Aber wann Ihr hier rauskommt, weiß Gott allein. Der Constable ist … nicht gut auf Euch zu sprechen.«

»Nein. Das macht nichts. Essen und Wein werden mein Leben leichter machen, denn die Verpflegung hier lässt ein bisschen zu wünschen übrig. Ansonsten komme ich ganz gut zurecht, ob du's glaubst oder nicht.«

Jenkins streckte ihm eine dicke, neue Wolldecke entgegen, die er zusammengefaltet unter dem Arm getragen hatte. »Es ist ein Wunder, dass Ihr Euch noch nicht den Tod geholt habt.«

»Danke. Es wird von Nacht zu Nacht besser. Man merkt, dass der Frühling kommt.«

Jenkins betrachtete ihn kopfschüttelnd. »Was habt Ihr nur wieder angestellt? Ich hatte wirklich gehofft, Ihr wärt nach dem letzten Mal klüger geworden. Was ist das nur mit Euch Waringham, dass Ihr meint, Ihr hättet das Recht, Euch gegen den König aufzulehnen? Euer Vater war ein guter Mann und trotzdem ein Verräter. Jetzt Ihr. Ich versteh das nicht.«

»Nein, ich auch nicht«, räumte Nick vorbehaltlos ein. Er wies nach links, wo die Käfige sich weiterzogen. »Ich nehme an, du kennst den Elefanten?«

»Natürlich«, gab Jenkins zurück. »Er ist immerzu besoffen.«

»Hm, weil irgendein Witzbold den Wärtern weisgemacht hat, ein Elefant brauche einen Eimer Wein am Tag. Jeden Morgen wacht er mit einem fürchterlichen Kater auf, spätestens mittags ist er betrunken, und er zertrümmert alles und verbreitet Angst und Schrecken, obwohl er gar nichts dafür kann. Genau so komme ich mir manchmal vor.«

»Aber Ihr seid ein verständiges Wesen und ein sehr maßvoller Trinker, Mylord«, widersprach Jenkins.

»Mag sein. Doch genau wie der Elefant stolpere ich durch eine Welt, die ich nicht verstehe und in die ich auch nicht gehöre, und richte in bester Absicht ein Unheil nach dem anderen an.«

London, November 1546

Der Parder und der Duke of Suffolk waren am selben Tag im Spätsommer gestorben. Nick nahm an, seine Verlegung aus der königlichen Menagerie in sein altvertrautes Quartier im Beauchamp Tower hing eher mit letzterem Ereignis zusammen als mit ersterem, denn er glaubte das, was auch die Wachen tuschelten: Der König hatte nur gewartet, bis Suffolk unter der Erde war, ehe er Lord Waringham den Prozess machen ließ.

Doch der König hatte ganz andere Sorgen gehabt. Das mühsam und blutreich eroberte Boulogne hatte er nicht halten können, kaum genug Geld gehabt, um die englischen Küsten gegen die drohende französische Invasion zu verteidigen, und im Sommer schließlich einem demütigenden Friedensvertrag zustimmen müssen.

Je älter und kränker er wurde, desto mehr nahm sein Argwohn den Reformern gegenüber zu, denn im Grunde seines Herzens fürchtete Henry die ewige Verdammnis für seinen Bruch mit der römischen Kirche. Das hätte Norfolks Stunde sein können, der ja die konservative Glaubensauffassung des Königs teilte und nach Suffolks Tod gern dessen Platz als Vertrauter und Ratgeber eingenommen hätte. Doch die Reformerfraktion aus Erzbischof Cranmer, den Seymour-Brüdern und letztlich auch der Königin wusste das zu verhindern, und so kam es, dass Norfolk sich an dem ungemütlichsten Ort wiederfand, den es in England derzeit gab: im Fokus des königlichen Missfallens.

Nick erfuhr all das nur aus den Gerüchten und aufgeschnappten Gesprächsfetzen der Wachen, denn die Bedingungen seiner

Einzelhaft waren nicht gelockert worden. Im Beauchamp Tower war es wärmer und trockener als im Lions Tower. Er hatte eine Bibel und ein paar andere Bücher bekommen, doch die vollkommene Isolation von seiner Familie und allen Freunden trieb ihn allmählich in die Verzweiflung. Er hörte überhaupt nichts aus Waringham. Er erhielt keine Briefe und durfte keine schreiben. Er wusste nicht, ob er einen Sohn oder eine Tochter bekommen hatte. Er wusste nicht einmal, ob Janis und sein Kind die Geburt überlebt hatten, und er fing an, sich zu fragen, ob er verurteilt und hingerichtet werden würde, ohne es je zu erfahren.

Er vermisste den Wolf.

Am dritten Advent fiel der erste Schnee, und die stille weiße Welt draußen auf dem Tower Hill stand in seltsamem Kontrast zu der plötzlichen Unruhe innerhalb der alten Mauern. Nick hörte deutlich häufiger Schritte auf der Treppe als gewöhnlich und erregt debattierende Stimmen, doch er verstand nicht, was sie sagten.

Zu der Stunde, da ihm für gewöhnlich das Nachtmahl gebracht wurde, rasselte der Schlüssel, und die Tür schwang auf, aber kein Yeoman Warder trat über die Schwelle, sondern Richard Rich.

»Lord Waringham.«

»Sir Richard, sieh an. Ich fing an zu befürchten, Ihr hättet mich vergessen.«

»Vergebt mir, Mylord. Wenn man es sich zur Aufgabe gemacht hat, Ketzer und Verräter zur Strecke zu bringen, ist man in England heutzutage ein vielbeschäftigter Mann.«

Nick lehnte sich auf seinem Scherenstuhl zurück und schlug die Beine übereinander. »Und was hofft Ihr hier zu finden? Einen Ketzer oder einen Verräter?«

Ungebeten setzte Rich sich ihm gegenüber. »Die häretischen Schriften, die wir in Waringham sichergestellt haben, sind zwar verboten, aber ihr Besitz allein reicht nicht aus, um … Nun ja.«

»Kopf hoch, Rich. Ich bin sicher, Euch fällt etwas anderes ein.«

»Da bin ich auch ganz zuversichtlich«, stimmte Rich lächelnd zu und schenkte sich großzügig von Nicks Wein ein. Nick erinnerte sich, dass er den jungen Rich früher gelegentlich angetrunken in Sir Thomas' Halle hatte umhertorkeln sehen. Auf der Jagd nach einem lukrativen Posten, den Sir Thomas ihm nie gegeben hatte, weil er ihn für unredlich und korrupt hielt. Jetzt kam Nick die Frage in den Sinn, ob Rich womöglich obendrein trunksüchtig war. Doch der ungetrübte, scharfe Blick der farblosen Augen sprach eher dagegen.

Während Rich den Becher in einem gewaltigen Zug leerte, erklangen draußen auf der Treppe wieder eilige, schwere Schritte, und eine Stimme rief lachend: »Vielleicht sollten wir vor dem Fenster sein gevierteltes Wappen hissen ...«

Zwei oder drei stimmten in das Gelächter ein, und es klang hämisch.

»Wenn Ihr mir schon den Wein wegtrinkt, Rich, habt wenigstens die Güte und klärt mich auf, was die Unruhe hier an einem so heiligen Sonntag zu bedeuten hat.«

Rich zog die Brauen in die Höhe. »Ihr habt es nicht gehört?«

»Dank des Reglements meiner Haftbedingungen höre ich überhaupt nichts. Wie Ihr zweifellos wisst.«

»Der Duke of Norfolk und sein Sohn, der Earl of Surrey, sind verhaftet worden, Mylord. Erschütternd, nicht wahr? Aber nach allem, was wir wissen, sind auch diese beiden Verräter.«

»Norfolk?« Nick musste lachen.

»Ich weiß wirklich nicht, was Euch daran so erheitert«, bemerkte Rich, und es klang drohend.

»Beunruhigt Euch nicht«, entgegnete Nick tröstend. »Ich hatte seit jeher eine Schwäche für das Groteske. Weswegen habt Ihr Norfolk und Surrey verhaftet?«

»Weil sie ein Mordkomplott gegen Mitglieder des Kronrats geschmiedet haben, den Prinzen entführen und vermutlich ermorden wollten, um Surrey dann auf den Thron zu setzen. Er hat sich vor sechs Wochen mit einem neuen Wappen gezeigt, das geviertelt war und das Kreuz und die Friedenstauben des königlichen Wappens von Edward dem Bekenner zeigte. Das sagt doch wohl alles, oder?«

»Es sagt überhaupt nichts«, gab Nick wegwerfend zurück. »Surreys Mutter war eine *Stafford*, Sir Richard, deren Vorfahren sich bis zu Edward dem Bekenner zurückverfolgen lassen. Surrey hat also jedes Recht, das Wappen zu führen. Wie verzweifelt müsst Ihr sein, wenn Ihr solchen Unsinn fabuliert, um einem Mann Verrat zu unterstellen?«, fragte er bitter.

»Oh, wir sind nicht verzweifelt, Mylord, seid unbesorgt«, entgegnete Rich. »Aber der König wird alt. Und darum setzt er alles daran, die Nachfolge seines Sohnes zu sichern. Jetzt endlich ist der Zeitpunkt gekommen, da jeder Edelmann in England Stellung beziehen muss, *für* Henry und Prinz Edward oder *gegen* sie. Dazwischen ist nichts mehr. Und Ränke gegen die Seymour-Brüder zu schmieden – die vertrauten Onkel des jungen Prinzen –, wie Norfolk es getan hat, oder plötzlich und aus heiterem Himmel ein ungenehmigtes Wappen zu führen, das auf die eigene angeblich königliche Herkunft verweist, wie Surrey es getan hat, ist kein überzeugendes Votum *für* Henry und Prinz Edward. Versteht Ihr?«

Nick verstand vor allem, dass die Reformer bei Hofe unter Führung der Seymour-Brüder offenbar beschlossen hatten, Henrys zunehmende Schwäche und Abhängigkeit zum Anlass zu nehmen, um alle Reformkritiker in England endgültig zum Schweigen zu bringen und ihre eigenen Machtansprüche zu sichern.

»Und das bringt uns zu Euch, Lord Waringham«, setzte Rich wieder an und hielt ihm hin, was er mitgebracht hatte. »Erkennt Ihr das?«

Es war eine abgegriffene Ledermappe mit einem Stapel unfachmännisch gehefteter Blätter darin. Nick erkannte sie auf einen Blick, nahm sie aber trotzdem zur Hand und schlug sie auf, denn sie war ein Stück Zuhause. »Es sind ein paar Kindergeschichten, die ich geschrieben habe«, sagte er und klappte den Deckel wieder zu.

»Kindergeschichten, Mylord?«, fragte Rich skeptisch.

»Genau. Für Latein-Anfänger. Die Kinder meiner Schule lesen sie gern und lernen die fremde Sprache auf diese Weise leichter als mit Caesar oder Tacitus.«

»Dann haben wir also recht daran getan, Eure Schule zu schließen, denn Ihr scheut offenbar nicht davor zurück, die giftige Saat Eures Verrats schon in Kinderherzen zu pflanzen.«

Nick legte beide Hände flach auf die Ledermappe in seinem Schoß. »Ihr habt die Schule geschlossen?«

»Ganz recht.«

»Wo ist Millicent Howard?« Es war weiß Gott nicht die drängendste seiner Sorgen, aber er hatte das kleine Mädchen ins Herz geschlossen. Jetzt waren ihr Vater und Großvater verhaftet worden. Wo immer das arme Kind gestrandet war, er hoffte, nicht in Sumpfhexes Klauen …

»Das entzieht sich meiner Kenntnis«, beschied Rich. »Und Ihr ignoriert den entscheidenden Punkt. Diese Schriften hier, die Ihr als Kindergeschichten zu bezeichnen beliebt, sind in Wahrheit Satiren verbotenen Inhalts und erfüllen den Tatbestand des Verrats.«

»Die Abenteuer von Füchsen und Igeln im Wald? Ich fürchte, das müsst Ihr mir ein bisschen näher erklären.«

»Es geht weniger um die Füchse und Igel, sondern um den König der Tiere in Euren Geschichten. Um den Löwen.«

»Was soll mit ihm sein?«

»Ihr stellt ihn als einfältig und träge dar. Als dumm und verfressen und fett. Er denkt an nichts als nur seine Bequemlichkeit, lässt sich von seinen Hofschranzen gängeln und schickt treue, rechtschaffene Ritter in die Verbannung. Und in jeder Geschichte hat er eine andere Frau.« Rich stützte die Ellbogen auf den Tisch und lehnte sich leicht vor. »*Kindergeschichten?* Wollt Ihr mich für dumm verkaufen, Mylord?«

Nick musste zugeben, die Charakterisierung seines Königs der Tiere *war* verdächtig. Als er die Geschichten geschrieben hatte, war ihm gar nicht recht bewusst gewesen, was er tat. Er hatte versucht, den König zu einer komischen Figur zu machen, die die Kinder zum Lachen brachte. Dass er Henry dabei porträtierte, war ihm irgendwie entgangen …

»Was wollt Ihr andeuten, Rich?«, fragte er brüsk. »Und überlegt Euch gut, was Ihr sagt, denn wenn Ihr eine Ähnlichkeit zwischen meinem törichten Löwenkönig und lebenden Personen zu erkennen glaubt, seid womöglich Ihr der Verräter.«

»Ich deute überhaupt nichts an, und ich muss auch nichts auslegen. Der Löwe ist das Wappentier des Königs. Und damit liegt Euer Verrat auf der Hand.«

»Zu schade für Euch, dass ich diese gefährlichen politischen Satiren nie veröffentlicht habe.«

»Ich schätze, allein sie zu schreiben und arglose Kinder damit gegen die Krone aufzuhetzen, reicht völlig.«

»Ich bin wirklich gespannt, ob die Lords, die über mich richten werden, sich dieser drolligen Rechtsauffassung anschließen.«

Rich erhob sich, trat ans Fenster und sah auf die verschneite Richtstätte hinaus. »Ihr kommt vor kein Gericht, Waringham. Wir werden einen *Attainder* gegen Euch beantragen und auch kriegen. Das gleiche gilt für den Duke of Norfolk. Bildet Euch ja nicht ein, Ihr könntet das Parlament zur Bühne Eures tragischen Abgangs machen.« Er wies aus dem Fenster. »Dort unten werdet Ihr enden, und schon tags darauf wird in London kein Hahn mehr nach Euch krähen.«

Diese Eröffnung verschlug Nick vorübergehend die Sprache. Ein *Bill of Attainder* war ein parlamentarischer Strafbeschluss, der eine Gerichtsverhandlung wegen der Schwere und Offensichtlichkeit der Schuld überflüssig machte. Früher war er solchen Verrätern vorbehalten geblieben, die man mit der Klinge an der Kehle des Königs oder im Bett der Königin erwischt hatte. Heutzutage, so schien es, reichte es aus, wenn man es versäumt hatte, dem König und seinen Günstlingen regelmäßig die Stiefel zu lecken …

»Darf ich hoffen, dass das alles war, was Ihr mir zu sagen hattet, Sir Richard?«

»Noch nicht ganz«, antwortete dieser mit einem kleinen, beinah schuldbewussten Lächeln. »Ich bin vom Kronrat ermächtigt, Euch ein Angebot zu unterbreiten, Mylord.«

»Tatsächlich? Also bitte. Ich harre.«

»Wie Ihr zweifellos wisst, fällt Waringham an die Krone, sobald Ihr als Verräter verurteilt seid. Wir sind indes gewillt, auf dieses Recht zu verzichten und Eurem Sohn Land und Titel zu lassen, wenn Ihr unter Eid aussagt, dass Ihr den Plan hattet, den Prinzen zu ermorden, Lady Mary zu heiraten und mit Ihr zusammen den Thron zu besteigen.«

Nick war nicht sonderlich überrascht. Er hatte geahnt, dass Mary früher oder später ins Spiel kommen würde. Da es bei dieser ganzen Farce nicht nur um die Macht in England, sondern um Glaubenshoheit ging, hatte er gewusst, dass letztlich alles bei Mary auskommen würde.

Er schüttelte den Kopf. »Mein Sohn wird sich selbst um die Rückgabe von Land und Titel bemühen müssen, wenn ich zu faulen Kompromissen bereit wäre, hätten sie es in der Vergangenheit schon gelegentlich bemerkt.«

Richs Miene nahm einen säuerlichen Ausdruck an. »Ich kann Euch auch auf die Streckbank legen lassen, um Euer Geständnis zu kriegen.«

»Ich weiß. Und womöglich würde ich es Euch sogar geben. Aber alle Welt würde wissen, wie Ihr es bekommen habt, und darum würde niemand es glauben. Wenn Ihr die Treue der Engländer zu Prinzessin Mary erschüttern wollt, braucht Ihr schon etwas Besseres.«

»Sie ist keine Prinzessin!«, brauste Rich auf. »Und es ist Verrat, sie so zu nennen!«

Nick schenkte ihm ein Lächeln. »Zu schade, dass ich nur einen Kopf habe, den Ihr abschlagen könnt, nicht wahr?«

London, Januar 1547

Am Namensfest des heiligen Wulfstan, dem neunzehnten Tag des neuen Jahres, wurde Henry Howard, Earl of Surrey und Erbe des Duke of Norfolk, auf dem Tower Hill hingerichtet.

Nick stand wie so manches Mal in der Vergangenheit am Fenster seines Quartiers im Beauchamp Tower und schaute zu. Er zählte die Schritte, die der Verurteilte durch die etwas spärliche Menge der Schaulustigen hügelan zurückzulegen hatte, und er zählte die Stufen zum Richtblock, die er erklomm. In gewisser Weise ging er mit ihm. Nicht weil er sich ihm besonders nahe fühlte – er war ihm nie begegnet –, sondern weil er wusste, dass er selbst der nächste sein würde, der diesen Weg zurücklegte.

Surrey war gefasst, sein Schritt sicher. Er war ein mutiger Mann, der in Henrys sinnlosem Krieg in Frankreich während der letzten zwei Jahre große Taten vollbracht hatte. Und das hier war der Dank. Er sprach kurz mit dem maskierten Henker, kniete sich vor den Block und legte den Kopf darauf. Der Henker ließ ihn nicht warten, holte aus und trennte den Kopf mit einem einzigen sicheren Streich vom Rumpf.

Keine Abschiedsworte, dachte Nick, während die Kanone drüben auf dem Wehrgang donnerte. Ein würdevoller, aber schweigender Abgang. Demütig und ergeben. So oder so ähnlich waren sie alle gegangen, die hier in den letzten zehn, fünfzehn Jahren auf dem Altar königlicher Willkür geopfert worden waren. Nick gedachte nicht, ihrem Beispiel zu folgen. Er wollte furchtlos in den Tod gehen, falls er das konnte. Im Vertrauen auf Gott und seine Verheißung. Aber nicht schweigend.

Kaum hatten sie den kopflosen Leichnam in den Sarg gelegt und den Kopf weggetragen, um ihn auf der London Bridge aufzupflanzen, als die Tür zu Nicks Quartier sich öffnete und Mary hereinkam.

Nick trat ihr lächelnd entgegen und nahm ihre Hände. »Sei so gut und sorg dafür, dass meine Schwester nicht meinen Kopf stiehlt, so wie Lady Meg es mit dem ihres Vaters getan hat. Anders als bei Sir Thomas, wäre es vermutlich das einzige, weswegen man mich in Erinnerung behalten würde, und ich möchte nicht als makabre Anekdote in die Annalen eingehen.«

»Ich werde es ihr sagen«, versprach Mary. Ihre Augen strahlten verräterisch, aber sie erwiderte sein Lächeln und zwang die Tränen zurück.

Nick war ihr dankbar. Auf Marys Haltung war immer Verlass gewesen. Er führte sie zum Tisch und rückte ihr einen Stuhl zurecht. »Wie hast du das fertiggebracht? Der Constable hat gesagt, das Besuchsverbot habe bis zum Schluss Bestand.«

»Die Königin hat dafür gesorgt«, erklärte Mary. »Sie hätte gern mehr getan, aber das war alles, was sie erreichen konnte.«

Er nickte. »Weißt du irgendetwas über meine Familie? Über Janis und die Kinder?«

»Lady Janis ist in Waringham. Ihr habt einen kleinen Sohn. Sie hat ihn Isaac genannt, weil der Name in ihrer Familie gebräuchlich war und weil es bedeutet ›der, auf den Gott herablächelt‹. Ein Name als Schimmer der Hoffnung in der Dunkelheit, sagte sie.«

»Sei so gut und sag ihr …« Er brach ab. Es war schwierig, das, was er Janis zu sagen hatte, einem Dritten anzuvertrauen.

Doch Mary schüttelte den Kopf. »Sag es ihr selbst. Sie wird kommen, Nick. Die Königin hat auch für sie die Erlaubnis erwirkt, sich von dir verabschieden zu dürfen. Und für Francis ebenso.«

Nick lehnte sich auf seinem Stuhl zurück und legte lose die Faust ans Kinn. Er dachte nach.

»Du kannst es ihm nicht verwehren«, drängte Mary behutsam. »Er ist dein Sohn. Er hat ein Recht darauf.«

Nick seufzte tief und nickte. »Ich weiß.« Was er nicht wusste, war, wie er das aushalten sollte. Aber irgendwie würde er das, nahm er an. »Seine Mutter wird nicht kommen, schätze ich?«

»Nein. Aber ich habe einen Brief von ihr hereingeschmuggelt. In meinem Mieder, ob du's glaubst oder nicht. Also, wenn du ihn lesen willst, sei so gut und dreh dich um.«

Nick stand auf und kehrte ihr folgsam den Rücken. Es raschelte ein paar Augenblicke, dann sagte Mary: »Hier ist er.«

Nick blickte einen Moment auf den gefalteten Bogen hinab. Er war mit einem Wachstropfen ohne Siegeldruck verschlossen. »Ich … lese ihn später.«

»Tu's lieber jetzt«, riet sie. »Falls du ihr etwas ausrichten lassen willst, bin ich vermutlich deine letzte Gelegenheit, das zu tun.«

Ihr kühler Pragmatismus verblüffte ihn, aber er fand ihn wohltuend. So hatte er Mary früher oft bei ihren guten Werken erlebt, wenn sie die Kranken und die Sterbenden besuchte. In Extremsituationen – immer dann, wenn allein Gott noch helfen konnte – wurde sie die Ruhe selbst.

›Ich werde nicht zu deiner Hinrichtung kommen‹, hatte Polly in ihrer etwas ungelenken Handschrift geschrieben. ›Ich habe schon so lange um dich getrauert und so oft um dich geweint, dass *ich meine Pflicht und Schuldigkeit getan habe. Aber ich will nicht mit Groll an dich zurückdenken. Du konntest mir nie geben, was du mir schuldig warst, doch du sollst wissen, dass ich es nun auch nicht mehr brauche. Sobald wir die Nachricht erhalten, dass du diese Welt verlassen hast, werde ich Lord Willoughby heiraten, den Treasurer des Prinzen, der ein guter Christ ist und mir den wahren Weg zu Gott gezeigt hat und dessen Kind ich trage. Möge Gott dich segnen und dich rechtzeitig von deinem papistischen Aberglauben erlösen.‹*

»Polly ist unter die Reformer gegangen«, bemerkte er ungläubig.

»Der ganze Haushalt meines Bruders ist ein lutherisches Wespennest«, erwiderte Mary verächtlich. »Ich nehme an, es ist der Treasurer, von dem sie spricht? Du müsstest ihn hören, Nick. Ein fanatischer Ketzer.«

»Nun, meine zukünftige Witwe ist ihm sehr zugetan«, gab er gallig zurück. »Sie ist schwanger und kann es daher kaum erwarten, dass mein Kopf endlich rollt.« Er unterbrach sich kurz und fügte dann hinzu: »Na ja. Ich sollte mich nicht beschweren. Ich habe sie immer schauderhaft behandelt.«

»Das hast du nicht«, widersprach Mary hitzig. »Du hast sie so gut behandelt, wie du konntest. Mit Anstand und Großzügigkeit.«

Er winkte ab. »Bitte keine schönen Lügen, Hoheit. Es ist noch ein wenig zu früh für meinen Nachruf …«

Mary biss sich auf die Lippen, ergriff seine Hand und senkte den Blick. »Nick … Was soll nur aus mir werden, wenn du fort bist? Ich werde endgültig mutterseelenallein sein.«

»Ich kann dir nur sagen, was ich dir zu diesem Thema immer gesagt habe: Du musst *endlich* heiraten. Versprich es mir, Mary. Versprich mir, dass du dich nicht länger sträubst. Es würde mich beruhigen.«

»Dann verspreche ich es dir«, sagte sie ernst. »Obwohl ich nicht will und nicht glaube, dass es mich glücklich machen wird, werde ich es tun. Für dich.«

»Danke.«

»Weil du der beste Freund warst, den ich je hatte. Und der treueste. Du und meine Lady Margaret. Erst hat der König mir sie weggenommen, jetzt dich. Ohne Grund. Ohne jede Rechtfertigung.«

»Ich bin nicht sicher«, entgegnete Nick langsam. »Ich habe viel
darüber nachgedacht, weißt du. Welchen Weg ich gegangen bin
und wohin er geführt hat und warum. Ich habe keins der Vergehen
begangen, die der Kronrat mir vorwirft, aber wenn es wirklich
stimmt, dass die oberste Pflicht eines Kronvasallen die Liebe und
Ergebenheit für seinen König ist, dann *bin* ich ein Verräter, Mary.
Denn von dem Tag an, als ich die Wahrheit über deinen Vater
erfahren habe und mein Vater gestorben ist, habe ich den König
bestenfalls gehasst, aber meistens verachtet. Darum handelt der
Kronrat nur folgerichtig, mich aufs Schafott zu schicken. Ich bin
ein Kronvasall ohne Loyalität zu meinem König. Eine Abscheulichkeit. Vielleicht hätte ich es bei deinem Bruder besser gemacht.
Aber das wird nun Francis' Aufgabe sein.«

Mary stand auf und zog ihn mit sich auf die Füße. »Doch was
für ein Kronvasall wärst du gewesen, hätte der König Gottes Willen erfüllt, meine Mutter nicht verstoßen und mir die Krone hinterlassen?«

Wenn das Gottes Wille war, warum ist es dann nicht so gekommen?, fragte er sich. Aber das sagte er nicht.

Ein Yeoman Warder hämmerte an die Tür und rief: »Zeit ist
um, Mylady.«

Nick schloss sie in die Arme. »Ich habe ein Testament gemacht
und werde es Simon Neville anvertrauen. Viel habe ich nicht zu
vererben, weil Waringham an die Krone fällt, aber ich habe dich
als Vormund meiner Kinder eingesetzt. Und du wirst dich um
Janis kümmern, nicht wahr? Für sie wird es am schwersten, ganz
allein mit dem Bastard eines Verräters.«

»Sei unbesorgt. Sie wird nicht allein sein.«

Nick ließ sie los und führte ihre Hand an die Lippen. »Leb
wohl, Hoheit. Und vergiss nicht zu heiraten, hörst du. Du hast es
versprochen.«

Sie schüttelte den Kopf, küsste ihn scheu auf den Mund und
wandte sich dann hastig ab. »Geh mit Gott, Nick.«

Neun Tage später wurden die Bills of Attainder gegen den Duke of Norfolk und den Earl of Waringham verabschiedet und die Hinrichtung der beiden Verräter für den nächsten Morgen angesetzt.

Jenkins brachte Nick seine Henkersmahlzeit: ein gut gefüllter Teller mit Kalbsbraten und Weißbrot, dazu ein großzügiger Krug Wein. Nick musste an George Boleyn denken und hatte heute mehr Verständnis als damals für dessen Bedürfnis, die letzten Stunden seines Lebens im Weinrausch zu verbringen. Eine Nacht konnte verdammt lang werden, eine Winternacht zumal. Doch er hob abwehrend die Hand. »Nimm es wieder mit, sei so gut.«

»Was?«, fragte der alte Yeoman Warder entgeistert. »Warum das denn, Mylord?«

»Weil die Henkersmahlzeit ein Symbol ist. Ich dachte, ein Mann in deiner Position wüsste das.«

»Ein Symbol?«, wiederholte Jenkins verständnislos.

»Hm. Sie zu essen bedeutet, dass man Frieden mit denjenigen schließt, die einem das Leben nehmen. Das zu tun ist nicht meine Absicht. Also trag alles wieder hinaus, bevor der Duft mich schwach macht, und lass es dir schmecken.«

Jenkins machte folgsam kehrt. »Euer Pfaffe und Eure Familie sind hier.«

Gott, mach mich stark, betete Nick.

»Dann schick sie rein. Meinen Jungen zuerst.«

Jenkins hielt die Tür mit dem Ellbogen auf, sagte ein paar Worte, und Francis kam förmlich hereingeflogen. Er schlang die Arme um Nicks Hals und schluchzte.

Nick hielt ihn fest, spürte die knochigen Schultern und Arme und war erschüttert. Nicht zuletzt darüber, wie groß der Junge geworden war. Bald zwölf, dachte er fassungslos. Und ich hätte so gerne erlebt, wie ein Mann aus dir wird, mein Sohn …

»Entschuldige«, murmelte Francis erstickt. »Ich hatte so gute Vorsätze, nicht zu heulen.«

»Schon gut«, erwiderte Nick leise. »Ich hab auch geheult, als mein Vater hier gestorben ist, und ich war über zwei Jahre älter als du.«

Wie er gehofft hatte, tröstete dieses Bekenntnis den Jungen. Francis beruhigte sich, lockerte seinen Klammergriff um Nicks Hals und sah zu ihm hoch. »Hast du Angst?«

»Nein«, log Nick.

»Wird es wehtun?«

»Ich schätze nicht.« Es sei denn, Rich hat mir einen nervösen Anfänger als Scharfrichter ausgesucht. Und er fragte sich, was Norfolk wohl bei dem Gedanken an den nächsten Morgen empfinden mochte, war er es doch gewesen, der damals Cromwells Henker ausgewählt hatte.

Nick nahm den Jungen bei der Hand. »Ich möchte, dass du mir jetzt genau zuhörst, mein Sohn.«

»Ja, Sir.«

»Du darfst den König nicht hassen für das, was mit mir geschieht. Er ist alt und krank und hat keine Macht mehr über seinen Kronrat.«

»Das sagst du nur, damit ich nicht in deine Fußstapfen trete so wie du in Großvaters«, argwöhnte Francis.

Aber Nick schüttelte den Kopf. »Der Unterschied zwischen dir und mir ist, dass du deine Hoffnungen auf Prinz Edward setzen kannst. Auf die Zukunft, Francis. Er war dein Freund, als ihr klein wart, und deine Mutter wird seinem Haushalt verbunden bleiben. Du weißt, dass du Waringham verlierst, nicht wahr?«

Francis nickte, und Nick sah, wie die Wangenmuskeln des Jungen sich verkrampften, weil er so fest die Zähne zusammenbiss.

»Hol es dir zurück, wenn du kannst. Tritt in Edwards Dienst und sei an seiner Seite. Mach einen Neuanfang. Mit ihm hast du die Chance dazu.«

»Was immer du wünschst«, antwortete der Junge erstickt.

Aber Nick schüttelte den Kopf. »Das reicht nicht.« Er legte einen Finger unter Francis' Kinn und hob das Gesicht des Jungen. »*Du* musst es wollen. Nichts an dieser ganzen Misere ist Prinz Edwards Schuld. Und du bist von so großzügiger Natur, Francis. Lass nicht zu, dass Bitterkeit dein Verhältnis zu Edward trübt.«

Francis dachte einen Moment nach, ohne ihn aus den Augen zu lassen. Dann nickte er. »Also gut. Du hast mein Wort.«

Erleichtert strich Nick ihm kurz über den Schopf. »Vergiss es nicht.«

»Nein.«

»Dann … lass uns zum Ende kommen, es wird sonst nur immer schwerer.«

Francis schlang die Arme wieder um seinen Hals, und seine Schultern bebten.

Nick musste selbst die Augen zukneifen, legte die Hände um Francis' Handgelenke und befreite sich behutsam. Dann küsste er seinen Sohn auf die Stirn. Er lächelte, aber er brachte keinen Ton heraus.

Mit schleppenden Schritten ging Francis zum Ausgang und schlüpfte hinaus. Lautlos schloss sich die Tür, und Nick war dankbar, dass ihm ein Augenblick blieb, um die Fassung wiederzufinden. Er lief zwei-, dreimal im Kreis, dann blieb er neben der Truhe stehen, presste die Handballen gegen die Schläfen und trat mit aller Macht gegen das hölzerne Möbelstück. Trotz ihres Gewichts rutschte die Truhe ein Stück zur Seite, und Nicks Fuß schmerzte höllisch. Aber das Manöver hatte seinen Zweck erfüllt.

Er ging zur Tür, öffnete und fand sich Auge in Auge mit Janis. Sie hielt ein schlafendes Kind im Arm, und kaum war sie über die Schwelle getreten, streckte sie es ihm entgegen. »Isaac.«

Er nahm ihn ungeschickt, hielt ihn in beiden Armen und blickte auf ihn hinab. Isaacs Haar hatte die Farbe von Honig, er hatte die Wangenknochen seiner Mutter geerbt, aber ein Waringham-Kinn. »Was hat er für Augen?«, fragte er flüsternd.

»Meine, glaub ich. Es ist schwer zu sagen.«

Nick trug Isaac zum Bett, legte ihn darauf ab, setzte sich auf die Kante und klopfte einladend neben sich.

Doch Janis blieb vor ihm stehen. »Wie kommt es, dass du mir vergeben hast? Ich dachte, gerade dir müsste meine Unaufrichtigkeit unverzeihlich erscheinen.«

»Ungefähr ein halbes Jahr lang«, räumte er ein. »Dann bin ich eines Morgens aufgewacht und hatte begriffen, dass du mich angelogen hast, um mich zu schützen. Das war ein irrsinniger Gedanke, und ich bin immer noch nicht sicher, wie ich darauf gekommen bin. Vielleicht hat der Wolf, der mein Käfignachbar war, ihn mir eingeflüstert.« Er streckte die Hand aus. »Komm her. Wir haben nur ein paar Minuten. All das ist nicht mehr von Belang. Und lass uns versuchen, nicht zu heulen, was meinst du?«

Sie schafften es nicht ganz. Eng umschlungen saßen sie auf Nicks Bett und küssten sich und redeten und küssten sich wieder und schwiegen ein Weilchen, und weil Nick wusste, dass Jenkins draußen stand und ihm genug Zeit lassen würde, drückte er Janis schließlich in die Kissen hinab und liebte sie zum Abschied, lebenshungrig und verzweifelt, vielleicht um ihr noch ein Kind zu machen, obschon er doch gar nicht wusste, ob sie das wollte, und als sie zum Ende kamen, weinten sie beide.

»Es hat schon irgendwie alles seine Richtigkeit, weißt du«, vertraute er ihr an, als er sie schließlich zur Tür brachte. »Und ich bin immerhin einunddreißig Jahre alt geworden. Nur …« Er brach ratlos ab.

»Hatten wir nicht genug Zeit zusammen«, beendete sie den Gedanken für ihn.

Er strich ihr die Haare aus der Stirn und fuhr ein letztes Mal mit den Lippen über ihre Wange. »Nein«, flüsterte er. »Aber das würde ich in hundert Jahren wahrscheinlich immer noch sagen.«

Der Tower Hill war schwarz vor Menschen, und als die Wachen mit den beiden Verurteilten und ihren jeweiligen Beichtvätern ins Freie kamen, erhoben sich Gejohle und Sprechchöre.

»Gott schütze Euch, Mylord!«, riefen sie.

»Wir werden für Euch beten!«

Und die Spaßvögel, die es bei jeder Hinrichtung gab, fehlten auch heute nicht: »Hoffentlich haben sie im Paradies ein paar Gäule für Euch!«

Nick musste grinsen. Er hätte nie gedacht, dass er das konnte, denn seine Knie waren butterweich und die Monstrosität des Augenblicks drohte ihm die Luft abzuschnüren. Trotzdem hob er den Kopf und lächelte, und die Menge jubelte.

»Wa-ring-ham, Wa-ring-ham!«, skandierte sie, und »Lang lebe Prinzessin Mary!«

»Es ist eine bodenlose Frechheit«, knarzte Norfolk hinter Nick. »Mein Leben habe ich in den Dienst des Königs und seiner Untertanen gestellt, und sie haben nicht ein einziges Wort für mich übrig.«

Nick dachte, dass er sich bessere Gesellschaft zum Sterben hätte vorstellen können als diesen alten Grantler, der selbst auf dem letzten Weg nicht aufhören konnte, der Welt sein Missfallen zu bekunden.

Jenkins schien Ähnliches zu denken, denn er antwortete unverblümt: »Seid lieber froh, Euer Gnaden. Diese Stadt ist nicht gerade gut auf Euch zu sprechen. Besser, sie bejubeln Waringham, als wenn sie Euch mit Hundescheiße bewerfen.«

Norfolk war so sprachlos, als wäre sein Kopf schon gefallen.

Unter den zunehmend frenetischen Sprechchören der Menge gelangten sie zu der erhöhten Richtstätte.

»Mylords, ich werde eine Münze werfen, und der Gewinner entscheidet, ob er als Erster an der Reihe sein will«, erklärte Constable Gage. Er tat geschäftsmäßig, aber seine Stimme bebte. Er hatte noch nicht viele Lords hingerichtet, und er fürchtete sich vor den Londonern. Davor, was sie tun würden, wenn das Beil gefallen war.

»Mylord of Norfolk, Kopf oder Kreuz?«, fragte der Constable und hielt einen Penny hoch.

»Kopf«, schnauzte der alte Herzog.

Der Constable warf, fing die Münze mit dem Handrücken auf und schloss einen Moment die Linke darum. Dann schaute er nach. »Kreuz. Waringham, Ihr habt die Wahl.«

»Dann gehe ich als Erster.« Er nickte dem Bruder seiner Stiefmutter knapp zu. »Norfolk.«

»Waringham.«

Nick stieg die Stufen zum Block hinauf. Fünf, wusste er. Simon Neville, der mit ihm seine letzte Nacht durchwacht und mit ihm gebetet hatte, folgte ihm wie ein Schatten. »Geh in Frieden, Nick. Du bist gewappnet mit den Sakramenten, und Jesus Christus erwartet dich mit offenen Armen. Es segne dich der Vater, der Sohn und der Heilige Geist.«

»Amen.« Nick bekreuzigte sich. »Hab Dank, Simon.«

»Vergebt Ihr mir?«, fragte der Henker hinter der dunkelbraunen Ledermaske. Er klang erstickt, aber nicht so, als sei er noch im Stimmbruch.

»Von Herzen«, antwortete Nick, so wie Thomas More es getan hatte, und steckte dem Henker zum Zeichen der Versöhnung eine Münze zu, wie es üblich war.

Der Constable riss ihm mit unnötigem Schwung das Wams über die Schultern herab. »Das wär's, Waringham. Kniet Euch hin.«

»Habt Ihr nicht eine Kleinigkeit vergessen, Sir John?«, fragte Nick.

»Was denn?«

»Jeder Verurteilte hat das Recht auf ein paar letzte Worte, richtig?«

John Gage brummte angewidert. »Dann fasst Euch kurz.«

Das hättest du wohl gern, dachte Nick, hob den Kopf und holte tief Luft, als oben auf dem Wehrgang des Tower die Kanone donnerte.

Nick, der Henker, der Constable und alle auf dem Tower Hill versammelten Londoner zuckten erschreckt zusammen.

Als das rollende Dröhnen verebbt war, sagte Nick: »Das war ein wenig verfrüht, scheint mir ...«

Es gab verhaltenes Gelächter, doch ehe Nick zum zweiten Mal ansetzen konnte, wurde eine weitere Kanone abgefeuert.

Irritiert schaute Nick zur Festungsmauer hinauf, und Tausende Augenpaare folgten seinem Blick. Dort oben stand ein Mann und winkte wild mit beiden Armen, um die Aufmerksamkeit des Constable auf sich zu ziehen. Dann legte er die Hände links und rechts neben den Mund, damit seine Stimme weiter trüge, und brüllte: »Der König ist tot!«

Jerome Dudley, erkannte Nick.

Auf dem Tower Hill wurde es so still, dass man das Knirschen des Schnees unter den zahllosen Füßen hören konnte.

»Wie war das?«, fragte der Constable tonlos.

»Er sagte, der König ist tot«, antwortete Simon Neville.

»Ich komme direkt aus Whitehall!«, brüllte Jerome. »Der König starb dort in den frühen Morgenstunden, lässt der Kronrat verlautbaren! Alle Hinrichtungen sind mit sofortiger Wirkung auszusetzen; die Verurteilten sind begnadigt! Gentlemen, *der König ist tot!*«

Nick wandte den Kopf. Merkwürdigerweise war der einzige Mann, dem er ins Gesicht schauen konnte, der Duke of Norfolk.

»Der König ist tot, Waringham«, murmelte dieser erschüttert.

»Lang lebe König Edward«, erwiderte Nick und nahm dem Henker die Münze aus der erschlafften Pranke. »Tut mir leid«, raunte er ihm zu. »Vielleicht ein andermal.«

»Das will ich doch nicht hoffen, Mylord«, entgegnete der Scharfrichter.

»Nein, ich auch nicht«, musste Nick einräumen. »Obwohl: Um meine letzten Worte ist es fast ein bisschen schade ...«

VIERTER TEIL
1553

Waringham, Mai 1553

»So, so. *Das* habe ich mir also darunter vorzustellen, wenn Francis of Waringham und Millicent Howard zusammen Homer lesen ...«

Das junge Paar fuhr erschrocken auseinander.

»Vater! Ihr seid wieder da ...« Francis sprang von der Bank im Rosengarten auf und schloss seinen Vater ungestüm in die Arme. Seine Wangen waren gerötet – wobei nicht auszumachen war, ob die Frühsommerhitze, die Nähe seiner Liebsten oder Verlegenheit über das unverhoffte Auftauchen seines Vaters dies hervorgerufen hatte –, und seine blauen Augen strahlten. Auch mit achtzehn hatte Francis seinen vorbehaltlosen Enthusiasmus für alles, was die Welt ihm zu bieten hatte, noch nicht abgelegt.

»Grundgütiger, Francis. Du trägst einen Ohrring?«

Der junge Mann griff sich an den kleinen Goldreif, der sein rechtes Ohrläppchen zierte. »Oh, das tragen jetzt alle, weißt du.«

»Aber du hast beschlossen, dich dem Diktat der Mode zu unterwerfen, solange du mich auf dem Kontinent wusstest. Sicherheitshalber.«

Francis lachte. »Wie war die Überfahrt?«

»Fürchterlich«, gestand Nick mit einer kleinen Grimasse. »Ich möchte diese Reise um nichts in der Welt missen. Sie war alle Strapazen wert, sogar die Überfahrt. Aber ich sage dir ehrlich, Francis, wenn ich nie wieder im Leben einen Fuß auf eine Schiffsplanke setzen muss, werde ich nicht unglücklich sein.«

»Warum muss England auch eine Insel sein«, warf Millicent mit einem kleinen Koboldlächeln ein und erhob sich ebenfalls von der Bank, die von einem Rosenbogen überschattet war, der schon die ersten Blüten aufwies. Sie knickste. »Willkommen daheim, Mylord.«

»Danke, mein Kind.«

»Lady Waringham ist wohl?«

Er nickte. »Ich denke, sie hat es noch mehr genossen als ich, Paris und Florenz und Rom zu sehen.«

»Das glaube ich gern. Zu reisen war immer ihr sehnlichster Wunsch.« Millicent schien nichts Besonderes daran zu finden, dass sie von dieser heimlichen Sehnsucht gewusst hatte, denn sie nahm nicht nur in Francis' Herz einen großen Platz ein, wusste Nick. Auch seine Frau liebte das Howard-Mädchen sehr, hatte sie in Millicent doch die Schülerin gefunden, auf die sie immer gewartet hatte: eine verwandte Seele, die es genauso nach Wissen und nach Poesie dürstete wie sie selbst.

»Geh nur hinein«, schlug Nick vor. »Sie wird sich freuen, dich zu sehen, denn sie hat euch alle schrecklich vermisst. Und sicher will sie auf der Stelle hören, welchen Schabernack die Mädchen mit ihrer neuen Lehrerin getrieben haben ...«

»Sie waren folgsam und fleißig wie immer, Mylord«, behauptete Millicent, die unbändig stolz gewesen war, als Janis ihr für die Dauer ihrer Reise den Unterricht der Mädchen übertragen hatte.

»Ja, das glaub ich aufs Wort«, gab Nick trocken zurück.

Millicent lächelte ihm zu und lief dann eilig und leichtfüßig den Pfad entlang, so als könne sie es kaum erwarten.

Nick sah ihr einen Moment nach. »Ich kann dich verstehen, mein Sohn. Sie ist wahrhaftig ein schönes Kind.«

»Sie ist weit mehr als das«, erwiderte Francis stolz.

Sein Vater nickte. Er wusste, das war zweifellos die Wahrheit. Trotzdem erschütterte es ihn, dass Francis sein Herz ausgerechnet an eine Howard – an Sumpfhexes Großnichte – verloren hatte. Es erschütterte ihn nicht unablässig oder in einer Art und Weise, die ihm den Schlaf geraubt hätte. Er hatte sich in gewisser Weise damit abgefunden. Aber wenn er sich die Tatsache bewusst machte, dann war er jedes Mal aufs Neue schockiert.

Francis nahm ihn beim Ärmel und führte ihn zu der Bank zurück, wo der arme Homer aufgeschlagen und vergessen lag. Die sachte Maibrise blätterte eine Seite um.

»Erzähl!«, verlangte Francis.

»Heute Abend«, versprach Nick. Er wusste noch nicht, wie er Worte für die Wunder der Baukunst und Malerei finden sollte, die er hatte sehen dürfen, für das Wunder der göttlichen Schöpfung, das die Alpen waren, für die fremdartige Frühlingslandschaft südlich des gewaltigen Gebirges oder die Farbe des Tiber bei Sonnenuntergang. »Deine Stiefmutter hat mehr Gemälde und Bücher gekauft, als die bedauernswerte Dienerschaft schleppen konnte. Schau sie dir an, sie sagen mehr, als ich dir berichten könnte.«

Francis ließ nicht locker. »Aber was hat dir am besten gefallen? Was hat dich am tiefsten beeindruckt?«

Nick musste nicht lange überlegen. »Am tiefsten beeindruckt hat mich die Begegnung mit einem Mann, der Baumeister, Bildhauer *und* Maler ist. Er hat eine gewaltige Kuppel für die Petersbasilika in Rom gebaut, unbeschreibliche Wandgemälde und Skulpturen erschaffen … Ich hätte nie für möglich gehalten, dass es in einem einzigen Menschen solche Schaffenskraft geben kann. Und am besten gefallen an unserer Reise hat mir, dass man außerhalb Englands so ziemlich überall in eine Kirche gehen und die heilige Messe hören kann, ohne dafür eingesperrt zu werden.«

Francis schlug hastig den Blick nieder und nickte stumm. Er war Reformer – wie heutzutage praktisch jeder in der südöstlichen Hälfte Englands –, und er fand die Anhänglichkeit seines Vaters an die alte Religion ein bisschen peinlich, wusste Nick. Aber sie stritten niemals darüber. Waringham war ein wundersamer Ort, der in England seinesgleichen suchte: ein Ort, wo Papsttreue und Reformer die Glaubensauffassung der anderen tolerierten.

»Und wie steht es hier?«, fragte Nick.

»Wie du siehst, liegt Waringham nicht in Schutt und Asche, obwohl du es mir zwei Monate lang anvertrauen musstest«, gab Francis grinsend zurück. »Was allerdings in erster Linie Madog zu verdanken ist. Allen geht es prächtig, soweit ich es sagen kann, Menschen und Gäulen gleichermaßen. Ich habe die beiden Dreijährigen auf dem Markt in Smithfield verkauft, wie du wolltest.

Fausto hat neunzig Pfund gebracht, Fernando sogar hundertzehn.«

Nick pfiff beeindruckt durch die Zähne. »Gut gemacht.«

»Ich hab dir doch gesagt, der Wallach bringt mehr. Die meisten Leute haben einfach Angst vor unkastrierten Gäulen mit andalusischem Blut, sie sind ihnen zu temperamentvoll. Nur keiner will es zugeben.«

»Wie es aussieht, hattest du recht«, räumte Nick ein. »Was hört man in London?«

»Der König ist immer noch nicht genesen«, berichtete Francis, seine Miene plötzlich untypisch bekümmert.

»Warst du dort?«

Francis nickte. »Ich habe Mutter und Eleanor besucht, aber König Edward habe ich nicht gesehen. Der Leibarzt hat wieder strenge Bettruhe verordnet, erzählt mein Stiefvater.«

Obwohl Polly ja letztendlich doch nicht verwitwet war, hatte sie ihren Lord Willoughby kurz nach der Krönung des jungen König Edward geheiratet. Nick hatte ihr eine Scheidung vorgeschlagen und ihr erklärt, warum diese Lösung mit einem Mal möglich geworden war. Polly hatte bereitwillig zugestimmt. Nick hatte wesentlich länger gebraucht, um von der Krone die nötige Erlaubnis für eine Heirat mit Janis zu erwirken, aber Katherine Parr, Henrys letzte Königin, hatte dafür gesorgt, dass er sie schließlich erhielt. So kam es, dass Eleanor und Francis jetzt Vater und Mutter, Stiefvater und Stiefmutter hatten – eine Konstellation mit Seltenheitswert –, aber inzwischen hatten alle Beteiligten und sogar die unbeteiligten Schandmäuler bei Hofe sich daran gewöhnt.

Nick antwortete nicht sofort. Im Grunde wussten sie seit einem Jahr, dass der König nicht mehr lange zu leben hatte. Ein geheimnisvolles Leiden hatte den damals Vierzehnjährigen wochenlang ans Bett gefesselt, ohne dass seine Ärzte sich je einig wurden, ob es nun die Masern oder die Pocken oder beides waren, und er hatte sich niemals richtig erholt. »Wir sollten uns nichts vormachen, Francis«, sagte Nick schließlich. »Er hat die Schwindsucht.«

»Ja, ich weiß.« Der Junge schwieg einen Moment, ehe er seinen Bericht fortsetzte: »Wie es aussieht, wird der Hof den Sommer in

Greenwich verbringen, aber Eleanor und Bess … Lady Elizabeth, meine ich, wollen für ein paar Wochen nach Hatfield.«

»Freiwillig in die ländliche Einöde?«, fragte Nick argwöhnisch. »Was hecken sie nun schon wieder aus?«

»Das weiß Gott allein«, bekannte Francis lächelnd.

Nick erhob sich und legte mit einem unterdrückten Laut des Missfallens die Hand ins Kreuz. »Du meine Güte, ich bin erledigt. Warte nicht, bis du ein alter Mann von siebenunddreißig bist, eh du auf Reisen gehst, mein Junge. Es ist ein anstrengendes Vergnügen. Und jetzt muss ich gehen. Ich habe deinen Bruder und deine Schwester noch nicht einmal gesehen.«

»Vater«, sagte Francis hastig, ehe Nick sich abwenden konnte. »Wirst du zu Norfolk reiten und ihn fragen? Du hast gesagt, du tust es, wenn du zurück bist.«

»Ich meinte nicht innerhalb der ersten Stunde nach meiner Heimkehr, Francis«, protestierte Nick.

»Aber bald?«

Nick betrachtete seinen Sohn und seufzte leise. »Du bist so hartnäckig wie eh und je. Ich bin nicht besonders erpicht darauf, Norfolk aufzusuchen, weißt du.«

»Du hast es versprochen«, beharrte der junge Mann.

»Ich muss verrückt gewesen sein. Ihr seid einfach noch zu jung.«

»Du warst auch erst achtzehn, als du Mutter geheiratet hast.«

»Ich war neunzehn, und dein Argument ist von äußerst zweifelhafter Überzeugungskraft, denn obwohl deine Mutter eine großartige Frau ist, war diese Ehe nicht gerade das, was ich einen nachahmenswürdigen Erfolg nennen würde.«

Aber Francis hatte sein Pulver noch nicht verschossen. »Robin Dudley und seine Frau waren achtzehn, als sie geheiratet haben.«

»Ich weiß …«

»Und jetzt heiratet sein Bruder Guildford Lady Jane Grey, und Guildford ist genauso alt wie ich, Lady Jane erst sechzehn.«

Das amüsierte Funkeln verschwand aus Nicks Augen. »Was sagst du da?«

»Guildford Dudley und Jane Grey«, wiederholte Francis geduldig. »Es ist beschlossene Sache, sagt Eleanor. Jane wollte nicht, aber ihr Vater hat sie so lange verdroschen, bis sie eingewilligt hat.«

»Hm. Ich schätze, niemand müsste deine Millicent zur Kirchentür prügeln …«, murmelte Nick, seine Gedanken meilenweit fort.

»Vater …« Francis klang beschwörend. »Du hast es *versprochen*. Also. Wirst du ihren Großvater fragen?«

»Wie es aussieht, bleibt mir nichts anderes übrig.«

Aus der Halle hörte er Füßescharren, Schemelrücken und das Murmeln junger Stimmen – die typischen Geräusche des Schulunterrichts. Doch er trat nicht ein, um Lehrer und Schüler zu begrüßen. Stattdessen hastete er die Treppe hinauf. Er nahm immer zwei Stufen auf einmal. Obwohl die mörderischen Treppen inzwischen erneuert worden waren, war das doch immer noch streng verboten, aber es sah ihn ja niemand.

Er öffnete die Tür zu seinem Privatgemach, und augenblicklich lösten Isaac und Isabella sich von ihrer Mutter und stürmten auf ihn zu.

»Vater! Vater!«

Nick hockte sich hin und schloss seine beiden Kleinen selig in die Arme. Über ihre Köpfe hinweg tauschte er einen Blick mit seiner Frau, die auf der Fensterbank saß und sie beobachtete.

»Vater, was hast du mir mitgebracht?«, fragte der siebenjährige Isaac aufgeregt. »Mutter wollte es nicht verraten.«

»Ich fürchte, dann wirst du dich gedulden müssen, bis sie es in all ihrem Gepäck wiedergefunden hat. Es kann nicht so lange dauern, es sind höchstens ein Dutzend Truhen …«

»Ja, nur die meisten enthalten den Wein, den du gekauft hast«, behauptete seine Gemahlin.

Nick raunte seinem Sohn verschwörerisch zu: »Glaub ihr kein Wort. Die Truhen sind voller Seidenballen und Bücher und Bilder, für die wir gar nicht genügend Wände haben, und in einem Winkel hier und da liegt vielleicht auch das eine oder andere Geschenk für euch.«

Dann nahm er sein Nesthäkchen auf den Arm und stand auf. »Und was ist mit dir, Isabella? Bist du gar nicht neugierig auf dein Geschenk?«

Sie lächelte. »Doch.« Es war ein verhaltenes, fast schüchternes Lächeln. Sie legte den Kopf an seine Schulter und schlang die Arme um seinen Hals, so fest, als hätte sie insgeheim Zweifel gehegt, dass ihre Eltern je wieder heimkommen würden.

Isabella war im Oktober nach König Henrys Tod zur Welt gekommen, wenige Wochen bevor ihr Vater aus dem Tower entlassen worden war. Es war also tatsächlich geschehen, was Nick sich gewünscht hatte: In der Nacht, die er für die letzte seines Lebens gehalten hatte, war Janis schwanger geworden. Manchmal plagte ihn indes der Verdacht, die Verzweiflung jener Stunde habe einen Schatten auf die Seele seiner Tochter gelegt. Sie war ein ernstes, stilles Kind und mit ihrem dunklen Haar so aus der Art geschlagen, dass die Bauern sie vermutlich ein Wechselbalg genannt hätten, wären ihre Augen nicht so unverkennbar Waringham-blau gewesen.

Nick trug sie zum Tisch und setzte sich auf seinen Sessel. »Isaac, sei ein guter Junge und schenk deinem alten Herrn einen Becher ein.«

Isaac musste sich auf die Zehenspitzen stellen, um an die Glaspokale auf dem Wandbord zu gelangen. Furchtlos trug er eins der kostbaren Gefäße zum Tisch und schenkte es voll. »Wenn du nichts dagegen hast, geh ich dann mal wieder«, sagte er seufzend. »Ehe Pastor Pargeter mir den Kopf abreißt. Er hält es einfach nicht aus, wenn ich auch nur fünf Minuten seiner Lateinstunde verpasse …«

»Dann lauf«, antwortete Nick, und als der Junge den Raum verlassen hatte, murmelte er: »Pastor Pargeter. Es klingt immer noch seltsam in meinen Ohren.«

»Ich weiß, Liebster«, gab Janis zurück, kam zum Tisch und schenkte sich ebenfalls einen Schluck Wein ein. »Aber wir müssen froh sein, dass er uns erhalten geblieben ist. Anders als Simon.«

Nach König Henrys Tod vor sechs Jahren hatten die Reformer endgültig das Ruder übernommen. Edward und Thomas Seymour, die Onkel des kleinen Königs, waren überzeugte Anhänger der neuen Religion gewesen, genau wie die Königinwitwe, die Thomas Seymour nach schockierend kurzer Trauerzeit geheiratet hatte. Edward Seymour war Lord Protector geworden und hatte gemeinsam mit Erzbischof Cranmer die Führung des Kronrats übernommen. Keine zwei Jahre später hatte Cranmer mit dem *Book of Common Prayer* eine Agende – einen Leitfaden – für Gebet und Gottesdienst vorgelegt, dem ein jeder zu folgen hatte, und das Parlament verabschiedete ein Gesetz, die Uniformitätsakte, die es unter Strafe stellte, die althergebrachte heilige Messe zu halten und zu hören. Nick musste allerdings einräumen, dass Verstöße gegen dieses Gesetz vergleichsweise milde geahndet wurden, denn die Übeltäter wurden nicht verbrannt, sondern schlimmstenfalls eingesperrt. Doch kein Priester durfte mehr eine Kirchengemeinde führen oder Schulkinder unterrichten, der sich nicht zum *Book of Common Prayer* bekannte. Anthony Pargeter hatte dies getan und war der Schule in Waringham so erhalten geblieben, denn schon vor der Verabschiedung der Uniformitätsakte hatte seine Überzeugung sich allmählich gewandelt, und er war Reformer geworden. Oder Protestant, wie sie sich jetzt immer häufiger nannten.

Simon Neville hingegen war in den Norden gegangen, wo die Wurzeln seiner Familie lagen und der alte Glauben noch verbreitet war. Nick vermisste ihn sehr.

Er strich seiner Tochter über den flaumweichen, dunklen Schopf. »Hat deine Mutter dir schon von dem großen Schiff erzählt, mit dem wir übers Meer gekommen sind, Engel?«

Isabella nickte. »Sie hat uns erzählt, du hättest die Fische gefüttert.«

Nick warf seiner Frau einen finsteren Blick zu. »Wärmsten Dank auch, Madam ...«

Janis biss sich auf die Unterlippe. »Gern geschehn, Mylord.«

»Womit hast du die Fische gefüttert?«, wollte Isabella wissen.

»Mit ... ähm ... Brot und Kohlsuppe.«

»Fische mögen Kohlsuppe?«

»Fische mögen alles. Und was hast du gemacht, während wir fort waren, hm?«

»Gladys und ich haben ein Lämmchen mit dem Trichter gefüttert.« Gladys war Madogs Jüngste und Isabellas beste Freundin. »Aber in der Woche nach Ostern ist es gestorben.«

»Das tut mir leid.« Er drückte die Lippen auf ihre Stirn. »Warst du traurig?«

Isabella nickte bedächtig. »Madog hat uns auf Sooty Reitunterricht gegeben, um uns zu trösten, aber Isaac hat geschimpft.«

Sooty war Isaacs Pony und sein ganzer Stolz. Nick konnte verstehen, dass der Junge es nicht gern sah, wenn seine kleine Schwester es mit Beschlag belegte. »Ich rede mit deinem Bruder«, versprach Nick. »Wir werden an seine Großmut appellieren.«

Sie ließ ihn nicht aus den Augen. »Vater?«

»Hm?«

»Kann ich nicht … ein eigenes Pony bekommen? Ich würd es auch mit Gladys teilen«, fügte sie hastig hinzu.

Nick legte das Kinn auf ihren Scheitel und antwortete nicht sofort. Es kam so selten vor, dass Isabella ihn um etwas bat. Und ein Pony war nicht teuer. Waringham war indessen wieder einmal in Geldnöten. Dabei konnten die Einkünfte aus dem Gestüt, dem Gutsbetrieb und sogar aus der Schule sich durchaus sehen lassen, aber der Wertverlust des Geldes, der sich während der letzten fünf Jahre galoppierend beschleunigt hatte, zehrte all die schönen Erträge auf. Die immer noch fortschreitende Einfriedung ehemaliger Ackerflächen für die Schafzucht hatte zu einer Verknappung der Getreideernten geführt, wie Thomas More schon vor zwanzig Jahren prophezeit hatte, und die Kornpreise waren in schwindelerregende Höhen geschnellt. Janis und Nick hatten entgegen ihrer scherzhaften Anschuldigungen in Wahrheit nur wenige Kunstgegenstände und Weine auf dem Kontinent eingekauft, dafür umso mehr Getreide, das im Laufe des Sommers geliefert werden und Waringham vor einem Hungerwinter bewahren sollte.

Trotz alledem antwortete er: »Einverstanden. Ich werde mich in Smithfield nach einem Pony für dich und Gladys umschauen.«

Zufrieden legte sie den Kopf wieder an seine Schulter. Isabella war der festen Überzeugung, dass es auf der Welt kein Problem gab, das ihr Vater nicht lösen konnte, und da Nick aus Erfahrung wusste, dass Töchter diesem Irrglauben nur zu schnell entwuchsen, war er entschlossen, Isabella ihre Illusionen so lange zu erhalten, wie er konnte.

Sie hatten mit Francis, Madog, Millicent und Anthony Pargeter zusammen gegessen. Zur Feier des Tages hatten auch Isaac und Isabella an die Tafel kommen dürfen, die ihre Mahlzeiten sonst mit der Amme in der Kinderstube einnahmen, und Nick und Janis hatten von ihrer Reise durch Frankreich und Italien erzählt und die mit Spannung erwarteten Geschenke verteilt: italienische Weine für den Steward und den Lehrer, Pigmente und ein Buch über die Herstellung von Ölfarben für Millicent, ein aufziehbarer hölzerner Löwe für Isaac und für Isabella eine Violine. Nick überreichte sie ihr mit den Worten: »Ich schlage vor, zum Üben gehst du ins Burgverlies.«

Isabella hatte ihren Schatz ehrfürchtig und behutsam an die Brust gedrückt, aber niemand war so selig gewesen wie Francis über seinen venezianischen Falken. Zufrieden hatte Nick im Kreise seiner Lieben gesessen und all die strahlenden Gesichter betrachtet. Und gerade weil er ahnte, dass schwere Zeiten auf sie zukamen und er sich mit dieser Reise nur einen Aufschub ergaunert hatte, dankte er Gott für das Glück dieses Augenblicks.

»Und im eigenen Bett zu liegen ist ein weiterer guter Grund, um Gott zu danken«, bemerkte er und reckte sich wohlig unter den frischen Laken.

Janis legte den Arm über seine Brust und den Kopf auf seine Schulter. »Das ist wahr. Du meine Güte, wenn ich an die Strohsäcke in dem Gasthaus in Reims denke …«

Nick lachte in sich hinein. »Was unsere Schulkinder nur zu einer Lehrerin mit so vielen Flohbissen gesagt hätten?«

»Oder der Hof zu Lord Waringhams Scharmützel mit einer Horde wütender Kühe an einer Furt in der Champagne?«

Sie riefen einander noch ein paar weitere Reiseanekdoten in Erinnerung, die sie der Familie vorenthalten hatten, doch dann wechselte Janis das Thema: »Francis hat dich würdig vertreten, hat Madog mir erzählt. Sicher hat es dem Jungen gutgetan, sich zu beweisen.«

»Hm«, brummte Nick. »Er soll lieber nicht hoffen, dass ich so bald wieder auf den Kontinent reise.«

Janis boxte ihn unsanft auf den Arm. »Vergiss Santiago nicht.«

»Gott steh mir bei ...«

»Nächstes Jahr. Du hast es versprochen.«

»Du hörst dich an wie Francis«, neckte er sie. »›Wann reitest du zu Norfolk, Vater? Du hast es versprochen, Vater‹ ...«

Janis hob den Kopf von seiner Schulter und sah ihn an. »Und? Wann tust du's?«

»Mal sehen.«

»Nick ...«

Er legte die Hand in ihren Nacken und küsste sie. »Genug davon, Madam.« Er richtete sich auf einen Ellbogen auf und zog seine Frau näher zu sich. »Lass uns die Rückkehr in unser wunderbar ausladendes Bett feiern, was meinst du?«

Newhall, Mai 1553

Mary sah von dem Brief in ihrer Hand auf und richtete einen äußerst missfälligen Blick auf den Boten, der ihn ihr gebracht hatte.

»Das hat Euer Bruder dem König diktiert, Dudley«, argwöhnte sie.

Jerome schüttelte inbrünstig den Kopf. »Der König lässt sich schon lange nichts mehr diktieren, Mylady. Dieser Brief entspringt seiner ureigensten Überzeugung.«

»Ja, die Ketzer bei Hofe, die ihn großgezogen haben, können sich wahrhaftig beglückwünschen. Sie haben ihn gründlich verdorben.« Mary überflog die letzten Zeilen des eng beschriebenen Bogens mit dem königlichen Siegel und las murmelnd: »*Darum fordern Wir Euch, geliebte Schwester, mit allem gebotenen Nach-*

druck auf, Eurem Unglauben abzuschwören und den rechten Weg
zu Christus einzuschlagen. Es schmerzt Uns, darauf hinweisen zu
müssen, aber die Erlaubnis, die Unser Kronrat Euch und Eurem
Kaplan erteilt hat, die Messe zu halten und zu hören, sollte nicht
für unbegrenzte Zeit gelten, sondern nur, bis Ihr Euren Irrtum er-
kannt habt und umkehrt. Da dies immer noch nicht geschehen ist,
widerrufen Wir diese Erlaubnis mit sofortiger Wirkung und wer-
den in Kürze den Bischof von London zu Euch schicken, damit er
für Euch predige und Euch die Augen öffne ...« Sie ließ den Bogen
sinken. »Das fehlte noch. Edmund Bonner war mir nie der teuerste
unter Englands Bischöfen, aber lieber empfinge ich ihn als diesen
Satansjünger Ridley, den sie auf seinen Stuhl gesetzt haben ...«
Dann endlich fiel ihr Blick auf den Ankömmling, der unbemerkt
in der Tür gestanden hatte. »Lord Waringham!« Sie lächelte erleichtert. »Ihr kommt gerade recht, mein Freund.«

Nick trat über die Schwelle und verneigte sich förmlich vor
ihr, wie er es immer tat, wenn sie nicht allein waren. »Vergebt
mein unangemeldetes Eindringen, Madam. Es war niemand an der
Tür.«

»Was zweifellos daran liegt, dass Dudleys Bruder wieder einmal meinen halben Haushalt hat verhaften lassen«, erklärte sie
mit einem vernichtenden Blick auf Jerome.

Nick zwinkerte ihm zu. »Es hat den Anschein, du bist der unglückliche Bote mit der schlechten Kunde.«

Jerome nickte säuerlich. »Und rechne jeden Augenblick damit,
ins Verlies geworfen zu werden.«

»Hier gibt es keins, Dudley«, spöttelte Mary. »Davon abgesehen, hat nicht einmal mein Vater das mit unliebsamen Boten getan. Er hat sie höchstens enteignet, aber das kann ich ja nicht.«

»Zumal ich nichts besitze, was man mir nehmen könnte, Madam«, fügte Jerome hinzu, und sie lachten alle drei. Doch es war
ein angespanntes Lachen. Sie wussten, dass dieser Brief des jungen
Königs neuerliche Schwierigkeiten für Mary bedeutete.

Seufzend wies sie zum Tisch hinüber: »Nehmt Platz, Gentlemen. So unangenehm der Anlass auch sei, besteht kein Grund,
dass wir im Stehen streiten.«

Newhall gehörte zu den Gütern, die König Henry ihr in seinem Testament hinterlassen hatte, und obwohl Mary hier einen Gutteil ihrer einsamen und ungewissen Verbannung verlebt hatte, liebte sie Newhall sehr und verbrachte die meiste Zeit dort, seit sie dem protestantischen Hof ihres Bruders vor einigen Jahren den Rücken gekehrt hatte. Nick musste einräumen, dass die kleine Halle zu den behaglichsten und geschmackvollsten zählte, die Mary besaß, aber er sah es nicht gern, dass sie sich in die Einöde zurückzog. Er fürchtete, die Engländer könnten sie eines Tages einfach vergessen.

»Wie war die Reise, Mylord?«, wollte sie wissen. »Ihr seid so braun gebrannt wie ein andalusischer Fischer.«

Während ein Diener Wein einschenkte, erzählte Nick ihr ein wenig von Rom, denn er wusste, dass sie eine große Sehnsucht nach der Heiligen Stadt verspürte. »Und auf dem Rückweg haben wir Chapuys in Annecy besucht, ob Ihr's glaubt oder nicht.«

Ihre braunen Augen leuchteten auf. »Wirklich? Wie geht es unserem lieben Freund?«

»Hervorragend. Er ist grau und rund und behäbig geworden, aber sehr zufrieden. Er hat seine Schule gegründet, wie er es immer wollte, also haben wir stundenlang gefachsimpelt.« Vor vier Jahren hatte Chapuys seine Stellung als kaiserlicher Gesandter und Spion am Hof des Königs von England aufgeben müssen, weil er beinah sechzig Jahre alt und seine Gesundheit nicht mehr die beste war. Es war eine Zeit vieler Abschiede gewesen: Nur wenige Monate zuvor war Katherine Parr gestorben, Henrys letzte Königin und Marys mächtigste Verbündete am Hof des jungen Königs. Nick und Mary hatten ihren Verlust betrauert, aber Chapuys' Rückkehr nach Annecy hatte eine echte Lücke in ihr Leben gerissen. »Hier.« Nick reichte ihr einen dicken, verschnürten und versiegelten Papierstapel. »Ein Brief von ihm.«

»Es sieht eher aus wie eine Enzyklopädie«, bemerkte sie schmunzelnd.

Doch sobald der Diener die Halle verlassen hatte, legte sie das Paket beiseite, griff stattdessen nach dem Brief des Königs, welcher vor ihr auf dem Tisch lag, und tippte mit dem Zeigefinger der

Rechten darauf, als wolle sie ihn aufspießen. »Seid so gut und bestellt Eurem Bruder Northumberland, seine Drohungen langweilen mich zu Tränen, Dudley. Ich hatte tatsächlich angenommen, dieses Thema sei ein für alle Mal erledigt. Er möge sich daran erinnern, dass der Kaiser ein wachsames Auge auf meine freie Religionsausübung hat.«

Jerome nickte unglücklich. Es war unschwer zu erkennen, dass er sich nicht wohl in seiner Haut fühlte. Sein ältester Bruder John, inzwischen Duke of Northumberland, war der mächtigste Mann in Edwards Kronrat, denn er und er allein war es, der das Ohr des jungen Königs besaß. Schon vor zwanzig Jahren hatte er politischen Instinkt bewiesen, sich auf Cromwells Seite geschlagen und keine Skrupel gehabt, der damals siebzehnjährigen Mary die Nachricht zu überbringen, dass sie keine Prinzessin mehr sei. Diese Begegnung war Nick unvergesslich, und er hatte mit einer Mischung aus Faszination und Abscheu beobachtet, wie John Dudley in den Jahren darauf nicht nur jeden Umsturz im Kronrat überlebt, sondern für seine Karriere zu nutzen gewusst hatte. Während andere den Kopf verloren, war sein Stern unaufhaltsam aufgestiegen, bis er vor knapp vier Jahren die Seymour-Brüder gestürzt und die Macht im Kronrat – und somit in England – übernommen hatte. Doch Jerome hatte es vorgezogen, auf Distanz zu seinem ehrgeizigen Bruder zu bleiben, und hatte die Vorteile, die dessen Stellung ihm hätte verschaffen können, ungenutzt gelassen. Das rechnete Nick ihm hoch an, frotzelte aber trotzdem: »Du hast doch hoffentlich keine Angst, deinem großen Bruder Lady Marys Antwort zu überbringen?«

»Nein«, knurrte Jerome. »Aber ich bin auch nicht gerade erpicht darauf. Um Euretwillen bitte ich Euch, Mylady: Brüskiert den König nicht. Nicht ausgerechnet jetzt.«

Mary ließ ihn nicht aus den Augen. »Was heißt das, ›nicht ausgerechnet jetzt‹?«

»Der Zustand des Königs ist bedenklich«, berichtete Jerome.

»Wie bedenklich?«, bohrte sie weiter.

Jerome sah hilfesuchend zu Nick.

»Sag ihr die Wahrheit«, riet der.

»Niemand spricht es offen aus, Madam. Aber ich glaube … die Ärzte haben ihn aufgegeben.«

Mary bekreuzigte sich, erhob sich ohne Eile von ihrem Platz und trat ans Fenster: Als Frau von siebenunddreißig Jahren, nicht mehr jung, auch nicht mehr so gertenschlank wie einst, war das, was sie heute vor allem ausstrahlte, Lebensklugheit und Würde. Aber Jeromes Neuigkeiten hatten sie erschüttert.

Nach einem längeren Schweigen wandte sie sich wieder um und ließ sich auf den Fenstersitz sinken. »Ich habe zwei Nachrichten für Euch, Sir Jerome: Sagt meinem Bruder, dem König, ich danke ihm für seinen Brief und seine Sorge um mein Seelenheil, und wenn sein Bischof von London mich besucht, werde ich dessen Predigt offenen Herzens anhören. Und sagt Eurem Bruder Northumberland, dieser ketzerischen Natter, dies: In meinem Haushalt wird auch weiterhin die heilige Messe gefeiert, und jeder meiner Freunde und Nachbarn, der herkommt, um sie zu hören, ist mir willkommen. Sollte der Kronrat deswegen erwägen, mich oder meinen Kaplan einzusperren, wird mich das zum einen nicht einschüchtern und zum anderen die Folge haben, dass der Kaiser ein Embargo verhängt und alle weiteren Lieferungen von Schießpulver nach England untersagt. Ich kann es kaum erwarten zu sehen, wie Euer Bruder versuchen wird, die Schotten mit Schwertern und Langbögen in Schach zu halten.«

»Madam …«, begann Jerome beschwörend, aber sie schnitt ihm mit einer gebieterischen, nicht einmal unfreundlichen Geste das Wort ab.

»Nur eines noch: Mein Vater hat die Erbfolge in einem Testament geregelt, welches Parlament und Kronrat anerkannt haben. Sollte mein Bruder diese Welt bald verlassen müssen, werde ich um ihn trauern. Aber ebenso werde ich Königin von England. So hat mein Vater es verfügt. Seid so gut und erinnert Euren Bruder daran.«

Jerome verstand, dass er entlassen war. Er stand auf, verneigte sich wortlos und ging hinaus.

Mary erhob sich vom Fenstersitz und griff nach dem wollenen Tuch, das ordentlich gefaltet über der Stuhllehne hing. »Ob ich das wirklich könnte, Nick?«, fragte sie versonnen, während sie den schlichten, braunen Schal um die Schultern legte. »Eine Königin sein?«

Er stand ebenfalls auf. »O ja. Das kannst du, Hoheit.«

»Eine *regierende* Königin? Wie meine Großmutter Isabella?«

Er nickte, durchschritt an ihrer Seite die Vorhalle und hielt ihr die Tür in den Garten auf. Es war windig, der Himmel grau, aber es gab kein Wetter, das Mary von einem Spaziergang abgehalten hätte.

»Natürlich kannst du das«, gab er zurück, beinah eine Spur trotzig. »Deine Mutter hat dafür gesorgt, dass du alles lernst, was du dafür brauchst. Du hast das Rüstzeug, du hast politische Erfahrung und mehr Rückgrat als dein Vater und dein Bruder zusammen. Nur eine Kleinigkeit fehlt dir noch …«

Sie stieß einen unwilligen Laut aus. »Lass mich raten: der passende Gemahl.«

»Ich bin erleichtert, dass du es nicht vergessen hast. Selbst wenn du dein Versprechen gebrochen hast.«

»Keineswegs, Mylord. Aber du bist nicht hingerichtet worden, also war das Versprechen hinfällig.« Sie lächelte schelmisch und drückte kurz seine Hand. Dann murmelte sie versonnen: »Stell es dir vor, Nick. Stell es dir nur für einen Augenblick vor: Ich hätte die Macht, England vom Joch des Unglaubens zu erlösen und zurück in den Schoß der wahren Kirche zu führen. Ich weiß, das ist es, was mein Vater sich insgeheim immer gewünscht hat. Und ganz gewiss ist es das, was die Engländer sich wünschen.«

»Richtig. Du hättest die Macht, Mary. Und es ist das, was die Engländer sich wünschen. Jedenfalls die meisten, schätze ich. Und diese Kombination macht dich für Northumberland und seine Zukunftspläne so gefährlich, dass ich wünschte, du würdest mir erlauben, dich auf den Kontinent zu bringen, bis wir hier sehen, wie die Dinge sich entwickeln.«

»Ach herrje, schon wieder neue Fluchtpläne?«, spöttelte Mary. Dann schüttelte sie den Kopf. »Nein. Ich werde keinen Schutz vor den Ungläubigen im Schatten meines mächtigen Cousins, des Kaisers, suchen; die Zeiten sind endgültig vorbei. Unsere Sache ist gerecht, die Sache Gottes. Und mein Platz ist hier.«

»Ich kann nur hoffen, dass Gott sich in der Frage so sicher ist wie du, Hoheit.«

Nick blieb drei Tage in Newhall, besuchte mit Mary zusammen die Messe, las mit ihr Vergil und sah zu, wie sie Simon Renard, den neuen kaiserlichen Gesandten, im Schachspiel schlug. Den Spitznamen »der Fuchs« trug Renard nicht nur wegen seines Namens. Er galt als einer der hellsten Köpfe im Dienste seiner kaiserlichen Majestät. Doch gegen Mary war er chancenlos. Nick, der wie alle Waringham ein äußerst mäßiger Schachspieler war, wurde es nie müde, ihren Triumphen beizuwohnen.

Doch als er sicher war, dass Northumberland keine Abteilung von Finstermännern nach Newhall schicken würde, um Mary verhaften zu lassen, ritt er nach London. Er besuchte Laura und Philipp in ihrer vornehmen Kaufmannsvilla in der Ropery, sah in der Krippe nach dem Rechten und verbrachte einen beschaulichen Abend bei seinem Cousin John und dessen Familie in dem alten Haus an der Shoe Lane. Und erst als ihm gar nichts anderes zu tun mehr einfiel, ritt er zum Tower.

»Euer Name, Sir?«, fragte die Wache am Middle Tower.

»Waringham«, antwortete er mit einer Geste auf das eingestickte Wappen an seinem Mantel und dachte flüchtig, wie viel angenehmer das Leben doch war, wenn man den Yeoman Warders im Tower unbekannt war.

»Und Ihr wünscht?«

»Ich möchte zum Duke of Norfolk.«

Fast gelangweilt winkte der junge Kerl ihn durch. »Beauchamp Tower, Euer Lordschaft. Kennt Ihr den Weg?«

»Ich werd's schon finden …«

Im Innenhof der alten Festungsanlage war es merkwürdig still. Hier und da lungerten ein paar Yeoman Warders herum, und vor dem Wakefield Tower beschlug ein Hufschmied eine nervöse Stute. Das rege, oft schaurige Treiben vergangener Jahre schien kaum mehr als eine Erinnerung. Es gab nicht mehr viele politische

Gefangene im Tower, denn der Duke of Northumberland hatte die gestürzten Seymours und ihre Anhänger nicht leben lassen, auf dass sie hier Moos ansetzen konnten. Norfolk war einer der Letzten, die immer noch schmorten, und als Nick vor dem Beauchamp Tower absaß und Esteban an einen Eisenring in der Mauer band, kam ihm die Frage in den Sinn, ob der Kronrat den alten Herzog vielleicht schlichtweg vergessen hatte, denn selbst hier stand keine Wache, um Nick nach seinem Begehr zu fragen.

Kaum hatte er die Tür erreicht, erlebte er die erste unangenehme Überraschung: Schwungvoll wurde die hölzerne Pforte von innen aufgestoßen, und seine Stiefmutter trat ins Freie.

Als sie ihn sah, blieb sie wie angenagelt stehen und stierte ihn mit verengten Augen an. »Was willst du hier?«

»Hat der Constable Euch in die Garde der Yeoman Warders aufgenommen?«, konterte er.

»Ich habe meinen Bruder besucht, du Teufel! Wie typisch, dass dir nichts Besseres einfällt, als zu spotten. Vermutlich weidest du dich an unserem Unglück, nicht wahr?«

»Ihr irrt Euch, Madam«, gab er zurück und nahm den Weinschlauch aus der Satteltasche, damit er Sumpfhexe nicht länger ansehen musste. »Ich könnte mich daran weiden, wenn *Ihr* hier eingesperrt wäret, wie Ihr's verdient hättet. Aber Euer Bruder hat genug gebüßt.« Und manchmal beschämte es ihn, dass er dank Katherine Parrs Fürsprache nur ein knappes Jahr nach dem Tag seiner geplatzten Hinrichtung aus der Haft entlassen worden, seine Bill of Attainder aufgehoben worden war, Norfolk hingegen seit über sechs Jahren hier ausharren musste.

»Wie kannst du es wagen …«, hob sie an, aber Nick fiel ihr ins Wort.

»Habt die Güte und lasst mich vorbei. Ich bin nicht in der Stimmung, mir Euer Gezeter anzuhören. Mir wird speiübel von Eurer moralischen Entrüstung, denn Ihr habt nichts unversucht gelassen, um mein Leben und das meiner Frau und meiner Kinder zu zerstören. Ihr könnt Euch nicht vorstellen, wie oft ich gebetet habe, die Pest möge Euch holen.«

Sumpfhexe öffnete den Mund, als wolle sie antworten, aber irgendetwas in seinem Blick bewog sie, es sich anders zu überlegen. Sie zögerte noch einen Herzschlag lang, dann wandte sie sich ab und hinkte langsam und mühevoll über das kurz geschnittene Gras zu ihrer eleganten Kutsche hinüber. Eine einsame, verhärmte und vom Rheumatismus gebeugte Frau, und doch konnte Nick nicht einen Hauch von Mitgefühl für sie aufbringen. Was sie in seinen Augen gesehen und was ihr die Sprache verschlagen hatte, war der bittere, unversöhnliche Hass, den er für sie empfand und der ihm immer zu schaffen machte, wenn er sich plötzlich damit konfrontiert sah. Er wusste genau, dass kein Christenmensch – ganz gleich, welcher Glaubensrichtung – so etwas empfinden sollte. Aber es gab einfach nichts, was er dagegen tun konnte.

Er atmete tief durch und zwang sich mit einem bewussten Willensakt, Sumpfhexe und die abscheulichen Abgründe seiner Seele, die sie ihm vor Augen hielt, aus seinen Gedanken zu verbannen, denn auch ohne sie war der Gang zu ihrem Bruder schwierig genug.

Oben vor der Tür zu dem komfortablen Quartier saß ein Yeoman Warder dösend im Halbdunkel. Nick trat den Hocker unter seinen Füßen weg, und um ein Haar wäre der Mann ins schmuddlige Bodenstroh gepurzelt.

»Ein Schläfchen im Dienst?«, fragte Nick. »Lass dich nicht vom Constable erwischen, John.«

Der junge Mann rappelte sich hoch und grinste verlegen. »Er würde ein Auge zudrücken, schätze ich. Eine schlafende Schnecke zu bewachen ist spannender, als den alten Knaben zu hüten, das wissen hier alle.« Er machte einen artigen Diener. »Schön, Euch zu sehen, Mylord.«

»Gleichfalls, mein Junge.« John war in der Krippe aufgewachsen, war ein halb verhungerter Hänfling von acht oder neun gewesen, als sie ihn dort aufgenommen hatten, und heute ein Baum von einem Kerl. Nick hatte seine helle Freude daran, zu sehen, was aus ihm geworden war. Er nickte zur Tür. »Lässt du mich zu ihm?«

»Natürlich, Mylord. Er wird staunen. Monatelang lässt sich kein Schwein hier blicken, und heute seid Ihr schon sein zweiter Besucher.«

»Ja, ich bin seiner Schwester unten begegnet.«

»Grässliche alte Krähe, wenn Ihr mich fragt«, brummte John.

»Du ahnst ja nicht, wie recht du hast.«

»Ihr kennt sie?«

»Oh ja. Sie war meine böse Stiefmutter.«

John nickte. »Es gibt Schlimmeres, was einem Jungen passieren kann, als im Waisenhaus zu landen.«

»Master Gerards Zöglinge sind vermutlich anderer Ansicht«, entgegnete Nick. »Ich werde ihnen erzählen, was du gesagt hast.«

John lachte, entriegelte die Tür und hielt sie Nick auf.

Alsdann, dachte der, wappnete sich und trat über die Schwelle.

Der Raum sah unverändert aus, geräumig und kahl, das Bett, in welchem Isabella gezeugt worden war, hatte immer noch die müden blauen Vorhänge. Norfolk hatte sich einen der Scherenstühle ans Fenster gerückt und sah auf den Tower Hill hinaus.

Nick trat langsam zu ihm und blickte auf das hölzerne Podest mit dem Richtblock hinab, das auf der menschenleeren Wiese mit ihren vereinzelten Bäumen deplatziert wirkte. »Es war verdammt knapp«, murmelte er.

Norfolk wandte langsam den Kopf und sah zu ihm hoch. »Ich wünsche mir oft, Dudley wäre zehn Minuten später gekommen.«

Ich nicht, dachte Nick, aber er nickte. »Gott zum Gruße, Euer Gnaden.« Er hielt ihm den Weinschlauch hin. »Ein Schluck Malvasier aus dem Friaul. Er wird Euch gefallen, denke ich.«

Der alte Herzog ließ den Blick einen Moment auf dem ledernen Behältnis ruhen. »Schenkt mir ein«, befahl er, seine Umgangsformen so ungehobelt wie seit jeher. Sechs Jahre Einzelhaft bewogen einen Mann nicht gerade, an seinen Manieren zu feilen, nahm Nick an.

Er schenkte Malvasier in einen Zinnbecher, den er auf dem Tisch fand, und brachte ihn Norfolk. Der griff danach, ohne richtig hinzuschauen, setzte an und nahm einen gewaltigen Zug. Dann brummte er: »Zu sauer.«

Oh, natürlich, dachte Nick halb amüsiert, halb verstimmt. Er hatte mit nichts anderem gerechnet.

»Sagt dem Lümmel vor der Tür, er soll mir Honig bringen«, knarzte Norfolk.

Nick verzog schmerzlich das Gesicht bei der Vorstellung, wie der arme Malvasier verschandelt werden sollte. »Gewiss, Mylord.«

Norfolk leerte den Becher. »Was wollt Ihr?«, fragte er dann brüsk. »Nachschauen, ob ich schon verfaule? Oder wollt Ihr einfach nur den Toren begaffen, der sein Leben in den Dienst seines Königs gestellt hat, nur um schließlich von ihm verraten und verkauft zu werden?«

»Ich komme mit einer Bitte, Mylord.«

»Die Antwort ist Nein«, konterte der alte Grantler prompt.

»Das habe ich mir gedacht. Darum verknüpfe ich meine Bitte mit einem Angebot.«

»Ich bin nicht interessiert.«

Nick rang um Geduld, trat vor Norfolk und lehnte sich an die Fensterbank, um den Blick auf den Tower Hill zu versperren. »Ich bitte Euch um die Hand Eurer Enkelin für meinen Sohn.«

»Enkelin?«, wiederholte der Herzog. Es klang ebenso desinteressiert wie verwirrt.

»Eure Enkelin Millicent, ganz recht«, erwiderte Nick.

»Millicent …« Norfolk sah versonnen ins Leere, und dann fiel es ihm ein. »Surreys Jüngste. Sieht aufs Haar aus wie ihre Cousine Katherine, dieses läufige Miststück, das mich hierher gebracht hat.«

»Millicent hat sich verändert, seit Ihr sie zuletzt gesehen habt. Die Ähnlichkeit mit Königin Katherine ist nicht mehr so ausgeprägt wie in ihrer Kindheit. Sie ist eine sehr schöne, kluge und vollendete junge Dame geworden, Mylord. Ihr hättet Grund, stolz auf sie zu sein.«

Der Herzog hob eine magere, altersgefleckte Hand, auf der die Adern dick wie Regenwürmer hervorgetreten waren, und winkte ab. »Kratzt an der feinen Politur, und darunter findet Ihr ein Luder. Alle Frauen sind sündig und wertlos. Sie sind *Dreck*. Und die Weiber in meiner Familie sind die schlimmsten …«

»Dennoch bitte ich Euch um Millicents Hand für meinen Sohn. Sie ist einverstanden, und er ist es auch.«

Norfolk grunzte abschätzig. »Warum wollt Ihr Euren Bengel mit einer Howard verheiraten? Das ist politisch unklug.«

»Das ist mir gleich«, eröffnete Nick ihm. »Es wäre gut für meinen Sohn und gut für Waringham. Nur das interessiert mich.«

»Aber wie ich schon sagte: Ich habe keinen Anlass, Euch eine Gunst zu erweisen. Darum …«

»Ich weiß«, fiel Nick ihm ins Wort. »Doch wenn Ihr einwilligt, schwöre ich Euch, dass ich alles tun werde, um Euch hier herauszuholen, Norfolk.«

Die alten Augen waren trüb geworden, aber das boshafte Funkeln hatten sie nicht verloren. »*Ihr?* Ihr habt nicht einmal genug Macht, um eine Ratte aus dem Tower zu holen.«

Nick verschränkte die Arme und ließ ihn nicht aus den Augen. »Derzeit nicht. Aber der König stirbt. Mein Cousin Doktor Harrison hat mit dem Leibarzt gesprochen. Edward ist zu schwach, um das Bett zu verlassen. Er hustet Blut, und er hat ungefähr die Hälfte seines Gewichts verloren. Höchstens noch einen Monat geben sie ihm.«

»Ihr seid recht gelassen ob des grausamen Schicksals unseres jungen Königs, scheint mir«, höhnte Norfolk.

Nick hob vielsagend die Schultern. Er hatte die letzten Jahre fern der Politik verbracht. Der junge König Edward war immer ein Fremder für ihn geblieben; Nick kannte ihn nicht gut genug, um persönlichen Anteil an seinem Schicksal zu nehmen. Und aus der Distanz hatte er beobachtet, wie sich aus dem Knaben ein launischer, selbstsüchtiger und obendrein bigotter Jüngling entwickelte, der jeden Fehler zu wiederholen versprach, den sein Vater gemacht hatte.

»Ihr habt recht«, bekannte er. »Vermutlich ist es eine himmelschreiende Sünde, ein Urteil über einen Jungen zu fällen, der kaum Chancen hat, seinen sechzehnten Geburtstag zu erleben, aber ich werde ihm keine Träne nachweinen.«

»Nein«, brummte Norfolk. »Ich auch nicht.«

»Ihr wisst, was Henrys Testament bestimmt. So unvorstellbar es uns auch erscheinen mag: Mary wird die nächste Königin von England.«

»Ihr seid immer noch derselbe Narr, Waringham«, widersprach Norfolk. »Das wird Northumberland nie und nimmer zulassen. Und selbst wenn es dazu käme. Was, glaubt Ihr, kümmert mich all das noch? Ich bin achtzig Jahre alt, verflucht noch mal!«

»Ich weiß, Mylord. Aber Ihr wollt nicht *hier* sterben, oder?«

Waringham, Juni 1553

»Willst du diese Frau zu deinem angetrauten Weibe nehmen und mit ihr nach Gottes Gebot im heiligen Stand der Ehe leben? Willst du sie lieben und trösten, sie ehren und halten in Krankheit und Gesundheit? Willst du allen anderen entsagen und ihr allein angehören, solange ihr lebt?«, las Anthony Pargeter vor.

Francis strahlte ihn an. »Ich will.«

Anthony wandte sich an die Braut. »Willst du diesen Mann zu deinem angetrauten Gemahl nehmen und mit ihm nach Gottes Gebot im heiligen Stand der Ehe leben? Willst du ihm gehorchen und dienen, ihn lieben …«, er blätterte um, »… ehren und halten, in Krankheit und Gesundheit? Willst du allen anderen entsagen und ihm allein angehören, solange ihr lebt?«

»Ich will«, antwortete Millicent. Ihre Miene war ernst, denn sie empfand Ehrfurcht vor der Bedeutung dieses Augenblicks, aber ihre schönen blauen Augen leuchteten.

Pastor Pargeter sah wieder auf das aufgeschlagene *Book of Common Prayer* in seinen Händen hinab, suchte einen Moment die Zeile, mit der er fortfahren musste, und las dann: »Wer führt diese Frau ihrem Bräutigam zu?«

Nick trat einen Schritt vor und ergriff Millicents Rechte.

»Aber du bist der Vater des Bräutigams, Nick«, wandte der Pastor unsicher ein.

»Was du nicht sagst.«

Anthony zauderte. »Ich bin nicht sicher, ob das zulässig ist. Hier steht: *Nun empfängt der Geistliche die Braut von der Hand ihres Vaters oder Vormunds.*«

»Oh, nun komm schon, Anthony«, entgegnete Nick ungeduldig. »Ihr Vater ist tot, ihr Vormund sitzt im Tower. Ich bin überzeugt, ein Stellvertreter darf die Braut ebenso führen. Cranmer hat nur vergessen, den Fall in seinem Buch zu berücksichtigen.«

Anthony räusperte sich. Er war nervös. Es war nicht ungefährlich, von den Vorschriften des *Book of Common Prayer* abzuweichen, und er blickte ratsuchend zu Pollys Gemahl, der zwar kein Theologe, aber der eifrigste Reformer unter der Hochzeitsgesellschaft war. »Lord Willoughby?«

»Ich schätze, das geht in Ordnung«, beschied der lächelnd.

Das Lächeln erschien Nick gönnerhaft, aber er wusste, dass er Willoughby nur deswegen nicht leiden konnte, weil der es gewagt hatte, Nicks ehemalige Gemahlin zu heiraten. Das war albern, von ungerecht ganz zu schweigen, aber diese Einsicht änderte nichts an seiner Eifersucht, die er freilich nur sich selbst eingestand.

Beruhigt fuhr Anthony Pargeter mit der Trauungszeremonie fort, die nach den neuen Regeln im Innern des Gotteshauses, nicht mehr am Kirchenportal stattfand. Nick ließ seinen Blick über die bunten Tupfen wandern, die die Sonne durch die farbigen Butzenscheiben auf die gekalkten Wände warf. Ein bisschen wehmütig dachte er an die Wandmalereien zurück, die zwar nicht besonders kunstfertig, dafür aber lebhaft und fröhlich gewesen waren und Szenen aus dem Alten und dem Neuen Testament dargestellt hatten. Sie hatten sie überstreichen müssen, denn die Reformer hatten dergleichen verboten. Was konnte es schaden, wenn Kirchenwände Geschichten aus der Bibel für diejenigen erzählten, die nicht lesen konnten?, fragte Nick sich zum tausendsten Mal. Doch als sein Sohn den goldenen Ring von der Bibel nahm, die Anthony ihm hinhielt, und Millicents linke Hand ergriff, schenkte Nick den Geschehnissen wieder seine volle Aufmerksamkeit.

»Mit diesem Ring nehme ich dich zur Frau«, gelobte der junge Bräutigam und sah seiner Liebsten tief in die Augen, während er ihr den Ring ansteckte. »Dieses Gold gebe ich dir. Mit meinem Leib will ich dir huldigen und will all meine weltliche Habe mit dir teilen. Im Namen des Vaters, des Sohnes und des Heiligen Geistes. Amen.«

Nur Nick und Janis schlugen das Kreuzzeichen und ernteten von Polly prompt ein strenges Stirnrunzeln.

»Was Gott zusammengefügt hat, das soll der Mensch nicht trennen«, mahnte Anthony, aber Francis hatte ihm halb den Rücken zugewandt, hielt Millicents Hand weiterhin in seiner und wartete unverkennbar sehnsüchtig auf das Ende der Zeremonie. Erzbischof Cranmer hatte indes der Bedeutung des Anlasses mit großer Ausführlichkeit Rechnung getragen.

»Lasset uns beten ...«, hob Anthony an, und Nick lachte in sich hinein, als er das ungeduldige, nur unzureichend unterdrückte Seufzen seines Sohnes hörte.

Als die lange Zeremonie endlich vorüber und der letzte Segen gesprochen war, strömte die Gemeinde ins Freie, denn niemand wagte so recht, dem Brautpaar am Altar zu gratulieren.

Nick war der Erste. Er schloss seinen Sohn in die Arme. »Gottes Segen für euch beide, Francis. Ich bin froh, dass euer Wunsch in Erfüllung gegangen ist.«

»Und ich erst«, bekannte Francis und legte seiner Braut stolz den Arm um die Schultern.

Nick nahm ihre Linke und küsste Millicent auf die Stirn. »Der Ring steht dir hervorragend.«

Sie sah kurz darauf hinab. »Habt Dank dafür, Mylord. Ich weiß, dass er Eurer Mutter gehört hat. Ich hätte nie gedacht, dass Ihr ihn einer Howard überlasst.«

»Oh, was für ein Unsinn«, widersprach er. »Du bist jetzt eine Waringham, Millicent. Und darum wirst du auf der Stelle damit aufhören, Mylord zu mir zu sagen.«

Sie lächelte schelmisch. »Wie Ihr wünscht, Mylord ...«

Nick zwinkerte ihr zu, ließ sie dann los und trat zurück, um den übrigen Gratulanten Platz zu machen, die ungeduldig herandrängten.

Schließlich fand er sich am äußeren Rand des Menschenknäuels Auge in Auge mit seiner ersten Gemahlin.

»Was sagst du dazu, Polly? Unser Francis hat geheiratet. Ich fühle mich steinalt.«

Sie wischte sich die letzten Tränen der Rührung aus den Augenwinkeln. »Ich bin so glücklich, Nick«, bekannte sie. »Er hat sich das so gewünscht. Und das Mädchen ist genau richtig für ihn: Sie wird seine Gutmütigkeit niemals ausnutzen, aber sie wird dafür sorgen, dass seine Pächter ihm nicht auf der Nase herumtanzen, wenn er einmal Lord Waringham wird.«

Er nickte. »Oder der Rest der bösen Welt.«

»Ja.«

Sie sahen sich einen Moment in die Augen, hin- und hergerissen zwischen Nostalgie und Verlegenheit.

»Eure Kinder?«, fragte er schließlich.

»Gesund und munter«, berichtete sie.

»Wie viele sind es gleich wieder?«

»Drei. Saul, Ahab, und unsere kleine Abischag wird bald vier.«

»Mögen sie dir viel Freude bescheren«, wünschte Nick, gestand dann aber unverblümt: »Ich habe immer noch Mühe, mich an die wunderlichen Namen aus dem Alten Testament zu gewöhnen, die ihr Reformer euren wehrlosen Kindern aufbürdet.«

Polly hob gleichmütig die Schultern. »Wenigstens etwas anderes als immer nur William und Edward und Elizabeth. Und wie alt sind eure Kleinen?«

»Isabella wird im Herbst sechs, Isaac sieben.«

»Isaac?«, wiederholte sie und zog die Brauen hoch. »Und was würdest du sagen, woher *der* Name stammt?«

»Erwischt«, räumte er lachend ein. »Du bist bibelfest geworden, Polly Saddler«, fügte er mit gutmütigem Spott hinzu.

Sie musste selber grinsen. »Tja. Wer hätte das gedacht …«

Dann wich der schelmische Ausdruck plötzlich einem von distanzierter Höflichkeit, und Nick wusste schon, wer hinter ihm stand, ehe er sich umwandte. »Willoughby«, grüßte er.

»Waringham.«

Sie gaben sich ohne viel Enthusiasmus die Hand.

Lord Willoughby war einer der »neuen Männer« bei Hofe: Spross einer Handwerker- oder Krämerfamilie oder irgendeines unbedeutenden Rittergeschlechts ohne Stammbaum, der es mit guter Schulbildung, Fleiß und Ehrgeiz zu einem Hofamt, zu Einfluss und einem eigens für ihn erfundenen Titel gebracht hatte. Männern wie ihm gehörte die Zukunft, wusste Nick. Aber sie waren ihm immer fremd geblieben.

»Wie geht es dem König?«, fragte er gedämpft.

Pollys Gemahl war Edwards Unterkämmerer, sollte es also wissen. Seine Miene wurde erwartungsgemäß ernst. »Nicht gut, fürchte ich, Mylord. Die trockene Sommerhitze bekommt ihm anscheinend nicht so gut wie das kühle Regenwetter im Mai. Er … erholt sich nur langsam. Alle Engländer müssen für ihren König beten.«

»Ich bin sicher, das tun sie«, antwortete Nick.

»Glaubt Ihr wirklich?«, hakte Willoughby nach, seine Miene plötzlich voller Argwohn. »Ich habe manchmal nicht den Eindruck. Ich glaube eher, in diesem Land sind Kräfte am Werk, die den König seinen Untertanen entfremden wollen, die ihnen einflüstern, sein Reformwerk sei Gott nicht gefällig. Kräfte, die darauf hoffen, dass eines Tages ein Tudor den Thron besteigen wird, der den papistischen Aberglauben zurück ins Land bringt.«

Nick schüttelte den Kopf. »Ihr irrt Euch, Willoughby. Es gibt keine papistische Verschwörung unter Lady Marys Führung. Es ist nicht ihre Schuld, dass die Engländer sie so verehren. Es ist auch nicht ihre Schuld, dass der Kronrat – oder sollte ich Northumberland sagen? – im Namen des Königs Dinge getan hat, die den Engländern nicht gefallen. Lady Mary ist keine Reformerin, aber sie ist eine treue Untertanin ihres Bruders.«

»Das ist ein Widerspruch in sich«, konterte Willoughby mit unterdrückter Heftigkeit. »Denn die Vollendung der Reform der englischen Kirche ist das wichtigste Anliegen des Königs. Und wenn es so kommen sollte, dass er diese Welt bald verlassen muss, dann wird diese Reform sein Vermächtnis sein. Darum ist es Verrat, sie in Zweifel zu ziehen.«

»Bitte, mein Lieber …«, warf Polly ein und legte ihrem Gemahl beschwichtigend die Hand auf den Arm.

Nick verschränkte die Arme vor der Brust und musterte den königlichen Unterkämmerer einen Augenblick. Dann sagte er frostig: »Heute ist der Hochzeitstag meines Sohnes, Willoughby, darum würde ich jetzt gern aufhören, über Politik zu streiten, und meine hinreißende Schwiegertochter zum Festmahl führen. Wenn Ihr indes darauf besteht, Lady Mary des Verrats zu bezichtigen, dann ...«

»Vater, wo bleibt ihr denn?«, fiel Eleanor ihm ins Wort, die plötzlich wie aus dem Boden gestampft neben ihm stand. Das war eine Gabe versierter Höflinge, und ihm war schon gelegentlich aufgefallen, dass seine Tochter sie perfekt beherrschte. »Wenn du nicht bald kommst, wird die arme Hochzeitsgesellschaft in der Sonne verdorren.«

Nick reichte ihr lächelnd den Arm. »Das dürfen wir auf keinen Fall zulassen.«

Nach einem fast unmerklichen Zögern hakte sie sich bei ihm ein, und sie schlenderten zum weinberankten Bergfried hinüber. Als sie außer Hörweite waren, raunte Eleanor: »Streite nicht mit Willoughby. Northumberland hört auf ihn.«

Nick zog eine Braue in die Höhe. »Verstehe. Meine Tochter betätigt sich neuerdings als Drachentöter und beschützt ihren papistischen Vater vor den mächtigen protestantischen Hofschranzen«, spöttelte er. In Wahrheit war er gerührt, dass sie um ihn besorgt schien, denn ihr Verhältnis war in den letzten Jahren nicht immer ungetrübt gewesen.

»Wie üblich brauchst du dringend jemanden, der dich vor deiner losen Zunge beschützt«, erwiderte sie kritisch. »Und wir wollen heute kein Blutbad in Waringham, oder? Komm schon, sei friedlich. Tu's für Francis.«

Er nickte, und um das Thema zu wechseln, fragte er: »Was ist denn eigentlich mit dir, Lady Eleanor? Wann darf ich dich endlich zum Traualtar führen? Du bist zwei Jahre älter als dein Bruder – es wird also höchste Zeit.«

»Ach herrje. Reicht es nicht, dass du der armen Lady Mary ständig damit in den Ohren liegst?«

»Seit zwanzig Jahren erfolglos«, merkte er an. »Ich hoffe, du willst in der Hinsicht nicht in ihre Fußstapfen treten.«

»Ich will überhaupt nicht in ihre Fußstapfen treten«, stellte seine Tochter klar. »Ein Leben zwischen Rosenkranz und Beichtstuhl? Nein, vielen Dank.«

Nick sparte sich seinen Widerspruch. Er wusste, Eleanor war nicht besonders gut auf »seine« Prinzessin zu sprechen, weil Mary und ihre jüngere Schwester Elizabeth sich nicht immer gut verstanden hatten in den letzten Jahren. Während Mary sich vom Hofleben zurückzog, sich tatsächlich immer weiter in Frömmigkeit und ihre Studien vertiefte und allmählich ein klein wenig altjüngferlich wurde, wie sogar Nick zugeben musste, war Elizabeth, nachdem sie die Trauer um ihren Vater überwunden hatte, zum umschwärmten Mittelpunkt eines jeden Hoffestes geworden. Sie war ein hübsches junges Ding, lebenslustig und voller Esprit. Die Galane bei Hofe hatten sie umschwirrt wie die Motten die Kerzenflamme, bis die damals noch nicht einmal Sechzehnjährige in eine Backfischschwärmerei für Thomas Seymour verfallen war. Der Onkel des kleinen Königs hatte seinem Ruf als verantwortungsloser Schürzenjäger alle Ehre gemacht, und um ein Haar hätte es einen Skandal gegeben. Doch die Königinwitwe, Katherine Parr, hatte ihren Thomas an die Leine genommen und die unglücklich verliebte Lady Elizabeth aufs Land verbannt. Während all dieser Stürme hatte Eleanor unerschütterlich an Elizabeths Seite gestanden, und wann immer Mary ihre jüngere Schwester ob ihres angeblich zu freizügigen Lebenswandels rügte, hatte Eleanor sich ebenso angegriffen gefühlt.

»Ich werde dich zu nichts zwingen, Eleanor …«

»Das würde ich dir auch nicht raten, Vater.«

»… aber du kannst deine Zukunft nicht ganz und gar von Lady Elizabeths abhängig machen.«

»Nein?«, gab sie zurück. »Wieso durftest du dann deine Zukunft – und Mutters und unsere – von Lady Marys abhängig machen?«

»Das war etwas anderes«, widersprach er entrüstet.

»Das kommt dir nur so vor, weil du ein Mann bist und ich eine Frau. Aber wenn du mal genau hinschaust, ist das Prinzip das gleiche.«

Er blieb stehen und sah seine Tochter aufmerksam an. »Vielleicht hast du recht. Das ändert indessen nichts daran, dass du bald heiraten musst.«

»Ich heirate nicht, ehe sie es tut, denn das würde uns unweigerlich auseinanderreißen. Sie braucht mich, Vater. Wenn Edward stirbt, braucht sie mich mehr denn je.«

»Ich bin nicht sicher, dass ich verstehe, was das heißen soll.«

»Was nur daran liegen kann, dass du es nicht verstehen willst.«

»Eleanor, um Himmels willen ... Elizabeth glaubt nicht im Ernst, sie hätte von ihrer Schwester irgendetwas zu befürchten, oder?«

Sie betrachtete ihn kopfschüttelnd. »Und du glaubst nicht im Ernst, Northumberland würde jemals zulassen, dass Mary den Thron besteigt, oder?«

London, Juli 1553

»Nimm die Schultern zurück, Paul.«

»Ja, Mylord.« Der vielleicht achtjährige Waisenjunge richtete sich stolz auf. Die erste Reitstunde seines Lebens hatte ein seliges Funkeln in seine Augen gezaubert, und vor lauter Eifer lugte seine Zungenspitze zwischen den Zähnen hervor.

»Fersen runter, Fußspitzen nach innen. Und nimm die Zunge hinter die Zähne, sonst könnte es passieren, dass du ein Stückchen davon abbeißt, sollte dein Pferd einmal stolpern.«

Die Zungenspitze verschwand umgehend.

Das stämmige Pony, welches Nick für Isabella gekauft hatte, besaß indes einen sicheren Schritt. Er hatte es im Innenhof der Krippe an die Longe genommen, und nachdem er sich überzeugt hatte, dass es so lammfromm war, wie es tat, hatte er das erste der Kinder aufsitzen lassen.

Master Gerard, die Köchin Martha und Schwester Eloise, die Janis' Platz in der Krippe eingenommen hatte, standen mit den übrigen Waisen entlang der Wand des Schulhauses und schauten zu. Als Nick dem Pony zuschnalzte und es antrabte, gab es neidvolles Raunen.

»Nur die Ruhe, Männer. Ihr kommt alle an die Reihe«, versprach Nick.

»Was ist mit uns, Mylord?«, fragte Harriet, eines der größeren Mädchen.

»Natürlich. Auch die Mädchen, so sie denn wollen.«

Master Gerard runzelte erwartungsgemäß die Stirn, aber Nick tat, als bemerke er es nicht. Es kam selten genug vor, dass den Kindern hier einmal jemand eine Freude machte. Den Zöglingen seiner Schule in Waringham erteilte Nick regelmäßig an jedem Sonnabend Reitunterricht – Jungen und Mädchen gleichermaßen –, unterwies sie in der Beizjagd und die Knaben im Umgang mit Schwert und Lanze. Es machte ihm Spaß, ihre Fortschritte zu beobachten, und die Kinder fieberten den Sonnabenden immer entgegen. Manchmal plagte Nick sein Gewissen, dass die Waisen in der Krippe, die ja ebenso seine Schutzbefohlenen waren, auf all diese Dinge verzichten mussten.

Er hielt das Pony an. »Absitzen, Paul.«

»Och … Schon?« Aber er gehorchte.

»Klopf ihm den Hals, dann weiß er, dass er seine Sache gut gemacht hat.«

Noch ein wenig scheu folgte Paul der Aufforderung. »Wie heißt er denn eigentlich?«

»Shorty.«

Es war wenig originell, aber Shorty wandte den Kopf, als er seinen Namen hörte, und vergrub die Nüstern einen Moment in Nicks Armbeuge.

Der strich ihm über die sandfarbene Stirnlocke. Shorty war ein gutartiges, anhängliches Geschöpf, das hatte er gleich gewusst. Behutsam schob er den Kopf beiseite und blickte der Reihe nach in die erwartungsvollen Gesichter. »Jerry. Du bist der Nächste.«

Die unverhoffte Reitstunde hatte die Kinder in Festtagsstimmung versetzt, und ausnahmsweise duldete Master Gerard ihre aufgeregten Tischgespräche während des Essens.

Nick leistete ihm und Schwester Eloise am unteren Tischende Gesellschaft.

»Warum habt Ihr Eure Gemahlin nicht mitgebracht, Mylord?«, fragte die Nonne, die schon keine junge Frau mehr gewesen war, als ihr Kloster aufgelöst wurde, und den Mädchen in der Krippe nicht nur das Alphabet beibrachte, sondern allen Kindern als Ersatzgroßmutter diente. Auf ihre ganz eigene Art war sie die Seele der Krippe, so wie Janis es einst gewesen war.

»Sie ist heute Nachmittag mit meiner Schwester beim Schneider, aber sie wird euch morgen besuchen. Wir bleiben ein paar Tage in der Stadt.«

»Gut. Die Kinder werden sich freuen, sie zu sehen.«

Nick nahm an, sie sagte es eher aus Höflichkeit, denn von den Kindern, die Janis hier betreut hatte, war kein einziges mehr in der Krippe. Die kleine Edith, die als Sechsjährige nach der Ermordung ihres Bruders hier aufgenommen worden war, war der letzte ihrer Schützlinge gewesen und schon vor vier oder fünf Jahren als Näherin im Haushalt der Duchess of Suffolk untergekommen.

Nick beriet mit Master Gerard, welcher der Jungen für einen der freiwerdenden kostenlosen Plätze in der Schule von Waringham infrage käme, als sein Schwager Philipp Durham und sein Cousin John Harrison den sonnendurchfluteten Speisesaal betraten. Die Kinder erhoben sich und begrüßten ihre beiden anderen Wohltäter höflich im Chor, stöhnten aber vernehmlich, als John verkündete, es sei wieder einmal an der Zeit, alle, die über zwölf waren, zur Ader zu lassen. Das tat er regelmäßig, seit er in einem Buch eines vielbeachteten italienischen Gelehrten gelesen hatte, es sei eine wirksame Maßnahme, um Seuchen vorzubeugen. Vorletzten Winter war in London das Purpurfieber ausgebrochen und hatte auch in der Krippe seinen Tribut gefordert. Die meisten der Kinder erinnerten sich noch daran, wie der Tod umgegangen war und fünf aus ihrer Mitte gerissen hatte. Darum ließen sie Johns Vorsichtsmaßnahmen geduldig über sich ergehen, aber sie sehnten seine Besuche nicht gerade herbei.

Er führte das halbe Dutzend größerer Kinder Richtung Priorzimmer ab.

Master Gerard wies auf einen freien Schemel. »Nehmt doch Platz, Master Durham. Es ist noch Eintopf übrig.«

Aber Philip lehnte ab. »Habt Dank, Master Gerard. Nick, kann ich dich einen Moment sprechen?« Er sagte nicht »unter vier Augen«, aber das war es offensichtlich, was er meinte. Er ist nervös, ging Nick auf, und ihm schwante nichts Gutes, als er seinem Schwager in den Hof hinaus folgte, der jetzt verlassen in der brütenden Nachmittagshitze lag.

»Was ist passiert?«

»Vorhin habe ich in der Guildhall den Lord Mayor getroffen, und er hat mir etwas ziemlich Merkwürdiges erzählt«, berichtete Philipp gedämpft und sah kurz über die Schulter, als fürchte er, im Schatten der einstigen Kirche lauere ein Spion. »Der König ... hat ein Testament gemacht.«

Nick verspürte ein plötzliches Durchsacken in der Magengegend. »Das heißt, es geht zu Ende?«

Philipp nickte.

Nick bekreuzigte sich. »Nun, dann ist es nur richtig und verantwortungsvoll, dass er seine Angelegenheiten regelt, oder?«

»Schon. Aber dieses Testament ist etwas ganz Besonderes: Northumberland hat es von einer Schar Richter und anderer Juristen aufsetzen lassen, damit es wasserdicht ist. Der gesamte Kronrat hat es unterzeichnet. Cranmer hat sich am längsten gesträubt, aber heute früh hat auch er unterschrieben, nachdem der König ihm ausdrücklich gesagt hat, dass es sein Wille ist.«

Da er plötzlich verstummte, fragte Nick stirnrunzelnd: »Weil was sein Wille ist?«

Philipp Durham sah ihm einen Moment in die Augen – fast eine Spur ängstlich – und atmete dann tief durch. »In dem Testament bestimmt König Edward seine Cousine Lady Jane Grey zu seiner Nachfolgerin und vererbt ihr seine Krone.«

»*Was?*« Nick musste lachen.

Aber Philipp war alles andere als amüsiert. »Lady Mary und Lady Elizabeth seien Bastarde, heißt es in dem Dokument, und könnten deswegen nicht den Thron besteigen. Darum soll Jane Grey Königin werden.«

»Jane *wer?*«, fragte Janis verwundert, die mit einem Mal hinter seiner Schulter stand.

Philipp fuhr leicht zusammen, gab aber bereitwillig Auskunft: »Grey. Ihre Mutter ist Lady Frances Brandon.«

»Das macht mich kein bisschen klüger«, bekannte Janis.

Nick erklärte: »Frances Brandon ist die älteste Tochter meines Paten, des Duke of Suffolk, und seiner Gemahlin Lady Mary Tudor, die wiederum König Henrys Schwester war. Mögen sie beide in Frieden ruhen. Wenn es stimmt, dass die Verstorbenen auf uns herabblicken können, bin ich sicher, sie lachen Tränen bei der absurden Vorstellung, dass ausgerechnet ihre Enkelin Königin von England werden soll ...«

»Wir werden ja sehen, wie lächerlich es ist«, konterte Philipp grimmig. »Es ist das, was Northumberland will, denn er hat Lady Jane vorausschauend mit seinem Jüngsten verheiratet. Northumberland will einen Enkel auf dem Thron, Nick. Und die Vergangenheit hat gezeigt, dass in England genau das geschieht, was Northumberland will.«

Nick schnaubte verächtlich. »Ich entsinne mich, es gab schon einmal einen über die Maßen ehrgeizigen englischen Lord, der einen Enkel auf dem Thron wollte. Sie nannten ihn den Königsmacher. Doch er endete mausetot, splitternackt und von seinen Feinden bepinkelt – pardon, Madam – auf einem nebligen Schlachtfeld mitten im Nirgendwo. Und heute ist er vergessen.«

»Weil es gleich ein halbes Dutzend männlicher Thronanwärter gab, die einen besseren Anspruch hatten. Das ist hier und heute anders. Es gibt keinen einzigen männlichen Thronanwärter, Nick.«

»Aber ein halbes Dutzend weiblicher mit einem besseren Anspruch als Jane Grey. Ihre eigene Mutter, zum Beispiel. Warum nehmen sie die nicht?«

»Weil Lady Frances nur Töchter hat, Jane aber noch Söhne bekommen kann.«

»Ah, verstehe. Sie nehmen eine Frau, weil sie keine Frau auf dem Thron wollen. Aber auch die kleine Königin von Schottland hätte einen besseren Anspruch, denn ihre Großmutter war eine ältere Schwester von Lady Janes Großmutter. Ganz abgesehen davon, dass der König mit Mary und Elizabeth zwei Schwestern hat, die jeden anderen Thronanspruch zu einem rein akademischen Gedankenspiel machen. König Henry hat in seinem Testament bestimmt, dass seine Töchter Edward auf den Thron folgen sollen, falls der ohne Nachkommen stirbt, Philipp. Dieses Testament hat das Parlament anerkannt. Und damit *basta*, wie die Leute in Italien sagen.«

»Ich glaube nicht, dass das ein Thema ist, das wir hier erörtern sollten, mehr oder minder auf offener Straße«, sagte Laura warnend, die ebenfalls hinzugetreten war.

»Wohl wahr«, stimmte Nick zu. »Ich hole John. Lasst uns nach Hause gehen.«

Die Halle mit den vielen Büchern in dem Haus an der Shoe Lane war in helles Sommerlicht getaucht, das den ersten Messington der Dämmerung annahm, als sie dorthin gelangten.

John schickte die Magd weg und übernahm es selbst, die Gläser zu füllen. »Philipp hat recht, Nick«, befand er. »Das alte Thronfolgegesetz und König Henrys Testament werden nichts nützen. Was Northumberland hier aus dem Hut gezaubert hat, ist de facto ein Staatsstreich. Nicht sein erster, wie du weißt. Er ist mit dem Sturz der Seymour-Brüder damals durchgekommen, weil es niemanden gab, der ihm Widerstand hätte leisten können, und weil der König Wachs in seinen Händen war. Genauso ist es jetzt wieder, und darum wird Northumberland seine Schwiegertochter auf den Thron hieven. Unangefochten.«

»Sei nicht so sicher«, grollte Nick.

Sein Cousin hob ergeben die Hände. »Aber der gesamte Kronrat hat das Testament abgesegnet.«

»Dann hat der gesamte Kronrat gegen das Gesetz verstoßen«, erwiderte Nick unbeeindruckt. »Mary steht die Krone nach dem Erbrecht und dem Testament ihres Vaters zu, und daran kann auch ein Northumberland nicht rütteln.« Er hob sein Glas, trank einen Schluck, stellte es wieder ab und stand auf. »Ich reite zu ihr.«

»Was, jetzt?«, fragte Johns Gemahlin Beatrice entgeistert. »Es wird gleich dunkel.«

»Aber es ist fast Vollmond.«

Nick wollte sich abwenden, doch Laura hatte sich ebenfalls erhoben und die Hand auf seinen Arm gelegt. »Warte, Nick.«

»Worauf? Dass Northumberland seine Mordbuben nach Hunsdon schickt, um die ahnungslose rechtmäßige Thronerbin aus dem Wege räumen zu lassen?«

»Ich kann mir nicht vorstellen, dass er das tut«, widersprach seine Schwester.

»Das hast du bei Cromwell auch gesagt, und du hast dich getäuscht.«

»Ich habe Cromwell *niemals* in Schutz genommen«, widersprach sie aufgebracht. »Aber du musst den Dingen ins Auge sehen, Nick: England hat sich seit König Henrys Tod verändert. Die Reform ist vollendet, mit allen politischen Konsequenzen. Ich weiß, dass dir das nicht gefällt, aber niemand will eine Königin auf dem Thron, deren oberstes Bestreben es sein wird, alles rückgängig zu machen, was die Reformer im Laufe der letzten sechs Jahre erreicht haben, und England wieder der Willkür des Papstes und seiner korrupten Kirche zu unterstellen.«

»Nein?« Nick zog eine Braue in die Höhe. »Geh die Straße hinunter zu den Wirtshäusern und Handwerksläden, Laura. Frag die Leute, die du auf der Straße triffst. Sie werden dir etwas anderes sagen. Vielleicht sind sie nicht versessen auf den Papst. Aber sie wollen Mary, glaub mir. So sehr, dass sie Seine Heiligkeit dafür billigend in Kauf nehmen werden, du wirst sehen.«

»Was denkst du denn, das du tun kannst?«, fragte Laura. »Deinen Kopf und deine Wunschkandidatin gegen den Willen des Kronrats durchsetzen?«

»Keine Ahnung. Aber jetzt ist wirklich nicht der richtige Moment, ihr den Rücken zu kehren. Außerdem scheint dies eine Debatte zu sein, die du und ich alle paar Jahre wieder führen, ohne dass einer von uns je seinen Standpunkt ändert. Also sollten wir unseren Atem sparen.«

Er holte seine Waffen, und Janis begleitete ihn in den Hof hinunter. Oben in der Halle hatte sie kein Wort gesagt, und davon war ihm ein wenig mulmig geworden. »So untypisch zurückhaltend, Lady Waringham?«, fragte er, als sie den Stall betraten.

»Was soll ich vorbringen?«, erwiderte sie und hob die schmalen Schultern. »Es ist, wie du gesagt hast: Du musst es tun. Weil vermutlich niemand sonst sich die Mühe machen wird, und weil du der einzige bist, auf den Mary eventuell hört.«

Nick schnallte sein Schwertgehenk um und legte einen Moment die Linke auf das Heft, um welches schon so viele seiner Vorfahren die Faust geschlossen hatten. Die vertraute Form flößte ihm immer Selbstvertrauen ein. Dann nahm er den Sattel vom Pflock und legte ihn Esteban auf den Rücken. Während er sich nach dem Gurt bückte, antwortete er: »Mach dir keine Sorgen, Janis. Northumberlands Plan kann nicht gelingen. Es ist Irrsinn. Niemand in England kennt Jane Grey. Sie werden sich keine Königin vor die Nase setzen lassen, von der sie noch nie im Leben gehört haben, solange es eine Prinzessin gibt, die einen Thronanspruch hat und die sie schätzen.«

»›Vergöttern‹ wäre wohl eher der treffende Ausdruck«, gab sie zurück und reichte ihm das Zaumzeug an.

»Das klingt, als mache dir das Angst.«

»Ja, es macht mir Angst. Henry hat Catalina vernichtet, weil die Engländer auf ihrer Seite standen und sie mehr liebten als ihn. Northumberland wird mit Mary das gleiche tun.«

»Wenn wir ihn lassen, todsicher«, stimmte er zu, führte sein Pferd aus der Box und ließ die Zügel los, um seine Frau in die Arme zu schließen. Er sah ihr in die Augen, legte beide Hände auf ihr Gesicht und küsste sie. »Danke, dass du verstehst, was ich tue.«

Janis lächelte, und um die Augen malten sich ein paar Falten ab, die er hinreißend fand. Dann trat seine Frau einen Schritt zurück. »Reite los, Nick. Vermutlich drängt die Zeit.«

Er nickte, führte Esteban in den Hof und saß auf. »Bleibst du in der Stadt?«

Janis schüttelte den Kopf. »Morgen bei Tagesanbruch kehre ich nach Hause zurück.«

Er verbarg seine Erleichterung und bemerkte grinsend: »Isabella wird außer Rand und Band sein, dass sie ihr Pony eine Woche eher als erwartet bekommt …«

Janis lachte und öffnete ihm das Tor zur Straße. »Gott schütze dich. Komm in einem Stück nach Hause, hörst du.«

»Ich werde mich bemühen.« Und damit ritt er auf die Straße hinaus und galoppierte Richtung Osten davon.

Es waren fünfundzwanzig Meilen von London bis nach Hunsdon, und Nick kam gegen neun Uhr am nächsten Morgen an.

Als er vor dem hübschen ländlichen Gutshaus absaß, sprang die Erinnerung ihn mit unerwarteter Heftigkeit an. Er musste einen Moment innehalten. Hier, wo Esteban jetzt stand und müde den Kopf hängen ließ, hatte der Leiterwagen gehalten, auf dem sie Nick hergeschafft hatten. Dort war die Tür, an die er verzweifelt gehämmert hatte, und die streitbare Lady Margaret hätte ihn um ein Haar nicht eingelassen. Dieses Haus war es gewesen, wo er und Mary ihre finsterste Stunde verbracht hatten. Niemals zuvor oder seither waren sie einander so nahe gewesen. Buchstäblich hatten sie ihr Schicksal in die Hände des anderen gelegt und hatten einander auf die Art ermöglicht, trotz ihrer bitteren Niederlage weiterzuleben. Ohne Scham. In Wahrheit, wusste er, war es der Moment gewesen, da sie über König Henry triumphiert hatten.

»Wir haben einem Tudor getrotzt«, murmelte er vor sich hin. »Also werden wir jetzt nicht vor einem hergelaufenen Dudley einknicken.«

Mit diesen Worten trat er an die Tür und klopfte. Dieses Mal wurde ihm anstandslos aufgetan.

»Lord Waringham!« Der junge Gentleman in Marys Livree strahlte. »Ich glaube, Ihr seid mehr als willkommen.«

»Stanley«, grüßte Nick, nahm Barett und Mantel ab und drückte sie ihm in die Finger. »Wo ist Lady Mary?«

Stanley ruckte das Kinn zur angrenzenden Tür. »Sie ist gerade von der Messe zurück und hat ein paar Gäste zum Frühstück mitgebracht.«

Stimmengewirr drang aus der Halle, und es hörte sich nach einer größeren Gesellschaft an. Nick musste grinsen. »Kein Wunder, dass der Kronrat Mary ihre Ausnahmegenehmigung zum Feiern der heiligen Messe entziehen will, wenn sie halb Hertfordshire dazu einlädt …«

Der junge Gentleman lachte leise. »Genau das hat mein Vater auch gesagt, Mylord.«

Das konnte Nick sich unschwer vorstellen. Stanleys Vater war der Earl of Derby und kein Freund der Reform. »Wie geht es ihm?«

»Gut. Seit Northumberland versucht hat, ihm diese abgekartete Anklage wegen Verrats anzuhängen, hat er sich auf unsere Güter in Lancashire zurückgezogen, und er sagt, das Landleben bekomme ihm weitaus besser als der Irrsinn bei Hofe.«

Nick dachte einen Moment nach. »Wo ist er jetzt?«

»Ich bin nicht sicher«, bekannte der junge Mann. »Vermutlich in Barlow.«

Hundertfünfzig Meilen, schätzte Nick. Vier Tagesritte für eine Strecke, drei, wenn man sich und sein Pferd schinden wollte. »Reitet hin. Wenn er dort nicht ist, sucht ihn. Bringt ihn her.«

Stanley machte große Augen. Dann bekreuzigte er sich. »Jesus, erbarme dich … Der König ist tot.«

»Nein, noch nicht, soweit ich weiß. Aber es wird nicht mehr lange dauern. Sagt Eurem Vater, wenn er will, dass Prinzessin Mary zu ihrem Recht kommt, soll er lieber nicht in Barlow hocken bleiben und darauf warten.«

»Verstehe. Ich reite los, sobald meine Wache um ist.«

Nick schüttelte den Kopf. »Wir dürfen keine Zeit verlieren. Stellt meinethalben den Küchenjungen hier an die Tür, aber brecht sofort auf.«

Mary saß auf dem Ehrenplatz am Kopf der langen Tafel, und nicht weniger als zwanzig Gäste hatten sich um sie geschart. Zu ihrer Rechten war ihr Kaplan und Beichtvater Miguel Laínez, ein Jesuit aus Navarra, den ihr Cousin Philipp, der Sohn des Kaisers, ihr geschickt hatte und den sie sehr schätzte. Landeigner aus ganz Hertfordshire bildeten den Rest der Gesellschaft, die dem alten Glauben den Vorzug gaben und dafür bereitwillig an den letzten Ort in England pilgerten, wo noch die Messe gefeiert wurde. Manche von ihnen brachen mitten in der Nacht auf, um rechtzeitig in Hunsdon zu sein.

Nick trat vor die Tafel und verneigte sich vor Mary. »Hoheit.«

Niemand zischte wütend oder wies ihn zurecht.

»Lord Waringham«, sie lächelte, aber ihr Blick war voller Fragen. »Ein früher Besuch.«

»Der einen dringenden Anlass hat«, erwiderte er. »Aber es besteht keine Notwendigkeit, Euch aus der Mitte Eurer Gäste zu reißen.«

»Dann leistet uns Gesellschaft«, lud sie ihn höflich ein, ohne ihn aus den Augen zu lassen.

Er nickte. Die Besucher rückten eilig zusammen, und Nick landete zwischen einem gewissen Lord Swinton und seiner vollbusigen Gemahlin, die ihm in einiger Ausführlichkeit von ihrer Schafzucht und den missratenen Töchtern ihrer Nachbarn erzählten. Sie waren typische Vertreter einer neuen Klasse von Landeignern, erkannte Nick bald. Swinton hatte als Sohn eines Stadtrichters in Cambridge das Licht der Welt erblickt, hatte nach der Aufhebung der Klöster billiges Land ergattert, ein paar Schafe gekauft und die Tochter eines verarmten Landjunkers ritterlicher Abstammung geheiratet, was ihm bei der feineren Gesellschaft der Gegend Tür und Tor geöffnet hatte. Nick wusste nie so recht, wo er solche Menschen einordnen sollte; sie waren weder bürgerlich noch adlig, sondern befanden sich irgendwo im Niemandsland der Gesellschaft. Aber sie empfanden dies keineswegs als Mangel, waren im Gegenteil selbstbewusst und stolz auf das, was sie erreicht hatten. Zu Recht, fand Nick.

Da viele der Gäste genau wie er einen stundenlangen Ritt hinter sich hatten und natürlich nüchtern zur Messe gegangen waren, hatte Mary ein üppiges Frühstück auffahren lassen. Es gab frisches Brot und Butter, eingelegten Aal und geräucherte Makrelen, süße Waffeln mit eingekochten Beeren, Wildpastete und Honigkuchen. Nick langte schamlos zu und nahm von allem, was die Diener ihm reichten, denn er war ausgehungert.

Es ging schon fast auf Mittag, bis die Gäste sich allmählich verabschiedeten, und als die letzte Kutsche aus dem Hof gerumpelt war, sagte Mary: »Diese Sonntage sind mir immer eine Freude. Es tut so gut zu sehen, dass es noch so viele Menschen in England gibt, die der wahren Kirche die Treue halten.«

»Und Euch, Hoheit«, fügte Nick hinzu.

»Und mir«, räumte sie mit einem fast scheuen Lächeln ein. »Sie glauben, das sei ein und dasselbe, und das ist mir immer ein bisschen peinlich.«

»Ihr habt nie um Popularität gebuhlt, darum gibt es keinen Grund, warum sie Euch unangenehm sein sollte«, widersprach er. »Doch falls es so ist, seid Ihr der einzige Tudor, der unter dieser Art von Bescheidenheit leidet …«

Pater Miguel lachte in sein Weinglas. »Wohl wahr, Mylord.« Und an Mary gewandt, fügte er hinzu: »Die Menschen, die Euch für die Bewahrerin des Glaubens in diesem Land halten, haben ja keineswegs unrecht. Und auch darum bauen sie ihre Hoffnungen auf Euch.«

»Was uns zu Lord Waringhams Besuch bringt.« Mary wandte sich an Nick. »Es gibt drei Gründe, die Euch zu einem Stirnrunzeln veranlassen, mein Freund. Unehrenhaftes oder unritterliches Betragen in der Öffentlichkeit ist der häufigste. Er bringt eine Ärgerfalte über Eurer Nasenwurzel hervor. Lateinische Zitate, die Ihr nicht versteht, sind der zweite, und jenes Stirnrunzeln geht immer mit roten Ohren einher. Das dritte Stirnrunzeln bedeutet schlechte Neuigkeiten und ist stets mit verengten Augen gepaart, so wie jetzt. Also, raus mit der Sprache.«

Ihre intime Kenntnis seiner Gesichtszüge war nicht verwunderlich, wenn man darüber nachdachte, aber dass sie sie vor Pater Miguel so untypisch schamlos demonstrierte, machte ihn verlegen. Und so antwortete er brüsk: »Euer Bruder hat ein Testament aufgesetzt, das Euch in der Thronfolge übergeht.«

Es schlug ein wie eine der Kanonen auf dem Wehrgang des Tower. Pater Miguel rutschte das Weinglas aus der Hand und zerschellte klirrend auf dem Fliesenboden. Die Diener und Mägde, die die Tafel abräumten, zogen erschrocken die Luft ein, eine schrie auf. Ein Silbertablett ging scheppernd zu Boden.

Nur Mary hatte sich nicht gerührt und keinen Ton von sich gegeben. Als wieder Ruhe eingekehrt war, sagte sie: »Ich nehme nicht an, dass das Edwards Idee war?«

»Vermutlich nicht, Hoheit. Aber inzwischen glaubt er genau

das. Northumberland ist sehr geschickt darin, den König zu manipulieren. Und wie dem auch sei. Der König hat es unterschrieben, genau wie der gesamte Kronrat.«

»Der gesamte Kronrat?«, wiederholte der Jesuit fassungslos. »Auch Erzbischof Cranmer? Und ich dachte, er ist ein Ehrenmann, selbst wenn er ein Ketzer ist. Eure Worte, Lord Waringham.«

»Auch Cranmer«, bestätigte Nick bitter. »Als Letzter. Nachdem der König ihm versichert hatte, dass es tatsächlich sein Wille ist.«

Der Rest war rasch berichtet.

»Jane Grey …«, sagte Mary schließlich. »Ich erinnere mich an sie. Ein stilles, rothaariges Kind mit riesigen Augen. Meine Schwester Elizabeth hat oft versucht, sie in ihre Spiele mit einzubeziehen, aber die waren Jane immer zu wild. Und sie muss noch schrecklich jung sein.«

»Sechzehn«, bestätigte Nick.

Mary schnaubte verächtlich. »Was für eine Königin …« Dann stand sie auf und stützte die Hände auf den Tisch. »Was tun wir jetzt, Gentlemen? Wie viel Zeit bleibt uns? Wie geht es dem König?«

Nick machte ihr nichts vor. »Sehr schlecht, Hoheit. Es geht zu Ende.«

Sie senkte den Blick, bekreuzigte sich und verharrte einen Moment im stillen Gebet. »Armer Edward«, murmelte sie schließlich. »Was für ein Leben. Eine Kindheit ohne Mutter und im Grunde auch ohne Vater, die Krone mit neun, ketzerische, raffgierige Ratgeber und endlose Pflichten und zum Lohn die Schwindsucht.« Sie sah wieder auf. »Er hat es seinen Schwestern nicht immer leicht gemacht, ihm die gebotene Liebe entgegenzubringen, aber *das* hat er nicht verdient, Mylord.«

»Ich weiß«, erwiderte Nick.

Mary wirkte unentschlossen. »Was denkt Ihr, soll ich nach Greenwich reiten, um Abschied zu nehmen?«

»Vermutlich ist bereits ein Bote des Kronrates unterwegs, um Euch genau das anzuraten. Aber das dürft Ihr nicht tun.«

»Ihr glaubt, wenn sie sich in Northumberlands Reichweite wagt, würde er sie festsetzen?«, fragte Pater Miguel.

Nick schüttelte den Kopf, und es war Mary, der er antwortete. »Er wird Euch töten. Wenn es ihm wirklich ernst mit seinem Vorhaben ist, Jane Grey auf den Thron zu setzen, muss er es tun, es bleibt ihm gar nichts anderes übrig.«

»Ihr habt recht«, schloss Mary nach einem kurzen Schweigen.

»Womöglich wäre es in Anbetracht der Umstände nun doch ratsam, Ihr würdet außer Landes fliehen, Hoheit«, schlug der Jesuit behutsam vor.

Nick hielt das für den falschen Weg, doch er sagte: »Wenn wir sofort aufbrechen, könnten wir vor Einbruch der Dunkelheit an der Küste sein. In Maldon, zum Beispiel.«

Mary hob die Hand. »Das kommt nicht infrage.«

»Es ist das, was der Kaiser Euch für einen Fall wie diesen angeraten hat«, erinnerte ihr Beichtvater sie.

»Mein kaiserlicher Cousin Karl«, knurrte Mary. »Seit jeher beliebt es ihm, mir Vorschriften zu machen, wann ich den Kanal überqueren soll und wann nicht. Aber es sind immer *seine* Interessen, die er dabei im Sinn hat, niemals meine. Wenn ich jetzt das Land verlasse, verzichte ich auf meine Krone. Damit ginge mein Anspruch auf meine arme Schwester Elizabeth über, und Northumberland würde *sie* aus dem Wege räumen, um seiner Schwiegertochter den Thron zu sichern. Und obendrein schulde ich es meiner Mutter, dass ich um diese Krone kämpfe, Gentlemen.«

Sie sah sie herausfordernd an, aber Nick gab achselzuckend zurück: »Bei mir rennt Ihr nichts als offene Türen ein. Wir müssen indes darauf gefasst sein, dass wir im wahrsten Sinne um Eure Krone werden kämpfen müssen.«

»Mit … Waffengewalt, meint Ihr«, stellte sie zögernd klar.

Er nickte.

»Und ich dachte, Ihr hieltet Krieg für unmoralisch«, spöttelte Mary eine Spur nervös.

»Ihr wisst besser als ich, was Erasmus gesagt hat: Das gilt nicht, wenn es der Wille des Volkes ist.«

»Und Ihr glaubt, das sei hier der Fall?«

»Ja, Madam.«

»Und was, wenn Ihr Euch irrt?«

Dann werde ich draufgehen und mich mit Fragen der Moral nicht mehr herumplagen müssen, dachte er. Jedenfalls nicht in dieser Welt. Was er antwortete, war: »Wie wär's, wenn wir unterwegs darüber nachdenken?«

»Unterwegs wohin?«, fragte Pater Miguel.

»Ganz gleich. Aber wir müssen von hier verschwinden, und zwar schnell. Halb England weiß, wo Ihr Euch aufhaltet, Hoheit. Northumberland weiß es. Ihr befindet Euch hier mitten auf dem Präsentierteller, und das ist nicht ratsam. Ihr müsst fürs Erste unsichtbar werden.«

Mary streifte ihre Unschlüssigkeit ab wie einen zu warmen Mantel. »Wir reiten nach Kenninghall.« Und dem Pater, der sich in England noch nicht besonders gut auskannte, erklärte sie: »Es ist eins meiner Güter und liegt in Norfolk, wo es viel Unterstützung für den wahren Glauben gibt.«

»Und Norfolk liegt in East Anglia«, führte Nick aus. »Ein endloses Sumpfland. Nirgendwo kann man besser untertauchen als dort.«

»Ich hoffe, das war nicht allzu wörtlich gemeint, Mylord«, entgegnete der Jesuit trocken.

»Habe ich Zeit zu packen?«, fragte Mary.

»Aber nur das Nötigste«, schärfte Nick ihr ein. »Ich gehe und sorge dafür, dass die Pferde gesattelt werden.«

London, Juli 1553

Francis und Millicent waren bis Tickham geritten, einem kleinen Städtchen an der Themse, wo die Durham große Lagerstätten und Kais unterhielten und Francis' Cousin Cecil – Philipps und Lauras sechzehnjähriger Sohn – derzeit in der Verbannung lebte, wie er es ausdrückte, um zu lernen, wie man möglichst gewinnbringend Schiffe belud.

Sie hatten dem armen Exilanten eine Stunde Gesellschaft geleistet und dann ein Boot bestiegen, das sie nach London brachte.

Die beiden Ruderer mussten sich gewaltig abmühen, gegen die Strömung anzukommen, doch der Weg war nicht weit.

Als der Tower in Sicht kam, wies Francis ans Nordufer. »An der Tower Wharf könnt ihr uns absetzen.«

Die Ruderer steuerten den Kai an, und der linke murmelte: »Lieber Ihr als ich, Mylord.«

Francis lachte. »Wir machen nur einen Besuch, nichts weiter.«

In Wahrheit hatte er diese Reise nach London vor sich hergeschoben, weil ihm ein wenig vor dem Tower graute. Er wusste, dass der alte Duke of Norfolk in demselben Quartier eingesperrt war wie sein Vater damals, und darum zog es ihn nicht gerade mit Macht dorthin. Aber Millicent hatte sich so gewünscht, ihren Großvater zu besuchen und ihm für sein Einverständnis zu ihrer Hochzeit zu danken, dass er es ihr nicht abschlagen wollte.

Als das Boot festgemacht hatte, sprang er an Land und streckte seiner Frau eine hilfreiche Hand entgegen. »Vorsicht. Heiß genug für ein Bad in der Themse mag es sein, aber vielleicht lieber nicht hier in der Londoner Brühe …«

Ohne Missgeschicke gelangte Millicent ans sichere Ufer und sah mit großen Augen zur Mauer und dem trutzigen St. Thomas Tower auf. »Ich habe es mir nicht so riesig vorgestellt. Und so abweisend.«

Francis bezahlte die Bootsleute und bedankte sich. Dann folgte er Millicents Blick und legte einen Arm um ihre Taille. »Hm. Schon furchteinflößend. Aber wir bleiben ja nur ein halbes Stündchen.« Er wies nach links. »Da geht es zum Tor.«

Es war ein drückend heißer Tag, und dem Fluss entstieg ein widerwärtiger Gestank, wie immer zu dieser Jahreszeit. Auf dem Wasser war viel Betrieb, Schiffe und Lastkähne waren in beide Richtungen unterwegs, und die kleinen Wherrys kreuzten frech dazwischen einher, um Fracht oder Passagiere von einem Ufer zum anderen zu bringen.

Francis und Millicent gelangten an das Haupttor des Tower of London, wo zwei Yeoman Warders Wache standen.

»Francis of Waringham«, stellte dieser sich vor, ehe irgendwer ihn dazu aufforderte. »Wir möchten zum Duke of Norfolk.«

»Weswegen?«, fragte der rechte der Wächter streng.

Francis zog verwundert die linke Braue hoch, sagte aber nicht: Was geht das dich an?, sondern erteilte höflich Auskunft: »Nur ein Familienbesuch, Sergeant. Norfolk ist der Großvater meiner Frau.«

»Wirklich?«, höhnte der Sergeant. »Na, dann nur zu. Aber ich an Eurer Stelle würde lieber nicht mit großväterlicher Herzensgüte rechnen ...«

Sein Gefährte lachte.

»Was hat er damit gemeint, Francis?«, fragte Millicent entrüstet, während sie zwischen den beiden Ringmauern entlanggingen, bis sie am Wakefield Tower den Durchlass in den Innenhof erreichten.

»Dass dein Großvater ein alter Griesgram ist, schätze ich«, antwortete er.

»Ich weiß«, gab sie seufzend zurück. »Wer kann es ihm verdenken? Seit fast sieben Jahren schuldlos eingesperrt ...«

Francis wusste, dass die Verbitterung und der herbe Charme des alten Norfolk weiter in die Vergangenheit zurückreichten, aber er wies nicht darauf hin.

Im Innenhof der Festungsanlage ging es geschäftig zu: Stallburschen führten die Pferde einer Schar von Ankömmlingen fort, und die feinen Livreen der Diener ebenso wie die edlen Rösser deuteten darauf hin, dass es sich um vornehme Lords handelte, selbst wenn Francis die Wappen nicht erkannte. Vor dem White Tower war ein Fuhrwerk mit Schweinehälften umgekippt, und der Kutscher prügelte auf seinen glücklosen Gehilfen ein, während zwei Mastiffs unter ohrenbetäubendem Gebell um eine der Schweinehälften rauften, obwohl sie doch die freie Auswahl hatten. Und wohin man blickte, sah man Yeoman Warders in ihren blau-roten Uniformen. Mindestens jeder zweite schien eine Hakenbüchse zu tragen.

Trotzdem gelangte das junge Paar unbehelligt in den Beauchamp Tower, und die einzelne Wache vor der Tür oben winkte sie desinteressiert durch.

Ein wenig zaghaft klopfte Francis, öffnete und trat über die

Schwelle, Millicent an der Hand. Er verbeugte sich vor dem uralten Mann, der auf einem Stuhl am Fenster saß.

»Francis of Waringham, Euer Gnaden.«

»Das ist nicht zu übersehen.«

»Und meine Gemahlin, Eure Enkelin.«

Die dunklen Augen, die tief in den Höhlen lagen, ruhten auf Millicent. »Du warst also all die Jahre seit der Hinrichtung deines Vaters in Waringham.«

Sie knickste scheu. »Auf der Schule, Großvater.«

Das entlockte ihm nur ein abschätziges Brummen. »Er war ein Schwachkopf, dein Vater, weißt du. Er hätte nicht zu sterben brauchen.«

»Was immer er gewesen sein mag, ich bin sicher, er war dem König treu und hat nach bestem Wissen und Gewissen gehandelt.«

»Kein Mann tut das«, schnauzte er sie an. »Die meisten hängen ihr Mäntelchen nach dem Wind und haben nur ihren eigenen Vorteil im Sinn. Ihr Weiber erst recht. Aber er?« Norfolk schüttelte langsam das Haupt mit dem spärlichen weißen Haar. »Ich schwöre bei Gott, ich weiß nicht einmal, was er eigentlich wollte …«

Millicent wechselte einen Blick mit Francis und knickste nochmals vor ihrem Großvater. »Wir sind gekommen, um Euch zu danken, dass Ihr unserer Vermählung zugestimmt habt, Mylord. Und das tue ich hiermit: Ich danke Euch von Herzen. Aber ich wünschte, Ihr würdet aufhören, meinen Vater zu beschimpfen.«

Er wandte den Kopf ab, als hätte er genug von ihrem Besuch. »Er war ein Schwachkopf …«, wiederholte er leise und stierte auf die Richtstätte hinab. »Genau wie Euer Vater, Söhnchen.«

Francis musste die Zähne zusammenbeißen, doch er antwortete höflich: »Wir haben gesagt, wozu wir hergekommen sind, Mylord. Also werden wir uns nun wieder verabschieden, da unser Besuch Euch so offensichtlich Verdruss bereitet.«

Die Lippen in dem zerfurchten Gesicht verzogen sich für einen Moment nach oben. »Ja, lauf nur. Verdruss ist etwas, wovon du keine Ahnung hast, ich seh's in deinen Augen. Aber das kommt schon noch. Schließlich hast du eine Howard geheiratet. Was bedeutet, dass auch du ein Schwachkopf bist.«

Francis hatte genug gehört. Er verneigte sich formvollendet, die Hand auf der Brust. »Lebt wohl, Euer Gnaden.«

Millicent war die erste, die auf dem Absatz kehrtmachte, und sie zog ihn mit sich hinaus. Wortlos stiegen sie die Treppe hinab, und als sie unten zurück in den Sonnenschein kamen, stieß sie wütend hervor: »Kein Wunder, dass dein Vater so eine schlechte Meinung von uns Howard hat. Was für ein abscheulicher Mensch!« Zornestränen funkelten in ihren Augen.

»Na ja«, gab Francis achselzuckend zurück. »Es war abscheulich, dass er dich beleidigt hat.«

»Und dich ebenso«, eiferte sie sich.

»Aber denk mal darüber nach, was für eine Reihe von Enttäuschungen sein Leben gewesen sein muss. Ich meine nicht nur die lange Haft hier. Schon vorher. Königin Anne. Dann Königin Katherine. Und dann …«

»Oh, Francis, du bist einfach hoffnungslos«, fiel sie ihm halb amüsiert, halb wütend ins Wort. »Sag mir, was muss ein Mensch tun, um dein Mitgefühl zu verlieren?«

»Eine tote Kröte in sein Bett legen«, antwortete eine Stimme hinter ihr lachend.

Millicent fuhr herum. »Was …?«

»Robin!« Francis strahlte und schloss den jungen Mann stürmisch in die Arme, mit dem er an Edwards Prinzenhof jahrelang zusammen die Schulbank gedrückt und eine Kammer geteilt hatte. »Was in aller Welt verschlägt dich in den Tower?«

»Das Gleiche könnte ich dich fragen«, entgegnete der junge Dudley und schenkte Millicent ein Lächeln, das äußerst charmant, aber nicht ungefährlich war.

»Meine Frau«, sagte Francis mit Nachdruck. »Millicent Howard.«

»Ah. Dann weiß ich, bei wem ihr wart«, gab Robin Dudley zurück und küsste Millicent die Hand. »Ich bin mit meinem Vater hier«, erklärte er dann.

»Northumberland?«, fragte Francis verwundert.

»Der gesamte Kronrat wird sich heute hier einfinden«, sagte Robin.

Francis war die Wiedersehensfreude schlagartig vergangen. »Jesus ... Ist der König etwa ...?«

Sein Freund hob die Schultern. »Ich weiß es nicht. Mein alter Herr ist nicht gerade besonders mitteilsam. Mir sagt er jedenfalls gar nichts. Nur was ich zu tun und zu lassen habe«, fügte er mit einer kleinen Grimasse hinzu. »Und das bedeutet in diesem Fall, dich zu ihm zu bringen.«

»*Mich?*« Francis fiel aus allen Wolken. »Was in aller Welt will er von mir?«

»Auch das entzieht sich meiner Kenntnis«, bekannte Robin eine Spur ungeduldig. »Aber wenn du Glück hast, verrät er es dir. Woll'n wir? Es ist dieser Tage nicht besonders ratsam, ihn warten zu lassen.«

Francis tauschte einen Blick mit seiner Frau, die ebenso verwirrt schien wie er selbst. Dann glitt ihr Blick über den Hof, wo es unverändert von Yeoman Warders wimmelte, und sie sagte: »Vermutlich bleibt uns nicht viel anderes übrig, oder?«

Der Duke of Northumberland hatte in der großen Halle im Obergeschoss des White Tower sein Hauptquartier errichtet und beobachtete mit kritischen Blicken seinen jüngsten Sohn Guildford, der zusammen mit einem langen, schlaksigen Wachsoldaten ein kostbares Brokattuch mit einem eingestickten königlichen Wappen über der hohen Tafel an die Wand zu hängen versuchte.

»Noch ein Stück höher«, instruierte der mächtige Herzog.

Doch als Guildfords Blick auf Francis fiel, ließ er das schwere Tuch los und kletterte von seinem Schemel herunter. »Waringham!« Er trat näher und schlug ihm grinsend auf die Schulter. »Glückwunsch zur Vermählung.«

»Gleichfalls, Guildford«, gab Francis mit einem nervösen Lächeln zurück.

Respektvoller als sein Bruder verneigte Guildford sich vor Millicent. »Euer Gemahl, mein Bruder und ich waren Zimmergenossen im Haushalt des Königs in Hatfield, Madam.«

»Ich weiß, Sir.«

»Dann wisst Ihr vermutlich auch, dass wir ...«

»Genug jetzt«, unterbrach sein Vater ihn. »Mach dich wieder ans Werk, Guildford, das Wappen soll hängen, wenn Jane hier eintrifft.« Dann musterte er Francis. »Wo ist Euer Vater?«

Francis antwortete nicht sogleich. Er sah vor sich einen korpulenten, untersetzten Mann in sehr eleganten Kleidern. Der Herzog trug eine dieser engen Halskrausen, die neuerdings in Mode kamen und irgendwie so aussahen, als dienten sie dazu, einen abgehackten Kopf an Ort und Stelle zu halten. Das dunkle Barett saß auf einer hohen Stirn, das kurze Haar und der Bart waren schwarz, genau wie die Augen, die scharf und durchdringend wirkten, der Mund war klein, das Kinn energisch. Es war ein Gesicht, das einem Respekt einflößte.

»Ich bin nicht sicher, Euer Gnaden«, bekannte Francis schließlich wahrheitsgemäß. »Er wollte Lady Mary besuchen, sagte meine Stiefmutter. Also vermutlich in Hunsdon.«

Northumberland ließ ihn nicht aus den Augen. »Dort ist er nicht. Und Lady Mary ebenso wenig.«

»Ich fürchte, dann kann ich Euch nicht weiterhelfen, Mylord.« Francis gab sich keine Mühe, Bedauern zu heucheln.

Northumberland kam zwei Schritte näher. Er trug auf Hochglanz polierte Halbschuhe mit goldenen Schnallen. »Dies ist ein sehr ungünstiger Zeitpunkt, um mich auf den Arm zu nehmen, Waringham. Heute Morgen ist der König gestorben.«

Seine Söhne zogen erschrocken die Luft ein, und Francis senkte den Kopf. »Ruhe in Frieden, Edward«, murmelte er.

»Noch ist es ein Geheimnis«, fuhr der Herzog fort. »Denn bevor wir es bekannt machen, müssen wir Lady Marys habhaft werden, um einen reibungslosen Übergang auf die neue Regierung zu gewährleisten. Ich bin überzeugt, Ihr werdet Euch nicht verweigern, wenn ich Euch auffordere, dem Kronrat bei der Umsetzung des Testaments zu helfen, welches der König hinterlassen hat, oder?«

Francis war erst achtzehn Jahre alt und, so behauptete sein Vater, ob seiner Bereitschaft, immer das Beste von jedem zu glauben, manchmal ein Einfaltspinsel. Doch die angespannten Mienen seiner beiden Freunde warnten ihn nun, sich zu keiner vorschnellen

Zusage hinreißen zu lassen. Er straffte die Schultern. »Ich glaube, das müsst Ihr mir ein wenig genauer erklären.«

Northumberland lachte in sich hinein. Dann wandte er sich an den älteren seiner Söhne. »Robin, du nimmst zwanzig Männer, reitest nach Hertfordshire und machst dich auf die Suche nach Lady Mary. Überbring ihr die Nachricht vom Tod ihres Bruders. Richte ihr aus, der Kronrat erwarte sie hier vor Ende der Woche zur Vorbereitung der Trauerfeierlichkeiten. Und falls der Earl of Waringham bei ihr ist – worauf ich bereitwillig meine rechte Hand verwetten würde – und ihr anraten sollte, die Anweisung des Kronrats zu missachten, dann sag ihm, dass sein Sohn und Erbe uns hier im Tower bis auf Weiteres Gesellschaft leistet.«

»Es ist nicht mehr weit«, raunte Nick Mary zu.

Augenblicklich straffte sie die Schultern. »Es besteht kein Anlass, mich wie einen alterslahmen Gaul zu behandeln, Mylord. Wie Ihr wisst, schätze ich Bewegung an der frischen Luft.«

Er nickte wortlos, aber er wusste, sie war erschöpft. Und das war kein Wunder. Sie waren seit drei Tagen unterwegs – genau genommen auf der Flucht –, und auch wenn sie nachts Obdach auf den Gütern treuer Freunde gefunden hatten, war es eine Strapaze, unter der sengenden Sonne von morgens bis abends im Sattel zu sitzen. Und mit Marys Gesundheit hatte es während der letzten Jahre, da sie zunehmend ins Visier der protestantischen Regierung geraten war, nicht immer zum Besten gestanden. So unbeugsam und stark ihr Wille auch sein mochte, ihre Konstitution war es nicht, und genau wie vor zwanzig Jahren wurde sie krank, wenn der Druck zu groß wurde.

Doch wie üblich gestattete sie sich nicht, Schwäche zu zeigen. Sie wandte sich an Robert Rochester, der seit vielen Jahren ihrem Haushalt angehörte: »Sir Robert, seid so gut, reitet voraus nach Kenninghall und lasst alles für unsere Ankunft vorbereiten.«

»Ich werde natürlich tun, was Ihr wünscht, Madam«, antwortete der alte Gentleman, »aber offen gestanden bliebe ich lieber an Eurer Seite, bis wir alle sicher in Kenninghall sind.«

»Wobei sich die Frage stellt, wie sicher wir dort sein werden«, warf einer der jüngeren Männer ihrer Wache ein.

Mary hob die Hand, um die Debatte zu beenden. »Darüber können wir reden, wenn wir dort sind. Aber einen sichereren Ort können wir heute gewiss nicht mehr erreichen, denn …«

»Da kommen Reiter«, unterbrach Nick.

Ohne dass eine Absprache nötig gewesen wäre, ritten er und Rochester eine Länge vor, um Mary abzuschirmen.

Alle lauschten angespannt. Die Straße führte hier durch ein dichtes Gehölz, und eine Biegung versperrte den Reisenden den Blick auf die sich nähernden Reiter, aber sie hörten, dass es eine größere Schar war, die sich ihnen im Galopp näherte.

»Wer immer sie sind, sie haben es eilig«, brummte Rochester und warf Nick einen grimmigen Blick zu.

Nick lockerte das Schwert in der Scheide, und im nächsten Moment kamen knapp zwei Dutzend Reiter in einer beachtlichen Staubwolke in Sicht. Der vordere hob die Hand, und sie kamen keine fünf Schritte vor ihnen zum Stehen.

Robin Dudley, erkannte Nick mit sinkendem Herzen. Er hatte immer eine Schwäche für diesen jungen Heißsporn gehabt, aber das änderte nichts an den Tatsachen: Robin Dudley war Northumberlands Sohn und der Schwager des bedauernswerten Kindes, das Northumberland auf den Thron zu setzen gedachte.

Robin sprang aus dem Sattel, ging gemessenen Schrittes zwischen Nick und Rochester hindurch und verneigte sich vor Mary. »Madam.«

»Dudley«, grüßte sie kühl. Ihrer Stimme war anzuhören, dass sie im Gegensatz zu Nick keine Sympathien für den jungen Mann niederzuringen hatte. Für Mary war er nur ein Ketzer und der Sohn ihres Feindes. Nicht zum ersten Mal beneidete Nick sie um ihre unerschütterlichen Gewissheiten.

Robin Dudley räusperte sich unbehaglich, sah ihr aber tapfer ins Gesicht. »Ich habe Euch eine Botschaft des Kronrats zu überbringen, Mylady.«

Sie saß kerzengerade in ihrem Damensattel, die Hände lose auf dem Knauf verschränkt, und ließ den Boten nicht aus den Augen. »Mein Bruder ist tot.«

Dudley nickte.

Nicht einmal ein Blinzeln verriet ihre Erschütterung. »Wann?«, fragte sie nur.

»Vor drei Tagen.«

»An St. Dominica ...«, murmelte sie und bekreuzigte sich.

Sie hatte es gewiss nicht als Provokation gemeint, aber Robin entgegnete nachdrücklich: »Am sechsten Juli, Madam«, denn die Reformer betrachteten die Verehrung von Heiligen als Aberglauben.

Sie schien ihn gar nicht gehört zu haben. »Ruhe in Frieden, mein armer kleiner Bruder. Möge Gott dir deine Irrwege vergeben, da du vom Satan und seinen Dienern verführt wurdest und zu jung warst, um es besser zu wissen.«

Robin stieg die Zornesröte in die Wangen, aber sein Tonfall blieb höflich. »Der Kronrat ersucht Euch, umgehend nach London zur Beisetzung des Königs zu eilen.«

Mary brauchte noch einen Moment, ehe sie antworten konnte. Dann sah sie stirnrunzelnd auf ihn hinab und erwiderte: »Ich fürchte, das kann ich nicht tun, Sir. Ihr dürft Eurem Vater ausrichten, ich bin zwar nur eine Frau, aber kein Schaf, das sich freiwillig zur Schlachtbank führen lässt. Guten Tag, Dudley.«

Nick sah förmlich, wie der junge Mann seinen Mut zusammennahm. Robin ballte für einen Moment die Fäuste, öffnete sie wieder und erklärte: »Für den Fall dieser Antwort habe ich Befehl, Euch nach London zu eskortieren, Mylady.«

Nick und Rochester saßen ab, stellten sich links und rechts neben Mary und zogen die Klingen. »Daraus wird nichts, Söhnchen«, brummte Rochester.

Robin sah von ihm zu Nick und weiter zu Marys übrigen Begleitern: einem Dutzend Damen, zwei Priestern und einem Jesuiten, drei weiteren Graubärten wie Rochester und acht Wachen. Auf seinen unauffälligen Wink hin saßen seine Männer ab: zwanzig Haudegen in voller Rüstung. Drohend nahmen sie hinter ihm Aufstellung.

»Was wollt Ihr, Mann?«, fragte Robin den alten Rochester gedämpft. »Ein Blutbad? Ich habe meine Befehle unmittelbar vom Kronrat, versteht Ihr? Ich muss sie befolgen, ganz gleich, was es kostet, sonst bin ich ein Verräter.«

»Du kleiner, hergelaufener …«, begann Rochester wütend, aber Nick fiel ihm ins Wort.

»Ihr irrt Euch, Dudley. Denn ganz gleich, was Euer Vater sich ausgedacht hat: Prinzessin Mary ist nach dem Gesetz und dem Testament ihres Vaters die Thronerbin. König Edward war noch nicht mündig und hatte deswegen keine Befugnis, diese Thronfolge zu ändern. Der Kronrat erst recht nicht. Deswegen seid Ihr ein Verräter, wenn Ihr Eure Befehle ausführt.«

»Ich schätze, Mylord, die Verlierer werden letztlich die Verräter sein, nicht wahr«, gab Robin halb spöttisch, halb beklommen zurück. Über die Schulter sagte er: »Sergeant.«

Seine Männer waren hervorragend ausgebildet. In Windeseile hatten sie einen Ring um die Prinzessin und ihre Entourage gezogen.

Robin sah zu Nick. »Seid vernünftig, Mylord, ich bitte Euch inständig. Hier muss heute kein Blut fließen. Ihr habt keine Chance, Ihr *müsst* Euch ergeben.«

Nick hob seine Waffe und setzte ihm die Schwertspitze an die Kehle. Dieser Junge war wirklich der Letzte, dessen Blut er vergießen wollte, aber nichts in seinem Gesicht verriet seinen Zwiespalt, als er antwortete: »Wie es aussieht, seid Ihr der Erste, der die zweifelhafte Ehre hat, für die kleine Marionettenkönigin Eures Vaters zu sterben, mein Junge.«

Robin sah ihm in die Augen, und Nick kam nicht umhin, seinen Mut zu bewundern. Der Junge wusste genau, dass sein Leben am seidenen Faden hing, aber weder sein Blick noch seine Züge verrieten die Todesangst, die er zweifellos empfand.

»Wenn das Gottes Wille ist, wird es zweifellos so sein, Mylord«, gab er zurück. »Aber lasst mich Euch noch eine persönliche Botschaft meines Vaters ausrichten, ehe Ihr zustoßt. Ich war mir bis gerade eben nicht schlüssig, ob ich sie Euch vorenthalten soll oder nicht, aber jetzt habe ich keine Wahl, denn Ihr müsst wissen, welche Folgen es hat, wenn Ihr mich tötet. Mein Vater hält Euren Sohn als Geisel im Tower. Wenn ich als Erster sterbe, dann stirbt Francis als Nächster.«

Nick rührte sich nicht und ließ die Waffe keinen Zoll sinken, aber er spürte Grauen in Form von Schwäche seine Beine hinaufkriechen, und bittere Verzweiflung kam ihn an. Jesus Christus, was tun wir hier nur? Ich will diesen Jungen nicht töten. Und ihm graut davor, dass sein Vater Francis tötet. Und doch wird all das passieren, weil keiner von uns auch nur einen Schritt zurück kann … »Wie Ihr schon sagtet, Dudley. Es ist auf jeden Fall Gottes Wille, der geschieht. Alsdann. Wenn Ihr beten wollt, dann tut es jetzt.«

»Nein.« Plötzlich lag Marys Hand auf Nicks Arm.

Er fuhr leicht zusammen, denn er hatte nicht einmal gemerkt, dass sie abgesessen war. Den Blick weiter unverwandt auf sein Opfer gerichtet, sagte er: »Es hat sich nichts geändert, Hoheit. Wenn Ihr Euch in seine Hände begebt, seid Ihr tot.« Er unterbrach sich kurz, um Dudley Gelegenheit zu geben, ihm entrüstet zu widersprechen, aber der junge Mann war zu anständig für falsche Beteuerungen und hielt den Mund.

»Mylord, lasst die Waffe sinken, ich befehle es«, sagte Mary streng. »Ganz sicher ist es nicht Gottes Wille, dass ich meine Krone mit dem Leben Eures Sohnes erkaufe.«

Mit einem Mal knackte es im Dickicht hinter ihnen. »Das müsst Ihr auch gar nicht, Hoheit«, sagte eine fremde Stimme, und im nächsten Moment zwängte sich ein großer, hagerer Mann in einem angerosteten Brustpanzer durchs Unterholz. Ihm folgten rund zwei Dutzend Bauern mit gespannten Bögen, Äxten und Knüppeln, und die gleiche Anzahl kam auf der anderen Seite der Straße zwischen den Bäumen hervor. Robin Dudleys Männer zogen die Schwerter, aber es war zu spät. Jetzt waren sie diejenigen, die sich eingekreist und in Unterzahl fanden.

Der Anführer der sonderbaren Neuankömmlinge trat vor Mary und sank auf ein Knie nieder. »Jonathan Helmsby, Hoheit. Wir hörten, der König sei gestorben?«

Mary gestattete ihm mit einer Geste, sich zu erheben, und nickte. »Ich fürchte, es ist wahr, Sir Jonathan.«

Der stand auf und bekreuzigte sich. »Möge er den ewigen Frieden finden.« Dann wandte er sich zu seinen Männern um. »Der König ist tot. Lang lebe Königin Mary!«

»Lang lebe Königin Mary!«, wiederholten sie donnernd.

»Habt Dank, Sir«, sagte Mary, und Nick erkannte, dass dieser bedingungslose Treuebeweis sie zutiefst berührte und sie alles daransetzte, das nicht zu zeigen.

Helmsby verneigte sich vor seiner Königin. »Seid versichert, meine Männer werden alle nur zu bereitwillig das Knie vor Euch beugen, sobald wir dieses Ketzergesindel zurück nach London gejagt haben.«

Robin Dudley drohte der Kragen zu platzen. Wütend schob er Nicks Schwertspitze beiseite und machte einen Schritt nach vorn. »Wenn Ihr gestattet, Sir«, hob er entrüstet an. »Ihr habt *überhaupt* kein Recht, Lady Mary zur Königin auszurufen! Lady Jane Grey wird König Edward auf den Thron folgen und …«

»Jane wer?«, fragte Helmsby, winkte aber gleichzeitig desinteressiert ab. »Wir mögen für einen ausstaffierten Londoner Fatzke wie dich nur Bauern aus der Provinz sein, Bübchen, aber wir hier in Norfolk kennen das Gesetz.«

Ausstaffierter Fatzke, wiederholten Robin Dudleys Lippen ebenso tonlos wie empört, und mit einem Mal hatte Nick Mühe, nicht zu lachen. Er tauschte einen Blick mit Rochester, dann trat er zu Helmsby und streckte ihm die Hand entgegen. »Nicholas of Waringham. Ihr kamt gerade recht, Sir Jonathan.«

»Ihr werdet feststellen, dass wir nicht die Einzigen sind, Mylord. Ganz Norfolk steht bereit. Vermutlich ganz East Anglia.« Die Pranke, die Nicks Rechte ergriff, war schwielig von viel harter Arbeit, aber ein Blick in das Gesicht verriet Nick, dass er es mit einem intelligenten und vornehmen Mann zu tun hatte.

»Vermutlich wird es das Beste sein, wir begleiten die Königin und Euch ans Ziel Eurer Reise«, schlug er vor.

Nick konnte im ersten Moment nicht antworten. Die Selbstverständlichkeit, mit der dieser Mann Mary »die Königin« nannte, machte ihn eigentümlich sprachlos, erschien ihm viel bedeutsamer als zuvor die trotzige Proklamation. Aber er sammelte sich schleunigst. »Das wäre eine große Erleichterung, Sir«, gestand er. »Wir sind Hals über Kopf aufgebrochen und, wie Ihr seht, schlecht aufgestellt.« Dann wandte er sich wieder an den jungen Dudley. »Und was nun, Robin?«

Der hob die Schultern. »Keine Ahnung, Mylord. Ich bin … ratlos. Ihr nehmt mich gefangen, schätze ich? Um das gleiche Druckmittel gegen meinen Vater zu haben wie er gegen Euch?«

In das kurze Schweigen hinein beschied Mary: »Nein.«

»Hoheit, die Güte Eures Herzens in allen Ehren …«, begann Pater Miguel.

»Gerade im Moment finde ich in meinem Herzen beklagenswert wenig Güte, Vater«, gab sie schroff zurück, und Robin Dudley, der bislang offenbar nicht geahnt hatte, dass sie ein typisches Tudor-Temperament besaß, zuckte fast unmerklich zusammen. Mary musterte ihn streng und sagte dann: »Wir haben keine Kapazitäten, um zwei Dutzend Gefangene zu bewachen, Vater, und dort, wo wir hingehen, auch keinen Platz für sie. Ihr seid frei, Dudley. Überlegt gut, was Ihr mit Eurer Freiheit anfangt. Ich verstehe, dass Ihr Eurem Vater Gehorsam schuldet. Glaubt mir, niemand könnte besser verstehen als ich, in welch einen Konflikt ein pflichterfüllter Sohn oder eine pflichterfüllte Tochter manchmal geraten kann. Aber unter Umständen kommt Ihr ja zu dem Schluss, dass er von unserer Begegnung nicht unbedingt erfahren muss. Denn er würde vermutlich nicht nur Euch, sondern auch Francis dafür büßen lassen, der Euch teuer ist, wie ich sehe. Immerhin wäre es ja möglich, dass Ihr mich in den weiten Wäldern und Sümpfen von Norfolk einfach nicht gefunden habt, nicht wahr?«

Robin erwiderte ihren Blick unschlüssig, sah dann weiter zu Nick und schließlich zu seinen Männern, die ausnahmslos im Dienst seines Vaters standen. Doch sein Sergeant zwinkerte ihm verschwörerisch zu. »An uns soll's nicht scheitern, Sir Robin. Wir haben nichts gehört und gesehen.«

Robin Dudley nickte, aber seine Miene zeigte eher Schrecken als Erleichterung. Das konnte Nick gut verstehen, denn auch er hatte die Ergebenheit in dem Blick gesehen, mit welchem der

Sergeant Mary zugenickt hatte. Diese Männer mochten Northumberlands Livree tragen, aber im Herzen trugen sie eine Tudor-Rose.

»Gott steh uns allen bei«, murmelte der junge Dudley und schwang sich in den Sattel. Vor Mary deutete er eine Verbeugung an. »Was immer die Leute von Norfolk denken, Ihr könnt nicht gewinnen, denn die Macht liegt im Süden, und der Süden ist protestantisch. Vor allem Kent«, fügte er mit einem frechen Grinsen in Nicks Richtung hinzu. »Es wäre viel besser für Euch und für England, Ihr ginget zu Eurem kaiserlichen Vetter ins Exil, solange Ihr noch könnt, Madam.«

»Habt Dank für Euren Rat, Dudley«, gab sie zurück. »Ich weiß, wie selbstlos Eure Absichten sind.«

Jane wer?, fragten auch die Londoner, als die sechzehnjährige Lady Jane Grey am zehnten Juli in einer prachtvollen Prozession von Booten und Barken zum Tower geleitet wurde, wo sie ihre Krönung erwarten sollte, wie es Tradition war. An den üblichen Plätzen in der Stadt und in Westminster wurde sie auf Anordnung des Kronrats zur Königin ausgerufen, und überall bildeten sich große Menschenansammlungen, um die Proklamationen zu hören, aber der Jubel fiel eher dünn aus. Die Menschen waren tief erschüttert über Edwards Tod, denn die Londoner hatten ihren jungen König geliebt, der ihnen so fromm und mit seiner kränklichen Blässe so unirdisch wie ein Engel erschienen war. Sie trauerten um ihn, und sie waren verwirrt.

»Wer soll diese Jane Grey denn sein, Doktor?«, fragte die Köchin der Krippe verständnislos.

»Sie ist eine Cousine des Königs«, erklärte John Harrison. »Ihre Großmutter war König Henrys Schwester.«

»Aber König Henry hatte außer unserem armen Edward doch zwei eigene Töchter. Wieso soll seine Großnichte vor denen drankommen? Das ist doch ... wider die Natur. Was ist gegen Prinzessin Mary einzuwenden?«

»Sie hält unbelehrbar am Aberglauben der römischen Kirche fest, Martha«, erinnerte er sie. »Du kannst nicht im Ernst wollen,

dass sie das Licht der Erkenntnis ausbläst, das die Reform uns gebracht hat, oder?«

»Doch«, gab die Köchin krötig zurück. »Das kann ich allerdings
wollen, denn früher wusste man wenigstens, was man zu glauben
hatte, und es änderte sich nicht jeden Monat. Und ihr Reformer habt
uns Frauen die Heilige Jungfrau weggenommen, Doktor. Sie war die
einzige, die früher für Frauen in Not wirklich zuständig war, aber
jetzt dürfen wir sie nicht mehr anrufen. Sie fehlt uns, wisst ihr.«

John hob ergeben beide Hände. »Ich habe immer geahnt, dass
du eine heimliche Papistin bist. Aber es bleibt die Tatsache, dass
Erzbischof Cranmer und der Duke of Northumberland die Heilige
Jungfrau offenbar weniger vermissen als du, und sie wollen die
Krone vor den Papisten retten.«

Martha schüttelte düster den Kopf und machte sich daran,
einen Berg Kohlköpfe zu putzen. »Wie wär's dann mit Prinzessin
Elizabeth?«, schlug sie vor. »Die ist Reformerin durch und durch,
schätze ich, und ebenfalls König Edwards Schwester.«

»Hm«, machte John. »Aber sie ist ein Bastard, genau wie Lady
Mary. Darum kommen sie beide nicht in Betracht. Verstehst du,
wenn der Kronrat Lady Elizabeth die Krone gäbe, obwohl die Gültigkeit der Ehe ihrer Eltern zweifelhaft ist …«

»… würden die Papisten aufschreien und fragen, warum Mary
dann als ältere Schwester nicht zuerst an der Reihe ist.«

»Martha, es ist eine Schande, dass du nicht fürs Parlament kan-
didieren kannst, denn du durchschaust die verschlungenen Pfade
der Politik mit unvergleichlichem Scharfblick.« Er stibitzte ein
Stückchen rohen Kohl und knabberte daran.

»Vielleicht lassen sie Frauen ins Parlament, wenn erst einmal
eine Frau auf dem Thron sitzt, Doktor«, gab sie seelenruhig zurück, und John fiel vor Schreck der Kohl aus der Hand.

Die Mitglieder des Kronrats, die Yeoman Warders und Soldaten
und das Gesinde im Tower bereiteten Jane Grey einen jubelnden
Empfang, so wie der Duke of Northumberland es angeordnet
hatte, und das junge Mädchen lächelte ihnen scheu zu, während
ihr Schwiegervater ihr aus der Barke half.

Sie war beinah ein so ätherisches Geschöpf wie ihr verstorbener Cousin, der König, nur dass ein Heer hartnäckiger Sommersprossen ihre feine Damenblässe beeinträchtigte. Das Blond ihrer Haare hatte einen so deutlichen Kupferton, dass ein jeder sie rothaarig genannt hätte, wäre sie nicht die zukünftige Königin gewesen. »Habt Dank«, sagte sie zu den Leuten, aber sie sprach so leise, dass allein Northumberland sie hörte.

»Nur das, was Euch zusteht, liebes Kind«, versicherte er, küsste ihr ehrerbietig die Hand und schnauzte dann über die Schulter: »Guildford, bring deine Gemahlin in den White Tower.«

Sein Jüngster trat errötend zu seiner Frau, murmelte Unverständliches und reichte ihr den Arm. Federleicht legte Jane Grey die Hand auf seinen Ellbogen und ließ sich Richtung Hauptgebäude führen, aber sie sah ihn nicht an.

»Armer Guildford«, murmelte Francis seufzend. »Sie scheinen nicht gerade ein Herz und eine Seele zu sein.« Er sah auf seine eigene Frau hinab. »Anders als wir.«

Millicent verschränkte die Finger mit seinen und zog die Schultern hoch, als fröre sie trotz mörderischer Sommerhitze. »›Arme Jane‹ trifft es wohl eher«, bemerkte sie. »Sie wollte ihn gar nicht heiraten. Aber ihr Vater hat sie furchtbar geschlagen, tagelang. Ihre Mutter hat daneben gestanden und keinen Funken Mitgefühl gezeigt und ihr gesagt, sie selbst habe es in der Hand, wie lange ihr Martyrium dauert.« Sie sah zu ihm hoch und fügte hinzu: »Ah. Diese abscheulichen Details kanntest du bereits und hast sie mir verschwiegen, um meine zarten weiblichen Gefühle zu schonen.«

Er lächelte schuldbewusst und entgegnete: »Wie sich gerade wieder einmal erwiesen hat, musste ich es dir ja nicht erzählen. Du findest immer alles selbst heraus.«

»Deine Schwester hat es mir bei unserer Hochzeit gesagt.«

»Typisch Eleanor«, bemerkte er trocken. »Immer das passende Gesprächsthema zu jeder Gelegenheit.« Dann fiel sein Blick auf den Duke of Suffolk, Jane Greys Vater, der mit ihr in der Barke gesessen hatte, und Lady Frances, ihre Mutter. Er wusste, deren Vater, der berühmte Duke of Suffolk, war der Pate seines

Vaters gewesen, aber der junge Waringham kannte den Herzog und die Herzogin nur vom Sehen. »Eleanor kann über Vater wettern, so viel sie will, aber so etwas würde er niemals tun«, murmelte er.

»Hm«, stimmte Millicent zu. »Das hat Eleanor auch gesagt.« Dann entdeckte sie die beiden Yeoman Warders, die ihnen auf Schritt und Tritt folgten, sobald sie den White Tower verließen. Millicent seufzte. »Komm. Unsere armen Schatten werden schon ganz zappelig. Lass uns hineingehen.«

»Meinetwegen. Ich habe Guildford ohnehin versprochen, in seiner Nähe zu bleiben. Ich glaube, er fürchtet sich vor seiner Braut mindestens so sehr wie vor seinem Vater. Oder ihrem eigenen.«

Ihre Geiselhaft im Tower war die sonderbarste, von der Francis je gehört hatte. Man hatte ihnen eine kleine, aber einigermaßen komfortable Kammer im Obergeschoss des White Tower zugewiesen. Sie wurden niemals eingesperrt, geschweige denn schlecht behandelt. Sie nahmen mit den Dudleys und deren Gefolge und dem inzwischen fast vollzählig versammelten Kronrat die Mahlzeiten in der großen Halle ein, und Millicent hatte sich bereits beklagt, dass hier jedes Essen ein Festbankett sei und sie aufgehen werde wie ein Hefekloß. Sie spielten Schach oder Karten mit Guildford und seinen Brüdern und den übrigen jungen Leuten, und sie taten so, als sei alles in schönster Ordnung. Aber Francis und Millicent wussten, wie trügerisch dieser Schein war. Es machte Francis schier wahnsinnig, dass er seine Frau in solche Gefahr gebracht hatte. Und ihm wurde ganz elend, wenn er an den quälenden Zwiespalt dachte, in dem sein Vater steckte.

»Lass uns nach oben verschwinden und ins Bett gehen«, raunte er seiner Frau ins Ohr. Denn wenn er die Vorhänge schloss und die erste Schleife an Millicents Überkleid aufschnürte, fielen alle Sorgen von ihm ab, und er vergaß ihre missliche Lage einfach. Zumindest für eine kleine Weile.

Doch sie schüttelte den Kopf. »Eben hast du noch gesagt, wir müssten dem armen Guildford beistehen. Gerade heute darfst du ihn nicht im Stich lassen, Francis. Er ist doch dein Freund.«

Das ist er, dachte Francis, aber er wusste, Guildford Dudley würde keinen Finger rühren, wenn es ihm – Francis – an den Kragen ging. Er hatte einfach nicht genug Rückgrat, um seinem fürchterlichen Vater die Stirn zu bieten. Das hatte nur Robin, aber der war noch immer nicht aus Norfolk zurück.

In der großen Halle des White Tower hatte Jane Grey inzwischen in dem blattgoldverzierten Sessel auf der Estrade Platz genommen. Sie drohte beinah in den Brokatpolstern zu verschwinden, doch Francis fuhr durch den Kopf, dass sie trotzdem würdevoll aussah. Sie hatte die schmalen Hände links und rechts auf die Armlehnen gelegt, und über ihrem Kopf prangte das Wappen der Könige von England.

Guildford stand an ihrer linken Seite und trat von einem Fuß auf den anderen.

»Vielleicht sollte ihm jemand diskret den Weg zum nächsten Abort weisen«, wisperte Millicent.

Francis schüttelte den Kopf. »Madam …«

Jane Greys Eltern hatten an der Seite ihrer Tochter Platz genommen und teilten einen Becher Wein, und Northumberland hatte sich vor der jungen Königin aufgebaut und bekundete: »Hoheit, Ihr scheint nicht recht zu verstehen, was ich sage. Ihr werdet Königin, weil der Kronrat es so beschlossen hat und …«

»Tatsächlich?«, fiel Jane Grey ihm ins Wort. »Letzte Woche habt Ihr mir noch weisgemacht, es sei Gottes Wille und der des Königs.«

»Auch«, stimmte der Herzog hastig zu. »Aber dennoch seid Ihr jung und unerfahren und müsst Euch den Ratschlägen des Kronrats unterordnen: Eine Königin kann nicht allein regieren. Sie braucht einen König an ihrer Seite. Einen *gekrönten* König.«

Jane blickte zu Guildford, musterte ihn einen Augenblick und wandte sich dann wieder an dessen Vater: »Die Antwort ist Nein, Mylord. Eine Krone ist kein Spielzeug für Knaben.«

»Und ebenso wenig für Mädchen«, gab Northumberland zurück.

»Das hättet Ihr Euch möglicherweise eher überlegen sollen.«

»Jane«, warf ihr Vater ein, leise, aber unverkennbar drohend. »Du solltest lieber nichts sagen, was deine Mutter und mich beschämt.«

Selbst von ihrem Platz nahe dem Eingang konnte Francis sehen, wie Jane die Zähne zusammenbiss und was es sie kostete, ihrem Vater zu trotzen. Aber sie antwortete ruhig: »Ihr alle habt Euch verschworen, mir diese Krone aufzubürden, die ich nicht wollte. Doch nun habe ich eingewilligt, sie zu nehmen, also solltet Ihr Euch besser daran gewöhnen, dass ich fortan Eure Königin bin, Gentlemen.« Sie richtete den Blick auf ihren Vater, und man hätte meinen können, er sei eine Made, die sie unverhofft in ihrem Brot gefunden hatte. »Die Person der Königin ist sakrosankt. Wer die Hand gegen sie erhebt, ist ein Verräter. Vergesst das nicht, Sir.« Sie stand auf, um zu bekunden, dass diese Debatte vorüber sei. Zu Guildford sagte sie: »Wenn Ihr auch nur in die Nähe meiner Tür kommt, werdet Ihr in Ketten gelegt, teurer Gemahl.«

Und damit schritt sie hinaus.

Die Versammelten starrten ihr ungläubig hinterher, ihrem Vater war gar die Kinnlade heruntergefallen.

»Guildford, geh ihr nach und stimm sie um«, befahl Northumberland.

»Aber, Sir«, protestierte sein Sohn erschrocken. »Ihr habt doch gehört, was sie ...«

Sein Vater schlug ihn mit dem Handrücken ins Gesicht. »Wird's bald!«

Für einen winzigen Moment glomm Rebellion in Guildfords Augen, aber es war genau, wie Francis vermutet hatte: Guildford Dudley fehlte das, was seine blutjunge Frau offenbar besaß. Er verneigte sich wortlos vor seinem Vater und ging mit gesenktem Kopf zur Tür. Als er Francis und Millicent dort im Schatten stehen sah, raunte er: »Ironie des Schicksals, Waringham. Nicht du, sondern ich werde es sein, der hier in einem Verlies vermodert.«

Die Stille, die in der Halle zurückblieb, kam Francis unheilschwanger vor. Die Lords tauschten Blicke und stumme Botschaften, die er nicht verstand, und sie machten ihn nervös.

»Noch trägt sie die Krone nicht«, bemerkte Northumberland

schließlich. »Und bevor wir sie ihr aufsetzen, müssen wir sie gefügig machen, Suffolk.«

Jane Greys Vater nickte grimmig. »Das ist leichter gesagt als getan, denn …«

Er unterbrach sich, als der Earl of Arundel und Thomas Cranmer, der Erzbischof von Canterbury, die Halle betraten. Ersterer nickte Francis knapp zu, mit leichtem Unbehagen, so schien es dem jungen Mann, denn in der Vergangenheit hatten die Earls of Arundel und Waringham meist auf freundschaftlichem Fuß gestanden.

Der Erzbischof blieb verwundert stehen. »Waringham? Was in aller Welt tut *Ihr* hier?«

Francis verneigte sich höflich, denn er bewunderte Erzbischof Cranmer, der die Reform der englischen Kirche geordnet und vollendet hatte. Dann zuckte er die Schultern und wies diskret auf Northumberland. »Seine Lordschaft glaubt, das Wohlverhalten meines Vaters erpressen zu können, indem er meine Frau und mich hier als Geiseln hält, Mylord.«

Cranmer sah stirnrunzelnd zur Estrade. »Was hat das zu bedeuten, Northumberland?«

»Oh, jetzt werdet mir nur nicht zimperlich, Exzellenz. Das können wir uns nicht leisten. In Norfolk erheben sich der Landadel und das Bauerngesindel für Mary Tudor, falls Ihr es noch nicht gehört habt. Wenn es eine bewaffnete Revolte ist, die sie plant, dann wäre Waringham der Mann, der sie anführen könnte. Doch ich nehme an, die Vorstellung, wir könnten ihm den Kopf seines Sohnes nach Kenninghall schicken, dämpft seinen Kampfeswillen.«

Millicent zuckte an Francis' Seite leicht zusammen, aber sie rührte sich nicht und gab keinen Laut von sich. Francis war stolz auf sie und nahm verstohlen ihre Hand.

Cranmer trat an die Estrade und sah von Northumberland zu Suffolk und wieder zurück. »Seid Ihr von Sinnen, Mann?«, fragte er leise. »Wenn in London bekannt wird, dass Ihr den Jungen hier festhaltet, wird eine bewaffnete Revolte in East Anglia die kleinste unserer Sorgen sein. Die Stadt wird unruhig, Northumberland.

Heute früh hat der Bischof von London an Paul's Cross gepredigt und den Leuten erklärt, warum Mary und ihre Schwester nicht Königin werden können, und das Volk hat ihn niedergeschrien und mit Steinen beworfen. Der arme Ridley musste die Beine in die Hand nehmen und sein Heil in der Flucht suchen.«

Northumberland lauschte ihm voller Schrecken. »Schickt nach dem Lord Mayor«, sagte er zu niemand Bestimmtem. »Er muss die Rädelsführer ausfindig machen und bestrafen. London muss unter allen Umständen auf unserer Seite bleiben.«

»So ist es«, stimmte Cranmer zu und ließ sich unter leisem Ächzen in einen der Sessel an der Tafel sinken. »Darum werdet Ihr den jungen Waringham auf der Stelle gehen lassen. Es nützt sowieso nichts, ihn als Geisel hier zu halten, denn sein Vater ist kein Mann, den man erpressen könnte.«

Northumberland ließ sich die Sache einen Moment durch den Kopf gehen, ohne den Erzbischof aus den Augen zu lassen. Dann schüttelte er den Kopf. »Ich bin anderer Ansicht. Ihn hier zu behalten nützt uns mehr, als es uns schadet. Die nächsten drei, vier Tage werden entscheidend sein, Cranmer. Die Aufständischen in East Anglia werden sich zerstreuen, sobald sie merken, dass Mary sie nicht bezahlen und füttern kann. Dann wird sie zur Küste eilen, um außer Landes zu fliehen, aber ich habe die Flotte nach Yarmouth geschickt, um sie abzufangen. Sobald wir sie haben, wird die Lage sich beruhigen, und die Londoner Schreihälse werden verstummen. Dann kann Waringhams Welpe wieder nach Hause, und wenn er schön artig ist und Königin Jane einen Treueid leistet, lassen wir ihm vielleicht sogar Land und Titel, nachdem sein Vater hingerichtet ist.«

Francis erstaunte niemanden so sehr wie sich selbst, als er sagte: »Eh ich Jane Grey einen Treueid leiste und das Haus Tudor verrate, werden die Gäule in Waringham anfangen, Eier zu legen, Mylord.«

Anders als Northumberland gehofft hatte, zerstreuten sich die Landeigner und Bauern aus Norfolk, Suffolk und Cambridgeshire nicht, die sich um Mary geschart hatten, und auch in London formierte sich Widerstand gegen Northumberlands Staatsstreich. Und es waren nicht allein die kleinen Leute von schlichtem Gemüt, die mit beinah instinkthafter Königstreue darauf beharrten, dass die Krone Prinzessin Mary zustehe. Auch viele namhafte Intellektuelle und Bischöfe – ausnahmslos Reformer – nahmen diesen Standpunkt ein.

Als der Lord Mayor einen jungen Burschen, der sich für Mary ausgesprochen hatte, an den Pranger stellen und ihm beide Ohren abschneiden ließ, ging die Opposition in den Untergrund, war unauffindbar und doch allgegenwärtig. Über Nacht schienen Flugblätter vom Himmel zu regnen, die Northumberland der Korruption und des Verrats bezichtigten, Aufzählungen seiner Missetaten wurden an Kirchentüren geschlagen. Nahezu panisch versuchten der Lord Mayor und sein Stadtrat, diese Umtriebe zu unterbinden, denn sie hatten sich mit Northumberland in Lady Janes Boot gesetzt und taten nun alles, um nicht unterzugehen. Doch sie blieben chancenlos, denn gegen ihre ganze Stadt konnten sie nichts ausrichten.

Am 13. Juli brach der Duke of Northumberland mit einer hastig zusammengewürfelten Söldnertruppe von knapp dreitausend Mann auf, um die Rebellion in East Anglia niederzuschlagen. Er rechnete fest damit, dass sich ihm die Männer von Kent anschließen würden, denn Kent war eine Hochburg der Reformer. Doch er wurde enttäuscht, denn alles, was in Kent Waffen tragen konnte, hatte sich auf Marys Seite geschlagen und war Lord Waringhams Cousin und Steward Madog Pembroke nach East Anglia gefolgt, um sich Marys Truppen anzuschließen.

Framlingham, Juli 1553

»Was für eine sonderbare Burg«, bemerkte Madog und sah sich kritisch um, die Hände in die Seiten gestemmt. »Eine trutzige Fassade und nichts dahinter.«

»Hm«, machte Nick trocken. »So ähnlich wie Northumberlands Staatsstreich.«

Framlingham war ein verschlafenes Dorf unweit der Küste in Suffolk. Seine Burg war vor rund vierhundert Jahren erbaut worden – etwa zur gleichen Zeit wie Waringham Castle –, aber ganz anders als dort umfriedete die gewaltige Ringmauer mit ihren furchteinflößenden Türmen keinen Bergfried, in welchem man sich im Fall einer Belagerung verschanzen konnte, sondern nur schlichte Fachwerk- und Holzgebäude.

»Trotzdem schien es uns besser als Kenninghall, das man überhaupt nicht verteidigen kann«, erklärte Nick. »Und hier ist auch mehr Platz. Wie viele Männer bringst du?«

»Etwa einhundertfünfzig gut bewaffnete Ritter und über tausend Fußsoldaten mit den angerosteten Schwertern ihrer Vorväter. Aber was ihnen an Waffen und Erfahrung fehlt, machen sie mit Treue wett. Sie sind allesamt Reformer, Nick, aber sie brennen darauf, für Prinzessin Mary ihr Blut zu vergießen.«

Nick ließ den Blick über das Gewimmel im Burghof schweifen und entdeckte Adam, dessen Bruder Jacob und sogar Jim, den Mann seiner Köchin. »Halb Waringham ist gekommen.«

Madog schüttelte den Kopf. »*Ganz* Waringham ist gekommen.«

»Dann bleibt uns nur, zu beten, dass mein Sohn für Waringhams Tudor-Treue nicht den Kopf hinhalten muss.«

Madog legte ihm für einen Moment die Hand auf den Arm. »Ich hätte sie zu Hause anketten müssen, um sie zu hindern, Nick.«

Der nickte. »Ich weiß. Und ich bin froh, dass sie hier sind. Ich bin sogar stolz auf sie.«

»Ja. Ich kann mir vorstellen, in welcher verfluchten Zwickmühle du steckst. Aber der ganze Kronrat ist im Tower. Erzbischof Cranmer. Der Earl of Arundel. Viele andere gute Männer. Sie werden nicht zulassen, dass Francis und Millicent etwas zustößt. Das wäre allein Northumberland zuzutrauen, und Northumberland sitzt in Cambridge und hat ganz andere Sorgen als deinen Sohn.«

Nick wusste all das, aber es bot ihm wenig Trost. Seit sie Robin Dudley auf der Straße begegnet waren, war die Furcht seine ständige Begleiterin. Sie brachte ihn nachts um den bitter nötigen Schlaf und hatte ihm jeden Seelenfrieden gestohlen. Er wusste nicht mehr, welche Entscheidungen die richtigen, welche die falschen waren. »Fürchte dich nicht, Nick«, hatte Mary zu ihm gesagt, die natürlich genau wusste, wie es in ihm aussah. »Was immer kommen mag, es ist auf jeden Fall Gottes Wille, der geschieht.«

Sie hatte natürlich recht. Und es gab Stunden, da der Gedanke ihm Trost spendete. Doch es gab andere Stunden, da er an Gottes Güte zweifelte. Gewiss war es gottgefällig, dass sie darum kämpften, die Beschützerin seiner einen wahren, katholischen Kirche auf den Thron zu bringen, aber Gottes Werk zu tun war keine Garantie für Gottes Beistand hier auf Erden. Tausende von Märtyrern, Tausende von Gräbern der christlichen Streiter, die vor den Toren Jerusalems gefallen waren, legten davon Zeugnis ab.

Jetzt war indessen keine Zeit für Zweifel und düstere Gedanken. »Komm«, sagte Nick zu seinem Cousin. »Ich bringe dich zu ihr.«

Das Hauptgebäude im Innern der Burgmauer war ein modernes Fachwerkhaus, dessen gesamte erste Etage von einer geräumigen, lichtdurchfluteten Halle eingenommen wurde. Dort saß Mary an der hohen Tafel auf der Estrade. Über ihrem Haupt prangte kein königliches Wappen, sie trug keine Staatsroben, und vor ihr stand kein Festmahl auf goldenen Platten und Tellern, sondern Briefe und Schreibutensilien lagen auf dem Tisch verstreut. Dennoch strahlte Mary Tudor eine königliche Würde aus, die nicht auf äußerliche Insignien angewiesen war, da sie von der tiefen inneren Überzeugung rührte, dass sie ihr zustand.

Madog, der Mary seit zehn Jahren nicht mehr gesehen hatte, blieb wie angewurzelt stehen und hatte sichtlich Mühe, sie nicht offenen Mundes zu bestaunen.

Als sie aufschaute und die beiden Ankömmlinge entdeckte, legte sie die Feder beiseite und lächelte. »Mein lieber Pembroke! Welche Freude, dass Ihr gekommen seid.«

Madog trat vor und sank auf ein Knie nieder. »Und ich bringe mehr als tausend Männer aus Kent, Hoheit, die Euch ebenso ergeben sind wie ich.«

Sie forderte ihn mit einer Geste auf, sich zu erheben. »Die Treue der Männer von Kent überrascht mich – im Gegensatz zu der Euren –, denn Kent ist ein Ketzernest.«

Das konnte Madog nicht bestreiten. »Viele Protestanten unterstützen Euren Thronanspruch, in London und im ganzen Süden.«

Sie nickte. »Genau wie hier in East Anglia. Sie haben mir erklärt, es sei keine Frage der Religion, sondern des Erbrechts. Ich muss gestehen, dass ich die Prioritäten dieser Leute fragwürdig finde, aber ich kann auf ihre Unterstützung natürlich nicht verzichten. Ich betrachte es als Zeichen der Hoffnung, Pembroke. Wenn sie glauben, ich sei die wahre Königin, werden sie vielleicht auch einsehen, dass ich den wahren Glauben besitze.«

Madog tauschte einen skeptischen Blick mit Nick. Das entging Mary nicht, und sie fügte mit einem mokanten Lächeln hinzu: »Ihr habt Zweifel, mein Freund? Dann scheint Ihr zu vergessen, dass ich aufgrund der unseligen Suprematsakte, deretwegen Lord Waringham und ich beinah den Kopf verloren hätten, Oberhaupt der englischen Kirche sein werde, sollte ich meine Krone erringen. Das heißt, ich kann die Rückkehr zum wahren Glauben mit einem einzigen Federstrich befehlen, wenn es mein Wunsch ist.«

Madog stockte der Atem. »Ich muss gestehen, dass ich daran in der Tat noch nicht gedacht hatte, Hoheit. Aber Ihr habt zweifellos recht.«

Sie vollführte eine wedelnde, fast ungeduldige Geste, die Nick an ihren Vater erinnerte, und sagte: »Nun, bevor wir uns den Kopf über meine Machtbefugnisse zerbrechen, muss ich meine Krone erst einmal bekommen. Was macht Northumberland?« fragte sie Nick.

»Er ist nach Cambridge marschiert und rührt sich nicht, berichten unsere Späher«, antwortete er. »Offenbar wartet er auf Verstärkung. Er hat nur halb so viele Männer wie wir. Aber wenn er die Matrosen seiner Flotte, die in Yarmouth auf der Lauer liegt, an Land befiehlt und mit seiner Truppe vereint, dann kann er uns schlagen.«

»Was, denkt Ihr, sollen wir tun?«

»Warten, bis er ausrückt, Hoheit. Aber nicht zu lange. Wir dürfen nicht riskieren, hier in Framlingham belagert zu werden, denn wir haben nicht genügend Vorräte, und wenn Northumberland Geschütze mitbringt, wird er die Ringmauer binnen kürzester Zeit in Schutt legen. Wir haben keine Wahl, als die offene Schlacht zu suchen, sobald er die Grenze nach Suffolk überschreitet.«

Was ihm die größten Sorgen bereitete, war, dass sie keinen wirklich erfahrenen Truppenkommandanten hatten, vertraute er Madog an, als sie in den Burghof zurückkehrten. »Der Earl of Derby hat sich uns angeschlossen, aber er ist ein alter Mann, und seine Kriegserfahrung rührt aus Zeiten, da Geschütze kaum mehr als steinschleudernde Belagerungsmaschinen waren und Handfeuerwaffen exotische Seltenheiten. Doch Northumberlands Truppen bestehen mehrheitlich aus deutschen und spanischen Söldnern, die hervorragend ausgebildet und bewaffnet sind.«

»Deutsche und spanische Söldner?«, wiederholte Madog. »Und *die* sollen für einen protestantischen Hurensohn wie Northumberland gegen die Cousine ihres papsttreuen Kaisers ins Feld ziehen?«

Nick hob die Schultern. »Wie gesagt. Es sind Söldner. Ich schätze, sie werden für Northumberland kämpfen, solange er sie bezahlen kann. Sie mögen keinerlei Gesinnung haben, aber dafür haben sie Kampferfahrung. Wir hingegen besitzen Gesinnung im Überfluss, aber viel zu wenig Kampferfahrung. Wir werden wohl herausfinden, was auf dem Schlachtfeld von größerem Nutzen ist, nicht wahr?«

»Oh, komm schon, Nick«, entgegnete sein Cousin zuversichtlich. »Wir ziehen die Schwerter, stellen uns Schulter an Schulter und machen alles nieder, was uns vor die Klinge kommt. Was soll daran so schwierig sein?«

»Ich weiß es nicht«, räumte Nick ein. »Das ist es ja, was ich sage, Madog: Ich habe keine Ahnung. Trotzdem wird mir das Kommando zufallen. Und wenn ich einen Fehler mache, werden wir verlieren und viele gute Männer fallen.« *Und wenn ich keinen Fehler mache und wir gewinnen, wird Francis sterben,* fügte er in Gedanken hinzu und schauderte.

Madog traktierte ihn mit einem kritischen Blick. »Was du brauchst, Cousin, sind eine anständige Mahlzeit und ein paar Stunden Schlaf.«

Nick hob abwehrend die Linke. »Was ich brauche, Madog, ist die Art von Mut und Gottvertrauen, die Abraham besaß, als er die Klinge gegen seinen eigenen Sohn hob, ohne wissen zu können, dass Gott ihm im letzten Moment Einhalt gebieten würde.«

»Gilbert? Kannst du mich hören?«, fragte John.

Der junge Mann, der zwei hässliche, blutverkrustete Löcher hatte, wo einmal seine Ohren gewesen waren, blickte über die rechte Schulter, obwohl John links hinter ihm stand. Dann nickte er. »Ich kann Euch hören, Doktor, aber ich kann nicht mehr ausmachen, aus welcher Richtung eine Stimme kommt.«

Das war, rein medizinisch betrachtet, eine faszinierende Erkenntnis. Dies also war der Zweck eines Ohrs, erkannte John: nicht das Hören selbst, sondern die Verortung des Gehörten. Doch er verbarg seine wissenschaftliche Neugier und legte dem Jungen einen sauberen Verband an, ehe er ihm einen Becher Wein reichte. »Hier, trink das. Du hast viel Blut verloren, und der Wein hilft dem Körper, neues Blut zu bilden.«

Gilbert trank durstig. Bevor er sich lautstark, zur falschen Zeit und am falschen Ort für Mary Tudors Recht auf den Thron ausgesprochen und der Lord Mayor ihm die Ohren hatte abschneiden lassen, hatte er als Zapfer in einer Schänke gearbeitet, und sein gewaltiger Zug legte den Schluss nah, dass er dort selbst zu seinen besten Kunden gezählt hatte. Die Londoner waren berühmt, wenn nicht gar berüchtigt für ihre Respektlosigkeit und ihre Neigung, unaufgefordert ihre Meinung kundzutun, aber Gilbert Potter war seine Großmäuligkeit gründlich vergangen. Er stellte den Becher ab, stützte den Kopf in die Hände und murmelte: »Jesus am Kreuz, was soll ich nur machen? Was wird jetzt aus mir? Ich werde nie wieder Arbeit finden …«

Einem Strolch ein Ohr abzuschneiden war bei den Ordnungshütern nicht nur beliebt, weil es eine abschreckende Strafe war, sondern weil die Gemeinschaft der Gerechten fortan auf einen Blick erkennen konnte, dass sie es mit einem fragwürdigen Charakter zu tun hatte, dem nicht zu trauen war. Wem *beide* Ohren fehlten, der erweckte gleich doppelten Argwohn und konnte kaum hoffen, unter anständigen Leuten geduldet zu werden.

»Ich werde dir Arbeit geben«, versprach Philipp Durham, der mit Laura am Tisch saß und schweigend zugeschaut hatte, während John den armen Tropf verarztete.

»Ihr, Master Durham?«, fragte Potter ebenso nervös wie ehrfürchtig. Der mächtige Kaufherr gehörte in eine Welt, die der seinen fern war und vor der er sich für gewöhnlich hütete: Master Durham war Stadtrat und Gildemeister, eine Autorität – die Gegenseite.

Doch Philipp nickte ungerührt. »Du kannst als Knecht auf das Landgut meines Bruders in Sevenelms gehen oder als Lagerarbeiter bei mir in der Ropery anfangen, such es dir aus.«

»Aber ... aber warum solltet Ihr das tun, Sir?«

»Weil das, was dir im Namen dieser Stadt zugefügt wurde, Unrecht war. Es ist nur meine Pflicht, zu tun, was ich kann, um es wiedergutzumachen.«

Potter sah unsicher von ihm zu Laura und schließlich zu John. Dann stand er auf, verbeugte sich vor den feinen Herrschaften und setzte vorsichtig seinen Hut auf, um den verräterischen Verband wenigstens teilweise zu verdecken. »Habt Dank. Gott segne Euch, Doktor. Und Euch ebenfalls, Master Durham, vorausgesetzt, Ihr bezahlt mich anständig und nutzt meine Notlage nicht aus, um mich mit einem Hungerlohn abzuspeisen.«

Philipp konterte mit einem kleinen Lächeln: »Bei mir bekommt jeder, was er verdient.«

Gilbert Potter wirkte nicht übermäßig beruhigt. »Wann kann ich anfangen?«

»Komm morgen Abend bei Dämmerung. Vorläufig ist es wohl besser, wenn dich niemand auf der Straße sieht.«

Der verstümmelte junge Mann grinste, und sie erhaschten einen Blick auf den unbekümmerten Taugenichts, der er vermutlich bis letzte Woche gewesen war. »Da habt Ihr bestimmt recht, Master. Also dann. Auf morgen.«

Sie warteten, bis sie unten die Tür zufallen hörten, und dann murmelte Laura seufzend: »Ich gebe ihm eine Woche. Dann wirst du ihn betrunken und mit den Fingern in der Geldschatulle erwischen.«

»Gut möglich«, räumte Philipp ein. »Aber wir können nichts anderes tun, als ihm eine Chance zu geben. Wenn der Lord Mayor vor Northumberland einknickt, dürfen wir es nicht auch tun.«

Sie nickte wortlos.

»Wie sieht es im Stadtrat aus?«, fragte John. »Wird er Jane Grey weiterhin unterstützen?«

Philipp hob die Schultern. »Er ist gespalten. Die eine Hälfte glaubt, dass König Edwards Testament um jeden Preis geachtet und befolgt werden muss. Die andere Hälfte glaubt, dass Mary die Krone zusteht und Northumberland ein Verräter ist.«

»Es wäre gut, wenn sie sich bald einigen«, befand Laura. »London könnte in diesem Kampf das Zünglein an der Waage sein.«

»Schon, Laura, aber so mächtig London auch sein mag, kann es gegen den geschlossenen Kronrat in dieser Sache nichts ausrichten«, widersprach ihr Mann.

»Die Frage ist, wie geschlossen der Kronrat noch ist«, murmelte John versonnen.

»Und wie geschlossen er dann noch wäre, wenn irgendwer hingeht und den Lords klarmacht, dass Mary überall im Land zur Königin ausgerufen worden ist, nur hier nicht«, fügte Laura hinzu.

»Du scheinst sonderbar versessen auf eine papistische Königin zu sein.« Philipps untypische Gereiztheit verriet, wie zerrissen er selbst war.

Laura schüttelte den Kopf. »Mir wäre Elizabeth lieber als Mary, glaub mir. Aber es ist nicht an uns, die Erbfolge zu bestimmen.« Sie wies zur Tür der Halle, durch die Gilbert Potter eben verschwunden war. »Jedenfalls ist es ein Beweis dafür, wie erbärmlich Jane Greys Thronanspruch ist, wenn man zu solchen Mitteln greifen muss, um die Opposition zum Schweigen zu bringen. Northumberland und der Kronrat rütteln an den Grundfesten des Gesetzes, Philipp. Sie sind Verräter. Und es wird Zeit, dass diese Stadt sich von ihnen lossagt.«

Ein wenig unglücklich sah er in ihre blauen Waringham-Augen, die vor Entrüstung beinah zu funkeln schienen, und er antwortete: »Manchmal kann man dir noch gut anmerken, dass du dem alten Adel entstammst, Mistress Durham. Mary Tudor steht für die alte Ordnung, egal ob in politischer oder religiöser Hinsicht. Jane Grey steht für alles, was neu und modern ist, und sie könnte Königin von Londons Gnaden sein ...«

Aber auch John schüttelte jetzt den Kopf. »Nur Männer wie du denken so, die in dieser Stadt die Macht haben und von einem Ausbau dieser Macht profitieren könnten. Aber mach dir nichts vor, Philipp. Die Londoner Seele will Mary Tudor.«

Zwei Tage hatte der Duke of Northumberland mit seiner Söldnerarmee in Cambridge gewartet, ehe er sich Richtung Osten in Bewegung setzte. Als die Nachricht nach Framlingham kam, zogen Nick, Madog und der Earl of Derby ihm entgegen. Sie verfügten über rund fünftausend Mann, aber wie Nick Madog erklärt hatte, war ihre zahlenmäßige Überlegenheit trügerisch, da ihre Armee sich hauptsächlich aus kleinen Landeignern und Bauern aus Kent und East Anglia zusammensetzte, die ebenso unerfahren in der Kriegsführung waren wie ihre Kommandanten.

Es war ein mörderisch heißer Tag Mitte Juli, und eine drückende Schwüle lastete auf dem Flachland von Suffolk. Ihr Marsch war strapaziös. Sie kamen nur im Schneckentempo voran und verloren bei der Durchquerung eines Flusses zwei Proviantwagen.

»Fabelhaft«, kommentierte Nick, als der Sohn des Earl of Derby ihm die Schreckensnachricht brachte. »Ich hoffe, unsere Männer sind auch gewillt, mit leerem Magen für die rechtmäßige Königin zu kämpfen ...«

»Ich bin sicher, das sind sie, Mylord«, erwiderte der junge Stanley feierlich.

Nick war weniger zuversichtlich, aber trotz der Mühen des Tages hielt die Moral ihrer Truppen – fürs Erste zumindest. Bei Einbruch der Dämmerung gelangten sie zu einer flachen Senke, wo sich ein Dorf um die Ruine eines einstmals offenbar großen und prächtigen Klosters schmiegte, und auf den Weiden jenseits der verfallenen Abtei lagerte Northumberlands Armee.

»Wo sind wir hier?«, fragte Madog.

»Das dürfte Bury St. Edmunds sein«, tippte Nick, aber ganz sicher war er auch nicht.

Schweigend saßen sie nebeneinander im Sattel und blickten zu der feindlichen Armee hinüber. Ordentliche weiße Zelte leuchteten im Zwielicht, Wachfeuer umgaben das Lager in regelmäßigen Abständen.

»Sehr geordnet«, lobte Madog. »Und das sind deutlich mehr als zweitausend, wenn du mich fragst. Eher drei.«

»Hm«, machte Nick. »Lass es uns nicht an die große Glocke hängen, was denkst du?«

Madogs Zähne blitzten im schwindenden Licht auf, als er grinste. »Du hast recht.«

»Die Männer sollen das Lager aufschlagen. Du stellst die Wachen auf, Madog. Und vergesst bloß nicht, die Standarte mit der Tudor-Rose zu hissen.«

»Natürlich nicht«, gab Madog zurück. »Northumberland soll morgen früh auf keinen Fall im Zweifel darüber sein, mit wem er es hier zu tun bekommt. Und darüber hinaus …«

»Lord Waringham?«, unterbrach ihn eine tiefe Stimme.

Nick wandte den Kopf. Er brauchte einen Moment, bevor er den Reiter erkannte. Dann fiel ihm der Name wieder ein. »Sir Jonathan! Hier, das ist mein walisischer Cousin, Madog Pembroke. Madog, Sir Jonathan Helmsby.«

»Eine Ehre«, sagten sie im Chor und schüttelten sich die Hand, dann berichtete Helmsby: »Ich habe in Fenwick hier in der Nähe ein kleines Gut und bin hingeritten, um zu hören, was die Leute dort wissen. Auf dem Rückweg lief mir ein wilder Geselle in die Arme, der behauptete, er komme aus Yarmouth und sei Steuermann eines Schiffes in Northumberlands Flotte.«

»Was tut ein Steuermann so weit weg von der Küste?«, verwunderte sich Madog.

Helmsby nickte grimmig. »Das habe ich ihn auch gefragt. Ich glaube, es ist besser, Ihr hört Euch die Antwort selbst an, Mylord.«

Nick und Madog tauschten einen beunruhigten Blick, wendeten dann ihre Pferde und folgten dem Ritter zu einem Zelt, das am Rande des Lagers bereits aufgeschlagen worden war.

In der Zeltmitte, dort, wo das durchhängende Dach am höchsten war, stand ein großer, breitschultriger Mann. Er war in Nicks Alter, trug einen Ohrring und das blonde Haar altmodisch lang, und obwohl Helmsby ihm die Hände gebunden hatte, wirkte er vollkommen gelassen und eine Spur hochmütig.

»Ihr seid Waringham?«, fragte er und ruckte das Kinn rüde in seine Richtung.

Nick zog eine Braue in die Höhe, antwortete aber betont höflich. »Ganz recht, Master ...?«

»Ich bin Steuermann der *Mary of Dover*. Sie gehört zu einer Flotte von rund zwei Dutzend Schiffen, die der Kronrat nach Yarmouth geschickt hat. Dort sollten wir kreuzen, und für den Fall, dass Prinzessin Mary übers Meer zu fliehen versucht, sollten wir sie abfangen.«

Madog verschränkte ungeduldig die Arme. »Das wissen wir alles längst, Master Namenlos.«

Der Blick der blaugrauen Augen streifte sein Gesicht für einen Moment, richtete sich aber sogleich wieder auf Lord Waringham. »Gestern bekamen wir Befehl, in den Hafen einzulaufen und Northumberland entgegenzumarschieren, um seine Truppe zu verstärken. Daraufhin kam es zur Meuterei, Mylord.«

»*Was?*«, rief Madog ungläubig aus und wandte sich mit strahlenden Augen an seinen Kommandanten. »Nick, wenn das stimmt ...«

Nick hob warnend die Linke. »Ja, wenn das stimmt, sind wir der größten unserer Sorgen ledig. Darum habe ich offen gestanden Mühe, es zu glauben.«

»Die hätte ich wohl auch«, gab der bärtige Steuermann der *Mary of Dover* zurück, und als er grinste, sah er wie ein waschechter Pirat aus. »Aber es ist die Wahrheit, Mylord, seid versichert. Die Matrosen und die Hälfte der Offiziere waren von Anfang an unglücklich über unsere Befehle, denn sie stehen treu zu Prinzessin Mary. Oder zur Königin, wie ich wohl sagen sollte. Als dann gestern der Marschbefehl kam, kippte die Stimmung, und die Besatzungen drohten, die Offiziere, die weiter Northumberlands Befehlen folgen wollten, über Bord zu werfen. Da die meisten dieser großen englischen Helden nicht schwimmen können, gaben sie ihr Kommando zahm in unsere Hände. Und ich wurde ausgewählt, um zu Euch zu kommen und Euch im Namen der ganzen Flotte zu versichern, dass wir bereitstehen, um für Königin Marys Krone zu kämpfen. Ich war unterwegs nach Framlingham, als dieser Gentleman hier mir begegnete und mich freundlicherweise auf den richtigen Weg brachte.«

»Ich glaub dir kein Wort, Freundchen«, knurrte Madog und sah ratsuchend zu Nick, der den Seebär keinen Herzschlag lang aus den Augen gelassen hatte.

Schließlich nickte er und sagte: »Glaub ihm nur, Madog. Er ist unser Vetter.«

»Wie belieben?«, fragte Madog verdattert.

Der Seebär lachte und zeigte zwei Reihen bemerkenswert weißer Zähne. »Woher wusstet Ihr's, Mylord?«, fragte er neugierig.

»Ich fand mich plötzlich an deinen Vater erinnert. Du siehst ihm ähnlich, wenn du lächelst. Er besuchte uns in Waringham, als ich ein Knabe war, und erzählte uns von Afrika. Er nannte sich Edmund Edmundson, aber sein Vater hieß noch Edmund of Waringham.«

Helmsby zückte einen furchteinflößenden Dolch und durchtrennte die Fesseln seines Gefangenen. »Nichts für ungut.« Er reichte ihm die Hand.

Nicks Cousin schlug ein, ohne zu zögern. »Ihr wäret ein Narr gewesen, hättet Ihr es nicht getan«, gab er achselzuckend zurück und streckte dann seinerseits Nick die Rechte entgegen. »Arthur Edmundson. Mein Vater hat immer erzählt, du hättest ihm nicht glauben wollen, dass es gestreifte Pferde in Afrika gibt.«

Lächelnd schlug Nick ein und entgegnete: »Er hatte recht. Das habe ich wirklich nie glauben können.«

»Ich auch nicht«, gestand sein Cousin. »Bis ich sie selbst gesehen habe ...«

Nick winkte ab. »Oh, natürlich. Aber ich fürchte, wir müssen fürs Erste auf dein Seemannsgarn verzichten, Arthur. Wir haben nämlich morgen eine Schlacht zu schlagen.«

»Doch die Schlacht von Bury St. Edmunds fiel aus«, berichtete der Earl of Arundel mit bitterem Hohn. »Als der ruhmreiche Northumberland von der Meuterei der Flotte hörte, machte er kehrt und floh zurück nach Cambridge.«

»Was blieb ihm anderes übrig?«, konterte Guildford Dudley aufgebracht, dem es nicht gefiel, mit welch offenkundiger Verachtung Arundel von seinem Vater sprach. »Seine eigenen Truppen drohten ebenfalls zu meutern. Sie waren schon in der Unterzahl, ehe die Flotte sich auf Marys Seite schlug. Und da fiel ihnen plötzlich ein, dass sie doch eigentlich Untertanen des papistischen Kaisers sind.«

»Genau das hätte Euer Vater kommen sehen müssen«, erwiderte der Earl of Shrewsbury. »Aber wie heißt es so schön? Hochmut kommt vor dem Fall. Northumberland hat sich zu sicher gefühlt. Er hat die Unterstützung für Prinzessin Mary in der Bevölkerung kolossal unterschätzt. Auch und vor allem in der protestantischen Bevölkerung. Und jetzt, Gentlemen ... sind wir am Ende.« Er verneigte sich vor Jane Grey, die so still und bleich wie eine Marmorstatue auf ihrem Thronsessel an der hohen Tafel saß. »Ich fürchte, das gilt auch für Euch, Madam.«

»Was redet Ihr da?«, brauste deren Vater, der Duke of Suffolk, auf. »Die Meuterei der Flotte und der unerwartete Zulauf für Mary Tudor sind Rückschläge, keine Frage, aber am Ende sind wir nur dann, wenn wir uns davon beeindrucken lassen. Meine Tochter ist zur Königin proklamiert worden und wird wie geplant gekrönt, Mylords!«

Arundel schüttelte den Kopf. »Heute früh war an der Kirche von Queenhithe ein Schriftstück angeschlagen, worauf zu lesen stand, Mary Tudor sei in allen englischen Städten und Grafschaften zur Königin ausgerufen worden, nur nicht in London. Die Nachricht verbreitete sich wie ein Lauffeuer in der Stadt. London brodelt, Suffolk. Ihr müsstet Euch nur ans Fenster bemühen, um es zu sehen.«

Francis tauschte einen hoffnungsvollen Blick mit seiner Frau, und da niemand sonst sich rührte, trat er an eines der Fenster der Halle, öffnete den rechten Flügel und lehnte sich unvernünftig weit hinaus. »Der Tower Hill ist schwarz von Menschen«, berichtete er verblüfft über die Schulter. »Sie schwenken die Hüte und rufen. Augenblick …« Er schob den Oberkörper noch einen Zoll weiter hinaus, sodass Millicent die Linke in seine Schaube krallte, um ihn notfalls zurückreißen zu können. Francis legte eine Hand ans Ohr und lauschte konzentriert. Dann richtete er sich wieder auf, wandte sich zu den Lords des Kronrats um und verkündete: »›Lang lebe Königin Mary!‹, brüllen sie.« Er bemühte sich erfolgreich, jeden Triumph aus seiner Stimme zu halten, aber gegen das Leuchten seiner Augen konnte er nichts machen.

»Freut Euch nicht zu früh, Söhnchen«, knurrte Suffolk. Er zog sein Schwert, machte drei rasche Schritte auf Francis zu, schleuderte ihn an die Mauer neben dem Fenster und setzte ihm die Klinge auf die Brust. »Mary Tudor wird niemals Königin von England. Und falls doch, werdet Ihr nicht mehr hier sein, um es zu erleben …«

»Francis …« Es war Millicents Stimme, halb Flehen, halb Protest.

Francis presste die Hände gegen die kalten Steinquader des alten Gemäuers. Er sah die Verzweiflung und die Furcht in Suffolks Augen. *Er wird es wirklich tun*, schoss es ihm durch den Kopf, und die aufsteigende Panik verursachte ihm einen leichten Schwindel. »Lasst meine Frau nicht zuschauen, Sir.« Er war erstaunt über die kühle Höflichkeit seines Tonfalls, wandte den Kopf ab, um nicht länger in die Augen seines Mörders sehen zu müssen, und betete.

»Lasst den Jungen leben, Suffolk«, sagte Erzbischof Cranmer, und er sprach ruhig und nachsichtig, als versuche er, einem Welpen einen erbeuteten Seidenpantoffel abzuschwatzen. »Es ist zu spät.«

Als Francis den Druck der Klinge nicht mehr spürte, öffnete er die Augen und erkannte, dass der Erzbischof Suffolks Handgelenk umklammert hielt und seinen Arm zurückgerissen hatte.

Ohne einen Laut stürzte Millicent zu ihrem Mann und schlang die Arme um seinen Hals. Francis fuhr ihr mit beiden Händen über den Rücken, sah über ihre Schulter zu Cranmer und nickte ihm dankbar zu. Aber er sagte nichts. Er war noch keineswegs sicher, dass er mit dem Leben davonkommen würde.

»Was soll das heißen, ›es ist zu spät‹?«, verlangte Suffolk zu wissen, und seine Stimme überschlug sich. Er riss sich los.

Der mächtige Erzbischof wies zu den Earls of Arundel und Shrewsbury hinüber. »Sie haben unsere Sache verraten«, antwortete er, scheinbar völlig gelassen. »Northumberland hatte die Stadt kaum verlassen, da haben Arundel und Shrewsbury hinter unserem Rücken begonnen, den gesamten Kronrat … umzudrehen.« Er sah Arundel in die Augen. »Ist es nicht so?«

»Ihr sagt es, als wären wir Verräter«, entgegnete Shrewsbury wütend. »Aber die Verräter seid *Ihr*. Wir haben das Testament des Königs unterschrieben, weil wir einem sterbenden Jungen Frieden geben wollten, aber wir haben von Anfang an gewusst, dass es Unrecht war.«

Francis betrachtete Arundel und Shrewsbury ohne viel Sympathie. Ihr Gesinnungswandel in letzter Minute erschien auch ihm äußerst fragwürdig.

Was er dachte, sprach der Erzbischof unumwunden aus: »Wie sonderbar. Ich meine mich zu erinnern, dass Ihr letzte Woche noch Königin Jane Eurer unsterblichen Treue versichert habt«, spottete er. »Eure Loyalität ist doch wahrhaftig so beständig wie ein Wetterfähnchen …« Er wandte ihnen angewidert den Rücken zu und verneigte sich vor Jane Grey. »Es tut mir sehr leid, Madam. Ich war sicher, es sei Gottes Wille, den wir erfüllen. Aber offenbar haben wir uns getäuscht.« Unfein zeigte er mit dem Finger auf die abtrünnigen Lords. »Sie haben heute früh dem Lord Mayor Nachricht geschickt, dass unsere Sache verloren sei, und ihn aufgefordert, Mary Tudor in Cheapside und St. Paul zur Königin auszurufen. Und das hat er getan. *Deswegen* feiert die Stadt.«

Sie sah ihm in die Augen und nickte langsam, sagte kein Wort. Francis war unbegreiflich, dass sie ihre Niederlage so gefasst aufnehmen konnte, denn sie musste doch wissen, was sie erwartete.

Weit weniger Haltung als Lady Jane zeigte deren Vater. Mit langen Schritten ging er zur Estrade, starrte auf das königliche

Banner über dem Kopf seiner Tochter, dann packte er das schwere Tuch mit beiden Händen und riss es herunter. Mit einem Laut, der verdächtig nach einem Schluchzen klang, schleuderte er es ihr vor die Füße und stiefelte dann mit gesenktem Kopf hinaus, um – wie Francis später hörte – auf den Tower Hill hinauszugehen und Mary Tudor zur Königin auszurufen.

Die Stille, die in der großen Halle des White Tower zurückblieb, war ebenso zäh und bedrückend wie die Schwüle.

»Welcher Tag ist heute?«, fragte Jane Grey schließlich.

Cranmer schien verwirrt wie alle anderen, antwortete aber: »Der neunzehnte Juli, Madam. Ein … ein Mittwoch.«

»Der neunzehnte Juli«, wiederholte sie versonnen. »Ich war Königin für neun Tage.«

Als die Lords des gespaltenen Kronrats wieder begonnen hatten zu streiten und sich gegenseitig zu verhaften, hatte Francis Millicent bei der Hand genommen und sie möglichst unauffällig an der Wand entlang zur Tür geführt. Niemand hatte sie mehr beachtet. Nur die beiden Yeoman Warders, die sie während der letzten Tage mit Argusaugen bewacht hatten, waren ihnen zum Ausgang gefolgt.

»Ihr wollt uns nicht im Ernst hindern, oder?«, hatte Francis gefragt, herausfordernd, damit sie nicht merkten, wie nervös er war.

»Im Gegenteil, Mylord«, antwortete der Linke und verneigte sich höflich. »Die Yeoman Warders des Tower of London unterstehen dem Monarchen, nicht dem Kronrat. Wir können die neue Königin nicht fragen, was wir mit Euch anstellen sollen, aber ich schätze mal, es ist in ihrem Sinne, dass wir Euch bis ans Tor begleiten und dafür sorgen, dass Ihr den Tower unversehrt verlasst.«

Francis hatte vorgehabt, ein Wherry zu nehmen und bis zur Temple-Treppe zu fahren, um von dort zu ihrem Haus an der Shoe Lane zu gehen. Er wusste genau, dass sein Vater Höllenqualen um ihn ausstand – seine Stiefmutter gewiss ebenso –, und er musste ihnen schnellstmöglich Nachricht schicken, um sie zu erlösen. Aber schon auf der Tower Street erkannte er, dass sie vermutlich bis zum nächsten Morgen brauchen würden, um die Stadt zu durchqueren.

London war vollkommen außer Rand und Band.

Alle Glocken der weit über hundert Kirchen der Stadt läuteten und verursachten ein derartiges Getöse, dass man sein eigenes Wort nicht mehr verstehen konnte. Aber noch lauter war der Jubel der Londoner. Ausnahmslos waren sie aus den Häusern gekommen, tanzten und feierten auf den Straßen und ließen Königin Mary hochleben. Hastig hatte der Stadtrat angeordnet, Wein durch die öffentliche Wasserleitung fließen zu lassen, und bald waren die Londoner nicht nur vor Glückseligkeit trunken. Die Straßenszenen wurden ausgelassener und zügelloser, aber es gab so gut wie keine Schlägereien oder andere Ausbrüche von Gewalt, wie sie sonst bei solchen Volksaufläufen üblich waren. Die Gilden und Zünfte veranstalteten spontane Umzüge in ihren feinen Livreen, die Leute schleppten Tische auf die Straßen, brachten an Getränken und Speisen heraus, was sie im Hause hatten, und kein Bettler wurde abgewiesen. Auf den Plätzen und vor den Schänken fanden sich Spielleute zusammen und musizierten ausgelassen, Freunde lagen sich ebenso in den Armen wie seit Generationen verfeindete Nachbarn, bunte Tücher und vor allem Tudor-Banner wurden aus den Fenstern gehängt, um die Stadt zu schmücken, und als es dunkel wurde, entflammten so viele Freudenfeuer, dass ein sizilianischer Gesandter nach Hause schrieb, London habe in jener Nacht heller geleuchtet als der Ätna.

Framlingham, Juli 1553

»Hoheit, der Earl of Arundel ist eingetroffen und erbittet Audienz«, meldete Robert Rochester. Der alte Gentleman, der so viele Jahre dafür gesorgt hatte, dass Marys Haushalt so zuverlässig funktionierte wie ein Nürnberger Uhrwerk, schien der einzige zu sein, der in dem allgemeinen Chaos auf der Burg in Framlingham sowohl die Ruhe als auch den Überblick bewahrte.

Mary nickte ihm zu. »Ich lasse bitten, Sir Robert.« Und als Rochester sich abwandte, raunte sie Nick zu: »Die Ratten, die das sinkende Schiff verlassen haben, machen uns ihre Aufwartung.«

»Aber wir brauchen Arundel«, gab Nick ebenso gedämpft zurück und dachte: Gott helfe mir, ich klinge schon wie ein richtiger Politiker.

»Ich weiß«, knurrte sie unwillig. »Aber wir haben keinen Grund, es ihm leichter als nötig zu machen, oder?«

Ehe Nick erwidern konnte, dass diese Antwort ihres Vaters würdig gewesen wäre, trat der Earl of Arundel in die Halle, kam ohne zu zögern an die Estrade und kniete nieder. »Hoheit.«

»Mylord«, grüßte Mary frostig.

Arundel wartete vergeblich auf ihre Aufforderung, sich zu erheben, sah für einen Moment zu ihr hoch und nickte mit einem wissenden, selbstironischen Lächeln. »Ihr habt ja recht. Ich habe Euer Misstrauen und Euren Zorn verdient, denn ich habe zu lange gezögert, mich darauf zu besinnen, dass Euer Vater mein Pate war und ich ihm alles verdanke, was ich je erreicht habe, ich mich folglich von Anfang an auf Eure Seite hätte stellen müssen und …«

»Habt die Güte und erspart mir Eure Beichte. Wenn es Euch nach Absolution verlangt, wird mein Kaplan Euch gewiss gern zur Verfügung stehen. Ich wünsche von Euch nur zweierlei: Sagt uns, wie es um den jungen Waringham steht.«

»Er und seine Gemahlin haben den Tower gestern unversehrt verlassen.«

Nick musste die Augen schließen und sich einen Moment an Marys Rückenlehne festklammern. Er hörte Mary aufatmen. »Gelobt sei Jesus Christus«, murmelte sie und bekreuzigte sich.

Gelobt sei Jesus Christus, dachte auch Nick. *Und gelobt sei Arundel.* Er wusste, es war vollkommen irrational, aber seine Dankbarkeit an den Überbringer der Freudenbotschaft machte es ihm unmöglich, diesem mit dem eigentlich gebotenen Groll zu begegnen.

»Und zweitens wüsste ich gern, wo der Kronrat steht«, fuhr Mary fort.

»Ich bin hier, um für den Kronrat zu sprechen, Hoheit, der sich Euch unterwirft und Eure Vergebung erfleht.« Er hob wieder den Blick, und die Aufrichtigkeit darin war kaum zu leugnen.

Marys grimmige Entschlossenheit geriet ins Wanken. Lange zögerte sie. Dann antwortete sie mit einem Seufzen: »Gewährt.« Ihre Haltung blieb kerzengerade und würdevoll, aber die Anspannung verschwand aus ihren Schultern. »Steht schon auf, Arundel. Lasst uns Pläne machen.«

Erleichtert kam der Earl auf die Füße. »Im Namen des Kronrates ersuche ich Euch, nach London zu eilen, sobald es Euch gefällt, Hoheit. Es gibt furchtbar viel zu …«

»Der Kronrat sollte sich lieber gleich wieder abgewöhnen, mir Vorschriften zu machen«, fiel sie ihm mit leisem Spott ins Wort. »Denn auch wenn ich vergebe, heißt das nicht, dass ich vergesse. Seid unbesorgt, ich werde bald nach London kommen. Aber noch nicht sofort. Vorerst wünsche ich, dass meine arme, irregeleitete Cousine Jane Grey, ihr Gemahl und ihr Vater im Tower eingesperrt werden. Und Erzbischof Cranmer.«

Arundel verneigte sich. »Ich reite sofort zurück und …«

»Nein, Mylord, *Ihr* reitet nach Cambridge und verhaftet Northumberland.«

Arundel war anzusehen, dass er der Aufgabe nicht mit Enthusiasmus entgegensah, aber er wusste, was er ihr schuldig war. »Gewiss, Hoheit. Sonst noch jemanden?«

Sie überlegte kurz. »Northumberlands übrige Söhne. Das Gericht wird entscheiden, welcher von ihnen sich des Verrats schuldig gemacht, welcher nur seinem Vater den geschuldeten Gehorsam erbracht hat. Macht ihnen klar, dass niemand mit dem Leben dafür bezahlen muss, dass er den Namen Dudley trägt.«

»Hoheit, Eure Güte ist wahrhaft königlich, aber Ihr müsst bedenken, dass jeder Dudley Eure Sicherheit …«

Mary stand ohne Eile auf. »Mylord of Arundel. Ich bin eine Frau, und ich weiß, dass wir das schwächere Geschlecht sind und darum Führung brauchen, denn so steht es in der Schrift. Aber ich bin auch die Tochter meiner Mutter und die Enkelin meiner Großmutter – zweier Königinnen, deren Frömmigkeit, Rechtschaffenheit und Kraft größer waren als die der Könige, mit denen sie vermählt waren. *Sie* werde ich mir zum Vorbild nehmen, wenn ich zur ersten regierenden Königin gekrönt werde, die je Englands Geschicke leitete. Und ich weiß, sie hätten getan, was ich tun werde, nämlich ihre Regentschaft mit Gnade und Vergebung begonnen, um alte Wunden zu heilen. Jeder Lord, jeder Engländer, der sich gegen Gott oder gegen mich versündigt hat, bekommt eine Chance, es wiedergutzumachen. *Eine.* Das gilt auch für jeden Dudley, der nicht des Verrats schuldig befunden wird. Und es gilt für Euch. Also seid dankbar und nutzt die Gelegenheit, mir zu beweisen, dass Ihr würdig seid, zu den Männern zu zählen, einer schwachen Frau auf dem Thron mit Rat und Führung beizustehen.«

Der Earl of Arundel trat respektvoll einen Schritt zurück und verneigte sich. Als er wieder aufschaute, blickte er sie völlig anders an als zuvor, schien zum ersten Mal nicht nur Mary Tudor, die Tochter ihres Vaters, zu sehen, der durch einen kuriosen Irrtum des Schicksals die Krone zugefallen war, sondern er sah die Frau, die sie war.

»Das wäre in der Tat eine große Ehre, Majestät«, antwortete er.

Den lieben langen Tag kamen Lords und Stadtväter nach Framlingham, um Mary ihrer Treue und Ergebenheit zu versichern. Sie beeilten sich, damit sie möglichst vor ihren politischen Feinden eintrafen, die sie des Verrats bezichtigen könnten, und am Eingang der Halle hatte sich eine lange Schlange gebildet. Geduldig empfing Mary einen nach dem anderen und hörte sich an, was sie zu sagen hatte. Sie machte keine Versprechungen, die sie nicht zu halten gedachte, schlug auch den Rat des kaiserlichen Gesandten in den Wind, die Protestanten glauben zu machen, sie dürften zur Belohnung für ihre Unterstützung in Zukunft ihre Ketzerreligion weiter ausüben. Das sei es nicht, wozu Gott ihr zu ihrer Krone verholfen habe, erklärte sie, und in Glaubensfragen dürfe es keine Kompromisse geben. Doch ein jeder, den sie empfing, verließ sie mit der tröstlichen Erkenntnis, dass diese Königin Versöhnung wollte, nicht Rache. Dass sie die Gnade Gottes, all ihre Kraft und ihren Tudor-Dickschädel nutzen würde, um England Frieden und Wohlstand zurückzubringen.

Im Gegensatz zu Mary wurde Nick die Karawane der reumütigen Lords bald unerträglich, und er schlich sich in die Kapelle, um Gott für das Leben seines Sohnes zu danken. Im Innern des kleinen Gotteshauses war es angenehm kühl, und ein Hauch von Weihrauch hing noch in der Luft, denn Pater Miguel hatte an diesem Morgen eine feierliche Messe gehalten. Nick kniete sich rechts des Altars auf den Boden und bekreuzigte sich. Ihm fuhr durch den Kopf, welch eine Erleichterung es war, fortan in eine Kirche gehen und das Kreuz schlagen zu können, ohne argwöhnische Blicke und abfälliges Getuschel zu ernten. Und er ertappte sich bei einer gewissen Schadenfreude, dass es fortan zur Abwechslung einmal die Reformer sein würden, die sich heimlich treffen und nach Lücken im Gesetz stöbern mussten, um ihre Gottesdienste halten zu können. Er fand, so ein bisschen harmlose Schadenfreude müsse ihm wohl zustehen. Aber er nahm sich vor, sich nur eine kleine Weile daran zu erfreuen. *Du hast mir meinen Sohn gelassen, Gott, und ich bin hier, um dir zu danken. Du wirst vermutlich denken, dass du mit diesem Wunder wirklich genug für mich getan hast und ich dich für den Rest meiner Tage mit keinen weiteren Bitten behelligen sollte. Eine habe ich trotzdem noch: Mary ist deine treueste Dienerin und wird alles tun, um England zurück in den Hafen deiner Kirche zu führen. Aber erfülle ihr Herz mit Weisheit und Langmut und lass sie erkennen, dass das nicht an einem Tag und auch nicht mit dem Schwert bewerkstelligt werden kann. Das kannst wirklich nur du ihr klarmachen, Gott, denn auf niemanden sonst wird sie in dieser Sache hören ...*

»Nicholas?«

Er fuhr leicht zusammen. Dann bekreuzigte er sich und stand auf. Seine Knie schmerzten, aber er wollte verdammt sein, wenn er sich das anmerken ließ. Ohne Hast wandte er sich um. »Louise.«

Seine Stiefschwester war immer noch eine gutaussehende Frau, musste er feststellen. Sie trug ein Kleid aus veilchenblauer Seide mit einem eingewebten Rankenmuster und einem hohen

Spitzenkragen. Am Halsausschnitt prangte eine Granatbrosche mit einem Perlenanhänger. Die dunklen Augen und das schwarze Haar unter der perlenbesetzten französischen Haube betonten ihre Ähnlichkeit mit ihrer Cousine Anne Boleyn in geradezu gruseliger Weise, sodass Nick ein Schaudern unterdrücken musste.

»Wo ist Jerome?«, fragte er, um das anhaltende Schweigen zu brechen.

Louise wies vage zur Kirchentür. »Er steht an, um die Königin zu sprechen.«

»Kein Grund, so besorgt dreinzuschauen«, versicherte er ihr und rang sich ein Lächeln ab. »Er mag Northumberlands Bruder sein, war aber klug genug, sich in den vergangenen zwei Wochen unsichtbar zu machen.«

Sie schüttelte den Kopf. »Er ist hier, um für seinen Neffen zu sprechen. Robin.«

»Tja.« Nick deutete ein Schulterzucken an. »Robin Dudley kann jede Fürsprache gebrauchen. Sein Kopf wackelt, fürchte ich. Er hat versucht, die Königin auf dem Weg nach Kenninghall zu verhaften, und er hat Jane Grey in King's Lynn zur Königin ausgerufen. Beides ziemlich unklug, wie sich nun rückblickend herausstellt.«

»Du hast schon überzeugender gespottet«, bemerkte sie, doch es klang desinteressiert.

»Kann sein. Ich hab den Jungen gern, wenn du die Wahrheit wissen willst. Ich werde für ihn tun, was ich kann, aber ich weiß nicht, wie viel das sein wird.«

Louise nickte, antwortete aber nicht. Er hatte den Eindruck, als ringe sie mit sich, und dann schien sie sich einen Ruck zu geben. »Ich habe dich ausfindig gemacht, um dir mitzuteilen, dass meine Mutter gestorben ist, Nicholas.«

Das traf ihn gänzlich unvorbereitet. Blinzelnd verengte Nick die Augen, während Erinnerungen auf ihn einstürzten – die meisten davon abscheulich. Sumpfhexes wutverzerrte, purpurrote Fratze mit der weißen Nase. Sumpfhexes Gezeter, ihre Gehässigkeiten, ihre Schläge. Aber in dem Bilderreigen, der ungebeten vor seinem geistigen Auge entlangzog, erhaschte er auch den einen oder anderen Blick auf seinen Vater. Auf Laura. Und auf Raymond.

Er fuhr sich mit der Hand über Kinn und Hals. »Was ist passiert?«

»Als ... als Jane Grey in London zur Königin ausgerufen wurde, war sie zutiefst verbittert. Sie war vollkommen außer sich, um die Wahrheit zu sagen. Jetzt sei alle Hoffnung verloren, dass ihrem armen Bruder Norfolk je Gerechtigkeit widerfahre, schrie sie. Er werde in Schande und vergessen im Tower seine Tage beschließen müssen und dort in Einsamkeit sterben. Die Welt sei wahnsinnig geworden, Jane Grey sei eine ... eine Ketzerhure und Cranmer ein Teufelsbischof und ...« Louise unterbrach sich und wartete, bis sie sich wieder gefasst hatte. »Sie hat getobt«, berichtete sie fast tonlos, die Augen selbst bei der Erinnerung vor Schrecken geweitet. »Du kannst dir nicht vorstellen, welche Dinge sie über Jane Grey gesagt hat. Ich hätte nie für möglich gehalten, dass meine Mutter ... meine vornehme Mutter solche Ausdrücke kannte. Sie kam mir vor, als sei sie gar nicht mehr sie selbst. Völlig von Sinnen. Sie ... hat mir Angst gemacht.«

Ja, dachte Nick, das kenne ich. »Und dann?«

»Jerome hat es schließlich irgendwie fertiggebracht, sie zu beruhigen. Wir haben sie überredet, sich hinzulegen. Und als ich eine Weile später nach ihr schauen ging, lag sie wie erstarrt im Bett, gelähmt, der linke Mundwinkel hing ganz seltsam herab. Ich habe einen Arzt geholt. Der Schlag habe sie getroffen, hat er gesagt. Es bestünde Hoffnung, wenn es Gottes Wille sei und ihr eigener. Aber sie erholte sich nicht. Eine ganze Woche lag sie da, lebendig begraben in ihrem eigenen Körper.« Louise wischte sich mit dem Handrücken über die linke Wange. »Sie starb am achtzehnten.«

Nick atmete tief durch, wandte sich wieder zum Altar um und senkte den Kopf, damit seine Stiefschwester sein Lächeln nicht sehen musste. Am achtzehnten. Einen Tag zu früh, um zu erfahren, dass Jane Grey und die Ketzer gestürzt waren, dass Mary Tudor zu ihrem Recht gekommen war, die den uralten und obendrein papsttreuen Norfolk natürlich freilassen und rehabilitieren würde.

»Ich kann dir kein Beileid aussprechen, Louise«, bekannte er leise.

»Ich weiß. Du meinst, es war gerecht.« Es klang bitter.

Nick wandte den Kopf und sah sie wieder an. Dann nickte er.

»Sie hat mir erzählt, du hättest ihr die Pest an den Hals gewünscht«, sagte sie.

»Das habe ich«, räumte er ein, und er brachte keine Rechtfertigung vor. Er fand nicht, dass er seiner Stiefschwester irgendetwas schuldete.

Louise schüttelte langsam den Kopf. »Denk, was du willst. Aber das hatte sie nicht verdient.«

»Nun, sie ist ja nicht an der Pest gestorben, nicht wahr«, gab er zurück. »Sondern an ihrem eigenen Jähzorn. Womöglich hatte sie *das* verdient.«

»Verflucht sollst du sein …«, fuhr Louise auf.

»Ja, verfluche mich auf geweihtem Boden, wenn du denkst, dass das klug ist«, fiel Nick ihr schneidend ins Wort und machte einen Schritt auf sie zu. »Aber sie war schuld an dem Weg, den Raymond eingeschlagen hat, und in der Nacht, bevor er sich aufgehängt hat, habe ich in seine Augen gesehen, und sie waren wie … wie Brunnen, randvoll von Verzweiflung. Und am Abend, bevor ich hingerichtet werden sollte, kam mein Sohn zu mir und sah mich an, und es war genau das Gleiche. Meinen Bruder und meinen Sohn musste ich im Vorhof der Hölle sehen und konnte nichts dagegen tun, und *sie* hat sie dorthin gebracht. Also rechne lieber nicht damit, dass ich Messen für die Seele deiner Mutter lesen lasse – selbst wenn es demnächst wieder erlaubt sein wird.«

Louise verschränkte die Arme, sah ihrem Stiefbruder noch einen Moment ins Gesicht und nickte dann. »Eigentlich habe ich nichts anderes von dir erwartet«, eröffnete sie ihm. »Aber ich vertraue darauf, dass du wenigstens einen Rest Anstand besitzt und sie nicht wieder ausgräbst und deinen Hunden vorwirfst.«

Nick starrte sie betroffen an. »Was soll das heißen?« Er ahnte Fürchterliches.

»Wir haben sie in Waringham beerdigt, an der Seite deines Vaters. An seiner anderen Seite, natürlich. Deine Frau war nicht besonders glücklich über unsere Bitte, aber sie kam nach reiflicher Überlegung zu dem Schluss, dass du den letzten Wunsch einer Verstorbenen niemals missachten würdest, die doch schließlich die Mutter deines Bruders gewesen sei.« Sie wandte sich ab. »Wie hast du es nur fertiggebracht, deine wahre Natur all die Jahre vor deiner Gemahlin zu verbergen, Nicholas?«

Wanstead, August 1553

Ohne große Eile brach Mary Ende Juli Richtung London auf, nur begleitet von den Mitgliedern ihres Haushalts, den Lords, die sich in Framlingham um ihr Banner geschart hatten, und einer kleinen Ehrengarde. Wohin sie auf ihrer Reise nach Süden auch kamen – überall säumten die Menschen die Straße, jubelten ihrer neuen Königin zu, riefen ihren Namen und streuten Blumen vor ihr auf den Weg.

Die anhaltende Hitze, der Staub und die Strapazen des Reisens schienen Mary nichts anhaben zu können. Auf jedem Dorfplatz hielt sie pflichtschuldig inne, empfing Segenswünsche, Petitionen und zerdrückte Feldblumensträuße aufgeregter kleiner Mädchen. Nick wusste, dass diese Art von Volksnähe ihrer Natur eigentlich fremd war, die vielen herandrängenden Menschen ihr nach all den Jahren der Abgeschiedenheit vielleicht gar ein wenig Furcht einflößten. Aber Mary ließ sich nichts davon anmerken. Sie segnete die Säuglinge, die die Bäuerinnen ihr entgegenstreckten, sie lauschte den Klagen der Dorfgeistlichen über die bitteren Folgen der Einfriedungen, und manchmal saß sie sogar ab, um einem sterbenden Greis oder einem kranken Kind die Hand aufzulegen, wie die Könige es von alters her getan hatten. Es war ihre Art, den Engländern für ihre unerschütterliche Treue zu danken, die ihr zu ihrem Recht verholfen hatte.

Madog lehnte sich im Sattel zu Nick herüber und raunte: »Sie ist betrunkener vom Zuspruch ihrer Untertanen als sie es jemals von Wein war.«

Nick lächelte nachsichtig. »Gönnen wir ihr das Bad in der jubelnden Menge von ... wie immer dieses Nest heißen mag.«

»Wanstead«, wusste Madog. »Und meinen Segen hat sie, sei versichert. Die Liebe der Engländer war zwanzig Jahre lang schließlich so ziemlich das einzige, was sie hatte.«

»Nur zu wahr. Und darum ist es richtig, dass sie sich nun gegenseitig feiern, die neue Königin und ihre ergebenen Engländer.«

Madog nickte, wandte aber ein: »Ich hoffe nur, sie werden sie nicht umso leidenschaftlicher hassen, wenn sie feststellen, dass auch Königin Mary Steuern erhebt und unpopuläre Gesetze durchsetzen muss wie jeder König.«

Das machte Nick keine Sorgen. »Ich denke, sie wird ihre Sache gut machen, Madog. Weil sie die erste Frau auf dem Thron ist, wird sie sich schärfer im Auge behalten als jeder ihrer Vorgänger. Sie weiß, was sie will und was sie nicht will, aber sie ist offener für Ratschläge als ihr Vater oder ihr Bruder.«

»Oder jeder andere Kerl?«, fragte sein Cousin grinsend.

Nick dachte einen Moment darüber nach und nickte dann. »Vielleicht.«

Er musste Esteban anhalten. Der Reiterzug war ins Stocken geraten, weil eine kleine Gruppe Menschen mitten auf der Straße vor der Königin kniete.

»Das wird allmählich lächerlich«, brummte Madog. »Wenn das so weitergeht, sind wir Weihnachten noch nicht in London. Soll ich die Straße räumen lassen?«

Nick schüttelte den Kopf und sah unverwandt zu den knienden Gestalten hinüber. »Ich glaube kaum, dass die Königin das sonderlich begrüßen würde.«

»Wieso denn nicht?«

»Mach die Augen auf, Madog. Es ist Elizabeth.« Und damit ritt Nick wieder an, schlängelte sich durch die Ritter der Ehrengarde und hielt neben Mary an.

Vor ihr im Straßenstaub kniete ihre knapp zwanzigjährige Schwester, den Kopf gesenkt. Die Morgensonne ließ ihr üppiges gewelltes Haar wie einen frisch polierten Kupferkessel glänzen.

Ihre Haltung war ehrerbietig, aber nicht unterwürfig, und wenngleich von ihrem Gesicht nicht viel zu sehen war, bot sie ein rührendes, unvergessliches Bild. Fünf ihrer Damen hatten Prinzessin Elizabeth nach Wanstead begleitet und knieten in einer Reihe hinter ihr. Wie er kaum anders erwartet hatte, entdeckte Nick seine Tochter genau in der Mitte. Mit Millicent an ihrer Seite hatte er indessen nicht gerechnet, auch nicht dass Francis einer der fünf Gentlemen sein würde, die die Prinzessin und ihr Gefolge sicher hierher geleitet hatten. Nick hätte seinen Sohn in diesem Moment vielleicht lieber an seiner Seite gehabt, aber er war so dankbar, ihn heil und gesund zu sehen, dass alles andere ihm völlig gleichgültig erschien. Mit feierlicher, geradezu strenger Miene blickte der Earl of Waringham auf seinen Erben hinab und zwinkerte ihm dann zu.

Francis presste die Lippen zusammen und senkte den Kopf noch tiefer, damit niemand sein unpassendes Grinsen sah.

»Majestät, ich bin heute zu Euch gekommen, um Euch meiner untertänigen Treue und schwesterlichen Liebe zu versichern«, sagte Elizabeth und blickte auf, um Mary ins Gesicht zu sehen.

Die Königin schaute einen Moment auf sie hinab. Dann wandte sie sich an Nick. »Mylord ...«

Er glitt aus dem Sattel, trat zu ihr und streckte ihr die Rechte entgegen, um ihr beim Absitzen behilflich zu sein. Mary ging gemessenen Schrittes zu Elizabeth, beugte sich vor, nahm sie bei den Schultern und hob sie auf. »Hab Dank, liebste Schwester. Es ist mir eine große Freude, dass du dich eigens herbemüht hast.«

Sie sagte es mit aufrichtiger Wärme, aber Nick sah das spöttische Funkeln in ihren Augen, und er war sicher, Elizabeth sah es auch. Dennoch erwiderte die junge Prinzessin die Umarmung ihrer Schwester.

Die Leute von Wanstead brachen in erneuten Jubel aus, manch einer wischte sich verstohlen eine Träne aus dem Augenwinkel. Vermutlich würden sie noch ihren Enkeln davon erzählen, dass sie Zeugen dieser Wiedervereinigung der entfremdeten Schwestern geworden waren.

Nachdem Mary auch der Entourage ihrer Schwester mit einer

Geste gestattet hatte, sich zu erheben und der feierliche Moment vorüber war, trat Nick zu seinem Sohn.

»Vater!« Mit einem schuldbewussten, untypisch scheuen Lächeln verneigte der Junge sich vor ihm. »Es tut mir so leid, Sir. Wir wollten nur zu Norfolk, verstehst du, um uns zu bedanken, aber vermutlich war es ein bisschen unklug, ausgerechnet zu dem Zeitpunkt nach London ... und dann auch noch in den Tower ... Ich meine ... ich bin einfach nicht auf die Idee gekommen, dass Northumberland ...«

Nick konnte nicht länger ernst bleiben. Lachend schloss er Francis in die Arme, ließ ihn wieder los und legte ihm dann die Hände auf die Schultern. »Kein Waringham war je mit einem törichteren Sohn geschlagen als ich. Aber Gott weiß, ich wollte mit keinem von ihnen tauschen.«

Francis' Wangen röteten sich. »Danke für diese schöne Lüge ...«, murmelte er verlegen.

Aber sein Vater schüttelte nachdrücklich den Kopf. »Es ist die reine Wahrheit. Deine Arglosigkeit kann einen ein Dutzend Mal am Tag an den Rand der Verzweiflung treiben, aber ebenso oft kann sie einem den Glauben an die Menschheit zurückgeben«, erklärte er leise. »Ganz besonders in Anbetracht einer politischen Farce wie der, die hier gerade für Lords und Volk zum Besten gegeben wird, mit Mary und Elizabeth Tudor in den Hauptrollen ...«

»Mylord!«, flüsterte Francis, ebenso erschrocken wie vorwurfsvoll. »Ich würde jeden Eid schwören, dass Elizabeth in aller Aufrichtigkeit zu ihrer Schwester gekommen ist.«

Nick unterdrückte ein Seufzen. »Ja, ich wette, das würdest du ...« Dann ging er zu seiner Tochter, die ein paar Schritte zur Seite getreten war und die beiden Schwestern nicht aus den Augen ließ. »Nun, Eleanor? Ich sehe, du machst dir wie üblich weniger Illusionen als dein Bruder.«

Sie begrüßte ihn mit dem unwilligen, etwas nachlässigen Knicks, den sie vermutlich eigens zu dem Zweck einstudiert hatte, ihren Vater zu kränken, und antwortete leichthin: »Es wird besser gehen mit den beiden, als du annimmst, wart's nur ab.«

Er zog skeptisch eine Braue in die Höhe.

»Elizabeth wird sich jedenfalls nicht zum protestantischen Opferlamm machen lassen wie Jane Grey«, versicherte sie grimmig.

»Sondern was tun?«, konterte er.

»Willst du mich für deine Königin aushorchen?«

»Sie ist auch deine Königin«, erinnerte er sie streng.

Eleanor wandte den Blick ab, sah zu den beiden Schwestern hinüber, die immer noch höfliche Banalitäten austauschten, und schaute ihrem Vater dann wieder in die Augen. »Ja, ich weiß. Ich kann nicht sagen, dass ich Gottes Ratschluss in diesem Punkt begreifen kann, aber ich werde ihn wohl hinnehmen müssen. Und Elizabeth wird es auch tun. Das war es eigentlich, was ich dir sagen wollte, Vater: Sie wird alles tun, was ihre Schwester verlangt. Sie wird sogar vorgeben, zum papistischen Aberglauben zurückzukehren, wenn Mary es wünscht. Denn sie weiß, dass die Krone ihrer Schwester zusteht, und beugt sich diesem Vorrecht. Verstehst du, was ich meine?«

Ihr Vater schüttelte langsam den Kopf. »Wenn Elizabeth ihre Schwester davon überzeugen will, dass sie nicht zur Galionsfigur des protestantischen Widerstands zu werden gedenkt, muss sie das schon selbst tun, denn *ich* werde ihr nicht glauben.«

»Und warum nicht?«, verlangte sie wütend zu wissen.

Weil sie Anne Boleyns Tochter, Katherine Howards Cousine und Sumpfhexes Großnichte ist, dachte er, aber er hatte nicht die Absicht, dies seiner Tochter zu offenbaren.

»Mylord!«, rief Madog zu ihm herüber. »Es geht weiter!«

Nick wandte sich um und stellte fest, dass Mary zu ihrem Pferd zurückkehrte – Arm in Arm mit ihrer Schwester.

Er sah zu seiner Tochter. »Sie nimmt sie mit.«

»Das hab ich geahnt«, gab Eleanor seufzend zurück. »Die Menschen sollen glauben, Mary werde den Reformern aus Liebe zu ihrer Schwester mit Nachsicht begegnen. Sie ... sie streut ihnen Sand in die Augen.«

»Eine Kunst, die die Tudor zur Perfektion beherrschen«, räumte er mit einem kleinen Lächeln ein.

Eleanors Blick verriet ihre Verblüffung. »Ich hätte nie für

möglich gehalten, dass du ein kritisches Wort an ihr duldest, geschweige denn aussprichst.«

Er betrachtete sie mit einem Kopfschütteln. »Mir scheint, du kennst mich schlecht, mein Kind.«

»Und wessen Schuld ist das?«, fragte sie und ließ ihn stehen.

Am dritten August zog Mary Tudor mit ihrer Schwester und ihrem Gefolge in London ein, und wieder feierten die Londoner ein Fest zu Ehren ihrer Königin und säumten auf dem kurzen Weg vom Aldgate zum Tower die Straßen, um ihr zuzujubeln.

Als Mary an der Spitze des Zuges das Lion's Gate erreichte, knieten dort drei barhäuptige Männer und eine Frau in einem zerschlissenen, dunklen Kleid.

»Mylord of Waringham … wer sind diese Menschen?«, fragte Mary. Sie sah mit unbewegter Miene zu ihnen hinüber, aber Nick spürte ihre Unsicherheit. Er hatte schon gelegentlich festgestellt, dass Marys Augen ein wenig nachgelassen hatten. Womöglich war diese Kurzsichtigkeit der Grund, weshalb sie die erbarmungswürdigen Gestalten nicht erkannte.

»Sie sind Eure Gefangenen, Majestät«, antwortete er.

»Meine Gefangenen …«, wiederholte sie, und es klang, als bereite diese erste Begegnung mit der hässlichen Seite ihrer Macht ihr Unbehagen.

Er zeigte diskret mit dem Finger. »Die Dame ist die Duchess of Somerset – Edward Seymours Witwe. Sie ist hier, seit Northumberland ihren Gemahl, den damaligen Lord Protector, vor zwei Jahren gestürzt hat.« Sein Finger wanderte weiter. »Edward Courtenay. Er ist hier eingesperrt, seit er zwölf war – über fünfzehn Jahre –, seit Euer Vater den seinen als papistischen Verschwörer hinrichten ließ, in Wahrheit jedoch, weil Courtenays Vater ein Enkel des York-Königs Edward IV. war und Euer Vater ihn deshalb fürchtete. Und hier hätten wir noch Stephen Gardiner, standhafter Bischof von Winchester und Vertreter des wahren Glaubens – jedenfalls meistens. Er ist seit fünf Jahren hier …«

Mary entschlüpfte ein kleiner Schreckenslaut.

»… und das dort drüben ist der Duke of Norfolk«, schloss Nick.

Ehe irgendwer ihr behilflich sein konnte, glitt die Königin aus dem Sattel, überquerte die alte Brücke und trat zu ihren vier Gefangenen. Mit einer eleganten Geste forderte sie sie auf: »Erhebt Euch, Mylords, Madam.« Nicht der Duchess of Somerset reichte sie eine stützende Hand, auch nicht dem uralten Norfolk, sondern dem Bischof. »Ich bedaure, wenn Euch im Namen der Krone Unrecht widerfahren sein sollte.«

»*Sein sollte?* Was soll das heißen?«, knarzte Norfolk empört, ließ sich von dem jungen Courtenay auf die Füße helfen und schüttelte dessen Hand dann rüde ab.

Mary ging mit einem Lächeln über Norfolks Respektlosigkeit hinweg. Man hätte es für nachsichtig halten können. Doch als sie ihm in die Augen sah, war der alte Herzog schließlich der erste, der den Blickkontakt brach.

»Wir werden Eure Gerichtsakten und Urteile – soweit vorhanden – überprüfen«, stellte sie in Aussicht, und es war nicht auszumachen, ob sie mit ›wir‹ ›mein Kronrat und ich‹ oder ›Unsere königliche Majestät‹ meinte. »Mit Wohlwollen«, fügte sie hinzu und schloss mit einer einladenden Geste: »Vorerst seid Ihr frei, zu gehen. Ich fürchte, wir brauchen Eure Quartiere hier im Tower für die wahren Verräter.«

Die Schaulustigen, die sich auch hier in großer Zahl eingefunden hatten, lachten und jubelten ihr zu. Und Nick beglückwünschte sie zu ihrer Klugheit und ihrem politischen Kalkül. Mary hatte Großmut bewiesen, ohne die Rechtsprechung ihres Vaters und Bruders in Frage zu stellen. Statt Tränen des Mitleids für die armen Unschuldigen zu vergießen, hatte Mary ihre königliche Autorität demonstriert. Gerechtigkeit hatte sie versprochen, nicht eine impulsive Amnestie, die morgen ebenso willkürlich widerrufen werden könnte – so wie viele es von einer Frau vermutlich erwartet hätten, da Frauen nun einmal, das wusste schließlich jeder, flatterhaft und unvernünftig waren.

So kam Mary Tudor als zweite Königin innerhalb von nicht einmal vier Wochen in den Tower of London, um hier ihre Krönung zu erwarten. Ihre unglückselige – und ungekrönte – Vorgängerin

Jane Grey war ebenfalls immer noch innerhalb dieser Mauern, allerdings in sicherer Verwahrung. Auf Marys Anweisung hatte man Jane indes in einem komfortablen Quartier untergebracht, erwies ihr alle Ehren, die einer Großnichte König Henrys VIII. zustanden, und ersparte ihr jeden Kontakt mit ihrem Vater, ihrem ungeliebten Gemahl oder dessen Familie, den Dudley, die ebenfalls im Tower eingesperrt waren und ihren Prozess erwarteten.

»Und was sollen wir mit ihnen tun, Gentlemen?«, fragte die Königin ihren Kronrat. Kerzengerade saß sie am Kopf des langen Tisches in der Halle des White Tower. Sie trug ein Kleid aus bronzefarbenem Seidenbrokat, das elegant und doch gedeckt wirkte, um den Hals eine kurze, doppelreihige Perlenkette mit einem Kruzifixanhänger aus Gold und Granat. Mary brauchte keinen Thronsessel und keinen Baldachin mit dem königlichen Wappen, um Souveränität auszustrahlen. Nick betrachtete sie verstohlen von seinem Platz an der rechten Seite der Tafel, und es war Zufriedenheit, die er empfand. Und Stolz. *Ich habe getan, was ich dir damals versprochen habe, Catalina. Und nun schau dir an, was aus dem Kind geworden ist, das du mir vor beinah fünfundzwanzig Jahren anvertraut hast: eine wahre Königin …*

»Lord Waringham?«

Er kehrte mit einem Ruck in die Gegenwart zurück. »Vergebt mir, Arundel. Ich war einen Moment in gar zu nostalgische Gedanken versunken.« Er räusperte sich ironisch.

Die Lords lächelten nachsichtig. Die Atmosphäre im Kronrat war gelöst, unterschwellig sogar euphorisch. Jeder der hier am Tisch Versammelten war davon überzeugt, dass alles so gekommen war, wie es sein sollte. Und sie waren erleichtert, nachdem sie festgestellt hatten, welch eine außergewöhnlich kluge Vertreterin ihres Geschlechts die erste regierende Königin Englands zu sein versprach.

»Ich sagte, die Königin tut recht daran, Milde zu zeigen«, wiederholte Arundel.

Bischof Gardiner, den Mary sofort nach seiner Haftentlassung in ihren Kronrat berufen hatte, stimmte zu: »Es ist nicht nur eine schöne Geste zur Krönung, es ist vor allem politisch klug. Je weniger Märtyrer wir den Reformern schenken, desto besser.«

Mary runzelte unwillig die Stirn, nickte aber schließlich. »Das ist vermutlich richtig.«

»Doch unsere Milde darf nicht maßlos sein, Majestät«, setzte Arundel wieder an. »Northumberland muss sterben.«

»Ja, ich weiß«, stimmte Mary zu, ohne auch nur einen Lidschlag lang zu zögern. »Sein Verrat wiegt zu schwer, um ihm zu vergeben. Wir würden als schwach und untätig verlacht, wenn wir ihn schonten, und das können wir uns nicht leisten, Gentlemen, mit einer Frau auf dem Thron erst recht nicht.«

»Und was wird mit Jane Grey, Hoheit?«, fragte Nick, da offenbar niemand sonst sich traute.

»Sie wird verurteilt, genau wie ihr Gemahl, aber ich gedenke, sie zu begnadigen. Meine Cousine Jane, ihren Gemahl Guildford Dudley und all seine Brüder. Ja, Lord Waringham, auch Robin Dudley, seid unbesorgt«, fügte sie mit einem kleinen Lächeln hinzu.

Nick war erleichtert, und er wusste, sein Freund Jerome würde ein Freudenfest feiern, wenn er erfuhr, dass seine Neffen geschont werden sollten.

»Nun lasst uns zu wichtigeren Dingen kommen, Mylords«, sagte die Königin brüsk. »Ich wünsche, dass spätestens bis Weihnachten alle Engländer wieder die heilige Messe feiern. Wie lange brauchen wir, um die Wiedereinführung auf sichere rechtliche Füße zu stellen und durchzuführen?«

»Weihnachten ist ein sehr ehrgeiziges Ziel, Majestät«, antwortete der Earl of Shrewsbury. »Vor Eurer Krönung im Oktober können wir ein Thema mit so viel Sprengkraft nicht angehen. Nach der Krönung versammelt sich das Parlament, und erst dort können wir ein entsprechendes Gesetz …«

Mary brachte ihn mit einem desinteressierten Wedeln zum Schweigen. »Ein ehrgeiziges Ziel, Mylord? Dann trifft es sich gut, dass ich eine ehrgeizige Frau bin. Vor allem in Glaubensfragen. Apropos Glaubensfragen. Ich wünsche, dass Kardinal Reginald Pole nach Hause kommt und uns bei der Rückkehr zum wahren Glauben mit Rat und Tat zur Seite steht.«

»Reginald Pole?«, wiederholte einer der jüngeren Lords, dem der Name nichts sagte.

Mary klärte ihn auf: »Er ist der Sohn der einstigen Countess of Salisbury, Lady Margaret Pole, die meine Patin und Vertraute und eine sehr standhafte, fromme Frau war. Standhaft und fromm ist auch ihr Sohn, der Kardinal. Er hat all die Jahre, da die Ketzer über England geherrscht haben, im Exil verbracht. Aber jetzt wird er hier gebraucht. Also seid so gut und schreibt ihm, Gardiner.«

Der Bischof willigte ein. Falls er gehofft hatte, das geistliche Oberhaupt von Marys Gegenreformation zu werden und sich nun in dieser Position bedroht fühlte, ließ er es sich zumindest nicht anmerken.

»Und … Erzbischof Cranmer?«, fragte er. »Was soll mit ihm geschehen, Hoheit?«

»Das liegt auf der Hand, oder?«, sagte eine laute Stimme von der Tür. »Cranmer muss brennen.«

Nick spürte ein warnendes Kribbeln im Nacken. Unwillig, eigentümlich langsam wandte er den Kopf, so als wolle er es nicht sehen. Aber sein Gehör hatte ihn nicht getrogen. Es war Edmund Bonner, der einstige Bischof von London, der die vergangenen Jahre während des protestantischen Regimes unter König Edward im Gefängnis verbracht hatte.

»Und das Holz machen wir schön nass«, fügte der hagere, unscheinbare Mann mit den farblosen Augen hinzu, der an Bonners Seite war. »Dann hat der Erzbischof umso länger etwas von seiner wohlverdienten Hinrichtung.«

Es war Sir Richard Rich. Er bedachte Nick mit einem verstohlenen Hohnlächeln, ehe er vor Mary niederkniete. »Vergebt unsere Verspätung, Hoheit. Ein wilder Waliser und ein verrückter Pirat standen unten und wollten uns den Zutritt verwehren. Waringhams Cousins, wenn ich recht informiert bin?«

Mary ließ den Blick einen Moment auf ihm ruhen, die Lider halb gesenkt. »Sir Richard. Exzellenz. Nehmt Platz und seid willkommen in meinem Kronrat. Aber seid ebenso gewarnt. Für Brandstifter ist hier kein Platz.«

»Vergib mir, Nick«, sagte die Königin seufzend, als sie zwei Stunden später allein an dem großen Tisch in der Halle saßen. »Ich habe in all dem Trubel keine Gelegenheit gefunden, dich vorzuwarnen. Aber ich kann verstehen, dass du konsterniert bist.«

Er winkte ab und bedeutete einer ihrer Damen, neuen Wein zu bringen. Das junge Mädchen eilte mit einer edlen Kristallkaraffe herbei, stellte sie auf den Tisch, knickste vor der Königin und zog sich ans andere Ende des Saals zurück, wo sie mit zweien ihrer Gefährtinnen auf dem breiten Fenstersitz saß, stickte und sich bereithielt, Marys Wünsche zu erfüllen.

»Es geht nicht darum, ob ich konsterniert bin, Hoheit«, erwiderte er, schenkte ein Glas ein und schob es ihr hin. »Hier. Trink das. Du bist blass.«

»Danke, ich will nichts.«

»Tu's trotzdem.«

»Was fällt dir ein, so mit mir zu reden?«, protestierte sie matt.

Nick hob kurz die Schultern. »Es sind nur noch vier Wochen bis zu deiner Krönung. Danach werde ich nie wieder so mit dir reden können. So als wärst du meine Schwester. Ich weiß, es wird mir fehlen.«

»Ja. Mir auch.«

»Also gönn es uns wenigstens heute noch einmal.«

»Meinetwegen.«

»Dann trink.«

Folgsam hob sie das Glas an die Lippen und nahm ein winziges Schlückchen. »Ich brauche Bonner auf meiner Seite«, erklärte sie. Es klang trotzig, aber ihr Blick suchte sein Verständnis. »Ohne den Bischof von London kann ich England nicht bekehren.«

»Aber Richard Rich?«, wandte er verständnislos ein.

»Ja, ich weiß, du hast ihn in schlechter Erinnerung …«

»*Ich?*«, unterbrach er fassungslos. »Was ist mit dir? Als Lord Chancellor deines Bruders hat er alles getan, um dich dem König zu entfremden und Zwietracht zwischen euch zu säen. Er hat dich drangsaliert und deinen Kaplan und deine Vertrauten verhaftet, weil ihr die Messe gefeiert habt. Aber jetzt ist er auf einmal wieder ein treuer Sohn der päpstlichen Kirche. Mir wird speiübel, wenn ich ihn sehe, Mary, und ich kann nicht begreifen, wieso du ihn in den Kronrat berufst.«

»Weil er die Aufhebung der Klöster für Cromwell organisiert hat. Jetzt wird er sie für mich rückgängig machen, wenn er weiß, was gut für ihn ist.«

Nick lachte humorlos. »Nun, wenn ein Mann in England weiß, was gut für ihn ist, dann ist es Richard Rich. Aber die Aufhebung der Klöster ist nicht umkehrbar, Hoheit. Du kannst die papsttreuen Bischöfe zurückholen, Cranmers *Book of Common Prayer* verbieten und die Messe wieder einführen. Aber du kannst die Landreform, die mit der Abschaffung der Klöster einherging, nicht rückgängig machen.«

»Warum nicht?«

»Weil alle Landeigner, die davon profitiert haben, sich erheben würden. All die Menschen wie deine Nachbarn in Hunsdon, die zu dir gekommen sind, um bei dir die Messe zu hören. Jetzt sind sie die tragende Säule der Unterstützung für dich und deine Gegenreformation. Wenn du ihnen ihr Land wegnimmst, werden sie über Nacht zu Reformern und alles daransetzen, dich zu stürzen.«

»Du hast eine sehr geringe Meinung von ihnen«, hielt sie dagegen. »Nur weil sie ›neue Männer‹ sind und nicht von deinem Stand.«

Er schüttelte den Kopf. »Ich habe keine geringe Meinung von ihnen. Ich versuche, realistisch zu sein. Die Rückkehr in den Schoß der Kirche ist ihnen gewiss eine Herzensangelegenheit. Aber nur die wenigsten Menschen sind bereit, für eine Überzeugung alles aufs Spiel zu setzen, was sie haben und was sie sind. Die wenigsten Menschen sind wie du.«

Sie sah nicht glücklich aus, aber er war schon dankbar, dass sie ihm überhaupt zugehört hatte. »Ich werde Gardiner fragen, wie er darüber denkt«, beschied sie dann.

Dagegen hatte Nick keine Einwände. Bischof Gardiner, glaubte er, war ein vernünftiger Mann. »Wird er dein Lord Chancellor?«

»Nur wenn du das Amt ablehnst.«

»Vehement, Hoheit«, gestand er mit einem verschämten Lächeln.

Mary schien nicht enttäuscht. Sie kannte ihn genauso gut wie umgekehrt. »Also, dann eben Gardiner.«

»Eine gute Wahl, glaube ich. Er war es übrigens, der mich gebeten hat, hierzubleiben und unter vier Augen mit dir ein heikles Thema anzuschneiden.«

Mary griff nach dem Glas und stürzte den Inhalt herunter. »Ich fürchte, ich habe heute keine Zeit, mir einen Gemahl auszusuchen, Mylord«, beschied sie unwirsch.

Nick legte die Hand lose um sein eigenes Glas, lehnte sich in den bequemen Polstersessel zurück und betrachtete seine Königin. »Komm schon. Du bist doch sonst kein Feigling. Und du weißt genau, dass es jetzt einfach passieren muss.«

Sie senkte den Blick. »Ich … kann mich momentan nicht damit befassen. Die Umkehr der ketzerischen Reform *muss* Vorrang haben.«

Nick beugte sich vor und ergriff ihre Linke. Er wusste, dass die Hofdamen sie vom anderen Ende der Halle mit Argusaugen beobachteten und vermutlich schockiert sein würden, aber darauf konnte er jetzt keine Rücksicht nehmen. »Mary, nichts ist dringender als deine Vermählung, glaub mir.«

Sie sah ihn unverwandt an und machte keinerlei Anstalten, ihre Hand zu befreien. »Nur weiter, Mylord.«

Nick biss für einen Augenblick die Zähne zusammen. Er wusste genau, was sie tat: Sie wollte ihn in eine unmögliche Position manövrieren, wollte ihn zwingen, etwas Unschickliches auszusprechen, und hoffte, er werde lieber kneifen und flüchten. Aber was schicklich war und was unschicklich, lag letztlich im Auge des Betrachters. Und Mary schien zu vergessen, dass die Waringham, auf deren Gestüt sich tagein, tagaus alles um Befruchtung und Fortpflanzung drehte, in all diesen Angelegenheiten in geradezu schockierender Weise schamlos sein konnten.

»Du hast nur noch begrenzt Zeit, einen Erben zu gebären.«

Sie blinzelte, aber sie zuckte nicht zusammen und fuhr auch nicht wütend auf. »Ich weiß«, bekannte sie. »Aber ich weiß nicht … ob ich das kann. Natürlich ist mir klar, dass ich in dem Moment meiner Krönung die Verpflichtung eingehe, alles zu tun, um für einen Erben zu sorgen, aber … Manchmal denke ich, ich werde vor Ekel sterben, wenn ein Mann mich anrührt.«

»Das wirst du nicht«, widersprach er. »Dafür bist du viel zu zäh. Und sind wir doch mal ehrlich: Es gibt *nichts*, das du nicht tätest, um zu verhindern, dass deine Schwester dir auf den Thron folgt.«

Wetterleuchten flammte im Osten über den Abendhimmel, als Nick an der Shoe Lane in den Hof seines Hauses ritt. Johns und Beatrice' Ältester kam von der Apotheke herübergelaufen und nahm Estebans Zügel. »Mylord«, grüßte er mit einem pfiffigen Lächeln.

»Elkana. Bist du ganz sicher, dass du um diese Zeit noch auf sein solltest?«, erkundigte sich Nick, während er absaß.

»Lady Waringham ist vorhin mit Isaac und Isabella angekommen. Das ganze Haus steht kopf, und Mutter hat vergessen, uns zu Bett zu schicken«, vertraute der Zehnjährige ihm verschwörerisch an.

Nick strich ihm lachend über den Blondschopf. »Glückspilz. Bring Esteban in den Stall, aber einer der Knechte soll ihn absatteln und versorgen, klar?«

Elkana seufzte ergeben. »Völlig klar, Mylord.«

Nick wandte sich ab, betrat das Haus und lief die Treppe zur Halle hinauf. »Janis?«

Sie wirbelte herum, und als sie ihn an der Tür stehen sah, lächelte sie. Er betrachtete seine Frau einen Moment mit zur Seite geneigtem Kopf und fragte sich, wie es nur sein konnte, dass sein Herz auch nach zwölf Jahren noch anfing zu hämmern, wenn sie nach ein paar Tagen der Trennung plötzlich wieder vor ihm stand. Das leichte Ziehen im Bauch, dieses unspektakuläre, kleine Glücksgefühl, das Verlangen, sie anzufassen und die Finger in ihren Haaren zu vergraben – es war alles noch genauso wie an dem Tag, als er sie in der Krippe zum ersten Mal gesehen hatte.

»Lady Waringham.« Er schloss die Lücke zwischen ihnen, legte die Hände auf ihre Schultern und strich mit den Lippen über ihre Schläfe.

»Mylord«, erwiderte sie und versteckte einen Moment ihre ewig kalte Nase an seinem Hals.

Dann schlossen sie sich der lebhaften Gesellschaft am Tisch an. John saß mit Madog und ihrem seefahrenden Cousin Arthur Edmundson am unteren Tischende über ein Buch gebeugt, und sie begrüßten Nick nur flüchtig, so vertieft waren sie in ihre Studien.

»Ahnenforschung«, erklärte Francis knapp und stellte einen Becher Wein vor seinen Vater.

Der nickte dankbar und trank einen Schluck.

»War's ein harter Tag?«, fragte sein Sohn.

»Nein. Nur ein langer.«

»Hast du gegessen?«, wollte Millicent wissen. »Entschuldige, dass wir nicht auf dich gewartet haben, aber wir wussten gar nicht, ob du kommst.«

»Schon gut«, beruhigte er sie. »Die Königin hat mich und den restlichen Kronrat fürstlich bewirtet. Das ist einer der Vorzüge einer Königin verglichen mit einem König, nehme ich an: Frauen sind immer fürsorglich darauf bedacht, die Ihren zu füttern ...«

Das Weinglas in der Hand, legte er Janis den anderen Arm um die Taille und führte sie zu seinen drei Cousins. »Und?« Er war nicht überrascht, als er über Madogs Schulter blickte und seine Familienbibel auf dem Tisch liegen sah. »Kommt ihr dahinter?«

»Es ist gar nicht weiter schwierig«, erklärte Arthur und tippte auf einen bräunlich verblichenen Eintrag. »Hier. *Anno Domini* 1437 kamen die Zwillinge Julian und Blanche of Waringham zur Welt. Dieser Julian war natürlich Lancastrianer, aber er heiratete eine Yorkistin. Irgendwie muss es funktioniert haben mit den beiden, denn sie bekamen ein Balg nach dem anderen. Ich zähle insgesamt sechs. Robin, der Älteste, war dein Großvater, Nick. Edmund, der Mittlere, war meiner und ...«

»Wieso heißt ihr eigentlich alle Edmund?«, fiel Nick ihm ins Wort. »Alle außer dir, meine ich. Ein bisschen einfallslos, oder? Ihr solltet Euch ein Beispiel an den Reformern nehmen, die geben ihren Kindern so ausgefallene Namen wie Abischag oder Elkana ...«

John knuffte ihn mit einem entrüsteten Brummen in die Seite.

Arthur hob grinsend die Schultern. »Ich heiße nur deswegen Arthur, weil Edmund mein älterer Bruder ist.« Er zeigte auf das

Wappen, das in Nicks Mantel eingestickt war. »Schwarzes Einhorn auf grünem Schild.«

»Richtig«, bestätigte Nick amüsiert.

»Und ein Schiff mit dem heiligen Edmund an Bord auf dem Wappenhelm.«

»Ich weiß, Arthur. Und was weiter?«

»Hast du dich nie gefragt, was es damit auf sich hat?«

Nick zuckte die Achseln. »Nein. Der heilige Edmund war seit jeher einer der englischen Nationalheiligen. Das schien mir immer Grund genug.«

Aber sein Cousin schüttelte den Kopf, sodass der Ohrring im Kerzenschein funkelte. »Dieser Julian of Waringham, von dem wir eben sprachen, hatte ein Schiff. Die *Edmund*. Sie hat ihm immer Glück gebracht. Und der einzige seiner Söhne, der mit ihm zur See fuhr, war mein Großvater. Edmund. Verstehst du?«

Die übrigen Cousins nickten fasziniert.

»Jetzt ratet, wie das Schiff heißt, mit dem mein Bruder Edmund letztes Jahr in die Neue Welt aufgebrochen ist.«

»*Edmund?*«, tippten die anderen im Chor und lachten«.

»Genau«, bestätigte Arthur. »Sie ist bereits das vierte dieses Namens in der Familie.« Es war nicht zu überhören, wie stolz er auf ihre Seefahrertradition war.

John zog die Familienbibel eifrig ein Stück näher zu sich. »Also, zurück zu Julian und Blanche of Waringham. Julians jüngster Sohn Harry, der Bruder eurer Großväter, war mein Vater.«

»Und die berühmte Lady Blanche, Julians Zwillingsschwester, war die Mutter meines Großvaters, die mit Jasper Tudor eine muntere Schar Bastarde hatte«, fügte Madog hinzu.

Janis löste sich von Nick, schob energisch die Männerschultern beiseite, die ihr den Blick auf die Bibel versperrten, und blätterte einige Seiten weiter zurück. »Hier«, sagte sie triumphierend. »Robin of Waringham, der Großvater von Julian und Blanche. Seine älteste Tochter, Lady Anne of Fernbrook, war die Großmutter meines Großvaters.«

Nick und John hatten natürlich längst gewusst, dass diese Verwandtschaft bestand, aber Madog und Arthur fielen aus allen Wolken, standen auf, um die lang verschollene Cousine an die Brust zu drücken und ausgelassen mit ihr durch die Halle zu tanzen.

Lachend sanken sie schließlich in die Sessel am Tisch und stießen auf das fruchtbare Geschlecht derer von Waringham an.

Nick sah zu seinem Sohn, der das wilde Treiben der – in seinen Augen – älteren Herrschaften mit seinem so typischen nachsichtigen Lächeln verfolgt hatte, und stieß auch mit ihm an. »In hundert oder zweihundert Jahren werden hier andere Waringham sitzen und ein Glas trinken, mit dem Finger den Namen ›Francis of Waringham‹ in der Bibel nachzeichnen und sich fragen, wer er wohl war und was er gemacht hat.«

Er hatte es mit leisem Spott gesagt und keineswegs die Absicht gehabt, die frohe Laune zu dämpfen. Aber mit einem Mal war es still am Tisch, und alle Augen waren erwartungsvoll auf Francis gerichtet.

Der tauschte einen Blick mit seiner Frau, ergriff ihre Hand und antwortete seinem Vater: »Ein Anfang ist jedenfalls gemacht. So Gott will, wirst du noch vor Ostern Großvater, Mylord. Und damit du dich schon mal dran gewöhnen kannst: Wir haben überlegt, falls es ein Junge wird, nennen wir ihn Lappidot.«

Wieder brach lautstarker Frohsinn in der Halle aus. Alle drängten sich um das junge Paar, um ihnen Glück zu wünschen und Francis die Schulter zu klopfen.

»Lappidot«, murmelte Nick erschüttert vor sich hin, als seine Frau zu ihm trat. »Das kann nicht sein Ernst sein, oder was denkst du?«

Janis hakte sich bei ihm ein. »Ich denke, dass wir alle uns an viele Veränderungen gewöhnen müssen. Biblische Namen gehören noch zu den harmloseren.«

»Das ist kein Name, sondern eine Zumutung. Denkt denn niemand an das arme Kind?«

Seine Frau küsste ihn auf den Mundwinkel. »Misch dich nicht ein, Nick«, warnte sie leise. »Er ist erwachsen.«

»Das wage ich zu bezweifeln«, brummte er, aber dann ließ er das Thema ruhen und zog seine Frau auf den Fenstersitz hinab. »Du hast Isaac und Isabella mitgebracht? Das heißt, du bleibst länger?«

Janis nickte. »Vor drei Tagen hat die Königin mir einen Brief geschickt.«

»Mary?« Er fiel aus allen Wolken. »Was wollte sie von dir?«

»Sie hat mich davon in Kenntnis gesetzt, dass sie mich zum Unterkämmerer zu ernennen gedenkt.«

»Sie ... was?«, fragte er dümmlich.

Seine Frau breitete kurz die Hände aus. »Vielleicht hast du noch nicht darüber nachgedacht, aber an einem Hof, dem eine Königin vorsteht, wird sich allerhand verändern, Nick. Alle Kammerjunker und -herren, die bislang die Person des Königs umsorgt haben, müssen natürlich durch Damen ersetzt werden. Damen, denen sie genug vertraut, um sich abends von ihnen zu Bett geleiten zu lassen und all diese Dinge. Du weißt, dass ihr diese Art von Vertraulichkeiten nicht leichtfällt. Sie wünscht, dass ich ihr helfe, die Damen auszuwählen und zu führen.«

Nick war sprachlos. Süßer Jesus, dachte er, meine Frau wird eine Hofschranze ...

»Du hast doch nichts dagegen, oder?«, fragte sie. »Wir werden häufiger zusammen sein, als wenn ich in Waringham bliebe.«

»Nein, natürlich habe ich nichts dagegen.« Er war vielleicht eine Spur eifersüchtig, argwöhnte er. Seine Frau und die Königin würden Geheimnisse teilen, die ihm verschlossen blieben. »Aber was ist mit der Schule? Wirst du sie nicht vermissen?«

»Fürchterlich«, gestand sie ein. »Doch vielleicht ist es an der Zeit, die Schule Millicent zu überlassen. Und selbst wenn ich wollte, wie könnte ich das Amt ablehnen, das die Königin mir anbietet?«

Er betrachtete sie einen Moment aufmerksam und bemerkte dann lächelnd: »Du siehst mir nicht so aus, als stelle die Königin hohe Ansprüche an deine Opferbereitschaft.«

»Nein«, räumte Janis ein. »Die Vorstellung, wie nahe ich dem Zentrum der Macht sein werde, ist schon verlockend.«

»Nicht immer ein gemütliches Plätzchen, das Zentrum der Macht«, gab er zu bedenken.

Sie verschränkte die Finger mit den seinen. »Wer wüsste das besser als ein Waringham.«

»Gentlemen, Ihr dürft jetzt eintreten«, sagte Janis feierlich und sank vor dem Bischof von Durham und ihrem Gemahl in eine formvollendete Reverence.

Nick sah zu Cuthbert Tunstall, der sein Bischofsamt jahrzehntelang genutzt hatte, um zwischen Reformern und Papsttreuen zu vermitteln, dem alten Glauben aber immer treu geblieben war. Dafür hatte er während Edwards Regentschaft gelitten und war längere Zeit im Tower eingesperrt gewesen, obwohl sein achtzigster Geburtstag nicht mehr fern war. »Seid Ihr bereit, Exzellenz?«

»Darauf könnt Ihr wetten, mein Junge«, antwortete Tunstall, zwinkerte ihm zu und betrat das Privatgemach der Königin im alten Palast zu Westminster.

Nick atmete tief durch und folgte ihm dann. Kaum war er über die Schwelle getreten, blieb er schon wieder stehen.

Mary trug ein hermelinbesetztes Kleid aus karmesinrotem Samt. Damit hatte er nicht gerechnet, denn Königinnen trugen bei ihrer Krönung traditionell Weiß. Dieses Rot hingegen war die Krönungsfarbe der Könige, und Nick lächelte anerkennend und beglückwünschte sie zu der klugen Wahl. Dieses Kleid, welches so prunkvoll und kostbar aussah mit den eingewirkten Goldfäden und dem perlenbesetzten Kragen, dass einem unweigerlich das Wort »Staatsrobe« in den Sinn kam, würde jedem, der es sah, auf einen Blick klarmachen: Mary war Königin von Gottes Gnaden und aus eigenem Recht.

Zum ersten Mal seit jener Nacht vor beinah zwanzig Jahren in Hatfield, als Nick über den Balkon in ihr Schlafgemach geklettert war, um ihr ein wenig Mut zuzusprechen, sah er ihr Haar offen. Üppig fiel es ihr bis auf die Hüften herab, dunkelblond und matt schimmernd wie poliertes Eichenholz. Sie trug ein mit Diamanten und geschliffenen Edelsteinen besetztes Diadem. Nick wusste, es war tonnenschwer, aber die Königin hielt den Kopf hoch – scheinbar mühelos.

»Nun?«, fragte sie eine Spur ungeduldig.

Er nahm sich zusammen, riss sich aus der Starre der Verwunderung, in die er angesichts ihrer Verwandlung verfallen war, und sank vor ihr auf ein Knie nieder. »Sehr passend, Majestät. Ihr seht aus wie die Königin, die Ihr seid.«

Sie lächelte. »Habt Dank, Mylord.«

Der alte Bischof wollte neben ihm niederknien, aber Mary hielt ihn mit einer Geste davon ab und reichte ihm die Hand. »Lasst uns gehen, ehe mich der Mut verlässt und meine Untertanen nach Hause zurückkehren, weil ich sie zu lange habe warten lassen.«

Tunstalls Lächeln war unerwartet charmant. »Auf diesen Anblick lohnt es sich zu warten, Majestät.«

Sie führten sie hinaus in den Innenhof, wo eine wahre Heerschar von Bischöfen und Priestern sie erwartete. Auch sie trugen festliche, golddurchwirkte Messgewänder, die den Reformern ein solcher Dorn im Auge waren. Niemand war indes überrascht, dass Mary ihre Krönungszeremonie nutzen wollte, um ihre Treue zum alten Glauben zu demonstrieren. Sie hatte sich gar vom Bischof von Arras neues geheiligtes Öl für ihre Salbung schicken lassen, denn das Öl, das bei der Krönung ihres Bruders verwendet worden war, hatten die Protestanten in ihren Augen besudelt und entweiht.

In feierlicher Prozession führten die Bischöfe sie in die einstige Klosterkirche zu Westminster, die bis auf den letzten Platz mit Lords und Ladys und mächtigen Londoner Bürgern gefüllt war. In vorderster Reihe entdeckte Nick seine Frau zwischen anderen Würdenträgern des königlichen Haushalts, und sie tauschten ein sehr verstohlenes Lächeln. Ein Stück weiter rechts stand Marys Schwester Elizabeth in einem atemberaubenden blauen Kleid, und an ihrer Seite war Anna von Kleve, die einzige ihrer zahlreichen Stiefmütter, die diesen Tag erlebt hatte und ihn obendrein in vollen Zügen zu genießen schien.

Nick und der Bischof von Durham geleiteten Mary auf die erhöhte, mit Goldbrokat ausgelegte Estrade, hielten an jeder der vier Ecken an, um dem Volk seine neue Königin zu zeigen, und schließlich rief Stephen Gardiner, der Bischof von Winchester: »Hier tritt vor Euch hin Mary, nach den Gesetzen Gottes und der Menschen rechtmäßige Erbin der Krone von England, Frankreich und Irland. Wisset, dass die Lords dieses Reiches den heutigen Tag bestimmt haben, um diese vorgenannte höchst edle Prinzessin Mary zu salben und zu krönen. Wollt Ihr dieser Salbung und Krönung zustimmen?«

»Das wollen wir!«, donnerte die Menge. Ein geradezu frenetischer Jubel verjagte die weihevolle Stille aus der altehrwürdigen Krönungskirche und mündete schließlich in einem einhelligen Sprechchor: »Gott schütze Königin Mary! Gott schütze Königin Mary!«

Als wieder Ruhe eingekehrt war, kniete Mary vor dem Altar nieder, um ihren Krönungseid zu leisten.

»Majestät, wollt Ihr dem englischen Volk schwören, die gerechten und gottgefälligen Gesetze und Bräuche zu bewahren, die Eure Vorfahren, die vorangegangenen und gottesfürchtigen Könige ihm gegeben haben, insbesondere die Gesetze, Bräuche und Rechte, die der ruhmreiche und heilige König Edward der Bekenner dem Klerus und dem Volke gewähret hat?«, fragte Gardiner.

»Das schwöre und gelobe ich«, antwortete Mary. Nicht das leiseste Zittern schwächte ihre Stimme.

»Majestät, wollt Ihr in all Euren Ratschlüssen, soweit es in Eurer Macht steht, Frieden und Eintracht mit Gott, der Heiligen Kirche, dem Volke und dem Klerus bewahren?«

»Sie will ich bewahren.«

»Majestät, wollt Ihr, soweit es in Eurer Macht steht, Gerechtigkeit walten lassen, unvoreingenommen und weise, mit Wahrhaftigkeit und Mitgefühl?«

»Das will ich.«

»Majestät, wollt Ihr die Gesetze befolgen und einhalten, die die Vertreter Eures Reiches beschließen, und wollt Ihr diese, soweit es in Eurer Macht steht, zur Ehre Gottes verteidigen und stärken?«

»Das schwöre und gelobe ich.«

Dann streckte sie sich vor dem Altar mit dem Gesicht nach unten aus, so wie es auch ein Priesterkandidat vor seiner Weihe tat, um seine Demut zu bekunden, blieb einen Moment reglos liegen und ergriff dann die Hände, die zwei der jüngeren Bischöfe ihr entgegenstreckten, um ihr aufzuhelfen. Die Königin legte die Rechte auf den Altar, richtete den Blick auf ihre Untertanen im Kirchenschiff und gelobte, den eben geleisteten Schwur niemals zu vergessen oder zu brechen.

Dann geleiteten die Bischöfe sie zum Krönungsstuhl, wo Gardiner sie mit dem heiligen Öl salbte und ihr den Krönungsmantel umlegte. Der Earl of Arundel brachte ihr Szepter, der Duke of Norfolk den Reichsapfel, der junge Edward Courtenay, der über fünfzehn Jahre lang schuldlos im Tower eingesperrt gewesen war, trug das zeremonielle Schwert, und der Earl of Waringham brachte schließlich die fünfhundert Jahre alte Krone Edward des Bekenners auf einem königsblauen Seidenkissen. Seine Hände zitterten so sehr, dass er fürchtete, das gute Stück werde unter ohrenbetäubendem Geschepper zu Boden purzeln, sich verbiegen und Edelsteine auf den Steinfliesen verstreuen wie Hühnerfutter. Er atmete erleichtert auf, als Bischof Gardiner ihn von seiner Last befreite und sie mit beiden Händen emporhob, ehe er Mary Tudor zu Königin Mary I. krönte.

Es war schon fast fünf Uhr, als die Krönungsmesse endete und die Königin mit ihren Lords und Bischöfen die Kirche verließ. Halb London und ganz Westminster schienen sich versammelt zu haben, um sie auf dem Weg zum Krönungsbankett in Westminster Hall zu bejubeln. Mary ging gemessenen Schrittes durch die Gasse, die sie bildeten, und war sichtlich um ein huldvolles Königinnenlächeln bemüht, aber Nick erkannte am Strahlen ihrer Augen, wie glücklich sie war, was dieser Tag ihr bedeutete und nicht zuletzt dieser neuerliche Treuebeweis ihrer Untertanen.

Westminster Hall erstrahlte im Licht ungezählter Kerzen. Der Marmorboden war poliert, die Wandgemälde aufgefrischt worden, Tücher aus strahlend weißem Damast bedeckten die langen Tische, auf denen silberne und goldene Trinkpokale standen, an der hohen Tafel gar mit Edelsteinen besetzt. Die Kleider der Damen funkelten von Goldfäden und Perlen, und Nick war nicht der einzige der Lords, der sich zu diesem Anlass neue Gewänder aus venezianischer Seide hatte schneidern lassen. Von der hohen Tafel aus hatte er einen guten Überblick, und ihm kam in den Sinn, dass so viel Pracht und Schönheit einen beinah blenden konnten.

Die Gedanken der Königin schienen in die gleiche Richtung zu gehen. Sie neigte sich zu ihm herüber und murmelte: »Was Sir Thomas More wohl zu all diesem Prunk gesagt hätte?«

Nick musste lächeln. »Über den Prunk hätte er zweifellos den Kopf geschüttelt. Aber dieser Tag hätte ihm trotzdem gefallen, seid versichert.«

»Glaubt Ihr wirklich?«

»Allerdings. Sir Thomas wäre ausgesprochen zufrieden gewesen, dass mit Euch eine Streiterin für den wahren Glauben den Thron bestiegen hat.«

»Aber hätte er eine regierende Königin nicht skandalös gefunden? Einen Widerspruch zu gottgewollter Ordnung?«

Nick schüttelte den Kopf. »Er war überzeugt, dass der Verstand einer Frau mit der richtigen Anleitung und Bildung zu ebensolchen Leistungen fähig ist wie der eines Mannes, das Herz einer Frau zu ebensolcher Beständigkeit. Oder womöglich hat er auch gesagt, zu *beinah* ebensolcher Beständigkeit, ich bin nicht mehr ganz sicher.«

»Flegel«, knurrte die Königin, musste aber gleichzeitig lachen. »Eure Gemahlin muss die Geduld einer Heiligen besitzen, dass sie es mit Euch aushält.«

»Ihr werdet ja in Zukunft selber reichlich Gelegenheit haben, die Geduld meiner Gemahlin auf die Probe zu stellen«, entgegnete er.

»Sie sagte mir, Ihr wollt nach Santiago pilgern?«

»*Sie* will«, schränkte Nick ein. »Mir würde eine Wallfahrt nach Canterbury oder Walsingham völlig reichen.«

»Nun, was immer Ihr entscheidet, am Sonnabend nach Ostern solltet Ihr auf jeden Fall zu Hause sein, Lord Waringham.«

»Ah ja?«, fragte er, und sein Herzschlag beschleunigte sich ein wenig. »Und wieso?«

»Ich habe mir sagen lassen, es sei der Tag, da in Waringham

traditionell ein großer Jahrmarkt und eine Pferdeauktion stattfinden. Die beste in England, heißt es.« Auf einen diskreten Wink hin brachte ein Beamter ihrer Kanzlei ihr eine zusammengerollte Urkunde, die sie neben Nick auf den Tisch legte. »Euer Marktrecht, Mylord.«

Nick starrte auf die Tischkante hinab und musste schlucken, um an dem dicken Brocken in seiner Kehle nicht zu ersticken. »Habt Dank, Majestät. Ich glaube nicht, dass Ihr ermessen könnt, was Ihr gerade für mich getan habt.«

»Vielleicht doch, mein Freund«, entgegnete die Königin. »Ich habe ein Unrecht wiedergutgemacht, das Eurem Vater zugefügt wurde. Willkürlich. Aufgrund von Intrigen und Lügen. Und gerade deswegen wollte ich, dass diese Urkunde die erste ist, die mit meinem neuen Siegel versehen wird.«

»Ein neues Siegel?«, fragte er ein wenig zerstreut.

Mary nickte. »Es trägt mein Motto. Seht selbst.«

Nick griff nach der Urkunde und nahm das dicke rote Siegel, welches an einer gedrehten Kordel baumelte, in die Linke. Die Prägung zeigte eine inthronisierte Königin unter dem englischen Königswappen, und entlang der Rundung stand: *Veritas Temporis Filia*.

»Die Wahrheit ist die Tochter der Zeit«, murmelte er. »Denkt Ihr, das stimmt? Bringt die Zeit immer die Wahrheit ans Licht?«

»Wenn es Gottes Wille ist«, antwortete Königin Mary mit einem Lächeln. Zumindest heute, am Tag ihres großen Triumphes, konnte nichts ihre Zuversicht trüben.

Nick erfreute sich an dem Glanz ihrer Augen, der sie mit einem Mal wieder jung wirken ließ. Sie hatte diesen Tag weiß Gott verdient, fand er, den Triumph ebenso wie die Zuversicht. Mit einem leisen Seufzer der Zufriedenheit ließ er sich in seinen Sessel zurücksinken, und sein Blick fiel auf seine Gemahlin, die mit dem Lord Chamberlain ein Stück zur Rechten am Fenster stand und offenbar hitzig debattierte. Gott helfe dem Chamberlain, dachte Nick grinsend und entdeckte Francis und Millicent an einer der unteren Tafeln inmitten einer Schar ausgelassener Freunde.

»Majestät, wenn nächste Woche das Parlament zusammentritt, was wird Euer wichtigstes Gesetzesvorhaben sein?«, fragte er.

»Das wisst Ihr doch genau«, gab Mary verwundert zurück. »Die Umkehr dieser gottlosen Reform.«

»Hm«, machte der Earl of Waringham versonnen. »Glaubt Ihr, wir könnten ein Gesetz durchdrücken, welches meinem Sohn verbietet, mein armes Enkelkind Lappidot zu nennen?«

ENDE

Mary I. regierte nur fünf Jahre lang, und vermutlich wissen die meisten von Ihnen, dass sie als »Bloody Mary« in die Geschichte einging.

Ich finde, das hat sie nicht verdient.

Was ich hier erzählt habe, ist die reine Wahrheit: Es war ihre enorme Popularität, die sie auf den Thron gebracht hat, die unerschütterliche Unterstützung ihrer Untertanen. *Auch* der Protestanten. Und so ist es nicht verwunderlich, dass ihre Regierung in versöhnlicher Atmosphäre begann. Von allen, die des Verrats für schuldig befunden wurden, weil sie versucht hatten, Jane Grey auf den Thron zu setzen, wurde erst einmal nur John Dudley, der Duke of Northumberland, hingerichtet. Er starb noch vor Marys Krönung am 22. August 1553 auf dem Tower Hill. In seiner Todesangst schwor er der Reformbewegung ab, und am Abend vor seiner Enthauptung schrieb er dem Earl of Arundel einen erschütternden Brief und flehte ihn an, die Königin zu einer Begnadigung zu bewegen. Es nützte nichts, und wegen seiner religiösen Kehrtwende in letzter Sekunde weinten ihm auch die Protestanten keine Träne nach.

Seine Frau und all seine Söhne bis auf Guildford wurden bald freigelassen und rehabilitiert (und so bekam Robin Dudley Gelegenheit, eine der schillerndsten Figuren am Hof Elizabeths I. zu werden, womöglich sogar ihr Liebhaber).

Zu Beginn ihrer Regentschaft ignorierte Mary das Drängen des kaiserlichen Gesandten, mit den Reformern kurzen Prozess zu machen. Die führenden protestantischen Geistlichen wurden eingesperrt, allen voran Cranmer, aber das war alles.

Kaum ein Vierteljahr nach ihrer Krönung fingen die Dinge jedoch an schiefzulaufen. Mary traf eine fatale Fehlentscheidung mit der Wahl ihres Gemahls. Sie verlobte sich mit ihrem Cousin Philipp, dem zukünftigen König von Spanien und Sohn des Kaisers, und das missfiel den Engländern von Anfang an, die dem Haus Habsburg gegenüber ein ausgeprägtes – teilweise durchaus berechtigtes – Misstrauen empfanden und schon damals jeden ausländischen Einfluss beargwöhnten. Als die Heiratspläne bekannt wurden, zettelte Thomas Wyatt (der Sohn des Dichters, der des Ehebruchs mit Anne Boleyn verdächtigt worden war) eine Revolte gegen Königin Mary an, die in erster Linie politisch motiviert, aber auch von protestantischen Forderungen geprägt war.

Die Revolte wurde niedergeschlagen, aber danach war es mit der königlichen Toleranz vorbei. Jane Greys Vater, der Duke of Suffolk, war einer der Anführer der Revolte gewesen und verlor den Kopf. Das war kein großer Verlust. Tragischer war, dass auch die siebzehnjährige Jane und ihr Mann, Guildford Dudley, plötzlich als potenzielle Bedrohung betrachtet und hingerichtet wurden. Ganz anders als ihr Schwiegervater ging Jane übrigens mit großer Tapferkeit in den Tod, überzeugt, für den wahren – protestantischen – Glauben als Märtyrerin zu sterben. Auch Prinzessin Elizabeth schien plötzlich gefährlich und wanderte in den Tower, wo man sie in den Gemächern einquartierte, die ihre Mutter vor ihrer Hinrichtung bewohnt hatte. Bestimmt kein Zufall. Elizabeths Kopf wackelte, blieb aber zum Glück an Ort und Stelle.

Marys Ehe mit Philipp wurde nicht einmal das Desaster, das sie hätte werden können, bedenkt man, dass die Königin elf Jahre älter war als ihr spanischer Bräutigam und an einer krankhaft anmutenden Aversion gegen Männer bzw. gegen Sexualität litt. Aber Philipp erwies sich als regelrechter Traumprinz: charmant, höflich und rücksichtsvoll.

Die Engländer hassten ihn trotzdem. Und die beiden zeugten keinen Erben. Marys Schwangerschaften waren qualvoll und endeten in Fehlgeburten, so es sich nicht um Scheinschwangerschaften handelte.

Je arktischer das politische Klima wurde, je größer die Verzweiflung ob des ausbleibenden Kronprinzen, desto mehr Einfluss gewannen katholische Brandstifter wie Edmund Bonner und Kardinal Reginald Pole auf Marys Politik. In den letzten drei Jahren ihrer Regentschaft, zwischen 1555 und 1558, wurden 283 Protestanten in England verbrannt, die meisten davon in London. Cranmer war einer der ersten. Ausgerechnet der Erzbischof, der immer um Ausgleich bemüht gewesen war und der Mary vor Cromwell und ihrem eigenen Vater beschützt hatte. 283 bestialische Hinrichtungen in drei Jahren macht im Schnitt zwei pro Woche. Kein Wunder, dass bald ganz London traumatisiert war. Die Verurteilten bekamen in der Regel ein Säckchen mit Schießpulver um den Hals, das explodieren und sie töten sollte, wenn die Flammen es erreichten. Aber es dauerte, bis die Flammen so hoch kamen. Und es klappte auch nicht immer. John Hooper, der protestantische Bischof von Gloucester und Worcester – der seine Schäfchen 1553 aufgerufen hatte, für Mary zu den Waffen zu greifen –, brannte eine Dreiviertelstunde lang, weil das Säckchen ebenso wie das Holz feucht war.

Es war nicht Mary, die diese barbarische Verfolgung Andersgläubiger betrieb. Aber sie hätte sie beenden können, denn sie war die Königin. Dass sie dies nicht getan hat, ist ihr größtes Versagen, und ich will das auch nicht relativieren, geschweige denn entschuldigen. Aber man kann versuchen, es zu verstehen: Allein ihre tiefe Religiosität hat es Mary ermöglicht, alle Verluste und Rückschläge zu überleben, als sie selbst aus politischen und religiösen Gründen Verfolgung ausgesetzt war. Die absolute Autorität von Papst, Bischöfen und Priestern war ein zentraler Teil ihrer Glaubensauffassung. Sie war die erste regierende Königin und widersprach damit dem Frauenbild ihrer Zeit, darum war sie dringend auf männliche Leitbilder angewiesen. Es scheint mir nicht so unbegreiflich, dass sie sie unter den kirchlichen Würdenträgern ihres Kronrats gesucht hat. Und so unglaublich es uns auch vorkommen mag: Andersgläubige zu verbrennen war im 16. Jahrhundert keine solche Ungeheuerlichkeit. Marys Vater hat es getan (immerhin 81 Mal, allerdings verteilt auf 38 Regierungsjahre). Ihre Großmutter Isabella, die sie so bewunderte, hat es getan und jeden Juden in ihrem Machtbereich verbrannt, der nicht rechtzeitig das Land verließ. Überall in Europa loderten die Scheiterhaufen. Das Verbrennen von »Ketzern« und »Hexen«, das immer so gern dem angeblich finsteren Mittelalter angelastet wird, wurde in Wirklichkeit erst in der Renaissance zum alltäglichen Vorkommnis, in der Epoche von Reformation und Gegenreformation.

Hinter dem Grauen dieser 283 Scheiterhaufen ist leider alles in Vergessenheit geraten, was Mary im positiven Sinne geleistet hat. Wie Sie sich denken können, war sie eine enorm fleißige und pflichterfüllte Königin, und sie hinterließ ein geordneteres England, als sie bekommen hatte. Sie bewies einer männerdominierten Welt, dass eine Regierung auch unter der Führung einer Frau funktionieren konnte. Sie legte den Pfad an, dem ihre Schwester folgen konnte, und machte all die Fehler, die ihre Nachfolgerin dann sorgsam vermeiden konnte. Einer ihrer Biographen hat geschrieben: »Ohne Marys Scheitern wäre Elizabeths Erfolg undenkbar gewesen.«

Das ist ein wahres Wort.

Mein Anliegen in diesem Roman war, zu zeigen, wie Mary geworden ist, was sie war, und die Ereignisse einmal aus ihrer Perspektive zu erzählen. Denn Marys Ruf ist auch deswegen so miserabel, weil es die – letztlich siegreichen – Protestanten waren, die jahrhundertelang die Geschichtsschreibung prägten.

Und dies ist vielleicht genau die richtige Stelle in diesem Nachwort, um darauf hinzuweisen, dass die in diesem Roman ausgedrückten religiösen Überzeugungen die der Romanfiguren sind und *nicht* meine. Nicholas of Waringham musste Katholik bleiben und dem Protestantismus kritisch gegenüberstehen, damit diese Geschichte funktionieren konnte. Das heißt aber nicht, dass seine Wertung in Wahrheit die meine ist. Gleiches gilt für Aussagen über Frauen und alle weiteren heißen Eisen. Das musste mal gesagt werden, denn in diesem Punkt kommt es gelegentlich zu Missverständnissen.

Das bringt uns zur Rubrik »Wahr und Unwahr«.

Was ist wirklich passiert, und was habe ich hinzugedichtet? Erfunden sind natürlich Nicholas of Waringham, seine Familie und seine Geschichte, aber es gibt zum Glück immer weiße Flecken in der Geschichtsschreibung, wo ich meine fiktiven Helden einschmuggeln kann. So rätseln Historiker etwa bis heute, wer den Kontakt zwischen Mary und Chapuys gehalten hat, als die Prinzessin eine Gefangene im Haushalt ihrer kleinen Schwester war. Oder in der Chronik, die Marys Krönung schildert, ist eine Lücke an der Stelle, wo der Name des Adligen stehen müsste, der sie zusammen mit dem Bischof von Durham auf die Estrade geführt hat. Diese zwei Beispiele sollen genügen, um Ihnen zu veranschaulichen, wie man Historie und Fiktion vermischen kann, ohne Erstere zu korrumpieren. Oder sagen wir: ohne sie in unverantwortlicher Weise zu korrumpieren …

Wie immer habe ich mich bemüht, meine fiktiven Figuren so zu gestalten, dass sie typisch für ihre Zeit sind. Und tatsächlich haben fast alle der wenigen alten Adelsgeschlechter, die nach den Rosenkriegen noch übrig waren, unter Henry VIII. gelitten. Womöglich hat er sich durch sie bedroht gefühlt, weil manche in enger Verwandtschaft zu den einstigen Königsdynastien York und Lancaster standen. Der eine oder andere hat sich auch tatsächlich mit verräterischen Plänen getragen. Aber je mehr ich über Henry herausgefunden habe, desto überzeugter war ich, dass er sie drangsaliert hat, weil er sich minderwertig fühlte. Das ist ein erhellendes und typisches Beispiel für die Abscheulichkeit seines Charakters. Ich habe schon über viele schreckliche Könige recherchiert und geschrieben. William der Eroberer hat mir Albträume beschert, weil er so grausam war. Henry VI. hat mich wütend gemacht, weil er so ein unfähiger Jammerlappen war. Jeder König hat irgendeine emotionale Reaktion in mir hervorgerufen, aber keinen habe ich je so verachtet wie Henry VIII. Ich glaube nicht, dass ich ihm in diesem Roman Unrecht getan habe. Man braucht sich nur an die Fakten zu halten, um das Bild eines selbstsüchtigen, faulen, destruktiven, feigen (ich könnte diese Liste noch lange fortsetzen) Schwächlings zu entwerfen.

Schwieriger finde ich eine ausgewogene Beurteilung von Thomas More. Wie hier vermutlich unschwer zu erkennen war, hat er mich mit seiner unbestechlichen Integrität schon ziemlich beeindruckt. Er war sowohl als Politiker wie auch als Jurist und Philosoph brillant und hat in England Großes für den humanistischen Fortschritt geleistet – und nebenbei auch für die Schulbildung von Frauen. Aber sein religiöser Fanatismus erscheint aus heutiger Perspektive unsympathisch und suspekt. Seine Bereitschaft, für seine Prinzipien zu sterben, verlangt einem Respekt ab, aber mal ehrlich: Große Rücksicht auf seine Frau und seine Kinder und alle anderen, denen er etwas bedeutete, hat er dabei nicht genommen. Ich glaube, solche Menschen machen sich in Romanen immer besser als im richtigen Leben. Die Einzelheiten seiner Hinrichtung – auch die Schonung seines Bartes – habe ich mir übrigens nicht ausgedacht, sondern so geschildert, wie ich sie in den Quellen gefunden habe. Nur seine Letzten Worte waren in Wahrheit ein ziemlich langatmiger Letzter Vortrag, sodass ich mir erlaubt habe, sie mit einem Zitat zu ersetzen, das aus einem Brief wenige Wochen vor seiner Hinrichtung stammt. Wahr ist auch, dass seine Tochter Meg Roper bei seiner Hinrichtung zugegen war, anschließend den Kopf von der London Bridge gestohlen hat und – wahrscheinlich – mit seinem Kopf in den Händen begraben wurde.

Überhaupt sind es wieder einmal die eher kuriosen Begebenheiten, die wirklich passiert sind oder zumindest von den Chronisten berichtet wurden. So hatte Anne Boleyn angeblich an einer Hand einen sechsten Finger (vielleicht auch nur ansatzweise). Wahr ist auch, dass der Kerzenmacher, der Catalinas Organe für die Einbalsamierung entnahm, berichtete, ihr Herz sei schwarz und verkohlt gewesen. Wahr ist ebenso, dass Katherine Howard glaubte, der König wisse alles, was die Engländer bei der Beichte preisgaben. Und auch den ständig betrunkenen Elefanten hat es wirklich gegeben (wenn auch ein paar Jahrzehnte später).

Wahr ist leider auch das Schicksal des fünfzehnjährigen Richard Mekins, den Edmund Bonner 1541 foltern und verbrennen ließ. Und auch bei der Abscheulichkeit der Hinrichtungen von Thomas Cromwell und Margaret Pole habe ich nichts hinzugedichtet.

Die englische Renaissance war eine spannende, facettenreiche Epoche, die sich in mancher Hinsicht gravierend von meinem geliebten Mittelalter unterscheidet. Aber die Unterschiede aufzuspüren war natürlich auch die größte Faszination auf dieser Entdeckungsreise. Wieder einmal haben mir unterwegs viele gute Geister den Weg gewiesen und geholfen, ohne die ich nie angekommen wäre und denen ich von ganzem Herzen danken möchte: meinem Agenten Michael Meller und meiner Lektorin Karin Schmidt. Meinen unermüdlichen, aufmerksamen und klugen Testlesern: meinem Vater Wolfgang Krane, meinem Neffen und Patenkind Dennis Rose, meiner Freundin Patrizia Kals und meiner Schwester Sabine Rose, die auch wieder einmal die absonderlichsten medizinischen Fragen geklärt hat, etwa die, ob man noch hören kann, wenn einem beide Ohren abgeschnitten werden. Ein solcher Fall kommt selbst in ihrer lebhaften Praxis doch eher selten vor. Andrea Nahles hat mir, als ich mit der Recherche zu diesem Buch begann, die Romane von C. J. Sansom geschenkt, die ich vorher noch nicht kannte und die mein Eintrittstor in die Welt der englischen Renaissance geworden sind, ohne die ich die Scheu vor der fremden Epoche vielleicht nie ganz verloren hätte, und dafür möchte ich ihr herzlich danken. Ebenso Klaus Pradel, der mir geduldig mit seinen Altgriechisch-Kenntnissen geholfen hat, und Dr. Jana Hartmann für ihre freundliche Nachhilfe bei meinem fürchterlich eingerosteten Latein. Und natürlich all den Autorinnen und Autoren der vielen Fachbücher, die für eine historische Recherche unerlässlich sind. Ich will hier keine Liste anfügen, möchte aber stellvertretend Antonia Fraser nennen, die Witwe von Harold Pinter, die mir inzwischen schon seit Jahrzehnten die Verhältnisse und die gekrönten Häupter vergangener Epochen auf zuverlässige, vor allem aber auch gut lesbare und manchmal vergnügliche Weise nahebringt. Ihr Buch *The Six Wives of Henry VIII* war eine unschätzbare Quelle an Informationen und klugen Einsichten darüber, wie Männer und Frauen im 16. Jahrhundert tickten.

Last but absolutely not least gilt mein Dank wie immer meinem Mann Michael, dessen Unterstützung meiner Arbeit von Buch zu Buch zunimmt: von inspirierenden Debatten über das winzige Samenkorn der ersten Idee über die Hilfe bei der Recher che, während der Entstehungsphase, bei der Gestaltung und Vermarktung des fertigen Werkes bis hin zur Begleitung (nicht selten auch Management) auf allen Reisen.

For without you what am I? Just another fool out searching for some heaven in the sky …

R. G. Februar 2009 – November 2010

"Jeder König kann ein Tyrann werden, wenn seine Macht unbegrenzt ist, ganz gleich, mit welch guten Vorsätzen er seine Herrschaft beginnt. Denn Macht vergiftet die Seele."

Rebecca Gablé
DRACHENBANNER
Ein Waringham-Roman
928 Seiten
ISBN 978-3-7857-2808-6

England 1238: Die junge Adela of Waringham und Bedric, Sohn einer leibeigenen Bauernfamilie, sind zusammen aufgewachsen. Während Adela als Hofdame zur Schwester des Königs geschickt und mit einem Ritter verheiratet wird, schuftet Bedric auf den Feldern von Waringham – dem Elend der Leibeigenschaft und der Willkür von Adelas Bruder ausgeliefert. Als die Situation unerträglich wird, flieht er. In London begegnet er Simon de Montfort, dem Schwager des Königs, der den Bruch mit der Krone riskiert, um Reformen durchzusetzen. Als 1258 Seuchen und Missernten über das Land ziehen, bricht ein Krieg aus, der eine neue Zeit einläutet. Doch Bedric und Adela haben einander nie vergessen ...

Lübbe

»In diesen Zeiten wird man unversehens zum Verräter. Und es gibt niemanden, dem du noch trauen kannst ... «

Rebecca Gablé
DAS SPIEL DER KÖNIGE
Historischer Roman

1.200 Seiten
ISBN 978-3-404-18914-4

England 1455: Der Bruderkrieg zwischen Lancaster und York um den englischen Thron macht den achtzehnjährigen Julian unverhofft zum Earl of Waringham. Als mit Edward IV. der erste König des Hauses York die Krone erringt, brechen für Julian schwere Zeiten an. Obwohl er ahnt, dass Edward seinem Land ein guter König sein könne, schließt er sich dem lancastrianischen Widerstand unter der entthronten Königin Marguerite an, denn sie hat ihre ganz eigenen Methoden, sich seiner Vasallentreue zu versichern. Und die Tatsache, dass seine Zwillingsschwester eine gesuchte Verbrecherin ist, macht Julian verwundbar ...

Lübbe

»Wenn du einem König deine Freundschaft schenkst, läufst du immer Gefahr, an seinen Taten zu verzweifeln.«

Rebecca Gablé
TEUFELSKRONE
Historischer Roman

928 Seiten
ISBN 978-3-404-18917-5

England 1193: Der Bruderkrieg zwischen König Richard Löwenherz und dem jüngeren Prinzen John spaltet das Land. Während Richard England nur als Geldquelle für seine ehrgeizigen Feldzüge in Frankreich und Palästina ansieht, versucht John, die Macht in seinem Vaterland an sich zu reißen. An seiner Seite steht der junge Yvain of Waringham, der in den Dienst des berüchtigten Prinzen getreten ist, um der unglücklichen Liebe zur Verlobten seines Bruders zu entfliehen. Als John nach Richards Tod die Krone erbt, lädt er eine schwere Schuld auf sich – und macht Yvain zum Mitwisser einer Tat, die ihrer beider Leben verändern soll ...

Lübbe